John Grisham

ZWEI WELTBESTSELLER

Die Firma

Die Akte

WILHELM HEYNE VERLAG
MÜNCHEN

HEYNE TIP DES MONATS
Nr. 23/151

Aus dem Amerikanischen von Christel Wiemken
(Der Titel erschien bereits in der Allgemeinen Reihe
mit der Band-Nr. 01/8822.)

Aus dem Amerikanischen von Christel Wiemken
(Der Titel erschien bereits in der Allgemeinen Reihe
mit der Band-Nr. 01/9114.)

Umwelthinweis:
Das Buch wurde auf
chlor- und säurefreiem Papier gedruckt.

7. Auflage

http://www.heyne.de
Printed in Germany 2003
Umschlagillustration: photonica/Yoichi Kamihara, Hamburg
Umschlaggestaltung: Nele Schütz Design, München
Satz: (3009) IBV Satz- und Datentechnik GmbH, Berlin
Druck und Bindung: Elsnerdruck, Berlin

ISBN 3-453-14042-7

Die Firma

1

Der Seniorpartner las die Bewerbung zum hundertsten Mal und fand abermals nichts, das ihm an Mitchell Y. McDeere mißfiel, jedenfalls nicht auf dem Papier. Er hatte den Verstand, den Ehrgeiz, das gute Aussehen. Und er war hungrig; mit seinem Hintergrund mußte er es sein. Er war verheiratet, und das war unerläßlich. Die Firma hatte nie einen unverheirateten Anwalt eingestellt, sie mißbilligte Scheidung ebenso wie Schürzenjägerei und Trinken. Ein Drogentest war Bestandteil des Vertrages. Er hatte in Rechnungswesen graduiert, hatte das Examen als amtlich zugelassener Wirtschaftsprüfer auf Anhieb bestanden und wollte Steueranwalt werden, was natürlich bei einer Steuerfirma Voraussetzung war. Er war weiß, und die Firma hatte nie einen Schwarzen eingestellt. Das war ihnen gelungen, indem sie eine verschwiegene, klubähnliche Gemeinschaft bildeten und Mitarbeiter nie per Inserat suchten. Andere Firmen inserierten und stellten Schwarze ein. Diese Firma rekrutierte und blieb blütenweiß. Außerdem hatte die Firma ihren Sitz in Memphis, und die schwarzen Spitzenleute wollten nach New York oder Washington oder Chicago. McDeere war ein Mann, und in der Firma gab es keine Frauen. Dieser Fehler war einmal vorgekommen, Mitte der siebziger Jahre, als sie die Nummer Eins des Harvard-Jahrgangs rekrutierten, bei der es sich zufällig um eine Frau und ein As in Steuersachen handelte. Sie überdauerte vier turbulente Jahre und kam bei einem Verkehrsunfall ums Leben.

Er sah gut aus, auf dem Papier. Er war ihre erste Wahl. In diesem Jahr gab es nicht einmal weitere Kandidaten. Die Liste war sehr kurz. Entweder McDeere oder niemand.

Der geschäftsführende Partner, Royce McKnight, las ein Dossier mit der Aufschrift ›Mitchell Y. McDeere – Harvard‹. Es war einen Zoll dick, eng beschrieben, mit ein paar Fotos, und von ein paar ehemaligen CIA-Agenten in einer privaten Detektei in Bethesda zusammengestellt worden. Sie war Kunde der Firma und stellte die Nachforschungen alljährlich kostenlos an. Es wäre ein Kinderspiel, nichtsahnende Jurastudenten auszuforschen, sagten sie. Sie erfuhren zum Beispiel, daß er es vorzog, den Nordosten zu verlassen, daß er drei Stellenangebote hatte, zwei in New York und eins in Chicago, und daß das höchste Angebot 76000 Dollar und das niedrigste 68000 Dollar betrug. Er war gefragt. Er hätte Gelegenheit gehabt, bei einem Wertpapier-Examen in seinem zweiten Jahr zu schummeln. Er hatte es abgelehnt und als Klassenbester abgeschnitten. Vor zwei Monaten war ihm bei einer Fakultätsparty Kokain angeboten worden. Er hatte nein gesagt und war gegangen, als das allgemeine Schnupfen begann. Er trank gelegentlich ein Bier, aber Trinken war teuer, und er hatte kein Geld. Seine Schulden aus dem Studentendarlehen beliefen sich auf knapp 23000 Dollar. Er war hungrig.

Royce McKnight blätterte in dem Dossier und lächelte. McDeere war ihr Mann.

Lamar Quin war zweiunddreißig und noch kein Partner. Er war mitgenommen worden, um jung auszusehen und jung zu agieren und ein jugendliches Bild abzugeben für Bendini, Lambert & Locke, eine in der Tat junge Firma: die meisten Partner traten mit Ende Vierzig oder Anfang Fünfzig in den Ruhestand, steinreich. Er würde es in dieser Firma zum Partner bringen. Mit der Garantie eines sechsstelligen Einkommens bis ans Ende seiner Tage konnte Lamar sich der Maßanzüge für zwölfhundert Dollar erfreuen, die so bequem an seiner hochgewachsenen, sportlichen Gestalt hingen. Er durchquerte lässig die Tausend-Dollar-Suite und goß sich eine weitere Tasse Kaffee ein. Er schaute auf die Uhr. Er warf einen Blick auf die beiden Partner an dem kleinen Konferenztisch in der Nähe des Fensters.

Genau um halb drei klopfte jemand an die Tür. Lamar sah die Partner an, die das Dossier in einem offenen Aktenkoffer verschwinden ließen. Alle drei griffen nach ihren Jacketts. Lamar schloß den obersten Knopf und öffnete die Tür.

»Mitchell McDeere?« fragte er mit einem breiten Lächeln und ausgestreckter Hand.

»Ja.« Sie schüttelten einander kräftig die Hand.

»Freue mich, Sie kennenzulernen, Mitchell. Ich bin Lamar Quin.«

»Ganz meinerseits. Bitte nennen Sie mich Mitch.« Er trat ein und ließ den Blick schnell durch das geräumige Zimmer schweifen.

»Gern Mitch.« Lamar ergriff seine Schulter und führte ihn durch die Suite zu den Partnern, die sich vorstellten. Sie waren überaus freundlich und herzlich. Sie boten ihm zuerst Kaffee an, dann Mineralwasser. Sie saßen an einem glänzenden Konferenztisch aus Mahagoni und tauschten Höflichkeiten aus. McDeere knöpfte sein Jackett auf und schlug die Beine übereinander. Er hatte inzwischen reichlich Erfahrungen bei Vorstellungsgesprächen gesammelt und wußte, daß sie ihn haben wollten. Er entspannte sich. Bei drei Stellenangeboten von drei der angesehensten Firmen im Lande war er nicht auf dieses Interview, diese Firma angewiesen. Er konnte es sich jetzt leisten, ein bißchen zu viel Selbstsicherheit an den Tag zu legen. Er war aus Neugierde gekommen. Und er sehnte sich nach wärmerem Klima.

Oliver Lambert, der Seniorpartner, lehnte sich auf den Ellenbogen vor und übernahm bei dem einleitenden Geplauder die führende Rolle. Er war gewandt und verbindlich, mit einem angenehmen, fast professionellen Bariton. Mit einundsechzig war er der Großvater der Firma und verbrachte den größten Teil seiner Zeit damit, den riesenhaften Egos einiger der reichsten Anwälte im Lande beizustehen und sie im Gleichgewicht zu halten. Er war die Vaterfigur, derjenige, an den sich die jüngeren Mitarbeiter mit ihren Problemen wendeten. Mr. Lambert war auch für die Rekrutierung zuständig, und es war seine Aufgabe, Mitchell Y. McDeere einzustellen.

»Haben Sie die Interviews satt?« fragte Oliver Lambert.

»Eigentlich nicht. Sie gehören nun einmal dazu.«

Ja, ja, stimmten alle zu. Es kam ihnen vor wie gestern, als sie selbst zu Vorstellungsgesprächen erschienen waren und Bewerbungen einreichten und eine Heidenangst hatten, daß sie keinen Job finden würden und drei Jahre Plackerei für die Katz gewesen wären. Sie wußten genau, was er durchmachte.

»Darf ich eine Frage stellen?« fragte Mitch.

»Gewiß.«

»Natürlich.«

»Fragen Sie nur.«

»Weshalb findet dieses Gespräch in einem Hotelzimmer statt? Die anderen Firmen führen ihre Interviews auf dem Campus durch, über das Vermittlungsbüro.«

»Gute Frage.« Sie alle nickten und schauten sich an und waren sich einig, daß dies eine gute Frage war.

»Vielleicht kann ich Ihnen darauf eine Antwort geben, Mitch«, sagte Royce McKnight, der geschäftsführende Partner. »Sie müssen verstehen, was es mit unserer Firma auf sich hat. Wir sind anders, und wir sind stolz darauf. Wir haben einundvierzig Anwälte, sind also klein im Vergleich zu anderen Firmen. Wir stellen nicht sonderlich viele Mitarbeiter ein, ungefähr einen pro Jahr. Wir offerieren die höchsten Gehälter und Zulagen im ganzen Land, und das ist keine Übertreibung. Deshalb sind wir sehr wählerisch. Wir haben Sie ausgewählt. Der Brief, den Sie vorigen Monat erhalten haben, wurde geschrieben, nachdem wir mehr als zweitausend Jurastudenten an den besten Universitäten überprüft hatten. Es wurde nur ein Brief versandt. Wir schreiben offene Stellen nicht aus und geben keine Inserate auf. Wir halten uns bedeckt, und wir machen alles anders. Das ist unsere Erklärung.«

»Klingt einleuchtend. Um was für eine Art Firma handelt es sich?«

»Steuern. Einige Wertpapier-, Immobilien- und Bankgeschäfte, aber achtzig Prozent sind Steuersachen. Aus diesem Grunde wollen wir Sie kennenlernen, Mitch. Für den Steuersektor bringen Sie die besten Voraussetzungen mit.«

»Weshalb sind Sie in Western Kentucky aufs College gegangen?« fragte Oliver Lambert.

»Aus dem einfachen Grund, weil mir dort ein volles Stipendium angeboten wurde, wenn ich Football spielte. Sonst hätte ich das College nicht bezahlen können.«

»Erzählen Sie uns von Ihrer Familie.«

»Ist das wichtig?«

»Für uns ist es sehr wichtig, Mitch«, sagte Royce McKnight.

Das sagen sie alle, dachte McDeere. »Okay, mein Vater kam bei einem Grubenunglück ums Leben, als ich sieben Jahre alt war. Meine Mutter hat wieder geheiratet und lebt jetzt in Florida. Ich hatte zwei Brüder. Rusty ist in Vietnam gefallen. Ich habe noch einen Bruder, der Ray McDeere heißt.«

»Wo ist er?«

»Das tut nichts zur Sache.« Er starrte Royce McKnight an und ließ damit erkennen, daß er ein Problem mit sich herumschleppte. Das Dossier enthielt wenig über Ray.

»Ich bitte um Entschuldigung«, sagte der geschäftsführende Partner leise.

»Mitch, unsere Firma sitzt in Memphis«, sagte Lamar. »Würde Sie das stören?«

»Durchaus nicht. Ich bin nicht scharf auf kaltes Klima.«

»Waren Sie schon einmal in Memphis?«

»Nein.«

»Wir werden Sie bald dorthin einladen. Es wird Ihnen gefallen.«

Mitch lächelte und nickte und spielte mit. Meinten diese Leute es ernst? Wie konnte er eine so kleine Firma in einer so kleinen Stadt in Erwägung ziehen, wo Wall Street auf ihn wartete?

»Wo rangieren Sie in Ihrem Jahrgang?« fragte Mr. Lambert.

»Unter den ersten fünf.« Nicht den ersten fünf Prozent, sondern den ersten fünf Leuten. Das genügte ihnen allen als Antwort. Unter den ersten fünf von dreihundert. Er hätte sagen können, als Dritter, einen Bruchteil von Nummer Zwei entfernt und in Reichweite von Nummer Eins. Aber er sagte es nicht. Sie kamen von weniger angesehenen Universitäten – Chicago, Columbia und Vanderbilt, wie er sich nach einer kursorischen Lektüre von Martindale-Hubbell's Juristenkalender erinnerte. Er wußte, daß sie nicht auf akademischen Fragen herumreiten würden.

»Warum haben Sie Harvard gewählt?«

»Im Grunde hat Harvard mich gewählt. Ich habe mich an mehreren Universitäten beworben und wurde überall angenommen. Harvard bot mehr finanzielle Unterstützung. Ich fand, es war die beste Universität. Das tue ich noch.«

»Sie haben sich gut bewährt, Mitch«, sagte Mr. Lambert und bewunderte die Bewerbung. Das Dossier steckte im Aktenkoffer unter dem Tisch.

»Danke. Ich habe gearbeitet.«

»Ganz besonders gut haben Sie in Ihren Steuer- und Wertpapier-Kursen abgeschnitten.«

»Das sind meine speziellen Interessengebiete.«

»Wir haben Ihre Schriftsatzprobe gelesen, und sie ist recht beeindruckend.«

»Danke. Ich recherchiere gern.«

Sie nickten und akzeptierten diese offensichtliche Lüge. Sie gehörte zum Ritual. Kein Jurastudent oder Anwalt, der seine fünf Sinne beieinander hatte, recherchierte gern, und dennoch erklärte jeder künftige Mitarbeiter seine innige Liebe zur Bibliothek.

»Erzählen Sie uns von Ihrer Frau«, sagte Royce McKnight fast demütig. Sie waren auf eine weitere Zurückweisung gefaßt. Aber das war ein nicht tabuisiertes Standardterrain, das jede Firma erkundete.

»Sie heißt Abby. Sie hat auch an der Western Kentucky studiert und ist Grundschullehrerin. Wir haben in der einen Woche graduiert und in der nächsten geheiratet. Seit drei Jahren unterrichtet sie in einem privaten Kindergarten in der Nähe von Boston College.«

»Und ist die Ehe ...«

»Wir sind sehr glücklich. Wir kennen uns seit der High School.«

»In welcher Position haben Sie gespielt?« fragte Lamar, um das Gespräch auf ein weniger heikles Thema zu bringen.

»Als Quarterback. Ich war sehr gefragt, bis ich in meinem letzten High-School-Jahr eine Knieverletzung abbekam. Da blieb nur Western Kentucky übrig. In den nächsten vier Jahren habe ich hin und wieder gespielt, kam sogar in die Juniorenmannschaft, aber das Knie hat nie mehr richtig mitgemacht.«

»Wie haben Sie es geschafft, die besten Noten zu bekommen und außerdem noch Football zu spielen?«

»Ich habe den Büchern Vorrang gegeben.«

»Ich kann mir nicht vorstellen, daß Western Kentucky eine besonders anspruchsvolle Schule ist«, verkündete Lamar mit einem dümmlichen Lächeln und wünschte sich sofort, er könnte das zurücknehmen. Lambert und McKnight runzelten die Stirn und registrierten den Schnitzer.

»Ungefähr wie Kansas State«, erwiderte Mitch. Sie erstarrten, alle drei erstarrten, und ein paar Sekunden lang warfen sie sich ungläubige Blicke zu. Dieser McDeere wußte, daß Lamar Quin Kansas State besucht hatte. Er war Lamar Quin noch nie begegnet und hatte keine Ahnung gehabt, wer von der Firma erscheinen und an dem Gespräch teilnehmen würde. Und dennoch wußte er es. Er hatte sich den Martindale-Hubbell's geholt und sich informiert. Er hatte die Biographien von allen einundvierzig Anwälten gelesen und sich im Bruchteil einer Sekunde erinnert, daß Lamar Quin, nur einer unter den einundvierzig, am Kansas State College studiert hatte. Verdammt, sie waren beeindruckt.

»Ich glaube, das war eine dumme Bemerkung«, entschuldigte sich Lamar.

»Macht nichts.« Mitch lächelte herzlich. Es war vergessen.

Oliver Lambert räusperte sich und beschloß, abermals persönlich zu werden. »Mitch, unsere Firma mißbilligt Trinken und Weibergeschichten. Wir sind keine Säulenheiligen, aber bei uns geht das Geschäft allem anderen vor. Wir halten uns bedeckt, und wir arbeiten sehr hart. Und wir verdienen eine Menge Geld.«

»Mit alledem kann ich leben.«

»Wir behalten uns das Recht vor, bei jedem Angehörigen der Firma einen Drogentest vorzunehmen.«

»Ich nehme keine Drogen.«

»Gut. Welcher Glaubensgemeinschaft gehören Sie an?«

»Den Methodisten.«

»Gut. Sie werden in unserer Firma alle möglichen Leute antreffen. Katholiken, Baptisten, Episkopalen. Es geht uns im Grunde nichts an, aber wir wissen es gern. Wir wünschen uns stabile Familien. Glückliche Anwälte sind produktive Anwälte. Deshalb stellen wir diese Fragen.«

Mitch lächelte und nickte. Er hörte das nicht zum ersten Mal.

Die drei schauten sich gegenseitig an, dann Mitch. Das bedeutete, daß sie in dem Interview an dem Punkt angelangt waren, wo von dem Interviewten erwartet wurde, daß er seinerseits ein oder zwei intelligente Fragen stellte. Mitch schlug die Beine übereinander. Geld, das war die große Frage, insbesondere, wie es damit im Verhältnis zu seinen anderen Angeboten stand. Wenn es nicht genug ist, dachte Mitch, dann war es nett, euch kennenzulernen. Wenn das Gehalt attraktiv ist, können wir uns auch über Familie, Ehe, Football und Kirche unterhalten. Aber er wußte, daß sie wie alle Firmen so lange wie möglich um den heißen Brei herumgehen mußten, und es war offensichtlich, daß sie alle erdenklichen Themen angeschnitten hatten außer dem des Geldes. Also stellte er zuerst eine harmlosere Frage.

»Welche Art von Arbeit müßte ich anfangs tun?«

Sie nickten und billigten die Frage. Lambert und McKnight sahen Lamar an. Die Antwort lag bei ihm.

»Wir haben so etwas wie eine zweijahrige Lehrzeit, auch wenn wir es nicht so bezeichnen. Wir schicken Sie zu Steuerseminaren überall im Lande. Ihre Ausbildung ist noch lange nicht abgeschlossen. Im nächsten Winter verbringen Sie zwei Wochen am American

Tax Institute in Washington. Wir sind sehr stolz auf unseren Wissensstand und bilden uns ständig fort, alle miteinander. Wenn Sie in Steuerrecht promovieren wollen, dann bezahlen wir das. Was die praktische Arbeit angeht, die ist in den ersten beiden Jahren nicht sonderlich aufregend. Sie werden eine Menge recherchieren und anderen langweiligen Kram erledigen müssen. Aber Sie werden anständig bezahlt.«

»Wieviel?«

Lamar sah McKnight an, der Mitch musterte und sagte: »Über das Gehalt und andere Leistungen unterhalten wir uns, wenn Sie nach Memphis kommen.«

»Ich möchte wissen, woran ich bin, sonst komme ich gar nicht erst nach Memphis.« Er lächelte – arrogant, aber herzlich. Er sprach wie ein Mann mit drei Stellenangeboten.

Die Partner lächelten einander an, und Mr. Lambert sprach als erster. »Okay. Ein Grundgehalt von achtzigtausend im ersten Jahr, zuzüglich Gratifikationen. Fünfundachtzig im zweiten Jahr, zuzüglich Gratifikationen. Eine zinsgünstige Hypothek, damit Sie ein Haus kaufen können. Mitgliedschaft in zwei Country Clubs. Und einen neuen BMW. In welcher Farbe, bestimmen Sie natürlich.«

Sie konzentrierten sich auf seine Lippen und warteten darauf, daß sich seine Wangen in Fältchen legten und die Zähne zum Vorschein kamen. Er versuchte, ein Lächeln zu unterdrücken, aber es war unmöglich. Er lachte leise.

»Das ist unglaublich«, murmelte er. Achtzigtausend in Memphis entsprachen hundertzwanzigtausend in New York. Hatte der Mann BMW gesagt? Sein Mazda war eine Million Meilen gelaufen, und im Augenblick mußte er angeschoben werden, bis er das Geld für einen Austausch-Anlasser zusammengespart hatte.

»Und ein paar weitere Kleinigkeiten, über die wir uns in Memphis unterhalten können.«

Plötzlich verspürte er ein starkes Verlangen, Memphis einen Besuch abzustatten.

Das Lächeln verschwand, und er gewann seine Fassung zurück. Er richtete den Blick ernst und nachdrücklich auf Oliver Lambert und sagte, als dächte er nicht mehr an das Geld und das Haus und den BMW: »Erzählen Sie mir von Ihrer Firma.«

»Einundvierzig Anwälte. Voriges Jahr haben wir pro Anwalt

mehr verdient als sämtliche Firmen, die so groß sind wie wir oder größer. Das schließt sämtliche Firmen im ganzen Land ein. Wir nehmen nur reiche Klienten an – Körperschaften, Banken und wohlhabende Leute, die unsere ansehnlichen Honorare zahlen, ohne sich zu beschweren. Wir haben uns auf internationales Steuerwesen spezialisiert, und das ist sowohl aufregend als auch sehr einträglich. Wir arbeiten nur für Leute, die zahlen können.«

»Wie lange dauert es, bis man Partner wird?«

»Durchschnittlich zehn Jahre, und das sind harte zehn Jahre. Es kommt nicht selten vor, daß unsere Partner eine halbe Million im Jahr verdienen, und die meisten gehen in den Ruhestand, bevor sie fünfzig sind. Sie müssen etwas dafür leisten, achtzig Stunden die Woche arbeiten, aber es zahlt sich aus, wenn Sie Partner geworden sind.«

Lamar beugte sich vor. »Sie brauchen nicht Partner zu sein, um ein sechsstelliges Einkommen zu erreichen. Ich bin jetzt sieben Jahre dabei und vor vier Jahren über die Hunderttausend gekommen.«

Mitch dachte einen Moment darüber nach und rechnete sich aus, daß er, wenn er dreißig war, durchaus weit über Hunderttausend, vielleicht sogar nahe an Zweihunderttausend sein konnte. Und das im Alter von dreißig Jahren!

Sie beobachteten ihn genau und wußten exakt, was er berechnete.

»Wie kommt eine internationale Steuerfirma nach Memphis?« fragte er.

Das löste Lächeln aus. Mr. Lambert nahm seine Lesebrille ab und ließ sie kreisen. »Das ist eine gute Frage. Die Firma wurde 1944 von Mr. Bendini gegründet. Er war Steueranwalt in Philadelphia und hatte ein paar reiche Klienten im Süden an Land gezogen. Er ging auf Achse und landete in Memphis. Fünfundzwanzig Jahre lang stellte er nur Steueranwälte ein, und die Firma wuchs und gedieh dort unten. Keiner von uns stammt aus Memphis, aber wir haben gelernt, es zu lieben. Es ist eine sehr hübsche, alte Südstaaten-Stadt. Mr. Bendini ist übrigens 1970 gestorben.«

»Wieviele Partner gibt es in der Firma?«

»Zwanzig aktive. Wir versuchen, es so einzurichten, daß jeder Partner einen angestellten Anwalt als Mitarbeiter hat. Das ist ungewöhnlich, aber uns gefällt es. Wie ich bereits sagte – wir machen vieles anders.«

»Alle Partner sind im Alter von fünfundvierzig Jahren Multimillionäre«, sagte Royce McKnight.

»Alle?«

»Jawohl, alle. Wir garantieren es nicht, aber wenn Sie zu uns kommen, zehn Jahre hart arbeiten, Partner werden, weitere zehn Jahre hart arbeiten und dann mit fünfundvierzig kein Millionär sind, dann wären Sie seit zwanzig Jahren der erste.«

»Das ist eine beachtliche Statistik.«

»Es ist eine beachtliche Firma, Mitch«, sagte Oliver Lambert, »und wir sind alle stolz darauf. Wir sind eine eng verbundene Gemeinschaft. Wir sind klein, und einer kümmert sich um den anderen. Bei uns gibt es nichts von der mörderischen Konkurrenz, für die die großen Firmen berüchtigt sind. Wir überlegen uns sehr genau, wen wir einstellen, und wir sind bestrebt, jeden neuen Mitarbeiter so schnell wie möglich zum Partner zu machen. Aus diesem Grunde investieren wir gewaltige Mengen von Zeit und Geld für uns selbst, insbesondere unsere neuen Leute. Es ist selten, überaus selten, daß ein Anwalt unsere Firma verläßt. Es ist praktisch noch nie vorgekommen. Wir tun alles, was in unseren Kräften steht, um Karrieren zu fördern. Wir wollen, daß unsere Leute glücklich sind, weil wir überzeugt sind, daß diese Vorgehensweise die profitabelste ist.«

»Ich habe noch eine weitere beachtliche Statistik«, setzte Mr. McKnight hinzu. »Im vorigen Jahr betrug bei Firmen unserer Größe oder größer die durchschnittliche Fluktuationsrate bei jungen Mitarbeitern achtundzwanzig Prozent. Bei Bendini, Lambert & Locke betrug sie null Prozent. Im Jahr davor gleichfalls null Prozent. Es ist lange her, daß ein Anwalt aus unserer Firma ausgeschieden ist.«

Sie beobachteten ihn genau, um sicherzugehen, daß das alles einsank. Alle mit der Einstellung verbundenen Bestimmungen und Bedingungen waren wichtig, aber die Dauerhaftigkeit, die Endgültigkeit seiner Zusage stellten alle anderen Punkte auf der Liste in den Schatten. Sie hatten es erklärt, so gut sie konnten, fürs erste. Weitere Erklärungen würden später kommen.

Natürlich wußten sie viel mehr als das, worüber sie reden konnten. Seine Mutter zum Beispiel lebte auf einem billigen Wohnwagenplatz in Panama City Beach, verheiratet mit einem ehemaligen Lastwagenfahrer, der dem Alkohol verfallen war. Sie wußten, daß sie nach dem Grubenunglück 41 000 Dollar bekommen und das meiste davon durchgebracht hatte, und daß sie verrückt geworden war, nachdem ihr ältester Sohn in Vietnam gefallen war. Sie wußten, daß er vernachlässigt worden war, in Armut aufgezogen von seinem Bruder Ray (den sie nicht finden konnten) und ein paar mitfühlenden Verwandten. Die Armut schmerzte, und sie gingen zu Recht davon aus, daß sie einen heftigen Erfolgsdrang ausgelöst hatte. Er hatte dreißig Stunden in der Woche in einem auch nachts geöffneten Schnellimbiß gearbeitet und außerdem Football gespielt und die besten Noten erzielt. Sie wußten, daß er nur selten schlief. Sie wußten, daß er hungrig war. Er war ihr Mann.

»Hätten Sie Lust, uns zu besuchen?« fragte Oliver Lambert.

»Wann?« fragte Mitch, von einem schwarzen 318i mit Schiebedach träumend.

Der alte Mazda mit nur drei Radkappen und einem Sprung in der Windschutzscheibe stand am Rindstein; die Räder waren zur Gehwegkante hin eingeschlagen, damit er nicht den Berg hinunterrollen konnte. Abby ergriff den Türgriff an der Innenseite, riß zweimal daran und öffnete die Tür. Sie steckte den Zündschlüssel ins Schloß, trat die Kupplung durch und drehte das Lenkrad. Der Mazda rollte langsam an. Als er schneller wurde, hielt sie den Atem an, ließ die Kupplung los und biß sich auf die Lippe, bis der Motor zu winseln begann.

Mit drei Stellenangeboten auf dem Tisch war ein neuer Wagen vier Monate entfernt. Sie würde es überstehen. Drei Jahre lang hatten sie die Armut in einer aus zwei Zimmern bestehenden Studentenwohnung ertragen, auf einem Campus, der voll war von Porsches und kleinen Mercedes-Kabrioletts. Die meiste Zeit hatten sie das abschätzige Verhalten der anderen Studenten und Kollegen in dieser Bastion des Ostküsten-Snobismus einfach ignoriert. Sie waren Hinterwäldler aus Kentucky und hatten kaum Freunde. Aber sie hatten durchgehalten und es auch allein ganz gut geschafft.

Sie gab Chicago den Vorzug vor New York, selbst bei einem niedrigeren Gehalt, vor allem deshalb, weil es weiter weg von Boston und näher an Kentucky lag. Aber Mitch hatte sich noch nicht festgelegt, wog auf die für ihn typische Art sorgfältig Vor- und Nachteile gegeneinander ab und behielt das meiste für sich. Sie war nicht eingeladen worden, ihren Mann nach New York oder Chicago zu begleiten. Und sie hatte die Vermutungen satt. Sie wollte eine Antwort.

Sie parkte vorschriftswidrig auf der ihrer Wohnung am nächsten gelegenen Anhöhe und ging zwei Blocks zu Fuß. Ihre Unterkunft war eine von dreißig in einem zweigeschossigen Ziegelsteinkasten. Abby stand vor der Tür und suchte in ihrer Handtasche nach dem Schlüssel. Plötzlich wurde die Tür aufgerissen. Er packte sie, zerrte sie in die winzige Wohnung, warf sie auf das Sofa und fiel mit den Lippen über ihren Hals her. Sie schrie und kicherte, während Arme und Beine durch die Luft fuhren. Sie küßten sich, eine dieser langen, feuchten, zehnminütigen Umarmungen mit Betasten und Streicheln und Stöhnen von der Art, die sie als Teenager genossen hatten, als das Küssen noch ein Vergnügen und geheimnisvoll und das Äußerste war.

»Großer Gott«, sagte sie, als er sie freigab. »Was ist der Anlaß?«

»Riechst du etwas?« fragte Mitch.

Sie drehte den Kopf und schnupperte. »Ja. Was ist es?«

»Chowmein vom Huhn und Eier Foo Yung. Von den Wong Boys.«

»Okay. Was ist der Anlaß?«

»Und außerdem eine teure Flasche Chablis.«

»Was hast du angestellt, Mitch?«

»Komm mit.« Auf dem kleinen, lackierten Küchentisch standen zwischen den Gesetzestexten und Lehrbüchern eine große Flasche Wein und eine Tüte mit chinesischem Essen. Sie schoben die juristischen Utensilien beiseite und breiteten das Essen aus. Mitch öffnete die Flasche und füllte zwei Plastik-Weingläser.

»Ich hatte heute ein großartiges Vorstellungsgespräch«, sagte er.

»Mit wem?«

»Erinnerst du dich an diese Firma in Memphis, von der ich vorigen Monat einen Brief bekam?«

»Ja. Du warst nicht sonderlich beeindruckt.«

»Genau der. Ich bin sehr beeindruckt. Es ist ausschließlich Steuerarbeit, und das Gehalt sieht gut aus.«

»Wie gut?«

Er kippte zeremoniell das Chowmein aus dem Behälter auf zwei Teller, dann riß er die kleinen Beutel mit Sojasauce auf. Sie wartete auf eine Antwort. Er öffnete einen weiteren Behälter und verteilte die Eier Foo Yung. Er trank einen Schluck Wein und schmatzte.

»Wie gut?« wiederholte sie.

»Mehr als Chicago. Mehr als Wall Street.«

Sie trank absichtlich langsam und musterte ihn argwöhnisch. Ihre braunen Augen verengten sich und funkelten. Ihre Brauen senkten sich, auf ihrer Stirn erschienen Falten. Sie wartete.

»Wieviel?«

»Achtzigtausend im ersten Jahr, zuzüglich Gratifikationen. Fünfundachtzig im zweiten, zuzüglich Gratifikationen.« Er sagte es lässig, während er die Selleriestückchen in dem Chowmein betrachtete.

»Achtzigtausend«, wiederholte sie.

»Achtzigtausend, Baby. Achtzigtausend Dollar in Memphis, Tennessee, sind ungefähr das gleiche wie hundertzwanzigtausend in New York.«

»Wer will schon nach New York?« fragte sie.

»Und ein zinsgünstiges Darlehen für eine Hypothek.«

Dieses Wort – Hypothek – war schon seit langer Zeit in der kleinen Wohnung nicht mehr ausgesprochen worden. Sie konnte sich im Augenblick nicht einmal erinnern, wann sie zum letzten Mal über ein Haus oder irgend etwas gesprochen hatten, das damit in Zusammenhang stand. Seit Monaten waren sie davon ausgegangen, daß sie irgendeine Unterkunft *mieten* würden, und zwar bis zu einem unvorstellbar weit entfernten Zeitpunkt in der Zukunft, an dem sie wohlhabend geworden waren und eine Hypothek aufnehmen konnten.

Sie stellte ihr Weinglas ab und sagte nüchtern: »Das habe ich nicht gehört.«

»Ein zinsgünstiges Darlehen für eine Hypothek. Die Firma leiht uns das Geld für den Kauf eines Hauses. Diesen Leuten ist es sehr wichtig, daß ihre Mitarbeiter einen wohlhabenden Eindruck machen, deshalb geben sie uns das Geld zu einem erheblich geringeren Zins.«

»Du meinst, ein richtiges *Haus,* mit Rasen darum herum und Sträuchern?«

»Das meine ich. Nicht eine sündhaft teure Wohnung in Manhattan, sondern ein Haus in der Vorstadt mit drei Schlafzimmern, einer Einfahrt und einer Doppelgarage, in der wir den BMW unterbringen können.«

Die Reaktion verzögerte sich um ein oder zwei Sekunden, aber schließlich sagte sie: »Den BMW? Wessen BMW?«

»Unseren, Baby. Unseren BMW. Die Firma least einen Neuwagen und gibt uns die Schlüssel. Es ist eine Art Gratifikation für die Vertragsunterzeichnung durch einen Mann, der ihre erste Wahl ist. Er ist weitere fünftausend im Jahr wert. Über die Farbe entscheiden wir natürlich. Ich glaube, Schwarz wäre hübsch. Was meinst du?«

»Keine Schrottautos mehr. Keine Reste mehr. Keine billigen Klamotten mehr«, sagte sie, während sie langsam den Kopf schüttelte.

Er kaute einen Mundvoll Nudeln und lächelte sie an. Sie träumte, das war unverkennbar, vermutlich von Möbeln und Tapeten und vielleicht in nicht allzuferner Zeit einem Pool. Und von dunkeläugigen kleinen Kindern mit hellbraunem Haar.

»Und es gibt noch ein paar Dinge, die später erörtert werden sollen.«

»Ich verstehe das nicht, Mitch. Weshalb sind sie so großzügig?«

»Die Frage habe ich gestellt. Sie sind sehr wählerisch und stolz darauf, daß sie Spitzengehälter zahlen. Sie nehmen nur die Besten, und es macht ihnen nichts aus, für sie zu blechen. Ihre Fluktuationsrate beträgt null Prozent. Außerdem glaube ich, daß es mehr kostet, erstklassige Leute nach Memphis zu locken.«

»Es wäre näher bei Zuhause«, sagte sie, ohne ihn anzusehen.

»Ich habe kein Zuhause. Es wäre näher bei deinen Eltern, und das stört mich.«

Das ignorierte sie, wie die meisten seiner Bemerkungen über ihre Familie. »Du wärest Ray näher.«

Er nickte, biß in eine Eierrolle und stellte sich den ersten Besuch ihrer Eltern vor, diesen wundervollen Moment, wo sie in ihrem ziemlich abgenutzten Cadillac vorfuhren und fassungslos das neue Haus im französischen Kolonialstil mit zwei Neuwagen in der Garage anstarrten. Sie würden vor Neid erblassen und sich fragen, wie der arme Junge ohne Familie und Status sich das mit fünfundzwanzig und frisch von der Universität überhaupt leisten konnte. Sie würden sich ein gequältes Lächeln abringen und bemerken, wie hübsch das alles war, und es würde nicht lange dauern, bis Mr. Sutherland zusammenbrechen und fragen würde, wieviel das Haus gekostet hatte, und Mitch würde ihm sagen, er sollte sich um seine eigenen Angelegenheiten kümmern, und das würde den alten Mann wahnsinnig machen. Sie würden nach einem kurzen Besuch wieder verschwinden und nach Kentucky zurückkehren, wo all ihre Freunde erfahren würden, wie gut es der Tochter und dem Schwiegersohn da unten in Memphis ging. Abby würde traurig sein, weil sie nicht miteinander auskamen, aber sie würde nicht viel sagen. Von Anfang an hatten sie ihn wie einen Aussätzigen behandelt. Er war so unwürdig, daß sie der kleinen Hochzeit ferngeblieben waren.

»Warst du schon einmal in Memphis?« fragte er.

»Einmal, als kleines Mädchen. Zu einem Kirchentreffen. Das einzige, woran ich mich erinnere, ist der Fluß.«

»Sie wollen, daß wir sie besuchen.«

»Wir? Du meinst, ich bin auch eingeladen?«

»Ja. Sie wollen, daß du mitkommst.«

»Wann?«

»In ein paar Wochen. Wir fliegen an einem Donnerstagnachmittag hinunter, für das Wochenende.«

»Diese Firma gefällt mir schon jetzt.«

2

Das fünfstöckige Gebäude war vor hundert Jahren von einem Baumwollhändler und seinen Söhnen gebaut worden, in der Zeit, als nach dem Bürgerkrieg das Baumwollgeschäft in Memphis wieder in Gang kam. Es stand in der Mitte der Cotton Row an der Front Street in der Nähe des Flusses. Durch seine Flure und Türen und über seine Schreibtische hinweg waren Millionen von Ballen Baumwolle aus den Deltas von Mississippi und Arkansas erworben und in alle Welt verkauft worden. Aufgegeben, vernachlässigt und seit dem Ersten Weltkrieg wieder und wieder renoviert, war es schließlich 1951 von einem außerordentlich tüchtigen Steueranwalt namens Anthony Bendini gekauft worden. Es wurde abermals renoviert und begann, sich mit Anwälten zu füllen. Er benannte es in Bendini Building um.

Er hätschelte das Gebäude, verwöhnte es, verzärtelte es, gab seiner Landmarke alljährlich einen neuen Anstrich von Luxus. Er befestigte es, versiegelte Türen und Fenster und stellte bewaffnete Wächter ein, die das Haus und seine Insassen schützen sollten. Er ließ Fahrstühle einbauen, elektronische Überwachung, Sicherheitscodes, Fernsehkameras, einen Fitneßraum, eine Sauna, einen Tresorraum und einen Speisesaal für die Partner mit einem wundervollen Ausblick auf den Fluß.

In zwanzig Jahren errichtete er die reichste Anwaltskanzlei in Memphis und unbestreitbar die unauffälligste. Geheimhaltung war seine Leidenschaft. Jeder neue Mitarbeiter, den die Firma einstellte, wurde eindringlich auf die üblen Auswirkungen eines losen Mundwerks hingewiesen. Alles war vertraulich. Gehälter, Gratifikationen, Beförderungen und vor allem Klienten. Das Reden über Angelegenheiten der Firma, so wurden die jungen Mitarbeiter gewarnt, konnte die Belehnung mit dem heiligen Gral – der Partnerschaft – verzögern. Nichts verließ die Festung an der Front Street. Die Ehefrauen wurden angewiesen, keine Fragen zu stellen, oder sie wurden angelogen. Von den Mitarbeitern wurde erwartet, daß sie schwer arbeiteten, den Mund hielten und ihr gutes Geld ausgaben. Sie taten es, ausnahmslos.

Mit einundvierzig Anwälten war die Firma die viertgrößte in Memphis. Sie inserierte nicht und vermied es, auf sich aufmerksam zu machen. Ihre Angehörigen blieben für sich und pflegten keinen Umgang mit anderen Anwälten. Ihre Frauen spielten Tennis und Bridge miteinander und gingen zusammen einkaufen. Bendini, Lambert & Locke war eine Art große Familie. Eine ziemlich reiche Familie.

An einem Freitag um 10 Uhr hielt die Firmenlimousine in der Front Street an, und Mr. Mitchell Y. McDeere stieg aus. Er bedankte sich höflich bei dem Chauffeur und sah dem davonfahrenden Fahrzeug nach. Seine erste Fahrt in einer Limousine. Er blieb auf dem Gehsteig neben einer Straßenlaterne stehen und bewunderte den merkwürdigen, pittoresken und dennoch irgendwie beeindruckenden Sitz der Firma Bendini. Er war etwas völlig anderes als die riesigen Gebilde aus Stahl und Glas, in denen New Yorks Namhafteste residierten, oder der gewaltige Zylinder, in dem er in Chicago gewesen war. Aber ihm war sofort klar, daß es ihm hier gefallen würde. Es war weniger anmaßend. Es war mehr wie er.

Lamar Quin kam durch die Vordertür und die Stufen herunter. Er rief Mitch an und winkte ihn heran. Er hatte sie am Abend zuvor am Flughafen abgeholt und sie im Peabody untergebracht – dem ›Grandhotel des Südens‹.

»Guten Morgen, Mitch! Wie haben Sie geschlafen?« Sie schüttelten sich die Hand wie Freunde, die lange getrennt gewesen waren.

»Sehr gut. Es ist ein großartiges Hotel.«

»Ich wußte, das es Ihnen gefallen würde. Das Peabody gefällt jedem.«

Sie betraten die Eingangshalle, wo ein kleines schwarzes Brett Mr. Mitchell Y. McDeere als Gast des Tages begrüßte. Eine gutgekleidete, aber nicht sonderlich reizvolle Empfangsdame lächelte herzlich und sagte, ihr Name wäre Sylvia, und wenn er irgend etwas brauchte, solange er in Memphis war, sollte er es sie wissen lassen. Er dankte ihr. Lamar brachte ihn in einen langen Flur, in dem er mit der Führung begann. Er erläuterte den Grundriß des Gebäudes und stellte Mitch unterwegs mehrere Sekretärinnen und Anwaltsgehilfen vor. In der Hauptbibliothek im zweiten Stock hatte sich eine Schar von Anwälten zu Kaffee und Kuchen rings um den riesigen Konferenztisch herum niedergelassen. Sie verstummten, als der Gast eintrat.

Oliver Lambert begrüßte Mitch und stellte ihn den Anwesenden vor. Es waren etwa zwanzig, fast sämtliche angestellten Anwälte der Firma, die meisten kaum älter als der Gast. Die Partner waren zu beschäftigt, hatte Lamar erklärt, und würden ihn später zum Lunch treffen. Er blieb am Kopfende des Tisches stehen, während Mr. Lambert um Ruhe bat.

»Meine Herren, das ist Mitchell McDeere. Sie haben alle von ihm gehört, und hier ist er. Er ist in diesem Jahr unsere erste Wahl, sozusagen unsere Nummer Eins. Er wird von den großen Tieren in New York und Chicago und wer weiß sonst noch wo umworben, also müssen wir ihm unsere kleine Firma hier in Memphis schmackhaft machen.« Sie lächelten und nickten zustimmend. Der Gast war verlegen.

»Er ist in zwei Monaten in Harvard fertig und wird hervorragend abschneiden. Er ist Mitherausgeber der *Harvard Law Review.*« Das machte Eindruck, wie Mitch feststellte. »Er hat anfangs an der Western Kentucky studiert, wo er mit summa cum laude abgeschlossen hat.« Das war nicht ganz so beeindruckend. »Außerdem hat er vier Jahre lang Football gespielt und in seinem Juniorenjahr als Quarterback angefangen.« Jetzt waren sie wirklich beeindruckt. Einige von ihnen schienen so ehrfürchtig zu sein, als sähen sie Joe Namath vor sich.

Der Seniorpartner setzte seinen Monolog fort, während Mitch verlegen neben ihm stand. Er ließ sich darüber aus, wie wählerisch sie immer gewesen waren und wie gut Mitch sich einfügen würde. Mitch steckte die Hände in die Taschen und hörte auf, zuzuhören. Er musterte die Gruppe. Sie waren jung, erfolgreich und wohlhabend. Die Kleiderordnung schien streng zu sein, aber nicht anders als in New York oder Chicago. Dunkelgraue oder marineblaue wollene Anzüge, weiße oder blaue Baumwollhemden, mittelsteif gestärkt, und seidene Krawatten. Nichts Kühnes oder Auffälliges. Vielleicht ein paar Fliegen, aber nichts Gewagteres. Keine Schnurr- oder Kinnbärte, kein Haar bis über die Ohren. Sie waren Konformisten, aber die meisten von ihnen sahen gut aus.

Mr. Lambert kam allmählich zum Schluß. »Lamar führt Mitch im Haus herum, ihr werdet also später noch Gelegenheit haben, ein paar Worte mit ihm zu reden. Heute abend werden er und seine reizende Frau – sie ist wirklich reizend – im Rendezvous Rippchen essen, und morgen abend findet natürlich das Firmenessen in meinem Haus statt. Und ich fordere euch auf, euch von eurer besten Seite zu zeigen.« Er lächelte und schaute den Gast an. »Mitch, wenn Sie von Lamar genug haben, sagen Sie mir Bescheid, dann suchen wir jemanden aus, der mehr von der Sache versteht.«

Als sie gingen, reichte er allen abermals die Hand und versuchte, sich an so viele Namen wie möglich zu erinnern.

»Fangen wir mit der Besichtigungstour an«, sagte Lamar, nachdem sich der Raum geleert hatte. »Dies ist natürlich eine Bibliothek, eine von vier gleichartigen in den unteren Stockwerken. Wir benutzen sie auch für große Konferenzen. Der Buchbestand ist von Stockwerk zu Stockwerk verschieden, Sie wissen also nie, wo Ihre Recherchen Sie hinführen werden. Wir haben zwei Vollzeit-Bibliothekare und machen ausgiebigen Gebrauch von Mikrofilm und Mikrofiche. Wir recherchieren grundsätzlich nicht außerhalb des Hauses. Hier befinden sich mehr als hunderttausend Bände, darunter sämtliche Steuerberichte, die je erschienen sind. Das ist mehr, als manche juristischen Fakultäten besitzen. Wenn Sie ein Buch brauchen, das wir nicht haben, sagen Sie es einem der Bibliothekare.«

Sie wanderten an dem langen Konferenztisch entlang. »Hunderttausend Bände«, murmelte Mitch.

»Ja. Wir geben jährlich ungefähr eine halbe Million für Instandhaltung, Ergänzungslieferungen und neue Bücher aus. Die Partner murren immer, aber sie kämen nicht auf die Idee, den Etat zu kürzen. Es ist eine der größten juristischen Privatbibliotheken im Lande, und wir sind stolz darauf.«

»Ziemlich beeindruckend.«

»Wir versuchen, die Recherchen so wenig unangenehm wie möglich zu machen. Sie wissen, wie lästig sie sind und wieviel Zeit man mit der Suche nach dem richtigen Material vergeuden kann. In den ersten beiden Jahren werden Sie viele Stunden hier verbringen, deshalb versuchen wir, sie halbwegs erfreulich zu machen.«

Hinter einem vollgepackten Schreibtisch in einer Ecke an der Rückwand saß ein Bibliothekar, der sich vorstellte und sie durch den Computerraum führte, in dem ein Dutzend Terminals nur darauf warteten, mit den neuesten Unterlagen zu dienen. Er erbot sich, ihnen die jüngste, wirklich unglaubliche Software vorzuführen, aber Lamar sagte, sie kämen vielleicht später noch einmal vorbei.

»Ein netter Mann«, sagte Lamar, als sie die Bibliothek verließen. »Wir zahlen ihm vierzigtausend im Jahr, nur damit er sich um die Bücher kümmert. Kaum zu glauben.«

Wirklich kaum zu glauben, dachte Mitch.

Der zweite Stock war praktisch identisch mit dem ersten, dritten und vierten. Das Zentrum jedes Stockwerks war angefüllt mit Sekretärinnen, ihren Schreibtischen, Aktenschränken, Kopierern und den anderen erforderlichen Geräten. An einer Seite des offenen Areals lag die Bibliothek, an der anderen befanden sich kleinere Konferenzräume und Büros.

»Hübsche Sekretärinnen werden Sie hier nicht finden«, sagte Lamar leise, während sie ihnen bei der Arbeit zusahen. »Das scheint ein ungeschriebenes Gesetz der Firma zu sein. Oliver Lambert gibt sich alle Mühe, die ältesten und reizlosesten einzustellen, die er finden kann. Einige von ihnen sind natürlich schon seit mehr als zwanzig Jahren hier und haben von juristischen Dingen mehr vergessen, als wir an der Universität gelernt haben.«

»Sie wirken irgendwie hausbacken«, bemerkte Mitch.

»Ja, das ist Teil der Strategie und soll uns veranlassen, die Hände in den Taschen zu behalten. Affären sind streng verboten und meines Wissens auch nie vorgekommen.«

»Und wenn es doch passiert?«

»Wer weiß? Die Sekretärin würde natürlich fristlos entlassen. Und ich vermute, der Anwalt würde streng bestraft werden. Es könnte ihn die Partnerschaft kosten. Niemandem liegt daran, das herauszufinden, schon gar nicht mit einem Haufen alter Kühe.«

»Sie ziehen sich hübsch an.«

»Verstehen Sie mich nicht falsch. Wir stellen nur die besten Anwaltssekretärinnen ein, und wir zahlen mehr als jede andere Firma in der Stadt. Was Sie hier sehen, sind die besten, wenn auch nicht gerade die hübschesten. Wir verlangen Erfahrung und Reife. Lambert stellt keine unter Dreißig ein.«

»Eine für jeden Anwalt?«

»Ja, bis Sie Partner sind. Dann bekommen Sie eine zweite, und die werden Sie dann auch brauchen. Nathan Locke hat drei, alle mit zwanzig Jahren Erfahrung, und er hält sie auf Trab.«

»Wo ist sein Büro?«

»Im vierten Stock. Zutritt verboten.«

Mitch wollte fragen, ließ es dann jedoch.

Die Eckbüros hatten eine Größe von siebeneinhalb mal siebeneinhalb Metern, erklärte Lamar; sie gehörten den wichtigsten Partnern. Machtzentren nannte er sie, mit großen Erwartungen. Sie wurden ohne Rücksicht auf die Kosten nach dem Geschmack ihres jeweiligen Inhabers eingerichtet und nur geräumt, wenn er starb oder in den Ruhestand trat, wonach die jüngeren Partner um sie kämpften.

Lamar legte vor einem von ihnen einen Schalter um und trat ein, wobei er die Tür hinter sich zumachte. »Hübsche Aussicht, wie?« sagte er, während Mitch an die Fenster trat und hinausblickte auf den Fluß, der jenseits des Riverside Drive träge vorbeifloß.

»Wie kommt man an dieses Büro?« fragte Mitch. Er betrachtete einen Schleppkahn, der unter der nach Arkansas führenden Brücke hindurchmanövrierte.

»Das dauert eine Weile, und wenn Sie hier einziehen, sind Sie sehr reich und sehr beschäftigt und haben keine Zeit, die Aussicht zu genießen.«

»Wem gehört dieses Büro?«

»Victor Milligan. Er ist Chef der Steuerabteilung und ein sehr netter Mann. Stammt aus Neuengland, ist aber seit fünfundzwanzig Jahren hier und betrachtet Memphis als sein Zuhause.« Lamar steckte die Hände in die Taschen und wanderte im Raum herum. »Die Fußbodendielen und die Decken sind noch original, mehr als hundert Jahre alt. Der größte Teil des Gebäudes ist mit Teppichboden ausgelegt, aber an ein paar Stellen war das Holz noch unbeschädigt. Wenn Sie herkommen, haben Sie die Wahl zwischen Teppichboden und Brücken.«

»Das Holz gefällt mir. Was ist mit der Brücke?«

»Irgendein altes persisches Stück. Ich kenne seine Geschichte nicht. Der Schreibtisch wurde schon von seinem Urgroßvater benutzt, der in Rhode Island eine Art Richter war, behauptet er jedenfalls. Er ist vollgestopft mit allem möglichen Kram, und man weiß nie, wann er zu qualmen anfängt.«

»Wo ist er?«

»Im Urlaub, glaube ich. Habe ich Ihnen schon vom Urlaub erzählt?«

»Nein.«

»In den ersten fünf Jahren bekommen Sie zwei Wochen pro Jahr. Bezahlt natürlich. Dann drei Wochen, bis Sie Partner geworden sind, danach nehmen Sie so viel, wie Sie wollen. Die Firma hat ein Chalet in Vail, eine Hütte an einem See in Manitoba und zwei Apartments am Seven Mile Beach auf Grand Cayman Island. Die Benutzung ist kostenlos, aber man muß zeitig buchen. Partner haben Vorrang. Danach geht's der Reihe nach. Die Caymans sind in der Firma überaus beliebt. Sie sind eine internationale Steueroase, und eine Menge unserer Ausflüge dorthin wird abgesetzt. Ich nehme an, daß Milligan jetzt dort ist. Wahrscheinlich taucht er und nennt es Geschäft.«

In einem seiner Steuerkurse hatte Mitch von den Caymans gehört und wußte, daß sie irgendwo in der Karibik lagen. Er wollte sich nach ihrer genauen Lage erkundigen, beschloß dann aber, es zu lassen.

»Nur zwei Wochen?« fragte er.

»Ja. Wäre das ein Problem?«

»Nein, eigentlich nicht. Die Firmen in New York offerieren mindestens drei.« Er sprach wie ein scharfsinniger Beurteiler teurer Urlaubsreisen, der er nicht war. Abgesehen von dem dreitägigen Wochenende, das sie als Hochzeitsreise bezeichneten, und einer gelegentlichen Fahrt durch Neuengland hatte er nie irgendwelchen Urlaub gemacht und das Land noch nie verlassen.

»Sie können eine weitere Woche bekommen, unbezahlt.«

Mitch nickte, als wäre das akzeptabel. Sie verließen Milligans Büro und setzten ihre Wanderung fort. Der Flur bildete ein langes Rechteck mit den Büros der Anwälte an den Außenseiten, alle mit Fenstern, Sonne und Aussicht. Diejenigen mit Aussicht auf den Fluß waren gefragter, erklärte Lamar, und gewöhnlich den Partnern vorbehalten. Es gab eine Warteliste.

Die Konferenzräume, Bibliotheken und Schreibtische der Sekretärinnen befanden sich an der Innenseite, ohne Fenster und Ablenkung. Die Büros der angestellten Anwälte waren kleiner – viereinhalb mal viereinhalb Meter –, aber kostspielig eingerichtet und wesentlich beeindruckender als alles, was er in New York und Chicago an entsprechenden Büros gesehen hatte. Die Firma zahlte ein kleines Vermögen an Innenarchitekten, erklärte Lamar. Anscheinend wuchs das Geld auf den Bäumen. Die jüngeren Anwälte waren freundlich und redselig und schienen sich über die Arbeitsunterbrechung zu freuen. Die meisten hielten kurze Lobreden auf die Firma und auf Memphis. Irgendwie wächst einem die alte Stadt ans Herz, teilten sie ihm mit, aber es dauert seine Zeit. Auch sie waren von den großen Tieren in Washington und in Wall Street umworben worden, und sie bereuten nichts.

Die Partner waren stärker beschäftigt, aber ebenso freundlich. Er war sorgfältig ausgewählt worden, hörte er immer wieder, und er würde hierher passen. Es war genau die richtige Firma für ihn. Sie versprachen weitere Gespräche beim Lunch.

Eine Stunde zuvor hatte Kay Quin die Kinder in der Obhut der Kinderschwester und des Hausmädchens zurückgelassen und sich mit Abby zum Brunch im Peabody getroffen. Wie Abby war sie in einer Kleinstadt aufgewachsen. Sie hatte Lamar nach dem College geheiratet und drei Jahre in Nashville gelebt, während er an der Vanderbilt Jura studierte. Lamar verdiente so viel Geld, daß sie ihre Stellung aufgegeben und in vierzehn Monaten zwei Kinder zur Welt gebracht hatte. Jetzt, wo sie nicht mehr arbeitete und mit dem Kinderkriegen fertig war, widmete sie den größten Teil ihrer Zeit dem Garden Club, dem Herzfonds, dem Country Club, der Parent-Teacher-Association und der Kirche. Trotz des Geldes und Wohlstandes war sie bescheiden und ohne eine Spur von Anmaßung; sie hatte offensichtlich beschlossen, auch so zu bleiben, ganz gleich, wieviel Erfolg ihr Mann hatte. Abby fand eine Freundin.

Nach Croissants und Eiern Benedict saßen sie im Foyer des Hotels, tranken Kaffee und schauten den Enten zu, die in Kreisen um den Springbrunnen herumschwammen. Kay hatte eine kurze Rundfahrt durch Memphis mit einem späten Lunch in der Nähe ihres Hauses vorgeschlagen. Vielleicht ein paar Einkäufe.

»Haben sie das zinsgünstige Darlehen erwähnt?« fragte sie.

»Ja, schon beim ersten Gespräch.«

»Sie möchten, daß Sie ein Haus kaufen, wenn Sie hierher ziehen. Die meisten Leute können sich kein Haus leisten, wenn sie gerade von der Universität kommen, deshalb leiht ihnen die Firma das Geld zu einem niedrigeren Zins und übernimmt die Hypothek.«

»Wie niedrig?«

»Das weiß ich nicht. Es ist sieben Jahre her, seit wir hierher gekommen sind, und inzwischen haben wir ein anderes Haus gekauft. Aber es dürfte sich auf alle Fälle lohnen, das können Sie mir glauben. Die Firma sorgt dafür, daß Sie ein eigenes Haus haben. Das ist eine Art ungeschriebenes Gesetz.«

»Warum ist ihr das so wichtig?«

»Aus mehreren Gründen. Zuerst einmal will sie Sie hier haben. Die Firma ist sehr wählerisch, und in der Regel bekommt sie die Leute, die sie haben will. Aber Memphis liegt nicht gerade im Rampenlicht, deshalb muß sie mehr bieten. Außerdem stellt die Firma große Ansprüche, besonders an die jüngeren Anwälte. Termindruck, Überstunden, Achtzig-Stunden-Wochen und Zeiten, in denen sie unterwegs sind. Das ist für beide nicht einfach, und die Firma weiß das. Der Theorie zufolge sorgt eine gute Ehe für einen glücklichen Anwalt, und ein glücklicher Anwalt ist ein produktiver Anwalt. Was dem Ganzen zugrundeliegt, ist also der Profit. Immer der Profit. Aber es gibt noch einen weiteren Grund. Diese Männer – all diese Männer und ihre Frauen – sind sehr stolz auf ihren Reichtum, und von jedermann wird erwartet, daß er einen wohlhabenden Eindruck macht und sich entsprechend benimmt. Es wäre eine Beleidigung für die Firma, wenn ein junger Anwalt gezwungen wäre, in einer Mietwohnung zu leben. Sie möchten Sie in einem Haus sehen, und nach fünf Jahren in einem größeren Haus. Wenn wir heute nachmittag Zeit dazu haben, zeige ich Ihnen ein paar von den Häusern der Partner. Wenn Sie die sehen, machen Ihnen die Achtzig-Stunden-Wochen nichts mehr aus.«

»Ich bin jetzt schon an sie gewöhnt.«

»Das ist gut, aber das Studium läßt sich damit nicht vergleichen. In der Zeit, in der die Jahresabschlüsse gemacht werden müssen, arbeiten sie manchmal hundert Stunden.«

Abby lächelte und schüttelte den Kopf, als wäre sie mächtig beeindruckt. »Arbeiten Sie?«

»Nein. Die meisten von uns arbeiten nicht. Das Geld ist da, wir sind also nicht darauf angewiesen, und von unseren Männern bekommen wir kaum Hilfe beim Aufziehen der Kinder. Arbeiten ist natürlich nicht verboten.«

»Von wem verboten?«

»Der Firma.«

»Das hoffe ich doch.« Abby wiederholte lautlos das Wort »verboten«, ließ es aber auf sich beruhen.

Kay trank einen Schluck Kaffee und beobachtete die Enten. Ein kleiner Junge wanderte von seiner Mutter fort und blieb neben dem Springbrunnen stehen. »Wollen Sie Kinder?« fragte Kay.

»Vielleicht in ein paar Jahren.«

»Kinderkriegen ist erwünscht.«

»Wem?«

»Der Firma.«

»Weshalb sollte der Firma daran liegen, daß wir Kinder haben?«

»Gleichfalls wegen der stabilen Familienverhältnisse. Ein neues Baby ist ein großes Ereignis in der Firma. Sie schicken Blumen und Geschenke ins Krankenhaus. Sie werden behandelt wie eine Königin. Ihr Mann bekommt eine Woche frei, aber er ist zu beschäftigt, um sie auszunutzen. Sie investieren tausend Dollar in einen Treuhandfonds für das College. Eine tolle Sache.«

»Hört sich an wie eine große Bruderschaft.«

»Es ist eher eine große Familie. Unser gesellschaftliches Leben dreht sich um die Firma, und das ist wichtig, weil keiner von uns aus Memphis stammt. Wir sind alle hierher verpflanzt worden.«

»Das ist hübsch, aber ich möchte nicht, daß mir jemand sagt, wann ich arbeiten darf und wann ich aufhören und wann ich Kinder kriegen soll.«

»Keine Sorge. Sie sind alle sehr fürsorglich, aber die Firma mischt sich nicht in private Angelegenheiten ein.«

»Da bin ich nicht so sicher.«

»Nicht nervös werden, Abby. Die Firma ist wie eine Familie. Es sind großartige Leute, und Memphis ist eine wundervolle Stadt, um dann zu leben und Kinder aufzuziehen. Die Lebenskosten sind viel geringer, und das Leben geht einen gemächlicheren Gang. Wahrscheinlich überlegen Sie, ob Sie nicht einer der großen Städte den Vorzug geben sollten. Das haben wir auch getan, aber jetzt ziehe ich Memphis den großen Städten allemal vor.«

»Bekomme ich einiges davon zu sehen?«

»Deshalb bin ich hier. Ich dachte, wir fangen im Zentrum an und fahren dann nach Osten, um uns einige der hübscheren Viertel und vielleicht ein paar Häuser anzusehen, und dann gehen wir zum Lunch in mein Lieblingsrestaurant.«

»Hört sich gut an.«

Kay bezahlte den Kaffee, wie vorher den Brunch, und sie verließen in dem neuen Mercedes der Quins das Peabody.

Das Eßzimmer, wie es schlicht genannt wurde, nahm das westliche Ende des fünften Stocks oberhalb des Riverside Drive ein und lag hoch über dem in einiger Entfernung vorbeifließenden Fluß. In eine Wand war eine Reihe zweieinhalb Meter hoher Fenster eingelassen, durch die man einen faszinierenden Blick auf die Schleppkähne, Raddampfer, Docks und Brücken hatte.

Der Raum war ein geschütztes Revier, eine Freistatt für diejenigen Anwälte, die begabt und ehrgeizig genug waren, um in der stillen Firma Bendini als Partner zu fungieren. Hier versammelten sie sich jeden Tag zum Mittagessen, das von Jessie Frances, einer massigen, temperamentvollen alten Schwarzen, zubereitet und von ihrem Mann Roosevelt serviert wurde, der dabei weiße Handschuhe trug und einen schlecht sitzenden, verblichenen und zerknitterten alten Smoking, den ihm Mr. Bendini selbst kurz vor seinem Tode geschenkt hatte. Hier trafen sie sich gelegentlich auch am Vormittag zu Kaffee und Kuchen, um Firmenangelegenheiten zu erörtern, und hin und wieder zu einem Glas Wein am Nachmittag, um einen guten Monat oder ein außergewöhnlich dickes Honorar zu feiern. Hier hatten nur die Partner Zutritt und vielleicht hin und wieder einmal ein Gast wie ein besonders zahlungskräftiger Klient oder ein in Aussicht genommener neuer Mitarbeiter. Die jüngeren Anwälte durften zweimal im Jahr hier speisen, nur zweimal – es wurde genau Buch geführt –, und auch das nur auf Einladung eines Partners.

Neben dem Speisesaal lag eine kleine Küche, in der Jessie Frances arbeitete und in der sie vor sechsundzwanzig Jahren für Mr. Bendini und ein paar andere die erste Mahlzeit zubereitet hatte. Sechsundzwanzig Jahre lang hatte sie Südstaaten-Gerichte gekocht und Aufforderungen, zu experimentieren und Speisen zuzubereiten, deren Namen sie kaum aussprechen konnte, einfach ignoriert. »Wenn es Ihnen nicht schmeckt, brauchen Sie es ja nicht zu essen«, war ihre Standarderwiderung. Nach den Resten zu urteilen, die Roosevelt von den Tischen abräumte, schmeckte es ihnen, und zwar ausgezeichnet. Montags hängte sie den Speisezettel für die Woche aus, verlangte, daß sich die Partner jeden Tag bis zehn Uhr zum Essen anmeldeten, und war jahrelang sauer, wenn einer von ihnen absagte oder nicht erschien. Sie und Roosevelt arbeiteten vier Stunden täglich und bekamen tausend Dollar im Monat.

Mitch saß mit Lamar Quin, Oliver Lambert und Royce McKnight zusammen an einem Tisch. Als Hauptgericht gab es vorzügliche Rippchen mit gebratener Okra und geschmortem Kürbis.

»Heute hat sie sich mit dem Fett zurückgehalten«, bemerkte Mr. Lambert.

»Es ist köstlich«, sagte Mitch.

»Ist Ihr Organismus an Fett gewöhnt?«

»Ja. In Kentucky wird auch so gekocht.«

»Ich bin 1955 in die Firma eingetreten«, sagte Mr. McKnight, »und ich komme aus New Jersey. Aus purem Argwohn habe ich die meisten Südstaaten-Gerichte so weit wie möglich gemieden. Schließlich wird hier alles mit tierischem Fett begossen und darin gebraten. Dann beschließt Mr. Bendini, dieses kleine Café hier zu eröffnen. Er stellt Jessie Frances ein, und in den letzten zwanzig Jahren habe ich ständig Sodbrennen gehabt. Gebratene reife Tomaten, gebratene grüne Tomaten, gebratene Auberginen, gebratene Okra, gebratener Kürbis, alles und jedes gebraten. Eines Tages sagte Victor Milligan ein Wort zuviel. Er stammt aus Connecticut. Und Jessie Frances hatte uns gebratene Dill-Pickles vorgesetzt. Können Sie sich das vorstellen? Gebratene Dill-Pickles! Milligan sagte etwas Häßliches zu Roosevelt, und der berichtete es Jessie Frances. Sie kündigte und verließ das Haus durch die Hintertür. Blieb eine Woche lang weg. Roosevelt wollte weiterarbeiten, aber sie behielt ihn zu Hause. Schließlich brachte Mr. Bendini die Sache wieder ins Lot, und sie erklärte sich bereit, wiederzukommen, wenn sich niemand beschwerte. Aber sie schränkte auch den Fettgebrauch ein. Ich glaube, wir werden alle zehn Jahre länger leben.«

»Es schmeckt wunderbar«, sagte Lamar und bestrich ein weiteres Brötchen mit Butter.

»Es schmeckt immer wunderbar«, setzte Mr. Lambert hinzu, als Roosevelt gerade vorbeiging. »Das Essen ist üppig und macht dick, aber den Lunch versäumen wir selten.«

Mitch aß vorsichtig, beteiligte sich ein wenig nervös an dem Geplauder und versuchte, einen völlig entspannten Eindruck zu machen. Es war schwierig. Umgeben von überaus erfolgreichen Anwälten, allesamt Millionäre, in ihrem exklusiven, kostbar eingerichteten Speisesaal, war ihm, als befände er sich auf geheiligtem Grund. Lamars Anwesenheit war tröstlich, ebenso die von Roosevelt.

Als offensichtlich war, daß Mitch nichts mehr zu essen gedachte, wischte sich Oliver Lambert den Mund ab, erhob sich langsam und klopfte mit dem Löffel an sein Teeglas. »Meine Herren, ich bitte um Aufmerksamkeit.«

Im Raum wurde es still, und die ungefähr zwanzig Partner wendeten sich dem Cheftisch zu. Sie hatten ihre Servietten hingelegt und betrachteten den Gast. Auf dem Schreibtisch eines jeden lag eine Kopie des Dossiers. Zwei Monate zuvor hatten sie einstimmig beschlossen, ihn in diesem Jahr zu ihrer ersten Wahl zu machen. Sie wußten, daß er jeden Tag vier Meilen lief, nicht rauchte, allergisch war gegen Sulfite, keine Mandeln mehr hatte, einen blauen Mazda fuhr, eine verrückte Mutter hatte und in einer Spielzeit dreimal den Ball aufgefangen hatte. Sie wußten, daß er, wenn er krank war, nichts Stärkeres nahm als Aspirin, und daß er hungrig genug war, um, wenn sie es verlangten, hundert Stunden in der Woche zu arbeiten. Sie mochten ihn. Er sah gut aus, sportlich, das Idealbild eines Mannes mit einem brillanten Verstand und einem schlanken Körper.

»Wie Sie wissen, haben wir heute einen speziellen Gast. Mitch McDeere. Er wird demnächst sein Studium in Harvard mit Auszeichnung abschließen ...«

»Beachtlich!« sagten ein paar ehemalige Harvard-Studenten.

»Ja, vielen Dank. Er und seine Frau Abby verbringen dieses Wochenende als unsere Gäste im Peabody. Mitch rangiert unter den ersten fünf von dreihundert und wird von etlichen Firmen umworben. Wir möchten ihn bei uns haben, und ich weiß, daß Sie sich noch mit ihm unterhalten werden, bevor er wieder abreist. Heute abend ißt er mit Lamar und Kay Quin, und morgen abend findet dann das Essen in meinem Haus statt. Ich rechne mit Ihrer aller Anwesenheit.« Mitch lächelte die Partner verlegen an, während Mr. Lambert sich eingehend über die Großartigkeit der Firma ausließ. Als er geendet hatte, setzten sie die Mahlzeit fort, nachdem Roosevelt Brotpudding und Kaffee serviert hatte.

Kays Lieblingsrestaurant lag in East Memphis und war ein schicker Treffpunkt für wohlhabende junge Leute. Von allen möglichen Stellen hingen tausend Farne herab, und die Jukebox spielte nichts als Songs aus den frühen Sechzigern. Die Daiquiris wurden in hohen Souvenirgläsern serviert.

»Einer reicht«, warnte Kay.

»Ich trinke nie viel.«

Sie bestellten die Quiche des Tages und nippten an ihren Daiquiris.

»Trinkt Mitch?«

»Sehr wenig. Er ist Sportler und sehr auf seinen Körper bedacht. Gelegentlich ein Bier oder ein Glas Wein, nichts Stärkeres. Wie steht es mit Lamar?«

»Ungefähr ebenso. Während seines Studiums hat er das Bier entdeckt, aber er hat Probleme mit seinem Gewicht. Die Firma mißbilligt das Trinken.«

»Sehr lobenswert, aber was geht sie das an?«

»Weil Alkohol und Anwälte zusammengehören wie Blut und Vampire. Die meisten Anwälte saufen wie ein Loch, die ganze Branche leidet unter Alkoholismus. Ich glaube, es fängt an der

Universität an. An der Vanderbilt hatte ständig jemand ein Faß Bier angezapft. Und in Harvard ist es vermutlich nicht anders. In dem Job gibt es eine Menge Druck, und das bedeutet in der Regel eine Menge Alkohol. Verstehen Sie mich richtig, die Leute hier sind keine sturen Abstinenzler, aber sie halten es unter Kontrolle. Ein gesunder Anwalt ist ein produktiver Anwalt. Also wieder der Profit.«

»Das klingt vernünftig. Mitch sagt, es gibt keine Fluktuation.«

»Es ist so etwas wie eine Lebensstellung. Ich kann mich nicht erinnern, daß in den sieben Jahren, die wir jetzt hier sind, jemand ausgeschieden wäre. Die Gehälter sind grandios, und sie überlegen sich genau, wen sie einstellen. Sie nehmen niemanden mit Geld in der Familie.«

»Das verstehe ich nicht.«

»Sie stellen keinen Anwalt ein, der über andere Einkommensquellen verfügt. Sie wollen sie jung und hungrig. Es ist eine Sache der Loyalität. Wenn alles Geld aus einer einzigen Quelle kommt, dann ist man geneigt, sich dieser Quelle gegenüber sehr loyal zu verhalten. Die Firma verlangt absolute Loyalität. Lamar sagt, daß über Ausscheiden nie geredet wird. Sie sind alle glücklich und entweder reich oder auf dem besten Wege dazu. Und wenn jemand gehen wollte, würde er bei einer anderen Firma niemals so viel verdienen. Sie werden Mitch alles anbieten, was erforderlich ist, um Sie hierher zu bringen. Sie sind sehr stolz darauf, daß sie mehr zahlen als alle anderen.«

»Weshalb keine weiblichen Anwälte?«

»Sie haben es einmal versucht. Sie war ein regelrechtes Biest und hat ständig Wirbel gemacht. Die meisten weiblichen Anwälte bilden sich ein, sie müßten ständig kämpfen. Es ist schwer, mit ihnen zusammenzuarbeiten. Lamar sagt, sie scheuen davor zurück, eine Frau einzustellen, weil sie sie nicht entlassen können, wenn es nicht funktioniert, ohne daß es eine Menge Stunk gibt.«

Die Quiche wurde serviert, und sie lehnten eine weitere Runde Daiquiris ab. Junge Akademiker drängten sich unter den Farnwolken zusammen, im Restaurant herrschte lebhafter Betrieb. Aus der Jukebox tönte leise die Stimme von Smokey Robinson.

»Ich habe eine großartige Idee«, sagte Kay. »Ich kenne eine Maklerin. Wir rufen sie an und sehen uns ein paar Häuser an.«

»Was für Häuser?«

»Für Sie und Mitch. Für den jüngsten Mitarbeiter von Bendini, Lambert & Locke. Sie kann Ihnen mehrere in Ihrer Preisklasse anbieten.«

»Ich kenne unsere Preisklasse nicht.«

»Hundert- bis hundertfünfzigtausend, würde ich sagen. Der letzte hat ein Haus in Oakgrove gekauft, und ich bin sicher, daß er ungefähr so viel bezahlt hat.«

Abby beugte sich vor und flüsterte fast: »Wie hoch wäre die monatliche Belastung?«

»Das weiß ich nicht. Aber Sie werden sie sich leisten können. An die tausend monatlich, vielleicht ein bißchen mehr.«

Abby starrte sie an und schluckte. Die kleinen Apartments in Manhattan kosteten das Doppelte an Miete.

»Rufen wir sie an.«

Wie nicht anders zu erwarten, war das Büro von Royce McKnight eines der großen mit einem prachtvollen Ausblick. Es lag in einer der vielbegehrten Ecken im vierten Stock, nicht weit von dem von Nathan Locke entfernt. Lamar entschuldigte sich, und der geschäftsführende Partner forderte Mitch auf, an einem kleinen Konferenztisch neben dem Sofa Platz zu nehmen. Eine Sekretärin wurde zum Kaffeeholen geschickt.

McKnight fragte ihn nach dem bisherigen Verlauf seines Besuches, und Mitch sagte, er wäre sehr beeindruckt.

»Mitch, ich möchte die Details unseres Angebots festmachen.«

»Bitte.«

»Das Grundgehalt beträgt achtzigtausend Dollar im ersten Jahr. Wenn Sie das Anwaltsexamen bestanden haben, erhalten Sie eine Gehaltserhöhung von fünftausend Dollar. Keine Gratifikation, sondern eine Erhöhung. Das Examen findet im August statt, und Sie werden den größten Teil des Sommers damit verbringen, sich darauf vorzubereiten. Wir haben unsere eigenen Repetitorien, und einige der Partner werden als Ihre Tutoren fungieren. Dies geschieht überwiegend während der Arbeitszeit. Wie Sie wissen, verlangen die meisten Firmen, daß Sie arbeiten und in Ihrer Freizeit lernen. Wir nicht. Kein Mitarbeiter dieses Hauses ist je beim Anwaltsexamen durchgefallen, und wir befürchten nicht, daß Sie die Ausnahme von der Regel darstellen werden. Achtzigtausend zu Anfang, fünfundachtzig in sechs Monaten. Wenn Sie ein Jahr hier sind, erfolgt eine Anhebung auf neunzigtausend; außerdem bekommen Sie jedes Jahr im Dezember eine Gratifikation, deren Höhe von den Profiten und der Leistung in den voraufgegangenen zwölf Monaten abhängt. Im letzten Jahr belief sich die durchschnittliche Gratifikation für die angestellten Anwälte auf neuntausend. Wie Sie wissen, kommt es überaus selten vor, daß Anwaltsfirmen ihre jüngeren Mitarbeiter am Profit beteiligen. Noch irgendwelche Fragen hinsichtlich des Gehalts?«

»Was passiert nach dem zweiten Jahr?«

»Ihr Grundgehalt steigt jährlich um etwa zehn Prozent, bis Sie Partner werden. Weder die Gehaltserhöhungen noch die Gratifikationen sind garantiert. Sie hängen von der Leistung ab.«

»Das ist nur fair.«

»Wie Sie wissen, liegt uns sehr viel daran, daß Sie ein Haus kaufen. Es fördert Stabilität und Prestige, und beides ist uns sehr wichtig, besonders bei unseren jungen Mitarbeitern. Die Firma stellt Ihnen eine Hypothek in Form eines Darlehens zu niedrigem Zins zur Verfügung, bei fester Rate und mit einer Laufzeit von dreißig Jahren, unkündbar, falls Sie sich in ein paar Jahren zum Verkauf entschließen sollten. Das ist ein einmaliges Angebot, das nur für Ihr erstes Haus gilt. Danach müssen Sie selbst zusehen, wie Sie zurechtkommen.«

»Zu welchem Zins?«

»So niedrig wie möglich, ohne daß wir mit dem Finanzamt in Konflikt geraten. Die marktüblichen Zinsen liegen gegenwärtig bei zehn bis zehneinhalb Prozent. Wir sollten eigentlich in der Lage sein, Ihnen das Geld zu sieben oder acht Prozent zu beschaffen. Wir vertreten einige Banken, und sie helfen uns. Bei diesem Gehalt haben Sie genügend Sicherheit zu bieten. Außerdem wird die Firma für Sie bürgen, falls es erforderlich sein sollte.«

»Das ist sehr großzügig, Mr. McKnight.«

»Es ist uns sehr wichtig. Und wir verlieren kein Geld bei dem Geschäft. Sobald Sie ein Haus gefunden haben, übernimmt unsere Immobilienabteilung alles weitere. Sie brauchen nur noch einziehen.«

»Was ist mit dem BMW?«

Mr. McKnight lachte leise. »Das haben wir vor ungefähr zehn Jahren eingeführt, und es hat sich als beträchtlicher Anreiz erwiesen. Es ist ganz einfach. Sie suchen sich einen BMW aus, einen von den kleineren, und wir geben Ihnen die Schlüssel. Wir bezahlen Steuern, Haftpflicht und Wartung. Nach Ablauf von drei Jahren können Sie ihn von der Leasingfirma zu einem angemessenen Listenpreis kaufen. Auch das ist ein einmaliges Angebot.«

»Und sehr verlockend.«

»Das wissen wir.«

Mr. McKnight warf einen Blick auf seinen Notizblock. »Wir übernehmen die Arzt- und Zahnarztkosten für die gesamte Familie. Schwangerschaften, Vorsorgeuntersuchungen, Zahnspangen, alles wird voll und ganz von der Firma bezahlt.«

Mitch nickte, war aber nicht beeindruckt. Das war allgemein üblich.

»Wir haben einen einzigartigen Rentenplan. Für jeden Dollar, den Sie investieren, legt die Firma zwei Dollar zu, allerdings nur unter der Voraussetzung, daß Sie selbst mindestens zehn Prozent Ihres Gehalts investieren. Sagen wir, Sie fangen mit achtzigtausend an und legen im ersten Jahr achttausend beiseite. Die Firma legt sechzehntausend dazu, also haben Sie nach dem ersten Jahr bereits vierundzwanzigtausend. Ein Finanzexperte in New York legt das Geld an, und im letzten Jahr betrug die Rendite neunzehn Prozent. Nicht schlecht. Investieren Sie zwanzig Jahre, und mit fünfundvierzig, kurz bevor Sie in den Ruhestand gehen, sind Sie Millionär. Eine Einschränkung: Wenn Sie vor Ablauf der zwanzig Jahre ausscheiden, verlieren Sie alles bis auf das Geld, das Sie eingezahlt haben, auch die daraus erwirtschafteten Zinsen.«

»Hört sich ziemlich hart an.«

»Nein, in Wirklichkeit ist es sehr großzügig. Nennen Sie mir eine andere Firma, die zwei zu eins zuschießt. Soviel ich weiß, gibt es keine. Das ist unsere Art, für uns zu sorgen. Viele unserer Partner treten mit fünfzig in den Ruhestand, manche schon mit fünfundvierzig. Wir haben keine feste Altersgrenze, manche von uns arbeiten, bis sie in den Sechzigern oder Siebzigern sind. Jeder so, wie es ihm gefällt. Unser Ziel ist es lediglich, jeden eine beachtliche Rente zu sichern und frühes Ausscheiden zu ermöglichen.«

»Wieviele Partner im Ruhestand gibt es?«

»An die zwanzig. Sie werden Sie von Zeit zu Zeit hier sehen. Sie kommen gern zum Lunchen vorbei, und einige von ihnen haben sogar noch ein Büro. Hat Lamar das Thema Urlaub angesprochen?«

»Ja.«

»Gut. Buchen Sie rechtzeitig, vor allem für Vali und die Caymans. Sie bezahlen nur die Flugtickets, die Apartments sind umsonst. Wir haben geschäftlich viel auf den Caymans zu tun, und von Zeit zu Zeit werden wir Sie für zwei oder drei Tage dorthin schicken und die Kosten abschreiben. Diese Reisen zählen nicht als Urlaub, und Sie unternehmen ungefähr jedes Jahr eine. Wir arbeiten hart, Mitch, und Sie wissen, wie wichtig Entspannung ist.«

Mitch nickte zustimmend und träumte davon, an einem Strand in der Karibik in der Sonne zu liegen, eine Pina Colada zu trinken und winzige Bikinis zu betrachten.

»Hat Lamar die Einstellungs-Gratifikation erwähnt?«

»Nein, aber das hört sich interessant an.«

»Wenn Sie in die Firma eintreten, geben wir Ihnen einen Scheck über fünftausend Dollar. Wir wünschen, daß Sie den größten Teil davon für neue Garderobe ausgeben. Uns ist klar, daß nach sieben Jahren in Jeans und Sweatshirts Ihr Bestand an Anzügen ziemlich gering sein dürfte. Die äußere Erscheinung ist uns sehr wichtig. Wir erwarten von unseren jungen Mitarbeitern, daß sie gut und konservativ gekleidet sind. Es gibt keine Kleiderordnung, aber das Prinzip dürfte klar sein.«

Hatte er fünftausend Dollar gesagt? Für Kleidung? Im Augenblick besaß Mitch zwei Anzüge und trug einen davon. Mitch verzog keine Miene und lächelte auch nicht.

»Noch Fragen?«

»Ja. Die großen Firmen sind dafür berüchtigt, daß sie die jungen Anwälte in den ersten drei Jahren in irgendeine Bibliothek einsperren und mit endlosen Recherchen eindecken. Das kommt für mich nicht in Frage. Mir macht es nichts aus, meinen Anteil an den Recherchen zu übernehmen, und mir ist klar, daß ich auf der Stufenleiter der unterste sein werde Aber ich möchte nicht für die ganze Firma recherchieren und Gutachten verfassen. Ich möchte mich mit wirklichen Klienten und ihren tatsächlichen Problemen befassen.«

Mr. McKnight hörte gespannt zu und wartete dann mit seiner eingeübten Antwort auf. »Das verstehe ich, Mitch. Sie haben recht, das ist wirklich ein Problem in den großen Firmen. Aber hier nicht. In den ersten drei Monaten tun Sie kaum mehr, als für das Anwaltsexamen zu lernen. Wenn Sie das hinter sich haben, fangen Sie an, praktische juristische Arbeit zu tun. Sie werden einem der Partner zugeteilt, und seine Klienten werden Ihre Klienten. Sie erledigen den größten Teil seiner Recherchen und natürlich Ihre eigenen, und hin und wieder werden Sie gebeten, jemand anderem bei der Ausarbeitung eines Gutachtens oder beim Recherchieren behilflich zu sein. Wir möchten, daß Sie glücklich sind. Wir sind stolz auf unsere Fluktuationsrate von null Prozent, und wir tun alles, was in unseren Kräften steht, damit unsere Mitarbeiter immer auf dem laufenden sind. Wenn sie mit Ihrem Partner nicht auskommen, geben wir Ihnen einen anderen. Wenn Sie feststellen, daß Ihnen die Steuerarbeit nicht gefällt, dann können Sie es mit den Wertpapieren oder dem Bankgeschäft versuchen. Die Entscheidung liegt bei Ihnen. Die Firma wird bald eine Menge Geld in Mitch McDeere investieren, und wir möchten, daß er dafür etwas leistet.«

Mitch trank einen Schluck Kaffee und suchte nach einer weiteren Frage. Mr. McKnight konsultierte seine Liste.

»Wir bezahlen Ihren Umzug nach Memphis.«

»Der wird nicht teuer. Wir brauchen nur einen kleinen Möbelwagen zu mieten.«

»Sonst noch etwas, Mitch?«

»Nein, Sir. Im Moment fällt mir nichts mehr ein.«

Die Liste wurde zusammengefaltet und in die Akte gelegt. Der Partner stützte beide Ellenbogen auf den Tisch und beugte sich vor. »Mitch, wir wollen nicht drängen, aber wir brauchen Ihre Antwort so bald wie möglich. Wenn Sie woanders hingehen, müssen wir die Suche fortsetzen. Das ist ein langwieriger Prozeß, und wir hätten unseren neuen Mann gern am 1. Juli hier.«

»Sind zehn Tage früh genug?«

»Durchaus. Sagen wir, bis zum 30. März?«

»Gut, aber ich werde mich wahrscheinlich schon früher melden.« Mitch verabschiedete sich und stieß auf Lamar, der vor McKnights Büro auf ihn wartete. Sie verabredeten sich für sieben Uhr zum Essen.

3

Im fünften Stock des Bendini-Gebäudes gab es keine Anwaltsbüros. Am westlichen Ende befanden sich der Speiseraum der Partner und die Küche, ein paar unbenutzte und ungestrichene Speicherräume lagen leer und verschlossen in der Mitte, und dann sperrte eine dicke Betonwand das restliche Drittel des Stockwerks ab. In der Mitte der Wand befand sich eine kleine Metalltür mit einem Knopf daneben und einer Kamera darüber. Sie führte in einen kleinen Raum, in dem ein bewaffneter Wachmann die Tür beobachtete und eine Reihe von Monitoren im Auge behielt. Ein Korridor zog sich durch ein Labyrinth vollgestopfter Büros und anderer Räume, in denen eine Reihe von Männern insgeheim ihrer Arbeit des Beobachtens und des Sammelns von Informationen nachging. Die Fenster nach draußen waren zugekalkt und mit Jalousien verschlossen. Die Sonne konnte in diese Festung nicht eindringen.

DeVasher, Chef der Sicherheitsabteilung, saß im größten der kleinen, schlichten Büros. Das einzige Zertifikat an den sonst kahlen Wänden dankte ihm für dreißig Jahre hingebungsvoller Arbeit als Detektiv bei der Polizei von New Orleans. Er war untersetzt, hatte einen leichten Bauchansatz, massige Schultern und einen ebensolchen Brustkorb und einen großen, völlig runden Kopf, der nur höchst widerstrebend lächelte. Sein zerknittertes Hemd war gnädigerweise am Kragen nicht zugeknöpft und gestattete seinem wulstigen Hals, unbehindert herabzusacken. Eine dicke Polyester-Krawatte hing zusammen mit einem stark abgetragenen Jackett am Kleiderständer.

Am Montagmorgen nach dem McDeere-Besuch stand Oliver Lambert vor der kleinen Metalltür und schaute in die darüber angebrachte Kamera. Er drückte zweimal auf den Knopf und passierte schließlich die Sicherheitskontrolle. Er wanderte schnell durch den engen Korridor und betrat das vollgestopfte Büro. DeVasher blies den Rauch einer Dutch Masters in einen leeren Aschenbecher und schob Papiere in alle Richtungen, bis auf seinem Schreibtisch Holz zu sehen war.

»Morgen, Ollie. Ich nehme an, Sie wollen über McDeere reden.«

DeVasher war der einzige Mensch im Bendini-Gebäude, der ihn Ollie nannte.

»Ja, unter anderem.«

»Nun, er hatte eine schöne Zeit, war von der Firma beeindruckt, mochte Memphis und wird wahrscheinlich unterschreiben.«

»Wo waren unsere Leute?«

»Wir hatten im Hotel die beiden Nebenzimmer. Seines war natürlich verdrahtet – genau wie die Limousine und das Telefon und alles andere. Das übliche, Ollie.«

»Kommen wir zu den Einzelheiten.«

»Okay. Donnerstag abend trafen sie spät ein und gingen gleich zu Bett. Es wurde kaum geredet. Freitagabend erzählte er ihr alles über die Firma, die Leute, sagte, Sie wären wirklich ein netter Mann. Ich dachte, das würde Ihnen gefallen.«

»Weiter.«

»Er erzählte ihr von dem schicken Speisesaal und seinem kleinen Lunch mit den Partnern. Informierte sie über alle Aspekte des Angebots, und sie war begeistert. Viel besser als seine anderen Angebote. Sie möchte ein Haus mit einer Auffahrt und Kieswegen und Bäumen und einem Hintergarten. Er sagte, sie würde eines bekommen.«

»Irgendwelche Probleme mit der Firma?«

»Im Grunde nicht. Er machte eine Bemerkung über das Nichtvorhandensein von Schwarzen und Frauen, aber es schien ihn nicht weiter zu stören.«

»Was ist mit seiner Frau?«

»Sie ist auf ihre Kosten gekommen. Die Stadt gefällt ihr, und mit Lamars Frau hat sie sich auf Anhieb verstanden. Freitag nachmittag haben sie sich Häuser angesehen, und sie hat ein paar gefunden, die ihr gefielen.«

»Haben Sie die Adressen?«

»Natürlich, Ollie. Samstagmorgen ließen sie die Limousine kommen und fuhren in der ganzen Stadt herum. Sehr beeindruckt von der Limousine. Der Chauffeur vermied die schlimmen Viertel, und sie besichtigten weitere Häuser. Ich glaube, sie haben sich für eines entschieden. 1231 Fast Meadowbrook. Es steht leer. Eine Maklerin namens Betsy Bell hat sie begleitet. Verlangt hundertvierzig, wird sich aber mit weniger begnügen. Muß es loswerden.«

»Das ist eine nette Gegend. Wie alt ist das Haus?«

»Zehn, fünfzehn Jahre. Dreihundert Quadratmeter. In einer Art

Kolonialstil gebaut. Hübsch genug für einen von unseren Jungen, Ollie.«

»Sind Sie sicher, daß es das ist, was sie wollen?«

»Jedenfalls im Augenblick. Sie haben darüber gesprochen, daß sie vielleicht in einem Monat wiederkommen und sich noch ein paar weitere ansehen wollten. Vielleicht sollten Sie sie noch einmal einladen, sobald sie sich entschieden haben. Das ist doch so üblich, oder?«

»Ja. Darum kümmern wir uns. Was ist mit dem Gehalt?«

»Überaus beeindruckt. Das bisher höchste. Sie redeten unentwegt über das Geld. Gehalt, Pension, Hypothek, BMW, Gratifikationen, alles. Sie konnten es einfach nicht glauben. Müssen wirklich völlig pleite sein.«

»Sie sind es. Glauben Sie, daß wir ihn haben?«

»Darauf gehe ich jede Wette ein. Einmal hat er gesagt, die Firma wäre vielleicht nicht so angesehen wie die in Wall Street, aber die Anwälte wären ebenso qualifiziert und wesentlich netter. Ja, ich bin sicher, daß er unterschreiben wird.«

»Irgendein Argwohn?«

»Nicht eigentlich. Quin hat ihm offensichtlich gesagt, daß er sich von Lockes Büro fernhalten soll. Er hat seiner Frau erzählt, daß es nie von jemandem betreten wurde, außer von einigen Sekretärinnen und einer Handvoll Partner. Aber Quin hätte gesagt, Locke wäre exzentrisch und nicht gerade liebenswürdig. Trotzdem glaube ich nicht, daß er argwöhnisch geworden ist. Sie hat gesagt, die Firma kümmerte sich um Dinge, die sie eigentlich nichts angingen.«

»Zum Beispiel?«

»Privatangelegenheiten. Kinder, arbeitende Ehefrauen und so weiter. Sie schien ein wenig gereizt, aber ich glaube, es war eher eine Feststellung. Am Sonntagmorgen erklärte sie Mitch, sie dächte nicht daran, sich von einem Haufen Anwälten vorschreiben zu lassen, wann sie arbeiten dürfte und wann sie Kinder zu kriegen hätte. Aber ich glaube nicht, daß das ein Problem ist.«

»Ist ihm klar, wie dauerhaft seine Stellung hier wäre?«

»Ich denke schon. Es war jedenfalls nie die Rede davon, hier ein paar Jahre zu arbeiten und dann weiterzuziehen. Ich glaube, er hat die Botschaft verstanden. Er möchte Partner werden, wie sie alle. Er ist pleite und will das Geld.«

»Was war bei dem Essen in meinem Haus?«

»Sie waren nervös, haben sich aber gut amüsiert. Sehr beeindruckt von Ihrem Domizil. Mochten Ihre Frau.«

»Sex?«

»Jede Nacht. Hörte sich an wie Flitterwochen.«

»Was haben sie gemacht?«

»Sehen konnten wir es nicht, wie Sie wissen. Hörte sich normal an. Nichts Abartiges. Ich habe an Sie gedacht und daran, wie gern Sie Fotos sehen, und mir immer wieder gesagt, daß wir für den alten Ollie ein paar Kameras hätten aufstellen sollen.«

»Halten Sie die Klappe, DeVasher.«

»Vielleicht beim nächsten Mal.«

Beide schwiegen, während DeVasher einen Blick auf seinen Notizblock warf. Er streifte die Asche seiner Zigarre ab und lächelte.

»Alles in allem«, sagte er, »ist es eine gute Ehe. Sie scheinen sehr intim miteinander zu sein. Der Chauffeur sagt, sie hatten das ganze Wochenende Händchen gehalten. Die ganzen drei Tage lang kein böses Wort. Das ist ziemlich gut, nicht? Aber ich kann das schlecht beurteilen. Ich selbst bin dreimal verheiratet gewesen.«

»Verständlich. Was ist mit Kindern?«

»In ein paar Jahren. Sie will erst eine Weile arbeiten, dann schwanger werden.«

»Wie ist Ihre Meinung über den Mann?«

»Sehr gut, ein sehr anständiger junger Mann. Außerdem sehr ehrgeizig. Ich glaube, er hat einen starken Antrieb und macht nicht Halt, bis er oben angekommen ist. Falls erforderlich, wird er ein paar Risiken eingehen, ein paar Gesetze außer acht lassen.«

Ollie lächelte. »Das war es, was ich hören wollte.«

»Zwei Telefongespräche. Beide mit ihrer Mutter in Kentucky. Nichts Besonderes.«

»Was ist mit seiner Familie?«

»Wurde nie erwähnt.«

»Kein Wort über Ray?«

»Wir suchen noch, Ollie. Lassen Sie uns ein bißchen Zeit.«

DeVasher klappte die McDeere-Akte zu und schlug eine andere, wesentlich dickere auf. Lambert rieb sich die Schläfen und starrte auf den Fußboden. »Wie ist der neueste Stand?« fragte er leise.

»Es steht nicht gut, Ollie. Ich bin überzeugt, daß Hodge und Kozinski jetzt zusammenarbeiten. Vorige Woche erschienen Leute vom FBI mit einem Durchsuchungsbefehl in Kozinskis Haus. Fanden unsere Abhörgeräte. Sie sagten ihm, daß sein Haus verwanzt wäre, aber sie wissen natürlich nicht, von wem. Kozinski hat es Hodge am vergangenen Freitag erzählt, als sie sich in der Bibliothek im dritten Stock versteckten. Wir haben eine Wanze in der Nähe und konnten dieses und jenes aufschnappen. Nicht viel, aber wir wissen, daß sie sich über Abhörgeräte unterhielten. Sie sind überzeugt, daß alles abgehört wird, und sie verdächtigen uns. Sie sind sehr vorsichtig, wenn sie reden.«

»Weshalb macht sich das FBI die Mühe, einen Durchsuchungsbefehl zu erwirken?«

»Gute Frage. Wahrscheinlich unseretwegen. Damit alles ganz legal und ordnungsgemäß aussieht. Sie respektieren uns.«

»Welcher Agent?«

»Tarrance. Anscheinend hat er das Kommando.«

»Ist er gut?«

»Er ist in Ordnung. Jung, grün, übereifrig, aber fähig. Unseren Leuten ist er nicht gewachsen.«

»Wie oft hat er mit Kozinski gesprochen?«

»Es gibt keine Möglichkeit, das festzustellen. Sie rechnen damit, daß wir mithören, deshalb sind alle überaus vorsichtig. Wir wissen von vier Treffen im letzten Monat, aber ich vermute, daß es mehr waren.«

»Wieviel hat er ausgeplaudert?«

»Nicht viel, hoffe ich. Sie sind noch immer beim Schattenboxen. Das letzte Gespräch, das wir mitgehört haben, fand vor einer Woche statt, und da hat er nicht viel gesagt. Er hat Angst. Sie bieten eine Menge Überredungskunst auf, bekommen aber nicht viel. Bis jetzt hat er noch nicht beschlossen, mit ihnen zusammenzuarbeiten. Vergessen Sie nicht, sie sind an ihn herangetreten. Jedenfalls glauben wir, daß die Initiative von ihnen ausging. Sie haben ihm ziemlich zugesetzt, und er war bereit, einen Handel abzuschließen. Inzwischen hat er es sich noch einmal überlegt. Aber er steht noch immer in Verbindung mit ihnen, und das macht mir Sorgen.«

»Weiß es seine Frau?«

»Ich glaube nicht. Sie weiß, daß er sich merkwürdig benimmt, und er sagt ihr, das läge an zuviel Arbeit im Büro.«

»Was ist mit Hodge?«

»Der hat bisher noch nicht mit den Feds geredet, soweit wir wissen. Er und Kozinski reden eine Menge miteinander, beziehungsweise flüstern, wie man besser sagen sollte. Hodge sagt immer wieder, er hatte eine Heidenangst vor dem FBI, daß die Leute nicht fair sind und betrügen und schmutzige Tricks anwenden. Ohne Kozinski wird er nichts unternehmen.«

»Was ist, wenn Kozinski eliminiert wird?«

»Hodge wird ein neuer Mensch sein. Aber ich glaube nicht, daß wir schon an diesem Punkt angekommen sind. Verdammt, Ollie, er ist doch nicht irgendein großer Ganove, der uns im Wege steht. Er ist ein netter junger Mann mit Frau und Kindern.«

»Ihr Mitgefühl ist überwältigend. Ich habe fast den Eindruck, Sie glauben, mir machte das Spaß. Himmel, ich habe diese Jungen praktisch großgezogen.«

»Dann sehen Sie zu, daß Sie sie wieder in Reih und Glied bekommen, bevor die Sache zu weit geht. Chicago wird argwöhnisch, Ollie. Sie stellen eine Menge Fragen.«

»Wer?«

»Lazarov.«

»Was haben Sie ihnen erzählt, DeVasher?«

»Alles. Das ist mein Job. Sie möchten, daß Sie übermorgen in Chicago erscheinen, um ihre Instruktionen entgegenzunehmen.«

»Was wollen sie?«

»Antworten. Und Pläne.«

»Pläne wofür?«

»Vorläufige Pläne zur Eliminierung von Kozinski, Hodge und Tarrance, falls es sich als nötig erweisen sollte.«

»Tarrance? Sind Sie verrückt, DeVasher? Wir können doch nicht einen Bullen eliminieren. Die schicken uns die ganze Truppe auf den Hals.«

»Lazarov ist dämlich, Ollie. Das wissen Sie. Er ist ein Schwachkopf, aber ich glaube nicht, daß Sie ihm das sagen sollten.«

»Ich glaube, ich werde es trotzdem tun. Ich fahre nach New York und sage Lazarov, daß er ein kompletter Idiot ist.«

»Tun Sie das, Ollie. Tun Sie das.«

Oliver Lambert sprang von seinem Stuhl auf und ging zur Tür. »Beobachten Sie McDeere noch einen weiteren Monat.«

»Wird gemacht, Ollie. Aber keine Sorge, er wird unterschreiben, da gehe ich jede Wette ein.«

4

Der Mazda wurde für zweihundert Dollar verkauft und der größte Teil des Geldes sofort wieder für die Miete eines dreieinhalb Meter langen U-Haul-Möbelwagens ausgegeben. In Memphis würde es zurückerstattet werden. Die Hälfte des zusammengewürfelten Mobiliars wurde verschenkt oder fortgeworfen, und als der Wagen beladen war, enthielt er einen Kühlschrank, ein Bett, einen Kleiderschrank und eine Kommode, einen kleinen Farbfernseher, Kartons mit Tellern, Kleidern und Krimskrams und ein altes Sofa, das nur aus Gefühlsduselei mitgenommen wurde und an seinem neuen Standort nicht lange bleiben würde.

Abby hielt den Hund Hearsay, während Mitch sich seinen Weg durch Boston suchte und dann südwärts fuhr, in den tiefen Süden, der Verheißung eines besseren Lebens entgegen. Drei Tage lang fuhren sie auf Nebenstraßen, genossen die Landschaft, sangen die Melodien im Radio mit, übernachteten in billigen Motels und redeten von dem Haus, dem BMW, neuen Möbeln, Kindern, Wohlstand. Sie kurbelten die Fenster herunter und ließen den Wind hereinwehen, während der Möbelwagen fast seine Höchstgeschwindigkeit von siebzig Stundenkilometern erreichte. Einmal, irgendwo in Pennsylvania, meinte Abby, daß sie vielleicht für einen kurzen Besuch in Kentucky Station machen könnten. Mitch sagte nichts, wählte aber eine Route, die durch die Garolinas und Georgia führte und mindestens dreihundert Kilometer von jedem Punkt der Grenze zu Kentucky entfernt verlief. Abby ließ es durchgehen.

Sie trafen an einem Donnerstagmorgen in Memphis ein, und der schwarze 318i stand unter dem Carport, wie versprochen, als gehörte er dahin. Er betrachtete den Wagen. Sie betrachtete das Haus. Der Rasen war dicht, grün und frisch gemäht. Die Hecken waren beschnitten. Die Ringelblumen blühten.

Die Schlüssel lagen unter einem Eimer im Geräteschuppen, wie versprochen.

Nach der ersten Probefahrt entluden sie rasch den Möbelwagen, bevor die Nachbarn ihre kümmerlichen Habseligkeiten inspizieren konnten. Der Möbelwagen wurde zur Verleihfirma zurückgebracht.

Eine Innenarchitektin, die gleiche, die auch sein Büro einrichten würde, erschien um die Mittagszeit mit Mustern für Teppiche, Farben, Fußbodenbeläge, Gardinen, Vorhänge, Tapeten. Nach ihrer kleinen Wohnung in Cambridge kam Abby der Gedanke an eine Innenarchitektin ein wenig absurd vor, aber sie spielte mit. Mitch war ziemlich schnell gelangweilt und entschuldigte sich, um den BMW auszuprobieren. Er kreuzte durch die baumgesäumten, stillen, schattigen Straßen dieses hübschen Viertels, in dem er jetzt ansässig war. Er lächelte, als Jungen auf Fahrrädern anhielten und bewundernd hinter seinem neuen Wagen herpfiffen. Er winkte dem Briefträger zu, der heftig schwitzend auf dem Gehsteig entlangging. Hier war er, Mitchell Y. McDeere, fünfundzwanzig Jahre alt und seit einer Woche mit der Universität fertig, und er hatte es geschafft.

Um drei begleiteten sie die Innenarchitektin in ein elegantes Möbelgeschäft, wo sie der Geschäftsführer höflich informierte, daß Mr. Oliver Lambert bereits die erforderlichen Schritte für einen Kredit unternommen hatte, und daß es für das, was sie zu kaufen und zu finanzieren gedachten, kein Limit gab. Sie kauften ein Hausvoll. Mitch runzelte von Zeit zu Zeit die Stirn und lehnte zweimal irgendwelche Dinge als zu teuer ab, aber an diesem Tag hatte Abby das Sagen. Die Innenarchitektin beglückwünschte sie wieder und wieder zu ihrem hervorragenden Geschmack und sagte, sie würde Mitch am Montag aufsuchen, um sein Büro einzurichten. Wunderbar, sagte er.

Mit einem Stadtplan machten sie sich auf die Fahrt zum Haus der Quins. Abby hatte das Haus während ihres ersten Besuchs gesehen, wußte aber nicht mehr, wie man hinkam. Es lag in einem Stadtteil, der Chickasaw Gardens hieß, und sie erinnerte sich an die baumbestandenen Grundstücke, die großen Häuser und die von Landschaftsgärtnern angelegten Vorgärten. Sie parkten auf der Auffahrt hinter dem neuen Mercedes und dem alten Mercedes.

Das Mädchen nickte höflich, lächelte aber nicht. Es führte sie ins Wohnzimmer und ließ sie dort allein. Das Haus war dunkel und still – keine Kinder, keine Stimmen, überhaupt nichts. Sie bewunderten das Mobiliar und warteten. Sie murmelten leise, dann wurden sie ungeduldig. Ja, stimmten sie überein, sie waren in der Tat für diesen Abend, sechs Uhr am Donnerstag, dem 25. Juni, zum Essen eingeladen. Mitch sah wieder auf die Uhr und murmelte etwas von Unhöflichkeit. Sie warteten weiter.

Von der Diele her erschien Kay und versuchte zu lächeln. Ihre Augen waren starr und verquollen, von den Winkeln rann Mascara herab. Tränen flossen ihr über die Wangen, und sie hielt ein Taschentuch vor den Mund. Sie umarmte Abby und ließ sich neben ihr auf das Sofa sinken. Sie biß in ihr Taschentuch und weinte noch lauter.

Mitch kniete vor ihr nieder. »Kay, was ist passiert?«

Sie biß noch fester zu und schüttelte den Kopf. Abby umfaßte ihr Knie, und Mitch klopfte auf das andere. Sie musterten sie besorgt, rechneten mit dem Schlimmsten. War es Lamar oder eines der Kinder?

»Es hat einen tödlichen Unfall gegeben«, sagte sie leise schluchzend.

»Wer ist es?« fragte Mitch.

Sie wischte sich die Augen und holte tief Luft. »Zwei Angehörige der Firma, Marty Kozinski und Joe Hodge, sind heute ums Leben gekommen. Wir standen uns sehr nahe.«

Mitch setzte sich auf den Couchtisch. Er erinnerte sich von seinem zweiten Besuch im April her an Marty Kozinski. Er hatte sich Lamar und Mitch angeschlossen, als sie zum Lunch in ein Restaurant an der Front Street gingen. Er wäre der nächste gewesen, der zum Partner befördert wurde, schien aber alles andere als begeistert zu sein. An Joe Hodge konnte sich Mitch nicht erinnern.

»Was ist passiert?« fragte er.

Kay hatte aufgehört zu weinen, aber die Tränen flossen weiter. Sie wischte sich abermals das Gesicht ab und sah ihn an. »Das wissen wir nicht. Sie waren auf Grand Cayman, beim Tauchen. Es gab eine Explosion auf einem Boot, und wir nehmen an, daß sie ertrunken sind. Lamar sagte, die Einzelheiten wären unklar. Vor ein paar Stunden fand in der Firma eine Zusammenkunft statt, und alle wurden darüber informiert. Lamar ist gerade erst nach Hause gekommen.«

»Wo ist er?«

»Draußen am Pool. Er wartet auf Sie.«

Er saß auf einem weißen Metallstuhl neben einem kleinen Tisch mit einem kleinen Sonnenschirm, ein paar Meter vom Rand des Pools entfernt. Neben einem Blumenbeet drehte sich ein Rasensprenger. Er ratterte und zischte und spie Wasser in einem perfekten Bogen, der den Tisch, den Schirm, den Stuhl und Lamar Quin mit einbezog. Er war durchnäßt. Wasser tropfte von seiner Hose, seinen Ohren und seinem Haar. Das blaue Baumwollhemd und die wollene Anzughose waren klatschnaß. Er hatte weder Socken noch Schuhe an.

Er saß reglos da, ohne bei jeder weiteren Dusche zusammenzuzucken. Er war weggetreten. Irgendein ferner Gegenstand auf einem Zaun hatte seine Aufmerksamkeit auf sich gelenkt und gefesselt. Eine ungeöffnete Flasche Heineken stand in einer Pfütze auf dem Beton neben seinem Stuhl.

Mitch ließ seinen Blick über den Rasen des Hintergartens schweifen, zum Teil, um sich zu vergewissern, daß die Nachbarn ihn nicht beobachten konnten. Sie konnten es nicht. Eine zweieinhalb Meter hohe Zypressenhecke gewährleistete völlige Abgeschiedenheit. Er ging um den Pool herum und blieb am Rande der trockenen Fläche stehen. Lamar bemerkte ihn, nickte, versuchte ein schwaches Lächeln und deutete auf einen nassen Stuhl. Mitch zog ihn ein Stück beiseite und setzte sich in dem Augenblick, in dem die nächste Ladung Wasser niederging.

Lamars Blick richtete sich wieder auf den Zaun oder was immer es sein mochte, das sich in der Ferne befand. Eine Ewigkeit saßen sie da und lauschten dem klatschenden Geräusch des Sprengers. Hin und wieder schüttelte Lamar den Kopf und murmelte etwas. Mitch lächelte verlegen, weil er nicht wußte, was oder ob überhaupt etwas gesagt werden mußte.

»Lamar, es tut mir sehr leid«, versuchte er es schließlich.

Lamar nahm es zur Kenntnis und schaute Mitch an. »Mir auch.«

»Ich wollte, ich könnte etwas anderes sagen.«

Sein Blick verließ den Zaun, und er drehte den Kopf in Mitchs Richtung. Sein dunkles Haar war durchnäßt und fiel ihm ins Gesicht. Die Augen waren gerötet und voller Schmerz. Er starrte ins Leere und wartete, bis die nächste Runde Wasser vorbei war.

»Ich weiß. Aber es gibt nichts zu sagen. Es tut mir leid, daß das ausgerechnet heute passieren mußte. Uns war nicht nach Kochen zumute.«

»Das sollte Ihre geringste Sorge sein. Mir ist auch der Appetit vergangen.«

»Erinnern Sie sich an die beiden?«

»Ich erinnere mich an Kozinski, aber nicht an Hodge.«

»Marty Kozinski war einer meiner besten Freunde. Aus Chicago. Er ist drei Jahre vor mir in die Firma eingetreten und wäre als nächster Partner geworden. Ein großartiger Anwalt, einer, den wir alle bewunderten und um Rat baten. Wahrscheinlich der beste Unterhändler in der Firma. Sehr kühl und unerschütterlich unter Druck.«

Er wischte sich die Brauen ab und starrte auf den Boden. Während er redete, tropfte Wasser von seiner Nase und behinderte seine Aussprache. »Drei Kinder. Die beiden Mädchen, Zwillinge, sind einen Monat älter als unser Sohn, und sie haben immer zusammen gespielt.« Er schloß die Augen, biß sich auf die Lippe und begann zu weinen.

Mitch wäre gern gegangen. Er versuchte, seinen Freund nicht anzusehen. »Es tut mir sehr leid, Lamar. Ungeheuer leid.«

Nach ein paar Minuten hörte das Weinen auf, aber das Wasser kreiste weiter. Mitch suchte den geräumigen Rasen nach einem Wasserhahn ab. Zweimal brachte er den Mut zu der Frage auf, ob er den Sprenger abstellen sollte, und beide Male entschied er, wenn Lamar es aushalten konnte, dann konnte er es auch. Vielleicht half es. Er schaute auf die Uhr. In anderthalb Stunden würde es dunkel werden.

»Wie ist es passiert?« fragte Mitch schließlich.

»Uns wurde nicht viel gesagt. Sie waren beim Tauchen, und auf dem Boot gab es eine Explosion. Ihr Begleiter ist gleichfalls ums Leben gekommen. Ein Einheimischer von der Insel. Sie versuchen, die Leichen heimzubringen.«

»Wo waren ihre Frauen?«

»Zuhause, Gott sei Dank. Es war eine Geschäftsreise.«

»Ich kann mir Hodge nicht vorstellen.«

»Joe war ein großer, blonder Bursche, der nicht viel sagte. Die Sorte, die man trifft, ohne sich hinterher erinnern zu können. Er hat in Harvard studiert, genau wie Sie.«

»Wie alt war er?«

»Er und Marty waren beide vierunddreißig. Er wäre nach Marty Partner geworden. Sie standen sich sehr nahe. Ich glaube, wir stehen uns alle sehr nahe, besonders jetzt.«

Mit allen zehn Fingernägeln kämmte er sein Haar gerade zurück. Er stand auf und begab sich auf trockenes Gelände. Wasser tropfte von seinen Hemdzipfeln und den Aufschlägen seiner Hose. Er blieb neben Mitch stehen und starrte auf die Baumkronen des Nachbargrundstücks. »Wie ist der BMW?«

»Großartig. Ein herrlicher Wagen. Danke fürs Besorgen.«

»Wann sind Sie angekommen?«

»Heute morgen. Ich habe schon vierhundert Kilometer auf dem Tacho.«

»Ist die Innenarchitektin erschienen?«

»Ja. Sie und Abby haben das Gehalt des nächsten Jahres ausgegeben.«

»Prima. Hübsches Haus. Wir freuen uns, daß Sie hier sind, Mitch. Mir tun nur die Umstände leid. Es wird Ihnen hier gefallen.«

»Sie brauchen sich nicht zu entschuldigen.«

»Ich kann es immer noch nicht glauben. Ich bin taub, wie gelähmt. Mir graust bei dem Gedanken, Martys Frau und die Kinder aufsuchen zu müssen. Ich würde mich lieber auspeitschen lassen, als zu ihnen zu gehen.«

Die Frauen erschienen, überquerten die hölzerne Sonnenterrasse und stiegen die Stufen zum Pool hinunter. Kay fand den Wasserhahn, und der Sprenger verstummte.

Sie verließen Chickasaw Gardens und fuhren in dichtem Verkehr nach Westen, auf die Innenstadt zu und in die untergehende Sonne hinein. Von Zeit zu Zeit blickten sie einander an, sprachen aber kaum. Mitch öffnete das Schiebedach und die Fenster. Abby durchsuchte eine Box mit alten Kassetten und fand Springsteen. Die Stereoanlage funktionierte einwandfrei. ›Hungry Heart‹ tönte durch die Fenster, während der glänzende kleine Roadster dem Fluß entgegenrollte. Mit der Dunkelheit legte sich die klebrige, feuchtwarme Sommerluft von Memphis über sie. Softballfelder erwachten zum Leben, als Mannschaften von dicken Männern mit engen Polyesterhosen und limonengrünen und fluoreszierenden gelben Hemden Kreidelinien zogen und Anstalten trafen, sich in den Kampf zu stürzen. Wagen voller Teenager drängten sich an den Fast-Food-Lokalen, um Bier zu trinken, den neuesten Klatsch auszutauschen und das andere Geschlecht zu erkunden. Mitch begann zu lächeln. Er versuchte, Lamar und Kozinski und Hodge zu vergessen. Warum sollte er trauern? Sie waren nicht seine Freunde gewesen. Ihre Familien taten ihm leid, aber er hatte die Leute im Grunde nicht gekannt. Und er, Mitchell Y. McDeere, ein armer Junge ohne Familie, hatte eine Menge, worüber er glücklich sein konnte. Eine wunderschöne Frau, ein neues Haus, einen neuen Wagen, einen neuen Job, einen neuen Harvard-Grad. Einen brillanten Verstand und einen gesunden Körper, der kein Fett ansetzte und wenig Schlaf brauchte. Achtzigtausend im Jahr, fürs erste. In zwei Jahren würde er bei einer sechsstelligen Zahl angekommen sein, und dafür brauchte er nichts zu tun, als neunzig Stunden pro Woche zu arbeiten. Kleinigkeit.

Er fuhr an die Tankstelle und tankte sechzig Liter. Er bezahlte drinnen und kaufte ein Sechserpack Michelob. Abby öffnete zwei Dosen, und sie glitten wieder in den Verkehrsstrom hinaus. Jetzt lächelte er.

»Laß uns essen gehen«, sagte er.

»Wir sind nicht richtig angezogen«, sagte sie.

Er betrachtete ihre langen, braunen Beine. Sie trug einen weißen Baumwollrock, der über den Knien aufhörte, und eine weiße Baumwollbluse. Er hatte Shorts an, Segeltuchschuhe und ein ausgeblichenes, schwarzes Polohemd. »Mit Beinen wie deinen würde man dich in New York in jedes Restaurant lassen.«

»Was ist mit dem Rendezvous? Was die Leute da anhatten, kam mir leger vor.«

»Gute Idee.«

Sie bezahlten die Gebühren auf einem Parkplatz in der Innenstadt und wanderten zwei Blocks weit durch eine enge Gasse. Der Duft von gegrilltem Fleisch vermischte sich mit der Sommerluft und hing wie Nebel über dem Gehsteig. Er sickerte sanft durch Nase, Mund und Augen und löste ein Kribbeln tief im Magen aus. Rauch drang in die Gasse aus den unterirdisch verlaufenden Rohren der gewaltigen Öfen, auf denen in einer Stadt, die für erstklassige Grilladen berühmt war, im besten Grillrestaurant die besten Schweinerippchen zubereitet wurden. Das Rendezvous lag im Keller eines uralten Ziegelsteingebäudes, das ohne den berühmten Mieter des Kellers schon vor Jahrzehnten abgerissen worden wäre.

Das Restaurant war immer brechend voll, und es gab eine Warteliste, aber donnerstags schien relativ wenig Betrieb zu herrschen. Sie wurden durch das höhlenartige, ausgedehnte und laute Restaurant zu einem kleinen Tisch mit einer rotkarierten Decke geführt. Unterwegs gab es Gestarre. Immer Gestarre. Männer hörten auf zu essen, hielten mit Rippchen im Mund inne, als Abby McDeere vorbeiglitt wie ein Model auf dem Laufsteg. Sie hatte von einem Gehsteig in Boston aus den Verkehr zum Erliegen gebracht. Bewundernde Pfiffe und Rufe gehörten zu ihrem Leben. Und ihr Mann war daran gewöhnt. Er war sehr stolz auf seine schöne Frau.

Ein Schwarzer mit einer roten Schürze stand vor ihnen. »Sie wünschen, Sir?« wollte er wissen.

Die Speisekarte lag auf den Platzdecken und war völlig unnötig. Rippchen, Rippchen, Rippchen.

»Zweimal das Tagesgericht, eine Käseplatte, einen Krug Bier«, bestellte Mitch. Der Kellner schrieb nichts auf, sondern drehte sich um und brüllte in Richtung Eingang: »Zwei Tages, Käse, Krug!«

Als er gegangen war, ergriff Mitch ihr Bein unter dem Tisch. Sie gab ihm einen Klaps auf die Hand.

»Du bist wunderschön«, sagte er. »Wie lange ist es her, seit ich dir zum letzten Mal gesagt habe, daß du wunderschön bist?«

»Ungefähr zwei Stunden.«

»Zwei Stunden! Wie rücksichtslos von mir!«

»Paß auf, daß es nicht wieder vorkommt.«

Er griff wieder nach ihrem Bein und rieb ihr Knie. Sie ließ es zu. Sie lächelte ihn verführerisch an, es bildeten sich vollkommene Grübchen, Zähne leuchteten in dem trüben Licht, blaßbraune Augen funkelten. Ihr dunkel brünettes Haar war glatt und hing ein paar Zentimeter über die Schultern herab.

Das Bier kam, und der Kellner füllte wortlos zwei Becher. Abby trank einen kleinen Schluck und hörte auf zu lächeln.

»Was meinst du, ist Lamar okay?«

»Ich weiß es nicht. Zuerst dachte ich, er wäre betrunken. Ich kam mir saublöd vor, als ich da saß und zusah, wie er sich durchweichen ließ.«

»Armer Kerl. Kay sagte, die Beerdigung würde wahrscheinlich

am Montag stattfinden, wenn sie bis dahin die Leichen heimschaffen können.«

»Reden wir über etwas anderes. Ich mag keine Beerdigungen, überhaupt keine, auch wenn ich die Toten nicht kenne und nur aus Anstand daran teilnehme. Ich habe einige üble Erfahrungen mit Beerdigungen.«

Die Rippchen kamen. Sie wurden auf Papptellern mit Aluminiumfolie serviert. Eine kleine Schüssel mit Krautsalat und eine weitere mit gebackenen Bohnen umgaben ein etwa dreißig Zentimeter langes Rippenstück, das großzügig mit der Geheimsauce beträufelt war. Sie langten mit den Fingern zu.

»Worüber würdest du denn gern reden?« fragte sie.

»Übers Kinderkriegen.«

»Ich dachte, damit wollten wir noch ein paar Jahre warten.«

»Wollen wir auch. Aber ich finde, bis dahin sollten wir fleißig üben.«

»Wir haben in jedem Motel zwischen hier und Boston geübt.«

»Ich weiß, aber in unserem neuen Haus noch nicht.« Mitch riß zwei Rippchen auseinander und spritzte Sauce in seine Augenbrauen.

»Wir sind doch erst heute morgen eingezogen.«

»Ich weiß. Worauf warten wir noch?«

»Mitch, du tust gerade so, als wärest du vernachlässigt worden.«

»Bin ich auch, seit heute morgen. Ich schlage vor, wir tun es, sobald wir heimgekommen sind, gewissermaßen, um das neue Haus zu taufen.«

»Das findet sich.«

»Ist das ein Versprechen? Guck mal, siehst du den Kerl da drüben? Er bricht sich fast den Hals, um ein Stück Bein zu sehen. Eigentlich sollte ich hinübergehen und ihm eine runterhauen.«

»Ja. Es ist ein Versprechen. Und mach dir dieser Kerle wegen keine Gedanken. Sie starren dich an. Sie finden dich toll.«

»Sehr witzig.«

Mitch putzte seine Rippchen kahl und die Hälfte von ihren. Als das Bier alle war, bezahlte er die Rechnung, und sie stiegen wieder in die Gasse hinauf. Er fuhr vorsichtig durch die Stadt und fand einen Straßennamen, der ihm von einer seiner vielen Rundfahrten an diesem Tag in Erinnerung geblieben war. Nach zweimaligem falschen Abbiegen fand er Meadowbrook und dann das Heim von Mr. und Mrs. Mitchell Y. McDeere.

Die Matratzen und die Sprungrahmen lagen auf dem Fußboden des Schlafzimmers, umgeben von Kartons. Hearsay versteckte sich unter einer Lampe auf dem Fußboden und sah zu, wie sie übten.

Fünf Tage später, an dem Tag, der eigentlich sein erster an seinem neuen Schreibtisch hätte sein sollen, schlossen sich Mitch und seine reizende Frau den verbliebenen neununddreißig Anwälten und ihren reizenden Frauen an, die Martin S. Kozinski die letzte Ehre erwiesen. Die Kathedrale war voll. Oliver Lambert hielt eine Gedenkrede, die so beredt und rührend war, daß selbst Mitchell McDeere, der einen Vater und einen Bruder begraben hatte, eine Gänsehaut bekam. Abby traten beim Anblick der Witwe und der Kinder Tränen in die Augen.

Am Nachmittag kamen sie noch einmal in der Presbyterianischen Kirche in East Memphis zusammen, um von Joseph M. Hodge Abschied zu nehmen.

5

Der kleine Flur vor Royce McKnights Büro war leer, als Mitch – wie verabredet – genau um acht Uhr dreißig eintraf. Er summte und hustete und wartete nervös. Hinter zwei Aktenschränken tauchte eine bejahrte, blauhaarige Sekretärin auf und warf ihm einen finsteren Blick zu. Als ihm bewußt wurde, daß er hier nicht willkommen war, stellte er sich vor und erklärte, daß Mr. McKnight ihn um diese Zeit erwartete. Sie lächelte und sagte, sie heiße Louise und sei Mr. McKnights Privatsekretärin, seit einunddreißig Jahren. Kaffee? Ja, sagte er, schwarz. Sie verschwand und kehrte mit Tasse und Untertasse zurück. Dann informierte sie ihren Chef über die Gegensprechanlage und forderte Mitch auf, Platz zu nehmen. Jetzt hatte sie ihn wiedererkannt. Eine der anderen Sekretärinnen hatte gestern während der Beerdigungen auf ihn hingewiesen.

Sie entschuldigte sich für die triste Atmosphäre, die im Hause herrschte. Niemandem war nach Arbeiten zumute, erklärte sie, und es würde Tage dauern, bis wieder alles normal verlief. Sie wären so nette junge Männer gewesen. Das Telefon läutete, und sie sagte, Mr. McKnight befände sich in einer wichtigen Besprechung und wollte nicht gestört werden. Es läutete abermals, sie hörte zu und führte Mitch dann ins Büro des geschäftsführenden Partners.

Oliver Lambert und Royce McKnight begrüßten ihn und stellten ihn zwei weiteren Partnern vor, Victor Milligan und Avery Tolar. Sie saßen an einem kleinen Konferenztisch. Louise wurde gebeten, mehr Kaffee zu holen. Milligan war Chef der Steuerabteilung und Tolar mit einundvierzig einer der jüngeren Partner.

»Mitch, wir entschuldigen uns für einen so deprimierenden Start«, sagte McKnight. »Wir wissen Ihre Anwesenheit bei den Beerdigungen gestern zu würdigen, und es tut uns leid, daß Ihr erster Tag als Angehöriger der Firma ein so trauriger war.«

»Ich hatte das Gefühl, dabeisein zu müssen«, sagte Mitch.

»Wir sind sehr stolz auf Sie und haben große Pläne mit Ihnen. Wir haben gerade zwei unserer besten Anwälte verloren, die beide ausschließlich mit Steuersachen beschäftigt waren, deshalb müssen wir von Ihnen mehr verlangen. Wir alle werden ein bißchen härter arbeiten müssen.«

Louise erschien mit einem Tablett.

»Wir sind alle sehr betrübt«, sagte Oliver Lambert. »Also haben Sie bitte Nachsicht.«

Sie alle nickten und senkten den Blick auf den Tisch. Royce McKnight konsultierte ein paar Notizen auf seinem Block.

»Mitch, ich glaube, wir haben bereits darüber gesprochen. In dieser Firma teilen wir jeden jungen Anwalt einem Partner zu, der als sein Chef und Mentor fungiert. Diese Beziehungen sind sehr wichtig. Wir versuchen, Sie einem Partner zuzuweisen, mit dem Sie sich gut verstehen und mit dem Sie eng zusammenarbeiten können, und gewöhnlich treffen wir die richtige Wahl. Aber wir haben auch schon Fehler gemacht. Persönliche Animositäten oder was auch immer. Aber wenn das passiert, weisen wir Sie einfach jemand anderem zu. Ihr Partner wird Avery Tolar sein.«

Mitch lächelte seinen neuen Partner verlegen an.

»Sie haben seine Anweisungen zu befolgen, und die Fälle und Akten, an denen Sie arbeiten, werden seine sein. Praktisch alles sind Steuersachen.«

»Ist mir recht.«

»Bevor ich's vergesse, ich möchte, daß wir heute zusammen zum Lunch ausgehen«, sagte Tolar.

»Gern«, sagte Mitch.

»Nehmen Sie meine Limousine«, sagte Mr. Lambert.

»Das hatte ich ohnehin vor«, sagte Tolar.

»Wann bekomme ich eine Limousine?« fragte Mitch.

Sie lächelten und schienen froh zu sein über die Ablenkung. »In ungefähr zwanzig Jahren«, sagte Mr. Lambert.

»Ich kann warten.«

»Wie ist der BMW?« fragte Victor Milligan.

»Großartig. Die Fünftausend-Meilen-Inspektion ist fällig.«

»Hat mit dem Einzug alles geklappt?«

»Ja, alles in bester Ordnung. Ich weiß die Hilfe der Firma zu würdigen. Abby und ich sind Ihnen überaus dankbar.«

Mr. McKnight hörte auf zu lächeln und kehrte zu seinem Notizblock zurück. »Wie ich Ihnen schon sagte, Mitch, das Anwaltsexamen hat Vorrang. Sie haben sechs Wochen, um dafür zu lernen, und wir helfen Ihnen auf jede erdenkliche Weise. Wir haben unsere eigenen Repetitorien, die von unseren eigenen Leuten erarbeitet wurden. Alle Bestandteile des Examens werden durchgenommen, und Ihre Fortschritte werden von uns allen und insbesondere von Avery genau überwacht. Sie werden zumindest die Hälfte jedes Tages mit Lernen verbringen und außerdem den größten Teil Ihrer Freizeit. Bisher ist noch kein Angehöriger dieser Firma durchgefallen.«

»Ich werde nicht der erste sein.«

»Wenn Sie durchfallen, nehmen wir Ihnen den BMW weg«, sagte Tolar mit einem leichten Grinsen.

»Ihre Sekretärin wird eine Dame namens Nina Huff sein. Sie ist seit mehr als acht Jahren bei der Firma. Ein bißchen launisch, nicht gerade eine Schönheit, aber sehr fähig. Sie weiß eine Menge von juristischen Dingen und neigt dazu, Ratschläge zu erteilen, besonders den jüngeren Anwälten. Es wird Ihre Sache sein, sie in ihre Schranken zu verweisen. Wenn Sie nicht mit ihr auskommen, versetzen wir sie.«

»Wo ist mein Büro?«

»Im zweiten Stock, auf dem gleichen Flur wie das von Avery.

Die Innenarchitektin kommt heute nachmittag, damit Sie sich den Schreibtisch und die Möblierung aussuchen können. Halten Sie sich so weit wie möglich an ihre Vorschläge.«

Lamars Büro war gleichfalls im zweiten Stock, und in diesem Augenblick war das ein tröstlicher Gedanke. Ihm fiel wieder ein, wie er am Pool gesessen hatte, klatschnaß, weinend und fassungslos stammelnd.

Mr. McKnight meldete sich zu Wort. »Mitch, ich fürchte, ich habe eine Sache vergessen, die schon bei Ihrem ersten Besuch hier hätte zur Sprache kommen müssen.«

Er wartete und fragte schließlich: »Okay – um was geht es?«

Die Partner beobachteten McKnight genau. »Wir haben nie zugelassen, daß ein junger Anwalt seine Laufbahn unter der Last der Schulden beginnt, die er während seines Studiums gemacht hat. Wir ziehen es vor, daß Sie sich Ihren Kopf über andere Dinge zerbrechen und andere Möglichkeiten finden, Ihr Geld auszugeben. Wie hoch sind Ihre Schulden?«

Mitch trank einen Schluck Kaffee und rechnete schnell nach. »Fast dreiundzwanzigtausend.«

»Sorgen Sie dafür, daß die Dokumente morgen früh auf Louises Schreibtisch liegen.«

»Sie meinen, die Firma tilgt die Schulden?«

»Das ist bei uns so üblich. Sofern Sie keine Einwände erheben.«

»Keine Einwände. Ich weiß nicht, was ich sagen soll.«

»Sie brauchen nichts zusagen. Das haben wir in den letzten fünfzehn Jahren für jeden unserer jungen Anwälte getan. Sie brauchen nur den Papierkram bei Louise abzuladen.«

»Das ist sehr großzügig, Mr. McKnight.«

Avery Tolar redete ununterbrochen, während sich die Limousine langsam ihren Weg durch den dichten Mittagsverkehr bahnte. Mitch erinnere ihn an sich selbst, sagte er. Ein armer Junge aus einer zerstörten Familie, aufgezogen von allen möglichen Zieheltern im Südwesten von Texas, dann nach der High School auf die Straße gesetzt. Er hatte in einer Schuhfabrik in der Nachtschicht gearbeitet, um das Junior College zu finanzieren. Ein Stipendium für UTEP öffnete die Tür. Er graduierte mit Auszeichnung, bewarb sich an sieben juristischen Fakultäten und entschied sich für Stanford. Er bestand sein Abschlußexamen als zweiter seines Jahrgangs und lehnte Angebote von sämtlichen großen Firmen an der Westküste ab. Er wollte Steuerarbeit machen, nichts als Steuerarbeit. Oliver Lambert hatte ihn vor sechzehn Jahren eingestellt, damals, als der Firma noch nicht einmal dreißig Anwälte angehörten.

Er hatte eine Frau und zwei Kinder, sprach aber kaum über seine Familie. Er redete von Geld. Seine Leidenschaft, so nannte er es. Die erste Million war auf der Bank. Die zweite würde in zwei Jahren voll sein. Bei vierhunderttausend brutto im Jahr ging das ziemlich schnell. Seine Spezialität war die Gründung von Gesellschaften zum Ankauf von Supertankern. Er war der absolute Fachmann auf seinem Gebiet und arbeitete für dreihundert die Stunde sechzig, manchmal sogar siebzig Stunden in der Woche.

Mitch würde mit hundert Dollar pro Stunde anfangen, jeden Tag mindestens fünf Stunden, bis er das Examen bestanden und seine Zulassung erhalten hätte. Dann würde man acht Stunden von ihm erwarten, zu hundertfünfzig pro Stunde. Kostenrechnungen waren das Herzblut der Firma. Um sie drehte sich alles. Beförderungen, Gehaltserhöhungen, Gratifikationen, Erfolg, Überleben, alles hing davon ab, wieviel anrechenbare Zeit man vorzuweisen hatte. Besonders die neuen Leute. Der schnellste Weg, sich eine Rüge einzuhandeln, war das Vernachlässigen des täglichen Stundennachweises. Avery konnte sich nicht an eine derartige Rüge erinnern. Es war einfach noch nie vorgekommen, daß ein Angehöriger der Firma vergessen hatte, die anrechenbare Zeit festzuhalten.

Bei den jüngeren Anwälten lag der Durchschnitt bei hundertfünfundsiebzig Dollar pro Stunde. Partner berechneten dreihundert. Milligan bekam von einigen seiner Klienten vierhundert pro Stunde und Nathan Locke hatte einmal fünfhundert pro Stunde erhalten, und zwar für Steuerprobleme, die mit dem Transferieren von Vermögenswerten in mehrere Länder zu tun hatten. Fünfhundert Dollar pro Stunde! Avery schwelgte in dem Gedanken und rechnete fünfhundert pro Stunde bei fünfzig Wochenstunden in fünfzig Wochen im Jahr. Eine Million und zweihundertfünfzigtausend in einem Jahr! Das ist die Art, auf die man in diesem Geschäft Geld macht. Man hat einen Haufen Anwälte, die auf der Basis von Stundenhonoraren arbeiten, und baut eine Dynastie auf. Je mehr Anwälte man einstellt, desto mehr Geld scheffeln die Partner.

Vergessen Sie nie, Ihre Stunden in Rechnung zu stellen, warnte er. Das ist die erste Überlebensregel. Wenn er keine Akten hätte, bei denen er Zeit in Rechnung stellen konnte, sollte er das sofort in seinem Büro melden. Er hätte jede Menge solcher Akten. Am zehnten Tag eines jeden Monats überprüften die Partner bei einem ihrer exklusiven Lunchs die Rechnungsstellungen des voraufgegangenen Monats. Es ist eine großartige Zeremonie. Royce McKnight liest den Namen jedes Mitarbeiters vor und dann die Summe der von ihm geleisteten anrechenbaren Stunden. Die Konkurrenz zwischen den Partnern ist gewaltig, aber es gibt kein böses Blut. Schließlich werden sie alle reich, nicht wahr? Es ist überaus motivierend. Was die angestellten Anwälte angeht, wird zu jemandem mit einem mageren Ergebnis nichts gesagt, sofern es nicht schon sein zweiter magerer Monat ist. Dann macht Oliver Lambert im Vorübergehen eine Bemerkung. Niemand hat je drei magere Monate hintereinander gehabt. Mit besonders guten Ergebnissen können die jungen Anwälte Gratifikationen verdienen. Eine Partnerschaft hängt davon ab, wie man im Laufe der Jahre Kosten gemacht hat. Also vergessen Sie das nie, warnte er noch einmal. Das hat immer Vorrang – nach dem Anwaltsexamen natürlich.

Das Anwaltsexamen war lästig, etwas, das man einfach über sich ergehen lassen mußte, ein Übergangsritus, und nichts, wovor ein Mann aus Harvard Angst zu haben brauchte. Er sollte sich nur auf die Repetitorien konzentrieren, sagte er, und versuchen, sich an alles zu erinnern, was er an der Universität gelernt hatte.

Die Limousine bog zwischen zwei hohen Gebäuden in eine Nebenstraße ein und hielt vor einem kleinen Baldachin, der vom Gehsteig bis zu einer schwarzen Metalltür reichte. Avery schaute auf die Uhr und wies den Chauffeur an: »Seien Sie um zwei wieder hier.«

Zwei Stunden für den Lunch, dachte Mitch. Das sind mehr als sechshundert Dollar in anrechenbarer Zeit. Was für eine Verschwendung!

Der Manhattan Club befand sich im obersten Stockwerk eines zehngeschossigen Bürogebäudes, das zuletzt Anfang der fünfziger Jahre voll belegt gewesen war. Avery bezeichnete das Haus als Bruchbude, wies aber gleichzeitig darauf hin, daß der Club das exklusivste Speiselokal in der Stadt war. Hier konnte man in Gesellschaft ausschließlich weißer und reicher Männer in anheimelnder Umgebung vorzüglich essen. Mächtige Lunches für mächtige Leute. Bankiers, Anwälte, leitende Angestellte, Unternehmer, ein paar Politiker und ein paar Aristokraten. Der Fahrstuhl fuhr nonstop an den leerstehenden Geschossen vorbei und hielt im eleganten zehnten Stock an. Der Empfangschef sprach Mr. Tolar mit seinem Namen an und erkundigte sich nach seinen guten Freunden Oliver Lambert und Nathan Locke. Er bekundete sein Beileid zum Verlust von Mr. Kozinski und Mr. Hodge. Avery dankte ihm und stellte den neuesten Angehörigen der Firma vor. Der Lieblingstisch wartete in der Ecke. Ein höflicher schwarzer Kellner namens Ellis brachte die Speisekarten.

»Die Firma gestattet keinen Alkohol zum Lunch«, sagte Avery, als er die Speisekarte aufschlug.

»Ich trinke nicht beim Lunch.«

»Das ist gut. Was möchten Sie?«

»Tee, mit Eis.«

»Geeisten Tee für ihn«, sagte Avery zu dem Kellner. »Für mich bringen Sie einen Bombay-Martini on the rocks mit drei Oliven.«

Mitch biß sich auf die Zunge und lächelte hinter der Speisekarte.

»Bei uns gibt es zu viele Vorschriften«, murmelte Avery.

Dem ersten Martini folgte ein zweiter, aber danach hörte er auf. Er bestellte für beide. Irgendwelchen gebratenen Fisch. Die Spezialität des Tages. Er achtete sehr auf sein Gewicht, sagte er. Außerdem trainierte er täglich in einem Fitneßclub, seinem eigenen Fitneßclub. Er lud Mitch ein, ihm dabei Gesellschaft zu leisten. Vielleicht nach dem Anwaltsexamen. Es folgten die üblichen Fragen nach Football im College und das übliche Abstreiten jeder Großartigkeit.

Mitch erkundigte sich nach den Kindern. Avery sagte, sie lebten bei ihrer Mutter.

Der Fisch war halb roh und die gebackene Kartoffel hart. Mitch stocherte auf seinem Teller herum, aß langsam seinen Salat und hörte zu, wie sich sein Partner über den größten Teil der zum Lunch erschienenen Gäste ausließ. An einem großen Tisch saß der Bürgermeister zusammen mit einigen Japanern. Den Nebentisch hatte einer der Bankiers der Firma. Es waren noch etliche weitere namhafte Anwälte und Geschäftsleute anwesend, die alle eifrig aßen und sich ihrer Bedeutung und Macht bewußt waren. Die Atmosphäre war stickig. Avery zufolge war jedes Clubmitglied eine wichtige Persönlichkeit, ein Machtpotential sowohl auf seinem Gebiet als auch in der Stadt. Avery war hier zu Hause.

Beide lehnten einen Nachtisch ab und bestellten Kaffee. Es wurde erwartet, daß er jeden Morgen ab neun in der Firma zur Verfügung stand, erklärte Avery, während er sich eine Montesino anzündete. Die Sekretärinnen kamen um halb neun. Von neun bis fünf, aber niemand arbeitete acht Stunden am Tag. Was ihn selbst betraf, so war er um acht im Büro und ging selten vor sechs. Er konnte täglich zwölf Stunden in Rechnung stellen, Tag für Tag, ohne Rücksicht darauf, wie lange er tatsächlich arbeitete. Zwölf pro Tag, fünf Tage in der Woche, bei dreihundert pro Stunde, und das fünfzig Wochen lang. Neunhunderttausend Dollar! Das war sein Ziel. Im Vorjahr hatte er siebenhunderttausend geschafft, aber da hatte er private Probleme gehabt. Der Firma war es gleich, ob Mitch um sechs oder um neun erschien, solange die Arbeit getan wurde.

»Wann werden die Türen aufgeschlossen?« fragte Mitch.

Jeder hat einen Schlüssel, erklärte Avery, er konnte also kommen und gehen, wie es ihm paßte. Die Sicherheitsvorkehrungen waren streng, aber die Wachmänner waren an Workaholics gewöhnt. Manche Arbeitsgewohnheiten waren geradezu legendär. Victor Milligan hatte in jüngeren Jahren sechzehn Stunden täglich gearbeitet, sieben Tage in der Woche, bis er Partner geworden war. Dann hatte er aufgehört, sonntags zu arbeiten. Danach hatte er eine Herzattacke und hörte auf, samstags zu arbeiten. Sein Arzt setzte ihn auf einen Zehn-Stunden-Tag, fünf Tage die Woche, und seither ist er seines Lebens nicht mehr froh. Marty Kozinski hatte alle Wachmänner beim Vornamen gekannt. Er war ein Neun-Uhr-Mann gewesen, der mit seinen Kindern frühstücken wollte. Er kam um neun und ging um Mitternacht. Nathan Locke behauptet, er könnte nicht richtig arbeiten, wenn die Sekretärinnen da sind; deshalb kommt er um sechs. Es wäre eine Schande, später anzufangen. Ein Mann von sechzig, zehnfacher Millionär, und arbeitet fünf Tage in der Woche von sechs Uhr morgens bis acht Uhr abends und dann noch den halben Samstag. Wenn er in den Ruhestand ginge, würde er bald sterben.

Stechuhren gibt es nicht, erklärte der Partner. Sie können kommen und gehen, wie es Ihnen gefällt. Hauptsache, die Arbeit wird getan.

Mitch sagte, er hätte verstanden. Sechzehn Stunden am Tag waren für ihn nichts Neues.

Avery äußerte sich anerkennend über seinen neuen Anzug. Es gab eine ungeschriebene Kleiderordnung, und es war offensichtlich, daß Mitch ihr Rechnung trug. Avery hatte einen Schneider, einen alten Koreaner in South Memphis, den er empfehlen würde, sobald Mitch ihn sich leisten konnte. Fünfzehnhundert für einen Anzug. Mitch sagte, damit würde er noch etwas warten.

Ein Anwalt von einer der größeren Firmen unterbrach sie. Er sprach Avery sein Beileid aus und erkundigte sich nach den Familien. Er hatte im vorigen Jahr mit Joe Hodge gemeinsam an einem Fall gearbeitet und konnte es einfach nicht glauben. Avery stellte ihm Mitch vor. Er war bei der Beerdigung, sagte er. Sie warteten darauf, daß er wieder verschwand, aber er redete und redete und erklärte immer wieder, wie leid es ihm täte. Es war offensichtlich, daß er Einzelheiten wissen wollte. Avery gab ihm keine, und endlich ging er.

Um zwei ging den Lunchpausen der Mächtigen der Dampf aus, und der Club leerte sich. Avery unterschrieb die Rechnung, und der Empfangschef geleitete sie zur Tür. Der Chauffeur stand geduldig am Heck der Limousine. Mitch stieg hinten ein und ließ sich auf den dicken Ledersitz sinken. Er betrachtete die Gebäude und den Verkehr. Er musterte die Fußgänger, die auf den Gehsteigen entlangeilten, und fragte sich, wie viele von ihnen je das Innere einer Limousine oder das Innere des Manhattan Clubs gesehen hatten. Wie viele von ihnen würden in zehn Jahren reich sein? Er lächelte, und er hatte ein gutes Gefühl. Harvard war eine Million Jahre weit weg. Harvard ohne Darlehensschulden. Kentucky lag in einer anderen Welt. Seine Vergangenheit war vergessen. Er hatte es geschafft.

Die Innenarchitektin wartete in seinem Büro. Avery entschuldigte sich und bat Mitch, in einer Stunde zu ihm zu kommen, damit er mit der Arbeit anfangen konnte. Sie hatte Bücher voller Büromöbel und Mustern von allem möglichen. Er bat um Vorschläge, hörte mit so viel Interesse zu, wie er aufzubringen vermochte, dann erklärte er ihr, er verließe sich voll und ganz auf ihr Urteil, und sie sollte aussuchen, was sie für angebracht hielt. Ihr gefielen der massive Schreibtisch aus Kirsche ohne Schubladen, Ohrensessel aus weinrotem Leder und eine sehr teure orientalische Brücke. Mitch erklärte, das wäre wundervoll.

Sie ging, und er ließ sich an dem alten Schreibtisch nieder, einem, an dem nichts auszusetzen war und der ihm recht gewesen wäre, aber er galt als gebraucht und deshalb nicht gut genug für einen neuen Anwalt bei Bendini, Lambert & Locke. Das Büro maß viereinhalb mal viereinhalb Meter und hatte zwei knapp zwei Meter hohe Fenster, die nach Norden und auf den zweiten Stock des gegenüberliegenden alten Gebäudes hinausgingen. Wenn man sich den Hals verrenkte, konnte man im Nordwesten gerade noch einen Blick auf den Fluß erhaschen. Die Wände bestanden aus Kunststein und waren kahl. Sie hatte ein paar Bilder ausgesucht. Für die ›Ego-Wand‹ wählte er die dem Schreibtisch gegenüberliegende, hinter den Ohrensesseln. Seine Zeugnisse und Diplome mußten aufgezogen und gerahmt werden. Das Büro war groß für einen jungen Anwalt. Viel größer als die Kabuffs, in die man in New York und Chicago die Anfänger steckte. Für ein paar Jahre würde es seinen Zweck erfüllen. Dann kam eins mit einer besseren Aussicht. Dann eines der Eckbüros, eine der Machtzentralen.

Miss Nina Huff klopfte an seine Tür und stellte sich als die Sekretärin vor. Sie war eine dickliche Frau von fünfundvierzig, und man brauchte nur einen Blick auf sie zu werfen, um zu verstehen, weshalb sie noch ledig war. Da sie keine Familie zu unterhalten hatte, gab sie offensichtlich ihr gesamtes Geld für Kleidung und Make-up aus – völlig umsonst. Mitch fragte sich, weshalb sie nicht statt dessen in einen Fitneßberater investierte. Sie teilte ihm unumwunden mit, daß sie jetzt achteinhalb Jahre bei der Firma war und alles wußte, was es über die Arbeitsmethoden zu wissen gab. Wenn er Fragen hatte, sollte er sich an sie wenden. Dafür dankte er ihr. Sie war im Schreibbüro gewesen und dankbar, wieder als Sekretärin arbeiten zu können. Er nickte, als könnte er das voll und ganz verstehen. Sie fragte ihn, ob er wüßte, wie man mit Diktiergeräten umging. Ja, sagte er. Im Vorjahr hatte er eine Zeitlang bei einer Dreihundert-Mann-Firma in Wall Street gearbeitet, die mit der neuesten Bürotechnologie ausgerüstet gewesen war. Aber er versprach, wenn er ein Problem hatte, würde er sie fragen.

»Wie heißt Ihre Frau?« wollte sie wissen.

»Warum ist das wichtig?« fragte er.

»Wenn sie anruft, wüßte ich gern ihren Namen, damit ich am Telefon richtig nett und freundlich sein kann.«

»Abby.«

»Wie möchten Sie Ihren Kaffee?«

»Schwarz, aber ich mache ihn selber.«

»Es macht mir nichts aus, für Sie Kaffee zu machen. Das gehört zu meinem Job.«

»Ich mache ihn selber.«

»Alle Sekretärinnen tun das.«

»Wenn Sie jemals meinen Kaffee anrühren, sorge ich dafür, daß Sie in den Postraum versetzt werden und Briefmarken anlecken müssen.«

»Das tut bei uns eine Maschine. Werden in Wall Street Briefmarken angeleckt?«

»Das war nur so eine Redensart.«

»Gut, ich habe mir den Namen Ihrer Frau gemerkt, und wir sind uns über den Kaffee einig, es kann also losgehen mit der Arbeit.«

»Morgen früh. Seien Sie um halb neun hier.«

»Jawohl, Boß.« Sie ging, und Mitchell lächelte. Sie war ein verrücktes Huhn, aber es würde Spaß machen, mit ihr zu arbeiten.

Der nächste war Lamar Quin. Er war spät daran für eine Verabredung mit Locke, wollte aber trotzdem schnell bei seinem Freund hereinschauen. Er freute sich, daß ihre Büros nahe beieinander lagen. Er entschuldigte sich nochmals wegen des Essens am Donnerstag. Ja, er und Kay und die Kinder würden um sieben kommen, um das neue Haus und die Möbel zu besichtigen.

Hunter Quin war fünf. Seine Schwester Holly war sieben. Beide aßen die Spaghetti mit perfekten Manieren von dem nagelneuen Eßtisch und ignorierten pflichtgemäß das Gespräch der Erwachsenen. Abby beobachtete sie und träumte von eigenen Kindern. Mitch fand sie reizend, verschwendete aber keine weiteren Gedanken an sie. Er war zu sehr damit beschäftigt, die Ereignisse des Tages Revue passieren zu lassen.

Die Frauen aßen schnell, dann verschwanden sie, um die Möbel zu besichtigen und sich über die Renovierung zu unterhalten. Die Kinder nahmen Hearsay in den Hintergarten mit.

»Ich bin ein wenig überrascht, daß man Sie Tolar zugewiesen hat«, sagte Lamar, nachdem er sich den Mund abgewischt hatte.

»Weshalb?«

»Ich glaube nicht, daß er je mit einem jungen Anwalt zusammengearbeitet hat.«

»Gibt es dafür einen besonderen Grund?«

»Eigentlich nicht. Er ist ein großartiger Bursche, aber nicht gerade ein Mannschaftsspieler. Eine Art Einzelgänger, der es vorzieht, für sich allein zu arbeiten. Er und seine Frau haben Probleme miteinander, und es wird darüber geredet, daß sie getrennt leben. Aber das behält er für sich.«

Mitch schob seinen Teller von sich und trank einen Schluck Eistee. »Ist er ein guter Anwalt?«

»Ja, ein sehr guter. Sie sind alle gut, sonst wären sie nicht Partner geworden. Viele seiner Klienten sind reiche Leute mit Millionen, die sie in Steueroasen unterbringen möchten. Er bildet Kommanditgesellschaften. Seine Abschreibungsmanöver sind manchmal riskant, und er ist bekannt für seine Art, Risiken einzugehen und es hinterher mit dem Fiskus auszufechten. Die meisten seiner Klienten nehmen jedes Risiko auf sich. Sie werden eine Menge Recherchen anstellen und nach Mitteln und Wegen suchen müssen, die Steuergesetze auszunützen. Das dürfte Ihnen Spaß machen.«

»Während des Essens hat er die halbe Zeit über das Stundenmachen geredet.«

»Das ist auch sehr wichtig. Wir stehen ständig unter dem Druck, mehr und mehr anrechenbare Stunden zu erbringen. Alles, was wir zu verkaufen haben, ist unsere Zeit. Sobald Sie das Anwaltsexamen bestanden haben, werden Ihre geleisteten Stunden allwöchentlich von Tolar und Royce McKnight begutachtet. Das geht alles über den Computer, und sie können auf den Cent genau berechnen, was Sie einbringen. In den ersten sechs Monaten wird erwartet, daß Sie dreißig bis vierzig Stunden pro Woche leisten. Danach etliche Jahre lang fünfzig. Bevor man daran denkt, Sie zum Partner zu machen, müssen Sie über viele Jahre hinweg konstant sechzig Stunden pro Woche erbringen. Kein aktiver Partner stellt weniger als sechzig Stunden pro Woche in Rechnung – den größten Teil davon zum Höchstsatz.«

»Das sind eine Menge Stunden.«

»So hört es sich an, aber das täuscht. Die meisten guten Anwälte können acht oder neun Stunden pro Tag arbeiten und zwölf in Rechnung stellen. Das nennt man Aufpolstern. Es ist nicht gerade fair dem Klienten gegenüber, aber alle tun es. Die großen Firmen sind dadurch groß geworden, daß sie ihre Akten aufpolsterten. Das gehört zu den Spielregeln.«

»Klingt unmoralisch.«

»Das sind auch die Anwälte, die Leute dazu überreden, auf Schadenersatz zu klagen. Es ist unmoralisch, wenn ein Rauschgiftanwalt sein Honorar in bar akzeptiert, solange er Grund zu der Annahme hat, daß es schmutziges Geld ist. Es gibt eine Menge Dinge, die unmoralisch sind. Was ist mit einem Arzt, der hundert Kassenpatienten pro Tag abfertigt? Oder mit einem, der unnötige Operationen vornimmt? Einige der unmoralischsten Leute, die mir je begegnet sind, waren meine eigenen Klienten. Es ist einfach, einen Vorgang aufzupolstern, wenn man weiß, daß der Klient ein Multimillionär ist, der den Staat prellen möchte und von einem verlangt, daß man es legal tut. Wir alle machen es.«

»Wird es einem beigebracht?«

»Nein. Sie lernen es irgendwie. Anfangs arbeiten Sie Tag und Nacht, aber das können Sie nicht lange durchhalten. Also fangen Sie an, nach Abkürzungen zu suchen. Glauben Sie mir, Mitch, wenn Sie erst einmal ein Jahr bei uns sind, dann wissen Sie, wie man zehn Stunden arbeitet und doppelt so viele in Rechnung stellt. Es ist eine Art sechster Sinn, den Anwälte sich zulegen.«

»Was werde ich mir sonst noch zulegen?«

Lamar ließ seine Eiswürfel klirren und dachte einen Augenblick lang nach. »Ein gewisses Maß an Zynismus. Dieses Geschäft setzt einem zu. An der Universität hat man Idealvorstellungen über das, was ein Anwalt sein sollte. Ein Kämpfer für die Rechte des Einzelnen, ein Verteidiger der Verfassung, ein Beschützer der Unterdrückten, ein Advokat der Prinzipien des Klienten. Und wenn man dann sechs Monate praktiziert hat, wird einem klar, daß wir nichts sind als Mietlinge. Sprachrohre für den Verkauf an den Meistbietenden, verfügbar für jedermann, jeden Ganoven, jeden Widerling mit genügend Geld, um unsere horrenden Honorare zu zahlen. Nichts schockiert Sie mehr. Angeblich ist es ein ehrenwerter Beruf, aber Sie werden so vielen betrügerischen Anwälten begegnen, daß Sie aufgeben und sich einen ehrlichen Job suchen möchten. Ja, Mitch, Sie werden zynisch werden. Traurig, aber wahr.«

»Das sollten Sie mir nicht gerade jetzt erzählen.«

»Das Geld macht es wieder wett. Es ist erstaunlich, wie viel Schufterei man ertragen kann mit zweihunderttausend im Jahr.«

»Schufterei? Das hört sich ja gräßlich an.«

»Tut mir leid. So schlimm ist es nun auch wieder nicht. Meine Einstellung zum Leben hat sich am vergangenen Donnerstag von Grund auf geändert.«

»Möchten Sie sich das Haus ansehen?«

»Vielleicht ein andermal. Unterhalten wir uns lieber.«

6

Um fünf Uhr früh schrillte der Wecker auf dem neuen Nachttisch unter der neuen Lampe und wurde sofort abgestellt. Mitch taumelte durch das dunkle Haus und fand Hearsay, der an der Hintertür wartete. Er ließ ihn hinaus und ging unter die Dusche. Zwanzig Minuten später fand er seine Frau unter der Bettdecke und gab ihr einen Abschiedskuß. Sie reagierte nicht.

Ohne Verkehr brauchte er bis zum Büro nur zehn Minuten. Er hatte beschlossen, seinen Tag um halb sechs zu beginnen, sofern ihm niemand zuvorkam; wenn es geschah, würde er um fünf erscheinen oder um halb fünf oder wann immer es sein mußte, damit er der erste war. Er würde der erste Anwalt sein, der an diesem und jedem anderen Tag im Bendini-Gebäude eintraf, und zwar solange, bis er Partner geworden war. Wenn andere dazu zehn Jahre brauchten, würde er es in sieben schaffen. Er war entschlossen, der jüngste Partner in der Geschichte der Firma zu werden.

Die freie Fläche neben dem Bendini-Gebäude war von einem drei Meter hohen Maschendrahtzaun umgeben und bewacht. Drinnen befand sich ein Parkplatz, auf den zwischen den gelben Linien Namen gesprüht waren. Er hielt am Tor an und wartete. Der uniformierte Wachmann tauchte aus der Dunkelheit auf und kam auf die Fahrertür zu. Mitch drückte auf einen Knopf, ließ das Fenster heruntergleiten und zeigte ihm eine Plastikkarte, die sein Foto trug.

»Sie müssen der Neue sein«, sagte der Wachmann, während er die Karte inspizierte.

»Ja. Mitch McDeere.«

»Ich kann lesen. Ich hätte den Wagen erkennen müssen.«

»Wie heißen Sie?« fragte Mitch.

»Dutch Hendrix. Habe dreiunddreißig Jahre bei der Polizei von Memphis gearbeitet.«

»Nett, Sie kennenzulernen, Dutch.«

»Gleichfalls. Sie sind mächtig früh dran.«

Mitch lächelte und steckte den Ausweis wieder ein. »Ich dachte, es wären schon alle da.«

Dutch brachte ein Lächeln zustande. »Sie sind der erste. Mr. Locke wird auch bald kommen.«

Das Tor schwang auf, und Dutch winkte ihn durch. Er fand seinen in weißer Schrift auf den Asphalt gesprühten Namen und parkte den makellosen BMW mutterseelenallein in der dritten Reihe. Er holte seinen weinroten Aalhaut-Aktenkoffer vom Rücksitz und schloß leise die Tür. Ein weiterer Wachmann wartete am Hinterausgang. Mitch stellte sich vor und schaute zu, wie die Tür aufgeschlossen wurde. Er sah auf die Uhr. Genau halb sechs. Er war froh darüber, daß das zeitig genug war.

Er schaltete in seinem Büro das Licht ein und legte den Aktenkoffer auf den provisorischen Schreibtisch. Dann machte er sich auf den Weg zum Kaffeeraum am Ende des Flurs und schaltete unterwegs sämtliche Lichter ein. Die Kaffeemaschine war eines von diesen Ungetümen im Industrieformat mit mehreren Ebenen, mehreren Brennern, mehreren Kannen und allem Anschein nach keinerlei Hinweisen darauf, wie sie zu bedienen war. Er betrachtete die Maschine einen Moment, dann kippte er ein Paket Kaffee in den Filter. Er goß Wasser in eine der Öffnungen an der Oberseite und lächelte, als es an der richtigen Stelle zu tröpfeln begann.

In einer Ecke seines Büros standen drei Kartons, angefüllt mit Büchern, Akten, Notizbüchern und allen möglichen Aufzeichnungen, die sich im Laufe der voraufgegangenen drei Jahre angesammelt hatten. Er stellte den ersten davon auf den Schreibtisch und machte sich ans Auspacken. Der Inhalt wurde sortiert und in säuberlichen Stapeln auf dem Schreibtisch aufgeschichtet.

Nach zwei Tassen Kaffee fand er im dritten Karton das Material für das Anwaltsexamen. Er ging ans Fenster und öffnete die Jalousien. Draußen war es noch dunkel. Er bemerkte die Gestalt nicht, die plötzlich an der Tür erschienen war.

»Guten Morgen!«

Mitch fuhr herum und starrte den Mann an. »Sie haben mich erschreckt«, sagte er und atmete tief ein.

»Tut mir leid. Ich bin Nathan Locke. Ich glaube, wir sind uns noch nicht begegnet.«

»Ich bin Mitch McDeere. Der neue Mann.« Sie reichten sich die Hand.

»Ja, ich weiß. Ich bedaure, daß ich noch nicht das Vergnügen hatte, aber bei Ihren bisherigen Besuchen war ich beschäftigt. Ich glaube, ich habe Sie am Montag bei den Beerdigungen gesehen.«

Mitch nickte und war sich ganz sicher, daß er nie auch nur auf hundert Meter Entfernung an Nathan Locke herangekommen war. Sonst hätte er sich an ihn erinnert. Es waren die Augen, die kalten, schwarzen Augen, umgeben von Schichten aus schwarzen Fältchen. Sein Haar war weiß, auf dem Schädel gelichtet und um die Ohren herum dicht, und dieses Weiß kontrastierte scharf mit dem Rest seines Gesichtes. Wenn er sprach, verengten sich die Augen, und die schwarzen Pupillen funkelten grimmig. Unheimliche Augen. Wissende Augen.

»Kann sein«, sagte Mitch, fasziniert von den bösartigsten Augen, die ihm je begegnet waren. »Kann sein.«

»Sie sind offenbar ein Frühaufsteher.«

»Ja, Sir.«

»Nun, schön, Sie hier zu haben.«

Nathan Locke zog sich von der Tür zurück und verschwand. Mitch warf einen Blick auf den Flur, dann machte er die Tür zu. Kein Wunder, daß sie ihn im vierten Stock vor allen anderen versteckt halten, dachte er. Jetzt begriff er, warum er Locke nicht kennengelernt hatte, bevor er seinen Vertrag unterschrieb. Es hätte sein können, daß er es sich dann anders überlegt hätte. Wahrscheinlich wurde er vor allen zukünftigen Mitarbeitern versteckt. Von ihm ging ganz ohne Zweifel der ominöseste, bösartigste Eindruck aus, den Mitch je gehabt hatte. Es sind die Augen, sagte er sich abermals, als er die Füße auf den Schreibtisch legte und seinen Kaffee trank. Die Augen.

Wie Mitch erwartet hatte, brachte Nina etwas zu essen mit, als sie sich um halb neun zur Stelle meldete. Sie bot Mitch einen Pfannkuchen an, und er nahm zwei. Sie erkundigte sich, ob sie ihm jeden Morgen genügend zu essen mitbringen sollte, und Mitch sagte, es wäre nett, wenn sie das täte.

»Was ist das?« fragte sie und deutete auf die Stapel Akten und Notizblöcke auf seinem Schreibtisch.

»Das ist unsere heutige Beschäftigung. Wir müssen Ordnung in dieses Zeug bringen.«

»Keine Diktate?«

»Noch nicht. Ich treffe mich in ein paar Minuten mit Avery. Ich möchte, daß Sie das nach irgendeinem System sortieren.«

»Wie aufregend«, sagte sie und verschwand in Richtung Kaffeeraum.

Avery Tolar wartete mit einer dicken Akte, die er Mitch aushändigte. »Das ist die Capps-Akte. Ein Teil davon. Der Name unseres Klienten ist Sonny Capps. Er lebt jetzt in Houston, ist aber in Arkansas aufgewachsen. Besitzt dreißig Millionen und hält den Daumen auf jedem Cent davon. Sein Vater vermachte ihm einen alten Kahn, und er machte daraus das größte Schlepperunternehmen auf dem Mississippi. Jetzt hat er überall in der Welt Schiffe – Kästen, wie er sie nennt. Wir erledigen achtzig Prozent seiner juristischen Angelegenheiten, alles bis auf die Prozesse. Er möchte eine weitere Kommanditgesellschaft gründen zum Ankauf einer weiteren Tankerflotte, diesmal von der Familie irgendeines toten Chinesen in Hongkong. Capps ist in der Regel der Hauptgesellschafter, und er bringt bis zu fünfundzwanzig Kommanditisten ein, damit das Risiko verteilt wird und das erforderliche Kapital zusammenkommt. Bei diesem Geschäft geht es um fünfundsechzig Millionen. Ich habe mehrere Kommanditgesellschaften für ihn gegründet; jede war anders und alle waren kompliziert. Und es ist überaus schwierig, ihn zufriedenzustellen. Er ist ein Perfektionist und bildet sich ein, mehr zu wissen als ich. Sie werden nicht mit ihm reden. Außer mir redet überhaupt niemand aus der Firma mit ihm. Diese Akte ist ein Teil der letzten Gesellschaft, die ich für ihn gegründet habe. Sie enthält unter anderem einen Prospekt, eine Übereinkunft zur Gründung einer Gesellschaft, Absichtserklärungen, Eröffnungsurkunden und das eigentliche Gründungsdokument. Lesen Sie jedes einzelne Wort. Danach möchte ich, daß Sie einen ersten Entwurf des Gründungsdokuments für das neue Unternehmen ausarbeiten.«

Die Akte wurde plötzlich schwerer. Vielleicht war halb sechs doch nicht früh genug.

Der Partner fuhr fort: »Wir haben, Capps zufolge, ungefähr vierzig Tage Zeit, sind also jetzt schon im Rückstand. Marty Kozinski hat mir bei dieser Sache geholfen, und sobald ich seine Akte durchgesehen habe, bekommen Sie sie. Noch Fragen?«

»Wie steht es mit den Recherchen?«

»Das meiste davon ist auf dem neuesten Stand, aber Sie müssen es überprüfen. Capps hat im letzten Jahr mehr als neun Millionen verdient und ein Taschengeld an Steuern gezählt. Er hält nichts von Steuern und macht uns für jeden Groschen verantwortlich, den er berappen muß. Es ist natürlich alles ganz legal, aber meiner Meinung nach stehen wir dabei unter mächtigem Druck. Millionen Dollar an Investitionen und Steuerersparnissen stehen auf dem Spiel. Das Geschäft wird von den Regierungen von mindestens drei Staaten unter die Lupe genommen. Also – arbeiten Sie sorgfältig.«

Mitch blätterte die Akte durch. »Wie viele Stunden am Tag soll ich daran arbeiten?«

»So viele wie möglich. Ich weiß, daß das Anwaltsexamen wichtig ist, aber Sonny Capps ist es auch. Er hat uns im vergangenen Jahr fast eine halbe Million an Honorar gezahlt.«

»Ich werde mich hineinknien.«

»Ich weiß, daß Sie das tun werden. Wie ich schon sagte, ist Ihr Satz hundert Dollar pro Stunde. Nina wird später die Formulare mit Ihnen durchgehen. Denken Sie immer daran, sämtliche Stunden aufzuschreiben.«

»Wie könnte ich das vergessen?«

Oliver Lambert und Nathan Locke standen vor der Metalltür im fünften Stock und blickten in die darüber angebrachte Kamera. Irgend etwas klickte laut, und die Tür ging auf. Ein Wachmann nickte. DeVasher war in seinem Büro.

»Guten Morgen, Ollie«, sagte er ruhig. Den anderen Partner ignorierte er.

»Was gibt's Neues?« fauchte Locke in DeVashers Richtung, ohne ihn dabei anzusehen.

»Von wo?« fragte DeVasher gelassen.

»Aus Chicago.«

»Dort ist man sehr besorgt, Nat. Einerlei, was Sie glauben mögen, sie halten nichts davon, sich die Hände schmutzig zu machen. Und offengestanden verstehen sie auch nicht, weshalb sie das müssen.«

»Was meinen Sie damit?«

»Sie stellen ein paar unangenehme Fragen, zum Beispiel die, weshalb wir unsere Leute nicht bei der Stange halten können.«

»Und was haben Sie ihnen darauf geantwortet?«

»Das alles bestens ist. Wundervoll. Die Firma Bendini ist solide. Die Lecks wurden gestopft. Business as usual. Keine Probleme.«

»Wieviel Schaden haben sie angerichtet?« fragte Oliver Lambert.

»Das wissen wir nicht genau. Wir werden es nie erfahren, aber ich glaube nicht, daß sie überhaupt geredet haben. Sie hatten sich dazu entschlossen, daran gibt es keinen Zweifel, aber ich glaube nicht, daß sie es getan haben. Wir wissen aus einer recht zuverlässigen Quelle, daß FBI-Agenten am Tage des Unfalls zu der Insel unterwegs waren, deshalb nehmen wir an, daß sie vorhatten, sich mit ihnen zu treffen und die Katze aus dem Sack zu lassen.«

»Woher wissen Sie das?« fragte Locke.

»Wir haben unsere Quellen, Nat. Außerdem hatten wir Leute überall auf der Insel. Wir leisten nämlich gute Arbeit, wie Sie eigentlich wissen sollten.«

»Offensichtlich.«

»War es schmutzig?«

»Nein, nein. Sehr professionell.«

»Wie ist der Einheimische dazwischen geraten?«

»Wir mußten dafür sorgen, daß es gut aussah, Ollie.«

»Was ist mit den Behörden da unten?«

»Welchen Behörden? Das ist eine winzige, friedliche Insel, Ollie. Im vorigen Jahr hatten sie einen Mord und vier Verkehrsunfälle. Soweit es sie angeht, ist es ein weiterer Unfall. Drei Tote, bei einem Unfall ertrunken.«

»Und was ist mit dem FBI?« fragte Locke.

»Weiß ich nicht.«

»Ich dachte, Sie hätten eine Quelle.«

»Ja, wir haben jemanden. Aber wir können ihn nicht ausfindig machen. Bis gestern haben wir nichts erfahren. Unsere Leute sind nach wie vor auf der Insel, und ihnen ist nichts Ungewöhnliches aufgefallen.«

»Wie lange werden sie dort bleiben?«

»Ein paar Wochen.«

»Was passiert, wenn das FBI aufkreuzt?« fragte Locke.

»Wir passen auf. Wir werden die Leute sehen, wenn sie aus dem Flugzeug steigen. Wir werden ihnen in ihre Hotelzimmer folgen. Vielleicht zapfen wir sogar ihre Telefone an. Wir werden wissen, was sie zum Frühstück essen und worüber sie reden. Wir werden auf jeden von ihnen drei unserer Leute ansetzen, und wenn sie auf die Toilette gehen, werden wir es wissen. Außerdem gibt es für sie dort nichts zu finden, Nat. Ich sagte es bereits – es war ein sauberer Job, sehr professionell. Keinerlei Beweise. Beruhigen Sie sich.«

»Das widert mich an, DeVasher«, sagte Lambert.

»Glauben Sie etwa, mir gefiele das, Ollie? Aber was hätten wir sonst tun sollen? Uns zurücklehnen und sie reden lassen? Kommen Sie, Ollie, wir sind schließlich alle nur Menschen. Ich wollte es nicht, aber Lazarov hat gesagt, ich sollte es tun. Wenn Sie sich mit Lazarov anlegen wollen, nur zu. Irgendwo wird man Ihre Leiche finden. Diese Männer führten nichts Gutes im Schilde. Sie hatten den Mund halten, in ihren hübschen kleinen Autos herumfahren und die großen Anwälte spielen sollen. Aber nein, sie mußten sich scheinheilig geben.«

Nathan Locke zündete sich eine Zigarette an und blies eine dichte Rauchwolke aus. Die drei saßen ein paar Minuten schweigend da, während sich der Rauch über DeVashers Schreibtisch legte. DeVasher starrte Locke an, sagte aber nichts.

Oliver Lambert stand auf und betrachtete die kahle Wand neben der Tür. »Weshalb wollten Sie uns sprechen?« fragte er.

DeVasher holte tief Luft. »Chicago möchte Wanzen in den Häusern aller Nichtpartner.«

»Damit habe ich gerechnet«, sagte Lambert zu Locke.

»Es war nicht meine Idee, aber sie bestehen darauf. Sie sind mächtig nervös dort oben, und sie wollen zusätzliche Vorsichtsmaßnahmen ergreifen. Das kann man ihnen nicht verdenken.«

»Finden Sie nicht, daß das ein bißchen zu weit geht?« fragte Lambert.

»Ja, es ist völlig unnötig. Aber Chicago findet das nicht.«

»Wann?« fragte Locke.

»Nächste Woche oder so. Es dauert ein paar Tage.«

»Bei allen?«

»Ja. Das haben sie angeordnet.«

»Auch bei McDeere?«

»Ja. Auch bei McDeere. Ich nehme an, Tarrance wird es wieder versuchen, und diesmal versucht er sein Glück vielleicht ganz unten.«

»Ich bin McDeere heute morgen begegnet«, sagte Locke. »Er war vor mir da.«

»Fünf Uhr zweiunddreißig«, erwiderte DeVasher.

Die Überbleibsel seiner Studentenzeit wurden auf dem Fußboden gestapelt und die Capps-Akte auf dem Schreibtisch ausgebreitet. Am Mittag brachte ihm Nina ein Sandwich mit Hühnersalat mit, und er aß es, während sie den Papierberg auf dem Fußboden sortierte und ablegte. Kurz nach eins erschien Wally Hudson oder J. Walter Hudson, wie auf dem Briefpapier der Firma stand, um mit der Vorbereitung auf das Anwaltsexamen zu beginnen. Sein Spezialgebiet war das Vertragsrecht. Er gehörte der Firma seit fünf Jahren an und war der einzige, der aus Virginia stammte, was er seltsam fand, da seiner Meinung nach Virginia die beste juristische Fakultät im ganzen Lande hatte. Die letzten beiden Jahre hatte er damit verbracht, ein neues Repetitorium für den vertragsrechtlichen Teil des Examens auszuarbeiten. Er war begierig darauf, es an jemandem auszuprobieren, und zufällig war McDeere derjenige, den es traf. Er übergab Mitch einen schweren Ringbinder, der ungefähr zehn Zentimeter dick und ebenso schwer war wie die Capps-Akte.

Das Examen würde vier Tage dauern und aus drei Teilen bestehen, erklärte Wally. Am ersten Tag fand eine vierstündige Prüfung über Ethik statt, mit einem Fragebogen, bei dem jeweils die richtige Antwort angekreuzt werden mußte. Gill Vaughn, einer der Partner, war der Experte der Firma für Fragen der Ethik und würde ihn auf diesen Teil der Prüfling vorbereiten. Am zweiten Tag des Examens folgte eine achtstündige Prüfung, die einfach All-State genannt wurde und die meisten der in sämtlichen Staaten gültigen Gesetze betraf. Auch hier mußten auf einem Fragebogen die richtigen Antworten angekreuzt werden, und die Fragen waren sehr tückisch. Dann kam die Schwerarbeit. Am dritten und vierten Tag würde die Prüfung jeweils acht Stunden dauern und fünfzehn Gebiete des materiellen Rechts umfassen. Vertragsrecht, Allgemeines Handelsrecht, Immobilien, Schadenersatz, Familienrecht, Erbrecht, Eigentumsrecht, Steuerrecht, Arbeitsrecht, Verfassungsrecht, Verfahrensrecht bei Bundesgerichten, Strafrecht, Kommanditgesellschaften, Versicherungen und das Schuldner-Gläubiger-Verhältnis. Alle Antworten mußten in Form von kurzen Abhandlungen gegeben werden, und bei den Fragen wurde besonderer Nachdruck auf das in Tennessee gültige Recht gelegt. Die Firma hatte Repetitorien für sämtliche fünfzehn Teile.

»Sie meinen, fünfzehn wie das hier?« fragte Mitch, während er den Ringbinder in die Hand nahm.

Wally lächelte. »Ja. Wir sind sehr gründlich. Bisher ist noch nie ein Angehöriger dieser Firma durchgefallen ...«

»Ich weiß, ich weiß. Ich werde nicht der erste sein.«

»Wir setzen uns im Laufe der nächsten sechs Wochen mindestens einmal pro Woche zusammen und gehen das Material durch. Jede Sitzung wird ungefähr zwei Stunden dauern, also richten Sie sich bitte darauf ein. Ich schlage den Mittwoch vor, jeweils um drei Uhr.«

»In der Nacht oder am Nachmittag?«

»Am Nachmittag.«

»Ist mir recht.«

»Wie Sie wissen, gehören Vertragsrecht und Allgemeines Handelsrecht eng zusammen, also habe ich das Handelsrecht mit einbezogen. Wir gehen beides durch, aber dazu brauchen wir mehr Zeit. Im Anwaltsexamen spielen geschäftliche Transaktionen normalerweise eine wichtige Rolle. Diese Probleme liefern prächtige Fragen für die Abhandlungen, das Repetitorium ist also sehr wichtig. Ich habe Fragen einbezogen, die bei früheren Examen gestellt wurden, zusammen mit Modellantworten. Es ist eine faszinierende Lektüre.«

»Ich kann es kaum abwarten.«

»Nehmen Sie sich für die nächste Woche die ersten achtzig Seiten vor. Darin finden Sie ein paar Fragen, die Sie schriftlich beantworten müssen.«

»Sie meinen Hausaufgaben?«

»Unbedingt. Ich werde sie nächste Woche zensieren. Es ist überaus wichtig, daß Sie sich ständig mit diesen Fragen beschäftigen.«

»Das ist ja schlimmer als das Studium.«

»Es ist wesentlich wichtiger als das Studium. Wir nehmen das sehr ernst. Wir haben ein Komitee, das Ihre Fortschritte von jetzt an bis zum Examen überwacht. Wir werden Sie sehr genau im Auge behalten.«

»Wer gehört dem Komitee an?«

»Ich selbst, Avery Tolar, Royce McKnight, Randall Dunbar und Kendall Mahan. Wir treffen uns jeden Freitag, um festzustellen, welche Fortschritte Sie gemacht haben.«

Wally legte ein dünneres Heft von Briefbogengröße auf den Schreibtisch. »Das ist Ihr Arbeitsbuch. Sie tragen jeden Tag die Stunden ein, in denen Sie gelernt, und die Themen, mit denen Sie sich beschäftigt haben. Ich hole es jeden Freitagmorgen vor der Sitzung des Komitees ab. Noch Fragen?«

»Im Augenblick fällt mir nichts ein«, sagte Mitch und legte das Heft auf die Capps-Akte.

»Gut. Also bis nächsten Mittwoch um drei.«

Weniger als zehn Sekunden nach seinem Abgang erschien Randall Cunbar mit einem Ringbinder, der mit dem, den Wally zurückgelassen hatte, eine bemerkenswerte Ähnlichkeit aufwies, aber nicht ganz so dick war. Dunbar war der Leiter der Immobilienabteilung und hatte die Verhandlungen über den Kauf des Hauses für die McDeeres geführt. Er reichte Mitch das Repetitorium mit der Aufschrift *Immobilienrecht* und erklärte, weshalb sein Spezialgebiet der heikelste Teil des Examens war. Alles geht auf Grundbesitz zurück, sagte er. Er hatte das Material selbst im Laufe der letzten zehn Jahre zusammengestellt und gestand, er hätte des öfteren daran gedacht, es als grundlegendes Werk über Immobilienrecht und die Finanzierung von Landerwerb zu veröffentlichen. Er würde allwöchentlich mindestens eine Stunde brauchen, vorzugsweise Dienstag nachmittags. Er redete eine Stunde lang darüber, wie sehr sich das Examen in den dreißig Jahren, seit er es ablegte, verändert hatte.

Kendall Mahan brachte eine neue Variante. Er wollte sich Samstag mit ihm treffen. Früh, sagen wir halb acht.

»Kein Problem«, sagte Mitch, nahm den Ringbinder entgegen und legte ihn neben die anderen. In diesem Fall ging es um Verfassungsrecht, ein Lieblingsgebiet Kendalls, obwohl er, wie er sagte, selten Gelegenheit hatte, es anzuwenden. Es war der wichtigste Teil des Examens oder war es zumindest gewesen, als er es vor fünf Jahren ablegte. Er hatte in seinem letzten Studienjahr an der Columbia-Universität in der *Columbia Law Review* einen Artikel über den Ersten Zusatz zur Verfassung veröffentlicht. Eine Kopie davon lag in dem Repetitorium, für den Fall, daß Mitch ihn lesen wollte. Er versprach, es fast auf der Stelle zu tun.

Die Prozession dauerte den ganzen Nachmittag hindurch an, bis ungefähr die Hälfte der Partner mit Ringbindern, der Zuteilung von Hausaufgaben und der Festlegung wöchentlicher Treffen erschienen war. Nicht weniger als sechs wiesen ihn darauf hin, daß noch nie ein Angehöriger der Firma durchgefallen war.

Als sich seine Sekretärin um fünf verabschiedete, türmten sich auf dem kleinen Schreibtisch so viele Repetitorien, daß eine Zehn-Mann-Firma damit vollauf beschäftigt gewesen wäre. Nicht imstande, ein Wort herauszubringen, lächelte er ihr lediglich zu und kehrte zu Wallys Version des Vertragsrechts zurück. Eine Stunde später schoß ihm der Gedanke an Essen durch den Kopf. Dann dachte er, zum ersten Mal seit zwölf Stunden, an Abby. Er rief sie an.

»Ich muß noch eine Weile hierbleiben«, sagte er.

»Aber ich koche gerade das Abendessen.«

»Laß es auf dem Herd stehen«, sagte er ein wenig kurz angebunden.

Es folgte ein kurzes Schweigen. »Wann kommst du nach Hause?« fragte sie mit langsamen, präzisen Worten.

»In ein paar Stunden.«

»In ein paar Stunden? Du hast doch schon einen halben Tag hinter dir.«

»So ist es, und ich habe noch viel mehr zu tun.«

»Aber es ist dein erster Tag.«

»Wenn ich dir erzählen würde, wie er aussieht, würdest du es nicht glauben.«

»Ist alles in Ordnung?«

»Ja, alles bestens. Ich komme irgendwann.«

Das Anlassen des Motors weckte Dutch Hendrix, und er sprang auf. Er öffnete das Tor und blieb daneben stehen, als der letzte Wagen den Parkplatz verließ. Er hielt neben ihm an.

»Gute Nacht, Dutch«, sagte Mitch.

»Sie fahren jetzt erst nach Hause?«

»Ja. War ein arbeitsreicher Tag.«

Dutch richtete die Taschenlampe auf sein Handgelenk und sah auf die Uhr. Halb zwölf.

»Fahren Sie vorsichtig«, sagte Dutch.

»Mach ich. Wir sehen uns in ein paar Stunden.«

Der BMW bog in die Front Street ein und verschwand in der Dunkelheit. Ein paar Stunden, dachte Dutch. Diese Anfänger waren wirklich erstaunlich. Achtzehn, zwanzig Stunden am Tag, sechs Tage in der Woche. Manchmal sieben. Alle wollten sie die großartigsten Anwälte der Welt werden und über Nacht eine Million Dollar scheffeln. Manchmal arbeiteten sie rund um die Uhr. Das hatte er alles schon erlebt. Aber das konnten sie nicht durchhalten. Der menschliche Körper war auf einen solchen Mißbrauch nicht eingerichtet. Nach ungefähr sechs Monaten ließen sie Dampf ab. Sie reduzierten auf fünfzehn Stunden pro Tag, sechs Tag pro Woche. Dann fünfeinhalb. Dann zwölf Stunden pro Tag.

Niemand konnte länger als sechs Monate hundert Stunden in der Woche arbeiten.

7

Eine Sekretärin durchwühlte einen Aktenschrank auf der Suche nach etwas, das Avery dringend brauchte. Die andere Sekretärin stand mit einem Stenoblock vor seinem Schreibtisch und notierte die Anweisungen, die er erteilte, wenn er gerade nicht im Telefon schrie oder dem zuhörte, was sein Gesprächspartner am anderen Ende der Leitung zu sagen hatte. Auf dem Apparat blinkten drei rote Lichter. Während er am Telefon sprach, warfen sich die Sekretärinnen hitzige Bemerkungen zu. Mitch wanderte langsam auf das Büro zu und blieb an der Tür stehen.

»Ruhe!« fauchte Avery die Sekretärinnen an.

Die eine an dem Aktenschrank knallte die Schublade zu und wechselte zum nächsten Schrank hinüber, wo sie sich bückte und die unterste Schublade aufzog. Avery schnippte mit den Fingern nach der anderen und deutete auf seinen Terminkalender. Er legte auf, ohne sich zu verabschieden.

»Welche Termine habe ich heute?« fragte er, während er nach einer Akte auf seinem Ablagetisch griff.

»Zehn Uhr, Finanzamt Innenstadt. Dreizehn Uhr, Nathan Locke wegen der Spinosa-Akte. Fünfzehn Uhr fünfzehn, Treffen der Partner. Morgen sind Sie den ganzen Tag beim Finanzgericht, und den heutigen Tag wollten Sie ausschließlich für die Vorbereitung darauf verwenden.«

»Großartig. Alles absagen. Erkundigen Sie sich nach den Flügen Samstag nachmittag nach Houston und den Rückflügen Montag früh. Ganz früh.«

»Ja, Sir.«

»Mitch! Wo ist der Vorgang Capps?«

»Auf meinem Schreibtisch.«

»Wieviel haben Sie getan?«

»Ich habe das meiste davon gelesen.«

»Wir müssen Tempo zulegen. Das war Sonny Capps am Telefon. Er will mich Sonntagmorgen in Houston sehen, und ich soll eine Rohfassung des Vertrages für die Kommanditgesellschaft mitbringen.«

Mitch spürte einen nervösen Schmerz in seinem leeren Magen. Wenn er sich recht erinnerte, hatte der Vertrag einen Umfang von hundertvierzig Seiten.

»Nur eine Rohfassung«, sagte Avery und deutete auf eine der Sekretärinnen.

»Kein Problem«, sagte Mitch mit so viel Selbstvertrauen, wie er aufzubringen vermochte. »Vielleicht wird sie nicht ganz perfekt, aber Sie bekommen Ihre Rohfassung.«

»Ich brauche sie bis Samstagmittag, so perfekt wie möglich. Eine meiner Sekretärinnen wird Nina zeigen, wo sie in der Datenbank die Vertragsformulare finden kann. Das spart einiges Diktieren und Tippen. Ich weiß, es ist unfair, aber an Sonny Capps ist nun einmal nichts fair. Er ist sehr anspruchsvoll. Er hat mir erklärt, das Geschäft müßte in zwanzig Tagen abgeschlossen sein, sonst wäre es gestorben. Jetzt hängt alles von uns ab.«

»Wird erledigt.«

»Gut. Kommen Sie morgen früh um acht, damit wir feststellen können, wo wir stehen.«

Avery drückte auf einen der blinkenden Knöpfe und redete in

den Hörer. Mitch kehrte in sein Büro zurück und suchte unter den fünfzehn Ringbindern nach der Capps-Akte. Nina steckte den Kopf zur Tür herein.

»Oliver Lambert möchte Sie sprechen.«

»Wann?« fragte Mitch.

»Sobald Sie bei ihm sein können.«

Mitch sah auf die Uhr. Drei Stunden im Büro, und ihm war, als hatte er bereits ein Tagewerk hinter sich. »Hat das Zeit bis später?«

»Ich glaube nicht, daß Mr. Lambert gewöhnt ist, auf irgend jemanden zu warten.«

»Ich verstehe.«

»Sie sollten gleich hingehen.«

»Was will er?«

»Das hat seine Sekretärin nicht gesagt.«

Er zog sein Jackett an, rückte die Krawatte gerade und rannte hinauf in den vierten Stock, wo Mr. Lamberts Sekretärin auf ihn wartete. Sie stellte sich vor und teilte ihm mit, daß sie seit einunddreißig Jahren bei der Firma war. Tatsächlich war sie die zweite Sekretärin, die Mr. Anthony Bendini eingestellt hatte, nachdem er nach Memphis gezogen war. Ida Renfroe war ihr Name, aber alle nannten sie Mrs. Ida. Sie führte ihn in das große Büro und machte die Tür hinter sich zu.

Oliver Lambert stand hinter seinen Schreibtisch und nahm seine Lesebrille ab. Er lächelte herzlich und legte seine Pfeife auf den Messingständer. »Guten Morgen, Mitch«, sagte er ruhig, als bedeutete Zeit überhaupt nichts. »Setzen wir uns dort drüben hin.« Er deutete auf die Couch.

»Möchten Sie Kaffee?« fragte Lambert.

»Nein, danke.«

Mitch versank in der Couch, und der Partner ließ sich auf einem steifen Ohrensessel nieder, einen halben Meter entfernt und einen ganzen Meter höher. Mitch knöpfte sein Jackett auf und versuchte, sich zu entspannen. Er schlug die Beine übereinander und betrachtete sein neues Paar Cole-Haans. Zweihundert Dollar. Das war eine Stunde Arbeit für einen jüngeren Anwalt in dieser Gelddruck-Fabrik. Er versuchte weiter, sich zu entspannen. Aber er konnte die Panik in Averys Stimme spüren und die Verzweiflung in seinen Augen lesen, als er den Hörer am Ohr hatte und sich anhörte, was dieser Capps am anderen Ende zu sagen hatte. Dies war sein zweiter voller Tag, und sein Kopf dröhnte und sein Magen schmerzte.

Mr. Lambert lächelte mit seinem schönsten und aufrichtigsten Großvaterlächeln auf ihn herunter. Es war Zeit für einen Vortrag. Er trug ein strahlend weißes, maßgeschneidertes Oberhemd aus reiner Baumwolle mit einer kleinen, dunklen Seidenfliege, die ihn überaus intelligent und weise erscheinen ließ. Wie immer war er braungebrannt, und zwar über den Bronzeton hinaus, den die Sommersonne von Memphis üblicherweise hervorbrachte. Seine Zähne funkelten wie Diamanten. Ein sechzigjähriges Model.

»Nur ein paar Dinge, Mitch«, sagte er. »Wie ich höre, sind Sie sehr beschäftigt.«

»So ist es, Sir.«

»In einer großen Anwaltskanzlei gehört Panik zum Alltag, und Klienten wie Sonny Capps können Magengeschwüre verursachen. Unsere Klienten sind unsere einzigen Aktivposten, deshalb bringen wir uns für sie um.«

Mitch lächelte und runzelte gleichzeitig die Stirn.

»Zweierlei, Mitch. Zum ersten möchten meine Frau und ich, daß Sie und Abby am Samstag mit uns essen. Wir essen oft außerhalb und haben dabei gern Freunde bei uns. Ich bin selbst kein schlechter Koch, und ich weiß gute Speisen und Getränke zu würdigen. Wir lassen gewöhnlich einen großen Tisch in einem unserer Lieblingsrestaurants reservieren, laden unsere Freunde ein und verbringen den Abend bei einem aus neun Gängen bestehenden Essen und ausgesuchten Weinen. Würde es Ihnen und Abby am Samstag passen?«

»Natürlich.«

»Außerdem werden Kendall Mahan, Wally Hudson, Lamar Quin und ihre Frauen dabei sein.«

»Wir kommen gern.«

»Gut. Mein Lieblingsrestaurant in Memphis ist Justine's. Es ist ein altes französisches Lokal mit vorzüglicher Küche und einer eindrucksvollen Weinkarte. Sagen wir, um sieben?«

»Wir werden da sein.«

»Zum zweiten ist da noch etwas, worüber wir sprechen müssen. Ich bin sicher, daß es Ihnen ohnehin klar ist, aber es sollte nicht unerwähnt bleiben. Für uns ist es äußerst wichtig. Ich weiß, daß man

Ihnen in Harvard beigebracht hat, daß zwischen Ihnen als Anwalt und Ihren Klienten ein Vertrauensverhältnis besteht. Dieses Verhältnis ist rechtlich geschützt, und niemand kann Sie zwingen, etwas von dem preiszugeben, was ein Klient Ihnen mitgeteilt hat. Das ist streng vertraulich. Wenn wir über die Angelegenheiten unserer Klienten reden, verstoßen wir gegen die Ethik unseres Berufs. Nun, das gilt für jede Anwaltskanzlei, aber in dieser Firma nehmen wir dieses Vertrauensverhältnis ganz besonders ernst. Wir reden mit niemandem über die Angelegenheiten unserer Klienten. Nicht mit anderen Anwälten. Nicht mit unseren Frauen. Manchmal nicht einmal untereinander. In der Regel reden wir nicht zu Hause, und unsere Frauen haben gelernt, keine Fragen zu stellen. Je weniger Sie sagen, desto besser für Sie. Mr. Bendini ging Verschwiegenheit über alles, und er war ein guter Lehrmeister. Sie werden nie erleben, daß ein Angehöriger dieser Firma außerhalb dieses Hauses auch nur den Namen eines Klienten erwähnt. So ernst ist es uns damit.«

Worauf will er hinaus? fragte sich Mitch. Jeder Jurastudent im zweiten Jahr hatte diese Rede halten können. »Das ist mir klar, Mr. Lambert, und Sie brauchen sich deshalb keine Sorgen zu machen.«

»›Geschwätzige Zungen verlieren Prozesse.‹ Das war Mr. Bendinis Motto, und er wendete es auf alles mögliche an. Wir reden einfach überhaupt mit niemandem über die Angelegenheiten unserer Klienten, und das schließt unsere Frauen ein. Wir sind sehr still, sehr verschlossen, und so soll es auch bleiben. Sie werden anderen Anwälten begegnen, und früher oder später werden sie Fragen stellen, über die Firma oder über einen Klienten. Wir reden nicht, haben Sie verstanden?«

»Natürlich, Mr. Lambert.«

»Gut. Wir sind sehr stolz auf Sie, Mitch. Sie werden ein großartiger Anwalt werden. Und ein sehr reicher. Wir sehen uns am Samstag.«

Mrs. Ida hatte eine Nachricht für Mitch. Mr. Tolar brauchte ihn sofort. Er dankte ihr und rannte die Treppe hinunter, den Flur entlang, an seinem Büro vorbei in das große Eckbüro. Jetzt waren dort drei Sekretärinnen, die miteinander flüsterten und nach Akten suchten, während ihr Boß ins Telefon schrie. Mitch fand ein sicheres Plätzchen auf einem Stuhl neben der Tür und beobachtete den Zirkus. Die Frauen förderten Akten und Notizblöcke zutage und murmelten unverständliche Bemerkungen vor sich hin. Hin und wieder schnippte Avery mit den Fingern und deutete hierhin und dorthin, und dann sprangen sie wie verschreckte Kaninchen.

Nach ein paar Minuten knallte er den Hörer auf die Gabel, abermals ohne sich zu verabschieden. Er funkelte Mitch an.

»Wieder Sonny Capps. Die Chinesen wollen fünfundsiebzig Millionen, und er hat sich bereit erklärt, sie zu zahlen. Es wird einundvierzig Kommanditisten geben anstelle von fünfundzwanzig. Wir haben zwanzig Tage, sonst ist das Geschäft geplatzt.«

Zwei der Sekretärinnen traten zu Mitch und reichten ihm dicke, dehnbare Akten.

»Schaffen Sie das?« fragte Avery fast verächtlich. Die Sekretärinnen sahen ihn an.

Mitch nahm die Akten und ging zur Tür. »Natürlich schaffe ich das. Ist das alles?«

»Es ist genug. Ich möchte, daß Sie von jetzt bis Samstag an nichts anderem arbeiten als an dieser Akte, verstanden?«

»Ja, Boß.«

In seinem Büro nahm er die Repetitorien für das Anwaltsexamen, alle fünfzehn Ringbinder, und stapelte sie in einer Ecke. Der Inhalt der Capps-Akte wurde auf dem Schreibtisch ausgebreitet. Er holte tief Luft und begann zu lesen. Jemand klopfte an die Tür.

»Was ist?«

Nina steckte den Kopf herein. »Ich störe Sie ungern, aber Ihre neuen Möbel sind da.«

Er rieb sich die Schläfen und murmelte ein paar zusammenhanglose Worte.

»Vielleicht könnten Sie ein paar Stunden in der Bibliothek arbeiten.«

»Vielleicht.«

Sie packten die Capps-Akte wieder zusammen und brachten die fünfzehn Ringbinder auf den Flur hinaus, wo zwei große Schwarze mit einer Reihe klobiger Pappkartons und einem Perserteppich warteten.

Nina folgte ihm in die Bibliothek im zweiten Stock.

»Ich sollte mich um zwei mit Lamar Quin treffen, wegen der Vorbereitung auf das Anwaltsexamen. Rufen Sie ihn an und sagen Sie ab. Sagen Sie ihm, ich würde es später erklären.«

»Um zwei sind Sie mit Gill Vaughn verabredet«, sagte sie.
»Sagen Sie das auch ab.«
»Er ist ein Partner.«
»Sagen Sie ab. Ich bringe das später in Ordnung.«
»Das ist unklug.«
»Tun Sie, was Ihnen gesagt wird.«
»Sie sind der Boß.«
»Danke.«

Die Dekorateurin war eine kleine, muskulöse Frau in vorgeschrittenem Alter, an harte Arbeit gewöhnt und hervorragend ausgebildet. Schon seit fast vierzig Jahren, erklärte sie Abby, klebte sie teure Tapeten in den besten Häusern von Memphis. Sie redete ununterbrochen, machte aber keine überflüssige Bewegung. Sie schnitt präzise zu, wie ein Chirurg, dann trug sie Kleister auf wie ein Künstler. Während die Tapete weichte, holte sie das Maßband aus ihrem ledernen Arbeitsgürtel und analysierte die noch verbleibende Ecke des Eßzimmers. Sie murmelte Zahlen, die Abby nicht verstand. Sie ermittelte die Höhe und Breite an vier verschiedenen Stellen und verleibte sie ihrem Gedächtnis ein. Sie stieg auf die Trittleiter und forderte Abby auf, ihr ein aufgerolltes Stück Tapete zuzureichen. Es paßte exakt. Sie drückte es fest an die Wand und bemerkte zum hundertsten Male, wie hübsch die Tapete war, wie teuer, und wie lange sie halten und gut aussehen würde. Auch die Farbe gefiel ihr. Sie paßte hervorragend zu den Vorhängen und zum Teppich. Abby war es längst müde, sich zu bedanken. Sie nickte und sah auf die Uhr. Sie mußte in die Küche und das Abendessen zubereiten.

Als die Wand fertig war, bat Abby sie, Feierabend zu machen und am nächsten Morgen um neun wiederzukommen. Die Dekorateurin sagte, ja, selbstverständlich, und machte sich daran, wieder Ordnung zu schaffen. Sie bekam zwölf Dollar pro Stunde, bar auf die Hand, und war mit fast allem einverstanden. Abby bewunderte das Zimmer. Den Rest würden sie morgen erledigen, und dann war alles tapeziert bis auf zwei Badezimmer und Mitchs Arbeitszimmer. Die Malerarbeiten waren für die nächste Woche vorgesehen. Der Tapetenkleister, der noch feuchte Lack auf dem Kaminsims und die Neuheit des Mobiliars verbanden sich zu einem wundervoll frischen Duft. Dem Duft eines neuen Hauses.

Abby verabschiedete sich von der Dekorateurin und ging ins Schlafzimmer, wo sie sich auszog und sich aufs Bett legte. Sie rief in der Firma an, sprach kurz mit Nina und erfuhr, daß Mitch in einer Sitzung war, die noch eine Weile dauern konnte. Nina sagte, er würde zurückrufen. Abby steckte ihre langen, schmerzenden Beine aus und rieb sich die Schultern. Über ihr drehte sich langsam der Deckenventilator. Irgendwann würde Mitch nach Hause kommen. Eine Zeitlang würde er hundert Stunden in der Woche arbeiten, dann auf achtzig zurückschrauben. Sie konnte warten.

Sie erwachte eine Stunde später und sprang aus dem Bett. Es war fast sechs. Kalbspiccata. Kalbspiccata. Sie zog Shorts an und ein weißes Polohemd. Sie lief in die Küche, die fertig war bis auf ein bißchen Farbe und die Vorhänge, die nächste Woche kommen sollten. Sie fand das Rezept in einem Pasta-Kochbuch und legte die Zutaten auf der Arbeitsplatte zurecht. Während des Studiums hatte es kaum anständiges Fleisch gegeben, nur hin und wieder einmal Rindfleischfrikadellen. Wenn sie gekocht hatte, dann war es Huhn-Dies und Huhn-Das gewesen. Im übrigen hatte es eine Menge Sandwiches und Hot dogs gegeben.

Aber jetzt, da plötzlich der Wohlstand ausgebrochen war, wurde es Zeit, daß sie kochen lernte. In der ersten Woche hatte sie jeden Abend ein neues Gericht zubereitet, und sie hatten gegessen, wann immer er nach Hause gekommen war. Sie plante die Mahlzeiten, studierte die Kochbücher, probierte Saucen aus. Aus keinem ersichtlichen Grund mochte Mitch die italienische Küche, und nachdem Spaghetti und Cappellini ausprobiert und vervollkommnet waren, war jetzt die Zeit für eine Kalbspiccata gekommen. Sie klopfte die Kalbsmedaillons mit einem kleinen Hammer, bis sie dünn genug waren, dann panierte sie sie in mit Salz und Pfeffer gewürztem Mehl. Sie setzte einen Topf mit Wasser für die Linguine auf. Sie füllte ein Glas mit Chablis und stellte das Radio an. Sie hatte seit Mittag zweimal im Büro angerufen, und er hatte nicht die Zeit gefunden, sich zu melden. Sie dachte daran, noch einmal anzurufen, dann entschied sie sich dagegen. Jetzt war er an der Reihe. Sie würde das Essen zubereiten, und sie würden es verzehren, wenn er nach Hause kam.

Die Medaillons wurden drei Minuten in heißem Öl gebraten, bis das Fleisch gar war, und dann herausgenommen. Sie goß das Öl aus der Pfanne, gab Wein und Zitronensaft dazu, ließ die Sauce aufkochen und rührte, bis sie eingedickt war. Sie legte die Kalbsmedaillons wieder in die Pfanne und tat Pilze, Artischocken und Butter dazu. Dann legte sie den Deckel auf und ließ sie schmoren.

Sie briet Speck, schnitt Tomaten, kochte die Linguine und schenkte sich ein weiteres Glas Wein ein. Um sieben Uhr war das Essen fertig: Tomatensalat mit Speck und Tubettini, Kalbspiccata und Knoblauchbrot im Herd. Er hatte nicht angerufen. Sie nahm ihren Wein mit auf die Terrasse hinaus und ließ den Blick über den Hintergarten schweifen. Hearsay kam unter den Sträuchern hervor. Gemeinsam wanderten sie durch den Garten, nahmen das Bermudagras in Augenschein und blieben unter den beiden großen Eichen stehen. Zwischen den mittleren Ästen der größten Eiche hingen die Überreste eines seit langem aufgegebenen Baumhauses. In ihren Stamm waren Initialen eingeschnitten. Von der anderen hing ein Stück Seil herab. Sie fand einen Gummiball, warf ihn und beobachtete, wie der Hund hinterherjagte. Sie wartete darauf, durch das Küchenfenster das Telefon läuten zu hören. Es läutete nicht.

Hearsay erstarrte, dann knurrte er etwas im Nachbargarten an. Mr. Rice kam um eine perfekt beschnittene Buchsbaumhecke herum, die seine Veranda umgab. Schweiß tropfte ihm von der Nase, und sein baumwollenes Unterhemd war durchweicht. Er zog seine grünen Handschuhe aus und sah durch den Maschendrahtzaun hindurch Abby unter dem Baum stehen. Er lächelte. Er betrachtete ihre langen, braunen Beine und lächelte. Er wischte sich mit einem verschwitzten Unterarm über die Stirn und ging auf den Zaun zu.

»Wie geht es Ihnen?« fragte er schwer atmend. Sein dichtes graues Haar war naß und klebte ihm am Kopf.

»Danke, gut, Mr. Rice. Und Ihnen?«

»Heiß. Müssen fast vierzig Grad sein.«

Abby näherte sich langsam dem Zaun für ein Schwätzchen. Sie hatte jetzt seit einer Woche seine Blicke zur Kenntnis genommen, aber sie störten sie nicht. Er war mindestens siebzig und vermutlich harmlos. Sollte er sie doch anschauen. Außerdem war er ein lebendiger, atmender, schwitzender Mensch, der reden und sich bis zu einem gewissen Grad mit ihr unterhalten konnte. Seit Mitch sie vor Tagesanbruch verlassen hatte, war die Dekorateurin ihr einziger Gesprächspartner gewesen.

»Ihr Rasen sieht großartig aus«, sagte sie.

Er wischte sich abermals den Schweiß ab und spuckte auf den Boden. »Großartig? Das nennen Sie großartig? Er gehörte in eine Zeitschrift. Mir ist noch nie ein Golfplatz begegnet, der so gut ausgesehen hätte. Er hätte verdient, Garten des Monats zu werden, aber da spielt sich nichts ab. Wo ist Ihr Mann?«

»Im Büro. Er macht Überstunden.«

»Es ist fast acht. Er muß heute morgen schon vor Sonnenaufgang losgefahren sein. Ich mache um halb sieben meinen Spaziergang, und da war sein Wagen schon fort. Was ist mit ihm?«

»Er arbeitet gern.«

»Wenn ich eine Frau wie Sie hätte, würde ich zu Hause bleiben. Ich wäre nicht fortzukriegen.«

Abby lächelte über das Kompliment. »Wie geht es Mrs. Rice?«

Er runzelte die Stirn und riß ein Unkraut aus, das am Zaun wuchs. »Leider nicht besonders. Gar nicht besonders.« Er wendete den Blick ab und biß sich auf die Unterlippe. Mrs. Rice hatte Krebs und war schon fast tot. Die Ehe war kinderlos. Ein Jahr blieb ihr noch, sagten die Ärzte. Höchstens ein Jahr. Sie hatten den größten Teil ihres Magens entfernt, und jetzt waren Metastasen in der Lunge. Sie wog neunzig Pfund und verließ nur selten das Bett. Während ihres ersten Gesprächs über den Zaun hatte er Tränen in den Augen gehabt, als er von ihr sprach und davon, daß er nach einundfünfzig Ehejahren allein sein würde.

»Nein, die machen meinen nicht zum Garten des Monats. Nicht die richtige Gegend. Die Auszeichnung geht immer an die reichen Leute, die Gärtnerjungen die ganze Arbeit tun lassen, während sie am Pool sitzen und Daiquiris trinken. Aber er sieht wirklich gut aus, nicht wahr?«

»Es ist unglaublich. Wie oft mähen Sie ihn?«

»Drei- oder viermal pro Woche. Hängt vom Regen ab. Möchten Sie, daß ich Ihren mähe?«

»Nein. Das soll Mitch tun.«

»Wie es scheint, hat er keine Zeit dazu. Ich behalte ihn im Auge, und wenn er gemäht werden muß, komme ich herüber.«

Abby drehte sich um und schaute auf das Küchenfenster. »Hören Sie das Telefon?« fragte sie und setzte sich in Bewegung. Mr. Rice deutete auf sein Hörgerät.

Sie verabschiedete sich und lief ins Haus. Das Läuten hörte auf, als sie den Hörer abnahm. Es war halb neun, schon fast dunkel. Sie rief im Büro an, aber niemand meldete sich. Vielleicht war er gerade auf der Heimfahrt.

Eine Stunde vor Mitternacht läutete das Telefon. Abgesehen davon und von dem leisen Schnarchen war es im zweiten Stock völlig still. Seine Füße lagen auf dem neuen Schreibtisch, an den Knöcheln übereinandergeschlagen und taub von mangelnder Durchblutung. Der Rest des Körpers ruhte bequem in dem ledernen Schreibtischsessel. Er war zu einer Seite gerutscht und gab von Zeit zu Zeit die Geräusche tiefen Schlafs von sich. Die Capps-Akte war auf dem Schreibtisch ausgebreitet, und ein höchst beeindruckend aussehendes Schriftstück hielt er fest gegen den Bauch gedrückt. Seine Schuhe standen auf dem Boden, neben einem Stapel von Dokumenten aus der Capps-Akte. Zwischen den Schuhen lag eine leere Kartoffelchips-Tüte.

Als es ein dutzendmal geläutet hatte, bewegte er sich, dann stürzte er sich auf das Telefon. Es war Abby.

»Warum hast du nicht angerufen?« fragte sie kalt, aber mit einem Anflug von Besorgnis.

»Tut mir leid. Ich bin eingeschlafen. Wie spät ist es?« Er rieb sich die Augen und versuchte, seine Uhr zu erkennen.

»Elf. Du hättest anrufen können.«

»Ich habe angerufen. Aber es ist niemand an den Apparat gegangen.«

»Wann?«

»Zwischen acht und neun. Wo warst du?«

Sie antwortete nicht. Sie wartete. »Kommst du nach Hause?«

»Nein. Ich muß die Nacht durcharbeiten.«

»Die ganze Nacht? Du kannst nicht die ganze Nacht arbeiten, Mitch.«

»Natürlich kann ich die ganze Nacht arbeiten. Das ist hier nichts Ungewöhnliches. Es wird erwartet.«

»Ich hatte damit gerechnet, daß du nach Hause kommen würdest, Mitch. Du hättest zumindest anrufen sollen. Das Essen steht immer noch auf dem Herd.«

»Es tut mir leid. Ich stecke bis über die Ohren in einer brandeiligen

Sache und habe nicht auf die Zeit geachtet. Ich entschuldige mich dafür.«

Sie schwieg einen Moment und dachte über die Entschuldigung nach. »Wird das zur Gewohnheit werden, Mitch?«

»Durchaus möglich.«

»Ich verstehe. Was meinst du, wann wirst du heimkommen?«

»Hast du Angst?«

»Nein, ich habe keine Angst. Ich gehe schlafen.«

»Ich komme gegen sieben, um zu duschen.«

»Schön. Wenn ich schlafe, dann weck mich nicht auf.«

Sie legte auf. Er betrachtete den Hörer, dann legte er ihn auf die Gabel. Im fünften Stock kicherte ein Wachmann leise vor sich hin. »Weck mich nicht auf. Das ist gut«, sagte er und drückte auf einen Knopf des mit einem Computer verbundenen Aufnahmegeräts. Dann drückte er drei weitere Knöpfe und sprach in ein kleines Mikrofon. »He, Dutch, wach auf da unten.«

Dutch wachte auf und beugte sich über die Gegensprechanlage. »Ja, was gibt's?«

»Hier ist Markus. Es sieht so aus, als wollte unser Junge die Nacht durchmachen.«

»Was ist sein Problem?«

»Im Augenblick seine Frau. Er hat vergessen, sie anzurufen, und sie hat ein schönes Essen gekocht.«

»So ein Jammer. Das haben wir schon öfter gehört, nicht?«

»Ja, in der ersten Woche legen alle Anfänger so ein Tempo vor. Jedenfalls hat er ihr gesagt, er käme erst am Morgen heim. Du kannst also weiterschlafen.«

Markus drückte noch ein paar Knöpfe und widmete sich dann wieder seiner Zeitschrift.

Abby wartete noch, als die Sonne zwischen den Eichen aufging. Sie trank Kaffee und streichelte den Hund und lauschte den leisen Geräuschen, die aus der zum Leben erwachenden Nachbarschaft zu ihr drangen. Sie hatte kaum geschlafen. Eine heiße Dusche hatte die Müdigkeit kaum vertreiben können. Sie trug einen weißen Frotteebademantel, einen von seinen, und sonst nichts. Ihr Haar war naß und straff zurückgekämmt.

Eine Wagentür klappte zu, und der Hund schlug an. Sie hörte, wie er die Küchentür aufschloß, und wenig später wurde die Schiebetür zur Veranda geöffnet. Er legte sein Jackett auf eine Bank neben der Tür und kam auf sie zu.

»Guten Morgen«, sagte er, dann setzte er sich ihr gegenüber an den Korbtisch.

Sie bedachte ihn mit einem falschen Lächeln. »Den wünsche ich dir auch.«

»Du bist früh auf«, sagte er, um Freundlichkeit bemüht. Es funktionierte nicht. Sie lächelte wieder und trank einen Schluck Kaffee.

Er holte tief Luft und ließ den Blick über den Garten schweifen. »Bist du immer noch sauer wegen gestern abend?«

»Eigentlich nicht. Schmollen liegt mir nicht.«

»Ich habe gesagt, daß es mir leid tut, und das tut es wirklich. Ich habe versucht, dich anzurufen.«

»Du hättest noch einmal anrufen können.«

»Bitte, laß dich nicht von mir scheiden, Abby. Ich schwöre, es wird nicht wieder vorkommen. Aber verlaß mich nicht.«

Jetzt brachte sie ein echtes Lächeln zustande. »Du siehst grauenhaft aus«, sagte sie.

»Was ist unter dem Bademantel?«

»Nichts.«

»Laß sehen.«

»Warum legst du dich nicht ein Weilchen hin? Du bist total übernächtigt.«

»Danke. Aber ich habe um neun eine Besprechung mit Avery. Und um zehn noch eine Besprechung mit Avery.«

»Versuchen sie, dich schon in der ersten Woche umzubringen?«

»Ja, aber das schaffen sie nicht. Ich bin Manns genug, das zu überstehen. Laß uns duschen.«

»Ich habe schon geduscht.«

»Nackt?«

»Ja.«

»Erzähl mir davon. In allen Einzelheiten.«

»Wenn du zu einer vernünftigen Zeit heimgekommen wärest, kämst du gar nicht erst auf solche Gedanken.«

»Ich bin sicher, daß es wieder passieren wird. Ich werde eine Menge Nächte durcharbeiten müssen. Während des Studiums hast du dich nicht beklagt, wenn ich die Nächte hindurch gelernt habe.«

»Das war etwas anderes. Das habe ich ertragen, weil ich wußte, daß es bald zu Ende sein würde. Aber jetzt bist du Anwalt, und das wirst du lange bleiben. Gehört das dazu? Wirst du immer tausend Stunden in der Woche arbeiten?«

»Abby, das ist meine erste Woche.«

»Und genau das macht mir Kummer. Es kann nur noch schlimmer werden.«

»Das wird es bestimmt. Das gehört dazu. Es ist ein halsabschneiderisches Gewerbe; die Schwachen werden aufgefressen und die Starken werden reich. Es ist ein Marathon. Wer es durchsteht, gewinnt das Gold.«

»Und stirbt an der Ziellinie.«

»Das glaube ich nicht. Wir sind vor einer Woche hier eingezogen, und du machst dir jetzt schon Sorgen um meine Gesundheit.«

Sie trank Kaffee und streichelte den Hund. Sie war wunderschön. Mit müden Augen, ohne Make-up und mit nassem Haar war sie wunderschön. Er stand auf, trat hinter sie und küßte sie auf den Hals. »Ich liebe dich«, flüsterte er.

Sie ergriff seine Hand, die auf ihrer Schulter lag. »Geh unter die Dusche. Ich kümmere mich inzwischen um das Frühstück.«

Der Tisch war makellos gedeckt. Zum ersten Mal im neuen Haus hatte sie das Geschirr von ihrer Großmutter aus dem Schrank geholt. Kerzen brannten in silbernen Leuchtern. Grapefruitsaft füllte die Kristallgläser. Leinenservietten, die zur Tischdecke paßten, lagen gefaltet auf den Tellern. Als er geduscht und einen neuen Burberry-Anzug angezogen hatte, kam er ins Eßzimmer und stieß einen leisen Pfiff aus.

»Was ist der Anlaß?«

»Es ist ein ganz spezielles Frühstück für einen ganz speziellen Mann.«

Er setzte sich und bewunderte das Geschirr. Das Essen stand in einer Silberterrine mit Deckel auf einer Warmhalteplatte. »Was gibt es?« fragte er und schmatzte mit den Lippen. Sie deutete auf die Terrine, und er nahm den Deckel ab. Er starrte hinein.

»Was ist das?« fragte er, ohne sie anzusehen.

»Kalbspiccata.«

»Kalbs was?«

»Kalbspiccata.«

Er schaute auf die Uhr. »Ich dachte, es wäre Frühstückszeit.«

»Ich habe es gestern zum Abendessen gemacht, und ich empfehle dir, es zu essen.«

»Kalbspiccata zum Frühstück?«

Sie lächelte entschlossen und schüttelte leicht den Kopf. Er schaute wieder in die Schüssel und analysierte ein oder zwei Sekunden lang die Lage.

Schließlich sagte er: »Riecht gut.«

8

Samstagmorgen. Er schlief zu Hause und fuhr erst um sieben ins Büro. Er rasierte sich nicht, trug Jeans, ein altes Hemd, keine Socken und Turnschuhe. Studentenkluft.

Der Capps-Vertrag war am Freitagnachmittag ausgedruckt und dann nochmals ausgedruckt worden. Er hatte ein paar weitere Änderungen vorgenommen, und um acht Uhr abends ließ Nina ihn noch einmal durchlaufen. Er ging davon aus, daß sie nur wenige oder gar keine Freunde hatte, deshalb widerstrebte es ihm nicht, sie zu bitten, länger zu arbeiten. Sie sagte, Überstunden machten ihr nichts aus, also bat er sie, auch am Samstagvormittag zu kommen.

Sie kam gegen neun, in Jeans, eng wie eine Wurstpelle. Er gab ihr den Vertrag, die ganzen zweihundertundsechs Seiten, mit seinen letzten Änderungen und bat sie, ihn zum vierten Mal auszudrucken. Um zehn hatte er einen Termin mit Avery.

Samstags ging mit dem Büro eine Veränderung vor. Sämtliche angestellten Anwälte waren da, ebenso die meisten Partner und einige der Sekretärinnen. Es gab keine Klienten und deshalb auch keine Kleiderordnung, dafür aber so viel Jeansstoff, daß es für einen Viehtrieb gereicht hätte. Keine Krawatten. Einige der Modebewußten trugen ihre besten gestärkten Duckheads mit gleichfalls gestärkten Hemden und schienen beim Gehen zu knistern.

Aber der Druck war da, zumindest für Mitchell Y. McDeere, den jüngsten Mitarbeiter der Firma. Er hatte am Donnerstag, Freitag und Samstag die Zusammenkünfte abgesagt, die der Vorbereitung auf das Examen dienen sollten, und die fünfzehn Repetitorien lagen im

Regal, setzten Staub an und erinnerten ihn daran, daß er in der Tat der erste sein würde, der beim Anwaltsexamen durchfiel.

Um zehn war die vierte Fassung fertig, und Nina legte sie demonstrativ auf Mitchs Schreibtisch und begab sich in den Kaffeeraum. Sie war auf zweihundertneunzehn Seiten angeschwollen. Er hatte jedes Wort viermal gelesen und die einschlägigen Steuergesetze studiert, bis er sie auswendig konnte. Er ging den Flur entlang zum Büro seines Partners und legte ihm das Dokument auf den Schreibtisch. Seine Sekretärin packte einen gewaltigen Aktenkoffer, während ihr Boß telefonierte.

»Wie viele Seiten?« fragte Avery, als er den Hörer aufgelegt hatte.

»Über zweihundert.«

»Beeindruckend. Wie roh ist es?«

»Nicht sehr. Das ist die vierte Fassung seit gestern morgen. Es ist fast perfekt.«

»Das wird sich finden. Ich lese es im Flugzeug, dann wird Capps es unter die Lupe nehmen. Wenn er einen Fehler findet, dann tobt er eine halbe Stunde und droht, die Zahlung zu verweigern. Wie viele Stunden stecken darin?«

»Fünfundvierzig und eine halbe, seit Mittwoch.«

»Ich weiß, ich habe Sie unter Druck gesetzt, und es tut mir leid. Sie hatten eine schwere erste Woche. Aber manchmal setzen unsere Klienten uns unter Druck, und dies wird nicht das letzte Mal gewesen sein, daß wir uns das Genick brechen für jemanden, der uns zweihundert Dollar die Stunde bezahlt. Das gehört nun einmal zum Geschäft.«

»Das macht mir nichts aus. Ich bin mit den Examensvorbereitungen im Rückstand, aber das hole ich wieder auf.«

»Macht Ihnen dieser Kümmerling Hudson das Leben schwer?«

»Nein.«

»Falls er es tun sollte, sagen Sie mir Bescheid. Er ist erst fünf Jahre bei der Firma und genießt es, den Professor zu spielen. Hält sich für einen regelrechten Gelehrten. Ich mag ihn nicht sonderlich.«

»Er ist kein Problem.«

Avery packte den Vertrag in seinen Koffer. »Wo sind der Prospekt und die anderen Dokumente?«

»Ich habe von allen einen ersten Rohentwurf gemacht. Sie sagten, wir hätten zwanzig Tage.«

»Haben wir, aber sehen Sie zu, daß Sie sie fertigkriegen. Capps hat die Angewohnheit, Dinge lange vor dem vereinbarten Termin zu verlangen. Arbeiten Sie morgen?«

»Das hatte ich eigentlich nicht vor. Meine Frau besteht darauf, daß wir in die Kirche gehen.«

Avery schüttelte den Kopf. »Frauen können ganz schön lästig sein, nicht wahr?«

Mitch erwiderte nichts.

»Sehen Sie zu, daß Sie bis nächsten Samstag mit der Capps-Akte fertig sind.«

»Geht in Ordnung. Kein Problem«, sagte Mitch.

»Haben wir schon über Koker-Hanks gesprochen?« fragte Avery, während er nach einer Akte suchte.

»Nein.«

»Hier ist es. Koker-Hanks ist ein großer Generalunternehmer mit Sitz in Kansas City. Hat ungefähr hundert Millionen unter Vertrag, überall im Lande. Ein Laden in Denver namens Holloway Brothers hat angeboten, Koker-Hanks zu kaufen. Sie wollen ein paar Aktien losschlagen, einen Teil der Aktiva, ein paar Verträge, und ein bißchen Bargeld kassieren. Ziemlich kompliziertes Geschäft. Machen Sie sich mit der Akte vertraut, und wir reden am Dienstagmorgen darüber, wenn ich zurück bin.«

»Wieviel Zeit haben wir?«

»Dreißig Tage.«

Sie war nicht ganz so dick wie die Capps-Akte, aber ebenso beeindruckend. »Dreißig Tage«, murmelte Mitch.

»Bei dieser Transaktion geht es um achtzig Millionen, und wir holen zweihundert Mille an Honorar heraus. Kein schlechtes Geschäft. Jedesmal, wenn Sie einen Blick auf die Akte werfen, berechnen Sie eine Stunde. Arbeiten Sie daran, wann immer Sie können. Sie können sogar, wenn Ihnen der Name Koker-Hanks auf dem Weg zur Arbeit einfällt, eine Stunde berechnen. In diesem Fall ist der Himmel die Grenze.«

Avery schwelgte in dem Gedanken an einen Klienten, der zahlen würde, so hoch die Rechnung auch ausfallen mochte. Mitch verabschiedete sich und kehrte in sein Büro zurück.

Ungefähr um die Zeit, als die Cocktails ausgetrunken waren, während sie die Weinkarte studierten und zuhörten, wie Oliver Lambert die Nuancen und die feinen Unterschiede der französischen Weine miteinander verglich, ungefähr um die Zeit, als Mitch und Abby das Gefühl hatten, daß sie lieber zu Hause mit einer Pizza vor dem Fernseher saßen, stiegen zwei Männer mit den richtigen Schlüsseln in den auf dem Parkplatz von Justine's stehenden glänzenden schwarzen BMW ein. Sie trugen Anzüge und Krawatten, ganz unauffällige Leute. Sie gaben Gas und fuhren quer durch die Stadt zum neuen Haus der McDeeres. Sie parkten den BMW dort, wo er hingehörte, im Carport. Der Fahrer zog einen weiteren Schlüssel hervor, und die beiden betraten das Haus. Hearsay wurde in der Toilette in einen Schrank eingeschlossen.

Im Dunkeln wurde eine kleine schwarze Aktentasche auf den Eßtisch gelegt. Dünne Gummihandschuhe wurden übergestreift und glattgezogen, und jeder nahm eine kleine Taschenlampe zur Hand.

Sie arbeiteten rasch, im Dunkeln. Vom Küchentelefon wurde der Hörer abgenommen und auf den Tisch gelegt. Das Mikrofon wurde abgeschraubt und inspiziert. Ein winziger Sender, ungefähr so groß wie eine Rosine, wurde in den Hohlraum geklebt und zehn Sekunden lang angedrückt. Als der Kleber hielt, wurde das Mikrofon wieder zugeschraubt und der Hörer wieder am Telefon an der Küchenwand befestigt. Die Stimmen oder Signale würden zu einem kleinen Empfänger auf dem Dachboden übertragen werden. Ein größerer Sender neben dem Empfänger würde die Signale quer durch die Stadt zu einer Antenne auf dem Bendini-Gebäude weiterleiten. Mit den Wechselstromleitungen als Energiequelle konnten die kleinen Wanzen in den Telefonen bis in alle Ewigkeit funktionieren.

»Jetzt das in seinem Arbeitszimmer.«

Die Aktentasche wurde auf eine Couch befördert. Über ihr schlugen sie einen kleinen Nagel in eine Fuge der Täfelung und zogen ihn dann wieder heraus. Ein dünner schwarzer Zylinder, nur wenige Millimeter dick und etwa zwei Zentimeter lang, wurde sorgsam in das Loch gesteckt und mit einem Tropfen schwarzem Epoxidharz festzementiert. Das Mikrofon war unsichtbar. Ein Draht von der Dicke eines Menschenhaars wurde in die Fuge der Täfelung gedrückt und zur Decke hochgeführt. Er würde gleichfalls mit dem Sender auf dem Dachboden verbunden werden.

Entsprechende Mikrofone wurden in den Wänden der Schlafzimmer versteckt. In der Diele fanden die Männer die ausklappbare Bodentreppe und stiegen auf den Dachboden hinauf. Einer holte den Empfänger und den Sender aus der Aktentasche, während der andere sorgfältig die hauchdünnen Drähte an den Wänden hochzog. Als er alle beisammen hatte, drehte er sie umeinander, drückte sie unter die Isolierung und führte sie in eine Ecke, in der sein Partner den Sender in einen alten Pappkarton packte. Eine Wechselstromleitung wurde abisoliert und an den Sender angeschlossen und eine kleine Antenne bis dicht unters Dach ausgezogen.

Ihr Atmen wurde mühsamer in der erstickenden Hitze des dunklen Dachbodens. Der Sender befand sich in einer entlegenen Ecke und würde vermutlich Monate, vielleicht sogar Jahre nicht bemerkt werden. Und wenn er bemerkt wurde, würde er aussehen wie wertloses Gerümpel. Er konnte aufgehoben und fortgeworfen werden, ohne Argwohn zu erregen. Eine Sekunde lang bewunderten sie ihr Werk, dann stiegen sie wieder hinunter.

Sie beseitigten sorgfältig alle Spuren und waren nach zehn Minuten fertig.

Hearsay wurde aus dem Schrank herausgelassen, und die Männer schlichen zum Carport, setzten rasch auf der Einfahrt zurück und jagten davon.

Als die gebratene Makrele serviert wurde, parkte der BMW wieder friedlich neben dem Restaurant. Der Fahrer griff in die Tasche und fand den Schlüssel zu einem kastanienbraunen Jaguar, Eigentum von Mr. Kendall Mahan, Rechtsanwalt. Die beiden Techniker schlossen den BMW ab und stiegen in den Jaguar. Die Mahans wohnten wesentlich näher als die McDeeres, und dem Grundriß nach zu urteilen würden sie dort schneller fertigwerden.

Im fünften Stock des Bendini-Gebäudes stand Marcus vor einer Tafel mit blinkenden Lichtern und wartete auf ein Signal von 1231 East Meadowbrook. Die Dinnerparty war vor einer halben Stunde zu Ende gewesen, und die Zeit zum Lauschen war gekommen. Ein winziges gelbes Lämpchen leuchtete schwach auf, und er stülpte sich den Kopfhörer auf und drückte den Aufnahmeknopf. Er wartete. Neben dem Code McD 6 begann ein grünes Licht zu flackern. Das war die Schlafzimmerwand. Die Signale wurden deutlicher,

Stimmen, zuerst schwach, dann ganz deutlich. Er erhöhte die Lautstärke. Und lauschte.

»Jill Mahan ist ein Biest«, sagte die Frau, Mrs. McDeere. »Je mehr sie getrunken hatte, desto biestiger wurde sie.«

»Ich glaube, sie hat ein bißchen blaues Blut in den Adern«, erwiderte Mr. McDeere.

»Ihr Mann ist in Ordnung, aber sie ist wirklich eine widerwärtige Person«, sagte Mrs. McDeere.

»Bist du betrunken?« fragte Mr. McDeere.

»Fast. Und bereit zu leidenschaftlichem Sex.«

Marcus stellte noch lauter und beugte sich über die blinkenden Lichter.

»Zieh dich aus«, verlangte Mrs. McDeere.

»Das haben wir schon eine ganze Weile nicht mehr getan«, sagte Mr. McDeere.

»Und wessen Schuld ist das?« fragte sie.

»Aber ich habe es noch nicht verlernt. Du bist wunderschön.«

»Ab ins Bett«, sagte sie.

Marcus drehte den mit *Lautstärke* bezeichneten Knopf bis zum Anschlag. Er lächelte die Lichter an und atmete schwer. Er liebte diese jungen Leute, frisch von der Universität und voller Energie. Er lächelte bei den Geräuschen ihres Liebesaktes. Er schloß die Augen und hörte mit.

9

Zwei Wochen später war die Capps-Krise vorbei, ohne daß es irgendwelche Katastrophen gegeben hätte, was in erster Linie einer ganzen Reihe von Achtzehn-Stunden-Tagen des jüngsten Angehörigen der Firma zu verdanken war, eines Mannes, der noch nicht einmal sein Anwaltsexamen abgelegt hatte und zu sehr mit Arbeit eingedeckt war, um sich darüber den Kopf zu zerbrechen. Im Juli stellte er durchschnittlich neunundfünfzig Stunden in Rechnung, ein Firmenrekord für jemanden, der noch nicht Anwalt war. Beim allmonatlichen Treffen der Partner verkündete Avery stolz, daß McDeeres Arbeit für einen Anfänger wirklich bemerkenswert war. Das

Capps-Geschäft war, dank McDeere, drei Tage vor Ablauf der Frist abgeschlossen worden. Die Dokumente umfaßten vierhundert Seiten, alle einwandfrei recherchiert, aufgesetzt und überarbeitet von McDeere. Das Koker-Hanks-Geschäft würde binnen eines Monats abgeschlossen werden, dank McDeere, und die Firma würde fast eine Million Dollar kassieren. Er war eine Maschine.

Oliver Lambert äußerte Bedenken wegen des Examens, das in nur drei Wochen stattfinden sollte, und allen war klar, daß McDeere nicht darauf vorbereitet war. Er hatte im Juli die Hälfte seiner Repetitionsverabredungen abgesagt und weniger als zwanzig Stunden in sein Tagebuch eingetragen. Avery sagte, sie sollten sich keine Sorgen machen, sein Junge würde es schaffen.

Fünfzehn Tage vor dem Examen beklagte Mitch sich schließlich. Er würde durchfallen, erklärte er Avery beim Lunch im Manhattan Club, und er brauchte Zeit zum Lernen. Eine Menge Zeit. Wenn er die nächsten zwei Wochen Tag und Nacht büffelte, würde er es vielleicht um Haaresbreite schaffen. Aber er mußte in Ruhe gelassen werden. Keine Termine. Keine Notfälle. Keine Nachtarbeit. Er flechte ihn an. Avery hörte genau zu und entschuldigte sich. Er versprach, ihn die nächsten beiden Wochen in Ruhe zu lassen. Mitch bedankte sich.

Am ersten Montag im August wurde eine Versammlung in der Bibliothek im ersten Stock einberufen. Es war die größte der vier Bibliotheken, das Vorzeigestück. Die Hälfte der Anwälte hatte sich an dem antiken Konferenztisch aus Kirschbaum auf den zwanzig Stühlen niedergelassen. Die anderen lehnten an den Regalen mit den dicken, in Leder gebundenen juristischen Werken, die seit Jahrzehnten nicht mehr benutzt worden waren. Alle waren erschienen, sogar Nathan Locke. Er kam als letzter und stand allein neben der Tür. Er sprach mit niemandem, und niemand schaute in seine Richtung. Wenn es möglich war, warf Mitch einen verstohlenen Blick auf Schwarzauge.

Die Stimmung war düster. Kein Lächeln. Beth Kozinski und Laura Hodge wurden von Oliver Lambert hereingeführt und zu Stühlen im vorderen Teil des Raumes geleitet, vor einer Wand, an der zwei verhängte Porträts hingen. Mr. Lambert stellte sich mit dem Rücken zu dieser Wand und wandte sich an das kleine Publikum.

Er sprach leise, und sein voller Bariton verströmte Beileid und Mitgefühl. Anfangs flüsterte er fast, aber die Kraft seiner Stimme bewirkte, daß jeder Laut und jede Silbe im ganzen Raum deutlich zu verstehen waren. Er schaute auf die beiden Witwen und versicherte sie der tiefen Trauer, die die Firma empfand, und daß immer für sie gesorgt werden würde, solange die Firma existierte. Er sprach von Marty und Joe, ihren ersten paar Jahren bei der Firma, von ihrer Bedeutung für die Firma, von den gewaltigen Lücken, die ihr Tod hinterlassen hatte. Er sprach von ihrer Liebe zu ihren Familien, ihrer Hingabe an ihr Heim.

Der Mann war beredt. Er sprach flüssig, ohne darüber nachzudenken, was er im nächsten Satz sagen sollte. Die Witwen weinten leise und wischten sich die Tränen ab. Und dann begannen ein paar von denen, die ihnen nahegestanden hatten, Lamar Quin und Doug Turney, zu schluchzen.

Als er genug gesagt hatte, enthüllte er das Porträt von Martin Kozinski. Es war ein rührender Moment. Es flossen noch mehr Tränen. An der juristischen Fakultät von Chicago würde ein Stipendium unter seinem Namen eingerichtet werden. Die Firma würde einen Treuhandfonds für die Ausbildung seiner Kinder gründen. Für die Familie würde gesorgt werden. Beth biß sich auf die Unterlippe, weinte aber lauter. Die erfahrenen, zähen und hartgesottenen Unterhändler der großartigen Firma Bendini schluckten hastig und vermieden es, sich gegenseitig anzusehen. Nur Nathan Locke war ungerührt. Er funkelte mit seinen durchdringenden Laseraugen die Wand an und ignorierte die Zeremonie.

Dann das Porträt von Joe Hodge und eine ähnliche Biographie, ein ähnliches Stipendium und ein ähnlicher Treuhandfonds. Mitch hatte gerüchteweise gehört, daß Hodge vier Monate vor seinem Tod eine Lebensversicherung über zwei Millionen Dollar abgeschlossen hatte.

Als die Nachrufe beendet waren, verschwand Nathan Locke. Die Anwälte umringten die Witwen, sprachen ihnen leise ihr Beileid aus und umarmten sie. Mitch kannte sie nicht und hatte nichts zu sagen. Er wanderte zu der Wand und betrachtete die Gemälde. Neben denen von Kozinski und Hodge hingen drei kleinere, aber nicht minder würdevolle Porträts. Das der Frau erregte seine Aufmerksamkeit. Auf der Messingplakette stand: »Alice Knauss 1948–1977«

»Sie war ein Irrtum«, sagte Avery leise, der neben seinen Mitarbeiter getreten war.

»Wie meinen Sie das?« fragte Mitch.

»Typische Anwältin. Kam von Harvard, wo sie in ihrem Jahrgang die Nummer Eins gewesen war. Hat immer darunter gelitten, daß sie eine Frau war. Hielt alle Männer für Sexisten und war überzeugt, daß es ihre Mission wäre, der Diskriminierung ein Ende zu bereiten. Ein unausstehliches Weib. Nach sechs Monaten haßten wir sie alle, konnten sie aber nicht loswerden. Sie zwang zwei Partner zum vorzeitigen Ausscheiden. Milligan behauptet noch heute, sie wäre an seiner Herzattacke schuld gewesen. Er war ihr Partner.«

»War sie eine gute Anwältin?«

»Eine vorzügliche, aber es war unmöglich, ihre Talente zu würdigen. Sie war ungeheuer streitsüchtig.«

»Was ist mit ihr passiert?«

»Verkehrsunfall. Sie wurde von einem betrunkenen Fahrer umgebracht. Es war wirklich tragisch.«

»War sie die erste Frau hier?«

»Ja, und auch die letzte, sofern man uns nicht verklagt.«

Mitch deutete mit einem Kopfnicken auf das nächste Porträt. »Und wer war das?«

»Robert Lamm. Er war ein guter Freund von mir. Kam von der Emory Law School in Atlanta. Ist ungefähr drei Jahre vor mir eingetreten.«

»Was ist passiert?«

»Das weiß niemand. Er war ein begeisterter Jäger. In einem Winter haben wir zusammen in Wyoming Elche gejagt. 1972 war er auf Hirschjagd in Arkansas und verschwand. Einen Monat später wurde er in einer Schlucht gefunden, mit einer Schußwunde am Kopf. Die Autopsie ergab, daß die Kugel im Hinterkopf eingetreten war und ihm fast das ganze Gesicht weggerissen hatte. Man nimmt an, daß der Schuß von einem Hochleistungsgewehr aus großer Entfernung abgegeben wurde. Wahrscheinlich war es ein Unfall, aber genaueres werden wir nie erfahren. Ich konnte mir nie vorstellen, daß es jemanden geben könnte, der Bobby Lamm umbringen wollte.«

Das letzte Porträt war das von John Mickel, 1950–1984. »Was ist mit ihm passiert?«

»Das dürfte der tragischste Fall sein. Er war kein sonderlich starker Mann, und der Druck hat ihn geschafft. Er hat eine Menge getrunken und angefangen, Drogen zu nehmen. Dann verließ ihn seine Frau, und sie hatten eine unerfreuliche Scheidung. Die Firma war peinlich berührt. Nachdem er zehn Jahre hier gewesen war, begann er zu fürchten, daß man ihn nicht zum Partner machen würde. Die Trinkerei wurde schlimmer. Wir gaben ein kleines Vermögen aus für Behandlung, Psychiater, alles mögliche. Aber es nützte nichts. Er verfiel in Depressionen. Schließlich schrieb er einen sieben Seiten langen Selbstmordbrief und schoß sich eine Kugel in den Kopf.«

»Das ist ja entsetzlich.«

»Das war es in der Tat.«

»Wo hat man ihn gefunden?«

Avery räusperte sich und schaute sich schnell um. »In Ihrem Büro.«

»Was!«

»Ja, aber es ist saubergemacht worden.«

»Machen Sie Witze?«

»Nein. Es ist mein voller Ernst. Es ist viele Jahre her, und das Büro ist seither immer benutzt worden. Das ist okay.«

Mitch war sprachlos.

»Sie sind doch nicht abergläubisch, oder?« fragte Avery mit einem unerfreulichen Grinsen.

»Nein, natürlich nicht.«

»Ich nehme an, ich hätte es Ihnen sagen sollen, aber das ist etwas, worüber wir nicht gern reden.«

»Kann ich ein anderes Büro haben?«

»Klar. Sie brauchen nur durchs Examen zu fallen, dann geben wir Ihnen eines dieser Anwaltsgehilfen-Büros im Souterrain.«

»Wenn ich durchfalle, ist das Ihre Schuld.«

»Ja, aber Sie werden nicht durchfallen, oder?«

»Wenn Sie das Examen bestehen konnten, dann kann ich es auch.«

Morgens von fünf bis sieben Uhr war das Bendini-Gebäude leer und still. Nathan Locke kam gegen sechs, begab sich aber direkt in sein Büro und verschloß die Tür. Ab sieben begannen die jüngeren Anwälte zu erscheinen, und Stimmen waren zu hören. Bis halb acht waren die meisten eingetroffen, dazu eine Handvoll Sekretärinnen. Um acht herrschte reger Betrieb und Chaos wie gewöhnlich. Das Konzentrieren wurde schwierig. Störungen waren an der Tagesordnung. Ununterbrochen läuteten Telefone. Um neun waren alle Anwälte, Anwaltsgehilfen, Sekretäre und Sekretärinnen entweder anwesend oder hatten einen Grund für ihre Abwesenheit.

Mitch schätzte die Ruhe der frühen Morgenstunden. Er stellte seinen Wecker um eine halbe Stunde vor und ging dazu über, Dutch schon um fünf statt um halb sechs zu wecken. Nachdem er sich zwei Becher Kaffee gemacht hatte, streifte er durch die dunklen Flure, machte überall Licht und inspizierte das Gebäude. Gelegentlich, an einem klaren Morgen, stand er in Lamars Büro am Fenster und beobachtete, wie über dem gewaltigen Mississippi die Sonne aufging, und zählte die Kähne, die von ihren Schleppern langsam stromaufwärts gezogen wurden. Er beobachtete auch die Lastwagen, die in der Ferne über die Brücke krochen. Aber er vergeudete nur wenig Zeit. Er diktierte Briefe, Schriftsätze, Stellungnahmen, Aktennotizen und noch Hunderte weitere Dokumente, die Nina dann schreiben und Avery begutachten würde. Er büffelte für das Anwaltsexamen.

Am Morgen nach der Zeremonie für die toten Anwälte ging er auf der Suche nach einem Aufsatz hinunter in die Bibliothek im ersten Stock, wo ihm abermals die fünf Porträts auffielen. Er ging zu der Wand und betrachtete sie und erinnerte sich an die kurzen Nachrufe, die Avery ihnen hatte zuteil werden lassen. Fünf tote Anwälte in zwanzig Jahren. Ein gefährlicher Arbeitsplatz. Er schrieb die Namen und die Todesjahre auf einen Notizblock. Es war halb sechs.

Etwas bewegte sich auf dem Flur. Er sah, wie Schwarzauge ihn aus der Dunkelheit heraus beobachtete und dann an die Tür trat und Mitch anfunkelte. »Was machen Sie hier?« wollte er wissen.

Mitch sah ihn an und bemühte sich um ein Lächeln. »Guten Morgen, Sir. Ich lerne für das Anwaltsexamen.«

Locke starrte die Porträts an und dann Mitch. »Verstehe. Wieso interessieren Sie sich dafür?«

»Reine Neugierde. Anscheinend hat es in der Firma etliche Tragödien gegeben.«

»Sie sind alle tot. Zu einer wirklichen Tragödie wird es kommen, wenn Sie das Examen nicht bestehen.«

»Ich gedenke es zu bestehen.«

»Ich habe etwas anderes gehört. Ihre Lerngewohnheiten machen den Partnern Sorgen.«

»Machen sich die Partner auch Sorgen wegen der Unmenge der von mir abgerechneten Stunden?«

»Werden Sie nicht frech. Ihnen ist gesagt worden, daß das Anwaltsexamen allem anderen vorgeht. Ein Angestellter ohne Lizenz ist für die Firma von keinerlei Nutzen.«

Mitch fiel ein Dutzend frecher Antworten ein, aber er erwiderte nichts. Locke trat zurück und verschwand. In sein Büro hinter verschlossener Tür. Mitch versteckte die Namen und Daten in einer Schublade und schlug das Repetitorium über Verfassungsrecht auf.

10

Am Samstagmorgen nach dem Anwaltsexamen mied Mitch sein Büro und sein Haus und verbrachte den Vormittag damit, die Blumenbeete zu hacken. Inzwischen war die Renovierung abgeschlossen und das Haus präsentabel, und die ersten Besucher mußten natürlich Abbys Eltern sein. Abby hatte eine Woche lang geputzt und poliert, und jetzt war die Zeit gekommen. Sie versprach, sie würden nicht lange bleiben, nicht länger als ein paar Stunden. Er versprach, so nett wie möglich zu sein.

Mitch hatte die beiden neuen Wagen gewaschen und eingewachst, und sie sahen aus, als kämen sie gerade aus dem Ausstellungsraum. Der Rasen war von einem Jungen aus der Nachbarschaft gemäht worden. Mr. Rice hatte genügend Dünger für einen Monat aufgebracht, und jetzt sah er aus wie ein Golfplatz, wie er zu sagen pflegte.

Gegen Mittag kamen sie an, und er verließ widerstrebend die Blumenbeete. Er lächelte und begrüßte sie und entschuldigte sich dann, um sich zu waschen. Er spürte, daß sie sich unbehaglich fühlten, und so wollte er es. Er duschte ausgiebig, während Abby ihnen jedes Möbelstück und jeden Quadratzentimeter Tapete zeigte. Dergleichen beeindruckte die Sutherlands. Sie redeten endlos über Dinge, die andere hatten oder nicht hatten. Er war der Präsident einer kleinen Privatbank, die seit zehn Jahren am Rande des Zusammenbruchs stand. Sie war sich zu gut zum Arbeiten und hatte ihr gesamtes Erwachsenenleben damit verbracht, nach gesellschaftlichem Aufstieg zu streben, in einer Stadt, in der so etwas nicht zu haben war. Sie hatte ihren Stammbaum zurückverfolgt bis zu einem Königshaus in einem der alten Länder, und das hatte die Bergleute in Danesboro, Kentucky, immer beeindruckt. Mit so viel blauem Blut in den Adern hatte sie die Pflicht, nichts zu tun, außer heißen Tee zu trinken, Bridge zu spielen, vom Geld ihres Mannes zu reden, die weniger Glücklichen zu verdammen und unermüdlich im Garden Club tätig zu sein. Er war ein fader Typ, der sprang, wenn sie bellte, und in ständiger Angst davor lebte, sie wütend zu machen. Als Paar hatten sie ihre Tochter von Geburt an unerbittlich angetrieben, die Beste zu sein, das Beste zu erreichen und, was das allerwichtigste war, den Besten zu heiraten. Ihre Tochter hatte rebelliert und einen armen Jungen mit einer verrückten Mutter und einem kriminellen Bruder geheiratet.

»Hübsches Haus, das du da hast, Mitch«, sagte Mr. Sutherland in einem Versuch, das Eis zu brechen. Sie hatten sich am Eßtisch niedergelassen und begannen, Schüsseln herumzureichen.

»Danke.« Sonst nichts, nur danke. Er konzentrierte sich aufs Essen. Von ihm würden sie beim Lunch kein Lächeln zu sehen bekommen. Je weniger er sagte, desto unbehaglicher würden sie sich fühlen. Er wollte, daß sie verlegen waren, sich schuldig und im Irrtum fühlten. Er wollte, daß sie schwitzten. Es war ihr Entschluß gewesen, der Hochzeit fernzubleiben. Sie hatten den ersten Stein geworfen, nicht er.

»Alles ist so reizend«, schwärmte ihre Mutter in seine Richtung.

»Danke.«

»Wir sind sehr stolz darauf, Mutter«, sagte Abby.

Die Unterhaltung wendete sich sofort wieder der Renovierung zu. Die Männer aßen schweigend, während die Frauen sich endlos darüber ausließen, was die Dekorateurin mit diesem Raum und jenem getan hatte. Zeitweise war Abby geradezu verzweifelt bemüht, Gesprächslücken mit Wörtern über Dinge zu füllen, die ihr gerade einfielen. Sie tat Mitch fast leid, aber er hielt den Blick auf seinen Teller gerichtet. Man hätte die Spannung mit dem Buttermesser schneiden können.

»Du hast also einen Job gefunden?« fragte Mrs. Sutherland.

»Ja. Ich fange übernächsten Montag an. Ich werde Drittklässler unterrichten, an der St. Andrew's Episcopal School.«

»Unterrichten bringt nicht viel ein«, sagte ihr Vater.

Er ist unerbittlich, dachte Mitch.

»Mir geht es nicht um das Geld, Dad. Ich bin Lehrerin. Für mich ist das der allerwichtigste Beruf der Welt. Wenn es mir ums Geld gegangen wäre, hätte ich Medizin studiert.«

»Drittklässler«, sagte ihre Mutter. »In dem Alter sind Kinder besonders reizend. Du wirst dir wünschen, bald eigene Kinder zu haben.«

Mitch war bereits zu dem Schluß gekommen, wenn es irgend etwas gab, das diese Leute verarlassen würde, regelmäßig nach Memphis zu kommen, dann waren es Enkelkinder. Außerdem war er zu dem Schluß gekommen, daß das noch eine ganze Weile Zeit hatte. Er hatte nie Kinder um sich gehabt. Es gab keine Nichten und Neffen, ausgenommen vielleicht ein paar unbekannte, die Ray über das Land verstreut hatte.

»Vielleicht in ein paar Jahren, Mutter.«

Vielleicht dann, wenn sie beide tot sind, dachte Mitch.

»Du möchtest doch Kinder, Mitch, oder?« fragte die Schwiegermutter.

»Vielleicht in ein paar Jahren.«

Mr. Sutherland schob seinen Teller weg und zündete sich eine Zigarette an. Das Thema Rauchen war in den Tagen vor dem Besuch wiederholt diskutiert worden. Mitch wollte, daß in seinem Haus niemand rauchte, am allerwenigsten diese Leute. Sie hatten hitzig debattiert, und Abby hatte gewonnen.

»Wie war das Anwaltsexamen?« fragte der Schwiegervater.

Das könnte interessant werden, dachte Mitch. »Anstrengend.« Abby kaute nervös auf ihrem Essen herum.

»Was meinst du, hast du bestanden?«

»Ich hoffe es.«

»Wann wirst du es wissen?«

»In vier bis sechs Wochen.«

»Wie lange hat es gedauert?«

»Vier Tage.«

»Seit wir hier eingezogen sind, hat er nichts getan außer arbeiten und lernen. Ich habe in diesem Sommer nicht viel von ihm zu sehen bekommen«, sagte Abby.

Mitch lächelte seine Frau an. Die außer Haus verbrachte Zeit war schon jetzt ein wunder Punkt zwischen ihnen, und es amüsierte ihn, zu hören, wie sie ihn entschuldigte.

»Was passiert, wenn du nicht bestanden hast?« fragte ihr Vater.

»Darüber habe ich noch nicht nachgedacht.«

»Bekommst du eine Gehaltserhöhung, wenn du bestanden hast?«

Mitch beschloß, nett zu sein, wie er versprochen hatte. Aber es war schwierig. »Ja, eine hübsche Gehaltserhöhung und eine hübsche Gratifikation.«

»Wie viele Anwälte arbeiten in der Firma?«

»Vierzig.«

»Du meine Güte«, sagte Mrs. Sutherland. Sie zündete sich gleichfalls eine Zigarette an. »So viele gibt es in ganz Dane County nicht.«

»Wo ist dein Büro?«

»In der Innenstadt.«

»Können wir es sehen?« fragte sie.

»Vielleicht ein andermal. Samstags ist es für Besucher geschlossen.« Die Antwort machte Mitch Spaß. Für Besucher geschlossen, als ob es ein Museum wäre.

Abby spürte die bevorstehende Katastrophe und begann, über die Kirche zu reden, der sie sich angeschlossen hatte. Sie hatte viertausend Mitglieder, eine Turnhalle und eine Kegelbahn. Sie sang im Chor und unterrichtete Achtjährige in der Sonntagsschule.

»Es freut mich, daß du eine Kirchenheimat gefunden hast, Abby«, sagte ihr Vater fromm. Seit Jahren fungierte er in der First Methodist Church in Danesboro jeden Sonntag als Vorbeter, und an den anderen sechs Tagen der Woche war er unerbittlich hinter dem Geld her. Außerdem war er ständig, wenn auch diskret, hinter Whisky und Frauen her.

Ein ungemütliches Schweigen folgte; das Gespräch war an einem toten Punkt angelangt. Rauch ruhig weiter, alter Junge, dachte Mitch. Rauch ruhig weiter.

»Den Nachtisch können wir auf der Terrasse essen«, sagte Abby. Sie ging daran, den Tisch abzuräumen.

Sie ließen sich über seine gärtnerischen Fähigkeiten aus, und er akzeptierte das Lob. Der Junge aus der Nachbarschaft hatte auch die Bäume ausgelichtet, das Unkraut gejätet, die Hecken beschnitten und die Terrasse eingefaßt. Das einzige, was Mitch konnte, war Unkraut ausreißen und Hundekot einsammeln. Er konnte auch den Rasensprenger bedienen, aber das überließ er gewöhnlich Mr. Rice.

Abby servierte Erdbeertörtchen und Kaffee. Sie warf ihrem Mann einen hilflosen Blick zu, aber er blieb neutral.

»Das ist wirklich ein hübsches Zuhause, das ihr da habt«, sagte ihr Vater zum dritten Mal, während er den Blick über den Garten schweifen ließ. Mitch konnte sehen, wie sein Verstand arbeitete. Er hatte das Haus und die Umgebung abgeschätzt, und jetzt wurde die Neugier unerträglich. Wieviel hat das gekostet, verdammt noch mal? Das war es, was er wissen wollte. Wieviel als Anzahlung? Wieviel monatlich? Alles. Er würde solange um den heißen Brei herumreden, bis er die Fragen irgendwo einbringen konnte.

»Das ist wirklich ein schönes Haus«, sagte ihre Mutter zum zehnten Mal.

»Wann wurde es gebaut?« fragte ihr Vater.

Mitch stellte seinen Teller auf den Tisch und räusperte sich. Er spürte, daß es gleich kommen würde. »Es ist ungefähr fünfzehn Jahre alt«, erwiderte er.

»Wie viele Quadratmeter?«

»An die dreihundert«, antwortete Abby nervös. Mitch funkelte sie an. Seine Gelassenheit geriet ins Wanken.

»Es ist eine reizende Gegend«, setzte ihre Mutter hilfsbereit hinzu.

»Neue Hypothek, oder hast du eine alte übernommen?« fragte ihr Vater, als säße vor ihm ein Mann, der ohne ausreichende Sicherheit eine Hypothek beantragen will.

»Es ist eine neue Hypothek«, sagte Mitch, dann wartete er ab. Abby wartete gleichfalls und betete.

Er wartete nicht, konnte nicht warten. »Was habt ihr dafür bezahlt?«

Mitch holte tief Luft und war im Begriff zu sagen: »Zuviel.« Aber Abby war schneller. »Wir haben nicht zuviel dafür bezahlt, Dad«, sagte sie entschlossen. »Wir sind durchaus imstande, mit unserem Geld umzugehen.«

Mitch brachte ein Lächeln zustande, während er sich auf die Zunge biß.

Mrs. Sutherland stand auf. »Machen wir eine Spazierfahrt, ja? Ich möchte den Fluß sehen und die neue Pyramide, die sie daneben gebaut haben. Wollen wir? Komm schon, Harold.«

Harold wollte weitere Informationen über das Haus, aber jetzt zerrte seine Frau an seinem Ärmel.

»Gute Idee«, sagte Abby.

Sie stiegen in den glänzenden neuen BMW und fuhren los, um den Fluß zu betrachten. Abby bat sie, in dem neuen Auto nicht zu rauchen. Mitch fuhr stumm und versuchte, nett zu sein.

11

Nina kam ins Büro gestürmt mit einem Stapel Papierkram, den sie ihrem Chef auf den Schreibtisch packte. »Ich brauche Unterschriften«, erklärte sie und reichte ihm seinen Federhalter.

»Was ist das alles?« wollte Mitch wissen, während er pflichtbewußt seinen Namen schrieb.

»Fragen Sie nicht, vertrauen Sie mir einfach.«

»In dem Landmark Partners-Vertrag habe ich ein falsch geschriebenes Wort gefunden.«

»Das liegt am Computer.«

»Okay. Dann bringen Sie den Computer in Ordnung.«

»Wie lange wollen Sie heute abend arbeiten?«

Mitch überflog die Dokumente und zeichnete alle ab. »Ich weiß es noch nicht. Warum?«

»Sie sehen müde aus. Warum gehen Sie nicht einmal zeitig nach Hause und sehen zu, daß Sie ein bißchen Schlaf bekommen? Ihre Augen fangen schon an, auszusehen wie die von Nathan Locke.«

»Sehr witzig.«

»Ihre Frau hat angerufen.«

»Ich rufe gleich zurück.«

Als er fertig war, stapelte sie die Briefe und Dokumente wieder auf. »Es ist fünf. Ich gehe jetzt. Oliver Lambert erwartet Sie in der Bibliothek im ersten Stock.«

»Oliver Lambert? Er erwartet mich?«

»Genau das habe ich gesagt. Er hat vor knapp fünf Minuten angerufen. Sagte, es wäre sehr wichtig.«

Mitch rückte seine Krawatte gerade, rannte den Flur entlang und die Treppe hinunter und betrat dann gemessenen Schrittes die Bibliothek. Lambert, Avery und anscheinend der größte Teil der Partner saßen am Konferenztisch. Sämtliche jüngeren Anwälte waren anwesend; sie standen hinter ihren Partnern. Der Stuhl am Kopfende des Tisches war leer und wartete. Im Raum herrschte Schweigen, das fast beängstigend war. Niemand lächelte. Lamar befand sich in seiner Nähe, schaute ihn aber nicht an. Avery wirkte, als wäre ihm etwas überaus peinlich. Wally Hudson wickelte das Ende seiner Krawatte um den Finger und schüttelte langsam den Kopf.

»Setzen Sie sich, Mitch«, sagte Mr. Lambert ernst. »Wir haben etwas mit Ihnen zu besprechen.« Doug Turney schloß die Tür.

Er setzte sich und suchte nach irgendwelchen beruhigenden Anzeichen. Es gab keine. Die Partner drehten ihre Stühle in seine Richtung und rückten dabei näher zusammen. Die jüngeren Anwälte umringten ihn und schauten auf den Boden.

»Um was handelt es sich?« fragte er ängstlich mit einem hilflosen Blick auf Avery. Über seinen Brauen erschienen kleine Schweißtropfen. Sein Herz klopfte wie ein Schmiedehammer. Sein Atem ging schwer.

Oliver Lambert lehnte sich über die Tischkante und nahm seine Lesebrille ab. Er runzelte ernst die Stirn, als würde es schmerzlich werden. »Wir haben gerade einen Anruf aus Nashville erhalten, Mitch, und darüber wollen wir mit Ihnen reden.«

Das Anwaltsexamen. Das Anwaltsexamen. Das Anwaltsexamen. Es war Geschichte geschrieben worden. Der erste Mitarbeiter der Firma Bendini war beim Anwaltsexamen durchgefallen. Er starrte Avery an und hätte am liebsten geschrien: »Das ist allein Ihre Schuld!« Avery kniff die Brauen zusammen, als hätte er einen Migräneanfall, und vermied den Blickkontakt. Lambert beäugte argwöhnisch die anderen Partner und wendete sich dann wieder an McDeere.

»Daß es so kommen würde, haben wir alle befürchtet, Mitch.«

Er wollte reden, erklären, daß er eine weitere Chance verdient hätte, daß das Examen in einem halben Jahr wieder abgehalten und er es dann schaffen, daß er sie nicht noch einmal in diese Verlegenheit bringen würde. Ein dumpfer Schmerz überfiel ihn unter dem Gürtel.

»Ja, Sir«, sagte er demütig, geschlagen.

Lambert machte sich bereit, ihm den Todesstoß zu versetzen. »Normalerweise erfahren wir dergleichen nicht, aber die Leute in Nashville haben gesagt, daß Sie beim Anwaltsexamen als Bester abgeschnitten haben. Herzlichen Glückwunsch, Counselor.«

Lachen und Beifallklatschen brandeten auf. Sie umringten ihn, schüttelten ihm die Hand, klopften ihm den Rücken und lachten ihn an. Avery kam mit einem Taschentuch herbei und wischte sich die Stirn. Kendall Mahan stellte drei Flaschen Champagner auf den Tisch und ließ Korken knallen. Eine Runde wurde in Plastik-Weingläser eingeschenkt. Er bekam endlich Luft und brachte ein Lächeln zustande. Er stürzte den Champagner hinunter, und sie füllten sein Glas wieder.

Oliver legte Mitch einen Arm um den Hals und sagte: »Mitch, wir sind sehr stolz auf Sie. Das verlangt nach einer kleinen Gratifikation. Ich habe hier einen Scheck über zweitausend Dollar, den ich Ihnen hiermit als Belohnung für diese Leistung überreiche.«

Es gab Pfiffe und Zurufe.

»Das ist natürlich zusätzlich zu der beträchtlichen Gehaltserhöhung, die Sie sich gerade verdient haben.«

Weitere Pfiffe und Zurufe.

Mr. Lambert hob die Hand und bat um Ruhe. »Im Namen der Firma möchte ich Ihnen dies überreichen.« Lamar gab ihm ein in braunes Papier eingeschlagenes Päckchen. Mr. Lambert wickelte das Papier ab und warf es auf den Tisch.

»Es ist eine Plakette, die wir in Erwartung dieses Tages haben anfertigen lassen. Wie Sie sehen, ist es die Bronzereplik eines Firmenbriefbogens, der die Namen sämtlicher Mitarbeiter enthält. Wie Sie außerdem sehen, wurde dem Briefkopf der Name Mitchell Y. McDeere hinzugefügt.«

Mitch stand da und nahm verlegen die Belohnung entgegen. Die Farbe war in sein Gesicht zurückgekehrt, und der Champagner begann, seine Wirkung zu tun. »Ich danke Ihnen«, sagte er leise.

Drei Tage später veröffentlichte die Zeitung von Memphis die Namen der Anwälte, die das Examen bestanden hatten. Abby schnitt den Artikel aus der Zeitung aus und schickte Kopien an ihre Eltern und an Ray.

Mitch hatte einen Schnellimbiß entdeckt, drei Blocks vom Bendini-Gebäude entfernt zwischen Front Street und Riverside Drive, nahe am Fluß. Es war ein dunkles Loch in der Mauer mit wenigen Kunden und fettigen Chili-dogs. Er mochte es, weil er sich fortschleichen und beim Essen in einem Dokument Korrektur lesen konnte. Jetzt, da er ein richtiger Anwalt war, konnte er zum Lunch ein Hot dog essen und pro Stunde hundertfünfzig Dollar in Rechnung stellen.

Eine Woche, nachdem sein Name in der Zeitung gestanden hatte, saß er für sich allein an einem Tisch im Hintergrund des Schnellimbisses und aß ein Chili-dog. Das Lokal war leer. Er las einen mehrere Zentimeter dicken Prospekt. Der Grieche, dem der Laden gehörte, schlief hinter der Registrierkasse.

Ein Fremder näherte sich seinem Tisch und blieb ein paar Schritte entfernt stehen. Er wickelte ein Stück Juicy Fruit aus, wobei er soviel Geräusch wie möglich machte. Als offensichtlich war, daß er nicht beobachtet wurde, trat er an den Tisch und setzte sich. Mitch sah ihn über die rotkarierte Tischdecke hinweg an und legte das Dokument neben seinen Eistee.

»Kann ich etwas für Sie tun?« fragte er.

Der Fremde blickte zum Tresen, sah sich in dem leeren Raum um und warf einen Blick hinter sich. »Sie sind McDeere, nicht wahr?«

Dem Klang seiner Stimme nach zu urteilen stammte er aus Brooklyn. Mitch musterte ihn eingehend. Er war ungefähr vierzig, mit an den Seiten militärisch kurz geschnittenem Haar und einer grauen Strähne, die fast bis zu den Augenbrauen reichte. Der Anzug war dreiteilig, marineblau, und bestand zu mindestens neunzig Prozent aus Polyester. Die Krawatte war ein billiges Seidenimitat. Kein sonderlich gutangezogener Mann, aber er hatte eine gewisse Anständigkeit an sich. Und eine Aura von Selbstbewußtsein.

»Ja. Und wer sind Sie?« fragte Mitch.

Er griff in die Tasche und holte eine Marke heraus. »Tarrance. Wayne Tarrance, Special Agent, FBI.« Er hob die Brauen und wartete auf eine Antwort.

»Nehmen Sie Platz«, sagte Mitch.

»Wenn Sie nichts dagegen haben.«

»Wollen Sie mich etwa verhören?«

»Jetzt noch nicht. Ich wollte Sie nur kennenlernen. Sah Ihren Namen in der Zeitung und hörte, daß Sie der neue Mann bei Bendini, Lambert & Locke sind.«

»Weshalb sollte das das FBI interessieren?«

»Wir beobachten die Firma sehr genau.«

Mitch verlor das Interesse an seinem Chili-dog und schob den Teller in die Mitte des Tisches. Er gab mehr Süßstoff in den großen Pappbecher, in dem sich sein Tee befand.

»Möchten Sie etwas trinken?« fragte Mitch.

»Nein, danke.«

»Weshalb beobachten Sie die Firma Bendini?«

Tarrance lächelte und schaute zu dem Griechen hinüber. »Das kann ich Ihnen zu diesem Zeitpunkt wirklich nicht sagen. Wir haben unsere Gründe, aber ich bin nicht gekommen, um darüber zu reden. Ich kam her, um Sie kennenzulernen, und um Sie zu warnen.«

»Mich warnen?«

»Ja, Sie vor der Firma zu warnen.«

»Ich höre.«

»Dreierlei. Erstens, trauen Sie niemandem. Es gibt in der ganzen Firma keinen Menschen, dem Sie vertrauen könnten. Denken Sie immer daran. Das wird später wichtig werden. Zweitens, jedes Wort, das Sie aussprechen, ob zu Hause, in Ihrem Büro oder sonstwo in dem Gebäude, wird höchstwahrscheinlich abgehört und aufgezeichnet. Es kann sogar sein, daß Ihr Wagen abgehört wird.«

Mitch beobachtete ihn und hörte genau zu. Tarrance schien das zu genießen.

»Und drittens?« fragte Mitch.

»Drittens, Geld wächst nicht auf Bäumen.«

»Würden Sie sich bitte etwas deutlicher ausdrücken?«

»Das kann ich im Augenblick nicht. Ich nehme an, daß wir beide uns noch sehr nahekommen werden. Ich möchte, daß Sie mir vertrauen, und ich weiß, daß ich mir Ihr Vertrauen erst verdienen muß. Deshalb möchte ich nicht zu schnell vorgehen. Wir können uns weder in Ihrem Büro treffen noch in meinem, und wir können nicht miteinander telefonieren. Also werde ich Sie von Zeit zu Zeit irgendwo finden. Inwischen denken Sie an diese drei Dinge, und seien Sie vorsichtig.«

Tarrance stand auf und griff in seine Brieftasche. »Hier ist meine

Karte. Auf der Rückseite steht meine Privatnummer. Benutzen Sie sie nur von einer Telefonzelle aus.«

Mitch betrachtete die Karte. »Weshalb sollte ich Sie anrufen?«

»In nächster Zeit besteht dazu keine Veranlassung. Aber behalten Sie die Karte.«

Mitch steckte sie in seine Hemdentasche.

»Da ist noch etwas«, sagte Tarrance. »Wir sahen Sie bei den Beerdigungen von Hodge und Kozinski. Traurig, wirklich traurig. Ihr Tod war kein Unfall.«

Er schaute mit beiden Händen in den Hosentaschen auf Mitch herab und lächelte.

»Ich verstehe nicht.«

Tarrance machte sich auf den Weg zur Tür. »Rufen Sie mich bei Gelegenheit an, aber seien Sie vorsichtig. Vergessen Sie nicht – sie hören mit.«

Kurz nach vier ertönte eine Hupe, und Dutch sprang auf. Er fluchte und trat vor die Scheinwerfer.

»Verdammt, Mitch, es ist vier Uhr. Was wollen Sie hier?«

»Tut mir leid, Dutch. Konnte nicht schlafen. Unruhige Nacht.« Das Tor schwang auf.

Um halb acht hatte er soviel diktiert, daß Nina zwei volle Tage zu tun hatte. Sie nervte weniger, wenn ihre Nase ständig am Monitor klebte. Sein nächstes Ziel war es, unter den jüngeren Anwälten der erste zu werden, bei dem soviel Arbeit anfiel, daß er eine zweite Sekretärin brauchte.

Um acht ließ er sich in Lamars Büro nieder und wartete. Er überlas einen Vertrag, trank Kaffee und sagte Lamars Sekretärin, sie sollte sich um ihre eigenen Angelegenheiten kümmern. Lamar kam viertel nach acht.

»Wir müssen miteinander reden«, sagte Mitch und schloß die Tür. Wenn er Tarrance glauben durfte, dann war das Büro verwanzt, und das Gespräch wurde aufgezeichnet. Er wußte nicht, wem er glauben sollte.

»Das hört sich ernst an«, sagte Lamar.

»Haben Sie je von einem Mann namens Tarrance gehört, Wayne Tarrance?«

»Nein.«

»FBI.«

Lamar schloß die Augen. »FBI«, murmelte er.

»So ist es. Er hatte eine Marke und alles, was dazugehört.«

»Wo sind Sie ihm begegnet?«

»Er fand mich in Lanskys Schnellimbiß in der Union Street. Er wußte, wer ich bin, wußte, daß ich gerade das Examen abgelegt habe. Sagte, er wüßte alles über die Firma. Sie beobachten uns.«

»Haben Sie es Avery erzählt?«

»Nein, niemandem außer Ihnen. Ich wußte nicht recht, was ich tun sollte.«

Lamar griff zum Telefon. »Das müssen wir Avery sagen. Ich glaube, das ist schon einmal passiert.«

»Was geht da vor, Lamar?«

Lamar sprach mit Averys Sekretärin und sagte, es wäre dringend. Ein paar Sekunden später hatte er ihn am anderen Ende der Leitung. »Wir haben ein kleines Problem, Avery. Ein FBI-Agent hat sich gestern an Mitch herangemacht. Mitch ist in meinem Büro.«

Lamar hörte zu, dann sagte er zu Mitch. »Er hat gesagt, ich soll warten. Sagte, er wollte Lambert anrufen.«

»Mir scheint, das ist eine ziemlich ernste Sache«, sagte Mitch.

»Ja, aber Sie brauchen sich keine Sorgen zu machen. Es gibt eine Erklärung. Das ist schon einmal passiert.«

Lamar drückte den Hörer wieder dichter ans Ohr und hörte sich die Anweisungen an. Dann legte er auf. »Wir sollen in zehn Minuten in Lamberts Büro sein.«

Avery, Royce McKnight, Oliver Lambert, Harold O'Kane und Nathan Locke warteten. Als Mitch hereinkam, standen sie nervös um den kleinen Konferenztisch herum und bemühten sich, einen gelassenen Eindruck zu machen.

»Nehmen Sie Platz«, sagte Nathan Locke mit einem kleinen Plastiklächeln. »Wir möchten, daß Sie uns genau Bericht erstatten.«

»Was ist das?« fragte Mitch und deutete auf einen Kassettenrecorder auf dem Tisch.

»Wir wollen vermeiden, daß uns etwas entgeht«, sagte Locke und deutete auf einen leeren Stuhl. Mitch setzte sich und musterte Schwarzauge über den Tisch hinweg. Niemand gab einen Laut von sich.

»Okay. Ich saß gestern mittag in Lanskys Schnellimbiß in der

Union Street. Da kommt dieser Mann herein und setzt sich zu mir an den Tisch. Er weiß, wie ich heiße. Zeigt mir seine Marke und sagt, sein Name wäre Wayne Tarrance. Special Agent, FBI. Ich sehe mir die Marke an, und sie ist echt. Er sagt, er wäre gekommen, weil wir uns später noch sehr gut kennenlernen würden. Sie beobachten die Firma, und er hat mich gewarnt, niemandem zu trauen. Ich frage ihn, weshalb, und er sagt, er hätte jetzt keine Zeit, mir das zu erklären, aber später würde er es tun. Ich weiß nicht, was ich sagen soll, also höre ich einfach zu. Er sagt, er will sich später wieder mit mir in Verbindung setzen. Dann steht er auf um zu verschwinden, und erzählt mir, daß er mich bei den Beerdigungen gesehen hat. Und schließlich sagt er, der Tod von Kozinski und Hodge wäre kein Unfall gewesen. Dann geht er. Die ganze Unterhaltung hat nicht länger gedauert als fünf Minuten.«

Schwarzauge funkelte Mitch an und ließ sich kein Wort entgehen. »Ist Ihnen dieser Mann schon vorher einmal begegnet?«

»Nein.«

»Wem haben Sie davon erzählt?«

»Nur Lamar. Ich habe es ihm gleich heute morgen erzählt.«

»Ihrer Frau?«

»Nein«

»Hat er Ihnen eine Telefonnummer gegeben, unter der Sie ihn anrufen sollen?«

»Nein.«

»Ich möchte jedes Wort hören, das gesagt wurde«, verlangte Locke.

»Ich habe alles gesagt, woran ich mich erinnere. Wortwörtlich kann ich das Gespräch nicht wiedergeben.«

»Sind Sie sicher?«

»Lassen Sie mich eine Minute nachdenken.« Ein paar Dinge würde er für sich behalten. Er erwiderte Lockes Blick und wußte, daß Locke mehr vermutete.

»Ach ja. Er hat gesagt, er hatte meinen Namen in der Zeitung gelesen und wüßte, daß ich der neue Mann hier bin. Das war's. Sonst gibt es nichts zu berichten. Es war eine sehr kurze Unterhaltung.«

»Versuchen Sie, sich an alles zu erinnern«, drängte Locke.

»Ich fragte ihn, ob er etwas von meinem Tee wollte. Er lehnte ab.«

Der Recorder wurde abgestellt, und die Partner schienen sich ein wenig zu entspannen. Locke trat ans Fenster. »Mitch, wir haben Probleme mit dem FBI und auch mit dem Fiskus, und zwar schon seit ein paar Jahren. Einige unserer Klienten sind Spielernaturen – reiche Leute, die Millionen scheffeln, Millionen ausgeben und erwarten, daß sie nur wenig oder überhaupt keine Steuern zu zahlen brauchen. Sie zahlen uns Tausende von Dollars, um legal Steuern zu sparen. Wir stehen in dem Ruf, sehr aggressiv zu sein, und es macht uns nichts aus, Risiken einzugehen, wenn unsere Klienten das von uns verlangen. Wir reden über gewiefte Geschäftsleute, die über Risiken Bescheid wissen. Sie lassen sich unseren Einfallsreichtum eine Menge kosten. Einige der Steueroasen und Abschreibungen, von denen wir Gebrauch gemacht haben, wurden von der Steuerbehörde beanstandet. In den letzten zwanzig Jahren haben wir ständig Prozesse vor dem Finanzgericht geführt. Sie mögen uns nicht, wir mögen sie nicht. Einige unserer Klienten sind nicht gerade die allermoralischsten Leute, und sie wurden vom FBI ausgeforscht und belästigt. In den letzten drei Jahren sind auch wir wiederholt belästigt worden. Tarrance ist ein Anfänger, der sich einen Namen machen möchte. Er ist seit knapp einem Jahr hier und fällt uns auf die Nerven. Sie werden nicht wieder mit ihm reden. Ihr kurzes Gespräch gestern wurde vermutlich aufgezeichnet. Er ist gefährlich, überaus gefährlich. Er spielt nicht fair, und Sie werden bald genug herausfinden, daß die meisten FBI-Leute nicht fair spielen.«

»Wie viele dieser Klienten sind verurteilt worden?«

»Kein einziger. Und von den Prozessen vor dem Finanzgericht haben wir eine ganze Menge gewonnen.«

»Was ist mit Kozinski und Hodge?«

»Gute Frage«, entgegnete Oliver Lambert. »Wir wissen nicht, was passiert ist. Anfangs sah es wie ein Unfall aus, aber jetzt sind wir nicht mehr so sicher. Zusammen mit Marty und Joe war ein Einheimischer von den Inseln mit an Bord. Er war der Kapitän und Tauchlehrer. Inzwischen haben uns die Behörden mitgeteilt, daß er möglicherweise zu einem auf Jamaica ansässigen Drogenring gehörte und die Explosion ihm galt. Er ist dabei gleichfalls ums Leben gekommen.«

»Ich glaube nicht, daß wir es je genau wissen werden«, fügte Royce McKnight hinzu. »Die Polizei da unten ist nicht sonderlich tüchtig. Wir haben beschlossen, die Familien zu unterstützen, und soweit es uns betrifft, war es ein Unfall. Ich wüßte nicht, was wir sonst tun könnten.«

»Sie reden mit niemandem ein Wort über diese Sache«, befahl Locke. »Halten Sie sich von Tarrance fern, und wenn er das nächste Mal mit Ihnen Verbindung aufnimm, informieren Sie uns sofort. Verstanden?«

»Ja, Sir.«

»Sagen Sie auch Ihrer Frau nichts«, sagte Avery.

Mitch nickte.

Die Großvaterherzlichkeit kehrte in Oliver Lamberts Gesicht zurück. Er lächelte und ließ seine Lesebrille herumwirbeln. »Mitch, wir wissen, daß das beängstigend ist, aber wir haben uns daran gewöhnt. Lassen Sie uns die Sache in die Hand nehmen, und vertrauen Sie uns. Wir haben keine Angst vor Mr. Tarrance, dem FBI, der Steuerbehörde oder sonst jemandem, weil wir nichts Böses getan haben. Anthony Bendini hat diese Firma mit harter Arbeit, Talent und einer unerschütterlichen Moral aufgebaut. Das ist uns allen in Fleisch und Blut übergegangen. Einige unserer Klienten sind keine Heiligen, aber kein Anwalt kann seine Klienten zu moralischem Verhalten zwingen. Wir möchten nicht, daß Sie sich deshalb den Kopf zerbrechen. Halten Sie sich von diesem Mann fern – er ist sehr, sehr gefährlich. Wenn Sie ihm auch nur den kleinen Finger reichen, wird er eine Landplage.«

Locke deutete mit einem gekrümmten Finger auf Mitch. »Weitere Kontakte mit Tarrance wären Ihrer Zukunft in der Firma sehr abträglich.«

»Ich verstehe«, sagte Mitch.

»Er versteht«, nahm Avery ihn in Schutz. Locke funkelte ihn an.

»Das ist alles, was wir zu sagen haben, Mitch«, sagte Lambert. »Seien Sie vorsichtig.«

Mitch und Lamar machten die Tür hinter sich zu und steuerten die nächste Treppe an.

»Rufen Sie DeVasher an«, sagte Locke zu Lambert, der zum Telefon gegriffen hatte. Zwei Minuten später hatten die beiden Seniorpartner die Sicherheitskontrolle passiert und saßen an DeVashers Schreibtisch.

»Haben Sie mitgehört?« fragte Locke.

»Natürlich habe ich mitgehört, Nat. Wir hörten jedes Wort, das der Junge sagte. Das haben Sie gut gedeichselt. Ich glaube, er hat jetzt genug Angst, um sich von Tarrance fernzuhalten.«

»Was ist mit Lazarov?«

»Ich muß es ihm sagen. Er ist der Boß. Wir können nicht so tun, als wäre es nicht passiert.«

»Was werden Sie tun?«

»Nichts Schwerwiegendes. Wir werden den Jungen rund um die Uhr beschatten und seine sämtlichen Telefonanrufe überwachen. Und abwarten. Von sich aus wird er nichts unternehmen. Das liegt bei Tarrance. Er wird ihn wieder finden, und beim nächsten Mal werden wir da sein. Versuchen Sie, ihn so lange wie möglich hier im Haus zu halten. Wenn er geht, lassen Sie es uns wissen, wenn es möglich ist. Ich glaube nicht, daß es wirklich schlimm ist.«

»Weshalb haben sie sich ausgerechnet an McDeere herangemacht?« fragte Locke.

»Neue Strategie, nehme ich an. Kozinski und Hodge sind zu ihnen gegangen, wie Sie wissen. Vielleicht haben sie mehr geredet, als wir glaubten. Ich weiß es nicht. Vielleicht sind sie der Ansicht, daß McDeere am verletzlichsten ist, weil er gerade von der Universität kommt und noch voller Anfängeridealismus steckt. Und voller Moral – wie unser moralischer Freund Ollie hier. Das war gut, Ollie, wirklich gut.«

»Halten Sie die Klappe, DeVasher.«

DeVasher hörte auf zu lächeln und biß sich auf die Unterlippe. Er ließ es durchgehen. Dann sah er Locke an. »Sie wissen, wie der nächste Schritt aussieht, nicht wahr? Wenn dieser Tarrance so weitermacht, wird dieser Idiot Lazarov mich eines Tages anrufen und mir sagen, ich soll ihn beiseiteschaffen, ihn zum Schweigen bringen. Ihn in ein Faß stecken und in den Golf werfen. Und wenn es dazu kommt, dann werdet ihr ehrenwerte Herren alle miteinander in den vorzeitigen Ruhestand treten und das Land verlassen müssen.«

»Lazarov würde nicht den Befehl geben, einen FBI-Mann zu beseitigen.«

»Oh, es wäre ausgesprochen idiotisch, aber Lazarov ist nun einmal ein Idiot. Er macht sich schwere Sorgen über die Lage hier unten. Er ruft ständig an und stellt alle möglichen Fragen. Und ich gebe ihm alle möglichen Antworten. Manchmal hört er zu, manchmal flucht er. Manchmal sagt er, er müßte mit dem Direktorium reden.

Aber wenn er mir sagt, ich soll Tarrance beseitigen, dann werden wir Tarrance beseitigen.«

»Schon bei dem Gedanken wird mir speiübel«, sagte Lambert.

»Das soll es auch, Ollie. Aber wenn Sie zulassen, daß einer Ihrer Anwälte mit seinen eleganten Gucci-Schuhen mit Tarrance dick Freund wird und redet, dann passiert wesentlich mehr, als daß Ihnen speiübel wird. Ich schlage jedenfalls vor, daß Sie McDeere so mit Arbeit eindecken, daß er gar nicht die Zeit findet, an Tarrance zu denken.«

»Großer Gott, DeVasher, er arbeitet ohnehin schon zwanzig Stunden am Tag. Er hat sich in die Arbeit gestürzt wie ein Wilder und noch nicht angefangen, es langsamer gehen zu lassen.«

»Behalten Sie ihn auf alle Fälle genau im Auge. Und sagen Sie Lamar Quin, er soll zusehen, daß sie dicke Freunde werden, dann wird McDeere, wenn er etwas auf dem Herzen hat, vielleicht bei ihm auspacken.«

»Gute Idee«, sagte Locke. Er sah Ollie an. »Wir sollten uns ausführlich mit Quin unterhalten. Er steht McDeere am nächsten, und vielleicht kann er noch näher herankommen.«

»Also, ich glaube«, sagte DeVasher, »daß McDeere jetzt eine Heidenangst hat. Er wird von sich aus nichts unternehmen. Wenn Tarrance sich wieder an ihn heranmacht, wird er tun, was er heute getan hat. Er wird geradewegs zu Lamar Quin rennen. Er hat gezeigt, wem er sich anvertraut.«

»Hat er es gestern abend seiner Frau erzählt?« fragte Locke.

»Wir sind gerade dabei, die Bänder zu überprüfen. Das dauert ungefähr eine Stunde. Wir haben in dieser Stadt so viele Wanzen, daß wir sechs Computer brauchen, um etwas zu finden.«

Mitch schaute in Lamars Büro aus dem Fenster und wählte seine Worte sorgfältig. Er sagte nur wenig. Angenommen, Tarrance hatte recht? Angenommen, jedes Wort wurde abgehört?

»Ist Ihnen jetzt wohler?« fragte Lamar.

»Ja, ich denke schon. Es ist plausibel.«

»Es ist schon früher passiert, genau, wie Locke sagte.«

»Wem? An wen haben sie sich herangemacht?«

»Ich erinnere mich nicht. Mir ist, als wäre das drei oder vier Jahre her.«

»Aber Sie können sich nicht erinnern, wer es war?«

»Nein. Weshalb ist das wichtig?«

»Ich wüßte es nur gern. Ich verstehe einfach nicht, warum sie sich gerade mich ausgesucht haben, den neuen Mann, unter vierzig Anwälten denjenigen, der von dieser Firma und ihren Klienten das wenigste weiß. Wieso sind sie ausgerechnet auf mich verfallen?«

»Das weiß ich nicht, Mitch. Warum tun Sie nicht einfach, was Locke vorgeschlagen hat? Versuchen Sie, den Vorfall zu vergessen, und wenn dieser Tarrance wieder auftaucht, laufen Sie weg. Sie brauchen nicht mit ihm zu reden, es sei denn, er hat einen Haftbefehl oder eine Vorladung. Wenn er wieder auftaucht, sagen Sie ihm, er soll sich zum Teufel scheren. Er ist gefährlich.«

»Ja, vermutlich haben Sie recht.« Mitch rang sich ein Lächeln ab und ging zur Tür. »Bleibt es bei unserer Verabredung morgen abend zum Essen?«

»Natürlich. Kay möchte Steaks grillen und am Pool essen. Kommen Sie nicht so früh, sagen wir halb acht.«

»Also dann bis morgen.«

12

Der Wachmann rief seinen Namen, durchsuchte ihn und führte ihn in einen großen Raum mit einer Reihe von kleinen Kabinen, in denen Besucher saßen und durch dicke Metallgitter hindurch miteinander flüsterten.

»Nummer Vierzehn«, sagte der Wachmann und deutete darauf. Mitch ging zu seiner Kabine und setzte sich. Eine Minute später erschien Ray und ließ sich auf der anderen Seite der Trennwand nieder. Wäre nicht die Narbe auf Rays Stirn gewesen und ein paar Falten um die Augen herum, hätte man sie für Zwillinge halten können. Beide waren gut einsachtzig groß, wogen an die fünfundachtzig Kilo, hatten hellbraunes Haar, kleine blaue Augen, hohe Wangenknochen und ein kräftiges Kinn. Man hatte ihnen immer erzählt, in der Familie gäbe es indianisches Blut, aber die dunkle Haut war im Laufe der Jahre in den Kohlegruben verlorengegangen.

Es war drei Jahre her, seit Mitch zum letzten Mal in Brushy Mountain gewesen war. Drei Jahre und drei Monate. Sie hatten sich geschrieben, jeden Monat zweimal, und das seit acht Jahren.

»Was macht dein Französisch?« fragte Mitch schließlich. Die Intelligenztests bei der Armee hatten ergeben, daß Ray über eine erstaunliche Sprachbegabung verfügte. Er hatte zwei Jahre als Dolmetscher in Vietnam gearbeitet. Während er hier einsaß, hatte er in sechs Monaten Deutsch gelernt. Für Spanisch hatte er vier Jahre gebraucht, aber da war er gezwungen gewesen, es anhand eines Wörterbuchs aus der Gefängnisbibliothek zu lernen. Französisch war sein neuestes Projekt.

»Ich denke, daß ich es jetzt fließend spreche«, erwiderte Ray. »Das ist hier drinnen schwer zu beurteilen. Ich kann es kaum anwenden. In den Kursen wird es nicht gelehrt, und deshalb sprechen die meisten der Brüder hier keine Fremdsprachen. Aber es ist ganz eindeutig die schönste Sprache.«

»Ist sie leicht?«

»Nicht so leicht wie Deutsch. Natürlich fiel es mir leichter, Deutsch zu lernen, weil ich in Deutschland gelebt habe, wo alle Leute es sprachen. Hast du gewußt, daß fünfzig Prozent unserer Wörter über das Altengische aus dem Deutschen kommen?«

»Nein, das habe ich nicht gewußt.«

»Aber es stimmt. Deutsch und Englisch sind nahe Verwandte.«

»Und was kommt als nächstes?«

»Wahrscheinlich Italienisch. Das ist eine romanische Sprache wie das Französische und Spanische und Portugiesische. Vielleicht Russisch. Vielleicht Griechisch. Ich habe über die griechischen Inseln gelesen. Ich habe vor, mich dort niederzulassen. Bald.«

Mitch lächelte. Es würde noch sieben Jahre dauern, bevor er entlassen wurde.

»Du glaubst, ich mache Witze, nicht wahr?« fragte Ray. »Ich haue hier ab, Mitchell, und zwar demnächst.«

»Wie sehen deine Pläne aus?«

»Darüber kann ich nicht sprechen. Aber ich arbeite daran.«

»Tu es nicht, Ray.«

»Ich brauche ein bißchen Hilfe von draußen und genügend Geld, um das Land verlassen zu können. Tausend sollten eigentlich reichen. Die kannst du doch aufbringen, oder? Du wirst da nicht hineingezogen.«

»Hört man uns nicht zu?«

»Manchmal.«

»Dann laß uns von etwas anderem reden.«

»Okay. Wie geht's Abby?«

»Der geht es gut.«

»Wo ist sie?«

»Im Augenblick in der Kirche. Sie wollte mitkommen, aber ich habe ihr gesagt, daß man sie nicht zu dir lassen würde.«

»Ich würde sie gern wiedersehen. Deine Briefe hören sich an, als ginge es euch großartig. Neues Haus, neue Autos, Country Club. Ich bin sehr stolz auf dich. Du bist in zwei Generationen der erste McDeere, der es überhaupt zu etwas gebracht hat.«

»Unsere Eltern waren gute Leute, Ray. Sie hatten keine Chancen und einen Haufen Pech. Sie taten, was sie konnten.«

Ray lächelte und wendete den Blick ab. »Ja, das haben sie vermutlich. Hast du mit Mom gesprochen?«

»Das ist schon eine ganze Weile her.«

»Ist sie noch in Florida?«

»Ich nehme es an.«

Sie verstummten und betrachteten ihre Finger. Sie dachten an ihre Mutter. Es waren durchweg schmerzhafte Gedanken. Es hatte glücklichere Zeiten gegeben, als sie klein waren und ihr Vater noch lebte. Sie hatte seinen Tod nie verwunden, und nachdem Rusty gefallen war, hatten die Onkel und Tanten sie in einer Anstalt untergebracht.

Ray streckte einen Finger aus und ließ ihn an den dünnen Metallstäben des Gitters entlangleiten. »Reden wir von etwas anderem.«

Mitch nickte zustimmend. Es gab so viel, worüber man reden konnte, aber das gehörte alles der Vergangenheit an. Sie hatten nichts gemeinsam als die Vergangenheit, und die ließ man am besten auf sich beruhen.

»In einem deiner Briefe hast du erwähnt, daß einer deiner ehemaligen Zellengenossen jetzt Privatdetektiv in Memphis ist.«

»Eddie Lomax. Er war neun Jahre bei der Polizei in Memphis, bevor er wegen Vergewaltigung hier landete.«

»Vergewaltigung?«

»So ist es. Er hatte hier einiges auszustehen. Von Vergewaltigern hält man hier nicht sonderlich viel. Und Bullen sind verhaßt. Wenn ich nicht dazugekommen wäre, hätten sie ihn umgebracht. Er ist jetzt seit ungefähr drei Jahren wieder draußen. Er schreibt mir regelmäßig. Stellt hauptsächlich Nachforschungen in Scheidungsangelegenheiten an.«

»Steht er im Telefonbuch?«

»969-3838. Wozu brauchst du ihn?«

»Einer meiner Anwaltskollegen hat eine Frau, die fremdgeht, aber er kann es ihr nicht nachweisen. Ist dieser Mann gut?«

»Sehr gut, behauptet er jedenfalls. Er hat ganz ordentlich verdient.«

»Kann ich ihm vertrauen?«

»Soll das ein Witz sein? Sage ihm, daß du mein Bruder bist, dann begeht er sogar einen Mord für dich. Er wird mir helfen, hier herauszukommen, er weiß es nur noch nicht. Du könntest es erwähnen.«

»Ich wollte, du hörtest damit auf.«

Ein Wachmann trat hinter Mitch. »Noch drei Minuten«, sagte er.

»Was kann ich dir schicken?« fragte Mitch.

»Ich hätte eine große Bitte, wenn es dir nichts ausmacht.«

»Was du willst.«

»Geh in eine Buchhandlung und sieh zu, ob du einen dieser Lehrgänge auf Kassette bekommst, mit denen man Griechisch in vierundzwanzig Stunden lernen kann. Und dazu ein Griechisch-Englisches Wörterbuch.«

»Ich schicke sie nächste Woche.«

»Und dasselbe für Italienisch?«

»Kein Problem.«

»Ich kann mich einfach nicht entscheiden, ob ich nach Sizilien gehe oder auf die griechischen Inseln. Das läßt mir keine Ruhe. Ich habe den Gefängnisgeistlichen danach gefragt, und er konnte mir nicht helfen. Ich habe daran gedacht, mich deshalb an den Direktor zu wenden. Was meinst du?«

Mitch kicherte und schüttelte den Kopf. »Weshalb gehst du nicht nach Australien?«

»Großartige Idee. Schick mir ein paar Kassetten mit Australisch und ein Wörterbuch.«

Sie lächelten beide, dann hörten sie auf. Sie musterten sich eingehend und warteten darauf, daß der Wachmann ihnen sagte, daß die Zeit abgelaufen war. Mitch betrachtete die Narbe auf Rays Stirn und dachte an die zahllosen Kneipen und die zahllosen Schlägereien, die zu dem unausweichlichen Totschlag geführt hatten. Ray behauptete, es wäre Notwehr gewesen. Jahrelang hatte er daran gedacht, Ray wegen seiner Idiotie zu verfluchen, aber der Zorn war verflogen. Jetzt wollte er ihn umarmen, ihn nach Hause mitnehmen und ihm helfen, einen Job zu finden.

»Mach dir um mich keine Sorgen«, sagte Ray.

»Abby möchte dir schreiben.«

»Das würde mich freuen. Ich kann mich kaum noch an das kleine Mädchen in Danesboro erinnern, das sich immer in der Nähe von Daddys Bank auf der Main Street herumtrieb. Sag ihr, sie soll mir ein Foto schicken. Und ich hätte auch gern ein Foto von eurem Haus. Du bist seit hundert Jahren der erste McDeere mit Grundbesitz.«

»Ich muß jetzt gehen.«

»Tu mir einen Gefallen. Ich meine, du solltest Mom aufsuchen, nur um festzustellen, ob sie noch lebt. Jetzt, wo du dein Studium hinter dir hast, solltest du etwas für sie tun.«

»Darüber habe ich auch schon nachgedacht.«

»Denk noch ein bißchen mehr darüber nach, okay?«

»Wird gemacht. Ich komme in ungefähr einem Monat wieder.«

DeVasher saugte an einer Roi-Tan und blies eine Lunge voll Rauch in seinen Luftreiniger. »Wir haben Ray McDeere gefunden«, verkündete er stolz.

»Wo?« fragte Lambert.

»Im Staatsgefängnis Brushy Mountain. Vor acht Jahren wegen Totschlags in Nashville verurteilt. Fünfzehn Jahre ohne vorzeitige Entlassung. Der volle Name ist Raymond McDeere. Einunddreißig Jahre alt. Keine Familie. Diente drei Jahre in der Armee. Unehrenhafte Entlassung. Der typische Verlierer.«

»Wie haben Sie ihn gefunden?«

»Er wurde gestern von seinem kleinen Bruder besucht. Wir sind ihm gefolgt. Überwachung rund um die Uhr, wie Sie wissen.«

»Die Akten über seine Verurteilung sind jedermann zugänglich. Sie hätten das schon früher herausfinden müssen.«

»Das hatten wir auch herausgefunden, Ollie, wenn es wichtig gewesen wäre. Aber es war nicht wichtig. Wir tun unsere Arbeit.«

»Fünfzehn Jahre. Wen hat er umgebracht?«

»Die übliche Geschichte. Ein Haufen Betrunkener, die in einer Kneipe wegen einer Frau übereinander herfallen. Allerdings ohne Waffe. Der Polizei und dem Autopsiebericht zufolge traf er das Opfer zweimal mit der Faust und schlug ihm den Schädel ein.«

»Weshalb die unehrenhafte Entlassung?«

»Schwere Insubordination. Außerdem hat er einen Offizier angegriffen. Ich weiß nicht, wie er dem Kriegsgericht entgangen ist. Scheint ein übler Typ zu sein.«

»Sie haben recht, es ist nicht wichtig. Was wissen Sie sonst noch?«

»Nicht viel. Wir hören alles, was im Haus gesprochen wird. Er hat Tarrance seiner Frau gegenüber nicht erwähnt. Wir hören ihn rund um die Uhr ab, und er hat mit niemandem über Tarrance gesprochen.«

Ollie lächelte und nickte beifällig. Er war stolz auf McDeere. Was für ein Anwalt!

»Wie steht es mit dem Sex?«

»Wir können nur zuhören, Ollie. Aber wir hören sehr genau zu, und ich glaube nicht, daß sich in den letzten zwei Wochen etwas abgespielt hat. Natürlich ist er täglich sechzehn Stunden hier und arbeitet wie ein Besessener, um all die Arbeit zu erledigen, die ihr den Anfängern aufpackt. Hört sich an, als hätte sie die Nase voll davon. Könnte das übliche Anfängerfrau-Syndrom sein. Sie ruft oft ihre Mutter an – mit R-Gespräch, damit er es nicht merkt. Sie hat ihrer Mutter erzählt, daß er sich verändert hat und all diesen Scheiß. Sie fürchtet, daß er sich umbringt, wenn er weiter so hart arbeitet. Das ist alles, was wir hören. Deshalb haben wir keine Fotos, Ollie, und das tut mir leid, weil ich weiß, wieviel Spaß Sie daran haben. Bei der ersten Gelegenheit, die sich bietet, werden Sie Ihre Fotos bekommen.«

Ollie starrte die Wand an, sagte aber nichts.

»Hören Sie, Ollie, ich finde, wir sollten den Jungen mit Avery nach Grand Cayman schicken, geschäftlich. Sehen Sie zu, ob Sie das arrangieren können.«

»Das ist kein Problem. Darf ich fragen, weshalb?«

»Jetzt nicht. Das erfahren Sie später.«

Das Gebäude stand in dem Teil der Innenstadt, in dem die Mieten niedrig waren, ein paar Blocks von den Schatten der modernen

Türme aus Stahl und Glas entfernt, die sich zusammendrängten, als wäre in Memphis der Boden knapp. Ein Schild an einer Tür dirigierte den Besucher nach oben, wo Eddie Lomax, Privatdetektiv, ein Büro unterhielt. Rücksprache nur nach Vereinbarung. Das Schild an der Tür offerierte Nachforschungen aller Art – Scheidungen, Unfälle, vermißte Verwandte, Überwachung. Die Eintragung im Telefonbuch erwähnte die polizeiliche Erfahrung, aber nicht das Ende dieser Laufbahn. Aufgeführt waren Überwachung, Gegenmaßnahmen, Sorgerecht für Kinder, Fotos, vor Gericht zulässige Beweise, Stimmanalysen, Aufspüren von Hinterlassenschaften, Versicherungsansprüche und Berichte über voreheliche Lebensverhältnisse. Eingetragen, versichert, lizensiert und vierundzwanzig Stunden am Tag verfügbar. Moralisch, verläßlich, verschwiegen. Seelenfrieden.

Mitch war beeindruckt vom Ausmaß der Verschwiegenheit. Er war für fünf Uhr verabredet und kam ein paar Minuten zu früh. Eine kurvenreiche Platinblondine in einem engen Lederrock und dazu passenden schwarzen Stiefeln fragte nach seinem Namen und deutete auf einen orangefarbenen Vinylstuhl neben einem Fenster. Eddie würde gleich kommen. Er inspizierte den Stuhl, und nachdem er eine dünne Staubschicht und mehrere Flecke von etwas, das aussah wie Fett, entdeckt hatte, lehnte er ab und sagte, sein Rücken täte weh. Tammy zuckte die Achseln und widmete sich wieder dem Gummikauen und dem Tippen irgendeines Dokuments. Mitch fragte sich, ob es sich um einen Bericht über voreheliche Lebensverhältnisse handelte oder die Zusammenfassung einer Überwachung oder vielleicht sogar einen Angriffsplan für Gegenmaßnahmen. Der Aschenbecher auf ihrem Schreibtisch war voll von mit rosa Lippenstift verschmierten Zigarettenkippen. Während sie mit der linken Hand tippte, zog die rechte mit einer präzisen Bewegung eine weitere Zigarette aus der Packung und steckte sie zwischen die klebrigen Lippen. Mit bemerkenswerter Koordination ließ sie mit der linken Hand etwas aufschnippen, und eine Flamme schoß zum Ende einer sehr dünnen und unwahrscheinlich langen Filterzigarette. Als die Flamme verschwand, preßten sich die Lippen instinktiv zusammen und verhärteten sich über dem kleinen Ding, das zwischen ihnen hervorragte, und der gesamte Körper begann zu inhalieren. Buchstaben wurden zu Worten, Worte zu Sätzen, Sätze zu

Absätzen, während sie verzweifelt versuchte, ihre Lungen zu füllen. Schließlich, als zwei Zentimeter der Zigarette zu Asche geworden waren, schluckte sie, nahm sie mit zwei knallroten Fingernägeln aus dem Mund und atmete kraftvoll aus. Der Rauch wogte zu der fleckigen Gipsdecke hinauf, wo er eine bereits vorhandene Wolke aufstörte und um eine Leuchtstoffröhre herumwirbelte. Sie hustete. Es war ein trockener Reizhusten, der ihr Gesicht rötete und ihre vollen Brüste in Bewegung brachte, bis sie hüpften, den Schreibmaschinentasten gefährlich nahe. Sie griff nach einer in der Nähe stehenden Tasse und trank irgend etwas, dann steckte sie die Filterzigarette wieder in den Mund und tippte weiter.

Nach zwei Minuten begann Mitch, eine Vergiftung mit Kohlenmonoxid zu befürchten. Er entdeckte ein kleines Loch im Fenster, in einer Scheibe, die die Spinnen aus irgendeinem Grund nicht mit einem Netz überzogen hatten. Er trat ganz dicht an die löchrigen, dick verstaubten Vorhänge heran und versuchte, die durch das Loch hereinkommende frische Luft einzuatmen. Ihm war schlecht. Hinter ihm war weiteres Husten und Keuchen zu hören. Er versuchte, das Fenster zu öffnen, aber Schichten von rissiger Farbe hatten es schon vor langer Zeit zugeschweißt.

Gerade als ihm schwindlig zu werden begann, hörten das Tippen und das Rauchen auf.

»Sie sind Anwalt?«

Mitch drehte sich vom Fenster weg und sah die Blondine an. Sie saß jetzt mit übergeschlagenen Beinen auf der Schreibtischkante, und der schwarze Lederrock endete weit oberhalb der Knie. Sie trank eine Diät-Pepsi.

»Ja.«

»In einer großen Firma?«

»Ja.«

»Das dachte ich mir. Das war schon an Ihrem Anzug und dem schicken Hemd mit der seidenen Krawatte zu erkennen. Ich weiß immer, ob es sich um einen Anwalt aus einer großen Firma handelt oder einen von den Typen, die immer beim City Court herumlungern.«

Der Rauch zog ab, und Mitch atmete leichter. Er bewunderte ihre Beine, die sich im Augenblick genau in der Position befanden, die Bewunderung verlangte. Jetzt betrachtete sie seine Schuhe.

»Der Anzug gefällt Ihnen?« sagte er.

»Er ist teuer. Das sieht man. Und die Krawatte auch. Beim Hemd und bei den Schuhen bin ich nicht so sicher.«

Mitch betrachtete die Stiefel, die Beine, den Rock und den engen Pullover über den großen Brüsten und versuchte, sich etwas Nettes einfallen zu lassen. Sie genoß seinen an ihr entlangwandernden Blick und trank wieder einen Schluck Diät-Pepsi.

Als sie genug hatte, deutete sie mit einem Kopfnicken auf Eddies Tür und sagte: »Sie können hineingehen. Eddie erwartet Sie.«

Der Detektiv war am Telefon und versuchte, einen armen alten Mann davon zu überzeugen, daß sein Sohn in der Tat homosexuell war. Er deutete auf einen Holzstuhl, und Mitch setzte sich. Er sah zwei Fenster, beide weit offen, und atmete leichter.

Eddie wirkte angewidert und deckte die Sprechmuschel ab. »Er weint«, flüsterte er Mitch zu, der entgegenkommend lächelte, als wäre er belustigt.

Eddie trug blaue Schuhe aus Echsenleder mit spitzen Kappen, Levis, ein gestärktes, pfirsichfarbenes Hemd, an dem so viele Knöpfe offenstanden, daß die dunkle Brustbehaarung zu sehen war, und zwei schwere Geldketten und eine weitere, bei der es sich um Türkis zu handeln schien. Er hatte eine Vorliebe für Tom Jones oder Humperdinck oder einen dieser Sänger mit einer Menge Haaren, dunklen Augen, einem dichten Backenbart und einem massigen Kinn.

»Ich habe Fotos«, sagte er und zog den Hörer vom Ohr, als der alte Mann schrie. Er zog fünf großformatige Hochglanzfotos aus einer Akte und schob sie über den Tisch in Mitchs Schoß. Ja, das waren in der Tat Homosexuelle, um wen immer es sich handeln mochte. Eddie lächelte ihn stolz an. Die Manner befänden sich auf einer Bühne, vermutlich in einem Tuntenclub. Er legte sie auf den Schreibtisch und schaute aus dem Fenster. Sie waren farbig, von guter Qualität. Wer immer sie aufgenommen hatte, mußte in dem Club gewesen sein. Mitch dachte an die Verurteilung wegen Vergewaltigung. Ein Bulle, der wegen Vergewaltigung verknackt worden war.

Er knallte den Hörer auf die Gabel. »Sie sind also Mitchell McDeere! Freue mich, Sie kennenzulernen.«

Sie reichten sich über den Schreibtisch hinweg die Hand. »Ganz meinerseits«, sagte Mitch. »Ich war am Sonntag bei Ray.«

»Ich habe das Gefühl, Sie schon jahrelang zu kennen. Sie sehen aus wie Ray. Er hat mir erzählt, daß es so ist. Hat mir alles über Sie erzählt. Und ich nehme an, er hat auch von mir gesprochen. Die Arbeit bei der Polizei. Die Verurteilung. Die Vergewaltigung. Hat er Ihnen gesagt, daß es Beischlaf mit einer Minderjährigen war, daß das Mädchen siebzehn Jahre alt war, aber aussah wie fünfundzwanzig, und daß man mich hereingelegt hat?«

»Er erwähnte es. Ray redet nicht viel. Das wissen Sie.«

»Er ist ein großartiger Bursche. Ihm habe ich es zu verdanken, daß ich noch am Leben bin. Im Gefängnis hätten sie mich beinahe umgebracht, als sie herausbekommen hatten, daß ich Bulle war. Er trat dazwischen, und sogar die Schwarzen zogen sich zurück. Er kann Leuten weh tun, wenn er es darauf anlegt.«

»Er ist alles, was ich an Familie habe.«

»Ja, ich weiß. Wenn man jahrelang mit einem Mann in einer zweieinhalb mal dreieinhalb Meter großen Zelle zusammenhockt, dann erfährt man alles, was es zu wissen gibt. Er hat stundenlang über Sie geredet. Als ich entlassen wurde, wollten Sie gerade mit dem Studium anfangen.«

»Ich bin im Juni dieses Jahres fertig geworden und arbeite jetzt bei Bendini, Lambert & Locke.«

»Nie davon gehört.«

»Es ist eine Firma für Steuer- und Handelsrecht in der Front Street.«

»Ich arbeite viel für Anwälte, in Scheidungssachen. Beobachten, Fotos machen, solche wie diese, und Schmutz zusammentragen für die Gerichte.« Er sprach schnell, mit kurzen, abgehackten Worten und Sätzen. Die Cowboystiefel lagen zum Bewundern auf dem Schreibtisch. »Außerdem sind da ein paar Anwälte, denen ich Arbeit verschaffe. Wenn ich einen guten Verkehrsunfall ausgrabe oder eine Körperverletzung, dann mache ich die Runde und sehe zu, wo ich den besten Schnitt machen kann. Auf diese Weise konnte ich dieses Haus kaufen. Das ist es, wo das Geld steckt – Körperverletzungen. Diese Anwälte kassieren vierzig Prozent des Schadenersatzes. Vierzig Prozent!« Er schüttelte empört den Kopf, als könnte er einfach nicht glauben, daß tatsächlich derart habgierige Anwälte in dieser Stadt lebten und atmeten.

»Sie rechnen nach Stunden ab?« fragte Mitch.

»Dreißig Dollar plus Spesen. Letzte Nacht habe ich sechs Stunden damit verbracht, in meinem Transporter vor einem Holiday Inn darauf zu warten, daß der Mann meiner Klientin zusammen mit seiner Freundin sein Zimmer verließ und ich weitere Fotos machen konnte. Sechs Stunden. Das sind hundertachtzig Dollar nur dafür, daß ich auf meinem Hintern saß, schmutzige Magazine betrachtete und wartete. Außerdem habe ich ihr das Abendessen berechnet.«

Mitch hörte aufmerksam zu, als wünschte er sich, das auch zu können.

Tammy steckte den Kopf zur Tür herein und sagte, sie ginge jetzt. Eine schale Wolke folgte ihr, und Mitch schaute zu den Fenstern. Sie knallte die Tür zu.

»Sie ist ein prächtiges Mädchen«, sagte Eddie. »Hat Ärger mit ihrem Mann. Er ist Fernfahrer und hält sich für Elvis. Hat das kohlschwarze Haar, Stirnlocke, Koteletten. Trägt diese dicken, goldenen Sonnenbrillen, die Elvis immer getragen hat. Wenn er nicht unterwegs ist, sitzt er in seinem Wohnwagen, hört Elvis-Platten und sieht sich diese fürchterlichen Filme an. Sie sind von Ohio hierher gezogen, nur damit der Mann in der Nähe des Grabes von The King sein kann. Raten Sie mal, wie er heißt?«

»Ich habe keine Ahnung.«

»Elvis. Elvis Aaron Hemphill. Hat seinen Namen von Amts wegen ändern lassen, nachdem The King gestorben war. Er tritt in dunklen Nachtclubs in der Stadt als zweiter Elvis auf. Ich habe ihn einmal gesehen. Er trug einen hautengen, einteiligen weißen Anzug, aufgeknöpft bis zum Nabel, wogegen nichts einzuwenden gewesen wäre, wenn er nicht einen Bauch hätte, der aussieht wie eine gebleichte Wassermelone. Es war ziemlich traurig. Seine Stimme ist zum Totlachen, hört sich an wie die eines alten Indianerhäuptlings, der am Lagerfeuer singt.«

»Und wo liegt das Problem?«

»Frauen. Sie können sich nicht vorstellen, wie viele auf Elvis verrückte Weiber in diese Stadt kommen. Sie strömen herbei, um mitzuerleben, wie dieser Hanswurst so tut, als wäre er The King. Sie bewerfen ihn mit Schlüpfern, großen Schlüpfern, Schlüpfern für fette, breite Hintern, und er wischt sich die Stirn damit und wirft sie zurück. Sie geben ihm ihre Zimmernummern, und wir argwöhnen, daß er herumschleicht und versucht, den großartigen Hengst zu spielen, genau wie Elvis es getan hat. Allerdings habe ich ihn bisher noch nicht erwischt.«

Mitch fiel beim besten Willen keine Erwiderung ein. Er grinste wie ein Schwachsinniger, als wäre es wirklich eine unglaubliche Geschichte. Lomax durchschaute ihn.

»Sie haben Probleme mit Ihrer Frau?«

»Nein. Nichts dergleichen. Ich brauche Informationen über vier Leute. Drei davon sind tot, einer noch am Leben.«

»Hört sich interessant an. Ich höre.«

Mitch zog seine Notizen aus der Tasche. »Ich nehme an, das ist voll und ganz vertraulich?«

»Natürlich. So vertraulich wie das, was Sie mit Ihren Klienten besprechen.«

Mitch nickte zustimmend, aber er dachte an Tammy und Elvis und fragte sich, weshalb Lomax ihm diese Geschichte erzählt hatte.

»Es muß unter uns bleiben.«

»Das tut es. Sie können mir vertrauen.«

»Dreißig Dollar pro Stunde?«

»Für Sie fünfundzwanzig. Schließlich hat Ray Sie geschickt.«

»Nett von Ihnen.«

»Wer sind diese Leute?«

»Die drei Toten waren früher Anwälte in unserer Firma. Robert Lamm kam bei einem Jagdunfall in Arkansas ums Leben. Irgendwo in den Bergen. Er wurde ungefähr zwei Wochen vermißt und dann mit einer Kugel im Kopf gefunden. Es hat eine Autopsie stattgefunden. Mehr weiß ich nicht. Alice Knauss starb 1977 bei einem Verkehrsunfall hier in Memphis. Wurde angeblich von einem Betrunkenen angefahren. John Mickel hat 1984 Selbstmord begangen. Seine Leiche wurde in meinem Büro gefunden. Es gab eine Waffe und einen Abschiedsbrief.«

»Mehr wissen Sie nicht?«

»Nein.«

»Wonach suchen Sie?«

»Ich möchte so viel wie möglich darüber erfahren, wie diese Leute gestorben sind. Welches die näheren Umstände bei jedem dieser Todesfälle waren. Wer hat sie untersucht? Alle offenen Fragen oder Vermutungen.«

»Welchen Verdacht haben Sie?«

»Bis jetzt noch keinen. Ich bin nur neugierig.«

»Sie sind mehr als nur neugierig.«

»Okay, ich bin mehr als nur neugierig. Aber fürs erste wollen wir es dabei belassen.«

»Geht in Ordnung. Wer ist der vierte?«

»Ein Mann namens Wayne Tarrance. Er ist ein FBI-Agent hier in Memphis.«

»FBI!«

»Macht Ihnen das etwas aus?«

»Ja, das tut es. Für Bullen bekomme ich vierzig pro Stunde.«

»Kein Problem.«

»Was wollen Sie wissen?«

»Überprüfen Sie ihn. Seit wann ist er hier? Wie lange ist er schon beim FBI? Welchen Ruf hat er?«

»Das ist nicht sonderlich schwierig.«

Mitch faltete den Zettel zusammen und steckte ihn wieder in die Tasche.

»Wie lange werden Sie dazu brauchen?«

»Ungefähr einen Monat.«

»Geht in Ordnung.«

»Sagen Sie, wie heißt Ihre Firma?«

»Bendini, Lambert & Locke.«

»Diese beiden Männer, die im Sommer ums Leben kamen ...«

»Sie gehörten zu ihr.«

»Irgendein Verdacht?«

»Nein.«

»Fragen kostet nichts.«

»Hören Sie, Eddie. In dieser Sache müssen Sie sehr vorsichtig sein. Rufen Sie mich weder zu Hause noch im Büro an. Ich werde Sie in ungefähr einem Monat anrufen. Ich nehme an, daß ich sehr genau überwacht werde.«

»Vom wem?«

»Ich wollte, ich wüßte es.«

13

Avery lächelte beim Anblick des Computerausdrucks. »Im Oktober haben Sie im Durchschnitt einundsechzig Stunden pro Woche gemacht.«

»Ich dachte, es wären vierundsechzig gewesen«, sagte Mitch.

»Einundsechzig ist genug. Bisher hat noch keiner in seinem ersten Jahr einen so hohen Durchschnitt erzielt. Ist alles legitim?«

»Ja, da ist nichts aufgepolstert. Ich hätte ihn noch höher treiben können.«

»Wie viele Stunden arbeiten Sie in der Woche?«

»Zwischen fünfundachtzig und neunzig. Ich könnte fünfundsiebzig in Rechnung stellen, wenn ich es wollte.«

»Davon würde ich abraten, zumindest fürs erste. Das könnte ein bißchen böses Blut geben. Die anderen jungen Anwälte behalten Sie sehr genau im Auge.«

»Sie wollen, daß ich es ein wenig langsamer gehen lasse?«

»Natürlich nicht. Wir sind ungefähr einen Monat im Rückstand. Ich bin nur etwas besorgt wegen Ihrer langen Arbeitsstunden. Nur etwas besorgt. Die meisten jungen Anwälte legen los wie die Wilden – arbeiten achtzig oder neunzig Stunden in der Woche –, aber länger als ein paar Monate halten sie das nicht durch. Fünfundsechzig bis siebzig Stunden sind machbar. Aber Sie scheinen ein ungewöhnliches Durchhaltevermögen zu besitzen.«

»Ich brauche nicht viel Schlaf.«

»Was hält Ihre Frau davon?«

»Weshalb ist das wichtig?«

»Stört sie die lange Arbeitszeit?«

Mitch musterte Avery und dachte einen Augenblick an den Wortwechsel am gestrigen Abend, als er drei Minuten vor Mitternacht zum Essen nach Hause gekommen war. Sie hatten sich beide unter Kontrolle gehabt, aber es waren die bisher bittersten Worte gefallen, und alles deutete darauf hin, daß weitere folgen würden. Kein Boden wurde preisgegeben. Abby sagte, Mr. Rice von nebenan wäre ihr vertrauter als ihr Mann.

»Sie versteht es. Ich habe ihr gesagt, ich würde in zwei Jahren Partner werden und mit dreißig in den Ruhestand treten.«

»Es sieht jedenfalls so aus, als versuchten Sie es.«

»Sie beklagen sich doch nicht etwa? Jede Stunde, die ich im vergangenen Monat in Rechnung gestellt habe, betraf eine Ihrer Akten, und Sie schienen sich keine Sorgen zu machen, daß ich zuviel arbeite.«

Avery legte den Ausdruck auf sein Bücherregal und warf Mitch einen verdrießlichen Blick zu. »Ich möchte nur nicht, daß Sie sich kaputtmachen oder zu Hause Ärger bekommen.«

Ausgerechnet ein Mann, den seine Frau verlassen hatte, wollte ihm Eheratschläge erteilen. Er musterte Avery mit soviel Verachtung, wie er aufzubringen vermochte. »Sie brauchen sich wegen dem, was im meinem Haus passiert, keine Gedanken zu machen. Solange ich hier meinen Teil der Arbeit erledige, sollten Sie froh und zufrieden sein.«

Avery beugte sich vor. »Hören Sie, Mitch, ich bin nicht sonderlich gut in solchen Sachen. Dies kommt von höher oben. Lambert und McKnight machen sich Sorgen, daß Sie sich vielleicht ein bißchen zu sehr ins Zeug legen. Ich meine, fünf Uhr am Morgen, jeden Morgen, manchmal sogar am Sonntag. Das ist ziemlich hart, Mitch.«

»Was haben sie gesagt?«

»Nicht viel. Ob Sie es glauben oder nicht, Mitch, diese Männer machen sich wirklich Gedanken über Sie und Ihre Frau. Sie wollen glückliche Anwälte mit glücklichen Familien. Wenn alles zum Besten steht, dann sind die Anwälte produktiv. Lambert ist besonders fürsorglich. Er hat vor, in ein oder zwei Jahren aufzuhören, und versucht, durch Sie und die anderen jungen Leute seine beste Zeit noch einmal zu durchleben. Wenn er zuviele Fragen stellt oder ein paar Vorträge hält, dann halten Sie ihm das zugute. Er hat sich das Recht verdient, hier im Haus der Großvater zu sein.«

»Sagen Sie ihnen, mir geht es gut, Abby geht es gut, wir sind alle glücklich, und ich werde sehr produktiv sein.«

»Gut, nun, wenn das aus dem Wege geschafft ist, kann ich Ihnen mitteilen, daß wir beide morgen in einer Woche auf die Caymans fliegen. Ich muß mich dort wegen Sonny Capps und drei weiteren Klienten mit einigen Bankern treffen. Vorwiegend geschäftlich, aber wir schaffen es immer, zwischendurch auch ein bißchen zu tauchen und zu schwimmen. Ich habe Royce McKnight gesagt, daß ich Sie brauche, und er war einverstanden. Er sagte, die paar Tage Ruhe würden Ihnen vermutlich guttun. Möchten Sie mitkommen?«

»Natürlich. Ich bin nur ein wenig überrascht.«

»Da es eine Geschäftsreise ist, werden unsere Frauen nicht dabei sein. Lambert war ein wenig besorgt, daß das zu Hause Probleme geben könnte.«

»Ich glaube, Mr. Lambert macht sich zuviel Sorgen über das, was bei mir zu Hause vorgeht. Sagen Sie ihm, daß es keinerlei Probleme gibt.«

»Sie kommen also mit?«

»Natürlich komme ich mit. Wie lange werden wir dort sein?«

»Ein paar Tage. Wir wohnen in einem der Apartments der Firma. Es kann sein, daß Sonny Capps in dem anderen logiert. Ich versuche, den Firmenjet zu bekommen, aber möglicherweise müssen wir eine Linienmaschine nehmen.«

»Das macht mir nichts aus.«

Nur zwei der Passagiere, die in Miami an Bord der Cayman Airways 727 gingen, trugen Krawatten, und nach der ersten Runde Rumpunsch nahm auch Avery seine Krawatte ab und stopfte sie in die Tasche seines Jacketts. Der Punsch wurde von hübschen, braunen Stewardessen mit blauen Augen und anmutigem Lächeln serviert. Die Frauen auf den Caymans waren großartig, erklärte Avery mehr als einmal.

Mitch saß am Fenster und versuchte, sich die Aufregung über seine erste Reise ins Ausland nicht anmerken zu lassen. In einer Bibliothek hatte er ein Buch über die Cayman Islands gefunden. Es gab drei Inseln, Grand Cayman, Little Cayman und Cayman Brac. Die beiden kleineren waren nur dünn besiedelt und wurden selten besucht. Grand Cayman hatte achtzehntausend Einwohner, zwölftausend eingetragene Firmen und dreihundert Banken. Die Bevölkerung war zu zwanzig Prozent weiß und zwanzig Prozent schwarz; die restlichen sechzig Prozent wußten es nicht so genau, und es war ihnen auch gleichgültig. Die Hauptstadt Georgetown hatte sich in den letzten Jahren zu einer internationalen Steueroase entwickelt, mit Bankern, die so verschwiegen waren wie die Schweizer. Es gab weder Einkommensteuer noch Körperschaftssteuer, weder Kapitalertragssteuer noch Grundsteuer oder Schenkungssteuer. Bestimmten Firmen und Investitionen wurde fünfzigjährige Steuerfreiheit garantiert. Die Inseln waren ein mit der britischen Krone verbundenes Territorium mit einer ungewöhnlich stabilen Regierung, die alle erforderlichen Einkünfte aus Einfuhrsteuern und dem Tourismus erhielt. Es gab weder Kriminalität noch Arbeitslosigkeit.

Grand Cayman war siebenunddreißig Kilometer lang und stellenweise dreizehn Kilometer breit, sah aus der Luft aber wesentlich kleiner aus – ein kleiner, von klarem, saphirblauem Wasser umgebener Felsbrocken.

Die Maschine landete fast in einer Lagune, aber im letzten Moment tauchte eine schmale, asphaltierte Landebahn auf und fing das Flugzeug ab. Sie stiegen aus und bahnten sich ihren Weg durch den Zoll. Ein schwarzer Junge griff sich Mitchs Gepäck und warf es zusammen mit dem von Avery in den Kofferraum eines 1972er Ford LTD. Mitch gab ihm ein großzügiges Trinkgeld.

»Seven Mile Beach!« befahl Avery und stieß den Rest seines letzten Rumpunsches auf.

»Okay, Mon«, murmelte der Fahrer des Taxis. Er gab Gas und brauste in Richtung Georgetown. Das Radio dröhnte Reggae. Der Fahrer zuckte und klopfte ununterbrochen auf dem Lenkrad den Takt. Er fuhr auf der falschen Straßenseite, aber das taten auch alle anderen. Mitch ließ sich in den abgeschabten Sitz sinken und schlug die Beine übereinander. Der Wagen hatte keine Klimaanlage bis auf die offenen Fenster. Die schwüle Tropenluft fegte über sein Gesicht und ließ sein Haar flattern. Das gefiel ihm.

Die Insel war flach, und auf der Straße nach Georgetown herrschte reger Verkehr – kleine europäische Wagen, Motorroller und Fahrräder. Die Häuser waren kleine, eingeschossige Gebäude mit Blechdächern, hübsch bunt gestrichen. Als sie sich der Stadt näherten, traten Läden an die Stelle der Wohnhäuser, zwei- und dreigeschossige weiße Holzbauten, vor denen Touristen unter den Markisen standen und Zuflucht vor der Sonne suchten. Der Fahrer bog scharf ab, und plötzlich befanden sie sich zwischen den modernen Bankgebäuden der Innenstadt.

Avery übernahm die Rolle des Reiseführers. »Hier gibt es Banken aus aller Welt. Deutschland, Frankreich, Großbritannien, Kanada, Spanien, Japan, Dänemark. Sogar aus Saudi-Arabien und Israel. Mehr als dreihundert, nach der letzten Zählung. Die Insel hat sich zu einer beachtlichen Steueroase entwickelt. Die Banker hier sind überaus verschwiegen.«

Das Taxi kam in dem dichten Verkehr nur langsam voran, und der Fahrwind ebbte ab. »Ich sehe eine Menge kanadische Banken«, sagte Mitch.

»Das Gebäude da drüben ist die Royal Bank of Montreal. Da sind wir morgen früh um zehn verabredet. Wir wickeln den größten Teil unserer Geschäfte über kanadische Banken ab.«

»Gibt es dafür einen besonderen Grund?«

»Sie sind sehr sicher und sehr verschwiegen.«

Die überfüllte Straße machte eine Biegung und schnitt eine andere. Hinter der Kreuzung erstreckte sich das funkelnde Blau des Karibischen Meers bis zum Horizont. Ein Kreuzfahrtschiff ankerte in der Bucht.

»Das ist Hogsty Bay«, sagte Avery. »Hier sind vor dreihundert Jahren die Piraten vor Anker gegangen. Blackbeard selbst hat diese Insel unsicher gemacht und hier seine Beute vergraben. Eines seiner Verstecke wurde vor ein paar Jahren in einer Höhle östlich von hier gefunden, in der Nahe von Bodden Town.«

Mitch lächelte, als glaubte er diese Geschichte. Der Fahrer lächelte in den Rückspiegel.

Avery wischte sich den Schweiß von der Stirn. »Diese Gegend hat schon immer Piraten angelockt. Früher war es Blackbeard, jetzt sind es moderne Piraten, die Firmen gründen und hier ihr Geld verstecken. Stimmt's, Mon?«

»Stimmt, Mon«, erwiderte der Fahrer.

»Das ist Seven Mile Beach«, sagte Avery. »Einer der schönsten und berühmtesten Strände der Welt. Stimmt's, Mon?«

»Stimmt, Mon.«

»Sand so weiß wie Zucker. Warmes, klares Wasser. Warme, schöne Frauen. Stimmt's, Mon?«

»Stimmt, Mon.«

»Gibt es im Palms heute abend Essen im Freien?«

»Ja, Mon. Um sechs.«

»Das Palms liegt gleich neben unserem Apartment. Es ist ein beliebtes Hotel. Da ist immer eine Menge los.«

Mitch lächelte und betrachtete die Hotels, an denen sie vorbeifuhren. Er erinnerte sich an das Gespräch in Harvard, bei dem Oliver Lambert ihm eine Predigt darüber gehalten hatte, wie sehr die Firma Scheidungen und Schürzenjagerei mißbilligte. Und Alkohol.

Vielleicht war Avery diese Predigt entgangen. Aber vielleicht auch nicht.

Die Apartments lagen im Zentrum von Seven Mile Beach, zwischen einem anderen Komplex und dem Palms. Wie nicht anders zu erwarten, waren die im Besitz der Firma befindlichen Apartments geräumig und kostspielig eingerichtet. Avery sagte, jedes von ihnen würde mindestens eine halbe Million einbringen, aber sie standen nicht zum Verkauf. Sie konnten auch nicht gemietet werden. Sie waren Zufluchtsorte für die abgekämpften Anwälte von Bendini, Lambert & Locke. Und für ein paar besonders geschätzte Klienten.

Vom Balkon des Apartments im zweiten Stock aus beobachtete Mitch die kleinen Boote, die ziellos über die funkelnde See glitten. Die Sonne begann zu sinken, und die kleinen Wellen reflektierten ihre Strahlen millionenfach in alle Richtungen. Das Kreuzfahrtschiff entfernte sich langsam von der Insel. Dutzende von Leuten wanderten am Strand entlang, kickten Sand auf, plantschten im Wasser, jagten Sandkrabben und tranken Rumpunsch und jamaikanisches Red Stripe-Bier. Der pulsierende Rhythmus karibischer Musik driftete vom Palms herüber, wo eine große Freiluftbar unter einem Schilfdach die Strandwanderer anzog wie ein Magnet. In einer Grashütte in der Nähe mieteten sie Schnorchelausrüstung, Katamarane und Volleybälle.

Avery kam auf den Balkon, angetan mit leuchtend orange und gelb geblümten Shorts. Sein Körper war hart und mager, ohne schlaffes Fleisch. Er war Mitglied eines Fitneßclubs in Memphis und trainierte jeden Tag. Anscheinend gab es in diesem Club auch Sonnenbänke. Mitch war beeindruckt.

»Wie gefällt Ihnen mein Kostüm?« fragte Avery.

»Sehr hübsch. Sie sehen aus, als wären Sie hier zu Hause.«

»Ich kann Ihnen auch welche geben.«

»Nein, danke. Ich bleibe bei meiner Western Kentucky-Turnhose.«

Avery nippte an einem Drink und nahm die Szenerie in sich auf. »Ich war schon öfter hier, und ich finde es immer noch aufregend. Ich habe schon daran gedacht, mich hier zur Ruhe zu setzen.«

»Gute Idee. Dann könnten Sie am Strand entlangwandern und Sandkrabben jagen.«

»Und Domino spielen und Red Stripe trinken. Haben Sie schon einmal Red Stripe getrunken?«

»Nicht, daß ich wüßte.«

»Dann wollen wir uns eins geben lassen.«

Die Freiluftbar hieß Rumheads. In ihr drängten sich durstige Touristen und ein paar Einheimische, die an einem Holztisch saßen und Domino spielten. Avery bahnte sich einen Weg durch die Menge und kehrte mit zwei Flaschen zurück. Sie fanden Sitzplätze neben den Dominospielern.

»Ich glaube, genau das werde ich tun, wenn ich aufhöre zu arbeiten. Ich komme hier herunter und verdiene mir meinen Lebensunterhalt mit Domino. Und trinke Red Stripe.«

»Es ist schön hier.«

»Und wenn ich keine Lust mehr habe zum Dominospielen, dann werfe ich Pfeile.« Er deutete auf eine Ecke, wo ein paar betrunkene Engländer mit Pfeilen auf eine Scheibe warfen und sich gegenseitig verfluchten. »Und wenn ich auch die Pfeile satthabe, wer weiß, was ich dann tue. Entschuldigen Sie mich.« Er strebte auf einen Tisch zu, an dem sich gerade zwei knappe Bikinis niedergelassen hatten. Er stellte sich vor, und sie luden ihn ein, sich zu ihnen zu setzen. Mitch holte sich ein weiteres Red Stripe und ging an den Strand. In der Ferne konnte er die Bankgebäude von Georgetown sehen. Er ging auf sie zu.

Das Essen war auf Klapptischen rund um den Pool herum angerichtet. Gegrillter Barsch, gebratener Hai, Makrele, Shrimps, Schildkröte, Austern, Hummer und Snapper. Alles aus dem Meer, und alles frisch. Die Gäste umdrängten die Tische und bedienten sich selbst, während Kellner mit Krügen voller Rumpunsch hin und her eilten. Sie aßen an kleinen Tischen im Hof mit Blick auf Rumheads und das Meer. Eine Reggae-Band begann zu spielen. Die Sonne verschwand zuerst hinter einer Wolke und dann hinter dem Horizont.

Mitch folgte Avery durch das Buffet und, wie erwartet, zu einem Tisch, an dem die beiden Frauen saßen. Sie waren Schwestern, beide Ende Zwanzig, beide geschieden, beide halb betrunken. Die eine, die Carrie hieß, war scharf auf Avery, und die andere, Julia, begann sofort, Mitch schöne Augen zu machen. Er fragte sich, was Avery ihnen erzählt hatte.

»Wie ich sehe, sind Sie verheiratet«, sagte Julia, nachdem sie näher an ihn herangerückt war.

»Ja, und zwar glücklich.«

Sie lächelte, als nähme sie die Herausforderung an. Avery und sein Mädchen zwinkerten sich zu. Mitch griff sich ein Glas Punsch und stürzte ihn hinunter.

Er stocherte in seinem Essen herum und konnte an nichts anderes denken als an Abby. Das würde schwer zu erklären sein, falls eine Erklärung erforderlich sein sollte. Essen mit zwei attraktiven Frauen, die kaum etwas anhatten. Da gab es nichts zu erklären. Die Unterhaltung am Tisch geriet ins Stocken, und Mitch trug nichts zu ihr bei. Ein Kellner stellte einen großen Krug auf den Tisch, und er wurde schnell geleert. Avery wurde widerlich. Er erzählte den Frauen, Mitch hätte für die New York Giants gespielt und zweimal um die Super Bowl gekämpft. Hätte eine Million Dollar im Jahr gemacht, bis eine Knieverletzung ihm die Karriere verdarb. Mitch schüttelte den Kopf und trank noch etwas mehr. Julia himmelte ihn an und rückte noch näher heran.

Die Band erhöhte die Lautstärke, und es war Zeit zum Tanzen. Die Hälfte der Gäste begab sich auf eine hölzerne Tanzfläche zwischen dem Pool und dem Strand. »Wir wollen tanzen!« rief Avery und packte sein Mädchen. Sie eilten zwischen den Tischen hindurch und waren rasch in der Menge der schiebenden und stoßenden Touristen verschwunden.

Er spürte, wie sie noch näher heranrückte, dann lag ihre Hand auf seinem Bein.

»Möchtest du tanzen?« fragte sie.

»Nein.«

»Gut. Ich auch nicht. Was würdest du denn gern tun?« Sie rieb ihre Brüste an seinem Bizeps und bedachte ihn mit ihrem verführerischsten Lächeln, aus allernächster Nähe.

»Ich habe nicht vor, irgend etwas zu tun.« Er entfernte ihre Hand.

»Nun komm schon. Laß uns ein bißchen Spaß haben. Deine Frau wird es nie erfahren.«

»Du bist ein hübsches Mädchen, aber mit mir vergeudest du deine Zeit. Es ist noch früh am Abend. Du hast noch massenhaft Zeit, dir einen wirklich tollen Kerl zu angeln.«

»Du bist süß.«

Die Hand war wieder da, und Mitch holte tief Luft. »Warum verschwindest du nicht einfach?«

»Wie bitte?« Die Hand war fort.

»Ich habe gesagt, du sollst verschwinden.«

Sie wich zurück. »Was stimmt nicht mit dir?«

»Ich habe eine Aversion gegen ansteckende Krankheiten. Verschwinde.«

»Verschwinde du doch.«

»Das ist eine großartige Idee. Ich glaube, ich werde verschwinden. War mir ein Vergnügen.«

Mitch stand auf und bahnte sich seinen Weg durch die Tänzer zur Bar. Er ließ sich ein Red Stripe geben und setzte sich in eine dunkle Ecke der Terrasse. Der Strand lag vor ihm, und er war menschenleer. Die Lichter von einem Dutzend Booten bewegten sich langsam übers Wasser. Hinter ihm waren die Musik der Barefoot Boys und das Gelächter der karibischen Nacht. Schön, dachte er, aber mit Abby wäre es noch schöner. Vielleicht konnten sie im nächsten Sommer hier Urlaub machen. Sie brauchten einige Zeit zusammen, fort von Zuhause und vom Büro. Es war eine Distanz zwischen ihnen – eine Distanz, die er nicht definieren konnte. Eine Distanz, über die sie nicht reden mochten, die sie aber spürten.

»Was beobachten Sie?« Die Stimme schreckte ihn auf. Sie kam an den Tisch und setzte sich neben ihn. Sie war eine Einheimische, mit dunkler Haut und blauen oder braunen Augen. Unmöglich, das in der Dunkelheit festzustellen. Aber es waren schöne Augen, warm und ohne Hemmungen. Ihr krauses, dunkles Haar war nach hinten geklemmt und reichte ihr fast bis zur Taille. Sie war eine exotische Mischung aus Schwarz, Weiß und vermutlich Lateinamerikanisch. Und vermutlich noch weiterem. Sie trug ein weißes Bikini-Oberteil, das sehr tief ausgeschnitten war und ihre Brüste kaum bedeckte, und einen langen, leuchtendbunten, bis zur Taille geschlitzten Rock, der, wenn sie saß und die Beine übereinander geschlagen hatte, fast alles sehen ließ. Keine Schuhe.

»Eigentlich nichts«, sagte Mitch.

Sie war jung, mit einem kindhaften Lächeln, das perfekte Zähne entblößte. »Wo kommen Sie her?«

»Aus den Staaten.«

Sie lächelte und kicherte leise. »Natürlich. Aber von wo?« Sie sprach das weiche, sanfte, präzise, selbstsichere Englisch der Karibik.

»Memphis.«

»Viele Leute aus Memphis kommen hierher. Eine Menge Taucher.«

»Sind Sie hier zu Hause?«

»Ja. Solange ich lebe. Meine Mutter ist eine Einheimische. Mein Vater stammte aus England. Er ist wieder fort, dorthin, von wo er gekommen war.«

»Möchten Sie einen Drink?« fragte er.

»Ja. Rum und Soda.«

Er stand an der Bar und wartete auf die Drinks. Ein dumpfes, nervöses Etwas pochte in seinem Magen. Er konnte in die Dunkelheit gleiten, in der Menge verschwinden und sich in die Sicherheit des Apartments zurückziehen. Er konnte die Tür abschließen und ein Buch über internationale Steueroasen lesen. Ziemlich öde. Außerdem war Avery inzwischen dort mit seinem heißen Flittchen. Der Rum und das Red Stripe sagten ihm, daß das Mädchen harmlos war. Sie würden ein paar Gläser zusammen trinken und sich dann gute Nacht sagen.

Er kehrte mit den Drinks zurück und setzte sich ihr gegenüber an den Tisch, so weit fort wie möglich. Sie waren auf der Terrasse allein.

»Sind Sie Taucher?«

»Nein. Ob Sie es glauben oder nicht, ich bin geschäftlich hier. Ich bin Rechtsanwalt und morgen früh mit ein paar Bankern verabredet.«

»Wie lange werden Sie hierbleiben?«

»Ein paar Tage.« Er war höflich, aber er hielt sich zurück. Je weniger er sagte, desto sicherer war er. Sie schlug die Beine wieder übereinander und lächelte unschuldig. Er fühlte sich schwach.

»Wie alt sind sie?« fragte er.

»Ich bin zwanzig, und ich heiße Eilene. Ich bin alt genug.«

»Ich bin Mitch.« Sein Magen zuckte, und er war ein wenig benommen. Er trank rasch noch einen Schluck Bier. Dann sah er auf die Uhr.

Sie beobachtete ihn mit ihrem verführerischen Lächeln. »Sie sehen sehr gut aus.«

Das ging entschieden zu schnell. Bleib cool, befahl er sich, bleib ganz cool.

»Danke.«
»Sind Sie Sportler?«
»Ich war es. Warum fragen Sie?«
»Sie sehen aus wie ein Sportler. Sie sind sehr muskulös und stramm.« Es war die Art, wie sie das Wort »stramm« aussprach, die seinen Magen wieder zucken ließ. Er bewunderte ihren Körper und versuchte, sich ein Kompliment einfallen zu lassen, das nicht anzüglich war. Es gelang ihm nicht.
»Wo arbeiten Sie?« fragte er, um auf ein weniger verfängliches Thema zu kommen.
»Ich bin Verkäuferin in einem Schmuckgeschäft in der Stadt.«
»Und wo wohnen Sie?«
»In Georgetown. Und Sie?«
»In einem Apartment gleich nebenan.« Er deutete mit einem Kopfnicken in die Richtung, und sie schaute nach links. Es war offensichtlich, daß sie das Apartment besichtigen wollte. Sie nippte an ihrem Drink.
»Weshalb sind Sie nicht bei der Party?« fragte sie.
»Ich mache mir nicht viel aus Partys.«
»Mögen Sie den Strand?«
»Er ist herrlich.«
»Im Mondlicht ist er noch schöner.« Wieder dieses Lächeln.
Darauf wußte er nichts zu erwidern.
»Ungefähr eine Meile den Strand hinunter gibt es eine bessere Bar«, sagte sie. »Lassen Sie uns einen Spaziergang machen.«
»Ich weiß nicht. Eigentlich sollte ich mich zurückziehen. Ich muß für morgen früh noch etwas arbeiten.«
Sie lachte und stand auf. »Auf den Caymans geht niemand so früh schlafen. Kommen Sie. Ich schulde Ihnen einen Drink.«
»Nein. Lieber nicht.«
Sie ergriff seine Hand, und er folgte ihr von der Terrasse herunter an den Strand. Sie gingen wortlos nebeneinander her, bis das Palms außer Sichtweite und die Musik gedämpfter war. Der Mond war jetzt heller und stand genau über ihnen, und der Strand war menschenleer. Sie ließ etwas aufschnappen und nahm ihren Rock ab; darunter war nichts als eine Schnur um ihre Taille und eine Schnur, die zwischen ihren Beinen hindurchführte. Sie rollte den Rock zusammen und legte ihn um seinen Hals. Sie nahm seine Hand.

Irgend etwas sagte: Lauf weg. Wirf die Bierflasche ins Meer. Wirf den Rock in den Sand. Und lauf, als wäre der Teufel hinter dir her. Lauf in das Apartment. Verschließ die Tür. Verschließ die Fenster. Lauf, lauf, lauf.

Und etwas sagte: Beruhige dich. Es ist ein harmloser Spaß. Gönn dir noch ein paar Drinks. Und wenn etwas passiert, dann genieß es. Niemand wird es je erfahren. Memphis ist tausend Meilen weit fort. Avery wird es nicht erfahren. Und was war mit Abby? Was konnte er sagen? Jeder tut es. Es war einmal passiert, als sie schon verlobt, aber noch nicht verheiratet waren. Er hatte zuviel Bier die Schuld gegeben und es ohne größere Narben überstanden. Dafür sorgte die Zeit. Abby würde es nie erfahren.

Lauf. Lauf. Lauf.

Sie gingen eine Meile, und es war keine Bar in Sicht. Der Strand war dunkler. Der Mond hatte sich passenderweise hinter einer Wolke versteckt. Seit sie Rumheads verlassen hatten, war ihnen kein Mensch begegnet. Sie zog ihn zu zwei Plastik-Liegestühlen, die dicht am Wasser standen. »Machen wir eine Pause«, sagte sie. Er trank sein Bier aus.

»Sie sagen nicht viel«, sagte sie.

»Was möchten Sie denn gern hören?«

»Finden Sie mich schön?«

»Sie sind sehr schön. Sie haben einen wunderschönen Körper.«

Sie saß auf der Stuhlkante und plätscherte mit den Füßen im Wasser. »Gehen wir schwimmen.«

»Dazu habe ich überhaupt keine Lust.«

»Kommen Sie schon, Mitch. Ich liebe das Wasser.«

»Gehen Sie nur. Ich sehe zu.«

Sie kniete sich neben ihm in den Sand und sah ihm ins Gesicht, nur Zentimeter entfernt. In Zeitlupe griff sie in ihr Genick. Sie hakte das Bikini-Oberteil auf, und es fiel herunter, ganz langsam. Ihre Brüste, jetzt viel größer, lagen auf seinem linken Unterarm. Sie reichte es ihm. »Heben Sie das für mich auf.« Es war weich und weiß und federleicht. Er war wie gelähmt, und das Atmen, nur Sekunden zuvor noch schwer und mühsam, war nun völlig zum Stillstand gekommen.

Sie ging langsam ins Wasser. Von hinten gesehen verdeckte die weiße Schnur überhaupt nichts. Das lange, dunkle, schöne Haar hing bis zur Taille herab. Sie watete knietief hinein, dann drehte sie sich zum Strand um.

»Kommen Sie, Mitch. Das Wasser ist herrlich.«

Sie lächelte strahlend, und er konnte es sehen. Er rieb das Bikini-Oberteil und wußte, daß dies seine letzte Chance zum Davonlaufen war. Aber er war benommen und schwach. Das Davonlaufen kostete mehr Kraft, als er aufzubringen vermochte. Er wollte einfach sitzenbleiben, und vielleicht würde sie verschwinden. Vielleicht würde sie ertrinken. Vielleicht wurde plötzlich eine Flutwelle kommen und sie ins Meer hinausschwemmen.

»Kommen Sie, Mitch.«

Er zog sein Hemd aus und watete ins Wasser. Sie beobachtete ihn mit einem Lächeln, und als er sie erreicht hatte, ergriff sie seine Hand und führte ihn in tieferes Wasser. Sie legte ihm die Arme um den Hals, und sie küßten sich. Er fand die Schnüre. Sie küßten sich abermals.

Sie hörte abrupt auf und machte sich wortlos auf den Rückweg zum Strand. Er beobachtete sie. Sie setzte sich zwischen den beiden Stühlen in den Sand und legte den Rest ihres Bikinis ab. Er tauchte ins Wasser und hielt eine Ewigkeit lang den Atem an. Als er wieder hochkam, hatte sie sich zurückgelegt, lag auf die Ellenbogen gestützt im Sand. Er ließ den Blick über den Strand wandern und sah natürlich niemanden. Genau in diesem Augenblick verschwand der Mond wieder hinter einer Wolke. Auf dem Wasser bewegte sich nichts und niemand, kein Boot, kein Katamaran oder Dingi, kein Schwimmer oder Schnorchler.

»Das darf ich nicht«, murmelte er durch zusammengebissene Zähne.

»Was hast du gesagt, Mitch?«

»Das darf ich nicht!« schrie er.

»Aber du möchtest es.«

»Das darf ich nicht.«

»Komm schon, Mitch. Niemand wird es je erfahren.«

Niemand wird es je erfahren. Niemand wird es je erfahren.

Er ging langsam auf sie zu. Niemand wird es je erfahren.

Als die Anwälte nach Georgetown fuhren, herrschte Schweigen im Fond des Taxis. Sie hatten sich verspätet. Sie hatten verschlafen und nicht gefrühstückt. Beide fühlten sich nicht sonderlich wohl. Avery machte einen besonders mitgenommenen Eindruck. Seine Augen waren blutunterlaufen, und sein Gesicht war blaß. Er hatte sich nicht rasiert.

Der Fahrer hielt im dichten Verkehr vor der Royal Bank of Montreal. Die Hitze und die Luftfeuchtigkeit waren schon jetzt erstickend.

Der Banker war Randolph Osgood, der Prototyp des steifen Briten in einem marineblauen Zweireiher mit Hornbrille, einer hohen, glänzenden Stirn und einer spitzen Nase. Er begrüßte Avery wie einen alten Freund und stellte sich Mitch vor. Sie wurden in ein großes Büro im zweiten Stock mit Blick auf die Hogsty Bay geführt. Zwei Sekretärinnen warteten.

»Was genau brauchen Sie, Avery?« fragte Osgood durch die Nase.

»Fangen wir mit Kaffee an. Ich brauche Zusammenfassungen sämtlicher Kontoauszüge von Sonny Capps, Al Coscia, Dolph Hemmba, Ratzlaff Partners und der Greene Group.«

»Ja, und wie weit möchten Sie zurückgehen?«

»Sechs Monate. Sämtliche Auszüge.«

Osgood schnippte mit den Fingern nach einer der Sekretärinnen. Sie ging und kehrte mit einem Tablett mit Kaffee und Kuchen zurück. Die andere Sekretärin machte sich Notizen.

»Natürlich brauchen wir Ihre Bankvollmachten für jeden dieser Klienten«, sagte Osgood.

»Sie sind bei den Akten«, sagte Avery, während er seinen Aktenkoffer auspackte.

»Ja, aber die sind abgelaufen. Wir brauchen neue. Für jedes Konto.«

»Na und?« Avery schob eine Akte über den Tisch. »Hier sind sie. Alles auf dem neuesten Stand.« Er zwinkerte Mitch zu.

Eine Sekretärin nahm die Akte und breitete ihren Inhalt auf dem Tisch aus. Jedes Dokument wurde von beiden Sekretärinnen und anschließend von Osgood selbst begutachtet. Die Anwälte tranken Kaffee und warteten.

Osgood lächelte und sagte: »Scheint alles in Ordnung zu sein. Wir holen die Unterlagen. Was brauchen Sie sonst noch?«

»Ich muß drei Firmen gründen. Zwei für Sonny Capps und eine für die Greene Group. Wir halten uns an das übliche Verfahren. Die Bank fungiert als lizensierter Agent und so weiter.«

»Ich kümmere mich um die erforderlichen Dokumente«, sagte Osgood und sah eine der Sekretärinnen an. »Sonst noch etwas?«

»Das ist im Augenblick alles.«

»Schön. Die Kontoauszüge sollten in einer halben Stunde hier sein. Wollen Sie mit mir essen?«

»Tut mir leid, Randolph. Ich muß leider ablehnen. Mitch und ich sind schon verabredet. Vielleicht morgen.«

Mitch wußte nichts von einer Verabredung, zumindest keiner, die auch ihn betraf.

»Vielleicht«, erwiderte Osgood. Er verließ das Zimmer mit den Sekretärinnen.

Avery machte die Tür zu und zog sein Jackett aus. Er trat ans Fenster und trank Kaffee. »Hören Sie, Mitch, es tut mir leid wegen gestern abend. Sehr leid. Ich hatte zuviel getrunken und aufgehört zu denken. Es war falsch, Ihnen diese Frau aufzudrängen.«

»Entschuldigung angenommen. Aber es sollte nicht wieder passieren.«

»Das wird es nicht. Ich verspreche es.«

»War sie gut?«

»Ich glaube schon. Ich kann mich kaum erinnern. Was haben Sie mit ihrer Schwester gemacht?«

»Sie sagte mir, ich sollte verschwinden. Ich bin am Strand spazierengegangen.«

Avery biß in ein Stück Kuchen und wischte sich den Mund ab. »Sie wissen, daß ich mich von meiner Frau getrennt habe. Wahrscheinlich werden wir uns in ungefähr einem Jahr scheiden lassen. Ich bin sehr diskret, weil die Scheidung unerfreulich werden könnte. In der Firma gibt es ein ungeschriebenes Gesetz – was wir fern von Memphis tun, bleibt in Memphis unbekannt. Verstanden?«

»Sie wissen, daß ich nichts sagen werde.«

»Ich weiß es. Ich weiß es.«

Mitch war froh, von dem ungeschriebenen Gesetz zu hören, obwohl er mit der Gewißheit aufgewacht war, das vollkommene Verbrechen begangen zu haben. Er hatte im Bett an sie gedacht, unter der Dusche, im Taxi, und nun hatte er Mühe, sich auf irgend etwas zu konzentrieren. Als sie Georgetown erreicht hatten, hatte er sich dabei ertappt, daß er nach Schmuckgeschäften Ausschau hielt.

»Ich habe eine Frage«, sagte Mitch.

Avery nickte und aß seinen Kuchen.

»Bei dem Einstellungsgespräch, das ich vor ein paar Monaten mit Oliver Lambert und McKnight hatte, wurde ich wiederholt darauf hingewiesen, daß die Firma Scheidung, Frauengeschichten, Alkohol und Drogen mißbilligt, alles außer harter Arbeit und Geld. Deshalb habe ich den Job angenommen. Ich habe die harte Arbeit und das Geld gesehen, aber jetzt sehe ich auch andere Dinge. Wo sind Sie vom rechten Wege abgekommen? Oder machen das alle?«

»Ihre Frage gefällt mir nicht.«

»Ich weiß, daß Sie Ihnen nicht gefällt. Aber ich möchte trotzdem eine Antwort. Ich verdiene eine Antwort. Ich habe das Gefühl, als wäre mir etwas vorgemacht worden.«

»Und was haben Sie nun vor? Kündigen, weil ich betrunken war und mit einer Hure ins Bett gegangen bin?«

»Daran habe ich nicht gedacht.«

»Gut. Tun Sie es nicht.«

»Aber ich habe ein Recht auf eine Antwort.«

»Okay. Das sehe ich ein. Ich bin der größte Schurke in der Firma, und ich habe einiges auszustehen, wenn ich die Scheidung erwähne. Ich nehme mir hin und wieder eine Frau, aber niemand weiß davon. Zumindest können sie mir nichts nachweisen. Ich bin sicher, daß auch andere Partner das tun, aber auch ihnen kann man nichts nachweisen. Nicht alle, aber einige. Die meisten führen eine stabile Ehe und sind ihren Frauen treu. Ich war schon immer der böse Bube, aber sie haben es geduldet, weil ich so tüchtig bin. Sie wissen, daß ich beim Lunch trinke und manchmal auch im Büro, und sie wissen, daß ich noch gegen weitere ihrer geheiligten Gesetze verstoße, aber sie haben mich zum Partner gemacht, weil sie mich brauchen. Und jetzt, da ich Partner bin, können sie mir nicht mehr viel anhaben. Ein so schlechter Kerl bin ich nicht, Mitch.«

»Ich habe nicht gesagt, daß Sie es wären.«

»Ich bin nicht vollkommen. Einige von ihnen sind es, das können Sie mir glauben. Sie sind Maschinen, Roboter. Sie leben, essen und schlafen für Bendini, Lambert & Locke. Ich habe gern ein bißchen Spaß.«

»Also sind Sie die Ausnahme ...«

»Und nicht die Regel, ja. Und ich entschuldige mich nicht dafür.«

»Ich habe Sie nicht um eine Entschuldigung gebeten. Nur um eine Klarstellung.«

»Klar genug?«

»Ja. Ihre Offenheit habe ich schon immer bewundert.«

»Und ich bewundere Ihre Disziplin. Man muß schon ein starker Mann sein, um seiner Frau treu zu bleiben und den Versuchungen zu widerstehen, denen Sie gestern abend ausgesetzt waren. Ich bin nicht so stark. Und ich will es auch nicht sein.«

Versuchungen. Er hatte daran gedacht, in der Mittagspause die Schmuckgeschäfte in der Innenstadt zu inspizieren.

»Hören Sie, Avery, ich bin kein Moralapostel, und ich bin nicht schockiert. Ich urteile über niemanden – ich bin mein ganzes Leben lang von irgendwelchen Leuten beurteilt worden. Ich war nur etwas verwirrt wegen der Gesetze.«

»Die Gesetze sind unveränderlich. Sie sind in Beton gegossen. In Granit gemeißelt. In Stein gegraben. Verstoßen Sie gegen zu viele, und Sie sind draußen. Oder verstoßen Sie gegen so viele, wie Sie wollen, aber lassen Sie sich nicht erwischen.«

»Klingt einleuchtend.«

Osgood und etliche Sekretärinnen kehrten mit Computerausdrucken und Stapeln von Dokumenten zurück. Sie machten ordentliche Haufen auf dem Tisch und sortierten sie alphabetisch.

»Damit sollten Sie ein oder zwei Tage beschäftigt sein«, sagte Osgood mit einem gezwungenen Lächeln. Er schnippte mit den Fingern, und die Sekretärinnen verschwanden. »Ich bin in meinem Büro, wenn Sie etwas brauchen.«

»Ja, danke«, sagte Avery und nahm sich den ersten Stapel Dokumente vor. Mitch zog sein Jackett aus und lockerte seine Krawatte.

»Was genau tun wir hier?« fragte er.

»Zweierlei. Zuerst überprüfen wir die Eintragungen auf jedem Kontoauszug. Wir achten vor allem auf gutgeschriebene Zinsen, zu welchem Satz, wieviel und so weiter. Wir überprüfen jeden Auszug daraufhin, ob die Zinsen dorthin gegangen sind, wo sie hingehen sollten. Dolph Hemmba zum Beispiel deponiert seine Zinsen auf neun verschiedenen Banken auf den Bahamas. Das ist verrückt, aber es macht ihn glücklich. Außerdem ist es jedermann unmöglich, sie zu verfolgen, außer mir. Er hat ungefähr zwölf Millionen auf der Bank, also lohnt es sich, ihm den Gefallen zu tun. Er könnte es selbst tun, aber es ist ihm lieber, wenn ich es tue. Bei zweihundertfünfzig pro Stunde habe ich nichts dagegen. Wir überprüfen die Zinsen, die die Bank für jedes Konto zahlt. Die Rate schwankt und ist von verschiedenen Faktoren abhängig. Sie liegt im Gutdünken der Bank, und dies ist eine gute Methode, sie zur Ehrlichkeit zu veranlassen.«

»Ich dachte, sie wären ehrlich.«

»Sie sind es, aber vergessen Sie nicht, daß sie Banker sind. Sie sehen hier an die dreißig Kontoauszüge, und wenn wir gehen, kennen wir den genauen Kontostand und die darauf angefallenen Zinsen und wissen, wohin die Zinsen gegangen sind. Außerdem müssen wir drei Gesellschaften unter der Gerichtsbarkeit der Caymans gründen. Das ist nicht sonderlich schwierig und hätte auch in Memphis erledigt werden können. Aber die Klienten sind der Meinung, wir müßten herkommen, um es zu tun. Denken Sie daran, wir arbeiten für Leute, die Millionen investieren. Ein paar Tausender an Anwaltskosten spielen für sie keine Rolle.«

Mitch durchblätterte einen Ausdruck in dem Hemmba-Stapel. »Wer ist dieser Hemmba? Den Namen habe ich noch nicht gehört.«

»Ich habe eine Menge Klienten, von denen Sie noch nichts gehört haben. Hemmba ist ein großer Farmer in Arkansas, einer der größten Grundbesitzer des Staates.«

»Zwölf Millionen Dollar?«

»Das ist nur das, was auf dieser Bank ist.«

»Das ist eine Menge Baumwolle und Sojabohnen.«

»Sagen wir, er hat noch andere Interessen.«

»Zum Beispiel?«

»Das kann ich Ihnen nicht sagen.«

»Legale oder illegale?«

»Sagen wir nur, er versteckt zwanzig Millionen plus Zinsen auf verschiedenen karibischen Banken vor dem Fiskus.«

»Helfen wir ihm dabei?«

Avery breitete die Dokumente an einem Ende des Tisches aus und machte sich daran, die Eintragungen zu überprüfen. Mitch beobachtete ihn und wartete auf eine Antwort. Das Schweigen wurde schwerer, und es war offensichtlich, daß er keine bekommen würde. Er konnte darauf dringen, aber für diesen Tag hatte er genug Fragen gestellt. Er krempelte die Ärmel auf und machte sich an die Arbeit.

Am Mittag erfuhr er, mit wem Avery verabredet war. Seine

Freundin wartete im Apartment auf ihn. Avery schlug ein paar Stunden Pause vor und empfahl Mitch ein Café in der Innenstadt.

Anstelle eines Cafés fand Mitch die Bibliothek von Georgetown, vier Blocks von der Bank entfernt. Im zweiten Stock zeigte man ihm die Zeitungen und Zeitschriften, wo er ein Regal voll alter Ausgaben des *Daily Gaymanian* fand. Er wühlte sich sechs Monate zurück, fand die Ausgabe vom 27. Juni und nahm sie mit zu einem kleinen Tisch neben einem Fenster mit Blick auf die Straße. Er sah aus dem Fenster, dann schaute er genauer hin. Da war ein Mann, den er erst kurz zuvor auf der Straße in der Nähe der Bank gesehen hatte. Er saß am Steuer einer verbeulten gelben Chevette, die in einer schmalen Gasse gegenüber der Bibliothek parkte. Ein untersetzter, dunkelhaariger, ausländisch wirkender Typ mit einem grellen grün und orange gemusterten Hemd und einer billigen Touristen-Sonnenbrille.

Die gleiche Chevette mit dem gleichen Fahrer hatte vor dem Geschenkartikel-Laden neben der Bank gestanden, und jetzt, nur wenige Minuten später, parkte sie vier Blocks davon entfernt. Ein Einheimischer auf einem Fahrrad hielt neben dem Fahrer und nahm eine Zigarette. Der Mann in dem Wagen deutete auf die Bibliothek. Der Einheimische ließ sein Fahrrad stehen und überquerte schnell die Straße.

Mitch faltete die Zeitung zusammen und steckte sie in sein Jackett. Er ging an den Regalreihen entlang, fand ein *National Geographic* und ließ sich damit an einem Tisch nieder. Er laß in der Zeitschrift und hörte genau, wie der Einheimische die Treppe heraufkam, ihn ausmachte, hinter ihm vorbeiging, kurz innezuhalten schien, als ob er feststellen wollte, was er las, und dann wieder die Treppe hinunterstieg. Mitch wartete einen Moment, dann kehrte er ans Fenster zurück. Der Einheimische empfing eine weitere Zigarette und unterhielt sich mit dem Mann in der Chevette. Er zündete die Zigarette an und fuhr davon.

Mitch entfaltete die Zeitung auf dem Tisch und überflog die Titelgeschichte von den beiden amerikanischen Rechtsanwälten und ihrem Begleiter, die am Tag zuvor bei einem mysteriösen Unglücksfall beim Tauchen ums Leben gekommen waren. Er merkte sich das Wichtigste und legte die Zeitung zurück.

Die Chevette stand immer noch da. Er ging an ihr vorbei und

wanderte in Richtung Bank. Das Einkaufsviertel lag dicht zusammengedrängt zwischen den Bankgebäuden und Hogsty Bay. Die Straßen waren schmal und wimmelten von Touristen zu Fuß, Touristen auf Motorrollern, Touristen in gemieteten Kleinwagen. Er zog sein Jackett aus und betrat einen T-Shirt-Laden, über dem ein Lokal lag. Er stieg die Treppe hinauf, bestellte eine Cola und setzte sich auf den Balkon.

Minuten später war der Einheimische mit dem Fahrrad an der Bar, trank ein Red Stripe und beobachtete ihn, wobei er sich hinter der handgeschriebenen Speisekarte versteckte.

Mitch trank seine Cola und ließ den Blick über das Gewimmel unten schweifen. Die Chevette konnte er nicht sehen, aber er wußte, daß sie in der Nähe war. Er sah einen anderen Mann, der ihn von der Straße her anstarrte und dann verschwand. Dann eine Frau. War er paranoid? Dann bog die Chevette zwei Blocks entfernt um die Ecke und fuhr langsam unter ihm vorbei.

Er ging in den T-Shirt-Laden und kaufte eine Sonnenbrille. Er ging einen Block weiter, dann sprang er in eine enge Gasse. Er rannte durch den dunklen Schatten zur nächsten Straße und dann in einen Geschenkartikel-Laden. Er verließ ihn durch die Hintertür und gelangte in eine weitere Gasse. Er sah ein großes Bekleidungsgeschäft für Touristen und betrat es durch eine Seitentür. Er beobachtete die Straße genau und sah nichts. Die Gestelle waren voll von Shorts und Hemden in allen Farben – Kleidungsstücke, die kein Einheimischer kaufen würde, die Touristen aber liebten. Er blieb konservativ – weiße Shorts und dazu einen roten Strickpullover. Er fand ein paar Strohsandalen, die halbwegs zu dem Hut paßten, der ihm gefiel. Die Verkäuferin kicherte und führte ihn zu einer Kabine. Er suchte abermals die Straße ab. Nichts. Die Kleidungsstücke paßten, und er fragte die Verkäuferin, ob er seinen Anzug und seine Schuhe ein paar Stunden hierlassen könnte. »Kein Problem, Mon«, sagte sie. Er bezahlte bar, gab ihr zehn Dollar Trinkgeld und bat sie, ihm ein Taxi zu rufen. Sie sagte, er sähe sehr gut aus.

Er beobachtete nervös die Straße, bis das Taxi eingetroffen war. Er eilte über den Gehsteig und stieg schnell ein. »Abanks Dive Lodge«, sagte er.

»Das ist ein weiter Weg, Mon.«

Mitch warf eine Zwanzigdollarnote über die Lehne. »Fahren Sie los. Und sehen Sie in den Rückspiegel. Wenn uns jemand folgt, sagen Sie mir Bescheid.«

Er nahm das Geld. »Okay, Mon.«

Mitch saß geduckt unter seinem neuen Strohhut auf dem Rücksitz, während der Fahrer die Shedden Road entlangfuhr, aus dem Ladenviertel heraus, um die Hogsty Bay herum und dann nach Osten, an der Red Bay entlang, aus der Stadt Georgetown heraus und auf die Straße nach Bodden Town.

»Wovor laufen Sie weg, Mon?«

Mitch lächelte und kurbelte sein Fenster herunter. »Vor dem Finanzamt.« Das fand er gut, aber der Fahrer war verwirrt. Dann fiel ihm ein, daß es auf dieser Insel keine Steuern und kein Finanzamt gab. Der Fahrer fuhr schweigend weiter.

Der Zeitung zufolge war der Tauchlehrer Philip Abanks gewesen, der Sohn von Barry Abanks, dem Besitzer des Tauchunternehmens. Er war neunzehn gewesen, als er starb. Die drei Männer waren ertrunken, als sich auf ihrem Boot eine Explosion ereignete. Eine überaus mysteriöse Explosion. Die Leichen der Taucher waren mit vollständiger Ausrüstung in vierundzwanzig Meter Tiefe gefunden worden. Es gab keine Zeugen für die Explosion und keine Erklärungen dafür, warum sie sich drei Meilen vor der Küste in einem Gebiet ereignet hatte, in dem normalerweise nicht getaucht wurde. In dem Artikel stand, es gäbe viele offene Fragen.

Bodden Town war ein kleines Dorf, zwanzig Minuten von Georgetown entfernt. Die Dive Lodge lag südlich davon an einem abgelegenen Strandstreifen.

»Ist uns jemand gefolgt?« fragte Mitch.

Der Fahrer schüttelte den Kopf.

»Gut gemacht. Hier sind vierzig Dollar.« Mitch sah auf die Uhr. »Jetzt ist es kurz vor eins. Können Sie genau um halb drei wieder hier sein?«

»Kein Problem, Mon.«

Die Straße endete an einem von einem Dutzend Königspalmen beschatteten Parkplatz auf weißem Fels. Das Hauptgebäude war ein großes, zweigeschossiges Haus mit einem Blechdach und einer in die Mitte des oberen Stockwerks führenden Außentreppe. Es wurde das Grand House genannt, war hellblau gestrichen, weiß abgesetzt und teilweise von Wachsmyrte und Spinnenpflanzen überwuchert. Die handgeschmiedeten Gitter waren rosa gestrichen, die massiven Holzläden oliv. Hier befanden sich das Büro und der Speisesaal von Abanks Dive Lodge. Rechts davon wurden die Palmen spärlicher, und ein schmaler Fahrweg führte um das Grand House herum und senkte sich zu einer großen, offenen Fläche aus weißem Fels hinab. Beiderseits davon gab es ungefähr ein Dutzend strohgedeckter Hütten, in denen Tauchgäste wohnten. Ein Labyrinth aus hölzernen Gehsteigen führte von den Hütten zum Zentrum der Anlage, der Freiluftbar am Wasser.

Mitch strebte auf die Bar und die vertrauten Geräusche von Reggae und Lachen zu. Sie ähnelte Rumheads, aber ohne die vielen Leute. Nach ein paar Minuten brachte Henry, der Barkeeper, Mitch ein Red Stripe.

»Wo ist Barry Abanks?« fragte Mitch.

Der Mann deutete mit einer Kopfbewegung aufs Wasser und kehrte an die Bar zurück. Eine halbe Meile entfernt pflügte ein Boot langsam durch das ruhige Wasser und näherte sich der Lodge. Mitch aß einen Cheeseburger und sah den Dominospielern zu.

Das Boot machte an einer Pier zwischen der Bar und einer größeren Hütte fest, die über einem Fenster die handgemalte Aufschrift DIVE SHOP trug. Die Taucher sprangen mit ihrer Ausrüstung aus dem Boot und strebten ausnahmslos der Bar zu. Ein kleiner, drahtiger Mann stand neben dem Boot und bellte die Leute an, die leere Sauerstofftanks ausluden. Er trug eine weiße Baseballmütze, aber sonst kaum etwas. Ein winziger schwarzer Lendenschurz bedeckte seine Geschlechtsteile und den größten Teil seines Gesäßes. Dem Aussehen seiner ledrigen braunen Haut nach zu urteilen, hatte er in den letzten fünfzig Jahren kaum etwas anderes getragen. Er warf einen Blick in die Gerätehütte, bellte die Tauchlehrer an und begab sich dann zur Bar. Die Gäste ignorierend ging er direkt zum Kühlschrank, holte eine Flasche Heineken heraus, öffnete sie und tat einen langen Zug.

Der Barkeeper sagte etwas zu Abanks und deutete mit einem Kopfnicken auf Mitch. Er machte eine weitere Flasche auf und kam an Mitchs Tisch.

Er lächelte nicht. »Suchen Sie mich?« Es klang fast verächtlich.

»Sind Sie Mr. Abanks?«

»Der bin ich. Was wollen Sie?«

»Ich würde mich gern ein paar Minuten mit Ihnen unterhalten.«

Er trank und schaute aufs Meer hinaus. »Dazu habe ich keine Zeit. In vierzig Minuten soll wieder ein Boot auslaufen.«

»Mein Name ist Mitch McDeere. Ich bin Rechtsanwalt und komme aus Memphis.«

Abanks funkelte ihn mit kleinen braunen Augen an. Mitch hatte seine Aufmerksamkeit. »Und?«

»Und die beiden Männer, die zusammen mit Ihrem Sohn starben, waren Freunde von mir. Es dauert nur ein paar Minuten.«

Abanks setzte sich auf einen Schemel und stützte die Ellenbogen auf. »Das ist etwas, worüber ich nicht gern rede.«

»Ich weiß. Es tut mir leid.«

»Die Polizei hat mich angewiesen, mit niemandem darüber zu reden.«

»Das bleibt unter uns. Ich schwöre es.«

Abanks kniff die Augen zusammen und starrte auf das funkelnde blaue Wasser. Sein Gesicht und seine Arme trugen die Narben eines Lebens auf dem Meer, eines Lebens in zwanzig Meter Tiefe, damit verbracht, Anfänger durch Korallenriffe und um Schiffswracks zu führen.

»Was wollen Sie wissen?« fragte er leise.

»Können wir woanders reden?«

»Klar. Gehen wir spazieren.« Er bellte Henry an und sprach ein paar Worte zu an einem Tisch sitzenden Tauchern. Sie gingen am Strand entlang.

»Ich wüßte gern Näheres über den Unfall«, sagte Mitch.

»Sie können fragen. Vielleicht werde ich nicht antworten.«

»Was hat die Explosion ausgelöst?«

»Das weiß ich nicht. Vielleicht ein Luftkompressor. Vielleicht Treibstoff. Wir wissen es nicht. Das Boot war schwer beschädigt, und die meisten Anhaltspunkte gingen in Flammen auf.«

»War es Ihr Boot?«

»Ja. Eines von meinen kleineren. Ein Zehn-Meter-Boot. Ihre Freunde hatten es am Morgen gechartert.«

»Wo wurden die Leichen gefunden?«

»In vierundzwanzig Meter Tiefe. An den Leichen war nichts Verdächtiges, abgesehen davon, daß sie keine Brandwunden oder Verletzungen aufwiesen, die darauf hingedeutet hätten, daß sie bei der Explosion auf dem Boot waren. Und deshalb sind die Leichen meiner Meinung nach sehr verdächtig.«

»Der Autopsie zufolge sind sie ertrunken.«

»Ja, sie sind ertrunken. Aber Ihre Freunde trugen ihre volle Taucherausrüstung, die später von einem meiner Leute genau untersucht wurde. Sie funktionierte einwandfrei. Sie waren gute Taucher.«

»Was war mit Ihrem Sohn?«

»Er hatte keine Taucherausrüstung. Aber er konnte schwimmen wie ein Fisch.«

»Wo ereignete sich die Explosion?«

»Sie hatten vorgehabt, an einigen Riffs bei Roger's Wreck Point zu tauchen. Kennen Sie sich auf der Insel aus?«

»Nein.«

»Das ist in der East Bay am Northeastern Point. Ihre Freunde hatten noch nie dort getaucht, und mein Sohn schlug vor, daß Sie es dort probieren sollten. Wir kannten Ihre Freunde gut. Sie waren erfahrene Taucher und nahmen die Sache ernst. Sie wollten immer ein Boot für sich allein, und es machte ihnen nichts aus, dafür zu bezahlen. Und sie wollten immer Philip zu ihrem Begleiter. Wir wissen nicht, ob sie überhaupt am Point tauchten. Das Boot wurde brennend zwei Meilen vor der Küste entdeckt, weit entfernt von den Stellen, an denen wir normalerweise tauchen.«

»Kann das Boot abgetrieben worden sein?«

»Unmöglich. Wenn sie einen Motorschaden gehabt hätten, dann hatte Philip das über Funk gemeldet. Wir haben moderne Ausrüstung an Bord, und unsere Tauchlehrer stehen ständig mit der Zentrale in Verbindung. Es ist ganz ausgeschlossen, daß sich die Explosion am Point ereignet hat. Niemand hat sie gehört oder gesehen, und dort ist immer jemand in der Nähe. Außerdem könnte ein Boot mit Motorschaden in diesen Gewässern keine zwei Meilen treiben. Und vor allem dürfen Sie nicht vergessen, daß sich die Leichen nicht auf dem Boot befanden. Angenommen, das Boot wäre tatsächlich abgetrieben worden – wie erklären Sie sich dann, daß die Leichen in vierundzwanzig Meter Tiefe darunter lagen? Sie wurden keine zwanzig Meter vom Boot entfernt gefunden.«

»Wer hat sie gefunden?«

»Meine Leute. Wir hörten die Meldung über Funk, und ich schickte eine Mannschaft hinaus. Wir wußten, daß es sich um unser Boot handelte, und meine Männer tauchten sofort. Minuten später hatten sie die Leichen gefunden.«

»Ich weiß, wie schwer es für Sie sein muß, darüber zu reden.«

Abanks trank sein Bier aus und warf die Flasche in einen hölzernen Abfallbehälter. »Ja, das ist es. Aber mit der Zeit vergeht der Schmerz. Weshalb sind Sie so interessiert daran?«

»Die Angehörigen haben eine Menge Fragen.«

»Sie tun mir leid. Ich habe ihre Frauen im vorigen Jahr kennengelernt. Sie haben eine Woche bei uns verbracht. Wirklich nette Leute.«

»Ist es möglich, daß sie einfach ein neues Gebiet erkundeten, als es passierte?«

»Möglich, ja. Aber unwahrscheinlich. Unsere Boote melden ihre Weiterfahrt von einem Tauchort zum nächsten. Das ist eine feste Regel, von der es keine Ausnahmen gibt. Ich habe einen Tauchlehrer hinausgeworfen, weil er sich nicht von einem Ort gemeldet hat, bevor er zum nächsten fuhr. Mein Sohn war der beste Bootsführer auf der Insel. Er ist in diesen Gewässern aufgewachsen. Er hätte es nie unterlassen, seine Bewegungen auf See zu melden. So einfach ist das. Die Polizei glaubt, daß er genau das getan hat, aber irgend etwas muß sie ja glauben. Es ist die einzige Erklärung, die sie hat.«

»Aber wie erklärt sie den Zustand der Leichen?«

»Das kann sie nicht. Soweit es sie angeht, ist es einfach ein Tauchunfall.«

»War es ein Unfall?«

»Ich glaube nicht.«

Inzwischen hatten die Sandalen Blasen gescheuert, und Mitch zog sie aus. Sie kehrten um und machten sich auf den Rückweg zur Lodge.

»Wenn es kein Unfall war, was war dann?«

Abanks betrachtete, wie das Meer am Strand entlangkroch. Er lächelte zum erstenmal. »Welche anderen Möglichkeiten gibt es?«

»In Memphis gibt es ein Gerücht, daß Drogen im Spiel gewesen sein könnten.«

»Erzählen Sie mir von diesem Gerücht.«

»Wir haben gehört, daß Ihr Sohn zu einem Drogenring gehörte, daß er das Boot an diesem Tag möglicherweise dazu benutzte, einen

Lieferanten auf See zu treffen, daß es einen Streit gab und meine Freunde dazwischengerieten.«

Abanks lächelte abermals und schüttelte den Kopf. »Nicht Philip. Meines Wissens hat er nie Drogen genommen, und ich weiß, daß er nicht mit ihnen gehandelt hat. Geld interessierte ihn nicht. Nur Frauen und Tauchen.«

»Ausgeschlossen?«

»Völlig ausgeschlossen. Mir ist dieses Gerücht nie zu Ohren gekommen, und ich bezweifle, daß man in Memphis mehr weiß. Dies ist eine kleine Insel, und inzwischen hätte ich es gehört. Es ist völlig abwegig.«

Die Unterhaltung war beendet, und sie blieben bei der Bar stehen. »Ich bitte Sie um einen Gefallen«, sagte Abanks. »Erzählen Sie den Angehörigen nichts von dem, worüber wir gesprochen haben. Ich kann das, von dem ich weiß, daß es die Wahrheit ist, nicht beweisen, also ist es das Beste, wenn niemand davon erfahrt. Vor allem die Angehörigen nicht.«

»Ich werde mit niemandem darüber reden. Und ich bitte Sie, unsere Unterhaltung nicht zu erwähnen. Jemand könnte mir hierher gefolgt sein und Fragen über meinen Besuch stellen. Sagen Sie einfach, wir hätten über das Tauchen gesprochen.«

»Wie Sie wünschen.«

»Meine Frau und ich werden im Frühjahr hier Urlaub machen. Dann komme ich auf jeden Fall wieder vorbei.«

14

Die St. Andrew's Episcopal School lag hinter der gleichnamigen Kirche auf einem dicht bewaldeten und tadellos gepflegten fünf Morgen großen Grundstück am Rande des Zentrums von Memphis. An manchen Stellen, an denen der Efeu aus irgendeinem Grund eine andere Bahn eingeschlagen hatte, waren die weißen und gelben Ziegelsteine sichtbar. Symmetrische Reihen aus beschnittenem Buchsbaum säumten die Wege und den kleinen Spielplatz. Es war ein eingeschossiges Gebäude in L-Form, von einem Dutzend alter Eichen beschattet. St. Andrew's, seiner Exklusivität wegen hoch geschätzt, war die teuerste Privatschule in Memphis für Kinder vom Vorschulalter bis zur sechsten Klasse. Wohlhabende Eltern ließen ihre Kinder gleich nach ihrer Geburt in die Warteliste eintragen.

Mitch fuhr mit seinem BMW auf den Parkplatz zwischen der Kirche und der Schule. Abbys weinroter Peugeot parkte drei Plätze weiter. Er kam unerwartet. Das Flugzeug war eine Stunde früher als vorgesehen gelandet, und er war zu Hause vorbeigefahren, um sich umzuziehen. Er würde sie sehen und sich dann für ein paar Stunden zu jeweils hundertfünfzig Dollar an den Schreibtisch setzen.

Er wollte sie hier sehen, in der Schule, unangemeldet. Ein Überraschungsangriff. Ein Gegenzug. Er würde Hallo sagen. Sie hatte ihm gefehlt. Er konnte es nicht erwarten, sie wiederzusehen, also war er zur Schule gekommen. Er würde sich kurz fassen, die erste Berührung und die ersten Worte nach diesem Vorfall am Strand. Konnte sie es spüren, nur indem sie ihn ansah? Vielleicht konnte sie es in seinen Augen lesen. Würde ihr die leichte Anspannung in seiner Stimme auffallen? Nicht, wenn sie überrascht war. Nicht, wenn sein Besuch ihr schmeichelte.

Er umklammerte das Lenkrad und starrte auf ihren Wagen. Was war er doch für ein Idiot gewesen! Was für ein Schwachkopf! Warum war er nicht davongelaufen? Hatte einfach ihren Rock in den Sand geworfen und war gerannt, als wäre der Teufel hinter ihm her? Aber das hatte er natürlich nicht getan. Er hatte gesagt, ach was, niemand wird es jemals erfahren. Und nun blieb ihm nichts anderes übrig, als es mit einem Achselzucken abzutun und sich zu sagen, na, wenn schon, das tun doch alle.

Im Flugzeug hatte er seinen Plan ausgearbeitet. Er würde bis zum späten Abend warten und ihr dann die Wahrheit sagen. Er würde nicht lügen, hatte nicht das Bedürfnis, mit einer Lüge zu leben. Er würde es gestehen und ihr genau erzählen, wie es dazu gekommen war. Vielleicht würde sie es verstehen. Schließlich gab es kaum einen oder überhaupt keinen Mann, der diese Gelegenheit nicht wahrgenommen hätte. Sein nächster Schritt würde von ihrer Reaktion abhängen. Wenn sie ruhig blieb und eine Spur von Mitgefühl aufbrachte, dann würde er ihr sagen, daß es ihm leid tat, sehr leid, und daß es nie wieder vorkommen würde. Wenn sie die Fassung verlor, würde er sie auf den Knien um Verzeihung bitten und auf die Bibel schwören, daß es ein Fehler war und nie wieder vorkommen würde. Er würde ihr sagen, wie sehr er sie liebte und verehrte, und sie sollte ihm doch bitte noch eine Chance geben. Und wenn sie daranging, ihre Koffer zu packen, dann war vermutlich der Zeitpunkt gekommen, an dem ihm klar wurde, daß er es ihr nicht hätte sagen sollen.

Leugnen. Leugnen. Leugnen. Sein Professor für Strafrecht in Harvard war ein Radikaler gewesen, der Moskowitz hieß und sich einen Namen als Verteidiger von Terroristen, Mördern und Kinderbetatschern gemacht hatte. Seine Verteidigungstheorie war simpel. Leugnen. Leugnen. Leugnen. Niemals auch nur eine Tatsache gestehen oder ein Stück Beweismaterial anerkennen, das auf Schuld hindeuten könnte.

Moskowitz war ihm eingefallen, als sie landeten, und er ging daran, Plan B auszuarbeiten, zu dem dieser Überraschungsbesuch in der Schule gehörte und ein romantisches Abendessen in ihrem Lieblingslokal. Und keine Erwähnung von irgend etwas außer harter Arbeit auf den Caymans. Er öffnete die Wagentür, dachte an ihr wunderschönes Lächeln, ihr vertrauensvolles Gesicht, und ihm wurde übel. Ein dumpfer Schmerz hämmerte tief in seinem Magen. Er ging langsam durch den spätherbstlichen Wind zur Vordertür.

Der Flur war leer und still. Zu seiner Rechten lag das Büro des Direktors. Er wartete einen Moment, wartete darauf, gesehen zu werden, aber es war niemand da. Er ging langsam weiter, bis er aus dem dritten Klassenzimmer die Stimme seiner Frau hörte. Sie ging die Multiplikationstabellen durch, als er den Kopf zur Tür hereinsteckte und lächelte. Sie erstarrte, dann kicherte sie. Sie entschuldigte sich, sagte, sie sollten sitzenbleiben und die nächste Seite durchlesen. Sie machte die Tür hinter sich zu.

»Was machst du denn hier?« fragte sie, als er sie ergriff und an die Wand drückte. Sie sah sich nervös auf dem Flur um.

»Du hast mir gefehlt«, sagte er wahrheitsgemäß. Er hielt sie eine gute Minute eng umschlungen. Er küßte sie auf den Hals und schmeckte die Süße ihres Parfums. Und dann stand ihm das Mädchen wieder vor Augen. Du Dreckskerl, warum bist du nicht weggelaufen?

»Wann bist du angekommen?« fragte sie, strich sich das Haar glatt und ließ den Blick wieder über den Flur schweifen.

»Vor ungefähr einer Stunde. Du siehst wunderbar aus.«

Ihre Augen waren feucht. Diese wundervoll ehrlichen Augen. »Wie war die Reise?«

»Okay. Du hast mir gefehlt. Es macht keinen Spaß, wenn du nicht dabei bist.«

Ihr Lächeln wurde breiter, und sie schaute beiseite. »Du hast mir auch gefehlt.«

Sie hielten sich bei den Händen und gingen auf die Vordertür zu. »Ich möchte mich für heute abend mit dir verabreden«, sagte er.

»Du arbeitest nicht?«

»Nein. Ich arbeite nicht. Ich gehe mit meiner Frau in ihr Lieblingsrestaurant. Wir werden essen und teuren Wein trinken und lange ausbleiben und uns nackt ausziehen, wenn wir wieder zu Hause sind.«

»Ich habe dir wirklich gefehlt.« Sie küßte ihn abermals, auf den Mund, dann suchte sie wieder den Flur ab. »Du solltest lieber verschwinden, bevor dich jemand sieht.«

Sie gingen schnell zur Tür, ohne gesehen zu werden.

Er atmete tief die kühle Luft ein und kehrte zu seinem Wagen zurück. Er hatte es geschafft. Er hatte in diese Augen geschaut, hatte sie in den Armen gehalten und geküßt wie immer. Sie argwöhnte nichts. Sie war gerührt und sogar ergriffen.

DeVasher wanderte hinter seinem Schreibtisch herum und sog nervös an einer Roi-Tan. Dann setzte er sich auf seinen abgeschabten Drehstuhl und versuchte, sich auf eine Aktennotiz zu konzentrieren, sprang wieder auf und wanderte abermals herum. Er sah auf die Uhr. Er rief seine Sekretärin an. Er rief Oliver Lamberts Sekretärin an. Dann wanderte er weiter herum.

Endlich, siebzehn Minuten, nachdem er gerufen worden war, passierte Ollie die Sicherheitskontrolle und trat in DeVashers Büro.

DeVasher stand hinter seinem Schreibtisch und funkelte ihn an. »Sie kommen reichlich spät!«

»Ich hatte zu tun«, erwiderte Ollie und ließ sich auf einem schäbigen Kunstlederstuhl nieder. »Was ist denn so wichtig?«

Auf DeVashers Gesicht erschien ein verschlagenes, bösartiges Grinsen. Er zog zeremoniell eine Schreibtischschublade auf und warf stolz über den Schreibtisch hinweg einen großen braunen

Umschlag in Ollies Schoß. »Mit das Beste, was wir je zustandegebracht haben.«

Lambert öffnete den Umschlag und starrte auf die großformatigen Schwarzweiß-Fotos. Er betrachtete eines nach dem anderen, hielt sie ganz dicht vor die Nase, merkte sich jedes Detail. DeVasher beobachtete ihn stolz.

Lambert betrachtete sie noch einmal und begann, schwer zu atmen. »Die sind ja unglaublich.«

»Ja. Das fanden wir auch.«

»Wer ist das Mädchen?« fragte Ollie, ohne den Blick von den Fotos abzuwenden.

»Eine einheimische Prostituierte. Sieht gut aus, nicht wahr? Wir hatten sie vorher noch nie benutzt, aber Sie können Gift darauf nehmen, daß wir sie wieder benutzen werden.«

»Ich möchte sie kennenlernen, und zwar bald.«

»Kein Problem. Mir war ziemlich klar, daß Sie das wollen würden.«

»Das ist unglaublich. Wie hat sie es fertiggebracht?«

»Anfangs sah es schwierig aus. Der ersten hat er gesagt, sie sollte verschwinden. Avery hatte die andere, aber unser Mann wollte von ihrer Freundin nichts wissen. Er verließ sie und ging zu der kleinen Bar am Strand. Dort machte sich unser Mädchen an ihn heran. Ein Profi.«

»Wo waren unsere Leute?«

»Überall. Diese Aufnahmen wurden von einer Palme aus gemacht, aus ungefähr fünfundzwanzig Metern Entfernung. Recht gut, nicht wahr?«

»Sehr gut. Geben Sie dem Fotografen eine Gratifikation. Wie lange haben sie sich im Sand gewälzt?«

»Lange genug. Es lief bestens.«

»Ich glaube, er hat es wirklich genossen.«

»Wir hatten Glück. Der Strand war menschenleer und das Timing perfekt.«

Lambert hob ein Foto über den Kopf und schaute zu ihm auf. »Haben Sie mir einen Satz Abzüge gemacht?« fragte er.

»Natürlich, Ollie. Ich weiß doch, wie sehr Sie solche Dinge genießen.«

»Ich hatte gedacht, McDeere wäre ein zäherer Brocken.«

»Er ist zäh, aber er ist ein Mensch. Und dämlich ist er auch nicht. Wir sind nicht sicher, aber wir glauben, am nächsten Tag, in der Mittagspause, hat er gemerkt, daß wir ihn beschatten. Er schien Verdacht geschöpft zu haben und lief im Einkaufsviertel herum. Dann verschwand er. Kam eine Stunde zu spät zu seiner Verabredung mit Avery in der Bank.«

»Wo ist er hingegangen?«

»Das wissen wir nicht. Wir haben ihn nur aus Neugierde beobachtet, nichts Ernstes. Durchaus möglich, daß er in irgendeiner Bar gesessen hat. Aber er ist einfach verschwunden.«

»Behalten Sie ihn genau im Auge. Er beunruhigt mich.«

DeVasher schwenkte einen weiteren braunen Umschlag. »Hören Sie auf, sich Sorgen zu machen, Ollie. Jetzt haben wir ihn. Er würde für uns morden, wenn er von der Existenz dieser Fotos wüßte.«

»Was ist mit Tarrance?«

»Keine Spur. McDeere hat ihn niemandem gegenüber erwähnt, zumindest nicht gegenüber jemandem, den wir abhören. Tarrance ist manchmal schwer zu beschatten, aber ich glaube, er hält sich fern.«

»Halten Sie die Augen offen.«

»Überlassen Sie meine Arbeit ruhig mir. Sie sind der Anwalt, der Rechtsbeistand, der Ehrenmann, und Sie bekommen Ihre Fotos. Sie leiten die Firma. Ich leite den Sicherheitsdienst«

»Wie stehen die Dinge im Haus von McDeere?«

»Nicht sonderlich gut. Sie war ziemlich sauer wegen der Reise.«

»Was hat sie getan, während er fort war?«

»Oh, sie gehört nicht zu denen, die im Haus herumsitzen. Zwei Abende waren sie und Quins Frau zum Essen in einem dieser Yuppielokale. Dann im Kino. Einen Abend war sie mit einer Kollegin von der Schule zusammen. Sie machte ein paar Einkäufe. Außerdem hat sie viel mit ihrer Mutter telefoniert, R-Gespräche. Allem Anschein nach können sich unser Junge und ihre Eltern nicht ausstehen, und sie möchte die Sache ins Lot bringen. Sie und ihre Mom stehen sich sehr nahe, und es macht ihr sehr zu schaffen, daß sie keine glückliche Familie sein können. Sie möchte Weihnachten bei ihnen in Kentucky verbringen und fürchtet, daß er davon nichts wissen will. Da gibt es eine Menge Reibereien. Eine Menge Zündstoff. Sie erzählt ihrer Mom, daß er zuviel arbeitet, und ihre Mom sagt, das tut er nur, um es ihnen zu zeigen. Irgendwie gefällt mir das nicht, Ollie. Ein ungutes Gefühl.«

»Hören Sie weiter mit. Wir haben versucht, ihn zu bremsen, aber er ist eine Maschine.«

»Ja, bei hundertfünfzig die Stunde wollen Sie ihn bestimmt bremsen. Warum sagen Sie nicht all Ihren jungen Anwälten, sie sollten auf vierzig Stunden die Woche reduzieren, damit sie mehr Zeit mit ihrer Familie verbringen können? Sie könnten Ihre Einkünfte herunterschrauben, ein oder zwei Jaguars verkaufen, die Diamanten Ihrer Frau verhökern, vielleicht Ihre Villa verkaufen und in ein kleines Haus neben dem Country Club ziehen.«

»Halten Sie den Mund, DeVasher.«

Oliver Lambert stürmte aus dem Büro. DeVasher lief vor Lachen rot an, dann schloß er die Fotos in einen Aktenschrank ein. »Mitchell McDeere«, sagte er mit einem breiten Lächeln, »jetzt haben wir dich.«

15

An einem Freitag, zwei Wochen vor Weihnachten, verabschiedete sich Abby am Mittag von ihren Schülern und verließ St. Andrew's für die Ferien. Um eins fuhr sie auf einen mit Volvos, BMWs, Saabs und weiteren Peugeots vollgestellten Parkplatz und eilte durch den kalten Regen in das überfüllte Terrarium, in dem sich die wohlhabenden jungen Leute versammelten, um zwischen den Pflanzen Quiche und *fajitas* und Bohnensuppe zu essen. Dies war Kay Quins augenblickliches Lieblingslokal, und es war in diesem Monat ihre zweite Verabredung zum Essen. Kay kam verspätet, wie üblich.

Es war eine Freundschaft, die sich noch im Anfangsstadium ihrer Entwicklung befand. Abby, von Natur aus zurückhaltend, war nie jemand gewesen, der sich sofort mit Fremden anfreundete. Die drei Jahre in Harvard war sie völlig allein gewesen und hatte eine Menge über Unabhängigkeit gelernt. In den sechs Monaten in Memphis hatte sie eine Handvoll potentielle Freundinnen in der Kirche und eine in der Schule kennengelernt, aber sie ging behutsam vor.

Anfangs hatte Kay Quin nichts unversucht gelassen. Sie war

gleichzeitig Fremderführer, Einkaufsberater und sogar Innenarchitektin. Aber Abby hatte sich zurückgehalten, bei jedem Besuch ein wenig dazugelernt und ihre neue Freundin genau beobachtet. Sie hatten mehrmals im Haus der Quins gegessen. Sie waren sich bei Firmendinners und anderen Anlässen begegnet, aber immer in einem größeren Kreis. Und viermal hatten sie sich zu einem ausgedehnten Lunch getroffen, und zwar jeweils in dem Lokal, das gerade bei den jungen und schönen Besitzern von Gold MasterCards in Memphis der letzte Schrei war. Kay nahm Autos und Häuser und Kleidung zur Kenntnis, tat aber so, als interessierte das alles sie nicht. Kay wollte eine Freundin sein, eine enge und intime Freundin, der man alles anvertraute. Abby hielt Abstand und ließ sie nur langsam an sich herankommen.

Unterhalb von Abbys Tisch stand auf der ersten Ebene die Nachbildung einer Jukebox aus den fünfziger Jahren neben der Bar, an der zahlreiche Leute trinkend darauf warteten, daß Tische frei wurden. Nach zehn Minuten und zwei Roy Orbisons tauchte Kay in dem Gewühl an der Eingangstür auf und schaute zur dritten Ebene empor. Abby lächelte und winkte.

Sie umarmten sich und hauchten sich Küsse auf die Wangen, ohne Lippenstift zu übertragen.

»Tut mir leid, daß ich mich verspätet habe«, sagte Kay.

»Macht nichts. Daran bin ich gewöhnt.«

»Der Laden ist ja zum Bersten voll«, sagte Kay, während sie sich erstaunt umschaute. Er war immer zum Bersten voll. »Die Schule ist also aus.«

»Ja. Seit einer Stunde. Ich habe Ferien bis zum 6. Januar.«

Sie bewunderten gegenseitig ihre Aufmachung und tauschten Bemerkungen darüber aus, wie schlank und ganz allgemein wie schön und jung sie waren.

Dann wurden sofort die Weihnachtseinkäufe zum Hauptthema, und sie redeten über Geschäfte und ihre Angebote und Kinder, bis der Wein serviert wurde. Abby bestellte Scampi in der Kasserolle, aber Kay blieb bei dem, was sie immer zu essen pflegte, Brokkoli-Quiche.

»Welche Pläne haben Sie für Weihnachten?« fragte Kay.

»Bisher noch keine. Ich würde gern nach Kentucky fahren und meine Eltern besuchen, aber ich fürchte, Mitch würde nicht mitkommen. Ich habe zweimal Andeutungen fallen lassen, und er hat sie beide ignoriert.«

»Er hat immer noch nichts für Ihre Eltern übrig?«

»Es hat sich nichts geändert. Wir reden nicht einmal über sie. Ich weiß nicht, wie ich das Thema anschneiden soll.«

»Mit äußerster Vorsicht, würde ich meinen.«

»Ja, und mit viel Geduld. Die Schuld lag bei meinen Eltern, aber ich brauche sie immer noch. Es schmerzt, wenn der einzige Mann, den ich je geliebt habe, meine Eltern nicht ausstehen kann. Ich bete jeden Tag um ein kleines Wunder.«

»Hört sich an, als brauchten Sie ein ziemlich großes Wunder. Arbeitet er wirklich so schwer, wie Lamar sagt?«

»Ich kann mir nicht vorstellen, daß irgend jemand schwerer arbeiten kann. Von Montag bis Freitag sind es täglich achtzehn Stunden, samstags acht, und da Sonntag ein Ruhetag ist, begnügt er sich mit fünf oder sechs Stunden. Sonntags reserviert er ein bißchen Zeit für mich.«

»Höre ich da einen Anflug von Frustration?«

»Eine ganze Menge Frustration, Kay. Ich habe Geduld gehabt, aber es wird immer schlimmer. Allmählich komme ich mir vor wie eine Witwe. Ich habe es satt, auf der Couch zu schlafen und darauf zu warten, daß er heimkommt.«

»Sie sind nur fürs Essen und den Sex da, stimmt's?«

»Wenn es nur so wäre. Er ist zu müde für Sex. Der steht nicht mehr im Vordergrund. Und das bei einem Mann, der nie genug kriegen konnte. Während des Studiums haben wir uns beinahe gegenseitig umgebracht. Und jetzt – einmal in der Woche, wenn ich Glück habe. Er kommt heim, ißt, wenn er dafür noch genügend Energie aufbringen kann, und geht zu Bett. Wenn ich sehr viel Glück habe, dann unterhält er sich noch ein paar Minuten mit mir, bevor er einschläft. Ich bin regelrecht ausgehungert nach Gesprächen mit Erwachsenen. Ich verbringe jeden Tag sieben Stunden mit Achtjährigen, und ich sehne mich nach Worten mit mehr als zwei Silben. Ich versuche, ihm das zu erklären, und er schnarcht. Haben Sie das mit Lamar auch durchgemacht?«

»So ziemlich. Im ersten Jahr hat er siebzig Stunden in der Woche gearbeitet. Ich nehme an, das tun sie alle. Das ist so eine Art Aufnahmeritual in die Bruderschaft. Ein Männerritual, bei dem man seine

Männlichkeit beweisen muß. Aber den meisten von ihnen geht nach ungefähr einem Jahr der Sprit aus, und sie reduzieren auf sechzig oder fünfundsechzig Stunden. Sie arbeiten auch weiterhin schwer, aber nicht mehr auf die selbstmörderische Art des ersten Jahres.«

»Arbeitet Lamar jeden Samstag?«

»Fast jeden, ein paar Stunden. Sonntags nie. Da habe ich ein Machtwort gesprochen. Natürlich, wenn irgendein wichtiger Termin eingehalten werden muß und in der Zeit, in der die Steuererklärungen abgegeben werden müssen, da arbeiten sie alle rund um die Uhr. Ich glaube, sie wundern sich über Mitch.«

»Er läßt es überhaupt nicht langsamer gehen. Er ist regelrecht besessen. Gelegentlich kommt er erst heim, wenn es Tag wird. Dann geht er nur schnell unter die Dusche, und dann fährt er wieder ins Büro.«

»Lamar sagt, er ist schon jetzt eine Legende im Haus.«

Abby trank einen Schluck Wein und schaute über das Geländer hinunter zur Bar. »Wie schön. Ich bin mit einer Legende verheiratet.«

»Haben Sie schon an Kinder gedacht?«

»Dazu gehört Sex, wie Sie wissen.«

»So schlimm kann es doch nun wirklich nicht sein, Abby.«

»Ich bin noch nicht bereit für Kinder. Ich kann den Gedanken, eine alleinstehende Mutter zu sein, nicht ertragen. Ich liebe meinen Mann, aber an diesem Punkt seines Lebens würde er wahrscheinlich eine wichtige Konferenz haben und mich im Kreißsaal alleinlassen. Er denkt an nichts anderes als an diese verdammte Firma.«

Kay langte über den Tisch und ergriff sanft Abbys Hand. »Das kommt alles wieder ins Lot«, sagte sie mit entschlossenem Lächeln und wissendem Blick. »Das erste Jahr ist das schlimmste. Es wird besser, das verspreche ich.«

Abby lächelte. »Tut mir leid.«

Der Kellner kam mit ihrem Essen, und sie bestellten mehr Wein. Die Scampi bruzzelten in der Butter-und-Knoblauch-Sauce und verströmten ein köstliches Aroma. Die kalte Quiche lag einsam auf einem Bett aus Salatblättern, und daneben ein ebenso einsames Stück Tomate.

Kay zog ein Stück Brokkoli heraus und kaute darauf herum. »Sie wissen, Abby, die Firma ist sehr für Kinder.«

»Das ist mir egal. Im Augenblick hasse ich die Firma. Ich konkurriere mit der Firma, und ich ziehe den Kürzeren. Deshalb ist mir völlig egal, was sie will. Sie wird nicht für mich meine Familie planen. Ich verstehe ohnehin nicht, weshalb sie dermaßen an Dingen interessiert ist, die sie nichts angehen. Dieser Laden ist irgendwie unheimlich, Kay. Ich kann nicht genau sagen, woran es liegt, aber diese Leute bewirken, daß ich eine Gänsehaut bekomme.«

»Sie wollen glückliche Anwälte mit stabilen Familien.«

»Und ich will meinen Mann wiederhaben. Sie sind dabei, ihn mir wegzunehmen, also ist die Familie keineswegs stabil. Wenn sie ihm nicht ständig im Genick sitzen würden, könnten wir vielleicht ein normales Leben führen und einen ganzen Stall voller Kinder bekommen. Aber jetzt noch nicht.«

Der Wein kam, und die Scampi kühlten ab. Sie aß sehr langsam und trank ihren Wein. Kay suchte nach einem weniger verfänglichen Thema.

»Lamar sagte, Mitch wäre vorigen Monat auf den Caymans gewesen.«

»Ja. Er und Avery waren drei Tage dort. Rein geschäftlich, behauptet er jedenfalls. Waren Sie schon dort?«

»Jedes Jahr. Es ist ein herrlicher Ort mit fantastischen Stränden und warmem Wasser. Die Firma besitzt zwei Apartments.«

»Mitch möchte, daß wir im März dort Urlaub machen, während meiner Frühjahrsferien.«

»Das müssen Sie unbedingt tun. Bevor wir Kinder hatten, haben wir nichts anderes getan, als am Strand zu liegen, Rum zu trinken und Sex zu haben. Das ist einer der Gründe dafür, daß die Firma die Apartments zur Verfügung stellt und, wenn Sie Glück haben, auch das Flugzeug. Sie arbeiten hart, aber sie wissen, daß man zwischendurch auch einmal abschalten muß.«

»Reden Sie nicht mehr von der Firma, Kay. Ich will nicht hören, was sie will oder nicht will oder was sie tut oder unterläßt oder was sie gutheißt oder mißbilligt.«

»Es wird besser werden, Abby, das verspreche ich. Sie müssen begreifen, daß Ihr Mann und mein Mann sehr gute Anwälte sind, aber einen solchen Haufen Geld würden sie woanders nicht verdienen. Und Sie und ich würden einen gebrauchten Buick fahren anstatt einen neuen Peugeot und einen neuen Mercedes.«

Abby schnitt die Shrimps entzwei und tunkte sie in die Knoblauchbutter. Sie spießte eine Portion auf die Gabel, dann schob sie ihren Teller fort. Das Weinglas war leer. »Ich weiß, Kay, ich weiß. Aber zum Leben gehört wesentlich mehr als ein schönes Haus und ein Peugeot. Das scheint hier niemand zu begreifen. Ich kann Ihnen versichern, in unserer kleinen Studentenbude in Cambridge waren wir wesentlich glücklicher.«

»Sie sind ja erst ein paar Monate hier. Im Laufe der Zeit wird Mitch es langsamer angehen lassen, und Sie werden wieder ein normales Leben führen. Dann dauert es nicht mehr lange, bis kleine McDeeres im Garten herumlaufen, und bevor Sie recht wissen, was geschehen ist, wird Mitch Partner. Glauben Sie mir, Abby, es wird alles viel besser werden. Sie machen eine Zeit durch, die wir alle durchgemacht haben, und wir haben sie überstanden.«

»Danke, Kay. Ich kann nur hoffen, daß Sie recht haben.«

Der Park war klein, zwei oder drei Morgen auf einer Klippe oberhalb des Flusses. Eine Reihe von Kanonen und zwei Bronzestatuen erinnerten an die braven Konföderierten, die gekämpft hatten, um den Fluß und die Stadt zu retten. Unter dem Denkmal eines Generals zu Pferde hatte ein Stadtstreicher Zuflucht gesucht. Seine Pappschachtel und eine zerfetzte Decke boten nur wenig Schutz vor der bitteren Kälte und dem Eisregen. Fünfzig Meter tiefer rauschte der abendliche Verkehr über den Riverside Drive. Es war dunkel.

Mitch ging auf die Reihe der Kanonen zu und schaute hinab auf den Fluß und die nach Arkansas führende Brücke. Er zog den Reißverschluß seines Regenmantels zu und schlug den Kragen hoch. Er sah auf die Uhr. Er wartete.

Das sechs Blocks entfernte Bendini-Gebäude war fast zu sehen. Er hatte den Wagen in einer Garage in der Innenstadt abgestellt und war mit einem Taxi zum Fluß gefahren. Er war sicher, daß ihm niemand gefolgt war. Er wartete.

Der eisige Wind, der vom Fluß heraufwehte, rötete sein Gesicht und erinnerte ihn an die Winter in Kentucky, nachdem seine Eltern nicht mehr da waren. Kalte, bittere Winter. Einsame, verzweifelte Winter. Er hatte anderer Leute Mäntel getragen, weitergereicht von einem Vetter oder Freund, und sie waren nie warm genug gewesen. Abgelegte Kleidungsstücke. Er schob diese Gedanken beiseite.

Aus dem Eisregen wurde ein Graupelschauer, und die kleinen Eiskörner legten sich auf sein Haar und prallten um ihm herum vom Boden ab. Er sah wieder auf die Uhr.

Dann Schritte und eine Gestalt, die eilends auf die Kanonen zukam. Wer immer es war, er hielt an und näherte sich dann vorsichtig.

»Mitch?« Es war Eddie Lomax in Jeans und einem langen Mantel aus Kaninchenfell. Mit seinem dicken Schnurrbart und dem weißen Cowboyhut sah er aus wie eine Zigarettenreklame. Der Marlboro-Mann.

»Ja, ich bin's.«

Lomax kam näher, trat an die andere Seite der Kanone. Sie standen da wie Posten der Konföderierten, die den Fluß beobachten.

»Ist Ihnen jemand gefolgt?« fragte Mitch.

»Nein, ich glaube nicht. Und Ihnen?«

»Auch nicht.«

Mitch schaute hinunter auf den Verkehr auf dem Riverside Drive und darüber hinweg auf den Fluß. Lomax schob die Hände tief in die Taschen. »Haben Sie in letzter Zeit mit Ray gesprochen?« fragte Lomax.

»Nein.« Die Antwort war kurz, als wollte er sagen: »Ich stehe nicht hier in diesem Wetter, um zu plaudern.«

»Was haben Sie herausgefunden?« fragte Mitch.

Lomax zündete sich eine Zigarette an, und nun *war* er der Marlboro-Mann. »Über die drei Anwälte konnte ich einiges ausgraben. Alice Knauss kam 1977 bei einem Autounfall ums Leben. Im Polizeibericht heißt es, sie wurde von einem Betrunkenen angefahren, aber seltsamerweise wurde dieser Betrunkene nie gefunden. Es passierte gegen Mitternacht an einem Mittwoch. Sie hatte lange im Büro gearbeitet und befand sich auf der Heimfahrt. Sie lebte im Osten der Stadt, in Sycamore View, und ungefähr anderthalb Kilometer von ihrem Haus entfernt wurde sie frontal von einem Eintonnen-Pickup gerammt. Es passierte auf der New London Road. Sie fuhr einen hübschen kleinen Fiat – ein Totalschaden. Keine Zeugen. Als die Polizei ankam, war der Pickup leer. Keine Spur von einem Fahrer. Sie überprüften die Nummernschilder und stellten fest, daß er drei Tage zuvor in St. Louis gestohlen worden war. Keine Fingerabdrücke, überhaupt nichts.«

»Sie haben nach Fingerabdrücken gesucht?«

»Ja. Ich kenne den Mann, der die Untersuchung leitete. Sie waren argwöhnisch, hatten aber nichts, woran sie sich halten konnten. Auf dem Boden lag eine zerbrochene Whiskyflasche, deshalb gaben sie einem betrunkenen Fahrer die Schuld und schlossen die Akte.«

»Autopsie?«

»Nein. Wie sie gestorben war, war ja offensichtlich.«

»Hört sich verdächtig an.«

»Sehr verdächtig sogar. Alle drei Fälle sind verdächtig. Robert Lamm war der Hirschjäger in Arkansas. Er und ein paar Freunde hatten eine Blockhütte in Izard County in den Ozarks, die sie jedes Jahr während der Jagdsaison zwei- oder dreimal aufsuchten. Nach einem Morgen in den Wäldern kehrten alle außer Lamm in die Hütte zurück. Sie suchten zwei Wochen und fanden ihn schließlich in einer Schlucht, teilweise mit Laub bedeckt. Er war in den Kopf geschossen worden, und das ist so ziemlich alles, was man weiß. Sie schlossen Selbstmord aus, aber für eine Untersuchung des Falles gab es nicht die geringsten Anhaltspunkte.«

»Also wurde er ermordet?«

»Es sieht so aus. Die Autopsie ergab eine Eintrittswunde an der Schädelbasis und eine Austrittswunde, die ihm den größten Teil des Gesichts weggerissen hatte. Selbstmord wäre unmöglich gewesen.«

»Es könnte ein Unfall gewesen sein.«

»Möglich. Es könnte eine Kugel gewesen sein, die für einen Hirsch bestimmt war, aber das ist unwahrscheinlich. Er wurde ziemlich weit von der Hütte entfernt gefunden, in einer Gegend, in die Jäger sehr selten kommen. Seine Freunde sagten aus, sie hätten an dem Morgen, an dem er verschwand, andere Jäger weder gehört noch gesehen. Ich habe mit dem Sheriff gesprochen, der inzwischen der Ex-Sheriff ist, und er ist überzeugt, daß es Mord war. Er behauptet, es gäbe Beweise dafür, daß die Leiche absichtlich zugedeckt wurde.«

»Ist das alles?«

»Ja, über Lamm.«

»Was ist mit Mickel?«

»Ziemlich traurig. Er beging 1984 im Alter von vierunddreißig Jahren Selbstmord. Schoß sich mit einer Smith & Wesson .357 durch die rechte Schläfe. Er hinterließ einen langen Abschiedsbrief, in dem er seine Ex-Frau bat, ihn zu verzeihen, und von seinen Kindern und seiner Mutter Abschied nahm. Wirklich rührend.«

»War es seine Schrift?«

»Nicht direkt. Er war mit der Maschine geschrieben, was nicht ungewöhnlich ist, da er eine Menge tippte. Er hatte eine IBM Selectric in seinem Büro, und auf der war der Brief geschrieben worden. Er hatte eine grauenhafte Handschrift.«

»Also was ist verdächtig?«

»Die Waffe. Er hat in seinem Leben nie eine Waffe gekauft. Niemand weiß, wo er sie herhatte. Keine Registrierung, keine Seriennummer, nichts. Einer seiner Freunde in der Firma soll gesagt haben, daß Mickel ihm erzählt hätte, er hätte sich eine Waffe zu seinem Schutz gekauft. Allem Anschein nach hatte er irgendwelche seelischen Probleme.«

»Was glauben Sie?«

Lomax warf seine Zigarettenkippe in den gefrorenen Regen auf dem Boden. Dann legte er die Hände vor den Mund und blies hinein. »Ich weiß nicht. Ich kann einfach nicht glauben, daß ein Steueranwalt, der keine Ahnung von Waffen hat, sich eine ohne Registrierung oder Seriennummer besorgen kann. Wenn ein solcher Mann eine Waffe haben möchte, dann geht er einfach in ein Waffengeschäft, füllt die Papiere aus und kauft sich ein funkelndes, neues Ding. Diese Waffe war mindestens zehn Jahre alt und von Profis bearbeitet worden.«

»Wurde der Fall untersucht?«

»Kaum. Es war alles ziemlich eindeutig.«

»Hatte er den Brief unterschrieben?«

»Ja, aber ich weiß nicht, wer die Unterschrift bestätigt hat. Er und seine Frau waren seit einem Jahr geschieden, und sie war nach Baltimore zurückgekehrt.«

Mitch machte den obersten Knopf seines Mantels zu und schüttelte das Eis von seinem Kragen. Es graupelte jetzt heftiger, und der Boden war bedeckt. Unter dem Rohr der Kanone begannen sich kleine Eiszapfen zu bilden. Auf dem Riverside Drive gerieten die Fahrzeuge ins Rutschen, und der Verkehr wurde langsamer.

»Und was halten Sie von unserer kleinen Firma?« fragte Mitch. Sein Blick war auf den Fluß gerichtet.

»Ein ziemlich gefährlicher Arbeitsplatz. In den letzten fünfzehn

Jahren sind mindestens fünf Anwälte ums Leben gekommen. Das macht nicht gerade einen guten Eindruck.«

»Fünf?«

»Wenn Sie Hodge und Kozinski mitzählen. Jemand hat mir gesagt, daß es da eine Menge offene Fragen gibt.«

»Ich habe Sie nicht damit beauftragt, den Tod dieser beiden Männer zu untersuchen.«

»Und ich stelle es Ihnen nicht in Rechnung. Ich war neugierig geworden, das ist alles.«

»Wieviel schulde ich Ihnen?«

»Zweiundsechzig.«

»Ich bezahle bar. Keine Belege, okay?«

»Ist mir recht. Ich ziehe Bargeld vor.«

Mitch wendete sich vom Fluß ab und schaute hinüber zu den hohen, drei Blocks von dem Park entfernten Gebäuden. Ihm war kalt, aber er hatte es nicht eilig, von hier fortzukommen. Lomax beobachtete ihn aus dem Augenwinkel heraus.

»Sie haben Probleme, stimmt's?«

»Sind Sie nicht auch dieser Ansicht?« erwiderte Mitch.

»Ich würde dort nicht arbeiten. Ich meine, ich weiß natürlich nicht, was Sie dort tun, und ich vermute, daß Sie mir nicht alles gesagt haben, was Sie wissen. Aber wir stehen hier in diesem Mistwetter, weil wir nicht gesehen werden wollen. Wir können uns nicht am Telefon unterhalten. Wir können uns nicht in Ihrem Büro treffen. Jetzt wollen Sie nicht einmal mehr in mein Büro kommen. Sie glauben, daß Sie ständig überwacht werden. Sie sagen mir, ich sollte vorsichtig sein und hinter mich schauen, weil es sein könnte, daß sie, wer immer sie sein mögen, auch mir folgen. Da sind fünf Anwälte der Firma, die unter sehr verdächtigen Umständen ums Leben kamen, und Sie verhalten sich so, als könnten Sie der nächste sein. Ja, ich würde sagen, Sie haben Probleme. Große Probleme.«

»Was ist mit Tarrance?«

»Einer ihrer besten Agenten, vor ungefähr zwei Jahren hierher versetzt.«

»Von wo?«

»New York.«

Der Stadtstreicher rollte unter dem Bronzepferd heraus und fiel auf den Weg. Er grunzte, kam mühsam auf die Beine, ergriff seinen Pappkarton und seine Decke und verschwand in Richtung Innenstadt. Lomax fuhr herum und beobachtete ihn nervös. »Das ist nur ein Stromer«, sagte Mitch. Beide entspannten sich.

»Vor wem verstecken wir uns?« fragte Lomax.

»Ich wollte, ich wüßte es.«

Lomax musterte eingehend sein Gesicht. »Ich glaube, Sie wissen es.«

Mitch sagte nichts.

»Hören Sie, Mitch, Sie bezahlen mich nicht dafür, daß ich da mit hineingerate. Das ist mir klar. Aber meine Instinkte sagen mir, daß Sie in Schwierigkeiten stecken, und ich glaube, Sie brauchen einen Freund, jemanden, dem Sie vertrauen können. Ich kann Ihnen helfen, wenn Sie mich brauchen. Ich weiß nicht, wer die bösen Buben sind, aber ich bin überzeugt, daß sie gefährlich sind.«

»Danke«, sagte Mitch leise, ohne ihn anzusehen, als wäre es an der Zeit, daß Lomax ginge und ihn noch eine Weile allein hier über dem Fluß stehen ließe.

»Für Ray McDeere würde ich in diesen Fluß springen, und das mindeste, was ich tun kann, ist, daß ich seinem kleinen Bruder helfe.«

Mitch nickte, sagte aber nichts. Lomax zündete sich eine weitere Zigarette an und klopfte sich das Eis vom Mantel. »Sie können mich jederzeit anrufen. Und seien Sie vorsichtig. Sie sind irgendwo da draußen, und sie scheuen vor nichts zurück.«

16

An der Kreuzung von Madison und Cooper in der Innenstadt hatte man die alten Gebäude renoviert und in Bars, Nachtlokale, Geschenkartikelläden und ein paar gute Restaurants umgewandelt. Die Kreuzung wurde Overton Square genannt, und hier spielte sich der beste Teil des Nachtlebens von Memphis ab. Ein Theater und eine Buchhandlung sorgten für einen Anschein von Kultur. Auf dem schmalen Mittelstreifen der Madison standen Bäume. Am Wochenende wimmelte es hier von Collegestudenten und Matrosen von der Marinebasis; in der Woche waren die Restaurants zwar gleichfalls gut besucht, aber ruhig und nicht überfüllt. Paulette's, ein gemütliches französisches Restaurant in einem weiß verputzten Haus, war berühmt für seine Weinkarte und seine Desserts und die melodische Stimme des Mannes am Steinway. Mit dem plötzlichen Wohlstand war auch eine Kollektion von Kreditkarten gekommen, und die McDeeres benutzten die ihren bei der Suche nach den besten Restaurants der Stadt. Bis jetzt hatten sie noch nichts Besseres gefunden als Paulette's.

Mitch saß an einer Ecke der Bar, trank Kaffee und beobachtete die Eingangstür. Er war früh dran, und das hatte er absichtlich so eingerichtet. Er hatte sie drei Stunden zuvor angerufen und gefragt, ob sie sich um sieben treffen könnten. Sie fragte weshalb, und er sagte, das würde er später erklären. Seit den Caymans wußte er, daß man ihn beschattete und abhörte. Den ganzen letzten Monat hatte er sich am Telefon sehr vorsichtig geäußert, hatte sich immer wieder dabei ertappt, daß er in den Rückspiegel schaute, hatte sogar in seinem eigenen Haus seine Worte mit Bedacht gewählt. Jemand beobachtete ihn und hörte mit, da war er ganz sicher.

Abby eilte aus der Kälte herein und sah sich nach ihrem Mann um. Er ging ihr entgegen und küßte sie auf die Wange. Sie zog ihren Mantel aus, und sie folgten dem Kellner zu einem kleinen Tisch in einer Reihe von kleinen Tischen, die alle mit Leuten in Hörweite besetzt waren. Mitch hielt nach einem anderen Tisch Ausschau, fand aber keinen. Er dankte dem Kellner und ließ sich seiner Frau gegenüber nieder.

»Was ist der Anlaß?« fragte sie argwöhnisch.

»Brauche ich einen Anlaß, um mit meiner Frau essen zu gehen?«

»Ja. Es ist sieben Uhr an einem Montagabend, und du bist nicht im Büro. Das ist überaus ungewöhnlich.«

Ein Kellner zwängte sich zwischen ihren Tisch und den nächsten und fragte, ob sie etwas zu trinken haben wollten. Zwei Glas Weißwein, bitte. Mitch ließ abermals den Blick durch das Lokal schweifen und erhaschte einen Blick auf einen Mann, der fünf Tische entfernt allein dasaß. Das Gesicht kam ihm bekannt vor. Als Mitch abermals hinschaute, verschwand das Gesicht hinter einer Speisekarte.

»Was ist los, Mitch?«

Er legte seine Hand auf die ihre und runzelte die Stirn. »Abby, wir müssen miteinander reden.«

Ihre Hand zuckte leicht zurück. »Worüber?«

Er senkte die Stimme. »Über etwas sehr Ernstes.«

Sie stieß den Atem aus und sagte: »Hat das Zeit, bis der Wein da ist? Vielleicht brauche ich ihn.«

Mitch warf abermals einen Blick auf das Gesicht hinter der Speisekarte. »Hier können wir nicht reden.«

»Weshalb sind wir dann hier?«

»Abby, weißt du, wo die Toiletten sind? Dort drüben, rechts den Flur entlang?«

»Ja, ich weiß.«

»Am Ende des Flurs ist ein Hinterausgang. Durch ihn kommt man auf die Seitenstraße hinter dem Restaurant. Ich möchte, daß du zur Toilette gehst und dann zu diesem Ausgang hinaus. Ich werde draußen auf dich warten.«

Sie sagte nichts. Ihre Brauen senkten sich, und ihre Augen wurden schmal. Ihr Kopf war leicht nach rechts geneigt.

»Vertrau mir, Abby. Ich erkläre es dir später. Wir treffen uns draußen und suchen uns ein anderes Lokal, in dem wir essen können. Hier kann ich nicht reden.«

»Du machst mir angst.«

»Bitte«, sagte er und drückte ihre Hand. »Es ist alles in bester Ordnung. Deinen Mantel bringe ich mit.«

Sie stand auf, nahm ihre Handtasche und verließ das Lokal. Mitch schaute über die Schulter hinweg auf den Mann mit dem Gesicht, das ihm bekannt vorkam. Er war plötzlich aufgestanden und begrüßte eine ältere Dame an seinem Tisch. Abbys Fortgehen hatte er nicht bemerkt.

Auf der Straße hinter Paulette's legte Mitch Abby ihren Mantel um die Schultern und deutete nach Osten. »Ich werde dir alles erklären«, sagte er mehr als einmal. Als sie ungefähr dreißig Meter auf der Straße weitergegangen waren, bogen sie in eine Gasse zwischen zwei Gebäuden ein und kamen zum Vordereingang des Bombay Bicycle Club, eines Nachtlokals mit gutem Essen und einer Blues-Band. Mitch sah den Oberkellner an, dann ließ er den Blick über die beiden Speisesäle schweifen und deutete schließlich auf einen Tisch in der hinteren Ecke. »Den dort«, sagte er.

Mitch setzte sich mit dem Rücken zur Wand und dem Gesicht zum Speisesaal und dem Eingang. Die Ecke war dunkel. Kerzen erhellten den Tisch. Sie bestellten noch mehr Wein.

Abby saß regungslos da, starrte ihn an, ließ sich keine Bewegung entgehen und wartete.

»Erinnerst du dich an einen Burschen namens Rick Acklin an der Western Kentucky?«

»Nein«, sagte sie, ohne die Lippen zu bewegen.

»Er spielte Baseball, lebte im Studentenwohnheim. Kann sein, daß du ihn einmal getroffen hast. Ein feiner Kerl, nett und ordentlich, ein guter Student. Ich glaube, er stammte aus Bowling Green. Wir waren keine dicken Freunde, aber wir kannten uns.«

Sie schüttelte den Kopf und wartete.

»Nun, er war ein Jahr vor mir fertig und ging dann nach Wake Forest, um Jura zu studieren. Jetzt ist er beim FBI. Und er arbeitet hier in Memphis.« Er beobachtete sie genau, um festzustellen, ob das Wort FBI irgendeine Wirkung auf sie hatte. Das war nicht der Fall. »Und heute saß ich zum Lunch in Obboe's Hot-dog-Bude an der Main Street, als Rick plötzlich wie aus dem Nichts auftauchte und Hallo sagte. Als ob es purer Zufall wäre. Wir unterhielten uns ein paar Minuten, und dann kam ein anderer Agent, ein Mann namens Tarrance, heran und setzte sich zu uns. Das war das zweite Mal, daß Tarrance mich aufgespürt hat, seit ich das Anwaltsexamen gemacht habe.«

»Das zweite ...«

»Ja. Seit August.«

»Und die Männer sind – FBI-Agenten?«

»Ja, mit Ausweisen und allem, was dazugehört. Tarrance ist ein erfahrener Agent aus New York. Er ist seit ungefähr zwei Jahren hier. Acklin ist ein Anfänger, der vor drei Monaten hierher versetzt worden ist.«

»Was wollten sie von dir?«

Der Wein wurde gebracht, und Mitch schaute sich in dem Club um. In einer entlegenen Ecke stimmte eine Band die Instrumente. Die Bar war dicht besetzt mit gutgekleideten Leuten, die sich angeregt unterhielten. Der Kellner deutete auf die noch unaufgeschlagenen Speisekarten. »Später«, sagte Mitch grob.

»Das weiß ich nicht, Abby. Die erste Begegnung war im August, kurz nachdem mein Name zusammen mit denen der anderen, die das Anwaltsexamen bestanden hatten, in der Zeitung stand.« Er trank einen Schluck Wein und erzählte ihr in allen Einzelheiten von seiner ersten Begegnung mit Tarrance in Lansky's Deli an der Union Street, die Warnungen, wem er nicht trauen und wo er nicht reden sollte, dem Treffen mit Locke und Lambert und den anderen Partnern. Er informierte sie über ihre Version, weshalb das FBI so sehr an ihrer Firma interessiert wäre, und sagte, daß er mit Lamar darüber gesprochen und daß er Locke und Lambert jedes Wort geglaubt hätte.

Abby hing ihm an den Lippen, stellte aber noch keine Fragen.

»Und nun heute, wo ich mich um meine eigenen Angelegenheiten kümmere und ein Hot dog mit Zwiebeln esse, erscheint dieser Mann, den ich vom College her kenne, und sagt mir, daß sie, das FBI, genau wissen, daß meine Telefone angezapft sind, daß mein Haus voller Mikrofone steckt und daß irgend jemand bei Bendini, Lambert & Locke genau weiß, wann ich niese und wann ich auf die Toilette gehe. Stell dir das vor, Abby. Rick Acklin wurde hierher versetzt, nachdem ich das Anwaltsexamen bestanden hatte. Hübscher Zufall, nicht?«

»Aber was wollen sie von dir?«

»Das wollen sie nicht verraten. Sie könnten es mir jetzt noch nicht sagen. Sie wollen, daß ich ihnen vertraue und so weiter. Ich habe keine Ahnung, worauf sie hinauswollen, Abby. Aber aus irgendeinem Grund haben sie mich ausgesucht.«

»Hast du Lamar von dieser Begegnung erzählt?«

»Nein. Ich habe es niemandem erzählt. Außer dir. Und ich habe auch nicht vor, es irgend jemandem zu erzählen.«

Sie stürzte den Wein hinunter. »Unsere Telefone sind angezapft?«

»Das behauptet das FBI. Aber woher wissen sie das?«

»Sie sind nicht dumm. Wenn mir das FBI erzählte, mein Telefon wäre angezapft, dann würde ich es glauben. Du glaubst es nicht?«

»Ich weiß nicht, wem ich glauben soll. Locke und Lambert waren so beredt und glaubwürdig, als sie mir erklärten, wie die Firma mit der Steuerbehörde und dem FBI zu kämpfen hat. Ich möchte ihnen gern glauben, aber es gibt so vieles, was nicht zusammenpaßt. Betrachte es einmal so – wenn die Firma einen reichen Klienten hätte, der suspekt ist und das Interesse des FBI auf sich gelenkt hat, weshalb sollte sich das FBI dann ausgerechnet an mich heranmachen, den Neuling, denjenigen, der am wenigsten weiß? Was könnte ich denn aussagen? Ich arbeite an Akten, die jemand anders mir aushändigt. Ich habe keine eigenen Klienten. Ich tue, was mir gesagt wird. Weshalb machen sie sich nicht an einen der Partner heran?«

»Vielleicht wollen sie, daß du über die Klienten auspackst.«

»Ausgeschlossen. Ich bin Anwalt und verpflichtet, die Angelegenheiten der Klienten geheimzuhalten. Alles, was ich über einen Klienten weiß, ist streng vertraulich. Die Leute vom FBI wissen das. Niemand erwartet von einem Anwalt, daß er über seine Klienten redet.«

»Sind dir irgendwelche illegalen Geschäfte aufgefallen?«

Er ließ seine Knöchel knacken und schaute sich im Lokal um. Er lächelte sie an. Der Wein hatte sich gesetzt und tat seine Wirkung. »Diese Frage dürfte ich eigentlich nicht beantworten, nicht einmal dir, Abby. Aber die Antwort lautet nein. Ich habe an zwanzig Akten von Averys Klienten gearbeitet und hier und da noch an ein paar anderen, und mir ist nichts Verdächtiges aufgefallen. Vielleicht ein paar riskante Steueroasen, aber nichts Illegales. Ich habe ein paar Fragen, was die Kontoauszüge angeht, die ich auf den Caymans gesehen habe, aber keine schwerwiegenden.« Die Caymans! Sein Magen verkrampfte sich, als er an das Mädchen am Strand dachte. Ihm war übel.

Der Kellner wartete in der Nähe mit der Speisekarte. »Mehr Wein«, sagte Mitch und deutete auf die Gläser.

Abby beugte sich bis in die Nähe der Kerzen vor und sah ihn verunsichert an. »Okay, und wer hat unser Telefon angezapft?«

»Sofern es tatsächlich angezapft ist. Ich habe keine Ahnung. Bei unserer Begegnung im August deutete Tarrance an, daß es jemand von der Firma getan hat. So habe ich ihn jedenfalls verstanden. Er sagte, ich sollte niemandem in der Firma trauen, und daß alles, was ich sage, abgehört und aufgezeichnet wird. Ich ging davon aus, daß er meinte, die Firma täte das.«

»Und was hatte Mr. Locke dazu zu sagen?«

»Nichts. Ich habe es ihm nicht erzählt. Ein paar Dinge habe ich für mich behalten.«

»Jemand hat unser Telefon angezapft und unser Haus verdrahtet?«

»Und vielleicht auch unsere Autos. Rick Acklin hat das heute mehrfach betont. Er hat mir immer wieder gesagt, ich sollte nichts sagen, wovon ich nicht wollte, daß es abgehört wird.«

»Mitch, das ist einfach unglaublich. Weshalb sollte eine Anwaltsfirma so etwas tun?«

Er schüttelte langsam den Kopf und schaute in das leere Weinglas. »Ich habe keine Ahnung, Baby. Nicht die geringste Ahnung.«

Der Kellner stellte die beiden frischen Weingläser auf den Tisch und blieb dann mit den Händen hinter dem Rücken neben ihnen stehen. »Wollen Sie bestellen?« fragte er.

»In ein paar Minuten«, sagte Abby.

»Wir rufen Sie, wenn wir soweit sind«, setzte Mitch hinzu.

»Glaubst du den FBI-Leuten, Mitch?«

»Irgend etwas ist im Busche. Und das ist noch nicht die ganze Geschichte.«

Sie faltete langsam die Hände auf dem Tisch und sah ihn verängstigt an. Er erzählte die Geschichte von Hodge und Kozinski, begann mit Tarrance in dem Schnellimbiß, kam dann auf die Caymans, wo er beschattet worden war, und die Begegnung mit Abanks. Er erzählte ihr alles, was Abanks gesagt hatte. Dann Eddie Lomax und der Tod von Alice Knauss, Robert Lamm und John Mickel.

»Mir ist der Appetit vergangen«, sagte sie, als er geendet hatte.

»Mir auch. Aber jetzt, da du alles weißt, ist mir wohler.«

»Warum hast du mir das nicht schon früher erzählt?«

»Ich hatte gehofft, es würde vorbeigehen. Ich hatte gehofft, Tarrance würde mich in Ruhe lassen und einen anderen finden, den er belästigen kann. Aber er gedenkt offensichtlich, hier zu bleiben. Deshalb wurde auch Rick Acklin nach Memphis versetzt. Um mich zu bearbeiten. Das FBI hat mich für eine Mission ausgewählt, von der ich nicht das geringste weiß.«

»Mir ist flau.«

»Wir müssen vorsichtig sein, Abby. Wir müssen so weiterleben, als hätten wir nicht den geringsten Verdacht geschöpft.«

»Ich kann das einfach nicht glauben. Ich sitze hier und höre dir zu, aber ich kann nicht glauben, was du mir erzählst. Das ist doch unmöglich, Mitch. Du erwartest von mir, daß ich in einem Haus lebe, das verdrahtet und in dem das Telefon angezapft ist, während irgendwo irgend jemand sitzt, der alles mithört, was wir sagen.«

»Hast du eine bessere Idee?«

»Ja. Bitten wir diesen Lomax, unser Haus zu untersuchen.«

»Daran habe ich auch schon gedacht. Aber was ist, wenn er etwas findet? Denk einmal darüber nach. Was ist, wenn wir sicher sind, daß das Haus verdrahtet ist? Was dann? Was ist, wenn er eines der Geräte beschädigt, die sie eingebaut haben? Dann werden sie, wer immer sie sein mögen, wissen, daß wir es wissen. Das ist zu gefährlich, zumindest im Augenblick. Vielleicht später.«

»Das ist verrückt, Mitch. Das hört sich so an, als müßten wir jedesmal, wenn wir uns unterhalten wollen, erst in den Hintergarten laufen.«

»Natürlich nicht. Der Vorgarten tut es auch.«

»Im Augenblick weiß ich deinen Sinn für Humor nicht zu würdigen.«

»Entschuldige. Laß uns eine Weile so leben, als wäre alles in bester Ordnung, Abby. Wir müssen Geduld haben. Tarrance hat mich überzeugt, daß er es ernst meint und daß er nicht daran denkt, mich zu vergessen. Ich kann ihn nicht daran hindern. Irgendwo findet er mich. Ich bin ziemlich sicher, daß sie mir folgen und im Hinterhalt warten. Fürs erste müssen wir unbedingt so weitermachen wie üblich.«

»Wie üblich? Wenn ich's recht bedenke, hat es in letzter Zeit in unserem Haus kaum irgendwelche Gespräche gegeben. Irgendwie tun sie mir sogar leid, wenn sie auf vielsagende Unterhaltungen warten. Ich rede ziemlich viel mit Hearsay.«

17

Der Schnee taute lange vor Weihnachten, hinterließ nasse Erde und machte Platz für das übliche Feiertagswetter in den Südstaaten – grauer Himmel und kalter Regen. In den letzten Jahren hatte es in Memphis zweimal eine weiße Weihnacht gegeben, und in diesem Jahrhundert würde es nach Ansicht der Experten keine mehr geben.

In Kentucky lag Schnee, aber die Straßen waren frei. Abby rief ihre Eltern am Weihnachtsmorgen an, nachdem sie gepackt hatte. Sie würde kommen, sagte sie, aber allein. Sie wären enttäuscht, sagten sie, und meinten, daß sie vielleicht lieber nicht kommen sollte, falls es Probleme gäbe. Sie bestand darauf. Es war eine Fahrt von zehn Stunden. Der Verkehr würde dünn sein, und sie rechnete damit, bei Anbruch der Dunkelheit bei ihnen zu sein.

Mitch sagte sehr wenig. Er breitete die Morgenzeitung neben dem Weihnachtsbaum auf dem Boden aus und tat so, als konzentrierte er sich darauf, während sie ihr Gepäck in den Wagen lud. Der Hund hatte sich unter einem Stuhl verkrochen, als wartete er auf eine Explosion. Die Geschenke waren ausgepackt und säuberlich auf der Couch arrangiert worden. Kleidungsstücke und Parfum und Plattenalben, und für sie ein langer Fuchsmantel. Zum ersten Mal in ihrer jungen Ehe war Geld da, das sie für Weihnachten ausgeben konnten.

Sie legte den Mantel über den Arm und ging zur Zeitung hinüber. »Ich fahre jetzt«, sagte sie leise, aber entschlossen.

Er stand langsam auf und sah sie an.

»Ich wollte, du kämest mit«, sagte sie.

»Vielleicht nächstes Jahr.« Es war eine Lüge, und sie wußten es beide. Aber es klang gut. Es war vielversprechend.

»Fahr bitte vorsichtig.«

»Sorge gut für meinen Hund.«

»Wir passen aufeinander auf.«

Er ergriff ihre Schultern und küßte sie auf die Wange. Er sah sie an und lächelte. Sie war schön, viel schöner als zur Zeit ihrer Heirat. Mit vierundzwanzig sah sie so alt aus, wie sie war, aber die Jahre erwiesen sich als sehr großzügig.

Sie gingen gemeinsam zum Carport, und er half ihr beim Einsteigen. Sie küßten sich noch einmal, dann setzte sie auf der Auffahrt zurück.

Fröhliche Weihnachten, sagte er zu sich selbst. Fröhliche Weihnachten, sagte er zu dem Hund.

Nachdem er eine Stunde lang die Wände angeschaut hatte, warf er zwei Garnituren Kleidung in den BMW, packte Hearsay auf den Beifahrersitz und verließ die Stadt. Er fuhr auf der Interstate 52 nach Süden, aus Memphis heraus nach Mississippi. Die Straße war leer, aber er behielt den Rückspiegel im Auge. Der Hund winselte exakt alle sechzig Minuten, und dann hielt Mitch am Straßenrand an – nach Möglichkeit auf der Kuppe eines Berges. Er suchte sich eine Baumgruppe, in der er sich verstecken konnte, und beobachtete den Verkehr, während Hearsay sein Geschäft erledigte. Er bemerkte nichts. Nach fünfmaligem Halten war er sicher, daß ihm niemand folgte. Offensichtlich hatten sie Weihnachten frei.

Nach sechs Stunden war er in Mobile, und zwei Stunden später überquerte er bei Pensacola die Bucht und fuhr der Emerald Coast von Florida entgegen. Der Highway 98 führte durch die Küstenstädte Navarre, Fort Walton Beach, Destin und Sandestin. Er war gesäumt von Apartmenthäusern und Motels, Meilen von Einkaufszentren, dann Ketten von schäbigen Vergnügungsparks und billigen T-Shirt-Läden, von denen die meisten seit dem Labor Day geschlossen waren. Dann folgten etliche Meilen ohne Häusergewirr und sich ausdehnende Vorstädte, nur ein grandioser Blick auf die schneeweißen Strände und das smaragdgrüne Wasser des Golfs. Östlich von Sandestin wurde der Highway schmaler und führte von der Küste fort, und eine Stunde lang fuhr er allein auf der zweispurigen Straße, auf der es nichts zu sehen gab außer dem Wald und hin und wieder einer Selbstbedienungs-Tankstelle oder einem Schnellimbiß.

Als es dämmerte, passierte er ein Hochhaus, und ein Schild besagte, daß Panama City Beach noch acht Meilen entfernt war. Der Highway fand die Küste wieder, und zwar an einer Stelle, wo er sich gabelte und die Wahl ließ zwischen einer nördlichen Umgehungsstraße und der Touristenstraße, die geradeaus zu dem führte, was Miracle Strip genannt wurde. Er entschied sich für die am Strand entlangführende Touristenstraße und den Miracle Strip, der fünfzehn Meilen dicht am Wasser verlief und auf beiden Seiten gesäumt war von Apartmenthäusern, billigen Motels, Campingplätzen, Ferienhausern, Schnellimbissen und T-Shirt-Läden. Das war Panama City Beach.

Die meisten der Apartments standen leer, aber hier und da parkten Autos, und er vermutete, daß einige Familien die Weihnachtsferien am Strand verbrachten. Ziemlich heiße Weihnachtsferien. Aber wenigstens sind sie beieinander, sagte er sich. Der Hund winselte, und sie hielten an einer Pier, an der Männer aus Pennsylvania und Ohio und Kanada angelten und das dunkle Wasser betrachteten.

Sie fuhren völlig allein den Miracle Strip entlang. Hearsay stand an der Tür, ließ sich nichts entgehen und bellte gelegentlich beim Anblick einer aufdringlichen Neonreklame an einem Motel aus Schlackensteinen, die ›Geöffnet‹ und billige Preise verkündete. Weihnachten am Miracle Strip bedeutete, daß alles geschlossen war bis auf ein paar hartnäckige Cafés und Motels.

Er hielt zum Tanken an einer durchgehend geöffneten Texaco-Tankstelle mit einem Tankwart, der ungewöhnlich nett zu sein schien.

»San Luis Street?« fragte Mitch.

»Ja, ja«, sagte der Tankwart und deutete nach Westen. »An der zweiten Ampel rechts und dann die erste links. Das ist San Luis.«

Die Gegend war eine verworrene Vorstadt aus alten Mobilheimen. Mobil mochten sie sein, aber es war offensichtlich, daß sie jahrzehntelang nicht mehr bewegt worden waren. Die Wohnwagen drängten sich dicht aneinander wie Reihen von Dominosteinen. Die kurzen, schmalen Zufahrten schienen nur Zentimeter voneinander entfernt zu sein und waren angefüllt mit alten Pickups und verrosteten Gartenmöbeln. Am Straßenrand standen geparkte Autos, Schrottautos, aufgegebene Autos. Motorräder und Fahrräder lehnten an den Deichseln der Wohnwagen, und unter jeder Behausung ragten die Griffe von Rasenmähern hervor. Ein Schild bezeichnete das ganze als Ruheständlerdorf – ›San Pedro Estates – eine halbe Meile von der Emerald Coast‹. Es hatte mehr Ähnlichkeit mit einem Slum auf Rädern oder einem Forschungsprojekt über Anhängerdeichseln.

Er fand die San Luis Street und war plötzlich nervös. Sie war schmal und gewunden mit kleineren Wohnwagen in noch schlechterem Zustand als die in den anderen ›Ruheständler-Anlagen‹. Er fuhr langsam, verfolgte angespannt die Hausnummern und registrierte die zahlreichen Nummernschilder aus anderen Staaten. Die Straße war leer bis auf die gepackten und aufgegebenen Autos.

Das Mobilheim mit der Nummer 486 San Luis war das älteste und kleinste; es sah aus, als wäre es einst silberfarben gewesen, aber die Farbe war rissig und blätterte ab, und eine dunkelgrüne Schicht Schimmel bedeckte das Dach und die Wände bis dicht an die Fenster heran. Die Fliegengitter fehlten. Das Fenster über der Deichsel war gesprungen und wurde von grauem Isolierband zusammengehalten. Eine kleine, überdachte Veranda umgab den einzigen Eingang.

Die Sturmtür stand offen, und durch das Gitter hindurch konnte Mitch einen kleinen Farbfernseher entdecken und die Silhouette eines Mannes, der sich drinnen bewegte.

Das war nicht das, was er wollte. Er hatte es bisher immer vermieden, dem zweiten Mann seiner Mutter zu begegnen, und jetzt war nicht der rechte Zeitpunkt. Er fuhr weiter und wünschte sich, er wäre nicht gekommen.

Auf dem Strip fand er das vertraute Vordach eines Holiday Inn. Das Hotel war leer, aber geöffnet. Er versteckte den BMW abseits des Highway und trug sich unter dem Namen Eddie Lomax aus Danesboro, Kentucky, ein. Er bezahlte in bar für ein Einzelzimmer mit Aussicht aufs Meer.

Im Telefonbuch von Panama City Beach waren drei Waffle Huts am Strip aufgeführt. Er lag quer auf dem Hotelbett und wählte die erste Nummer. Kein Glück. Er wählte die zweite Nummer und fragte abermals nach Eva Ainsworth. Einen Moment, wurde ihm gesagt. Er legte auf. Es war elf Uhr abends. Er hatte zwei Stunden geschlafen.

Das Taxi brauchte zwanzig Minuten, bis es am Holiday Inn vorfuhr, und der Fahrer begann langatmig zu erklären, daß er zu Hause gewesen wäre und mit seiner Frau und seinen Kindern und seinen Verwandten die Reste vom Truthahn gegessen hatte, als die Vermittlung anrief; schließlich wäre Weihnachten und er hätte gehofft, bei seiner Familie bleiben zu können und wenigstens diesen einen Tag des Jahres nicht arbeiten zu müssen. Mitch warf ihm einen Zwanziger über die Lehne und bat ihn, den Mund zu halten.

»Was gibt es denn in der Waffle Hut?« fragte der Fahrer.

»Fahren Sie mich hin.«

»Waffeln, stimmt's?« Er lachte und murmelte vor sich hin. Er drehte am Radio und fand seinen Lieblingssender, der Soul spielte. Er warf einen Blick in den Spiegel, schaute aus dem Fenster, pfiff ein bißchen, dann sagte er: »Was führt Sie zu Weihnachten hierher?«

»Ich suche jemanden.«

»Wen?«

»Eine Frau.«

»Tun wir das nicht alle? Eine spezielle Frau?«

»Eine alte Freundin.«

»Und die ist in der Waffle Hut?«

»Ich nehme es an.«
»Sind Sie ein Privatschnüffler oder so etwas ähnliches?«
»Nein.«
»Kommt mir aber ziemlich verdächtig vor.«
»Weshalb fahren Sie nicht einfach und halten den Mund?«

Die Waffle Hut war ein kleines, kastenähnliches Gebäude mit einem Dutzend Tischen und einem langen Tresen hinter dem Grill, wo alles vor aller Augen zubereitet wurde. Eine Wand neben den Tischen bestand aus großen Fenstern, so daß die Kunden auf den Strip und die Apartmenthäuser hinausschauen konnten, während sie ihre Waffeln mit Pekannüssen und Speck genossen. Der kleine Parkplatz war fast voll, und Mitch dirigierte den Fahrer zu einem freien Platz in der Nähe des Gebäudes.

»Steigen Sie aus?« fragte der Fahrer.
»Nein. Lassen Sie den Zähler laufen.«
»Mann, das ist irre.«
»Sie werden dafür bezahlt.«
»Das will ich hoffen.«

Mitch beugte sich vor und stützte die Arme auf die Lehne des Vordersitzes. Der Taxameter klickte leise, während er die Kunden drinnen musterte. Der Fahrer schüttelte den Kopf und sackte in seinem Sitz zusammen, schaute aus Neugierde aber gleichfalls in das Lokal.

In der Ecke neben dem Zigarettenautomaten stand ein Tisch, an dem fette Touristen mit langen Hemden, weißen Beinen und schwarzen Socken saßen, Kaffee tranken und alle gleichzeitig redeten, während sie die Speisekarte lasen. Der Anführer, ein Mann mit einem offenen Hemd, einer schweren Goldkette auf der behaarten Brust, dicken grauen Koteletten und einer Baseballmütze ließ den Blick auf der Suche nach einer Kellnerin wiederholt zum Grill schweifen.

»Sehen Sie sie?« fragte der Fahrer.

Mitch sagte nichts, beugte sich vor und runzelte die Stirn. Sie erschien aus dem Nirgendwo und stand mit Kugelschreiber und Bestellblock an dem Tisch. Der Anführer sagte etwas Komisches, und die fetten Leute lachten. Sie lächelte nicht, sondern wartete weiter. Sie war zerbrechlich und viel magerer. Fast zu mager. Die schwarzweiße Uniform paßte genau und zwängte die schmale Taille ein.

Das graue Haar war straff zurückgekämmt und unter der Waffle Hut-Haube versteckt. Sie war einundfünfzig und sah, von ferne betrachtet, so alt aus, wie sie war. Nicht älter. Sie schien auf Draht zu sein. Als sie die Bestellung notiert hatte, riß sie ihnen die Speisekarten aus den Händen und sagte etwas Höfliches, lächelte beinahe und verschwand dann. Sie bewegte sich flink zwischen den Tischen umher, schenkte Kaffee ein, händigte Ketchupflaschen aus und gab Bestellungen an den Koch weiter.

Mitch entspannte sich. Das Taxameter klickte leise.

»Ist sie das?« fragte der Fahrer.

»Ja.«

»Und was jetzt?«

»Ich weiß es nicht.«

»Nun, wir haben sie gefunden, stimmt's?«

Mitch folgte ihr mit den Augen und sagte nichts. Sie schenkte einem Mann, der allein an einem Tisch saß, Kaffee ein. Er sagte etwas, und sie lächelte. Ein wundervolles, anmutiges Lächeln. Ein Lächeln, das er im Dunkeln tausend Mal gesehen hatte. Das Lächeln seiner Mutter.

Ein leichter Sprühregen setzte ein, und die Scheibenwischer putzten alle zehn Sekunden die Windschutzscheibe. Es war fast Mitternacht. Weihnachten.

Der Fahrer trommelte nervös aufs Lenkrad. Er ließ sich noch tiefer in seinen Sitz sinken, dann suchte er einen anderen Sender. »Wie lange wollen wir hier noch herumsitzen?«

»Nicht lange.«

»Mann, das ist irre.«

»Sie werden dafür bezahlt.«

»Mann, Geld ist nicht alles. Es ist Weihnachten. Ich habe Kinder zu Hause, Verwandte zu Besuch, Truthahn und Wein warten auf mich, und hier sitze ich neben der Waffle Hut, nur damit sie irgendeine alte Frau beobachten können.«

»Sie ist meine Mutter.«

»Ihre was?«

»Sie haben es doch gehört.«

»Mann, o Mann, Typen gibt's.«

»Halten Sie endlich den Mund, okay?«

»Okay. Wollen Sie nicht mit ihr reden? Schließlich ist Weihnachten, und sie haben Ihre Mutter gefunden. Wollen Sie nicht mit ihr reden?«

»Nein. Nicht jetzt.«

Mitch lehnte sich in seinem Sitz zurück und schaute auf den dunklen Strand jenseits des Highway. »Fahren wir.«

Bei Tagesanbruch zog er Jeans und ein Sweatshirt an, aber keine Socken und Schuhe, und nahm Hearsay auf einen Strandspaziergang mit. Sie gingen nach Osten, dem ersten Schimmer von Orange am Horizont entgegen. Rund dreißig Meter entfernt brachen sanft die Wellen und rollten gemächlich auf den Strand. Der Sand war kühl und feucht. Der Himmel war klar und voll von Möwen, die unaufhörlich Selbstgespräche führten. Hearsay rannte kühn ins Wasser und wich dann verzagt zurück, als die nächste Welle mit weißem Schaum herankam. Da er ein Haushund war, mußte der endlose Streifen aus Sand und Wasser unbedingt erkundet werden. Er rannte hundert Meter voraus.

Nach drei Kilometern kamen sie an eine Pier, ein großes Betongebilde, das sich vom Strand aus sechzig Meter weit ins Meer erstreckte. Hearsay, jetzt nicht mehr ängstlich, rannte auf einen Eimer mit Ködern neben zwei Männern zu, die reglos dastanden und aufs Wasser hinabstarrten. Mitch ging hinter ihnen vorbei bis zum Ende der Pier, wo ein Dutzend Angler gelegentlich ein paar Worte wechselten und darauf warteten, daß ihre Leinen zuckten. Der Hund rieb sich an Mitchs Bein und beruhigte sich. Die Sonne stieg leuchtend aus dem Meer auf, und meilenweit funkelte das Wasser und wechselte die Farbe von Schwarz zu Grün.

Mitch lehnte sich auf das Geländer und zitterte in dem kalten Wind. Seine nackten Füße waren erstarrt und voller Sand. In beiden Richtungen des Strandes lagen die Hotels und Apartmenthäuser still da und warteten auf den Tag. Der Strand war menschenleer. Etliche Meilen entfernt ragte eine weitere Pier ins Wasser.

Die Angler sprachen mit den harten, präzisen Worten von Männern aus dem Norden. Mitch hörte lange genug zu, um zu erfahren, daß die Fische nicht anbissen. Er betrachtete die See. Während er nach Süden schaute, dachte er an die Caymans und an Abanks. Und einen Augenblick an das Mädchen, dann war es verschwunden. Er würde im März auf die Inseln zurückkehren und dort mit seiner

Frau Urlaub machen. Der Teufel hole das Mädchen. Er würde es bestimmt nicht aufsuchen. Er würde mit Abanks tauchen und sich mit ihm anfreunden. Sie würden an seiner Bar Heineken und Red Stripe trinken und von Hodge und Kozinski reden. Er würde die verfolgen, die ihn verfolgten. Und jetzt, da Abby in alles eingeweiht war, würde sie ihm dabei helfen.

Der Mann wartete im Dunkeln neben Eddie Lomax' Town Car. Er schaute nervös auf die Uhr und blickte auf den schwach beleuchteten Gehsteig vor der Fassade des Gebäudes. Im zweiten Stock ging das Licht aus. Eine Minute später verließ der Privatdetektiv das Haus und ging auf seinen Wagen zu. Der Mann näherte sich ihm.

»Sind Sie Mr. Lomax?« fragte er.

Lomax verlangsamte seinen Schritt, dann blieb er stehen. Sie standen sich von Angesicht zu Angesicht gegenüber. »Ja. Und wer sind Sie?«

Der Mann behielt die Hände in den Taschen. Es war naßkalt, und er zitterte. »Al Kilbury. Ich brauche Hilfe, Mr. Lomax. Und zwar dringend. Ich zahle bar auf die Hand, was immer Sie haben wollen. Nur helfen Sie mir.«

»Es ist spät, Mann.«

»Bitte. Ich habe das Geld. Nennen Sie Ihren Preis. Sie müssen mir helfen, Mr. Lomax.« Er zog einen Packen Geldscheine aus der linken Hosentasche und war bereit zum Abzählen.

Lomax schaute auf das Geld, dann warf er einen Blick über die Schulter. »Wo liegt das Problem?«

»Meine Frau. In ungefähr einer Stunde will sie sich mit einem Mann in einem Motel in South Memphis treffen. Ich habe die Zimmernummer und alles. Ich möchte nur, daß Sie Fotos machen, wenn sie kommen und gehen.«

»Woher wissen Sie das?«

»Angezapftes Telefon. Sie arbeitet mit diesem Mann zusammen, und ich hatte Verdacht geschöpft. Ich bin ein reicher Mann, Mr. Lomax, und es ist wichtig, daß ich bei der Scheidung gewinne. Ich zahle Ihnen tausend Dollar in bar.« Er zahlte rasch zehn Scheine ab und streckte sie ihm entgegen.

Lomax nahm das Geld. »Okay. Ich hole meine Kamera.«

»Bitte beeilen Sie sich. Nur Bargeld, okay? Keine Unterlagen.«

»Kann mir nur recht sein«, sagte Lomax und kehrte ins Gebäude zurück.

Zwanzig Minuten später rollte der Lincoln langsam über den vollen Parkplatz eines Days Inn. Kilbury deutete auf ein Zimmer im zweiten Stock an der dunklen Rückfront des Motels und dann auf einen Parkplatz neben einem braunen Chevy-Transporter. Lomax setzte seinen Town Car vorsichtig neben den Transporter. Kilbury deutete abermals auf das Zimmer, schaute wieder auf die Uhr und versicherte Lomax noch einmal, wie dankbar er ihm wäre. Lomax dachte an das Geld. Tausend Dollar für zwei Stunden Arbeit. Nicht schlecht. Er packte die Kamera aus, legte einen Film ein und maß die Beleuchtung. Kilbury beobachtete ihn nervös, und seine Blicke schossen immer wieder von der Kamera zu dem Zimmer jenseits des Parkplatzes. Er wirkte verletzt. Er redete von seiner Frau und ihren wunderbaren gemeinsamen Jahren, und warum, o warum tat sie ihm das an?

Lomax hörte zu und beobachtete die Reihen der geparkten Fahrzeuge vor sich. Er hielt seine Kamera schußbereit.

Die Tür des braunen Transporters bemerkte er nicht. Sie glitt langsam und lautlos auf, nur einen knappen Meter hinter ihm. Ein Mann in einem schwarzen Rollkragenpullover, der schwarze Handschuhe trug, hockte tiefgeduckt in dem Transporter und wartete. Als sich auf dem Parkplatz nichts regte, sprang er aus dem Transporter, riß die hintere linke Tür des Lincoln auf und feuerte dreimal in Eddies Hinterkopf. Die Schüsse, von einem Schalldämpfer abgeschwächt, waren außerhalb des Wagens nicht zu hören.

Eddie sackte über dem Lenkrad zusammen, bereits tot. Kilbury sprang aus dem Lincoln, rannte zu dem Transporter und fuhr mit dem Mörder davon.

18

Nach drei Tagen ohne anrechenbare Zeit, ohne Produktivität, Tagen des Exils aus ihrer Freistatt, mit Truthahn, Schinken, Preiselbeersauce und neuen Spielsachen, die erst zusammengebaut werden mußten, kehrten die Anwälte von Bendini, Lambert & Locke ausgeruht und tatendurstig in die Festung an der Front Street zurück. Sie saßen wie angeklebt in ihren komfortablen Schreibtischsesseln, tranken literweise Kaffee, brüteten über ein- und ausgehenden Briefen und Dokumenten und sprachen hitzig in ihre Diktaphone. Sie schrien ihren Sekretärinnen, Schreibern und Anwaltsgehilfen Befehle zu und fuhren sich gegenseitig an. Es gab ein paar »Hatten Sie schöne Feiertage?« auf den Fluren und bei den Kaffeemaschinen, aber belangloses Gerede war billig und konnte nicht in Rechnung gestellt werden. Und während sich die Maschinerie von den lästigen Feiertagen erholte, vereinigten sich die Laute von Schreibmaschinen, Gegensprechanlagen und Sekretärinnen zu einer grandiosen Geräuschkulisse. Oliver Lambert wanderte auf den Fluren herum, lächelte befriedigt und lauschte den Geräuschen des stündlich erarbeiteten Geldes.

Am Mittag kam Lamar in Mitchs Büro und lehnte sich über den Schreibtisch. Mitch war in ein Öl- und Gasgeschäft in Indonesien vertieft.

»Lunch?« fragte Lamar.

»Nein, danke. Ich bin im Rückstand.«

»Sind wir das nicht alle? Ich dachte, wir könnten auf einen Teller Chili ins Front Street Deli hinuntergehen.«

»Sie müssen schon ohne mich gehen.«

Lamar schaute über die Schulter hinweg zur Tür und lehnte sich noch weiter vor, als hatte er eine außerordentliche Neuigkeit zu verkünden. »Sie wissen, welches Datum wir heute haben, oder?«

Mitch schaute auf seine Uhr. »Den achtundzwanzigsten.«

»Richtig. Und wissen Sie auch, was am achtundzwanzigsten Dezember jedes Jahres passiert?«

»Man muß auf die Toilette.«

»Ja. Und was sonst noch?«

»Okay. Ich gebe auf. Was passiert?«

»Genau in diesem Augenblick haben sich sämtliche Partner im Speisesaal im fünften Stock zum Lunch versammelt. Es gibt Entenbraten und französischen Wein.«

»Wein zum Lunch?«

»Ja. Es ist ein ganz spezieller Anlaß.«

»Und weiter?«

»Wenn sie eine Stunde lang gegessen haben, gehen Roosevelt und

Jessie Frances nach Hause, und Lambert verschließt die Tür. Dann sind die Partner unter sich. Und Lambert händigt ihnen die Ertragsaufstellung des Jahres aus. Darin sind alle Partner aufgeführt, und hinter jedem Namen steht eine Zahl, aus der hervorgeht, wieviel Stunden jeder im voraufgegangenen Jahr in Rechnung gestellt hat. Auf dem nächsten Blatt steht, was nach Abzug der Unkosten übriggeblieben ist, der Nettogewinn. Und dann teilen sie der geleisteten Arbeit entsprechend den Kuchen unter sich auf.«

Mitch ließ sich kein Wort entgehen. »Und?«

»Im vorigen Jahr machte das durchschnittliche Stück des Kuchens dreihundertdreißigtausend Dollar aus. Und natürlich rechnet man damit, daß es diesmal noch größer sein wird. Es ist jedes Jahr größer als im voraufgegangenen.«

»Dreihundertdreißigtausend«, wiederholte Mitch langsam.

»Ja. Und das ist nur der Durchschnitt. Locke wird fast eine Million bekommen, und Victor Milligan nicht viel weniger.«

»Und was ist mit uns?«

»Wir bekommen auch ein Stück ab. Ein sehr kleines Stück. Voriges Jahr waren es im Durchschnitt neuntausend. Hängt davon ab, wie lange man schon hier ist und was man geleistet hat.«

»Können wir hinaufgehen und zusehen?«

»Die würden nicht einmal dem Präsidenten eine Eintrittskarte verkaufen. Die Versammlung soll geheim sein, aber alle wissen davon. Einzelheiten werden sich am späten Nachmittag herumsprechen.«

»Wann stimmen sie darüber ab, wer der nächste Partner wird?«

»Normalerweise würde das heute geschehen. Aber Gerüchten zufolge wird es vermutlich in diesem Jahr keinen neuen Partner geben, wegen Marty und Joe. Ich glaube, Marty wäre als nächster an der Reihe gewesen, und dann Joe. Jetzt werden sie vermutlich ein oder zwei Jahre warten.«

»Und wer ist dann der nächste?«

Lamar richtete sich hoch auf und lächelte stolz. »Heute in einem Jahr werde ich Partner von Bendini, Lambert & Locke sein. Ich bin als nächster an der Reihe. Also kommen Sie mir in diesem Jahr nicht in die Quere.«

»Ich habe gehört, es wäre Massengill – ein Harvard-Mann, wie ich betonen möchte.«

»Massengill hat nicht die geringste Chance. Ich habe vor, in den nächsten zweiundfünfzig Wochen allwöchentlich hundertvierzig Stunden zu erbringen, und diese Vögel werden mich anflehen, Partner zu werden. Dann ziehe ich in den vierten Stock und Massengill zu den Anwaltsgehilfen im Keller.«

»Ich setze auf Massengill.«

»Massengill ist eine Flasche. Den überrenne ich einfach. Lassen Sie uns einen Teller Chili zusammen essen, dann erkläre ich Ihnen meine Strategie.«

»Danke, aber ich muß unbedingt weiterarbeiten.«

Lamar hatte gerade das Büro verlassen, als Nina mit einem Stapel Papieren hereinkam. Sie legte sie auf eine Ecke des vollgepackten Schreibtisches. »Ich gehe zum Lunch. Soll ich Ihnen etwas mitbringen?«

»Nein, danke. Ja, eine Diät-Cola.«

Auf den Fluren wurde es still, als die Sekretärinnen das Gebäude verlassen hatten und einem Dutzend kleiner Cafés und Schnellimbissen in der Innenstadt zustrebten. Und da die Partner im fünften Stock mit Geldzählen beschäftigt waren, trat in dem leisen Tosen der Geschäftigkeit eine Pause ein.

Mitch fand auf Ninas Schreibtisch einen Apfel und rieb ihn ab. Er schlug ein Handbuch über Steuergesetze auf, legte es auf den Kopierer hinter ihrem Schreibtisch und drückte auf den grünen PRINT-Knopf. Ein rotes Licht leuchtete auf, und auf der Konsole erschien die Anweisung: AKTENNUMMER EINGEBEN. Er trat einen Schritt zurück und betrachtete den Kopierer. Der Apparat war neu. Neben dem PRINT-Knopf befand sich ein zweiter, auf dem BYPASS stand. Er drückte darauf. Ein schrilles Sirenengeheul kam aus dem Gerät, und die gesamte Konsole färbte sich grellrot. Er schaute sich hilflos um, sah niemanden und griff verzweifelt nach dem Bedienungshandbuch.

»Was geht hier vor?« fragte jemand in das Schrillen des Kopierers hinein.

»Ich weiß es nicht«, brüllte Mitch und schwenkte das Handbuch.

Lela Pointer, eine Sekretärin, die zu alt war, um das Gebäude zum Lunch zu verlassen, griff hinter das Gerät und legte einen Schalter um. Die Sirene erstarb.

»Was, zum Teufel, war da los?« fragte Mitch keuchend.

»Man hat es Ihnen nicht gesagt?« wollte sie wissen, nahm ihm das Handbuch ab und legte es an seinen angestammten Platz. Mit ihren winzigen, wütenden Augen bohrte sie ein Loch in ihn hinein, als hätte sie ihn mit den Fingern in ihrer Handtasche ertappt.

»Offensichtlich nicht. Was hat das zu bedeuten?«

»Wir haben ein neues Kopiersystem«, belehrte sie ihn. »Es wurde am zweiten Weihnachtsfeiertag installiert. Sie müssen die Aktennummer eingeben, sonst kopiert das Gerät nicht. Ihre Sekretärin hätte Ihnen das sagen müssen.«

»Sie meinen, dieses Ding kopiert erst, wenn ich die zehnstellige Zahl eingetippt habe?«

»So ist es.«

»Und was ist mit Kopien, die zu keiner bestimmten Akte gehören?«

»Können nicht gemacht werden. Mr. Lambert hat gesagt, wir verlieren zuviel Geld durch unberechnete Kopien. Deshalb wird von jetzt an jede Kopie automatisch der betreffenden Akte angerechnet. Zuerst geben Sie die Nummer ein. Das Gerät registriert die Anzahl der Kopien und gibt sie an das Hauptterminal weiter, das sie auf dem Gebührenkonto des Klienten vermerkt.«

»Und was ist mit privaten Kopien?«

Lela schüttelte völlig verzweifelt den Kopf. »Ich kann einfach nicht glauben, daß Ihre Sekretärin Sie nicht über all das informiert hat.«

»Nun, sie hat es nicht getan, also setzen Sie mich bitte ins Bild.«

»Sie haben eine vierstellige Zugangsnummer. Am Ende jedes Monats bekommen Sie für Ihre privaten Kopien eine Rechnung.«

Mitch starrte das Gerät an und schüttelte den Kopf. »Und weshalb dieses verdammte Alarmsystem?«

»Mr. Lambert hat gesagt, nach dreißig Tagen will er den Alarm abschalten lassen. Im Augenblick wird er gebraucht, für Leute wie Sie. Es ist ihm sehr ernst damit. Er hat gesagt, wir hätten Tausende eingebüßt durch nicht in Rechnung gestellte Kopien.«

»Das ist sicher richtig. Und ich nehme an, daß sämtliche Kopierer im Haus ausgetauscht wurden.«

Sie lächelte befriedigt. »Ja, alle siebzehn.«

»Danke.« Mitch kehrte in sein Büro zurück, um eine Aktennummer herauszusuchen.

Am gleichen Nachmittag um drei Uhr ging die erfreuliche Feier im fünften Stock zu Ende, und die Partner, jetzt wesentlich reicher und ein wenig betrunkener, verließen den Speisesaal und kehrten in ihre Büros zurück. Avery, Oliver Lambert und Nathan Locke legten den kurzen Weg zur Sicherheitsschleuse zurück und drückten auf den Knopf. DeVasher erwartete sie.

Er deutete auf die Stühle in seinem Büro und forderte sie auf, Platz zu nehmen. Lambert reichte handgemachte Havannas herum.

»Nun, wie ich sehe, sind wir alle in festlicher Stimmung«, sagte DeVasher höhnisch. »Wieviel war es? Dreihundertneunzigtausend im Durchschnitt?«

»So ist es, DeVasher«, sagte Lambert. »Es war ein gutes Jahr.« Er paffte langsam und blies Rauchringe zur Decke empor.

»Hatten wir alle herrliche Weihnachten?« fragte DeVasher.

»Worauf wollen Sie hinaus?« wollte Locke wissen.

»Auch Ihnen fröhliche Weinnachten, Nat. Nur ein paar Dinge. Ich habe mich vor zwei Tagen mit Lazarov in New Orleans getroffen. Wie Sie wissen, feiert er nicht die Geburt Christi. Ich habe ihn über den neuesten Stand der Dinge hier informiert, insbesondere, was McDeere und das FBI angeht. Ich habe ihm versichert, daß es seit dieser ersten Begegnung keine Kontakte mehr gegeben hat. Er glaubte mir nicht so recht und sagte, er würde das mit Hilfe seiner Quellen im Bureau überprüfen. Ich weiß nicht, was das bedeutet, aber wer wäre ich, daß ich Fragen stellen könnte? Er hat mich angewiesen, McDeere sechs Monate lang vierundzwanzig Stunden am Tag zu beschatten. Ich habe ihm gesagt, daß wir das ohnehin schon tun, sozusagen. Er will keine weitere Hodge-Kozinski-Situation. In dieser Beziehung ist er sehr nervös. Er will nicht, daß McDeere die Stadt in Firmenangelegenheiten verläßt, sofern er nicht von mindestens zweien von uns begleitet wird.«

»Er fährt in vierzehn Tagen nach Washington«, sagte Avery.

»Weshalb?«

»Das American Tax Institute. Ein viertägiges Seminar. Wir verlangen von allen neuen Angestellten, daß sie daran teilnehmen. Es ist ihm versprochen worden, und wenn wir es jetzt rückgängig machten, würde er sich sehr wundern.«

»Wir haben ihn schon im September angemeldet«, fügte Lambert hinzu.

»Ich werde sehen, ob ich Lazarov das beibringen kann«, sagte DeVasher. »Geben Sie mir das genaue Datum, Flüge und Hotelreservierung. Gefallen wird es ihm nicht.«

»Was ist Weihnachten passiert?« fragte Locke.

»Nicht viel. Seine Frau fuhr zu ihren Eltern nach Kentucky. Dort ist sie immer noch. McDeere nahm den Hund und fuhr mit ihm nach Panama City Beach. Wir nehmen an, daß er seine Mutter besuchen wollte, sind aber nicht sicher. Verbrachte eine Nacht in einem Holiday Inn am Strand. Nur er und der Hund. Ziemlich öde. Dann fuhr er nach Birmingham, übernachtete in einem weiteren Holiday Inn, und gestern morgen ist er nach Brushy Mountain gefahren, um seinen Bruder zu besuchen. Harmloser Ausflug.«

»Was hat er seiner Frau erzählt?« fragte Avery.

»Nichts, soweit wir das feststellen konnten. Es ist unmöglich, alles abzuhören.«

»Wen überwachen Sie sonst noch?« fragte Avery.

»Wir hören alle ab, jedenfalls von Zeit zu Zeit. Wir haben keine eigentlichen Verdächtigen außer McDeere, und das auch nur wegen Tarrance. Im Augenblick ist alles ruhig.«

»Er muß nach Washington fahren, DeVasher«, beharrte Avery.

»Okay, okay. Ich werde das mit Lazarov klären. Er wird verlangen, daß wir ihn von fünf Mann bewachen lassen. Perfekter Schwachsinn.«

Ernie's Airport Lounge lag in der Tat nahe beim Flughafen. Mitch fand das Lokal beim dritten Versuch und parkte zwischen zwei Geländewagen mit Allradantrieb und schlammverkrusteten Reifen. Der Parkplatz war voll von solchen Fahrzeugen. Er sah sich um und nahm instinktiv die Krawatte ab. Es war fast elf Uhr. Das Lokal war tief und lang und dunkel, und an den zugekalkten Fenstern klebten farbige Bierreklamen.

Er las noch einmal den Zettel, nur um ganz sicher zu gehen. »Lieber Mr. McDeere. Bitte kommen Sie heute am späten Abend in Ernie's Lounge auf der Winchester. Es geht um Eddie Lomax. Sehr wichtig. Tammy Hemphill, seine Sekretärin.«

Der Zettel hatte an der Küchentür gehangen, als er nach Hause kam. Er erinnerte sich ihrer von seinem einzigen Besuch in Eddies Büro, im November letzten Jahres. Er erinnerte sich an den engen

Lederrock, die gewaltigen Brüste, das gebleichte Haar, die klebrigen roten Lippen und den aus ihrer Nase strömenden Rauch. Und er erinnerte sich an die Geschichte von ihrem Mann Elvis.

Die Tür ging anstandslos auf, und er schlüpfte hinein. Die linke Hälfte des Raumes wurde von einer Reihe von Billardtischen eingenommen. Durch die Dunkelheit und den schwarzen Rauch hindurch konnte er im Hintergrund eine kleine Tanzfläche ausmachen. Rechts befand sich eine lange Bar im Stil eines Western-Saloons, an der sich Cowboys und Cowgirls drängten, die alle Budweiser Longnecks tranken. Niemand schien von ihm Notiz zu nehmen. Er ging rasch ans Ende der Bar und stieg auf einen Hocker. »Ein Bud Longneck«, sagte er zu dem Barmann.

Tammy kam noch vor dem Bier. Sie hatte zwischen anderen Gästen auf einer Bank neben den Billardtischen gesessen und gewartet. Sie trug enge Jeans, ein verblichenes Jeanshemd und hochhackige rote Pumps. Ihr Haar war frisch gebleicht.

»Danke, daß Sie gekommen sind«, sagte sie ihm ins Gesicht. »Ich warte seit vier Stunden auf Sie. Mir fiel keine andere Möglichkeit ein, mich mit Ihnen in Verbindung zu setzen.«

Mitch nickte und lächelte, als wollte er sagen: Das ist schon okay. Sie haben richtig gehandelt.

»Worum geht es?« fragte er.

Sie sah sich um. »Wir müssen miteinander reden, aber nicht hier.«

»Was schlagen Sie vor?«

»Könnten wir vielleicht ein bißchen herumfahren?«

»Ja, aber nicht in meinem Wagen. Das würde sich vermutlich nicht empfehlen.«

»Ich habe einen Wagen. Er ist alt, aber er tut es noch.«

Mitch bezahlte sein Bier und folgte ihr zur Tür. Ein neben dem Ausgang sitzender Cowboy sagte: »Ist doch nicht zu fassen. Taucht dieser Kerl auf, in einem Anzug, und schleppt sie nach dreißig Sekunden ab.« Mitch lächelte ihn an und eilte hinaus. Zwischen den großen, schlammverkrusteten Geländewagen stand ein ziemlich mitgenommener VW-Käfer. Sie schloß ihn auf, und Mitch duckte sich und quetschte sich auf den engen Sitz. Sie trat fünfmal aufs Gas und drehte den Schlüssel. Mitch hielt den Atem an, bis er ansprang.

»Wo möchten Sie hin?« fragte sie.

Dorthin, wo wir nicht gesehen werden können. »Sie fahren.«

»Sie sind verheiratet, nicht wahr?« fragte sie.

»Ja. Sie auch?«

»Ja, und mein Mann hätte bestimmt kein Verständnis für diese Situation. Deshalb habe ich mich für diesen Laden hier draußen entschieden. In den gehen wir nie.«

Sie sagte das, als wären sie und ihr Mann wählerische Kenner sämtlicher finsterer Kneipen.

»Ich glaube, meine Frau würde es auch nicht verstehen. Aber im Augenblick ist sie nicht in der Stadt«

Tammy fuhr in Richtung Flughafen. »Mir ist eine Idee gekommen«, sagte sie. Sie umklammerte das Lenkrad, und ihre Worte klangen nervös.

»Was haben Sie auf dem Herzen?« fragte Mitch.

»Nun, Sie haben gehört, was mit Eddie passiert ist?«

»Ja.«

»Wann haben Sie ihn zum letzten Mal gesehen?«

»Wir haben uns zehn Tage vor Weinnachten getroffen. In aller Heimlichkeit.«

»Das dachte ich mir. Er hat nichts Schriftliches hinterlassen über die Arbeit, die er für Sie getan hat. Sagte, Sie hätten es so gewollt. Er hat mir nicht viel erzählt. Aber ich und Eddie, wir – nun ja, wir standen uns sehr nahe.«

Darauf fiel Mitch keine Erwiderung ein.

»Ich meine, wirklich sehr nahe. Sie verstehen, was ich meine?«

Mitch nickte und trank einen Schluck von seinem Bier.

»Und er hat mir einiges erzählt, das er mir vermutlich nicht hätte erzählen sollen. Sagte, das wäre eine wirklich komische Sache, daß einige Anwälte aus Ihrer Firma unter verdächtigen Umständen ums Leben gekommen wären. Und daß Sie überzeugt wären, daß Sie ständig beschattet und abgehört würden. Das ist ziemlich merkwürdig bei einer Anwaltsfirma.«

Soviel zum Thema Vertraulichkeit, dachte Mitch. »Das ist es.«

Sie bog ab, fuhr auf die Flughafen-Ausfahrt und steuerte auf einen riesigen Platz voller geparkter Autos zu.

»Und nachdem er seine Arbeit für Sie abgeschlossen hatte, erzählte er mir einmal, nur einmal, im Bett, daß er glaubte, auch er würde beschattet. Das war drei Tage vor Weihnachten. Und ich fragte ihn, wer ihn beschattete. Er sagte, das wüßte er nicht, aber er erwähnte Ihren Fall und etwas von der Art, daß da wahrscheinlich irgendeine Verbindung bestünde zu den Leuten, die Ihnen folgen. Viel hat er nicht gesagt.«

Sie hielten auf dem Platz für Kurzparker in der Nähe des Terminals.

»Wer sonst hätte ihn beschatten können?«

»Niemand. Er war ein guter Detektiv, der keine Spuren hinterließ. Schließlich war er Ex-Polizist und ehemaliger Sträfling. Er war gerissen und kannte sich aus. Er wurde dafür bezahlt, daß er Leuten folgte und Schmutz sammelte. Niemand ist ihm je gefolgt. Niemals.«

»Und wer hat ihn dann umgebracht?«

»Derjenige, der ihn beschattete. In der Zeitung stand, man hätte ihn dabei erwischt, wie er hinter irgendeinem reichen Typen herschnüffelte, und deshalb wäre er beseitigt worden. Aber das stimmt nicht.«

Plötzlich tauchte eine überlange Filterzigarette auf, und eine Flamme sprang hoch. Mitch kurbelte das Fenster herunter.

»Stört es Sie, wenn ich rauche?« fragte sie.

»Nein, aber blasen Sie bitte den Rauch dorthin«, sagte er und deutete auf ihr Fenster.

»Jedenfalls habe ich eine Heidenangst. Eddie war überzeugt, daß die Leute, die Sie beschatten, überaus gefährlich und sehr gerissen sind. Mit allen Wassern gewaschen, sagte er. Und wenn sie ihn umgebracht haben, was ist mit mir? Vielleicht glauben sie, ich wüßte etwas. Seit dem Tag, an dem er ermordet wurde, bin ich nicht mehr im Büro gewesen. Und ich habe auch nicht vor, dorthin zurückzukehren.«

»Das täte ich auch nicht, wenn ich Sie wäre.«

»Ich bin nicht blöd. Ich habe zwei Jahre für ihn gearbeitet und viel gelernt. Da draußen läuft eine Menge Irrer herum, und uns sind alle möglichen Typen begegnet.«

»Wie wurde er erschossen?«

»Er hatte einen Freund bei der Mordkommission. Der hat mir vertraulich gesagt, daß Eddie durch drei Schüsse in den Hinterkopf getötet wurde, aus allernächster Nähe, mit einer .22er Pistole. Und sie haben keinerlei Anhaltspunkte. Er hat mir erzählt, es wäre saubere Profi-Arbeit gewesen.«

Mitch trank sein Bier aus und legte die Flasche auf den Boden zu einem halben Dutzend leerer Bierdosen. Überaus saubere Profi-Arbeit.

»Irgendwie reimt sich das nicht zusammen«, sagte sie. »Ich meine, wie konnte sich jemand an Eddie heranschleichen, auf den Rücksitz gelangen und ihn dreimal in den Hinterkopf schießen? Und ich weiß auch nicht, weshalb er überhaupt dort war.«

»Vielleicht war er eingeschlafen, und sie haben ihn von hinten überfallen.«

»Nein. Wenn er nachts arbeitete, nahm er alle möglichen Aufputschmittel und war immer voll auf Draht.«

»Gibt es im Büro irgendwelche Unterlagen?«

»Sie meinen, über Sie?«

»Ja, über mich.«

»Ich glaube nicht. Ich habe nie etwas Schriftliches gesehen. Er sagte, Sie hätten es so gewollt.«

»Das stimmt«, sagte Mitch erleichtert.

Sie beobachteten, wie nördlich von ihnen eine 727 abhob. Der Parkplatz vibrierte.

»Ich habe wirklich Angst, Mitch. Ich darf Sie doch Mitch nennen?«

»Natürlich. Warum nicht?«

»Ich glaube, er wurde wegen der Arbeit umgebracht, die er für Sie getan hat. Das ist die einzige Möglichkeit. Und wenn sie ihn umgebracht haben, weil er etwas wußte, nehmen sie vermutlich an, daß ich das auch weiß. Was meinen Sie?«

»An Ihrer Stelle würde ich keinerlei Risiko eingehen.«

»Ich könnte für eine Weile verschwinden. Mein Mann tritt gelegentlich in Nachtclubs auf, und wenn es sein muß, können wir im Land herumziehen. Ich habe ihm diese Geschichte noch nicht erzählt, aber ich nehme an, ich werde es tun müssen. Was meinen Sie?«

»Wo würden Sie hingehen?«

»Little Rock, St. Louis, Nashville. Er ist arbeitslos, also steht dem nichts im Wege, nehme ich an.« Sie verstummte und zündete sich eine weitere Zigarette an.

Überaus saubere Profi-Arbeit, wiederholte er in Gedanken. Er sah sie an und entdeckte eine kleine Träne auf ihrer Wange. Sie war nicht häßlich, aber die Jahre in Kneipen und Nachtclubs hatten ihren Tribut gefordert. Sie hatte ein kraftvolles Gesicht, und ohne die Bleiche und das dicke Make-up hätte sie für ihr Alter recht attraktiv aussehen können. Um die Vierzig, schätzte er.

Sie tat einen tiefen Zug und ließ eine Rauchwolke aus dem Käfer entweichen. »Ich nehme an, wir sitzen im gleichen Boot. Oder? Ich meine, sie sind hinter uns beiden her. Sie haben all diese Anwälte umgebracht und nun Eddie, und wahrscheinlich sind wir als nächste an der Reihe.«

Tu dir keinen Zwang an, Baby, sprich es ruhig aus. »Passen Sie auf. Wir tun folgendes. Wir müssen Verbindung halten. Sie können mich nicht anrufen, und wir dürfen nicht zusammen gesehen werden. Meine Frau weiß über alles Bescheid, und ich erzähle ihr von diesem Treffen. Machen Sie sich ihretwegen keine Sorgen. Einmal in der Woche schreiben Sie mir ein paar Zeilen und lassen mich wissen, wo Sie sind. Wie heißt Ihre Mutter mit Vornamen?«

»Doris.«

»Gut. Das ist Ihr Codename. Unterschreiben Sie jede Nachricht mit dem Namen Doris.«

»Lesen sie auch Ihre Post?«

»Höchstwahrscheinlich, Doris. Davon müssen wir ausgehen.«

19

Um fünf Uhr am Nachmittag schaltete Mitch das Licht in seinem Büro aus, ergriff beide Aktenkoffer und machte an Ninas Schreibtisch Station. Sie hatte den Telefonhörer an der Schulter eingeklemmt, während sie auf ihrer IBM tippte. Sie bemerkte ihn, griff in eine Schublade und holte einen Umschlag heraus. »Ihre Reservierung für das Capitol Hilton«, sagte sie in die Sprechmuschel.

»Die Diktate liegen auf meinem Schreibtisch«, sagte er. »Bis Montag.« Er eilte die Treppe hinauf in den vierten Stock, in Averys Eckbüro, wo ein mittleres Chaos herrschte. Eine Sekretärin stopfte Akten in einen großen Koffer. Eine andere redete auf Avery ein, der am Telefon jemand anderen anschrie. Ein Anwaltsgehilfe röhrte der ersten Sekretärin Anweisungen zu.

Avery knallte den Hörer auf die Gabel. »Sind Sie fertig?« wollte er von Mitch wissen.

»Ich warte nur auf Sie«, erwiderte Mitch.

»Ich kann die Greenmark-Akte nicht finden«, fauchte die Sekretärin den Anwaltsgehilfen an.

»Die Greenmark-Akte brauche ich nicht!« schrie Avery. »Wie oft muß ich Ihnen das noch sagen? Sind Sie taub?«

Die Sekretärin funkelte Avery an. »Nein, ich höre ausgezeichnet. Und ich habe ganz deutlich gehört, wie Sie sagten: ›Packen Sie die Greenmark-Akte ein.‹«

»Die Limousine wartet«, sagte die andere Sekretärin.

»Ich brauche die Greenmark-Akte nicht!« schrie Avery.

»Was ist mit Rocconi?« fragte der Gehilfe.

»Ja! Ja! Zum zehnten Mal! Ich brauche die Rocconi-Akte!«

»Das Flugzeug wartet auch«, sagte die andere Sekretärin.

Ein Aktenkoffer wurde zugeknallt und verschlossen. Avery durchwühlte einen Haufen Dokumente auf seinem Schreibtisch. »Wo ist die Fender-Akte? Wo sind überhaupt meine ganzen Akten? Weshalb kann ich nie eine Akte finden?«

»Hier ist Fender«, sagte die erste Sekretärin, die gerade dabei war, sie in einen weiteren Koffer zu packen.

Avery starrte auf einen Notizzettel. »Okay. Habe ich Fender, Rocconi, Cambridge Partners, Green Group, Sonny Capps an Otaki, Burton Brothers, Glaveston Freight und McQuade?«

»Ja, ja, ja«, sagte die erste Sekretärin.

»Sind alle in den Koffern«, sagte der Anwaltsgehilfe.

»Ich kann es einfach nicht glauben«, sagte Avery, während er nach seinem Jackett griff. »Gehen wir.« Er verließ das Zimmer, gefolgt von den Sekretärinnen, dem Anwaltsgehilfen und Mitch. Mitch trug zwei Aktenkoffer, der Gehilfe zwei und die eine Sekretärin einen. Die andere Sekretärin machte sich Notizen über alles, was Avery während seiner Abwesenheit erledigt haben wollte. Avery und sein Gefolge zwängten sich in den kleinen Fahrstuhl und fuhren ins Erdgeschoß hinunter. Draußen wurde der Chauffeur aktiv, öffnete die Türen und verlud alles im Kofferraum.

Mitch und Avery ließen sich auf die Rücksitze sinken.

»Entspannen Sie sich, Avery«, sagte Mitch. »Sie fliegen für drei Tage auf die Caymans. Also entspannen Sie sich.«

»So ist es, und ich habe genügend Arbeit für einen Monat dabei. Ich habe Kunden, die mir den Kopf abreißen wollen und mir mit Anklagen wegen juristischen Fehlverhaltens drohen. Ich bin zwei Monate im Rückstand, und jetzt verschwinden Sie auch noch für vier langweilige Tage zu einem Steuerseminar in Washington. Einen besseren Zeitpunkt hätten Sie sich dafür gar nicht aussuchen können, McDeere.«

Avery öffnete ein Schränkchen und mixte sich einen Drink. Mitch lehnte ab. Die Limousine bahnte sich im dichten Feierabendverkehr auf dem Riverside Drive ihren Weg. Nach drei Schlucken Gin holte der Partner tief Luft.

»Fortbildung. So ein Witz«, sagte Avery.

»Sie haben es getan, als Sie neu im Geschäft waren. Und wenn ich mich nicht irre, haben Sie vor nicht allzu langer Zeit eine Woche bei diesem internationalen Steuerseminar in Honolulu verbracht. Oder haben Sie das vergessen?«

»Das war Arbeit. Ausschließlich Arbeit. Haben Sie Ihre Akten dabei?«

»Natürlich, Avery. Ich soll acht Stunden am Tag in dem Steuerseminar sitzen, mich mit den neuesten Steuervorschriften vertraut machen, mit denen der Kongreß uns beglückt hat, und in meiner Freizeit täglich fünf Stunden Aktenarbeit leisten.«

»Sechs, wenn Sie können. Wir sind im Rückstand.«

»Wir sind immer im Rückstand, Avery. Nehmen Sie sich noch einen Drink. Sie müssen abschalten.«

»Ich habe vor, in Rumheads abzuschalten.«

Mitch dachte an die Bar mit den Red Stripes, Dominosteinen, Pfeilen und, ja, knappen Bikinis. Und das Mädchen.

»Ist dies Ihr erster Flug mit dem Lear?« fragte Avery, jetzt etwas entspannter.

»Ja. Ich bin jetzt sieben Monate hier und habe die Maschine noch nicht zu Gesicht bekommen. Wenn ich das schon im März gewußt hätte, wäre ich zu einer Firma in Wall Street gegangen.«

»Sie sind kein Wall-Street-Material. Wissen Sie, was die Leute dort tun? Sie haben dreihundert Anwälte in einer Firma, stimmt's? Und jedes Jahr stellen sie dreißig neue Anwälte ein, vielleicht sogar mehr. Jeder will einen Job, weil es Wall Street ist, stimmt's? Und nach ungefähr einem Monat stecken sie alle dreißig zusammen in einen großen Raum und teilen ihnen mit, daß von ihnen erwartet wird, daß sie fünf Jahre lang neunzig Stunden in der Woche arbeiten, und am Ende dieser fünf Jahre ist die Hälfte von ihnen wieder fort. Die Fluktuationsrate ist fürchterlich. Sie versuchen, die Anfänger umzubringen, stellen sie mit hundert oder hundertfünfzig pro Stunde in Rechnung, kassieren fette Gewinne ein und jagen sie dann zum Teufel. Das ist Wall Street. Und die kleinen Jungs bekommen das Firmenflugzeug nie zu Gesicht. Oder die Firmenlimousine. Sie sollten sich glücklich schätzen, Mitch. Sie sollten Gott jeden Tag dafür danken, daß wir uns für Sie entschieden haben, und daß Sie hier bei der guten alten Firma Bendini, Lambert & Locke arbeiten dürfen.«

»Neunzig Stunden hört sich herrlich an. Ich könnte die restlichen Stunden gut gebrauchen.«

»Es wird sich auszahlen. Haben Sie gehört, wie hoch meine Gratifikation letztes Jahr war?«

»Nein.«

»Vierhundertfünfundachtzigtausend. Nicht schlecht, wie? Und das war nur die Gratifikation.«

»Ich habe sechstausend bekommen«, sagte Mitch.

»Halten Sie mir die Stange, Mitch, dann werden Sie bald genug in der Oberliga sein.«

»Ja, aber zuerst einmal muß ich mir meine juristische Fortbildung zulegen.«

Zehn Minuten später bog die Limousine in eine Auffahrt ein, die zu einer Reihe von Hangars führte. Memphis Aero, stand auf dem Schild. Ein silberfarbener Lear 55 rollte langsam auf das Terminal zu. »Das ist unsere Maschine«, sagte Avery.

Die Aktenkoffer und das andere Gepäck wurden rasch eingeladen, und wenige Minuten später erhielten sie Starterlaubnis. Mitch legte seinen Sicherheitsgurt an und bewunderte das Leder und Messing der Kabine. Sie war überaus bequem und luxuriös eingerichtet, und er hatte mit nichts Bescheidenerem gerechnet. Avery mixte sich einen weiteren Drink und schnallte sich gleichfalls an.

Eine Stunde und fünfzehn Minuten später setzte der Lear zum Anflug auf den Baltimore-Washington International Airport an. Nachdem die Maschine ausgerollt war, stiegen Avery und Mitch aus und öffneten die Tür des Gepäckraums. Avery deutete auf einen uniformierten Mann, der in der Nähe eines Ausgangs stand. »Das ist Ihr Fahrer. Die Limousine steht draußen. Sie brauchen ihm nur zu folgen. In ungefähr vierzig Minuten sind Sie im Capitol Hilton.«

»Noch eine Limousine?« fragte Mitch.

»Ja. In Wall Street würde man das nicht für Sie tun.«

Sie reichten sich die Hände, und Avery stieg wieder ein. Das Auftanken dauerte eine halbe Stunde, und als der Lear startete und Richtung Süden flog, schlief er bereits.

Drei Stunden später landete er in Georgetown, Grand Cayman. Die Maschine rollte am Terminal vorbei zu einem sehr kleinen Hangar, wo sie die Nacht verbringen würde. Ein Sicherheitsbeamter kümmerte sich um Avery und sein Gepäck und begleitete ihn zum Terminal und durch den Zoll. Pilot und Kopilot absolvierten das nach einem Flug übliche Ritual. Dann wurden auch sie durch das Terminal geleitet.

Nach Mitternacht wurden die Lichter im Hangar gelöscht; ein halbes Dutzend Flugzeuge standen im Dunkeln. Eine Seitentür wurde geöffnet, und drei Männer, von denen einer Avery war, traten ein und gingen schnell zu dem Lear 55. Avery öffnete den Gepäckraum, und die drei luden so schnell wie möglich fünfundzwanzig schwere Pappkartons aus. In der feuchtwarmen, tropischen Hitze glich der Hangar einem Backofen. Sie schwitzten heftig, sprachen aber kein Wort, bis sie alle Kartons aus dem Flugzeug geholt hatten.

»Es müßten fünfundzwanzig sein. Zählen Sie nach«, sagte Avery zu einem muskulösen Einheimischen mit einem ärmellosen Hemd und einer Pistole an der Hüfte. Der andere Mann hielt ein Clipboard in der Hand und paßte so genau auf, als nähme er Waren für ein Lagerhaus in Empfang. Der Einheimische zählte rasch, und Schweiß tropfte auf die Kartons.

»Ja. Fünfundzwanzig.«

»Wieviel?« fragte der Mann mit dem Clipboard.

»Sechseinhalb Millionen.«

»Alles Bargeld?«

»Alles Bargeld. U. S. Dollars. Hunderter und Zwanziger. Lassen Sie uns einladen.«

»Wo soll es hin?«

»Quebecbank. Sie warten auf uns.«

Jeder ergriff einen Karton und ging damit durch die Dunkelheit zu der Seitentür, wo ein Genosse mit einer Uzi wartete. Die Kartons wurden in einen schäbigen Transporter verladen, auf dessen Seite mit Schablonen die Worte CAYMAN PRODUCE aufgemalt worden waren. Die beiden Einheimischen saßen mit schußbereiten Waffen neben dem Warenempfänger, der von dem Hangar aus in Richtung Innenstadt von Georgetown davonfuhr.

Die Einschreibung begann um acht vor dem Century Room im Zwischengeschoß. Mitch kam zeitig, trug sich ein, nahm den schweren Schnellhefter mit Unterlagen, auf dem sein Name stand, ging hinein und suchte sich einen Platz nahe der Mitte des großen Raums. Die Teilnehmerzahl war auf zweihundert beschränkt, hieß es in der Broschüre. Ein Aufwärter servierte Kaffee, und Mitch breitete die *Washington Post* vor sich aus. Die Nachrichten wurden beherrscht von einem Dutzend Stories über die vielgeliebten Redskins, die wieder in der Super Bowl spielten.

Der Raum füllte sich allmählich, während sich Steueranwälte aus dem ganzen Land versammelten, um sich mit den neuesten Entwicklungen auf dem Gebiet der Steuergesetze vertraut zu machen, die sich täglich änderten. Ein paar Minuten vor neun ließ sich ein glattrasierter, jungenhaft aussehender Anwalt wortlos links von Mitch nieder. Mitch warf ihm einen Blick zu und vertiefte sich wieder in seine Zeitung. Als alle Plätze besetzt waren, hieß der Moderator die Anwesenden willkommen und stellte den ersten Redner vor. Kongreßabgeordneter Soundso aus Oregon, Vorsitzender eines Unterausschusses für House Ways and Means. Als er ans Rednerpult getreten war und mit dem begonnen hatte, was ein einstündiger Vortrag werden sollte, beugte sich der zu seiner Linken sitzende Anwalt vor und streckte ihm die Hand entgegen.

»Hi, Mitch«, flüsterte er. »Ich bin Grant Harbison, FBI.« Er gab Mitch eine Karte.

Der Abgeordnete begann mit einem Scherz. Mitch betrachtete die Karte, wobei er sie dicht vor die Brust hielt. Da waren fünf Männer, die in knapp einem Meter Abstand von ihm saßen. Er kannte keinen der Anwesenden, aber es wäre peinlich gewesen, wenn irgend jemand mitbekäme, daß er eine FBI-Karte in der Hand hielt. Nach fünf Minuten warf er Harbison einen ausdruckslosen Blick zu.

Harbison flüsterte: »Ich muß Sie ein paar Minuten sprechen.«

»Was ist, wenn ich keine Zeit habe?«

Der Agent zog einen unbeschrifteten weißen Umschlag aus seinem Seminar-Schnellhefter und gab ihn Mitch. Er öffnete ihn dicht vor seiner Brust. Der Brief war mit der Hand geschrieben. Am Kopf standen, in kleinen, aber beeindruckenden Lettern gedruckt, die Worte: »Büro des Direktors – FBI«.

Der Brief lautete:

Lieber Mr. McDeere,

Ich würde während der Mittagspause gern ein paar Minuten mit Ihnen reden. Bitte folgen Sie den Anweisungen von Agent Harbison. Es wird nicht lange dauern. Wir wissen Ihre Kooperation zu würdigen.

Danke.
F. Denton Voyles
Direktor

Mitch steckte den Brief wieder in den Umschlag und schob ihn in seinen Schnellhefter. Wir wissen Ihre Kooperation zu würdigen. Vom Direktor des FBI. Ihm war klar, wie wichtig es jetzt war, Haltung zu bewahren, eine ruhige, gelassene Miene zur Schau zu tragen, als wäre dies nichts als Routine. Aber er rieb sich mit beiden Händen die Schläfen und starrte auf den Boden vor sich. Er schloß die Augen; ihm war schwindlig. Das FBI. Hatte sich neben ihn gesetzt! Wartete auf ihn. Der Direktor und Gott weiß wer sonst noch. Tarrance war vermutlich auch irgendwo in der Nähe.

Plötzlich brandete Gelächter auf; der Abgeordnete hatte einen Witz losgelassen. Harbison beugte sich schnell zu Mitch herüber und flüsterte: »Wir treffen uns in zehn Minuten in der Toilette gleich um die Ecke.« Der Agent ließ seine Unterlagen auf dem Tisch liegen und verließ inmitten des Gelächters den Raum.

Mitch schlug seinen Schnellhefter auf und tat so, als studierte er das Material. Der Abgeordnete berichtete von seinem mutigen Kampf, den Reichen ihre Steueroasen zu bewahren und gleichzeitig die Belastung der arbeitenden Klasse zu verringern. Unter seiner unerschrockenen Anführerschaft hatte sich der Unterausschuß geweigert, Gesetze vorzulegen, die Abschreibungen für die Erforschung von Öl-und Gasvorkommnen einschränkten. Er war ein Ein-Mann-Heer auf dem Capitol Hill.

Mitch wartete fünfzehn Minuten und dann noch fünf, dann begann er zu husten. Er brauchte Wasser, und mit einer Hand vor dem Mund eilte er zwischen den Stühlen hindurch in den Hintergrund des Raums und zur Hintertür hinaus. Harbison war in der Toilette und wusch sich zum zehnten Mal die Hände.

Mitch trat an das Becken neben ihm und drehte den Kaltwasserhahn auf. »Was führt ihr gegen mich im Schilde?« fragte er.

Harbison sah ihn im Spiegel an. »Ich befolge nur meine Anweisungen. Direktor Voyles möchte Sie persönlich kennenlernen.«

»Und was könnte er von mir wollen?«

»Ich will ihm nicht vorgreifen, aber ich bin sicher, daß es ziemlich wichtig ist.«

Mitch sah sich argwöhnisch in dem Waschraum um. Er war leer. »Und was ist, wenn ich zu beschäftigt bin, um mich mit ihm zu treffen?«

Harbison drehte den Wasserhahn zu und schüttelte die Hände über dem Waschbecken ab. »Das Treffen ist unvermeidlich, Mitch. Lassen Sie uns keine Spielchen spielen. Wenn Ihr kleines Seminar für die Mittagspause unterbrochen wird, finden Sie draußen, links vom Haupteingang, ein Taxi mit der Nummer 8667. Es bringt Sie zur Gedenkstätte für die in Vietnam Gefallenen, und wir werden dort sein. Sie müssen vorsichtig sein. Zwei von ihnen sind Ihnen von Memphis hierher gefolgt.«

»Zwei von wem?«

»Den Leuten aus Memphis. Tun Sie, was wir Ihnen sagen, dann werden sie es nie erfahren.«

Der Moderator dankte dem zweiten Redner, einem Steuerprofessor von der Universität New York, und entließ sie in die Mittagspause.

Mitch sprach nicht mit dem Taxifahrer, der wie ein Wilder davonbrauste; bald steckten sie im dichten Verkehr. Fünfzehn Minuten später hielten sie in der Nähe der Gedenkstätte.

»Steigen Sie noch nicht aus«, sagte der Fahrer mit Nachdruck. Mitch rührte sich nicht. Zehn Minuten lang bewegte er sich nicht und sagte auch nichts. Schließlich erschien ein weißer Ford Escort neben dem Taxi, hupte und fuhr dann weiter.

Der Fahrer schaute nach vorn und sagte: »Okay. Gehen Sie zu der Mauer. Nach ungefähr fünf Minuten wird man Sie dort aufsuchen.«

Mitch trat auf den Gehsteig, und das Taxi fuhr davon. Er steckte die Hände tief in die Taschen seines Wollmantels und ging langsam auf die Gedenkstätte zu. Kalte Böen aus dem Norden ließen das tote Laub in alle Richtungen flattern. Er zitterte und schlug den Mantelkragen bis über die Ohren hoch.

Ein einsamer Pilger saß starr in einem Rollstuhl und betrachtete die Mauer. Auf seinen Knien lag eine dicke Steppdecke. Unter einem übergroßen Beret in Tarnfarben verdeckte eine Flieger-Sonnenbrille seine Augen. Er saß so ziemlich am Ende der Mauer, in der Nähe der Namen der im Jahre 1972 Gefallenen. Mitch folgte den Jahren auf dem Gehsteig, bis er in die Nähe des Rollstuhls gelangt war. Er überflog die Namen. Der Mann war plötzlich vergessen.

Er holte tief Luft und spürte eine Art Taubheit in seinen Beinen und in seinem Magen. Er ließ den Blick langsam abwärts wandern, und da, fast am unteren Ende, war er. Der Name Rusty McDeere, säuberlich, sachlich eingraviert, genau wie die vielen anderen.

Ein Korb mit gefrorenen, verwelkten Blumen stand am Fuße der Gedenkstätte, nur ein paar Zentimeter von seinem Namen entfernt. Mitch stellte ihn behutsam beiseite und kniete vor der Mauer nieder. Er berührte die eingravierten Buchstaben. Rusty McDeere. Alter achtzehn, für immer. Sieben Wochen in Vietnam, als er auf eine Landmine trat. War sofort tot, hatte es geheißen. Das sagten sie immer, behauptete Ray. Mitch wischte sich eine kleine Träne ab und stand da und betrachtete die Mauer. Er dachte an die fünfundachtzigtausend Familien, denen man gesagt hatte, sie wären sofort tot gewesen und niemand hatte da drüben leiden müssen.

»Mitch, sie warten.«

Er fuhr herum und sah den Mann in dem Rollstuhl an, den einzigen Menschen weit und breit. Die Flieger-Sonnenbrille starrte auf die Wand und schaute nicht auf. Mitch ließ seinen Blick in alle Richtungen schweifen.

»Ganz ruhig, Mitch. Wir haben die Gegend abgesperrt. Sie können Sie nicht beobachten.«

»Und wer sind Sie?« fragte Mitch.

»Nur einer von der Truppe. Sie müssen uns vertrauen, Mitch. Der Direktor hat Ihnen ein paar wichtige Dinge zu sagen, Dinge, die Ihnen das Leben retten können.«

»Wo ist er?«

Der Mann im Rollstuhl drehte den Kopf und schaute den Gehsteig entlang. »Gehen Sie in diese Richtung. Man wird Sie finden.«

Mitch warf noch einen Blick auf den Namen seines Bruders, dann ging er hinter dem Rollstuhl vorbei. Er ging an dem Denkmal der drei Soldaten vorbei. Er ging langsam, abwartend, die Hände tief in den Taschen. Fünfzig Meter hinter der Gedenkstätte trat Wayne Tarrance hinter einem Baum hervor und gesellte sich zu ihm. »Weitergehen«, sagte er.

»Weshalb bin ich nicht überrascht, Sie hier zu sehen?« sagte Mitch.

»Gehen Sie einfach weiter. Wir wissen von mindestens zwei Typen aus Memphis, die vor Ihnen hier eintrafen. Sie wohnen im gleichen Hotel wie Sie, im Zimmer neben dem Ihren. Hierher sind sie Ihnen nicht gefolgt. Ich glaube, wir haben sie abgehängt.«

»Was, zum Teufel, geht da vor, Tarrance?«

»Das werden Sie gleich erfahren. Gehen Sie weiter. Aber keine Aufregung, niemand beobachtet Sie, außer ungefähr zwanzig unserer Leute.«

»Zwanzig?«

»Ja. Wir haben diese Gegend abgeriegelt. Wir wollten ganz sicher gehen, daß diese Typen aus Memphis nicht hier aufkreuzen. Ich rechne nicht damit, daß sie es tun.«

»Wer sind diese Leute?«

»Der Direktor wird es Ihnen erklären.«

»Weshalb der Direktor selbst?«

»Sie stellen eine Menge Fragen, Mitch.«

»Und Sie haben nicht genug Antworten.«

Tarrance deutete nach rechts. Sie verließen den Gehsteig und strebten auf eine schwere Betonbank in der Nähe einer Brücke zu, die in ein Wäldchen führte. Das Wasser in dem Teich darunter war zugefroren.

»Hinsetzen«, wies ihn Tarrance an. Beide ließen sich auf der Bank nieder. Zwei Männer kamen über die Brücke. In dem kleineren von beiden erkannte Mitch sofort Voyles. F. Denton Voyles, Direktor des FBI unter drei Präsidenten. Ein Verbrecherjäger, der kein Blatt vor den Mund nahm und im Ruf der Unerbittlichkeit stand.

Mitch erhob sich respektvoll, als sie vor der Bank stehenblieben.

Voyles streckte ihm eine kalte Hand entgegen und musterte Mitch. Das große, runde Gesicht, das alle Welt kannte. Sie reichten sich die Hand und nannten ihre Namen. Voyles deutete auf die Bank. Tarrance und der andere Agent gingen zu der Brücke und betrachteten den Horizont. Mitch warf einen Blick über den Teich und sah zwei Männer, eindeutig Agenten in schwarzen Trenchcoats und mit kurzgeschnittenem Haar, die ungefähr hundert Meter entfernt vor einem Baum standen.

Voyles setzte sich so dicht neben Mitch, daß ihre Beine sich berührten. Er war mindestens siebzig, aber die dunkelgrünen Augen waren hellwach und ließen sich nichts entgehen. Die beiden Männer saßen still und mit den Händen tief in den Taschen ihrer Mäntel auf der Bank.

»Danke, daß Sie gekommen sind«, begann Voyles.

»Ich hatte nicht den Eindruck, daß ich eine andere Wahl hatte. Ihre Leute waren unerbittlich.«

»Ja. Dies ist sehr wichtig für uns.«

Mitch holte tief Luft. »Haben Sie eine Ahnung, was für einen Schrecken Sie mir eingejagt haben? Ich weiß einfach nicht, was das alles soll. Ich wäre Ihnen für eine Erklärung dankbar, Sir.«

»Mr. McDeere, darf ich Sie Mitch nennen?«

»Natürlich. Weshalb nicht?«

»Also gut, Mitch. Ich bin ein Mann, der nicht viele Worte macht. Und was ich Ihnen zu sagen habe, wird Sie bestimmt schockieren. Sie werden entsetzt sein. Vielleicht glauben Sie mir nicht. Aber ich versichere Ihnen, es entspricht alles der Wahrheit, und mit Ihrer Hilfe können wir Ihnen das Leben retten.«

Mitch wartete gefaßt.

»Mitch, kein Anwalt hat Ihre Firma lebendig verlassen. Drei haben es versucht, und sie wurden umgebracht. Zwei wollten gehen, und sie starben im vorigen Sommer. Wenn ein Anwalt einmal bei Bendini, Lambert & Locke eingetreten ist, scheidet er nicht wieder aus, es sei denn, er tritt in den Ruhestand und hält den Mund. Und wenn sie in den Ruhestand treten, stecken sie in der Verschwörung drin und können nicht reden. Im fünften Stock der Firma ist eine umfassende Überwachungsorganisation untergebracht. Ihr Haus und Ihr Wagen sind verwanzt. Ihre Telefone sind angezapft. Ihr Schreibtisch und Ihr Büro sind verdrahtet. Praktisch jedes Wort, das Sie von sich geben, wird im fünften Stock abgehört und aufgezeichnet. Sie beschatten Sie, und manchmal auch Ihre Frau. Sie sind hier in Washington, während wir uns unterhalten. Sie sehen also, Mitch, die Firma ist mehr als eine Firma. Sie ist Teil eines sehr großen Unternehmens, eines sehr einträglichen Unternehmens. Eines sehr illegalen Unternehmens. Die Firma gehört nicht den Partnern.«

Mitch drehte den Kopf und musterte ihn. Der Direktor schaute beim Sprechen auf den zugefrorenen Teich.

»Die Anwaltsfirma Bendini, Lambert & Locke gehört der Verbrecherfamilie Morolto in Chicago. Der Mafia. Dem Mob. Der sagt ihr, wo es langgeht. Und deshalb sind wir hier.« Er drückte Mitch die Hand aufs Knie und schaute ihn aus fünfzehn Zentimetern Entfernung ins Gesicht. »Es ist die Mafia, Mitch, und das Kriminellste, was man sich vorstellen kann.«

»Das glaube ich nicht«, sagte er, vor Angst erstarrt. Seine Stimme war schwach und schrill.

Der Direktor lächelte. »Doch, das tun Sie, Mitch. Das tun Sie. Sie sind schon seit einiger Zeit argwöhnisch. Deshalb haben Sie auf den Caymans mit Abanks gesprochen. Deshalb haben Sie diesen Privatdetektiv angeheuert, was zur Folge hatte, daß er von den Leuten im fünften Stock umgebracht wurde. Sie wissen, daß die Firma stinkt, Mitch.«

Mitch beugte sich vor, stützte die Ellenbogen auf die Knie und starrte auf den Boden zwischen seinen Füßen. »Das glaube ich nicht«, murmelte er schwach.

»Soweit wir wissen, sind ungefähr fünfundzwanzig Prozent ihrer Klienten völlig legitim. Es gibt einige hervorragende Anwälte in dieser Firma, und sie arbeiten in Steuer- und Wertpapiersachen für reiche Klienten. Es ist eine sehr gute Fassade. Beim größten Teil der Akten, mit denen Sie bisher zu tun hatten, ging es um legale Geschäfte. Das ist die Art, in der sie vorgehen. Sie holen sich einen Anfänger, überschütten ihn mit Geld, kaufen ihm den BMW, das Haus und alles, was sonst noch dazugehört, lassen ihn auf die Caymans reisen und sorgen dafür, daß er sich mit absolut einwandfreiem und legitimem Kram halb totarbeitet. Mit echten Klienten. Echten Anwaltsaufgaben. Das geht ein paar Jahre so weiter, und der Anfänger schöpft nicht den geringsten Verdacht, richtig? Es ist eine großartige Firma, und die Kollegen sind Spitze. Massenhaft Geld. Alles ist wunderbar. Und dann, nach fünf oder sechs Jahren, wenn Sie erst richtig das große Geld machen, wenn die Firma im Besitz Ihrer Hypothek ist, wenn Sie Frau und Kinder haben und alles so gesichert ist, dann lassen sie die Bombe hochgehen und sagen Ihnen die Wahrheit. Es führt kein Weg daran vorbei. Es ist die Mafia, Mitch. Diese Leute geben sich nicht mit Kleinigkeiten ab. Sie bringen eines Ihrer Kinder um oder Ihre Frau, das spielt für sie keine Rolle. Sie verdienen mehr Geld, als Sie irgendwo anders verdienen könnten. Sie werden erpreßt, weil Sie eine Familie haben, die dem Mob nicht das mindeste bedeutet. Also was tun Sie, Mitch? Sie bleiben. Fortgehen können Sie nicht. Wenn Sie bleiben, werden Sie Millionär und gehen jung mit intakter Familie in den Ruhestand. Wenn Sie die Firma verlassen wollen, hängt wenig später Ihr Bild an einer Wand der Bibliothek im ersten Stock. Sie sind sehr überzeugend.«

Mitch rieb sich die Schläfen und begann zu zittern.

»Sehen Sie, Mitch, ich weiß, daß Sie tausend Fragen haben müssen. Okay. Also werde ich weiterreden und Ihnen erzählen, was ich weiß. Die fünf toten Anwälte wollten aussteigen, nachdem sie die Wahrheit erfahren hatten. Mit den ersten dreien haben wir nie gesprochen, weil wir, wie ich gestehen muß, bis vor sieben Jahren nichts über die Firma wußten. Sie sind ausgezeichnet darin, kein Aufsehen zu erregen und keine Spuren zu hinterlassen. Die ersten drei wollten vermutlich einfach heraus, also kamen sie heraus. In Särgen. Bei Hodge und Kozinski lagen die Dinge anders. Sie nahmen mit uns Verbindung auf, und im Laufe eines Jahres gab es mehrere Treffen. Bei Kozinski ließen sie die Bombe hochgehen, nachdem er sieben Jahre in der Firma gewesen war. Er erzählte es Hodge. Ein Jahr lang haben sie nur miteinander geflüstert. Kozinski stand nahe davor, zum Partner gemacht zu werden, und er wollte aussteigen, bevor das passierte. Also faßten er und Hodge den verhängnisvollen Entschluß, die Firma zu verlassen. Sie sind nie auf die Idee gekommen, daß die ersten drei umgebracht wurden, jedenfalls haben sie uns gegenüber nie einen derartigen Verdacht erwähnt. Wir schickten Wayne Tarrance nach Memphis, damit er sich ihrer annehmen konnte. Tarrance kommt aus New York und ist Spezialist für organisiertes Verbrechen. Er und die beiden Männer waren sich schon sehr nahe gekommen, als diese Sache auf den Caymans passierte. Diese Kerle in Memphis sind sehr gut, Mitch. Das dürfen Sie nie vergessen. Sie haben das Geld, und sie heuern die besten Leute an. Nachdem Hodge und Kozinski ermordet worden waren, entschloß ich mich, die Firma zu erledigen. Wenn es uns gelingt, diese Firma hochgehen zu lassen, können wir sämtliche Mitglieder der Familie Morolto vor Gericht bringen. Es könnten mehr als fünfhundert Anklagen erhoben werden. Steuerhinterziehung, Geldwäscherei, Erpressung, alles, was Sie sich vorstellen können. Es würde die Familie Morolto vernichten, und das wäre der verheerendste Schlag gegen das organisierte Verbrechen in den letzten dreißig Jahren. Und das alles, Mitch, steckt in den Akten der unauffälligen kleinen Firma Bendini in Memphis.«

»Weshalb gerade Memphis?«

»Eine gute Frage. Wer würde schon eine kleine Firma in Memphis, Tennessee, verdächtigen? Dort gibt es keine großen Mafia-Aktivitäten. Es ist eine stille, hübsche, friedliche Stadt am Fluß. Es hätte ebensogut Durham oder Topeka oder Wichita Falls sein können. Aber sie haben sich für Memphis entschieden. Es ist immerhin so groß, daß eine Vierzig-Mann-Firma nicht auffällt. Eine ideale Wahl.«

»Sie meinen, jeder Partner ...« Ihm versagte die Stimme.

»Ja, jeder Partner weiß Bescheid und hält sich an die Spielregeln. Wir vermuten, daß auch die meisten der angestellten Anwälte Bescheid wissen, aber das ist schwer zu sagen. Es gibt so vieles, was wir nicht wissen, Mitch. Ich kann Ihnen nicht sagen, wie die Firma operiert und wer in der Sache drinsteckt. Aber wir vermuten eine Menge krimineller Aktivitäten.«

»Zum Beispiel?«

»Steuerbetrug. Sie erledigen die gesamte Steuerarbeit für die Morolto-Gang. Sie legen jedes Jahr hübsche, säuberliche, scheinbar einwandfreie Steuererklärungen vor, in denen nur ein Bruchteil der Einkünfte auftaucht. Sie waschen Unmengen von Geld. Sie gründen legitime Firmen mit schmutzigem Geld. Diese Bank in St. Louis, ein großer Klient, wie heißt sie doch gleich?«

»Commercial Guaranty.«

»Richtig, das war's. Sie gehört der Mafia. Die Firma erledigt ihre sämtlichen juristischen Angelegenheiten. Morolto nimmt im Jahr schätzungsweise dreihundert Millionen ein, aus Glücksspiel,

Rauschgift, illegalen Wettgeschäften, alles Sachen, die Bargeld einbringen. Das meiste davon landet auf diesen Banken auf den Caymans. Und wie kommt es von Chicago auf die Inseln? Haben Sie irgendeine Ahnung? Das Flugzeug, vermuten wir. Dieser vergoldete Lear, mit dem Sie gekommen sind, fliegt ungefähr jede Woche einmal nach Georgetown.«

Mitch saß steif da und beobachtete Tarrance, der sich außer Hörweite aufhielt und jetzt auf der Brücke stand. »Und weshalb besorgen Sie sich dann nicht Haftbefehle und lassen den ganzen Laden hochgehen?«

»Wir können es nicht. Wir werden es tun, das versichere ich Ihnen. Ich habe in Memphis fünf und hier in Washington drei Agenten mit der Sache beauftragt. Ich werde sie kriegen, Mitch, das verspreche ich Ihnen. Aber wir brauchen einen Insider. Sie sind sehr gerissen. Sie haben Unmengen von Geld. Sie sind über die Maßen vorsichtig, und sie machen keine Fehler. Wir sind auf Hilfe von Ihnen oder einem anderen Angehörigen der Firma angewiesen. Wir brauchen Kopien von Akten, Kopien von Bankauszügen, Kopien von einer Million Dokumenten, die nur von drinnen kommen können. Sonst ist es unmöglich.«

»Und ich wurde auserwählt.«

»Und Sie wurden auserwählt. Wenn Sie ablehnen, können Sie Ihren Weg weitergehen und Unmengen von Geld scheffeln und ganz allgemein ein erfolgreicher Anwalt sein. Aber wir werden es weiter versuchen. Wir werden warten, bis wieder ein Neuer eingestellt wird, und versuchen, mit ihm ins Geschäft zu kommen. Und wenn das nicht funktioniert, machen wir uns an einen der älteren angestellten Anwälte heran. Einen, der genügend Mut und Moral und Mumm hat, um das Richtige zu tun. Eines Tages werden wir unseren Mann finden, Mitch, und wenn das passiert, stellen wir Sie zusammen mit allen anderen vor Gericht und verfrachten Ihren wohlhabenden und erfolgreichen Arsch ins Gefängnis. Dazu wird es kommen, mein Sohn, das können Sie mir glauben.«

In diesem Augenblick, zu dieser Zeit und an diesem Ort, glaubte ihm Mitch. »Mr. Voyles, mir ist kalt. Können wir ein wenig herumgehen?«

»Natürlich, Mitch.«

Sie kehrten langsam auf den Gehsteig zurück und gingen auf die

Vietnam-Gedenkstätte zu. Mitch warf einen Blick über die Schulter. Tarrance und der andere Agent folgten ihnen in einigem Abstand. Ein weiterer, dunkel gekleideter Agent saß auf einer Bank am Wege.

»Wer war Anthony Bendini?« fragte Mitch.

»Er heiratete 1930 eine Morolto. Der Schwiegersohn des Alten. Damals operierten sie in Philadelphia, und er arbeitete gleichfalls dort. Dann, in den Vierzigern, wurde er aus irgendeinem Grund nach Memphis geschickt, um dort eine neue Firma zu gründen. Nach allem, was wir gehört haben, war er ein hervorragender Anwalt.«

Tausend Fragen fluteten durch sein Gehirn und drängten darauf, gestellt zu werden. Er versuchte, einen gelassenen, beherrschten, skeptischen Eindruck zu machen.

»Was ist mit Oliver Lambert?«

»Ein wahres Juwel. Der perfekte Seniorpartner, der nur zufällig alles über Hodge und Kozinski und die Pläne zu ihrer Beseitigung wußte. Wenn Sie Mr. Lambert das nächste Mal im Büro begegnen, versuchen Sie sich daran zu erinnern, daß er ein kaltblütiger Mörder ist. Natürlich bleibt ihm nichts anderes übrig. Wenn er sich weigerte, würde man wenig später irgendwo seine Leiche finden. So sind sie alle, Mitch. Sie haben genauso angefangen wie Sie. Jung, intelligent, ehrgeizig, bis sie plötzlich eines Tages bis über beide Ohren drinsteckten und nirgendwo anders hinkonnten. Also spielen sie mit, arbeiten schwer, tun alles, was in ihren Kräften steht, um die Fassade zu erhalten und wie eine echte, respektable kleine Anwaltsfirma auszusehen. So ziemlich jedes Jahr rekrutieren sie einen vielversprechenden jungen Anwalt aus ärmlichen Verhältnissen, ohne Geld in der Familie, mit einer Frau, die Kinder haben möchte, und sie überschütten ihn mit Geld und kaufen ihn ein.«

Mitch dachte an das Geld, das ungewöhnlich hohe Gehalt von einer kleinen Firma in Memphis, und an den Wagen und die zinsgünstige Hypothek. Er war nach Wall Street unterwegs gewesen und hatte sich von dem Geld nach Memphis locken lassen. Nur von dem Geld.

»Was ist mit Nathan Locke?«

Der Direktor lächelte. »Locke ist eine andere Geschichte. Er war ein armer Junge in Chicago, und als er zehn war, wurde er der Laufbursche des alten Morolto. Er ist zeitlebens ein Gangster gewesen.

Hat mit Ach und Krach sein Studium hinter sich gebracht, und der alte Mann schickte ihn in den Süden, damit er Anthony Bendini in der kriminellen Filiale der Familie, in der die Leute mit den weißen Kragen arbeiten, zur Hand ging. Er war immer ein Liebling des Alten.«

»Wann ist Morolto gestorben?«

»Vor elf Jahren, im Alter von achtundachtzig. Er hat zwei schleimige Söhne, Mickey the Mouth und Joey the Priest. Mickey lebt in Las Vegas und spielt im Familienbetrieb nur eine untergeordnete Rolle. Joey ist der Boß.«

Der Gehsteig erreichte eine Kreuzung mit einem anderen. Links ragte in der Ferne das Washington-Denkmal in den scharfen Wind empor. Rechts führte der Gehsteig zur Mauer hin. Jetzt stand eine Handvoll Leute davor, die nach den Namen von Söhnen und Ehemännern und Freunden suchten. Mitch strebte auf die Mauer zu. Sie gingen langsam.

Mitch sprach leise. »Ich verstehe einfach nicht, wie die Firma so viel illegale Arbeit tun kann, ohne aufzufallen. Im Haus wimmelt es von Sekretärinnen und Schreibern und Anwaltsgehilfen.«

»Eine gute Frage, und eine, auf die ich Ihnen keine volle Antwort geben kann. Wir nehmen an, daß sie praktisch als zwei Firmen operiert. Eine ist legitim, und ihr gehören die jüngeren Anwälte und die meisten Sekretärinnen und Hilfskräfte an. Die älteren Anwälte und die Partner machen die Dreckarbeit. Hodge und Kozinski hatten vor, uns eine Menge Informationen zu geben, aber sie wurden daran gehindert. Hodge hat Tarrance einmal erzählt, daß es im Untergeschoß eine Gruppe von Anwaltsgehilfen gibt, über die er kaum etwas wußte. Sie arbeiten direkt für Locke und Milligan und McKnight und ein paar andere Partner, und niemand weiß genau, was sie eigentlich tun. Sekretärinnen wissen über alles Bescheid, und wir vermuten, daß zumindest einige von ihnen mit drinstecken. Falls das so ist, dann werden sie bestimmt gut bezahlt und sind zu verängstigt, um den Mund aufzumachen. Denken Sie darüber nach, Mitch. Denken Sie eingehend darüber nach. Wenn Sie dort arbeiten und einen Haufen Geld verdienen und eine Menge Vergünstigungen haben, und wenn Sie wissen, daß Sie, wenn Sie zu viele Fragen stellen oder anfangen zu reden, im Fluß enden werden, was tun Sie dann? Sie halten den Mund und nehmen das Geld.«

Sie blieben am Anfang der Mauer stehen, an einer Stelle, an der der schwarze Granit aus dem Boden herauswuchs und seinen vierundsiebzig Meter langen Verlauf nahm, bevor er in die zweite Reihe ebensolcher Gedenktafeln überging. Zwanzig Meter entfernt stand ein ältliches Ehepaar, starrte auf die Wand und weinte leise. Sie drängten sich eng aneinander, um sich Wärme und Kraft zu bieten. Die Mutter bückte sich und legte ein gerahmtes Schwarzweiß-Foto an den Fuß der Mauer. Der Vater stellte einen Schuhkarton mit High-School-Andenken neben das Foto. Football-Programme, Klassenfotos, Liebesbriefe, Schlüsselanhänger und eine goldene Kette. Sie weinten lauter.

Mitch drehte der Mauer den Rücken zu und schaute zum Washington-Denkmal hinüber. Der Direktor beobachtete ihn.

»Und was erwarten Sie von mir?« fragte Mitch.

»Erstens und vor allem, daß Sie den Mund halten. Wenn Sie anfangen, Fragen zu stellen, könnte Ihr Leben in Gefahr sein. Und auch das Ihrer Frau. Bekommen Sie in der nächsten Zeit keine Kinder. Sie sind leichte Beute. Am besten spielen Sie den Nichtsahnenden, tun so, als wäre alles wunderbar und Sie hätten immer noch vor, der größte Anwalt der Welt zu werden. Zweitens müssen Sie eine Entscheidung treffen. Jetzt noch nicht, aber bald. Sie müssen sich entscheiden, ob Sie mit uns zusammenarbeiten wollen oder nicht. Wenn Sie sich dafür entscheiden, uns zu helfen, werden wir natürlich dafür sorgen, daß es sich für Sie lohnt. Wenn Sie es nicht tun, werden wir die Firma weiterhin im Auge behalten, bis die Zeit gekommen ist, mit einem anderen Angestellten zu reden. Wie ich schon sagte, eines Tages werden wir jemanden mit genügend Mumm finden und diese Verbrecher festnageln. Und dann wird die Verbrecherfamilie Morolto, so wie wir sie kennen, aufhören zu existieren. Wir werden Sie beschützen, Mitch, und Sie werden in Ihrem Leben nie mehr zu arbeiten brauchen.«

»Und was für ein Leben wäre das? Ich würde ständig in Angst leben, wenn ich überhaupt am Leben bleibe. Ich habe Geschichten über Zeugen gehört, die das FBI angeblich versteckt hat. Zehn Jahre später fliegt ihr Wagen in die Luft, wenn sie auf der Auffahrt ihres Hauses zurücksetzen, um zur Arbeit zu fahren. Die Leichenteile sind über drei Blocks verstreut. Der Mob vergißt nie, Direktor. Das wissen Sie.«

»Er vergißt nie, Mitch. Aber ich verspreche Ihnen, daß wir Sie und Ihre Frau beschützen werden.«

Der Direktor sah auf die Uhr. »Jetzt machen Sie sich besser auf den Rückweg, sonst schöpfen sie Verdacht. Tarrance wird mit Ihnen Verbindung halten. Vertrauen Sie ihm, Mitch. Er versucht, Ihnen das Leben zu retten. Er ist zu allem befugt und handelt in meinem Auftrag. Wenn er Ihnen etwas sagt, dann kommt das von mir. Er kann verhandeln.«

»Worüber verhandeln?«

»Über die Bedingungen, Mitch. Über das, was wir Ihnen geben für das, was Sie uns geben. Wir wollen die Familie Morolto, und die können Sie uns liefern. Sie nennen Ihren Preis, und die Regierung, vertreten durch das FBI, wird zahlen. Innerhalb vernünftiger Grenzen natürlich. Und das kommt von mir, Mitch.« Sie gingen langsam an der Mauer entlang und blieben bei dem Agenten im Rollstuhl stehen. »Da drüben wartet ein Taxi auf Sie. Nummer 1073. Derselbe Fahrer wie vorhin. Sie sollten jetzt losfahren. Wir werden uns nicht wiedersehen, aber Tarrance wird sich in ein paar Wochen mit Ihnen in Verbindung setzen. Bitte denken Sie nach über das, was ich gesagt habe. Kommen Sie nicht auf die Idee, die Firma wäre unbesiegbar und könnte ewig so weitermachen, denn das werde ich nicht zulassen. Wir werden in naher Zukunft gegen sie vorgehen, das kann ich Ihnen versprechen. Ich hoffe nur, daß Sie dann auf unserer Seite stehen.«

»Ich verstehe nur nicht, was Sie von mir erwarten.«

»Tarrance hat den Schlachtplan. Sehr vieles wird von Ihnen abhängen und von dem, was Sie herausbekommen, sobald Sie sich entschieden haben.«

»Entschieden?«

»Genau das. Wenn Sie sich erst einmal entschieden haben, führt kein Weg mehr zurück. Sie können skrupelloser sein als jede andere Organisation auf Erden.«

»Wieso sind Sie gerade auf mich verfallen?«

»Irgend jemanden mußten wir haben. Nein, das stimmt nicht. Wir haben uns für Sie entschieden, weil Sie den Mut zum Aussteigen haben. Sie haben keine Angehörigen außer Ihrer Frau. Keine Bindungen, keine Wurzeln. Sie sind von allen Menschen verletzt worden, die Ihnen nahestanden, außer von Abby. Sie haben sich selbst hochgearbeitet, und dabei haben Sie gelernt, sich nur auf sich selbst zu verlassen und unabhängig zu sein. Sie brauchen die Firma nicht. Sie können sie verlassen. Sie sind über Ihre Jahre hinaus verhärtet und abgestumpft. Und Sie sind intelligent genug, um es durchzuziehen. Mitch. Deshalb haben wir uns für Sie entschieden. Leben Sie wohl, Mitch. Danke, daß Sie gekommen sind.«

Voyles machte kehrt und ging schnell davon. Tarrance wartete am Ende der Mauer und winkte Mitch kurz zu, als wollte er sagen: »Bis demnächst.«

20

Nach dem üblichen Zwischenstop in Atlanta landete die Delta DC-9 in kaltem Regen auf Memphis International. Sie rollte zum Flugsteig 19, und die Menge der Geschäftsreisenden drängte zum Ausgang und verließ schnell die Maschine. Mitch hatte nur seinen Aktenkoffer bei sich und die neueste Nummer von *Esquire*. Er sah Abby, die bei den Münzfernsprechern wartete, und schob sich schnell durch das Gedränge. Er warf den Aktenkoffer und die Zeitschrift an die Wand und nahm sie in die Arme. Die vier Tage in Washington kamen ihm vor wie ein Monat. Sie küßten sich wieder und wieder und unterhielten sich flüsternd.

»Gehen wir miteinander aus?« fragte er.

»Das Essen steht auf dem Tisch und der Wein im Kühler«, sagte sie. Sie hielten sich bei den Händen und bahnten sich einen Weg durch die Menge, die sich in Richtung Gepäckausgabe voranschob.

Er sprach leise. »Wir müssen miteinander reden, und das können wir zu Hause nicht.«

Sie umklammerte seine Hand fester. »Oh?«

»Ja. Wir müssen sogar ausgiebig miteinander reden.«

»Was ist passiert?«

»Das läßt sich nicht in drei Worten sagen.«

»Weshalb bin ich plötzlich so nervös?«

»Ganz ruhig bleiben. Weiterlächeln. Wir werden beobachtet.«

Sie lächelte und warf einen Blick nach rechts. »Wer beobachtet uns?«

»Das erkläre ich dir gleich.«

Mitch zog sie plötzlich nach links. Sie drängten sich quer durch den Verkehrsstrom und eilten in ein dunkles, überfülltes Lokal voller Geschäftsleute, die an der Bar standen, tranken, fernsahen und auf ihre Flüge warteten. Ein kleiner, runder Tisch voll leerer Biergläser war gerade freigeworden, und sie setzten sich so mit dem Rücken zur Wand, daß sie das Lokal und den Gang überblicken konnten. Sie saßen dicht nebeneinander, ungefähr einen Meter vom nächsten Tisch entfernt. Mitch ließ den Eingang nicht aus den Augen. »Wie lange wollen wir hier bleiben?« fragte sie.

»Wieso?«

Sie schlüpfte aus ihrem Fuchsmantel und hängte ihn über die Lehne des Stuhls auf der anderen Seite des Tisches. »Wonach hältst du Ausschau?«

»Versuch einfach, weiterzulächeln. Tu so, als hatte ich dir wirklich gefehlt. Komm, gib mir einen Kuß.« Er küßte sie auf die Lippen, und sie sahen sich lächelnd in die Augen. Er küßte sie auf die Wange, dann wanderte sein Blick wieder zum Eingang. Ein Kellner kam und räumte den Tisch ab. Sie bestellten Wein.

Sie lächelte ihn an. »Wie war die Reise?«

»Langweilig. Wir haben täglich acht Stunden lang Referate gehört, vier Tage lang. Nach dem ersten Tag habe ich das Hotel kaum noch verlassen. Sie haben die Änderungen der Steuergesetze von sechs Monaten in zweiunddreißig Stunden durchgepaukt.«

»Hast du auch etwas von der Stadt gesehen?«

Er lächelte und sah sie verträumt an. »Du hast mir gefehlt, Abby. Mehr, als mir je ein Mensch in meinem ganzen Leben gefehlt hat. Ich finde, du bist großartig, einfach hinreißend. Ich hasse es, allein zu verreisen und ohne dich in einem fremden Hotelbett aufzuwachen. Und ich muß dir etwas Grauenhaftes erzählen.«

Sie hörte auf zu lächeln. Er schaute sich langsam in dem Lokal um. Die Leute standen in drei Reihen an der Bar und verfolgten brüllend das Spiel zwischen den Kicks und den Lakers. Im Lokal war es plötzlich erheblich lauter geworden.

»Ich werde es dir erzählen«, sagte er. »Aber es ist damit zu rechnen, daß jemand hier ist, der uns beobachtet. Man kann uns nicht hören, aber man kann uns sehen. Also lächle gelegentlich, auch wenn es dir schwerfällt.«

Der Wein kam, und Mitch begann mit seinem Bericht. Er ließ nichts aus. Sie unterbrach ihn nur einmal. Er erzählte ihr von Anthony Bendini und dem alten Morolto, und dann von Nathan Locke, der in Chicago aufgewachsen war, von Oliver Lambert und von den Leuten im fünften Stock.

Abby nippte nervös an ihrem Wein und bemühte sich tapfer, den Eindruck einer normalen, liebenden Frau zu erwecken, die ihren Mann vermißt hatte und nun nichts Besseres zu tun wußte, als seine Erinnerungen an das Steuerseminar zu hören. Sie beobachtete die Leute an der Bar, trank zwischendurch ein Schlückchen Wein und lächelte Mitch gelegentlich an, während er von der Geldwäscherei und den ermordeten Anwälten erzählte. Ihr Körper schmerzte vor Angst. Ihr Atem ging stoßweise. Aber sie hörte zu und spielte ihre Rolle.

Der Kellner brachte neuen Wein, und das Lokal hatte sich ein wenig geleert. Eine Stunde, nachdem er begonnen hatte, endete Mitch, leise flüsternd.

»Und Voyles sagte, Tarrance würde sich in ein paar Wochen mit mir in Verbindung setzen, um zu erfahren, ob ich mitmache. Dann sagte er Lebewohl und ging.«

»Und das war am Dienstag?« fragte sie.

»Ja. Gleich am ersten Tag.«

»Und was hast du an den anderen Tagen getan?«

»Ich habe wenig geschlafen, wenig gegessen und bin die meiste Zeit mit dumpfen Kopfschmerzen herumgelaufen.«

»Mir ist, als bekäme ich die jetzt auch.«

»Es tut mir leid, Abby. Ich wäre am liebsten sofort zurückgeflogen und hätte es dir erzählt. Seit drei Tagen befinde ich mich in einem Schock.«

»Und ich befinde mich jetzt darin. Ich kann das einfach nicht glauben, Mitch. Das ist wie ein Alptraum, nur viel schlimmer.«

»Und das ist erst der Anfang. Das FBI meint es todernst. Weshalb sonst hätte der Direktor selbst mit mir reden wollen, einem unbedeutenden jungen Anwalt aus Memphis, bei minus zehn Grad auf einer Parkbank aus Beton? Er hat fünf Agenten in Memphis und drei in Washington darauf angesetzt, und er sagte, sie würden weder Mühe noch Kosten scheuen, um die Firma zu kriegen. Wenn ich also den Mund halte, sie ignoriere und weiterhin meiner Arbeit als guter und getreuer Mitarbeiter von Bendini, Lambert & Locke nachgehe, dann tauchen sie eines Tages mit Haftbefehlen auf und stecken alle in den Knast. Und wenn ich mich dafür entscheide, mit ihnen zusammenzuarbeiten, dann verschwinden wir beide, nachdem ich die Firma den Feds ausgeliefert habe, mitten in der Nacht klammheimlich aus Memphis und leben danach als Mr. und Mrs. Wilbur Gates in Boise, Idaho. Wir werden massenhaft Geld haben, aber wir müssen arbeiten, um keinen Verdacht zu erregen. Nach der Operation, die mein Gesicht verändert hat, besorge ich mir einen Job als Fahrer eines Gabelstaplers in einem Lagerhaus, und du kannst halbtags in einer Kindertagesstätte arbeiten. Wir werden zwei, vielleicht drei Kinder haben und jeden Abend darum beten, daß Leute, denen wir nie begegnet sind, den Mund halten und uns vergessen. Wir werden jede Stunde des Tages in panischer Angst davor verbringen, daß sie uns aufgespürt haben könnten.«

»Das ist grandios, Mitch, wirklich grandios.« Sie bemühte sich angestrengt, nicht zu weinen.

Er lächelte und ließ den Blick durch das Lokal schweifen. »Wir haben noch eine dritte Möglichkeit. Wir können durch diese Tür hinausgehen, zwei Tickets nach San Diego kaufen, uns über die Grenze schleichen und den Rest unseres Lebens Tortillas essen.«

»Laß uns gehen.«

»Aber sie würden uns wahrscheinlich folgen. Bei meinem Glück wird Oliver Lambert vermutlich mit einer Schwadron von Gangstern in Tijuana auf mich warten. Es funktioniert nicht. War nur so eine Idee.«

»Was ist mit Lamar?«

»Ich weiß es nicht. Er ist seit sechs oder sieben Jahren hier, also weiß er vermutlich Bescheid. Avery ist Partner und steckt sicher tief mit drin.«

»Und Kay?«

»Keine Ahnung. Es ist anzunehmen, daß keine der Frauen etwas weiß. Ich habe jetzt vier Tage darüber nachgedacht, Abby. Es ist eine fantastische Fassade. Die Firma sieht genau so aus, wie sie aussehen sollte. Sie könnte jeden hinters Licht führen. Ich meine, wie hättest du, wie hätte ich oder irgendein anderer neuer Mitarbeiter an so etwas auch nur denken können? Die Tarnung ist perfekt. Nur, daß das FBI jetzt weiß, was da vor sich geht.«

»Und jetzt erwarten die Feds, daß du ihre Schmutzarbeit erledigst. Weshalb sind sie gerade auf dich verfallen, Mitch? In der Firma arbeiten vierzig Anwälte.«

»Weil ich nichts davon wußte. Ich lag sozusagen auf dem Präsentierteller. Das FBI weiß nicht, wann die Partner den angestellten Anwälten gegenüber die Katze aus dem Sack lassen, also konnten sie es mit keinem anderen riskieren. Zufällig war gerade ich der neue Mann, und deshalb stellten sie die Falle auf, sobald ich das Anwaltsexamen bestanden hatte.«

Abby kaute auf ihrer Unterlippe und hielt die Tränen zurück. Sie starrte auf die Tür am anderen Ende des dunklen Raums. »Und sie hören alles ab, was wir sagen.«

»Nein. Nur jedes Telefongespräch und jede Unterhaltung im Haus und in den Wagen. Wir können uns hier oder in den meisten anderen Lokalen treffen, und wir haben immer die Terrasse, wenn wir nicht gerade in der Nähe der Schiebetür miteinander reden. Sicherheitshalber sollten wir uns hinter den Geräteschuppen schleichen und leise flüstern.«

»Versuchst du, komisch zu sein? Ich hoffe, nicht. Das ist nicht die Zeit für Scherze. Ich bin so verängstigt, wütend, verwirrt und stocksauer, und ich weiß nicht, was ich tun soll. Ich habe Angst, in meinem eigenen Haus den Mund aufzumachen. Ich achte auf jedes Wort, das ich am Telefon sage, selbst wenn jemand falsch gewählt hat. Jedesmal, wenn das Telefon läutet, fahre ich zusammen und starre es an. Und jetzt das.«

»Du brauchst noch einen Drink.«

»Ich brauche zehn Drinks.«

Mitch ergriff ihr Handgelenk und drückte es fest. »Einen Moment. Ich sehe ein bekanntes Gesicht. Dreh dich nicht um.«

Sie hielt den Atem an. »Wo?«

»An der anderen Seite der Bar. Lächle und sieh mich an.«

Auf einem Barhocker saß, interessiert das Fernsehen verfolgend, ein braungebrannter, blonder Mann in einem auffälligen blauweißen Pullover. Frisch von der Skipiste. Aber Mitch hatte die braungebrannte Haut und das blonde Haar und den blonden Bart irgendwo in Washington gesehen. Mitch beobachtete ihn sorgfältig. Das blaue Licht vom Fernsehschirm erhellte sein Gesicht. Mitch versteckte sich in der Dunkelheit. Der Mann nahm eine Flasche Bier in die Hand, zögerte, dann – da! – warf er einen Blick in die Ecke, in der, dicht aneinandergedrängt, die McDeeres saßen.

»Bist du sicher?« fragte Abby durch die zusammengebissenen Zähne.

»Ja. Er war in Washington, aber ich kann ihn nicht unterbringen. Ich habe ihn dort sogar zweimal gesehen.«

»Ist er einer von ihnen?«

»Woher soll ich das wissen?«

»Laß uns von hier verschwinden.«

Mitch legte einen Zwanziger auf den Tisch, und sie verließen den Flughafen.

Am Steuer ihres Peugeot überquerte er den Kurzzeit-Parkplatz, bezahlte den Wächter und brauste in Richtung Innenstadt davon. Nach fünfminütigem Schweigen beugte sie sich zu ihm hinüber und flüsterte ihm ins Ohr: »Können wir reden?«

Er schüttelte den Kopf. »Und wie war das Wetter, solange ich weg war?«

Abby verdrehte die Augen und schaute zum Fenster an der Beifahrerseite hinaus. »Kalt«, sagte sie. »Für heute abend ist leichter Schneefall angesagt.«

»In Washington war die Temperatur die ganze Zeit unter Null.«

Abby sah aus, als hätte sie diese Mitteilung verblüfft. »Hat es denn auch geschneit?« fragte sie mit hochgezogenen Brauen und weit geöffneten Augen, als wäre sie völlig hingerissen von dieser Unterhaltung.

»Nein. Es war nur lausig kalt.«

»So ein Zufall! Dort war es kalt, und hier auch.«

Mitch kicherte innerlich. Sie fuhren schweigend auf die Auffahrt zur Interstate. »Und wer, glaubst du, wird die Super Bowl gewinnen?« fragte er.

»Die Oilers.«

»Meinst du? Ich bin für die Redskins. In Washington wurde über nichts anderes geredet.«

»Was du nicht sagst. Muß ja eine tolle Stadt sein.«

Weiteres Schweigen. Abby legte den Handrücken auf den Mund und konzentrierte sich auf die Schlußlichter vor ihnen. In diesem Moment der Bestürzung wäre es ihr recht gewesen, wenn sie ihr

Glück in Tijuana versucht hätten. Ihr Mann, dritter seines Jahrgangs (in Harvard), für den Wall Street den roten Teppich ausgerollt hatte, der überall hätte hingehen können, zu jeder Firma, war bei der Mafia gelandet! Da sie ohnehin schon auf ihrer Liste fünf tote Anwälte abgehakt hatten, würde es ihnen bestimmt nichts ausmachen, Nummer Sechs hinzuzufügen. Ihren Mann! Dann gingen ihr die vielen Unterhaltungen mit Kay Quin durch den Kopf. Die Firma ist sehr für Kinder. Die Firma hat nichts dagegen, wenn Frauen arbeiten, aber nicht für immer. Die Firma stellt niemanden mit Geld in der Familie ein. Die Firma erwartet Loyalität. Die Firma hat die niedrigste Fluktuationsrate im ganzen Land. Kein Wunder.

Mitch beobachtete sie aufmerksam. Zwanzig Minuten nach Verlassen des Flughafens stand der Peugeot im Carport neben dem BMW. Hand in Hand gingen sie zum Ende der Auffahrt.

»Das ist zum Verrücktwerden, Mitch.«

»Ja, aber eine Tatsache. Es verschwindet nicht von selbst.«

»Was werden wir tun?«

»Ich weiß es nicht, Baby. Aber wir müssen es schnell tun, und wir dürfen keine Fehler machen.«

»Ich habe Angst.«

»Ich auch.«

Tarrance wartete nicht lange. Eine Woche, nachdem er Mitch an der Gedenkstätte zum Abschied zugewinkt hatte, entdeckte er ihn, als er auf der North Main, acht Blocks vom Bendini-Gebäude entfernt, eilig auf das Federal Building zuging. Er folgte ihm zwei Blocks weit, dann trat er in ein kleines Café mit Fenstern, die auf die Straße hinausgingen. Die Main Street von Memphis war für Fahrzeuge gesperrt. Der Asphalt war mit Platten belegt, und die Fußgängerzone war zur Mid-American Mall erklärt worden. Hier und dort ragte ein nutzloser und kläglicher Baum aus dem Plattenbelag und reckte seine kahlen Äste den Gebäuden entgegen. Säufer und Stadtstreicher wanderten ziellos von einer Seite der Mall auf die andere und bettelten um Geld und Essen.

Tarrance saß an einem Fenster und beobachtete von ferne, wie Mitch im Federal Building verschwand. Er bestellte Kaffee und einen Schokoladenkrapfen. Er sah auf die Uhr. Es war zehn Uhr vormittags. Der Prozeßliste zufolge machte McDeere in diesem Augenblick eine kurze Aussage vor dem Steuergericht. Sie würde sehr kurz sein, hatte der Gerichtsdiener Tarrance versichert. Er wartete.

Vor Gericht ist nichts kurz. Eine Stunde später brachte Tarrance sein Gesicht näher an das Fenster heran und musterte die vereinzelten Passanten, die es eilig hatten. Er leerte die dritte Tasse Kaffee, legte zwei Dollar auf den Tisch und wartete hinter der Tür. Als Mitch auf der anderen Seite der Mall herankam, bewegte sich Tarrance schnell auf ihn zu.

Mitch sah ihn und verlangsamte für eine Sekunde sein Tempo.

»Hallo, Mitch. Stört es Sie, wenn wir ein Stück zusammen gehen?«

»Ja, es stört mich, Tarrance. Es ist gefährlich, meinen Sie nicht auch?«

Sie schritten rasch aus und sahen sich nicht an. »Sehen Sie das Schuhgeschäft dort drüben?« sagte Tarrance und deutete nach rechts. »Ich brauche ein Paar Schuhe.« Sie verschwanden in Don Pang's House of Shoes. Tarrance ging in den Hintergrund des schmalen Ladens und blieb zwischen zwei Reihen mit imitierten Reeboks zu 4.95 Dollar für zwei Paar stehen. Mitch folgte ihm und nahm ein Paar Größe zehn in die Hand. Don Pang, ein Koreaner, beäugte sie mißtrauisch, sagte aber nichts. Sie behielten den Eingang durch die Gestelle hindurch im Auge.

»Der Direktor hat mich gestern angerufen«, sagte Tarrance, ohne die Lippen zu bewegen. »Er hat nach Ihnen gefragt. Meinte, es würde Zeit, daß Sie sich entscheiden.«

»Sagen Sie ihm, daß ich noch überlege.«

»Haben Sie den Leuten im Büro etwas erzählt?«

»Nein. Ich überlege noch.«

»Das ist gut. Ich bin nicht der Meinung, daß Sie es ihnen erzählen sollten.« Er reichte Mitch eine Karte. »Behalten Sie die. Auf der Rückseite stehen zwei Nummern. Rufen Sie die eine oder andere von einer Telefonzelle aus an. Sie erreichen einen Anrufbeantworter und hinterlassen eine Nachricht, wann und wo wir uns treffen können.«

Mitch steckte die Karte in die Tasche.

Plötzlich duckte Tarrance sich noch tiefer. »Was ist?« fragte Mitch.

»Ich glaube, wir sind erwischt worden. Ich habe gerade gesehen, wie ein Typ vorbeiging und in den Laden hereinschaute. Hören Sie zu, Mitch, hören Sie genau zu. Verlassen Sie sofort mit mir den Laden, und in dem Augenblick, in dem wir zur Tür hinausgehen, schreien Sie mich an, ich sollte abhauen, und geben mir einen Schubs. Ich werde so tun, als wäre ich auf ein Handgemenge aus, und Sie laufen in Richtung auf Ihr Büro davon.«

»Sie sind schuld, wenn sie mich umbringen, Tarrance.«

»Tun Sie nur, was ich Ihnen sage. Sobald Sie im Büro angekommen sind, informieren Sie die Partner. Sagen Sie ihnen, ich hätte Ihnen aufgelauert, und Sie wären so schnell wie möglich abgehauen.«

Draußen stieß ihn Mitch gröber als erforderlich von sich und brüllte: »Verschwinden Sie, verdammt noch mal! Und lassen Sie mich in Ruhe!« Er lief die zwei Blocks bis zur Union Avenue, dann betrat er das Bendini-Gebäude. Er ging in die Herrentoilette im ersten Stock, um wieder zu Atem zu kommen. Er starrte sein Spiegelbild an und atmete zehnmal tief durch.

Avery telefonierte, und an seinem Apparat blinkten zwei weitere Lichter. Eine Sekretärin saß auf der Couch und wartete mit gezücktem Stenoblock auf die Flut von Anweisungen. Mitch sah sie an und sagte: »Warten Sie bitte draußen. Ich muß mit Avery unter vier Augen sprechen.« Sie stand auf, und Mitch begleitete sie zur Tür und machte sie hinter ihr zu.

Avery musterte ihn eingehend und legte auf. »Was ist los?« fragte er.

Mitch stand neben der Couch. »Gerade eben, als ich vom Steuergericht zurückkam, hat mir das FBI aufgelauert.«

»Verdammt! Wer war es?«

»Derselbe Agent. Ein Mann namens Tarrance.«

Avery nahm den Hörer ab und redete weiter. »Wo ist das passiert?«

»Auf der Mall. Nördlich der Union. Ich war auf dem Rückweg, mit meinen eigenen Angelegenheiten beschäftigt.«

»War das der erste Kontakt seit damals?«

»Ja. Zuerst habe ich den Kerl überhaupt nicht erkannt.«

Avery sprach ins Telefon. »Hier ist Avery Tolar. Ich muß sofort mit Oliver Lambert sprechen ... Ist mir egal, ob er gerade telefoniert. Unterbrechen Sie ihn, und zwar sofort.«

»Was geht da vor, Avery?« fragte Mitch.

»Hallo, Oliver. Avery hier. Entschuldigen Sie die Störung. Mitch McDeere ist hier in meinem Büro. Vor ein paar Minuten war er auf dem Rückweg vom Federal Building, als sich ein FBI-Mann auf der Mall an ihn heranmachte ... Was? Ja, er ist gerade in mein Büro gekommen und hat mir davon erzählt ... Gut, wir sind in fünf Minuten bei Ihnen.« Er legte auf. »Entspannen Sie sich, Mitch. Das haben wir schon einmal durchgestanden.«

»Ich weiß, Avery, aber das reimt sich irgendwie nicht zusammen. Warum sind sie gerade auf mich verfallen? Schließlich bin ich der neueste Mann in der Firma.«

»Das ist Schikane, Mitch. Pure Schikane, weiter nichts.«

Mitch trat ans Fenster und schaute hinaus auf den Fluß. Avery war ein eiskalter Lügner. Jetzt war die Zeit gekommen für die ›Die versuchen nur, uns etwas anzuhaben‹-Masche. Entspannen Sie sich, Mitch, entspannen Sie sich. Mit acht Agenten, die auf die Firma angesetzt waren, und Direktor Voyles, der sich täglich über den Fall Bericht erstatten ließ? Er war gerade dabei ertappt worden, wie er mit einem FBI-Agenten in einem Billig-Schuhladen flüsterte. Und jetzt mußte er so tun, als wäre er eine dumme Marionette, auf die sich die bösen Mächte der Bundesregierung gestürzt hatten. Schikane? Und weshalb war ihm dieser Typ dann auf einem Routinegang zum Gericht gefolgt? Wissen Sie darauf auch eine Antwort, Avery?

»Sie haben einen Schrecken bekommen, nicht wahr?« fragte Avery, legte den Arm um ihn und schaute gleichfalls aus dem Fenster.

»Eigentlich nicht. Beim vorigen Mal hat mir Locke alles erklärt. Ich wünschte nur, sie ließen mich in Ruhe.«

»Das ist eine schwerwiegende Sache, Mitch. Nehmen Sie es nicht auf die leichte Schulter. Lassen Sie uns hinübergehen zu Lambert.«

Mitch folgte Avery um die Ecke herum und den Flur entlang. Ein Fremder in einem schwarzen Anzug öffnete ihnen die Tür und machte sie dann wieder zu. Lambert, Nathan Locke und Royce McKnight standen neben dem kleinen Konferenztisch. Wieder stand ein Tonbandgerät auf dem Tisch. Mitch ließ sich dem Gerät gegenüber nieder. Locke nahm am Kopfende des Tisches Platz und starrte Mitch an.

Er sprach mit bedrohlicher Miene. Keiner der Anwesenden lächelte. »Mitch, haben Sie nach dieser ersten Begegnung im August vorigen Jahres jemals wieder mit Tarrance oder sonst jemandem vom FBI gesprochen?«

»Nein.«

»Sind Sie ganz sicher?«

Mitch hieb auf den Tisch. »Verdammt noch mal! Ich habe nein gesagt! Warum lassen Sie mich nicht gleich auf die Bibel schwören?«

Locke war verblüfft. Sie waren alle verblüfft. Dreißig Sekunden lang herrschte ein schweres, angespanntes Schweigen. Mitch funkelte Schwarzauge an, der mit einer beiläufigen Kopfbewegung ganz leicht zurückwich.

Lambert, immer der Diplomat, der Vermittler, ergriff das Wort »Hören Sie, Mitch, wir wissen, daß das beängstigend ist.«

»Das kann man wohl sagen! Und es gefällt mir überhaupt nicht. Ich kümmere mich um meine eigenen Angelegenheiten, arbeite neunzig Stunden in der Woche, versuche, nichts zu sein als ein guter Anwalt und Mitarbeiter dieser Firma, und aus irgendeinem mir unbekannten Grund stattet mir das FBI diese kleinen Besuche ab. Und nun, Sir, würde ich gern ein paar Antworten hören.«

Locke drückte auf den roten Knopf des Bandgeräts. »Dazu kommen wir in einer Minute. Zuerst erzählen Sie uns alles, was vorgefallen ist.«

»Das ist ganz einfach, Mr. Locke. Ich ging zum Federal Building, wo ich um zehn in der Malcolm-Delaney-Sache vor Richter Kofer aussagen sollte. Ich war ungefähr eine Stunde dort, dann war der Fall erledigt. Ich verließ das Federal Building und war auf dem Rückweg ins Büro – ich hatte es ziemlich eilig, wie ich vielleicht hinzufügen sollte. Die Temperatur draußen beträgt ungefähr acht Grad minus. Ein oder zwei Blocks nördlich der Union tauchte dieser Tarrance aus dem Nichts auf, ergriff meinen Arm und schob mich in einen kleinen Laden. Ich hätte ihn am liebsten zusammengeschlagen, aber schließlich ist er ein FBI-Agent, und ich wollte keine Szene machen. Drinnen sagte er mir, er müsse eine Minute mit mir reden. Ich ließ ihn stehen und rannte zur Tür. Er folgte mir, versuchte abermals, mich festzuhalten, und ich stieß ihn weg. Dann rannte ich hierher, ging sofort in Averys Büro, und jetzt sind wir hier. Das ist alles, was gesprochen wurde. Es ging alles ziemlich schnell.«

»Worüber wollte er mit Ihnen reden?«

»Dazu habe ich ihm keine Gelegenheit gegeben, Mr. Locke. Ich habe nicht die Absicht, mit irgendeinem FBI-Agenten zu reden, solange ich nicht unter Strafandrohung dazu gezwungen werde.«

»Und Sie sind sicher, daß es derselbe Agent war?«

»Ich glaube schon. Zuerst habe ich ihn nicht erkannt. Ich habe ihn seit August nicht mehr gesehen. Drinnen im Laden zeigte er mir sein Abzeichen und nannte wieder seinen Namen. Daraufhin bin ich fortgelaufen.«

Locke drückte auf einen weiteren Knopf und lehnte sich in seinem Sessel zurück. Lambert saß neben ihm und lächelte überaus freundlich. »Also, Mitch, wir haben es Ihnen schon beim vorigen Mal erklärt. Diese Kerle werden immer frecher. Erst vor einem Monat haben sie sich an Jack Aldrich herangemacht, als er in einem kleinen Lokal in der Second Street beim Lunch saß. Wir wissen nicht, was sie im Schilde führen, aber dieser Tarrance scheint völlig verrückt zu sein. Das ist nichts als Schikane.«

Mitch beobachtete seine Lippen, hörte aber kaum etwas. Während Lambert redete, dachte er an Kozinski und Hodge und ihre netten Witwen und Kinder bei den Beerdigungen.

Schwarzauge räusperte sich. »Das ist eine ernste Angelegenheit, Mitch. Aber wir haben nichts zu verbergen. Wenn das FBI den Verdacht hat, daß irgend etwas nicht mit rechten Dingen zugeht, sollte es seine Zeit lieber damit verbringen, unsere Klienten unter die Lupe zu nehmen. Wir sind Anwälte. Es kann sein, daß wir Klienten vertreten, die gegen irgendwelche Gesetze verstoßen, aber wir haben nichts Unrechtes getan. Wir verstehen das einfach nicht.«

Mitch lächelte und streckte die offenen Hände aus. »Und was soll *ich* tun?« fragte er offen.

»Es gibt nichts, was Sie tun könnten, Mitch«, sagte Lambert. »Halten Sie sich einfach von diesem Kerl fern, und ergreifen Sie die Flucht, wenn Sie ihn sehen. Und erstatten Sie uns sofort Bericht, auch wenn er Sie nur ansieht.«

»Genau das hat er getan«, ergriff Avery für ihn Partei.

Mitch schaute so mitfühlend wie möglich drein.

»Sie können gehen, Mitch«, sagte Lambert. »Und halten Sie uns auf dem laufenden.«

Er verließ als einziger das Büro.

DeVasher ging hinter seinem Schreibtisch hin und her und ignorierte die Partner. »Er lügt, da bin ich ganz sicher. Er lügt. Der Kerl lügt. Ich weiß, daß er lügt.«

»Was hat Ihr Mann gesehen?« fragte Locke.

»Mein Mann hat etwas anderes gesehen. Es war ein wenig anders. Aber entschieden anders. Er sagt, McDeere und Tarrance wären ziemlich einträchtig in den Schuhladen gegangen. Tarrance ist nicht handgreiflich geworden. Hat nicht versucht, ihn einzuschüchtern. Tarrance macht sich an ihn heran, sie reden, und beide huschen in den Laden. Mein Mann sagt, sie sind im Hintergrund des Ladens verschwunden, und dort waren sie drei, vielleicht vier Minuten. Dann kam ein weiterer von unseren Leuten an dem Laden vorbei, schaute hinein und sah nichts. Aber offensichtlich haben sie unseren Mann gesehen, denn Sekunden später kamen sie herausgerannt, und McDeere hat ihn angeschrien und von sich gestoßen. Irgend etwas stimmt da nicht, das kann ich Ihnen versichern.«

»Hat Tarrance ihn beim Arm gepackt und gezwungen, mit in den Laden zu kommen?« fragte Nathan Locke langsam und präzise.

»Nein. Und da liegt das Problem. McDeere ist freiw llig mitgegangen, und wenn er behauptet, der Kerl hätte ihn beim Arm gepackt, dann lügt er. Mein Mann sagt, er glaubt, wenn sie uns nicht gesehen hätten, wären sie eine ganze Weile da drin geblieben.«

»Aber das wissen Sie nicht genau«, sagte Nathan Locke.

»Natürlich nicht, verdammt noch mal. Schließlich haben sie mich nicht eingeladen, mit ihnen in den Laden zu gehen.«

DeVasher wanderte weiter herum, während die Anwälte auf den Fußboden schauten. Er wickelte eine Roi-Tan aus und steckte sie in den Mund.

Schließlich ergriff Oliver Lambert das Wort. »Hören Sie, DeVasher, es ist doch möglich, daß McDeere die Wahrheit gesagt und Ihr Mann sich geirrt hat. Es ist durchaus möglich. Ich finde, McDeere hat ein Recht darauf, im Zweifelsfalle als unschuldig zu gelten.«

DeVasher knurrte und ignorierte seine Worte.

»Wissen Sie von irgendwelchen Kontakten seit August vorigen Jahres?« fragte Royce McKnight.

»Wir wissen von keinen, aber das bedeutet nicht, daß sie nicht trotzdem miteinander gesprochen haben. Auch über die anderen beiden wußten wir nicht Bescheid, bis es fast zu spät war. Es ist unmöglich, jeden Schritt zu überwachen, den sie tun. Unmöglich.«

Er wanderte weiter hin und her, offensichtlich in Gedanken versunken. »Ich muß mit ihm reden«, sagte er schließlich.

»Mit wem?«

»McDeere. Es wird Zeit, daß wir uns ein bißchen unterhalten.«

»Worüber?« fragte Lambert nervös.

»Das überlassen Sie mir, okay? Kommen Sie mir einfach nicht in die Quere.«

»Ich finde, das ist ein bißchen verfrüht«, sagte Locke.

»Mir ist völlig egal, was Sie finden. Wenn ihr Clowns für die Sicherheit verantwortlich wäret, würdet ihr alle im Gefängnis sitzen.«

Mitch saß bei geschlossener Tür in seinem Büro und starrte die Wand an. In seinem Hinterkopf entwickelte sich eine Migräne, und ihm war schlecht. Es wurde an die Tür geklopft.

»Herein«, sagte er leise.

Avery steckte den Kopf herein: »Wie wär's mit Lunch?«

»Nein, danke. Ich habe keinen Hunger.«

Der Partner schob die Hände in die Hosentaschen und lächelte herzlich. »Ich weiß, daß Sie sich Sorgen machen, Mitch. Legen wir eine Pause ein. Ich muß zu einer Verabredung in die Innenstadt. Wir könnten uns um eins im Manhattan Club treffen, in aller Ruhe essen und über alles reden. Ich habe die Limousine für Sie reserviert. Sie steht viertel vor eins für Sie bereit.«

Mitch brachte ein schwaches Lächeln zustande, als wäre er gerührt. »Also gut, Avery. Warum nicht?«

»Gut. Wir sehen uns um eins.«

Viertel vor eins ging Mitch durch die Vordertür zu der wartenden Limousine. Der Fahrer öffnete die Tür, und Mitch stieg ein. Gesellschaft wartete auf ihn.

Ein dicker, kahlköpfiger Mann mit einem massigen, vorquellenden und herabhängenden Hals saß selbstgefällig auf einer Seite des Rücksitzes. Er streckte Mitch die Hand entgegen. »Ich bin DeVasher, Mitch. Freue mich, Sie kennenzulernen.«

»Bin ich im richtigen Wagen?« fragte Mitch.

»Klar doch. Keine Aufregung.« Der Chauffeur lenkte den Wagen vom Bordstein auf die Straße.

»Was kann ich für Sie tun?« fragte Mitch.

»Sie können mir eine Weile zuhören. Wir müssen uns ein bißchen unterhalten.« Der Chauffeur bog auf den Riverside Drive ein und fuhr auf die Hernando-De-Soto-Brücke zu.

»Wo fahren wir hin?« fragte Mitch.

»Wir machen eine kleine Spazierfahrt. Entspannen Sie sich.«

Also bin ich Nummer Sechs, dachte Mitch. Das ist es. Nein, einen Moment. Bisher waren sie bei ihren Morden wesentlich einfallsreicher.

»Mitch – ich darf Sie doch Mitch nennen?«

»Natürlich.«

»Also gut, Mitch. Ich bin der Chef der Sicherheitsabteilung der Firma und …«

»Wozu braucht die Firma eine Sicherheitsabteilung?«

»Hören Sie mir einfach zu. Ich werde es Ihnen erklären. Dank dem alten Bendini verfügt die Firma über ein umfassendes Sicherheitssystem. Er war geradezu versessen auf Sicherheit und Verschwiegenheit. Mein Job ist es, die Firma zu beschützen, und wir sind offen gestanden sehr beunruhigt wegen dieser Sache mit dem FBI.«

»Das bin ich auch.«

»Ja. Wir glauben, daß das FBI entschlossen ist, in unsere Firma einzudringen – in der Hoffnung, sich Informationen über bestimmte Klienten verschaffen zu können.«

»Welche Klienten?«

»Ein paar große Fische mit fragwürdigen Steueroasen.«

Mitch nickte und schaute auf den Fluß unter ihnen. Sie waren jetzt in Arkansas, und hinter ihnen verschwand die Skyline von Memphis. Für DeVasher war die Unterhaltung vorerst beendet. Er saß da wie ein Frosch mit vor dem Bauch gefalteten Händen. Mitch wartete, bis offensichtlich war, daß Gesprächspausen und verlegenes Schweigen DeVasher nicht im mindesten störten. Mehrere Meilen jenseits des Flusses verließ der Chauffeur die Interstate und fand eine holprige Landstraße, die einen Bogen beschrieb und nach Osten zurückführte. Dann bog er auf einen Feldweg ein, der zwischen tiefliegenden Bohnenfeldern in der Nähe des Flusses verlief. Jenseits des Wassers war Memphis plötzlich wieder im Blickfeld.

»Wo fahren wir hin?« fragte Mitch leicht bestürzt.

»Nicht nervös werden. Ich will Ihnen etwas zeigen.«

Ein Grab, dachte Mitch. Die Limousine hielt an einem Steilhang, der drei Meter tief zu einer Sandbank am Flußufer abfiel. Auf der anderen Seite ragte beeindruckend die Skyline der Stadt auf. Sogar das Dach des Bendini-Gebäudes war zu sehen.

»Machen wir einen Spaziergang«, sagte DeVasher.

»Wohin?« fragte Mitch.

»Kommen Sie. Kein Grund zur Aufregung.« DeVasher öffnete seine Tür und trat an die hintere Stoßstange. Mitch folgte ihm langsam.

»Wie ich Ihnen schon sagte, Mitch, sind wir sehr beunruhigt wegen dieser Sache mit dem FBI. Wenn Sie mit den Leuten reden, werden sie immer frecher, und wer weiß, was diese Idioten dann versuchen. Sie dürfen auf gar keinen Fall mit ihnen reden, niemals. Verstanden?«

»Ja. Das habe ich bereits bei der ersten Begegnung im August verstanden.«

Plötzlich war DeVasher in seinem Gesicht, Nase an Nase. Er lächelte bösartig. »Ich habe etwas, das dafür sorgen wird, daß Sie ehrlich bleiben.« Er griff in sein Sportjackett und zog einen braunen Umschlag heraus.

»Schauen Sie sich das an«, sagte er höhnisch und trat beiseite.

Mitch lehnte sich an die Limousine und öffnete nervös den Umschlag. Drinnen waren vier Fotos, schwarzweiß, Großformat, sehr scharf. Der Strand. Das Mädchen.

»Großer Gott! Wer hat die aufgenommen?« schrie Mitch ihn an.

»Spielt das eine Rolle? Das sind doch Sie, oder?«

Es war völlig eindeutig, wer es war. Er zerriß die Fotos in kleine Fetzen und warf sie in DeVasher Richtung.

»Wir haben massenhaft Abzüge im Büro«, sagte DeVasher gelassen. »Einen ganzen Stapel. Wir möchten keinen Gebrauch davon machen, aber eine weitere kleine Unterhaltung mit Mr. Tarrance oder einem anderen Typ vom FBI, und wir schicken sie an Ihre Frau. Wie würde Ihnen das gefallen, Mitch? Stellen Sie sich vor, wie Ihre hübsche kleine Frau zum Briefkasten geht, um ihr *Redbook* und ihre Kataloge zu holen, und dann diesen an sie adressierten Umschlag sieht. Versuchen Sie, sich das vorzustellen, Mitch. Wenn Sie und Tarrance das nächste Mal die Absicht haben, Plastikschuhe zu kaufen, dann denken Sie an uns, Mitch. Weil wir Sie beobachten.«

»Wer weiß darüber Bescheid?« fragte Mitch.

»Nur ich und der Fotograf, und jetzt Sie. Niemand in der Firma weiß davon, und ich habe nicht vor, es jemandem zu erzählen. Aber wenn Sie wieder Mist bauen, dann werden sie wohl in der Mittagspause von Hand zu Hand gehen. Ich mache Nägel mit Köpfen, Mitch.«

Er saß auf dem Kofferraum und rieb sich die Schläfen. DeVasher trat neben ihn. »Hören Sie mir gut zu, mein Sohn. Sie sind ein sehr intelligenter junger Mann, und Sie sind auf dem besten Wege, das große Geld zu machen. Bauen Sie keinen Mist. Arbeiten Sie tüchtig, halten Sie sich an die Spielregeln, kaufen Sie neue Autos, größere Häuser, was immer Sie wollen. Genau wie alle anderen auch. Versuchen Sie nicht, den Helden zu spielen. Ich möchte von den Fotos keinen Gebrauch machen müssen.«

»Okay, okay.«

21

Siebzehn Tage und siebzehn Nächte lang verlief das aufgestörte Leben von Mitch und Abby McDeere ruhig und ohne Einmischung von Wayne Tarrance oder einem seiner Kollegen. Die Alltagsroutine kehrte zurück. Mitch arbeitete achtzehn Stunden am Tag, jeden Tag der Woche, und verließ das Büro nur, um heimzufahren. Seinen Lunch nahm er am Schreibtisch ein. Mit der Erledigung von Aufgaben außer Haus oder dem Wahrnehmen von Gerichtsterminen beauftragte Avery andere. Mitch hielt sich fast ausschließlich in seinem Büro auf, dieser viereinhalb mal viereinhalb Meter großen Zuflucht, in der er vor Tarrance sicher war. Wenn möglich, hielt er sich sogar den Fluren, der Toilette und dem Kaffeeraum fern. Sie beobachteten ihn, da war er ganz sicher. Er wußte nicht genau, wer ›sie‹ waren, aber es gab nicht den geringsten Zweifel daran, daß etliche Leute größtes Interesse an jedem seiner Schritte hatten. Also blieb er an seinem Schreibtisch, bei fast immer geschlossener Tür, arbeitete ununterbrochen und versuchte zu vergessen, daß das Gebäude einen fünften Stock hatte, und daß im fünften Stock ein widerwärtiger Kerl namens DeVasher residierte, der eine Kollektion von Fotos besaß, die ihn ruinieren konnte.

Mit jedem ereignislos verlaufenen Tag zog sich Mitch sogar noch tiefer in sein Asyl zurück, und in ihm wuchs die Hoffnung, daß die letzte Episode in dem koreanischen Schuhgeschäft Tarrance vielleicht einen Schrecken eingejagt oder daß man ihn vielleicht sogar gefeuert hatte. Vielleicht wurde Voyles das ganze Unternehmen einfach vergessen, und Mitch konnte auf dem eingeschlagenen Weg fortfahren, reich werden, Partner werden und alles kaufen, was das Herz begehrte. Aber er wußte es besser.

Für Abby war das Haus ein Gefängnis, obwohl sie nach Belieben kommen und gehen konnte. Sie machte Überstunden in der Schule, verbrachte viel Zeit damit, in den Ladenstraßen herumzuwandern, und fuhr jeden Tag mindestens einmal zum Einkaufen. Sie musterte jedermann, insbesondere Männer in dunklen Anzügen, die sie ansahen. Sie trug eine dunkle Sonnenbrille, damit sie ihre Augen nicht sehen konnte. Sie trug sie sogar, wenn es regnete. Wenn sie am späten Abend nach dem einsamen Abendessen auf ihn wartete, starrte sie die Wände an und kämpfte mit der Versuchung, das Haus zu durchsuchen. Die Telefone konnte man mit einer Lupe inspizieren. Sie sagte sich, daß die Drähte und Mikrofone nicht unsichtbar sein konnten. Mehr als einmal dachte sie daran, sich ein Buch über solche Anlagen zu kaufen, damit sie sie erkennen konnte. Aber Mitch sagte nein. Sie waren nun einmal im Haus, versicherte er ihr, und jeder Versuch, sie aufzuspüren, konnte verhängnisvoll sein.

Also bewegte sie sich stumm in ihrem eigenen Heim, fühlte sich vergewaltigt und wußte, daß es nicht lange so weitergehen konnte. Sie waren sich beide klar darüber, wie wichtig es war, einen normalen Eindruck zu machen, sich normal anzuhören. Sie versuchten, sich ganz normal zu unterhalten, darüber, wie der Tag gewesen war, über das Büro und ihre Schüler, über das Wetter, über dieses und jenes. Aber die Unterhaltungen waren flach, oft gezwungen und angespannt. Als Mitch noch studierte, hatten sie sich oft und leidenschaftlich geliebt; jetzt kam es praktisch überhaupt nicht mehr vor. Jemand lauschte.

Mitternächtliche Spaziergänge um den Block wurden zur Gewohnheit. Jeden Abend, nach einem raschen Sandwich, lieferten sie den einstudierten Text über die Notwendigkeit, sich ein wenig Bewegung zu machen, und machten sich auf den Weg zur Straße. Sie hielten sich bei den Händen und gingen durch die kalte Nacht, redeten über die Firma und das FBI und darüber, was sie tun sollten, und gelangten immer zu demselben Schluß: es gab keinen Ausweg. Überhaupt keinen. Siebzehn Tage und siebzehn Nächte.

Der achtzehnte Tag brachte eine neue Variante. Um neun Uhr abends war Mitch erschöpft und beschloß, nach Hause zu fahren. Er hatte fünfzehneinhalb Stunden ununterbrochen gearbeitet. Für zweihundert pro Stunde. Wie gewöhnlich ging er den Flur im zweiten Stock entlang, dann stieg er die Treppe zum dritten Stock hinauf. Er überprüfte im Vorbeigehen jedes Büro, um zu sehen, wer noch arbeitete. Niemand im dritten Stock. Er stieg weiter hinauf in den vierten Stock und durchwanderte den ganzen Flur, als suchte er etwas. Nur in einem einzigen Büro brannte noch Licht. Royce McKnight machte Spätschicht. Mitch passierte sein Büro, ohne gesehen zu werden. Averys Tür war zu, und Mitch ergriff den Türknopf. Das Büro war verschlossen. Er ging zur Bibliothek und suchte nach einem Buch, das er nicht brauchte. Nach zwei Wochen derartiger nächtlicher Inspektionsgänge hatte er festgestellt, daß es in den Fluren und den Büros keine Überwachungskameras gab. Er kam zu dem Schluß, daß sie lediglich mithörten, aber nichts sahen.

Er verabschiedete sich am Tor von Dutch Hendrix und fuhr nach Hause. Abby rechnete um diese frühe Stunde noch nicht mit ihm. Er schloß leise die vom Carport ins Haus führende Tür auf und schlich in die Küche. Er schaltete das Licht ein. Sie war im Schlafzimmer. Zwischen der Küche und seinem Zimmer gab es eine kleine Diele mit einem Rollpult, auf dem Abby die tägliche Post deponierte. Er legte seinen Aktenkoffer leise auf das Pult, dann sah er ihn. Ein großer brauner Umschlag, mit schwarzem Filzstift an Abby McDeere adressiert. Keine Absenderangabe. Auf dem Umschlag stand, in dicker schwarzer Schaft: FOTOS – NICHT KNICKEN. Zuerst setzte sein Herzschlag aus, dann sein Atem. Er griff nach dem Umschlag. Er war geöffnet worden.

Auf seiner Stirn bildete sich eine dicke Schweißschicht. Sein Mund war trocken, und er konnte nicht schlucken. Sein Herzschlag setzte mit der Gewalt eines Schmiedehammers wieder ein. Das Atmen war mühsam und schmerzhaft. Ihm war schlecht. Langsam wich er, mit dem Umschlag in der Hand, von dem Pult zurück. Sie ist im Bett, dachte er. Verletzt, angewidert, niedergeschmettert und wütend. Er wischte sich den Schweiß von der Stirn und versuchte, sich zu fassen. Trag es wie ein Mann, sagte er sich.

Sie war im Bett und las bei eingeschaltetem Fernseher. Der Hund war im Garten. Mitch öffnete die Schlafzimmertür, und Abby fuhr erschrocken auf. Bevor sie erkannt hatte, wer der Eindringling war, hätte sie ihn fast angeschrien.

»Du hast mich erschreckt, Mitch!«

Ihre Augen funkelten vor Angst, dann vor Freude. Es waren keine Tränen aus ihnen geflossen. Sie sahen gut aus, ganz normal. Kein Schmerz. Keine Wut. Er konnte nicht sprechen.

»Wieso bist du zu Hause?« wollte sie wissen, setzte sich im Bett auf und lächelte.

Sie lächelte? »Ich wohne hier«, sagte er schwächlich.

»Warum hast du nicht angerufen?«

»Muß ich anrufen, bevor ich nach Hause kommen darf?«

Sein Atem war jetzt wieder fast normal. Es war alles in Ordnung.

»Das wäre nett. Komm her und küß mich.«

Er beugte sich über das Bett und küßte sie. Er reichte ihr den Umschlag. »Was ist das?« fragte er beiläufig.

»Das wollte ich dich fragen. Er ist an mich adressiert, aber es war nichts darin. Überhaupt nichts.« Sie klappte ihr Buch zu und legte es auf den Nachttisch.

Überhaupt nichts? Er lächelte sie an und küßte sie abermals. »Erwartest du Fotos von irgend jemandem?« fragte er, scheinbar völlig ahnungslos.

»Nicht, daß ich wüßte. Muß ein Irrtum sein.«

Er konnte fast hören, wie DeVasher in diesem Augenblick im fünften Stock lachte. Das fette Schwein stand dort in einem dunklen Raum voller Drähte und Maschinen mit einem Kopfhörer auf seiner massigen Kegelkugel von einem Kopf und lachte sich halb tot.

»Das ist merkwürdig«, sagte Mitch. Abby schlüpfte in ihre Jeans und deutete auf den Hintergarten. Mitch nickte. Das Signal war einfach, nur ein kurzes Handausstrecken oder Kopfnicken in Richtung Terrasse.

Mitch legte den Umschlag wieder auf das Rollpult und berührte kurz die darauf geschriebenen Worte. Vermutlich DeVashers Schrift. Er konnte ihn fast lachen hören. Er konnte sein fettes und widerliches Lächeln sehen. Währscheinlich hatten die Fotos beim Lunch im Speisesaal der Partner die Runde gemacht. Er konnte sehen, wie Lambert und McKnight und sogar Avery sie bei Kaffee und Nachtisch bewundernd beglotzten.

Sollten sie sich doch mit den Fotos vergnügen, verdammt noch mal. Sollten sie doch die paar Monate genießen, die ihnen für ihr Leben als glänzende, glückliche, gesetzestreue Anwälte noch blieben.

Abby trat neben ihn, und er nahm ihre Hand. »Was gibt's zu essen?« fragte er, für die Zuhörer bestimmt.

»Warum gehen wir nicht aus? Wir könnten feiern, daß du ausnahmsweise einmal zu einer vernünftigen Zeit nach Hause gekommen bist.«

Sie gingen durch die Tür. »Gute Idee«, sagte Mitch. Sie verließen das Haus durch die Hintertür, überquerten die Terrasse und verschwanden in der Dunkelheit.

»Was gibt es?« fragte Mitch.

»Du hast heute einen Brief von Doris bekommen. Sie schreibt, sie wäre in Nashville, käme aber am siebenundzwanzigsten Februar nach Memphis zurück. Sie müßte dich sehen. Es wäre wichtig. Es war ein sehr kurzer Brief.«

»Am siebenundzwanzigsten! Das war gestern.«

»Ich weiß. Vermutlich ist sie bereits in der Stadt. Ich möchte wissen, was sie will.«

»Ja, und ich möchte wissen, wo sie steckt.«

»Sie schrieb, ihr Mann hätte ein Engagement hier in der Stadt.«

»Gut. Sie wird uns finden«, sagte Mitch.

Nathan Locke verschloß die Tür seines Büros und bedeutete DeVasher, sich an dem kleinen Konferenztisch am Fenster niederzulassen. Die beiden Männer haßten sich und versuchten nicht, verbindlich miteinander umzugehen. Aber Geschäft war Geschäft, und sie erhielten ihre Befehle vom gleichen Mann.

»Lazarov wollte, daß ich allein mit Ihnen rede«, sagte DeVasher. »Ich habe die letzten beiden Tage mit ihm in Las Vegas verbracht, und er ist sehr nervös. Sie sind alle nervös, Locke, und Ihnen vertraut er mehr als allen anderen hier. Er mag Sie mehr, als er mich mag.«

»Das ist verständlich«, sagte Locke, ohne zu lächeln. Das Schwarz seiner Augen verengte sich und fixierte DeVasher.

»Aber es gibt ein paar Dinge, von denen er will, daß wir darüber reden.«

»Ich höre.«

»McDeere lügt. Sie wissen, wie Lazarov sich immer damit großtut, daß er einen Mann im FBI hat. Nun, ich habe ihm nie geglaubt, und in den meisten Dingen glaube ich ihm auch jetzt noch nicht. Aber diesmal hat ihm seine kleine Quelle zugeflüstert, daß es geheime Treffen zwischen McDeere und irgendwelchen großen Tieren vom FBI gegeben hat, als unser Mann im Januar in Washington war. Wir waren dort, und unsere Leute haben nichts gesehen, aber es ist unmöglich, jemanden vierundzwanzig Stunden am Tag zu beschatten, ohne dabei erwischt zu werden. Es ist möglich, daß er sich für kurze Zeit absentiert hatte, ohne daß wir davon wissen.«

»Glauben Sie das?«

»Es ist unwichtig, ob ich es glaube. Lazarov glaubt es, und das ist alles, worauf es ankommt. Jedenfalls hat er mich angewiesen, vorläufige Pläne zu seiner Beseitigung auszuarbeiten.«

»Verdammt, DeVasher! Wir können doch nicht dauernd Leute umbringen.«

»Nur vorläufige Pläne, nichts Ernstes. Ich habe Lazarov gesagt, daß es verfrüht ist und ein Fehler wäre. Aber sie machen sich Sorgen, Locke.«

»So kann es nicht weitergehen, DeVasher. Wir müssen schließlich auch an unseren Ruf denken. Bei uns gibt es mehr Todesfälle als auf einer Ölbohrplattform. Die Leute werden anfangen zu reden. Bald kommt es so weit, daß kein Jurastudent, der seine fünf Sinne beieinander hat, bei uns arbeiten will.«

»Ich glaube, deshalb brauchen Sie sich keine Sorgen zu machen. Lazarov hat einen Einstellungsstopp angeordnet und mich angewiesen, Ihnen das mitzuteilen. Außerdem möchte er wissen, wie viele von den angestellten Anwälten noch nicht eingeweiht sind.«

»Fünf, glaube ich. Lynch, Sorrell, Buntin, Myers und McDeere.«

»McDeere können Sie vergessen. Lazarov ist überzeugt, daß er viel mehr weiß, als wir glauben. Sind Sie sicher, daß die anderen vier keine Ahnung haben?«

Locke dachte einen Moment nach und murmelte dann: »Nein. Jedenfalls haben wir es ihnen nicht gesagt. Ihr seid es doch, die zuhören und beobachten. Was hört ihr?«

»Nichts, von den vieren. Sie machen einen unwissenden Eindruck. Können Sie sie entlassen?«

»Sie entlassen! Sie sind Anwälte, DeVasher. Anwälte entläßt man nicht. Sie sind loyale Angehörige der Firma.«

»Die Firma ändert sich, Locke. Lazarov möchte, daß wir alle entlassen, die nichts wissen, und keine neuen mehr einstellen. Es ist offensichtlich, daß das FBI seine Strategie geändert hat, und es wird Zeit, daß auch wir uns ändern. Lazarov möchte, daß wir uns eng zusammenschließen und alle Lecks verstopfen. Wir können nicht einfach dasitzen und darauf warten, daß sie sich an unsere jungen Leute heranmachen.«

»Sie entlassen«, wiederholte Locke ungläubig. »Die Firma hat noch nie einen Anwalt entlassen.«

»Wirklich rührend, Locke. Wir haben fünf aus dem Wege geräumt, aber nie einen entlassen. Das ist wirklich gut. Sie haben einen Monat Zeit, also lassen Sie sich einen Vorwand einfallen. Ich schlage vor, daß Sie sie alle gleichzeitig vor die Tür setzen. Erzählen Sie ihnen, wir hätten einen großen Auftrag verloren und müßten uns einschränken.«

»Wir haben Klienten, keine Aufträge.«

»Na, wenn schon. Ihr wichtigster Klient befiehlt Ihnen, Lynch, Sorrell, Buntin und Myers zu entlassen. Planen Sie das.«

»Wie sollen wir diese vier entlassen, aber McDeere nicht?«

»Ihnen wird schon etwas einfallen, Nat. Sie haben einen Monat Zeit. Sehen Sie zu, daß Sie sie loswerden, und stellen Sie keine neuen Leute ein. Lazarov möchte einen soliden kleinen Laden, in dem er jedem vertrauen kann. Er ist verängstigt, Nat. Verängstigt und wütend. Und ich brauche Ihnen wohl nicht zu sagen, was passieren wird, wenn einer Ihrer Leute die Katze aus dem Sack läßt.«

»Nein, das brauchen Sie mir nicht zu sagen. Was hat er mit McDeere vor?«

»Fürs erste läuft alles weiter wie bisher. Wir hören ihn vierundzwanzig Stunden am Tag ab, und bisher hat er weder gegenüber seiner Frau noch sonst jemandem etwas verlauten lassen. Kein einziges Wort! Tarrance hat sich zweimal an ihn herangemacht, und beide Male hat er Ihnen darüber Bericht erstattet. Ich glaube nach wie vor, daß die zweite Begegnung nicht ganz astrein war, deshalb passen wir genau auf. Lazarov dagegen behauptet steif und fest, es hätte in Washington ein Treffen gegeben. Er versucht, eine Bestätigung dafür zu bekommen. Er sagt, seine Quellen wissen nicht viel, aber sie graben weiter. Wenn sich McDeere tatsächlich in Washington mit den Feds getroffen und es nicht gemeldet hat, dann wird Lazarov mich anweisen, schnell zu handeln, da bin ich ganz sicher. Deshalb will er vorläufige Pläne zur Beseitigung von McDeere.«

»Wie wollen Sie das anstellen?«

»Dazu ist es noch zu früh. Ich habe noch nicht darüber nachgedacht.«

»Sie wissen, daß er und seine Frau in zwei Wochen auf die Caymans fliegen, um dort Urlaub zu machen. Sie werden in einem unserer Apartments wohnen, wie üblich.«

»Dort können wir es nicht noch einmal machen. Zu verdächtig. Lazarov hat mich angewiesen, sie schwanger zu machen.«

»McDeeres Frau?«

»Ja. Er will, daß sie ein Kind bekommt, ein kleines Druckmittel. Sie nimmt die Pille. Also müssen wir hingehen, ihr Schächtelchen nehmen, die Pillen herausholen und durch Placebos ersetzen.«

Bei diesen Worten glomm in den schwarzen Augen ein Anflug von Traurigkeit auf, und sie schauten zum Fenster hinaus. »Was, zum Teufel, geht da vor, DeVasher?« fragte er leise.

»Dieser Laden ist im Begriff, sich zu ändern, Nat. Wie es scheint, sind die Feds überaus interessiert, und sie lassen nicht locker. Wer weiß, vielleicht schluckt einer unserer Jungs eines Tages den Köder, und ihr alle müßt mitten in der Nacht aus der Stadt verschwinden.«

»Das glaube ich nicht, DeVasher. Ein Anwalt hier wäre doch ein kompletter Idiot, wenn er sein Leben und seine Familie für ein paar Versprechen von den Feds aufs Spiel setzen würde. Ich glaube nicht, daß das passieren wird. Dazu sind unsere jungen Leute viel zu klug, und sie verdienen zuviel Geld.«

»Ich hoffe, Sie haben recht.«

22

Der Makler lehnte sich an die Rückwand des Fahrstuhls und bewunderte von hinten den schwarzledernen Minirock. Er folgte ihm abwärts bis oberhalb der Knie, wo die Nähte der schwarzen Nylons anfingen und sich hinabzogen zu den schwarzen Pumps mit Pfennigabsätzen und kleinen roten Schleifen über den Zehen. Dann arbeitete er sich langsam wieder an den Nähten hoch, hielt einen Moment inne, um die Rundung des Hinterteils zu bewundern, dann weiter aufwärts zu dem roten Kaschmirpullover, der aus dieser Perspektive wenig bot, aber, wie er in der Halle bemerkt hatte, überaus beeindruckend war. Das Haar hing bis auf die Schulterblätter herab und kontrastierte hübsch mit dem Rot. Er wußte, daß es gebleicht war, aber wenn er zu dem Bleichen den Ledermini, die Nähte, die hochhackigen Pumps und den engen Pullover hinzurechnete und das, was vorne darinsteckte – wenn er all das zusammenrechnete, dann wußte er, daß dies eine Frau war, die er haben konnte. Am liebsten hätte er sie gleich hier in diesem Gebäude gehabt. Sie wollte ein kleines Büro. Über die Miete konnte man verhandeln.

Der Fahrstuhl hielt. Die Tür glitt auf, und er folgte ihr auf den engen Flur. »Hier entlang«, sagte er und machte Licht. In der Ecke trat er vor sie und steckte den Schlüssel in eine ziemlich mitgenommen aussehende Tür.

»Es sind nur zwei Räume«, sagte er und betätigte einen weiteren Lichtschalter. »Ungefähr zwanzig Quadratmeter.«

Sie trat sofort ans Fenster und schaute hinaus. »Gegen die Aussicht ist nichts einzuwenden«, sagte sie.

»Ja, eine hübsche Aussicht. Der Teppichboden ist neu. Das Büro wurde im letzten Herbst frisch gestrichen. Die Toilette ist draußen auf dem Flur. Es ist ein hübsches Büro. Im Laufe der letzten acht Jahre ist das ganze Haus renoviert worden.« Während er sprach, ruhte sein Blick auf den schwarzen Nähten.

»Es ist nicht übel«, sagte Tammy, ohne auf seine Anpreisung einzugehen. Sie schaute weiterhin aus dem Fenster. »Wie heißt dieses Haus?«

»Es ist das Cotton Exchange Building. Eines der ältesten Häuser in Memphis, eine sehr ansehnliche Adresse.«

»Wie ansehnlich ist die Miete?«

Er räusperte sich mit einer Akte in der Hand. Er schaute nicht auf die Akte. Jetzt starrte er auf die Schuhe. »Nun, es ist ein sehr kleines Büro. Was sagten Sie – wozu brauchen Sie es?«

»Für Sekretariatsarbeiten. Freiberuflich.« Sie trat ans andere Fenster. Er folgte jedem ihrer Schritte.

»Ich verstehe. Wie lange brauchen Sie es?«

»Sechs Monate, mit einer Option für ein Jahr.«

»Okay, für sechs Monate können wir es für dreihundertfünfzig pro Monat vermieten.«

Sie zuckte weder zusammen, noch wendete sie den Blick vom Fenster ab. Sie zog den rechten Fuß aus dem Schuh und rieb sich mit ihm die linke Wade. Die Naht, stellte er fest, zog sich um den Absatz herum und über die ganze Fußsohle. Die Zehennägel waren rot! Sie schwenkte ihr Hinterteil nach links und lehnte sich an die Fensterbank.

»Ich zahle zweihundertfünfzig im Monat«, sagte sie entschieden.

Er räusperte sich abermals. Es hatte keinen Sinn, habgierig zu sein. Die winzigen Zimmer waren toter Raum, für fast jedermann nutzlos, und sie standen seit Jahren leer. Das Gebäude konnte eine freiberuflich arbeitende Sekretärin gebrauchen. Vielleicht hatte sogar er selbst Verwendung für eine freiberuflich arbeitende Sekretärin.

»Dreihundert, aber nicht weniger. Das Gebäude ist gefragt und im Augenblick zu neunzig Prozent vermietet. Dreihundert im Monat, und das ist noch zu wenig. Das deckt nicht einmal die Unkosten.«

Sie drehte sich plötzlich um, und da waren sie. Der Kaschmirpullover spannte sich straff über ihnen. »In der Anzeige stand, daß es auch möblierte Büros gäbe«, sagte sie.

»Wir können dieses hier möblieren«, sagte er, zu jedem Entgegenkommen bereit. »Was brauchen Sie?«

Sie sah sich um. »Ich hätte gern einen Schreibtisch hier drin und ein Bücherregal. Zwei oder drei Aktenschränke. Ein Paar Stühle für Kunden. Nichts Ausgefallenes. Der andere Raum braucht nicht möbliert zu werden. In den stelle ich ein Kopiergerät.«

»Kein Problem«, sagte er mit einem Lächeln.

»Und ich zahle dreihundert monatlich, möbliert.«

»Gut«, sagte er, öffnete seine Akte und holte ein Formular für einen Mietvertrag heraus. Er legte es auf einen Klapptisch und begann zu schreiben.

»Ihr Name?«

»Doris Greenwood.« Ihre Mutter hieß Doris Greenwood, und sie hatte Tammy Inez Greenwood geheißen, bevor sie an Buster Hemphill geraten war, der seinen Namen später (ganz offiziell) in Elvis Aaron Hemphill geändert hatte. Seither war es im ihrem Leben ziemlich bergab gegangen. Ihre Mutter lebte in Effingham, Illinois.

»Okay, Doris«, sagte er, um Zuvorkommenheit bemüht, als wären sie schon soweit, daß sie einander beim Vornamen nannten. »Anschrift?«

»Wozu brauchen Sie die?« fragte sie gereizt.

»Nun, äh, das ist nun einmal eine Information, die wir brauchen.«

»Das geht Sie nichts an.«

»Okay, okay. Kein Problem.« Er strich dramatisch diesen Teil des Mietvertrages durch und dachte einen Moment nach. »Also, wir lassen ihn ab heute, dem 2. März, für sechs Monate laufen, also bis zum 2. September. Ist Ihnen das recht?«

Sie nickte und zündete sich eine Zigarette an.

Er las den nächsten Absatz. »Okay, wir brauchen eine Kaution von dreihundert Dollar und die Miete für den ersten Monat im voraus.«

Aus einer Tasche des engen schwarzen Lederrocks holte sie ein Bündel Geldscheine. Sie zählte sechshundert Dollar ab und legte sie auf den Tisch. »Quittung bitte«, verlangte sie.

»Natürlich.« Er schrieb weiter.

»In welchem Stockwerk sind wir hier?« fragte sie, während sie zum Fenster zurückkehrte.

»Im neunten. Wenn Sie nach dem fünfzehnten eines Monats zahlen, berechnen wir zehn Prozent Verzugsgebühren. Wir haben das Recht, das Büro zu jeder vernünftigen Zeit zu inspizieren. Es darf nicht für irgendwelche illegalen Zwecke benutzt werden. Die Versicherung für die Einrichtung und alle eingebrachten Gegenstände geht zu Ihren Lasten. Sie erhalten einen der Parkplätze auf der anderen Straßenseite, und hier sind zwei Schlüssel. Noch Fragen?«

»Ja. Was ist, wenn ich Überstunden mache und noch spät abends oder nachts arbeite?«

»Dagegen ist nichts einzuwenden. Sie können kommen und gehen, wie Sie wollen. Nach Einbruch der Dunkelheit läßt Sie der Wachmann am Ausgang zur Front Street hinaus.«

Tammy steckte die Zigarette zwischen ihre klebrigen Lippen und trat an den Tisch. Sie warf einen Blick auf den Mietvertrag, zögerte einen Moment, dann unterschrieb sie mit dem Namen Doris Greenwood.

Er schloß ab und begleitete sie den Flur entlang zum Fahrstuhl.

Am Mittag des folgenden Tages war das zusammengewürfelte Mobiliar geliefert worden, und Doris Greenwood von Greenwood Services stellte die gemietete Schreibmaschine und das gemietete Telefon auf den Schreibtisch. Wenn sie an der Schreibmaschine saß, konnte sie aus dem Fenster sehen und den Verkehr auf der Front Street beobachten. Sie füllte die Schreibtischschubladen mit Schreibmaschinenpapier, Notizblöcken, Kugelschreibern und allem möglichen Kleinkram. Sie legte Zeitschriften auf das Regal und den kleinen Tisch zwischen den beiden Stühlen, die für ihre Kunden gedacht waren.

Jemand klopfte an die Tür. »Wer ist da?« fragte sie.

»Ihr Kopierer«, erwiderte eine Stimme.

Sie schloß die Tür auf und öffnete sie. Ein stämmiger, kleiner Mann namens Gordy stürmte herein, sah sich in dem Zimmer um und fragte grob: »Okay, wo soll er hin?«

»Hier herein«, sagte Tammy und deutete auf den zweieinhalb mal drei Meter großen Nebenraum. Zwei junge Männer in blauen Overalls schoben und zogen die Karre, auf der das Kopiergerät stand.

Gordy legte den Papierkram auf ihren Schreibtisch. »Ein mächtig großer Kopierer für diesen Laden. Macht neunzig Kopien pro Minute und hat eine Sortieranlage und automatische Dokumentenzufuhr. Ein tolles Ding.«

»Wo muß ich unterschreiben?« fragte sie, ohne auf sein Gerede einzugehen.

Er zeigte es ihr mit dem Stift. »Sechs Monate, für zweihundertfünfzig pro Monat. Das schließt Service und Wartung und fünfhundert Blatt Papier für die ersten beiden Monate mit ein. Wollen sie Juristenformat oder normales Briefpapier?«

»Juristenformat.«

»Die erste Zahlung ist am Zehnten fällig, ebenso in den nächsten fünf Monaten. Das Bedienungshandbuch steckt am Gerät. Rufen Sie mich an, wenn Sie noch Fragen haben.«

Die beiden Mechaniker starrten auf die engen Jeans und die roten Pumps und verließen langsam das Büro. Gordy riß den gelben Durchschlag ab und händigte ihn ihr aus. »Danke für den Auftrag«, sagte er.

Sie schloß die Tür hinter ihnen ab. Sie trat an das Fenster neben ihrem Schreibtisch und blickte nach Norden, die Front Street entlang. Zwei Block entfernt, auf der anderen Straßenseite, waren der vierte und der fünfte Stock des Bendini-Gebäudes sichtbar.

Er arbeitete und steckte die Nase tief in die Bücher und die Stapel von Akten. Er war zu beschäftigt für alle von ihnen, außer für Lamar. Ihm war durchaus klar, daß die Isolierung, in die er sich begab, nicht unbemerkt blieb. Also arbeitete er noch mehr. Vielleicht würden sie nicht argwöhnisch werden, wenn er pro Tag zwanzig Stunden in Rechnung stellte. Vielleicht konnte Geld ihm einen Schutzwall errichten.

Nina brachte ihm eine Schachtel mit kalter Pizza, als sie nach dem Lunch das Gebäude verließ. Er aß sie, während er seinen Schreibtisch aufräumte. Dann rief er Abby an und sagte, daß er Ray besuchen wollte und am späten Sonntagabend wieder in Memphis eintreffen würde. Er ging durch die Seitentür auf den Parkplatz.

Dreieinhalb Stunden lang fuhr er auf der Interstate 40, wobei er ständig in den Rückspiegel schaute. Nichts. Er konnte nichts entdecken. Wahrscheinlich rufen sie einfach an, dachte er, und dann wartete irgendwo jemand auf ihn. In Nashville bog er von der Interstate ab und fuhr in die Innenstadt. Mit Hilfe einer Karte, die er selbst gezeichnet hatte, schoß er durch den dichten Verkehr, wendete, wo immer es möglich war, und fuhr wie ein Wahnsinniger. Im Süden der Stadt bog er plötzlich in eine große Siedlung ein und fuhr zwischen den Gebäuden herum. Eine recht nette Gegend. Die Parkplätze waren sauber und die Gesichter weiß, eines wie das andere. Er parkte neben dem Verwaltungsgebäude und schloß den BMW ab. Das Telefon in der Zelle neben dem überdachten Pool funktionierte. Er bestellte ein Taxi und nannte eine zwei Blocks entfernte Adresse. Er lief zwischen den Gebäuden hindurch und durch eine Nebenstraße und traf gleichzeitig mit dem Taxi ein. »Zum Bahnhof der Greyhound-Busse«, wies er den Fahrer an. »Und zwar möglichst schnell. Ich habe nur noch zehn Minuten.«

»Keine Sorge, Mann. Bis dorthin sind es nur sechs Blocks.«

Mitch duckte sich im Fond zusammen und beobachtete den Verkehr. Der Fahrer fuhr langsam und zuversichtlich, und sieben Minuten später hielt er beim Busbahnhof an. Mitch warf zwei Fünfer über die Lehne und eilte in die Schalterhalle. Er kaufte eine einfache Fahrkarte für den Sechzehn-Uhr-dreißig-Bus nach Atlanta. Der Uhr an der Wand zufolge war es jetzt sechzehn Uhr und einunddreißig Minuten. Die Angestellte deutete durch die Schwingtüren. »Bus Nr. 454«, sagte sie. »Fährt gleich ab.«

Der Fahrer knallte die Gepäckluke zu, nahm seine Fahrkarte und folgte Mitch in den Bus. Die ersten drei Reihen waren mit ältlichen Schwarzen gefüllt. Im hinteren Teil saß ein rundes Dutzend weiterer Passagiere. Mitch ging langsam den Gang entlang, musterte jedes Gesicht und sah niemanden. Er ließ sich auf einem Fensterplatz in der vierten Reihe von hinten nieder, setzte eine Sonnenbrille auf und warf einen Blick nach hinten. Niemand. Verdammt! War er im falschen Bus? Er schaute zu den dunklen Fenstern hinaus, während der Bus schnell in den Verkehr hineinglitt. Der nächste Halt war Knoxville. Vielleicht würde sein Kontaktmann dort einsteigen.

Als sie auf der Interstate waren und der Fahrer mit der üblichen Reisegeschwindigkeit fuhr, tauchte plötzlich ein Mann in Jeans und kariertem Hemd auf und glitt auf den Sitz neben Mitch. Es war Tarrance. Mitch atmete leichter.

»Wo haben Sie gesteckt?« fragte er.

»In der Toilette. Haben Sie sie abgehängt?« Tarrance sprach leise und musterte dabei die Hinterköpfe der Passagiere. Niemand hörte ihnen zu. Niemand konnte mithören.

»Ich habe überhaupt niemanden gesehen, Tarrance. Also kann ich auch nicht sagen, ob ich sie abgehängt habe. Aber ich meine, wenn sie mir diesmal auf der Spur hätten bleiben wollen, hätten sie schon Supermänner sein müssen.«

»Haben Sie unseren Mann in der Schalterhalle gesehen?«

»Ja. Bei der Telefonzelle, mit einer roten Falcon-Mütze. Ein Schwarzer.«

»Das war er. Er hätte Ihnen ein Zeichen gegeben, wenn Ihnen jemand gefolgt wäre.«

»Er signalisierte mir, daß die Bahn frei wäre.«

Tarrance trug eine silbrig spiegelnde Sonnenbrille und eine grüne Michigan-State-Baseballmütze. Mitch konnte das frische Aroma von Juicy Fruit riechen.

»Heute einmal nicht in Uniform, stimmt's?« sagte Mitch lächelnd. »Hat Voyles Ihnen erlaubt, so herumzulaufen?«

»Ich habe vergessen, ihn zu fragen.«

»Sonntag früh?« fragte Mitch.

»Natürlich. Er möchte alles über unsere kleine Busfahrt erfahren. Ich habe eine Stunde mit ihm geredet, bevor ich die Stadt verließ.«

»Das Wichtigste zuerst. Was ist mit meinem Wagen?«

»Wir holen ihn in ein paar Minuten ab und hüten ihn für Sie. Er wird in Knoxville sein, wenn Sie ihn brauchen. Machen Sie sich deshalb keine Sorgen.«

»Sie glauben nicht, daß sie uns finden können?«

»Ausgeschlossen. Niemand ist Ihnen aus Memphis heraus gefolgt. Auch in Nashville konnten wir nichts entdecken. Sie sind absolut sauber.«

»Entschuldigen Sie meine Besorgnis. Aber nach diesem Fiasko in dem Schuhladen weiß ich, daß auch ihr nicht über jede Dummheit erhaben seid.«

»Es war ein Fehler, ich gebe es zu. Wir ...«

»Ein schwerwiegender Fehler. Einer, der mich auf die Schwarze Liste hätte bringen können.«

»Sie haben sich gut aus der Affäre gezogen. Es wird nicht wieder vorkommen.«

»Versprechen Sie es mir, Tarrance. Versprechen Sie mir, daß sich nie wieder jemand in der Öffentlichkeit an mich heranmachen wird.«

Tarrance schaute den Gang entlang und nickte.

»Nein, Tarrance. Ich möchte es aus Ihrem Munde hören. Versprechen Sie es mir.«

»Okay, okay. Es wird nicht wieder vorkommen. Ich verspreche es.«

»Danke, jetzt kann ich vielleicht in einem Restaurant essen, ohne befürchten zu müssen, daß ich angequatscht werde.«

»Ich habe verstanden.«

Ein alter Schwarzer mit einem Krückstock kam auf sie zu, lächelte und ging vorüber. Die Toilettentür knallte ins Schloß. Der Greyhound fuhr auf der linken Spur und überholte alle Fahrer, die sich an die Geschwindigkeitsbegrenzung hielten.

Tarrance blätterte in einer Zeitschrift. Mitch betrachtete die Landschaft. Der Mann mit dem Krückstock hatte sein Geschäft erledigt und hinkte zu seinem Platz in der vordersten Reihe.

»Und weshalb sind Sie hier?« fragte Tarrance blätternd.

»Ich mag keine Flugzeuge. Ich nehme immer den Bus.«
»Verstehe. Und womit möchten Sie anfangen?«
»Voyles sagte, Sie hätten einen Schlachtplan.«
»Den habe ich. Ich brauche nur noch einen Quarterback.«
»Gute Quarterbacks sind teuer.«
»Wir haben das Geld.«
»Es wird wesentlich mehr kosten, als Sie glauben. So, wie ich die Dinge sehe, werfe ich eine vierzigjährige Karriere als Anwalt in den Müll. Mit, sagen wir, durchschnittlich einer halben Million im Jahr.«
»Das wären zwanzig Millionen Dollar.«
»Ich weiß. Aber wir können verhandeln.«
»Freut mich, das zu hören. Sie gehen davon aus, daß Sie vierzig Jahre lang arbeiten werden. Das ist eine höchst fragwürdige Annahme. Nehmen wir spaßeshalber einmal an, daß wir binnen fünf Jahren die Firma hochgehen lassen und Sie zusammen mit all ihren Kumpeln vor Gericht bringen. Und daß wir Verurteilungen erreichen und Sie für ein paar Jahre ins Gefängnis wandern. Man wird Sie nicht lange dort behalten, weil Sie einer der Typen mit den weißen Kragen sind; und natürlich haben Sie gehört, wie nett es in den Bundesgefängnissen zugeht. Aber auf jeden Fall werden Sie Ihre Lizenz verlieren, Ihr Haus, Ihren kleinen BMW. Vermutlich auch Ihre Frau. Wenn Sie wieder draußen sind, können Sie eine Privatdetektei aufmachen, wie Ihr alter Freund Lomax. Das ist ein leichter Job, solange Sie nicht an der falschen Unterwäsche schnüffeln.«
»Ich sagte es bereits. Wir können verhandeln.«
»Also gut. Verhandeln wir. Wieviel wollen Sie?«
Tarrance klappte die Zeitschrift zu, legte sie unter seinen Sitz und schlug ein dickes Paperback auf. Er tat, als lese er. Mitch sprach aus dem Mundwinkel heraus, mit dem Blick auf dem Mittelstreifen.
»Das ist eine sehr gute Frage«, sagte Tarrance so leise, daß er über dem fernen Tuckern des Dieselmotors gerade noch zu hören war. »Was wir von Ihnen wollen? Gute Frage. Erstens müssen Sie Ihre Karriere als Anwalt aufgeben. Sie müssen Geheimnisse und Unterlagen preisgeben, die Ihren Klienten gehören. Schon das genügt natürlich für einen Ausschluß aus der Anwaltskammer, aber das dürfte nicht so wichtig sein. Wir beide müssen uns darüber einig sein, daß Sie uns die Firma auf einem silbernen Tablett servieren. Sobald wir uns einig sind, falls wir uns einig werden, ergibt sich alles

weitere von selbst. Zweitens, und das ist das Allerwichtigste, müssen Sie uns genügend Material liefern, um jeden Angehörigen Ihrer Firma und den größten Teil der Leute an der Spitze der Morolto-Gang vor Gericht zu stellen. Die Unterlagen befinden sich in diesem kleinen Gebäude an der Front Street.«

»Woher wissen Sie das?«

Tarrance lächelte. »Weil wir Milliarden von Dollar für die Bekämpfung des organisierten Verbrechens ausgegeben haben. Weil wir den Moroltos seit zwanzig Jahren nachspüren. Weil wir unsere Leute in der Familie haben. Weil Hodge und Kozinski geredet haben, bevor sie ermordet wurden. Unterschätzen Sie uns nicht, Mitch.«

»Und Sie glauben, ich könnte das Material herausschaffen?«

»Ja, das glaube ich, Counselor. Sie können von innen heraus einen Fall aufbauen, der der Firma den Garaus macht und dazu einer der größten Verbrecherfamilien im Lande. Sie müssen die Firma vor uns ausbreiten. Wessen Büro befindet sich wo? Die Namen aller Sekretärinnen, Schreiber und Anwaltsgehilfen. Wer bearbeitet welche Akten? Wer betreut welche Klienten? Die Kommandokette. Wer sitzt im fünften Stock? Was geht dort vor? Wo werden die Dokumente aufbewahrt? Gibt es ein Zentralarchiv? Wieviel davon ist auf Disketten gespeichert? Wieviel auf Mikrofilm? Und, was das Wichtigste ist, Sie müssen das Zeug herausbringen und uns übergeben. Sobald wir hinreichende Verdachtsgründe haben, können wir mit einer kleinen Armee hineingehen und uns alles holen. Aber das ist ein verdammt großer Schritt. Bevor wir mit Durchsuchungsbefehlen aufkreuzen können, müssen wir über eindeutiges und unanfechtbares Material verfügen.«

»Ist das alles, was Sie wollen?«

»Nein. Sie müssen vor Gericht gegen alle Ihre Kollegen aussagen. Das könnte sich über Jahre hinziehen.«

Mitch holte tief Luft und schloß die Augen. Der Bus bremste hinter einer Karawane von Wohnwagen, die beide Fahrspuren beanspruchte. Es begann zu dämmern, und die in der Gegenrichtung fahrenden Wagen schalteten einer nach dem anderen die Scheinwerfer ein. Vor Gericht aussagen! Daran hatte er noch nicht gedacht. Und bei den Millionen, die sie für die besten Strafverteidiger ausgeben konnten, würden sich die Prozesse ewig hinziehen.

Tarrance begann tatsächlich in seinem Paperback, einem Louis L'Amour, zu lesen. Er schaltete die Leselampe über seinem Kopf ein, als wäre er ein richtiger Passagier auf einer richtigen Reise. Nach dreißig Meilen ohne Reden, ohne Verhandeln nahm Mitch seine Sonnenbrille ab und musterte Tarrance.

»Und was wird aus mir?«

»Sie werden eine Menge Geld haben, was immer das wert sein mag. Wenn Sie so etwas wie Ehrgefühl haben, können Sie sich im Spiegel betrachten. Sie können irgendwo im Lande leben, natürlich mit einer neuen Identität. Wir beschaffen Ihnen einen Job, eine neue Nase, tun überhaupt alles, was Sie wollen.«

Mitch versuchte, den Blick auf die Straße zu richten, aber es war unmöglich. Er funkelte Tarrance an. »Ehrgefühl? Kommen Sie nie wieder auf die Idee, dieses Wort zu erwähnen, Tarrance. Ich bin ein unschuldiges Opfer, und das wissen Sie.«

Tarrance grunzte mit einem aufreizenden Lächeln. Während der nächsten paar Meilen herrschte wieder Schweigen.

»Was ist mit meiner Frau?«

»Die dürfen Sie behalten.«

»Sehr witzig.«

»Tut mir leid. Sie wird alles bekommen, was sie haben will. Wieviel weiß sie?«

»Alles.« Er dachte an das Mädchen am Strand. »Nun ja, fast alles.«

»Wir besorgen ihr einen einträglichen Job bei der Sozialversicherung an einem Ort Ihrer Wahl. So schlimm wird es gar nicht werden, Mitch.«

»Es wird wundervoll werden. Bis zu einem gewissen Tag in der Zukunft, an dem einer Ihrer Leute den Mund aufmacht und sich der falschen Person gegenüber eine Bemerkung entschlüpfen läßt, und dann werden Sie über mich oder meine Frau in der Zeitung lesen. Der Mob vergißt nie, Tarrance. Diese Leute sind schlimmer als Elefanten. Und sie können Geheimnisse besser wahren als Ihre Seite. Ihr habt schon des öfteren Leute verloren, also versuchen Sie nicht, es zu bestreiten.«

»Ich bestreite es nicht. Und ich gebe zu, daß sie überaus einfallsreich sein können, wenn sie beschlossen haben, jemanden umzubringen.«

»Danke. Also wo verkrieche ich mich?«

»Das liegt bei Ihnen. Im Augenblick haben wir rund zweitausend Zeugen, die überall im Lande leben, unter neuen Namen mit neuen Behausungen und neuen Jobs. Die Chancen stehen ganz entschieden zu Ihren Gunsten.«

»Also setze ich auf die Chancen?«

»Ja. Sie nehmen entweder das Geld und machen sich aus dem Staub, oder Sie spielen weiterhin den Staranwalt und hoffen, daß wir die Firma nie zu fassen kriegen.«

»Das ist eine verflucht schwere Entscheidung, Tarrance.«

»Das ist es. Und ich bin froh, daß nicht ich sie treffen muß.«

Die Begleiterin des alten Schwarzen mit dem Krückstock schob sich schwächlich von ihrem Sitz und kam auf sie zugeschlurft. Bei jedem Schritt hielt sie sich an einem der Sitze am Gang fest. Als sie an ihnen vorbeikam, beugte sich Tarrance zu Mitch hinüber. Er wagte es nicht zu reden, solange sich diese Fremde in ihrer Nähe befand. Sie war mindestens neunzig, halb gelähmt, vermutlich Analphabetin und nicht im mindesten daran interessiert, ob Tarrance Luft holte oder nicht. Aber Tarrance war sofort stumm.

Fünfzehn Minuten später ging die Toilettentür wieder auf, und man konnte hören, wie das Wasser in den Tank unter dem Greyhound hinabrauschte. Sie schlurfte nach vorn und nahm ihren Platz wieder ein.

»Wer ist Jack Aldrich?« fragte Mitch. Er vermutete, daß Tarrance in dieser Sache etwas zu verbergen hatte, und beobachtete aus dem Augenwinkel heraus sorgfältig seine Reaktion. Tarrance schaute aus dem Buch hoch und richtete seinen Blick auf den Sitz vor sich.

»Der Name kommt mir bekannt vor, aber ich weiß nicht, wo er hingehört.«

Mitch schaute wieder aus dem Fenster. Tarrance wußte Bescheid. Er war zusammengezuckt, und seine Augen hatten sich zu schnell verengt, bevor er antwortete.

»Also wer ist das?« fragte Tarrance schließlich.

»Sie kennen ihn nicht?«

»Wenn ich ihn kennte, würde ich nicht fragen, wer er ist.«

»Er gehört zu unserer Firma. Das hätten Sie eigentlich wissen müssen, Tarrance.«

»In der Stadt wimmelt es von Anwälten. Ich nehme an, Sie kennen sie alle.«

»Ich kenne die, die bei Bendini, Lambert & Locke arbeiten, der stillen kleinen Firma, mit der Sie sich seit sieben Jahren beschäftigen. Aldrich ist ein Mann, der seit sechs Jahren dort arbeitet und angeblich vor ein paar Monaten vom FBI angesprochen wurde. Wahr oder falsch?«

»Eindeutig falsch. Wer hat Ihnen das erzählt?«

»Das spielt keine Rolle. Nur ein Gerücht, das im Büro herumschwirrt.«

»Es ist eine Lüge. Seit August haben wir außer mit Ihnen mit niemandem gesprochen. Darauf gebe ich Ihnen mein Wort. Und wir haben auch nicht vor, mit jemand anderem zu sprechen, außer natürlich, wenn Sie ablehnen und wir uns nach jemand anderem umsehen müssen.«

»Sie haben nie mit Aldrich gesprochen?«

»Genau das habe ich gesagt.«

Mitch nickte und griff nach einer Zeitschrift. Eine halbe Stunde schwiegen beide. Endlich klappte Tarrance sein Buch zu und sagte: »Also, Mitch, in ungefähr einer Stunde werden wir in Knoxville sein. Wenn Sie sich entschieden haben, müssen wir einen Handel abschließen. Direktor Voyles wird mir morgen früh tausend Fragen stellen.«

»Wieviel Geld?«

»Eine halbe Million Dollar.«

Jeder Anwalt, der etwas taugte, wußte, daß das erste Angebot abgelehnt werden mußte. Immer. Er hatte gesehen, wie Avery vor Fassungslosigkeit der Mund offenstand und er total entrüstet und ungläubig heftig den Kopf schüttelte, wenn jemand ein erstes Angebot machte, so vernünftig es auch sein mochte. Dann erfolgten Gegenangebote und Gegen-Gegenangebote und weitere Verhandlungen, aber das erste Angebot wurde immer abgelehnt.

Also schüttelte er den Kopf und schaute lächelnd aus dem Fenster, als wäre das genau das, was er erwartet hätte. Mitch lehnte eine halbe Million Dollar ab.

»Habe ich etwas Komisches gesagt?« fragte Tarrance, der Nicht-Anwalt, der Nicht-Verhandler.

»Das ist lächerlich, Tarrance. Sie erwarten doch wohl nicht, daß ich für eine halbe Million Dollar eine Goldmine aufgebe. Nach Abzug der Steuern bleiben mir bestenfalls dreihunderttausend.«

»Und wenn wir die Goldmine zumachen und euch feine Herren mit den Gucci-Schuhen alle ins Gefängnis stecken?«

»Wenn. Wenn. Wenn. Wenn ihr soviel wißt, weshalb habt ihr dann nichts unternommen? Voyles sagte, ihr hättet seit sieben Jahren beobachtet und gewartet. Das ist wirklich gut, Tarrance. Bewegt ihr euch immer so schnell?«

»Wollen Sie das Risiko eingehen, McDeere? Nehmen wir an, wir brauchen weitere fünf Jahre, okay? Nach fünf Jahren lassen wir den Laden hochgehen und verfrachten Sie in den Knast. Dann spielt es keine Rolle mehr, wie lange wir gebraucht haben. Im Endeffekt läuft es auf das gleiche hinaus.«

»Entschuldigung. Ich dachte, wir wollten verhandeln, nicht drohen.«

»Ich habe Ihnen ein Angebot gemacht.«

»Ihr Angebot ist zu niedrig. Sie erwarten von mir, daß ich Ihnen so viel Material liefere, daß Sie Hunderte von Anklagen gegen eine Horde der gemeinsten Verbrecher in Amerika erheben können, ein Vorgehen, das mich leicht mein Leben kosten kann. Und Sie bieten mir ein Trinkgeld an. Drei Millionen, mindestens.«

Tarrance zuckte nicht zusammen und runzelte auch nicht die Stirn. Er nahm das Gegenangebot mit ausdrucksloser Miene entgegen, und Mitch, der Verhandler, wußte, daß es nicht außerhalb des Möglichen lag.

»Das ist eine Menge Geld«, sagte Tarrance, fast zu sich selbst. »Ich glaube nicht, daß wir schon jemals so viel gezahlt haben.«

»Aber Sie können es, nicht wahr?«

»Das bezweifle ich. Ich muß mit dem Direktor sprechen.«

»Dem Direktor! Ich dachte, Sie hätten in diesem Fall völlige Handlungsfreiheit. Müssen Sie immer erst zum Direktor rennen, bevor wir handelseinig werden?«

»Was wollen Sie sonst noch?«

»Mir gehen ein paar Dinge im Kopf herum, aber darüber reden wir erst, wenn die Finanzen stimmen.«

Der alte Mann mit dem Krückstock hatte anscheinend eine schwache Blase. Er stand wieder auf und machte sich auf den mühsamen Weg zum hinteren Ende des Busses. Tarrance klappte sein Buch wieder auf. Mitch blätterte in einem alten Exemplar von *Field & Stream.*

Zwei Minuten vor acht verließ der Greyhound in Knoxville die Interstate. Tarrance beugte sich zu Mitch hinüber und flüsterte: »Verlassen Sie die Schalterhalle durch den Vordereingang. Dort finden Sie einen jungen Mann mit einem orangefarbenen Sweatshirt der Universität von Tennessee neben einem weißen Bronco. Er wird Sie erkennen und Jeffrey nennen. Geben Sie ihm die Hand, als wären Sie gute Freunde, und steigen Sie in den Bronco. Er bringt Sie zu Ihrem Wagen.«

»Wo steht er?«

»Hinter einem Wohnheim auf dem Campus.«

»Haben sie ihn auf Wanzen untersucht?«

»Ich nehme es an. Fragen Sie den Mann in dem Bronco. Wenn sie Ihnen gefolgt sind, als Sie Memphis verließen, könnten sie jetzt Verdacht geschöpft haben. Sie sollten nach Cookeville fahren. Das ist ungefähr hundert Meilen von Nashville entfernt, und dort gibt es ein Holiday Inn. Verbringen Sie dort die Nacht und besuchen Sie morgen Ihren Bruder. Wir werden auch aufpassen; wenn es mulmig aussieht, setze ich mich am Montagvormittag mit Ihnen in Verbindung.«

»Wann findet die nächste Busfahrt statt?«

»Am Dienstag hat Ihre Frau Geburtstag. Reservieren Sie für acht Uhr einen Tisch bei Grisanti, diesem italienischen Restaurant am Flughafen. Genau um neun gehen Sie zu dem Zigarettenautomaten an der Bar, stecken sechs Vierteldollar hinein und kaufen irgendeine Schachtel. In der Lade, in die die Schachteln hineinfallen, werden Sie eine Kassette mit einem Tonband finden. Kaufen Sie sich einen dieser kleinen Recorder mit Kopfhörer, wie Jogger sie benutzen, und hören Sie das Band in Ihrem Wagen ab – nicht zu Hause, und auf gar keinen Fall im Büro. Benutzen Sie die Kopfhörer. Ihre Frau soll sich das Band auch anhören. Ich bespreche die Kassette und lasse Sie unser Höchstangebot wissen. Außerdem werde ich Ihnen einiges erklären. Wenn Sie sich das ein paarmal angehört haben, beseitigen Sie die Kassette.«

»Das ist ziemlich umständlich, oder?«

»Ja, aber auf diese Weise brauchen wir ein paar Wochen lang nicht miteinander zu reden. Sie werden beschattet und abgehört, Mitch. Und sie sind sehr gut darin. Vergessen Sie das nicht.«

»Keine Sorge.«

»Unter welcher Nummer haben Sie in der High School Football gespielt?«

»Vierzehn.«

»Und im College?«

»Vierzehn.«

»Okay. Ihre Codenummer ist 1-4-1-4. Donnerstagabend rufen Sie von einer Telefonzelle aus 757-6000 an. Es meldet sich eine Stimme, die ein kurzes Gespräch mit Ihnen führen wird, bei dem Sie auch Ihre Codenummer nennen müssen. Wenn alles klar ist, hören Sie meine aufgezeichnete Stimme, und ich werde Ihnen eine Reihe von Fragen stellen. Von da aus machen wir dann weiter.«

»Warum kann ich nicht einfach als Rechtsanwalt arbeiten?«

Der Bus fuhr in den Bahnhof ein und hielt an. »Ich fahre weiter nach Atlanta«, sagte Tarrance. »Wir werden uns ein paar Wochen lang nicht sehen. Wenn irgendein Notfall eintritt, können Sie unter einer der beiden Nummern anrufen, die ich Ihnen gegeben habe.«

Mitch stand im Gang und schaute auf den Agenten herab. »Drei Millionen, Tarrance. Keinen Cent weniger. Wenn ihr bei der Bekämpfung des organisierten Verbrechens Milliarden ausgeben könnt, dann könnt ihr bestimmt auch drei Millionen für mich aufbringen. Und, Tarrance, ich habe noch eine dritte Möglichkeit. Ich kann mitten in der Nacht verschwinden, mich in Luft auflösen. Wenn das passiert, dann könnt ihr und die Moroltos euch bekämpfen, bis es in der Hölle schneit, und ich spiele in der Karibik Domino.«

»Sicher, Mitch. Sie würden vielleicht ein oder zwei Spiele machen, aber sie würden Sie binnen einer Woche finden. Und dann wäre niemand da, der Sie beschützt. Bis demnächst, Mitch.«

Mitch sprang aus dem Bus und stürmte durch die Schalterhalle.

23

Um halb neun am Dienstagmorgen ordnete Nina die Papiere und Abfälle auf seinem Schreibtisch in säuberliche Stapel. Sie genoß das allmorgendliche Ritual des Aufräumens und der Planung seines Tages. Der Terminkalender lag aufgeschlagen auf einer Ecke des

Schreibtisches. Sie las daraus vor. »Sie haben einen sehr arbeitsreichen Tag heute, Mr. McDeere.«

Mitch blätterte in einer Akte und versuchte, Nina zu ignorieren. »Jeder Tag ist arbeitsreich.«

»Um zehn sollen Sie wegen der Delta Shipping-Berufung in Mr. Mahans Büro sein.«

»Ich kann es kaum erwarten«, murmelte Mitch.

»Um elf werden Sie in Mr. Tolars Büro erwartet. Es geht um die Greenbriar-Liquidation, und seine Sekretärin hat mir gesagt, es würde mindestens zwei Stunden dauern.«

»Warum zwei Stunden?«

»Ich werde nicht dafür bezahlt, solche Fragen zu stellen, Mr. McDeere. Wenn ich es täte, würde ich vermutlich vor die Tür gesetzt. Um halb vier sollen Sie bei Victor Milligan sein.«

»Weswegen?«

»Noch einmal, Mr. McDeere, Fragen stehen mir nicht zu. Und in fünfzehn Minuten müssen Sie in Frank Mulhollands Büro sein.«

»Ja, ich weiß. Wo ist das?«

»Im Cotton Exchange Building. Vier oder fünf Blocks die Front Street hinauf, an der Union Avenue. Sie sind schon hundertmal daran vorbeigegangen.«

»Gut. Sonst noch etwas?«

»Soll ich Ihnen etwas zum Lunch mitbringen?«

»Nein. Ich kaufe mir unterwegs ein Sandwich.«

»Sehr schön. Haben Sie alles für Mulholland?«

Er deutete auf den schweren, schwarzen Aktenkoffer und erwiderte nichts. Sie ging, und Sekunden später ging Mitch den Flur entlang, die Treppe hinunter und zur Vordertür hinaus. Er blieb einen Moment unter einer Straßenlaterne stehen, dann ging er schnell in Richtung Innenstadt. Der schwarze Aktenkoffer war in seiner rechten Hand, das weinrote Köfferchen aus Aalhaut in seiner linken. Das Signal.

Vor einem grünen Gebäude mit vernagelten Fenstern blieb er neben einem Hydranten stehen, wartete eine Sekunde und überquerte dann die Front Street. Ein weiteres Signal.

Im neunten Stock des Cotton Exchange Building verließ Doris Greenwood von Greenwood Services das Fenster und zog ihren Mantel an. Sie schloß die Tür hinter sich ab und drückte auf den

Knopf des Fahrstuhls. Sie war im Begriff, sich mit einem Mann zu treffen, was leicht dazu führen konnte, daß sie umgebracht wurde.

Mitch betrat die Halle und ging direkt auf den Fahrstuhl zu. Er bemerkte nichts Ungewöhnliches. Ein halbes Dutzend Geschäftsleute redeten miteinander, während sie kamen und gingen. Eine Frau flüsterte in ein Münztelefon. In der Nähe des Ausgangs zur Union Avenue lungerte ein Wachmann herum. Mitch drückte auf den Fahrstuhlknopf und wartete, allein. Als die Tür aufging, trat ein eleganter junger Merrill-Lynch-Typ in schwarzem Anzug mit funkelndem Pilotenabzeichen in den Fahrstuhl. Mitch hatte gehofft, allein nach oben fahren zu können.

Mulhollands Büro befand sich im siebenten Stock. Mitch drückte auf den entsprechenden Knopf und ignorierte den jungen Mann im schwarzen Anzug. Als sich der Fahrstuhl in Bewegung setzte, starrten beide Männer pflichtgemäß auf die blinkenden Zahlen über der Tür. Mitch schob sich in den Hintergrund des kleinen Fahrstuhls und setzte den schweren Aktenkoffer neben seinem rechten Fuß ab. Im vierten Stock ging die Tür auf, und Tammy kam nervös herein. Der junge Mann warf ihr einen Blick zu. Ihre Aufmachung war bemerkenswert unauffällig. Ein schlichtes, kurzes Strickkleid unter dem Mantel, ohne tiefen Ausschnitt. Keine hochhackigen Schuhe. Ihr Haar war in einem gedämpften Rot gefärbt. Der junge Mann warf ihr einen weiteren Blick zu und drückte dann auf den Knopf, der die Tür wieder schloß.

Tammy trug einen großen, schwarzen Aktenkoffer bei sich, der genauso aussah wie der von Mitch. Ohne Blickkontakt trat sie neben ihn und setzte ihren Koffer neben seinem ab. Im siebten Stock ergriff Mitch ihren Koffer und verließ den Fahrstuhl. Im achten Stock verschwand auch der elegante junge Mann, und im neunten Stock ergriff Tammy den schweren schwarzen Koffer voller Akten von Bendini, Lambert & Locke und nahm ihn mit in ihr Büro. Sie verschloß und verriegelte die Tür, zog schnell ihren Mantel aus und ging in den kleinen Raum, in dem der eingeschaltete Kopierer wartete. Es waren sieben Akten, jede mehrere Zentimeter dick. Sie legte sie auf den Klapptisch neben dem Kopierer, nahm die mit der Aufschrift ›Koker-Hanks – East Texas Pipe‹ zur Hand, öffnete die Aluminiumschließe, holte den Inhalt aus der Akte und packte sorgfältig den Stapel Dokumente, Briefe und Notizen in die automatische Zufuhr.

Dann drückte sie auf den PRINT-Knopf und sah zu, wie das Gerät von allem zwei perfekte Kopien anfertigte.

Dreißig Minuten später waren die sieben Akten wieder in dem Aktenkoffer verstaut. Die neuen Akten, vierzehn an der Zahl, wurden in einen feuerfesten Aktenschrank eingeschlossen. Er war in einem kleinen Einbauschrank versteckt, den Tammy gleichfalls abschloß. Dann stellte sie den Aktenkoffer neben die Tür und wartete.

Frank Mulholland war Partner in einer auf Bankgeschäfte und Wertpapiere spezialisierten Zehn-Mann-Firma. Sein Klient war ein alter Mann, der eine Kette von Heimwerkermärkten gegründet und aufgebaut und achtzehn Millionen Dollar besessen hatte, bevor sein Sohn und ein abtrünniger Aufsichtsrat alles an sich gerissen und ihn gezwungen hatten, sich aus dem Geschäft zurückzuziehen. Der alte Mann klagte. Die Firma erhob Gegenklage. Jeder klagte gegen jeden. Seit achtzehn Monaten hatten sich die Klagen und Gegenklagen hoffnungslos festgefahren, und jetzt, da die Anwälte ihre fetten Honorare eingestrichen hatten, war die Zeit gekommen, über einen Vergleich zu reden. Bendini, Lambert & Locke fungierten als Steuerberater für den Sohn und den neuen Aufsichtsrat, und zwei Monate zuvor hatte Avery Mitch mit den Feindseligkeiten vertraut gemacht. Der Plan sah vor, dem alten Mann ein Fünf-Millionen-Dollar-Paket aus Stammaktien, konvertierbaren Papieren und ein paar Schuldverschreibungen anzubieten.

Mulholland war von dem Plan nicht beeindruckt. Sein Klient war nicht habgierig, wiederholte er mehrfach; er wußte, daß er nie die Kontrolle über die Firma zurückgewinnen würde. Über seine Firma, nicht zu vergessen. Aber fünf Millionen war nicht genug. Jede Jury, die auch nur über ein Mindestmaß an Intelligenz verfügte, würde zugunsten des alten Mannes entscheiden, und selbst ein Narr würde begreifen, daß es bei diesem Prozeß um mindestens, nun – mindestens zwanzig Millionen ging.

Nach einer Stunde zähen Verhandelns mit Angeboten und Gegenangeboten über Mulhollands Schreibtisch hinweg hatte Mitch das Paket auf acht Millionen erhöht, und der Anwalt des alten Mannes sagte, er könnte fünfzehn in Erwägung ziehen. Mitch packte höflich die Akten wieder in seinen Koffer, und Mulholland begleitete ihn höflich zur Tür. Sie verabredeten, in einer Woche wieder zusammenzukommen. Sie reichten sich die Hände wie die allerbesten Freunde.

Der Fahrstuhl hielt im fünften Stock, und Tammy trat ein. Er war leer bis auf Mitch. Als die Tür sich geschlossen hatte, sagte er: »Irgendwelche Probleme?«

»Nein. Zwei Kopien sind weggeschlossen.«

»Wie lange hat es gedauert?«

»Dreißig Minuten.«

Er hielt im vierten Stock, und sie ergriff den leeren Aktenkoffer. »Morgen mittag?« fragte sie.

»Ja«, erwiderte er. Die Tür glitt auf, und sie stieg im vierten Stock aus. Er fuhr allein weiter in die Halle, die leer war bis auf den Wachmann. Mitchell McDeere, Rechtsanwalt und Prozeßbevollmächtigter, eilte mit einem Aktenkoffer in jeder Hand aus dem Gebäude und kehrte selbstsicher in sein Büro zurück.

Die Feier von Abbys fünfundzwanzigstem Geburtstag verlief in etwas gedämpfter Stimmung. In einer dunklen Ecke von Grisanti flüsterten sie miteinander und versuchten, sich in dem schwachen Kerzenlicht anzulächeln. Es war schwierig. Im gleichen Moment hielt irgendwo in diesem Restaurant ein unsichtbarer FBI-Agent eine Kassette in der Hand, die er um neun Uhr im Zigarettenautomaten deponieren würde, und von Mitch wurde erwartet, daß er Sekunden später dort war, um sie an sich zu nehmen, ohne gesehen oder von den bösen Buben ertappt zu werden, wo immer sie sich befanden und wie immer sie aussehen mochten. Und das Band würde ihnen verraten, wieviel harte Dollars die McDeeres für die Lieferung von Beweismaterial – und danach für ein ständiges Leben auf der Flucht – bekommen würden.

Sie stocherten in ihrem Essen herum, versuchten, zu lächeln und sich zu unterhalten, aber die meiste Zeit waren sie unruhig und schauten immer wieder auf die Uhr. Das Essen war kurz. Um dreiviertel neun waren ihre Teller leer. Sie bestellten Kaffee, und Mitch verschwand in Richtung Toilette und ließ im Vorbeigehen den Blick durch die dunkle Bar schweifen. Der Zigarettenautomat stand in der Ecke, gerade da, wo er sein sollte.

Genau um neun Uhr kehrte Mitch in die Bar zurück und trat an den Automaten, wo er nervös sechs Vierteldollars einsteckte und

– Eddie Lomax zum Gedächtnis – den Hebel für Marlboro Lights drückte. Er griff schnell in die Lade, nahm die Schachtel Zigaretten und fand, im Dunkeln tastend, die Kassette. Das Münztelefon neben dem Automaten läutete, und er fuhr zusammen. Er drehte sich um und überblickte den Raum. Er war fast leer. An der Bar saßen zwei Männer und schauten auf den Fernseher hinter dem Barkeeper. Aus einer entfernten Ecke brandete betrunkenes Gelächter auf.

Abby beobachtete jeden seiner Schritte und jede seiner Bewegungen, bis er sich wieder ihr gegenüber niedergelassen hatte. Sie hob die Brauen. »Und?«

»Ich habe sie. Eine ganz normale schwarze Sony-Kassette.« Mitch trank einen Schluck Kaffee und lächelte ungeduldig, während er rasch den Blick über den voll besetzten Speisesaal schweifen ließ. Niemand beobachtete sie. Niemand paßte auf.

Er händigte dem Kellner die Rechnung und die American Express-Karte aus. »Wir haben es eilig«, sagte er grob. Der Kellner kehrte binnen Sekunden zurück. Mitch kritzelte seinen Namen hin.

Der BMW war tatsächlich verwanzt. Gründlich verwanzt. Tarrance's Leute hatten ihn sehr unauffällig und sehr gründlich unter die Lupe genommen, als sie vier Tage zuvor auf den Greyhound gewartet hatten. Fachmännisch verwanzt, mit teuren Instrumenten, mit denen man selbst das leiseste Schnüffeln oder Husten abhören und aufzeichnen konnte. Aber die Wanzen konnten nur hören und aufzeichnen; aufspüren konnten sie nicht. Mitch fand es ausgesprochen nett von ihnen, daß sie zwar zuhörten, aber den Bewegungen des BMW nicht folgen konnten.

Er verließ den Parkplatz von Grisanti, ohne daß die Insassen ein Wort miteinander wechselten. Abby öffnete behutsam einen Walkman und steckte die Kassette hinein. Sie reichte Mitch die Kopfhörer, die er aufsetzte. Sie drückte auf die Starttaste und beobachtete ihn, während er zuhörte und ziellos in Richtung Interstate fuhr.

Die Stimme gehörte Tarrance. »Hallo, Mitch. Heute ist Dienstag, der 9. März, irgendwann nach 21 Uhr. Herzlichen Glückwunsch für Ihre reizende Frau. Dieses Band läuft ungefähr zehn Minuten, und ich bitte Sie, genau zuzuhören, ein- oder zweimal, und es dann zu vernichten. Ich habe mich am Sonntag mit Direktor Voyles getroffen und ihn über alles informiert. Die Busfahrt habe ich übrigens sehr genossen. Direktor Voyles ist sehr zufrieden mit der Art, in der die Dinge sich entwickeln, meint aber, wir hätten lange genug geredet. Er will einen Handel abschließen, und zwar möglichst schnell. Er hat mir unmißverständlich klargemacht, daß wir noch nie drei Millionen Dollar bezahlt haben, und daß wir sie auch an Sie nicht zahlen werden. Er hat ziemlich viel geflucht, aber um es kurz zu machen, Direktor Voyles hat gesagt, wir würden eine Million zahlen, aber nicht mehr. Er sagte, das Geld würde auf einer Schweizer Bank deponiert, und niemand, nicht einmal die Steuerbehörde, würde etwas davon erfahren. Eine Million Dollar, steuerfrei. Das ist unser änßerstes Angebot, und Voyles sagte, wenn Sie ablehnen, können Sie sich zum Teufel scheren. Wir werden diese kleine Firma hochgehen lassen, Mitch, mit Ihrer Hilfe oder ohne sie.«

Mitch lächelte grimmig und starrte auf die Wagen, die auf der Auffahrt zur Interstate an ihnen vorbeifuhren. Abby wartete auf ein Zeichen, ein Signal, ein Grunzen oder Stöhnen, irgend etwas, das auf gute oder schlechte Nachrichten hindeutete. Sie sagte nichts.

Die Stimme fuhr fort: »Wir werden für Sie sorgen, Mitch. Ihnen steht FBI-Schutz zur Verfügung, wann immer Sie glauben, ihn zu brauchen. Wenn Sie wollen, werden wir Sie zeitweise bewachen. Und wenn Sie nach ein paar Jahren in eine andere Stadt umziehen wollen, werden wir uns darum kümmern. Wenn Sie wollen, können Sie alle fünf Jahre umziehen. Wir werden Ihnen auf der Spur bleiben und Ihnen Jobs verschaffen. Gute Jobs bei der Rentenversicherung oder dem Sozialamt oder bei der Post. Voyles sagte, wir könnten Ihnen sogar einen gutbezahlten Job bei einer Privatfirma verschaffen, die für die Regierung arbeitet. Sagen Sie, was Sie wollen, Mitch, und es gehört Ihnen. Natürlich würden wir Ihnen und Ihrer Frau eine neue Identität verschaffen, und wenn Sie es wünschen, können Sie sie jedes Jahr ändern. Kein Problem. Wenn Sie eine bessere Idee haben – wir hören sie uns an. Wenn Sie in Europa oder Australien leben wollen, brauchen Sie es nur zu sagen. Sie werden bevorzugt behandelt. Ich weiß, wir versprechen eine Menge, Mitch, aber wir meinen es ernst, und wir geben es Ihnen schriftlich. Wir zahlen eine Million Dollar, steuerfrei, und sorgen für Sie an jedem Ort, für den Sie sich entscheiden. Das also ist unser Angebot. Dafür müssen Sie uns die Firma aushändigen und die Moroltos. Darüber reden wir später. Fürs erste ist Ihre Zeit abgelaufen. Voyles sitzt mir im Nacken, und jetzt muß sich schnell etwas tun. Rufen Sie mich am Donnerstagabend um neun von dem Münzfernsprecher neben der Toilette bei Houston auf der Poplar an. Bis demnächst, Mitch.«

Er fuhr sich mit einem Finger über die Kehle, und Abby drückte auf den Stop- und dann auf den Rückspulknopf. Er reichte ihr die Kopfhörer, und sie hörte ihrerseits aufmerksam zu.

Es war ein unschuldiger Spaziergang im Park, zwei Verliebte, die Händchen hielten und gemächlich durch das kühle, klare Mondlicht wanderten. Sie blieben bei einer Kanone stehen und blickten auf den majestätischen Fluß, der sich ganz langsam New Orleans entgegenwälzte. Der gleichen Kanone, neben der der inzwischen verstorbene Eddie Lomax einst in einem Graupelschauer gestanden und einen seiner letzten Ermittlungsberichte abgeliefert hatte.

Abby hielt die Kassette in der Hand und beobachtete den Fluß unter ihnen. Sie hatte sie sich zweimal angehört und sich geweigert, sie im Wagen liegenzulassen, wo Gott weiß wer sie in die Hand bekommen konnte. Nach Wochen, in denen sie sich in Schweigen geübt und sich angewöhnt hatten, nur im Freien zu reden, waren die Worte schwierig geworden.

»Also, weißt du, Abby«, sagte Mitch schließlich und klopfte dabei auf das hölzerne Rad der Kanone, »ich habe mir schon immer gewünscht, bei der Post zu arbeiten. Ich hatte einen Onkel, der Landbriefträger war. Das wäre doch etwas.«

Es war ein Glücksspiel, der Versuch, die Sache mit Humor zu nehmen. Aber es funktionierte. Sie zögerte drei Sekunden, dann lachte sie leise, und er erkannte, daß sie das tatsächlich als komisch empfand. »Ja, und ich könnte in einem Altersheim die Fußböden wischen.«

»Du brauchtest keine Fußböden wischen. Du könntest Bettpfannen leeren, irgend etwas Sinnvolles, etwas Unauffälliges tun. Wir würden in einem hübschen, kleinen Holzhäuschen an der Maple Street in Omaha wohnen. Ich wäre Harvey, und du wärest Thelma, und wir würden uns einen kurzen Allerweltsnachnamen zulegen.«

»Poe«, schlug Abby vor.

»Das ist großartig. Harvey und Thelma Poe. Familie Poe. Wir hätten eine Million Dollar auf der Bank, könnten aber keinen Pfennig davon ausgeben, weil dann alle Leute in der Maple Street es wüßten und wir auffallen würden, was das letzte wäre, was wir wollten.«

»Ich würde mir eine neue Nase machen lassen.«

»Deine Nase ist vollkommen.«

»Abbys Nase ist vollkommen, aber wie steht es mit Thelma? Die würde eine andere Nase brauchen, meinst du nicht?«

»Ja, vermutlich.« Er hatte genug von dieser Art Humor und verstummte. Abby trat vor ihn, und er legte ihr einen Arm um die Schultern. Sie beobachteten einen Schlepper, der ein paar Kähne unter der Brücke hindurchzog. Hin und wieder verdunkelte eine Wolke den Mond, und gelegentlich kam ein kühler Windhauch von Westen und legte sich dann wieder.

»Glaubst du Tarrance?« fragte Abby.

»In welcher Hinsicht?«

»Angenommen, du unternimmst nichts. Glaubst du, daß das FBI eines Tages wirklich in die Firma eindringen wird?«

»Ich wage nicht, das nicht zu glauben.«

»Also nehmen wir das Geld und ergreifen die Flucht?«

»Für mich ist es leichter, das Geld zu nehmen und die Flucht zu ergreifen, Abby. Ich habe nichts, was ich zurücklassen müßte. Bei dir ist das anders. Du würdest deine Eltern nie wiedersehen.«

»Wohin würden wir gehen?«

»Ich weiß es nicht. Aber ich würde nicht in diesem Land bleiben wollen. Den Feds ist nicht voll und ganz zu trauen. Ich würde mich in einem anderen Land sicherer fühlen, aber das werde ich Tarrance nicht erzählen.«

»Wie sieht der nächste Schritt aus?«

»Wir schließen einen Handel ab, dann machen wir uns so schnell wie möglich an die Arbeit und sammeln genügend Material, um das Schiff zu versenken. Ich habe keine Ahnung, was genau sie haben wollen, aber ich werde es ihnen besorgen. Wenn Tarrance genug hat, verschwinden wir. Wir nehmen unser Geld, lassen uns neue Nasen machen und verschwinden.«

»Wieviel Geld?«

»Mehr als eine Million. Sie treiben ihr Spiel mit dem Geld. Das ist alles Verhandlungssache.«

»Wieviel werden wir bekommen?«

»Zwei Millionen, steuerfrei. Keinen Pfennig weniger.«

»Werden sie das zahlen?«

»Ja, aber das ist nicht die eigentliche Frage. Die eigentliche Frage ist: werden wir es nehmen und die Flucht ergreifen?«

Ihr war kalt, und er legte ihr seinen Mantel um die Schultern. Er hielt sie fest umschlungen. »Es ist ein lausiger Handel, Mitch«, sagte sie, »aber wenigstens werden wir beisammen sein.«

»Ich heiße Harvey, nicht Mitch.«

»Glaubst du, wir wären sicher, Harvey?«

»Hier sind wir auch nicht sicher.«

»Hier gefällt es mir nicht. Ich bin einsam und habe Angst.«

»Ich habe es satt, Anwalt zu sein.«

»Dann laß uns das Geld nehmen und Fersengeld geben.«

»Ein guter Vorschlag, Thelma.«

Sie händigte ihm die Kassette aus. Er warf noch einen Blick darauf, dann schleuderte er sie weit fort, über den Riverside Drive hinweg in ein Gebüsch am Fluß. Sie hielten sich bei den Händen und wanderten rasch durch den Park zu dem in der Front Street geparkten BMW.

24

Erst zum zweiten Mal wurde Mitch gestattet, den Speisesaal im fünften Stock zu betreten. Averys Einladung war verbunden mit der Erklärung, die Partner wären überaus beeindruckt von den einundsiebzig Stunden, die er im Februar im Durchschnitt wöchentlich geleistet hatte, und deshalb wollte sie ihm eine kleine Belohnung in Form des Lunchs zukommen lassen. Es war eine Einladung, die kein angestellter Anwalt ablehnen konnte, ungeachtet sämtlicher Termine und Klienten, des Zeitdrucks und all der anderen furchtbar wichtigen und überaus dringlichen Aspekte der Arbeit bei Bendini, Lambert & Locke. Es war noch nie vorgekommen, daß ein angestellter Anwalt nein gesagt hatte zu einer Einladung in den Speisesaal. Jeder wurde zweimal im Jahr eingeladen. Es wurde Buch darüber geführt.

Mitch hatte zwei Tage, um sich darauf vorzubereiten. Sein erster Impuls war, die Einladung abzulehnen, und als Avery sie zum ersten Mal aussprach, schossen ihm ein Dutzend lahme Entschuldigungen durch den Kopf. Mit Kriminellen, so reich und verbindlich sie auch sein mochten, zu essen, zu lächeln, zu plaudern und zu fraternisieren war ihm mehr zuwider, als mit einem Stadtstreicher unten am Busbahnhof einen Teller Suppe zu teilen. Aber eine Ablehnung wäre ein schwerer Verstoß gegen die Tradition gewesen. Und wie die Dinge lagen, war sein Verhalten ohnehin schon verdächtig genug.

Also saß er mit dem Rücken zum Fenster da und rang sich Lächeln und Geplauder in Richtung Avery, Royce McKnight und natürlich Oliver Lambert ab. Er hatte gewußt, daß er mit diesen dreien an einem Tisch sitzen würde. Hatte es seit zwei Tagen gewußt. Er wußte, daß sie ihn sorgfältig, aber unauffällig beobachten und versuchen würden, irgendein Nachlassen der Begeisterung oder Zynismus oder Hoffnungslosigkeit zu entdecken. Überhaupt alles, was es zu entdecken gab. Er wußte, daß sie sich kein Wort entgehen lassen würden, ganz gleich, was er sagte. Er wußte, daß sie Lob und Versprechungen auf seine müden Schultern häufen würden.

Oliver Lambert war nie liebenswürdiger gewesen. Einundsiebzig Stunden in der Woche in einem Februar waren ein Firmenrekord für einen angestellten Anwalt, sagte er, als Roosevelt gegrillte Rippchen servierte. Alle Partner waren verblüfft und entrückt, erklärte er leise, wobei er sich im Raum umschaute. Mitch rang sich ein Lächeln ab und zerteilte sein Fleisch. Die anderen Partner, erstaunt oder gleichgültig, unterhielten sich und konzentrierten sich auf ihr Essen. Mitch zählte achtzehn aktive Partner und sieben im Ruhestand, erkennbar an Khakihosen und Pullovern und entspanntem Aussehen.

»Sie verfügen über eine bemerkenswerte Ausdauer, Mitch«, sagte Royce McKnight mit vollem Mund. Er nickte höflich. Ja, ja, ich trainiere meine Ausdauer ununterbrochen, dachte er bei sich. Soweit es ihm möglich war, verdrängte er die Gedanken an Joe Hodge und Marty Kozinski und die anderen drei toten Anwälte, deren Bilder unten an der Wand hingen. Aber es war ihm unmöglich, auch die Gedanken an die Fotos von dem Mädchen im Sand zu verdrängen, und er fragte sich, ob alle darüber Bescheid wußten. Hatten sie alle die Fotos gesehen? Waren sie bei einer dieser kleinen Mahlzeiten herumgereicht worden, als nur die Partner zugegen waren und keine Gäste? DeVasher hatte versprochen, sie zurückzuhalten, aber was bedeutete schon ein Versprechen von einem Gangster? Natürlich hatten sie sie gesehen. Voyles hatte gesagt, daß sämtliche Partner und die meisten der angestellten Anwälte mit darinsteckten.

Für einen Mann ohne Appetit brachte er sein Essen gut hinunter. Er bestrich sogar ein zusätzliches Brötchen mit Butter und aß es, nur um einen normalen Eindruck zu machen. An seinem Appetit gab es nichts auszusetzen.

»Sie und Abby wollten also nächste Woche auf die Caymans«, sagte Oliver Lambert.

»Ja. Sie hat Frühjahrsferien, und wir haben uns vor zwei Monaten für eines der Apartments angemeldet. Wir freuen uns schon darauf.«

»Einen unpassenderen Zeitpunkt hatten Sie sich nicht aussuchen können«, sagte Avery. »Wir sind schon jetzt einen Monat im Rückstand.«

»Wir sind immer einen Monat im Rückstand, Avery. Was macht eine weitere Woche da schon aus? Vermutlich möchten Sie, daß ich meine Akten mitnehme?«

»Keine schlechte Idee. Ich tue es immer.«

»Tun Sie das nicht, Mitch«, sagte Oliver Lambert in gespieltem Protest. »Dieses Haus wird noch stehen, wenn Sie zurückkommen. Sie und Abby haben eine Woche Ruhe verdient.«

»Es wird Ihnen gefallen dort unten«, sagte Royce McKnight, als wäre Mitch noch nie dort gewesen, als hatte sich der Zwischenfall am Strand nie ereignet und als wüßte niemand etwas von den Fotos.

»Wann fliegen Sie ab?« fragte Lambert.

»Sonntagmorgen. Ganz früh.«

»Nehmen Sie den Lear?«

»Nein. Delta nonstop.«

Lambert und McKnight tauschten einen schnellen Blick, der Mitch hatte entgehen sollen. Es gab andere Blicke von den übrigen Tischen, gelegentliche, schnelle, neugierige Blicke, die Mitch bemerkt hatte, seit er den Raum betreten hatte. Er war da, um zur Kenntnis genommen zu werden.

»Tauchen Sie?« fragte Lambert, in Gedanken immer noch mit Lear contra Delta nonstop beschäftigt.

»Nein, aber wir haben vor, ein bißchen zu schnorcheln.«

»Da ist ein Mann am Rum Point, an der Nordspitze. Er heißt Adrian Bench und hat ein großartiges Tauchunternehmen. Er wird Ihnen in einer Woche alles beibringen, was Sie wissen müssen. Es ist eine harte Woche mit einem Haufen Instruktionen, aber es lohnt sich.«

Mit anderen Worten, halt dich von Abanlis fern, dachte Mitch. »Wie heißt das Unternehmen?«

»Rum Point Divers. Es ist großartig.«

Mitch runzelte intelligent die Stirn, als wollte er diesen hilfreichen Hinweis seinem Gedächtnis einverleiben. Plötzlich wurde Oliver Lambert von Trauer überwältigt. »Seien Sie vorsichtig, Mitch. Das beschwört Erinnerungen an Marty und Joe herauf.«

Avery und McKnight starrten in einer Sekunde des Gedenkens an die beiden toten Mitarbeiter auf ihre Teller. Mitch schluckte hart und hätte Oliver Lambert beinahe angegrinst. Aber er behielt seine ausdruckslose Miene bei, schaffte es sogar, ebenso traurig auszusehen wie die anderen. Marty und Joe und ihre jungen Witwen und vaterlosen Kinder. Marty und Joe, zwei reiche, junge Anwälte, fachmännisch beseitigt, bevor sie reden konnten. Marty und Joe, zwei vielversprechende Haie, von ihresgleichen aufgefressen. Voyles hatte Mitch gesagt, wann immer er Oliver Lambert begegnete, sollte er an Marty und Joe denken.

Und jetzt wurde von ihm erwartet, daß er für eine lumpige Million Dollar das tat, was Marty und Joe hatten tun wollen, ohne sich dabei erwischen zu lassen. Vielleicht würde heute in einem Jahr ein anderer junger Anwalt hier sitzen und zuhören, wie die betrübten Partner von Mitch McDeere redeten und seiner bemerkenswerten Ausdauer und darüber, was für ein großartiger Anwalt er gewesen wäre, wenn da nicht dieser Unfall passiert wäre. Wie viele würden sie noch umbringen?

Er wollte zwei Millionen. Und dazu noch ein paar andere Dinge.

Nach einer Stunde mit gewichtigen Worten und gutem Essen löste sich die Lunchgesellschaft auf, während sich ein Partner nach dem anderen von Mitch verabschiedete und den Raum verließ. Sie waren stolz auf ihn, sagten sie. Er war der leuchtendste Stern der Zukunft. Der Zukunft von Bendini, Lambert & Locke. Er lächelte und dankte ihnen.

Ungefähr um die Zeit, als Roosevelt Bananencremetörtchen und Kaffee servierte, stellte Tammy Greenwood Hemphill von Greenwood Services ihren schmutzigen braunen VW-Käfer auf dem Parkplatz der St. Andrew's Episcopal School hinter dem glänzenden Peugeot ab. Sie machte vier Schritte, steckte einen Schlüssel ins Kofferraumschloß des Peugeot und holte den schweren schwarzen Aktenkoffer heraus. Sie schlug den Kofferraumdeckel zu und fuhr in dem Käfer davon.

Abby stand an einem kleinen Fenster im Lehrerzimmer, trank Kaffee und schaute durch die Bäume hindurch über den Spielplatz hinweg auf den fernen Parkplatz. Sie konnte ihren Wagen kaum sehen. Sie lächelte und schaute auf die Uhr. Halb eins, wie geplant.

Tammy fuhr vorsichtig durch den Mittagsverkehr in Richtung Innenstadt. Das Fahren war mühsam, wenn man ständig in den Rückspiegel sehen mußte. Wie gewöhnlich sah sie nichts. Sie parkte auf dem ihr zugewiesenen Platz auf der dem Cotton Exchange Building gegenüberliegenden Straßenseite.

Diesmal waren es neun Akten. Sie legte sie auf dem Klapptisch aus und ging daran, sie zu kopieren. Sigalas Partners, Lettie Plunk Trust, HandyMan Hardware und zwei Akten, die von einem Gummiband zusammengehalten und mit der Aufschrift AVERYS AKTEN gekennzeichnet waren. Sie machte von jedem Blatt zwei Kopien und verstaute dann alles ordnungsgemäß wieder in den Ordnern. In ein Journal trug sie Datum, Zeit und die Namen sämtlicher Akten ein. Inzwischen enthielt es neunundzwanzig Eintragungen. Er hatte gesagt, es würden ungefähr vierzig werden. Sie deponierte eine Kopie jeder Akte in dem verschlossenen und in dem Wandschrank versteckten Aktenschrank, dann verstaute sie die Originalakten wieder in dem Aktenkoffer, zusammen mit dem zweiten Satz Kopien.

Seinen Anweisungen entsprechend hatte sie eine Woche zuvor im Mini Storage an der Summer Avenue einen dreieinhalb mal dreieinhalb Meter großen Lagerraum gemietet. Er war gut zwanzig Kilometer von der Innenstadt entfernt, und eine halbe Stunde später traf sie dort ein und schloß Nummer 39C auf. Sie packte die Zweitkopien der neun Akten in einen Karton und schrieb das Datum auf den Deckel. Dann stellte sie ihn neben die anderen drei Kartons, die bereits auf dem Boden standen.

Genau um 15 Uhr fuhr sie auf den Parkplatz, hielt hinter dem Peugeot, öffnete seinen Kofferraum und ließ den Aktenkoffer da, wo sie ihn vorgefunden hatte.

Sekunden später kam Mitch zur Vordertür des Bendini-Gebäudes heraus und reckte sich. Er holte tief Luft und schaute die Front Street hinauf und hinunter. Ein wunderschöner Frühlingstag. Er stellte fest, daß drei Blocks weiter nördlich an einem Fenster im neunten Stock die Jalousien heruntergelassen waren. Das Signal. Gut. Alles in Ordnung. Er lächelte und kehrte in sein Büro zurück.

Um drei Uhr in der folgenden Nacht glitt Mitch aus dem Bett und schlüpfte leise in verblichene Jeans, ein altes Flanellhemd, weiße Thermosocken und ein Paar alter Arbeitsstiefel. Er wollte aussehen wie ein Lastwagenfahrer. Wortlos küßte er Abby, die wach war, und verließ das Haus. East Meadowbrook war menschenleer, genau wie alle anderen Straßen zwischen seinem Haus und der Interstate. Um diese Stunde würde ihm bestimmt niemand folgen.

Auf der Interstate 55 fuhr er vierzig Kilometer nach Süden bis nach Senatobia, Mississippi. Hundert Meter von der vierspurigen Straße entfernt gab es ein durchgehend geöffnetes Fernfahrerlokal, das 4-55 hieß. Er fuhr zwischen den Lastern hindurch in den Hintergrund, wo hundert Sattelschlepper für die Nacht abgestellt waren. Neben der Waschanlage hielt er an und wartete. Ein Dutzend Lastzüge manövrierte um die Zapfsäulen herum.

Ein Schwarzer mit einer Footballmütze der Falcons kam um die Ecke und schaute zu dem BMW hin. Mitch erkannte in ihm den Agenten im Busbahnhof von Knoxville wieder. Er schaltete den Motor ab und stieg aus.

»McDeere?« fragte der Agent.

»Natürlich. Wer sonst? Wo ist Tarrance?«

»Drinnen, in einer Nische beim Fenster. Er wartet auf Sie.«

Mitch öffnete die Wagentür und gab dem Agenten die Schlüssel. »Wo wollen Sie mit ihm hin?«

»Ein Stückchen die Straße entlang. Wir passen gut auf ihn auf. Niemand ist Ihnen gefolgt, als Sie Memphis verließen. Sie können also ganz ruhig sein.«

Er stieg in den Wagen, steuerte ihn zwischen zwei Diesel-Zapfsäulen hindurch und fuhr in Richtung Interstate davon. Mitch beobachtete, wie sein BMW verschwand, dann betrat er das Fernfahrerlokal. Es war Viertel vor vier.

Das laute Lokal war voll von massigen Männern in mittleren Jahren, die Kaffee tranken und mitgebrachten Kuchen aßen. Sie stocherten mit farbigen Zahnstochern in den Zähnen herum und redeten von der Barschfischerei und der Politik, die die da oben machten. Viele sprachen mit deutlichem Nordstaatenakzent. Aus der Jukebox heulte die Stimme von Merle Haggard.

Der Anwalt bahnte sich seinen Weg in den Hintergrund des Lokals, bis er in einer unbeleuchteten Ecke das vertraute Gesicht sah, unter einer Flieger-Sonnenbrille und dem Schirm einer Michigan-State-Baseballmütze versteckt. Dann lächelte das Gesicht. Tarrance hielt eine Speisekarte in der Hand und beobachtete den Eingang. Mitch setzte sich zu ihm in die Nische.

»Hallo, alter Freund«, sagte Tarrance. »Wie fährt sich so ein Laster?«

»Großartig. Aber ich glaube, ein Bus ist mir lieber.«

»Das nächste Mal nehmen wir einen Zug oder so etwas. Nur der Abwechslung halber. Hat Laney Ihren Wagen?«

»Laney?«

»Der Schwarze. Er ist einer von uns.«

»Wir haben uns nicht richtig miteinander bekanntgemacht. Ja, er hat meinen Wagen. Wohin fährt er damit?«

»Die Interstate hinunter. Er wird in ungefähr einer Stunde zurück sein. Wir werden zusehen, daß Sie um fünf wieder auf der Straße sind, damit Sie um sechs im Büro aufkreuzen können. Wir möchten Ihnen nicht den Tag verderben.«

»Der ist schon jetzt im Eimer.«

Eine leicht verkrüppelte Kellnerin namens Dot kam heran und erkundigte sich, was sie wollten. Nur Kaffee. Eine Horde Roadway-Fahrer kam herein und füllte das Lokal. Merle war kaum noch zu hören.

»Und wie geht's den Jungs im Büro?« fragte Tarrance fröhlich.

»Alles bestens. Die Uhr läuft, während wir uns unterhalten, und alle werden reicher. Danke der Nachfrage.«

»Gern geschehen.«

»Was macht mein alter Freund Voyles?« fragte Mitch.

»Er macht sich große Sorgen. Er hat mich heute zweimal angerufen und zum zehnten Male wiederholt, wieviel ihm daran liegt, Ihre Antwort zu erhalten. Sagte, Sie hätten massenhaft Zeit gehabt und dergleichen mehr. Ich habe ihm gesagt, er sollte sich nicht aufregen. Habe ihm von unserem kleinen Rendezvous am Straßenrand heute nacht erzählt, und er war ganz begeistert. Um genau zu sein – ich soll ihn in vier Stunden anrufen.«

»Sagen Sie ihm, eine Million reicht nicht, Tarrance. Ihr gebt damit an, daß ihr Milliarden zur Bekämpfung des organisierten Verbrechens ausgebt, also werft einen kleinen Teil davon in meine Richtung. Was sind schon zwei Millionen für die Bundesregierung?«

»Also sind es jetzt zwei Millionen?«

»Verdammt richtig – es sind zwei Millionen. Und kein Pfennig weniger. Ich will eine Million jetzt und eine Million später. Ich bin dabei, Kopien von meinen sämtlichen Akten zu machen, womit ich vermutlich in ein paar Tagen fertig sein werde. Legitime Akten, wie ich annehme. Wenn ich sie an irgend jemanden weitergebe, werde ich für immer aus der Anwaltskammer ausgeschlossen. Deshalb will ich, wenn ich sie Ihnen aushändige, die erste Million. Nennen wir es Geld auf Treu und Glauben.«

»Wie wollen Sie es haben?«

»Auf ein Konto bei einer Schweizer Bank in Zürich. Über die Details reden wir später.«

Dot deponierte zwei Untertassen auf ihrem Tisch und stellte zwei nicht dazu passende Tassen darauf. Sie schenkte aus einem Meter Höhe ein und spritzte Kaffee in alle Richtungen. »Nachfüllen umsonst«, grunzte sie und verschwand.

»Und die zweite Million?« fragte Tarrance, den Kaffee ignorierend.

»Wenn Sie und ich und Voyles der Ansicht sind, daß ich genügend Dokumente für eine Anklageerhebung geliefert habe, bekomme ich die eine Hälfte. Und wenn ich zum letztenmal ausgesagt habe, die andere. Das ist unwahrscheinlich fair, Tarrance.«

»Das ist es. Der Handel gilt.«

Mitch holte tief Luft und fühlte sich schwach. Ein Handel. Eine Übereinkunft. Ein Vertrag, der nicht schriftlich niedergelegt werden konnte, aber dennoch voll und ganz vollstreckbar war. Er trank einen Schluck Kaffee, schmeckte ihn aber nicht. Über das Geld waren sie sich einig. Er hatte eine Glückssträhne. Also weitermachen.

»Da ist noch etwas, Tarrance.«

Der Kopf senkte sich und drehte sich leicht nach rechts. »Ja?«

Mitch lehnte sich, auf die Unterarme gestützt, näher an ihn heran. »Es wird Sie keinen Pfennig kosten, und für euch ist es ein Kinderspiel. Okay?«

»Ich höre.«

»Mein Bruder sitzt in Brushy Mountain. Sieben Jahre bis zur Entlassung auf Bewährung. Ich will ihn draußen haben.«

»Das ist absurd, Mitch. Wir können eine Menge bewerkstelligen, aber ich bin verdammt sicher, daß wir Gefangene in einem Staatsgefängnis nicht freibekommen. Aus einem Bundesgefängnis vielleicht, aber nicht aus einem Staatsgefängnis. Unmöglich.«

»Hören Sie mir zu, Tarrance, und zwar gut. Wenn ich mich mit der Mafia auf den Fersen in die Büsche schlage, geht mein Bruder mit mir. Eine Art Kopplungsgeschäft. Und ich weiß, wenn Direktor Voyles ihn aus dem Gefängnis herausholen will, dann kriegt er ihn auch heraus. Das weiß ich. Und nun laßt euch einfallen, wie ihr das arrangieren wollt.«

»Aber wir haben keine Befugnis, uns in die Angelegenheiten der Staatsgefängnisse einzumischen.«

Mitch lächelte und kehrte zu seinem Kaffee zurück. »James Earl Ray ist aus Brushy Mountain entkommen. Und zwar ohne Hilfe von draußen.«

»Oh, das ist großartig. Wir stürmen das Gefängnis wie eine Kommandoeinheit und retten Ihren Bruder. Wundervoll.«

»Versuchen Sie nicht, mich für dumm zu verkaufen, Tarrance. Das steht nicht zur Debatte.«

»Okay, okay. Ich werde sehen, was ich tun kann. Sonst noch etwas? Weitere Überraschungen?«

»Nein, nur Fragen darüber, wohin wir gehen und was wir tun. Wo verstecken wir uns zu Anfang? Wo verstecken wir uns während der Verhandlungen? Wo verbringen wir den Rest unseres Lebens? Nur unbedeutende Fragen dieser Art.«

»Darüber können wir später reden.«

»Was haben Hodge und Kozinski Ihnen erzählt?«

»Nicht genug. Wir haben eine ziemlich dicke Kladde, in der wir alles gesammelt haben, was wir über die Moroltos und die Firma wissen. Der größte Teil davon betrifft die Moroltos, ihre Organisation, Schlüsselfiguren, illegale Aktivitäten und dergleichen mehr. Sie werden das alles lesen müssen, bevor wir mit der Arbeit anfangen.«

»Was natürlich geschehen wird, sobald ich die erste Million bekommen habe.«

»Natürlich. Wann können wir Ihre Akten sehen?«

»In ungefähr einer Woche. Es ist mir gelungen, vier Akten zu kopieren, die einem anderen gehören. Vielleicht bekomme ich noch ein paar mehr von dieser Sorte in die Hände.«

»Wer besorgt das Kopieren?«

»Das geht Sie nichts an.«

Tarrance dachte einen Moment nach, dann ließ er es durchgehen. »Wie viele Akten?«

»Zwischen vierzig und fünfzig. Ich kann jeweils nur einige wenige herausschmuggeln. An manchen arbeite ich seit acht Monaten, an anderen erst seit ungefähr einer Woche. Soweit ich es beurteilen kann, handelt es sich ausschließlich um legitime Klienten.«

»Wie viele dieser Klienten haben Sie persönlich kennengelernt?«

»Zwei oder drei.«

»Seien Sie nicht so sicher, daß sie alle legitim sind. Hodge hat uns von Scheinakten erzählt oder Arbeitsakten, wie sie von den Partnern genannt werden, die seit Jahren im Umlauf sind und an denen sich jeder Neueingestellte die Zähne ausbeißen muß; dicke Akten, die Hunderte von Stunden Arbeit erfordern und bewirken, daß sich die Anfänger vorkommen wie richtige Anwälte.«

»Arbeitsakten?«

»Das jedenfalls hat Hodge gesagt. Es ist alles ganz einfach, Mitch. Sie ködern Sie mit Geld. Sie überschütten Sie mit Arbeit, die legitim aussieht und es zum größten Teil vermutlich auch ist. Dann, nach ein paar Jahren, stecken Sie, ohne es zu wissen, in der Verschwörung drin. Sie sind festgenagelt, und es gibt keine Möglichkeit, wieder herauszukommen. Sogar Sie, Mitch. Sie haben im Juli angefangen, vor acht Monaten, und wahrscheinlich haben Sie schon ein paar der schmutzigen Akten in den Händen gehabt. Sie wußten es nicht, hatten keine Veranlassung, irgend etwas zu argwöhnen. Aber sie haben Sie bereits am Haken.«

»Zwei Millionen, Tarrance. Zwei Millionen und meinen Bruder draußen.«

Tarrance trank einen Schluck Kaffee, und als Dot in Hörweite kam, bestellte er ein Stück Kokoskuchen. Er sah auf die Uhr und ließ den Blick über die Masse der Fernfahrer schweifen, die alle Zigaretten rauchten, Kaffee tranken und sich unterhielten.

Er rückte die Sonnenbrille zurecht. »Also was soll ich Mr. Voyles sagen?«

»Sagen Sie ihm, aus der Sache wird nichts, bis er bereit ist, Ray aus dem Gefängnis zu holen. Erst dann ist der Handel perfekt.«

»Wahrscheinlich können wir etwas arrangieren.«

»Ich bin ganz sicher, daß Sie das können.«

»Wann fliegen Sie auf die Caymans?«

»Sonntagmorgen. Warum?«

»Nur Neugierde, sonst nichts.«

»Ich wüßte zu gern, wie viele verschiedene Trupps mir dahin folgen werden. Ist das zu viel verlangt? Ich bin ganz sicher, daß wir einen Rattenschwanz hinter uns herziehen werden, und wir hatten offengestanden gehofft, daß wir ein bißchen Privatleben haben könnten.«

»Das Firmenapartment?«

»Natürlich.«

»Dann vergessen Sie Ihr Privatleben. Dort gibt es vermutlich mehr Drähte als in einer Schalttafel. Vielleicht sogar ein paar Kameras.«

»Wie beruhigend. Es könnte sein, daß wir ein paar Nächte in Abanks Dive Lodge verbringen. Wenn Ihre Leute zufällig in der Gegend sind, könnten sie auf einen Drink hereinschauen.«

»Sehr witzig. Wenn wir dort sein sollten, dann aus einem ganz bestimmten Grund. Und Sie würden es nicht wissen.«

Tarrance verspeiste das Stück Kuchen mit drei Bissen. Er legte zwei Dollar auf den Tisch, und sie gingen durch die Hintertür hinaus. Der schmutzige Asphalt vibrierte unter dem Dröhnen zahlloser Dieselmotoren. Sie warteten im Dunkeln.

»In ein paar Stunden spreche ich mit Voyles«, sagte Tarrance. »Wie wäre es, wenn Sie und Ihre Frau morgen einen gemütlichen Sonntagsausflug unternehmen würden?«

»An irgendeinen bestimmten Ort?«

»Ja. Fünfzig Kliometer östlich von hier gibt es ein Städtchen, das Holly Springs heißt. Ein alter Ort mit Häusern aus der Zeit vor dem

Bürgerkrieg und massenhaft Konföderiertengeschichte. Frauen fahren gern darin herum und sehen sich die alten Villen an. Tauchen Sie dort gegen vier Uhr auf, und wir werden Sie finden. Unser Freund Laney fährt einen knallroten Chevy Blazer mit Tennessee-Kennzeichen. Folgen Sie ihm. Wir werden einen Ort finden, an dem wir uns unterhalten können.«

»Ist das ungefährlich?«

»Vertrauen Sie uns. Wenn wir irgend etwas sehen oder riechen, verschwinden wir. Fahren Sie eine Stunde in der Stadt herum, und wenn Sie Laney nicht sehen, kaufen Sie sich ein Sandwich und fahren wieder nach Hause. Dann werden Sie wissen, daß Sie ihnen zu dicht auf den Fersen waren. Wir gehen kein Risiko ein.«

»Danke. Ihr seid wirklich großartig.«

Laney bog mit dem BMW um die Ecke und sprang heraus. »Alles in Ordnung. Keine Spur von irgend jemandem.«

»Gut«, sagte Tarrance. »Wir sehen uns morgen, Mitch. Gute Fahrt.« Sie reichten sich die Hand.

»Die Sache mit meinem Bruder steht nicht zur Debatte, Tarrance«, sagte Mitch noch einmal.

»Sie können mich Wayne nennen. Wir sehen uns morgen.«

25

Die schwarzen Gewitterwolken und der heftige Regen hatten die Touristen längst vom Seven Mile Beach vertrieben, als die McDeeres, durchnäßt und müde, bei dem Haus mit den beiden Luxusapartments eintrafen. Mitch steuerte den gemieteten Mitsubishi-Jeep über den Bordstein und den schmalen Rasen bis direkt vor die Haustür. Apartment B. Im November war er in Apartment A gewesen. Von der Farbe und der Innenausstattung abgesehen, schienen sie identisch zu sein. Der Schlüssel paßte, und sie ergriffen eiligst ihr Gepäck und brachten es hinein – aus dem Regen war ein schwerer Wolkenbruch geworden.

Sobald sie drinnen und im Trockenen waren, packten sie im Schlafzimmer aus; es lag im Obergeschoß und hatte einen langen Balkon, der auf den nassen Strand hinausging. Vorsichtig mit dem, was sie sagten, inspizierten sie das Apartment und untersuchten jeden Raum und jeden Schrank. Der Kühlschrank war leer, aber die Bar war gut bestückt. Mitch mixte zwei Drinks, Cola und Rum, zu Ehren der Inseln. Sie saßen mit den Füßen im Regen auf dem Balkon und schauten zu, wie das Meer gegen die Küste brandete. Rumheads war still und von hier aus kaum zu sehen.

»Das ist Rumheads dort drüben«, sagte Mitch und wies mit seinem Drink in die entsprechende Richtung.

»Rumheads?«

»Ich habe dir davon erzählt. Ein heißes Fleckchen, an dem die Touristen sich vollaufen lassen und die Einheimischen Domino spielen.«

»Ach so.« Abby war nicht beeindruckt. Sie gähnte und ließ sich tiefer in den Plastiksessel sinken. Sie schloß die Augen.

»Das ist wirklich großartig. Unsere erste Auslandsreise, unsere ersten richtigen Flitterwochen, und zehn Minuten nach der Landung schläfst du ein.«

»Ich bin müde, Mitch. Während du geschlafen hast, habe ich die ganze Nacht gepackt.«

»Du hast acht Koffer gepackt – sechs für dich und zwei für mich. Du hast jedes Kleidungsstück eingepackt, das wir besitzen. Kein Wunder, daß du dazu die ganze Nacht gebraucht hast.«

»Ich wollte nicht, daß wir knapp an Kleidung sind.«

»Knapp an Kleidung? Wie viele Bikinis hast du eingepackt? Zehn? Zwölf?«

»Sechs.«

»Großartig. Einen für jeden Tag. Warum ziehst du nicht einen davon an?«

»Wie bitte?«

»Du hast es doch gehört. Zieh diesen kleinen blauen an, den, der an den Beinen ganz hoch ausgeschnitten ist und vorn nur aus ein paar Schnüren besteht, den, der ein halbes Gramm wiegt und sechzig Dollar gekostet hat und in dem dein Hinterteil voll zur Geltung kommt. Das möchte ich sehen.«

»Mitch, es regnet. Du hast mich ausgerechnet in der Monsunzeit auf diese Insel gebracht. Sieh dir die Wolken an. Schwarz und dick, und sie bewegen sich nicht von der Stelle. Ich werde die ganze Woche keine Bikinis brauchen.«

Mitch lächelte und begann, ihre Beine zu streicheln. »Mir gefällt der Regen. Ich hoffe sogar, daß es die ganze Woche regnet. Dann müssen wir drinnen bleiben, im Bett, Rum trinken und versuchen, uns gegenseitig weh zu tun.«

»Was? Du meinst, du willst tatsächlich Sex? Wir haben es diesen Monat doch schon einmal getan.«

»Zweimal.«

»Ich dachte, du wolltest die ganze Woche tauchen und schnorcheln.«

»Nein. Da draußen lauern vermutlich Haie.«

Der Wind frischte auf, und der Regen peitschte auf den Balkon.

»Gehen wir uns ausziehen«, sagte Mitch.

Nach einer Stunde begann das Gewitter sich zu verziehen. Der Regen ließ nach, wurde zu einem sanften Nieseln, dann hörte er ganz auf. Der Himmel wurde heller, die dunklen, niedrig hängenden Wolken verließen die kleine Insel und verzogen sich nach Nordwesten, auf Kuba zu. Kurz vor ihrem planmäßigen Verschwinden hinter dem Horizont brach plötzlich die Sonne durch und gab noch ein kurzes Gastspiel. Sie leerte die Strandhütten, Ferienhäuser, Apartments und Hotelzimmer. Touristen schlenderten durch den Sand dem Wasser entgegen. Rumheads wimmelte plötzlich von Pfeilwerfern und durstigen Gästen. Das Dominospiel wurde da wieder aufgenommen, wo es abgebrochen worden war. Die Reggae-Band im Palms nebenan stimmte die Instrumente.

Mitch und Abby wanderten ziellos am Strand entlang in Richtung Georgetown, fort von der Stelle, an der das Mädchen gewesen war. Gelegentlich dachte er an sie und an die Fotos. Er war zu dem Schluß gekommen, daß sie eine Professionelle und von DeVasher dafür bezahlt worden war, daß sie ihn vor den versteckten Kameras verführte. Er rechnete nicht damit, sie diesmal zu Gesicht zu bekommen.

Wie auf ein Stichwort hin erstarrten die Strandläufer, und in Rumheads wurde es still, als sich alle Augen der Sonne zuwendeten, die das Wasser erreicht hatte. Graue und weiße Wolken, die letzten Überbleibsel des Gewitters, hingen tief am Horizont und gingen mit der Sonne unter. Langsam nahmen sie Schattierungen von Orange, Gelb und Rot an, anfangs blasse Schattierungen und dann plötzlich ganz intensive. Für einen kurzen Moment war die See eine Leinwand, und die Sonne trug mit kühnen Pinselstrichen ihre grandiose Farbenskala auf. Dann berührte der orangefarbene Ball das Wasser, und Sekunden später war er verschwunden. Die Wolken wurden schwarz und lösten sich auf. Ein Sonnenuntergang auf den Caymans.

Sehr ängstlich und vorsichtig steuerte Abby den Jeep durch den frühmorgendlichen Verkehr des Einkaufsviertels. Sie stammte aus Kentucky. Sie war noch nie über einen nennenswerten Zeitraum hinweg auf der linken Straßenseite gefahren. Mitch gab Anweisungen und behielt den Rückspiegel im Auge. Auf den engen Straßen und Gehsteigen drängten sich schon jetzt die Touristen, die die in den Schaufenstern ausgestellten zollfreien Waren – Porzellan, Kristall, Parfums, Kameras und Schmuck – betrachteten.

Mitch deutete auf eine versteckte Seitenstraße, und der Jeep schoß zwischen zwei Touristengruppen hinein. Er küßte sie auf die Wange. »Wir treffen uns hier um fünf wieder.«

»Sei vorsichtig«, sagte sie. »Ich gehe zuerst zur Bank, dann halte ich mich in der Nähe des Apartments am Strand auf.«

Er schlug die Tür zu und verschwand zwischen zwei kleinen Läden. Die Gasse mündete in eine breitere Straße, die zur Hogsty Bay führte. Er schlüpfte in einen überfüllten T-Shirt-Laden mit Gestellen und Regalen voller Touristenhemden, Strohhüten und Sonnenbrillen. Er wählte ein leuchtend grün und orange geblümtes Hemd und einen Panamahut. Zwei Minuten später spurtete er aus dem Laden auf den Rücksitz eines gerade vorbeikommenden Taxis. »Flughafen«, sagte er. »Und schauen Sie in den Rückspiegel. Es kann sein, daß uns jemand folgt.«

Der Fahrer erwiderte nichts, sondern fuhr an den Bankgebäuden vorbei aus der Stadt heraus. Zehn Minuten später hielt er vor dem Terminal.

»Ist uns jemand gefolgt?« fragte Mitch, während er Geld aus der Tasche zog.

»Nein, Mon. Vier Dollar und zehn Cents.«

Mitch warf einen Fünfer über die Rückenlehne und ging schnell in das Terminal hinein. Die Maschine der Cayman Airways sollte um neun Uhr nach Cayman Brac starten. In einem Souvenirladen kaufte sich Mitch einen Becher Kaffee und versteckte sich zwischen zwei mit Andenken gefüllten Regalreihen. Er beobachtete den Warteraum und sah niemanden. Natürlich hatte er keine Ahnung, wie sie aussahen, aber er konnte niemanden entdecken, der sich umschaute und nach verlorengegangenen Leuten suchte. Vielleicht folgten sie dem Jeep oder durchkämmten das Einkaufsviertel nach ihm. Vielleicht.

Für fünfundsiebzig Cayman-Dollar hatte er den letzten Platz in der für zehn Passagiere eingerichteten dreimotorigen Trislander bekommen. Abby hatte ihn am Abend ihrer Ankunft von einer Telefonzelle aus reservieren lassen. In der allerletzten Minute sprintete er aus dem Terminal über den Asphalt und ging an Bord. Der Pilot schloß und verriegelte die Türen, und sie rollten über die Piste. Andere Flugzeuge waren nicht zu sehen. Rechts stand ein kleiner Hangar.

Die zehn Touristen bewunderten das strahlend blaue Meer und redeten nur wenig während des zwanzigminütigen Fluges. Als sie sich Cayman Brac näherten, wurde der Pilot zum Reiseführer und flog einen weiten Kreis um die kleine Insel. Er wies insbesondere auf die Klippen hin, die am Ostende der Insel steil zur See hin abfielen. Ohne diese Klippen, sagte er, wäre die Insel ebenso flach wie Grand Cayman. Er landete die Maschine weich auf einer schmalen Asphaltpiste.

Neben dem kleinen, weißen Holzhaus, das an allen Seiten die Aufschrift AIRPORT trug, wartete ein eleganter junger Weißer und beobachtete die schnell aussteigenden Passagiere. Es war Rick Acklin, Special Agent; Schweiß tropfte ihm von der Nase und klebte sein Hemd am Rücken fest. »Mitch«, sagte er, fast zu sich selbst.

Mitch zögerte kurz, dann ging er zu ihm.

»Der Wagen steht draußen«, sagte Acklin.

»Wo ist Tarrance?« Mitch sah sich um.

»Er wartet.«

»Hat der Wagen eine Klimaanlage?«

»Nein. Tut mir leid.«

Der Wagen hatte nicht nur keine Klimaanlage, sondern auch keinen leistungsfähigen Motor und keine Signallichter. Es war ein 1974er TD, und als sie auf der staubigen Straße entlangfuhren, erklärte Acklin, daß die Auswahl an Mietwagen auf Cayman Brac nicht sonderlich groß war. Der Grund dafür, daß die Regierung der Vereinigten Staaten den Wagen gemietet hatte, war der, daß es ihm und Tarrance unmöglich gewesen war, ein Taxi aufzutreiben. Sie hatten Glück gehabt, daß sie so kurzfristig eine Unterkunft gefunden hatten.

Die hübschen Häuschen standen näher beieinander, und das Meer kam zum Vorschein. Sie parkten im Sand neben einem Unternehmen, das Brac Divers hieß. Eine angejahrte Pier ragte ins Wasser, und an ihr hatten an die hundert Boote aller Größen festgemacht. Ein Stück weiter westlich stand ein Dutzend strohgedeckter Hütten. Sie beherbergten Taucher, die aus aller Welt hierhergekommen waren. Neben der Pier gab es eine Freiluftbar, namenlos, aber komplett mit Dominospielern und einem Pfeilwerfbrett. Ventilatoren aus Eiche und Messing hingen zwischen den Sparren an der Decke und rotierten langsam und lautlos und kühlten die Dominospieler und den Barkeeper.

Wayne Tarrance saß für sich allein an einem Tisch, trank eine Cola und sah zu, wie eine Tauchmannschaft zahllose Flaschen von der Pier in ein Boot lud. Sogar für einen Touristen war seine Kleidung überwältigend. Eine dunkle Sonnenbrille mit gelbem Gestell, braune Strohsandalen, offensichtlich brandneu, schwarze Socken, ein eng anliegendes hawaiianisches Luau-Hemd in zwanzig grellen Farben und eine Turnhose, die sehr alt und sehr kurz war und kaum etwas von den unnatürlich weißen Beinen unter dem Tisch bedeckte. Er deutete mit seiner Cola auf die beiden freien Stühle.

»Hübsches Hemd, Tarrance«, sagte Mitch mit unverhohlener Belustigung.

»Danke. Ihres ist aber auch nicht übel.«

»Und eine schöne Sonnenbräune.«

»Man muß schließlich so aussehen, als gehörte man hierher.«

Der Kellner hielt sich in der Nähe auf und wartete. Acklin bestellte eine Cola; Mitch sagte, er wollte eine Cola mit einem Spritzer Rum darin. Alle drei beobachteten das Tauchboot und die Taucher, die ihre Ausrüstung verluden.

»Was ist in Holly Springs passiert?« fragte Mitch schließlich.

»Da war leider nichts zu machen. Sie sind Ihnen von Memphis aus gefolgt, und in Holly Springs warteten zwei Wagen auf Sie. Wir konnten nicht an Sie herankommen.«

»Haben Sie und Ihre Frau vor der Abfahrt über den Ausflug gesprochen?« fragte Acklin.

»Ich denke schon. Wahrscheinlich haben wir es ein paarmal im Haus erwähnt.«

Achim schien befriedigt. »Sie waren jedenfalls darauf eingerichtet. Ein grüner Skylark ist Ihnen ungefähr dreißig Kilometer weit gefolgt, dann verschwand er. Daraufhin haben wir uns zurückgehalten.«

Tarrance trank einen Schluck Cola und sagte dann: »Letzten Samstag am späten Abend ist der Lear in Memphis gestartet und nonstop nach Grand Cayman geflogen. Wir nehmen an, daß zwei oder drei der Gangster an Bord waren. Am Sonntag ist die Maschine in aller Herrgottsfrühe wieder nach Memphis zurückgeflogen.«

»Also sind sie da und folgen uns?«

»Natürlich. Wahrscheinlich befanden sich auch einer oder zwei von ihnen in der gleichen Maschine wie Sie und Abby. Es könnten Männer oder Frauen gewesen sein. Es könnte ein Schwarzer gewesen sein oder eine asiatische Frau. Wer weiß? Vergessen Sie das nie, Mitch, sie haben massenhaft Geld. Zwei sind da, die wir wiedererkannt haben. Einer war gleichzeitig mit Ihnen in Washington. Ein blonder Typ, ungefähr vierzig, einszweiundachtzig, vielleicht einsvierundachtzig, mit ganz kurzem Haar, fast Bürstenhaarschnitt, und ziemlich kräftig. Sieht skandinavisch aus und bewegt sich sehr schnell. Wir haben ihn gestern in einem roten Escort gesehen, den er von der Coconut-Autovermietung auf der Insel hat.«

»Ich glaube, den habe ich auch gesehen«, sagte Mitch.

»Wo?« fragte Acklin.

»In einer Bar am Flughafen von Memphis, an dem Abend, an dem ich aus Washington zurückkam. Ich habe ihn dabei ertappt, wie er mich beobachtete, und damals war mir so, als hätte ich ihn schon in Washington gesehen.«

»Das ist er. Er ist hier.«

»Wer ist der andere?«

»Tony Verkler oder Zweitonnen-Tony, wie wir ihn nennen. Er ist ein Ex-Sträfling mit einer langen Latte von Vorstrafen. Die meisten davon hat er sich in Chicago eingesackt. Er arbeitet seit Jahren für Morolto. Wiegt an die hundertfünfzig Kilo und ist ganz groß im Beschatten von Leuten, weil niemand ihn verdächtigen würde.«

»Er war gestern abend im Rumheads«, fügte Acklin hinzu.

»Gestern abend? Wir waren gestern abend auch dort.«

Mit einem großartigen Manöver legte das Tauchboot von der Pier ab und fuhr aufs offene Meer hinaus. Hinter der Pier holten Fischer in ihren kleinen Katbooten die Netze ein; Segler navigierten ihre in leuchtenden Farben gestrichenen Katamarane auf die offene See hinaus. Nach einem sanften und verträumten Start war jetzt die ganze Insel hellwach. Die Hälfte der Boote, die an der Pier festgemacht hatten, hatte bereits abgelegt oder war dabei, es zu tun.

»Und wann seid ihr im Städtchen eingetroffen?« fragte Mitch, nachdem er einen Schluck von seinem Drink genommen hatte, der mehr Rum als Cola enthielt.

»Sonntagabend«, sagte Tarrance und schaute dem langsam verschwindenden Tauchboot nach.

»Nur aus Neugierde – wie viele Männer habt ihr auf den Inseln?«

»Vier Männer, zwei Frauen«, sagte Tarrance. Acklin verstummte und überließ nun das Reden seinem Vorgesetzten.

»Und weshalb genau seid ihr hier?« fragte Mitch.

»Das hat mehrere Gründe. Erstens wollten wir mit Ihnen reden und unseren kleinen Handel festmachen. Direktor Voyles liegt sehr viel daran, zu einer Vereinbarung zu gelangen, mit der Sie leben können. Zweitens wollten wir sie beobachten und herausfinden, wie viele von den Gangstern hier sind. Wir werden die Woche mit dem Versuch verbringen, die Leute zu identifizieren. Die Insel ist klein und deshalb zum Beobachten gut geeignet.«

»Und drittens wollen Sie sich eine schöne Sonnenbräune zulegen?«

Acklin kicherte leise. Tarrance lächelte, dann runzelte er die Stirn. »Nein, das eigentlich nicht. Wir sind zu Ihrem Schutz hier.«

»Zu meinem Schutz?«

»Ja. Als ich das letzte Mal an diesem Tisch saß, habe ich mich mit Joe Hodge und Marty Kozinski unterhalten. Vor ungefähr neun Monaten. Einen Tag, bevor sie ermordet wurden, um genau zu sein.«

»Und Sie glauben, daß man auch mich ermorden will?«

»Nein. Noch nicht.«

Mitch winkte den Kellner heran und bestellte einen weiteren Drink. Das Dominospiel war hitzig geworden, und sie beobachteten, wie die Einheimischen diskutierten und tranken.

»Und während wir hier sitzen, folgen die Gangster, wie ihr sie nennt, meiner Frau vermutlich über ganz Grand Cayman. Ich werde keine ruhige Minute haben, bis ich zurück bin. Also was ist mit unserem Handel?«

Tarrance wendete den Blick von der See und dem Tauchboot ab und sah Mitch an. »Das mit den zwei Millionen geht in Ordnung, und ...«

»Natürlich geht das in Ordnung. Darauf hatten wir uns doch bereits geeinigt, oder etwa nicht?«

»Ganz ruhig, Mitch. Wir zahlen eine Million, wenn Sie uns all Ihre Akten aushändigen. Von diesem Punkt an gibt es kein Zurück mehr. Dann stecken Sie bis zum Hals drin.«

»Das ist mir völlig klar, Tarrance. Schließlich war es mein Vorschlag, wie Sie sich vielleicht erinnern.«

»Aber das ist der einfache Teil. Im Grunde wollen wir Ihre Akten gar nicht, weil sie saubere Akten sind. Gute Akten. Legitime Akten. Wir wollen die schlimmen Akten, Mitch, die, auf denen das Wort kriminell geschrieben steht. Und an diese Akten zu kommen, wird wesentlich schwieriger sein. Aber wenn Sie die beschaffen, zahlen wir eine weitere halbe Million. Und den Rest nach der letzten Verhandlung.«

»Und mein Bruder?«

»Wir werden es versuchen.«

»Das genügt nicht, Tarrance. Ich will eine verbindliche Zusage.«

»Daß wir Ihren Bruder herausholen, können wir nicht versprechen. Schließlich muß er noch mindestens sieben Jahre absitzen.«

»Aber er ist mein Bruder, Tarrance. Von mir aus könnte er ein Massenmörder sein. Er ist mein Bruder, und wenn ihr mich wollt, dann müßt ihr ihn freibekommen.«

»Ich sagte, wir werden es versuchen, aber eine feste Zusage können wir nicht machen. Es gibt keine formelle, legale Möglichkeit, ihn herauszuholen, also müssen wir zu anderen Mitteln greifen. Was ist, wenn er bei der Flucht erschossen wird?«

»Holen Sie ihn einfach heraus, Tarrance.«

»Wir werden es versuchen.«

»Sie setzen die Macht und die Ressourcen des FBI ein, um meinem Bruder bei seiner Flucht aus dem Gefängnis zu helfen. Habe ich Sie richtig verstanden, Tarrance?«

»Das verspreche ich Ihnen.«

Mitch lehnte sich auf seinem Stuhl zurück und nahm einen großen Schluck von seinem Drink. Jetzt war der Handel perfekt. Er atmete leichter und lächelte in Richtung auf das prachtvolle Karibische Meer.

»Und wann bekommen wir die Akten?« fragte Tarrance.

»Ich dachte, die wollten Sie nicht. Sie haben doch gesagt, sie wären zu sauber.«

»Wir wollen die Akten, Mitch, denn wenn wir die haben, haben wir auch Sie. Es ist eine Art Bewährungsprobe, wenn Sie uns die Akten ausliefern und damit gewissermaßen Ihre Lizenz, als Anwalt zu arbeiten.«

»In zehn bis vierzehn Tagen.«

»Wie viele Akten?«

»Zwischen vierzig und fünfzig. Die kleinen sind ungefähr zwei Zentimeter dick, die großen würden nicht auf diesen Tisch passen. Die Kopierer im Büro kann ich nicht benutzen, deshalb mußten wir andere Vorkehrungen treffen.«

»Vielleicht könnten wir Ihnen beim Kopieren behilflich sein«, sagte Acklin.

»Vielleicht auch nicht. Wenn ich vielleicht Ihre Hilfe brauchen sollte, werde ich Sie vielleicht darum bitten.«

»Wie wollen Sie uns die Akten zukommen lassen?« fragte Tarrance. Acklin schwieg wieder.

»Ganz einfach, Wayne. Wenn ich alle kopiert habe und sich die Million dort befindet, wo ich sie haben will, gebe ich Ihnen den Schlüssel zu einem gewissen Kämmerchen im Stadtgebiet von Memphis, und Sie können sie mit Ihrem Pickup abholen.«

»Also gut. Und das Geld deponieren wir auf einem Schweizer Konto«, sagte Tarrance.

»Aber jetzt will ich es nicht mehr auf einem Schweizer Konto haben, okay? Ich bestimme, wie und wohin das Geld überwiesen wird, und es wird genau so getan, wie ich es sage. Es ist mein Kopf, der jetzt in der Schlinge steckt, also habe ich das Sagen. Bis zu einem gewissen Grade jedenfalls.«

Tarrance lächelte und grunzte und betrachtete die Pier. »Vertrauen Sie den Schweizern etwa nicht?«

»Sagen wir einfach, daß ich eine andere Bank im Sinne habe. Vergessen Sie nicht, Wayne, ich arbeite für Geldwäscher, und deshalb bin ich jetzt ein Experte im Verbergen von Geld auf unzugänglichen Konten.«

»Das findet sich.«

»Wann bekomme ich diese Kladde über die Moroltos zu lesen?«

»Wenn wir Ihre Akten haben und die erste Rate gezahlt worden ist. Wir informieren Sie über alles, was wir wissen, aber im Grunde sind Sie auf sich allein gestellt. Wir beide, Sie und ich, müssen oft zusammenkommen, und das ist natürlich ziemlich gefährlich. Vielleicht müssen wir noch ein paarmal mit dem Bus fahren.«

»Okay, aber beim nächsten Mal bekomme ich den Sitz am Gang.«

»Aber sicher doch jemand, der zwei Millionen kassiert, hat ein Recht darauf, sich im Greyhound seinen Sitz auszusuchen.«

»Wahrscheinlich lebe ich nicht so lange, daß ich sie genießen kann, Wayne. Das wissen Sie genau.«

Drei Meilen außerhalb von Georgetown, auf der schmalen, gewundenen Straße nach Bodden Town, sah Mitch ihn. Der Mann stand gebückt hinter einem alten VW-Käfer mit geöffneter Haube, als hätte er wegen eines Motorschadens anhalten müssen. Der Mann war gekleidet wie ein Einheimischer. Er hätte ohne weiteres als einer der Briten durchgehen können, die für die Regierung oder in den Banken arbeiteten. Er war kräftig gebräunt. Der Mann hielt einen Schraubenschlüssel in der Hand, und es sah so aus, als betrachtete er gleichzeitig das Werkzeug und den Mitsubishi-Jeep, der an ihm vorbeifuhr. Der Mann war ein skandinavischer Typ.

Es war nicht vorgesehen, daß Mitch ihn bemerkte.

Mitch verlangsamte instinktiv auf ein Tempo von vierzig Stundenkilometern, um auf ihn zu warten. Abby drehte sich um und beobachtete die Straße. Die schmale Landstraße nach Bodden Town führte etliche Kilometer an der Küste entlang, dann gabelte sie sich, und das Meer verschwand. Minuten später tauchte der grüne Käfer des Skandinaviers mit Höchstgeschwindigkeit aus einer leichten Kurve auf. Der Jeep der McDeeres war viel näher, als der Skandinavier vermutet hatte. Jetzt, da er gesehen worden war, wurde er abrupt langsamer und bog auf den ersten der zur Küste hinunterführenden, aus weißem Fels bestehenden Weg ab.

Mitch gab Gas und jagte nach Bodden Town. Westlich der kleinen

Ansiedlung bog er nach Süden ab, und wenig später war er wieder am Wasser.

Es war zehn Uhr morgens, und der Parkplatz von Abanks Dive Lodge war halb voll. Die beiden morgendlichen Tauchboote hatten eine halbe Stunde zuvor abgelegt. Die McDeeres wanderten rasch zur Bar, wo Henry bereits die Dominospieler mit Bier und Zigaretten versorgte.

Barry Abanks lehnte an einem der Pfosten, die das Strohdach der Bar trugen, und sah seinen beiden Tauchbooten nach, die gerade um die Spitze der Insel herum verschwanden. Von beiden aus würde zweimal getaucht werden, an Orten wie Bonnie's Arch, Devil's Grotto, Eden Rock und Roger's Wreck Point, Orten, an denen er tausendmal getaucht und als Führer fungiert hatte. Einige der Orte hatte er selbst entdeckt.

Die McDeeres traten zu ihm, und Mitch machte seine Frau mit Mr. Abanks bekannt, der weder höflich noch unhöflich reagierte. Sie gingen zu einer kleinen Pier, wo ein Matrose ein neun Meter langes Fischerboot startklar machte. Abanks ließ eine unverständliche Flut von Anweisungen auf den jungen Mann los, der entweder taub war oder vor seinem Boß keine Angst hatte.

Mitch stand neben Abanks, der jetzt der Kapitän war, und deutete auf die fünfzig Meter entfernte Bar. »Kennen Sie all die Leute, die dort sitzen?«

Abanks warf Mitch einen fragenden Blick zu.

»Man hat versucht, mir hierher zu folgen. Reine Neugierde«, sagte Mitch.

»Die übliche Clique«, sagte Abanks. »Keine Fremden.«

»Sind Ihnen heute morgen irgendwelche Fremden aufgefallen?«

»Dieser Laden zieht Fremde an. Ich führe nicht Buch darüber, wer ein Fremder ist und wer ein Stammgast.«

»Haben Sie einen fetten Amerikaner gesehen, rotes Haar, Gewicht mindestens hundertfünfzig Kilo?«

Abanks schüttelte den Kopf. Der Matrose manövrierte das Boot rückwärts, weg von der Pier, dann steuerte er auf den Horizont zu. Abby saß auf einer kleinen, gepolsterten Bank und beobachtete, wie die Häuser am Strand verschwanden. In einer Plastiktasche zwischen ihren Füßen steckten zwei Paar neue Schwimmflossen und Schnorchelmasken. Nach außen hin war es ein Ausflug zum Schnorcheln und vielleicht auch zum Angeln, sofern die Fische anbissen. Abanks hatte sich bereit erklärt, sie selbst zu begleiten, aber erst, nachdem Mitch darauf bestanden und ihm erklärt hatte, sie müßten über persönliche Dinge reden. Privatangelegenheiten, die mit dem Tod seines Sohnes zusammenhingen.

Von einem abgeschirmten Balkon im zweiten Stock eines Strandhauses am Cayman Kai aus beobachtete der Skandinavier, wie die beiden Köpfe mit ihren Schnorchelmasken um das Fischerboot herum auftauchten und wieder verschwanden. Er übergab das Fernglas an Zweitonnen-Tony Verkler, der es, schnell gelangweilt, wieder zurückreichte. Eine auffallende Blondine in einem einteiligen schwarzen, seitlich bis fast an die Rippen heran ausgeschnittenen Badeanzug stand hinter dem Skandinavier und ergriff das Fernglas. Ihr besonderes Interesse galt dem Matrosen.

Tony sprach. »Das verstehe ich einfach nicht. Wenn sie sich ernsthaft unterhalten wollen, weshalb dann der Junge? Warum ein weiteres Paar Ohren in Hörweite?«

»Vielleicht unterhalten sie sich übers Schnorcheln und Angeln«, sagte der Skandinavier.

»Da bin ich nicht so sicher«, sagte die Blondine. »Es ist ungewöhnlich, daß Abanks auf einem Fischerboot mitfährt. Er liebt die Tauchboote. Es muß einen guten Grund dafür geben, daß er einen Tag mit unerfahrenen Schnorchlern vergeudet. Da ist etwas im Busche.«

»Wer ist der Junge?« fragte Tony.

»Nur einer von seinen Handlangern«, sagte sie. »Er hat ein Dutzend von der Sorte.«

»Kannst du später mit ihm reden?« fragte der Skandinavier.

»Ja«, sagte Tony. »Zeig ihm ein bißchen Haut, schnupft ein bißchen Koks. Dann wird er reden.«

»Ich werde es versuchen«, sagte sie.

»Wie heißt er?« fragte der Skandinavier.

»Keith Rook.«

Keith Rook manövrierte das Boot an die Pier von Rum Point Mitch, Abby und Abanks stiegen aus und gingen den Strand hinauf. Keith wurde nicht zum Lunch eingeladen. Er blieb an Bord und wusch gemächlich das Deck.

Die Shipwreck Bar stand hundert Meter landeinwärts im dichten Schatten hier seltener Laubbäume. Sie war dunkel und feucht mit abgeschirmten Fenstern und quietschenden Deckenventilatoren. Es gab weder Reggae noch Dominospieler oder Pfeilwerfer. Die Gäste an den einzelnen Tischen waren in ihre privaten Gespräche vertieft.

Von ihrem Tisch aus konnten sie aufs Meer hinaussehen, nach Norden. Sie bestellten Cheeseburger und Bier – Inselessen.

»Diese Bar ist anders«, bemerkte Mitch leise.

»Stimmt«, sagte Abanks. »Und mit gutem Grund. Sie ist ein Treffpunkt der Drogenhändler, denen viele der hübschen Häuser und Apartments hier herum gehören. Sie kommen mit ihren Privatjets, deponieren ihr Geld in einer unserer vielen prächtigen Banken und verbringen dann ein paar Tage hier, um auf ihrem Grundbesitz nach dem Rechten zu sehen.«

»Hübsche Gegend.«

»Wirklich, sehr hübsch. Sie haben Millionen, und sie bleiben unter sich.«

Die Kellnerin, eine stämmige Mulattin, stellte wortlos drei Flaschen Red Stripe auf den Tisch. Abanks lehnte sich, wie es in der Shipwreck Bar üblich war, auf die Ellenbogen gestützt, mit gesenktem Kopf vor. »Sie glauben also, Sie könnten fortgehen?« fragte er.

Mitch und Abby lehnten sich gleichzeitig vor, und alle drei Köpfe trafen in der Mitte des Tisches zusammen, ganz tief und dicht über dem Bier. »Nicht gehen, sondern rennen, als wäre der Teufel hinter mir her, aber ich werde davonkommen. Aber dazu brauche ich Ihre Hilfe.«

Abanks dachte einen Moment darüber nach und hob den Kopf. Dann zuckte er die Achseln. »Und was kann ich dabei tun?« Er nahm den ersten Schluck von seinem Red Stripe.

Abby sah sie zuerst, und nur eine Frau konnte eine andere Frau entdecken, die sich so elegant bemühte, ihr kleines Gespräch mitzuhören. Sie wendete Abanks den Rücken zu. Sie war eine üppige Blondine mit einer billigen schwarzen Plastiksonnenbrille, die den größten Teil ihres Gesichtes verdeckte, und sie hatte das Meer betrachtet und ein wenig zu angestrengt zugehört. Als die drei die Köpfe zusammensteckten, hatte sie sich steif aufgerichtet und versucht, etwas aufzuschnappen. Sie saß für sich allein an einem Zweiertisch.

Abby grub ihre Fingernägel in das Bein ihres Mannes, und an ihrem Tisch wurde es still. Die Blonde in Schwarz lauschte, dann wendete sie sich wieder ihrem Tisch und ihrem Drink zu.

Am Freitag der Cayman-Woche hatte Wayne Tarrance seine Aufmachung verbessert. Verschwunden waren die Strohsandalen, die engen Shorts und die auffällige Sonnenbrille. Verschwunden waren auch die unnatürlich weißen Beine. Jetzt waren sie knallrot, so verbrannt, daß sie nicht wiederzuerkennen waren. Nach drei Tagen im tropischen Outback von Cayman Brac hatten er und Acklin, im Auftrag der Regierung der Vereinigten Staaten, ein ziemlich billiges Zimmer auf Grand Cayman gemietet, meilenweit von Seven Mile Beach entfernt. Hier hatten sie eine Kommandozentrale eingerichtet, von der aus sie das Kommen und Gehen der McDeeres und anderer interessierter Personen verfolgten. Hier, im Coconut Motel, bewohnten sie gemeinsam ein kleines Zimmer mit zwei Einzelbetten und kalter Dusche. Am Mittwochmorgen hatten sie mit McDeere Kontakt aufgenommen und um ein Treffen so bald wie möglich gebeten. Er lehnte ab. Sagte, er wäre zu beschäftigt. Sagte, er und seine Frau machten Flitterwochen und er hätte keine Zeit für ein solches Treffen. Vielleicht später, das war alles, was er sagte.

Dann, Donnerstagabend, als Mitch und Abby im Lighthouse an der Straße nach Bodden Town gegrillten Barsch aßen, blieb Laney, Agent Laney, unauffällig gekleidet und aussehend wie ein auf der Insel heimischer Neger, an ihrem Tisch stehen und verkündete das Gesetz. Tarrance bestand auf einem Treffen.

Hähnchen mußten auf die Caymans importiert werden, und zwar nicht die besten. Nur Hähnchen mittlerer Qualität. Sie wurden nicht von den Einheimischen verspeist, sondern von den Amerikanern, fern der Heimat und ohne ihre gewohnte Kost. Colonel Sanders hatte die allergrößte Mühe, den Mädchen von der Insel, ob sie nun schwarz waren oder was auch immer, beizubringen, wie man Hähnchen briet. Sie waren ihnen fremd.

Und deshalb vereinbarte Special Agent Wayne Tarrance aus der Bronx ein schnelles Geheimtreffen in einem Kentucky Fried Chicken-Lokal auf der Insel Grand Cayman. Dem einzigen derartigen Lokal. Er war davon ausgegangen, daß das Lokal leer sein würde. Er hatte sich geirrt.

Hundert hungrige Touristen aus Georgia, Alabama, Texas und Mississippi drängten sich in dem Lokal und verschlangen Hähnchenteile mit Krautsalat und Kartoffelbrei. In Tupelo schmeckte es besser, aber das hier tat es auch.

Tarrance und Acklin saßen in dem überfüllten Lokal in einer Nische und beobachteten nervös die Eingangstür. Es war noch nicht zu spät, das Treffen aufzugeben. Es waren einfach zu viele Leute da. Endlich kam Mitch und stellte sich in der langen Schlange an. Er brachte seine kleine rote Schachtel mit an ihren Tisch und setzte sich. Er sagte weder hallo noch sonst etwas. Er begann seine drei Hähnchenteile zu verzehren, für die er 4.89 Cayman-Dollar bezahlt hatte. Importierte Hähnchen.

»Wo sind Sie gewesen?« fragte Tarrance.

Mitch attackierte eine Keule. »Auf der Insel. Es ist blöd, daß wir uns hier treffen, Tarrance. Zu viele Leute.«

»Wir wissen, was wir tun.«

»Ja. Wie in dem koreanischen Schuhgeschäft.«

»Ein Punkt für Sie. Weshalb wollten Sie uns Mittwoch nicht treffen?«

»Mittwoch war ich beschäftigt. Bin ich sauber?«

»Natürlich sind Sie sauber. Wenn Sie es nicht wären, hätte Laney Ihnen am Eingang einen Wink gegeben.«

»Dieser Laden macht mich nervös, Tarrance.«

»Warum waren Sie bei Abanks?«

Mitch wischte sich den Mund ab und hob die halb abgenagte Keule hoch. Eine ziemlich kleine Keule. »Er hat ein Boot. Ich wollte angeln und schnorcheln, also machten wir ein Geschäft. Wo waren Sie, Tarrance? In einem Unterseeboot, das uns um die Insel herum gefolgt ist?«

»Was hat Abanks gesagt?«

»Oh, er hat einen gewaltigen Wortschatz. Hallo. Gib mir ein Bier. Wer folgt uns? Eine Menge Worte.«

»Sie sind Ihnen gefolgt, wissen Sie das?«

»Sie! Welche sie? Mir folgen so viele Leute, daß ich Verkehrsstaus verursache.«

»Die bösen Buben, Mitch. Die aus Memphis und Chicago und New York. Diejenigen, die Sie morgen umbringen werden, wenn Sie nicht auf der Hut sind.«

»Ich bin gerührt. Sie sind mir also gefolgt? Wo habe ich sie hingeführt? Zum Schnorcheln? Zum Angeln? Na wenn schon, Tarrance. Sie folgen mir, ihr folgt ihnen, ihr folgt mir, sie folgen euch. Wenn ich plötzlich auf die Bremse trete, knallen zwanzig Wagen auf mich drauf. Weshalb treffen wir uns hier, Tarrance? Dieser Laden ist zu voll.«

Tarrance sah sich verzweifelt um.

Mitch klappte seine Hähnchenschachtel zu. »Hören Sie, Tarrance, ich bin nervös, und mir ist der Appetit vergangen.«

»Ganz ruhig. Sie waren sauber, als Sie aus dem Apartment kamen.«

»Ich bin immer sauber, Tarrance. Ich nehme an, Hodge und Kozinski waren auch immer sauber, wenn sie etwas unternahmen. Sauber bei Abanks. Sauber auf dem Tauchboot. Sauber bei der Beerdigung. Das war keine gute Idee, Tarrance. Ich gehe.«

»Okay. Wann startet Ihr Flugzeug?«

»Warum? Habt ihr vor, mir zu folgen? Wollt ihr ihnen auf den Fersen bleiben oder mir? Was ist, wenn sie Ihnen folgen? Was ist, wenn alles richtig durcheinandergerät und ich allen anderen folge?«

»Bitte, Mitch.«

»Neun Uhr fünfundvierzig. Ich werde versuchen, Ihnen einen Platz freizuhalten. Sie können neben Zwei-Tonnen-Tony am Fenster sitzen.«

»Wann bekommen wir Ihre Akten?«

Mitch stand mit seiner Hähnchenschachtel auf. »In ungefähr einer Woche. Geben Sie mir zehn Tage, und, Tarrance, keine Treffen in der Öffentlichkeit mehr. Vergessen Sie nicht, sie bringen Anwälte um, nicht dämliche FBI-Agenten.«

26

Um acht Uhr am Montagmorgen passierten Oliver Lambert und Nathan Locke die Sicherheitskontrolle im fünften Stock und gingen durch das Labyrinth aus kleinen Kammern und Büros. DeVasher erwartete sie. Er machte die Tür hinter ihnen zu und deutete auf die Stühle. Er bewegte sich nicht ganz so flink wie sonst. Die Nacht war eine lange, verlorene Schlacht mit dem Wodka gewesen. Seine Augen waren rot, und mit jedem Atemzug dröhnte sein Schädel.

»Ich habe gestern in Las Vegas mit Lazarov gesprochen und ihm so gut wie möglich erklärt, weshalb es euch so widerstrebt, eure vier Anwälte Lynch, Sorrell, Buntin und Myers vor die Tür zu setzen. Ich habe ihm all eure guten Gründe genannt. Er sagte, er würde darüber nachdenken, aber in der Zwischenzeit sollt ihr höllisch aufpassen, daß diese vier an nichts anderem arbeiten als an absolut sauberen Fällen. Geht kein Risiko ein und behaltet sie genau im Auge.«

»Er ist wirklich ein reizender Mensch, nicht wahr?« sagte Oliver Lambert.

»O ja. Bezaubernd. Er hat gesagt, Mr. Morolto hätte sich in den letzten sechs Wochen jede Woche einmal erkundigt, wie es mit der Firma steht. Sagte, sie wären alle nervös.«

»Was haben Sie ihm gesagt?«

»Daß alles in Ordnung ist, fürs erste. Daß alle Lecks gestopft sind, fürs erste. Ich hatte nicht den Eindruck, daß er mir das glaubt.«

»Was ist mit McDeere?«

»Er hat mit seiner Frau eine wundervolle Woche verbracht. Haben Sie sie schon einmal in einem knappen Bikini gesehen? Sie hat die ganze Woche einen getragen. Ein toller Anblick! Wir haben ein paar Fotos gemacht, nur so zum Spaß.«

»Ich bin nicht hier, um mir Fotos anzusehen«, fuhr Locke ihn an.

»Was Sie nicht sagen. Sie haben einen ganzen Tag mit diesem Abanks verbracht, nur die drei und ein Matrose. Sie spielten im Wasser, haben ein bißchen geangelt und eine Menge geredet. Worüber, wissen wir nicht. Konnten nie nahe genug herankommen. Mir kommt das sehr verdächtig vor, meine Herren. Sehr verdächtig.«

»Ich verstehe nicht, was daran verdächtig sein sollte«, sagte Oliver Lambert. »Worüber könnten sie geredet haben außer über Angeln und Tauchen und, natürlich, über Hodge und Kozinski? Und wenn sie tatsächlich über Hodge und Kozinski geredet haben sollten – was macht das schon?«

»Er hat Hodge und Kozinski überhaupt nicht gekannt, Oliver«, sagte Locke. »Weshalb sollte er sich dann so für ihren Tod interessieren?«

»Sie dürfen nicht vergessen«, sagte DeVasher, »daß Tarrance ihm bei der ersten Begegnung gesagt hat, ihr Tod wäre kein Unfall gewesen. Also spielt er jetzt Sherlock Holmes auf der Suche nach Beweisen.«

»Er wird doch keine finden, oder?«

»Bestimmt nicht«, sagte DeVasher. »Es war saubere Arbeit. Natürlich gibt es ein paar unbeantwortete Fragen, aber die Polizei von den Caymans kann sie bestimmt nicht beantworten. Und unser Freund McDeere auch nicht.«

»Weshalb machen Sie sich dann Sorgen?« fragte Lambert.

»Weil sie sich in Chicago Sorgen machen, Ollie, und sie zahlen mir eine Menge Geld dafür, daß ich mir hier unten Sorgen mache. Und bis die Feds uns in Ruhe lassen, machen wir uns alle Sorgen, okay?«

»Was hat er sonst noch getan?«

»Der übliche Cayman-Urlaub. Sex, Sonne, Rum, ein paar Einkäufe, ein paar Ausflüge. Wir hatten drei Leute auf der Insel. Sie haben ihn ein paarmal aus den Augen verloren, aber da ist nichts Ernstes passiert, hoffe ich. Wie ich immer sage, man kann einen Mann nicht sieben Tage in der Woche rund um die Uhr beschatten, ohne dabei erwischt zu werden. Also müssen wir uns hin und wieder ein wenig zurückhalten.«

»Glauben Sie, daß McDeere redet?« fragte Locke.

»Ich weiß, daß er lügt, Nat. Er hat über diesen Zwischenfall in dem koreanischen Schuhgeschäft vor einem Monat gelogen. Ihr wolltet es damals nicht glauben, aber ich bin sicher, daß er den Laden freiwillig betreten hat, weil er mit Tarrance reden wollte. Einer unserer Leute hat einen Fehler gemacht, ist zu nahe herangekommen, also wurde das kleine Treffen abgebrochen. Das ist nicht McDeeres Version, aber so hat es sich abgespielt. Ja, Nat, ich glaube, daß er redet. Vielleicht trifft er sich mit Tarrance und sagt ihm, er sollte sich zum Teufel scheren. Vielleicht rauchen sie zusammen Gras. Ich weiß es nicht.«

»Aber Sie haben nichts Konkretes, DeVasher«, sagte Ollie.

Das Gehirn hämmerte und drückte heftig gegen die Schädeldecke. Es schmerzte zu sehr, als daß er hätte wütend werden können. »Nein, Ollie, nichts wie im Falle von Hodge und Kozinski, wenn es das ist, was Sie meinen. Die beiden hatten wir auf Band und wußten, daß sie reden wollten. Bei McDeere liegen die Dinge ein bißchen anders.«

»Außerdem ist er ein Anfänger«, sagte Nat. »Ein Anwalt, der erst acht Monate hier ist und nichts weiß. Er hat tausend Stunden an Arbeitsakten gewerkelt, und die Klienten, mit denen er zu tun hatte, waren legitim. Avery war überaus vorsichtig, was die Akten betraf, die McDeere in die Hand bekam. Wir haben darüber gesprochen.«

»Er hat nichts zu sagen, weil er nichts weiß«, sagte Ollie. »Marty und Joe haben eine Menge gewußt, aber sie waren auch schon jahrelang hier. McDeere ist ein Neuling.«

DeVasher rieb sich die Schläfen. »Ihr habt also einen ausgesprochenen Dämlack eingestellt. Nehmen wir einmal an, daß das FBI vermutete, wer unser wichtigster Klient ist. Okay. Und nehmen wir weiterhin an, daß Hodge und Kozinski ihnen genügend Informationen geliefert haben, daß sie jetzt wissen, wer dieser spezielle Klient ist. Verstehen Sie, worauf ich hinaus will? Und nehmen wir weiter an, daß die Feds McDeere alles gesagt haben, was sie wissen, mit ein paar Ausschmückungen. Plötzlich ist euer ahnungsloser Anfänger ein sehr kluger Mann. Und ein sehr gefährlicher obendrein.«

»Wie wollen Sie das beweisen?«

»Zuerst einmal verstärken wir die Überwachung. Lassen auch seine Frau Tag und Nacht nicht aus den Augen. Ich habe Lazarov angerufen und mehr Leute angefordert. Ihm gesagt, daß wir ein paar neue Gesichter brauchen. Morgen fliege ich nach Chicago, um Lazarov zu informieren und vielleicht auch Mr. Morolto. Lazarov glaubt, daß Morolto einen Draht zu einem Maulwurf innerhalb des Bureaus hat, einem Typ, der Voyles nahesteht und Informationen verkauft. Aber das dürfte eine ganze Stange Geld kosten. Sie wollen wissen, woran sie sind, und dann entsprechend handeln.«

»Und Sie erzählen ihnen, daß McDeere redet?« fragte Locke.

»Ich erzähle ihnen, was ich weiß und was ich vermute. Ich fürchte, wenn wir uns einfach zurücklehnen und auf konkrete Beweise warten, könnte es zu spät sein. Ich bin sicher, daß Lazarov über Pläne zu seiner Beseitigung sprechen möchte.«

»Vorläufige Pläne?« fragte Lambert mit einer Spur von Hoffnung.

»Über das Stadium des Vorläufigen sind wir hinaus, Ollie.«

Die Hourglass Tavern in New York City liegt an der Vierundsechzigsten Straße, nähe ihrer Kreuzung mit der Ninth Avenue. Obwohl nur ein kleines, dunkles Loch in der Mauer mit zweiundzwanzig Sitzplätzen, wurde das Lokal berühmt wegen seiner teuren Speisekarte und der zeitlichen Beschränkung der Mahlzeiten auf neunundfünfzig Minuten. An den Wänden oberhalb der Tische rinnt weißer Sand durch Stundengläser und mißt lautlos die Sekunden und Minuten, bis der Zeitnehmer des Lokals – die Kellnerin – die Rechnung präsentiert und zum Gehen auffordert. Da es gern von den Leuten vom Broadway aufgesucht wird, ist es ständig bis auf den letzten Platz besetzt, und treue Kunden warten auf dem Gehsteig.

Leu Lazarov mochte das Hourglass, weil es dunkel war und ungestörte Gespräche ermöglichte. Kurze Gespräche, unter neunundfünfzig Minuten. Er mochte es, weil es nicht in Klein-Italien lag; er war kein Italiener, und obwohl er für Sizilianer arbeitete, brauchte er ihre Gerichte nicht zu essen. Er mochte es, weil er im Theaterdistrikt geboren war und dort die ersten vierzig Jahre seines Lebens verbracht hatte. Dann wurde das Firmenhauptquartier nach Chicago verlegt, und er wurde versetzt. Aber die Geschäfte machten mindestens zweimal wöchentlich seine Anwesenheit in New York erforderlich, und wenn zu diesen Geschäften das Zusammentreffen mit einem ranggleichen Angehörigen einer anderen Familie gehörte, schlug Lazarov immer das Hourglass vor. Tubertini hatte den gleichen Rang und stand sogar noch etwas höher. Widerstrebend erklärte er sich mit dem Hourglass einverstanden.

Lazarov traf als erster ein und wartete nicht auf einen Tisch. Er wußte aus Erfahrung, daß sich das Lokal gegen vier Uhr nachmittags leerte, besonders donnerstags. Er bestellte ein Glas Rotwein. Die Kellnerin drehte das Stundenglas über seinem Kopf um, und die Zeit lief. Er saß an einem Tisch im vorderen Teil, mit dem Gesicht zum Fenster und dem Rücken zu den anderen Tischen. Er war ein schwerer Mann von achtundfünfzig, mit massigem Brustkorb und gewichtigem Bauch. Er stützte sich schwer auf die rotkarierte Tischdecke und beobachtete den Verkehr auf der Vierundsechzigsten.

Erfreulicherweise war Tubertini pünktlich. Kaum ein Viertel des weißen Sandes war vergeudet worden. Sie reichten sich höflich die Hand, während Tubertini den Blick wütend durch das winzige Lokal schweifen ließ. Er bedachte Lazarov mit einem künstlichen Lächeln und musterte finster seinen Stuhl. Er würde mit dem Rücken zur Straße sitzen müssen, und das war überaus unerfreulich. Und gefährlich. Aber sein Wagen stand direkt vor der Tür mit zweien seiner Männer. Er entschied sich dafür, höflich zu sein. Er manövrierte sich geschickt um den winzigen Tisch herum und setzte sich.

Tubertini machte eine gute Figur. Er war siebenunddreißig, der Schwiegersohn des alten Palumbo. Hatte dessen einzige Tochter geheiratet. Gehörte zur Familie. Er war schlank und braungebrannt, und sein kurzes schwarzes Haar war perfekt geölt und nach hinten gekämmt. Er bestellte Rotwein.

»Wie geht es meinem Freund Joe Morolto?« fragte er mit perfekt strahlendem Lächeln.

»Gut. Und Mr. Palumbo?«

»Sehr krank und sehr mißgelaunt. Wie gewöhnlich.«

»Bitte grüßen Sie ihn von mir.«

»Gern.«

Die Kellnerin kam und schaute drohend auf das Stundenglas. »Nur Wein«, sagte Tubertini. »Essen möchte ich nicht.«

Lazarov studierte die Speisekarte und gab sie der Kellnerin zurück. »Schwarzen Sägebarsch, sautiert, und noch ein Glas Wein.«

Tubertini warf einen Blick auf die Männer in seinem Wagen. Sie schienen ein Nickerchen zu machen. »Also, was läuft schief in Chicago?«

»Nichts läuft schief. Wir brauchen nur ein paar Informationen. Wir haben gehört, natürlich nur gerüchteweise, daß Sie im Bureau einen verläßlichen Mann haben, nicht weit von Voyles entfernt.«

»Und wenn wir den hätten?«

»Wir brauchen ein paar Informationen von diesem Mann. Wir haben eine kleine Filiale in Memphis, und die Feds versuchen mit allen Mitteln, an sie heranzukommen. Wir haben den Verdacht, daß einer unserer Angestellten mit ihnen zusammenarbeitet, aber wir können ihn nicht erwischen.«

»Und wenn Sie ihn erwischen?«

»Dann schneiden wir ihm die Leber heraus und verfüttern sie an die Ratten.«

»Also etwas Ernstes?«

»Etwas überaus Ernstes. Irgend etwas sagt mir, daß die Feds es auf unsere kleine Filiale da unten abgesehen haben, und wir machen uns ziemliche Sorgen.«

»Sagen wir, sein Name ist Alfred, und sagen wir, daß er Voyles sehr nahe steht.«

»Okay. Wir brauchen von Alfred eine ganz simple Antwort. Wir müssen wissen, ja oder nein, ob unser Angestellter mit den Feds zusammenarbeitet.«

Tubertini musterte Lazarov und trank einen Schluck von seinem Wein. »Alfred ist Spezialist für simple Antworten. Ihm ist es am liebsten, wenn er nur mit Ja oder Nein zu antworten braucht. Wir haben ihn zweimal konsultiert, nur in kritischen Fällen, und beide Male war es eine Frage wie ›Kommen die Feds hierhin oder dorthin?‹ Er ist überaus vorsichtig. Ich glaube nicht, daß er sonderlich viele Details liefern würde.«

»Ist er verläßlich?«

»Völlig verläßlich.«

»Dann sollte er imstande sein, uns zu helfen. Wenn die Antwort ja lautet, handeln wir entsprechend. Wenn er nein sagt, ist der Angestellte aus dem Schneider, und alles läuft weiter wie bisher.«

»Alfred ist sehr teuer.«

»Das habe ich befürchtet. Wieviel?«

»Nun, er gehört seit sechzehn Jahren zum FBI und ist ein Karrieremann. Deshalb ist er auch so vorsichtig. Er hat viel zu verlieren.«

»Wieviel?«

»Eine halbe Million.«

»Verdammt!«

»Natürlich müssen wir bei dem Geschäft auch einen kleinen Profit machen. Schließlich ist Alfred unser Mann.«

»Einen kleinen Profit?«

»Einen ziemlich kleinen. Das meiste davon geht an Alfred. Er spricht täglich mit Voyles, müssen Sie wissen. Ihre Büros liegen nur zwei Türen auseinander.«

»Okay. Wir zahlen.«

Tubertini lächelte befriedigt und trank einen Schluck Wein. »Ich glaube, Sie haben geschwindelt, Mr. Lazarov. Sie sagten, es ginge um eine kleine Filiale da unten in Memphis. Das ist doch nicht wahr, oder?«

»Nein.«

»Wie heißt diese Filiale?«

»Es ist die Firma Bendini.«

»Moroltos Tochter hat einen Bendini geheiratet.«
»So ist es.«
»Und wie heißt dieser Angestellte?«
»Mitchell McDeere.«
»Es könnte zwei bis drei Wochen dauern. Ein Treffen mit Alfred erfordert umständliche Vorbereitungen.«
»Ja. Aber bitte beeilen Sie sich.«

27

Daß Ehefrauen in der stillen kleinen Festung an der Front Street erschienen, war höchst ungewöhnlich. Sie waren natürlich willkommen, wurde ihnen gesagt, aber eingeladen wurden sie selten. Deshalb trat Abby McDeere uneingeladen und unangemeldet durch die Vordertür in die Halle und erklärte, sie müßte unbedingt ihren Mann sprechen. Die Empfangsdame rief Nina im zweiten Stock an, und Sekunden später kam sie herbeigeeilt und begrüßte herzlich die Frau ihres Chefs. Mitch wäre in einer Besprechung, erklärte sie. Er ist immer in so einer verdammten Besprechung, erwiderte Abby. Holen Sie ihn heraus! Sie eilten in sein Büro, wo Abby die Tür hinter sich schloß und wartete.

Mitch war wieder einmal Zeuge von Averys chaotischen Reisevorbereitungen. Sekretärinnen prallten zusammen und packten Aktenkoffer, während Avery ins Telefon schrie. Mitch saß mit einem Notizblock auf der Couch und schaute zu. Sein Partner hatte vor, zwei Tage auf Grand Cayman zu verbringen. Der 15. April und damit der Termin zur Abgabe der Steuererklärungen lauerte auf dem Kalender wie eine Verabredung mit einem Erschießungspeloton, und bei den Banken dort unten gab es gewisse Unterlagen, die kritisch werden konnten. Es war nichts als Arbeit, behauptete Avery. Er hatte seit fünf Tagen von der Reise geredet, sich vor ihr gefürchtet, sie verflucht, sie aber für völlig unvermeidbar gehalten. Er würde mit dem Lear fliegen, und der wartete jetzt, sagte seine Sekretärin.

Und wahrscheinlich wartet er mit einer Ladung Bargeld, dachte Mitch.

Avery knallte den Hörer auf die Gabel und griff nach seinem Mantel. Nina kam herein und wendete sich an Mitch. »Mr. McDeere, Ihre Frau ist hier. Sie sagt, es wäre etwas passiert.«

Das Chaos verstummte. Er sah Avery fassungslos an. Die Sekretärinnen erstarrten. »Wo ist sie?« fragte er, bereits stehend.

»In Ihrem Büro.«

»Mitch, ich muß los«, sagte Avery. »Ich rufe Sie morgen an. Ich hoffe, es ist nichts Ernstes.«

»Ich auch.« Er folgte Nina wortlos den Flur entlang in sein Büro. Abby saß an seinem Schreibtisch. Er machte die Tür hinter sich zu und musterte sie.

»Mitch, ich muß heim.«

»Warum? Was ist passiert?«

»Mein Vater hat gerade in der Schule angerufen. Sie haben in Mutters Lunge einen Tumor entdeckt. Sie wird morgen operiert.«

Er holte tief Luft. »Das tut mir sehr leid.« Er berührte sie nicht. Sie weinte nicht.

»Ich muß fahren. Ich habe mich in der Schule beurlauben lassen.«

»Für wie lange?« Es war eine nervöse Frage.

Sie schaute an ihm vorbei auf die Ego-Wand. »Ich weiß es nicht, Mitch. Wir müssen uns für eine Weile trennen. Im Augenblick habe ich eine Menge Dinge satt, und ich brauche Zeit.«

»Laß uns darüber reden.«

»Zum Reden bist du viel zu beschäftigt. Ich versuche seit sechs Monaten, mit dir zu reden, aber du hörst mich nicht.«

»Wie lange willst du fortbleiben, Abby?«

»Ich weiß es nicht. Kommt auf Mutter an. Nein, es kommt auf eine Menge Dinge an.«

»Du machst mir angst, Abby.«

»Ich komme wieder, das verspreche ich. Ich weiß nur noch nicht, wann. Vielleicht in einer Woche. Vielleicht in einem Monat. Ich muß mir über einiges klarwerden.«

»Einen Monat?«

»Ich weiß es nicht, Mitch. Ich brauche einfach ein bißchen Zeit. Und ich muß bei Mutter sein.«

»Ich hoffe, sie ist okay. Wirklich.«

»Ich weiß. Ich muß jetzt nach Hause und ein paar Sachen einpacken, und in ungefähr einer Stunde fahre ich los.«

»Gut. Und paß auf dich auf.«

»Ich liebe dich, Mitch.«

Er nickte und sah zu, wie sie die Tür öffnete. Es gab keine Umarmung.

Im fünften Stock spulte ein Techniker das Band zurück und drückte den Knopf, der ihn direkt mit DeVashers Büro verband. Er erschien sofort und stülpte sich den Kopfhörer auf den übergroßen Schädel. Er lauschte einen Moment. »Zurückspulen«, verlangte er. Dann schwieg er einen weiteren Moment.

»Wann war das?« fragte er.

Der Techniker schaute auf eine Tafel mit Digitalanzeiger. »Vor zwei Minuten und vierzehn Sekunden. In seinem Büro im zweiten Stock.«

»Verdammt! Verdammt! Sie verläßt ihn, stimmt's? War bisher schon einmal von Trennung oder Scheidung die Rede?«

»Nein, sonst wüßten Sie es. Sie haben über seine langen Arbeitsstunden gestritten, und er haßt ihre Eltern. Aber nichts von dieser Art.«

»Setzen Sie sich mit Marcus zusammen und stellen Sie fest, ob er schon einmal etwas dergleichen gehört hat. Überprüfen Sie die Bänder, für den Fall, daß uns etwas entgangen ist. Verdammt, verdammt, verdammt!«

Abby fuhr in Richtung Kentucky, traf dort aber nicht ein. Eine Stunde westlich von Nashville verließ sie die Interstate 40 und bog nordwärts auf den Highway 13 ab. Hinter sich hatte sie nichts bemerkt. Sie fuhr zeitweise hundertzwanzig, dann achtzig. Nichts. In der kleinen Stadt Clarksville, nahe der Grenze von Kentucky, bog sie auf den Highway 12 ab und fuhr nach Osten. Eine Stunde später war sie in Nashville angekommen, und der rote Peugeot verlor sich im Stadtverkehr.

Sie stellte ihn auf den Langzeitparkplatz am Flughafen von Nashville und stieg in einen Zubringerbus zum Terminal. In der Toilette im ersten Stock zog sie sich um – knielange Khakishorts, Mokassins und marineblauer Pullover. Die Kleidung war der Jahreszeit nicht recht angemessen, aber sie war auf dem Weg in ein wärmeres Klima. Sie raffte ihr schulterlanges Haar zu einem Pferdeschwanz zusammen und steckte es in den Pullover. Sie setzte eine andere Sonnenbrille auf und stopfte ihr Kleid, die hochhackigen Schuhe und die Strumpfhose in eine Segeltuchtasche.

Fast fünf Stunden, nachdem sie Memphis verlassen hatte, trat sie an den Delta-Schalter und zeigte ihr Ticket vor. Sie bat um einen Fensterplatz.

Kein Delta-Flug in der freien Welt kann Atlanta umgehen, aber glücklicherweise brauchte sie nicht umzusteigen. Sie wartete an ihrem Fenster und beobachtete, wie sich die Dunkelheit über den Flughafen senkte. Sie war nervös, versuchte aber, nicht daran zu denken. Sie trank ein Glas Wein und las NEWSWEEK.

Zwei Stunden später landete sie in Miami und verließ das Flugzeug. Sie ging rasch durch das Flughafengebände, registrierte Blicke, ignorierte sie aber. Nur die üblichen Blicke der Bewunderung und Begierde, sagte sie sich. Nicht mehr.

Am Schalter der Cayman Airways, dem einzigen, legte sie ihr Rückflugticket vor und dazu, wie gefordert, ihre Geburtsurkunde und ihren Führerschein. Clevere Leute, die auf den Caymans, sie lassen einen nicht ins Land, wenn man nicht zuvor ein Ticket gekauft hat, mit dem man es wieder verlassen kann. Bitte kommen Sie, geben Sie Ihr Geld aus, aber dann fliegen Sie wieder ab. Bitte.

Sie saß in einer Ecke des überfüllten Raums und versuchte zu lesen. Ein junger Vater mit einer hübschen Frau und zwei kleinen Kindern starrte ständig auf ihre Beine, aber sonst nahm niemand von ihr Notiz. Die Maschine nach Grand Cayman würde in dreißig Minuten starten.

Nach einem mühsamen Beginn kam Avery in Fahrt und verbrachte sieben Stunden in der Royal Bank of Montreal, Georgetown, Grand Cayman-Filiale. Als er sie um fünf Uhr nachmittags verließ, war der Konferenzraum, den man ihm zur Verfügung gestellt hatte, angefüllt mit Computer-Ausdrucken und Kontoauszügen. Er würde morgen damit fertig werden. Er vermißte McDeere, aber die Umstände hatten seinen Reiseplänen einen dicken Riegel vorgeschoben. Jetzt war Avery erschöpft und durstig. Und am Strand ging es heiß her.

Im Rumheads holte er sich an der Bar ein Bier und drängte sich damit durch die Menge auf die Terrasse, wo er sich nach einem Tisch umsah. Während er selbstbewußt die Dominospieler passierte, erschien Tammy Greenwood Hemphill von Greenwood Services und ließ sich ein wenig nervös, aber äußerlich gelassen auf einem Barhocker nieder. Sie musterte ihn. Ihre Sonnenbräune stammte von der Sonnenbank, manche Stellen waren stärker gebräunt als andere, aber aufs Ganze gesehen war es für Ende März eine beneidenswerte Bräune. Ihr Haar war jetzt nicht gebleicht, sondern in einem weichen, sandfarbenen Blond getönt; auch das Make-up war eher zurückhaltend. Ihr Bikini war ein Prachtstück, ein helles, fluoreszierendes Orange, das Aufmerksamkeit verlangte. Die großen Brüste strafften die Schnüre und Stoffstückchen bis an die Grenze des Zerreißens. Der kleine Stoffflecken auf ihrem Hinterteil war kläglich außerstande, irgend etwas zu verdecken. Sie war vierzig, aber zwanzig hungrige Augenpaare folgten ihr zur Bar, wo sie sich ein Clubsoda bestellte und eine Zigarette anzündete. Sie rauchte, und sie beobachtete ihn.

Er war ein Wolf. Er sah gut aus und wußte es. Er nippte an seinem Bier und musterte langsam sämtliche Frauen im Umkreis von fünfzig Metern. Er fand eine junge Blondine und schien im Begriff, sich auf sie zu stürzen, als ihr Mann auftauchte und sie sich auf seinen Schoß setzte. Er nippte an seinem Bier und setzte die Inspektion fort.

Tammy bestellte ein weiteres Clubsoda mit einem Spritzer Limone und machte sich auf den Weg zur Terrasse. Sofort fiel der Blick des Wolfs auf die großen Brüste, und er beobachtete, wie sie in seine Richtung hüpften.

»Darf ich mich zu Ihnen setzen?« fragte sie.

Er erhob sich halb und griff nach dem Stuhl. »Aber gern.« Es war ein großer Augenblick für ihn. Unter all den hungrigen Wölfen, die an der Bar und auf der Terrasse von Rumheads lauerten, hatte sie ihn ausgewählt. Er hatte schon jüngere Frauen gehabt, aber in diesem Augenblick und an diesem Ort war sie die heißeste.

»Ich bin Avery Tolar, aus Memphis.«

»Nett, Sie kennenzulernen. Ich bin Libby. Libby Lox aus Birmingham.« Jetzt war sie Libby. Sie hatte eine Schwester, die Libby hieß, eine Mutter namens Doris, und ihr Name war Tammy. Und sie hoffte inbrünstig, daß sie nichts durcheinanderbrachte. Obwohl sie keinen Ehering trug, hatte sie einen Mann, dessen amtlicher Name

Elvis war und der jetzt wahrscheinlich in Oklahoma City als The King auf der Bühne stand und hinterher mit Teenagern ins Bett ging, die LOVE ME TENDER-T-Shirts trugen.

»Was führt Sie hierher?«

»Nur Spaß. Bin heute morgen angekommen und wohne im Palms. Und Sie?«

»Ich bin Steueranwalt, und ob Sie's glauben oder nicht, ich bin geschäftlich hier. Bin gezwungen, mehrmals im Jahr hierher zu fliegen. Eine wahre Tortur.«

»Wo sind Sie abgestiegen?«

Er streckte einen Finger aus. »Meiner Firma gehören diese beiden Apartments dort drüben. Ein hübsches kleines Abschreibungsobjekt.«

»Sehr hübsch.«

Der Wolf zögerte nicht. »Möchten Sie sie sehen?«

Sie kicherte wie ein junges Mädchen. »Vielleicht später.«

Er lächelte sie an. Ein unkomplizierter Fall. Er liebte die Inseln.

»Was trinken Sie?« fragte er.

»Gin und Tonic. Mit einem Spritzer Limone.«

Er begab sich zur Bar, kehrte mit den Drinks zurück und rückte seinen Stuhl näher an den ihren heran. Jetzt berührten sich ihre Beine. Ihre Brüste ruhten bequem auf dem Tisch.

»Sind Sie allein?« Überflüssige Frage, aber er mußte sie stellen.

»Ja. Und Sie?«

»Auch. Haben Sie schon Pläne fürs Abendessen?«

»Eigentlich nicht.«

»Gut. Drüben im Palms wird um sechs das Essen im Freien serviert. Die besten Meeresfrüchte auf der Insel. Gute Musik. Rumpunsch. Alles, was dazugehört. Keine Kleidungsvorschriften.«

»Ich komme mit.«

Sie rückten noch enger zusammen, und plötzlich war seine Hand zwischen ihren Knien. Sein Ellenbogen ruhte an ihrer linken Brust, und er lächelte. Sie lächelte. Das war nicht ausgesprochen unangenehm, dachte sie, aber sie hatte noch einiges zu erledigen.

Die Barefoot Boys stimmten ihre Instrumente. Urlauber strömten aus allen Richtungen zum Palms. Einheimische in weißen Jacketts und weißen Shorts stellten Klapptische auf und bedeckten sie mit schweren Baumwolltischdecken. Der Duft von gekochten Shrimps, gegrilltem Amberfisch und gebratenem Hai erfüllte den Strand. Das Liebespärchen, Avery und Libby, wanderte Hand in Hand auf den Hof des Palms und stellte sich am Buffet an.

Drei Stunden lang aßen und tanzten, tranken und tanzten sie, und die Atmosphäre zwischen ihnen ließ an Spannung nichts zu wünschen übrig. Sobald er betrunken war, kehrte sie zu purem Clubsoda zurück. Sie hatte noch einiges zu erledigen. Um zehn war er fast hinüber, und sie führte ihn von der Tanzfläche fort in das Apartment nebenan. An der Haustür fiel er über sie her, und sie küßten und tätschelten sich fünf Minuten lang. Dann schaffte er es, den Schlüssel ins Schloß zu stecken, und sie waren drinnen.

»Noch einen Drink«, sagte sie, ganz das Partygirl. Er ging an die Bar und machte ihr einen Gin und Tonic. Er trank Scotch mit Wasser. Sie saßen auf dem Balkon vor dem Schlafzimmer und betrachteten einen Halbmond, der die stille See dekorierte.

Sie hat Drink für Drink mitgehalten, dachte er, und wenn sie noch einen vertragen konnte, dann konnte er es auch. Aber die Natur verlangte nach ihrem Recht, und er entschuldigte sich. Der Scotch mit Wasser stand auf dem Korbtisch zwischen ihnen, und sie lächelte ihn an. Es war viel einfacher, als sie zu hoffen gewagt hatte. Sie zog ein kleines Plastikpäckchen unter dem orangefarbenen Streifen zwischen ihren Beinen hervor und ließ eine Tablette Chloralhydrat in seinen Drink fallen. Sie nippte an ihrem Gin und Tonic.

»Trink aus, Großer«, sagte sie, als er zurückkehrte. »Es ist Zeit fürs Bett.«

Er griff nach seinem Whisky und nahm einen großen Schluck. Seine Geschmacksknospen waren schon seit Stunden abgestumpft. Er nahm einen weiteren Schluck, dann begann er zu erschlaffen. Noch ein Schluck. Sein Kopf schwankte von Schulter zu Schulter, und schließlich sank ihm das Kinn auf die Brust. Sein Atem begann schwer zu gehen.

»Schlaf gut, Lover Boy«, sagte sie leise.

Bei einem Mann von neunzig Kilo würde eine Dosis Chloralhydrat einen totenähnlichen Schlaf von zehn Stunden bewirken. Sie nahm sein Glas und schaute nach, wieviel noch übrig war. Nicht viel. Acht Stunden, sicherheitshalber. Sie kippte ihn aus dem Stuhl und schleppte ihn zum Bett. Zuerst der Kopf, dann die Füße. Sehr sanft zog sie die gelbblauen Surfershorts an seinen Beinen herunter und legte sie auf den Fußboden. Sie musterte ihn einen langen Augenblick, dann deckte sie ihn fürsorglich zu und gab ihm einen Gutenachtkuß.

Auf der Kommode fand sie zwei Schlüsselringe, elf Schlüssel insgesamt. Unten in der Diele, zwischen der Küche und dem großen Wohnzimmer mit Blick auf den Strand, fand sie die geheimnisvolle, verschlossene Tür, die Mitch im November entdeckt hatte. Er hatte sämtliche Räume abgeschritten, oben und unten, und war zu dem Schluß gekommen, daß sich hinter ihr ein Raum von mindestens viereinhalb mal viereinhalb Metern befinden mußte. Er war verdächtig, weil die Tür aus Metall bestand, weil sie verschlossen war und weil sie ein kleines Schild mit der Aufschrift LAGER trug. Es war der einzige beschilderte Raum in dem Gebäude. Eine Woche zuvor, als sie in Apartment B wohnten, hatten er und Abby keinen derartigen Raum entdecken können.

An dem einen Ring befanden sich ein Schlüssel für den Mercedes, zwei Schlüssel für das Bendini-Gebäude, zwei Apartmentschlüssel und ein Schreibtischschlüssel. Die Schlüssel an dem anderen Ring waren nicht gekennzeichnet und nicht ohne weiteres identifizierbar. Sie probierte sie aus, und der vierte Schlüssel paßte. Sie hielt den Atem an und öffnete die Tür. Kein Stromschlag, keine Alarmanlage, nichts. Mitch hatte sie angewiesen, die Tür zu öffnen, fünf Minuten zu warten, und erst dann, wenn nichts passiert war, das Licht einzuschalten.

Sie wartete zehn Minuten. Zehn lange, angstvolle Minuten. Mitch war überzeugt, daß Apartment A von den Partnern und von vertrauenswürdigen Gästen benutzt wurde und Apartment B von den angestellten Anwälten und anderen Leuten, die ständig überwacht werden mußten. Apartment A würde nicht vollgestopft sein mit Wanzen und Kameras und Tonbandgeräten und Alarmanlagen. Nach zehn Minuten machte sie die Tür weit auf und schaltete das Licht ein. Sie wartete abermals und hörte nichts. Der Raum war quadratisch, ungefähr viereinhalb mal viereinhalb Meter groß, mit weißen Wänden, teppichlos; er enthielt, wie sie zählte, zwölf feuerfeste Aktenschränke. Langsam trat sie vor einen der Schränke und zog die oberste Schublade auf. Sie war unverschlossen.

Sie schaltete das Licht aus, machte die Tür zu und kehrte ins Schlafzimmer im Obergeschoß zurück. Avery war jetzt völlig hinüber und schnarchte laut. Es war halb elf. Sie würde acht Stunden lang wie eine Wahnsinnige arbeiten und um sechs Uhr morgens Schluß machen.

Neben dem Schreibtisch standen in einer Ecke drei Aktenkoffer. Sie nahm sie, machte das Licht aus und ging zur Haustür hinaus. Der kleine Parkplatz war dunkel und leer, mit einer kiesbestreuten Zufahrt zur Straße. Neben den Sträuchern vor den beiden Apartments verlief ein Fußweg; er endete an einem weißen Zaun, der die Grundstücksgrenze markierte. Durch eine Pforte gelangte man auf eine kleine grasbewachsene Kuppe, auf deren anderer Seite das Palms Hotel lag.

Es war nur ein kurzer Weg von den Apartments zum Palms, aber als sie Zimmer 188 erreicht hatte, wußte sie, was die Aktenkoffer wogen. Das Zimmer lag im ersten Stock, nach vorn heraus, mit Ausblick auf den Pool, aber nicht auf den Strand. Sie keuchte und schwitzte, als sie an die Tür klopfte.

Abby riß sie auf. Sie nahm die Aktenkoffer und legte sie aufs Bett. »Irgendwelche Probleme?«

»Noch nicht. Ich glaube, er ist tot.« Tammy wischte sich mit einem Handtuch das Gesicht ab und öffnete eine Dose Cola.

»Wo ist er?« Abby lächelte nicht.

»In seinem Bett. Meiner Ansicht nach haben wir acht Stunden. Bis sechs.«

»Sind Sie in den Lagerraum gekommen?« fragte Abby und reichte ihr Shorts und ein geräumiges T-Shirt.

»Ja. Ein Dutzend große Aktenschränke, unverschlossen. Außerdem ein paar Pappkartons und anderer Müll, aber nicht viel.«

»Ein Dutzend?«

»Ja. Große. Alle im Aktenformat. Wir werden uns ganz schön dazuhalten müssen, wenn wir bis sechs fertig werden wollen.«

Es war ein Einzelzimmer mit einem breiten Bett. Die Couch, der kleine Tisch und das Bett waren an die Wand geschoben worden, und in der Mitte des Zimmers stand ein bereits eingeschalteter Canon-Kopierer, Modell 8550, mit automatischer Dokumentenzufuhr und Sortieranlage. Gemietet vom Island Office Supply, zum halsabschneiderischen Preis von dreihundert Dollar für vierundzwanzig Stunden, frei Haus. Es war der neueste und größte Mietkopierer auf der Insel, hatte der Händler erklärt, und es widerstrebte ihm, sich auch nur für einen Tag von ihm zu trennen. Aber Abby hatte ihre Reize spielen lassen und Hundert-Dollar-Noten auf den Tresen gelegt. Zwei Kartons Papier, zehntausend Blatt, standen neben dem Bett.

Sie öffneten den ersten Aktenkoffer und entnahmen ihm sechs dünne Akten. »Die gleiche Sorte«, murmelte Tammy. Sie löste die Schließe im Innern des Aktendeckels und holte die Papiere heraus. »Mitch sagt, sie waren sehr eigen mit ihren Akten«, erklärte Tammy, während sie die Heftung eines zehnseitigen Dokuments löste. »Er sagt, Anwälte hatten einen sechsten Sinn dafür und könnte es fast riechen, wenn sich eine Sekretärin oder sonst jemand an einer Akte zu schaffen gemacht hat. Sie müssen also sehr sorgfältig vorgehen. Arbeiten Sie langsam. Kopieren Sie ein Dokument, und wenn Sie es wieder zusammenheften, versuchen Sie, die Blätter genau wieder auf die alten Heftlöcher auszurichten. Das ist ziemlich mühsam. Kopieren Sie jeweils nur ein Dokument, einerlei, wie viele Seiten es umfaßt. Dann packen Sie die Blätter langsam und in der richtigen Reihenfolge wieder ein. Danach heften Sie die Kopie, damit nichts durcheinandergerät.«

Mit der automatischen Dokumentenzufuhr brauchte der Kopierer für die zehnseitige Akte acht Sekunden.

»Ziemlich schnell«, sagte Tammy.

Mit dem ersten Aktenkoffer waren sie in zwanzig Minuten fertig. Tammy händigte Abby die beiden Schlüsselringe aus und griff nach zwei neuen, leeren Samsonite-Koffern aus Segeltuch. Dann machte sie sich auf den Rückweg zum Apartment.

Abby folgte ihr zur Tür hinaus und schloß sie ab. Sie ging zur Vorderseite des Palms, wo Tammys gemieteter Nissan Stanza stand. Dem Verkehr ausweichend, der ihr auf der falschen Straßenseite entgegenkam, fuhr sie über Seven Mile Beach nach Georgetown hinein. Zwei Blocks hinter dem stattlichen Swiss Bank Building, in einer schmalen, von hübschen Holzhäusern gesäumten Straße, fand sie das Haus, das dem einzigen Schlosser auf der Insel Grand Cayman gehörte. Zumindest war er der einzige, den sie ohne fremde Hilfe hatte ausfindig machen können. Es war ein grünes Haus mit weiß abgesetzten Fensterläden und Türen; die Fenster standen offen.

Sie parkte auf der Straße und ging durch den Sand zu der kleinen Veranda, auf der der Schlosser und seine Nachbarn saßen, tranken und Radio Cayman hörten. Lupenreiner Reggae. Sie verstummten, als sie herankam, und keiner von ihnen erhob sich. Es war fast elf Uhr. Er hatte gesagt, er würde die Arbeit in seiner Werkstatt hinter dem Haus erledigen, seine Forderung wäre bescheiden, und er hätte als Anzahlung vor Beginn der Arbeit gern eine Flasche Myers's Rum.

»Tut mir leid, daß ich so spät komme, Mr. Dantley. Ich habe Ihnen etwas mitgebracht.« Sie hielt ihm die Flasche hin.

Mr. Dantley tauchte aus der Dunkelheit auf und nahm den Rum. Er inspizierte die Flasche. »Leute, eine Flasche Myers's.«

Abby konnte das Geschnatter nicht verstehen, aber es war offensichtlich, daß sich die Gesellschaft auf der Veranda unbändig über die Flasche Myers's freute. Dantley überließ sie ihnen und führte Abby hinter das Haus und zu einem kleinen Schuppen, angefüllt mit Werkzeugen und kleinen Maschinen und allen möglichen Vorrichtungen. Eine nackte Glühbirne hing von der Decke herab und lockte Hunderte von Moskitos an. Sie gab Dantley die elf Schlüssel, und er legte sie auf die vollgepackte Werkbank. »Das dürfte nicht schwierig sein«, sagte er, ohne aufzuschauen.

Obwohl es elf Uhr abends war und er getrunken hatte, schien Dantley genau zu wissen, was er tat. Vielleicht hatte sein Organismus eine Immunität gegenüber Rum entwickelt. Er arbeitete mit einer dicken Schutzbrille und bohrte und feilte jede Replik. Nach zwanzig Minuten war er fertig. Er übergab Abby die beiden Ringe mit den Originalschlüsseln und ihre Duplikate.

»Danke, Mr. Dantley. Wieviel schulde ich Ihnen?«

»Die waren nicht schwierig«, erklärte er. »Einen Dollar pro Schlüssel.«

Sie entlohnte ihn rasch und fuhr davon.

Tammy füllte die beiden Koffer mit dem Inhalt der obersten Schublade des ersten Aktenschrankes. Fünf Schubladen, zwölf Schränke, sechzig Touren zum Kopierer und wieder zurück. In acht Stunden. Es war zu schaffen. Da waren Akten, Notizen, Computer-Ausdrucke und noch mehr Akten. Mitch hatte gesagt, sie sollten alles kopieren. Er wußte nicht genau, wonach er suchte, also sollten sie alles kopieren.

Sie schaltete das Licht aus und lief nach oben, um nach Lover Boy zu schauen. Er hatte sich nicht bewegt und schnarchte in Zeitlupe.

Jeder Koffer wog fünfzehn Kilo, und ihre Arme schmerzten, als sie Zimmer 188 erreicht hatte. Die erste Tour von sechzig; sie würde es nicht schaffen. Abby war noch nicht aus Georgetown zurückgekehrt, also packte Tammy den Inhalt der Koffer auf das Bett. Sie trank einen Schluck von ihrer Cola und verschwand mit den leeren Koffern. Zurück ins Apartment. Die zweite Schublade war genau so voll wie die erste. Sie packte die Akten in der richtigen Reihenfolge in die Koffer und zog die Reißverschlüsse zu. Sie schwitzte und keuchte. Vier Schachteln täglich, dachte sie. Sie schwor sich, auf zwei Schachteln zu reduzieren. Vielleicht auf eine. Die Treppe hinauf, um nach ihm zu sehen. Seit ihrem letzten Besuch hatte er sich nicht gerührt.

Als sie von der zweiten Tour zurückkehrte, summte und klickte der Kopierer. Abby war gerade mit dem zweiten Aktenkoffer fertig geworden und im Begriff, mit dem dritten anzufangen.

»Haben Sie die Schlüssel?«

»Ja, problemlos. Was macht Ihr Mann?«

»Wenn der Kopierer nicht liefe, könnten Sie ihn schnarchen hören.« Tammy packte aus und türmte einen weiteren Stapel auf das Bett. Sie wischte sich das Gesicht mit dem inzwischen nassen Handtuch ab und machte sich auf den Rückweg in das Apartment.

Abby erledigte den dritten Aktenkoffer und machte sich an die Stapel aus den Aktenschränken. Sie bekam das Arbeiten mit der automatischen Dokumentenzufuhr schnell in den Griff, und nach einer halben Stunde bewegte sie sich mit der effizienten Anmut einer Sekretärin mit langjähriger Berufserfahrung. Sie legte Dokumentenstapel ein, entheftete und heftete, während die Maschine klickte und die Kopien in die Sortieranlage spie.

Tammy kam von ihrer dritten Tour zurück, außer Atem und mit von der Nase tropfendem Schweiß. »Dritte Schublade«, berichtete sie. »Er schnarcht immer noch.« Sie zog die Reißverschlüsse der Koffer auf und packte einen weiteren Stapel aufs Bett. Sie kam wieder zu Atem, wischte sich den Schweiß vom Gesicht und packte den inzwischen kopierten Inhalt der ersten Schublade in die Koffer. Den Rest der Nacht würde sie auf dem Hin- und dem Rückweg schleppen müssen.

Um Mitternacht sangen die Barefoot Boys ihren letzten Song, und im Palms wurde es still. Das leise Summen des Kopierers war außerhalb von Zimmer 188 nicht zu hören. Die Tür war abgeschlossen, die Jalousien heruntergezogen, und alle Lichter waren gelöscht bis auf eine Lampe neben dem Bett. Niemand bemerkte die erschöpfte, schweißtriefende Dame, die immer mit denselben beiden Koffern kam und ging.

Von Mitternacht an redeten sie nicht mehr. Sie waren müde, zu beschäftigt und nervös, und es gab nichts zu melden außer etwaigen Bewegungen von Lover Boy in seinem Bett. Und er bewegte sich nicht; erst gegen ein Uhr drehte er sich, ohne aufzuwachen, auf die Seite, blieb ungefähr zwanzig Minuten in dieser Stellung und kehrte dann wieder in die Rückenlage zurück. Tammy sah bei jedem Besuch nach ihm und fragte sich jedesmal, was sie tun würde, wenn er plötzlich die Augen aufschlug und sie attackierte. Sie hatte einen kleinen Betäubungsspray in der Tasche der Shorts, die sie übergezogen hatte – nur für den Fall, daß es zu einer Konfrontation kam und sie die Flucht ergreifen mußte. Über die Details einer solchen Flucht hatte Mitch ihr nur vage Anweisungen erteilen können. Hauptsache, daß sie ihn nicht zu dem Hotelzimmer führen, hatte er gesagt. Verpassen Sie ihm eine Ladung Spray, dann rennen Sie davon und schreien, er wollte Sie vergewaltigen.

Aber nach der fünfundzwanzigsten Tour war sie überzeugt, daß es noch Stunden dauern würde, bis er wieder bei Bewußtsein war. Es war schon schlimm genug, wie ein Packesel hin und her zu wandern, aber sie mußte außerdem nach jeder Tour die Treppe hinaufsteigen, vierzehn Stufen, um nach Casanova zu sehen. Also sah sie nur nach jeder zweiten Tour nach ihm. Dann nach jeder dritten.

Um zwei Uhr morgens hatten sie den Inhalt von fünf Aktenschränken kopiert. Sie hatten mehr als viertausend Kopien gemacht. Das Bett war vollgepackt mit Stapeln von Material, und die Kopien bildeten auf dem Fußboden neben der Couch sieben fast hüfthohe Reihen.

Sie machten eine Viertelstunde Pause.

Um halb sechs erschien im Osten das erste Flackern des Sonnenaufgangs, und sie vergaßen, wie müde sie waren. Abby beschleunigte ihre Arbeit am Kopierer und hoffte, daß er nicht durchbrannte.

Tammy rieb sich die verkrampften Waden und eilte in das Apartment zurück. Es war entweder Tour einundfünfzig oder zweiundfünfzig. Sie hatte sich verzählt. Es sollte für eine Weile ihre letzte Tour gewesen sein. Er wartete auf sie.

Sie öffnete die Tür und ging, wie gewöhnlich, direkt in den Lagerraum. Sie setzte, gleichfalls wie gewöhnlich, die vollen Koffer ab. Dann ging sie leise die Treppe hinauf ins Schlafzimmer und erstarrte. Avery saß auf der Bettkante, mit dem Gesicht zum Balkon. Er hörte sie und drehte sich langsam zu ihr um. Seine Augen waren verschwollen und trübe. Er starrte sie an.

Instinktiv knöpfte sie ihre Shorts auf, und sie fielen zu Boden. »Hey, Großer«, sagte sie, versuchte normal zu atmen und ihre Rolle als Partygirl zu spielen. Sie trat an die Bettkante, auf der er saß. »Du bist aber früh auf. Laß uns noch ein bißchen schlafen.«

Sein Blick kehrte zum Fenster zurück. Er sagte nichts. Sie setzte sich neben ihn und streichelte die Innenseite seines Schenkels. Dann ließ sie die Hand an seinem Bein aufwärtsgleiten, aber er rührte sich nicht.

»Bist du wach?« fragte sie.

Keine Antwort.

»Avery, rede mit mir, Baby. Laß uns noch ein bißchen schlafen. Draußen ist es noch dunkel.«

Er kippte zur Seite, auf sein Kissen. Er grunzte. Kein Versuch, etwas zu sagen. Nur ein Grunzen. Dann schloß er die Augen. Sie hob seine Beine aufs Bett und deckte ihn wieder zu.

Sie blieb zehn Minuten bei ihm sitzen, und als das Schnarchen seine frühere Intensität wiedererlangt hatte, schlüpfte sie in die Shorts und rannte zum Palms.

»Er ist aufgewacht, Abby!« berichtete sie in Panik. »Er ist aufgewacht und dann wieder weggesackt.«

Abby hielt mit der Arbeit inne. Beide Frauen schauten auf das Bett, das voll war von noch unkopierten Dokumenten.

»Okay. Gehen Sie schnell unter die Dusche«, sagte Abby gelassen. »Dann legen Sie sich zu ihm ins Bett und warten. Verschließen Sie die Tür zum Lagerraum und rufen Sie mich an, wenn er wach und unter der Dusche ist. Ich kopiere das, was hier noch liegt, und später, wenn er bei der Arbeit ist, versuchen wir das Zeug zurückzuschaffen.«

»Das ist verdammt riskant.«

»Die ganze Sache ist riskant. Beeilen Sie sich.«

Fünf Minuten später kehrte Tammy/Doris/Libby, diesmal ohne Koffer, in ihrem orangefarbenen Bikini in das Apartment zurück. Sie verschloß die Haustür und die Tür zum Lagerraum und ging ins Schlafzimmer. Sie zog ihren Bikini aus und schlüpfte unter die Decke.

Das Schnarchen hielt sie fünfzehn Minuten wach. Dann nickte sie ein. Sie setzte sich im Bett auf, um nicht einzuschlafen. Sie hatte Angst. Da saß sie hier im Bett mit einem nackten Mann, der sie umbringen würde, wenn er Bescheid wüßte. Ihr erschöpfter Körper entspannte sich, und Schlaf wurde unvermeidbar. Sie nickte wieder ein.

Drei Minuten nach neun wachte Lover Boy aus seinem Koma auf. Er stöhnte laut und rollte sich an den Rand des Bettes. Seine Lider klebten zusammen. Sie öffneten sich langsam, und das helle Sonnenlicht bohrte sich in seine Augen. Er stöhnte abermals. Sein Kopf wog einen Zentner und schwankte von einer Seite zur anderen. Er holte tief Luft, und der frische Sauerstoff fuhr kreischend durch seine Schläfen. Seine rechte Hand erregte seine Aufmerksamkeit. Er versuchte, sie zu heben, aber die Nervenimpulse schafften es nicht. Ganz langsam hob sie sich, und er versuchte, sie zu fixieren, erst mit dem rechten Auge, dann mit dem linken. Die Uhr.

Er betrachtete den Digitalanzeiger dreißig Sekunden lang, bis es ihm gelang, die roten Zahlen zu entziffern. Fünf nach neun. Verdammt! Er hätte um neun in der Bank sein müssen. Er stöhnte. Diese Frau!

Sie hatte gespürt, wie er sich bewegte, und seine Geräusche gehört, und sie lag mit geschlossenen Augen still da. Sie hoffte, daß er sie nicht anrühren würde. Sie spürte seinen Blick.

Dieser Lebemann und böse Bube hatte schon oft einen schlimmen Kater gehabt. Aber noch keinen wie diesen. Er betrachtete ihr Gesicht und versuchte sich zu erinnern, wie gut sie gewesen war. Daran konnte er sich immer erinnern, wenn auch an nichts sonst. Einerlei, wie gewaltig sein Kater war, an die Frau konnte er sich immer erinnern. Er betrachtete sie einen Moment, dann gab er es auf.

»Verdammt!« sagte er, als er aufgestanden war und zu gehen versuchte. Seine Füße fühlten sich an wie Bleistiefel und reagierten nur widerstrebend auf seine Wünsche. Er stützte sich an der Schiebetür zum Balkon ab.

Das Badezimmer war sechs Meter entfernt, und er beschloß, es zu versuchen. Der Schreibtisch und die Kommode dienten als Stützen. Ein schmerzhafter, unbeholfener Schritt nach dem anderen, und schließlich hatte er es geschafft. Er trat an die Toilette und erleichterte sich.

Sie drehte sich mit dem Gesicht zum Balkon, und als er zurückkam, spürte sie, wie er sich auf ihre Seite des Bettes setzte. Er berührte sanft ihre Schulter. »Libby, wach auf.« Er schüttelte sie, und sie fuhr hoch.

»Wach auf, Liebes«, sagte er. Ein Gentleman.

Sie bedachte ihn mit ihrem besten verschlafenen Lächeln. Dem befriedigten, hingebungsvollen Lächeln der Frühe danach. Dem Scarlett-O'Hara-Lächeln an dem Morgen, nachdem Rhett sie verführt hatte. »Du warst fantastisch, Großer«, gurrte sie mit geschlossenen Augen.

Trotz der Schmerzen und der Übelkeit, trotz der Bleistiefel und des Kegelbahnkopfes war er stolz auf sich. Die Frau war beeindruckt. Plötzlich erinnerte er sich, daß er auch gut gewesen war letzte Nacht.

»Libby, wir haben verschlafen. Ich muß an die Arbeit. Ich bin jetzt schon zu spät dran.«

»Nicht in der richtigen Stimmung, ja?« kicherte sie. Sie hoffte, daß er nicht in der richtigen Stimmung war.

»Nein, jetzt nicht. Was ist mit heute abend?«

»Ich bin da, Großer.«

»Gut. Und jetzt muß ich duschen.«

»Weck mich auf, wenn du fertig bist.«

Er stand auf und murmelte etwas, dann schloß er die Badezimmertür hinter sich ab. Sie rutschte über das Bett zum Telefon und rief Abby an. Nach dreimaligem Läuten hob sie ab.

»Er ist unter der Dusche.«

»Sind Sie okay?«

»Ja. Bestens. Er könnte nicht, selbst wenn er wollte.«

»Weshalb hat es so lange gedauert?«

»Er wollte nicht aufwachen.«

»Hat er was gemerkt?«

»Nein. Er erinnert sich an nichts. Ich glaube, er hat Kopfschmerzen.«

»Wie lange bleiben Sie noch dort?«

»Ich gebe ihm einen Abschiedskuß, wenn er aus dem Bad kommt. Zehn, vielleicht fünfzehn Minuten.«

»Okay. Beeilen Sie sich.« Abby legte auf, und Tammy rutschte wieder auf ihre Seite des Bettes. In der Bodenkammer über der Küche klickte ein Recorder, schaltete sich erneut ein und wartete auf das nächste Telefongespräch.

Um halb elf waren sie bereit für die letzte Attacke auf das Apartment. Die Konterbande wurde in drei gleiche Partien aufgeteilt. Drei tollkühne Attacken am hellichten Tag. Tammy steckte die glänzenden neuen Schlüssel in ihre Blusentasche und machte sich mit den Koffern auf den Weg. Der Parkplatz vor den Apartments war nach wie vor leer. Auf der Straße herrschte nur geringer Verkehr.

Der neue Schlüssel paßte, und sie war drinnen. Der Schlüssel zum Lagerraum paßte gleichfalls, und fünf Minuten später verließ sie das Apartment. Die zweite und die dritte Tour verliefen gleichermaßen schnell und ohne Zwischenfälle. Als sie den Lagerraum zum letzten Mal verließ, musterte sie ihn sorgfältig. Alles war in bester Ordnung und so, wie sie es vorgefunden hatte. Sie verschloß das Apartment und brachte die leeren, arg strapazierten Samsonites in ihr Hotelzimmer.

Eine Stunde lang lagen sie nebeneinander auf dem Bett und lachten über Avery und seinen Kater. Jetzt war es vorbei, und sie hatten das perfekte Verbrechen begangen. Lover Boy war ein willfähriger, wenn auch nichtsahnender Komplize. Es war einfach gewesen.

Der kleine Berg Beweismaterial füllte elf und einen halben Packkarton aus Wellpappe. Um halb drei klopfte ein Einheimischer mit einem Strohhut, aber ohne Hemd, an die Tür und verkündete, er käme von einer Firma namens Cayman Storage. Abby deutete auf die Kartons. Ohne ein festes Ziel und die geringste Eile, es zu erreichen, ergriff er den ersten Karton und trug ihn in aller Gemütsruhe zu seinem Transporter. Wie alle Einheimischen arbeitete er im Cayman-Tempo. Keine Eile, Mon.

Sie folgten ihm in dem Stanza zu einem Speicher in Georgetown. Abby inspizierte den vorgesehenen Lagerraum und bezahlte die Miete für drei Monate.

28

Wayne Tarrance saß in der hintersten Reihe des Greyhound-Busses, der um 23.40 Uhr von Louisville über Indianapolis nach Chicago fuhr. Obwohl der Bus überfüllt war, saß er für sich allein. Er war eine halbe Stunde zuvor aus Kentucky abgefahren, und inzwischen war er überzeugt, daß etwas schiefgegangen war. Eine halbe Stunde, und von niemandem ein Wort oder ein Zeichen. Vielleicht saß er im falschen Bus. Vielleicht hatte McDeere es sich anders überlegt. Sein Platz lag direkt über dem Dieselmotor, und Wayne Tarrance aus der Bronx wußte, weshalb routinierte Greyhound-Passagiere um die Sitze gleich hinter dem Fahrer kämpften. Sein Louis L'Amour vibrierte, bis er Kopfschmerzen bekam. Eine halbe Stunde. Nichts.

Auf der anderen Seite des Ganges rauschte die Toilettenspülung, und die Tür flog auf. Der Geruch drang heraus, und Tarrance schaute weg, auf den Verkehr in der Gegenrichtung. Aus dem Nirgendwo glitt sie auf den Sitz am Gang und räusperte sich. Tarrance' Kopf fuhr herum, und da war sie. Er hatte sie irgendwo schon einmal gesehen.

»Sind Sie Mr. Tarrance?« Sie trug Jeans, weiße Turnschuhe und einen dicken grünen Pullover. Eine dunkle Sonnenbrille verdeckte ihre Augen.

»Ja. Und Sie?«

Sie ergriff seine Hand und schüttelte sie fest. »Abby McDeere.«

»Ich hatte Ihren Mann erwartet.«

»Ich weiß. Er wollte nicht kommen, und deshalb bin ich hier.«

»Ja, aber eigentlich wollte ich mit ihm reden.«

»Dafür hat er mich geschickt. Betrachten Sie mich als seinen Stellvertreter.«

Tarrance legte sein Paperback unter den Sitz und betrachtete die Straße. »Wo ist er?«

»Spielt das eine Rolle, Mr. Tarrance? Er hat mich geschickt, um über das Geschäft zu reden, und Sie sind hier, um über das Geschäft zu reden. Also reden wir.«

»Okay. Sprechen Sie leise, und wenn irgend jemand den Gang entlangkommt, nehmen Sie meine Hand und hören auf zu reden. Tun Sie so, als wären wir verheiratet oder so etwas ähnliches. Okay? Also, Mr. Voyles – Sie wissen, wer er ist?«

»Ich weiß alles, Mr. Tarrance.«

»Gut. Mr. Voyles ist einem Schlaganfall nahe, weil wir Mitchs Akten noch nicht bekommen haben. Die harmlosen Akten. Sie wissen, weshalb sie so wichtig sind?«

»In der Tat.«

»Deshalb wollen wir die Akten.«

»Und wir wollen eine Million Dollar.«

»Ja, das ist der Handel. Aber wir wollen zuerst die Akten haben.«

»Nein. So war es nicht ausgemacht. Der Handel ist, daß wir die Million Dollar dorthin bekommen, wo wir sie haben wollen, danach übergeben wir Ihnen die Akten.«

»Sie trauen uns nicht?«

»So ist es. Wir trauen Ihnen nicht, und ebensowenig trauen wir Voyles oder sonst jemandem. Das Geld soll per Datenfernübertragung auf ein bestimmtes Nummernkonto bei einer Bank in Freeport auf den Bahamas überwiesen werden. Wir werden sofort benachrichtigt, und dann wird das Geld von uns, gleichfalls per Computer, an eine andere Bank überwiesen. Sobald es da eingegangen ist, wo wir es haben wollen, gehören die Akten Ihnen.«

»Wo sind die Akten?«

»In einem Lagerraum in Memphis. Insgesamt einundfünfzig Akten, alle säuberlich geordnet und in Kartons verstaut. Sie werden beeindruckt sein. Wir leisten gute Arbeit.«

»Wir? Haben Sie die Akten gesehen?«

»Natürlich. Ich habe geholfen, sie in die Kartons zu packen. In Karton Nummer acht steckt eine kleine Überraschung.«

»Und welche?«

»Mitch ist es gelungen, drei von Avery Tolars Akten zu kopieren, und sie kommen ihm fragwürdig vor. Zwei betreffen eine Firma namens Dunn Lane Ltd, von der wir wissen, daß sie eine auf den Caymans eingetragene und von der Mafia kontrollierte Gesellschaft ist.

Sie wurde 1985 mit zehn Millionen gewaschenen Dollars gegründet. Die Akten betreffen zwei von dieser Firma finanzierte Bauprojekte. Eine interessante Lektüre, wie Sie feststellen werden.«

»Woher wissen Sie, daß die Firma auf den Caymans eingetragen ist? Und woher wissen Sie über die zehn Millionen Dollar Bescheid? Das steht doch bestimmt nicht in den Akten«

»Nein, das steht nicht darin. Wir haben noch anderes Material.«

Tarrance dachte zehn Kilometer über das andere Material nach. Es lag auf der Hand, daß er es nicht zu sehen bekommen würde, bevor die McDeeres ihre erste Million hatten. Er ging nicht weiter darauf ein.

»Ich bin nicht sicher, ob wir Ihnen das Geld überweisen können, bevor wir die Akten haben.« Es war ein ziemlich schwacher Bluff. Sie erkannte ihn und lächelte.

»Müssen wir hier irgendwelche Spielchen spielen, Mr. Tarrance? Weshalb geben Sie uns nicht einfach das Geld und hören mit dem Unfug auf?«

Irgendein ausländischer Student, offenbar ein Araber, kam den Gang entlang und steuerte auf die Toilette zu. Abby tätschelte Tarrance den Arm, als wäre sie seine Freundin. Die Spülung hörte sich an wie ein kleiner Wasserfall.

»Wie bald kann das über die Bühne gehen?« fragte Tarrance. Sie hatte ihre Hand zurückgezogen.

»Die Akten liegen bereit. Wie bald können Sie eine Million Dollar auftreiben?«

»Morgen.«

Abby schaute aus dem Fenster und sprach aus dem linken Mundwinkel heraus. »Heute ist Freitag. Am nächsten Dienstag, zehn Uhr östlicher Zeit, Bahama-Zeit, überweisen Sie die Million Dollar von Ihrem Konto bei der Chemical Bank in Manhattan auf ein Nummernkonto bei der Ontario Bank in Freeport. Das ist eine saubere, legitime Überweisung und dauert ungefähr fünfzehn Sekunden.«

Tarrance runzelte die Stirn und hörte genau zu. »Und was ist, wenn wir bei der Chemical Bank in Manhattan kein Konto haben?«

»Zur Zeit haben Sie keines, aber am Montag werden Sie es haben. Ich bin sicher, Sie haben in Washington jemanden, der sich mit simplen elektronischen Bankgeschäften auskennt.«

»Den haben wir bestimmt.«

»Gut.«

»Aber wieso ausgerechnet die Chemical Bank?«

»Anweisung von Mitch, Mr. Tarrance. Sie können sich darauf verlassen, er weiß, was er tut.«

»Offenbar hat er seine Schularbeiten gemacht.«

»Er macht immer seine Schularbeiten. Und da ist etwas, das Sie nie vergessen dürfen. Er ist wesentlich intelligenter als Sie.«

Tarrance zwang sich zu einem leisen Auflachen. Sie fuhren eine Weile schweigend weiter, wobei sich beide die nächsten Fragen und Antworten überlegten.

»Okay«, sagte Tarrance schließlich, als führte er ein Selbstgespräch. »Und wann bekommen wir die Akten?«

»Sobald das Geld in Freeport eingegangen ist, werden wir benachrichtigt. Mittwochmorgen wird vor halb elf in Ihrem Büro in Memphis ein Federal-Express-Päckchen eingehen mit einer Nachricht und dem Schlüssel zu dem Lagerraum.«

»Also kann ich Mr. Voyles sagen, daß wir die Akten am Mittwochnachmittag haben?«

Sie zuckte die Achseln und erwiderte nichts. Tarrance wußte, daß das eine dumme Frage gewesen war. Er ließ sich rasch eine gescheitere einfallen.

»Wir brauchen die Nummer des Kontos in Freeport.«

»Sie ist aufgeschrieben. Ich gebe sie Ihnen, wenn der Bus hält.«

Damit waren alle Einzelheiten geregelt. Er griff unter den Sitz und holte sein Buch hervor. Er schlug es auf und tat so, als läse er. »Bleiben Sie noch einen Moment sitzen«, sagte er.

»Noch Fragen?« erkundigte sie sich.

»Ja. Können wir über das andere Material reden, das Sie erwähnten?«

»Natürlich.«

»Wo befindet es sich.«

»Gute Frage. So, wie mir der Handel erklärt worden ist, bekommen wir vorher die nächste Rate, meines Wissens eine halbe Million, und dafür erhalten Sie genügend Beweismaterial, um Ihre Anklagen erheben zu können. Dieses andere Material gehört zur nächsten Rate.«

Tarrance blätterte eine Seite um. »Wollen Sie damit sagen, daß Sie die – äh – schmutzigen Akten bereits beschafft haben?«

»Wir haben fast alles, was wir brauchen. Ja, wir haben einen ganzen Haufen schmutziger Akten.«

»Wo sind sie?«

Sie lächelte und tätschelte ihm den Arm. »Jedenfalls nicht zusammen mit den sauberen Akten in diesem Lagerraum.«

»Aber sie befinden sich in Ihrem Besitz?«

»Sozusagen. Würden Sie gern etwas davon sehen?«

Er klappte das Buch zu und holte tief Luft. Er sah sie an. »Natürlich.«

»Das dachte ich mir. Mitch hat gesagt, Sie bekämen einen dicken Stapel Dokumente über Dunn Lane Ltd. – Kopien von Kontoauszügen, Eintragungen ins Firmenregister, Protokolle, Statuten, Vorstandsmitglieder, Aktionäre, Computer-Überweisungen, Briefe von Nathan Locke an Joey Morolto, Aktennotizen, hundert weitere saftige Bröckchen, die Sie um den Schlaf bringen werden. Wundervolles Zeug. Mitch hat gesagt, Sie könnten allein anhand der Dunn-Lane-Unterlagen dreißig Anklagen erheben.«

Tarrance ließ sich kein Wort entgehen und glaubte ihr. »Wann kann ich das sehen?« fragte er leise, aber begierig.

»Sobald Ray aus dem Gefängnis heraus ist. Das ist Teil des Handels, wie Sie sich erinnern werden.«

»Ach ja, Ray.«

»Ach ja. Er geht über die Mauer, Mr. Tarrance, sonst können Sie die Firma Bendini vergessen. Sonst nehmen Mitch und ich Ihre schäbige Million und verschwinden im Dunkel der Nacht.«

»Ich arbeite daran.«

»Sie täten gut daran, sich ein bißchen Mühe zu geben.« Es war mehr als eine Drohung, und er wußte es. Er schlug abermals das Buch auf und starrte darauf.

Abby zog eine Geschäftskarte von Bendini, Lambert & Locke aus der Tasche und ließ sie auf sein Buch fallen. Auf die Rückseite hatte sie die Kontonummer geschrieben: 477DL-19584, Ontario Bank, Freeport.

»Ich kehre auf meinen Sitz im vorderen Teil des Busses zurück. Sind wir uns einig wegen nächsten Dienstag?«

»Kein Problem. Steigen Sie in Indianapolis aus?«

»Ja.«

»Wo wollen Sie hin?«

»Ins Haus meiner Eltern in Kentucky. Mitch und ich leben getrennt.«

Tammy stand in einer von einem Dutzend langer, heißer Schlangen am Zoll in Miami. Sie trug Shorts, Sandalen, ein schulterfreies Top, eine Sonnenbrille und einen Strohhut und sah genau so aus wie die tausend anderen erschöpften Touristen, die von den sonnenüberfluteten Stränden der Karibik zurückkehrten. Vor ihr standen zwei mißgelaunte Jungverheiratete mit Taschen voll zollfreiem Alkohol und Parfum, die offenbar eine ernste Meinungsverschiedenheit hatten. Hinter ihr standen zwei brandneue Hartman-Lederkoffer mit Dokumenten und Unterlagen, die ausreichten, um vierzig Anwälte vor Gericht zu stellen. Ihr Auftraggeber, gleichfalls ein Anwalt, hatte vorgeschlagen, daß sie Koffer kaufen sollte, in deren Boden kleine Rollen eingelassen waren, damit sie sie durch den International Airport von Miami ziehen konnte. Außerdem hatte sie eine kleine Reisetasche mit ein paar Kleidern und einer Zahnbürste bei sich, damit alles legitim aussah.

Ungefähr alle zehn Minuten rückte das junge Paar ein paar Zentimeter vor, und Tammy folgte mit ihrem Gepäck. Eine Stunde nachdem sie sich angestellt hatte, erreichte sie den Kontrollpunkt.

»Nichts zu verzollen?« fragte der Beamte in gebrochenem Englisch unwirsch.

»Nein!« erwiderte sie ebenso unwirsch.

Er deutete mit einem Kopfnicken auf die großen Lederkoffer. »Was ist da drin?«

»Papiere.«

»Papiere?«

»Papiere.«

»Was für Papiere?«

Toilettenpapier, dachte sie. Ich habe meinen Urlaub damit verbracht, in der Karibik herumzureisen und Toilettenpapier zu sammeln. »Juristische Dokumente und dergleichen. Ich bin Rechtsanwältin.«

»Okay.« Er öffnete den Reißverschluß ihrer Reisetasche und warf einen Blick hinein. »Okay. Der nächste.«

Sie zog vorsichtig die Koffer hinter sich her. Sie neigten dazu, umzukippen. Ein Gepäckträger ergriff sie und lud alle drei Stücke auf einen zweirädrigen Karren. »Delta Flug 282 nach Nashville, Gate 44, Terminal B«, sagte sie und reichte ihm eine Fünfdollarnote.

Tammy und ihre drei Gepäckstücke trafen am Samstag um Mitternacht in Nashville ein. Sie lud sie in ihren VW-Käfer und verließ den Flughafen. In der Vorstadt Brentwood stellte sie ihn auf dem ihr zugewiesenen Parkplatz ab und brachte die Koffer, erst den einen und dann den anderen, in eine Einzelzimmerwohnung.

Sie war unmöbliert bis auf ein gemietetes Faltbett. Sie packte die Koffer aus und machte sich an die mühselige Arbeit, das Beweismaterial zu sortieren. Mitch wollte eine Liste, auf der jedes Dokument, jeder Kontoauszug, jede Firma aufgeführt war. So wollte er es nun einmal haben. Er sagte, eines Tages würde er vorbeikommen und es sehr eilig haben, und er wollte alles geordnet vorfinden.

Zwei Stunden machte sie Bestandsaufnahme. Sie saß auf dem Fußboden und machte sich sorgfältig Notizen. Nach drei Tagesausflügen nach Grand Cayman begann sich das Zimmer zu füllen. Montag würde sie wieder hinfliegen.

Ihr war, als hätte sie in den letzten zwei Wochen nur drei Stunden geschlafen. Aber es war dringend, hatte er gesagt. Eine Sache auf Leben oder Tod.

Tarry Ross alias Alfred saß in der dunkelsten Ecke der Halle des Phoenix Park Hotels in Washington. Das Treffen würde ganz kurz sein. Er trank Kaffee und wartete auf seinen Gast.

Er wartete und schwor sich, nur noch fünf weitere Minuten zu warten. Die Tasse bebte, als er versuchte, einen Schluck zu trinken. Kaffee schwappte auf den Tisch. Er betrachtete den Tisch und versuchte verzweifelt, sich nicht umzusehen. Er wartete.

Sein Gast tauchte aus dem Nirgendwo auf und ließ sich mit dem Rücken zur Wand nieder. Sein Name war Vinnie Cozzo, ein Gangster aus New York. Er gehörte zur Familie Palumbo.

Vinnie bemerkte die bebende Tasse und den verschütteten Kaffee. »Nicht nervös werden, Alfred. Hier ist es dunkel genug.«

»Was wollen Sie?« zischte Alfred.

»Ich will einen Drink.«

»Für Drinks haben wir keine Zeit. Ich gehe.«

»Immer mit der Ruhe, Alfred. Nicht nervös werden. Hier drinnen sind keine drei Leute.«

»Was wollen Sie?« zischte er abermals.

»Nur eine kleine Information.«

»Das kostet eine Kleinigkeit.«

»Das tut es immer.« Ein Kellner kam vorbei, und Vinnie bestellte Chivas und Wasser.

»Wie geht es meinem Freund Denton Voyles?« fragte Vinnie.

»Sie können mich am Arsch lecken, Cozzo. Ich gehe. Und zwar auf der Stelle.«

»Okay, Mann. Nicht nervös werden. Ich brauche eine Information.«

»Dann machen Sie schnell.« Alfred ließ den Blick durch den Raum schweifen. Seine Tasse war leer, der größte Teil des Inhalts schwamm auf dem Tisch.

Der Chivas wurde gebracht, und Vinnie nahm einen großen Schluck. »Wir haben ein kleines Problem unten in Memphis. Macht einigen Leuten ein bißchen Sorgen. Haben Sie schon einmal von der Firma Bendini gehört?«

Instinktiv schüttelte Alfred verneinend den Kopf. Immer zuerst einmal nein sagen. Dann, nach sorgfältigem Graben, mit einem hübschen kleinen Bericht wiederkommen und ja sagen. Ja, er hatte von der Firma Bendini und ihrem besten Klienten gehört. Unternehmen Waschautomat hatte Voyles selbst sie genannt, stolz auf seinen Einfallsreichtum.

Vinnie nahm einen weiteren großen Schluck. »Also, da unten gibt es einen Mann. Er heißt McDeere, Mitchell McDeere. Er arbeitet für die Firma Bendini, und wir haben den Verdacht, daß er außerdem mit euch kungelt. Wir glauben, daß er Informationen über Bendini an die Feds verkauft. Wir wollen nur wissen, ob das tatsächlich der Fall ist. Das ist alles.«

Alfred hörte mit unbewegtem Gesicht zu, obwohl es nicht einfach war. Er wußte, welche Blutgruppe McDeere hatte und welches sein Lieblingsrestaurant in Memphis war. Er wußte, daß McDeere ein halbes Dutzendmal mit Tarrance zusammengetroffen war und daß McDeere morgen, am Dienstag, Millionär werden würde.

»Ich werde sehen, was ich tun kann. Reden wir über Geld.«

Vinnie zündete sich eine Salem Light an. »Das ist eine schwerwiegende Geschichte, Alfred, also werde ich nicht lügen. Zweihunderttausend, in bar.«

Alfred ließ die Tasse fallen. Er zog ein Taschentuch aus der Gesäßtasche und putzte hektisch seine Brille. »Zweihunderttausend? In bar?«

»Genau das habe ich gesagt. Wieviel haben wir Ihnen beim letzten Mal gezahlt?«

»Fünfundsiebzig.«

»Begreifen Sie jetzt, was ich meine? Eine verdammt schwerwiegende Sache, Alfred. Können Sie es?«

»Ja.«

»Wann?«

»Geben Sie mir zwei Wochen.«

29

Eine Woche vor dem 15. April erreichten die Workaholics von Bendini, Lambert & Locke das Höchstmaß an Streß und liefen auf vollen Touren, angetrieben von purem Adrenalin. Und Angst. Angst davor, eine Ermäßigung oder eine Abschreibung oder eine Wertminderung zu übersehen, die einen reichen Klienten eine zusätzliche Million kosten würde. Angst davor, den Hörer abnehmen und dem Klienten mitteilen zu müssen, daß die Steuererklärung jetzt fertig sei, aber leider müßte er zusätzliche achthunderttausend zahlen. Angst davor, bis zum Fünfzehnten nicht fertig zu werden und gezwungen zu sein, Aufschub zu beantragen, was mit Bußgeldern und Verzugszinsen verbunden war. Um sechs Uhr morgens war der Parkplatz voll. Die Sekretärinnen arbeiteten zwölf Stunden am Tag. Die Stimmung war gereizt, Unterhaltungen selten und gehetzt.

Ohne Frau, die zu Hause auf ihn wartete, arbeitete Mitch rund um die Uhr. Sonny Capps war über Avery hergefallen und hatte ihn beschimpft, weil sich seine Steuerschuld – bei einem Einkommen von sechs Millionen – auf 450000 Dollar belief. Avery hatte Mitch beschimpft, und gemeinsam hatten sie sich erneut durch die Capps-Akten hindurchgewühlt, suchend und fluchend. Mitch fand zwei überaus fragwürdige Abschreibungsobjekte, die die Summe auf 320000 senkten. Capps sagte, er überlegte, ob er sich nicht eine andere Steuerfirma suchen sollte. Eine in Washington.

Sechs Tage vor Ablauf der Frist verlangte Capps ein Treffen mit Avery in Houston. Der Lear war verfügbar, und Avery flog um Mitternacht ab. Mitch fuhr ihn zum Flughafen und wurde während der ganzen Fahrt mit Anweisungen überschüttet.

Kurz nach halb zwei kehrte er ins Büro zurück. Auf dem Parkplatz standen noch drei Mercedes, ein BMW und ein Jaguar. Der Wachmann schloß die Hintertür auf, und Mitch fuhr mit dem Fahrstuhl in den vierten Stock. Wie gewöhnlich hatte Avery seine Tür abgeschlossen. Die Türen der Partner waren immer abgeschlossen. Am Ende des Flurs war eine Stimme zu hören. Victor Milligan, Leiter der Steuerabteilung, saß an seinem Schreibtisch und sagte häßliche Dinge zu seinem Computer. Die anderen Büros waren dunkel und abgeschlossen.

Mitch hielt den Atem an und steckte einen Schlüssel in Averys Tür. Der Knopf drehte sich, und er war drinnen. Er schaltete alle Lichter ein und ging zu dem kleinen Konferenztisch, an dem er und sein Partner den Tag und den größten Teil des Abends verbracht hatten. Um die Stühle herum waren Akten aufgestapelt wie Ziegelsteine. Überall lagen Papiere herum und Bücher mit Steuertabellen.

Mitch ließ sich an dem Tisch nieder und setzte die Recherchen für Capps fort. Den Aufzeichnungen des FBI zufolge war Capps ein Mann mit einem legitimen Unternehmen, für das die Firma seit mindestens acht Jahren arbeitete. An Sonny Capps waren die Feds nicht interessiert.

Nach ungefähr einer Stunde hörte das Reden auf, und Milligan schloß seine Tür ab und ging die Treppe hinunter, ohne Gute Nacht zu sagen. Mitch überprüfte rasch sämtliche Büros im vierten und dann im dritten Stock. Sie waren alle leer. Es war fast drei Uhr morgens.

Neben dem Bücherregal standen an einer Wand von Averys Büro vier Aktenschränke aus massiver Eiche. Mitch hatte sie schon vor Monaten bemerkt, aber nie erlebt, daß sie geöffnet wurden. Die laufenden Akten wurden in drei Metallschränken neben dem Fenster aufbewahrt. Diese Schränke wurden von Sekretärinnen durchwühlt, während Avery sie anschrie. Er schloß die Tür ab und ging zu den Eichenschränken. Natürlich abgeschlossen. Es kamen nur zwei kleine, kaum drei Zentimeter lange Schlüssel in Frage. Der erste paßte in den ersten Schrank, und er schloß ihn auf.

Aus Tammys Inventar der Konterbande in Nashville hatte er sich viele der Namen von Firmen auf den Caymans gemerkt, die mit schmutzigem Geld gegründet worden waren, das jetzt sauber war. Er warf einen Blick auf die Akten in der obersten Schublade, und die Namen sprangen ihm entgegen. Dunn Lane Ltd., Eastpoint Ltd., Virgin Bay Ltd., Inland Contractors Ltd., Gulf-South Ltd. In der zweiten und dritten Schublade fand er weitere vertraute Namen. Die Akten waren voll von Darlehensverträgen von Banken auf den Caymans, Bestätigungen von Computer-Überweisungen, Übertragungsurkunden für Grundstücke, Pachtverträgen, Pfandverschreibungen und tausend weiteren Papieren. Besonders interessiert war er an Dunn Lane und Gulf-South. Tammy hatte eine Anzahl von Dokumenten über diese beiden Firmen registriert.

Er entschied sich für eine Gulf-South-Akte voller Bestätigungen von Computer-Überweisungen und Darlehensverträgen von der Royal Bank of Montreal. Er ging zu einem der Kopierer im Zentrum des vierten Stocks und schaltete ihn ein. Während er warm wurde, schaute er sich um. Im Haus herrschte Totenstille. Er schaute zur Decke empor. Keine Kameras. Das hatte er schon viele Male überprüft. Das Feld AKTENUNTERNEHMER EINGEBEN leuchtete auf, und er gab die Nummer für Mrs. Lettie Plunk ein. Ihre Steuererklärung lag auf seinem Schreibtisch im zweiten Stock und konnte noch ein paar Kopien verkraften. Er legte den Inhalt der Akte auf die automatische Dokumentenzufuhr, und drei Minuten später war die Akte kopiert. Einhundertachtundzwanzig Kopien, die Lettie Plunk in Rechnung gestellt wurden. Zurück zum Aktenschrank. Wieder zum Kopierer mit einem weiteren Stapel Beweismaterial in Sachen Gulf-South. Er gab die Nummer der Akte von Greenmark Partners ein, einem Bauunternehmen in Bartlett, Tennessee. Völlig legitim. Die Steuererklärung lag auf seinem Schreibtisch und konnte gleichfalls noch ein paar Kopien verkraften. Einundneunzig, um genau zu sein.

Auf Mitchs Schreibtisch lagen achtzehn Steuererklärungen, die darauf warteten, unterschrieben und eingereicht zu werden. Sechs Tage vor dem Stichtag war er mit seiner Terminarbeit fertig. Allen achtzehn wurden automatisch Kopien von Beweismaterial in Sachen Gulf-South und Dunn Lane in Rechnung gestellt. Er hatte ihre Aktennummern auf einem Zettel notiert, der jetzt auf dem Tisch neben dem Kopierer lag. Nachdem er die achtzehn Nummern benutzt hatte, verschaffte er sich weiteren Zugang mit drei Nummern, die er Lamars Akten entnommen hatte, und drei weiteren aus Gapps-Akten.

Von dem Kopierer lief ein Draht durch ein Loch in der Wand ins Innere eines Schrankes, wo er sich mit Drähten von den anderen drei Kopierern in diesem Stockwerk vereinigte. Der Draht, jetzt dicker, zog sich durch die Decke hindurch und an einer Fußleiste entlang bis in das Rechenzentrum im dritten Stock, wo ein Computer jede in der Firma gemachte Kopie registrierte und dem jeweiligen Klienten in Rechnung stellte. Ein unschuldig aussehender kleiner grauer Draht führte von dem Computer aus an der Wand empor und durch die Decke in den vierten Stock und dann weiter in den fünften, wo ein weiterer Computer die Aktennummer, die Anzahl der Kopien und den Standort des Geräts aufzeichnete, auf dem sie angefertigt worden waren.

Am 15. April um fünf Uhr nachmittags war bei Bendini, Lambert & Locke Feierabend. Um sechs war der Parkplatz leer, und die teuren Autos trafen drei Kilometer entfernt hinter einem altehrwürdigen Restaurant wieder zusammen, das Anderton's hieß und auf Meeresfrüchte spezialisiert war. Für das alljährlich am 15. April stattfindende Gelage war ein kleiner Saal reserviert worden. Sämtliche angestellten Anwälte und aktiven Partner waren anwesend, außerdem elf Partner im Ruhestand. Die Ruheständler waren gebräunt und ausgeruht, die Aktiven erschöpft und übernächtigt. Aber alle waren in festlicher Stimmung und bereit, sich vollaufen zu lassen. In dieser Nacht waren die strengen Vorschriften für ein sauberes, mäßiges Leben außer Kraft getreten. Eine weitere Firmenvorschrift besagte, daß kein Anwalt und keine Sekretärin am 16. April arbeiten durfte.

Platten mit kalten, gekochten Shrimps und rohen Austern standen auf Tischen an der Wand. Ein riesiges, mit Eis und kaltem Moosehead gefülltes Holzfaß begrüßte sie. Hinter dem Faß standen zehn Kisten. Roosevelt machte Flaschen auf, so schnell er konnte. Später am Abend würde er sich wie alle anderen betrinken, und Oliver Lambert würde ein Taxi kommen lassen, das ihn heimbrachte zu Jessie Frances. Es war ein Ritual.

Roosevelts Vetter, Little Bobby Blue Baker, saß an einem Stutzflügel und sang traurige Weisen, als die Anwälte hereinkamen. Fürs erste lieferte er die Unterhaltung. Später würde er nicht mehr gebraucht werden.

Mitch ließ das Essen unbeachtet und nahm eine eisige grüne Flasche zu einem Tisch neben dem Flügel mit. Lamar folgte ihm mit zwei Pfund Shrimps. Sie sahen zu, wie ihre Kollegen sich ihrer Mäntel entledigten und sich auf das Moosehead stürzten.

»Sind Sie mit allen fertig geworden?« fragte Lamar, während er ein Shrimp verschlang.

»Ja. Mit meinen bin ich gestern fertig geworden. Avery und ich haben bis eben an Sonny Capps gearbeitet, aber jetzt ist der auch fertig.«

»Wieviel?«

»Eine Vierteimillion.«

»Au.« Lamar hob die Flasche und leerte sie zur Hälfte. »So viel brauchte er noch nie zu zahlen, oder?«

»Nein, und er ist wütend. Ich verstehe den Mann nicht. Er hat aus allen möglichen Unternehmen glatte sechs Millionen herausgeholt, und nun ist er stocksauer, weil er fünf Prozent davon an Steuern zahlen muß.«

»Was ist mit Avery?«

»Er macht sich Sorgen. Capps hat ihn vorige Woche nach Houston beordert, und es ist nicht gut gelaufen. Er ist um Mitternacht mit dem Lear abgeflogen. Später hat er mir erzählt, daß Capps um vier Uhr morgens in seinem Büro auf ihn gewartet hat, wütend wegen der Steuern. Gab Avery die Schuld an allem. Sagte, er würde sich eine andere Firma suchen.«

»Ich glaube, das sagt er jedes Jahr. Noch ein Bier?«

Lamar ging und kehrte mit vier Mooseheads zurück. »Wie geht's Abbys Mutter?«

Mitch nahm sich ein Shrimp und pulte es aus. »Es geht ihr gut, jedenfalls zur Zeit. Sie haben einen Lungenflügel entfernt.«

»Und wie geht's Abby?« Lamar beobachtete seinen Freund.

Mitch öffnete eine weitere Flasche. »Der geht's auch gut.«

»Wissen Sie, Mitch, unsere Kinder gehen in St. Andrew's. Dort ist es kein Geheimnis, daß Abby sich hat beurlauben lassen. Sie ist jetzt seit zwei Wochen fort, und wir machen uns Sorgen.«

»Das kommt schon wieder ins Lot. Sie will eine Weile für sich allein sein. Keine große Sache, wirklich nicht.«

»Ich weiß nicht recht, Mitch. Ich finde, es ist eine ziemlich große Sache, wenn Ihre Frau einfach wegfährt, auf unbestimmte Zeit. Das jedenfalls hat sie dem Direktor der Schule gesagt.«

»Das stimmt. Sie weiß noch nicht, wann sie zurückkommt. Wahrscheinlich in ungefähr einem Monat. Es ist ihr sehr schwergefallen, sich mit der Arbeitszeit im Büro abzufinden.«

Alle Anwälte waren eingetroffen, und Roosevelt schloß die Tür. Im Saal wurde es lauter. Bobby Blue nahm Wünsche entgegen.

»Haben Sie schon daran gedacht, es langsamer gehen zu lassen?« fragte Lamar.

»Nein, eigentlich nicht. Warum sollte ich?«

»Hören Sie, Mitch, ich bin schließlich Ihr Freund. Und ich mache mir Sorgen um Sie. Sie können nicht im ersten Jahr eine Million Dollar machen.«

Oh doch, dachte er. Ich habe vorige Woche eine Million Dollar gemacht. Binnen zehn Sekunden ist der Stand des kleinen Kontos in Freeport von zehntausend auf eine Million zehntausend Dollar gewachsen. Und fünfzehn Minuten später war das Konto aufgelöst und das Geld lag sicher bei einer Bank in der Schweiz. Ah, die Wunder der Computer-Überweisung. Und wegen dieser Million Dollar würde dies die erste und auch die letzte Feier des 15. April in seiner kurzen, aber beachtlichen Anwaltslaufbahn sein. Und sein guter Freund, der so besorgt war wegen seiner Ehe, würde vermutlich in nicht allzuferner Zeit im Gefängnis sitzen. Zusammen mit allen anderen Anwesenden, mit Ausnahme von Roosevelt. Zum Teufel, womöglich kam Tarrance so in Fahrt, daß er, nur des Spaßes halber, auch Roosevelt und Jessie Frances mit vor Gericht stellte.

Und dann die Verhandlungen. »Ich, Mitchell Y. McDeere, schwöre feierlich, die Wahrheit zu sagen, die ganze Wahrheit und nichts als die Wahrheit. So wahr mir Gott helfe.« Er würde im Zeugenstand sitzen und mit dem Finger auf seinen guten Freund Lamar Quin zeigen. Kay und die Kinder würden in der vordersten Reihe sitzen, um die Jury zu beeindrucken. Und leise weinen.

Er leerte die zweite Flasche und machte sich an die dritte. »Ich weiß, Lamar, aber ich habe nicht die Absicht, es langsamer gehen zu lassen. Abby wird sich daran gewöhnen.«

»Wenn Sie meinen. Kay möchte, daß Sie morgen auf ein großes Steak zu uns kommen. Wir grillen es draußen und essen auf der Terrasse. Was halten Sie davon?«

»Ja, unter einer Bedingung. Über Abby wird nicht geredet. Sie ist weggefahren, um sich um ihre Mutter zu kümmern, und sie wird wiederkommen. Okay?«

»Geht in Ordnung. Okay.«

Avery ließ sich mit einem Teller voll Shrimps ihnen gegenüber am Tisch nieder und begann sie auszupulen.

»Wir haben gerade über Capps gesprochen«, sagte Lamar.

»Das ist ein unerfreuliches Thema«, erwiderte Avery. Mitch betrachtete eingehend die Shrimps, bis ein Häufchen von sechs frisch ausgepulten dalag. Er langte über den Tisch, ergriff sie und stopfte die Handvoll in den Mund.

Avery funkelte ihn mit erschöpften, traurigen Augen an. Geröteten Augen. Er bemühte sich um eine angemessene Bemerkung, dann begann er, die Shrimps mit der Schale zu essen. »Ich wollte, die Köpfe wären noch daran«, sagte er zwischen zwei Bissen. »Mit den Köpfen sind sie viel besser.«

Mitch holte sich zwei Handvoll und begann, sie zu zermalmen. »Ich ziehe die Schwänze vor. Habe ich seit jeher getan.«

Lamar hörte auf zu essen und starrte sie an. »Ihr macht wohl Witze?«

»Nein«, sagte Avery. »Früher, als Jungen in El Paso, sind wir immer mit unseren Netzen losgezogen und haben eine Ladung frische Shrimps herausgeholt und gleich an Ort und Stelle gegessen, während sie noch zappelten. Die Köpfe waren das beste, wegen all der Gehirnsäfte.«

»Shrimps in El Paso?«

»Ja. Im Rio Grande wimmelt es von ihnen.«

Lamar ging, um eine weitere Runde Bier zu holen. Die Erschöpfung, die Müdigkeit und die Nachwirkungen des Streß vermischten sich rasch mit dem Alkohol, und der Lärm nahm zu. Bobby Blue spielte Steppenwolf. Sogar Nathan Locke lächelte und redete laut. Roosevelt stellte fünf weitere Kisten in das Faß.

Um zehn fing das Singen an. Wally Hudson, jetzt ohne Fliege, stand neben dem Flügel auf einem Stuhl und dirigierte den johlenden Chor durch ein lautstarkes Potpourri von australischen Trinkliedern. Das Restaurant war jetzt geschlossen, also wen kümmerte es schon? Kendall Mahan war der nächste. Er hatte in Cornell Rugby gespielt und verfügte über ein erstaunliches Repertoire an unfeinen Biersongs. Fünfzig unbegabte und betrunkene Stimmen sangen glücklich mit.

Mitch entschuldigte sich und ging auf die Toilette. Ein Pikkolo schloß die Hintertür auf, und er war auf dem Parkplatz. Aus dieser Entfernung hörte sich der Gesang erfreulich an. Er machte sich auf den Weg zu seinem Wagen, trat dann aber statt dessen an ein Fenster. Er stand im Dunkeln da, nahe der Ecke des Gebäudes, und beobachtete und lauschte. Jetzt saß Kendall am Flügel und führte seinen Chor durch einen obszönen Refrain.

Fröhliche Stimmen von reichen und glücklichen Leuten. Er musterte sie, einen nach dem anderen, rings um die Tische herum. Ihre Gesichter waren gerötet. Ihre Augen funkelten. Sie waren seine Freunde – Familienväter mit Frauen und Kindern –, und alle steckten in dieser furchtbaren Verschwörung.

Vor einem Jahr hatten Joe Hodge und Marty Kozinski mit ihnen gesungen.

Vor einem Jahr war er ein toller Harvard-Mann mit Stellenangeboten in jeder Tasche gewesen.

Jetzt war er Millionär, und bald würde auf seinen Kopf ein Preis ausgesetzt sein.

Erstaunlich, was in einem Jahr alles passieren kann.

Singt weiter, Brüder.

Mitch machte kehrt und ging davon.

Gegen Mitternacht fuhren die Taxis auf der Madison vor, und die reichsten Anwälte der Stadt wurden auf die Rücksitze getragen und gezerrt. Natürlich war Oliver Lambert von allen der nüchternste, und er leitete die Evakuierung. Fünfzehn Taxis insgesamt, und überall lagen betrunkene Anwälte herum.

Um die gleiche Zeit fuhren in der Front Street am anderen Ende der Stadt zwei identische, marineblau und gelb lackierte Ford-Transporter mit der in leuchtenden Buchstaben auf die Seiten gemalten Aufschrift DUSTBUSTERS an das Tor heran. Dutch Hendrix öffnete es und winkte sie durch. Sie fuhren rückwärts an die Hintertür heran, und acht Frauen in einheitlichen Kitteln luden Staubsauger aus und mit Sprühdosen gefüllte Eimer, Besen, Mops und Rollen von Papierhandtüchern. Sie unterhielten sich leise, während sie durch das Gebäude wanderten. Den Anweisungen von oben entsprechend machten die Putzfrauen, mit dem vierten beginnend, jeweils ein Stockwerk sauber. Die Wachmänner patroullierten auf den Fluren und behielten sie genau im Auge.

Die Frauen ignorierten sie und gingen ihrer Arbeit nach, leerten Mülleimer, polierten Möbel, saugten Fußböden und schrubbten Toiletten. Die Neue war langsamer als die anderen. Sie bemerkte Dinge. Sie zog an Schreibtischschubladen und Aktenschränken, wenn die Wachmänner woanders hinschauten. Sie war sehr aufmerksam.

Es war ihre dritte Nacht bei diesem Job, und allmählich kannte sie sich aus. Schon in der ersten Nacht hatte sie Tolars Büro im vierten Stock gefunden und leise gelächelt.

Sie trug schmutzige Jeans und zerrissene Tennisschuhe. Der blaue DUSTBUSTER-Kittel war ziemlich weit, damit er ihre Figur verhüllte und sie so plump erscheinen ließ wie die anderen Putzfrauen. Auf dem Etikett über der Tasche stand DORIS. Doris, die Putzfrau.

Als die Kolonne mit dem zweiten Stock halb fertig war, forderte ein Wachmann Doris und zwei andere, Susie und Charlotte, auf, ihm zu folgen. Er steckte einen Schlüssel in die Schalttafel des Fahrstuhls und fuhr mit ihnen in den Keller. Er schloß eine schwere Metalltür auf, und sie betraten einen großen, in ein Dutzend kleiner Nischen unterteilten Raum. Jeder der kleinen Schreibtische war vollgepackt, und auf jedem stand ein großer Computer. Es gab Terminals, wohin man sah. Schwarze Aktenschränke säumten die Wände. Keine Fenster.

»Das Werkzeug ist hier drin«, sagte der Wachmann und deutete auf einen Schrank. Sie holten einen Staubsauger und Sprühflaschen heraus und machten sich an die Arbeit.

»Rührt die Schreibtische nicht an«, sagte der Wachmann.

30

Mitch verknotete die Schnürsenkel seiner Nike Air Cushion Joggingschuhe und setzte sich dann auf die Couch und wartete neben dem Telefon. Hearsay, deprimiert nach zwei Wochen ohne sein Frauchen, lag neben ihm und versuchte zu dösen. Um genau halb elf läutete es. Es war Abby.

Es gab kein sentimentales »Liebling« oder »Baby«. Die Unterhaltung war kühl und gezwungen.

»Wie geht es deiner Mutter?« fragte er.

»Viel besser. Sie ist auf, hat aber noch ziemliche Schmerzen. Ihre seelische Verfassung ist gut.«

»Das freut mich. Und dein Vater?«

»Wie üblich. Immer beschäftigt. Was macht mein Hund?«

»Er ist einsam und deprimiert. Ich glaube, er wird bald durchdrehen.«

»Er fehlt mir. Was macht die Arbeit?«

»Wir haben den 15. April ohne Katastrophen überstanden. Bei allen hat sich die Stimmung erheblich gebessert. Die meisten Partner sind am 16. in Urlaub gefahren, deshalb läuft der Laden jetzt viel ruhiger.«

»Ich nehme an, du hast auf sechzehn Stunden am Tag zurückgeschaltet?«

»Wann kommst du nach Hause?«

»Ich weiß es nicht. Mom braucht mich noch ein paar Wochen. Und Dad ist keine große Hilfe. Sie haben zwar ein Mädchen, aber Mom braucht mich trotzdem.« Sie hielt inne, als käme gleich ein harter Schlag. »Ich habe St. Andrew's angerufen und gesagt, daß ich in diesem Semester nicht mehr zurückkomme.«

Er trug es mit Fassung. »Das Semester dauert noch zwei Monate. Du willst in den nächsten zwei Monaten nicht wiederkommen?«

»Mindestens zwei Monate nicht. Ich brauche einfach Zeit.«

»Zeit wozu?«

»Laß uns nicht schon wieder damit anfangen, okay? Für einen Streit bin ich nicht in der rechten Stimmung.«

»Na schön. Wofür bist du dann in der rechten Stimmung?«

Sie ignorierte die Frage, und es trat eine lange Pause ein. »Wie viele Meilen läufst du inzwischen?«

»Etliche. Ich gehe zu Fuß zur Bahn und laufe dann ungefähr acht Runden.«

»Sei vorsichtig auf der Bahn. Sie ist verdammt dunkel.«

»Danke.«

Eine weitere lange Pause. »Ich muß jetzt Schluß machen«, sagte sie. »Es wird Zeit, daß ich Mom ins Bett bringe.«

»Rufst du morgen abend wieder an?«

»Ja. Um die gleiche Zeit.«

Sie legte auf, ohne »Bis morgen« oder »Ich liebe dich« oder etwas dergleichen. Legte einfach auf.

Mitch stopfte sein weißes, langärmeliges T-Shirt in die Hose. Er schloß die Küchentür ab und trabte die dunkle Straße entlang. Zwei Blocks östlich von East Meadowbrook lag die West Junior High School. Hinter dem roten Ziegelsteingebäude mit den Klassenzimmern und der Turnhalle lag der Baseballplatz, und noch dahinter, am Ende einer langen Zufahrt, der Footballplatz. Er war von einer Aschenbahn umgeben, die sich bei den Joggern der Nachbarschaft großer Beliebtheit erfreute.

Aber nicht um elf Uhr abends, zumal in einer mondlosen Nacht. Die Bahn war menschenleer, und das konnte Mitch nur recht sein. Die Frühlingsluft war sanft und kühl, und er schaffte die erste Meile in acht Minuten. Die nächste Runde begann er gehend. Als er die Aluminiumtribüne hinter dem Tor passierte, entdeckte er jemanden aus dem Augenwinkel heraus. Er ging weiter.

»Pst.«

Mitch blieb stehen. »Ja. Wer sind Sie?«

Eine heisere, kratzige Stimme erwiderte: »Joey Morolto.«

Mitch ging auf die Tribüne zu. »Sehr witzig, Tarrance. Bin ich sauber?«

»Natürlich sind Sie sauber. Laney sitzt dort drüben in einem Schulbus mit einer Signallampe. Er hat sie grün aufblitzen lassen, als Sie vorbeikamen, und wenn Sie etwas Rotes aufblitzen sehen, kehren Sie auf die Bahn zurück und sprinten davon, als wären Sie Carl Lewis.«

Sie stiegen auf der Tribüne empor bis zu der unverschlossenen Presseloge. Sie setzten sich im Dunkeln auf die Bank und beobachteten die Schule. Die Busse standen ordentlich aufgereiht auf der Zufahrt.

»Ist Ihnen das abgeschieden genug?« fragte Mitch.

»Es geht. Wer ist die Frau?«

»Ich weiß, Sie ziehen es vor, sich am hellichten Tage mit mir zu treffen, am liebsten da, wo es von Leuten wimmelt, sagen wir, in einem Fast-Food-Restaurant oder einem koreanischen Schuhgeschäft. Aber mir sind solche Orte wie dieser hier lieber.«

»Wunderbar. Wer ist die Frau?«

»Ziemlich tüchtig, nicht wahr?«

»Kann man wohl sagen. Wer ist sie?«

»Jemand, der für mich arbeitet.«

»Wo haben Sie sie gefunden?«

»Spielt das eine Rolle? Weshalb stellen Sie immer Fragen, die völlig irrelevant sind?«

»Irrelevant? Ich bekomme heute einen Anruf von einer Frau, die mir völlig unbekannt ist und die mir sagt, sie müßte mit mir wegen einer kleinen Sache im Bendini-Gebäude reden. Sie erklärt, wir müßten die Telefone wechseln. Sie weist mich an, zu einer bestimmten Telefonzelle vor einem bestimmten Gemüseladen zu gehen und zu einer bestimmten Zeit dort zu sein, und sie würde genau um halb zwei wieder anrufen. Und ich gehe dorthin, und sie ruft genau um halb zwei wieder an. Ich hatte drei Männer im Umkreis von dreißig Metern um die Telefonzelle postiert, die alles beobachteten, was sich bewegte. Und sie sagt mir, ich solle genau um zweiundzwanzig Uhr fünfundvierzig hier sein und die Gegend abriegeln, und Sie würden beim Joggen vorbeikommen.«

»Schließlich hat es funktioniert, oder?«

»Ja, bisher. Aber wer ist sie? Ich meine, jetzt haben Sie noch jemanden mit hineingezogen, und das macht mir Sorgen, McDeere. Wer ist sie und wieviel weiß sie?«

»Vertrauen Sie mir, Tarrance. Sie arbeitet für mich, und sie weiß alles. Wenn Sie wüßten, was sie weiß, dann wären Sie schon jetzt dabei, sich Ihre Haftbefehle zu beschaffen, anstatt hier zu sitzen und ihretwegen dumme Fragen zu stellen.«

Tarrance holte tief Luft und dachte darüber nach. »Okay, dann sagen Sie mir, was sie weiß.«

»Sie weiß, daß die Morolto-Bande und ihre Komplizen in den letzten drei Jahren über achthundert Millionen Dollar in bar aus dem Land geschafft und bei verschiedenen Banken in der Karibik eingezahlt haben. Sie weiß, bei welchen Banken, die Daten, alles, was dazugehört. Sie weiß, daß die Moroltos mindestens dreihundertfünfzig auf den Caymans eingetragene Firmen kontrollieren und daß diese Firmen ganz legal sauberes Geld ins Land zurückfließen lassen. Sie kennt die Daten und Beträge der Computer-Überweisungen. Sie weiß von mindestens vierzig Firmen in den Vereinigten Staaten, die sich im Besitz von Morolto gehörenden Firmen auf den Caymans befinden. Sie weiß verdammt viel, Tarrance. Sie ist eine sehr kenntnisreiche Dame, finden Sie nicht auch?«

Tarrance brachte kein Wort heraus, sondern starrte nur fassungslos in die Dunkelheit.

Mitch fand das vergnüglich. »Sie weiß auch, was sie mit ihrem schmutzigen Geld machen. Sie wechseln es in Hundertdollarnoten ein und schmuggeln es aus dem Lande.«

»Wie?«

»Mit dem Lear der Firma natürlich. Aber sie benutzen auch Kuriere. Sie haben ein kleines Heer von Kurieren, vorwiegend Gangster, die auf der Lohnliste ganz unten stehen, und ihre Freundinnen, aber auch Studenten und andere Freiberufler, und sie geben ihnen neuntausend und achthundert in bar und kaufen ihnen ein Ticket für die Caymans oder die Bahamas. Wie Sie vermutlich wissen, brauchen Beträge unter zehntausend Dollar nicht deklariert zu werden. Und die Kuriere fliegen hinunter wie ganz gewöhnliche Touristen mit den Taschen voller Geld und bringen dieses Geld auf eine ihrer Banken. Das hört sich nicht nach großem Geld an, aber wenn Sie dreihundert Leute haben, die zwanzig Reisen im Jahr unternehmen, dann ist das eine ganze Menge Kies, der aus dem Land verschwindet.«

Tarrance nickte leicht. Er hatte begriffen.

»Es gibt eine Menge Leute, die das mit Freuden tun, wenn sie dafür kostenlose Ferien und Geld zum Ausgeben bekommen. Und dann haben sie ihre Superkuriere. Das sind Moroltos Vertraute, die eine Million Dollar in bar nehmen, sie säuberlich in Zeitungspapier verpacken, damit die Durchleuchtungsapparate am Flughafen sie nicht entdecken, sie in einem großen Koffer verstauen und dann ins Flugzeug steigen wie alle anderen Leute auch. Sie tragen Anzüge und Krawatten und sehen aus, als kämen sie aus der Wall Street. Oder sie tragen Sandalen und Strohhüte und transportieren das Geld in Plastiktüten. Gelegentlich erwischt ihr einen von ihnen, vielleicht in einem Prozent der Fälle, nehme ich an, und wenn das passiert, wandert der Superkurier ins Gefängnis. Aber sie reden nie, nicht wahr, Tarrance? Und hin und wieder denkt einer der Kuriere an das viele Geld in seinem Koffer und daran, wie einfach es wäre, einfach weiterzufliegen und das Geld für sich zu behalten. Und dann verschwindet er. Aber die Moroltos vergessen nie, und es kann ein oder zwei Jahre dauern, aber irgendwo spüren sie ihn auf. Das Geld ist dann natürlich futsch, aber er auch. Der Mob vergißt nie, stimmt's, Tarrance? Und mich wird er auch nicht vergessen.«

Tarrance hörte zu, bis er das Gefühl hatte, etwas sagen zu müssen. »Sie haben Ihre Million Dollar.«

»Was ich zu würdigen weiß. Ich bin bald so weit, daß die nächste Rate fällig wird.«

»Bald?«

»Ja, die Frau und ich müssen noch ein paar Kleinigkeiten erledigen. Wir versuchen, noch ein paar Unterlagen aus der Front Street zu beschaffen.«

»Wie viele Dokumente haben Sie inzwischen?«

»Mehr als zehntausend.«

Sein Unterkiefer sackte herab, und sein Mund stand offen. Er starrte Mitch an. »Donnerwetter! Wo kommen die her?«

»Schon wieder so eine Frage.«

»Zehntausend Dokumente«, sagte Tarrance.

»Mindestens zehntausend. Kontoauszüge, Belege für Computer-Überweisungen, Firmeneintragungen, Darlehensverträge, interne Aktennotizen, Korrespondenz zwischen allen möglichen Leuten. Eine Menge erstklassiges Zeug, Tarrance.«

»Ihre Frau erwähnte eine Firma namens Dunn Lane Ltd. Wir haben uns die Akten angeschaut, die Sie uns bereits ausgehändigt haben. Vorzügliches Material. Was wissen Sie sonst noch über die Firma?«

»Eine ganze Menge. Gegründet 1986 mit zehn Millionen, die an die Firma überwiesen wurden von einem Nummernkonto bei der Banco de México, den gleichen zehn Millionen, die auf den Caymans in bar eintrafen, an Bord eines gewissen Lear Jets, der einer stillen kleinen Anwaltsfirma in Memphis gehört; nur daß es ursprünglich vierzehn Millionen waren, aber nachdem der Zoll der

Caymans und die Banker der Caymans ihren Anteil erhalten hatten, war die Summe auf zehn Millionen geschrumpft. Als die Firma ins Handelsregister eingetragen wurde, fungierte als lizensierter Agent ein Mann namens Diego Sánchez, der zufällig Vizepräsident der Banco de México ist. Präsident war ein reizender Mensch namens Nathan Locke, Schriftführer unser alter Kumpel Royce McKnight, und Finanzdirektor dieser hübschen kleinen Firma ein Mann namens Al Rubinstein. Ich bin sicher, daß Sie ihn kennen. Ich kenne ihn nicht.«

»Er ist Moroltos rechte Hand.«

»So eine Überraschung! Wollen Sie noch mehr hören?«

»Reden Sie weiter.«

»Nachdem das Anfangskapital von zehn Millionen in dieses Unternehmen investiert worden war, wurden im Laufe der nächsten drei Jahre weitere neunzig Millionen in bar eingebracht. Ein sehr profitables Unternehmen. Die Firma begann in den Staaten alles mögliche zu kaufen – Baumwollfarmen in Texas, Wohnanlagen in Dayton, Schmuckgeschäfte in Beverly Hills, Hotels in St. Petersburg und Tampa. Die meisten Transaktionen erfolgten durch Computer-Überweisungen von vier oder fünf verschiedenen Banken auf den Caymans. Eine Geldwaschoperation, wie sie im Buche steht.«

»Und über all das haben Sie Dokumente?«

»Dumme Frage, Wayne. Wie könnte ich das alles wissen, wenn ich die Dokumente nicht hätte? Schließlich arbeite ich nur an sauberen Akten, wie Sie sich vielleicht erinnern werden.«

»Wie lange werden Sie noch brauchen?«

»Zwei Wochen. Meine Mitarbeiterin und ich schnüffeln noch in der Front Street herum. Und es sieht nicht gut aus. Es ist überaus schwierig, dort Akten herauszuholen.«

»Wo kommen dann die zehntausend Dokumente her?«

Mitch ignorierte die Frage. Er stand auf und ging auf die Tür zu. »Abby und ich möchten in Albuquerque leben. Es ist eine große Stadt, ein bißchen abseits gelegen. Fangen Sie an, daran zu arbeiten.«

»Machen Sie sich nicht aus dem Staub.«

»Ich sagte zwei Wochen, Tarrance. In zwei Wochen kann ich das Material liefern, und das bedeutet, daß ich dann verschwinden muß.«

»Nicht so schnell. Ich muß ein paar von diesen Dokumenten sehen.«

»Sie haben ein kurzes Gedächtnis, Tarrance. Meine reizende Frau hat Ihnen einen dicken Packen Dunn-Lane-Dokumente versprochen, sobald Ray über die Mauer gegangen ist.«

Tarrance blickte über das dunkle Spielfeld. »Ich werde sehen, was ich tun kann.«

Mitch trat vor ihn und reckte einen Finger auf sein Gesicht. »Hören Sie zu, Tarrance, und zwar genau. Ich glaube, Sie haben noch nicht ganz verstanden. Heute haben wir den 17. April. In zwei Wochen haben wir den 1. Mai, und am 1. Mai werde ich Ihnen, wie versprochen, mehr als zehntausend überaus belastende und vor Gericht verwertbare Dokumente aushändigen, die einer der größten Verbrecherfamilien in der Welt einen schweren Schlag versetzen und mich möglicherweise das Leben kosten werden. Aber ich habe versprochen, es zu tun. Und Sie haben versprochen, meinen Bruder aus dem Gefängnis zu holen. Sie haben eine Woche, bis zum 24. April. Wenn Ray dann nicht draußen ist, löse ich mich in Luft auf. Und das gleiche gilt für Ihren Fall und Ihre Karriere.«

»Was hat er vor, wenn er draußen ist?«

»Sie und Ihre dämlichen Fragen. Er wird sich schleunigst aus dem Staub machen, was sonst? Er hat einen Bruder mit einer Million Dollar, der ein Experte für Geldwäscherei und blitzschnelle Bankgeschäfte ist. Er wird binnen zwölf Stunden außer Landes sein, und er wird die Million Dollar finden.«

»Auf den Bahamas.«

»Bahamas! Sie sind ein Schwachkopf, Tarrance. Das Geld befand sich keine zehn Minuten auf den Bahamas. Diesen korrupten Kerlen dort unten kann man doch nicht trauen.«

»Mr. Voyles mag es nicht, wenn man ihm die Pistole auf die Brust setzt. Dann regt er sich fürchterlich auf.«

»Sagen Sie Mr. Voyles, er kann mich am Arsch lecken. Sagen Sie ihm, er soll die nächste halbe Million bereithalten, weil ich fast fertig bin. Sagen Sie ihm, er soll meinen Bruder herausholen, sonst ist das Geschäft gestorben. Sagen Sie ihm, was immer Sie wollen, Tarrance, aber Ray geht in einer Woche über die Mauer, sonst bin ich fort.«

Mitch knallte die Tür zu und stieg die Tribüne hinunter. Tarrance folgte ihm. »Wann sprechen wir uns wieder?« rief er ihm nach.

Mitch sprang über den Zaun und war auf der Bahn. »Meine Mitarbeiterin wird Sie anrufen. Tun Sie einfach, was sie Ihnen sagt,«

31

Nathan Lockes alljährlicher Drei-Tage-Urlaub nach dem 15. April in Vail war gestrichen worden. Von DeVasher, auf Befehl von Lazarov. Locke und Oliver Lambert saßen in dem Büro im fünften Stock und hörten zu. DeVasher berichtete über die Ecken und Enden und versuchte vergeblich, das Puzzle zusammenzufügen.

»Seine Frau verläßt ihn. Sie sagt, sie fährt zu ihrer Mutter, die Lungenkrebs hat. Und daß ihr eine Menge Dinge gegen den Strich gehen. Wir haben im Laufe der Monate hin und wieder ein bißchen Ärger entdeckt. Sie hat dann und wann auf ihm herumgehackt wegen seiner langen Arbeitszeiten, aber es war nichts Ernstes. Also fährt sie heim zu Mommy. Sagt, sie wüßte nicht, wann sie zurückkommt. Schließlich ist Mommy krank, richtig? Eine Lunge wurde herausoperiert, richtig? Aber wir finden kein Krankenhaus, in dem man schon einmal etwas von Maxine Sutherland gehört hat. Wir haben sämtliche Krankenhäuser in Kentucky, Indiana und Tennessee überprüft. Merkwürdig, finden Sie nicht auch, meine Herren?«

»Das besagt gar nichts, DeVasher«, sagte Lambert. »Meine Frau mußte vor vier Jahren operiert werden, und wir sind zur Mayo Clinic geflogen. Ich kenne kein Gesetz, das verlangt, daß man sich im Umkreis von hundert Meilen von zu Hause operieren lassen muß. Das ist absurd. Außerdem sind das Leute aus besseren Kreisen. Vielleicht hat sie einen anderen Namen angegeben, um die Sache nicht an die große Glocke zu hängen. Das wird oft gemacht.«

Locke nickte. »Wie oft hat er mit ihr gesprochen?«

»Sie ruft fast jeden Tag an. Sie unterhalten sich, über dieses und jenes. Den Hund. Ihre Mom. Das Büro. Gestern abend hat sie ihm gesagt, daß sie mindestens noch zwei Monate fortbleibt.«

»Hat sie je erwähnt, um welches Krankenhaus es sich handelt?«

»Nein. Sie ist überaus vorsichtig. Redet kaum über die Operation. Angeblich ist Mommy jetzt wieder zu Hause. Wenn sie überhaupt jemals fort war.«

»Worauf wollen Sie hinaus, DeVasher?« fragte Lambert.

»Halten Sie den Mund, dann werden Sie es erfahren. Nehmen wir an, das alles ist nur ein Vorwand, um sie aus der Stadt zu schaffen. Fort von uns. Fort von dem, was sich hier zusammenbraut. Können Sie mir folgen?«

»Sie vermuten, daß er mit ihnen zusammenarbeitet?« fragte Locke.

»Für solche Vermutungen werde ich bezahlt, Nat. Ich vermute, er weiß, daß die Telefone verwanzt sind, und daß sie deshalb am Telefon so vorsichtig sind. Ich vermute, er hat sie aus der Stadt geschafft, um sie zu schützen.«

»Ziemlich weit hergeholt«, sagte Lambert.

DeVasher wanderte hinter seinem Schreibtisch herum. Er funkelte Lambert an. »Vor ungefähr zehn Tagen hat jemand im vierten Stock einen Haufen merkwürdiger Kopien gemacht. Merkwürdig, weil es um drei Uhr morgens geschah. Nach unseren Unterlagen waren zu dieser Zeit nur zwei Anwälte im Haus. McDeere und Scott Kimble. Keiner der beiden hatte etwas im vierten Stock zu suchen. Vierundzwanzig Nummern wurden eingegeben. Drei davon stammten aus Lamar Quins Akten, drei von Sonny Capps. Die anderen achtzehn gehörten zu McDeeres Akten. Keine davon zu Kimble. Victor Milligan ist gegen halb drei gegangen, und McDeere arbeitete in Averys Büro. Er hatte ihn zum Flughafen gebracht. Avery sagt, er schlösse sein Büro zwar immer ab, aber es wäre möglich, daß er es vergessen hätte. Entweder hat er es vergessen, oder McDeere hat einen Schlüssel. Ich habe bei Avery nachgehakt, und er ist ziemlich sicher, daß er abgeschlossen hat. Aber es war Mitternacht, und er war hundemüde und in Eile. Könnte es vergessen haben, richtig? Aber er hat McDeere nicht die Erlaubnis erteilt, in sein Büro zurückzukehren und dort weiterzuarbeiten. Im Grunde keine große Sache, denn sie hatten den ganzen Tag dort zusammengesessen und an der Steuererklärung für Capps gearbeitet. Der Kopierer war Nummer elf, und das ist der, der am dichtesten bei Averys Büro steht. Ich denke, wir können davon ausgehen, daß McDeere die Kopien gemacht hat.«

»Wie viele?«

»Zweitausend und zwölf.«

»Welche Akten?«

»Die achtzehn waren alle Steuerklienten. Ich bin sicher, er würde es damit erklären, daß er mit den Steuererklärungen fertig war und lediglich alles kopierte. Klingt einleuchtend, richtig? Nur daß normalerweise die Sekretärinnen die Kopien machen. Und was, zum Teufel, hat ihn veranlaßt, nachts um drei im vierten Stock zweitausend Kopien zu machen? Das war am 7. April. Wie viele von unseren Leuten sind schon eine Woche vor dem Termin am 15. April mit ihren Steuererklärungen fertig und kopieren den ganzen Kram?«

Er blieb stehen und beobachtete sie. Sie dachten nach. Er hatte sie. »Und jetzt kommt der Hammer. Fünf Tage später hat seine Sekretärin dieselben achtzehn Nummern in ihren Kopierer im zweiten Stock eingegeben. Sie hat dreihundert Kopien gemacht. Ich bin kein Anwalt, aber ich könnte mir vorstellen, daß das eher im üblichen Rahmen liegt. Meinen Sie nicht?«

Beide nickten, sagten aber nichts. Sie waren Anwälte und gewohnt, jede Sache von fünf Seiten zu betrachten. Aber sie sagten nichts. DeVasher lächelte bösartig und nahm seine Wanderung wieder auf. »Also haben wir ihn dabei erwischt, wie er zweitausend Kopien gemacht hat, für die es keine Erklärung gibt. Die große Frage ist also: Was hat er kopiert? Wenn er falsche Nummern eingegeben hat, um das Gerät benutzen zu können – was, zum Teufel, hat er kopiert? Ich weiß es nicht. Alle Büros waren verschlossen, nur das von Avery nicht. Also habe ich Avery gefragt. Er hat ein paar Aktenschränke, in denen er die sauberen Akten aufbewahrt. Er hält sie verschlossen, aber er und McDeere und die Sekretärinnen haben den ganzen Tag darin herumgewühlt. Wäre möglich, daß er vergessen hat, sie abzuschließen, als er loslief, um sein Flugzeug zu erreichen? Und wenn schon. Weshalb sollte McDeere legitime Akten kopieren? Er würde es nicht tun. Wie alle anderen im vierten Stock hat auch Avery vier Holzschränke mit geheimen Akten. Niemand rührt sie an, richtig? Firmenregel. Nicht einmal die anderen Partner. Sicherer verstaut als meine eigenen Akten. Also kann McDeere nicht herankommen ohne einen Schlüssel. Avery hat mir seine Schlüssel gezeigt. Sagte mir, er wäre vor dem siebenten zwei Tage nicht an den Schränken gewesen. Avery hat die Akten durchgesehen, und alles schien in bester Ordnung zu sein. Er kann nicht sagen, ob sich jemand an ihnen zu schaffen gemacht hat. Aber können Sie eine Ihrer Akten betrachten und feststellen, ob sie kopiert worden ist? Können Sie nicht. Und ich kann es auch nicht. Also habe ich mir heute morgen die Akten geholt, und ich werde sie nach Chicago schicken. Dort werden sie auf Fingerabdrücke überprüft. Wird ungefähr eine Woche dauern.«

»Diese Akten hatte er nicht kopieren können«, sagte Lambert.

»Was sonst hatte er kopieren können, Ollie? Ich meine, im vierten und im dritten Stock war alles verschlossen. Alles außer Averys Büro. Und angenommen, er und Tarrance flüstern miteinander – was hätte ihn in Averys Büro interessiert? Nichts außer den geheimen Akten.«

»Jetzt gehen Sie davon aus, daß er Schlüssel hat«, sagte Locke.

»Ja, ich gehe davon aus, daß er einen Satz von Averys Schlüsseln besitzt.«

Lambert schnaubte und lachte gereizt auf. »Das ist unmöglich. Das kann ich einfach nicht glauben.«

Schwarzauge bedachte DeVasher mit einem niederträchtigen Lächeln. »Wie soll er an einen Satz Nachschlüssel gekommen sein?«

»Gute Frage, aber ich kann sie nicht beantworten. Avery hat mir seine Schlüssel gezeigt. Zwei Ringe, elf Schlüssel. Er trägt sie ständig bei sich. Firmenregel, richtig? Wie es sich für einen braven Anwalt gehört. Wenn er wach ist, stecken die Schlüssel in seiner Tasche. Wenn er außer Haus schläft, liegen sie unter der Matratze.«

»Wohin ist er im vergangenen Monat gereist?« fragte Schwarzauge.

»Den Flug zu Capps nach Houston in der vorigen Woche können wir vergessen. Liegt nicht lange genug zurück. Davor ist er am 1. April für zwei Tage auf Grand Cayman gewesen.«

»Ich erinnere mich«, sagte Lambert, der aufmerksam zuhörte.

»Gut für Sie, Ollie. Ich habe ihn gefragt, wie er die beiden Nächte verbracht hat, und er hat gesagt, mit nichts als Arbeit Hat einen Abend an einer Bar gesessen, aber das war's auch schon. Schwört, er hätte beide Nächte allein geschlafen.« DeVasher drückte auf einen Knopf an einem tragbaren Bandgerät. »Aber er lügt. Dieses Gespräch wurde am 2. April um neun Uhr fünfzehn von dem Telefon im Schlafzimmer in Apartment A aus geführt.« Das Band lief an:

»Er ist unter der Dusche.« Erste Frauenstimme.

»Sind Sie okay?« Zweite Frauenstimme.

»Ja. Bestens. Er könnte nicht, selbst wenn er wollte.«

»Weshalb hat es so lange gedauert?«

»Er wollte nicht aufwachen.«

»Hat er was gemerkt?«

»Nein. Er erinnert sich an nichts. Ich glaube, er hat Kopfschmerzen.«

»Wie lange bleiben Sie noch dort?«

»Ich gebe ihm einen Abschiedskuß, wenn er aus dem Bad kommt. Zehn, vielleicht fünfzehn Minuten.«

»Okay. Beeilen Sie sich.«

DeVasher drückte auf einen weiteren Knopf und wanderte wieder herum. »Ich habe keine Ahnung, wer da gesprochen hat, und ich habe Avery auch nicht zur Rede gestellt. Noch nicht. Er macht mir Sorgen. Seine Frau hat die Scheidung eingereicht, und er hat sich nicht mehr unter Kontrolle. Ist ständig hinter irgendwelchen Frauen her. Das ist ein ziemlich schwerwiegender Verstoß gegen die Sicherheitsvorschriften, und ich nehme an, Lazarov wird an die Decke gehen.«

»Sie redete, als hätte er einen schweren Kater.«

»So hört es sich an.«

»Glauben Sie, daß sie Nachschlüssel hat machen lassen?«

DeVasher zuckte die Achseln und ließ sich auf seinem abgeschabten Ledersessel nieder. Seine Selbstsicherheit verschwand. »Es ist möglich, aber ich bezweifle es. Ich habe stundenlang darüber nachgedacht. Angenommen, es war eine Frau, die er in einer Bar aufgelesen hat, und sie haben sich betrunken, dann war es vermutlich spät, als sie ins Bett gingen. Wie hätte sie mitten in der Nacht auf dieser winzigen Insel Nachschlüssel anfertigen lassen können? Ich kann mir das einfach nicht vorstellen.«

»Aber sie hatte eine Komplizin?« beharrte Locke.

»Ja, und darauf kann ich mir auch keinen Reim machen. Vielleicht haben sie versucht, seine Brieftasche zu stehlen, und irgend etwas ist schiefgegangen. Er hat immer ein paar Tausender in Bargeld bei sich, und wer weiß, was er ihnen erzählt hat, betrunken wie er war. Vielleicht hatte sie vor, sich das Geld in der letzten Sekunde zu schnappen und dann abzuhauen. Sie hat es nicht getan. Ich weiß nicht, was das zu bedeuten hat.«

»Keine weiteren Vermutungen?« fragte Lambert.

»In diesem Fall nicht. Ich stelle gern Vermutungen an, aber es wäre zu weit hergeholt, wenn ich vermuten würde, daß diese Frauen die Schlüssel an sich nahmen, es irgendwie schafften, mitten in der Nacht auf der Insel Nachschlüssel anfertigen zu lassen, ohne sein Wissen, und daß dann die erste wieder zu ihm ins Bett gekrochen ist. Und daß all das irgendwie mit McDeere zusammenhängt und seiner Benutzung des Kopierers im vierten Stock. Das ist einfach zuviel.«

»Das finde ich auch«, sagte Lambert.

»Was ist mit dem Lagerraum?« fragte Schwarzauge.

»An den habe ich auch gedacht, Nat. Er hat mir sogar schlaflose Nächte bereitet. Wenn sie sich für die Dokumente in dem Lagerraum interessiert hat, dann muß es eine Verbindung zu McDeere geben oder einem anderen, der dort herumschnüffelt. Und diese Verbindung kann ich nicht herstellen. Sagen wir, sie hat den Raum und die Unterlagen gefunden, was hätte sie mitten in der Nacht mit ihnen anfangen sollen, während Avery oben schlief?«

»Sie hätte sie lesen können.«

»Ja, es sind ja nur eine runde Million. Und vergessen Sie nicht, sie muß zusammen mit Avery getrunken haben, sonst wäre er mißtrauisch geworden. Also haben sie den Abend über getrunken und sind dann zusammen ins Bett gegangen. Sie wartet, bis er eingeschlafen ist, dann überkommt sie plötzlich das Verlangen, nach unten zu gehen und Kontoauszüge zu lesen. Das stimmt alles nicht, meine Herren.«

»Sie könnte fürs FBI arbeiten«, sagte Lambert.

»Könnte sie nicht.«

»Warum nicht?«

»Ganz einfach, Ollie. Das FBI würde das nicht tun, weil die Durchsuchung rechtswidrig und das Beweismaterial vor Gericht nicht zulässig wäre. Und es gibt einen noch viel besseren Grund.«

»Welchen?«

»Wenn sie zum FBI gehört hätte, hätte sie nicht das Telefon benutzt. Kein Profi hätte diesen Anruf gemacht. Ich glaube, sie war eine Taschendiebin.«

Die Taschendieb-Theorie wurde Lazarov erklärt, der hundert Löcher hineinstach, aber auch nichts Besseres zu bieten hatte. Er gab

Anweisung, alle Schlösser im dritten und vierten Stock, im Keller und in beiden Apartments auf Grand Cayman auszuwechseln. Außerdem befahl er, sämtliche Schlosser auf der Insel ausfindig zu machen – allzuviele konnte es ja nicht geben, sagte er – und festzustellen, ob einer von ihnen am Abend des 1. April oder am frühen Morgen des 2. April Nachschlüssel angefertigt hatte. Besticht sie, befahl er DeVasher. Für ein bißchen Geld werden sie reden. Er ordnete an, die Akten aus Averys Büro nach Fingerabdrücken zu untersuchen. DeVasher erklärte stolz, daß er das bereits in die Wege geleitet hatte. McDeeres Fingerabdrücke befanden sich bei den Akten der Anwaltskammer.

Außerdem ordnete er eine zweimonatige Suspendierung von Avery Tolar an. DeVasher meinte, das würde McDeere vielleicht merkwürdig vorkommen. Okay, sagte Lazarov, dann sagen Sie Tolar, er soll mit Brustschmerzen ins Krankenhaus gehen. Zwei Monate Pause – ärztliche Verordnung. Sagen Sie Tolar, er soll seinen Kram in Ordnung bringen. Sein Büro abschließen. McDeere Victor Milligan zuweisen.

»Sie sagten, Sie hätten einen guten Plan zur Eliminierung von McDeere«, sagte DeVasher.

Lazarov grinste und bohrte in der Nase. »Ja. Ich glaube, wir werden das Flugzeug benutzen. Wir schicken ihn für eine kleine Geschäftsreise hinunter auf die Insel, und dann gibt es diese unerklärliche Explosion.«

»Zwei Piloten vergeuden?«

»Ja. Es muß gut aussehen.«

»Tun Sie es nicht irgendwo in der Nähe der Caymans. Das wäre zuviel des Zufalls.«

»Okay, aber es muß über dem Wasser passieren. Weniger Trümmer. Wir nehmen ein großes Ding, damit nicht viel zu finden ist.«

»Dieses Flugzeug ist teuer.«

»Ja. Ich spreche es vorher mit Joey ab.«

»Sie sind der Boß. Sagen Sie mir Bescheid, wenn ich Ihnen hier unten behilflich sein kann.«

»Klar. Fangen Sie an, darüber nachzudenken.«

»Was ist mit unserem Mann in Washington?« fragte DeVasher.

»Ich warte. Ich habe heute morgen in New York angerufen. Die Sache läuft. In einer Woche werden wir es wissen.«

»Das würde es leicht machen.«

»Ja. Wenn die Antwort ja lautet, müssen wir ihn binnen vierundzwanzig Stunden liquidieren.«

»Ich leite alles in die Wege.«

Im Büro war es ruhig für einen Samstagmorgen. Eine Handvoll Partner und ein Dutzend der angestellten Anwälte liefen in Jeans und Polohemden herum. Sekretärinnen waren nicht anwesend. Mitch las seine Post und diktierte Briefe. Nach zwei Stunden ging er wieder. Es war Zeit für einen Besuch bei Ray.

Fünf Stunden lang fuhr er auf der Interstate 40 nach Osten. Fuhr wie ein Wahnsinniger. Erst fünfundachtzig, dann hundertfünfunddreißig. Mehrfach bog er von der linken Fahrspur plötzlich in Ausfahrten ab. Bei einer Unterführung hielt er an und wartete und beobachtete. Nie sah er sie. Nicht ein einziges Mal fiel ihm ein verdächtiger Personenwagen oder Transporter oder Laster auf. Er beobachtete sogar ein paar Sattelschlepper. Nichts. Sie waren einfach nicht da, sonst wären sie ihm nicht entgangen.

Sein Geschenkpaket mit Büchern und Zigaretten wurde in der Wachstube durchgelassen, und er wurde in Kabine neun gewiesen. Minuten später saß Ray auf der anderen Seite des schweren Gitters.

»Wo hast du gesteckt?« fragte er mit einem Anflug von Gereiztheit. »Du bist der einzige Mensch auf der Welt, der mich besucht, und das ist seit drei Monaten erst das zweite Mal.«

»Ich weiß. Wir mußten die Steuererklärungen abschließen, und ich wußte nicht, wo mir der Kopf stand. Ich werde mich bessern. Immerhin habe ich geschrieben.«

»Ja, einmal pro Woche bekomme ich zwei Absätze. ›Hi, Ray. Wie ist die Zelle? Wie ist das Essen? Wie sind die Mauern? Wie steht's mit dem Griechischen oder Italienischen? Mir geht's gut. Abby geht's gut. Der Hund ist krank. Muß Schluß machen. Komme dich bald besuchen. Gruß, Mitch.‹ Du schreibst wirklich tolle Briefe, kleiner Bruder. Ich bewahre sie auf wie einen Schatz.«

»Deine sind auch nicht viel besser.«

»Was habe ich schon zu erzählen? Die Wachen verkaufen Rauschgift. Auf einen Freund ist einunddreißigmal eingestochen worden. Ich habe gesehen, wie ein Junge vergewaltigt wurde. Willst du so etwas hören, Mitch?«

»Ich werde mich bessern.«

»Wie geht's Mom?«

»Ich weiß es nicht. Ich bin seit Weihnachten nicht wieder dort gewesen.«

»Ich hatte dich gebeten, nach ihr zu sehen, Mitch. Ich mache mir Sorgen um sie. Wenn dieser Kerl sie schlägt, dann muß man ihn daran hindern. Wenn ich hier herauskäme, würde ich es selbst tun.«

»Du wirst es.« Es war eine Feststellung, keine Frage. Mitch legte einen Finger auf die Lippen und nickte langsam. Ray lehnte sich vor und schaute ihn unverwandt an.

Mitch sprach leise. *»Español. Hable despacio.«* Spanisch. Sprich langsam.

Ray lächelte ein wenig. *»¿Cuándo?«* Wann?

»La semana próxima.« Nächste Woche.

»¿Qué día?« An welchem Tag?

Mitch dachte eine Sekunde lang nach. *»Martes o miércoles.«* Dienstag oder Mittwoch.

»¿Qué tiempo?« Um welche Zeit?

Mitch lächelte, zuckte die Achseln und schaute sich um.

»Was macht Abby?« fragte Ray.

»Sie ist seit ein paar Wochen in Kentucky. Ihre Mutter ist krank.« Er sah Ray an und sagte leise: »Vertrau mir.«

»Was fehlt ihr denn?«

»Eine Lunge wurde herausoperiert. Krebs. Sie war zeitlebens eine starke Raucherin. Du solltest damit aufhören.«

»Das werde ich tun, wenn ich jemals hier herauskomme.«

Mitch lächelte und nickte langsam. »Du hast mindestens noch sieben weitere Jahre vor dir.«

»Ja, und Flucht ist unmöglich. Gelegentlich versucht es einer, aber er wird entweder erschossen oder wieder eingefangen.«

»James Earl Ray ist über die Mauer gegangen, nicht wahr?« Mitch nickte langsam, als er diese Frage stellte. Ray lächelte und beobachtete die Augen seines Bruders.

»Aber sie haben ihn erwischt. Sie holen sich einen Haufen Einheimische mit Bluthunden, und dann wird es verdammt ungemütlich. Ich glaube nicht, daß schon einmal einer, der über die Mauer ging, lebendig aus den Bergen herausgekommen ist.«

»Reden wir von etwas anderem«, sagte Mitch.

»Gute Idee.«

Zwei Wachmänner standen hinter der Reihe von Besucherkabinen am Fenster und betrachteten einen Stapel schmutziger Fotos, die jemand mit einer Polaroidkamera aufgenommen und durch die Wachstube hindurchzuschmuggeln versucht hatte. Sie kicherten und kümmerten sich nicht um die Besucher. Auf der Seite der Gefangenen wanderte ein einzelner Wachmann mit einem Schlagstock gemächlich hin und her.

»Wann kann ich mit kleinen Nichten und Neffen rechnen?« fragte Ray.

»Vielleicht in ein paar Jahren. Abby will von jeder Sorte eins, und sie würde am liebsten gleich damit anfangen, aber ich bin noch nicht so weit.«

Der Wachmann ging hinter Ray vorbei, beachtete ihn aber nicht. Sie starrten sich an, versuchten beide, in den Augen des anderen zu lesen.

»*¿Adonde voy?*« fragte Ray schnell. Wohin gehe ich?

»Perdido Beach Hilton. Vorigen Monat waren wir auf den Caymans. Abby und ich. Hatten einen wundervollen Urlaub.«

»Nie davon gehört. Wo ist das?«

»In der Karibik, südlich von Kuba.«

»*¿Qué es mi nombre?*« Was ist mein Name?

»Lee Stevens. Wir haben ein bißchen geschnorchelt. Das Wasser ist warm und grandios. Die Firma besitzt zwei Apartments direkt an der Seven Mile Beach. Ich brauchte nur den Flug zu bezahlen. Es war herrlich.«

»Besorg mir ein Buch. Ich möchte etwas darüber lesen. *¿Pasaporte?*«

Mitch nickte mit einem Lächeln. Der Wachmann blieb hinter Ray stehen. Sie unterhielten sich über die alten Zeiten in Kentucky.

In der Abenddämmerung parkte er den BMW auf der dunklen Seite eines Einkaufszentrums in einem Vorort von Nashville. Er ließ den Zündschlüssel stecken und verschloß die Tür. Er hatte einen Ersatzschlüssel in der Tasche. Massen von Leuten, die Ostereinkäufe machen wollten, drängten sich durch die Türen von Sears. Er mischte sich unter sie. Drinnen tauchte er in der Herrenabteilung unter, sah sich Socken und Unterwäsche an und behielt gleichzeitig die Tür im Auge. Niemand Verdächtiges. Er verließ Sears und schob sich schnell durch das Gedränge in dem Einkaufszentrum. Ein schwarzer Baumwollpullover im Schaufenster eines Herrenausstatters erregte seine Aufmerksamkeit. Er ging hinein, probierte ihn an und erklärte, er gefiele ihm so gut, daß er ihn gleich anziehen wollte. Als der Verkäufer sein Wechselgeld auf den Tresen legte, suchte er in den Gelben Seiten nach der Nummer eines Taxiunternehmens. Dann fuhr er mit einem Fahrstuhl ins Obergeschoß des Einkaufszentrums, wo er einen Münzfernsprecher fand. Das Taxi würde in zehn Minuten da sein.

Inzischen war die Dunkelheit hereingebrochen, die kühle, frühe Dunkelheit des Frühlings im Süden. Von einer Singles-Bar aus beobachtete er den Eingang zum Einkaufszentrum. Er war ganz sicher, daß ihm niemand durch die Geschäfte gefolgt war. Er ging gemächlich auf das Taxi zu. »Brentwood«, sagte er zu dem Fahrer und verschwand auf dem Rücksitz.

Die Fahrt nach Brentwood dauerte zwanzig Minuten. »Savannah Creek Apartments«, sagte er. Das Taxi suchte sich seinen Weg durch den weitläufigen Komplex und fand die Nummer 480 E. Er warf einen Zwanziger über die Rückenlehne und schlug die Tür zu. Hinter einem außenliegenden Treppenhaus fand er die Tür zu 480 E. Sie war verschlossen.

»Wer ist da?« fragte eine nervöse Frauenstimme von drinnen. Er hörte die Stimme und fühlte sich schwach.

»Barry Abanks«, sagte er.

Abby riß die Tür auf und fiel über ihn her. Sie küßten sich, als er sie hochhob, hineinging und die Tür mit dem Fuß zuschlug. Ihre Hände waren ungestüm. In weniger als zwei Sekunden zog er ihr den Pullover über den Kopf, hakte den Büstenhalter auf und ließ den Rock über ihre Knie herunterrutschen. Mit einem Auge warf er einen bedenklichen Blick auf das billige, klapprige gemietete Faltbett, das auf sie wartete. Entweder das oder der Fußboden. Er legte sie sanft darauf und zog sich aus.

Das Bett war zu kurz, und es quietschte. Die Matratze bestand aus fünf Zentimeter dickem, in ein Laken eingehülltem Schaumgummi. Die Sprungfedern darunter standen hoch und waren gefährlich.

Aber die McDeeres nahmen es nicht zur Kenntnis.

Als es dunkel geworden war und sich gerade weniger Menschen im Einkaufszentrum drängten, fuhr ein glänzender schwarzer Chevrolet-Silverado-Pickup hinter den BMW und blieb dort stehen. Ein kleiner Mann mit säuberlich geschnittenem Haar und Koteletten sprang heraus, schaute sich um und steckte einen spitzen Schraubenzieher ins Türschloß des BMW. Monate später würde er, vor Gericht gestellt, dem Richter erzählen, daß er in acht Staaten mehr als dreihundert Wagen gestohlen hatte, und daß er einen Motor schneller starten könnte als der Richter mit den Schlüsseln. Sagte, seine Durchschnittszeit wäre achtundzwanzig Sekunden. Der Richter war nicht beeindruckt.

Gelegentlich, wenn er besonders viel Glück hatte, hatte irgendein Idiot den Zündschlüssel steckenlassen, und die Durchschnittszeit verkürzte sich erheblich. Ein Scout hatte diesen Wagen mit dem Schlüssel im Schloß gefunden. Er lächelte und drehte ihn um. Der Silverado jagte davon, gefolgt von dem BMW.

Der Skandinavier sprang aus dem Transporter und sah ihm nach. Er war zu schnell. Es war zu spät. Der Pickup war einfach herangefahren, hatte ihm einen Moment die Sicht genommen, und dann war der BMW verschwunden. Gestohlen! Genau vor seiner Nase. Er versetzte dem Transporter einen Tritt. Wie sollte er das erklären?

Er stieg wieder in den Transporter und wartete auf McDeere.

Nach einer Stunde auf dem Bett waren die Qualen der Einsamkeit vergessen. Sie gingen Hand in Hand und sich küssend durch die kleine Wohnung. Im Schlafzimmer sah Mitch zum erstenmal das, was bei den dreien inzwischen ›die Bendini-Papiere‹ hieß. Er hatte Tammys Aufstellungen und Zusammenfassungen gesehen, aber nicht die Dokumente selbst. Mit seinen Reihen von sauber geordneten Papierstapeln glich der Raum einem Schachbrett. An zwei Wänden hatte Tammy Bogen aus weißem Karton angebracht und dann die Notizen und Listen und Ordnungsdiagramme daraufgeheftet.

Eines Tages in naher Zukunft würde er Stunden in diesem Raum verbringen, die Papiere durchsehen und seinen Fall vorbereiten. Aber nicht an diesem Abend. In fünf Minuten würde er sie verlassen und in das Einkaufszentrum zurückkehren.

Sie führte ihn zurück zum Bett.

32

Der Flur im zehnten Stock des Baptist Hospitals war leer bis auf einen Pfleger und eine Schwester, die etwas auf einem Clipboard notierte. Die Besuchszeit war um neun zu Ende gewesen, und jetzt war es halb elf. Er schlich den Flur entlang, sprach mit dem Pfleger, wurde von der Schwester ignoriert und klopfte an.

»Herein«, sagte eine kräftige Stimme.

Er stieß die schwere Tür auf und trat an das Bett.

»Hallo, Mitch«, sagte Avery. »Ist das zu fassen?«

»Was ist passiert?«

»Heute morgen um sechs bin ich mit Magenkrämpfen aufgewacht. Dachte ich jedenfalls. Ich ging unter die Dusche und spürte einen heftigen Schmerz hier, in der Schulter. Das Atmen fiel mir schwer, und ich fing an zu schwitzen. Ich dachte, verdammt noch mal, doch nicht ich! Schließlich bin ich erst vierundvierzig, in bester Verfassung, trainiere regelmüßig, esse bescheiden, trinke vielleicht ein bißchen zuviel, aber doch nicht ich. Ich rief meinen Arzt an, und er sagte, ich sollte zu ihm ins Krankenhaus kommen. Er meint, es wäre eine leichte Herzattacke gewesen. Nichts Ernstes, hofft er, aber in den nächsten Tagen wollen sie mich erst einmal gründlich untersuchen.«

»Eine Herzattacke.«

»Das hat er gesagt.«

»Das überrascht mich nicht, Avery. Es ist schon ein Wunder, wenn ein Anwalt dieser Firma die Fünfzig erreicht.«

»Daran ist Capps schuld, Mitch. Sonny Capps. Das ist seine Herzattacke. Er hat Freitag angerufen und gesagt, er hätte eine neue Steuerfirma in Washington gefunden. Will seine sämtlichen Unterlagen haben. Er ist mein wichtigster Klient. Im letzten Jahr belief sich seine Rechnung auf fast vierhunderttausend, ungefähr die gleiche Summe, die er an Steuern zu zahlen hatte. Er ist nicht wütend wegen des Honorars, er ist wütend wegen der Steuern. Das ist doch völlig absurd, Mitch.«

»Er ist es nicht wert, daß man sich seinetwegen umbringt.« Mitch blickte sich nach einem Tropf um, sah aber keinen. Da waren weder Flaschen noch Drähte. Er setzte sich auf den einzigen Stuhl und legte die Füße aufs Bett.

»Jean hat die Scheidung eingereicht.«

»Ich habe es gehört. Das ist doch keine Überraschung, oder?«

»Das einzige, was mich überrascht, ist, daß sie es nicht schon im vorigen Jahr getan hat. Ich habe ihr ein kleines Vermögen als Abfindung angeboten. Ich hoffe, sie nimmt es. Ich möchte eine häßliche Scheidung vermeiden.«

Wer möchte das nicht, dachte Mitch. »Was hat Lambert gesagt?«

»Es war ziemlich lustig, wirklich. In neunzehn Jahren habe ich noch nie erlebt, daß er die Beherrschung verlor, aber er hat sie verloren. Hat mir erklärt, ich tränke zuviel, wäre hinter den Frauen her und wer weiß was sonst noch. Sagte, ich hätte die Firma kompromittiert. Schlug vor, daß ich einen Psychiater aufsuche.«

Avery sprach langsam, bemüht und hin und wieder mit schwacher, heiserer Stimme. Es wirkte gespielt. Einen Satz später vergaß er es und kehrte zu seiner normalen Stimmlage zurück. Er lag bewegungslos da wie eine Leiche, fest in seine Laken eingepackt. Seine Farbe war gut.

»Ich glaube auch, daß Sie einen Psychiater brauchen. Vielleicht sogar zwei.«

»Danke. Was ich brauche, ist ein Monat in der Sonne. Der Arzt hat gesagt, er würde mich in drei oder vier Tagen entlassen, und in den nächsten zwei Monaten dürfte ich nicht arbeiten. Sechzig Tage, Mitch. Ich dürfte in den nächsten sechzig Tagen keinesfalls auch nur in die Nähe des Büros kommen.«

»Das ist ja wundervoll. Ich glaube, ich werde mir auch eine leichte Herzattacke zulegen.«

»Bei Ihrem Arbeitstempo ist sie Ihnen sicher.«

»Sind Sie jetzt ein Arzt?«

»Nein. Nur verängstigt. Wenn man einen derartigen Schrecken bekommt, fängt man an, über alles mögliche nachzudenken. Heute ist der erste Tag in meinem Leben, an dem mir der Gedanke an den Tod gekommen ist. Und wenn man nicht über den Tod nachdenkt, weiß man das Leben nicht zu würdigen.«

»Das klingt ziemlich tiefsinnig.«

»Ich weiß. Wie geht es Abby?«

»Gut, nehme ich an. Ich habe sie seit längerem nicht gesehen.«

»Sie sollten zu ihr fahren und sie heimholen. Und sie glücklich machen. Sechzig Stunden pro Woche reichen völlig aus, Mitch.

Wenn Sie mehr arbeiten, machen Sie nur Ihre Ehe kaputt und bringen sich selbst um. Sie möchte Kinder, also soll sie sie haben. Ich wollte, ich hätte mein Leben anders gelebt.«

»Verdammt noch mal, Avery. Wann findet die Beerdigung statt? Sie sind vierundvierzig, und Sie hatten eine leichte Herzattacke. Sie liegen nicht im Sterbezimmer.«

Der Pfleger kam herein und warf einen Blick auf Mitch. »Die Besuchszeit ist vorbei, Sir. Sie müssen jetzt gehen.«

Mitch sprang auf. »Ja, natürlich.« Er versetzte Avery einen Klaps auf die Füße und verließ das Zimmer. »Wir sehen uns in ein paar Tagen.«

»Danke für den Besuch. Grüßen Sie Abby von mir.«

Der Fahrstuhl war leer. Mitch drückte den Knopf für den sechzehnten Stock und stieg Sekunden später wieder aus. Er rannte die zwei Treppen zum achtzehnten Stock hinauf, kam wieder zu Atem und öffnete die Tür. Weiter hinten im Flur, ein Stück von den Fahrstühlen entfernt, paßte Rick Acklin auf und flüsterte in einen stummen Telefonhörer. Er nickte Mitch zu, der auf ihn zuging. Acklin deutete auf einen kleinen Raum, der besorgten Angehörigen als Wartezimmer diente, und Mitch ging hinein. Er war leer und dunkel, mit zwei Reihen Klappstählen und einem nicht eingeschalteten Fernseher. Ein Cola-Automat lieferte die einzige Beleuchtung. Tarrance saß neben ihm und blätterte in einer alten Zeitschrift. Er trug einen Trainingsanzug, ein Kopfband, blaue Socken und weiße Turnschuhe. Tarrance der Jogger.

Mitch setzte sich neben ihn, mit dem Gesicht zum Flur.

»Sie sind sauber. Sie sind Ihnen vom Büro bis zum Parkplatz gefolgt und dann abgefahren. Acklin paßt draußen auf, und Laney treibt sich auch irgendwo in der Nähe herum. Sie können also unbesorgt sein.«

»Das Kopfband gefällt mir.«

»Danke.«

»Sie haben also meine Nachricht erhalten.«

»Offensichtlich. Wirklich clever, McDeere. Ich sitze heute nachmittag an meinem Schreibtisch, kümmere mich um meine eigenen Angelegenheiten, versuche, auch einmal an etwas anderem zu arbeiten als am Bendini-Fall. Ich habe nämlich noch mehr zu tun. Und da kommt meine Sekretärin herein und sagt, da wäre eine Frau am

Telefon, die mit mir über einen Mann namens Marty Kozinski sprechen möchte. Ich springe von meinem Stuhl auf, nehme den Hörer ab, und natürlich ist es Ihre Mitarbeiterin. Sagt, es wäre dringend, wie gewöhnlich. Also sage ich okay, reden wir. Aber da spielt sie nicht mit. Ich muß alles stehen- und liegenlassen, hinüberlaufen ins Peabody und mich in dieses Restaurant setzen – wie heißt es doch gleich? Mallards. Also sitze ich da und denke darüber nach, wie albern das ist, weil unsere Telefone sauber sind. Verdammt noch mal, Mitch, ich weiß, daß unsere Telefone sauber sind. Über unsere Telefone kann man reden! Ich sitze da und trinke Kaffee, und der Barmann kommt und fragt mich, ob ich Kozinski heiße. Kozinski und wie noch? frage ich, nur spaßeshalber. Schließlich spielen wir ja ein Spielchen. Marty Kozinski sagt er, ziemlich verwirrt. Ich sage ja, der bin ich. Ich kam mir saublöd vor, Mitch. Und er sagt, ich hätte einen Anruf. Ich gehe hinüber an die Bar, und es ist Ihre Mitarbeiterin. Tolar hätte einen Herzanfall gehabt oder so etwas ähnliches. Und Sie würden gegen elf hier sein. Wirklich clever.«

»Es hat doch funktioniert, oder?«

»Ja, und es hätte ebenso gut funktioniert, wenn sie an meinem Telefon im Büro mit mir gesprochen hätte.«

»Auf meine Art gefällt es mir besser. Es ist sicherer. Außerdem sind Sie auf diese Weise einmal aus Ihrem Büro herausgekommen.«

»Verdammt richtig. Ich selbst und drei weitere Leute.«

»Hören Sie, Tarrance, wir tun es auf meine Art. Schließlich steckt mein Hals in der Schlinge, nicht Ihrer.«

»Okay, okay. Was für einen Schlitten fahren Sie überhaupt?«

»Einen gemieteten Celebrity. Hübsch, nicht wahr?«

»Was ist mit dem kleinen schwarzen Anwaltsauto passiert?«

»Es hatte ein Insektenproblem. Wimmelte von Wanzen. Ich habe es Samstagabend vor einem Einkaufszentrum in Nashville geparkt und den Schlüssel steckengelassen. Jemand hat es sich ausgeliehen. Ich singe gern, aber ich habe eine fürchterliche Stimme. Seit ich fahren kann, habe ich immer im Auto gesungen, wenn ich allein war. Aber mit all den Wanzen war mir das Singen zu peinlich. Ich hatte es einfach satt.«

Tarrance konnte ein Lächeln nicht unterdrücken. »Das ist wirklich gut, McDeere.«

»Sie hätten Oliver Lambert heute morgen sehen sollen, als ich hereinkam und ihm den Polizeibericht auf den Schreibtisch legte. Er stotterte und stammelte und erklärte mir, wie leid ihm das täte. Ich tat so, als wäre ich wirklich betrübt. Der Wagen war versichert, also sagte der alte Oliver, sie würden mir einen anderen besorgen. Dann sagte er, für die Zwischenzeit würden sie mir einen Mietwagen besorgen. Ich sagte ihm, daß ich bereits einen hätte, den ich gleich am Samstagabend in Nashville gemietet hätte. Das gefiel ihm nicht, weil er wußte, daß es dann keine Insekten gibt. Er hat selbst den BMW-Händler angerufen, noch während ich dabei war, um sich nach einem neuen für mich zu erkundigen. Er hat mich gefragt, welche Farbe ich haben möchte. Ich sagte, ich könnte das Schwarz nicht mehr leiden und wollte einen weinroten mit rehbrauner Innenausstattung. Gestern bin ich zur BMW-Vertretung gefahren und habe mich umgesehen. Kein Modell war in weinrot vorhanden. Er sagte dem Mann am Telefon, was ich haben wollte, und der erzählte ihm, daß sie das nicht hätten. Wie wäre es mit schwarz, dunkelblau, grau, hellrot oder weiß? Nein, nein, nein, ich möchte einen weinroten. Den müssen wir erst bestellen, sagt er. Das macht nichts, sagte ich. Er legte den Hörer auf und fragte mich, ob ich mich wirklich nicht mit einer anderen Farbe abfinden könnte. Weinrot, sagte ich. Er wollte argumentieren, begriff aber, daß das albern klingen würde. Also kann ich zum ersten Mal seit zehn Monaten wieder in meinem Auto singen.«

»Aber ein Celebrity! Für einen hochbezahlten Steueranwalt! Tut das nicht weh?«

»Ich kann damit leben.«

Tarrance lächelte immer noch, offensichtlich beeindruckt. »Ich möchte zu gern wissen, was die sagen werden, wenn sie ihn auseinandernehmen und all diese Wanzen finden.«

»Wahrscheinlich werden sie ihn als Stereoanlage verhökern. Wieviel war er wert?«

»Unsere Leute sagen, es wäre der beste gewesen. Zehn, fünfzehn Tausender. Ich weiß es nicht genau. Das ist wirklich ein Witz.«

Zwei Schwestern gingen laut miteinander redend vorbei. Sie bogen um eine Ecke, und auf dem Flur herrschte wieder Stille. Acklin tat so, als führte er ein weiteres Telefongespräch.

»Wie geht es Tolar?« fragte Tarrance.

»Prächtig. Ich hoffe, meine Herzattacke ist so leicht wie seine. Er wird ein paar Tage hierbleiben und dann zwei Monate Pause machen. Nichts Ernstes.«

»Kommen Sie in sein Büro?«

»Warum sollte ich? Ich habe schon alles kopiert, was darin ist.«

Tarrance beugte sich vor und wartete auf mehr.

»Nein, ich komme nicht in sein Büro. Sie haben im dritten und vierten Stock sämtliche Schlösser ausgewechselt. Und im Keller.«

»Woher wissen Sie das?«

»Meine Mitarbeiterin, Tarrance. In der letzten Woche war sie in jedem Büro und auch im Keller. Sie hat jede Tür überprüft, an jeder Schublade gezogen, in jeden Schrank geschaut. Sie hat Post gelesen, sich Akten angeschaut und in Papierkörben gewühlt. Aber die Papierkörbe geben nicht viel her. In dem Gebäude gibt es zehn Shredder. Vier davon im Keller. Haben Sie das gewußt?«

Tarrance hörte gespannt zu und bewegte keinen Muskel. »Wie hat sie ...«

»Fragen Sie nicht, Tarrance, weil ich es Ihnen nicht sagen werde.«

»Sie arbeitet dort. Sie ist Sekretärin oder so etwas. Sie hilft ihnen von drinnen.«

Mitch schüttelte verächtlich den Kopf. »Brillant, Tarrance. Sie hat Sie heute zweimal angerufen. Das erste Mal um Viertel nach zwei, und dann eine Stunde später noch einmal. Und wie, bitte, sollte eine Sekretärin im Abstand von einer Stunde zweimal das FBI anrufen?«

»Vielleicht hatte sie heute frei. Vielleicht hat sie von zu Hause aus angerufen.«

»Sie irren sich, Tarrance. Hören Sie auf, herumzuraten und sich ihretwegen Gedanken zu machen. Sie arbeitet für mich, und wir beide zusammen werden Ihnen die Ware liefen.«

»Was befindet sich im Keller?«

»Ein großer Raum mit zwölf Kabinen, zwölf vollgepackten Schreibtischen und tausend Aktenschränken. Elektronisch verkabelten Aktenschränken. Ich vermute, der Keller ist das Operationszentrum für alle Geldwasch-Aktivitäten. An den Wänden der Kabinen hat sie die Namen und Telefonnummern von Dutzenden von Banken in der Karibik gesehen. Sonst liegt da unten nicht viel Aufschlußreiches herum. Sie sind überaus vorsichtig. Daneben gibt es noch einen kleineren Raum, fest verschlossen und voll von Computern, die größer sind als Kühlschränke.«

»Hört sich an, als wäre das der Ort.«

»Er ist es, aber Sie können ihn vergessen. Es ist unmöglich, das Zeug herauszuholen, ohne sie zu alarmieren. Mir ist nur ein einziger Weg bekannt, wie Sie darankommen könnten.«

»Und der wäre?«

»Ein Durchsuchungsbefehl.«

»Den können Sie vergessen. Kein stichhaltiger Grund.«

»Hören Sie zu, Tarrance. So geht es und nicht anders. Ich kann Ihnen nicht alle die Dokumente beschaffen, die Sie haben möchten. Aber ich kann Ihnen alles geben, was Sie brauchen. In meinem Besitz befinden sich mehr als zehntausend Dokumente, und obwohl ich sie noch nicht alle durchgesehen habe, habe ich doch genug gesehen, um zu wissen, daß Sie sie, wenn Sie sie hätten, einem Richter zeigen könnten und daraufhin sofort einen Durchsuchungsbefehl für die Front Street bekommen würden. Sie können die Unterlagen nehmen, die ich habe, und damit vielleicht die Hälfte der Firma vor Gericht bringen. Aber die gleichen Unterlagen werden Ihnen zu einem Durchsuchungsbefehl verhelfen und infolgedessen zu einer ganzen Wagenladung von Anklagen. Eine andere Möglichkeit gibt es nicht.«

Tarrance ging auf den Flur hinaus und schaute sich um. Er war leer. Er reckte seine Beine und kehrte zu dem Cola-Automaten zurück, lehnte sich dagegen und schaute durch das kleine Fenster hinaus. »Weshalb nur die Hälfte der Firma?«

»Anfänglich nur die Hälfte. Und dazu etliche der Partner im Ruhestand. In meinen Dokumenten tauchen die Namen verschiedener Partner auf, die mit dem Geld der Moroltos die Scheinfirmen auf den Caymans gegründet haben. In diesen Fällen ist die Anklage einfach. Aber sobald Sie alle Unterlagen haben, hat sich Ihre Verschwörungstheorie bewahrheitet, und Sie können sie alle vor Gericht bringen.«

»Wie sind Sie an diese Unterlagen gekommen?«

»Ich habe Glück gehabt. Sehr viel Glück. Irgendwie habe ich mir ausgerechnet, daß die Firma viel zu schlau ist, um die Dokumente über die Bankgeschäfte auf den Caymans in diesem Lande aufzubewahren. Ich vermutete, daß sie sich auf den Caymans befinden könnten. Glücklicherweise war diese Vermutung richtig. Wir haben die Dokumente auf den Caymans kopiert.«

»Wir?«

»Meine Mitarbeiterin. Und eine Freundin.«

»Wo befinden sich diese Dokumente jetzt?«

»Sie und Ihre Fragen, Tarrance. Sie befinden sich in meinem Besitz. Mehr brauchen Sie nicht zu wissen.«

»Ich möchte diese Dokumente aus dem Keller haben.«

»Vielleicht hören Sie mir zur Abwechslung einmal genau zu, Tarrance. An die Dokumente im Keller kommen Sie nur heran, wenn Sie einen Durchsuchungsbefehl haben. Anders geht es nicht. Haben Sie mich verstanden?«

»Wer sind die Leute, die im Keller arbeiten?«

»Das weiß ich nicht. Ich bin jetzt zehn Monate dabei und habe sie noch nie gesehen. Ich weiß nicht, wo sie parken und wo sie hineingehen und wieder herauskommen. Sie sind unsichtbar. Ich vermute, die Partner und die Leute im Keller erledigen die Schmutzarbeit.«

»Wie ist die Ausstattung dort unten?«

»Zwei Kopierer, vier Shredder, Hochgeschwindigkeitsdrucker und all diese Computer. Alles vom Feinsten.«

Tarrance trat ans Fenster, offensichtlich tief in Gedanken versunken. »Das gibt einen Sinn. Sogar einen sehr deutlichen. Ich habe mich immer gefragt, wie die Firma mit all den Sekretärinnen und Schreibern und Anwaltsgehilfen die Verbindung zu Morolto dermaßen geheimhalten konnte.«

»Das ist kinderleicht. Die Sekretärinnen und Schreiber und Anwaltsgehilfen haben keine Ahnung. Sie haben mit den echten Klienten alle Hände voll zu tun. Die Partner und die älteren unter den angestellten Anwälten sitzen in ihren großen Büros und denken sich exotische Methoden zum Waschen schmutziger Gelder aus, und die Mannschaft im Keller macht die Knochenarbeit. Es ist alles bestens geregelt.«

»Es gibt also viele legitime Klienten?«

»Hunderte. Sie sind begabte Anwälte mit einer großen Klientenschaft. Eine hervorragende Fassade.«

»Und Sie sagen, McDeere, Sie haben jetzt die Dokumente, die es uns ermöglichen, Anklage zu erheben und uns Durchsuchungsbefehle zu verschaffen? Sie haben sie wirklich – sie sind in Ihrem Besitz?«

»Genau das habe ich gesagt.«

»Hier im Lande?«

»Ja, Tarrance, die Dokumente befinden sich hier im Lande. Sogar nicht einmal weit fort von hier.«

Tarrance war jetzt unruhig geworden. Er trat von einem Fuß auf den anderen und ließ seine Knöchel knacken. Er atmete hastig. »Was können Sie sonst noch aus der Front Street herausholen?«

»Nichts. Es ist zu gefährlich. Sie haben die Schlösser ausgewechselt, und das beunruhigt mich. Ich meine, weshalb sollten sie die Schlösser im dritten und vierten Stock auswechseln, aber nicht im ersten und zweiten? Vor ungefähr vierzehn Tagen habe ich im vierten Stock ein paar Kopien gemacht, und ich glaube, das war keine gute Idee. Ich habe ein ungutes Gefühl.«

»Was ist mit Ihrer Mitarbeiterin?«

»Sie hat keinen Zugang mehr.«

Tarrance kaute auf den Fingernägeln, schaukelte hin und her, schaute weiterhin zum Fenster hinaus. »Ich möchte die Unterlagen haben, McDeere, und zwar sehr bald. Möglichst schon morgen.«

»Wann bekommt Ray seine Entlassungspapiere?«

»Heute haben wir Montag. Ich glaube, es ist für morgen abend vorgesehen. Sie können sich nicht vorstellen, was ich von Voyles auszustehen hatte. Er mußte an allen Drähten ziehen, die man sich vorstellen kann. Sie glauben, ich mache Witze? Er hat beide Senatoren von Tennessee angerufen, und die sind dann selbst nach Nashville geflogen, um mit dem Gouverneur zu reden. Ja, ich hatte einiges auszustehen, McDeere. Und alles nur wegen Ihres Bruders.«

»Ich weiß es zu würdigen.«

»Was will er tun, wenn er draußen ist?«

»Meine Sache. Sie brauchen ihn nur herauszuholen.«

»Ich kann für nichts garantieren. Wenn er verletzt wird, ist es nicht unsere Schuld.«

Mitch stand auf und sah auf die Uhr. »Ich muß los. Ich bin sicher, daß da unten jemand auf mich wartet.«

»Wann sehen wir uns wieder?«

»Sie wird anrufen. Tun Sie einfach, was sie sagt.«

»Oh, Mitch, nicht schon wieder dieses Spielchen! Sie kann an meinem Telefon mit mir reden. Ich schwöre es! Wir halten unsere Leitungen sauber. Bitte, nicht schon wieder das.«

»Wie heißt Ihre Mutter mit Vornamen, Tarrance?«
»Wie? Doris.«
»Doris?«
»Ja, Doris.«
»Die Welt ist klein. Doris geht nicht. Mit wem sind Sie auf den Abschlußball gegangen?«
»Äh – ich glaube, ich bin überhaupt nicht hingegangen.«
»Das überrascht mich nicht. Wie hieß Ihre erste Freundin, falls Sie jemals eine hatten?«
»Mary Alice Brenner. Sie war ziemlich scharf auf mich.«
»Das kann ich mir vorstellen. Meine Mitarbeiterin heißt Mary Alice. Und wenn Mary Alice das nächste Mal anruft, tun Sie genau, was sie Ihnen sagt, okay?«
»Ich kann es kaum abwarten.«
»Tun Sie mir einen Gefallen, Tarrance. Ich glaube, Tolar simuliert, und ich habe das dunkelbraune Gefühl, daß sein Krankenhausaufenthalt irgendwie mit mir zusammenhängt. Lassen Sie Ihre Leute ein bißchen hier herumschnüffeln und feststellen, was es mit dieser angeblichen Herzattacke auf sich hat.«
»Wird gemacht. Wir haben ja sonst nicht viel anderes zu tun.«

33

Dienstagmorgen schwirrte das Büro vor Anteilnahme für Avery Tolar. Es ging ihm gut. Er ließ Untersuchungen über sich ergehen. Kein dauerhafter Schaden angerichtet. Überarbeitet. Zu viel Streß. Capps war schuld. Die Scheidung war schuld. Erholungsurlaub.
Nina brachte einen Stapel Briefe zur Unterschrift. »Mr. Lambert möchte Sie sprechen, wenn Sie nicht zu beschäftigt sind. Er hat gerade angerufen.«
»Gut. Ich muß mich um zehn mit Frank Mulholland treffen. Wissen Sie das?«
»Natürlich weiß ich das. Schließlich bin ich die Sekretärin. Ich weiß alles. In seinem Büro oder in Ihrem?«
Mitch nahm seinen Terminkalender zur Hand und tat so, als suchte er. Mulhollands Büro. Im Cotton Exchange Building.

»In seinem«, sagte er mit einem Stirnrunzeln.

»Dort sind Sie beim vorigen Mal zusammengekommen, stimmt's? Hat man Ihnen an der Universität nichts über Territorien beigebracht? Man soll sich niemals – ich wiederhole, niemals – zweimal hintereinander auf dem Territorium des Gegners treffen. Es ist unprofessionell. Es ist unklug. Es deutet auf Schwäche.«

»Wie können Sie mir das je verzeihen?«

»Warten Sie ab, bis ich es meinen Kolleginnen erzähle. Die glauben alle, Sie wären toll und ungeheuer clever. Wenn ich ihnen erzähle, daß Sie ein Schwächling sind, fallen sie aus allen Wolken.«

»Hoffentlich brechen sie sich dabei kein Bein.«

»Wie geht es Abbys Mutter?«

»Viel besser. Ich fahre zum Wochenende hin.«

Sie nahm die beiden Akten. »Lambert wartet.«

Oliver Lambert deutete auf die harte Couch und bestellte Kaffee. Er saß steif aufgerichtet in einem Ohrensessel und hielt seine Tasse wie ein britischer Aristokrat. »Ich mache mir Sorgen wegen Avery«, sagte er.

»Ich habe ihn gestern abend besucht«, sagte Mitch. »Die Ärzte haben ihm zwei Monate Zwangspause verschrieben.«

»Ja, deshalb habe ich Sie kommen lassen. Ich möchte, daß Sie in den nächsten beiden Monaten mit Victor Milligan zusammenarbeiten. Er übernimmt den größten Tell von Averys Unterlagen. Sie arbeiten also auf vertrautem Gelände.«

»Ist mir recht. Victor und ich sind gute Freunde.«

»Sie werden eine Menge von ihm lernen. In Steuersachen ist er ein Genie. Liest täglich zwei Bücher.«

Großartig, dachte Mitch. Im Gefängnis sollte er eigentlich zehn pro Tag schaffen. »Ja, er ist ein sehr kluger Mann. Er hat mir schon mehrmals aus der Klemme gehoffen.«

»Ich glaube, Sie werden gut miteinander auskommen. Versuchen Sie, irgendwann heute vormittag bei ihm vorbeizuschauen. Und noch etwas. Auf den Caymans laufen noch ein paar Sachen, die Avery nicht abschließen konnte. Er ist oft hingeflogen, wie Sie wissen, um sich mit verschiedenen Bankern zu treffen. Es war vorgesehen, daß er morgen für ein paar Tage dorthin fliegen sollte. Er hat mir heute morgen erzählt, daß Sie mit den Klienten und den Konten vertraut sind, deshalb müssen Sie an seiner Stelle hin.«

Der Lear, die Beute, das Apartment, der Lagerraum, die Dokumente. Tausend Gedanken schossen ihm durch den Kopf. Es reimte sich nicht zusammen. »Auf die Caymans? Morgen?«

»Ja, es ist ziemlich dringend. Drei seiner Klienten brauchen unbedingt die Zusammenstellung ihrer Guthaben und andere Unterlagen. Ich wollte, daß Milligan das erledigt, aber er muß morgen in Denver sein. Avery hat gesagt, Sie könnten das auch.«

»Ja, das werde ich wohl können.«

»Gut. Sie fliegen mit dem Lear. Sie starten morgen Mittag und kommen Freitag abend mit einer Linienmaschine zurück. Irgendwelche Probleme?«

Ja, eine Menge Probleme. Ray kam aus dem Gefängnis. Tarrance verlangte die Konterbande. Eine halbe Million Dollar mußte kassiert werden. Und er war darauf eingerichtet, jederzeit zu verschwinden.

»Nein, keine Probleme.«

Er kehrte in sein Büro zurück und verschloß die Tür. Er streifte seine Schuhe ab, legte sich auf den Boden und schloß die Augen.

Der Fahrstuhl hielt im siebenten Stock, und Mitch rannte die Treppe zum neunten hinauf. Tammy öffnete die Tür und schloß sie hinter ihm ab. Sie traten ans Fenster.

»Haben Sie aufgepaßt?«

»Natürlich. Der Wachmann auf Ihrem Parkplatz stand auf dem Gehsteig und ist Ihnen hierher gefolgt.«

»Wundervoll. Sogar Dutch läßt mich nicht aus den Augen.«

Er drehte sich um und musterte sie. »Sie sehen müde aus.«

»Müde? Ich bin völlig erledigt. In den vergangenen drei Wochen war ich eine Sekretärin, ein Anwalt, ein Banker, eine Hure, ein Kurier und ein Privatdetektiv. Ich bin neunmal nach Grand Cayman geflogen, habe neun Garnituren neue Koffer gekauft und eine Tonne gestohlener Dokumente ins Land geschleppt. Nach Nashville bin ich viermal gefahren und zehnmal geflogen. Ich habe so viele Kontoauszüge und juristisches Zeug gelesen, daß ich halb blind geworden bin. Und wenn dann Schlafenszeit ist, ziehe ich meinen hübschen Dustbuster-Kittel über und spiele sechs Stunden lang Putzfrau. Ich habe so viele Namen, daß ich sie nur auf die Hand schreiben mußte, damit ich sie nicht durcheinanderbringe.«

»Ich habe noch einen weiteren für Sie.«

»Das überrascht mich nicht. Welchen?«

»Mary Alice. Von nun an sind Sie, wenn Sie mit Tarrance telefonieren, Mary Alice.«

»Das muß ich mir aufschreiben. Ich mag ihn nicht. Er ist ziemlich unhöflich am Telefon.«

»Außerdem habe ich eine gute Nachricht für Sie.«

»Ich kann's kaum abwarten.«

»Sie können bei Dustbusters aufhören.«

»Gott sei Dank. Warum?«

»Es ist hoffungslos.«

»Das habe ich Ihnen schon vor einer Woche gesagt. Selbst Houdini könnte dort keine Akten herausholen, sie kopieren und wieder zurückschmuggeln, ohne erwischt zu werden.«

»Haben Sie mit Abanks gesprochen?« fragte Mitch.

»Ja.«

»Hat er das Geld bekommen?«

»Ja. Es wurde Freitag überwiesen.«

»Ist er bereit?«

»Er sagte, er wäre es.«

»Gut. Was ist mit dem Fälscher?«

»Ich treffe mich heute nachmittag mit ihm.«

»Wer ist es?«

»Ein ehemaliger Sträfling. Er und Eddie Lomax waren alte Freunde. Eddie sagte, er wäre der beste Paßfälscher im ganzen Land.«

»Hoffen wir es. Wieviel?«

»Fünftausend. Bar auf die Hand natürlich. Neue Ausweise, Pässe, Führerscheine und Visa.«

»Wie lange braucht er dazu?«

»Das weiß ich nicht. Wann brauchen Sie das Zeug?«

Mitch setzte sich auf die Kante des gemieteten Schreibtisches. »So schnell wie möglich. Ich dachte, ich hätte noch eine Woche, aber jetzt bin ich nicht mehr so sicher. Auf alle Fälle so schnell wie möglich. Können Sie heute abend nach Nashville fahren?«

»Aber ja doch, mit Vergnügen. Ich bin seit zwei Tagen nicht mehr dort gewesen.«

»Ich möchte, daß Sie einen Sony-Camcorder mit einem Stativ besorgen und im Schlafzimmer aufstellen. Kaufen Sie einen Karton Bänder. Und ich möchte, daß Sie dort bleiben. Am Telefon. Sehen Sie die Bendini-Papiere noch einmal durch. Arbeiten Sie an Ihren Aufstellungen.«

»Sie meinen, ich muß dort bleiben?«

»Ja. Warum?«

»Ich habe mir beim Schlafen auf dem Bett dort zwei Bandscheiben verrenkt.«

»Sie haben es gemietet.«

»Was ist mit den Pässen?«

»Wie heißt der Mann?«

»Doc Soundso. Ich habe seine Nummer.«

»Geben Sie sie mir. Sagen Sie ihm, ich würde morgen oder übermorgen anrufen. Wieviel Geld haben Sie noch?«

»Gut, daß Sie fragen. Ich habe mit fünfzigtausend angefangen. Zehntausend habe ich für Flugtickets, Hotels, Koffer und Mietwagen ausgegeben. Und ich muß noch mehr ausgeben. Jetzt wollen Sie eine Videokamera. Und falsche Papiere. Ich möchte bei diesem Geschäft nicht noch zusetzen müssen.«

Mitch machte sich auf den Weg zur Tür. »Wie wäre es mit weiteren fünfzigtausend?«

»Ich würde sie nehmen.«

Er zwinkerte ihr zu und schloß die Tür hinter sich, wobei er sich fragte, ob er sie je wiedersehen würde.

Die Zelle maß zweieinhalb mal zweieinhalb Meter, mit einer Toilette in einer Ecke und einem Etagenbett. Das obere Bett war seit einem Jahr nicht belegt. Ray lag auf dem unteren Bett mit Ohrhörern in beiden Ohren. Er redete mit sich selbst in einer sehr fremden Sprache. Türkisch. Er wäre jede Wette eingegangen, daß er in diesem Moment in diesem Trakt der einzige war, der sich dieses Berlitz-Kauderwelsch auf türkisch anhörte. Hier und dort wurde in den Zellen leise geredet, aber die meisten Lichter waren bereits aus. Es war elf Uhr, Dienstagabend.

Der Wachmann erschien vor seiner Zelle. »McDeere«, sagte er leise, durch das Gitter hindurch. Ray setzte sich auf die Bettkante, mit dem zweiten Bett über sich, und starrte ihn an. Er zog die Hörer heraus.

»Der Chef möchte Sie sehen.«

Na klar doch, dachte er, der Oberaufseher sitzt um elf Uhr abends an seinem Schreibtisch und wartet auf mich. »Wo gehen wir hin?« Es war eine nervöse Frage.

»Ziehen Sie Ihre Schuhe an und kommen Sie mit.«

Ray schaute sich in der Zelle um und machte eine schnelle Inventur seiner weltlichen Habe. Im Laufe von acht Jahren war er zu einem Schwarzweißfernseher gekommen, einem großen Kassettenrecorder, zwei Pappkartons voll mit Bändern und mehreren Dutzend Büchern. Er verdiente mit seiner Arbeit in der Gefängniswäscherei drei Dollar am Tag, aber nach den Zigaretten war für Greifbares nicht viel übriggeblieben. Das war alles, was er besaß. Acht Jahre.

Der Wachmann steckte einen schweren Schlüssel ins Schloß und schob die Tür ein paar Zentimeter weit auf. Er schaltete das Licht aus. »Folgen Sie mir, und keine faulen Tricks. Ich weiß nicht, wer Sie sind, aber Sie haben ein paar mächtige Freunde.«

Andere Schlüssel öffneten andere Türen, und dann waren sie draußen unter dem Basketball-Korb. »Bleiben Sie hinter mir«, sagte der Wachmann.

Rays Blicke glitten über den dunklen Platz. Die Mauer ragte empor wie ein Gebirge, ein Stück entfernt hinter dem Hof, auf dem er tausend Meilen herumspaziert war und eine Tonne Zigaretten geraucht hatte. Bei Tageslicht war sie fünf Meter hoch, aber bei Nacht sah sie viel höher aus. Die Wachttürme hatten fünfzig Meter Abstand und waren hell beleuchtet. Und schwer bewaffnet.

Der Wachmann war ruhig und gelassen. Natürlich, er trug eine Uniform und hatte eine Waffe. Er ging zwischen zwei Gebäuden aus Schlackensteinen hindurch und wies Ray an, ihm zu folgen und ganz cool zu bleiben. Ray versuchte, cool zu bleiben. Sie blieben an der Ecke eines Gebäudes stehen, und der Wachmann schaute zu der nun noch fünfundzwanzig Meter entfernten Mauer hinüber. Suchscheinwerfer schwenkten routinemäßig über den Hof, und sie wichen in die Dunkelheit zurück.

Warum verstecken wir uns? fragte sich Ray. Sind die Männer mit ihren Kanonen da oben auf unserer Seite? Das hätte er gern gewußt, bevor er sich zu irgendwelchen dramatischen Schritten entschloß.

Der Wachmann deutete auf genau die Stelle der Mauer, an der James Earl Ray und seine Bande hinaufgeklettert waren. Eine ziemlich berühmte Stelle, studiert und bewundert vom größten Teil der Insassen von Brushy Mountain. Jedenfalls vom größten Teil der Weißen. »In ungefähr fünf Minuten wird da drüben eine Leiter aufgestellt. Der Draht oben ist bereits durchgeschnitten. Auf der anderen Seite finden Sie ein kräftiges Seil.«

»Darf ich ein paar Fragen stellen?«

»Machen Sie schnell.«

»Was ist mit den Scheinwerfern?«

»Die werden abgelenkt. Sie werden völlige Dunkelheit haben.«

»Und die bewaffneten Leute da oben?«

»Keine Sorge. Die schauen in die andere Richtung.«

»Verdammt noch mal, sind Sie sicher?«

»Hören Sie, Mann. Ich habe schon ein paar Inside-Jobs erlebt, aber das setzt allem die Krone auf. Den hier hat Chef Lattemer selbst geplant. Er ist jetzt dort oben.« Der Wachmann deutete auf den nächsten Turm.

»Der Oberaufseher?«

»Ja. Damit nichts schiefgehen kann.«

»Wer stellt die Leiter auf?«

»Zwei Wachmänner.«

Ray wischte sich mit dem Ärmel über die Stirn und atmete tief ein. Sein Mund war trocken und seine Knie waren weich.

Der Wachmann flüsterte. »Draußen wartet ein Typ. Heißt Bud. Ein Weißer. Er wird Sie in Empfang nehmen, und Sie tun genau, was er sagt.«

Der Scheinwerfer schwenkte wieder über den Hof, dann verlöschte er. »Fertigmachen«, sagte der Wachmann. Dunkelheit legte sich über den Hof, dann eine beängstigende Stille. Die Mauer war jetzt schwarz. Vom nächsten Wachturm wurden mit einer Pfeife zwei kurze Signale gegeben. Ray kniete nieder und paßte genau auf.

Er konnte sehen, wie hinter dem nächsten Gebäude zwei Silhouetten auftauchten und auf die Mauer zuliefen. Sie ergriffen etwas, das im Gras lag, und stemmten es hoch.

»Lauf, Mann«, sagte der Wachmann. »Lauf!«

Ray sprintete mit gesenktem Kopf. Die Leiter war an Ort und Stelle. Die Wachmänner packten seine Arme und warfen ihn auf die unterste Sprosse. Die Leiter schwankte, als er hinaufkletterte, so schnell er konnte. Die Mauerkrone war einen halben Meter breit. In die Stacheldrahtrolle war eine großzügige Öffnung geschnitten worden. Er glitt hindurch, ohne sie zu berühren. Das Seil war genau da, wo es sein sollte, und er ließ sich an der Außenseite der Mauer herunter. Zwei Meter über der Erde ließ er es los und sprang. Er ging in die Hocke und sah sich um. Es war immer noch dunkel. Die Suchscheinwerfer machten Pause.

Ungefähr dreißig Meter entfernt endete die Lichtung; dort begannen die dichten Wälder. »Hierher«, sagte die Stimme gelassen. Ray rannte auf sie zu. Bud wartete in der ersten Gruppe von dichtem Gestrüpp.

»Schnell. Folgen Sie mir.«

Ray folgte ihm, bis die Mauer außer Sichtweite war. Sie hielten auf einer kleinen Lichtung neben einem Feldweg an. Er streckte ihm die Hand entgegen. »Ich bin Bud Riley. Ein hübscher Spaß, nicht?«

»Kaum zu glauben. Ray McDeere.«

Bud war ein untersetzter Mann mit schwarzem Bart und schwarzer Baskenmütze. Er trug Kampfstiefel, Jeans und eine Tarnjacke. Eine Waffe war nicht zu sehen. Er bot Ray eine Zigarette an.

»Zu wem gehören Sie?« fragte Ray.

»Zu niemandem. Ich arbeite nur hin und wieder freiberuflich für den Oberaufseher. Sie holen mich gewöhnlich, wenn jemand über die Mauer geht. Aber das läuft natürlich ein bißchen anders. Normalerweise bringe ich meine Hunde mit. Ich dachte, wir warten hier eine Minute, bis die Sirenen losgehen, damit Sie sie hören können. Wäre nicht richtig, wenn Sie sie nicht hören würden. Schließlich heulen sie Ihnen zu Ehren.«

»Ich habe sie schon öfters gehört.«

»Ja, aber hier draußen hört es sich anders an, wenn sie losgehen. Es ist ein herrliches Geräusch.«

»Also wissen Sie, Bud, ich ...«

»Hören Sie sich das an, Ray. Wir haben massenhaft Zeit. Sie werden Sie kaum jagen.«

»Kaum?«

»Ja, sie werden eine große Schau abziehen, alle aufwecken, genau wie bei einer richtigen Flucht. Aber sie werden Ihnen nicht nachsetzen. Ich weiß nicht, was für Hintermänner Sie haben, aber das ist schon toll.«

Die Sirenen begannen zu heulen, und Ray fuhr zusammen. Scheinwerfer schwenkten über den schwarzen Himmel, und die fernen Stimmen der Turmwachen waren zu hören.

»Verstehen Sie jetzt, was ich meine?«

»Lassen Sie uns gehen«, sagte Ray und setzte sich in Bewegung.

»Mein Wagen steht ein Stück die Straße hinauf. Ich habe Ihnen etwas zum Anziehen mitgebracht. Der Chef hat mir gesagt, welche Größe Sie haben. Ich hoffe, es gefällt Ihnen.«

Bud war außer Atem, als sie den Wagen erreichten. Ray zog schnell die olivfarbenen Duckheads und ein marineblaues Arbeitshemd aus Baumwolle an. »Sehr hübsch, Bud«, sagte er.

»Werfen Sie die Gefängnisklamotten einfach in die Büsche.«

Zwei Meilen weit fuhren sie auf dem gewundenen Bergweg entlang, dann erreichten sie eine asphaltierte Straße. Bud hörte Conway Twitty im Radio und sagte nichts.

»Wo fahren wir hin, Bud?« fragte Ray schließlich.

»Nun, der Chef hat gesagt, ihm wäre es gleich. Sagte, das läge bei Ihnen. Ich schlage vor, wir fahren in eine größere Stadt, in der es einen Busbahnhof gibt. Alles weitere ist Ihre Sache.«

»Wie weit würden Sie mich fahren?«

»Ich habe die ganze Nacht Zeit, Ray. Sagen Sie nur, wo Sie hinwollen.«

»Ich würde gern ein gutes Stück weit fort sein, bevor ich an einem Busbahnhof herumlungere. Wie wäre es mit Knoxville?«

»Wird gemacht. Und wo wollen Sie von dort aus hin?«

»Das weiß ich noch nicht. Ich muß aus dem Land heraus.«

»Bei Ihren Freunden sollte das kein Problem sein. Aber seien Sie vorsichtig. Morgen hängt Ihr Foto in zehn Staaten im Büro jedes Sheriffs.«

Drei Wagen mit Blaulicht kamen vor ihnen über die Anhöhe. Ray duckte sich, so tief er konnte.

»Nicht nervös werden, Ray. Die können Sie nicht sehen.«

Er beobachtete durchs Rückfenster, wie sie verschwanden.

»Was ist mit Straßensperren?«

»Es wird keine Straßensperren geben, Ray. Vertrauen Sie mir.« Bud schob eine Hand in die Tasche und warf ein Bündel Scheine auf den Sitz. »Fünfhundert Dollar. Wurden mir vom Chef persönlich übergeben. Sie haben wirklich gute Freunde, Mann.«

34

Am Mittwochmorgen stieg Tarry Ross die Treppe zum vierten Stock des Phoenix Park Hotels empor. Auf dem Absatz vor der Tür zum Gang blieb er stehen, um wieder zu Atem zu kommen. Schweiß rann ihm in die Augenbrauen. Er nahm die dunkle Sonnenbrille ab und wischte sich mit dem Ärmel seines Mantels über das Gesicht. Übelkeit befiel ihn unter der Gürtellinie. Er ließ seinen leeren Aktenkoffer auf den Beton fallen und setzte sich auf die oberste Stufe. Seine Hände zitterten wie die eines Schwerkranken, und ihm war nach Weinen zumute. Er preßte die Hand auf den Magen und versuchte, sich nicht zu übergeben.

Die Übelkeit verging, und er konnte wieder atmen. Tapfer, Mann, tapfer. Da warten zweihunderttausend Dollar, ein Stück den Gang entlang. Wenn du den Mumm dazu hast, kannst du hingehen und sie dir holen. Du kannst mit ihnen herauskommen, aber du mußt den Mut dazu aufbringen. Er atmete tiefer, und seine Hände beruhigten sich. Mumm, Mann, Mumm.

Die weichen Knie schlotterten, aber er schaffte es bis zur Tür. Den Gang entlang, an den Zimmern vorbei. Achte Tür rechts. Er hielt den Atem an und klopfte.

Sekunden vergingen. Er beobachtete den dunklen Gang durch die dunkle Sonnenbrille und konnte nichts entdecken. »Ja«, sagte eine Stimme drinnen, nur Zentimeter entfernt.

»Ich bin's, Alfred.« Alberner Name, dachte er. Wo war der hergekommen?

Die Tür wurde einen Spalt geöffnet, und über der kleinen Kette erschien ein Gesicht. Die Tür ging wieder zu und dann weit auf. Alfred trat ein.

»Guten Morgen, Alfred«, sagte Vinnie Cozzo freundlich. »Möchten Sie Kaffee?«

»Ich bin nicht wegen Kaffee hier«, fuhr Alfred ihn an. Er legte den Aktenkoffer aufs Bett und musterte Cozzo.

»Sie sind immer so nervös, Alfred. Entspannen Sie sich. Daß man Sie erwischt, ist völlig ausgeschlossen.«

»Halten Sie den Mund, Cozzo. Wo ist das Geld?«

Vinnie deutete auf eine lederne Reisetasche. Er hörte auf zu lächeln. »Reden Sie, Alfred.«

Die Übelkeit überfiel ihn abermals, aber er hielt sich auf den Beinen. Er starrte auf seine Füße. Sein Herz klopfte wie ein Schmiedehammer. »Okay, Ihr Mann, McDeere, hat bereits eine Million Dollar kassiert. Eine zweite Million ist unterwegs. Er hat eine Ladung Bendini-Dokumente abgeliefert und behauptet, er hätte noch zehntausend weitere.« Ein scharfer Schmerz fuhr durch seine Lenden, und er setzte sich auf die Bettkante. Er nahm seine Brille ab.

»Weiter«, verlangte Cozzo.

»McDeere hat in den letzten sechs Monaten mehrfach mit unseren Leuten gesprochen. Er wird bei den Verhandlungen aussagen und dann als geschützter Zeuge untertauchen. Er und seine Frau.«

»Wo befinden sich die anderen Dokumente?«

»Verdammt, das weiß ich nicht. Er verrät es nicht. Aber sie liegen zur Ablieferung bereit. Ich will mein Geld, Cozzo.«

Vinnie warf die Reisetasche aufs Bett. Alfred öffnete sie und seinen Aktenkoffer. Er fiel mit heftig zitternden Händen über die Banknotenstapel her.

»Zweihunderttausend?« fragte er nervös.

Vinnie lächelte. »So war es abgemacht, Alfred. In ein paar Wochen habe ich wieder einen Job für Sie.«

»Kommt nicht in Frage, Cozzo. Noch einmal stehe ich das nicht durch.« Er klappte den Aktenkoffer zu und eilte zur Tür. Dort blieb er stehen und versuchte, sich zu beruhigen. »Was werden Sie mit McDeere machen?« fragte er mit dem Gesicht zur Tür.

»Was glauben Sie, Alfred?«

Er biß sich auf die Unterlippe, umkrampfte seinen Aktenkoffer und verließ das Zimmer. Vinnie lächelte und schloß hinter ihm ab. Er zog eine Karte aus der Tasche und wählte die Nummer von Mr. Lou Lazarov in Chicago.

Tarry Ross ging in panischer Angst den Gang entlang. Durch die dunkle Brille konnte er kaum etwas sehen. Sieben Türen weiter, fast am Fahrstuhl, erschien eine große Hand aus der Dunkelheit und zerrte ihn in ein Zimmer. Die Hand versetzte ihm einen heftigen Schlag, und eine Faust landete in seinem Magen. Eine weitere Faust traf seine Nase. Er ging zu Boden, benommen und blutend. Der Aktenkoffer wurde auf dem Bett ausgeleert.

Er wurde in einen Sessel geworfen, und das Licht ging an. Drei FBI-Agenten, seine Kollegen, funkelten ihn an. Direktor Voyles trat vor ihn und schüttelte fassungslos den Kopf. Der Agent mit den gewaltigen Händen stand in Schlagweite neben ihm. Ein weiterer Agent zählte das Geld.

Voyles beugte sich über ihn. »Sie sind ein Verräter, Ross. Der übelste Abschaum. Ich kann es einfach nicht glauben.«

Ross biß sich auf die Unterlippe und begann zu weinen.

»Wer ist es?« fragte Voyles eindringlich.

Das Weinen wurde lauter. Keine Antwort.

Voyles holte aus und versetzte Ross einen Schlag auf die linke Schläfe. Er schrie auf. »Wer ist es, Ross? Reden Sie, Mann!«

»Vinnie Cozzo«, stammelte er zwischen zwei Schluchzern.

»Daß es Cozzo ist, weiß ich, verdammt noch mal! Aber was haben Sie ihm erzählt?«

Tränen rannen aus seinen Augen und Blut aus seiner Nase. Sein Körper zitterte und zuckte jämmerlich. Keine Antwort.

Voyles schlug ihn wieder und wieder. »Sag es mir, du kleine Drecksau. Sag mir, was Cozzo wollte.« Er schlug ihn abermals.

Ross klappte zusammen, sein Kopf sank auf seine Knie. Das Weinen wurde leiser.

»Zweihunderttausend Dollar«, sagte ein Agent.

Voyles ließ sich auf ein Knie nieder und redete fast flüsternd auf Ross ein. »Ist es McDeere, Ross? Bitte, bitte, sagen Sie, daß es nicht McDeere ist. Bitte, Tarry, sagen Sie, daß es nicht McDeere ist.«

Tarry legte die Ellenbogen auf die Knie und starrte auf den Boden. Das Blut tropfte herunter und bildete auf dem Teppich eine kleine Pfütze. Das war's, Tarry. Du wirst dein Geld nicht behalten. Du bist unterwegs in den Knast. Du bist ein Schandfleck, Tarry. Du bist ein schmieriges Stückchen Scheiße, und es ist vorbei. Was hätte es für einen Sinn, jetzt noch etwas geheimzuhalten? Das war's, Tarry.

Voyles flehte ihn leise an. Gesteht eure Sünden, Leute. »Bitte, sagen Sie, daß es nicht McDeere war, Tarry, bitte sagen Sie, daß er es nicht war.«

Tarry richtete sich auf und wischte sich mit den Fingern die Tränen ab. Er atmete tief ein. Räusperte sich. Biß sich auf die Unterlippe, schaute Voyles ins Gesicht und nickte.

DeVasher hatte keine Zeit für den Fahrstuhl. Er rannte die Treppe hinunter in den vierten Stock, zu einem der großen Eckbüros, und platzte bei Locke herein. Die Hälfte der Partner war bereits versammelt. Locke, Lambert, Milligan, McKnight, Dunbar, Denton, Lawson, Banahan, Kruger, Welch und Shottz. Die andere Hälfte war herbeordert.

In dem Raum herrschte stumme Panik. DeVasher setzte sich an den Kopf des Konferenztisches, und sie scharten sich um ihn.

»Okay, Leute. Es besteht keine Veranlassung, die Flucht zu ergreifen und nach Brasilien abzuhauen. Jedenfalls noch nicht. Wir haben heute morgen die Bestätigung dafür erhalten, daß er sich eingehend mit den Feds unterhalten hat, daß sie ihm eine Million Dollar gezahlt und eine weitere Million versprochen haben, und daß er im Besitz gewisser Dokumente ist, von denen wir glauben, daß sie inkriminierend sind. Das kommt direkt vom FBI. Während wir uns unterhalten, ist Lazarov mit einer kleinen Armee hierher unterwegs. Wie es scheint, ist kein Schaden angerichtet worden. Noch nicht. Unserem Gewährsmann zufolge – er ist ein sehr hochrangiger FBI-Beamter – hat McDeere mehr als zehntausend Dokumente in seinem Besitz und ist bereit, sie auszuliefern. Aber bisher hat er ihnen nur einige wenige übergeben. Glauben wir wenigstens. Allem Anschein nach sind wir ihm gerade noch rechtzeitig auf die Schliche gekommen. Wenn wir weiteren Schaden verhindern können, kann uns eigentlich nichts passieren. Das sage ich, obwohl sie ein paar Dokumente haben. Aber es kann nicht viel sein, denn sonst wären sie bereits mit Durchsuchungsbefehlen erschienen.«

DeVasher war in seinem Element. Es machte ihm ungeheuren Spaß. Er sprach mit einem herablassenden Lächeln und ließ den Blick über die besorgten Gesichter schweifen. »So, und wo steckt McDeere?«

Milligan sprach. »In seinem Büro. Ich habe gerade mit ihm gesprochen. Er ist völlig ahnungslos.«

»Wunderbar. Es ist vorgesehen, daß er in drei Stunden nach Grand Cayman abfliegt. Richtig, Lambert?«

»Richtig. Gegen Mittag.«

»Gut. Das Flugzeug wird nie dort ankommen. Der Pilot wird kurz in New Orleans zwischenlanden und etwas erledigen, dann startet er in Richtung Inseln. Ungefähr eine halbe Stunde später, über dem Golf, wird der kleine Punkt von den Radarschirmen verschwinden, für immer. Die Trümmer werden über ein Gebiet von dreißig Quadratmeilen verstreut werden, und niemand wird je eine Leiche finden. Betrüblich, aber unerläßlich.«

»Der Lear?« fragte Denton.

»Ja, mein Sohn, der Lear. Wir werden Ihnen ein neues Spielzeug kaufen.«

»Wir gehen von einer Menge Mutmaßungen aus, DeVasher«, sagte Locke. »Wir mutmaßen, daß die Dokumente, die sie bereits haben, harmlos sind. Vor vier Tagen waren Sie überzeugt, daß McDeere einige von Averys geheimen Akten kopiert hat. Was ist damit?«

»Sie haben die Akten in Chicago studiert. Ja, sie enthalten eine Menge inkriminierender Hinweise, aber nicht genug. Damit können sie niemanden vor Gericht bringen. Ihr wißt, daß sich das wirklich belastende Material auf der Insel befindet. Und natürlich hier im Keller. In den Keller kommt niemand hinein. Wir haben die Akten in dem Apartment überprüft. Wie es aussieht, ist alles in Ordnung.«

Locke war nicht zufriedengestellt. »Und wo kommen dann die zehntausend Dokumente her?«

»Sie nehmen an, daß er zehntausend hat. Ich bezweifle das. Vergessen Sie nicht, er versucht, eine weitere Million Dollar zu kassieren, bevor er verschwindet. Wahrscheinlich lügt er sie an und schnüffelt herum, ob er noch weitere Dokumente auftreiben kann. Wenn er zehntausend hätte – warum hat er sie dann noch nicht an die Feds abgeliefert?«

»Was haben wir dann zu befürchten?« fragte Lambert.

»Was wir zu befürchten haben, ist das Unbekannte, Ollie. Wir wissen nicht, was er hat, außer daß er eine Million Dollar besitzt. Er ist nicht dämlich, und es könnte sein, daß er über etwas stolpert, wenn er so weitermacht. Das dürfen wir nicht zulassen. Lazarov hat gesagt, wir sollen seinen Arsch aus der Luft pusten. Zitat Ende.«

»Es ist völlig ausgeschlossen, daß ein Angestellter, der erst so kurze Zeit bei uns ist, so viele gefährliche Dokumente finden und kopieren kann«, sagte Kruger kühn und schaute sich Zustimmung heischend um. Mehrere nickten beifällig und mit ernster Miene.

»Weshalb kommt Lazarov her?« fragte Dunbar, ein Immobilienmann. Er sagte »Lazarov«, als käme Charles Manson zum Dinner.

»Das ist eine dumme Frage«, fuhr DeVasher auf und sah sich nach dem Idioten um. »Erstens müssen wir uns um McDeere kümmern und hoffen, daß der angerichtete Schaden minimal ist. Und dann werden wir diese Filiale genau unter die Lupe nehmen und alles ändern, was geändert werden muß.«

Locke stand auf und funkelte Oliver Lambert an. »Sorgen Sie dafür, daß McDeere in dieses Flugzeug steigt.«

Tarrance, Acklin und Laney saßen wie betäubt da und lauschten dem Lautsprecher-Telefon auf dem Schreibtisch. Es war Voyles in Washington, der ihnen genau erklärte, was passiert war. Er würde in einer Stunde nach Memphis starten. Er war fast verzweifelt.

»Sie müssen ihn an Land ziehen, Tarrance. Und zwar schnell. Cozzo weiß nicht, daß wir über Tarry Ross Bescheid wissen, aber Ross hat ihm erzählt, daß McDeere im Begriff ist, uns die Dokumente zu übergeben. Sie können ihn jederzeit beseitigen. Sie müssen ihn herausholen. Sofort! Wissen Sie, wo er sich aufhält?«

»Er ist in seinem Büro«, sagte Tarrance.

»Okay. Gut. Holen Sie ihn heraus. Ich bin in zwei Stunden bei Ihnen. Ich will mit ihm reden. Bis später.«

Tarrance drückte die Gabel nieder, dann wählte er eine Nummer.

»Wen rufen Sie an?« fragte Acklin.

»Bendini, Lambert & Locke.«

»Sind Sie wahnsinnig geworden, Wayne?« fragte Laney.

»Hören Sie einfach zu.«

Es meldete sich die Dame am Empfang. »Mitch McDeere, bitte«, sagte Tarrance.

»Einen Moment bitte«, sagte sie. Dann die Sekretärin: »Büro von Mr. McDeere.«

»Ich muß mit Mitchell McDeere sprechen.«

»Tut mir leid. Er befindet sich in einer Sitzung.«

»Hören Sie zu, meine Dame. Ich bin Richter Henry Hugo, und er hatte schon vor einer Viertelstunde in meinem Gerichtssaal sein müssen. Wir warten auf ihn. Er muß unbedingt erscheinen.«

»In seinem Terminkalender steht nichts davon.«

»Tragen Sie seine Termine ein?«

»Ja, Sir.«

»Dann ist es Ihre Schuld. Und nun holen Sie ihn ans Telefon.«

Nina rannte über den Flur und in sein Büro. »Mitch, da ist ein

Richter Hugo am Telefon. Sagt, Sie müßten jetzt eigentlich im Gericht sein. Sie sollten mit ihm reden.«

Mitch sprang auf und ergriff den Hörer. »Ja?« sagte er.

»Mr. McDeere«, sagte Tarrance. »Richter Hugo. Sie haben offenbar meine Verhandlung vergessen. Kommen Sie sofort her.«

»Ja, Richter.« Er griff nach seinem Mantel und seinem Aktenkoffer und warf Nina einen finsteren Blick zu.

»Tut mir leid«, sagte sie. »Es stand nicht in Ihrem Kalender.«

Mitch rannte den Flur entlang, die Treppe hinunter, an der Empfangsdame vorbei und zur Vordertür hinaus. Er rannte auf der Front Street nach Norden zur Union und eilte durch die Halle des Cotton Exchange Building. Auf der Union bog er nach Osten ab und rannte auf die Mid-America Mall zu.

Ein gutgekleideter Mann mit einem Aktenkoffer, der rennt wie ein verängstigter Hund, mag in manchen Städten ein gewohnter Anblick sein, aber nicht in Memphis. Er fiel auf.

Er ging hinter einem Obstkarren in Deckung und versuchte, wieder zu Atem zu kommen. Er sah niemanden, der hinter ihm herrannte. Er aß einen Apfel. Wenn es auf ein Wettrennen hinauslief, dann hoffte er, daß es Zwei-Tonnen-Tony war, der ihn jagte.

Wayne Tarrance hatte ihn nie sonderlich beeindruckt. Der koreanische Schuhladen war ein Fiasko gewesen, und die Hähnchenbude auf Grand Cayman war nicht minder blöd. Seine Kladde über die Moroltos konnte einen Hund jammern lassen. Aber seine Idee mit einem SOS-Code, einem ›Stellen Sie keine Fragen, rennen Sie einfach um Ihr Leben‹-Alarm, die war brillant. Seit einem Monat wußte Mitch, daß er sich, wenn Richter Hugo anrief, in Windeseile aus dem Staube machen mußte. Irgend etwas Schlimmes war passiert, und die Leute aus dem fünften Stock waren unterwegs. Wo ist Abby? dachte er.

Ein paar Fußgänger gingen paarweise die Straße entlang. Er wünschte sich einen überfüllten Gehsteig, aber es gab keinen. Er musterte die Ecke von Front und Union und sah nichts Verdächtiges. Zwei Blocks weiter östlich betrat er gemächlich das Foyer des Peabody und sah sich nach einem Telefon um. Im Zwischengeschoß oberhalb des Foyers fand er ein abgelegenes auf einem kurzen Flur in der Nähe der Herrentoilette. Er rief die Filiale Memphis des Federal Bureau of Investigation an.

»Wayne Tarrance, bitte. Es ist dringend. Hier ist Mitch McDeere.«

Tarrance war gleich am Apparat. »Mitch, wo sind Sie?«

»Okay, Tarrance, was ist los?«

»Wo sind Sie?«

»Ich bin aus dem Gebäude heraus, Richter Hugo. Im Augenblick bin ich in Sicherheit. Was ist passiert?«

»Mitch, Sie müssen herkommen.«

»Ich muß überhaupt nichts, Tarrance. Und ich werde auch nichts tun, bevor Sie mir gesagt haben, was Sache ist.«

»Nun, wir – äh – wir hatten ein Problem. Es hat ein kleines Leck gegeben. Sie müssen ...«

»Ein Leck, Tarrance? Sagten Sie Leck? So etwas wie ein kleines Leck gibt es nicht. Reden Sie, Tarrance, bevor ich den Hörer auflege und verschwinde. Sie versuchen diesen Anruf zu lokalisieren, stimmt's, Tarrance? Ich lege auf.«

»Nein! Hören Sie zu, Mitch. Sie wissen Bescheid. Sie wissen, daß wir miteinander gesprochen haben, und sie wissen Bescheid über das Geld und die Akten.«

Es folgte eine lange Pause. »Ein kleines Leck, Tarrance. Hört sich eher an wie ein Dammbruch. Erzählen Sie mir von diesem Leck, aber schnell.«

»Gott, das tut weh, Mitch. Ich möchte, daß Sie wissen, wie weh das tut. Voyles ist verzweifelt. Einer unserer Leute, ein Mann in leitender Position, hat die Information verkauft. Wir haben ihn heute morgen in einem Hotel in Washington erwischt. Sie haben ihm zweihunderttausend gezahlt für die Auskunft über Sie. Wir stehen unter Schock, Mitch.«

»Oh, ich bin gerührt. Sie tun mir ja so leid in Ihrem Schock und Ihrem Schmerz, Tarrance. Und jetzt wollen Sie vermutlich, daß ich auf dem schnellsten Weg in Ihr Büro komme, damit wir alle beieinander sitzen und uns gegenseitig trösten können.«

»Voyles wird am Mittag hier sein, Mitch. Er kommt mit seinen Spitzenleuten herunter. Er möchte Sie sehen. Wir werden Sie aus der Stadt schaffen.«

»Das dachte ich mir. Sie wollen, daß ich mich schutzsuchend in Ihre Arme begebe. Sie sind ein Idiot, Tarrance. Voyles ist ein Idiot. Ihr seid alle Idioten. Und ich bin ein Narr, weil ich euch getraut habe. Spüren Sie diesem Anruf nach, Tarrance?«

»Nein!«

»Sie lügen. Ich lege auf, Tarrance. Bleiben Sie schön sitzen. Ich rufe Sie in einer halben Stunde von einem anderen Apparat aus wieder an.«

»Nein! Mitch, so hören Sie doch. Sie sind tot, wenn Sie nicht herkommen.«

»Bis später, Wayne. Bleiben Sie am Telefon.«

Mitch legte den Hörer auf und sah sich um. Er trat an eine Marmorsäule und schaute ins Foyer hinunter. Die Enten schwammen um den Springbrunnen herum. Die Bar war verlassen. An einem Tisch saßen ein paar reiche alte Damen, tranken ihren Tee und unterhielten sich. Ein einzelner Gast trug sich an der Rezeption ein.

Plötzlich kam der Skandinavier hinter einem eingetopften Baum hervor und starrte ihn an. »Hier oben!« brüllte er durch das Foyer hindurch seinem Komplizen zu. Sie ließen ihn nicht aus den Augen und betrachteten die Treppe unterhalb von ihm. Der Barkeeper schaute zu Mitch hinauf, dann zu dem Skandinavier und seinem Freund hinüber. Die alten Damen waren verstummt.

»Rufen Sie die Polizei!« rief Mitch und wich von dem Geländer zurück. Die beiden Männer rannten durch das Foyer und erreichten die Treppe. Mitch wartete fünf Sekunden und kehrte dann an das Geländer zurück. Der Barkeeper hatte sich nicht gerührt. Die alten Damen waren erstarrt.

Mitch hörte schwere Geräusche auf der Treppe. Er setzte sich auf das Geländer, ließ seinen Aktenkoffer fallen, schwang seine Beine darüber, hielt einen Moment inne und sprang dann sechs Meter tief hinunter auf den Teppich des Foyers. Er fiel wie ein Stein, landete aber sicher auf beiden Beinen. Schmerzen schossen ihm durch Knöchel und Hüften. Sein Football-Knie knickte ein, versagte aber nicht den Dienst.

Hinter ihm, neben den Fahrstühlen, befand sich ein kleines Herrenmodengeschäft mit Fenstern voller Krawatten und den neuesten Ralph-Lauren-Modellen. Er hinkte hinein. Ein Junge, nicht älter als neunzehn, wartete hinter dem Tresen. Andere Kunden war nicht im Laden. Eine weitere Tür ging auf die Union hinaus.

»Ist diese Tür verschlossen?« fragte Mitch gelassen.

»Ja, Sir.«

»Möchten Sie sich tausend Dollar verdienen? Nichts Ungesetzliches.« Mitch zählte rasch zehn Hundertdollarnoten ab und warf sie auf den Tresen.

»Äh – natürlich, Sir.«

»Nichts Ungesetzliches, okay? Ich schwöre es. Ich bringe Sie nicht in Schwierigkeiten. Schließen Sie die Tür auf, und wenn in ungefähr zwanzig Sekunden zwei Männer hier hereinkommen, dann sagen Sie ihnen, daß ich durch diese Tür hinausgelaufen und in ein Taxi gesprungen bin.«

Der Junge lächelte und raffte das Geld zusammen. »Wird gemacht. Kein Problem.«

»Wo ist die Umkleidekabine?«

»Dort drüben, Sir, neben dem Schrank.«

»Schließen Sie die Tür auf«, sagte Mitch, während er in der Umkleidekabine verschwand. Er setzte sich hin und rieb seine Knie und Knöchel.

Der Verkäufer sortierte Krawatten, als der Skandinavier und sein Partner durch die vom Foyer hereinführende Tür gestürmt kamen. »Guten Morgen«, sagte er fröhlich.

»Haben Sie gesehen, daß ein Mann hier durchgerannt ist, mittelgroß, dunkelbrauner Anzug, rote Krawatte?«

»Ja, Sir. Er ist eben hier durchgekommen, durch diese Tür hinausgelaufen und in ein Taxi gesprungen.«

»Ein Taxi! Verdammt!« Die Tür wurde geöffnet und schloß sich wieder, und im Laden herrschte Stille. Der Junge ging zu einem Schuhregal neben dem Schrank. »Sie sind fort, Sir.«

Mitch rieb immer noch seine Knie. »Gut. Gehen Sie zur Tür und passen Sie zwei Minuten lang auf. Wenn Sie sie sehen, sagen Sie mir Bescheid.«

Zwei Minuten später war er zurück. »Sie sind fort.«

Mitch blieb sitzen und lächelte die Tür an. »Gut. Ich möchte eines dieser flaschengrünen Sportjacketts, einhundertzehn Zentimeter lang, und ein Paar weiße Wildlederschuhe, Größe Zehn D. Bringen Sie die Sachen bitte her. Und passen Sie weiterhin auf.«

»Ja, Sir.« Der Junge pfiff leise vor sich hin, während er das Jackett und die Schuhe heraussuchte, dann schob er sie unter der Tür durch. Mitch nahm seine Krawatte ab und zog sich schnell um. Dann setzte er sich wieder.

»Wieviel schulde ich Ihnen?« fragte Mitch aus der Kabine heraus.

»Nun, wie wäre es mit fünfhundert?«

»In Ordnung. Rufen Sie mir ein Taxi und sagen Sie Bescheid, wenn es da ist.«

Tarrance wanderte drei Meilen um seinen Schreibtisch herum. Sie hatten festgestellt, daß der Anruf aus dem Peabody gekommen war, aber Laney traf zu spät ein. Jetzt war er zurück und saß nervös neben Acklin. Vierzig Minuten nach dem ersten Anruf schrillte die Stimme der Sekretärin durch die Gegensprechanlage. »Mr. Tarrance. Es ist McDeere.«

Tarrance stürzte sich aufs Telefon. »Wo sind Sie?«

»In der Stadt. Aber nicht mehr lange.«

»Hören Sie, Mitch, allein bleiben Sie keine zwei Tage am Leben. Die werden so viele Gangster einfliegen, daß es für einen Krieg reicht. Sie müssen zulassen, daß wir Ihnen helfen.«

»Da bin ich nicht so sicher, Tarrance. Aus einem unerklärlichen Grund habe ich im Augenblick nicht das rechte Vertrauen zu euch. Ich weiß nicht, wie das kommt. Nur ein ungutes Gefühl.«

»Bitte, Mitch. Das wäre ein schwerer Fehler.«

»Ich nehme an, ihr wollt mich glauben machen, daß ihr mich für den Rest meines Lebens beschützen könnt. Ziemlich komisch, nicht wahr, Tarrance? Ich lasse mich auf einen Handel mit dem FBI ein, und es hätte nicht viel gefehlt, daß man mich in meinem eigenen Büro umgelegt hätte. Das ist wirklich ein toller Schutz.«

Tarrance atmete tief in den Hörer. Es trat eine lange Pause ein. »Und was ist mit den Dokumenten? Dafür haben wir Ihnen eine Million gezahlt.«

»Sie spinnen, Tarrance. Sie haben mir eine Million für meine sauberen Akten gezahlt. Sie haben Sie bekommen, und ich habe die Million bekommen. Aber das war natürlich nur ein Teil des Handels. Auch Schutz war ein Teil davon.«

»Geben Sie uns die verdammten Akten, Mitch. Sie sind irgendwo ganz in der Nähe versteckt, das haben Sie selbst gesagt. Verschwinden Sie, wenn Sie wollen, aber lassen Sie die Akten zurück.«

»So funktioniert das nicht, Tarrance. Im Augenblick kann ich verschwinden, und die Moroltos werden hinter mir her sein oder auch nicht. Wenn Sie die Akten nicht bekommen, können Sie keine Anklage erheben. Wenn die Moroltos nicht vor Gericht gestellt werden, dann werden sie mich, wenn ich viel Glück habe, vielleicht eines Tages vergessen. Ich habe ihnen einen Mordsschrecken eingejagt, aber keinen ernsthaften Schaden angerichtet. Es könnte sogar sein, daß sie mich eines Tages wieder einstellen.«

»Das glauben Sie doch selber nicht. Sie werden hinter Ihnen her sein, bis sie Sie gefunden haben. Und wenn wir die Akten nicht bekommen, werden wir gleichfalls hinter Ihnen her sein. So einfach ist das, Mitch.«

»Dann setze ich mein Geld auf die Moroltos. Wenn ihr mich zuerst findet, wird irgendwo ein Leck sein. Nur ein kleines.«

»Sie haben den Verstand verloren, Mitch. Wenn Sie glauben, Sie könnten Ihre Million nehmen und in den Sonnenuntergang reiten, dann sind Sie ein Idiot. Sie werden Leute auf Kamele setzen, damit sie auf der Suche nach Ihnen die Wüsten durchstreifen können. Tun Sie das nicht, Mitch.«

»Leben Sie wohl, Wayne. Einen schönen Gruß von Ray.«

Die Verbindung war unterbrochen. Tarrance packte das Telefon und warf es an die Wand.

Mitch schaute auf die Uhr über dem Eingang des Flughafengebäudes. Er wählte eine weitere Nummer. Tammy meldete sich.

»Hallo, Süße. Tut mir leid, wenn ich Sie aufgeweckt habe.«

»Haben Sie nicht. Das Bett hat mich wachgehalten. Was liegt an?«

»Eine mittlere Katastrophe. Nehmen Sie einen Stift und hören Sie ganz genau zu. Ich kann keine Sekunde vergeuden. Ich bin auf der Flucht, und sie sind mir dicht auf den Fersen.«

»Legen Sie los.«

»Erstens, rufen Sie Abby bei ihren Eltern an. Sagen Sie ihr, sie soll alles stehen- und liegenlassen und aus der Stadt verschwinden. Sie hat nicht die Zeit, ihrer Mutter einen Abschiedskuß zu geben oder einen Koffer zu packen. Sagen Sie ihr, sie soll den Hörer fallen lassen, in ihren Wagen steigen und losfahren. Und sich nicht umsehen. Sie nimmt die Interstate 64 nach Huntington, West Virginia, und fährt zum Flughafen. Sie fliegt von Huntington nach Mobile. In Mobile mietet sie einen Wagen und fährt auf der Interstate 10 in östlicher Richtung nach Gulf Shores, dann ostwärts auf dem Highway 182 nach Perdido Beach. Sie nimmt sich im Perdido Beach Hilton ein Zimmer unter dem Namen Rachel James. Und dann wartet sie. Haben Sie das?«

»Ja.«

»Zweitens, Sie steigen ins nächste Flugzeug und fliegen nach Memphis. Ich habe Doc angerufen, die Pässe und so weiter sind noch nicht fertig. Ich habe ihm gesagt, wie dringend es ist, aber es hat nichts genützt. Er hat versprochen, die ganze Nacht durchzuarbeiten und sie morgen früh fertig zu haben. Ich werde morgen früh nicht hier sein, wohl aber Sie. Holen Sie die Papiere ab.«

»Ja, Sir.«

»Drittens. Steigen Sie dann wieder in ein Flugzeug und kehren Sie in die Wohnung in Nashville zurück. Bleiben Sie am Telefon. Sie dürfen sich auf keinen Fall vom Telefon fortbewegen.«

»Verstanden.«

»Viertens. Rufen Sie Abanks an.«

»Okay. Wie sehen Ihre Pläne aus?«

»Ich komme nach Nashville, weiß aber noch nicht, wann. Ich muß weiter. Und, Tammy, sagen Sie Abby, sie könnte binnen einer Stunde tot sein, wenn sie nicht schleunigst verschwindet. Sie soll verschwinden, so schnell sie kann!«

»Okay, Boß.«

Er begab sich rasch zum Gate 22 und ging an Bord der Delta-Maschine, die um 10.04 Uhr nach Cincinnati startete. In der Hand hielt er eine Mappe voller Tickets, die er alle mit seiner MasterCard gekauft hatte. Eines nach Tulsa für den American Flug 233, Start um 10.14 und gekauft unter dem Namen Mitch McDeere; eines nach Chicago für den Northwest Flug 233, Start um 10.15 und gekauft unter dem Namen Mitch McDeere; eines nach Dallas für den United Flug 562, Start um 10.30 und gekauft unter dem Namen Mitch McDeere; und eines nach Atlanta für den Delta Flug 790, Start um 11.10 und gekauft unter dem Namen Mitch McDeere.

Das Ticket nach Cincinnati war bar bezahlt und unter dem Namen Sam Fortune gekauft worden.

Lazarov betrat das große Büro im vierten Stock, und sämtliche Köpfe neigten sich. DeVasher stand vor ihm wie ein verängstigtes, geprügeltes Kind. Die Partner betrachteten ihre Schnürsenkel und versuchten, sich nicht in die Hose zu machen.

»Wir können ihn nicht finden«, sagte DeVasher.

Lazarov war kein Mann, der schrie und fluchte. Er war sehr stolz darauf, daß er auch unter Druck die Ruhe bewahrte. »Wollen Sie damit sagen, daß er einfach aufgestanden und zur Tür hinausgegangen ist?« fragte er kalt.

Niemand gab Antwort. Sie war auch nicht erforderlich.

»Also gut, DeVasher, wir tun folgendes. Schicken Sie jeden verfügbaren Mann zum Flughafen. Lassen Sie alle Fluglinien überprüfen. Wo ist sein Wagen?«

»Auf dem Parkplatz.«

»Das ist ja großartig. Er ist zu Fuß gegangen. Hat unsere kleine Festung zu Fuß verlassen. Joey wird begeistert sein. Überprüfen Sie sämtliche Mietwagenfirmen. So, und wie viele der ehrenwerten Partner haben wir hier?«

»Sechzehn sind anwesend.«

»Bilden Sie Paare und schicken Sie sie in die Flughäfen von Miami, New Orleans, Houston, Atlanta, Chicago, L. A., San Francisco und New York. Streifen Sie in diesen Flughäfen herum. Leben Sie in diesen Flughäfen. Essen Sie in diesen Flughäfen. Überwachen Sie die internationalen Flüge in diesen Flughäfen. Morgen schicken wir Verstärkung. Da die ehrenwerten Herrn ihn gut kennen, sollten sie ihn auch finden. Es ist ein Schuß ins Blaue, aber was haben wir zu verlieren? Die Herren Anwälte können auch etwas tun. Und ich sage es ungern, meine Herren, aber diese Stunden können Sie niemandem in Rechnung stellen. So, und wo steckt seine Frau?«

»In Danesboro, Kentucky. Bei ihren Eltern.«

»Schnappt sie euch. Tut ihr nichts, bringt sie nur her.«

»Fangen wir mit dem Vernichten der Papiere an?« fragte DeVasher.

»Wir warten erst einmal vierundzwanzig Stunden ab. Schicken Sie jemanden nach Grand Cayman, der die Unterlagen dort vernichtet. Und jetzt los, DeVasher.«

Das große Büro leerte sich.

Voyles stapfte um Tarrance' Schreibtisch herum und bellte Befehle. Ein Dutzend Agenten machte sich Notizen. »Nehmt euch den Flughafen vor. Überprüft jede Fluglinie. Informiert jedes Büro in jeder größeren Stadt. Nehmt Verbindung mit dem Zoll auf. Haben wir ein Foto von ihm?«

»Wir können keines finden, Sir.«

»Findet eines, und zwar schnell. Heute abend muß es in jedem FBI-Büro und jedem Zollamt hängen. Er ist abgehauen. Mistkerl!«

35

Der Bus fuhr am Mittwoch kurz vor 14 Uhr in Birmingham ab. Ray saß hinten und musterte jeden, der einstieg und sich einen Platz suchte. Er war mit einem Taxi in ein Einkaufszentrum in Birmingham gefahren und hatte in einer halben Stunde ein neues Paar ausgewaschener Levis, ein kariertes, kurzärmeliges Golfhemd und ein Paar rotweiße Reeboks gekauft. Außerdem hatte er eine Pizza gegessen und sich einen Kurzhaarschnitt im Stile der Marines verpassen lassen. Er trug eine Flieger-Sonnenbrille und eine Auburn-Mütze.

Eine kleine, dicke, dunkelhäutige Frau setzte sich neben ihn.

Er lächelte sie an. »*¿De dónde usted?*« fragte er. Wo kommen Sie her?

Aus ihrem Gesicht strahlte helle Freude. Ein breites Lächeln entblößte ein paar Zähne. »*México*«, sagte sie stolz. *¿Habla español?*« fragte sie begierig.

»*Si.*«

Zwei lange Stunden redeten sie Spanisch, während der Bus nach Montgomery rollte. Sie mußte oft etwas wiederholen, aber er war von sich selbst überrascht. Er war seit acht Jahren aus der Übung und ein wenig eingerostet.

Die Special Agents Jenkins und Jones fuhren in einem Dodge Aries hinter dem Bus her. Jenkins saß am Steuer, während Jones schlief. Zehn Minuten hinter Knoxville war die Sache langweilig geworden. Nur Routine-Überwachung, hatte man ihnen gesagt. Kein Beinbruch, wenn ihr ihn aus den Augen verliert. Aber versucht, an ihm dranzubleiben.

Die Maschine von Huntington nach Atlanta sollte erst in zwei Stunden starten, und Abby saß in einer stillen Ecke des dunklen Warteraums und sah sich um. Paßte einfach auf. Auf dem Stuhl neben ihr stand eine Reisetasche. Trotz der strikten Anweisungen hatte sie eine Zahnbürste, Make-up und ein paar Kleidungsstücke eingepackt. Sie hatte auch ein paar Zeilen an ihre Eltern geschrieben, daß sie schnell zu Mitch nach Memphis zurückkehren müsse, alles in bester Ordnung, macht euch keine Sorgen, alles Liebe, Abby. Sie ließ ihren Kaffee stehen und beobachtete das Kommen und Gehen.

Sie wußte nicht, ob er tot oder lebendig war. Tammy hatte gesagt, er hätte Angst, wäre aber durchaus Herr der Lage gewesen. Wie immer. Sie sagte, er flöge nach Nashville und sie, Tammy, flöge nach Memphis. Verwirrung, aber sie war sicher, daß er genau wußte, was er tat. Fahr nach Perdido Beach und warte dort.

Abby hatte noch nie von Perdido Beach gehört. Und sie war sicher, daß auch er noch nie dort gewesen war.

Der Warteraum war nervenzermürbend. Alle zehn Minuten tauchte ein betrunkener Geschäftsmann auf und machte anzügliche Bemerkungen. Verschwinden Sie, sagte sie ein Dutzendmal.

Nach zwei Stunden gingen sie an Bord. Abby hatte einen Sitz am Gang. Sie schnallte sich an und entspannte sich. Und dann sah sie sie.

Sie war eine auffallende Blondine mit hohen Wangenknochen und einem kräftigen Unterkiefer, der fast unweiblich und dennoch attraktiv war. Abby hatte das Gesicht schon einmal gesehen. Die Augen waren verdeckt wie früher auch. Sie warf einen Blick auf Abby und schaute dann woanders hin, als sie vorbeiging und sich zu ihrem Sitz weiter hinten begab.

Die Shipwreck Bar! Die Blondine in der Shipwreck Bar. Die Blondine, die versucht hatte, mitzuhören, als sie und Mitch sich mit Abanks unterhielten. Sie hatten sie gefunden. Und wenn sie sie gefunden hatten, wo war ihr Mann? Was hatten sie mit ihm gemacht? Sie dachte an die zweistündige Fahrt von Danesboro nach Huntington über die gewundenen Bergstraßen. Sie war gefahren wie eine Wahnsinnige. Sie konnten ihr nicht gefolgt sein.

Die Maschine rollte vom Terminal weg und startete ein paar Minuten später nach Atlanta.

Zum zweiten Mal in drei Wochen beobachtete Abby in einer 727 auf dem Flughafen in Atlanta, wie draußen die Dämmerung hereinbrach. Sie und die Blondine. Sie waren eine halbe Stunde am Boden und starteten dann nach Mobile.

Von Cincinnati aus flog Mitch nach Nashville. Er kam am Mittwoch um 18 Uhr an, lange nachdem die Banken geschlossen hatten. Er fand im Telefonbuch eine Firma, die U-Haul-Möbelwagen vermietete und winkte ein Taxi herbei.

Er mietete eines der kleineren Modelle, knapp fünf Meter lang. Er zahlte in bar, war aber gezwungen, seinen Führerschein und eine Kreditkarte als Sicherheit vorzuweisen. Wenn DeVasher ihm bis zu einer U-Haul-Mietfirma in Nashville nachspüren konnte, dann hatte er eben Pech gehabt. Er kaufte zwanzig Packkartons und machte sich auf den Weg zu der Wohnung. Er hatte seit Dienstagabend nichts gegessen, aber er hatte Glück. Tammy hatte eine Tüte Popcorn und zwei Dosen Bier zurückgelassen. Er aß heißhungrig. Um acht rief er zum ersten Mal im Perdido Beach Hilton an. Er fragte nach Lee Stevens. Noch nicht eingetroffen, wurde ihm gesagt. Er streckte sich auf dem Fußboden aus und dachte an hundert Dinge, die Abby passieren konnten. Womöglich war sie in Kentucky und tot, und er würde es nie erfahren. Anrufen konnte er nicht.

Das Bett war nicht zusammengeklappt, und die billigen Laken hingen am Fußende bis auf den Boden herunter. Tammy war nicht gerade eine tüchtige Hausfrau. Er betrachtete das kleine, primitive Bett und dachte an Abby. Vor nur fünf Nächten hatten sie versucht, sich auf diesem Bett gegenseitig umzubringen. Er konnte nur hoffen, daß sie im Flugzeug saß. Allein.

Im Schlafzimmer setzte er sich auf den ungeöffneten Sony-Karton und bestaunte die Unmenge von Dokumenten. Tammy hatte auf dem Teppich perfekte Papiersäulen aufgebaut, alle gewissenhaft nach Cayman-Banken und Cayman-Firmen sortiert. Auf jedem Stapel klebte ein gelber Zettel mit den Firmenbezeichnungen und seitenweise Angaben über Daten und Eintragungen. Und Namen!

Selbst Tarrance würde imstande sein, dieser Papierspur zu folgen. Ein Geschworenengericht würde es schlucken. Der Justizminister würde eine Pressekonferenz abhalten. Und dann würden die Verhandlungen stattfinden, und die Geschworenen würden verurteilen und verurteilen und verurteilen.

Special Agent Jenkins gähnte in den Telefonhörer und wählte die Nummer des Büros in Memphis. Er hatte seit vierundzwanzig Stunden nicht geschlafen. Jones schnarchte im Wagen.

»FBI«, sagte eine Männerstimme.

»Ja, wer spricht?« fragte Jenkins. Nur eine Routinefrage.

»Acklin.«

»Hey, Rick. Hier ist Jenkins. Wir haben ...«

»Jenkins! Wo haben Sie gesteckt? Bleiben Sie dran!«

Jenkins hörte auf zu gähnen und schaute sich in dem Busbahnhof um. Eine wütende Stimme brüllte ihm ins Ohr.

»Jenkins! Wo sind Sie?« Es war Wayne Tarrance.

»Wir sind im Busbahnhof in Mobile. Wir haben ihn verloren.«

»Was haben Sie? Wie konnte das passieren?«

Jenkins war plötzlich hellwach und beugte sich vor. »Einen Moment, Wayne. Unsere Anweisung lautete, wir sollten feststellen, wohin er will. Routine, haben Sie gesagt.«

»Ich kann einfach nicht glauben, daß Sie ihn verloren haben.«

»Wayne, uns ist nicht gesagt worden, daß wir ihm bis an sein Lebensende folgen sollten. Wir sind ihm zwanzig Stunden lang gefolgt, und nun ist er verschwunden. Weshalb die Aufregung?«

»Weshalb haben Sie sich nicht schon früher gemeldet?«

»Wir haben es zweimal versucht. In Birmingham und Montgomery. Beide Male war besetzt. Was ist los, Wayne?«

»Warten Sie einen Moment.«

Jenkins umklammerte den Hörer fester und wartete. Eine andere Stimme: »Hallo, Jenkins?«

»Ja.«

»Direktor Voyles hier. Was, zum Teufel, ist passiert?«

Jenkins hielt den Atem an und ließ den Blick hektisch durch den Bahnhof schweifen. »Sir, wir haben ihn verloren. Wir sind ihm zwanzig Stunden lang gefolgt, und als er hier in Mobile aus dem Bus stieg, ist er in der Menge verschwunden.«

»Wunderbar. Wie lange ist das her?«

»Zwanzig Minuten.«

»Okay, hören Sie zu. Wir müssen ihn unbedingt wiederfinden. Sein Bruder hat unser Geld genommen und ist abgehauen. Rufen Sie die Ortspolizei dort in Mobile an. Sagen Sie, wer Sie sind und daß sich ein flüchtiger Mörder in der Stadt aufhält. Wahrscheinlich hängt Ray McDeeres Foto dort bereits an der Wand. Seine Mutter lebt in Panama City Beach, also alarmieren Sie sämtliche Polizeistationen zwischen dort und Mobile. Ich schicke Verstärkung.«

»Okay. Es tut mir leid, Sir. Wir hatten nicht den Auftrag, ihm für alle Zeiten auf den Fersen zu bleiben.«

»Darüber reden wir später.«

Um zehn rief Mitch zum zweiten Mal im Perdido Beach Hilton an. Er fragte nach Rachel James. Nicht eingetroffen. Er fragte nach Lee Stevens. Einen Moment, sagte sie. Mitch saß auf dem Fußboden und wartete angespannt. Das Zimmertelefon läutete. Nach zwölfmaligem Läuten nahm jemand den Hörer ab.

»Ja?« Eine ganz kurze Frage.

»Lee?« fragte Mitch.

Eine Pause. »Ja.«

»Hier ist Mitch. Herzlichen Glückwunsch.«

Ray fiel aufs Bett und schloß die Augen. »Es war so einfach, Mitch. Wie hast du das geschafft?«

»Das erzähle ich dir, wenn wir mehr Zeit haben. Im Augenblick ist da eine Horde Leute, die versucht, mich umzubringen. Und Abby. Wir sind auf der Flucht.«

»Was für Leute, Mitch?«

»Ich würde zehn Stunden brauchen, um das erste Kapitel zu erzählen. Das kommt später. Schreib dir diese Nummer auf. 615-889-4380.«

»Das ist nicht Memphis.«

»Nein, Nashville. Ich bin in einer Wohnung, die als Kontrollzentrum dient. Wenn ich nicht hier bin, meldet sich eine Frau namens Tammy.«

»Tammy?«

»Auch das ist eine lange Geschichte. Tu einfach, was ich dir sage. Irgendwann im Laufe der Nacht wird Abby dort ankommen und sich unter dem Namen Rachel James eintragen. Sie kommt mit einem Mietwagen.«

»Sie kommt hierher?«

»Hör mir zu, Ray. Die Kannibalen machen Jagd auf uns, aber wir sind ihnen einen Schritt voraus.«

»Wem voraus?«

»Der Mafia. Und dem FBI.«

»Ist das alles?«

»Vermutlich. Und nun hör gut zu. Es könnte sein, daß Abby verfolgt wird. Du mußt sie finden, auf sie aufpassen und dich vergewissern, daß niemand hinter ihr her ist.«

»Und wenn das der Fall ist?«

»Dann rufst du mich an, und wir reden darüber.«

»Kein Problem.«

»Benutze das Telefon nicht, außer um diese Nummer anzurufen. Und wir können nicht viel reden.«

»Ich habe eine Unmenge Fragen, kleiner Bruder.«

»Und ich habe die Antworten, aber nicht jetzt. Paß auf meine Frau auf und ruf mich an, wenn sie angekommen Ist.«

»Wird gemacht. Und, Mitch – danke.«

»*Adios.*«

Eine Stunde später bog Abby vom Highway 182 auf die gewundene Zufahrt zum Hilton ein. Sie parkte den viertürigen Cutlass mit Alabama-Nummernschildern und ging nervös unter der breiten Markise hindurch zum Haupteingang. Sie blieb eine Sekunde stehen, warf einen Blick auf die Zufahrt und ging hinein.

Zwei Minuten später hielt ein gelbes Taxi aus Mobile unter der Markise, hinter den Zubringerbussen. Ray beobachtete das Taxi. Eine Frau auf dem Rücksitz beugte sich vor und sprach mit dem Fahrer. Sie warteten eine Minute. Sie holte Geld aus ihrer Handtasche und bezahlte ihn. Sie stieg aus und wartete, bis das Taxi davonfuhr. Die Frau war eine Blondine, und das war das erste, was ihm auffiel. Sehr ansehnlich, mit einer engen schwarzen Cordhose. Und einer dunklen Sonnenbrille, was ihm merkwürdig vorkam, da es auf Mitternacht zuging. Sie ging zögernd zum Haupteingang, wartete eine Minute, dann ging sie hinein. Er ließ sie nicht aus den Augen und betrat hinter ihr das Foyer.

Die Blondine näherte sich dem einzigen Angestellten an der Rezeption. »Ein Einzelzimmer bitte«, hörte er sie sagen.

Der Angestellte schob ein Anmeldeformular über den Tresen. Die Blondine schrieb ihren Namen und fragte: »Die Dame, die gerade vor mir angekommen ist, wie heißt sie? Ich glaube, sie ist eine alte Bekannte.«

Der Angestellte warf einen Blick auf die Anmeldeformulare. »Rachel James.«

»Ja, das ist sie. Wo kommt sie her?«

»Sie hat eine Adresse in Memphis angegeben«, sagte der Angestellte.

»Welches Zimmer hat sie? Ich würde ihr gern guten Tag sagen.«

»Über Zimmernummern darf ich keine Auskunft geben«, sagte der Angestellte.

Die Blondine zog rasch zwei Zwanziger aus ihrer Handtasche und schob sie über den Tresen. »Ich möchte nur guten Tag sagen.«

Der Angestellte nahm das Geld. »Zimmer 622.«

Die Frau bezahlte in bar. »Wo sind die Telefone?«

»Gleich um die Ecke«, sagte der Angestellte. Ray glitt um die Ecke und fand vier Münzfernsprecher. Er nahm von einem der mittleren den Hörer ab und begann, ein Selbstgespräch zu führen.

Die Blondine nahm eines der Telefone am Ende und wendete ihm den Rücken zu. Sie sprach leise. Er konnte nur Bruchstücke hören.

»... hat sich angemeldet ... Zimmer 622 ... Mobile ... ein bißchen Hilfe ... kann ich nicht ... eine Stunde? ... ja ... beeilt euch ...«

Sie legte auf, und er sprach lauter in seinen toten Apparat.

Zehn Minuten später wurde an die Tür geklopft. Die Blondine sprang von ihrem Bett auf, ergriff ihre .45er und steckte sie unter der Bluse in den Bund ihrer Cordhose. Sie machte die Tür einen Spaltbreit auf, hatte aber die Sicherheitskette nicht vorgelegt.

Die Tür knallte auf und stieß sie gegen die Wand. Ray stürzte sich auf sie, nahm ihr die Waffe ab und nagelte sie mit dem Gesicht auf dem Teppich am Boden fest. Dann steckte er ihr den Lauf der .45er ins Ohr. »Wenn du einen Ton von dir gibst, bringe ich dich um.«

Sie hörte auf, sich zu wehren, und schloß die Augen. Keine Reaktion.

»Wer bist du?« fragte Ray. Er schob den Lauf tiefer in ihr Ohr. Noch immer keine Reaktion.

»Keine Bewegung, keinen Ton, verstanden? Sonst blase ich dir das Gehirn weg.«

Nach wie vor auf ihrem Rücken sitzend, machte er ihre Reisetasche auf. Er kippte den Inhalt auf den Boden und fand ein paar saubere Tennissocken. »Mund aufmachen!«, befahl er.

Sie rührte sich nicht. Der Lauf kehrte in ihr Ohr zurück, und langsam öffnete sie den Mund. Ray rammte ihr die Socken in den Mund, dann verband er ihr mit dem seidenen Nachthemd fest die Augen.

Ihre Füße und Hände fesselte er mit Strumpfhosen, dann zerriß er das Bettlaken in lange Streifen. Die Frau bewegte sich nicht. Als er mit dem Fesseln und Knebeln fertig war, sah sie aus wie eine Mumie. Er schob sie unter das Bett.

Die Handtasche enthielt sechshundert Dollar in bar und eine Brieftasche mit einem Führerschein aus Illinois. Karen Adair aus Chicago. Geboren am 4. März 1962. Er nahm die Brieftasche und die Waffe mit.

Um ein Uhr in der Nacht läutete das Telefon. Mitch schlief nicht. Er saß bis zur Taille in Kontoauszügen. Faszinierenden Kontoauszügen. Überaus belastend.

»Hallo«, meldete er sich vorsichtig.

»Ist dort das Kontrollzentrum?« Die Stimme befand sich in der Nähe einer lauten Jukebox.

»Wo bist du, Ray?«

»In einer Kneipe, die Floribama Lounge heißt. An einem Münzfernsprecher.«

»Und Abby?«

»Sitzt im Wagen. Ihr geht es gut.«

Mitch atmete leichter und lächelte ins Telefon. Er hörte zu.

»Wir mußten das Hotel verlassen. Eine Frau ist Abby gefolgt – dieselbe Frau, die ihr in irgendeinem Lokal auf den Caymans gesehen habt. Abby hat versucht, mir alles zu erklären. Die Frau ist ihr den ganzen Tag gefolgt und dann im Hotel aufgekreuzt. Ich habe mich um sie gekümmert, und wir sind abgehauen.«

»Du hast dich um sie gekümmert?«

»Ja, sie wollte nicht reden, aber für kurze Zeit ist sie aus dem Weg geräumt.«

»Abby geht es gut?«

»Ja. Wir sind beide hundemüde. Was genau hast du vor?«

»Ihr seid ungefähr drei Stunden von Panama City Beach entfernt. Ich weiß, daß ihr hundemüde seid, aber ihr müßt von dort verschwinden. Fahrt nach Panama City Beach, seht zu, daß ihr den Wagen loswerdet, und nehmt zwei Zimmer im Holiday Inn. Ruft mich an, wenn ihr dort angekommen seid.«

»Ich hoffe nur, du weißt, was du tust.«

»Vertrau mir, Ray.«

»Das tue ich, aber ich fange an, mir zu wünschen, ich wäre wieder im Gefängnis.«

»Du kannst nicht zurück, Ray. Entweder wir verschwinden, oder wir sind tot.«

36

Das Taxi hielt in der Innenstadt von Nashville vor einer roten Ampel, und Mitch stieg mit steifen und schmerzenden Beinen aus und hinkte durch den morgendlichen Verkehr über die belebte Kreuzung.

Das Gebäude der Southeastern Bank war ein dreißig Stockwerke hoher Glaszylinder von der Form einer Tennisballdose. Das Glas war dunkel gefärbt, fast schwarz. Es ragte stolz empor, ein Stück von der Straßenecke zurückgesetzt, aus einem Labyrinth von Fußwegen, Springbrunnen und gepflegtem Grün.

Mitch ging zusammen mit einem Schwarm Angestellter auf dem Weg zu ihrer Arbeit durch die Drehtür. In dem mit Marmor ausgekleideten Foyer fand er einen Wegweiser und fuhr mit dem Lift in den dritten Stock. Er öffnete eine schwere Glastür und trat in ein großes, kreisförmiges Büro. Eine elegante Frau von etwa vierzig Jahren saß hinter einem gläsernen Schreibtisch und musterte ihn. Ein Lächeln hatte sie nicht übrig.

»Mr. Mason Laycook, bitte«, sagte er.

Sie machte eine Handbewegung. »Nehmen Sie Platz.«

Mr. Laycook vergeudete keine Zeit. Er war so unfreundlich wie seine Sekretärin. »Kann ich etwas für Sie tun?« fragte er durch die Nase.

Mitch erhob sich. »Ja. Ich möchte ein bißchen Geld überweisen.«

»Haben Sie ein Konto bei der Southeastern?«

»Ja.«

»Und Ihr Name?«

»Es ist ein Nummernkonto.« Mit anderen Worten, einen Namen bekommen Sie nicht zu hören, Mr. Laycook. Einen Namen brauchen Sie nicht.

»Gut. Folgen Sie mir.« Sein Büro hatte keine Fenster, keine Aussicht. Auf einem Tisch hinter seinem gläsernden Schreibtisch stand eine Reihe von Tastaturen und Monitoren. Mitch setzte sich.

»Ihre Kontonummer bitte.«

Er hatte sie im Kopf. »214-31-35.«

Laycook gab die Zahl auf einer der Tastaturen ein und schaute auf einen Monitor. »Das ist ein Code-Drei-Konto, eröffnet von einer T. Hemphill, zugänglich nur ihr und einer Person, auf die die folgende Beschreibung zutrifft: männlich, ungefähr einsachtzig groß, Gewicht fünfundsiebzig bis fünfundachtzig Kilo, blaue Augen, braunes Haar, etwa fünfundzwanzig oder sechsundzwanzig Jahre alt. Sie entsprechen dieser Beschreibung, Sir.« Laycook schaute auf den Bildschirm. »Und die letzten vier Ziffern Ihrer Sozialversicherungsnummer?«

»8585.«

»Sehr gut. Sie sind legitimiert. Und was kann ich für Sie tun?«

»Ich möchte Geld von einer Bank auf Grand Cayman abheben.«

Laycook runzelte die Stirn und zog einen Stift aus der Tasche. »Von welcher Bank?«

»Der Royal Bank of Montreal.«

»Um was für ein Konto handelt es sich?«

»Um ein Nummernkonto.«

»Die Nummer wissen Sie?«

»499DFH2122.«

Laycook notierte die Nummer und stand auf. »Ich bin gleich zurück.« Er verließ das Büro.

Zehn Minuten vergingen. Mitch tippte mit seinen schmerzenden Füßen auf den Teppich und betrachtete die Monitore hinter dem Schreibtisch.

Laycook kehrte mit seinem Vorgesetzten, Mr. Nokes, zurück, irgendeinem Vizepräsidenten. Er stellte sich hinter dem Schreibtisch stehend vor. Beide schauten auf Mitch herab.

Nokes übernahm das Reden. Er hatte einen Computerausdruck in der Hand. »Sir, das ist ein Sperrkonto. Sie müssen bestimmte Angaben machen, bevor wir die Überweisung veranlassen können.«

Mitch nickte zuversichtlich.

»Die Daten und Beträge der letzten drei Einzahlungen, Sir?« Sie beobachteten ihn genau, wußten, daß er passen mußte.

Wieder kam es aus seinem Gedächtnis. Keine Aufzeichnungen.

»Am dritten Februar dieses Jahres sechseinhalb Millionen. Am vierzehnten Dezember vorigen Jahres neun Komma zwei Millionen. Und am achten Oktober vorigen Jahres elf Millionen.«

Laycook und Nokes starrten auf den Computerausdruck. Nokes brachte ein kleines, professionelles Lächeln zustande. »Sehr schön. Sie sind legitimiert bis auf die Pen-Nummer.«

Mitch lächelte und schlug die schmerzenden Beine übereinander. »72083.«

»Und die Details der Überweisung?«

»Zehn Millionen Dollar per Datenfernübertragung auf Konto 214-31-35 bei dieser Bank. Ich werde warten.«

»Es ist nicht erforderlich, daß Sie warten, Sir.«

»Ich werde warten. Wenn das Geld eingegangen ist, habe ich noch ein paar weitere Aufträge für Sie.«

»Es wird nicht lange dauern. Möchten Sie Kaffee?«

»Nein, danke. Haben Sie eine Zeitung?«

»Natürlich«, sagte Laycook. »Auf dem Tisch dort drüben.«

Sie eilten aus dem Büro, und Mitchs Pulsschlag verlangsamte sich. Er schlug den in Nashville erscheinenden *Tennessean* auf und überflog drei Seiten, bis er einen kurzen Bericht über die Flucht aus Brushy Mountain fand. Kein Foto. Kaum Einzelheiten. Sie befanden sich im Holiday Inn auf dem Miracle Strip in Panama City Beach, Florida, in Sicherheit.

Sie hatten ihre Spur verwischt, bisher. Dachte er. Hoffte er.

Laycook kehrte allein zurück. Jetzt war er freundlich. Fast kumpelhaft. »Die Überweisung ist erledigt. Das Geld ist eingegangen. Und was können wir noch für Sie tun?«

»Ich will es auf andere Konten überweisen. Jedenfalls den größten Teil davon.«

»Wie viele Überweisungen?«

»Drei.«

»Bitte die erste.«

»Eine Million Dollar an die Coast National Bank in Pensacola auf ein Nummernkonto, zugänglich nur einer Person, einer weißen Frau, etwa fünfzig Jahre alt. Ich werde ihr die Pen-Nummer mitteilen.«

»Handelt es sich um ein bereits bestehendes Konto?«

»Nein. Ich möchte, daß Sie es mit der Überweisung eröffnen.«

»Gut. Die zweite Überweisung?«

»Eine Million Dollar an die Dane County Bank in Danesboro, Kentucky, auf ein Konto im Besitz von Harold oder Maxine Sutherland oder beiden. Es ist eine kleine Bank, aber sie arbeitet eng mit der United Kentucky in Louisville zusammen.«

»Gut. Die dritte Überweisung?«

»Sieben Millionen an die Deutsche Bank in Zürich, Kontonummer 772-03BL-600. Der Rest bleibt hier.«

»Das wird ungefähr eine Stunde dauern«, sagte Laycook, während er sich alles notierte.

»Ich komme in einer Stunde wieder vorbei und hole mir die Bestätigung ab.«

»Gut.«

»Ich danke Ihnen, Mr. Laycook.«

Jeder Schritt tat weh, aber er spürte den Schmerz nicht. Er fuhr mit dem Fahrstuhl hinunter und verließ in gezügeltem Trab das Gebäude.

Im obersten Stockwerk der Royal Bank of Montreal, Filiale Grand Cayman, schob eine Sekretärin von der Abteilung Datenfernübertragung einen Computerausdruck unter die sehr spitze und korrekte Nase von Randolph Osgood. Sie hatte einen Kreis um eine ungewöhnliche Abhebung von zehn Millionen gemacht. Ungewöhnlich, weil das auf diesem Konto befindliche Geld normalerweise nicht in die Vereinigten Staaten zurückkehrte, und ungewöhnlich, weil es an eine Bank gegangen war, mit der sie normalerweise nicht arbeiteten. Osgood studierte den Ausdruck und rief in Memphis an. Mr. Tolar war auf Urlaub, teilte die Sekretärin ihm mit. Dann Nathan Locke, verlangte er. Mr. Locke ist nicht in der Stadt. Victor Milligan? Mr. Milligan ist gleichfalls abwesend.

Osgood legte den Ausdruck auf den Stapel der am nächsten Tag zu erledigenden Dinge.

An der Emerald Coast von Florida und Alabama, von den Randbezirken von Mobile ostwärts über Pensacola, Fort Walton Beach, Destin und Panama City war die warme Frühlingsnacht friedlich verlaufen. Nur ein Gewaltverbrechen an der Küste. Eine junge Frau war in ihrem Zimmer im Perdido Beach Hilton ausgeraubt, geschlagen und vergewaltigt worden. Ihr Freund, ein hochgewachsener, blondhaariger Mann mit ausgeprägt skandinavischen Zügen hatte sie gefesselt und geknebelt in ihrem Zimmer gefunden. Seine Name war Rimmer, Aaron Rimmer, und er lebte in Memphis.

Die wahre Aufregung der Nacht war die Suche nach dem entflohenen Mörder Ray McDeere in der Umgebung von Mobile. Er war gesehen worden, als er nach Einbruch der Dunkelheit am Busbahnhof eintraf. Sein Sträflingsfoto war auf der Titelseite der Morgenzeitung, und noch vor zehn waren drei Zeugen erschienen und hatten berichtet, daß sie ihn gesehen hätten. Seine Spur wurde durch Mobile Bay nach Foley, Alabama, und dann nach Gulf Shores verfolgt.

Da das Hilton am Highway 182 nur zehn Meilen von Gulf Shores entfernt ist, und da der einzig bekannte entflohene Mörder in der Nähe war, als das einzig bekannte Gewaltverbrechen begangen wurde, lag der logische Schluß auf der Hand. Der Nachtportier des Hotels glaubte Ray McDeere wiederzuerkennen, und die Unterlagen ergaben, daß er sich gegen halb zehn als Mr. Lee Stevens angemeldet hatte. Und er hatte bar bezahlt. Später war das Opfer eingetroffen und überfallen worden. Auch das Opfer identifizierte Mr. Ray McDeere.

Der Nachtportier erinnerte sich, daß das Opfer nach einer Rachel James gefragt hatte, die etwa fünf Minuten vor dem Opfer eingetroffen war und gleichfalls bar bezahlt hatte. Rachel James war irgendwann im Laufe der Nacht verschwunden, ohne sich abzumelden. Ebenso verhielt es sich mit Ray McDeere allas Lee Stevens. Ein Parkplatzwächter glaubte gleichfalls, McDeere wiederzuerkennen, und sagte, er wäre zwischen Mitternacht und ein Uhr zusammen mit einer Frau in einen weißen, viertürigen Cutlass gestiegen. Sagte, sie hätte den Wagen gefahren, und anscheinend hätten sie es eilig gehabt. Sagte, sie wären auf der 182 nach Osten gefahren.

Von seinem Zimmer im sechsten Stock des Hilton sprechend, empfahl Aaron Rimmer anonym einem Deputy Sheriff von Baldwin County, die Autovermietungen in Mobile zu überprüfen. Auf eine Abby McDeere hin zu überprüfen. Das ist Ihr weißer Cutlass, teilte er ihm mit.

Von Mobile bis Miami begann die Suche nach dem Cutlass, von Abby McDeere bei Avis gemietet. Der Deputy Sheriff versprach, den Freund des Opfers, Aaron Rimmer, über den weiteren Verlauf der Nachforschungen zu informieren.

Mr. Rimmer würde im Hilton warten. Er teilte sich ein Zimmer mit Tony Verkler. Das Nebenzimmer bewohnte sein Boß DeVasher. In ihren Zimmern im siebenten Stock saßen vierzehn seiner Freunde und warteten.

Er mußte siebzehnmal den Weg von der Wohnung zu dem Möbelwagen machen, aber am Mittag waren die Bendini-Papiere verladen. Mitch ruhte seine geschwollenen Beine aus. Er saß auf dem Bett und schrieb Anweisungen an Tammy. Er informierte sie über die Transaktionen auf der Bank und bat sie, eine Woche zu warten, bevor sie mit seiner Mutter Verbindung aufnahm. Sie würde bald Millionärin sein.

Er stellte das Telefon auf seinen Schoß und machte sich auf eine unangenehme Aufgabe gefaßt. Er rief die Dane County Bank an und verlangte Harold Sutherland. Es sei dringend, sagte er.

»Hallo«, meldete sich sein Schwiegervater ärgerlich.

»Mr. Sutherland, hier ist Mitch. Haben Sie ...«

»Wo ist meine Tochter? Wie geht es ihr?«

»Ihr geht es gut. Sie ist bei mir. Wir verlassen das Land für ein paar Tage. Vielleicht auch Wochen oder Monate.«

»Ich verstehe«, sagte er langsam. »Und wo wollt ihr hin?«

»Das weiß ich noch nicht. Wir werden einfach eine Weile herumziehen.«

»Ist etwas passiert?«

»Ja, Sir. Etwas sehr Schlimmes, aber das kann ich Ihnen jetzt nicht erklären. Vielleicht irgendwann einmal. Lesen Sie die Zeitungen genau. Binnen zweier Wochen werden Sie auf eine große Geschichte aus Memphis stoßen.«

»Droht dir Gefahr?«

»So könnte man es ausdrücken. Haben Sie heute morgen eine ungewöhnliche Computer-Überweisung erhalten?«

»Ja. Irgend jemand hat vor ungefähr einer Stunde eine Million auf mein Konto transferiert.«

»Dieser Jemand war ich, und das Geld gehört Ihnen.«

Es folgte eine lange Pause. »Mitch, ich glaube, du bist mir eine Erklärung schuldig.«

»Das bin ich, Sir. Aber ich kann Ihnen keine geben. Wenn wir es schaffen, lebendig aus dem Land herauszukommen, werden wir es Sie in ungefähr einer Woche wissen lassen. Freuen Sie sich über das Geld. Ich muß weiter.«

Mitch wartete eine Minute und rief dann Zimmer 1208 im Holiday Inn, Panama City Beach an.

»Hallo.« Es war Abby.

»Hi, Baby. Wie geht es dir?«

»Schauderhaft, Mitch. Rays Bild ist auf der Titelseite jeder Zeitung hier unten. Anfangs war es die Flucht und die Tatsache, daß jemand ihn in Mobile gesehen hat. Jetzt heißt es im Fernsehen, er wäre der Hauptverdächtige bei einer Vergewaltigung gestern abend.«

»Was? Wo?«

»Im Perdido Beach Hilton. Ray hat diese Blondine dabei erwischt, wie sie mir ins Hotel folgte. Er ist in ihr Zimmer gestürmt und hat sie verschnürt. Nichts Ernstes. Er nahm ihre Waffe und ihr Geld, und nun behauptet sie, sie wäre von Ray McDeere geschlagen und vergewaltigt worden. Jeder Cop in Florida sucht nach dem Wagen, den ich gestern abend in Mobile gemietet habe.«

»Wo ist der Wagen?«

»Wir haben ihn ungefähr eine Meile westlich von hier auf einer Großbaustelle stehengelassen. Ich habe fürchterliche Angst, Mitch.«

»Wo ist Ray?«

»Er liegt am Strand und versucht, braun zu werden. Das Foto in den Zeitungen ist ziemlich alt. Er hat lange Haare und sieht sehr blaß aus. Es ist kein gutes Bild. Jetzt hat er sich das Haar ganz kurz schneiden lassen und versucht, Farbe zu bekommen. Ich glaube, das wird helfen.«

»Habt ihr beide Zimmer auf deinen Namen gemietet?«

»Rachel James.«

»Hör zu, Abby. Vergiß Rachel und Lee und Ray und Abby. Wartet, bis es fast dunkel ist, dann verlaßt die Zimmer. Verschwindet einfach. Ungefähr eine halbe Meile weiter östlich gibt es ein kleines Motel, das Blue Tide heißt. Ihr macht zusammen einen kleinen Spaziergang am Strand entlang, bis ihr es gefunden habt. Ihr geht an die Rezeption und nehmt zwei nebeneinanderliegende Zimmer. Bezahlt in bar. Sage, du hießest Jackie Nagel. Hast du das? Jackie Nagel.«

»Und was ist, wenn sie keine zwei nebeneinanderliegenden Zimmer haben?«

»Okay, wenn irgend etwas schiefgeht, zwei Türen weiter ist eine weitere Absteige, die Seaside heißt. Zieht dort ein. Der selbe Name. Ich fahre hier gleich los, sagen wir um eins, und ich sollte eigentlich in zehn Stunden bei euch sein.«

»Was ist, wenn sie den Wagen finden?«

»Sie werden ihn finden, und dann werden sie ganz Panama City Beach absuchen. Ihr müßt sehr vorsichtig sein. Wenn es dunkel geworden ist, schleichst du dich in einen Drugstore und kaufst ein Haarfärbemittel. Schneide dein Haar ganz kurz und färbe es blond.«

»Blond!«

»Von mir aus auch rot. Aber verändere es. Sage Ray, er soll sein Zimmer nicht verlassen. Geht keinerlei Risiko ein.«

»Er hat eine Waffe, Mitch.«

»Sage ihm, ich hätte gesagt, er soll sie nicht benutzen. Vermutlich wird es heute abend von Polizisten nur so wimmeln. Er kann sich nicht den Weg freischießen.«

»Ich liebe dich, Mitch. Und ich habe solche Angst.«

»Es ist völlig in Ordnung, daß du Angst hast, Baby. Aber gerate nicht in Panik. Sie wissen nicht, wo ihr seid, und sie werden euch nicht finden, wenn ihr gleich umzieht. Ich bin gegen Mitternacht bei euch.«

Lamar Quin, Wally Hudson und Kendall Mahan saßen in dem Konferenzzimmer im dritten Stock und dachten über ihre nächsten Schritte nach. Da sie bereits seit etlichen Jahren in der Firma waren, wußten sie über den fünften Stock und den Keller Bescheid, über Mr. Lazarov und Mr. Morolto, über Hodge und Kozinski. Sie wußten, daß niemand, der einmal in die Firma eingetreten war, wieder aus ihr ausschied.

Sie erzählten sich ihre Geschichten des Tages. Sie verglichen ihn mit jenem Tag, an dem sie die betrübliche Wahrheit über den Weihnachtsmann erfahren hatten. Ein trauriger und beängstigender Tag, an dem Nathan Locke in seinem Büro mit ihnen gesprochen und ihnen von ihrem wichtigsten Klienten erzählt hatte. Und dann hatte er sie mit DeVasher bekanntgemacht. Sie waren Angestellte der Familie Morolto, und man erwartete von ihnen, daß sie schwer arbeiteten, ihre ansehnlichen Gehälter ausgaben und im übrigen den Mund hielten. Alle drei taten es. Es hatte Überlegungen über das Ausscheiden gegeben, aber nie ernsthafte Pläne. Sie hatten Familie. Im Laufe der Zeit gab es sich irgendwie. Es gab so viele saubere Klienten, für die man arbeiten konnte. So viel schwere legitime Arbeit.

Der größte Teil der Schmutzarbeit wurde von den Partnern erledigt, aber je länger sie bei der Firma waren, desto stärker wurden sie in die Verschwörung mit einbezogen. Sie würden nie erwischt werden, versicherten ihnen die Partner. Dazu waren sie viel zu gerissen. Dazu hatten sie zuviel Geld. Es war eine perfekte Fassade. Besonders eingehend wurde an dem Konferenztisch über die Tatsache gesprochen, daß die Partner die Stadt verlassen hatten. Kein einziger Partner hielt sich im Memphis auf. Sogar Avery Tolar war verschwunden. Er hatte das Krankenhaus verlassen.

Sie sprachen über Mitch. Er war irgendwo dort draußen, hatte Angst und lief um sein Leben. Wenn DeVasher ihn erwischte, war er tot, und sie würden ihn begraben wie Hodge und Kozinski. Aber wenn die Feds ihn erwischten, dann bekamen sie die Dokumente und damit die Firma, was sie drei natürlich einschloß.

Was war, so fragte sie sich, wenn niemand ihn erwischte? Was, wenn er es schaffte und einfach von der Bildfläche verschwand? Was, wenn er und Abby irgendwo am Strand saßen, Rum tränken und ihr Geld zählten? Diese Vorstellung gefiel ihnen, und sie redeten eine Weile darüber.

Schließlich beschlossen sie, bis morgen abzuwarten. Wenn Mitch irgendwo niedergeschossen würde, würden sie in Memphis bleiben. Wenn er unauffindbar war, würden sie in Memphis bleiben. Wenn die Feds ihn schnappten, wurden sie sich schleunigst aus dem Staub machen.

Lauf, Mitch, lauf!

Die Zimmer im Blue Tide Motel waren eng und schmutzig. Der Teppich war zwanzig Jahre alt und stark abgetreten. In den Bettdecken waren Brandlöcher von Zigaretten. Aber Luxus war unwichtig.

Am Donnerstag, nach Einbruch der Dunkelheit, stand Ray mit einer Schere hinter Abby und schnipselte vorsichtig um ihre Ohren herum. Zwei Handtücher unter dem Stuhl waren mit ihrem dunklen Haar bedeckt. Sie beobachtete ihn in dem Spiegel neben dem uralten Farbfernseher und gab ihm Anweisungen. Es war ein jungenhafter Haarschnitt, bis oberhalb der Ohren, mit einem Pony. Er trat zurück und bewunderte sein Werk.

»Nicht schlecht«, sagte er.

Sie lächelte und wischte Haare von ihren Armen. »So, und jetzt muß ich es wohl färben«, sagte sie betrübt. Sie ging in das winzige Badezimmer und machte die Tür hinter sich zu.

Eine Stunde später kam sie wieder heraus, als Blondine. Es war ein gelbliches Blond. Ray lag schlafend auf der Bettdecke. Sie kniete sich auf den schmutzigen Teppich und raffte das Haar zusammen.

Sie sammelte es vom Fußboden auf und stopfte es in eine Mülltüte aus Plastik. Die leere Flasche des Haarfärbemittels und der Applikator wanderten zu dem Haar in die Tüte, dann band sie sie zu. Jemand klopfte an die Tür.

Abby erstarrte und lauschte. Die Vorhänge waren zugezogen. Sie versetzte Ray einen Schlag auf die Füße. Es wurde wieder angeklopft. Ray sprang vom Bett und griff nach der Waffe.

»Wer ist da?« flüsterte sie laut.

»Sam Fortune«, flüsterte es zurück.

Ray schloß die Tür auf, und Mitch kam herein. Er umarmte zuerst Abby und dann Ray. Die Tür wurde wieder abgeschlossen und das Licht gelöscht, und dann saßen sie im Dunkeln auf dem Bett. Er hielt Abby fest in den Armen. Weil es so viel zu sagen gab, sagten alle drei nichts.

Ein winziger, schwacher Lichtstrahl von draußen drang unter den Vorhängen durch und erhellte, während die Minuten vergingen, allmählich die Kommode und den Fernseher. Niemand sprach. Im Blue Tide waren keinerlei Geräusche zu hören. Der Parkplatz war praktisch leer.

»Ich kann beinahe erklären, weshalb ich hier bin«, sagte Ray schließlich, »aber weshalb du hier bist, weiß ich nicht.«

»Wir müssen versuchen, zu vergessen, weshalb wir hier sind«, sagte Mitch, »und uns darauf konzentrieren, wie wir von hier wegkommen. Alle zusammen. Alle lebendig.«

»Abby hat mir alles erzählt«, sagte Ray.

»Ich weiß nicht alles«, sagte sie. »Ich weiß nicht, weshalb sie hinter uns her sind.«

»Ich nehme an, sie sind alle irgendwo da draußen«, sagte Mitch.

»DeVasher und seine Gangster sind nicht weit weg. In Pensacola, nehme ich an. Da ist der nächste größere Flughafen. Tarrance ist irgendwo an der Küste und dirigiert seine Leute bei der Suche nach dem Vergewaltiger Ray McDeere. Und seiner Komplizin Abby McDeere.«

»Und was passiert als nächstes?« fragte Abby.

»Sie werden den Wagen finden, wenn sie ihn nicht schon entdeckt haben. Dann wird sich alles auf Panama City Beach konzentrieren. In der Zeitung stand, daß die Suche von Mobile aus bis nach Miami ausgeweitet wurde, sie sind also überall. Sobald sie den Wagen gefunden haben, werden sie hier auftauchen. Aber am Strip gibt es tausend Motels wie dieses hier. Auf einer Strecke von zwölf Meilen nichts als Motels, Apartmenthäuser und T-Shirt-Läden. Das sind eine Menge Leute, eine Menge Touristen mit Shorts und Sandalen, und morgen werden auch wir Touristen sein mit Shorts und Sandalen und allem, was dazugehört. Ich nehme an, wir haben zwei oder drei Tage, selbst wenn sie hundert Leute auf uns ansetzen.«

»Und was passiert, wenn sie zu dem Schluß gekommen sind, daß wir uns hier aufhalten?« fragte sie.

»Es wäre denkbar, daß ihr beide, du und Ray, den Wagen einfach stehengelassen habt und mit einem anderen weitergefahren seid. Sie können nicht sicher sein, daß wir uns auf dem Strip aufhalten, aber sie werden zuerst hier suchen. Aber sie sind nicht die Gestapo. Sie können nicht ohne stichhaltige Gründe eine Tür aufreißen.«

»DeVasher kann es«, sagte Ray.

»Ja, aber in dieser Gegend gibt es eine Million Türen. Sie werden Straßensperren errichten und jeden Laden und jedes Restaurant überwachen. Sie werden mit jedem Hotelportier reden und Rays Sträflingsfoto vorzeigen. Ein paar Tage lang werden sie ausschwärmen wie die Ameisen, und mit ein bißchen Glück werden sie uns nicht finden.«

»Womit bist du gekommen, Mitch?« fragte Ray.

»Mit einem U-Haul-Möbelwagen.«

»Dann verstehe ich nicht, warum wir nicht einfach in diesen Möbelwagen einsteigen, gleich jetzt, und von hier verschwinden. Schließlich steht unser Wagen nur eine Meile die Straße hinunter und kann jeden Augenblick gefunden werden, und wir wissen, daß sie kommen. Ich finde, wir sollten abhauen.«

»Nein, Ray. Es kann sein, daß sie gerade dabei sind, Straßensperren zu errichten. Vertrau mir. Hab' ich dich nicht aus dem Gefängnis herausgeholt?«

Draußen auf dem Strip fuhr mit heulender Sirene ein Wagen vorbei. Sie erstarrten und lauschten, bis das Heulen verklungen war.

»Okay, Leute«, sagte Mitch, »wir ziehen aus. Dieser Laden gefällt mir nicht. Der Parkplatz ist leer und liegt zu dicht am Highway. Ich habe den U-Haul drei Blocks weiter bei dem eleganten Sea Gull's Rest Motel abgestellt und zwei hübsche Zimmer gemietet. Die Schaben sind da viel kleiner. Wir machen einen gemütlichen Spaziergang am Strand entlang. Und dann müssen wir den Möbelwagen auspacken. Klingt das nicht aufregend?«

37

Joey Morolto und sein Sturmtrupp landeten am Freitag vor Sonnenaufgang in einer gecharterten DC-9 in Pensacola. Lazarov wartete mit zwei Limousinen und acht gemieteten Transportern. Während der Konvoi auf dem Highway 98 nach Osten fuhr, erstattete er Joey über die Ereignisse der letzten vierundzwanzig Stunden Bericht. Nach einer Stunde des Informierens erreichten sie ein zwölfgeschossiges Hotel, das Sandpiper hieß und mitten auf dem Strip von Destin lag, eine Fahrstunde von Panama City Beach entfernt. Das Penthouse im obersten Stock war für viertausend Dollar pro Woche für Joey angemietet worden. Sonderpreis außerhalb der Saison. Der Rest des zwölften und der gesamte elfte Stock waren für die Gangster reserviert.

Mr. Morolto bellte Befehle wie ein aufgeregter Feldwebel. Im größten Zimmer des Penthouses mit Blick auf die ruhige, smaragdgrüne See wurde eine Kommandozentrale eingerichtet. Nichts war ihm recht. Er verlangte Frühstück, und Lazarov schickte zwei Transporter zu einem nahegelegenen Delchamps-Supermarkt. Er verlangte McDeere, und Lazarov bat ihn, Geduld zu haben.

Bei Tagesanbruch hatte sich der Sturmtrupp in seinen Zimmern eingerichtet. Sie warteten.

Drei Meilen weiter den Strand entlang und in Sichtweite des

Sandpiper saßen F. Denton Voyles und Wayne Tarrance auf dem Balkon eines Zimmers im achten Stock des Sandestin-Hilton. Sie tranken Kaffee, beobachteten, wie sich die Sonne über dem Horizont erhob, und berieten ihre Strategie. Die Nacht war nicht gut verlaufen. Der Wagen war nicht gefunden worden. Keine Spur von Mitch. Mit sechzig FBI-Agenten und Hunderten von Einheimischen, die die Küste absuchten, hätten sie zumindest den Wagen finden müssen. Mit jeder Stunde, die verging, würden die McDeeres sich weiter entfernen.

In einer Akte auf einem Beistelltisch lagen die Haftbefehle. Auf dem für Ray McDeere stand: Flucht aus dem Gefängnis, Raub und Vergewaltigung. Abbys Sünde bestand lediglich darin, daß sie eine Komplizin war. Die Anklagen gegen Mitch erforderten mehr Kreativität. Widerstand gegen die Staatsgewalt und eine nebulöse Anklage wegen Zusammenarbeit mit Gangstern. Und natürlich das alte Routineding, betrügerischer Mißbrauch der Post. Tarrance wußte nicht so recht, wie der betrügerische Mißbrauch der Post ins Bild paßte, aber er arbeitete für das FBI und hatte noch nie einen Fall erlebt, bei dem betrügerischer Mißbrauch der Post nicht eingeschlossen war.

Die Haftbefehle waren ausgestellt worden und lagen griffbereit da; außerdem waren sie mit Dutzenden von Reportern von Zeitungen und Fernsehstationen im gesamten Südosten eingehend erörtert worden. Tarrance, der gelernt hatte, keine Miene zu verziehen und die Presse zu hassen, genoß die Zeit, die er mit den Reportern verbrachte.

Publicity mußte sein. Publicity war unbedingt erforderlich. Die Amtspersonen mußten McDeere finden, bevor der Mob ihn fand.

Rick Acklin rannte durch das Zimmer auf den Balkon. »Sie haben den Wagen gefunden!«

Tarrance und Voyles sprangen auf. »Wo?«

»In Panama City Beach. Auf dem Parkplatz einer Großbaustelle.«

»Rufen Sie unsere Männer zurück, jeden einzelnen!« befahl Voyles. »Stellt die Suche überall ein. Ich möchte jeden Agenten in Panama City Beach haben. Wir werden das Nest auf den Kopf stellen. Holt alle Einheimischen zu Hilfe, die ihr bekommen könnt. Sagt ihnen, sie sollen auf jedem Highway und auf jeder Landstraße, die in die Stadt hinein- und aus ihr herausfährt, Straßensperren errichten. Untersucht den Wagen auf Fingerabdrücke. Wie sieht die Stadt aus?«

»Ähnlich wie Destin. Ein zwölf Meilen langer Strip am Strand mit Hotels, Motels, Apartmenthäusern und Läden«, erwiderte Acklin.

»Setzen Sie unsere Männer auf die Hotels an, von Tür zu Tür. Ist ihr Phantombild fertig?«

»Sollte es eigentlich«, sagte Acklin.

»Sorgt dafür, daß jeder Agent und jeder Cop ihr Phantombild, Mitchs Phantombild, Rays Phantombild und Rays Sträflingsfoto erhält. Ich will einen Haufen Leute, die den Strip auf und ab marschieren und diese verdammten Phantombilder schwenken.«

»Ja, Sir.«

»Wie weit ist Panama City Beach von hier entfernt?«

»Ungefähr fünfzig Fahrminuten östlich.«

»Holt meinen Wagen.«

Das Telefon weckte Aaron Rimmer in seinem Zimmer im Perdido Beach Hilton. Es war der Deputy Sheriff von Baldwin County. Sie haben den Wagen gefunden, Mr. Rimmer, sagte er, in Panama City Beach. Vor ein paar Minuten. Ungefähr eine Meile vom Holiday Inn entfernt. Am Highway 98. Tut mir wirklich leid, was mit Ihrem Mädchen passiert ist. Hoffe, es geht ihr inzwischen wieder besser, sagte er.

Mr. Rimmer bedankte sich und rief sofort Lazarov im Sandpiper an. Zehn Minuten später waren er und sein Zimmergenosse Tony sowie DeVasher und vierzehn weitere Männer auf dem Weg nach Osten. Panama City Beach war drei Fahrstunden entfernt.

In Destin mobilisierte Lazarov seinen Sturmtrupp. Die Männer setzten sich rasch in Bewegung, stiegen in die Transporter und fuhren nach Osten. Der Blitzkrieg hatte begonnen.

Es war eine Sache von Minuten, daß der U-Haul-Möbelwagen zu einem heißen Gegenstand wurde. Der stellvertretende Geschäftsführer der Mietfirma in Nashville war ein Mann namens Billy Weaver. Am frühen Freitagmorgen schloß er sein Büro auf, machte sich einen Kaffee und überflog die Zeitung. Auf der unteren Hälfte der Titelseite las Billy mit Interesse die Geschichte über Ray McDeere und die Suche nach ihm an der Küste. Und dann wurde Abby erwähnt.

Dann wurde der Bruder des Flüchtlings, Mitch McDeere, erwähnt. Bei diesem Namen klingelte etwas.

Billy öffnete eine Schublade und durchblätterte die noch nicht erledigten Mietverträge. Da war es. Ein Mann namens McDeere hatte am späten Mittwochabend einen Fünf-Meter-Wagen gemietet. Die Unterschrift lautete M. Y. McDeere, aber auf dem Führerschein hatte Mitchell Y. gestanden. Aus Memphis.

Da er ein Patriot und ein ehrlicher Steuerzahler war, rief Billy seinen Cousin bei der Stadtpolizei an. Der Cousin rief das Büro des FBI in Nashville an, und eine Viertelstunde später war der U-Haul ein heißer Gegenstand.

Tarrance nahm den Anruf über Funk entgegen, während Acklin fuhr. Voyles saß im Fond. Ein U-Haul? Wozu in aller Welt brauchte er einen Möbelwagen? Er war ohne Wagen, Kleider und Schuhe, sogar ohne Zahnbürste aus Memphis verschwunden. Er hatte den Hund ungefüttert zurückgelassen. Er hatte nichts mitgenommen, also wieso ein Möbelwagen?

Die Bendini-Papiere, natürlich. Entweder hatte er Nashville mit den Papieren im Wagen verlassen, oder er war mit dem Wagen unterwegs, um sie zu holen. Aber weshalb Nashville?

Mitch stand mit der Sonne auf. Er warf einen eingehenden, verlangenden Blick auf seine Frau mit dem kurzen blonden Haar und hörte auf, an Sex zu denken. Das hatte Zeit. Er ließ sie schlafen. Er ging um die Stapel Kartons in dem kleinen Zimmer herum ins Bad, duschte rasch und schlüpfte in einen grauen Jogginganzug, den er in einem Wal-Markt in Montgomery gekauft hatte. Er ging eine halbe Meile am Strand entlang, bis er einen kleinen Supermarkt gefunden hatte. Er kaufte eine große Tüte voll Cola, Kuchen und Chips, Sonnenbrillen, Mützen und drei Zeitungen.

Als er zurückkehrte, wartete Ray bei dem U-Haul. Sie breiteten die Zeitungen auf Rays Bett aus. Es war schlimmer, als sie erwartet hatten. Mobile, Pensacola und Montgomery brachten auf der Titelseite ausführliche Berichte mit Phantombildern von Ray und Mitch sowie abermals dem Sträflingsfoto. Abbys Phantombild war, der Zeitung aus Pensacola zufolge, noch nicht freigegeben worden.

Wie bei Phantombildern üblich, waren sie hier und dort treffend und in anderen Details völlig falsch. Aber es war schwer, objektiv zu sein. Mitch starrte sein eigenes Phantombild an und versuchte, zu einem unvoreingenommenen Urteil darüber zu gelangen, wie ähnlich es ihm war. In den Berichten wimmelte es von allen möglichen absurden Behauptungen eines gewissen Wayne Tarrance, Special Agent, FBI. Tarrance erklärte, Mitchell McDeere wäre in der Gulf Shores-Pensacola-Gegend gesehen worden; von ihm und Ray wäre bekannt, daß sie schwer bewaffnet und überaus gefährlich wären; daß sie geschworen hätten, sich nicht lebendig ergreifen zu lassen; daß Geld für eine Belohnung bereitgestellt würde; daß jeder, der einen Mann sah, der auch nur von ferne einem der Brüder McDeere ähnelte, bitte sofort die Ortspolizei benachrichtigen möge.

Sie aßen Kuchen und kamen zu dem Schluß, daß die Phantombilder nicht treffend waren. Das Sträflingsfoto war ein Witz. Sie gingen ins Nebenzimmer und weckten Abby. Dann begannen sie, die Bendini-Papiere auszupacken und die Videokamera einsatzbereit zu machen.

Um neun rief Mitch Tammy an, per R-Gespräch. Sie hatte die neuen Pässe und Ausweise. Er wies sie an, sie mit Federal Express an Sam Fortune zu schicken, Rezeption, Sea Gull's Rest Motel, 16694 Highway 98, West Panama City Beach, Florida. Sie berichtete ihm über die Titelseiten-Story über ihn selbst und seine kleine Bande. Keine Phantombilder.

Er bat sie, die Papiere abzuschicken und dann Nashville zu verlassen. Fahren Sie die vier Stunden nach Knoxville, gehen Sie in ein großes Motel und rufen Sie mich in Zimmer 39, Sea Gull's Rest, an. Er gab ihr die Nummer.

Zwei FBI-Agenten klopften an die Tür des alten, ramponierten Wohnwagens mit der Nummer 486, San Luis. Mr. Ainsworth kam in der Unterwäsche an die Tür. Sie ließen ihre Marken sehen.

»Und was wollen Sie von mir?« knurrte er.

Ein Agent zeigte ihm die Morgenzeitung. »Kennen Sie diese beiden Männer?«

Er betrachtete die Zeitung. »Könnten die Söhne meiner Frau sein. Habe sie nie gesehen.«

»Und wie heißt Ihre Frau?«

»Eva Ainsworth.«

»Wo ist sie?«

Mr. Ainsworth betrachtete die Zeitung. »Bei der Arbeit. In der Waffle Hut. Treiben sie sich irgendwo hier herum?«

»Ja, Sir. Sie haben sie nicht gesehen?«

»Nein. Aber ich hole meinen Revolver aus dem Schrank.«

»Hat Ihre Frau sie gesehen?«

»Meines Wissens nicht.«

»Danke, Mr. Ainsworth. Wir haben Anweisung, hier in der Straße Wache zu halten, aber wir werden Sie nicht belästigen.«

»Gut. Diese Jungen sind verrückt. Das habe ich schon immer gesagt.«

Eine Meile entfernt parkten zwei weitere Agenten diskret neben einer Waffle Hut und hielten dort Wache.

Bis Mittag waren alle Highways und Landstraßen in der Umgebung von Panama City Beach gesperrt. Auf dem Strip hielten Polizisten alle vier Meilen den Verkehr an. Sie gingen von einem T-Shirt-Laden zum nächsten und verteilten Phantombilder. Sie hefteten sie an die Anschlagtafeln von Shoney's, Pizza Hut, Taco Bell und einem Dutzend weiteren Fast-Food-Restaurants. Sie baten die Kassierer und die Kellnerinnen, die Augen offenzuhalten nach den McDeeres. Überaus gefährlichen Leuten.

Lazarov und seine Männer stiegen im Best Western ab, zwei Meilen westlich vom Sea Gull's Rest. Er mietete ein großes Konferenzzimmer und richtete eine Kommandozentrale ein. Vier seiner Leute wurden losgeschickt, um einen T-Shirt-Laden leerzukaufen, und kamen mit allen möglichen Sorten von Touristenbekleidung und Strohhüten und Mützen zurück. Er mietete zwei Ford Escorts und rüstete sie mit Polizeifunk aus. Sie patrouillierten auf dem Strip und hörten das endlose Gerede ab. Sie erfuhren sofort von der Suche nach dem U-Haul und nahmen an ihr teil. DeVasher verteilte die gemieteten Transporter strategisch auf dem Strip. Sie standen unschuldig auf großen Parkplätzen und warteten mit eingeschalteten Funkgeräten.

Gegen zwei erhielt Lazarov einen dringlichen Anruf von einem der Leute im fünften Stock des Bendini-Gebäudes. Zweierlei. Erstens, ein Mann hatte beim Herumschnüffeln auf Grand Cayman einen alten Schlosser gefunden, der, nachdem er bezahlt worden war, sich erinnert hatte, daß er am 1. April gegen Mitternacht elf

Schlüssel kopiert hatte. Elf Schlüssel an zwei Ringen. Sagte, die Frau, eine sehr attraktive Amerikanerin, eine Brünette mit schönen Beinen, hatte bar bezahlt und es sehr eilig gehabt. Sagte, die Schlüssel wären einfach gewesen, ausgenommen der für den Mercedes. Zweitens hatte ein Bankier von Grand Cayman angerufen. Am Donnerstag um 9.33 waren per Datenfernübertragung zehn Millionen Dollar von der Royal Bank of Montreal an die Southeastern Bank in Nashville überwiesen worden.

Zwischen vier und halb fünf begann der Polizeifunk auf Hochtouren zu laufen. Es wurde ununterbrochen gesprochen. Ein Portier des Holiday Inn identifizierte Abby als die Frau, die am Donnerstag um 4.17 morgens zwei Zimmer gemietet und bar bezahlt hatte, und zwar für drei Nächte. Seit die Zimmer am Donnerstag gegen Mittag saubergemacht worden waren, hatte sie jedoch niemand mehr gesehen. Sie hatte sich nicht abgemeldet, und die Zimmer waren bis Samstagmittag bezahlt. Einen männlichen Komplizen hatte der Portier nicht zu Gesicht bekommen. Eine Stunde lang wimmelte es in dem Hotel von Polizisten und FBI-Agenten und Morolto-Gangstern. Tarrance selbst verhörte den Portier.

Sie waren da! Irgendwo in Panana City Beach. Ray und Abby auf jeden Fall. Mitch war vermutlich bei ihnen, aber dafür gab es keine Bestätigung. Bis Freitag 16.58 Uhr.

Die Bombe ging hoch. Ein County-Deputy fuhr bei einem billigen Motel vor und bemerkte das grauweiße Dach eines Möbelwagens. Er ging zwischen zwei Gebäuden hindurch und lächelte beim Anblick des säuberlich zwischen einer Reihe zweigeschossiger Apartments und einem großen Müllcontainer versteckten U-Haul-Wagens. Er schrieb sich die Nummer auf und gab die Meldung durch.

Ein Volltreffer! Fünf Minuten später war das Motel umzingelt. Der Besitzer kam aus seinem Büro gestürmt und verlangte eine Erklärung. Er sah sich die Phantombilder an und schüttelte den Kopf. Fünf FBI-Marken wurden ihm vor die Nase gehalten, und er wurde kooperativ.

Begleitet von einem Dutzend Agenten, holte er die Schlüssel und ging von Tür zu Tür. Achtundvierzig Türen.

Nur sieben Zimmer waren besetzt. Während er Türen aufschloß, erklärte der Besitzer, daß um diese Jahreszeit nicht viel los war im Beachcomber Inn. Alle kleineren Motels hatten schwer zu kämpfen bis zum Memorial Day, erklärte er.

Sogar das Sea Gull's Rest, vier Meilen weiter westlich, hatte schwer zu kämpfen.

Andy Patrick wurde zum ersten Mal verurteilt, als er neunzehn Jahre alt war und vier Monate wegen fauler Schecks absitzen mußte. Als Vorbestraftem war es ihm unmöglich, ehrliche Arbeit zu finden, und während der nächsten zwanzig Jahre betätigte er sich erfolglos als kleiner Krimineller. Er driftete durchs Land, beging Ladendiebstähle, schrieb faule Schecks aus und brach gelegentlich in ein Haus ein. Mit siebenundzwanzig wurde er, ein kleiner, zarter, harmloser Mann, von einem fetten, arroganten County-Deputy in Texas zusammengeschlagen. Er verlor ein Auge und außerdem allen Respekt vor den Hütern des Gesetzes.

Sechs Monate zuvor war er in Panama City Beach gelandet und hatte eine ehrliche Arbeit für vier Dollar die Stunde als Nachtportier an der Rezeption des Sea Gull's Rest Motel gefunden. Am Freitagmorgen gegen neun saß er vor dem Fernseher, als ein fetter, arroganter County-Deputy durch die Tür hereinmarschiert kam.

»Sind auf der Suche nach ein paar Leuten«, verkündete er und legte Kopien der Phantombilder und des Sträflingsfotos auf den schmutzigen Tresen. »Nach denen hier. Wir sind sicher, daß sie hier irgendwo stecken.«

Andy betrachtete die Phantombilder. Das von Mitchell Y. McDeere kam ihm ziemlich bekannt vor. Die Rädchen in seinem Kleinganoven-Hirn begannen sich zu drehen.

Mit seinem einen Auge musterte er den fetten, arroganten County-Deputy und sagte: »Die habe ich nicht gesehen. Aber ich halte die Augen offen.«

»Sie sind gefährlich«, sagte der Deputy.

Du bist derjenige, der gefährlich ist, dachte Andy.

»Hängen Sie die Bilder an der Wand dort auf«, befahl der Deputy.

Gehört dir der Laden hier? dachte Andy »Tut mir leid, aber ich bin nicht befugt, irgend etwas hier aufzuhängen.«

»Und wo steckt Ihr Boß?«

»Das weiß ich nicht. Wahrscheinlich in irgendeiner Kneipe.«

Der Deputy nahm die Phantombilder wieder an sich, ging hinter den Tresen und heftete sie ans Schwarze Brett. Als er fertig war, stierte er auf Andy herunter und sagte: »Ich komme in zwei Stunden wieder. Wenn Sie die abnehmen, sind Sie dran wegen Behinderung der Polizei.«

Andy verzog keine Miene. »Damit kommen Sie nicht durch. Sie haben mich deswegen einmal in Kansas drangekriegt, ich weiß also genau, wie das läuft.«

Die feisten Wangen des Deputy röteten sich, und er knirschte mit den Zähnen. »Sie sind wohl ein ganz Schlauer, wie?«

»Ja, Sir.«

»Wenn Sie die abmachen, dann verspreche ich Ihnen, daß ich Sie für irgend etwas in den Knast bringe.«

»Da bin ich schon öfters gewesen, und ich hab's überstanden.«

Auf dem Strip, nur ein paar Meter entfernt, blinkte Rotlicht und kreischten Sirenen, und der Deputy drehte sich um und beobachtete den Aufruhr. Er murmelte etwas und marschierte zur Tür hinaus. Andy warf die Phantombilder in den Papierkorb. Er sah ein paar Minuten lang zu, wie die Streifenwagen den Strip entlangjagten, dann ging er über den Parkplatz zum Hintergebäude und klopfte an die Tür von Zimmer 38.

Er wartete und klopfte abermals.

»Wer ist da?« fragte eine Frau.

»Der Geschäftsführer«, erwiderte Andy, stolz auf seinen Titel. Die Tür ging auf, und ein Mann, der eine gewisse Ähnlichkeit mit dem Phantombild von Mitchell Y. McDeere hatte, kam heraus.

»Ja?« sagte er. »Was wollen Sie?«

Andy konnte sehen, daß er nervös war. »Eben waren die Bullen hier. Sie wissen, was ich meine?«

»Was wollten sie?« fragte der Mann unschuldig.

Ihren Kopf, dachte Andy. »Haben nur Fragen gestellt und Bilder vorgezeigt. Ich habe mir die Bilder angesehen.«

»Ach ja?« sagte er.

»Ziemlich gute Bilder«, sagte Andy.

Mr. McDeere starrte Andy durchbohrend an.

Andy sagte: »Der Bulle sagte, einer von ihnen wäre aus dem Gefängnis geflohen. Sie wissen, was ich meine? Ich war selbst im Gefängnis, und ich finde, jeder müßte von dort fliehen. Sie verstehen?«

Mr. McDeere lächelte, und es war ein ziemlich nervöses Lächeln. »Wie heißen Sie?«

»Andy.«

»Ich schlage Ihnen ein Geschäft vor, Andy. Ich gebe Ihnen tausend Dollar jetzt, und morgen, wenn Sie dann immer noch nicht imstande sind, jemanden wiederzuerkennen, weitere tausend. Und übermorgen auch.«

Ein wunderbares Geschäft, dachte Andy, aber wenn Mr. McDeere sich tausend Dollar pro Tag leisten konnte, dann konnte er bestimmt auch fünftausend aufbringen. Es war die Chance seines Lebens.

»Nein«, sagte Andy entschlossen. »Fünftausend pro Tag.«

Mr. McDeere zögerte keine Sekunde. »Abgemacht. Ich hole das Geld.« Er ging in das Zimmer und kehrte mit einem Stapel Banknoten zurück.

»Fünftausend pro Tag, Andy. Gilt der Handel?«

Andy nahm das Geld und schaute sich um. Er würde es später zählen. »Ich nehme an, Sie möchten, daß ich die Zimmermädchen fernhalte?«

»Gute Idee. Das wäre nett.«

»Weitere fünftausend«, sagte Andy.

Jetzt zögerte Mr. McDeere. »Okay, ich schlage Ihnen einen weiteren Handel vor. Morgen früh kommt ein Federal-Express-Päckchen für Sam Fortune. Sie bringen es mir und halten die Zimmermädchen fern, und dafür bekommen Sie weitere fünftausend.«

»Geht nicht. Ich mache die Nachtschicht.«

»Okay, Andy. Wie wäre es, wenn Sie das ganze Wochenende rund um die Uhr arbeiten, die Mädchen fernhalten und mir mein Päckchen bringen würden? Wäre das zu machen?«

»Klar. Mein Boß ist ein Säufer. Er wäre heilfroh, wenn ich das Wochenende durcharbeite.«

»Wieviel Geld, Andy?«

Greif zu, dachte Andy. »Weitere zwanzigtausend.«

Mr. McDeere lächelte. »Sie gehören Ihnen.«

Andy grinste und steckte das Geld ein. Er ging wortlos davon, und Mitch kehrte in Zimmer 38 zurück.

»Wer war das?« wollte Ray wissen.

Mitch lächelte und schaute zwischen den Jalousien hindurch aus dem Fenster.

»Ich wußte, daß wir, um hier heil herauszukommen, auf einen glücklichen Zufall angewiesen sein würden. Und ich glaube, der ist uns gerade begegnet.«

38

Mr. Morolto trug einen schwarzen Anzug und eine rote Krawatte und saß am Kopfende des mit Kunststoff überzogenen Konferenztisches im Dunes Room des Best Western am Strip. Auf den zwanzig Stühlen, die um den Tisch herumstanden, saßen die besten und intelligentesten seiner Männer, und an den vier Wänden standen weitere vertraute Mitarbeiter. Obwohl sie stiernackige Killer waren, die ihre Arbeit gründlich und ohne Gewissensbisse erledigten, sahen sie jetzt mit ihren bunten Hemden, kurzen Shorts und einer erstaunlichen Kollektion von Strohhüten aus wie Clowns. Normalerweise hätte er gelächelt über ihre alberne Aufmachung, aber die Dringlichkeit der Lage verbot das Lächeln. Er hörte zu.

Zu seiner Rechten saß Lazarov und zu seiner Linken DeVasher, und sämtliche Ohren im Raum waren gespannt, während die beiden sich über den Tisch hinweg die Bälle zuwarfen.

»Sie sind hier. Ich weiß, daß sie hier sind«, sagte DeVasher dramatisch und hieb bei jeder Silbe mit der flachen Hand auf den Tisch. Der Mann hatte Rhythmus.

Dann war Lazarov an der Reihe: »Ich stimme Ihnen zu. Zwei kamen in einem PKW, einer in einem Möbelwagen. Die beiden Fahrzeuge wurden gefunden, voll mit Fingerabdrücken. Ja, sie sind hier.«

DeVasher: »Aber wieso Panama City Beach? Das gibt keinen Sinn.«

Lazarov: »Er ist schon einmal hier gewesen. Weihnachten, erinnern Sie sich? Er kennt diese Gegend, also glaubt er wohl, mit all diesen billigen Motels an der Küste könnte er sich hier eine Weile verstecken. Im Grunde keine schlechte Idee. Für einen Mann auf der Flucht schleppt er zuviel Gepäck mit sich herum. Zum Beispiel einen Bruder, der von allen gesucht wird. Und eine Frau. Und eine Wagenladung voller Dokumente, wie wir vermuten. Typische Schuljungen-Mentalität. Wenn ich schon flüchten muß, dann nehme ich alle mit, die mich lieben. Und dann vergewaltigt sein Bruder eine Frau, wie man glaubt, und plötzlich sind sämtliche Bullen in Alabama und Florida hinter ihnen her. Ganz schönes Pech.«

»Was ist mit seiner Mutter?« fragte Mr. Morolto.

Lazarov und DeVasher nickten dem großen Mann zu und würdigten die sehr intelligente Frage.

Lazarov: »Nichts. Das ist purer Zufall. Sie ist eine ganz einfache Frau, die Waffeln serviert und von nichts eine Ahnung hat. Wir haben sie beobachtet, seit wir hier angekommen sind.«

DeVasher: »Ganz meine Meinung. Sie haben sich nicht getroffen.«

Morolto schaute intelligent drein und zündete sich eine Zigarette an.

Lazarov: »Also wenn sie hier sind, und wir wissen, daß sie hier sind, dann wissen auch die Feds und die Bullen, daß sie hier sind. Wir haben sechzig Leute hier, und die haben Hunderte und damit die größeren Chancen.«

»Sind Sie sicher, daß sie zusammen sind?« fragte Mr. Morolto.

DeVasher: »Völlig sicher. Wir wissen, daß die Frau und der Sträfling am gleichen Abend in Perdido ankamen, daß sie zusammen verschwanden und drei Stunden später hier im Holiday Inn eintrafen und für zwei Zimmer bar bezahlten, und daß sie den Wagen mietete und seine Fingerabdrücke darin gefunden wurden. Das steht fest. Wir wissen, daß Mitch am Mittwoch in Nashville einen U-Haul mietete, daß er Donnerstagmorgen zehn Millionen von unserem Geld auf eine Bank in Nashville überweisen ließ und sich dann offensichtlich aus dem Staub machte. Der U-Haul wurde vor vier Stunden hier gefunden. Ja, Sir, sie sind zusammen.«

Lazarov: »Wenn er Nashville sofort nach Eingang des Geldes verlassen hat, müßte er nach Einbruch der Dunkelheit hier angekommen sein. Der U-Haul wurde leer aufgefunden, also muß er ihn irgendwo in dieser Gegend ausgeladen und dann versteckt haben. Das ist vermutlich irgendwann im Laufe der letzten Nacht geschehen. Aber irgendwann mußten sie ja auch schlafen. Ich nehme an, daß sie die letzte Nacht hier verbracht haben und vorhatten, heute weiterzuziehen. Aber dann sind sie heute morgen aufgewacht, und ihre Bilder waren in der Zeitung, überall wimmelte es von Bullen, und plötzlich waren die Straßen versperrt. Also sitzen sie hier fest.«

DeVasher: »Um herauszukommen, müssen sie einen Wagen leihen, mieten oder stehlen. Bei den Autovermietungen in dieser Gegend sind sie nicht aufgetaucht. Sie hat in Mobile unter ihrem eigenen Namen einen Wagen gemietet. Mitch hat in Nashville unter seinem eigenen Namen einen U-Haul gemietet. Beide mit ihren eigenen Papieren. Woraus zu schließen ist, daß sie doch nicht ganz so schlau sind, wie sie glauben.«

Lazarov: »Offensichtlich haben sie keine falschen Papiere. Wenn sie hier in der Gegend einen Fluchtwagen gemietet hätten, müßte in dem Mietvertrag ihr richtiger Name stehen. Aber einen solchen Mietvertrag gibt es nicht.«

Mr. Morolto machte eine wegwerfende Handbewegung. »Na schön. Sie sind also hier. Ihr seid wahre Genies. Ich bin wirklich stolz auf euch. Und was nun?«

DeVasher war an der Reihe. »Die Feds sind im Wege. Sie haben die Suche in die Hand genommen, und wir können nichts tun, als hier sitzen und warten.«

Lazarov: »Ich habe in Memphis angerufen. Sämtliche angestellten Anwälte, die schon länger für uns arbeiten, sind auf dem Wege hierher. Sie kennen McDeere und seine Frau gut, also schicken wir sie an den Strand und in die Restaurants und Hotels. Vielleicht sehen die etwas.«

DeVasher: »Ich glaube, sie stecken in einem dieser kleinen Motels. Dort können sie falsche Namen angeben und bar bezahlen, und niemand verdächtigt sie. Außerdem sind dort weniger Leute, und es ist weniger wahrscheinlich, daß sie gesehen werden. Sie waren im Holiday Inn, aber da sind sie nicht lange geblieben. Ich vermutete, sie sind auf dem Strip weitergezogen.«

Lazarov: »Zuerst müssen wir die Feds und die Bullen loswerden. Sie wissen es noch nicht, aber sie werden ihre Suche woandershin verlegen. Dann, zeitig morgen früh, gehen wir in den kleinen Motels von Tür zu Tür. Die meisten dieser Absteigen haben weniger als fünfzig Zimmer. Ich nehme an, daß zwei von unseren Leuten für eines eine halbe Stunde brauchen werden. Auf diese Weise kommen wir nur langsam voran, aber wir können nicht einfach hier herumsitzen. Vielleicht werden die McDeeres, wenn die Bullen abgezogen sind, aufatmen und einen Fehler machen.«

»Sie meinen, unsere Männer sollten die Hotelzimmer durchsuchen?« fragte Mr. Morolto.

DeVasher: »Es ist unmöglich, jede Tür aufzureißen, aber wir können es versuchen.«

Mr. Morolto stand auf und ließ den Blick durch den Raum schweifen. »Und was ist mit dem Wasser?« fragte er in Richtung Lazarov und DeVasher.

Sie starrten sich an, völlig verwirrt von dieser Frage.

»Das Wasser!« brüllte Mr. Morolto. »Was ist mit dem Wasser?«

Alle Blicke schossen verzweifelt um den Tisch herum und konzentrierten sich dann rasch auf Lazarov. »Ich bitte um Entschuldigung, Sir, ich weiß nicht, was Sie meinen.«

Mr. Morolto brachte sein Gesicht dicht an das von Lazarov heran. »Was ist mit dem Wasser, Lou? Wir sind hier an einem Strand, stimmt's? Auf der einen Seite gibt es Land und Straßen und Bahnhöfe und Flughäfen, und auf der anderen Seite gibt es Wasser und Boote. Also, wenn die Straßen gesperrt sind und die Bahnhöfe und Flugplätze überwacht werden, wohin, meint ihr, könnten sie dann verschwinden? Für mich liegt auf der Hand, daß sie versuchen könnten, sich ein Boot zu beschaffen und in der Dunkelheit zu verschwinden. Ist das einleuchtend?«

Sämtliche Köpfe im Zimmer nickten rasch. DeVasher sprach als erster. »Ich finde das sehr einleuchtend.«

»Wunderbar«, sagte Mr. Morolto. »Wo also sind unsere Boote?«

Lazarov sprang auf, wendete sich zur Wand und überschüttete seine Helfershelfer mit Anweisungen. »Geht hinunter zu den Piers. Mietet für heute abend und den ganzen morgigen Tag sämtliche Fischerboote, die ihr bekommen könnt. Bezahlt den Leuten, was sie haben wollen. Beantwortet keine Fragen, gebt ihnen einfach Geld. Bemannt die Boote mit unseren Leuten und fangt so bald wie möglich an, mit ihnen zu patrouillieren. Entfernt euch nicht weiter als eine Meile von der Küste.«

Am Freitagabend kurz vor elf Uhr stand Aaron Rimmer an der Kasse einer durchgehend geöffneten Texaco-Tankstelle in Tallassee und bezahlte für ein Bier und zwölf Gallonen Benzin. Er brauchte Kleingeld für ein Telefongespräch. Draußen, neben der Waschanlage, suchte er sich aus dem Telefonbuch die Nummer des Tallahassee Police Department heraus. Es wäre sehr dringend. Er nannte seinen Namen und wurde mit dem Captain verbunden.

»Hören Sie!« rief Rimmer eindringlich. »Ich bin hier bei dieser Texaco-Tankstelle, und vor fünf Minuten habe ich diese Sträflinge gesehen, nach denen alle Welt sucht! Ich weiß, daß sie es waren!«

»Was für Sträflinge?« fragte der Captain.

»Die McDeeres. Zwei Männer und eine Frau. Ich bin vor knapp zwei Stunden von Panama City Beach abgefahren, und ich habe ihre Bilder in der Zeitung gesehen. Dann habe ich hier angehalten und getankt, und da habe ich sie gesehen.«

Rimmer gab seinen Standort an und wartete dreißig Sekunden, bis der erste Streifenwagen mit flackerndem Blaulicht eintraf, dem rasch ein zweiter, dritter und vierter folgten. Sie packten Rimmer auf einen Beifahrersitz und beförderten ihn ins Revier. Der Captain und eine kleine Horde Polizisten warteten auf ihn. Rimmer wurde ins Büro des Captains geführt, wo die drei Phantombilder und das Sträflingsfoto bereits auf dem Schreibtisch lagen.

»Das sind sie!« rief er. »Ich habe sie gerade gesehen, vor nicht einmal zehn Minuten. Sie fuhren einen grünen Ford-Pickup mit Tennessee-Kennzeichen und einem langen, zweiachsigen U-Haul-Anhänger.«

»Wo genau sind Sie gewesen?« fragte der Captain. Die Polizisten ließen sich kein Wort entgehen.

»Ich habe gerade getankt, Zapfsäule vier, normal, bleifrei, und sie fuhren auf den Parkplatz, ziemlich verstohlen. Sie parkten in einiger Entfernung von den Zapfsäulen, und die Frau stieg aus und ging hinein.« Er nahm Abbys Phantombild in die Hand und betrachtete es. »Ja. Das ist sie. Ihr Haar war wesentlich kürzer, aber dunkel. Sie kam gleich wieder heraus, hat nichts gekauft. Sie war nervös und wollte offensichtlich so schnell wie möglich in den Wagen zurück. Ich war fertig mit dem Tanken, also ging ich hinein. Und dann, gerade als ich die Tür aufmachte, fuhren sie kaum einen halben Meter von mir entfernt vorbei. Ich habe sie alle drei gesehen.«

»Wer saß am Steuer?« fragte der Captain. Rimmer betrachtete Rays Sträflingsfoto. »Nicht der. Der andere.« Er zeigte auf das Phantombild von Mitch.

»Darf ich Ihren Führerschein sehen?« sagte ein Sergeant.

Rimmer hatte drei Sätze Ausweispapiere bei sich. Er gab dem Sergeant einen in Illinois ausgestellten Führerschein mit seinem Foto und dem Namen Frank Temple.

»In welche Richtung fuhren sie?« fragte der Captain.

»Nach Osten.«

Im gleichen Moment legte Tony Verkler vier Meilen entfernt an einem Münzfernsprecher den Hörer auf, lächelte und kehrte in das Burger King zurück.

Der Captain telefonierte. Der Sergeant notierte die Angaben in Rimmer/Temples Führerschein, und ein Dutzend Polizisten unterhielten sich aufgeregt, als ein Streifenwagenfahrer ins Büro gestürmt kam. »Hatte gerade einen Anruf. Sie sind wieder gesehen worden, bei einem Burger King östlich der Stadt. Gleichlautende Angaben. Alle drei in einem grünen Ford-Pickup mit einem U-Haul-Anhänger. Der Mann wollte seinen Namen nicht nennen, sagte aber, er hätte ihre Bilder in der Zeitung gesehen. Sagte, sie hätten kurz am Ausgabeschalter angehalten, hätten drei Tüten Essen gekauft und wären dann weitergefahren.«

»Das müssen sie sein!« sagte der Captain mit einem breiten Grinsen.

Der Sheriff von Bay County trank schwarzen Kaffee aus einem Plastikbecher. Seine schwarzen Stiefel lagen auf dem Konferenztisch im Carribean Room des Holiday Inn. FBI-Agenten kamen und gingen, nahmen sich Kaffee, flüsterten und tauschten die jüngsten Neuigkeiten aus. Direktor F. Denton Voyles, der große Mann höchstpersönlich, saß an der anderen Seite des Tisches und studierte mit drei seiner Untergebenen eine Straßenkarte. In dem Zimmer herrschte eine Aktivität wie in einem Bienenkorb. Angehörige der Staatspolizei von Florida erschienen und verschwanden wieder. In einer improvisierten Kommandozentrale in einer Ecke läuteten Telefone und drangen Stimmen aus Funkgeräten. Deputy-Sheriffs und Polizeibeamte aus drei Counties lungerten herum, fasziniert von der Suche und der Spannung und der Anwesenheit so vieler FBI-Agenten. Und der von Voyles.

Ein Deputy stürmte mit vor Aufregung funkelnden Augen durch die Tür. »Habe gerade einen Anruf aus Tallahassee bekommen! Sie haben in der letzten Viertelstunde zwei eindeutige Identifizierungen erhalten! Alle drei in einem grünen Ford-Pickup mit Tennessee-Kennzeichen.«

Voyles ließ seine Straßenkarte fallen und ging auf den Deputy zu.

»Wo sind sie gesehen worden?« Der Raum war still bis auf die Funkgeräte.

»Zuerst bei einer Texaco-Tankstelle. Und dann vier Meilen entfernt bei einem Burger King. Dort haben sie am Drive-in-Schalter angehalten. Beide Zeugen waren sich ihrer Sache ganz sicher und haben sie genau beschrieben.«

Voyles wendete sich an den Sheriff. »Sheriff, rufen Sie in Tallahassee an und lassen Sie sich das bestätigen. Wie weit ist es?«

Die schwarzen Stiefel prallten auf den Boden. »Anderthalb Stunden. Gerade Strecke auf der Interstate 10.«

Voyles deutete auf Tarrance, und sie gingen in ein kleines Zimmer, das als Bar fungierte. Der Aufruhr blieb hinter ihnen zurück, und sie konnten sich ungestört unterhalten.

»Wenn sie tatsächlich gesehen worden sind«, sagte Voyles, »dann vergeuden wir hier nur unsere Zeit.«

»Ja, Sir. Hört sich echt an. Eine einzelne Meldung könnte Zufall sein oder ein Dummejungenstreich, aber zwei Anrufe aus so dicht beieinanderliegenden Orten – das hört sich verdammt echt an.«

»Wie, zum Teufel, sind sie hier herausgekommen?«

»Es muß diese Frau gewesen sein, Chef. Sie hilft ihm seit einem Monat. Ich weiß nicht, wer sie ist oder wo er sie gefunden hat, aber sie steht irgendwo draußen, beobachtet uns und läßt ihn alles wissen, was er braucht.«

»Glauben Sie, daß sie bei ihnen ist?«

»Das bezweifle ich. Wahrscheinlich hält sie sich lediglich in ihrer Nähe auf, fern vom eigentlichen Geschehen, und nimmt Anweisungen von ihm entgegen.«

»Er ist brillant, Wayne. Das hat er seit Monaten geplant.«

»Offensichtlich.«

»Sie haben einmal die Bahamas erwähnt.«

»Ja, Sir. Die Million Dollar, die wir ihm gezahlt haben, gingen auf eine Bank in Freeport. Später sagte er mir, dort wäre das Geld nicht lange geblieben.«

»Was meinen Sie – ist er dorthin unterwegs?«

»Wer weiß? Auf jeden Fall muß er irgendwie aus dem Land herauskommen. Ich habe heute mit Brushy Mountain telefoniert. Der Oberaufseher sagte mir, daß Ray McDeere fließend fünf oder sechs Sprachen spricht. Sie könnten überallhin verschwinden.«

»Ich glaube, wir sollten abziehen«, sagte Voyles.

»Wir lassen die Straßensperren rund um Tallahassee herum errichten. Sie werden nicht weit kommen, wenn wir eine gute Beschreibung des Fahrzeugs erhalten.«

»Ich möchte, daß jeder Cop in Florida sich binnen einer Stunde auf den Highways befindet. Straßensperren überall. Jeder Ford-Pickup wird automatisch durchsucht, okay? Unsere Männer warten hier bis Tagesanbruch, dann brechen wir unsere Zelte ab.«

»Ja, Sir«, erwiderte Tarrance mit einem erschöpften Lächeln.

Die Nachricht, daß die Gesuchten in Tallahassee gesichtet worden waren, breitete sich entlang der Emerald Coast aus. Panama City Beach entspannte sich. Die McDeeres waren fort. Aus nur ihnen bekannten Gründen waren sie landeinwärts geflüchtet, dort gesichtet und eindeutig identifiziert worden, nicht nur einmal, sondern sogar zweimal. Und jetzt waren sie irgendwo unterwegs zu der unausweichlichen Konfrontation am Rande eines dunklen Highways.

Die Polizisten an der Westküste kehrten nach Hause zurück. Im Bay County und im Gulf County wurden die Nacht über noch ein paar Straßensperren beibehalten; die Stunden vor Anbruch des Samstags waren fast normal. Beide Enden des Strip blieben weiterhin blockiert, und gelegentlich ließen sich Polizisten einen Führerschein zeigen. Die Straßen nördlich der Stadt waren frei und unbewacht. Die Suche hatte sich nach Osten verlagert.

Am Stadtrand von Ocala, Florida, in der Nähe von Silver Springs am Highway 40, stapfte Tony Verkler aus einem 7-Eleven und steckte einen Vierteldollar in ein Münztelefon. Er rief die Polizei von Ocala an und berichtete, daß er gerade eben die drei Sträflinge gesehen hatte, nach denen jedermann in der Umgebung von Panama City Beach suchte. Die McDeeres! Er sagte, er hatte am Vortag, als er gerade durch Pensacola fuhr, ihre Bilder in der Zeitung gesehen, und gerade eben hätte er sie selbst gesehen. Der Diensthabende teilte ihm mit, daß sich alle Streifenwagen an einem Ort befanden, an dem es einen schweren Unfall gegeben hatte, und bat ihn, aufs Revier zu kommen, damit er seinen Bericht aufnehmen könnte. Tony sagte, er hätte es sehr eilig, aber da es doch wohl ziemlich wichtig wäre, würde er in einer Minute da sein.

Als er ankam, wartete der Polizeichef in einem T-Shirt und Blue Jeans. Seine Augen waren rot und geschwollen, und sein Haar war zerzaust. Er führte Tony in sein Büro und dankte ihm für sein Kommen. Er machte sich Notizen, während Tony erklärte, daß er gerade den 7-Eleven betankt hatte, als ein grüner Ford-Pickup mit einem U-Haul-Anhänger dahinter vor dem Laden vorfuhr und eine Frau ausstieg und ans Telefon ging. Tony war, so erklärte er, auf der Fahrt von Mobile nach Miami und hatte dabei die Suchaktion in der Umgebung von Panama City Beach mitbekommen. Er hatte die Zeitungen gesehen und Radio gehört und wußte alles über die drei McDeeres. Jedenfalls war er hineingegangen und hatte das Benzin bezahlt, und da war ihm, als hätte er die Frau irgendwo schon einmal gesehen. Dann fielen ihm die Zeitungen wieder ein. Er ging zu dem Zeitschriftenständer am vorderen Schaufenster, von wo aus er einen guten Blick auf die Männer hatte. Sie waren es, ganz eindeutig. Sie legte auf, stieg wieder zu den beiden Männern in den Wagen, und dann fuhren sie davon. Grüner Ford mit Tennessee-Kennzeichen.

Der Polizeichef dankte ihm und rief das Büro des Sheriffs von Marion County an. Tony verabschiedete sich und kehrte zu seinem Wagen zurück, in dem Aaron Rimmer auf dem Rücksitz schlief.

Sie fuhren nach Norden, in Richtung Panama City Beach.

39

Samstag, 7 Uhr morgens. Andy Patrick schaute auf dem Strip nach Osten und nach Westen, dann ging er schnell über den Parkplatz zu Zimmer 39. Er klopfte leise an.

Nach kurzem Zögern fragte sie: »Wer ist da?«

»Der Geschäftsführer«, erwiderte er. Die Tür ging auf, und der Mann, der eine gewisse Ähnlichkeit mit dem Phantombild von Mitchell Y. McDeere hatte, kam heraus. Sein Haar war jetzt sehr kurz und goldfarben.

»Guten Morgen, Andy«, sagte er höflich, während er den Blick über den Parkplatz schweifen ließ.

»Guten Morgen. Ich war nicht ganz sicher, ob Sie überhaupt noch hier sind.«

McDeere nickte und behielt weiterhin den Parkplatz im Auge.

»Ich meine, nach dem, was ich heute morgen im Fernsehen gehört habe, seid ihr vergangene Nacht durch halb Florida gefahren.«

»Ja, wir haben es auch gehört. Ein merkwürdiges Spielchen, meinen Sie nicht auch, Andy?«

Andy versetzte einem Stein einen Fußtritt. »Im Fernsehen hieß es, Sie wären in der letzten Nacht dreimal eindeutig identifiziert worden. An drei verschiedenen Orten. Ziemlich merkwürdig, habe ich gedacht. Ich war die ganze Nacht hier, aber daß Sie abgereist sind, habe ich nicht gesehen. Vor Sonnenaufgang bin ich über den Highway in ein kleines Café gegangen, gleich da drüben, und wie gewöhnlich saßen da ein paar Bullen. Ich habe mich zu ihnen gesetzt. Nach dem, was sie sagten, ist die Suche in dieser Gegend abgebrochen worden. Sie sagten, auch das FBI wäre abgezogen, nachdem die letzte Meldung hereingekommen war, gegen vier Uhr heute morgen. Auch die meisten auswärtigen Bullen haben die Stadt verlassen. Sie wollen den Strip noch bis Mittag gesperrt halten und dann damit aufhören. Gerüchten zufolge hatten Sie Hilfe von außen, und Sie versuchen, auf die Bahamas zu entkommen.«

Mr. McDeere hörte aufmerksam zu und beobachtete weiterhin den Parkplatz. »Was haben sie sonst noch gesagt?«

»Sie redeten von einem U-Haul-Wagen voller gestohlener Ware, und daß sie den Wagen gefunden haben, und zwar leer, und daß sich niemand vorstellen kann, wie Sie die gestohlene Ware auf einen Anhänger verladen und direkt vor ihrer Nase aus der Stadt verschwinden konnten. Sie waren mächtig beeindruckt. Ich habe natürlich nichts gesagt, aber ich nehme an, es handelt sich um denselben U-Haul, mit dem Sie Donnerstagabend hier angekommen sind.«

McDeere war tief in Gedanken versunken und sagte nichts. Er schien nicht nervös zu sein. Andy musterte eingehend sein Gesicht.

»Sie scheinen sich nicht gerade zu freuen«, sagte Andy. »Ich meine, schließlich ziehen die Bullen ab und stellen die Suche ein. Das ist doch gut, oder nicht?«

»Andy, kann ich Ihnen etwas sagen?«

»Natürlich.«

»Jetzt ist es noch gefährlicher als vorher.«

Andy dachte einen langen Moment darüber nach, dann sagte er: »Wieso das?«

»Die Polizei wollte mich nur verhaften, Andy. Aber es gibt auch Leute, die mich umbringen wollen. Profi-Killer, Andy. Eine ganze Horde. Und die sind noch hier.«

Andy kniff sein gesundes Auge zusammen und starrte McDeere an. Profi-Killer! Hier in dieser Gegend? Auf dem Strip? Er wollte fragen, wer sie waren und weshalb sie hinter ihm her waren, aber er wußte, daß er darauf kaum eine Antwort bekommen würde. Er sah eine Chance. »Weshalb flüchten Sie nicht?«

»Flüchten? Wie stellen Sie sich das vor?«

Andy kickte einen weiteren Stein fort und deutete mit einem Kopfnicken auf einen hinter dem Büro geparkten 1971er Pontiac Bonneville. »Sie könnten meinen Wagen nehmen. Sie könnten hinten einsteigen, alle drei, und ich könnte Sie aus der Stadt herausfahren. Sie scheinen nicht gerade pleite zu sein, also könnten Sie irgendwo in ein Flugzeug steigen und verschwinden. Einfach so.«

»Und wieviel würde das kosten?«

Andy betrachtete seine Füße und kratzte sich am Ohr. Der Mann handelte vermutlich mit Rauschgift, und seine Kartons waren vermutlich voller Kokain und Geld. Und vermutlich waren die Kolumbianer hinter ihm her. »Das wäre ziemlich teuer. Ich meine, jetzt, bei fünftausend pro Tag, bin ich nur ein harmloser Hotelangestellter, der nicht besonders gut aufpaßt. In nichts mit drinsteckt, verstehen Sie. Aber wenn ich Sie aus der Stadt herausschaffe, dann werde ich zum Komplizen und laufe Gefahr, angeklagt und verurteilt und ins Gefängnis gesteckt zu werden, all den Scheiß, den ich schon öfters durchgemacht habe. Deshalb würde es ziemlich teuer werden.«

»Wieviel, Andy?«

»Hunderttausend.«

Mr. McDeere zuckte nicht zusammen und zeigte auch sonst keinerlei Reaktion; er behielt seine ausdruckslose Miene bei und schaute über den Strand hinweg aufs Meer. Andy wußte sofort, daß es im Bereich des Möglichen lag.

»Lassen Sie mich darüber nachdenken, Andy. Fürs erste halten Sie die Augen offen. Jetzt, wo die Polizisten weg sind, werden die Killer kommen. Dies könnte ein sehr gefährlicher Tag werden, Andy, und ich brauche Ihre Hilfe. Wenn Sie irgend etwas Verdächtiges bemerken, sagen Sie uns sofort Bescheid. Wir rühren uns nicht aus diesen Zimmern fort. Okay?«

Andy kehrte an die Rezeption zurück. Jeder Narr würde in seinen Wagen springen und sich dünnemachen. Es waren die Kartons, die gestohlene Ware. Das war es, weshalb sie nicht abhauen wollten.

Die McDeeres genossen ein leichtes Frühstück aus altbackenem Kuchen und warmen Softdrinks. Ray war ganz wild auf ein kaltes Bier, aber ein weiterer Ausflug zum Supermarkt war zu riskant. Sie aßen schnell und verfolgten die Frühnachrichten. Gelegentlich ließ einer der Sender an der Küste ihre Phantombilder über den Bildschirm flimmern. Anfangs ängstigte sie das, aber sie gewöhnten sich daran.

Einige Minuten nach neun an diesem Samstagmorgen stellte Mitch den Fernseher ab und nahm seine Position zwischen den Kartons wieder ein. Er nahm einen Stapel Dokumente zur Hand und nickte Abby zu, die die Kamera bediente. Die Aussage wurde fortgesetzt.

Lazarov wartete, bis die Zimmermädchen an der Arbeit waren, dann verteilte er seine Truppen über den Strip. Sie arbeiteten paarweise, klopften an Türen, schauten durch Fenster und schlichen über dunkle Flure. In den meisten der kleinen Betriebe arbeiteten zwei oder drei Mädchen, die jedes Zimmer und jeden Gast kannten. Die Prozedur war einfach, und in den meisten Fällen funktionierte sie. Einer der Gangster fand ein Zimmermädchen und gab ihm einen Hundertdollarschein. Wenn sie sich sträubte, gab er ihr solange weiteres Geld, bis sie zur Zusammenarbeit bereit war. Wenn sie die Leute nicht identifizieren konnte, fragte er, ob sie einen U-Haul-Möbelwagen gesehen hätte oder ein Zimmer voller Kartons oder zwei Männer und eine Frau, die einen argwöhnischen oder ängstlichen Eindruck machten, oder sonst irgend etwas Ungewöhnliches. Wenn ihnen das Zimmermädchen nicht weiterhelfen konnte, fragten sie, welche Zimmer belegt waren, und klopften dann an die Türen.

Fangt mit den Zimmermädchen an, hatte Lazarov sie angewiesen. Geht von der dem Meer zugewandten Seite aus hinein. Haltet euch von den Rezeptionen fern. Gebt vor, von der Polizei zu sein. Und wenn ihr sie erwischt, bringt ihr sie auf der Stelle um und ruft mich dann an.

DeVasher postierte vier der gemieteten Transporter in der Nähe des Highway auf dem Strip. Lamar Quin, Kendall Mahan, Wally Hudson und Jack Aldrich posierten als Fahrer und beobachteten jedes vorbeikommende Fahrzeug. Sie waren mitten in der Nacht zusammen mit weiteren zehn angestellten Anwälten, die seit langem bei Bendini, Lambert & Locke arbeiteten, in einem Privatflugzeug eingetroffen. In den Souvenirläden und Cafés mischten sich die früheren Freunde und Kollegen von Mitch McDeere unter die Touristen und hofften insgeheim, daß sie ihn nicht sehen würden. Die Partner waren von den Flughäfen überall im Lande zurückgerufen worden, und am späten Vormittag wanderten sie am Strand entlang und inspizierten Pools und Hotelfoyers. Nathan Locke blieb bei Mr. Morolto, aber die übrigen Partner verkleideten sich mit Golfmützen und Sonnenbrillen und nahmen die Befehle von General DeVasher entgegen. Nur Avery Tolar fehlte. Seit er aus dem Krankenhaus verschwunden war, hatte niemand etwas von ihm gehört. Die dreiunddreißig Anwälte eingeschlossen, verfügte Mr. Morolto über fast hundert Männer, die an seiner privaten kleinen Suchaktion teilnahmen.

Im Blue Tide Motel nahm ein Hausmeister eine Hundertdollarnote, sah sich die Phantombilder an und sagte, er hätte möglicherweise gesehen, wie die Frau und einer der Männer am frühen Donnerstagabend zwei Zimmer genommen hatten. Er betrachtete das Bild von Abby genauer und kam zu dem Schluß, daß sie es gewesen war. Er nahm noch ein bißchen mehr Geld und ging ins Büro, um die Anmeldeformulare zu überprüfen. Er kehrte zurück mit der Information, daß die Frau den Namen Jackie Nagel angegeben und in bar zwei Zimmer für Donnerstag, Freitag und Samstag bezahlt hatte. Er nahm noch ein bißchen mehr Geld, und die beiden Killer folgten ihm zu den Zimmern. Er klopfte an beide Türen. Keine Antwort. Er schloß sie auf und ließ seine neuen Freunde die Zimmer inspizieren. Die Zimmer waren Freitagnacht nicht benutzt worden. Einer der Männer rief Lazarov an, und fünf Minuten später durchsuchte DeVasher die Zimmer nach irgendwelchen Hinweisen. Er fand keine, aber die Suche wurde sofort eingeengt auf einen vier Meilen langen Küstenstreifen zwischen dem Blue Tide und dem Beachcomber, bei dem der U-Haul gefunden worden war.

Die Transporter schafften die Truppe näher heran. Die Partner und die älteren unter den angestellten Anwälten suchten den Strand und die Restaurants ab. Und die Killer klopften an Türen.

Andy unterschrieb die Federal Express-Empfangsbestätigung um 10.35 Uhr und betrachtete das an Sam Fortune adressierte Päckchen. Es war von einer Doris Greenwood aufgegeben worden, und die Absenderadresse war 4040 Poplar Avenue, Memphis, Tennessee. Keine Telefonnummer. Er zweifelte nicht daran, daß es wertvoll war, und einen Augenblick lang dachte er an einen weiteren schnellen Profit. Aber seine Ablieferung war bereits im Preis einbegriffen. Er ließ den Blick in beide Richtungen über den Strip schweifen und verließ mit dem Päckchen das Büro.

Nach Jahren des Flüchtens und Versteckens hatte sich Andy unbewußt angewöhnt, sich schnell zu bewegen und dabei im Schatten zu bleiben und sich nie offen zu zeigen. Als er um die Ecke bog, um den Parkplatz zu überqueren, sah er, wie zwei Männer an die Tür von Zimmer 21 klopften. In diesem Zimmer wohnte niemand, und die beiden erregten sofort seinen Argwohn. Sie trugen schlecht passende weiße Shorts, die ihnen fast bis zu den Knien reichten; allerdings war kaum zu erkennen, wo die Shorts endeten und die schneeweißen Beine anfingen. Einer trug dunkle Socken und schäbige Mokassins. Der andere trug billige Sandalen und hatte offensichtlich Schmerzen beim Gehen. Weiße Panamahüte schmückten ihre massigen Köpfe.

Nach sechs Monaten auf dem Strip war Andy imstande, Scheintouristen zu erkennen. Derjenige, der an die Tür klopfte, schlug wieder dagegen, und als er es tat, sah Andy, daß in seinen Shorts eine große Pistole steckte.

Er machte schnell und leise kehrt und kehrte in das Büro zurück. Er rief Zimmer 39 an und verlangte nach Sam Fortune.

»Hier ist Sam.«

»Sam, hier ist Andy an der Rezeption. Schauen Sie nicht hinaus, aber da sind zwei sehr verdächtig aussehende Typen, die auf der anderen Seite des Parkplatzes an die Türen klopfen.«

»Polizisten?«

»Das glaube ich nicht. Sie haben sich nicht bei mir gemeldet.«

»Wo sind die Zimmermädchen?« fragte Sam.

»Samstags kommen sie nicht vor elf.«

»Gut. Wir schalten das Licht aus. Beobachten Sie sie und sagen Sie uns Bescheid, wenn sie wieder fort sind.«

Von einem dunklen Fenster in einer Kammer aus beobachtete Andy, wie die Männer von Tür zu Tür gingen, anklopften und warteten; gelegentlich wurde eine von ihnen geöffnet. Von den zweiundvierzig Zimmern waren nur elf belegt. Keine Reaktion in 38 und 39. Sie kehrten zum Strand zurück und verschwanden. Profi-Killer! In seinem Motel.

Auf der anderen Seite des Strip, auf dem Parkplatz einer Minigolfanlage, sah Andy zwei weitere dieser Scheintouristen, die mit einem Mann in einem weißen Transporter sprachen. Sie zeigten hierhin und dorthin und schienen zu diskutieren.

Er rief Sam an. »Sie sind fort, Sam. Aber in der ganzen Gegend wimmelt es von diesen Leuten.«

»Wie viele?«

»Ich kann zwei weitere auf der anderen Seite des Strip sehen. Ihr solltet zusehen, daß ihr schleunigst von hier verschwindet.«

»Nicht nervös werden, Andy. Wenn wir hier drinbleiben, sehen sie uns nicht.«

»Aber Sie können nicht ewig hierbleiben. Früher oder später wird mein Boß hier aufkreuzen.«

»Wir bleiben nicht mehr lange, Andy. Was ist mit dem Päckchen?«

»Es liegt hier.«

»Gut. Ich muß es sehen. Sagen Sie, Andy, wie steht es mit etwas zu essen? Könnten Sie über die Straße gehen und uns etwas Warmes besorgen?«

Andy war Geschäftsführer, kein Laufbursche. Aber für fünftausend Dollar am Tag konnte das Sea Gull's Rest auch ein bißchen Zimmerservice bieten. »Klar. Bin in einer Minute bei Ihnen.«

Wayne Tarrance ergriff den Telefonhörer und ließ sich auf das Einzelbett in seinem Zimmer im Ramada Inn in Orlando fallen. Er war erschöpft, wütend, verzweifelt und stocksauer auf F. Denton Voyles. Es war Samstag, 13.30 Uhr. Er rief in Memphis an. Seine Sekretärin hatte nichts zu berichten, außer daß Mary Alice angerufen hatte und mit ihm sprechen wollte. Sie hatten den Anruf zu einem Münzfernsprecher in Atlanta zurückverfolgt. Mary Alice hatte gesagt, sie würde um 14 Uhr noch einmal anrufen, um zu erfahren, ob Wayne – sie sprach von ihm als Wayne – sich inzwischen gemeldet hatte. Tarrance gab seine Zimmernummer an und legte auf. Mary Alice. In Atlanta. McDeere in Tallahassee, dann in Ocala. Und dann überhaupt kein McDeere. Kein grüner Ford-Pickup mit Tennessee-Kennzeichen und Anhänger. Er war wieder verschwunden.

Das Telefon läutete einmal. Tarrance hob langsam den Hörer ab. »Mary Alice«, sagte er leise.

»Wayne Baby! Wie haben Sie das erraten?«

»Wo ist er?«

»Wer?« Tammy kicherte.

»McDeere. Wo ist er?«

»Also, Wayne, eine Zeitlang wart ihr nahe daran, aber dann seid ihr hinter einem Phantom hergejagt. Jetzt seid ihr nicht einmal mehr nahe daran, Baby. Tut mir leid, Ihnen das sagen zu müssen.«

»In den letzten vierzehn Stunden sind drei eindeutige Identifizierungen eingegangen.«

»Vielleicht sollten Sie die einmal überprüfen, Wayne. Mitch hat mir vor ein paar Minuten gesagt, daß er noch nie in Tallahassee war. Nie von Ocala gehört hat. Nie einen grünen Ford-Pickup gefahren und nie einen U-Haul-Anhänger hinter sich hergeschleppt hat. Möchte wissen, wem ihr da auf den Leim gegangen seid.«

Tarrance zwickte seinen Nasenrücken und atmete schwer ins Telefon.

»Und wie gefällt Ihnen Orlando?« fragte sie. »Wollen Sie sich Disney World ansehen, wo Sie nun schon einmal hier sind?«

»Wo, zum Teufel, steckt er?«

»Wayne, Wayne, ganz ruhig, Baby. Sie bekommen die Dokumente.«

Tarrance fuhr hoch. »Okay, wann?«

»Nun ja, wir könnten habgierig sein und auf dem Rest unseres Geldes bestehen. Ich spreche von einem Münzfernsprecher aus, Wayne, also machen Sie sich nicht die Mühe, mich aufzuspüren, okay? Aber wir sind nicht habgierig. Sie bekommen das Zeug binnen vierundzwanzig Stunden. Wenn alles gutgeht.«

»Wo sind die Dokumente?«

»Ich muß Sie wieder anrufen, Baby. Wenn Sie weiterhin unter dieser Nummer zu erreichen sind, rufe ich Sie alle vier Stunden an, bis Mitch mir sagt, wo sich die Dokumente befinden. Aber wenn Sie sich aus diesem Zimmer fortrühren, Wayne, dann könnte ich Sie verlieren, Baby. Also bleiben Sie, wo Sie sind.«

»Ich werde hier sein. Ist er noch im Lande?«

»Ich glaube nicht. Ich bin sicher, daß er sich inzwischen in Mexiko aufhält. Sein Bruder spricht Spanisch, wissen Sie das?«

»Ich weiß es.« Tarrance streckte sich auf dem Bett aus und dachte, na wenn schon. Von ihm aus konnte Mexiko sie haben, solange er nur die Dokumente bekam.

»Bleiben Sie, wo Sie sind, Baby. Machen Sie ein Nickerchen. Sie müssen müde sein. Ich rufe gegen fünf oder sechs wieder an.«

Tarrance stellte das Telefon auf den Nachttisch und machte ein Nickerchen.

Am Samstagnachmittag kam die Suche ins Stocken, nachdem die Polizei von Panama City Beach die vierte Beschwerde von Motel-Besitzern erhalten hatte. Die Cops fuhren zum Breakers Motel, wo ein wütender Besitzer von Bewaffneten berichtete, die seine Gäste belästigten. Weitere Cops wurden auf den Strip geschickt, und es dauerte nicht lange, bis sie in den Motels nach Bewaffneten suchten, die nach den McDeeres suchten. Die Emerald Coast stand an der Schwelle eines Krieges.

DeVashers Männer, müde und verschwitzt, waren gezwungen, einzeln zu arbeiten. Sie zerstreuten sich noch weiter am Strand und hörten mit der Arbeit von Tür zu Tür auf. Sie saßen auf Plastikstühlen an den Pools und beobachteten das Kommen und Gehen der Touristen. Sie lagen am Strand, mieden die Sonne, versteckten sich hinter dunklen Sonnenbrillen und beobachteten das Kommen und Gehen der Touristen.

Als die Nacht hereinbrach, verschwand das Heer von Gangstern und Ganoven und Killern und Anwälten in der Dunkelheit und wartete. Wenn die McDeeres verschwinden wollten, dann würden sie es in der Nacht tun. Eine stumme Armee wartete auf sie.

DeVashers dicke Unterarme lagen auf dem Geländer des Balkons vor seinem Zimmer im Best Western. Während die Sonne langsam am Horizont verschwand, beobachtete er den leeren Strand unter sich. Aaron Rimmer kam durch die Schiebetür und blieb hinter DeVasher stehen. »Wir haben Tolar gefunden«, sagte er.

DeVasher rührte sich nicht. »Wo?«

»In der Wohnung seiner Freundin in Memphis.«
»War er allein?«
»Ja. Sie haben ihn kaltgemacht. Und dafür gesorgt, daß es wie Raubmord aussieht.«

In Zimmer 39 untersuchte Ray zum hundertsten Mal die neuen Pässe, Visa, Führerscheine und Geburtsurkunden. Die Paßfotos von Mitch und Abby waren jüngsten Datums, mit Massen von dunklem Haar. Nach ihrer Flucht würde die blonde Tönung mit der Zeit verschwinden. Rays Foto war ein leicht retuschierter Schnappschuß von Mitch während seines Studiums in Harvard, mit langem Haar, Bartstoppeln und studentisch aggressiver Miene. Bei genauer Betrachtung wiesen Augen, Nase und Wangenknochen eine gewisse Ähnlichkeit auf, aber sonst nichts. Die Papiere lauteten auf die Namen Lee Stevens, Rachel James und Sam Fortune, alle mit Adressen in Murfreesboro, Tennessee. Doc hatte gute Arbeit geleistet, und Ray lächelte, als er eines nach dem anderen betrachtete.

Abby packte die Sony-Videokamera in ihren Karton. Das Stativ wurde zusammengeklappt und an die Wand gelehnt. Vierzehn Videobänder mit Aufklebe-Etiketten waren säuberlich auf dem Fernseher gestapelt.

Nach sechzehn Stunden war die Video-Aussage abgeschlossen. Am Anfang des ersten Bandes hatte Mitch das Gesicht der Kamera zugewendet, die rechte Hand erhoben und geschworen, die Wahrheit zu sagen. Er stand neben der Kommode, und der Fußboden um ihn herum war mit Dokumenten bedeckt. Indem er von Tammys Notizen, Zusammenfassungen und Diagrammen Gebrauch machte, ging er methodisch zuerst die Bankauszüge durch. Er identifizierte mehr als zweihundertfünfzig Geheimkonten bei elf Banken auf den Caymans. Einige wurden unter Namen geführt, aber bei den meisten handelte es sich um Nummernkonten. Mit Hilfe von Kopien von Computerausdrucken rekonstruierte er die Geschichte der Konten. Bareinzahlungen, Überweisungen, Abhebungen. Auf jedes Dokument, auf das er in seiner Aussage Bezug genommen hatte, schrieb er mit schwarzem Filzstift die Initialen MM und dann die laufende Nummer: MM1, MM2, MM3 und so weiter. Nach Beweisstück MM1485 hatte er neunhundert Millionen Dollar nachgewiesen, die auf Banken auf den Caymans versteckt waren.

Nach den Bankunterlagen zeichnete er methodisch und detailliert die Struktur des Imperiums auf. Im Laufe von zwanzig Jahren hatten die Moroltos und ihre korrupten Anwälte auf den Caymans mehr als vierhundert Firmen gegründet. Viele dieser Firmen gehörten ganz oder teilweise anderen dieser Firmen, und sie benutzten die Banken als lizensierte Agenten und Briefkastenadressen. Mitch hatte sehr schnell erkannt, daß nur ein Bruchteil der Unterlagen in seinem Besitz war, und äußerte in die Kamera hinein seine Vermutung, daß die meisten Dokumente in Memphis im Keller zu finden waren. Außerdem erklärte er zur Information der Jury, daß ein kleines Heer von Steuerfahndern ungefähr ein Jahr brauchen würde, um das Puzzle der Morolto-Firmen zusammenzufügen. Er erläuterte langsam jedes Dokument, kennzeichnete es sorgfältig und legte es ab. Abby bediente die Kamera.

Mitch sagte sechs Stunden lang aus über die verschiedenen Methoden, deren sich die Moroltos und ihre Anwälte bedienten, um schmutziges Geld in sauberes zu verwandeln. Die beliebteste Methode war offensichtlich, eine Ladung schmutziges Geld in ein Bendini-Flugzeug zu laden, gewöhnlich mit zwei oder drei Anwälten an Bord, um dem Flug einen legitimen Anstrich zu geben. Bei all dem Rauschgift, das zu Wasser, zu Lande und in der Luft ins Land strömt, kümmert sich der Zoll kaum um das, was aus dem Lande hinausgeht. Es war eine todsichere Methode. Die Flugzeuge verließen das Land schmutzig und kehrten sauber zurück. Sobald das Geld auf Grand Cayman eingetroffen war, überreichte einer der Anwälte den Zollbeamten und dem entsprechenden Banker das erforderliche Schmiergeld. Bei manchen Ladungen gingen bis zu fünfundzwanzig Prozent für Bestechung drauf.

Einmal eingezahlt, gewöhnlich auf namenlose Nummernkonten, war das Geld praktisch nicht mehr aufzuspüren. Aber zwischen vielen der Banktransaktionen und bedeutsamen Firmenereignissen bestand ein enger Zusammenhang. Das Geld wurde gewöhnlich auf einem von einem Dutzend namenlosen, nur unter einer Nummer geführten Holdingkonten oder ›Superkonten‹, wie Mitch sie nannte, deponiert. Er gab der Jury die Kontonummern und die Namen der Banken. Dann, wenn neue Firmen gegründet wurden, wurde das Geld von den Superkonten auf die Firmenkonten überwiesen, oft innerhalb ein und derselben Bank. Sobald das schmutzige Geld im Besitz einer legitimen Cayman-Firma war, begann die Wäscherei. Die einfachste und gebräuchlichste Methode bestand darin, daß die Firma Immobilien und andere saubere Objekte in den Vereinigten Staaten kaufte. Die Transaktionen wurden von den einfallsreichen Anwälten von Bendini, Lambert & Locke durchgeführt, und sämtliche Gelder wurden durch Datenfernübertragung bewegt. Oft kaufte eine Firma auf den Caymans eine andere Firma auf den Caymans, der zufällig eine andere Firma in Panama gehörte, der eine Holding-Gesellschaft in Dänemark gehörte. Die Dänen kauften dann eine Kugellagerfabrik in Toledo und ließen den Kaufpreis von einer Tochterbank in München überweisen. Und damit war das schmutzige Geld sauber.

Nachdem er Beweisstück MM4292 gekennzeichnet hatte, beendete Mitch seine Aussage. Sechzehn Stunden waren genug. Die Aussage würde vor Gericht keine Gültigkeit haben, aber sie würde ihren Zweck erfüllen. Tarrance und seine Kollegen konnten die Bänder einer Jury vorlegen und gegen mindestens dreißig Anwälte der Firma Bendini Anklage erheben. Er konnte die Bänder einem Bundesrichter zeigen und würde seine Durchsuchungsbefehle bekommen.

Mitch hatte seinen Teil des Handels erfüllt. Obwohl er nicht da sein würde, um persönlich auszusagen, hatte er nur eine Million Dollar erhalten und war im Begriff, mehr zu liefern, als man von ihm erwartete. Er war körperlich und emotionell erschöpft und saß bei ausgeschaltetem Licht auf der Bettkante.

Ray schaute durch die Jalousie hinaus. »Wir brauchen ein kaltes Bier«, sagte er.

»Vergiß es«, fuhr Mitch ihn an.

Ray drehte sich um und musterte ihn. »Nicht nervös werden, kleiner Bruder. Es ist dunkel, und bis zu dem Laden sind es nur ein paar Schritte. Ich kann auf mich aufpassen.«

»Vergiß es, Ray. Wir dürfen kein Risiko eingehen. In ein paar Stunden verschwinden wir, und wenn alles gutgeht, hast du den ganzen Rest deines Lebens Zeit zum Biertrinken.«

Ray hörte nicht zu. Er zog sich eine Baseballmütze tief in die Stirn, steckte etwas Kleingeld in die Taschen und griff nach der Waffe.

»Ray, bitte, laß wenigstens dieses Ding hier«, flehte Mitch ihn an.

Ray schob die Waffe unter sein Hemd und ging zur Tür hinaus. Er ging schnell durch den Sand hinter den kleinen Motels und Läden, hielt sich im Schatten und lechzte nach einem kalten Bier. Er blieb hinter dem Supermarkt stehen, schaute sich schnell um, und als er sicher war, daß niemand ihn beobachtete, ging er zum Eingang. Der Bierkühler stand im Hintergrund des Ladens.

Auf dem Parkplatz neben dem Strip versteckte sich Lamar Quin unter einem großen Strohhut und unterhielt sich mit ein paar Teenagern aus Indiana. Er sah, wie Ray in den Laden ging, und etwas kam ihm bekannt vor. Der Gang des Mannes hatte etwas Lässiges, an das er sich zu erinnern glaubte. Lamar trat an das Schaufenster und schaute hinein. Die Augen des Mannes waren hinter einer Sonnenbrille verborgen, aber die Nase und die Wangenknochen waren ihm vertraut. Lamar betrat den kleinen Supermarkt und nahm eine Tüte Kartoffelchips. Er wartete an der Kasse und begegnete von Angesicht zu Angesicht einem Mann, der nicht Mitchell McDeere war, ihm aber sehr ähnlich sah.

Es war Ray. Er mußte es sein. Das Gesicht war von der Sonne verbrannt, und das Haar war zu kurz, um modisch zu sein. Die Augen waren nicht zu erkennen. Dieselbe Größe. Dasselbe Gewicht. Derselbe Gang.

»Wie geht's?« sagte Lamar zu dem Mann.

»Gut. Und Ihnen?« Die Stimme war ähnlich.

Lamar bezahlte die Chips und kehrte auf den Parkplatz zurück. Er ließ die Tüte in eine Mülltonne fallen und ging schnell ein Haus weiter zu einem Souvenirladen, um seine Suche nach den McDeeres fortzusetzen.

40

Die Dunkelheit brachte eine kühle Brise am Strand. Die Sonne ging schnell unter, und kein Mond trat an ihre Stelle. Eine ferne Decke aus harmlosen dunklen Wolken bedeckte den Himmel, und das Wasser war schwarz.

Die Dunkelheit brachte Angler zur Dan-Russell-Pier im mittleren Teil des Strip. Sie bildeten Dreier- und Vierergruppen auf dem Betonbau und schauten stumm in das schwarze Wasser sechs Meter unter innen, in das ihre Schnüre hinabhingen. Sie lehnten am Geländer, ohne sich viel zu bewegen, spuckten nur gelegentlich aus oder wechselten ein paar Worte mit einem Freund. Sie freuten sich viel mehr über die Brise und die Stille und das ruhige Wasser als darüber, daß gelegentlich ein Fisch den Köder schluckte. Sie waren Urlauber aus dem Norden, die alljährlich die gleiche Woche im gleichen Motel verbrachten und jeden Abend im Dunkeln auf die Pier kamen, um zu angeln und auf die See hinauszuschauen. Zwischen innen standen Eimer mit Ködern und kleine Kühlboxen mit Bier.

Im Laufe des Abends erschienen von Zeit zu Zeit einige Nichtangler oder ein Liebespärchen auf der Pier und gingen die hundert Meter bis zu ihrem Ende. Sie schauten ein paar Minuten lang auf das stille, schwarze Wasser, dann machten sie kehrt und bewunderten das Leuchten von einer Million Lichtern am Strip. Sie musterten die reglosen Angler. Die Angler bemerkten sie nicht.

Die Angler bemerkten auch Aaron Rimmer nicht, als er gegen elf hinter ihnen vorbeischlenderte. Am Ende der Pier rauchte er eine Zigarette und warf den Stummel ins Meer. Er ließ den Blick über den Strand wandern und dachte an die Tausende von Motelzimmern und Apartments.

Die Dan-Russell-Pier war die westlichste der drei Piers von Panama City Beach. Sie war zugleich die neueste, die längste und die einzige, die ausschließlich aus Beton errichtet war. Die anderen beiden waren älter und aus Holz. In der Mitte stand ein kleines Ziegelsteingebände mit einem Laden für Angelgerät, einer Snackbar und Toiletten. Die Toiletten waren auch nachts geöffnet.

Die Pier lag ungefähr vierhundert Meter östlich vom Sea Gull's Rest. Um halb zwölf verließ Abby Zimmer 39, ging um den schmutzigen Pool herum und begann, am Strand entlang ostwärts zu wandern. Sie trug Shorts, einen weißen Strohhut und einen Anorak mit bis über die Ohren hochgeschlagenem Kragen. Sie ging langsam, die Hände tief in die Taschen geschoben, wie ein erfahrener, in Gedanken versunkener Strandwanderer. Fünf Minuten später verließ Mitch das Zimmer, ging um den schmutzigen Pool herum und folgte ihr. Im Gehen schaute er aufs Meer hinaus. Zwei Jogger tauchten auf, platschten durch das Wasser und unterhielten sich in den Atempausen. Unter seinem schwarzen Baumwollhemd hatte er eine Pfeife um den Hals hängen, für den Notfall. In seinen vier Taschen steckten sechzigtausend Dollar Bargeld. Er schaute aufs Meer hinaus und behielt gleichzeitig Abby im Auge. Als er zweihundert Meter am Strand zurückgelegt hatte, verließ auch Ray Zimmer 39 zum letzten Mal. Er verschloß es und behielt einen Schlüssel. Er hatte ein zwölf Meter langes, schwarzes Nylonseil um die Taille gewickelt. Darunter steckte die Waffe. Beides wurde von einem fülligen Anorak verdeckt. Andy hatte weitere zweitausend für die Ausrüstung und die Kleidung kassiert.

Ray erreichte den Strand. Er sah Mitch und undeutlich auch Abby. Sonst war der Strand menschenleer.

Es war fast Mitternacht, Samstag, und die beiden Angler hatten die Pier bereits verlassen. Abby sah drei von ihnen in einer kleinen Gruppe in der Nähe der Toiletten. Sie ging an ihnen vorbei und wanderte scheinbar lässig zum Ende der Pier, wo sie sich an das Betongeländer lehnte und hinausschaute auf die endlose Schwärze des Golfs. Rote Leuchtbojen waren über das Meer verstreut, soweit sie sehen konnte. Weiter im Osten bildeten blaue und weiße Fahrrinnen-Markierungen eine gerade Linie. Das gelbe Blinklicht eines Schiffes bewegte sich auf den Horizont zu. Sie war allein am Ende der Pier.

Mitch versteckte sich in einem Liegestuhl unter einem zusammengeklappten Sonnenschirm am Zugang zur Pier. Er konnte sie nicht sehen, hatte aber einen guten Blick über das Wasser. Fünfzehn Meter entfernt saß Ray im Dunkeln auf einer kleinen Mauer. Sie warteten. Sie schauten auf ihre Uhren.

Genau um Mitternacht öffnete Abby nervös den Reißverschluß ihres Anoraks und zog eine schwere Signallampe heraus. Sie schaute auf das Wasser unter sich und umklammerte sie fest. Sie hielt sie vor den Bauch, schirmte sie mit dem Anorak ab, richtete sie aufs Meer und drückte dreimal den Schalter. An und aus. An und aus. An und aus. Das grüne Licht blinkte dreimal auf. Sie umklammerte die Lampe und starrte aufs Meer hinaus.

Keine Antwort. Sie wartete eine Ewigkeit, und zwei Minuten später signalisierte sie abermals. Dreimal. Keine Antwort. Sie holte tief Luft und sagte sich: »Ganz ruhig, Abby. Er ist irgendwo dort draußen.« Sie ließ das Licht wieder dreimal aufblitzen. Keine Antwort.

Mitch saß auf der Kante des Liegestuhls und beobachtete angespannt das Meer. Aus dem Augenwinkel heraus sah er eine Gestalt, die sich sehr schnell, fast rennend, von Westen her näherte und auf die Stufen der Pier sprang. Es war der Skandinavier. Mitch raste über den Strand hinter ihm her.

Aaron Rimmer ging hinter den Anglern vorbei, um das kleine Gebäude herum, und musterte die Frau mit dem weißen Strohhut am Ende der Pier. Sie stand gebückt da und umklammerte etwas. Es blinkte wieder, dreimal. Er ging leise auf sie zu.

»Abby.«

Sie fuhr herum und versuchte zu schreien. Rimmer stürzte sich auf sie und drückte sie gegen das Geländer. Aus der Dunkelheit heraus fuhr Mitch mit dem Kopf voran gegen die Beine des Skandinaviers, und alle drei prallten auf den glatten Beton. Mitch spürte die Waffe im Rücken des Skandinaviers. Er holte mit einem Unterarm aus und verfehlte sein Ziel. Rimmer wirbelte herum und landete einen gemeinen Hieb auf Mitchs linkem Auge. Abby trat um sich und kroch beiseite. Mitch war blind und benommen. Rimmer stand schnell auf und tastete nach der Waffe, aber er erreichte sie nicht. Ray fuhr auf ihn los wie ein Rammbock und knallte den Skandinavier gegen das Geländer. Er landete vier geschoßähnliche Volltreffer auf Augen und Nase, und jeder brachte Blut mit sich. So etwas lernte man im Gefängnis. Der Skandinavier fiel auf alle viere, und Ray versetzte seinem Kopf vier kraftvolle Tritte. Er stöhnte jämmerlich und sackte mit dem Gesicht nach unten zusammen.

Ray nahm ihm die Waffe ab und gab sie Mitch, der inzwischen aufgestanden war und versuchte, mit seinem unverletzten Auge klar zu sehen. Abby beobachtete die Pier. Niemand in Sicht.

»Gib weiter Signal«, sagte Ray, während er das Seil von seiner Taille abwickelte. Abby wendete sich dem Wasser zu, schirmte die Signallampe ab, fand den Schalter und ließ das Licht immer wieder aufblitzen.

»Was hast du vor?« flüsterte Mitch, der Ray und das Seil beobachtete.

»Es gibt zwei Möglichkeiten. Wir können ihm entweder das Gehirn wegpusten oder ihn ertränken.«

»Oh, mein Gott«, sagte Abby, signalisierte aber weiter.

»Nicht schießen«, flüsterte Mitch.

»Danke«, sagte Ray. Er faßte ein kurzes Stück Seil mit beiden Händen, legte es dem Skandinavier fest um den Hals und zog. Mitch drehte ihm den Rücken zu und stellte sich zwischen den Skandinavier und Abby. Sie versuchte, nicht zuzusehen. »Tut mir leid. Wir haben keine andere Wahl«, murmelte Ray, fast für sich.

Der Bewußtlose wehrte oder bewegte sich nicht. Nach drei Minuten stieß Ray laut den Atem aus und verkündete: »Er ist tot.« Er band das Ende des Seils an einen Pfosten, schob die Leiche unter dem Geländer hindurch und ließ das Seil lautlos ins Wasser hinab.

»Ich gehe zuerst hinunter«, sagte Ray. Er kroch unter dem Geländer hindurch und glitt an dem Seil herunter. Zweieinhalb Meter unter der Deckfläche der Pier verband eine eiserne Querstrebe zwei der dicken Betonpfosten, die im Wasser verschwanden. Sie bot ein hübsches Versteck. Abby war die nächste. Ray ergriff ihre Beine, als sie das Seil umklammerte und heruntерglitt. Mitch, der nur mit einem Auge sehen konnte, verlor das Gleichgewicht und wäre beinahe im Wasser gelandet.

Aber sie schafften es. Sie saßen auf der Querstrebe, drei Meter über dem kalten, dunklen Wasser. Drei Meter über den Fischen und den Muscheln und der Leiche des Skandinaviers. Ray schnitt das Seil durch, damit der Tote auf den Grund absinken konnte, bevor er in ein oder zwei Tagen wieder auftauchte.

Sie saßen da wie drei Eulen auf einem Ast, betrachteten die Leuchtbojen und die Fahrrinnen-Markierungen und warteten darauf, daß der Messias übers Wasser wandelte. Die einzigen Geräusche waren das leise Klatschen der Wellen unter ihnen und das stetige Klicken der Signallampe.

Und dann Stimmen von der Pier über ihnen. Nervöse, besorgte, panische Stimmen, die nach jemandem suchten. Dann waren sie wieder fort.

»Und was tun wir nun, kleiner Bruder?« flüsterte Ray.

»Plan B«, sagte Mitch.

»Und wie sieht der aus?«

»Wir schwimmen los.«

»Sehr witzig«, sagte Abby, weiterhin signalisierend.

Eine Stunde verging. Die eiserne Querstrebe, obwohl ein ideales Versteck, war nicht sonderlich bequem.

»Habt ihr die beiden Boote da draußen gesehen?« fragte Ray leise.

Die Boote waren klein, ungefähr eine Meile von der Küste entfernt, und während der letzten Stunde hatten sie langsam und unauffällig in Sichtweite des Strandes gekreuzt. »Vermutlich Fischerboote«, sagte Mitch.

»Wer fischt um ein Uhr nachts?« fragte Ray.

Alle drei dachten darüber nach. Es gab keine Erklärung.

Abby sah es zuerst und hoffte und betete, daß es nicht die Leiche war, was da auf sie zutrieb. »Da drüben«, sagte sie und deutete auf eine fünfzig Meter entfernte Stelle. Es war ein schwarzer Gegenstand, der sich auf dem Wasser befand und sich langsam in ihre Richtung bewegte. Sie beobachteten ihn aufmerksam. Dann das Geräusch, ähnlich dem einer Nähmaschine.

»Weiter signalisieren«, sagte Mitch. Es kam näher.

Es war ein Mann in einem kleinen Boot.

»Abanks!« flüsterte Mitch laut. Das summende Geräusch erstarb.

»Abanks«, sagte er noch einmal.

»Wo, zum Teufel, steckt ihr?« kam die Antwort.

»Hier. Unter der Pier. Machen Sie schnell, verdammt noch mal!«

Das Geräusch setzte wieder ein und wurde lauter, und Abanks brachte ein zweieinhalb Meter langes Schlauchboot unter die Pier. Sie sprangen von der Querstrebe herunter und landeten in einem glücklichen Haufen. Lautlos umarmten sie einander, dann umarmten sie Abanks. Er brachte den Fünf-PS-Elektromotor wieder in Gang und steuerte aufs offene Meer hinaus.

»Wo haben Sie gesteckt?« fragte Mitch.

»Bin ein bißchen herumgefahren«, erwiderte Abanks gelassen.

»Und weshalb kommen Sie so spät?«

»Ich komme so spät, weil ich diesen Fischerbooten ausweichen mußte, voll von Idioten in Touristenkluft, die so tun, als wären sie Fischer.«

»Was meinen Sie, gehören sie zu den Moroltos oder zum FBI?« fragte Abby.

»Nun, wenn es Idioten sind, ist beides möglich.«

»Was ist mit Ihrem grünen Licht passiert?«

Abanks deutete auf eine Signallampe, die neben dem Motor lag. »Die Batterie war leer.«

Das Boot war ein Zwölf-Meter-Schoner, den Abanks in Jamaica für nur zweihunderttausend gekauft hatte. Ein Freund wartete an der

Strickleiter und half ihnen an Bord. Sein Name war George, einfach George, und er sprach Englisch mit einem leichten Akzent. Abanks sagte, sie könnten ihm vertrauen.

»Dort im Schrank ist Scotch, wenn Sie mögen«, sagte Abanks. Ray fand den Scotch, Abby fand eine Decke und legte sich auf eine kleine Couch. Mitch stand an Deck und bewunderte sein neues Boot. Als Abanks und George das Schlauchboot an Bord geholt hatten, sagte Mitch: »Machen wir, daß wir fortkommen. Können wir gleich starten?«

»Wie Sie wünschen«, erwiderte George bereitwillig.

Mitch warf noch einen Blick auf die Lichter an der Küste und nahm Abschied. Dann ging er unter Deck und goß sich einen Scotch ein.

Wayne Tarrance schlief, quer über dem Bett liegend, in seinen Kleidern. Seit dem letzten Anruf vor sechs Stunden hatte er sich nicht von der Stelle gerührt. Neben ihm läutete das Telefon. Nachdem es viermal geläutet hatte, fand er es.

»Hallo.« Seine Stimme war träge und heiser.

»Wayne, Baby. Habe ich Sie geweckt?« Eine weibliche Stimme.

»Natürlich.«

»Sie können die Dokumente jetzt haben. Zimmer 39, Sea Gull's Rest Motel, Highway 98, Panama City Beach. An der Rezeption sitzt ein Mann namens Andy, er wird Sie in das Zimmer lassen. Gehen Sie sorgsam mit ihnen um. Unser Freund hat sie alle hübsch ordentlich gekennzeichnet, und er hat sechzehn Stunden Videoaufnahmen gemacht. Also bringen Sie nichts durcheinander.«

»Ich habe eine Frage«, sagte Tarrance.

»Bitte sehr. Fragen Sie nur.«

»Wo hat er Sie gefunden? Ohne Sie wäre das unmöglich gewesen.«

»Danke, Wayne. Gefunden hat er mich in Memphis. Wir haben uns angefreundet, und er hat mir einen Haufen Geld geboten.«

»Wieviel?«

»Spielt das eine Rolle, Wayne? Jedenfalls brauche ich nie wieder zu arbeiten. Muß jetzt Schluß machen. War mir ein Vergnügen.«

»Wo ist er?«

»Während wir uns unterhalten, sitzt er in einem Flugzeug nach

Südamerika. Aber bitte, vergeuden Sie nicht Ihre Zeit mit dem Versuch, ihn zu finden, Wayne Baby. Ich liebe Sie, aber Sie konnten ihn nicht einmal in Memphis erwischen. Leben Sie wohl.« Sie hatte aufgelegt.

41

Morgendämmerung. Sonntag. Der Zwölf-Meter-Schoner fuhr unter vollen Segeln bei klarem Himmel südwärts. Abby schlief in der Eignerkabine. Ray lag in einem vom Scotch ausgelösten Koma auf der Couch. Abanks war irgendwo und machte ein Nickerchen.

Mitch saß auf Deck, trank kalten Kaffee und ließ sich von George die Grundbegriffe der Segelns erklären. George war Ende Fünfzig, hatte langes, grau gebleichtes Haar und eine dunkle, von der Sonne braungebrannte Haut. Er war schmal und drahtig, ähnlich wie Abanks. Von Geburt Australier, war er vor achtundzwanzig Jahren nach dem größten Bankraub in der Geschichte des Kontinents aus dem Lande geflohen. Er und sein Partner teilten sich elf Millionen in Bargeld und Silber und gingen dann getrennte Wege. Sein Partner war inzwischen tot, hatte er gehört.

George war nicht sein wirklicher Name, aber er benutzte ihn seit achtundzwanzig Jahren und hatte seinen früheren Namen vergessen. Ende der sechziger Jahre hatte er die Karibik entdeckt, und nachdem er die Tausende von kleinen, primitiven, englischsprachigen Inseln gesehen hatte, war er überzeugt gewesen, ein Zuhause gefunden zu haben. Er deponierte sein Geld bei Banken auf den Bahamas, in Belize und Panama und natürlich auf Grand Cayman. Er baute sich ein kleines Anwesen an einem abgelegenen Küstenstreifen auf Little Cayman und hatte die letzten einundzwanzig Jahre damit verbracht, auf seinem Neun-Meter-Schoner in der Karibik herumzusegeln. Im Sommer und im Frühherbst blieb er in der Nähe seines Hauses. Aber von Oktober bis Juni lebte er auf seinem Boot und fuhr von Insel zu Insel. Er hatte schon mehr als dreihundert von ihnen aufgesucht. Einmal hatte er zwei Jahre ausschließlich auf den Bahamas verbracht.

»Werden Sie immer noch gesucht?« fragte Mitch.

»Ich weiß es nicht. Schließlich kann ich nicht anrufen und fragen. Aber ich bezweifle es.«

»Wo ist das sicherste Versteck?«

»Auf diesem Boot. Es ist ein hübscher kleiner Kasten, und sobald Sie gelernt haben, damit umzugehen, wird er Ihr Zuhause sein. Suchen Sie sich irgendwo eine kleine Insel, vielleicht Little Cayman oder Cayman Brac – sie sind beide noch recht primitiv –, und bauen Sie sich dort ein Haus. Machen Sie es so wie ich. Und verbringen Sie die meiste Zeit auf Ihrem Boot.«

»Wann hört man auf, Angst zu haben, daß sie hinter einem her sind?«

»Oh, ich denke noch immer daran. Aber Angst habe ich nicht mehr. Wieviel konnten Sie beiseite schaffen?«

»Rund acht Millionen«, sagte Mitch.

»Das ist hübsch. Sie haben das Geld, um tun und lassen zu können, was Sie wollen, also vergessen Sie sie. Verbringen Sie einfach den Rest Ihres Lebens damit, von einer Insel zur andern zu segeln. Es gibt Dinge, die unerfreulicher sind.«

Tagelang segelten sie auf Kuba zu, dann um die Insel herum mit Kurs auf Jamaika. Sie beobachteten George und hörten sich seine Lektionen an. Nach zwanzig Jahren des Segelns durch die Karibik war er ein sehr erfahrener und geduldiger Mann. Ray, der Sprachkundige, hörte gleichfalls zu und merkte sich Worte wie Spinnaker, Mast, Bug, Heck, achtern, Ruderpinne, Fallwind, Masttop, Rettungsleine, Schotwinde, Bugspriet, Süll, Heckspiegel, Geitau, Großsegel, Klüver, Klüverbaum, Stagsegel, Klampe und Gaffel. George sprach von Krängen, Aufluven, Vor-dem-Wind-Segeln, von Halsen, Trimmen und Brassen und Segeln hart am Wind. Ray absorbierte die Sprache des Segelns; Mitch machte sich mit der Technik vertraut.

Abby blieb in der Kabine, redete kaum und lächelte nur, wenn es nötig war. Das Leben auf einem Boot gehörte nicht zu den Dingen, von denen sie geträumt hatte. Sie vermißte ihr Haus und fragte sich, was damit passieren würde. Vielleicht würde Mr. Rice den Rasen mähen und das Unkraut jäten. Sie vermißte die schattigen Straßen und die gepflegten Rasenflächen und die Kinder mit ihren Fahrrädern. Sie dachte an ihren Hund und hoffte, daß Mr. Rice ihn adoptiert hatte. Sie machte sich Sorgen um ihre Eltern – ihre Sicherheit und ihre Ängste. Wann würde sie sie wiedersehen? Es konnte Jahre dauern, aber damit konnte sie leben, wenn sie nur wußte, daß ihnen nichts passiert war.

Ihre Gedanken vermochten sich nicht von der Gegenwart zu lösen. Die Zukunft war unvorstellbar.

Am zweiten Tag ihres restlichen Lebens begann sie, Briefe zu schreiben, Briefe an ihre Eltern, an Kay Quin, an Mr. Rice und an ein paar Freundinnen. Sie wußte, daß die Briefe nie abgeschickt werden würden, aber es half, die Worte zu Papier zu bringen.

Mitch beobachtete sie aufmerksam, ließ sie aber in Ruhe. Im Grunde hatte er auch nichts zu sagen. In ein paar Tagen würden sie vielleicht miteinander reden können.

Am Ende des vierten Tages, Mittwoch, kam Grand Cayman in Sicht. Sie umrundeten die Insel und ankerten eine Meile vor der Küste. Als es dunkel geworden war, verabschiedete sich Barry Abanks von ihnen. Die McDeers dankten ihm, und er fuhr in seinem Schlauchboot davon. Er würde drei Meilen von Bodden Town entfernt bei einem anderen Tauchunternehmen landen und dann einen seiner Kapitäne anrufen, der ihn abholen würde. Wenn irgendwelche verdächtigen Typen aufgetaucht waren, würde er es wissen. Abanks rechnete nicht mit Schwierigkeiten.

Georges Anwesen auf Little Cayman bestand aus einem kleinen Haupthaus aus weißgestrichenem Holz und zwei kleineren Nebengebäuden. Es lag an einer winzigen Bucht, eine Viertelmeile landeinwärts. Das nächste Haus war nicht zu sehen. Eine Einheimische wohnte in dem kleinsten Gebäude und besorgte den Haushalt. Sie hieß Fay.

Die McDeeres zogen in das Haupthaus und versuchten, mit dem Beginn eines neuen Lebens anzufangen. Ray, der Entkommene, wanderte stundenlang allein am Strand herum. Er war überglücklich, aber er konnte es nicht zeigen. Er und George fuhren jeden Tag für ein paar Stunden mit dem Boot hinaus und tranken Scotch, während sie die Inseln erkundeten. Gewöhnlich kamen sie betrunken zurück.

Zweimal in der Woche fuhr Fay mit dem VW-Bus in die Stadt, um Vorräte und die Post zu holen. Eines Tages kehrte sie mit einem

Päckchen von Barry Abanks zurück. George händigte es Mitch aus. In dem Päckchen war ein zweites, das von Doris Greenwood in Miami an Abanks geschickt worden war. Mitch riß die Verpackung auf und fand drei Zeitungen, zwei aus Atlanta und eine aus Miami.

Die Schlagzeilen berichteten über die Massenverhaftung bei der Anwaltsfirma Bendini in Memphis. Gegen einundfünfzig gegenwärtige und ehemalige Angehörige der Firma war Anklage erhoben worden, ebenso gegen einunddreißig mutmaßliche Mitglieder der Verbrecherfamilie Morolto in Chicago. Weitere Verhaftungen standen bevor, versprach der Bundesanwalt. Nur die Spitze des Eisbergs. Direktor F. Denton Voyles gestattete, daß man ihn zitierte: Es war ein entscheidender Schlag gegen das organisierte Verbrechen in Amerika. Eine eindringliche Warnung an alle Anwälte und Geschäftsleute, die in Versuchung geraten, mit schmutzigem Geld umzugehen.

Mitch faltete die Zeitung zusammen und machte einen langen Strandspaziergang. Unter einer Palmengruppe fand er etwas Schatten und setzte sich hin. In einer der Zeitungen aus Atlanta waren die Namen sämtlicher verhafteten Bendini-Anwälte aufgeführt. Er las sie langsam. Das Lesen der Namen bereitete ihm keine Freude. Nathan Locke tat ihm fast leid. Fast. Wally Hudson, Kendall Mahan, Jack Aldrich und schließlich Lamar Quin. Er sah ihre Gesichter vor sich. Er kannte ihre Frauen und Kinder. Mitch schaute auf das funkelnde Wasser hinaus und dachte über Lamar und Kay Quin nach. Er liebte sie, und er haßte sie. Sie hatten geholfen, ihn in die Firma zu locken, und sie waren nicht frei von Schuld. Aber sie waren seine Freunde gewesen. Noch eine Verschwendung! Vielleicht würde Lamar nur ein paar Jahre absitzen müssen und dann begnadigt werden. Vielleicht konnten Kay und die Kinder überleben. Vielleicht.

»Ich liebe dich, Mitch.« Abby stand hinter ihm. In den Händen hatte sie einen Plastikkrug und zwei Becher.

Er lächelte sie an und deutete auf den Sand neben sich. »Was ist da drin?«

»Rumpunsch. Fay hat ihn für uns gemixt.«

»Ist er stark?«

Sie setzte sich neben ihm in den Sand. »Er besteht fast nur aus Rum. Ich habe Fay gesagt, wir müßten uns betrinken, und sie fand das auch.«

Er hielt sie in den Armen und trank Rumpunsch. Sie beobachteten ein kleines Fischerboot, das über das funkelnde Wasser glitt.

»Hast du Angst, Mitch?«

»Fürchterliche Angst.«

»Ich auch, das ist verrückt.«

»Aber wir haben es geschafft, Abby. Wir leben. Wir sind in Sicherheit. Wir sind zusammen.«

»Aber was ist mit morgen? Und übermorgen?«

»Ich weiß es nicht, Abby. Es hätte schlimmer kommen können. Mein Name hätte in den Zeitungen stehen können, zusammen mit denen der anderen, die sich jetzt vor Gericht verantworten müssen. Oder wir könnten tot sein. Es gibt Schlimmeres, als in der Karibik herumzusegeln. Mit acht Millionen auf der Bank.«

»Was meinst du – sind meine Eltern sicher?«

»Ich denke schon. Was hätte Morolto davon, wenn er deinen Eltern etwas antäte? Sie sind sicher, Abby.«

Sie füllte die Becher erneut mit Rumpunsch und küßte ihn auf die Wange. »Ich komme zurecht, Mitch. Solange wir zusammen sind, werde ich mit allem fertig.«

»Abby«, sagte Mitch langsam, aufs Wasser hinausschauend. »Ich muß dir etwas gestehen.«

»Ich höre.«

»In Wirklichkeit wollte ich ohnehin nie Anwalt werden.«

»Tatsächlich?«

»Nein. Insgeheim wollte ich immer Seemann werden.«

»Ist das dein Ernst? Hast du schon einmal eine Frau am Strand geliebt?«

Mitch zögerte den Bruchteil einer Sekunde. »Äh – nein.«

»Dann trink aus, Seemann. Wir wollen uns betrinken und ein Baby machen.«

Die Akte

Für meine ersten Leser:

Renée, meine Frau und inoffizielle Lektorin;
meine Schwestern Beth Bryant und Wendy Grisham;
meine Schwiegermutter Lib Jones
und meinen Freund und Mitverschworenen
Bill Ballard

Danksagungen

Dank schulde ich meinem literarischen Agenten Jay Garon, der vor fünf Jahren meinen ersten Roman entdeckte und damit in New York hausieren ging, bis jemand ja dazu sagte.

Dank auch meinem Lektor David Gernert, Freund und Baseballexperte; Steve Rubin und Ellen Archer und dem Rest der Familie bei Doubleday; und Jackie Cantor, meiner Lektorin bei Dell.

Herzlichen Dank allen, die mir geschrieben haben. Ich habe versucht, allen zu antworten; diejenigen, bei denen mir das nicht gelang, mögen mir verzeihen.

Besonderen Dank schulde ich Raymond Brown, dem noblen, rechtskundigen Anwalt in Pascagoula, Mississippi, für den keine Schwierigkeit zu schwierig war; Chris Charlton, meinem Studienkollegen, der die Straßen von New Orleans kennt wie seine Westentasche; Murray Avent, einem Freund aus den Tagen von Oxford und Ole Miss, der jetzt in D. C. lebt; Greg Block von der *Washington Post* und natürlich Richard und der Mannschaft von Square Books.

1

Kaum zu glauben, daß er noch imstande war, ein solches Chaos auszulösen. Aber vieles von dem, was er da unten sah, ging auf sein Konto. Und das war erfreulich. Er war einundneunzig, halb gelähmt, an einen Rollstuhl gefesselt und auf Sauerstoffzufuhr angewiesen. Sein zweiter Schlaganfall vor sieben Jahren hatte ihm beinahe den Rest gegeben. Dennoch war Richter Abraham Rosenberg nach wie vor am Leben, und selbst mit Schläuchen in der Nase führte er im Obersten Bundesgericht immer noch ein gewichtigeres Wort als seine acht Kollegen. Er war die einzige Legende, die dem Gericht geblieben war; und allein der Umstand, daß er immer noch atmete, brachte den größten Teil des Mobs da unten auf der Straße in Aufruhr.

Er saß in seinem Rollstuhl in seinem Büro im Gebäude des Gerichts. Seine Füße berührten die Fensterkante, und er beugte sich vor, als der Lärm anschwoll. Er haßte Polizisten, aber zu sehen, wie sie in dichten, ordentlichen Reihen dastanden, war doch ein wenig beruhigend. Sie standen unerschütterlich da, während der Mob, mindestens fünfzigtausend Menschen, nach Blut schrie.

»So viele waren es noch nie!« krächzte Rosenberg, ohne sich umzusehen. Er war fast taub. Jason Kline, sein ältester Mitarbeiter, stand hinter ihm. Der erste Montag im Oktober, der Eröffnungstag der neuen Sitzungsperiode, war zu einer traditionellen Feier des Ersten Verfassungszusatzes ausgeartet – einer grandiosen Feier. Rosenberg war begeistert. Für ihn war Redefreiheit gleichbedeutend mit Freiheit zu Demonstration und Aufruhr.

»Sind die Indianer dabei?« fragte er laut.

Jason Kline beugte sich zu seinem rechten Ohr. »Ja!«

»In voller Kriegsbemalung?«

»Ja! Mit allem, was dazugehört.«

»Tanzen sie?«

»Ja!«

Die Indianer, die Schwarzen, Weißen, Braunen, Frauen, Schwulen, Naturschützer, Christen, Abtreibungsaktivisten, Arier, Nazis,

Atheisten, Jäger, Tierfreunde, weiße Suprematisten, schwarze Suprematisten, Steuerverweigerer, Farmer – es war ein gewaltiges Meer des Protestes. Und die Einsatzkommandos der Polizei umklammerten ihre schwarzen Stöcke.

»Die Indianer sollten mich lieben!«

»Das tun sie bestimmt.« Kline nickte und lächelte den gebrechlichen kleinen Mann mit den geballten Fäusten an. Seine Ideologie war simpel: die Regierung rangierte vor dem Geschäft, der Einzelne vor der Regierung und die Umwelt vor allem anderen. Und was die Indianer betraf – gebt ihnen, was immer sie haben wollen.

Das Beten, Singen, Skandieren, Rufen und Schreien wurde lauter. Die Polizisten rückten näher zusammen. Der Mob war größer und wütender als in den voraufgegangenen Jahren. Die Atmosphäre war gespannter. Gewalt war an der Tagesordnung. Auf Abtreibungskliniken waren Bombenattentate verübt worden. Ärzte hatte man angegriffen und verprügelt. In Pensacola war einer umgebracht worden, geknebelt, in der Position eines Fetus zusammengeschnürt und mit Säure verätzt. Allwöchentlich kam es zu Straßenschlachten. Militante Schwule hatten Geistliche und Kirchen attackiert. Weiße Suprematisten hatten sich zu einem Dutzend bekannter, finsterer paramilitärischer Organisationen formiert und waren bei ihren Angriffen auf Schwarze, Lateinamerikaner und Asiaten wesentlich kühner geworden. Haß war Amerikas beliebtester Zeitvertreib.

Und natürlich war das Gericht eine bequeme Zielscheibe. Drohungen, ernstzunehmende Drohungen gegen die Richter hatten sich seit 1990 verzehnfacht. Der Polizeischutz des Obersten Bundesgerichts war verdreifacht worden. Mindestens zwei FBI-Agenten waren mit der Bewachung jedes Richters beauftragt und weitere fünfzig damit beschäftigt, den Drohungen nachzugehen.

»Sie hassen mich, nicht wahr?« sagte er laut und schaute aus dem Fenster.

»Ja, etliche von ihnen tun das«, erwiderte Kline belustigt.

Rosenberg freute sich, das zu hören. Er lächelte und inhalierte tief. Achtzig Prozent der Drohungen waren gegen ihn gerichtet.

»Haben sie auch Transparente bei sich?« fragte er. Er war fast blind.

»Eine ganze Menge.«

»Was steht drauf?«

»Das Übliche. Rosenberg soll zurücktreten. Nieder mit Rosenberg. Schluß mit dem Sauerstoff.«

»Solche blöden Sprüche klopfen sie schon seit Jahren. Warum lassen sie sich nicht mal was Neues einfallen?«

Kline antwortete nicht. Abe hätte schon vor Jahren zurücktreten sollen, aber eines Tages würden sie ihn auf einer Bahre hinaustragen. Seine drei Mitarbeiter erledigten den größten Teil der Recherchen, aber Rosenberg bestand darauf, seine Urteile selbst zu schreiben. Er tat es mit einem dicken Filzstift und kritzelte seine Worte auf große Kanzleibogen, ungefähr wie ein ABC-Schütze, der gerade schreiben lernt. Es war ein langsames Arbeiten, aber was macht das schon, wenn man auf Lebenszeit in sein Amt berufen ist? Die Mitarbeiter überprüften seine Urteile und fanden selten einen Fehler.

Rosenberg kicherte. »Wir sollten den Indianern Runyan zum Fraß vorwerfen.« John Runyan war der Gerichtspräsident, ein zäher Konservativer, von einem Republikaner ernannt und bei den Indianern und den meisten anderen Minderheiten unbeliebt. Sieben der neun Richter waren von republikanischen Präsidenten ernannt worden. Seit fünfzehn Jahren wartete Rosenberg auf einen Demokraten im Weißen Haus. Er wollte aufhören, mußte aufhören, aber den Gedanken, daß ein Stockkonservativer vom Typ Runyans seinen Sitz einnehmen könnte, ertrug er nicht.

Er konnte warten. Er konnte hier in seinem Rollstuhl sitzen und Sauerstoff atmen und für die Indianer, die Schwarzen, die Frauen, die Armen, die Behinderten und den Umweltschutz eintreten, bis er hundertfünf war. Und kein Mensch auf der Welt konnte auch nur das mindeste dagegen unternehmen, es sei denn, man brachte ihn um. Und das wäre nicht einmal die schlechteste Lösung.

Sein Kopf schwankte, dann taumelte er und sank auf seine Schulter. Er war eingeschlafen. Kline zog sich leise zurück und machte sich wieder an seine Recherchen in der Bibliothek. Er würde in einer halben Stunde wiederkommen, um den Sauerstoff zu überprüfen und Abe seine Medikamente zu geben.

Das Büro des Gerichtspräsidenten liegt im Hauptgeschoß und ist größer und besser ausgestattet als die anderen acht. Der äußere Raum wird für kleine Empfänge und formelle Veranstaltungen benutzt; im inneren arbeitet der Präsident. Die Tür zum inneren Büro war geschlossen. Im Raum befanden sich der Präsident, seine drei Mitarbeiter, der Chef der Polizei des Obersten Bundesgerichts, drei FBI-Agenten und K. O. Lewis, der stellvertretende Direktor des FBI. Die Stimmung war ernst, alle bemühten sich, den Lärm von der Straße unten zu ignorieren. Es war schwierig. Der Präsident und Lewis erörterten die jüngste Serie von Morddrohungen, und alle anderen hörten zu. Die Mitarbeiter machten sich Notizen.

In den letzten sechzig Tagen hatte das FBI mehr als zweihundert Drohungen registriert, ein neuer Rekord. Es gab das übliche Sortiment von »Sprengt das Gericht in die Luft«-Drohungen, aber viele waren gezielt und bezogen sich auf Namen, Fälle und Urteile.

Runyan unternahm keinen Versuch, seine Besorgnisse zu verheimlichen. Er las ein vertrauliches FBI-Resümee, in dem die Namen der Organisationen aufgeführt waren, die als Urheber der Drohungen in Frage kamen. Der Ku-Klux-Klan, die Arier, die Nazis, die Palästinenser, die schwarzen Separatisten, die Abtreibungsgegner, die Homosexuellenhasser. Sogar die IRA. Alle, wie es schien, ausgenommen die Rotarier und die Pfadfinder. Eine vom Iran unterstützte Gruppe im Mittleren Osten hatte mit Blutvergießen auf amerikanischem Boden als Vergeltung für den Tod von zwei Justizbeamten in Teheran gedroht. Es gab absolut keinen Beweis dafür, daß die Vereinigten Staaten irgend etwas mit den Morden zu tun hatten. Eine neue, kürzlich zu Ruhm gelangte inländische Terrororganisation, die sogenannte Underground Army, hatte in Texas einen Bundesrichter mit einer Autobombe umgebracht. Niemand war verhaftet worden, aber die UA behauptete, für den Anschlag verantwortlich zu sein. Sie war auch die Hauptverdächtige bei einem Dutzend Bombenattentaten auf Büros der American Civil Liberties Union, aber man konnte ihr nichts nachweisen.

»Was ist mit diesen puertoricanischen Terroristen?« fragte Runyan, ohne aufzuschauen.

»Leichtgewichte. Die machen uns keine Sorgen«, erwiderte Lewis gelassen. »Sie drohen schon seit zwanzig Jahren.«

»Nun, vielleicht ist jetzt für sie die Zeit gekommen, etwas zu tun. Das Klima ist gerade richtig, meinen Sie nicht?«

»Die Puertoricaner können Sie vergessen, Chief.« Runyan ließ sich gerne Chief nennen. Nicht Chief Justice, nicht Mr. Chief Justice. Einfach Chief. »Sie drohen nur, weil alle anderen es auch tun.«

»Sehr komisch«, sagte der Chief, ohne zu lächeln. »Sehr komisch. Ich möchte nicht, daß irgendeine Gruppe außer acht gelassen wird.« Runyan warf das Resümee auf seinen Schreibtisch und rieb sich die Schläfen. »Reden wir über die Sicherheitsvorkehrungen.« Er schloß die Augen.

K. O. Lewis legte seine Kopie des Resümees gleichfalls auf den Schreibtisch. »Also, der Direktor ist der Ansicht, daß wir jedem Richter vier Agenten zuordnen sollten, zumindest während der nächsten neunzig Tage. Für die Fahrten zum Gericht und zurück werden Limousinen mit Eskorte eingesetzt. Die Polizei des Obersten Bundesgerichts unterstützt uns und bewacht dieses Gebäude.«

»Was ist mit Reisen?«

»Keine gute Idee, zumindest im Augenblick. Der Direktor findet, die Richter sollten bis Ende des Jahres hier in Washington bleiben.«

»Sind Sie verrückt? Ist er verrückt? Wenn ich meine Kollegen aufforderte, dieser Bitte nachzukommen, würden sie alle noch heute abend die Stadt verlassen und den ganzen nächsten Monat herumreisen. Das ist absurd.« Runyan warf seinen Mitarbeitern einen finsteren Blick zu; sie schüttelten entrüstet die Köpfe. Wirklich absurd.

Lewis war unbeeindruckt. Das war zu erwarten gewesen. »Wie Sie wünschen. Es war nur ein Vorschlag.«

»Ein törichter Vorschlag.«

»Der Direktor hat in dieser Hinsicht nicht mit Ihrer Kooperation gerechnet. Er erwartet jedoch, daß er im voraus über alle Reisepläne informiert wird, damit wir unsere Vorkehrungen treffen können.«

»Soll das heißen, daß Sie vorhaben, jeden Richter zu eskortieren, wenn er die Stadt verläßt?«

»Ja, Chief. Genau das haben wir vor.«

»Unmöglich. Diese Leute sind es nicht gewohnt, rund um die Uhr beaufsichtigt zu werden.«

»Ja, Sir. Sie sind es auch nicht gewohnt, daß sich jemand an sie heranmacht. Wir versuchen, Sie und Ihre Kollegen zu beschützen. Natürlich sagt uns niemand, daß wir irgend etwas tun müssen. Ich glaube, Sir, Sie selbst waren es, der uns gerufen hat. Wenn Sie es wünschen, können wir wieder gehen.«

Runyan rückte auf seinem Stuhl nach vorn und attackierte eine

Büroklammer, zog sie auseinander und versuchte, den Draht vollkommen gerade zu biegen. »Und hier?«

Lewis seufzte und hätte beinahe gelächelt. »Das Gebäude macht uns keine Sorgen, Chief. Das läßt sich mühelos sichern. Hier rechnen wir nicht mit Problemen.«

»Wo dann?«

Lewis nickte zum Fenster hinüber. Der Lärm war wieder lauter geworden. »Irgendwo da draußen. Auf den Straßen wimmelt es von Idioten, Verrückten und Fanatikern.«

»Und alle hassen uns.«

»Offensichtlich. Wir machen uns große Sorgen um Richter Rosenberg, Chief. Er weigert sich nach wie vor, unsere Leute in sein Haus zu lassen; sie müssen die ganze Nacht auf der Straße verbringen. Er gestattet einem der Polizisten des Obersten Bundesgerichts, den er besonders schätzt – wie heißt er? Ferguson –, draußen an der Hintertür zu sitzen, aber nur von zehn Uhr abends bis sechs Uhr morgens. Niemand darf hinein außer Richter Rosenberg und seinem Pfleger. Das Haus ist nicht sicher.«

Runyan stocherte mit der Büroklammer auf seiner Schreibunterlage herum und lächelte in sich hinein. Rosenbergs Tod, wie immer er auch eintreten mochte, wäre eine Erleichterung. Nein, er wäre ein grandioses Ereignis. Der Chief würde Schwarz tragen und eine Nachrede halten müssen, aber hinter verschlossenen Türen würde er mit seinen Mitarbeitern kichern. Der Gedanke behagte Runyan.

»Was schlagen Sie vor?« fragte er.

»Können Sie mit ihm reden?«

»Ich habe es versucht. Ich habe ihm erklärt, daß er vermutlich der meistgehaßte Mann in Amerika ist, daß Millionen von Menschen ihn tagtäglich verfluchen, daß die meisten Leute ihn am liebsten tot sähen, daß er viermal soviel Haßbriefe bekommt wie alle anderen Richter zusammen, und daß er für einen Mörder eine ideale und leichte Zielscheibe ist.«

Lewis wartete. »Und?«

»Er hat gesagt, ich könnte ihn am Arsch lecken. Dann ist er eingeschlafen.«

Die Mitarbeiter kicherten, wie es sich gehörte; erst dann begriffen auch die FBI-Agenten, daß Humor erlaubt war, und schlossen sich mit einem kurzen Auflachen an.

»Also was unternehmen wir?« fragte Lewis ungerührt.

»Sie beschützen ihn, so gut Sie können, halten es schriftlich fest und zerbrechen sich deswegen nicht den Kopf. Er fürchtet sich vor nichts, auch nicht vor dem Tod, und wenn er nicht nervös ist, warum sollten Sie es dann sein?«

»Der Direktor ist nervös, also bin ich auch nervös, Chief. Es ist ganz simpel. Wenn einem von Ihnen etwas zustößt, muß das FBI es ausbaden.«

Der Chief schaukelte auf seinem Stuhl. Der Lärm von draußen war entnervend. Diese Zusammenkunft hatte sich lange genug hingezogen. »Vergessen wir Rosenberg. Vielleicht stirbt er im Schlaf. Ich mache mir mehr Sorgen um Jensen.«

»Jensen ist ein Problem«, sagte Lewis und blätterte in seinen Papieren.

»Ich weiß, daß er ein Problem ist«, sagte Runyan langsam. »Er ist eine Pest. Manchmal hält er sich für einen Liberalen und votiert in der Hälfte der Fälle wie Rosenberg. Einen Monat später ist er ein weißer Suprematist und unterstützt die Rassentrennung in den Schulen. Dann entdeckt er seine Liebe zu den Indianern und möchte ihnen Montana schenken. Es ist, als hätte man es mit einem zurückgebliebenen Kind zu tun.«

»Er ist wegen Depressionen in Behandlung.«

»Ich weiß, ich weiß. Er erzählt mir davon. Ich bin seine Vaterfigur. Welches Medikament?«

»Prozac.«

Der Chief stocherte unter seinen Fingernägeln herum. »Was ist mit dieser Aerobic-Lehrerin, mit der er sich immer getroffen hat? Läuft das noch?«

»Eigentlich nicht, Chief. Ich glaube, er macht sich nicht viel aus Frauen.« Lewis war mit sich zufrieden. Er wußte mehr. Er warf einem seiner Agenten einen Blick zu und bestätigte diesen pikanten kleinen Leckerbissen.

Runyan wollte davon nichts hören. »Kooperiert er?«

»Natürlich nicht. In vielem ist er schlimmer als Rosenberg. Er läßt zu, daß wir ihn zu dem Haus begleiten, in dem er wohnt. Aber dann läßt er uns die ganze Nacht auf dem Parkplatz sitzen. Er wohnt im siebenten Stock, wie Sie vielleicht wissen. Wir dürfen uns nicht einmal in der Eingangshalle aufhalten. Das stört die Mitbewohner, sagt er. Also sitzen wir in unseren Wagen. Das Gebäude hat zehn Ein- und Ausgänge, und es ist unmöglich, ihn zu beschützen. Er spielt Verstecken mit uns. Er schleicht die ganze Zeit herum, und wir wissen nie, ob er im Haus ist oder nicht. Bei Rosenberg wissen wir wenigstens, daß er die ganze Nacht über da ist. Jensen ist unmöglich.«

»Großartig. Wenn Sie ihm nicht folgen können, wie kann es dann ein Mörder?«

Der Gedanke war Lewis noch nicht gekommen. Die Ironie entging ihm. »Der Direktor macht sich große Sorgen um Jensens Sicherheit.«

»Er bekommt nicht so viele Drohbriefe.«

»Er ist Nummer sechs auf der Liste, nur ein paar weniger als Sie, Chief.«

»Oh. Also stehe ich auf dem fünften Platz.«

»Ja. Gleich hinter Richter Manning. Der kooperiert übrigens. Voll und ganz.«

»Er fürchtet sich vor seinem eigenen Schatten«, sagte Runyan, dann zögerte er. »Das hätte ich nicht sagen sollen. Tut mir leid.«

Lewis ignorierte es. »Überhaupt ist die Zusammenarbeit einigermaßen gut, von Rosenberg und Jensen abgesehen. Richter Stone beschwert sich dauernd, aber er hört auf uns.«

»Er beschwert sich über alles mögliche, also nehmen Sie es nicht persönlich. Was glauben Sie, wo Jensen sich hinschleicht?«

Lewis warf einem seiner Agenten einen Blick zu. »Wir haben keine Ahnung.«

Ein großer Teil des Mobs vereinigte sich plötzlich zu einem hemmungslosen Chor, und alle Leute auf der Straße schienen einzufallen. Der Chief konnte es nicht länger ignorieren. Er stand auf und beendete die Zusammenkunft.

Das Büro von Richter Glenn Jensen lag im zweiten Stock, der Straße und dem Lärm abgewandt. Es war ein geräumiges Zimmer, aber das kleinste von den neun. Jensen war unter den Bundesrichtern der jüngste und konnte von Glück sagen, daß er überhaupt ein Büro hatte. Als er sechs Jahre zuvor im Alter von zweiundvierzig Jahren nominiert worden war, galt er als strenger, gesetzestreuer Jurist mit ausgesprochen konservativen Ansichten, genau wie der Mann, der ihn nominiert hatte. Seine Bestätigung durch den Senat war eine

Schlacht gewesen. Vor dem Komitee hatte Jensen eine schlechte Figur gemacht. Bei heiklen Themen suchte er Ausflüchte, und beide Seiten fielen über ihn her. Die Republikaner waren peinlich berührt. Die Demokraten rochen Blut. Der Präsident hatte getan, was er nur irgend konnte, und Jensen war mit einer Mehrheit von nur einer sehr widerwilligen Stimme bestätigt worden.

Aber er hatte es geschafft, auf Lebenszeit. In seinen sechs Jahren im Amt hatte er es niemandem recht gemacht. Tief verletzt vom Resultat seiner Anhörung hatte er sich geschworen, Mitleid zu empfinden und entsprechend zu urteilen. Das hatte die Republikaner aufgebracht. Sie fühlten sich betrogen, vor allem, als er eine latente Leidenschaft für die Rechte der Kriminellen in sich entdeckte. Fast ohne jeden ideologischen Gewaltakt verließ er schnell die Rechte und rückte zuerst in die Mitte und dann auf die Linke. Und dann, während sich die Rechtsgelehrten die Spitzbärte rauften, schoß Jensen zurück auf die Rechte und schloß sich Richter Sloan bei einem seiner abscheulichen Minderheitsvoten gegen die Rechte der Frauen an. Jensen mochte keine Frauen. Er war neutral, was Gebete anging, skeptisch in bezug auf Redefreiheit, mitfühlend bei Steuerprotestlern, gleichgültig gegenüber den Indianern, ängstlich gegenüber Schwarzen, hart gegen Verfasser pornographischer Schriften, weich gegen Kriminelle und einigermaßen konsequent, was den Umweltschutz anging. Und schließlich hatte Jensen, zur weiteren Bestürzung der Republikaner, die Blut vergossen hatten, um seine Bestätigung durchzusetzen, eine beunruhigende Sympathie für die Rechte der Homosexuellen an den Tag gelegt.

Auf seinen Wunsch hin war ihm der unerfreuliche Fall eines Mannes namens *Dumond* übertragen worden. Ronald Dumond hatte acht Jahre mit seinem Freund zusammengelebt. Sie waren ein glückliches Paar gewesen, einander treu ergeben und vollauf zufrieden, die Erfahrungen des Lebens gemeinsam machen zu können. Sie wollten heiraten, aber die Gesetze von Ohio verboten eine derartige Verbindung. Dann bekam der Freund AIDS und starb eines gräßlichen Todes. Ronald wußte genau, wie er ihn begraben wollte, aber dann mischte sich die Familie des Freundes ein und ließ nicht zu, daß Ronald an der Trauerfeier und der Beerdigung teilnahm. Ronald hatte die Familie verklagt und behauptet, emotionelle und psychische Schäden davongetragen zu haben. Der Fall war sechs Jahre lang vor den unteren Instanzen verhandelt worden und nun plötzlich auf Jensens Schreibtisch gelandet.

Zur Debatte standen die Rechte der ›Ehegatten‹ von Schwulen. *Dumond* war zum Schlachtruf homosexueller Aktivisten geworden. Schon die bloße Erwähnung von *Dumond* löste Straßenschlachten aus.

Und Jensen hatte den Fall. Die Tür zu seinem kleineren Büro war geschlossen. Jensen und seine drei Mitarbeiter saßen am Konferenztisch. Sie hatten zwei Stunden über *Dumond* verbracht und waren nicht weitergekommen. Sie hatten das Diskutieren satt. Einer der Mitarbeiter, ein Liberaler von der Universität Cornell, wollte eine eindeutige Stellungnahme, die schwulen Partnern weitreichende Rechte einräumte. Die wollte Jensen auch, aber er war nicht bereit, das zuzugeben. Die anderen beiden Mitarbeiter waren skeptisch. Sie wußten, genau wie Jensen, daß es unmöglich sein würde, eine Mehrheit von fünf zu erreichen.

Das Gespräch wendete sich anderen Dingen zu.

»Der Chief ist sauer auf Sie, Glenn«, sagte einer der Mitarbeiter. Wenn sie unter sich waren, nannten sie ihn beim Vornamen. »Richter« war so ein lästiger Titel.

Glenn rieb sich die Augen. »Was gibt es denn nun schon wieder?«

»Einer seiner Leute hat mich wissen lassen, daß der Chief und das FBI sich Sorgen machen wegen Ihrer Sicherheit. Er sagte, daß Sie nicht kooperierten und daß der Chief sehr beunruhigt sei. Er hat mich gebeten, das an Sie weiterzugeben.« Alles wurde durch das Netzwerk der Mitarbeiter weitergegeben. Alles.

»Soll er sich doch Sorgen machen. Das ist sein Job.«

»Er möchte, daß Ihnen zwei weitere Fibbies als Leibwächter zugewiesen werden. Sie wollen Zutritt zu Ihrer Wohnung. Und das FBI möchte Sie zum Gericht und wieder zurück fahren. Außerdem wollen sie, daß Sie Ihre Reisen einschränken.«

»Das habe ich bereits gehört.«

»Ja, das wissen wir. Aber der Mitarbeiter des Chief hat gesagt, der Chief wünscht, daß wir Sie noch einmal ausdrücklich darum bitten sollen, mit dem FBI zu kooperieren, damit die Ihr Leben retten können.«

»Ich verstehe.«

»Und deshalb bitten wir Sie darum.«

»Danke. Schaltet euch wieder ins Netzwerk ein und sagt dem Mitarbeiter des Chief, daß ihr mich nicht nur darum gebeten, sondern mir regelrecht die Hölle heiß gemacht habt, und daß ich euer Bitten und Hölleheißmachen zu würdigen wußte, aber daß es zu einem Ohr hinein und zum anderen wieder hinausgegangen ist. Sagt ihm, Glenn Jensen findet, daß er schon ein großer Junge ist.«

»Wird gemacht, Glenn. Sie haben wohl keine Angst?«

»Nicht die geringste.«

2

Thomas Callahan war einer der beliebteren Professoren an der Tulane University, vor allem deshalb, weil er sich weigerte, Seminare vor elf Uhr vormittags anzusetzen. Er trank ziemlich viel, wie die meisten seiner Studenten, und brauchte die ersten paar Morgenstunden zum Schlafen und dazu, wieder zu sich zu kommen. Seminare um neun und um zehn waren ein Graus. Er war auch beliebt, weil er cool war – ausgeblichene Jeans, Tweedjacketts mit abgeschabten Lederflecken an den Ellenbogen, keine Socken, keine Krawatte. Die schick-liberale Akademikerkluft. Er war fünfundvierzig, aber mit seinem dunklen Haar und der Hornbrille konnte er als Fünfunddreißigjähriger durchgehen; ihm selbst war es allerdings völlig gleichgültig, für wie alt man ihn hielt. Er rasierte sich einmal in der Woche, wenn es zu jucken begann; und wenn das Wetter kalt war, was in New Orleans selten vorkam, ließ er sich einen Bart stehen. Man wußte, daß er oft Affären mit Studentinnen hatte.

Er war auch beliebt, weil er Verfassungsrecht lehrte, ein ziemlich verhaßtes Thema, aber Pflichtstoff. Mit seiner Brillanz und seinem coolen Wesen schaffte er es, Verfassungsrecht interessant zu machen. Das brachte in Tulane sonst niemand fertig. Und im Grunde wollte es auch niemand; also drängten sich die Studenten, um an Callahans Seminar über Verfassungsrecht um elf teilzunehmen, an drei Vormittagen in der Woche.

Achtzig von ihnen saßen in sechs ansteigenden Reihen und flüsterten, während Callahan vor seinem Pult stand und seine Brille putzte. Es war genau fünf Minuten nach elf; immer noch zu früh, dachte er.

»Wer hat Rosenbergs Minderheitsvotum in *Nash gegen New Jersey* verstanden?« Alle Köpfe senkten sich, und im Saal war es still. Es mußte ein böser Kater sein. Seine Augen waren rot. Wenn er mit Rosenberg anfing, bedeutete das gewöhnlich einen ungemütlichen Verlauf des Seminars. Niemand meldete sich. *Nash?* Callahan ließ den Blick langsam und methodisch durch den Raum schweifen und wartete. Totenstille.

Der Türknauf klickte laut und zerbrach die Spannung. Die Tür ging auf, und eine attraktive junge Frau in ausgewaschenen Jeans und einem Baumwollpullover schob sich rasch hindurch und glitt an der Wand entlang bis zur dritten Reihe, wo sie sich geschickt zwischen den dicht gedrängt sitzenden Studenten hindurchmanövrierte, bis sie ihren Platz erreicht hatte und sich setzte. Die Burschen in der vierten Reihe beobachteten sie bewundernd. Die Burschen in der fünften Reihe reckten die Hälse. Seit inzwischen zwei harten Jahren bestand eines der wenigen Vergnügen des Jurastudiums darin, zu beobachten, wie sie mit ihren langen Beinen und weiten Pullovern die Flure und Säle zierte. Sie waren ganz sicher, daß darunter eine prachtvolle Figur steckte, aber sie war keine von denen, die dergleichen zur Schau stellten. Sie gehörte einfach dazu und kleidete sich so, wie es unter Jurastudenten üblich war – Jeans, Flanellhemden, alte Pullover und übergroße Khakijacken. Was hätten sie nicht für einen Minirock aus schwarzem Leder gegeben!

Sie lächelte den Mann neben ihr kurz an, und eine Sekunde lang waren Callahan und seine Fragen nach *Nash* vergessen. Das dunkelrote Haar reichte ihr gerade bis auf die Schultern. Sie war die perfekte kleine Cheerleaderin mit den vollkommenen Zähnen und dem vollkommenen Haar, in die sich jeder Junge auf der High School mindestens zweimal verliebte. Und mindestens einmal während des Jurastudiums.

Callahan ignorierte ihr Eintreten. Wenn sie in ihrem ersten Studienjahr gewesen wäre und sich vor ihm gefürchtet hätte, dann hätte er sie vielleicht aufs Korn genommen und ein paarmal gebrüllt. »Bei Gericht gibt es kein Zuspätkommen!« war eine alte Maxime, die andere Juraprofessoren längst zu Tode geprügelt hatten.

Aber Callahan war nicht nach Brüllen zumute, und Darby Shaw fürchtete sich nicht vor ihm. Eine kurze Sekunde lang fragte er sich, ob jemand wußte, daß sie miteinander schliefen. Vermutlich nicht. Sie hatte auf absoluter Geheimhaltung bestanden.

»Hat jemand Rosenbergs Minderheitsvotum in *Nash gegen New Jersey* gelesen?« Plötzlich stand er wieder im Rampenlicht, und es herrschte Totenstille. Eine hochgereckte Hand konnte dreißig Minuten pausenlosen Kreuzverhörs auslösen. Keine Freiwilligen. Die Raucher in der obersten Reihe zündeten sich ihre Zigaretten an. Die meisten der achtzig kritzelten irgend etwas auf ihre Blocks. Alle Köpfe waren gesenkt. Es wäre zu offensichtlich und zu riskant gewesen, im Verzeichnis der Gerichtsentscheidungen zu blättern und *Nash* zu suchen; dazu war es zu spät. Jede Bewegung konnte Aufmerksamkeit erregen. Irgendwer würde dran glauben müssen.

Nash stand nicht im Verzeichnis. Es war einer von einem Dutzend unbedeutender Fälle, die Callahan eine Woche zuvor nebenbei erwähnt hatte; jetzt wollte er feststellen, ob irgend jemand ihn nachgelesen hatte. Dafür war er berühmt. Sein Abschlußexamen umfaßte zwölfhundert Fälle, von denen tausend nicht im Verzeichnis standen. Das Examen war ein Alptraum, aber er war ein netter Kerl und ein milder Beurteiler, und wer bei ihm durchfiel, mußte ein ziemlicher Blödmann sein.

In diesem Moment schien er kein netter Kerl zu sein. Er sah sich im Saal um. Zeit für ein Opfer. »Was ist mit Ihnen, Mr. Sallinger? Können Sie uns Rosenbergs Minderheitsvotum erläutern?«

Sofort sagte Sallinger aus der vierten Reihe heraus: »Nein, Sir.«

»Ah ja. Liegt das vielleicht daran, daß Sie Rosenbergs Urteil nicht gelesen haben?«

»Das könnte es. Ja, Sir.«

Callahan funkelte ihn an. Seine geröteten Augen ließen den arrogant finsteren Blick noch drohender wirken. Allerdings sah ihn nur Sallinger, da die Augen aller anderen auf ihre Hefte gerichtet waren. »Und warum nicht?«

»Weil ich versuche, keine Minderheitsvoten zu lesen. Vor allem nicht die von Rosenberg.«

Dumm. Dumm. Dumm. Sallinger hatte offenbar beschlossen, den Kampf aufzunehmen, aber er hatte keine Munition.

»Haben Sie etwas gegen Rosenberg, Mr. Sallinger?«

Callahan verehrte Rosenberg. Betete ihn an. Las Bücher über den Mann und seine Urteile. Studierte ihn. Hatte sogar einmal mit ihm gegessen.

Sallinger zappelte nervös. »O nein, Sir. Ich mag nur keine Minderheitsvoten.«

Es steckte ein bißchen Humor in Sallingers Antwort, aber niemand lächelte. Später, bei einem Bier, würden er und seine Kommilitonen lauthals lachen, wenn über Sallinger und seinen Abscheu vor Minderheitsvoten, insbesondere solchen von Rosenberg, geredet wurde. Aber nicht jetzt.

»Ich verstehe. Lesen Sie Mehrheitsentscheidungen?«

Zögern. Sallingers schwächlicher Versuch zu kämpfen konnte nur eine Demütigung nach sich ziehen. »Ja, Sir. Eine Menge.«

»Großartig. Dann erklären Sie doch bitte die Mehrheitsentscheidung im Fall *Nash gegen New Jersey.*«

Sallinger hatte noch nie von *Nash* gehört, aber jetzt würde er den Fall während seiner gesamten juristischen Laufbahn nie wieder vergessen. »Ich glaube, die habe ich nicht gelesen.«

»Sie lesen also keine Minderheitsvoten, Mr. Sallinger, und jetzt erfahren wir, daß Sie auch Mehrheitsentscheidungen vernachlässigen. Was lesen Sie eigentlich, Mr. Sallinger? Liebesromane? Boulevardzeitungen?«

Es folgte ein flüchtiges Lachen aus den Reihen oberhalb der vierten, und es kam von Studenten, die sich zum Lachen verpflichtet fühlten, aber gleichzeitig keinesfalls die Aufmerksamkeit auf sich lenken wollten.

Sallinger, jetzt rot im Gesicht, starrte Callahan nur an.

»Warum haben Sie den Fall nicht gelesen, Mr. Sallinger?« fragte Callahan.

»Ich weiß es nicht. Er muß mir irgendwie entgangen sein.«

Callahan nahm es erstaunlich gut auf. »Das überrascht mich nicht. Ich habe ihn vorige Woche erwähnt. Letzten Mittwoch, um genau zu sein. Er wird im Abschlußexamen vorkommen. Ich verstehe nicht, wie Sie einen Fall ignorieren können, der Bestandteil des Examens ist.« Callahan wanderte jetzt langsam vor seinem Pult herum und musterte die Studenten. »Hat sich irgend jemand sonst die Mühe gemacht, ihn zu lesen?«

Schweigen. Callahan schaute zu Boden und ließ die Stille einsinken. Alle Augen waren gesenkt, alle Kugelschreiber und Bleistifte erstarrt. Von der obersten Reihe stieg Rauch auf.

Endlich hob auf dem vierten Platz in der dritten Reihe Darby Shaw langsam die Hand, und die Klasse stieß einen kollektiven Seufzer der Erleichterung aus. Sie hatte sie wieder einmal gerettet. Irgendwie erwartete man das von ihr. Sie war die Nummer Zwei in ihrer Klasse, ganz nahe der Nummer Eins, und sie konnte die Fakten und Ansichten und Präzedenzfälle und Minderheitsvoten und Mehrheitsentscheidungen von praktisch jedem Fall zitieren, den Callahan ihnen an den Kopf geworfen hatte. Ihr entging nichts. Die perfekte kleine Cheerleaderin besaß einen Magna cum laude-Grad in Biologie und hatte sich vorgenommen, ein Magna cum laude in Rechtswissenschaft zu erreichen und sich danach ihren Lebensunterhalt damit zu verdienen, daß sie Chemiefirmen wegen Umweltzerstörung verklagte.

Callahan musterte sie mit gespielter Frustration. Sie hatte vor drei Stunden seine Wohnung verlassen, nach einer langen Nacht mit Wein und Rechtswissenschaft. Aber von *Nash* war zwischen ihnen nicht die Rede gewesen.

»Sehr schön, Ms. Shaw. Weshalb ist Rosenberg empört?«

»Er meint, daß das Gesetz von New Jersey gegen den Zweiten Verfassungszusatz verstößt.« Sie sah den Professor nicht an.

»Das ist gut. Und damit auch der Rest der Klasse informiert ist – was besagt dieses Gesetz?«

»Es verbietet halbautomatische Schußwaffen, unter anderem.«

»Wunderbar. Und nur des Spaßes halber – was besaß Mr. Nash zum Zeitpunkt seiner Verhaftung?«

»Eine AK-47.«

»Und was passierte mit ihm?«

»Er wurde zu drei Jahren verurteilt und ging in die Berufung.« Sie wußte über die Details Bescheid.

»Welchen Beruf hatte Mr. Nash?«

»Das wird in dem Urteil nicht genau gesagt, aber es ist von einer zusätzlichen Anklage wegen Rauschgifthandels die Rede. Zur Zeit seiner Verhaftung hatte er keinerlei Vorstrafen.«

»Er war also ein Drogenhändler mit einer AK-47. Aber in Rosenberg hatte er einen Freund, nicht wahr?«

»Natürlich.« Jetzt beobachtete sie ihn. Die Spannung hatte sich gelöst. Die meisten Augen folgten ihm, während er langsam herumwanderte, den Blick durch den Saal schweifen ließ, ein anderes Opfer auswählte. Es kam oft vor, daß Darby in diesen Seminaren den Ton angab, und Callahan ging es um breitere Beteiligung.

»Weshalb, meinen Sie, steht Rosenberg auf seiner Seite?« fragte er die Klasse.

»Er liebt Drogenhändler.« Es war Sallinger, verwundet, aber noch immer kampfbereit. Callahan legte großen Wert auf Diskussionen. Er lächelte sein Opfer an, wie um es wieder beim Blutvergießen willkommen zu heißen.

»Finden Sie, Mr. Sallinger?«

»Klar. Drogenhändler, Kinderbetatzer, Revolverhelden, Terroristen. Solche Leute bewundert Rosenberg. Sie sind seine schwachen und mißhandelten Kinder, also muß er sie beschützen.« Sallinger versuchte, rechtschaffen entrüstet zu sein.

»Und was sollte, Ihrer fachmännischen Ansicht zufolge, mit solchen Leuten geschehen?«

»Simpel. Sie sollten eine faire Verhandlung mit einem guten Anwalt bekommen, dann ein faires, schnelles Berufungsverfahren. Und wenn sie schuldig sind, sollten sie bestraft werden.« Sallinger war gefährlich nahe daran, sich anzuhören wie ein rechtsradikaler Verfechter von Gesetz und Ordnung, für die Jurastudenten von Tulane eine Todsünde.

Callahan verschränkte die Arme. »Bitte, fahren Sie fort.«

Sallinger roch eine Falle, stapfte aber weiter. Er hatte nichts zu verlieren. »Ich meine, wir haben einen Fall nach dem anderen gelesen, wo Rosenberg versucht hat, die Verfassung umzuschreiben und ein neues Schlupfloch für die Nichtzulassung von Beweismaterial zu schaffen, damit ein offenkundig schuldiger Angeklagter freigesprochen wird. Es kann einem beinahe schlecht dabei werden. Er hält alle Gefängnisse für grausame und unnatürliche Orte, und deshalb sollten gemäß dem Achten Verfassungszusatz alle Gefangenen freigelassen werden. Glücklicherweise ist er jetzt in der Minderheit, einer schrumpfenden Minderheit.«

»Ihnen gefällt die Einstellung des Gerichts, ist es nicht so, Mr. Sallinger?«

»So ist es.«

»Sind Sie einer von diesen normalen, tatkräftigen, patriotischen

Durchschnittsamerikanern, die sich wünschen, daß der alte Bastard einschläft und nicht wieder aufwacht?«

Hier und dort wurde gekichert. Jetzt war es sicherer, wenn man lachte. Sallinger war zu klug, um wahrheitsgemäß zu antworten. »Das würde ich niemandem wünschen«, sagte er, fast verlegen.

Callahan wanderte wieder herum. »Vielen Dank, Mr. Sallinger. Sie haben uns, wie gewöhnlich, die Ansicht des Laien über das Recht geliefert.«

Jetzt war das Lachen wesentlich lauter. Sallingers Wangen röteten sich, und er sank auf seinem Sitz zusammen.

Callahan lächelte nicht. »So, und nun möchte ich das intellektuelle Niveau ein bißchen anheben. Also, Ms. Shaw, weshalb ist Rosenberg für Nash eingetreten?«

»Der Zweite Verfassungszusatz garantiert das Recht auf den Besitz und das Tragen von Waffen. Für Richter Rosenberg ist dieses Recht absolut und wörtlich zu nehmen. Nichts darf verboten werden. Wenn Nash eine AK-47 besitzen möchte oder eine Handgranate oder eine Bazooka, dann kann der Staat New Jersey kein Gesetz erlassen, das ihm das verbietet.«

»Sind Sie auch dieser Ansicht?«

»Nein, und damit stehe ich nicht allein. Es war eine Entscheidung von acht gegen einen. Niemand hat sich ihm angeschlossen.«

»Welcher Gedanke lag dem Urteil der anderen acht zugrunde?«

»Das liegt auf der Hand. Die Staaten haben zwingende Gründe, den Verkauf und den Besitz bestimmter Waffentypen zu verbieten. Das Interesse des Staates New Jersey ist gewichtiger als die im Zweiten Verfassungszusatz garantierten Rechte von Mr. Nash. Die Gesellschaft kann nicht zulassen, daß Einzelpersonen hochtechnisierte Waffen besitzen.«

Callahan musterte sie eingehend. Attraktive Jurastudentinnen waren selten in Tulane, aber wenn er eine entdeckt hatte, handelte er rasch. Im Verlauf der letzten acht Jahre war er ziemlich erfolgreich gewesen. Und in den meisten Fällen hatte er leichtes Spiel gehabt. Die Frauen kamen emanzipiert und willig an die Universität. Darby war anders gewesen. Zum ersten Mal war sie ihm im zweiten Semester ihres ersten Jahres in der Bibliothek aufgefallen, und es hatte einen Monat gedauert, bis sie mit ihm essen gegangen war.

»Wer hat die Mehrheitsentscheidung geschrieben?«
»Runyan.«
»Und Sie stimmen mit ihm überein?«
»Ja. Der Fall liegt im Grunde sehr einfach.«
»Was also ist in Rosenberg vorgegangen?«
»Ich glaube, er haßt die anderen Richter.«
»Und widerspricht deshalb nur, um ihnen eins auszuwischen?«
»Jedenfalls oft. Es wird immer schwieriger, seine Urteile zu verteidigen. Nehmen wir *Nash.* Für einen Liberalen wie Rosenberg ist die Frage der Kontrolle des Waffenbesitzes leicht zu beantworten. Er hätte die Mehrheitsentscheidung schreiben sollen, und vor zehn Jahren hätte er es auch getan. Bei *Fordice gegen Oregon,* einem Fall aus dem Jahr 1977, hat er den Zweiten Verfassungszusatz wesentlich enger ausgelegt. Seine Inkonsequenz ist beinahe peinlich.«
Callahan hatte *Fordice* vergessen. »Wollen Sie damit sagen, daß Rosenberg senil ist?«
Wie ein schwer angeschlagener Boxer ging Sallinger in die letzte Runde. »Er ist total übergeschnappt, und das wissen Sie. Sie können seine Urteile nicht verteidigen.«
»Nicht immer, Mr. Sallinger, aber zumindest ist er noch da.«
»Sein Körper ist da, aber sein Gehirn ist tot.«
»Er atmet noch, Mr. Sallinger.«
»Ja, mit Hilfe einer Maschine. Sie müssen ihm Sauerstoff in die Nase pumpen.«
»Aber es hilft, Mr. Sallinger. Er ist der letzte unter den großen Richterpersönlichkeiten, und er atmet noch.«
»Sie sollten anrufen und sich vergewissern«, sagte Sallinger, dann hielt er den Mund. Er hatte genug gesagt. Nein, er hatte zuviel gesagt. Als der Professor ihn anfunkelte, senkte er den Kopf, richtete die Augen auf seinen Block und fing an, sich zu fragen, warum er all das gesagt hatte.
Callahan durchbohrte ihn mit Blicken, dann begann er, wieder herumzuwandern. Es war in der Tat ein schlimmer Kater.

3

Er sah jedenfalls aus wie ein alter Farmer, mit Strohhut, sauberer Latzhose, ordentlich gebügeltem Khaki-Arbeitshemd, Stiefeln. Er kaute Tabak und spuckte in das schwarze Wasser unter der Mole. Er kaute wie ein Farmer. Sein Pickup, obwohl ein neueres Modell, war hinreichend verwittert und sah nach staubigen Straßen aus. Nummernschilder von North Carolina. Er stand, hundert Meter entfernt, im Sand am anderen Ende der Mole.

Es war Mitternacht an einem Montag, dem ersten Montag im Oktober, und die nächste halbe Stunde mußte er in der dunklen Kühle an der menschenleeren Mole warten, nachdenklich kauend auf das Geländer gestützt, und dabei intensiv aufs Meer hinausschauend. Er war allein, und er hatte gewußt, daß es so sein würde. Es war so geplant. Um diese Zeit war die Mole immer menschenleer. Hin und wieder flackerten die Scheinwerfer eines Wagens an der Küste entlang, aber um diese Zeit hielten die Scheinwerfer nie an.

Er beobachtete die roten und blauen Fahrrinnenlichter weit draußen. Er sah auf die Uhr, ohne den Kopf zu bewegen. Die dichten Wolken hingen tief, und es würde schwierig sein, es zu sehen, bevor es die Mole fast erreicht hatte. Aber so war es geplant.

Der Pickup kam nicht aus North Carolina, und der Fahrer auch nicht. Die Nummernschilder waren von einem alten Laster auf einem Schrottplatz in der Nähe von Durham abmontiert worden. Der Pickup war in Baton Rouge gestohlen. Der Farmer war aus dem Nichts gekommen und hatte keinen der Diebstähle begangen. Er war ein Profi, und deshalb erledigte jemand anders die schmutzige Kleinarbeit. Nachdem er zwanzig Minuten gewartet hatte, trieb ein dunkler Gegenstand auf die Mole zu. Ein leiser, gedämpfter Motor brummte und wurde lauter. Der Gegenstand wurde zu einem kleinen Fahrzeug, in dem ein geduckter Schatten den Motor bediente. Der Farmer verriet sich auch nicht mit der geringsten Bewegung. Das Brummen brach ab, und das schwarze Schlauchboot blieb zehn Meter von der Mole entfernt in dem ruhigen Wasser liegen. Auf der Küstenstraße waren keine Scheinwerfer zu sehen.

Der Farmer steckte eine Zigarette zwischen die Lippen, zündete sie an, paffte zweimal und warf sie dann in Richtung Schlauchboot ins Wasser.

»Welche Marke?« fragte der Schatten vom Wasser herauf. Er konnte den Umriß des Farmers am Geländer sehen, aber nicht sein Gesicht.

»Lucky Strike«, antwortete der Farmer. Diese Kennworte waren wirklich albern. Mit wie vielen anderen schwarzen Schlauchbooten war schon zu rechnen, die vom Atlantik hereindrifteten und genau um diese Zeit diese alte Mole ansteuerten? Albern, aber ach so wichtig.

»Luke?« kam die Stimme von dem Boot.

»Sam«, entgegnete der Farmer. Der Name war Khamel, nicht Sam, aber Sam würde es während der nächsten fünf Minuten tun, bis Khamel sein Boot festgemacht hatte.

Khamel antwortete nicht, das wurde nicht verlangt, sondern startete schnell den Motor und steuerte das Boot an der Mole entlang auf den Strand zu. Luke folgte ihm oben. Sie trafen sich am Pickup, ohne Händeschütteln. Khamel deponierte seine schwarze Adidas-Sporttasche zwischen ihnen auf dem Sitz, und der Pickup steuerte die Küstenstraße an.

Luke fuhr und Khamel rauchte, und beide leisteten ganze Arbeit darin, einander zu ignorieren. Ihre Augen wagten nicht, sich zu begegnen. Mit dem dichten Bart, der dunklen Brille und dem schwarzen Rollkragen war Khamels Gesicht unmöglich zu identifizieren. Luke wollte es nicht sehen. Er sollte diesen Fremden nicht nur von der See her in Empfang nehmen; zu seinem Auftrag gehörte auch, daß er ihn nicht anschauen durfte. Und das war nicht schwierig. Das Gesicht wurde in neun Ländern gesucht.

Als sie über die Brücke bei Manteo fuhren, zündete Luke sich eine weitere Lucky Strike an und kam zu dem Schluß, daß sie sich schon einmal begegnet waren. Es war eine kurze, aber zeitlich genau abgestimmte Begegnung auf dem Flughafen in Rom gewesen, vor fünf oder sechs Jahren, wenn er sich recht erinnerte. Es hatte keinerlei Vorstellung gegeben. Die Begegnung hatte in einer Toilette stattgefunden. Luke, damals ein makellos gekleideter amerikanischer Manager, hatte einen Aktenkoffer neben dem Waschbecken, über dem er sich langsam die Hände wusch, an die Wand gestellt, und plötzlich war er verschwunden gewesen. Er hatte im Spiegel einen flüchtigen Blick auf den Mann werfen können – diesen Khamel, dessen war er sich jetzt sicher. Eine halbe Stunde später war der Aktenkoffer zwischen den Beinen des britischen Botschafters in Nigeria explodiert.

Nach allem, was Luke in seiner unsichtbaren Bruderschaft an vorsichtigem Geflüster gehört hatte, war Khamel ein Mann mit vielen Namen und Gesichtern und Sprachen, ein Mörder, der schnell zuschlug und keine Spuren hinterließ, ein sehr wählerischer Killer, der in der Welt herumstreifte, aber nie gestellt werden konnte. Während sie in der Dunkelheit nach Norden fuhren, ließ sich Luke tief in seinen Sitz sinken, wobei die Hutkrempe fast seine Nase berührte und die Hände locker auf dem Lenkrad lagen, und versuchte, sich an die Geschichten zu erinnern, die er über seinen Passagier gehört hatte. Erstaunliche Untaten. Da war der britische Botschafter. Der Hinterhalt, dem 1990 siebzehn israelische Soldaten in der West Bank zum Opfer fielen, war Khamel zugeschrieben worden. Er war der einzige Verdächtige bei der Ermordung eines reichen deutschen Bankiers und seiner Familie mit einer Autobombe 1985. Angeblich sollte er dafür ein Honorar von drei Millionen kassiert haben, bar auf die Hand. Die meisten Geheimdienst-Experten waren überzeugt, daß er 1981 hinter dem Versuch der Ermordung des Papstes gesteckt hatte. Aber schließlich wurde Khamel für alle unaufgeklärten terroristischen Angriffe und Morde verantwortlich gemacht. Es war leicht, ihn dafür verantwortlich zu machen, weil niemand sicher war, ob es ihn überhaupt gab.

Das faszinierte Luke. Khamel war im Begriff, auf amerikanischem Boden zu operieren. Luke wußte nicht, wer die vorgesehenen Opfer waren, aber es mußten wichtige Leute sein.

Bei Tagesanbruch hielt der Pickup an der Ecke von Thirty-first und M Street im Washingtoner Stadtteil Georgetown. Khamel ergriff seine Sporttasche und stieg wortlos aus. Er wanderte ein paar Blocks nach Osten bis zum Four Seasons Hotel, kaufte im Foyer eine *Post* und fuhr dann mit dem Fahrstuhl in den siebenten Stock. Genau um Viertel nach sieben klopfte er an eine Tür am Ende des Flurs. »Ja?« fragte eine nervöse Stimme von drinnen.

»Ich suche Mr. Sneller«, sagte Khamel langsam in völlig akzentfreiem Amerikanisch und drückte dabei seinen Daumen auf den Spion in der Tür.

»Mr. Sneller?«

»Ja. Edwin F. Sneller.«

Der Türknauf klickte nicht und wurde auch nicht gedreht, und die Tür ging nicht auf. Ein paar Sekunden vergingen, dann wurde ein weißer Briefumschlag unter der Tür durchgeschoben. Khamel hob ihn auf. »Okay«, sagte er, gerade so laut, daß Sneller oder wer immer sonst da drinnen war, es hören konnte.

»Ihr Zimmer ist nebenan«, sagte Sneller. »Ich erwarte Ihren Anruf.« Er hörte sich an wie ein Amerikaner. Im Gegensatz zu Luke hatte er Khamel noch nie gesehen und verspürte auch keinerlei Verlangen danach. Luke hatte ihn jetzt zweimal gesehen und konnte von Glück sagen, daß er noch lebte.

In Khamels Zimmer standen zwei Betten und ein kleiner Tisch am Fenster. Die dicken Vorhänge waren zugezogen; das Sonnenlicht hatte keine Chance. Er stellte seine Sporttasche auf eines der Betten neben zwei dicke Aktenkoffer. Er trat ans Fenster und warf einen Blick hinaus, dann ging er ans Telefon.

»Ich bin's«, sagte er zu Sneller. »Was ist mit dem Wagen?«

»Steht draußen auf der Straße. Unauffälliger weißer Ford mit Connecticut-Kennzeichen. Die Schlüssel liegen auf dem Tisch.«

»Gestohlen?«

»Natürlich, aber desinfiziert. Er ist sauber.«

»Ich lasse ihn kurz nach Mitternacht am Dulles Airport stehen. Ich möchte, daß er vernichtet wird, okay?«

»So lauten meine Anweisungen. Ja.« Sneller war korrekt und tüchtig.

»Es ist sehr wichtig. Ich habe vor, die Waffe im Wagen zu lassen. Waffen hinterlassen Geschosse und Wagen werden gesehen, also ist es unerläßlich, den Wagen zu vernichten und alles, was darin ist. Verstanden?«

»So lauten meine Anweisungen«, wiederholte Sneller. Diese Lektion mißfiel ihm. Er war kein Neuling im Mordgeschäft. Khamel setzte sich auf die Bettkante. »Die vier Millionen sind vor einer Woche eingegangen, einen Tag zu spät, wenn ich das hinzufügen darf. Jetzt bin ich in Washington, also will ich die nächsten drei.«

»Sie werden vor Mittag überwiesen. Der Vereinbarung entsprechend.«

»Ja, aber ich traue der Vereinbarung nicht so recht. Vergessen Sie nicht – Sie hatten einen Tag Verspätung.«

Das ärgerte Sneller, und da der Killer im Nebenzimmer war und nicht vorhatte herauszukommen, konnte er es sich anmerken lassen, daß er ein bißchen verärgert war. »Das war nicht unsere Schuld, sondern die der Bank.«

Jetzt war Khamel verärgert. »Fein. Ich möchte, daß Sie und Ihre Bank die nächsten drei Millionen auf mein Konto in Zürich überweisen, sobald New York aufmacht. Das wird in ungefähr zwei Stunden der Fall sein. Ich werde es überprüfen.«

»Okay.«

»Und ich möchte keine Probleme, wenn der Job erledigt ist. Ich werde in vierundzwanzig Stunden in Paris sein, und von dort aus reise ich direkt nach Zürich weiter. Ich möchte, daß das ganze Geld dort auf mich wartet, wenn ich ankomme.«

»Es wird dort sein, wenn Sie den Job erledigt haben.«

Khamel lächelte. »Der Job wird erledigt, Mr. Sneller, bis Mitternacht. Das heißt, wenn Ihre Informationen stimmen.«

»Bis jetzt stimmen sie. Und für heute ist nicht mit irgendwelchen Änderungen zu rechnen. Unsere Leute sind auf den Straßen. Alles steckt in den beiden Aktenkoffern: Karten, Zeichnungen, Zeitpläne, die Werkzeuge und Gegenstände, die Sie haben wollten.«

Khamel warf einen Blick auf die Aktenkoffer hinter sich. Dann rieb er sich mit der rechten Hand die Augen. »Ich muß ein Nickerchen machen«, murmelte er ins Telefon. »Ich habe seit zwanzig Stunden nicht geschlafen.«

Darauf fiel Sneller keine Erwiderung ein. Wenn Khamel ein Nickerchen machen wollte, dann sollte er eines machen. Sie zahlten ihm zehn Millionen.

»Möchten Sie etwas zu essen?« fragte Sneller ein wenig unbeholfen.

»Nein. Rufen Sie mich in drei Stunden an, um halb elf.« Er legte den Hörer auf und streckte sich auf dem Bett aus. Am zweiten Tag der herbstlichen Sitzungsperiode herrschte Ruhe auf den Straßen. Die Richter verbrachten ihn auf ihren Stühlen und hörten sich an, wie die Anwälte, einer nach dem anderen, komplizierte und ziemlich langweilige Fälle vortrugen. Rosenberg verschlief das meiste davon. Er erwachte kurz zum Leben, als der Justizminister von Texas forderte, daß dem Insassen einer Todeszelle Medikamente gegeben werden sollten, damit er bei klarem Verstand war, wenn er die tödliche Injektion erhielt. Wie kann er hingerichtet werden, wenn er geisteskrank ist? fragte Rosenberg fassungslos. Kein Problem, sagte der Justizminister von Texas, seine Krankheit kann mit Medikamenten kontrolliert werden. Also gebt ihm eine kleine Spritze, die ihn klar im Kopf macht, und dann noch eine, die ihn umbringt. Könnte alles ganz einfach und verfassungsgemäß sein. Rosenberg argumentierte und wetterte kurze Zeit, dann ging ihm der Dampf aus. In seinem kleinen Rollstuhl saß er viel tiefer als seine Kollegen auf ihren massiven Lederthronen. In früheren Jahren war er ein Tiger gewesen, der selbst aus den gerissensten Anwälten Kleinholz gemacht hatte. Aber jetzt nicht mehr. Er begann zu murmeln, dann verstummte er. Der Justizminister bedachte ihn mit einem hämischen Blick und fuhr dann fort.

Während der letzten Anhörung des Tages, einem faden Rassentrennungsfall aus Virginia, begann Rosenberg zu schnarchen. Chief Runyan warf ihm einen finsteren Blick zu. Jason Kline, Rosenbergs ältester Mitarbeiter, verstand sofort. Er zog den Rollstuhl langsam vom Richtertisch zurück und aus dem Gerichtssaal heraus. Dann schob er ihn rasch den Flur entlang.

In seinem Büro kam der Richter wieder zu sich, nahm seine Medikamente und sagte Kline, daß er nach Hause wollte. Kline informierte das FBI, und Augenblicke später wurde Rosenberg auf die Ladefläche seines im Keller parkenden Transporters befördert. Zwei FBI-Agenten beobachteten den Vorgang. Ein Pfleger, Frederic, schnallte den Rollstuhl fest, und Sergeant Ferguson von der Polizei des Obersten Bundesgerichts setzte sich ans Steuer des Transporters. Der Richter duldete keine FBI-Agenten in seiner Nähe. Sie würden in ihrem eigenen Wagen folgen und sein Stadthaus von der Straße aus überwachen. Sie hatten Glück, daß sie so nahe herankommen durften. Er mißtraute Polizisten, und FBI-Agenten mißtraute er erst recht. Er brauchte keinen Schutz.

In der Volta Street in Georgetown verlangsamte der Transporter die Fahrt und setzte rückwärts in eine kurze Auffahrt. Der Pfleger Frederic und der Polizist Ferguson rollten den Richter sanft ins Haus. Die Agenten saßen in ihrem Dienstwagen, einem schwarzen Dodge Aries, und sahen von der Straße aus zu. Die Rasenfläche vor dem Stadthaus war winzig und ihr Wagen kaum zwei Meter von der Haustür entfernt. Es war kurz vor vier Uhr nachmittags.

Ein paar Minuten später verließ Ferguson weisungsgemäß das Haus und sprach mit den Agenten. Nach langen Diskussionen hatte Rosenberg eine Woche zuvor nachgegeben und gestattet, daß Ferguson nach seiner Ankunft nachmittags sämtliche Räume oben und unten inspizierte. Danach mußte Ferguson gehen, aber er durfte genau um zehn Uhr abends zurückkommen und bis genau sechs Uhr morgens vor der Hintertür sitzen. Niemand anders als Ferguson durfte es, und er hatte die Überstunden satt.

»Alles in Ordnung«, sagte er zu den Agenten. »Um zehn bin ich wieder hier.«

»Lebt er noch?« fragte einer der Agenten. Die Standardfrage.

»Leider.« Ferguson wirkte müde, als er zu dem Transporter ging.

Frederic war rundlich und schwach, aber Kraft war beim Umgang mit seinem Patienten auch nicht erforderlich. Nachdem er die Kissen gerichtet hatte, hob er ihn aus dem Rollstuhl und setzte ihn behutsam auf die Couch, wo er die nächsten zwei Stunden bewegungslos verbringen, schlafen und CNN sehen würde. Frederic machte sich ein Schinken-Sandwich, stellte einen Teller mit Keksen bereit und blätterte am Küchentisch im *National Enquirer*. Rosenberg murmelte laut irgend etwas und wechselte mit Hilfe der Fernbedienung den Kanal.

Genau um sieben wurde sein Essen aus Hühnerbrühe, Pellkartoffeln und geschmorten Zwiebeln – Schlaganfall-Diät – auf den Tisch gestellt, und Frederic rollte ihn hin. Er bestand darauf, selbst zu essen, und es war kein schöner Anblick. Frederic sah fern. Er würde den Schweinkram später wegputzen.

Um neun war er gebadet, mit einem Nachthemd bekleidet und unter die Bettdecke gesteckt. Das Bett war ein schmales, verstellbares, hellgrünes Ding von der Art, wie sie in Militärkrankenhäusern verwendet wurden, mit einer harten Matratze, Bedienungsknöpfen und Klappgittern, von denen Rosenberg verlangte, daß sie unten blieben. Es stand in einem Zimmer hinter der Küche, das er vor seinem ersten Schlaganfall dreißig Jahre lang als kleines Arbeitszimmer benutzt hatte. Jetzt war das Zimmer klinisch sauber und roch nach Desinfektionsmitteln und nahem Tod. Neben dem Bett stand ein großer Tisch mit einer Krankenhauslampe und mindestens zwanzig Gläsern mit Tabletten. Überall im Zimmer waren dicke, schwere juristische Bücher aufgestapelt. Der Pfleger setzte sich auf einen abgeschabten Lehnstuhl und begann, aus einem Schriftsatz vorzulesen. Er würde lesen, bis er den Richter schnarchen hörte – das allabendliche Ritual. Er las langsam, schrie Rosenberg die Worte zu, der steif und bewegungslos dalag, aber zuhörte. Der Schriftsatz gehörte zu einem Fall, in dem er die Mehrheitsentscheidung schreiben würde. Er ließ sich kein Wort entgehen, eine Zeitlang.

Nach einer Stunde des Lesens und Schreiens war Frederic müde, und der Richter dämmerte langsam ein. Er hob die Hand leicht an, dann schloß er die Augen. Mit einem Knopf am Bett dämpfte er das Licht. Danach war es fast dunkel im Zimmer. Frederic legte den Schriftsatz auf den Boden und machte die Augen zu. Rosenberg schnarchte.

Kurz nach zehn, als das Haus dunkel und still war, wurde die Tür des Wandschranks in einem der oberen Schlafzimmer leise geöffnet, und Khamel schob sich heraus. Seine Armbandagen, die Nylonmütze und die Laufshorts waren königsblau. Das langärmelige Hemd, die Socken und die Reeboks waren weiß mit königsblauen Applikationen. Perfekte Farbabstimmung. Khamel der Jogger. Er war glattrasiert, und sein sehr kurzes Haar unter der Mütze war jetzt blond, fast weiß.

Das Schlafzimmer war dunkel, ebenso der Flur. Die Stufen knarrten leise unter seinen Reeboks. Er war einsfünfundsiebzig groß und wog weniger als siebzig Kilo, ohne eine Spur von Fett. Er sorgte dafür, daß er straff und leicht blieb, damit er sich schnell und lautlos bewegen konnte. Die Treppe endete nicht weit von der Haustür entfernt in einer Diele. Er wußte, daß zwei Agenten in einem Wagen am Bordstein saßen, die vermutlich das Haus nicht beobachteten. Er wußte, daß Ferguson sieben Minuten zuvor eingetroffen war. Er konnte das Schnarchen aus dem Hinterzimmer hören. Als er in dem Schrank wartete, hatte er daran gedacht, früher zuzuschlagen, bevor Ferguson kam, damit er ihn nicht umzubringen brauchte. Das Umbringen war kein Problem, aber es hinterließ eine weitere Leiche, um die man sich kümmern mußte. Aber er vermutete, zu Unrecht, daß Ferguson womöglich bei dem Pfleger hereinschauen würde, wenn er seinen Dienst antrat. Wenn das der Fall war, dann würde Ferguson die Leichen finden, und er, Khamel, würde ein paar Stunden verlieren. Also hatte er bis jetzt gewartet.

Er glitt lautlos durch die Diele. In der Küche beleuchtete ein kleines Licht an der Dunstabzugshaube die Arbeitsfläche und machte die Dinge etwas gefährlicher. Khamel verfluchte sich selbst, weil er nicht nachgesehen und die Birne heraus gedreht hatte. Solche kleinen Fehler waren unentschuldbar. Er duckte sich unter einem Fenster und warf einen Blick auf den Hinterhof. Er konnte Ferguson nicht sehen, aber er wußte, daß er einsfünfundachtzig groß und einundsechzig Jahre alt war, an grauem Star litt und mit seiner .375er Magnum nicht einmal ein Scheunentor traf.

Beide schnarchten. Khamel lächelte, als er auf der Schwelle niederkauerte und rasch die .22er Automatik und den Schalldämpfer aus der Ace-Bandage zog, die er um die Taille trug. Er schraubte die zehn Zentimeter lange Röhre auf den Lauf und betrat geduckt das Zimmer. Der Pfleger lag tief in seinem Lehnstuhl, mit herabhängenden Händen und offenem Mund. Khamel setzte das Ende des Schalldämpfers an seine rechte Schläfe und drückte dreimal ab. Die Hände bebten und die Füße zuckten, aber die Augen blieben geschlossen. Dann wendete sich Khamel rasch dem bleichen und verrunzelten Kopf von Richter Abraham Rosenberg zu und pumpte gleichfalls drei Kugeln hinein.

Das Zimmer war fensterlos. Er beobachtete die beiden Opfer und wartete eine volle Minute. Die Füße des Pflegers zuckten ein paarmal, dann hörte das Zucken auf. Die Leichen regten sich nicht mehr.

Er wollte Ferguson im Haus töten. Es war elf Minuten nach zehn, genau die richtige Zeit für irgendeinen Nachbarn, vor dem Schlafengehen den Hund noch einmal auszuführen. Er schlich durch die Dunkelheit zur Hintertür und entdeckte den Polizisten, der ungefähr sechs Meter entfernt friedlich an dem hölzernen Gartenzaun entlangwanderte. Instinktiv öffnete Khamel die Hintertür, schaltete das Verandalicht ein und sagte laut »Ferguson«.

Er ließ die Tür offen und versteckte sich in einer dunklen Ecke neben dem Kühlschrank. Ferguson tappte bereitwillig über die kleine Veranda in die Küche. Das war nicht ungewöhnlich. Frederic rief ihn oft herein, nachdem Seine Ehren eingeschlafen war. Dann tranken sie Pulverkaffee und spielten Romme.

Diesmal gab es keinen Kaffee, und Frederic wartete nicht auf ihn. Khamel feuerte drei Kugeln in seinen Hinterkopf, und er stürzte auf den Küchentisch.

Khamel schaltete das Verandalicht aus und schraubte den Schalldämpfer ab. Er wurde nicht mehr gebraucht. Schalldämpfer und Pistole verschwanden wieder in der Ace-Bandage. Khamel warf einen Blick durch das Vorderfenster. Die Innenbeleuchtung des schwarzen Dodge war eingeschaltet, und die Agenten lasen. Er stieg über Ferguson hinweg, machte die Hintertür hinter sich zu und verschwand in der Dunkelheit des kleinen Gartens hinter dem Haus. Er sprang lautlos über zwei Zäune und gelangte auf die Straße. Er begann zu laufen. Khamel der Jogger.

Auf dem dunklen Balkon des Montrose Theatre saß Glenn Jensen für sich allein und schaute den nackten und ziemlich aktiven Männern auf der Leinwand zu. Er aß Popcorn aus einer großen Schachtel und nahm nichts zur Kenntnis außer den Körpern. Er war unauffällig genug gekleidet: blaue Strickjacke, Baumwollhose, Mokassins. Eine große Sonnenbrille machte seine Augen unsichtbar, und ein breitkrempiger Hut bedeckte seinen Kopf. Er war gesegnet mit einem Gesicht, das man leicht wieder vergaß und, wenn es noch dazu getarnt gewesen war, nie wiedererkannte. Schon gar nicht um Mitternacht auf dem Balkon eines nahezu leeren Pornokinos für Schwule. Keine Ohrringe, Tücher, Goldketten oder anderer Schmuck, nichts, woraus man hätte schließen können, daß er abgeschleppt werden wollte.

Es war zu einer Art Sport geworden, dieses Katz-und-Maus-Spiel mit dem FBI und dem Rest der Welt. Auch an diesem Abend hatten sich die Agenten pflichtgemäß auf dem Parkplatz vor dem Haus postiert. Zwei weitere parkten neben dem Ausgang in der Nähe der Hinterveranda, und er ließ sie alle viereinhalb Stunden dort sitzen, bevor er sich verkleidete, in aller Gemütsruhe in die Tiefgarage hinunterfuhr und im Wagen eines Freundes davonrauschte. Das Gebäude hatte so viele Ausgänge, daß es den bedauernswerten Fibbies unmöglich war, ihn zu überwachen. Bis zu einem gewissen Grade taten sie ihm leid, aber es war sein eigenes Leben, das er leben wollte. Und wenn die Fibbies ihn nicht finden konnten, wie sollte es dann einem Killer gelingen?

Der Balkon war in drei kleine Abschnitte mit jeweils sechs Reihen unterteilt. Er war sehr dunkel; der dicke blaue Strahl von dem Projektor hinter ihm war die einzige Beleuchtung. An den Außengängen waren zerbrochene Sitze und zusammengeklappte Tische gestapelt. Die Samtvorhänge an den Wänden waren zerschlissen und heruntergesackt. Es war ein wundervoller Ort, um sich zu verstecken. Früher hatte er befürchtet, entdeckt zu werden. In den Monaten nach seiner Ernennung hatte er eine Heidenangst gehabt. Er konnte sein Popcorn nicht essen und schon gar nicht die Filme genießen. Er sagte sich, wenn er erwischt oder erkannt oder auf irgendeine unerfreuliche Art bloßgestellt werden sollte, dann würde er einfach behaupten, daß er für irgendeinen anhängigen Obszönitätenfall recherchierte. Ein derartiger Fall stand immer auf der Tagesordnung, und vielleicht würde man ihm das abkaufen. Diese Ausrede konnte durchaus ihren Zweck erfüllen, sagte er sich immer wieder und wurde kühner. Aber eines Nachts im Jahre 1990 geriet ein Kino in Brand, und vier Menschen starben. Ihre Namen standen in der Zeitung. Große Story. Richter Glenn Jensen war zufällig auf der Toilette, als er die Schreie hörte und den Rauch roch. Er huschte auf die Straße hinaus und verschwand. Die Toten wurden auf dem Balkon gefunden. Einen von ihnen hatte er gekannt. Zwei Monate verzichtete er auf die Kinobesuche, dann fing er wieder damit an. Er brauchte weitere Recherchen, redete er sich ein.

Und was war, wenn er erwischt wurde? Er war auf Lebenszeit ernannt. Die Wähler konnten ihn nicht nach Hause schicken.

Er mochte das Montrose, weil dienstags die ganze Nacht hindurch Filme gezeigt wurden, aber nie viele Leute da waren. Er mochte das Popcorn, und Bier vom Faß kostete fünfzig Cents.

Im mittleren Abschnitt saßen außerdem zwei alte Männer, die miteinander schmusten. Jensen warf ihnen hin und wieder einen Blick zu, konzentrierte sich dann aber auf den Film. Traurig, dachte er, wenn man siebzig ist, den Tod vor Augen und auf der Flucht vor AIDS, darauf angewiesen, sein Glück auf einem schmutzigen Balkon zu finden.

Ein vierter Mann erschien auf dem Balkon. Er warf einen Blick auf Jensen und die eng umschlungen dasitzenden Männer und ging mit seinem Faßbier und seinem Popcorn zur obersten Reihe des mittleren Abschnitts. Der Vorführraum lag direkt hinter ihm. Rechts von ihm und drei Reihen tiefer saß der Richter. Die grauhaarigen Liebenden waren vor ihm; sie küßten sich und flüsterten und kicherten, blind für die Welt.

Er war angemessen gekleidet. Enge Jeans, schwarzes Seidenhemd, Ohrring, horngefaßter Augenschirm und das ordentlich geschnittene Kopf- und Barthaar des typischen Homosexuellen. Khamel der Schwule.

Er wartete ein paar Minuten, dann rückte er ein Stück nach rechts und setzte sich an den Gang. Niemand nahm es zur Kenntnis. Wen kümmerte es schon, wo er saß?

Zwanzig nach zwölf hatten die beiden alten Männer genug. Sie standen auf und schlichen Arm in Arm auf Zehenspitzen hinaus, immer noch flüsternd und kichernd. Jensen beachtete sie nicht. Er war völlig hingerissen von dem Film, einer tollen Orgie auf einer Jacht mitten in einem Hurrikan. Khamel bewegte sich wie eine Katze über den schmalen Gang zu einem Platz drei Reihen hinter dem Richter. Er nippte an seinem Bier. Sie waren allein. Er wartete eine Minute und rutschte dann schnell noch eine Reihe tiefer. Jensen war zweieinhalb Meter entfernt.

Mit dem Sturm wurde auch die Orgie heftiger. Das Tosen des Windes und die Schreie der Beteiligten erfüllten das kleine Kino. Khamel stellte Bier und Popcorn auf den Boden und zog ein knapp meterlanges Stück gelbes Nylonseil aus dem Hosenbund. Er wickelte die Enden rasch um beide Hände und stieg über die Stuhlreihe vor sich. Sein Opfer atmete schwer. Die Popcornschachtel zitterte.

Der Angriff erfolgte schnell und brutal. Khamel schlang das Seil dicht unter den Kehlkopf und zerrte heftig. Er riß das Seil abwärts und mit ihm den Kopf über die Rücklehne des Sitzes. Das Genick brach. Er legte die Seilenden zusammen und verknotete sie im Genick. Dann schob er eine fünfzehn Zentimeter lange Stahlstange durch den Knoten und drehte die Schlinge, bis das Fleisch aufplatzte und zu bluten begann. In zehn Sekunden war es vorüber.

Auf der Leinwand war auch der Hurrikan vorüber, und zur Feier des Ereignisses begann eine neue Orgie. Jensen sackte auf seinem Sitz zusammen. Sein Popcorn war um seine Schuhe herum verstreut. Es war nicht Khamels Art, seine Arbeit zu bewundern. Er verließ den Balkon, ging gelassen zwischen den Regalen mit Zeitschriften und Geräten im Foyer hindurch und verschwand dann hinaus auf den Gehsteig.

Er fuhr mit dem unauffälligen weißen Ford mit Connecticut-

Kennzeichen nach Dulles, zog sich in einem Waschraum um und wartete auf seine Maschine nach Paris.

4

Die First Lady war an der Westküste und nahm an einer Reihe von Frühstücken zu fünftausend Dollar pro Gedeck teil, bei denen die Reichen und die Snobs mit Vergnügen ihr Geld für kalte Eier und billigen Sekt ausgaben und für die Chance, mit der Queen, wie sie genannt wurde, gesehen und vielleicht sogar fotografiert zu werden. Deshalb schlief der Präsident allein, als das Telefon läutete. Zu Beginn seiner Amtszeit hatte er daran gedacht, sich in der großen Tradition der amerikanischen Präsidenten eine Geliebte zuzulegen. Aber jetzt kam es ihm so unrepublikanisch vor. Außerdem war er alt und müde. Er schlief auch dann oft allein, wenn die Queen im Weißen Haus war.

Er hatte einen festen Schlaf. Es läutete zwölfmal, bevor er es hörte. Er griff nach dem Hörer und sah auf die Uhr. Halb fünf. Er hörte sich an, was die Stimme zu sagen hatte, sprang aus dem Bett, und acht Minuten später war er im Oval Office. Keine Dusche, keine Krawatte. Er starrte seinen Stabschef Fletcher Coal an und setzte sich an seinen Schreibtisch.

Coal lächelte. Seine einwandfreien Zähne und sein kahler Kopf glänzten. Erst siebenunddreißig Jahre alt, war er der Wunderknabe, der vier Jahre zuvor einen scheiternden Wahlkampf gerettet und seinen Boß ins Weiße Haus gebracht hatte. Er war ein gerissener Manipulator und ein skrupelloser Opportunist, der sich mit Zähnen und Klauen seinen Weg in den innersten Kreis gebahnt hatte, bis er jetzt zum zweiten Mann im Staat geworden war. Viele hielten ihn für den wahren Boß. Schon die bloße Erwähnung seines Namens versetzte die niederen Ränge in Angst und Schrecken.

»Was ist passiert?« fragte der Präsident langsam.

Coal wanderte vor dem Schreibtisch des Präsidenten hin und her. »Viel weiß ich auch noch nicht. Sie sind beide tot. Zwei FBI-Agenten haben Rosenberg gegen ein Uhr gefunden. Er lag tot in seinem Bett. Sein Pfleger und ein Polizist des Obersten Bundesgericht wurden gleichfalls ermordet. Alle drei mit Kopfschüssen. Sehr saubere Arbeit. Während das FBI und die hiesige Polizei den Tatort untersuchten, kam ein Anruf, daß Jensen in irgendeinem Schwulenklub tot aufgefunden worden war. Das war vor ein paar Stunden. Voyles hat mich um vier angerufen, und danach habe ich Sie angerufen. Er und Gminski müßten eigentlich gleich hier sein.«

»Gminski?«

»Die CIA sollte einbezogen werden, fürs erste jedenfalls.«

Der Präsident verschränkte die Hände hinter dem Kopf und streckte sich. »Rosenberg ist also tot.«

»Ja. Mausetot. Ich schlage vor, daß Sie in ein paar Stunden zur Nation sprechen. Mabry schreibt an einer Rohfassung. Ich werde sie überarbeiten. Wir sollten warten, bis es Tag ist, mindestens bis sechs Uhr. Sonst ist es zu früh, und wir erreichen einen Großteil unserer Zuhörer nicht.«

»Die Presse ...«

»Ja. Es ist schon raus. Sie haben die Besatzung des Krankenwagens gefilmt, der Jensen ins Leichenschauhaus brachte.«

»Ich wußte nicht, daß er schwul war.«

»Daran besteht jetzt keinerlei Zweifel mehr. Wir haben die perfekte Krise, Mr. President. Denken Sie einmal nach. Wir haben sie nicht ausgelöst. Es ist nicht unsere Schuld. Niemand kann uns einen Vorwurf machen. Und die Nation wird so geschockt sein, daß sie eine gewisse Solidarität empfindet und das Gefühl hat, daß die Zeit gekommen ist, sich um den Anführer zu scharen. Einfach grandios.«

Der Präsident trank eine Tasse Kaffee und starrte auf die Papiere auf seinem Schreibtisch. »Und ich muß das Gericht umbilden.«

»Das ist das Beste daran. Das wird Ihr Vermächtnis. Ich habe bereits Duvall im Justizministerium angerufen und ihn angewiesen, sich mit Horton in Verbindung zu setzen und eine vorläufige Kandidatenliste aufzustellen. Horton hat gestern abend in Omaha eine Rede gehalten, aber er ist auf dem Rückflug. Ich schlage vor, daß wir später am Vormittag mit ihm reden.«

Der Präsident nickte sein übliches Einverständnis mit Coals Vorschlägen. Er überließ es Coal, sich um die Details zu kümmern. Er war nie ein Mann mit Sinn für Details gewesen. »Irgendwelche Verdächtigen?«

»Bisher nicht. Aber ich weiß nicht viel. Ich habe Voyles gesagt, daß Sie damit rechnen, von ihm informiert zu werden, wenn er hier ist.«

»Mir ist so, als hätte jemand gesagt, das Oberste Gericht stünde unter FBI-Schutz.«

Coal lächelte breiter und kicherte. »Genau. Der Schwarze Peter liegt bei Voyles. Ziemlich peinlich für ihn.«

»Großartig. Ich möchte, daß Voyles seinen Anteil an der Schuld bekommt. Kümmern Sie sich um die Presse. Ich möchte, daß er eins aufs Dach bekommt. Danach können wir ihn vielleicht in die Wüste schicken.«

Dieser Gedanke gefiel Coal. Er hörte auf herumzuwandern und kritzelte eine Notiz auf seinen Block. Ein Wachmann klopfte an die Tür und öffnete sie. Die Direktoren Voyles und Gminski traten zusammen ein. Die Stimmung war plötzlich gedrückt, als alle vier sich die Hand gaben. Die beiden Männer ließen sich vor dem Schreibtisch des Präsidenten nieder, und Coal stellte sich seitlich vom Präsidenten an ein Fenster – seine gewohnte Position. Er haßte Voyles und Gminski, und sie haßten ihn. Coal blühte auf unter Haß. Der Präsident hörte auf ihn, und das war alles, worauf es ankam. Jetzt würde er für ein paar Minuten den Mund halten. Wenn andere Leute zugegen waren, war es wichtig, dem Präsidenten das Feld zu überlassen.

»Es tut mir sehr leid, daß Sie kommen mußten, aber ich danke Ihnen dafür«, sagte der Präsident. Sie nickten ingrimmig und nahmen die offenkundige Lüge zur Kenntnis. »Was ist passiert?«

Voyles sprach rasch und ohne Umschweife. Er beschrieb die Szene in Rosenbergs Haus, als die Leichen gefunden worden waren. Ferguson meldete sich routinemäßig jede Nacht um eins bei den FBI-Agenten auf der Straße. Als er nicht erschien, forschten sie nach. Die Morde waren sehr sauber und professionell ausgeführt worden. Voyles teilte mit, was er über Jensen wußte. Gebrochenes Genick. Strangulation. Gefunden von einem anderen Typ auf dem Balkon. Allem Anschein nach keine Augenzeugen. Voyles war nicht so schroff und barsch wie gewöhnlich. Es war ein schwarzer Tag für das FBI, und er spürte, was ihm bevorstand. Aber er hatte fünf Präsidenten überlebt und würde bestimmt auch diesen Schwachkopf ausmanövrieren.

»Zwischen den beiden Morden besteht offensichtlich ein Zusammenhang«, sagte der Präsident und starrte Voyles an.

»Möglich. Sicher, es sieht so aus, aber ...«

»Keine Ausflüchte, Direktor. Im Laufe von zweihundertundzwanzig Jahren haben wir vier Präsidenten umgebracht, zwei oder drei Kandidaten, eine Handvoll Bürgerrechtler, ein paar Gouverneure, aber noch nie einen Richter des Obersten Bundesgerichts. Und nun werden in einer Nacht, im Abstand von wenigen Stunden, zwei von ihnen ermordet. Und Sie sind nicht überzeugt, daß da ein Zusammenhang besteht?«

»Das habe ich nicht gesagt. Irgendwo muß ein Bindeglied zu finden sein. Es ist nur so, daß die Methoden so unterschiedlich waren. Und so professionell. Sie dürfen nicht vergessen, daß wir Tausende von Drohungen gegen das Gericht hatten.«

»Fein. Also wen verdächtigen Sie?«

Niemand nahm Denton Voyles ins Kreuzverhör. Er funkelte den Präsidenten an. »Für Verdächtige ist es noch zu früh. Wir sind noch dabei, Beweismaterial zu sammeln.«

»Wie ist der Mörder in Rosenbergs Haus gekommen?«

»Das weiß niemand. Schließlich konnten wir nicht sehen, wie er hineingegangen ist. Allem Anschein nach hat er sich eine ganze Weile dort aufgehalten, sich vielleicht in einem Schrank auf dem Dachboden versteckt. Auch das entzieht sich unserer Kenntnis. Rosenberg weigerte sich, uns ins Haus zu lassen. Ferguson inspizierte routinemäßig jeden Nachmittag, wenn der Richter vom Gericht zurückkehrte, das Haus. Es ist immer noch zu früh, aber wir haben nichts gefunden, was auf den Mörder hindeutet. Nichts außer drei Leichen. Am späten Nachmittag werden wir das ballistische Untersuchungsergebnis und den Autopsiebericht haben.«

»Ich möchte sie sehen, sobald Sie sie bekommen haben.«

»Ja, Mr. President.«

»Außerdem wünsche ich bis fünf Uhr heute nachmittag eine kurze Liste von Verdächtigen. Ist das klar?«

»Natürlich, Mr. President.«

»Und ich möchte einen Bericht über Ihre Sicherheitsvorkehrungen und weshalb sie versagt haben.«

»Sie gehen davon aus, daß sie versagt haben.«

»Wir haben zwei tote Richter, die beide vom FBI bewacht wurden. Ich meine, das amerikanische Volk hat ein Anrecht darauf, zu erfahren, was schiefgegangen ist, Direktor. Ja, sie haben versagt.«

»Erstatte ich Ihnen Bericht oder dem amerikanischen Volk?«

»Mir.«

»Und dann berufen Sie eine Pressekonferenz ein und informieren das amerikanische Volk, stimmt's?«

»Fürchten Sie die Untersuchung, Direktor?«

»Keineswegs. Rosenberg und Jensen sind tot, weil sie sich geweigert haben, mit uns zu kooperieren. Beide waren sich der Gefahr vollauf bewußt, und trotzdem machten sie nicht mit. Die anderen sieben kooperieren und sind noch am Leben.«

»Im Augenblick. Wir sollten uns vergewissern. Sie fallen um wie die Fliegen.« Der Präsident lächelte Coal an, der Voyles beinahe hämisch angegrinst hätte. Coal entschied, daß es an der Zeit war einzugreifen. »Direktor, wußten Sie, daß Jensen sich an solchen Orten herumtrieb?«

»Er war ein erwachsener Mann mit einer Ernennung auf Lebenszeit. Selbst wenn er auf die Idee gekommen wäre, nackt auf Tischen zu tanzen, hätten wir ihn nicht daran hindern können.«

»Ja, Sir«, sagte Coal höflich. »Aber Sie haben meine Frage nicht beantwortet.«

Voyles holte tief Luft und schaute beiseite. »Ja. Wir haben geargwöhnt, daß er homosexuell war, und wir wußten, daß er gewisse Kinos bevorzugte. Aber wir haben weder die Autorität noch die Absicht, derartige Informationen publik zu machen.«

»Ich möchte diese Berichte heute nachmittag haben«, sagte der Präsident. Voyles betrachtete ein Fenster, hörte zu, reagierte aber nicht. Der Präsident wendete sich an Robert Gminski, Direktor der CIA. »Bob, ich möchte eine eindeutige Antwort.«

Gminski runzelte die Stirn. »Ja, Sir. Um was geht es?«

»Ich möchte wissen, ob irgendein Zusammenhang besteht zwischen diesen Morden und einer Organisation, einem Unternehmen, einer Gruppierung oder was auch immer der Regierung der Vereinigten Staaten.«

»Das kann doch nicht Ihr Ernst sein, Mr. President? Das ist absurd!« Gminski schien schockiert zu sein, aber der Präsident, Coal und sogar Voyles wußten, daß bei der CIA heutzutage alles möglich war.

»Mein voller Ernst, Bob.«

»Ich versichere Ihnen, gleichfalls in vollem Ernst, daß wir damit nichts zu tun hatten. Ich bin fassungslos, daß Sie an so etwas auch nur denken konnten. Unglaublich!«

»Gehen Sie der Sache nach, Bob. Ich möchte ganz sicher sein. Rosenberg hielt nichts von den nationalen Sicherheitsorganen. Er hat sich bei den Geheimdiensten Tausende von Feinden gemacht. Also überprüfen Sie es, okay?«

»Okay, okay.«

»Und ich möchte heute nachmittag um fünf einen Bericht.«

»Gut. Okay. Aber es ist Zeitverschwendung.«

Fletcher Coal trat an den Schreibtisch und stellte sich neben den Präsidenten. »Gentlemen, ich schlage vor, daß wir um fünf hier wieder zusammenkommen. Ist Ihnen das recht?«

Beide nickten und erhoben sich. Coal begleitete sie wortlos zur Tür und machte sie hinter ihnen zu.

»Das haben Sie wirklich gut gemacht«, sagte er zu dem Präsidenten. »Voyles weiß, daß er verwundbar ist. Ich habe Blut gerochen. Wir werden über die Presse auf ihn einschlagen.«

»Rosenberg ist tot«, wiederholte der Präsident. »Ich kann es einfach nicht glauben.«

»Ich habe eine Idee für das Fernsehen.« Coal wanderte wieder herum, ganz der Mann, der das Sagen hat. »Wir müssen aus dem Schock unseren Vorteil ziehen. Sie müssen müde aussehen, so, als wären Sie die ganze Nacht aufgewesen, um der Krise Herr zu werden. Einverstanden? Die ganze Nation wird zuschauen, darauf warten, daß Sie Einzelheiten mitteilen und sie beruhigen. Ich meine, Sie sollten etwas Warmes und Tröstliches tragen. Anzug und Krawatte um sieben Uhr morgens könnten aufgesetzt wirken. Wir sollten uns ein bißchen entspannt geben.«

Der Präsident hörte aufmerksam zu. »Bademantel?«

»Das nicht gerade. Aber wie wäre es mit einer Strickjacke und einer bequemen Hose? Keine Krawatte. Weißes Hemd. Eine Art Großvater-Image.«

»Sie wollen, daß ich der Nation in dieser Stunde der Krise im Pullover gegenübertrete?«

»Ja. Es gefällt mir. Eine braune Strickjacke und ein weißes Hemd.«

»Ich weiß nicht recht.«

»Das Image ist gut. Vergessen Sie nicht, Chef, im nächsten Jahr ist Wahl. Dies ist unsere erste Krise seit drei Monaten, und was für eine wunderbare Krise! Die Leute müssen Sie in etwas anderem sehen, zumal um sieben Uhr morgens. Sie müssen salopp aussehen, häuslich, aber Herr der Lage. Das wird uns in den Meinungsumfragen fünf, vielleicht sogar zehn Punkte einbringen. Vertrauen Sie mir, Chef.«

»Ich kann Pullover nicht ausstehen.«

»Vertrauen Sie mir einfach.«

»Ich weiß nicht recht.«

5

Darby Shaw erwachte in der frühmorgendlichen Dunkelheit mit dem Anflug eines Katers. Nach fünfzehn Monaten Jurastudium weigerte sich ihr Verstand, länger als sechs Stunden zu ruhen. Sie war oft schon vor Tagesanbruch auf, weil sie mit Callahan nicht gut schlafen konnte. Der Sex war grandios, aber das Schlafen war oft ein Tauziehen mit Kissen und Laken.

Sie betrachtete die Zimmerdecke und hörte zu, wie er in seinem von Scotch hervorgerufenen Koma gelegentlich schnarchte. Die Laken hatten sich wie Taue um seine Knie gewickelt. Sie hatte keine Decke, aber ihr war nicht kalt.

In New Orleans ist auch der Oktober noch schwül und warm. Die schwere Luft stieg von der Dauphine Street herauf, über den kleinen Balkon vor dem Schlafzimmer und durch die offenstehende Terrassentür. Sie brachte den ersten Strahl Morgenlicht mit. Darby stand auf, zog Callahans Bademantel über und trat an die Tür. Die Sonne ging auf, aber die Dauphine Street war noch dunkel. Im French Quarter nahm niemand den Tagesanbruch zur Kenntnis. Ihr Mund war trocken.

Unten in der Küche kochte Darby eine Kanne dicken Zichorienkaffee vom French Market. Den blauen Ziffern an der Mikrowelle zufolge war es zehn Minuten vor sechs. Für jemanden, der nicht viel trank, war das Leben mit Callahan ein ununterbrochener Kampf. Ihr Limit waren drei Glas Wein. Sie hatte weder ein bestandenes Anwaltsexamen noch einen Job und konnte es sich nicht leisten, sich jede Nacht zu betrinken und lange zu schlafen. Und sie wog sechsundfünfzig Kilo und war entschlossen, ihr Gewicht zu halten. Callahan kannte kein Limit.

Sie trank drei Gläser Eiswasser, dann füllte sie einen großen Becher mit Zichorienkaffee. Sie schaltete das Licht ein, als sie die Treppe hinaufging und sich wieder ins Bett legte. Sie drückte auf die Tasten der Fernbedienung, und auf dem Bildschirm erschien der Präsident, der an seinem Schreibtisch saß und ziemlich merkwürdig aussah in einer braunen Strickjacke und ohne Krawatte. Es war eine Sondersendung von NBC News.

»Thomas!« Sie rüttelte ihn an der Schulter. Er rührte sich nicht. »Thomas! Wach auf!« Sie drückte auf einen Knopf, und die Lautstärke schwoll an. Der Präsident sagte guten Morgen.

»Thomas!« Sie beugte sich dem Fernseher entgegen. Callahan befreite sich von den Laken und setzte sich auf, rieb sich die Augen und versuchte, zu sich zu kommen. Sie reichte ihm den Kaffee.

Der Präsident hatte Tragisches zu vermelden. Seine Augen waren müde, er wirkte betrübt, aber sein voller Bariton verströmte Zuversicht. Er hatte Notizen, benutzte sie aber nicht. Er blickte tief in die Kamera und informierte das amerikanische Volk über die bestürzenden Ereignisse der vergangenen Nacht.

»Was ist los?« murmelte Callahan. Nachdem er die Todesfälle bekanntgegeben hatte, lieferte der Präsident einen blumigen Nachruf auf Rosenberg. Eine überragende Legende nannte er ihn. Es fiel ihm nicht leicht, aber er verzog keine Miene, während er sich in Lobesworten über einen der meistgehaßten Männer in Amerika erging.

Callahan starrte auf den Bildschirm, ebenso Darby. »Das ist wirklich rührend«, sagte sie. FBI und CIA hatten ihm Bericht erstattet, erklärte der Präsident, und man ginge davon aus, daß die Morde zusammenhingen. Er hatte eine sofortige, gründliche Untersuchung gefordert, und die Verantwortlichen würden zur Rechenschaft gezogen werden.

Callahan saß aufrecht im Bett und bedeckte sich mit den Laken. Er blinzelte und kämmte mit den Fingern sein zerzaustes Haar. »Rosenberg? Ermordet?« murmelte er, ohne den Blick vom Bildschirm abzuwenden. Sein benebelter Kopf war sofort klar geworden, und die Schmerzen waren da, aber er spürte sie nicht.

»Sieh dir die Strickjacke an«, sagte Darby, trank Kaffee und betrachtete das orangefarbene Gesicht mit dem dicken Make-up und das silbrige, sorgfältig frisierte Haar. Er war ein wundervoll gutaussehender Mann mit einer beruhigenden Stimme; dieser Tatsache verdankte er seine politischen Erfolge. Die Falten auf seiner Stirn preßten sich zusammen, und er war jetzt noch betrübter, als er von seinem guten Freund Richter Glenn Jensen sprach.

»Im Montrose Theatre, um Mitternacht«, wiederholte Callahan.

»Wo ist das?« fragte sie. Callahan hatte sein Jurastudium in Georgetown abgeschlossen.

»Ich bin mir nicht sicher, aber ich glaube, es liegt im Schwulenviertel.«

»War er schwul?«

»Ich habe Gerüchte gehört. Offensichtlich.« Jetzt saßen sie beide am Ende des Bettes mit den Laken über den Beinen. Der Präsident ordnete eine Woche Nationaltrauer an. Flaggen auf Halbmast. Bundesbehörden morgen geschlossen. Die Vorbereitungen für die Beisetzungen waren im Gange. Er redete noch ein paar Minuten weiter, immer noch tiefbetrübt, sogar schockiert, sehr menschlich, aber dennoch der Präsident und eindeutig Herr der Lage. Er verabschiedete sich mit seinem patentierten Großvaterlächeln voller Zuversicht, Weisheit und Trost.

Ein NBC-Reporter erschien auf dem Rasen des Weißen Hauses und füllte die Lücken. Die Polizei schwieg sich aus. Im Augenblick schien es keine Verdächtigen zu geben und keine Anhaltspunkte. Ja, beide Richter hatten unter dem Schutz des FBI gestanden, das keinen Kommentar gegeben hatte. Ja, das Montrose war ein Ort, der von Homosexuellen besucht wurde. Ja, es hatte zahlreiche Drohungen gegen beide Männer gegeben, besonders gegen Rosenberg. Und es konnte sein, daß es viele Verdächtige geben würde, bevor alles vorbei war.

Callahan schaltete den Apparat aus und trat an die Terrassentür, wo die frühmorgendliche Luft zunehmend dicker wurde. »Keine Verdächtigen«, murmelte er.

»Mir fallen mindestens zwanzig ein«, sagte Darby.

»Ja, aber weshalb diese Kombination? Rosenberg, das ist einleuchtend, aber weshalb Jensen? Warum nicht McDowell oder Yount, die beide wesentlich liberaler sind als Jensen? Es ergibt keinen Sinn.« Callahan setzte sich auf einen Korbstuhl neben der Tür und raufte sich das Haar.

»Ich hole dir mehr Kaffee«, sagte Darby.

»Nein, nein. Ich bin wach.«

»Wie geht es deinem Kopf?«

»Gut, wenn ich drei Stunden länger hätte schlafen können. Ich glaube, ich werde das Seminar absagen. Mir ist nicht danach.«

»Großartig.«

»Verdammt, ich kann es einfach nicht glauben. Dieser Schwachkopf kann zwei neue Richter ernennen. Und das bedeutet, daß acht der neun von den Republikanern vorgeschlagen wurden.«

»Vorher müssen sie bestätigt werden.«

»In zehn Jahren wird die Verfassung nicht mehr wiederzuerkennen sein. Es ist zum Kotzen.«

»Genau deshalb wurden sie umgebracht, Thomas. Irgendeine Person oder irgendeine Gruppe möchte ein anderes Gericht haben, eines mit einer eindeutig konservativen Mehrheit. Nächstes Jahr ist Präsidentschaftswahl. Rosenberg ist oder war einundneunzig. Manning ist vierundachtzig, Yount knapp achtzig. Sie können bald sterben oder noch zehn Jahre leben. Ein Demokrat könnte zum Präsidenten gewählt werden. Weshalb ein Risiko eingehen? Bringt sie jetzt um, ein Jahr vor der Wahl. Völlig einleuchtend für jemanden, der so denkt.«

»Aber weshalb Jensen?«

»Er war ein wunder Punkt. Und allem Anschein nach eine leichte Zielscheibe.«

»Ja, aber im Grunde war er ein Gemäßigter, der gelegentlich nach links ausscherte. Und er war von einem Republikaner nominiert worden.«

»Möchtest du eine Bloody Mary?«

»Gute Idee. In einer Minute. Ich versuche nachzudenken.«

Darby lehnte sich auf dem Bett zurück, trank ihren Kaffee und sah zu, wie das Sonnenlicht den Balkon erreichte. »Überleg doch mal, Thomas. Das Timing ist wunderbar. Wiederwahl, Nominierungen, Politik, all das. Aber denk an die Gewalttätigkeiten und die Radikalen, die Eiferer, die Abtreibungsgegner und die Schwulenhasser, die Arier und die Nazis, denk an all die Gruppen, die imstande sind, jemanden umzubringen, und an all die Drohungen gegen das Gericht. Für eine unbekannte, unauffällige Gruppe ist es genau der richtige Moment, um sie zu beseitigen. Es ist grausig, aber das Timing ist grandios.«

»Und was für eine Gruppe soll das sein?«

»Wer weiß.«

»Die Underground Army?«

»Die ist nicht gerade unauffällig. Sie hat Richter Fernandez in Texas umgebracht.«

»Arbeitet die nicht mit Bomben?«

»Ja. Experten im Umgang mit Plastiksprengstoff.«

»Die kannst du streichen.«

»Im Augenblick streiche ich überhaupt niemanden.« Darby stand auf und band den Bademantel wieder zu. »Komm mit. Ich mach dir eine Bloody Mary.«

»Nur, wenn du mit mir trinkst.«

»Thomas, du bist Professor. Du kannst deine Seminare absagen, wann du willst. Ich bin Studentin und ...«

»Ich weiß, in welchem Verhältnis wir zueinander stehen.«

»Ich kann keine Seminare schwänzen.«

»Ich lasse dich in Verfassungsrecht durchfallen, wenn du nicht schwänzt und dich mit mir betrinkst. Ich habe ein Buch mit Urteilsbegründungen von Rosenberg. Wir wollen sie lesen, Bloody Marys trinken, dann Wein, dann irgend etwas anderes. Ich vermisse ihn schon jetzt.«

»Ich habe um neun Verfahrensrecht, das kann ich nicht schwänzen.«

»Ich werde den Dekan anrufen und dafür sorgen, daß er alle Vorlesungen und Seminare ausfallen läßt. Wirst du dann mit mir trinken?«

»Nein. Nun komm schon, Thomas.« Er folgte ihr die Treppe hinunter in die Küche, zum Kaffee und zum Alkohol.

6

Ohne den Hörer von der Schulter zu nehmen, drückte Fletcher Coal auf einen weiteren Knopf an dem Telefon auf dem Schreibtisch im Oval Office. Drei Lämpchen blinkten bereits, wartende Gesprächspartner. Er wanderte langsam vor dem Schreibtisch herum und hörte zu, während er einen zweiseitigen Bericht von Justizminister Horton überflog. Er ignorierte den Präsidenten, der geduckt vor einem der Fenster stand, mit behandschuhten Händen seinen Golfschläger umklammerte, zuerst den gelben Ball anstarrte und dann den Blick langsam über den blauen Teppich zu dem drei Meter entfernten Messingloch wandern ließ. Coal knurrte etwas in den Hörer. Der Präsident, der den Ball leicht anschlug und zusah, wie er exakt in das Loch rollte, bekam nichts davon mit. Das Loch klickte und leerte sich selbst, und der Ball rollte einen Meter zur Seite. Der Präsident rückte auf Strümpfen an den nächsten Ball heran; er war orange. Er tippte ihn an, und der Ball rollte direkt ins Loch. Acht hintereinander. Siebenundzwanzig von dreißig.

»Das war Chief Runyan«, sagte Coal und knallte den Hörer auf die Gabel. »Er ist ziemlich aufgeregt. Er möchte Sie heute nachmittag sprechen.«

»Sagen Sie ihm, er soll warten, bis er dran ist.«

»Ich habe ihm gesagt, er soll morgen früh um zehn kommen. Halb elf haben Sie eine Kabinettssitzung und um halb zwölf den Nationalen Sicherheitsrat.«

Ohne aufzusehen, packte der Präsident den Schläger wieder fester und betrachtete den nächsten Ball. »Ich kann es gar nicht erwarten. Was ist mit den Umfragen?« Er holte bedächtig aus und ließ den Ball nicht aus den Augen.

»Ich habe gerade mit Nellson gesprochen. Er hat zwei durchgeführt, die erste am Mittag. Der Computer verdaut sie gerade, aber er meint, die Zustimmungsrate dürfte irgendwo in der Nähe von zweiundfünfzig oder dreiundfünfzig Prozent liegen.«

Der Golfspieler schaute kurz auf und lächelte, dann kehrte er zu seinem Spiel zurück. »Wo lag sie vorige Woche?«

»Bei vierundvierzig. Es war die Strickjacke ohne Krawatte. Genau, wie ich gesagt habe.«

»Ich dachte, es wären fünfundvierzig gewesen«, sagte der Präsident, während er einen gelben Ball anschlug und zusah, wie er genau ins Loch rollte.

»Sie haben recht. Fünfundvierzig.«

»Das ist das höchste seit ...«

»Elf Monaten. Seit Flug 402 im November vorigen Jahres sind wir nicht mehr über fünfzig gewesen. Das ist eine wunderbare Krise, Chef. Die Leute sind schockiert, aber viele sind selig darüber, daß Rosenberg tot ist. Und Sie sind der Mann in der Mitte. Einfach wunderbar.« Coal drückte auf einen der blinkenden Knöpfe und griff wieder nach dem Hörer. Dann knallte er ihn wieder auf die Gabel, ohne ein Wort gesprochen zu haben. Er rückte seine Krawatte zurecht und knöpfte sein Jackett zu.

»Es ist halb sechs, Chef. Voyles und Gminski warten.«

Der Präsident schlug und beobachtete den Ball. Er rollte zwei Zentimeter zu weit nach rechts, und er verzog das Gesicht. »Sie sollen ruhig warten. Wir halten morgen früh um neun eine Pressekonferenz ab. Ich nehme Voyles mit, aber er muß den Mund halten. Und hinter mir stehen. Ich liefere ein paar weitere Details und beantworte ein paar Fragen. Die Fernsehstationen werden sie bestimmt live übertragen, meinen Sie nicht auch?«

»Natürlich. Gute Idee. Ich werde es veranlassen.«

Der Präsident zog die Handschuhe aus und warf sie in eine Ecke. »Holen Sie sie herein.« Er lehnte seinen Schläger an die Wand und schlüpfte in seine Bally-Schuhe. Wie gewöhnlich hatte er sich seit dem Frühstück sechsmal umgezogen und trug jetzt einen zweireihigen Glencheck-Anzug mit einer rot und blau gepunkteten Krawatte. Amtstracht. Das Jackett hing an einem Ständer neben der Tür. Er setzte sich an seinen Schreibtisch und betrachtete stirnrunzelnd einige Papiere. Er nickte Voyles und Gminski zu, stand aber nicht auf und bot ihnen auch nicht die Hand. Sie ließen sich auf der anderen Seite des Schreibtisches nieder, und Coal nahm seine übliche Haltung ein, wie ein Wachtposten, der es nicht abwarten kann, drauflloszuschießen. Der Präsident griff sich an den Nasenrücken, als hätten die Strapazen des Tages eine Migräne ausgelöst.

»Das war ein langer Tag, Mr. President«, sagte Bob Gminski, um das Eis zu brechen. Voyles sah zum Fenster hinaus.

Coal nickte, und der Präsident sagte: »Ja, Bob. Ein sehr langer Tag. Und ich habe heute abend ein Essen mit ein paar Äthiopiern, also wollen wir es kurz machen. Fangen wir mit Ihnen an, Bob. Wer hat sie umgebracht?«

»Ich weiß es nicht, Mr. President. Aber ich versichere Ihnen – wir hatten damit nichts zu tun.«

»Ihr Ehrenwort, Bob?« Er hörte sich fast flehentlich an.

Gminski hob die rechte Hand so, daß die Handfläche dem Schreibtisch zugewendet war. »Ich schwöre es. Beim Grabe meiner Mutter.«

Coal nickte beifällig, als ob er ihm glaubte und als ob es auf seine Zustimmung ankäme.

Der Präsident richtete den Blick auf Voyles, dessen gedrungene Figur den Stuhl ausfüllte und nach wie vor mit einem formlosen Trenchcoat bekleidet war. Der Direktor kaute langsam auf seinem Gummi herum und musterte den Präsidenten verächtlich.

»Ballistik? Autopsie?«

»Habe ich«, sagte Voyles und öffnete seinen Aktenkoffer.

»Lassen Sie hören. Die Berichte lese ich später.«

»Die Waffe war ein kleines Kaliber, vermutlich eine .22er. Wurde, den Pulverspuren nach zu urteilen, auf Rosenberg und den Pfleger aus allernächster Nähe abgeschossen. Bei Ferguson wissen wir es nicht genau, aber die Entfernung dürfte nicht mehr als dreißig Zentimeter betragen haben. Schließlich waren wir bei der Schießerei nicht zugegen. Drei Kugeln in jeden Kopf. Aus dem von Rosenberg haben sie zwei herausgeholt, die dritte wurde in seinem Kopfkissen gefunden. Allem Anschein nach haben er und der Pfleger geschlafen. Der gleiche Patronentyp, die gleiche Waffe, offensichtlich der gleiche Schütze. Eingehende Autopsieberichte sind noch in Arbeit, aber es gab keine Überraschungen. Schließlich sind die Todesursachen eindeutig.«

»Fingerabdrücke?«

»Keine. Wir suchen noch, aber es war sehr saubere Arbeit. Es sieht so aus, als hätte er nichts hinterlassen als die Projektile und die Leichen.«

»Wie ist er ins Haus gekommen?«

»Keinerlei Anzeichen für gewaltsames Eindringen. Ferguson durchsuchte das Haus, als Rosenberg gegen fünf ankam. Routinemaßnahme. Er hat zwei Stunden später seinen schriftlichen Bericht abgeliefert; demzufolge hat er im Obergeschoß zwei Schlafzimmer, ein Bad und drei Schränke inspiziert und außerdem sämtliche Räume unten und natürlich nichts gefunden. Erklärt, er hätte alle Türen und Fenster überprüft. Rosenbergs Anweisungen entsprechend blieben unsere Leute draußen, und sie schätzen, daß Fergusons Vier-Uhr-Inspektion drei bis vier Minuten dauerte. Ich vermute, daß der Killer bereits in einem Versteck wartete, als der Richter zurückkehrte und Ferguson durchs Haus ging.«

»Warum?« wollte Coal wissen.

Voyles' rote Augen musterten den Präsidenten und ignorierten den Mann, der für ihn die Schmutzarbeit tat. »Dieser Mann ist offenbar überaus tüchtig. Er tötete einen Richter des Obersten Bundesgerichts – vielleicht sogar zwei – und hinterließ nicht die geringste Spur. Ein Profikiller, vermute ich. Das Eindringen ins Haus wäre für ihn kein Problem gewesen, und Fergusons flüchtiger Inspektion zu entgehen, gleichfalls nicht. Er ist vermutlich sehr geduldig. Er wäre nicht das Risiko eingegangen, ins Haus zu kommen, solange sich jemand darin befand und Polizisten in der Nähe waren. Ich nehme an, daß er irgendwann im Laufe des Nachmittags eingedrungen ist und dann einfach gewartet hat, vielleicht in einem Schrank im Obergeschoß oder auf dem Dachboden. Wir haben auf dem Fußboden unter der ausziehbaren Treppe zwei Stückchen Isoliermaterial vom Dach gefunden, was darauf hindeutet, daß die Treppe erst kürzlich benutzt wurde.«

»Wo er sich versteckt hat, spielt keine Rolle«, sagte der Präsident.

»Uns war es nicht gestattet, das Haus zu durchsuchen, verstehen Sie?«

»Ich verstehe, daß er tot ist. Was ist mit Jensen?«

»Der ist auch tot. Gebrochenes Genick, erdrosselt mit einem Stück Nylonseil, das man in jedem Haushaltswarengeschäft kaufen kann. Die Gerichtsmediziner bezweifeln, daß er an dem Genickbruch gestorben ist. Sie sind ziemlich sicher, daß es das Seil war, das ihn umbrachte. Keine Fingerabdrücke. Keine Zeugen. Das ist nicht die Art Etablissement, wo Zeugen angestürmt kommen, also habe ich auch nicht damit gerechnet, welche zu finden. Der Tod ist ungefähr um halb eins eingetreten. Der zeitliche Abstand zwischen den Morden beträgt zwei Stunden.«

Der Präsident machte sich Notizen. »Wann hat Jensen seine Wohnung verlassen?«

»Das wissen wir nicht. Wie Sie wissen, mußten wir auf dem Parkplatz bleiben. Wir haben ihn gegen achtzehn Uhr nach Hause begleitet und dann sieben Stunden lang das Gebäude bewacht, bis wir erfuhren, daß er in einem Schwulenkino erdrosselt worden war. Wir haben uns natürlich an seine Anweisungen gehalten. Er hat sich im

Wagen eines Freundes aus dem Staub gemacht, den wir zwei Blocks von dem Kino entfernt gefunden haben.«

Coal trat mit hinter dem Rücken verschränkten Händen zwei Schritte vor. »Direktor, glauben Sie, daß beide von ein und demselben Mörder umgebracht wurden?«

»Woher, zum Teufel, soll ich das wissen? Die Leichen sind noch warm. Lassen Sie uns ein bißchen Zeit. Im Augenblick haben wir herzlich wenig. Keine Zeugen, keine Fingerabdrücke, keine Schnitzer. Es braucht Zeit, dieser Sache auf den Grund zu gehen. Es könnte ein und derselbe Mann gewesen sein. Ich weiß es nicht. Es ist noch zu früh.«

»Aber Sie haben doch bestimmt Ihre Vermutungen«, sagte der Präsident.

Voyles schwieg einen Moment und schaute aus dem Fenster. »Möglicherweise ein und derselbe Killer, aber dann muß er Superman höchstpersönlich sein. Wahrscheinlicher ist, daß es zwei oder drei waren, aber auf jeden Fall müssen sie eine Menge Hilfe gehabt haben. Irgend jemand hat ihnen eine Menge Informationen geliefert.«

»Zum Beispiel?«

»Zum Beispiel, wie oft Jensen ins Kino geht, wo er sitzt, wann er dorthin geht, ob er allein geht, ob er sich mit einem Freund trifft. Informationen, über die wir nicht verfügen. Und was Rosenberg betrifft – jemand muß gewußt haben, daß es in seinem kleinen Haus keine Alarmanlage gibt, daß unsere Leute draußen bleiben mußten, daß Ferguson um zehn eintraf und um sechs wieder ging und daß er im Hinterhof sitzen mußte, daß ...«

»Das alles haben Sie gewußt«, unterbrach ihn der Präsident.

»Natürlich haben wir das gewußt. Aber ich versichere Ihnen, wir haben unser Wissen mit niemandem geteilt.« Der Präsident warf einen schnellen Verschwörerblick auf Coal, der sich, tief in Gedanken versunken, am Kinn kratzte.

Voyles räkelte sich im Sessel und bedachte Gminski mit einem Lächeln, als wollte er sagen, »Tun wir ihnen den Gefallen.«

»Sie vermuten eine Verschwörung«, sagte Coal verständnisvoll mit gerunzelten Brauen.

»Ich vermute überhaupt nichts. Ich erkläre Ihnen, Mr. Coal, und Ihnen, Mr. President, jawohl, eine große Zahl von Leuten hat ihren

Teil zu den Morden beigetragen. Vielleicht war es nur ein Killer, vielleicht auch zwei, aber sie hatten eine Menge Hilfe. Es geschah zu schnell und sauber und war zu gut organisiert.«

Coal schien zufriedengestellt. Er richtete sich auf und verschränkte wieder die Hände hinter dem Rücken.

»Wer also sind diese Verschwörer?« fragte der Präsident. »Wen verdächtigen Sie?«

Voyles holte tief Luft und räkelte sich abermals. Er machte seinen Aktenkoffer zu und stellte ihn neben seine Füße. »Wir haben keinen Hauptverdächtigen, jedenfalls im Moment noch nicht, nur ein paar gute Möglichkeiten. Und das muß geheim bleiben.«

Coal tat einen Schritt näher heran. »Natürlich ist das vertraulich«, fuhr er Voyles an. »Sie befinden sich im Oval Office.«

»Ich bin schon sehr oft hier gewesen. Ich war sogar schon hier, als Sie, Mr. Coal, noch mit feuchten Windeln herumliefen. Es gibt Dinge, die haben ihre eigene Art durchzusickern.«

»Ich glaube, bei Ihnen sickert auch einiges durch«, sagte Coal.

Der Präsident hob die Hand. »Es ist vertraulich, Denton. Sie haben mein Wort darauf.« Coal trat einen Schritt zurück.

Voyles musterte den Präsidenten. »Die Sitzungsperiode des Gerichts begann am Montag, wie Sie wissen, und die Verrückten sind seit mehreren Tagen in der Stadt. Im Lauf der letzten beiden Wochen haben wir verschiedene Organisationen überwacht. Wir wissen von mindestens elf Angehörigen der Underground Army, die sich seit einer Woche im Gebiet von D. C. aufhalten. Ein paar von ihnen haben wir heute verhört und dann wieder freigelassen. Wir wissen, daß die Organisation die erforderlichen Mittel hat. Im Augenblick ist sie unser Hauptverdächtiger. Aber das kann sich morgen ändern.«

Coal war nicht beeindruckt. Die Underground Army stand auf jedermanns Liste.

»Ich habe von ihr gehört«, sagte der Präsident dümmlich.

»So. Natürlich. Sie macht viel von sich reden. Wir glauben, daß sie in Texas einen Richter ermordet hat, aber wir können es nicht beweisen. Wir verdächtigen sie bei mindestens hundert Bombenanschlägen auf Abtreibungskliniken, ACLU-Büros, Pornokinos und Schwulenklubs überall im Lande. Genau die Leute, die Rosenberg und Jensen hassen würden.«

»Noch weitere Verdächtige?« fragte Coal.

»Da ist eine Ariergruppe, die sich White Resistance nennt; wir beobachten sie seit zwei Jahren. Sie operiert von Idaho und Oregon aus. Ihr Anführer hat vorige Woche in West Virginia eine Rede gehalten und hält sich seit ein paar Tagen hier auf. Er wurde am Montag bei der Demonstration vor dem Obersten Gericht gesehen. Wir werden versuchen, morgen mit ihm zu reden.«

»Aber sind diese Leute Profikiller?« fragte Coal.

»Sie geben schließlich keine Anzeigen auf. Ich bezweifle, daß irgendeine Gruppe das Töten selbst besorgt. Sie heuern die Mörder an und leisten selbst nur die Vorarbeiten.«

»Also wer sind die Mörder?« fragte der Präsident.

»Es kann durchaus sein, daß wir das nie herausbekommen.«

Der Präsident stand auf und streckte die Beine. Wieder einmal ein harter Tag im Amt. Er lächelte über den Schreibtisch hinweg auf Voyles herab. »Sie haben eine schwere Aufgabe.« Er war die Großvaterstimme, voller Wärme und Verständnis. »Ich beneide Sie nicht darum. Wenn möglich, möchte ich täglich um siebzehn Uhr einen zweiseitigen, maschinegeschriebenen Bericht mit doppeltem Zeilenabstand über die Fortschritte der Untersuchung. Wenn sich etwas ergibt, möchte ich, daß Sie mich unverzüglich anrufen.«

Voyles nickte wortlos.

»Ich gebe morgen früh um neun eine Pressekonferenz. Es wäre mir lieb, wenn Sie dabei wären.«

Voyles nickte abermals wortlos. Sekunden vergingen, und niemand sagte etwas. Voyles stand geräuschvoll auf und schnallte den Gürtel seines Trenchcoats zu. »Also, dann gehen wir jetzt. Sie haben die Äthiopier und das alles.« Er händigte Coal den ballistischen und den Autopsiebericht aus – er wußte, daß der Präsident sie bestimmt nicht lesen würde.

»Danke für Ihr Kommen, Gentlemen«, sagte der Präsident herzlich. Coal machte die Tür hinter ihnen zu, und der Präsident griff nach seinem Golfschläger. »Ich esse nicht mit den Äthiopiern«, sagte er und betrachtete den Teppich und einen gelben Ball.

»Ich weiß. Ich habe Ihre Entschuldigung übersandt. Dies ist eine schwere Krise, Mr. President, und man erwartet von Ihnen, daß Sie sich hier in diesem Büro aufhalten, umgeben von Ihren Beratern und hart arbeitend.«

Der Präsident holte aus, und der Ball rollte einwandfrei in das Loch. »Ich möchte mit Horton reden. Diese Nominierungen müssen Hand und Fuß haben.«

»Er hat eine Auswahlliste mit zehn Namen geschickt.«

»Ich möchte konservative junge Weiße, die gegen Abtreibung, Pornographie, Schwule, Einschränkung des Waffenbesitzes, Rassenquoten und all diesen anderen Quatsch sind.« Er verfehlte einen Ball und streifte seine Schuhe ab. »Ich möchte Richter, die Rauschgift und Kriminelle hassen und Verfechter der Todesstrafe sind. Haben Sie verstanden?«

Coal war am Telefon, tastete Nummern ein und nickte seinem Boß zu. Er würde die Kandidaten auswählen und dann den Präsidenten überreden.

K. O. Lewis saß neben dem Direktor im Fond der Limousine, die das Weiße Haus verließ und durch den Feierabendverkehr kroch. Voyles hatte nichts zu sagen. In den ersten Stunden nach der Tragödie war die Presse brutal gewesen. Die Aasgeier kreisten. Nicht weniger als drei Unterausschüsse des Kongresses hatten bereits Anhörungen und Untersuchungen der Morde angekündigt. Und die Leichen waren noch warm. Die Politiker waren wie berauscht und kämpften um einen Platz im Rampenlicht. Eine unverantwortliche Pressemeldung jagte die andere. Senator Larkin aus Ohio haßte Voyles, und Voyles haßte Senator Larkin aus Ohio, und drei Stunden zuvor hatte der Senator eine Pressekonferenz einberufen und verkündet, sein Unterausschuß würde unverzüglich mit der Untersuchung des Schutzes beginnen, den das FBI den beiden toten Richtern hatte zukommen lassen. Aber Larkin hatte eine Freundin, eine ziemlich junge, und das FBI hatte einige Fotos, und Voyles war zuversichtlich, daß die Untersuchung verschoben werden konnte.

»Wie geht's dem Präsidenten?« fragte Lewis schließlich.

»Welchem?«

»Nicht Coal. Dem anderen.«

»Gut. Wirklich gut. Natürlich hat Rosenbergs Tod ihn sehr mitgenommen.«

»Natürlich.«

Sie fuhren schweigend weiter in Richtung Hoover Building. Es würde eine lange Nacht werden.

»Wir haben einen neuen Verdächtigen«, sagte Lewis schließlich.

»Erzählen Sie.«

»Einen Mann namens Nelson Muncie.«

Voyles schüttelte den Kopf. »Nie von ihm gehört.«

»Ich auch nicht. Es ist eine lange Geschichte.«

»Geben Sie mir die Kurzfassung.«

»Muncie ist ein sehr reicher Industrieller aus Florida. Vor sechzehn Jahren wurde seine Nichte von einem Afro-Amerikaner namens Buck Tyrone vergewaltigt und ermordet. Das Mädchen war zwölf. Eine überaus brutale Vergewaltigung und ein ebenso brutaler Mord. Ich erspare Ihnen die Details. Muncie hat keine Kinder und betete seine Nichte an. Tyrone wurde in Orlando vor Gericht gestellt und zum Tode verurteilt. Er wurde schwer bewacht, weil es eine Menge Drohungen gegeben hatte. Ein paar jüdische Anwälte in einer großen New Yorker Firma legten alle nur denkbaren Berufungen ein, und 1984 landete der Fall beim Obersten Bundesgericht. Sie haben es bereits erraten: Rosenberg verliebt sich in Tyrone und verfaßt eine im Grunde lächerliche, auf dem Fünften Verfassungszusatz beruhende Beweisführung, mit der er ein Geständnis für unzulässig erklärt, das der Punker eine Woche nach seiner Verhaftung abgelegt hatte. Ein achtseitiges Geständnis, von Tyrone selbst geschrieben. Kein Geständnis, kein Fall. Aufgrund von Rosenbergs Fünf-zu-Vier-Begründung wird das Urteil aufgehoben. Eine überaus kontroverse Entscheidung. Tyrone wird freigelassen. Zwei Jahre später verschwindet er und ist seither nicht mehr gesehen worden. Gerüchten zufolge hat Muncie dafür bezahlt, daß jemand Tyrone kastrierte, verstümmelte und den Haien zum Fraß vorwarf. Nur Gerüchte, sagen die Behörden in Florida. Und dann wird 1989 Tyrones wichtigster Anwalt, ein Mann namens Kaplan, vor seiner Wohnung in Manhattan niedergeschossen, anscheinend von einem Straßenräuber. Was für ein Zufall.«

»Von wem haben Sie das?«

»Florida hat mich vor zwei Stunden angerufen. Die Leute dort sind überzeugt, daß Muncie für die Beseitigung von Tyrone und seinem Anwalt eine Menge Geld gezahlt hat. Sie können es nur nicht beweisen. Sie haben einen zögerlichen, nicht identifizierten Informanten, der behauptet, Muncie zu kennen, und der ihnen erzählt hat, daß Muncie seit Jahren davon redet, Rosenberg umzubringen. Sie glauben, daß Muncie ein bißchen ausgerastet ist, seit seine Nichte ermordet wurde.«

»Wieviel Geld hat er?«

»Genug. Millionen. Genaueres weiß niemand. Er ist sehr verschwiegen. Florida ist überzeugt, daß er dazu imstande wäre.«

»Gehen wir der Sache nach. Hört sich interessant an.«

»Ich mache mich noch heute abend dran. Sind Sie sicher, daß Sie dreihundert Agenten auf den Fall ansetzen wollen?«

Voyles zündete sich eine Zigarre an und öffnete sein Fenster. »Ja, vielleicht sogar vierhundert. Wir müssen diesen Fall aufklären, bevor die Presse uns bei lebendigem Leibe auffrißt.«

»Das wird nicht leicht sein. Außer den Projektilen und dem Seil haben diese Kerle nichts hinterlassen.«

Voyles blies Rauch zum Fenster hinaus. »Ich weiß. Es ist fast zu perfekt.«

7

Der Gerichtspräsident saß mit gelockerter Krawatte zusammengesunken an seinem Schreibtisch. Er sah sehr mitgenommen aus. Drei seiner Kollegen und ein halbes Dutzend ihrer Mitarbeiter waren zugegen und unterhielten sich mit gedämpften Stimmen. Der Schock und die Erschöpfung waren nicht zu übersehen. Besonders betroffen wirkte Jason Kline, Rosenbergs engster Mitarbeiter. Er saß auf einem kleinen Sofa und starrte leeren Blickes auf den Boden, während Richter Archibald Manning, nun der älteste Richter, von Protokoll und Beisetzung redete. Jensens Mutter wünschte einen kleinen privaten episkopalischen Gottesdienst am Freitag in Providence. Rosenbergs Sohn, ein Anwalt, hatte Runyan eine Liste mit Anweisungen übergeben, die der Richter nach seinem zweiten Schlaganfall erstellt hatte und derzufolge er wünschte, nach einer nicht-militärischen Zeremonie eingeäschert zu werden. Die Asche sollte über dem Reservat der Sioux-Indianer in South Dakota verstreut werden. Rosenberg war zwar Jude gewesen, hatte der Religion jedoch den Rücken gekehrt und behauptet, Agnostiker zu sein. Er wollte bei den Indianern begraben werden. Runyan fand das angemessen, sagte es aber nicht. Im Vorzimmer tranken sechs FBI-Agenten Kaffee und flüsterten nervös. Im Laufe des Tages hatte es weitere Drohungen gegeben, etliche binnen Stunden nach der Fernsehansprache des Präsidenten. Jetzt war es dunkel, fast Zeit, die überlebenden Richter nach Hause zu eskortieren. Jeder hatte vier Agenten als Leibwächter.

Richter Andrew McDowell, mit einundsechzig jetzt das jüngste Mitglied des Gerichts, stand am Fenster, rauchte seine Pfeife und beobachtete den Verkehr. Wenn Jensen im Gericht einen Freund gehabt hatte, dann war es McDowell.

Fletcher Coal hatte Runyan mitgeteilt, daß der Präsident nicht nur an Jensens Beisetzung teilzunehmen gedachte, sondern auch eine Grabrede halten wollte. Niemand im inneren Büro wollte, daß der Präsident sich äußerte. Runyan hatte McDowell gebeten, ein paar Worte aufzusetzen. McDowell, ein schüchterner Mann, der nur ungern Reden hielt, drehte seine Kragenschleife und versuchte, sich seinen Freund auf dem Balkon mit einem Seil um den Hals vorzustellen. Es war zu grauenhaft, um darüber nachzudenken. Ein Richter des Obersten Bundesgerichts, einer seiner distinguierten Kollegen, einer der neun, schlich sich an einen solchen Ort, sah sich diese Filme an und wurde auf derart gräßliche Art bloßgestellt. Wie tragisch und peinlich zugleich. Er sah sich selbst, wie er vor den Trauergästen in der Kirche stand und Jensens Mutter und die anderen Angehörigen ansah und genau wußte, daß alle an das Montrose Theatre dachten. Sie würden sich gegenseitig im Flüsterton fragen, »Haben Sie gewußt, daß er schwul war?« McDowell jedenfalls hatte es nicht gewußt, nicht einmal geargwöhnt. Und er wollte auch nicht bei der Beisetzung reden.

Richter Ben Thurow, achtundsechzig Jahre alt, ging es weniger darum, die Toten zu begraben, als die Mörder dingfest zu machen. Er war Staatsanwalt in Minnesota gewesen, und seine Theorie ordnete die Verdächtigen einer von zwei Gruppen zu: Leute, die aus Haß oder Rache handelten, und solche, die künftige Entscheidungen beeinflussen wollten. Er hatte seine Mitarbeiter angewiesen, mit den Recherchen anzufangen.

Thurow wanderte im Büro herum. »Wir sind sieben Richter und siebenundzwanzig Mitarbeiter«, sagte er in den Raum hinein, ohne jemanden direkt anzusprechen. »Daß wir in den nächsten Wochen nicht viel tun können, liegt auf der Hand. Alle wichtigen Entscheidungen müssen aufgeschoben werden, bis wir wieder vollzählig sind. Das kann Monate dauern. Deshalb meine ich, unsere Mitarbeiter sollten sich an die Arbeit machen und versuchen, die Morde aufzuklären.«

»Wir sind nicht die Polizei«, sagte Manning geduldig.

»Können wir nicht wenigstens bis nach den Beisetzungen warten, bevor wir anfangen, Dick Tracy zu spielen?« fragte McDowell, ohne sich vom Fenster abzuwenden.

Thurow ignorierte sie, wie gewöhnlich. »Ich werde die Nachforschungen leiten. Überlassen Sie mir für ein oder zwei Wochen Ihre Mitarbeiter. Ich bin sicher, dann können wir eine Liste von eindeutig Verdächtigen aufstellen.«

»Das FBI ist sehr tüchtig, Ben«, sagte der Präsident. »Es hat uns nicht um Hilfe gebeten.«

»Über das FBI möchte ich mich nicht äußern«, sagte Thurow. »Wir können hier zwei Wochen herumsitzen und trauern, oder wir können uns an die Arbeit machen und diese Bastarde finden.«

»Wieso sind Sie so sicher, daß Sie das schaffen können?« fragte Manning.

»Ich bin nicht sicher, ob ich es kann, aber ich meine, es ist einen Versuch wert. Unsere Kollegen wurden aus einem bestimmten Grund ermordet, und dieser Grund steht in direktem Zusammenhang mit einem Fall, über den bereits entschieden wurde oder der jetzt vor diesem Gericht anhängig ist. Wenn es Rache war, ist unsere Aufgabe praktisch unlösbar. Schließlich werden wir, aus dem einen oder anderen Grund, von jedermann gehaßt. Aber wenn es nicht Rache oder Haß war, dann wollte vielleicht jemand für eine künftige Entscheidung ein anderes Gericht haben. Und das macht die Sache interessant. Wer würde Abe und Glenn wegen eines Votums umbringen, das sie in diesem Jahr, im nächsten Jahr oder in fünf Jahren vielleicht abgegeben hätten? Ich möchte, daß unsere Mitarbeiter sich jeden Fall vornehmen, der jetzt bei den elf Bezirksgerichten anhängig ist.«

Richter McDowell schüttelte den Kopf. »Wie stellen Sie sich das vor, Ben? Das sind mehr als fünftausend Fälle, von denen nur ein winziger Bruchteil hier landen wird. Das ist doch absurd.«

Manning war ebenso unbeeindruckt. »Ich habe einunddreißig

Jahre mit Rosenberg zusammengearbeitet, und ich war oft nahe daran, selbst auf ihn zu schießen. Aber ich habe ihn geliebt wie einen Bruder. Seine liberalen Ideen wurden in den sechziger und siebziger Jahren akzeptiert, in den achtzigern waren sie überholt und jetzt, in den neunzigern, stoßen sie auf Ablehnung. Er wurde zum Symbol für alles, was mit diesem Land nicht stimmt. Ich glaube, er wurde von einer dieser rechten Radikalen-Gruppen ermordet, und wir können Fälle recherchieren, bis es in der Hölle schneit, ohne irgend etwas zu finden. Es ist Rache, Ben. Schlicht und einfach Rache.«

»Und Glenn?« fragte Thurow.

»Unser Freund hatte ganz offensichtlich ungewöhnliche Neigungen. Das muß sich herumgesprochen haben, und er war für eine solche Gruppe ein leichtes Opfer. Sie hassen die Homosexuellen, Ben.«

Thurow wanderte nach wie vor herum und ignorierte die anderen. »Sie hassen uns alle, und wenn Haß das Mordmotiv war, wird die Polizei sie erwischen. Vielleicht. Aber was ist, wenn sie ermordet wurden, weil jemand das Gericht manipulieren wollte? Was ist, wenn sich irgendeine Gruppe diesen Moment der inneren Unruhe und der Gewalttätigkeiten zunutze machte, um zwei von uns zu beseitigen und auf diese Weise eine Neubesetzung des Gerichts zu erzwingen? Ich halte das für möglich.«

Der Präsident räusperte sich. »Ich bin dafür, daß wir nichts unternehmen, bis sie begraben sind oder ihre Asche verstreut ist. Ich sage nicht nein, Ben, aber wir sollten ein paar Tage warten. Wir stehen noch unter Schock.«

Thurow entschuldigte sich und verließ den Raum. Seine Leibwächter folgten ihm den Flur entlang.

Richter Manning stand auf seinen Stock gelehnt da und wendete sich an den Präsidenten. »Ich komme nicht nach Providence. Ich hasse das Fliegen, und ich hasse Beerdigungen. Mir steht über kurz oder lang die eigene bevor, und daran lasse ich mich nicht gern erinnern. Ich werde der Familie schriftlich mein Beileid aussprechen. Wenn Sie sie sehen, dann entschuldigen Sie mich bitte. Ich bin ein sehr alter Mann.« Er verließ das Büro mit einem seiner Mitarbeiter.

»Ich finde, Richter Thurow hat recht«, sagte Jason Kline. »Wir müssen zumindest die anhängigen Fälle überprüfen, vor allem die, bei denen damit zu rechnen ist, daß sie von den untergeordneten Gerichten an uns überwiesen werden. Es ist ein Schuß ins Blaue, aber es kann durchaus sein, daß wir auf irgend etwas stoßen.«

»Da stimme ich Ihnen zu«, sagte der Präsident. »Es ist nur ein wenig verfrüht, meinen Sie nicht auch?«

»Ja. Aber ich möchte trotzdem gleich anfangen.«

»Nein. Warten Sie bis Montag, dann weise ich Sie Thurow zu.«

Kline zuckte die Achseln und entschuldigte sich. Zwei seiner Kollegen folgten ihm in Rosenbergs Büro, wo sie im Dunkeln dasaßen und den Rest von seinem Brandy tranken.

In einer engen Arbeitsnische im fünften Stock der juristischen Bibliothek, zwischen Regalen mit dicken, selten gebrauchten Büchern, studierte Darby Shaw einen Ausdruck der vor dem Obersten Bundesgericht anhängigen Fälle. Sie hatte ihn schon zweimal gelesen, und obwohl viele von ihnen überaus brisant waren, hatte sie nichts gefunden, was sie interessierte. *Dumond* schlug hohe Wellen. Dann gab es einen Fall von Kinderpornographie aus New Jersey, einen Sodomiefall aus Kentucky, ein Dutzend Einsprüche gegen Todesurteile, ein Dutzend unterschiedlicher Bürgerrechtsfälle und das übliche Quantum an Fällen, bei denen es um Steuern, Bebauungspläne, die Indianer und Kartellsachen ging. Sie hatte Zusammenfassungen sämtlicher Fälle aus dem Computer geholt und alle zweimal gelesen. Sie hatte eine Liste möglicher Verdächtiger aufgestellt, aber auf die würde jedermann stoßen. Die Liste lag bereits im Papierkorb.

Callahan war sicher, daß es die Arier gewesen waren oder die Nazis oder der Ku-Klux-Klan; irgendeine leicht identifizierbare Gruppe inländischer Terroristen; irgendwelche Radikale. Es mußten Leute von der äußersten Rechten gewesen sein, das lag doch auf der Hand, fand er. Darby war da nicht so sicher. Die Radikalengruppen waren zu offensichtlich. Sie hatten zu viele Drohungen ausgesprochen, zu viele Steine geworfen, zu viele Paraden veranstaltet, zu viele Reden gehalten. Sie brauchten Rosenberg lebendig, weil er ein so verlockendes Ziel für ihren Haß war. Rosenberg hielt sie beschäftigt. Sie glaubte, daß jemand dahintersteckte, der wesentlich gefährlicher war.

Callahan saß in einer Bar an der Canal Street, inzwischen betrunken, und wartete auf sie, obwohl sie nicht versprochen hatte, daß sie kommen würde. Sie hatte am Mittag bei ihm hereingeschaut und ihn auf dem Balkon angetroffen, betrunken und in seinem Buch mit Rosenberg-Urteilen lesend. Er hatte sich entschlossen, seinen Kurs über Verfassungsrecht für eine Woche abzusagen; hatte gesagt, daß er jetzt, da sein Held tot war, vielleicht nie mehr würde unterrichten können. Sie hatte ihm gesagt, er sollte zusehen, daß er wieder nüchtern würde, und war gegangen.

Kurz nach zehn ging sie in den Computerraum im vierten Stock der Bibliothek und setzte sich vor einen Bildschirm. Der Raum war leer. Sie tippte auf der Tastatur herum, fand, was sie wollte, und wenig später spuckte der Drucker Seite um Seite von Berufungen aus, die bei den elf Bundesberufungsgerichten des Landes anhängig waren. Eine Stunde später hörte der Drucker auf, und sie hatte einen fünfzehn Zentimeter dicken Stapel von Zusammenfassungen der Fälle, mit denen es die elf Gerichte zu tun hatten. Sie schleppte sie in ihre Arbeitsnische hinauf und legte sie auf den bereits vollen Schreibtisch. Es war nach elf, und außer ihr hielt sich niemand im fünften Stock auf. Durch ein schmales Fenster hatte man einen wenig anregenden Blick auf den Parkplatz und ein paar Bäume.

Sie schlüpfte wieder aus den Schuhen und betrachtete den roten Lack auf ihren Zehennägeln. Sie trank eine warme Fresca und starrte leeren Blicks auf den Parkplatz. Die erste Folgerung war einfach – die Morde waren von ein und derselben Gruppe aus ein und demselben Grund begangen worden. Die zweite Folgerung war schwierig – das Motiv war nicht Haß oder Rache, sondern vielmehr Manipulation. Irgendwo gab es einen Fall, der unterwegs war zum Obersten Bundesgericht, und jemand wollte andere Richter. Die dritte Folgerung war ein wenig einfacher – bei dem Fall ging es um eine Menge Geld.

In den vor ihr liegenden Ausdrucken war die Antwort nicht zu finden. Sie las in ihnen bis Mitternacht und ging erst, als die Bibliothek geschlossen wurde.

8

Am Donnerstagmittag brachte eine Sekretärin eine große Tüte, mit Fettflecken dekoriert und gefüllt mit Sandwiches und Zwiebelringen, in einen überheizten Konferenzraum im fünften Stock des Hoover Building. In der Mitte des quadratischen Raums saßen leitende FBI-Beamte aus dem ganzen Land auf den je zwanzig Stühlen an beiden Längsseiten eines Mahagonitisches. Alle hatten die Krawatten gelockert und die Hemdsärmel aufgekrempelt. Der billige Behörden-Kronleuchter anderthalb Meter über dem Tisch war von einer dünnen Wolke aus blauem Dunst umgeben.

Direktor Voyles redete. Erschöpft und wütend paffte er an seiner vierten Zigarre an diesem Vormittag und wanderte langsam vor dem Bildschirm an seinem Ende des Tisches herum. Die Hälfte der Männer hörte zu. Die andere Hälfte hatte Papiere aus dem Stapel in der Mitte des Tisches gezogen und las die Autopsieberichte, den Laborbericht über das Nylonseil, Berichte über Nelson Muncie und ein paar weitere Personen, über die man schnelle Recherchen angestellt hatte. Die Berichte waren ziemlich dünn.

Jemand, der gleichzeitig aufmerksam zuhörte und genau las, war Special Agent Eric East, erst seit zehn Jahren dabei, aber ein brillanter Ermittler. Sechs Stunden zuvor hatte Voyles sich dafür entschieden, ihn mit der Leitung der Untersuchung zu beauftragen. Der Rest des Teams war im Laufe des Vormittags ausgewählt worden, und dies war die Versammlung, auf der alles organisiert werden sollte.

East hörte zu und erfuhr, was er bereits wußte. Die Untersuchung würde Wochen, vielleicht Monate dauern. Abgesehen von den Kugeln, neun an der Zahl, dem Seil und der Stahlstange, mit der es zugedreht worden war, gab es keinerlei Beweismaterial. Die Nachbarn in Georgetown hatten nichts gesehen; keine verdächtigeren Typen als sonst im Montrose. Keine Fingerabdrücke. Keine Fasern. Nichts. Es gehört eine beträchtliche Begabung dazu, so sauber zu morden, und es kostet eine Menge Geld, eine derartige Begabung anzuheuern. Voyles hatte wenig Hoffnung, daß sie die Killer finden würden. Sie mußten sich auf den- oder diejenigen konzentrieren, die sie angeheuert hatten.

Voyles redete und paffte. »Auf dem Tisch liegt ein Memo über einen gewissen Nelson Muncie, einen Millionär aus Jacksonville,

Florida, der angeblich Drohungen gegen Rosenberg geäußert hat. Die Behörden in Florida sind überzeugt daß Muncie einen Haufen Geld für die Ermordung des Vergewaltigers und seines Anwalts bezahlt hat. Das steht in dem Memo. Zwei unserer Leute haben heute morgen mit Muncies Anwalt gesprochen; er war überaus feindselig. Seiner Aussage zufolge ist Muncie nicht im Lande, und natürlich hat er keine Ahnung, wann er zurückzukommen gedenkt. Ich habe zwanzig Männer mit Nachforschungen über ihn beauftragt.«

Voyles zündete seine Zigarre wieder an und betrachtete ein Blatt Papier auf dem Tisch. »Nummer Vier ist eine Gruppe, die sich White Resistance nennt, eine kleine Gruppe von Leuten mittleren Alters, die wir seit ungefähr drei Jahren beobachten. Auch darüber haben Sie ein Memo. Im Grunde keine ernstzunehmenden Verdächtigen. Sie ziehen es vor, Molotow-Cocktails zu werfen und Kreuze zu verbrennen. Nicht viel Finesse. Und, was noch wichtiger ist, nicht viel Geld. Ich bezweifle sehr, daß sie imstande wären, Killer dieses Formats zu bezahlen. Aber ich habe trotzdem zwanzig Männer auf sie angesetzt.«

East wickelte ein dickes Sandwich aus, roch daran und beschloß, darauf zu verzichten. Die Zwiebelringe waren kalt. Ihm war der Appetit vergangen. Er hörte zu und machte sich Notizen. Nummer Sechs auf der Liste war ein bißchen ungewöhnlich. Ein Psychopath namens Clinton Lane hatte den Homosexuellen den Krieg erklärt. Sein einziger Sohn hatte die Familienfarm in Iowa verlassen, um das Schwulendasein zu genießen, war aber sehr schnell an AIDS gestorben. Lane drehte durch und steckte das Büro der Gay Coalition in Des Moines in Brand. Er wurde erwischt und zu vier Jahren verurteilt, konnte aber 1989 ausbrechen und war bisher nicht gefunden worden. Dem Memo zufolge hatte er eine große Koksschmuggel-Organisation aufgebaut und Millionen gescheffelt. Und er benutzte das Geld für seinen Privatkrieg gegen Schwule und Lesben. Das FBI versuchte seit Jahren, seiner habhaft zu werden, vermutete aber, daß er von Mexiko aus operierte. Seit Jahren hatte er Haßbriefe an den Kongreß, das Oberste Bundesgericht, den Präsidenten geschrieben. Voyles hielt nicht viel von Lane als Verdächtigem. Er war ein Spinner und ziemlich weit linksaußen, aber man würde nichts unversucht lassen. Er setzte nur sechs Agenten auf ihn an.

Auf der Liste standen zehn Namen. Jedem Verdächtigen wurden

zwischen sechs und zwanzig der besten Special Agents zugewiesen. Für jedes Team wurde ein Anführer ausgewählt. Sie mußten East zweimal täglich Bericht erstatten, und der wiederum würde jeden Vormittag und Nachmittag mit dem Direktor zusammenkommen. An die hundert weitere Agenten würden die Straßen und das Land nach Hinweisen durchstöbern.

Voyles redete von Geheimhaltung. Die Presseleute würden ihnen folgen wie Bluthunde, dennoch durfte über die Untersuchung nicht das geringste durchsickern. Nur er, der Direktor, würde mit der Presse reden, und er würde herzlich wenig zu sagen haben.

Er setzte sich, und K. O. Lewis hielt einen weitschweifigen Monolog über die Beisetzungen und die Sicherheitsvorkehrungen und den Wunsch von Präsident Runyan, bei der Untersuchung mitzuarbeiten.

Eric East trank kalten Kaffee und starrte auf die Liste.

Im Laufe von vierunddreißig Jahren hatte Rosenberg nicht weniger als zwölfhundert Urteilsbegründungen geschrieben. Seine Produktivität setzte die Verfassungswissenschaftler immer wieder in Erstaunen. Er ignorierte gelegentlich die langweiligen Kartellfälle und Steuereinsprüche, aber wenn ein Fall auch nur den geringsten Hinweis auf ein wirklich strittiges Problem enthielt, stürzte er sich darauf. Er schrieb Mehrheitsentscheidungen, Zustimmungen zu Minderheitsvoten und viele, viele Minderheitsvoten. Oft war er als einziger anderer Meinung. Jedes heiße Eisen im Laufe von vierunddreißig Jahren war von Rosenberg auf die eine oder andere Art angepackt worden. Die Wissenschaftler und Kritiker liebten ihn. Sie publizierten Bücher und Aufsätze und Besprechungen über ihn und seine Arbeit. Darby fand fünf verschiedene Sammelbände mit seinen Urteilsbegründungen, mit Anmerkungen der Herausgeber und Fußnoten. Ein Buch enthielt ausschließlich seine großartigen Minderheitsvoten.

Am Donnerstag ließ sie ihre Vorlesungen ausfallen und verkroch sich in der Arbeitsnische im fünften Stock der Bibliothek. Die Computerausdrucke waren auf dem Fußboden ausgelegt. Die Rosenberg-Bücher waren aufgeschlagen und markiert und aufeinandergestapelt.

Es gab einen Grund für die Morde. Für Rosenberg allein wären

Haß und Rache akzeptabel gewesen. Aber sobald man Jensen in die Gleichung einbezog, ergaben Haß und Rache viel weniger Sinn. Gewiß war er hassenswert gewesen, aber er hatte nicht einmal so starke Gefühle erregt wie Yount oder gar Manning.

Sie fand keine Bücher, die sich kritisch mit den Schriften von Richter Glenn Jensen auseinandersetzten. Im Laufe von sechs Jahren hatte er nur achtundzwanzig Mehrheitsentscheidungen geschrieben, weniger als alle anderen Richter. Er hatte ein paar Minderheitsvoten geschrieben und ein paar Zustimmungen geliefert, aber er war ein überaus langsamer Arbeiter. Manchmal waren seine Texte klar und einleuchtend, manchmal zusammenhanglos und kläglich.

Sie las Jensens Urteilsbegründungen. Seine Einstellung hatte sich von Jahr zu Jahr radikal geändert. Was den Schutz der Rechte krimineller Angeklagter anging, war er ziemlich konsequent gewesen, aber es gab genügend Ausnahmen, um jeden Rechtswissenschaftler zu verblüffen. Bei sieben Anläufen hatte er fünfmal für die Indianer votiert. Er hatte drei Mehrheitsentscheidungen geschrieben, die entschieden für die Belange der Umwelt eintraten. Steuerproteste hatte er fast immer unterstützt. Aber es gab keine Hinweise. Jensen war zu unberechenbar, als daß man ihn hätte ernst nehmen können. Verglichen mit den anderen acht war er harmlos.

Sie trank noch eine warme Fresca und legte ihre Notizen über Jensen fürs erste beiseite. Ihre Uhr hatte sie in eine Schublade gelegt. Sie hatte keine Ahnung, wie spät es war. Callahan war wieder nüchtern geworden und wollte am späten Abend mit ihr bei Mr. B's im French Quarter essen. Sie mußte ihn anrufen.

Dick Mabry, der gegenwärtige Redenschreiber und Wortgewaltige, saß auf einem Stuhl neben dem Schreibtisch des Präsidenten und sah zu, wie Fletcher Coal und der Präsident den dritten Entwurf für einen geplanten Nachruf auf Richter Jensen lasen. Coal hatte die ersten beiden verworfen, und Mabry wußte immer noch nicht recht, was sie haben wollten. Coal schlug eine Sache vor. Der Präsident verlangte etwas anderes. Früher am Tage hatte Coal angerufen und gesagt, vergessen Sie den Nachruf, der Präsident wird an der Beisetzung nicht teilnehmen. Dann hatte der Präsident angerufen und ihn gebeten, ein paar Worte für seinen Freund Jensen aufzusetzen, der ein Freund bleiben würde, auch wenn er schwul gewesen war.

Mabry wußte, daß Jensen keineswegs ein Freund gewesen war, aber er war ein frisch ermordeter Richter, dem sicherlich eine von den Medien stark beachtete Beisetzung zuteil werden würde.

Dann hatte Coal angerufen und gesagt, sie wüßten noch nicht, ob der Präsident teilnehmen würde, aber er sollte für alle Fälle etwas aufsetzen. Mabrys Büro lag im Old Executive Office Building neben dem Weißen Haus, und im Laufe des Tages waren Wetten darüber abgeschlossen worden, ob der Präsident an der Beisetzung eines bekanntermaßen Homosexuellen teilnehmen würde oder nicht. Die Wetten standen drei zu eins, daß er es nicht tun würde.

»Wesentlich besser, Dick«, sagte Coal.

»Mir gefällt es auch«, sagte der Präsident. Mabry war längst aufgefallen, daß der Präsident gewöhnlich abwartete, bis Coal sich beifällig oder ablehnend über seinen Text geäußert hatte.

»Ich kann es noch einmal versuchen«, sagte Mabry, der inzwischen aufgestanden war.

»Nein, nein«, erklärte Coal. »Das klingt genau richtig. Sehr erschütternd. Mir gefällt es.«

Er begleitete Mabry zur Tür und machte sie hinter ihm zu.

»Was meinen Sie?« fragte der Präsident.

»Wir sollten die Finger davon lassen. Ich habe ein ungutes Gefühl. Die Publicity wäre großartig, aber Sie würden diese wundervollen Worte über einen Toten sprechen, den man in einem Pornokino für Schwule gefunden hat. Zu riskant.«

»Ja. Ich glaube, Sie haben ...«

»Dies ist unsere Krise, Chef. Das Ergebnis der Meinungsumfragen ist noch besser geworden, und ich möchte einfach kein Risiko eingehen.«

»Sollten wir jemanden hinschicken?«

»Natürlich. Wie wäre es mit dem Vizepräsidenten?«

»Wo ist er?«

»Auf dem Rückflug von Guatemala. Er wird heute abend hier sein.« Coal lächelte plötzlich. »Genau das richtige für den Vizepräsidenten. Eine Schwulen-Beerdigung.«

Der Präsident kicherte. »Perfekt.«

Coal hörte auf zu lächeln und begann, vor dem Schreibtisch herumzuwandern. »Kleines Problem. Rosenbergs Trauerfeier ist Samstag, nur acht Blocks von hier entfernt.«

»Lieber würde ich für einen Tag in die Hölle gehen.«

»Ich weiß. Aber Ihre Abwesenheit würde sehr auffallen.«

»Ich könnte mit Rückenkrämpfen ins Walter-Reed-Hospital gehen. Das hat schon früher funktioniert.«

»Nein, Chef. Nächstes Jahr sind Wahlen. Sie müssen sich von Hospitälern fernhalten.«

Der Präsident hieb mit beiden Händen auf den Schreibtisch und stand auf. »Verdammt noch mal, Fletcher! Ich kann nicht zu seiner Trauerfeier gehen, weil ich pausenlos lächeln müßte. Neunzig Prozent aller Amerikaner haben ihn gehaßt. Sie werden mich lieben, wenn ich nicht hingehe.«

»Protokoll, Chef. Guter Geschmack. Wenn Sie nicht hingehen, werden Sie von der Presse gekreuzigt. Was ist denn schon dabei? Sie brauchen kein Wort zu sprechen. Sie gehen nur hinein und wieder hinaus, sehen überaus traurig aus und lassen die Kameras zum Zuge kommen. Dauert nicht einmal eine Stunde.«

Der Präsident griff nach seinem Golfschläger und fixierte einen orangefarbenen Ball. »Dann muß ich auch zu Jensens Beisetzung.«

»So ist es. Aber vergessen Sie den Nachruf.«

Er schlug den Ball an. »Ich bin ihm nur zweimal begegnet.«

»Ich weiß. Sie sollten bei beiden Trauerfeiern erscheinen, nichts sagen und dann wieder verschwinden.«

Noch ein Schlag. »Ich glaube, Sie haben recht.«

9

Thomas Callahan schlief lange und allein. Er war früh und nüchtern zu Bett gegangen. In den vergangenen drei Tagen hatte er alle Vorlesungen abgesagt. Es war Freitag, morgen sollte die Trauerfeier für Rosenberg stattfinden, und aus Respekt vor seinem Idol würde er erst dann wieder Verfassungsrecht lehren, wenn der Mann in Frieden ruhte.

Er machte sich Kaffee und setzte sich im Bademantel auf den Balkon. Die Temperatur betrug nur achtzehn Grad, der erste kalte Hauch des Herbstes, und in der Dauphine Street herrschte reges Treiben. Er nickte einer namenlosen alten Frau auf dem Balkon an der anderen Straßenseite zu. Bourbon Street war einen Block weit entfernt, und die Touristen waren bereits mit ihren Stadtplänen und Kameras ausgeschwärmt. Den Tagesanbruch nahm im French Quarter niemand zur Kenntnis, aber um zehn wimmelte es auf den engen Straßen von Lieferwagen und Taxis.

In diesen späten Morgenstunden, und von denen gab es viele, freute sich Callahan seiner Freiheit. Sein Jurastudium lag zwanzig Jahre zurück, und viele seiner Altersgenossen schufteten unter ständigem Druck zweiundsiebzig Stunden pro Woche in irgendwelchen Anwaltskanzleien. Er hatte es zwei Jahre in einer privaten Firma ausgehalten. Ein Koloß in Washington mit zweihundert Anwälten hatte ihn direkt nach dem Studium in Georgetown eingestellt und ihn in ein winziges Büro gesteckt, in dem er in den ersten sechs Monaten ausschließlich Schriftsätze verfaßt hatte. Dann wurde er an ein Fließband gesetzt, wo er zwölf Stunden täglich Beweisanfragen der Gerichte beantworten mußte und man von ihm erwartete, daß er dafür sechzehn Stunden in Rechnung stellte. Ihm wurde gesagt, wenn es ihm gelänge, die nächsten zwanzig Jahre in die nächsten zehn zu zwängen, würde er es vielleicht schaffen, im reifen Alter von fünfunddreißig Partner zu werden.

Callahan wollte älter werden als fünfzig, also zog er sich aus der Tretmühle des privaten Rechtswesens zurück. Er machte seinen Master of Law und wurde Professor. Er schlief morgens lange, arbeitete fünf Stunden am Tag, schrieb hin und wieder einen Artikel und freute sich die meiste Zeit seines Lebens. Da er keine Familie zu unterhalten hatte, war sein Gehalt von siebzigtausend im Jahr mehr als ausreichend für seinen zweigeschossigen Bungalow, seinen Porsche und seinen Whisky. Wenn er früh starb, dann würde es am Whisky liegen und nicht an zuviel Arbeit.

Er hatte einiges geopfert. Viele seiner Studienkollegen waren Partner in großen Firmen mit eindrucksvollen Briefköpfen und einem Jahreseinkommen von einer halben Million Dollar. Sie verkehrten mit den großen Bossen von IBM und Texaco und State Farm. Sie hatten einen direkten Draht zu Senatoren und Büros in Tokio und London. Aber er beneidete sie nicht.

Einer seiner besten Freunde von der Universität war Gavin Verheek, der gleichfalls aus dem privaten Rechtswesen ausgestiegen war und jetzt für die Regierung arbeitete. Zuerst war er in der

Bürgerrechts-Abteilung des Justizministeriums gewesen, dann war er zum FBI versetzt worden. Jetzt war er beratender Anwalt des Direktors. Callahan mußte am Montag zu einer Tagung von Verfassungsrechtlern nach Washington. Er und Verheek hatten vor, am Montagabend zusammen zu essen und sich zu betrinken.

Er mußte anrufen, um das Essen und Trinken zu bestätigen und Verheek auszuholen. Er wählte die Nummer aus dem Kopf. Dann wurde er von einem Apparat zum anderen weitergereicht, und nachdem er fünf Minuten lang verlangt hatte, Gavin Verheek zu sprechen, war sein Freund am Apparat.

»Bitte ganz kurz«, sagte Verheek.

»Wie schön, deine Stimme zu hören«, sagte Callahan.

»Wie geht es dir, Thomas?«

»Es ist halb elf. Ich bin noch nicht angezogen. Ich sitze hier im French Quarter, trinke Kaffee und schaue den Fußgängern auf der Dauphine nach. Was tust du?«

»Was für ein Leben. Hier ist es halb zwölf, und ich bin nicht aus dem Büro herausgekommen, seit am Mittwochmorgen die Toten gefunden wurden.«

»Mir ist speiübel, Gavin. Er wird zwei Nazis nominieren.«

»Nun, in meiner Position darf ich mich zu derartigen Angelegenheiten natürlich nicht äußern. Aber ich vermute, du hast recht.«

»Komm mir nicht mit Vermutungen. Du hast doch bestimmt schon seine Kandidatenliste gesehen, oder etwa nicht, Gavin? Bestimmt stellt ihr schon die nötigen Nachforschungen an. Komm schon, Gavin, mir kannst du es doch verraten. Wer steht auf der Liste? Ich sage es nicht weiter.«

»Und ich auch nicht, Thomas. Aber eins kann ich dir versichern – dein Name steht nicht darauf.«

»Ich bin zutiefst verletzt.«

»Wie geht es dem Mädchen?«

»Welchem?«

»Deinem natürlich.«

»Sie ist schön und brillant und sanft und zärtlich …«

»Mach weiter.«

»Wer hat sie umgebracht, Gavin? Ich habe ein Recht darauf, es zu erfahren. Ich bin Steuerzahler und habe ein Recht darauf, zu erfahren, wer sie umgebracht hat.«

»Wie heißt sie?«

»Darby. Wer hat sie umgebracht und warum?«

»Du hattest immer ein Faible für Namen, Thomas. Ich erinnere mich an Frauen, von denen du nichts wissen wolltest, weil dir ihr Name nicht gefiel. Großartige, tolle Frauen, aber mit nichtssagenden Namen. Darby. Klingt erotisch. Wann lerne ich sie kennen?«

»Ich weiß es nicht.«

»Ist sie bei dir eingezogen?«

»Das geht dich nichts an. Gavin, hör mir endlich zu. Wer hat es getan?«

»Liest du keine Zeitungen? Wir haben keine Verdächtigen. Überhaupt nichts. *Nada.*«

»Aber ein Motiv habt ihr doch bestimmt.«

»Massenhaft Motive. Hier gibt es eine Menge Haß, Thomas. Merkwürdige Kombination, findest du nicht auch? Warum ausgerechnet Jensen? Der Direktor hat uns angewiesen, anhängige Fälle zu recherchieren und kürzlich gefällte Urteile und das jeweilige Stimmenverhältnis und all diesen Mist.«

»Das ist großartig, Gavin. Jetzt spielt jeder Verfassungsrechtler im Lande Detektiv und versucht, die Morde aufzuklären.«

»Und du tust es nicht?«

»Nein. Ich habe mich vollaufen lassen, als ich es erfuhr. Jetzt bin ich wieder nüchtern. Aber das Mädchen hat sich in die gleiche Sorte von Recherchen vergraben, die auch ihr anstellt. Sie ignoriert mich.«

»Darby. Was für ein Name. Wo kommt sie her?«

»Aus Denver. Sehen wir uns am Montag?«

»Vielleicht. Voyles verlangt, daß wir rund um die Uhr arbeiten, bis die Computer uns verraten, wer es getan hat. Aber ich werde versuchen, dich einzuplanen.«

»Danke. Ich erwarte einen eingehenden Bericht, Gavin. Nicht nur den Klatsch.«

»Thomas, Thomas. Immer auf Informationen aus. Und ich kann dir wie gewöhnlich keine liefern.«

»Du wirst dich betrinken und alles erzählen, Gavin. Das tust du immer.«

»Warum bringst du Darby nicht mit? Wie alt ist sie? Neunzehn?«

»Vierundzwanzig, und sie ist nicht eingeladen. Vielleicht später einmal.«

»Vielleicht. Und jetzt muß ich Schluß machen. In einer halben Stunde bin ich beim Direktor. Die Atmosphäre hier ist so geladen, daß man sie direkt riechen kann.«

Callahan wählte die Nummer der juristischen Bibliothek und fragte, ob Darby Shaw dort gesehen worden war. Sie war es nicht.

Darby stellte ihren Wagen auf den fast leeren Parkplatz des Bundesgerichts in Lafayette und ging dann ins Verwaltungsbüro im ersten Stock. Es war Freitagmittag, Verhandlungen fanden nicht statt, die Flure waren leer. Sie blieb vor dem Tresen stehen, schaute durch ein offenes Schalterfenster und wartete. Schließlich erschien eine Angestellte, die noch keine Zeit gefunden hatte, zum Lunch zu gehen und deshalb stocksauer war, auf der anderen Seite des Fensters. »Kann ich Ihnen helfen?« fragte sie mit dem Tonfall einer kleinen Angestellten, die alles lieber tat, als jemandem zu helfen.

Darby schob einen Zettel durch das Fenster. »Ich möchte diese Akte einsehen.« Die Angestellte warf einen flüchtigen Blick auf den Namen des Falls, dann sah sie Darby an. »Weshalb?« fragte sie.

»Das brauche ich nicht zu erklären. Es sind öffentliche Unterlagen, oder etwa nicht?«

»Halb öffentlich.«

Darby nahm den Zettel und faltete ihn zusammen. »Kennen Sie das Gesetz zur Wahrung des Rechts auf Auskunft?«

»Sind Sie Anwältin?«

»Ich brauche nicht Anwältin zu sein, um diese Akte einsehen zu dürfen.«

Die Angestellte öffnete eine Schublade im Tresen und entnahm ihr ein Schlüsselbund. Sie nickte und deutete mit dem Kopf die Richtung an. »Kommen Sie mit.«

An der Tür stand JURY ROOM, aber drinnen gab es weder Tische noch Stühle, nur Aktenschränke und Kartons an den Wänden. Darby schaute sich um.

Die Angestellte zeigte auf eine Wand. »Dort ist sie. Alles andere in diesem Zimmer ist für Sie uninteressant. Im ersten Aktenschrank finden Sie die Plädoyers und die gesamte Korrespondenz. Der Rest sind Darlegungen, Beweismaterial und der Prozeß.«

»Wann hat der Prozeß stattgefunden?«

»Im Sommer. Er dauerte zwei Monate.«

»Wo finde ich die Berufung?«

»Die steht noch aus. Ich glaube, die Frist endet am 1. November. Sind Sie Reporterin oder so etwas?«

»Nein.«

»Gut. Wie Sie offensichtlich wissen, sind dies in der Tat öffentliche Unterlagen. Aber der Richter, vor dem der Fall verhandelt wurde, hat gewisse Einschränkungen angeordnet. Erstens muß ich Ihren Namen notieren und die Zeit, die Sie in diesem Raum verbringen. Zweitens darf nichts aus diesem Raum entfernt werden. Drittens, nichts aus dieser Akte darf kopiert werden, bis die Berufung vorliegt. Viertens, alles, was Sie hier drinnen anrühren, muß genau da wieder hingelegt werden, wo Sie es gefunden haben. Anweisungen des Richters.«

Darby betrachtete die Aktenschränke an der Wand. »Weshalb darf ich keine Kopien machen?«

»Danach müssen Sie Seine Ehren fragen. Also, wie heißen Sie?«

»Darby Shaw.«

Die Angestellte schrieb den Namen auf ein Clipboard, das neben der Tür hing. »Wie lange werden Sie bleiben?«

»Das weiß ich noch nicht. Drei oder vier Stunden.«

»Wir schließen um fünf. Sagen Sie mir im Büro Bescheid, wenn Sie gehen.« Sie verschwand und machte die Tür hinter sich zu. Darby öffnete eine Schublade voller Plädoyers, blätterte Akten durch und machte sich Notizen. Der Prozeß war sieben Jahre alt, mit einem Kläger und achtunddreißig reichen Firmen als Beklagten, die gemeinschaftlich nicht weniger als fünfzehn Anwaltskanzleien überall im Lande engagiert und wieder entlassen hatten. Große Kanzleien, viele davon mit Hunderten von Anwälten in Dutzenden von Niederlassungen.

Sieben Jahre kostspieliger juristischer Kriegführung, und das Ergebnis stand noch keineswegs fest. Erbittertes Streiten. Das Urteil aus der Hauptverhandlung war nur ein vorläufiger Sieg der Beklagten. Das Urteil war erkauft worden oder auf irgendeine andere illegale Art zustandegekommen, behauptete der Kläger in seinem Antrag auf ein erneutes Verfahren. Kartons voller Anträge, Anschuldigungen und Gegenanschuldigungen. Ersuchen um Sanktionen und Geldbußen, die in schneller Folge von beiden Seiten vorgetragen wurden. Seitenweise eidesstattliche Erklärungen über Lügen und

Beleidigungen durch die Anwälte und ihre Mandanten. Ein Anwalt war gestorben.

Ein anderer hatte einen Selbstmordversuch unternommen; das hatte Darby von einem Studienkollegen erfahren, der an den Randbereichen des Prozesses mitgearbeitet hatte. Ihr Freund hatte in den Sommerferien bei einer großen Firma in Houston gearbeitet und war bewußt im dunkeln gelassen worden, hatte aber einiges gehört.

Darby stellte einen Stuhl auf und betrachtete die Aktenschränke. Es würde sie allein fünf Stunden kosten, alles zu finden.

Die Publicity war nicht gut gewesen für das Montrose. Die meisten Besucher trugen auch nach Einbruch der Dunkelheit dunkle Sonnenbrillen und beeilten sich beim Betreten und Verlassen des Hauses. Und jetzt, nachdem man einen Richter des Obersten Bundesgerichts tot auf dem Balkon aufgefunden hatte, war das Haus berühmt. Die Neugierigen fuhren zu allen Tages- und Nachtstunden vorbei und machten Fotos. Wenn wenig Verkehr herrschte, warfen die Tapfersten sogar einen Blick hinein.

Er sah aus wie einer von ihnen, als er eintrat und drinnen seine Karte kaufte, ohne den Kassierer anzusehen. Baseballmütze, dunkle Sonnenbrille, Jeans, kurzgeschnittenes Haar, Lederjacke. Er war gut getarnt, aber nicht, weil er ein Homosexueller war, der nicht an einem solchen Ort gesehen werden wollte.

Es war Mitternacht. Er stieg die Treppe zum Balkon hinauf und lächelte bei dem Gedanken an Jensen mit der Schlinge um den Hals. Er suchte sich einen Platz im mittleren Abschnitt des Balkons, ein gutes Stück von anderen Besuchern entfernt. Er hatte sich noch nie zuvor Schwulenfilme angesehen, und nach dieser Nacht hatte er auch nicht die Absicht, es jemals wieder zu tun. Dies war für ihn in den letzten anderthalb Stunden die dritte dieser Schmutzbuden. Er behielt die Sonnenbrille auf und versuchte, nicht auf die Leinwand zu sehen. Aber es war schwierig, und das machte ihn wütend.

Außer ihm waren noch fünf Leute in dem Kino. Vier Reihen höher und rechts von ihm saßen zwei Verliebte, die sich küßten und miteinander spielten. Oh, wenn er nur einen Baseballschläger gehabt hätte, dann hätte er sie von ihrem Elend erlöst. Oder ein hübsches Stück gelbes Nylonseil.

Er litt zwanzig Minuten und war gerade im Begriff, in die Tasche zu greifen, als eine Hand seine Schulter berührte. Eine sanfte Hand. Er gab sich ganz cool.

»Darf ich mich zu Ihnen setzen?« Eine ziemlich tiefe, männliche Stimme direkt hinter seiner Schulter.

»Nein, und Sie können Ihre Hand wegnehmen.«

Die Hand bewegte sich. Sekunden vergingen, und es war offensichtlich, daß es keinen weiteren Annäherungsversuch mehr geben würde. Dann war er fort.

Dies war eine Tortur für einen Mann, der Pornographie aus ganzer Seele haßte. Er hätte sich am liebsten übergeben. Er warf einen Blick hinter sich, dann griff er vorsichtig in seine Lederjacke und holte einen schwarzen Kasten heraus, fünfzehn mal zwölf Zentimeter groß und acht Zentimeter hoch. Er legte ihn zwischen seinen Beinen auf den Boden. Mit einem Skalpell schnitt er das Polster auf dem Nebensitz auf, schaute sich um und schob den schwarzen Kasten in das Polster. Es hatte Sprungfedern, eine echte Antiquität, und er drehte den Kasten vorsichtig von einer Seite zur anderen, bis er richtig saß und der Schalter und das Röhrchen in dem Einschnitt kaum noch zu sehen waren.

Er holte tief Luft. Obwohl das Gerät von einem echten Profi gebaut worden war, einem legendären Genie auf dem Gebiet kleiner Sprengkörper, war es nicht gerade angenehm, das verdammte Ding in einer Innentasche mit sich herumzutragen, nur Zentimeter von seinem Herzen und anderen lebenswichtigen Organen entfernt. Und auch jetzt, da es in dem Sitz neben ihm steckte, war ihm nicht sonderlich wohl zumute.

Dies war sein drittes Objekt in dieser Nacht, und er hatte noch ein weiteres zu plazieren, in einem weiteren Kino, in dem altmodische heterosexuelle Pornofilme gezeigt wurden. Er freute sich fast darauf, und das ärgerte ihn.

Er betrachtete die beiden Verliebten, die keinen Blick auf den Film verschwendeten und von Minute zu Minute erregter wurden, und wünschte sich, daß sie genau hier säßen, wenn der kleine schwarze Kasten anfing, lautlos sein Gas entweichen zu lassen, und dann dreißig Sekunden später, wenn der Feuerball alles in Flammen hüllen würde, was sich zwischen der Leinwand und der Popcornmaschine befand. Das würde ihm gefallen.

Aber seine Gruppe war nicht gewalttätig und gegen das wahllose Umbringen von unschuldigen und/oder unbedeutenden Menschen. Sie hatten ein paar Leute getötet, bei denen es erforderlich gewesen war, aber ihre Spezialität war das Zerstören von Gebäuden, die der Feind benutzte. Sie suchten sich leichte Ziele aus, wehrlose Abtreibungskliniken, unbewachte ACLU-Büros, nichtsahnende Pornoschuppen. Sie konnten sich gratulieren. Keine einzige Verhaftung seit achtzehn Monaten.

Es war halb eins, Zeit zu gehen, vier Blocks weit zu seinem Wagen zu laufen und einen weiteren schwarzen Kasten zu holen, und dann noch sechs Blocks weiter zum Pussycat Cinema, das um halb zwei zumachte. Das Pussycat war entweder Nummer Achtzehn oder Neunzehn auf der Liste, er wußte es nicht mehr genau, aber er war sicher, daß in genau drei Stunden und zwanzig Minuten dem gesamten Pornokino-Geschäft in Washington ein gewaltiger Schlag versetzt werden würde. In zwanzig dieser Schuppen würden in dieser Nacht schwarze Kästen deponiert werden, und um vier Uhr morgens würden alle geschlossen, menschenleer und zerstört sein. Drei Etablissements, die die ganze Nacht geöffnet hatten, waren von der Liste gestrichen worden, weil seine Gruppe nicht gewalttätig war.

Er rückte seine Sonnenbrille zurecht und warf einen letzten Blick auf das Polster des Nebensitzes. Den Plastikbechern und dem Popcorn auf dem Boden nach zu urteilen, wurde der Laden einmal in der Woche gefegt. Niemand würde den Schalter und das Röhrchen bemerken, die unter dem aufgeschlitzten Stoff kaum zu sehen waren. Er legte vorsichtig den Schalter um und verließ das Montrose.

10

Eric East war dem Präsidenten nie begegnet und auch noch nie im Weißen Haus gewesen. Auch Fletcher Coal war er noch nie begegnet, aber er wußte, daß er ihn nicht mögen würde. Um sieben Uhr am Samstagmorgen folgte er Direktor Voyles und K. O. Lewis ins Oval Office. Es gab weder Lächeln noch Händeschütteln. East wurde von Voyles vorgestellt. Der hinter seinem Schreibtisch sitzende Präsident nickte, stand aber nicht auf. Coal las irgend etwas.

Zwanzig Pornokinos waren in Washington in Brand gesetzt worden, und viele schwelten noch immer. Sie hatten vom Rücksitz der Limousine aus den Rauch über der Stadt gesehen. In einem Schuppen namens Angels hatte ein Hausmeister schwere Verbrennungen erlitten, die er wahrscheinlich nicht überleben würde.

Eine Stunde zuvor hatten sie erfahren, daß sich bei einem Radiosender ein anonymer Anrufer gemeldet und erklärt hatte, für die Brandanschläge wäre die Underground Army verantwortlich, und zur Feier des Todes von Rosenberg würden weitere derartige Unternehmungen folgen.

Der Präsident sprach als erster. Er sieht müde aus, dachte East. Für ihn war es noch sehr früh. »In wie vielen Kinos wurden Bomben gelegt?«

»Hier waren es zwanzig«, erwiderte Voyles. »Siebzehn in Baltimore und ungefähr fünfzehn in Atlanta. Allem Anschein nach war die Aktion sorgfältig koordiniert worden, denn sämtliche Explosionen ereigneten sich genau um vier Uhr morgens.«

Coal schaute von seinem Memo auf. »Direktor, glauben Sie, daß es die Underground Army war?«

»Bis jetzt hat nur sie sich dazu bekannt. Es sieht so aus, als könnte es durchaus ihr Werk sein. Möglich wäre es.« Voyles sah Coal nicht an, während er seine Frage beantwortete.

»Und wann fangen Sie mit den Verhaftungen an?« fragte der Präsident.

»Wenn wir hinreichende Verdachtsgründe haben, Mr. President. So will es das Gesetz.«

»Soweit ich informiert bin, ist diese Gruppe Ihr Hauptverdächtiger für die Morde an Rosenberg und Jensen. Außerdem sind Sie sich ziemlich sicher, daß sie in Texas einen Richter umgebracht hat. Und höchstwahrscheinlich hat sie vergangene Nacht in mindestens zweiundfünfzig Pornokinos Bomben gelegt. Ich verstehe nicht, wieso sie ungestraft Bomben legen und morden darf. Wir befinden uns im Belagerungszustand, Direktor.«

Voyles' Nacken lief rot an, aber er sagte nichts. Er wendete nur den Blick ab, während der Präsident ihn anfunkelte. K. O. Lewis räusperte sich. »Mr. President, wenn ich das sagen darf – wir sind keineswegs überzeugt, daß die Underground Army etwas mit dem Tod von Rosenberg und Jensen zu tun hat. Wir haben keinerlei Beweise, die sie damit in Verbindung bringen könnten. Wir haben eine Liste von einem Dutzend Verdächtigen, darunter auch die Underground Army. Wie ich schon sagte, die Morde wurden erstaunlich sauber ausgeführt, bis ins letzte Detail organisiert und sehr professionell. Überaus professionell.«

Coal trat vor. »Was Sie damit sagen wollen, Mr. Lewis, ist, daß Sie keine Ahnung haben, wer sie umgebracht hat, und es vielleicht auch nie wissen werden.«

»Nein, das wollte ich nicht damit sagen. Wir werden die Mörder finden, aber es wird Zeit brauchen.«

»Wieviel Zeit?« fragte der Präsident. Es war eine alberne, kindische Frage, auf die es keine gute Antwort gab. East faßte eine spontane Abneigung gegen den Präsidenten, weil er sie gestellt hatte.

»Monate«, sagte Lewis.

»Wie viele Monate?«

»Viele Monate.«

Der Präsident verdrehte die Augen und schüttelte den Kopf, dann stand er voller Entrüstung auf und trat ans Fenster. Er sprach zum Fenster. »Ich kann einfach nicht glauben, daß zwischen dem, was letzte Nacht passiert ist, und den toten Richtern kein Zusammenhang besteht. Ich weiß es nicht. Vielleicht bin ich einfach paranoid.«

Voyles warf Lewis einen schnellen Blick zu. Paranoid, unsicher, ahnungslos, einfältig, wirklichkeitsfremd. Voyles hätte die Liste noch verlängern können.

Der Präsident fuhr fort, immer noch das Fenster betrachtend. »Es macht mich einfach nervös, wenn hier Mörder frei herumlaufen und Bomben hochgehen. Können Sie mir daraus einen Vorwurf machen? Es ist mehr als dreißig Jahre her, seit der letzte Präsident ermordet wurde.«

»Oh, ich glaube, Sie haben nichts zu befürchten, Mr. President«, sagte Voyles mit einem ganz leichten Anflug von Belustigung. »Der Geheimdienst hat alles unter Kontrolle.«

»Großartig. Und weshalb ist mir dann so, als befände ich mich in Beirut?« Er murmelte fast in das Fenster hinein.

Coal empfand die Peinlichkeit und griff nach einem Memorandum, das auf dem Schreibtisch lag. Dann wendete er sich an Voyles, ungefähr wie ein Professor, der vor seinen Studenten eine Vorlesung hält.

»Dies ist eine Liste von potentiellen Kandidaten für das Oberste Bundesgericht. Sie enthält acht Namen, alle mit einer Biographie. Sie wurde vom Justizministerium erarbeitet. Wir haben mit zwanzig Namen angefangen, dann haben der Präsident, Minister Horton und ich sie auf acht reduziert, von denen keiner eine Ahnung hat, daß er in Erwägung gezogen wird.«

Voyles schaute noch immer woanders hin. Der Präsident kehrte an seinen Schreibtisch zurück und nahm sein Exemplar des Memorandums zur Hand. Coal fuhr fort.

»Einige dieser Leute sind umstritten, und wenn sie schließlich nominiert werden sollten, ist ein kleiner Krieg fällig, bis sie vom Senat bestätigt werden. Wir möchten nicht jetzt schon kämpfen müssen. Deshalb muß dies unbedingt vertraulich behandelt werden.«

Voyles fuhr plötzlich herum und richtete den Blick auf Coal. »Sie haben wohl nicht alle Tassen im Schrank, Coal! Das haben wir schon früher gemacht, und ich kann Ihnen versichern, wenn wir anfangen, diese Leute zu überprüfen, dann ist die Katze aus dem Sack. Sie wollen, daß wir diese Leute auf Herz und Nieren prüfen, und trotzdem erwarten Sie, daß jeder, mit dem wir sprechen, den Mund hält. So funktioniert das nicht, mein Sohn.«

Coal trat näher an Voyles heran. Seine Augen funkelten. »Sie werden sich den Arsch aufreißen, um dafür zu sorgen, daß diese Namen nicht in den Zeitungen erscheinen, bevor sie nominiert worden sind. Sie sorgen dafür, daß es funktioniert, Direktor. Sie stopfen die Lecks und halten die Sache aus den Zeitungen heraus. Verstanden?«

Voyles sprang auf und zeigte auf Coal. »Hören Sie zu, Sie Arschloch. Wenn Sie sie überprüft haben wollen, dann tun Sie es gefälligst selber. Ich lasse mir von Ihnen keine Pfadfinderbefehle erteilen.«

Lewis stand zwischen ihnen, und der Präsident stand hinter seinem Schreibtisch, und ein oder zwei Sekunden lang fiel kein Wort. Coal legte das Memorandum auf den Schreibtisch und trat mit abgewendetem Blick ein paar Schritte zurück. Jetzt war der Präsident der Friedensstifter. »Setzen Sie sich, Denton. Setzen Sie sich.«

Voyles kehrte zu seinem Stuhl zurück, wobei er Coal anstarrte. Der Präsident lächelte Lewis an, und alle setzten sich. »Wir stehen alle unter großem Druck«, sagte er herzlich.

Lewis sprach gelassen. »Wir werden die Routineuntersuchungen über Ihre Namen durchführen, Mr. President, und zwar unter striktester Geheimhaltung. Aber Ihnen dürfte klar sein, daß wir nicht für sämtliche Personen garantieren können, mit denen wir sprechen.«

»Ja, Mr. Lewis, das ist mir klar. Aber ich verlange äußerst behutsames Vorgehen. Diese Männer sind jung, sie werden die Verfassung prägen, wenn ich schon lange tot bin. Sie sind überzeugte Konservative, und die Presse wird sie in der Luft zerreißen. Sie dürfen weder wunde Punkte noch Leichen im Keller haben. Keine Marihuanaraucher, keine illegitimen Kinder, keine Verfahren wegen Trunkenheit am Steuer, keine radikalen studentischen Aktivitäten oder Scheidungen. Verstanden? Keine Überraschungen.«

»Ja, Mr. President. Aber wir können nicht garantieren, daß unsere Nachforschungen absolut geheim bleiben.«

»Okay. Aber versuchen Sie es wenigstens.«

»Ja, Sir.« Lewis übergab Eric East das Memorandum.

»War das alles?« fragte Voyles.

Der Präsident warf einen Blick auf Coal, der sie alle ignorierte und zum Fenster hinausschaute. »Ja, Denton, das war alles. Es wäre mir lieb, wenn Sie diese Leute innerhalb von zehn Tagen überprüfen könnten. Ich möchte schnell handeln in dieser Sache.«

Voyles war aufgestanden. »Sie bekommen den Bericht in zehn Tagen.«

Callahan war nicht ganz wohl in seiner Haut, als er an die Tür von Darbys Apartment klopfte. Er war ziemlich nervös. Ihm ging vieles durch den Kopf, vieles, das er sagen wollte, aber er wußte, daß er keinen Streit vom Zaun brechen durfte. Es gab etwas, woran ihm noch viel mehr lag als daran, ein bißchen Dampf abzulassen. Sie hatte sich ihm jetzt vier Tage lang entzogen, vier Tage, an denen sie Detektiv gespielt und sich in der juristischen Bibliothek verbarrikadiert hatte. Sie hatte Vorlesungen geschwänzt und auf seine Anrufe nicht reagiert. Sie hatte ihn in seiner Stunde der Not im Stich gelassen. Aber er wußte, wenn sie die Tür aufmachte, würde er lächeln und vergessen, daß er vernachlässigt worden war. Er hatte eine Literflasche Wein bei sich und eine erstklassige Pizza von Mama Rosa's. Es war nach zehn. Samstagabend. Er klopfte abermals und ließ den Blick die Straße auf und ab über die gepflegten Zweifamilienhäuser und Bungalows schweifen. Drinnen klirrte die Kette, und sofort lächelte er. Das Gefühl der Vernachlässigung war verflogen.

»Wer ist da?« fragte sie bei vorgelegter Kette.

»Thomas Callahan. Kennst du mich noch? Ich stehe vor deiner Tür und bettle darum, eingelassen zu werden, damit wir spielen und wieder Freunde sein können.«

Die Tür ging auf, und Callahan trat ein. Sie nahm den Wein und küßte ihn auf die Wange. »Ist alles beim alten?« fragte er.

»Ja, Thomas. Ich war beschäftigt.« Er folgte ihr durch ihr Arbeitszimmer in die Küche. Ein Computer und ein Haufen dicker Bücher bedeckten den Schreibtisch.

»Ich habe angerufen. Warum hast du dich nicht gemeldet?«

»Ich war nicht da«, sagte sie, öffnete eine Schublade und holte einen Korkenzieher heraus.

»Du hast einen Anrufbeantworter. Ich habe mit ihm gesprochen.«

»Willst du Streit, Thomas?«

Er betrachtete ihre nackten Beine. »Nein! Ich schwöre, ich bin nicht wütend. Ich verspreche es.«

»Hör auf damit.«

»Wann können wir ins Bett gehen?«

»Bist du müde?«

»Ganz und gar nicht. Schließlich waren es drei Nächte, Darby.«

»Fünf. Was für eine Pizza?« Sie zog den Korken und füllte zwei Gläser. Callahan beobachtete jede ihrer Bewegungen.

»Ach, das ist eine dieser Samstagabend-Spezialitäten, wo sie alles darauflegen, was sonst in den Müll geworfen würde. Garnelenschwänze, Eier, die Köpfe von Panzerkrebsen. Der Wein war auch ganz billig. Ich bin ein bißchen knapp bei Kasse, und ich fahre morgen weg, deshalb muß ich mit meinem Geld sehr vorsichtig umgehen, und weil ich wegfahre, dachte ich, ich komme vorbei und gehe heute abend mit dir ins Bett, damit ich nicht in Versuchung gerate, mich in Washington mit einer Frau einzulassen, die mir vielleicht irgend etwas anhängt. Was meinst du?«

Darby öffnete die Pizzaschachtel. »Sieht aus wie Wurst und Peperoni.«

»Können wir trotzdem zusammen ins Bett gehen?«

»Vielleicht später. Trink deinen Wein und laß uns reden. Wir haben seit geraumer Zeit kein längeres Gespräch mehr gehabt.«

»Ich schon. Ich habe die ganze Woche über mit deinem Anrufbeantworter geredet.«

Er nahm sein Glas und die Flasche und folgte ihr in ihr Arbeitszimmer, wo sie die Stereoanlage einschaltete. Sie ließen sich auf der Couch nieder.

»Wir wollen uns betrinken«, sagte er.

»Du bist so romantisch.«

»Ich habe einige Romantik für dich in petto.«

»Du bist eine Woche lang betrunken gewesen.«

»Nein, bin ich nicht. Nur achtzig Prozent einer Woche. Daran bist du schuld, weil du mir aus dem Weg gegangen bist.«

»Was ist los mit dir, Thomas?«

»Ich habe das große Flattern. Ich bin völlig überdreht, und ich brauche Gesellschaft, damit sich das wieder gibt. Was sagst du dazu?«

»Wir wollen uns halb betrinken.« Sie nippte an ihrem Wein und legte ihre Beine auf seinen Schoß. Er hielt den Atem an, als hätte er Schmerzen.

»Wann geht deine Maschine?« fragte sie.

Jetzt schluckte er. »Halb zwei. Nonstop zum National. Bis fünf muß ich mich angemeldet haben, und um acht ist ein Essen vorgesehen. Danach werde ich vielleicht gezwungen sein, auf den Straßen herumzuwandern und nach einer Frau Ausschau zu halten.«

Sie lächelte. »Okay, okay. Das kommt gleich. Aber laß uns zuerst reden.«

Callahan stieß einen Seufzer der Erleichterung aus. »Ich kann zehn Minuten reden, dann breche ich zusammen.«

»Was liegt am Montag an?«

»Die übliche schwachsinnige Acht-Stunden-Debatte über die Zukunft des Fünften Verfassungszusatzes; dann wird ein Komitee den Entwurf eines Konferenzberichts erarbeiten, dem niemand zustimmen wird. Am Dienstag eine weitere Debatte, ein weiterer Bericht, vielleicht ein oder zwei heftige Wortwechsel, dann vertagen wir uns, ohne etwas erreicht zu haben, und fahren nach Hause zurück. Ich werde am späten Dienstagabend wieder hier sein, und dann möchte ich in einem sehr netten Restaurant mit dir essen, wonach wir für eine intellektuelle Diskussion und animalischen Sex in meine Wohnung gehen könnten. Wo ist die Pizza?«

»In der Küche. Ich hole sie.«

Er streichelte ihre Beine. »Bleib, wo du bist. Ich bin überhaupt nicht hungrig.«

»Warum fährst du zu diesen Konferenzen?«

»Ich bin Mitglied und ich bin Professor. Von uns wird erwartet, daß wir überall im Lande herumreisen und an Treffen mit anderen Fachidioten teilnehmen und Berichte verabschieden, die nie jemand liest. Wenn ich es nicht täte, würde der Dekan der Ansicht sein, ich leistete nicht meinen Beitrag zur akademischen Umwelt.«

Sie schenkte Wein nach. »Du bist ziemlich gereizt, Thomas.«

»Ich weiß. Es war eine harte Woche. Wenn ich mir vorstelle, daß ein paar Neandertaler die Verfassung umschreiben, wird mir speiübel. In zehn Jahren werden wir in einem Polizeistaat leben. Und da ich nichts daran ändern kann, werde ich mich wahrscheinlich in den Alkohol flüchten.«

Darby trank langsam und musterte ihn. Die Musik war leise, das Licht gedämpft. »Ich bekomme einen Schwips«, sagte sie.

»Das sieht dir ähnlich. Anderthalb Glas, und du gehörst der Geschichte an. Wenn du aus Irland stammtest, könntest du die ganze Nacht hindurch trinken.«

»Mein Vater war Halbschotte.«

»Das reicht nicht.« Callahan legte die Füße auf dem Couchtisch übereinander und entspannte sich. Er rieb sanft ihre Knöchel. »Darf ich deine Zehennägel lackieren?«

Sie sagte nichts. Was ihre Zehen anging, war er Fetischist; mindestens zweimal im Monat bestand er darauf, die Nägel mit leuchtendrotem Lack zu überziehen. Sie hatten das in *Bull Durham* gesehen, und obwohl er nicht so gut aussah und so nüchtern war wie Kevin Costner, hatte sie sich inzwischen so daran gewöhnt, daß sie die Intimität dieser Handlung genoß.

»Keine Zehen heute abend?« fragte er.

»Vielleicht später. Du siehst müde aus.«

»Ich entspanne mich, aber ich stehe unter Hochspannung, und du wirst mich nicht los, indem du mir sagst, ich sähe müde aus.«

»Trink noch ein Glas Wein.«

Callahan trank noch ein Glas Wein und versank tiefer in der Couch. »Also, Ms. Shaw, wer hat es getan?«

»Profis. Hast du die Zeitungen nicht gelesen?«

»Doch, natürlich. Aber wer steckt hinter den Profis?«

»Ich weiß es nicht. Nach den Vorgängen der letzten Nacht scheinen sich alle einig zu sein, daß es die Underground Army war.«

»Aber du bist nicht überzeugt?«

»Nein. Es ist noch niemand verhaftet worden. Ich bin nicht überzeugt.«

»Und du hast irgendeinen obskuren Verdächtigen, von dem niemand im Lande eine Ahnung hat?«

»Ich hatte einen, aber jetzt bin ich nicht mehr so sicher. Ich habe drei Tage damit verbracht, der Sache nachzugehen, habe sogar alles fein sauber und ordentlich in meinen kleinen Computer eingegeben und den Entwurf eines Dossiers ausgedruckt, den ich *ad acta* gelegt habe.«

Callahan sah sie fassungslos an. »Du hast drei Tage lang alle Vorlesungen geschwänzt, mich ignoriert, rund um die Uhr gearbeitet, um Sherlock Holmes zu spielen, und jetzt willst du es in den Papierkorb werfen?«

»Es liegt drüben auf dem Tisch.«

»Ich kann es einfach nicht glauben. Die ganze Woche über, während ich meine Einsamkeit mannhaft ertrug, wußte ich, daß ich es für einen guten Zweck tat. Ich wußte, daß ich zum Wohle des Landes litt, weil du die Zwiebel schälen und mir heute abend oder vielleicht morgen sagen würdest, wer es getan hat.«

»Es ist unmöglich, jedenfalls mit juristischen Recherchen. Bei den Morden ist kein Muster erkennbar, kein gemeinsamer Nenner. Ich habe fast die Fakultäts-Computer durchbrennen lassen.«

»Ha! Das habe ich dir doch gesagt. Du vergißt, daß ich auf dem Gebiet des Verfassungsrechts ein Genie bin, und ich habe sofort gewußt, daß Rosenberg und Jensen nichts gemeinsam hatten außer schwarzen Roben und Todesdrohungen. Die Nazis oder die Arier oder der Ku-Klux-Klan oder die Mafia oder wer auch immer haben sie umgebracht, weil Rosenberg Rosenberg war und Jensen das leichteste Opfer und manchen Leuten ein Dorn im Auge.«

»Weshalb rufst du dann nicht das FBI an und teilst ihm deine Einsichten mit? Ich bin sicher, sie sitzen am Telefon und warten nur auf deinen Anruf.«

»Nicht böse sein. Es tut mir leid. Bitte, verzeih mir.«

»Du bist ein Esel, Thomas.«

»Ja, aber du liebst mich doch?«

»Ich weiß es nicht.«

»Können wir trotzdem zusammen ins Bett gehen?«

»Wir werden sehen.«

Callahan stellte sein Glas auf den Tisch und ging in die Offensive. »Okay, Baby, ich werde dein Dossier lesen. Und wir werden darüber reden. Aber im Augenblick kann ich nicht klar denken, und ich kann nicht weitermachen, bis du meine schwache und zitternde Hand ergriffen und mich zu deinem Bett geführt hast.«

»Vergiß mein kleines Dossier.«

»Bitte, verdammt noch mal, Darby, bitte.«

Sie legte ihm die Arme um den Hals und zog ihn an sich. Sie küßten sich lange und heftig, und es war ein feuchter, fast gewalttätiger Kuß.

11

Der Polizist legte den Daumen auf den Knopf neben dem Namen Gray Grantham und drückte ihn zwanzig Sekunden nieder. Dann eine kurze Pause. Dann weitere zwanzig Sekunden. Pause. Zwanzig Sekunden. Es kam ihm komisch vor, weil Grantham eine Nachteule war und wahrscheinlich noch keine drei Stunden geschlafen hatte, und jetzt ertönte in seinem Flur dieses unaufhörliche Läuten. Er drückte wieder und warf einen Blick auf seinen am Bordstein unter einer Straßenlaterne geparkten Streifenwagen. Es war Sonntagmorgen, kurz vor Anbruch der Dämmerung, und die Straße war leer. Zwanzig Sekunden, Pause. Zwanzig Sekunden.

Vielleicht war Grantham tot. Oder er war hinüber vom Saufen und einem nächtlichen Zug durch die Stadt. Vielleicht hatte er auch eine Frau da oben und keine Lust, auf das Läuten zu reagieren. Pause. Zwanzig Sekunden.

Die Sprechanlage knisterte. »Wer ist da?«

»Polizei!« antwortete der Polizist, der schwarz war.

»Was wollen Sie?« fragte Grantham.

»Vielleicht habe ich einen Haftbefehl.« Der Polizist lachte beinahe. Granthams Stimme wurde sanfter, und er hörte sich verletzt an. »Ist das Cleve?«

»Er ist es.«

»Wie spät ist es, Cleve?«

»Fast halb sechs.«

»Dann muß es gut sein.«

»Keine Ahnung. Sarge hat mir nichts verraten. Er hat nur gesagt, ich sollte Sie wecken, weil er mit Ihnen reden möchte.«

»Warum will er immer mit mir reden, bevor die Sonne aufgeht?«

»Dumme Frage, Grantham.«

Eine kurze Pause. »Ja, da haben Sie recht. Ich nehme an, er will sofort mit mir reden?«

»Nein. Sie haben eine halbe Stunde. Er sagte, Sie sollten um sechs dort sein.«

»Wo?«

»Da ist ein kleines Café an der Vierzehnten Straße in der Nähe des Trinidad-Spielplatzes. Es ist dunkel und sicher, und Sarge mag es.«

»Wie findet er solche Lokale?«

»Wissen Sie, für einen Reporter stellen Sie verdammt dämliche Fragen. Der Name des Cafés ist Glenda's, und ich schlage vor, Sie machen sich auf den Weg, sonst kommen Sie zu spät.«

»Werden Sie auch dort sein?«

»Ich schaue herein, um mich zu vergewissern, daß Sie okay sind.«

»Sie sagten doch, es wäre sicher.«

»Es ist sicher, jedenfalls für diesen Teil der Stadt. Werden Sie es finden?«

»Ja. Ich werde so bald wie möglich dort sein.«

»Schönen Tag noch, Grantham.«

Sarge war alt, sehr schwarz, mit strahlend weißem Haar, das in allen Richtungen von seinem Kopf abstand. Wann immer er wach war, trug er eine Sonnenbrille, und die meisten seiner Kollegen im Westflügel des Weißen Hauses glaubten, er wäre halb blind. Er hielt den Kopf schief und lächelte wie Ray Charles. Manchmal stieß er gegen Türrahmen oder Schreibtische, wenn er Abfalleimer leerte und Möbel abstaubte. Er ging langsam und vorsichtig, als zählte er seine Schritte. Er arbeitete geduldig, immer mit einem Lächeln, immer mit einem freundlichen Wort für jeden, der willens war, ihm seinerseits ein freundliches Wort zukommen zu lassen. Doch zumeist wurde er ignoriert; er galt als ein freundlicher, alter, halbinvalider Hausmeister.

Sarge konnte um Ecken herum sehen. Sein Territorium war der

Westflügel, in dem er seit dreißig Jahren putzte. Putzte und lauschte. Putzte und sah. Er räumte um einige überaus wichtige Leute herum auf, die oft viel zu beschäftigt waren, um auf ihre Worte zu achten, zumal in Gegenwart des armen alten Sarge.

Er wußte, welche Türen offen blieben, welche Wände dünn waren und welche Lüftungsschächte Geräusche übertrugen. Er konnte in Sekundenschnelle verschwinden und dann in einem Schatten wieder auftauchen, in dem die wichtigen Leute ihn nicht sehen konnten.

Das meiste behielt er für sich. Aber von Zeit zu Zeit gelangte er in den Besitz einer pikanten Information, die sich mit einer anderen zusammenreimen ließ, und dann kam Sarge zu dem Entschluß, sie weiterzugeben. Er war sehr vorsichtig. Er hatte noch drei Jahre bis zur Pensionierung, und er ging kein Risiko ein. Niemand kam auf die Idee, daß ausgerechnet Sarge die Presse mit Informationen belieferte. Gewöhnlich gab es im Weißen Haus genügend Großmäuler, die sich gegenseitig die Schuld zuschieben konnten. Es war wirklich zum Totlachen. Sarge redete mit Grantham von der *Post;* danach wartete er aufgeregt auf die Story und hörte sich anschließend im Keller das Aufheulen an, wenn die Köpfe rollten.

Er war ein ausgesprochen verläßlicher Informant, und er redete nur mit Grantham. Sein Sohn Cleve, der Polizist, arrangierte die Zusammenkünfte, immer zu ungewöhnlicher Zeit an dunklen und unauffälligen Orten. Sarge trug seine dunkle Brille, Grantham gleichfalls, und dazu einen Hut oder eine Mütze. Cleve setzte sich gewöhnlich zu ihnen und beobachtete die Leute, die in der Nähe waren.

Grantham traf ein paar Minuten nach sechs bei Glenda's ein und ging zu einer Nische im Hintergrund des Lokals, in dem sich noch drei weitere Gäste aufhielten. Glenda selbst briet Eier auf einem Grill in der Nähe der Kasse. Cleve saß auf einem Hocker und sah ihr zu.

Sie gaben sich die Hand. Für Grantham stand eine Tasse Kaffee bereit.

»Tut mir leid, daß ich zu spät komme«, sagte er.

»Macht nichts, mein Freund. Schön, Sie zu sehen.« Sarge hatte eine heisere Stimme, die sich nur schwer zu einem Flüstern dämpfen ließ. Niemand hörte ihnen zu.

Grantham trank Kaffee. »Betriebsame Woche im Weißen Haus.«

»Kann man wohl sagen. Eine Menge Aufregung. Eine Menge Freude.«

»Tatsächlich?« Grantham durfte sich bei diesen Zusammenkünften keine Notizen machen. Das wäre zu auffällig, hatte Sarge gesagt, als er die Grundregeln festlegte.

»Ja. Der Präsident und seine Leute waren hocherfreut über die Sache mit Richter Rosenberg. Sie hat sie sehr glücklich gemacht.«

»Was ist mit Richter Jensen?«

»Nun, wie Ihnen bekannt ist, hat der Präsident an der Trauerfeier teilgenommen, aber keine Rede gehalten. Er hatte es eigentlich vorgehabt, aber dann hat er einen Rückzieher gemacht, weil er sonst nette Dinge über einen Schwulen hätte sagen müssen.«

»Wer hat den Nachruf verfaßt?«

»Die Redenschreiber. Vor allem Mabry. Er hat den ganzen Donnerstag daran gearbeitet. Aber dann hatte sich die Sache erledigt.«

»Er ist auch zu Rosenbergs Trauerfeier gegangen.«

»Ja. Aber er wollte nicht. Sagte, er würde lieber einen Tag in der Hölle verbringen. Aber schließlich gab er klein bei und ging doch. Er ist ziemlich froh darüber, daß Rosenberg ermordet worden ist. Am Mittwoch herrschte im Weißen Haus nahezu festliche Stimmung. Das Schicksal hat ihm wundervolle Karten zugeteilt. Jetzt kann er das Gericht umbilden, und davon ist er hellauf begeistert.«

Grantham hörte genau zu. Sarge fuhr fort.

»Es gibt eine Kandidatenliste. Sie enthielt ursprünglich zwanzig Namen, dann wurde sie auf acht zusammengestrichen.«

»Wer hat das Zusammenstreichen besorgt?«

»Was glauben Sie denn? Der Präsident und Fletcher Coal. Sie haben eine Heidenangst, daß irgendwas durchsickern könnte. Wie es scheint, enthält die Liste ausschließlich junge, konservative Richter, von denen noch nie jemand was gehört hat.«

»Irgendwelche Namen?«

»Nur zwei. Ein Mann namens Pryce aus Idaho und einer namens MacLawrence aus Vermont. Ich glaube, sie sind beide Bundesrichter. Die anderen kenne ich nicht. Mehr habe ich nicht zu bieten.«

»Wie steht es mit der Untersuchung?«

»Ich habe nicht viel gehört, aber ich halte die Ohren offen. Es scheint sich nicht viel zu tun.«

»Sonst noch etwas?«

»Nein. Wann bringen Sie es?«

»In der Morgenausgabe.«

»Das wird ein Spaß.«

»Danke, Sarge.«

Inzwischen war die Sonne aufgegangen, und im Café war es lauter geworden. Cleve kam herbei und setzte sich zu seinem Vater. »Seid ihr fertig?«

»Ja«, sagte Sarge.

Cleve sah sich um. »Ich glaube, wir müssen verschwinden. Grantham geht zuerst. Ich folge ihm, und Pop kann bleiben, solange er Lust hat.«

»Mächtig nett von dir«, sagte Sarge.

»Danke, Leute«, sagte Grantham und machte sich auf den Weg.

12

Verheek kam wie gewöhnlich zu spät. In der dreiundzwanzigjährigen Geschichte ihrer Freundschaft war er noch nie pünktlich gewesen, und nie hatte es sich um eine Verspätung von nur einigen Minuten gehandelt. Er hatte keinerlei Zeitgefühl, aber das störte ihn nicht im geringsten. Er trug eine Uhr, schaute aber nie darauf. Wenn Verheek sich verspätete, dann um mindestens eine Stunde, manchmal sogar zwei, zumal wenn die Person, die er warten ließ, ein Freund war, der damit rechnete, daß er sich verspätete, und es ihm verzeihen würde.

Also saß Callahan eine Stunde in der Bar, wogegen er nichts einzuwenden hatte. Nach acht Stunden wissenschaftlichen Debattierens hatte er die Nase voll von der Verfassung und von denjenigen, die sie lehrten. Er brauchte Chivas in den Adern, und nach zwei Doppelten on the rocks fühlte er sich besser. Er betrachtete sich selbst im Spiegel hinter den Flaschenreihen; dazwischen hielt er über die Schulter hinweg immer wieder Ausschau nach Gavin Verheek. Kein Wunder, daß sein Freund in einer privaten Kanzlei, in der das Leben von der Uhr abhing, nicht zu Rande gekommen war.

Als der dritte Doppelte vor ihm stand, eine Stunde und elf Minuten nach sieben Uhr, erschien Verheek in der Bar und bestellte ein Moosehead.

»Tut mir leid, daß ich mich verspätet habe«, sagte er, als sie sich die Hand gaben. »Aber ich wußte, daß es dir nichts ausmachen würde, einige Zeit allein mit deinem Chivas zu verbringen.«

»Du siehst müde aus«, sagte Callahan, nachdem er ihn gemustert hatte. Alt und müde. Verheek alterte unschön und hatte Fett angesetzt. Seine Stirn war seit ihrem letzten Treffen zwei Zentimeter höher geworden, und bei seiner blassen Haut fielen die dunklen Ringe unter seinen Augen besonders auf. »Wieviel wiegst du?«

»Das geht dich nichts an«, sagte er und schüttete sein Bier hinunter. »Wo ist unser Tisch?«

»Ich habe ihn für halb neun reservieren lassen, weil ich damit rechnete, daß du mindestens anderthalb Stunden zu spät kommst.«

»Dann bin ich ja früh dran.«

»So ist es. Kommst du direkt aus dem Büro?«

»Ich lebe jetzt im Büro. Der Direktor verlangt nicht weniger als hundert Stunden pro Woche, bis sich irgend etwas ergeben hat. Ich habe meiner Frau gesagt, ich käme zu Weihnachten nach Hause.«

»Wie geht es ihr?«

»Gut. Eine sehr geduldige Dame. Wir kommen erheblich besser miteinander aus, wenn ich im Büro lebe.« Sie war Ehefrau Nummer drei in siebzehn Jahren.

»Ich würde sie gern kennenlernen.«

»Nein, würdest du nicht. Ich habe die ersten beiden wegen dem Sex geheiratet, und das hat ihnen so viel Spaß gemacht, daß sie auch andere daran teilhaben ließen. Die Jetzige habe ich des Geldes wegen geheiratet, und sie macht nicht viel her. Sie würde keinen Eindruck auf dich machen.« Er leerte die Flasche. »Ich bin nicht sicher, ob ich durchhalte, bis sie stirbt.«

»Wie alt ist sie?«

»Frag das nicht. Weißt du, ich liebe sie wirklich. Ehrlich. Aber nach zwei Jahren ist mir klargeworden, daß wir nichts gemeinsam haben außer einem brennenden Interesse für die Börsenkurse.« Er sah den Barkeeper an. »Noch ein Bier, bitte.«

Callahan kicherte und trank einen Schluck. »Wieviel Geld hat sie?«

»Längst nicht so viel, wie ich dachte. Ich weiß es nicht so genau. Irgendwo um die fünf Millionen, glaube ich. Sie hat Ehemänner Nummer eins und zwei ausgenommen bis aufs Hemd, und ich glaube, sie fühlte sich zu mir hingezogen, weil es für sie eine Art Herausforderung war, einen ganz gewöhnlichen Typ zu heiraten. Das und der Sex ist großartig, hat sie gesagt. Aber das sagen sie schließlich alle.«

»Du hast immer Nieten gezogen, Gavin, schon während des Studiums. Du hast eine Schwäche für neurotische und depressive Frauen.«

»Und sie haben eine Schwäche für mich.« Er kippte die Flasche und leerte sie zur Hälfte. »Warum essen wir immer hier?«

»Ich weiß es nicht. Eine Art Tradition. Weckt schöne Erinnerungen an unsere Studentenzeit.«

»Wir haben das Jurastudium gehaßt, Thomas. Jeder haßt das Jurastudium. Jeder haßt Anwälte.«

»Du bist ja in einer prächtigen Stimmung.«

»Entschuldige. Seit die Leichen gefunden wurden, habe ich sechs Stunden geschlafen. Der Direktor schreit mich jeden Tag mindestens fünfmal an. Ich schreie alle meine Untergebenen an. Der ganze Laden ist ein einziges Geschrei.«

»Trink aus, Junge. Unser Tisch steht bereit. Laß uns trinken und essen und reden und versuchen, die paar Stunden zu genießen, die wir zusammen haben.«

»Ich liebe dich mehr als meine Frau, Thomas. Hast du das gewußt?«

»Das besagt nicht viel.«

»Da hast du recht.«

Sie folgten dem Empfangschef zu einem kleinen Tisch in der Ecke, dem gleichen Tisch, den sie immer verlangten. Callahan bestellte eine weitere Runde und sagte, mit dem Essen hätten sie es nicht eilig.

»Hast du dieses verdammte Ding in der *Post* gesehen?« fragte Verheek.

»Ja. Wer hat es durchsickern lassen?«

»Wer weiß. Der Direktor hat die Kandidatenliste am Samstagmorgen bekommen, vom Präsidenten höchstpersönlich, mit der strengen Anweisung, sie geheimzuhalten. Über das Wochenende hat er sie niemandem gezeigt, und dann kam die *Post* heute morgen mit den Namen Pryce und MacLawrence heraus. Voyles ist aus der Haut gefahren, als er das sah, und ein paar Minuten später rief der Präsident an. Er stürmte ins Weiße Haus, und sie haben sich eine Menge Grobheiten an den Kopf geworfen. Voyles hat versucht, über Fletcher Coal herzufallen und K. O. Lewis mußte ihn zurückhalten. Sehr unerfreulich.«

Callahan ließ sich kein Wort entgehen. »Eine tolle Geschichte.«

»Ja. Ich erzähle sie dir, weil du später, nach ein paar weiteren Drinks, von mir erwarten wirst, daß ich dir sage, wer sonst noch auf der Liste steht. Und das werde ich nicht tun. Ich versuche, dein Freund zu sein, Thomas.«

»Mach weiter.«

»Bei uns hat die undichte Stelle jedenfalls nicht gelegen. Unmöglich. Es muß aus dem Weißen Haus gekommen sein. Dort wimmelt es von Leuten, die Coal hassen, und es sickert wie aus rostigen Rohren.«

»Wahrscheinlich hat Coal es selbst durchsickern lassen.«

»Kann sein. Er ist ein durchtriebener Hund, und einer Theorie zufolge hat er die Namen von Pryce und MacLawrence durchsickern lassen, um jedermann Angst einzujagen und später dann zwei Kandidaten zu benennen, die scheinbar liberaler sind. So etwas wäre ihm durchaus zuzutrauen.«

»Ich habe noch nie etwas von Pryce und MacLawrence gehört.«

»Das geht dir nicht allein so. Sie sind beide ziemlich jung, Anfang Vierzig, mit herzlich wenig Erfahrung vor Gericht. Wir haben sie noch nicht überprüft, aber allem Anschein nach sind sie radikale Konservative.«

»Und die anderen auf der Liste?«

»Das ging schnell. Ich habe gerade zwei Bier gehabt, und schon fragst du.«

Die Drinks kamen. »Ich möchte ein paar von diesen mit Krebsfleisch gefüllten Pilzen«, teilte Verheek dem Kellner mit. »Als Ohnmachtshappen. Ich bin am Verhungern.«

Callahan reichte ihm sein leeres Glas. »Bringen Sie mir auch eine Portion.«

»Frag mich das nicht wieder, Thomas. Es kann sein, daß du mich in drei Stunden hinaustragen mußt, aber ich werde es dir nicht verraten. Das weißt du. Ich kann dir nur so viel sagen, daß Pryce und MacLawrence offenbar typisch sind für die gesamte Liste.«

»Alle unbekannt?«

»Im Grunde ja.«

Callahan trank langsam seinen Scotch und schüttelte den Kopf. Verheek zog das Jackett aus und lockerte seine Krawatte. »Reden wir über Frauen.«

»Nein.«

»Wie alt ist sie?«

»Vierundzwanzig, aber sehr reif.«

»Du könntest ihr Vater sein.«

»Vielleicht bin ich es. Wer weiß.«

»Wo kommt sie her?«

»Aus Denver. Das habe ich dir schon erzählt.«

»Ich liebe Mädchen aus dem Westen. Sie sind so selbstsicher und natürlich, und meistens tragen sie Levis und haben lange Beine. Vielleicht werde ich einmal eins heiraten. Hat sie Geld?«

»Nein. Ihr Vater ist vor vier Jahren bei einem Flugzeugabsturz umgekommen; ihre Mutter erhielt eine hübsche Abfindung.«

»Dann hat sie also doch Geld.«

»Sie hat alles, was sie braucht.«

»Kann ich mir gut vorstellen. Hast du ein Foto?«

»Nein. Sie ist weder mein Enkelkind noch ein Pudel.«

»Warum hast du kein Foto mitgebracht?«

»Ich werde sie bitten, dir eins zu schicken. Warum macht dir das soviel Spaß?«

»Es ist zum Totlachen. Den großen Thomas Callahan, den Mann mit den vielen flüchtigen Affären, hat es schwer erwischt.«

»Hat es nicht.«

»Das muß ein Rekord sein. Wie lange geht das jetzt – acht, neun Monate? Du hast tatsächlich seit fast einem Jahr eine feste Beziehung, stimmt's?«

»Acht Monate und drei Wochen, aber erzähl es nicht weiter, Gavin. Es ist nicht so einfach für mich.«

»Dein Geheimnis ist sicher. Aber ich möchte alles ganz genau wissen. Wie groß ist sie?«

»Einssiebzig, sechsundfünfzig Kilo, lange Beine, enge Levis, selbstsicher, natürlich, dein typisches Mädchen aus dem Westen.«

»So eins muß ich mir auch suchen. Willst du sie heiraten?«
»Natürlich nicht. Trink aus.«
»Bist du jetzt monogam?«
»Du etwa?«
»Wie kommst du auf die Idee? Bin es nie gewesen. Aber wir reden nicht über mich, Thomas, wir reden über Peter Pan, den unerschütterlichen Callahan, den Mann mit der monatlichen Ausgabe der tollsten Frau der Welt. Sag mir, Thomas, und lüge deinen besten Freund nicht an, schau mir nur in die Augen und sag mir, ob du in den Zustand der Monogamie verfallen bist.« Verheek lehnte sich halb über den Tisch, musterte Callahan und grinste.
»Nicht so laut«, sagte Callahan und schaute sich um.
»Antworte mir.«
»Gib mir die anderen Namen auf der Liste, dann sage ich es dir.«
Verheek wich zurück. »Hübscher Versuch. Ich bin sicher, die Antwort ist ja. Ich glaube, du liebst diese Frau und bist nur zu feige, es zuzugeben. Ich glaube, sie hat dich am Haken, mein Freund.«
»Ich gebe es zu. Fühlst du dich jetzt besser?«
»Ja, viel besser. Wann lerne ich sie kennen?«
»Wann lerne ich deine Frau kennen?«
»Du bringst etwas durcheinander, Thomas. Da besteht ein grundlegender Unterschied. Du willst meine Frau nicht kennenlernen, aber ich möchte Darby kennenlernen. Ich versichere dir, die beiden haben nichts miteinander gemeinsam.«
Callahan lächelte und trank. Verheek entspannte sich, streckte die Beine aus und schlug sie übereinander. Dann hob er die grüne Flasche an die Lippen.
»Du bist überdreht, mein Freund.«
»Entschuldige. Ich trinke, so schnell ich kann.«
Die Pilze wurden in brodelnden Kasserollen serviert. Verheek stopfte zwei in den Mund und kaute wütend. Callahan beobachtete ihn. Der Chivas hatte den Hunger betäubt, und er konnte ein paar Minuten warten. Alkohol hatte bei ihm immer Vorrang.
Am Nebentisch ließen sich vier Araber nieder und schnatterten laut in ihrer Sprache. Alle vier bestellten Jack Daniel's.
»Wer hat sie umgebracht, Gavin?«
Verheek kaute eine Minute, dann schluckte er kräftig. »Wenn ich es wüßte, würde ich es dir nicht sagen. Aber ich schwöre dir, ich

weiß es nicht. Wir stehen vor einem Rätsel. Die Killer sind spurlos verschwunden. Die Morde waren bis ins letzte Detail geplant und wurden perfekt ausgeführt. Nicht der geringste Anhaltspunkt.«

»Weshalb die Kombination?«

Er stopfte sich einen weiteren Pilz in den Mund. »Ganz einfach. Es ist so simpel, daß man es leicht übersieht. Sie boten sich als Opfer geradezu an. Rosenberg hatte keine Alarmanlage in seinem Haus. Jeder halbwegs tüchtige Einbrecher konnte kommen und gehen. Und der arme Jensen trieb sich um Mitternacht in diesen Schuppen herum. Sie waren Freiwild. In dem Augenblick, in dem sie starben, hatten die anderen sieben Richter FBI-Agenten im Haus. Deshalb wurden sie ausgewählt. Sie waren dämlich.«

»Und wer hat sie ausgewählt?«

»Jemand, der eine Menge Geld hat. Die Killer waren Profis, und wahrscheinlich waren sie schon wenige Stunden danach außer Landes. Wir gehen davon aus, daß sie zu dritt, vielleicht auch zu viert waren. Die Morde im Haus von Rosenberg könnten vielleicht auf das Konto eines Mannes gehen, aber wir vermuten, daß es bei Jensen mindestens zwei gewesen sein müssen. Einer oder mehrere, die aufpaßten, während der Mann mit dem Seil seine Arbeit tat. Es war zwar ein schmutziger kleiner Laden, aber er war allen zugänglich und ziemlich riskant. Aber sie waren gut, sehr gut.«

»Ich habe eine Theorie gelesen, nach der es nur ein einziger Killer gewesen ist.«

»Vergiß es. Es ist unmöglich, daß ein Mann beide umgebracht hat. Unmöglich.«

»Wieviel würden diese Killer verlangen?«

»Millionen. Und es hat auch eine Stange Geld gekostet, das alles zu planen.«

»Und du hast keine Ahnung?«

»Gib's auf, Thomas. Ich habe mit der Untersuchung nichts zu tun, du mußt dich schon bei diesen Leuten direkt erkundigen. Ich bin sicher, sie wissen eine Menge mehr als ich. Schließlich bin ich nur ein bescheidener Regierungsanwalt.«

»Klar, und so ganz zufällig einer, der mit dem Gerichtspräsidenten auf du und du ist.«

»Er ruft gelegentlich an. Aber das ist doch langweilig. Reden wir lieber wieder über Frauen. Ich hasse Anwaltsgerede.«

»Hast du kürzlich mit ihm gesprochen?«

»Warum versuchst du ständig, mich auszuhorchen? Ja, wir haben uns heute morgen kurz unterhalten. Er hat alle Richter und ihre Mitarbeiter angewiesen, sämtliche bei den hohen und niederen Bundesgerichten anhängigen Fälle durchzugehen und nach Hinweisen zu suchen. Es ist sinnlos, und das habe ich ihm auch gesagt. Bei jedem Fall, der vor das Oberste Bundesgericht kommt, gibt es mindestens zwei Parteien, und jede Partei würde davon profitieren, wenn ein oder zwei oder drei Richter verschwinden und durch einen oder zwei oder drei andere Richter ersetzt werden würden, die ihrer Sache wohlwollender gegenüberstehen. Es gibt Tausende von Berufungen, bei denen es so sein könnte, daß sie schließlich hier landen, und man kann nicht einfach eine herausgreifen und sagen ›Das ist es! Das ist die Sache, um derentwillen sie umgebracht wurden.‹ Das ist Blödsinn.«

»Was hat er gesagt?«

»Natürlich hat er meiner brillanten Analyse beigepflichtet. Ich glaube, er hat angerufen, nachdem er die Story in der *Post* gelesen hatte, um zu sehen, ob er aus mir etwas herausquetschen könnte. Wie kann ein Mensch nur so unverfroren sein!«

Der Kellner stand neben ihnen und schien es sehr eilig zu haben. Verheek warf einen Blick auf die Speisekarte, klappte sie zu und gab sie ihm zurück. »Gegrillter Schwertfisch, Schimmelkäse, kein Gemüse.«

»Ich esse nur die Pilze«, sagte Callahan. Der Kellner verschwand. Callahan griff in die Jackentasche und zog einen dicken Umschlag heraus. Er legte ihn auf den Tisch neben die leere Bierflasche. »Wirf einen Blick darauf, wenn du Zeit dazu findest.«

»Was ist das?«

»Eine Art Akte.«

»Ich hasse Akten, Thomas. Ich hasse die ganze Juristerei und die Anwälte und, von dir einmal abgesehen, die Juraprofessoren.«

»Darby hat es geschrieben.«

»Ich lese es noch heute abend. Um was geht es?«

»Ich glaube, das habe ich schon gesagt. Sie ist überaus gescheit und intelligent und eine sehr interessierte Studentin. Sie schreibt besser als die meisten ihrer Kollegen. Ihre Vorliebe gilt, von mir natürlich abgesehen, dem Verfassungsrecht.«

»Armes Ding.«

»Sie hat sich vorige Woche vier Tage freigenommen und mich und die Welt ignoriert und danach ihre eigene Theorie aufgestellt, von der sie inzwischen nichts mehr hält. Aber lies es trotzdem. Es ist faszinierend.«

»Wen verdächtigt sie?«

Die Araber brachen in brüllendes Gelächter aus, klopften sich auf die Schultern und verschütteten Whisky. Sie beobachteten sie eine Minute, bis sie sich wieder beruhigt hatten.

»Ist so ein Haufen Betrunkener nicht widerlich?« sagte Verheek.

»Verdammt widerlich.«

Verheek steckte den Umschlag in die Tasche seines Jacketts, das über der Stuhllehne hing. »Wie sieht ihre Theorie aus?«

»Sie ist ein bißchen ausgefallen. Aber lies die Akte. Schaden kann es auf keinen Fall. Schließlich könnt ihr ein wenig Hilfe brauchen.«

»Ich lese sie nur, weil sie sie geschrieben hat. Wie ist sie im Bett?«

»Wie ist deine Frau im Bett?«

»Reich. Unter der Dusche, in der Küche, beim Einkaufen. Sie ist reich bei allem, was sie tut.«

»Das kann auf die Dauer nicht gutgehen.«

»Sie wird die Scheidung einreichen, bevor das Jahr um ist. Vielleicht bekomme ich das Haus in der Stadt und etwas Geld.«

»Kein Ehevertrag?«

»Doch, es gibt einen, aber vergiß nicht, daß ich Anwalt bin. Er hat mehr Schlupflöcher als ein Steuerreformgesetz. Ein Freund von mir hat ihn aufgesetzt. Ist die Juristerei nicht eine tolle Sache?«

»Reden wir von etwas anderem.«

»Von Frauen?«

»Ich habe eine Idee. Du möchtest sie kennenlernen, stimmt's?«

»Wir reden von Darby?«

»Ja. Von Darby.«

»Ich möchte sie unbedingt kennenlernen.«

»Wir wollen über Thanksgiving nach St. Thomas. Wie wär's, wenn du dort zu uns stoßen würdest?«

»Muß ich meine Frau mitbringen?«

»Nein. Sie ist nicht eingeladen.«

»Wird sie in einem von diesen winzigen Bikinis am Strand herumlaufen? Sozusagen eine Show für uns abziehen?«

»Vermutlich.«

»Wow. Ich kann es einfach nicht glauben.«

»Du kannst dir ein Apartment neben unserem mieten, und wir veranstalten eine Party.«

»Wundervoll. Einfach wundervoll.«

13

Das Telefon läutete viermal, der Anrufbeantworter schaltete sich ein, die aufgezeichnete Ansage war zu hören, dann der Pfeifton, anschließend keine Nachricht. Wieder läutete es viermal, der gleiche Ablauf, wieder keine Nachricht. Eine Minute später läutete es abermals, und Gray Grantham griff vom Bett aus nach dem Hörer. Er saß auf einem Kissen und versuchte, zu sich zu kommen.

»Wer ist da?« fragte er mit schmerzendem Kopf. Durchs Fenster fiel kein Licht herein.

Die Stimme am anderen Ende der Leitung war leise und ängstlich. »Spreche ich mit Gray Grantham von der *Washington Post*?«

»Der bin ich. Wer sind Sie?«

Langsam: »Ich kann Ihnen meinen Namen nicht sagen.«

Der Nebel lichtete sich, und er sah auf die Uhr. Es war halb fünf. »Okay, vergessen wir den Namen. Weshalb rufen Sie an?«

»Ich habe gestern Ihre Story über das Weiße Haus und die Kandidaten gelesen.«

»Das ist gut.« Du und noch eine Million andere Leute. »Weshalb rufen Sie zu dieser unchristlichen Zeit an?«

»Tut mir leid. Ich bin auf dem Weg zur Arbeit und habe bei einer Telefonzelle angehalten. Ich kann weder von zu Hause noch vom Büro aus anrufen.«

Die Stimme war klar und kultiviert und klang intelligent. »Was für einem Büro?«

»Ich bin Anwalt.«

Großartig. In Washington gab es rund eine halbe Million Anwälte. »Privat oder Regierung?«

Ein leichtes Zögern. »Das möchte ich lieber nicht sagen.«

»Okay. Und ich würde lieber schlafen. Weshalb rufen Sie an?«

»Es könnte sein, daß ich etwas über Rosenberg und Jensen weiß.«

Grantham setzte sich auf die Bettkante. »Was wissen Sie?«

Eine erheblich längere Pause. »Nehmen Sie das auf?«

»Nein. Sollte ich?«

»Ich weiß es nicht. Ich habe Angst und bin ziemlich durcheinander, Mr. Grantham. Mir wäre es lieber, wenn Sie es nicht aufnehmen würden. Vielleicht den nächsten Anruf, okay?«

»Ganz wie Sie wünschen. Ich höre zu.«

»Kann festgestellt werden, woher dieser Anruf kommt?«

»Durchaus möglich. Aber Sie rufen von einer Zelle aus an. Weshalb sollte Sie das stören?«

»Ich weiß es nicht. Ich habe einfach Angst.«

»Okay. Ich schwöre Ihnen, daß ich nichts aufnehme, und ich schwöre, daß ich dem Anruf nicht nachforschen werde. Und nun sagen Sie mir, was Sie sagen wollten.«

»Also, ich glaube, ich weiß, wer sie umgebracht hat.«

Grantham war aufgestanden. »Das ist ein ganz schön wertvolles Wissen.«

»Es könnte mich das Leben kosten. Glauben Sie, daß sie mich beschatten?«

»Wer? Wer sollte Sie beschatten?«

»Ich weiß es nicht.« Die Stimme wurde schwächer; sie hörte sich an, als schaute er über die Schulter.

Grantham wanderte neben seinem Bett herum. »Ganz ruhig. Sagen Sie mir, wie Sie heißen. Ich schwöre, es bleibt unter uns.«

»Garcia.«

»Das ist nicht Ihr richtiger Name, nicht wahr?«

»Natürlich nicht, aber mehr kann ich nicht sagen.«

»Okay, Garcia. Reden Sie.«

»Ich bin mir nicht sicher, aber ich glaube, ich bin im Büro auf etwas gestoßen, was ich eigentlich nicht hätte sehen dürfen.«

»Haben Sie eine Kopie davon?«

»Vielleicht.«

»Sie haben mich angerufen, Garcia. Wollen Sie nun reden oder nicht?«

»Ich weiß es nicht. Was würden Sie tun, wenn ich Ihnen etwas erzähle?«

»Es gründlich überprüfen. Wenn wir jemanden des Mordes an

zwei Richtern des Obersten Bundesgerichts bezichtigen wollen, müssen wir äußerst behutsam vorgehen.«

Es folgte ein sehr langes Schweigen. Grantham blieb neben dem Schaukelstuhl stehen und wartete. »Garcia? Sind Sie noch da?«

»Ja. Können wir später darüber reden?«

»Natürlich. Wir können es auch jetzt tun.«

»Ich muß nachdenken. Ich habe seit einer Woche nicht mehr gegessen und geschlafen, und ich kann nicht mehr klar denken. Ich rufe Sie vielleicht später wieder an.«

»Okay, okay. In Ordnung. Sie können mich in der Redaktion anrufen, am besten um ...«

»Nein, in der Redaktion rufe ich nicht an. Tut mir leid, daß ich Sie geweckt habe.«

Er legte auf. Grantham betrachtete die Tasten seines Telefons, drückte sieben von ihnen nieder, wartete, dann sechs weitere und dann noch vier. Er notierte eine Nummer auf einem Block neben dem Apparat. Die Telefonzelle stand in der Fünfzehnten Straße in Pentagon City.

Gavin Verheek schlief vier Stunden und wachte betrunken auf. Als er eine Stunde später im Hoover Building ankam, ließ die Wirkung des Alkohols nach, und die Kopfschmerzen setzten ein. Er verfluchte sich selbst und er verfluchte Callahan, der zweifellos bis Mittag schlafen und dann frisch und munter aufwachen und sich auf den Weg zu seiner Maschine nach New Orleans machen würde. Sie hatten das Restaurant verlassen, als es um Mitternacht schloß, dann waren sie noch in einigen Bars gewesen und hatten spaßeshalber diskutiert, ob sie sich nicht einen oder zwei Pornofilme ansehen sollten, aber da ihr Lieblingskino ausgebrannt war, ging das leider nicht. Also tranken sie bis gegen drei oder vier Uhr weiter.

Er sollte um elf bei Direktor Voyles sein, und da mußte er einen wachen und nüchternen Eindruck machen. Das war unmöglich. Er wies seine Sekretärin an, die Tür zuzumachen, und erzählte ihr, er hätte einen tückischen Virus aufgeschnappt, vielleicht die Grippe, und er wollte an seinem Schreibtisch in Ruhe gelassen werden, sofern nicht etwas verdammt Wichtiges anlag. Sie betrachtete seine Augen und schien mehr als gewöhnlich zu schnüffeln. Der Bierdunst verflüchtigt sich nicht immer während des Schlafs. Sie ging und machte die Tür hinter sich zu. Er schloß sie ab. Um Gleichheit herzustellen, rief er Callahan in seinem Hotel an, aber niemand meldete sich.

Was für ein Leben. Sein bester Freund verdiente fast so viel wie er, arbeitete aber höchstens dreißig Stunden in der Woche und hatte außerdem freie Wahl unter geschmeidigen jungen Dingern, die zwanzig Jahre jünger waren als er. Dann erinnerte er sich an ihre grandiosen Pläne für die Woche auf St. Thomas und stellte sich vor, wie Darby am Strand entlangschlenderte. Er würde hinfahren, selbst wenn das bedeuten würde, daß seine Frau die Scheidung einreichte.

Eine Welle von Übelkeit schwappte durch seinen Brustkorb und in seiner Speiseröhre hoch, und er legte sich schnell auf den Boden. Billiger Behördenteppich. Er atmete tief ein, und unter seiner Schädeldecke setzte das Hämmern ein. Die Gipsdecke drehte sich nicht, und das war ermutigend. Nach drei Minuten war er sicher, daß er sich nicht übergeben würde, jedenfalls jetzt nicht.

Sein Aktenkoffer stand in Reichweite, und er zog ihn vorsichtig zu sich heran. Drinnen fand er den Umschlag und die Morgenzeitung. Er öffnete den Umschlag, entfaltete Darbys Akte und hielt sie mit beiden Händen in fünfzehn Zentimeter Abstand von seinem Gesicht.

Es waren dreizehn Blatt Computerpapier, alle mit doppeltem Zeilenabstand und breiten Rändern. Damit konnte er fertig werden. Auf den Rändern standen handschriftliche Anmerkungen, und ganze Absätze waren durchgestrichen. Oben auf der ersten Seite standen die Worte ERSTER ENTWURF, mit einem Filzstift geschrieben. Ihr Name, ihre Adresse und ihre Telefonnummer waren auf das Deckblatt getippt.

Er würde es ein paar Minuten lang überfliegen, während er auf dem Boden lag; danach, so hoffte er, würde er wieder imstande sein, sich an seinen Schreibtisch zu setzen und so zu tun, als wäre er ein bedeutender Regierungsanwalt. Er dachte an Voyles, und das Hämmern in seinem Kopf wurde schlimmer.

Sie schrieb gut, auf die übliche Juristenart in langen Sätzen, die angefüllt waren mit komplizierten Worten. Aber sie drückte sich klar und deutlich aus. Sie vermied die Mehrdeutigkeiten und den Fachjargon, um den sich die meisten Jurastudenten so verzweifelt bemühten. Sie würde nie eine Anwältin im Dienst der Regierung der Vereinigten Staaten werden.

Gavin hatte noch nie von ihrem Verdächtigen gehört und war sicher, daß er auf niemandes Liste stand. Technisch gesehen war es keine Akte, sondern eher ein Dossier über einen Prozeß in Louisiana. Sie legte die Tatsachen kurz und bündig dar und machte sie interessant. Sogar faszinierend.

Die Fakten nahmen vier Seiten ein. Die nächsten drei hatte sie mit einer kurzen Geschichte der Parteien gefüllt. Das war ein bißchen lahmer, aber er las weiter. Er war gefesselt. Auf Seite acht des Papiers wurde der Prozeß zusammengefaßt. Seite neun erwähnte die Berufung, und die letzten drei Seiten legten eine eher unglaubwürdige Spur zur Entfernung von Rosenberg und Jensen aus dem Gericht. Callahan zufolge hatte sie diese Theorie bereits wieder verworfen, und gegen das Ende zu schien ihr der Dampf auszugehen.

Aber es war überaus lesenswert. Ein paar Minuten lang hatte er seine Kopfschmerzen vergessen und dreizehn Seiten Text einer Jurastudentin gelesen, während er auf einem schmutzigen Fußboden lag und eine Million andere Dinge zu tun hatte.

Jemand klopfte leise an die Tür. Er setzte sich langsam auf, erhob sich mühsam und ging zur Tür. »Ja?«

Es war die Sekretärin. »Tut mir leid, daß ich Sie stören muß. Aber der Direktor möchte Sie in zehn Minuten in seinem Büro sehen.«

Verheek öffnete die Tür. »Was?«

»Ja, Sir. In zehn Minuten.«

Er rieb sich die Augen und atmete hastig. »Weshalb?«

»Wenn ich solche Fragen stellen würde, wäre ich morgen arbeitslos, Sir.«

»Haben Sie irgendein Mundwasser?«

»Ja, ich glaube schon. Möchten Sie es haben?«

»Wenn ich es nicht haben wollte, hätte ich Sie nicht danach gefragt. Bringen Sie es mir. Haben Sie Kaugummi?«

»Ja, Sir. Möchten Sie das auch haben?«

»Bringen Sie mir das Mundwasser und Kaugummi und ein paar Aspirin, wenn Sie welche haben.« Er ging zu seinem Schreibtisch und setzte sich, hielt den Kopf in den Händen und rieb sich die Schläfen. Er hörte, wie sie Schubladen aufzog und wieder zuknallte, und dann stand sie mit den gewünschten Dingen vor ihm.

»Danke. Tut mir leid, daß ich Sie angefahren habe.« Er deutete auf das Dossier, das auf einem Stuhl neben der Tür lag. »Schicken Sie das an Eric East, er ist im vierten Stock. Schreiben Sie ein paar Zeilen von mir dazu. Er soll es lesen, wenn er eine Minute Zeit dazu hat.«

Sie ging mit dem Dossier.

Fletcher Coal öffnete die Tür zum Oval Office und begrüßte K. O. Lewis und Eric East. Der Präsident war in Puerto Rico und besichtigte Hurrikanschäden, und Direktor Voyles hatte sich geweigert, mit Coal allein zusammenzukommen. Er hatte seine zweite Garnitur geschickt.

Coal bedeutete ihnen, auf einer Couch Platz zu nehmen. Er selbst ließ sich auf der anderen Seite des Couchtisches nieder. Sein Jackett war zugeknöpft, seine Krawatte saß ordentlich. Er entspannte sich nie. East hatte Geschichten über seine Gewohnheiten gehört. Er arbeitete zwanzig Stunden am Tag, sieben Tage in der Woche, trank nichts als Wasser, und der größte Teil seiner Mahlzeiten stammte aus einem Automaten im Keller. Er konnte lesen wie ein Computer und verbrachte täglich Stunden mit dem Lesen von Memos, Berichten, Briefen und Bergen von anstehenden Gesetzen. Er hatte ein unwahrscheinliches Gedächtnis. Seit einer Woche hatten sie jetzt täglich Berichte über ihre Untersuchungen hergebracht und sie Coal ausgehändigt, der das Material verschlang und es für das nächste Treffen seinem Gedächtnis einverleibte. Wenn irgend etwas nicht übereinstimmte, fiel er über sie her. Er war verhaßt, aber es war unmöglich, ihn nicht zu respektieren. Er war intelligenter als sie. Er arbeitete schwerer. Und er wußte es.

Er genoß die Leere des Oval Office. Sein Boß war unterwegs und zog eine Schau für die Kameras ab, aber die wahre Macht war daheimgeblieben, um das Land zu regieren.

K. O. Lewis legte einen zehn Zentimeter dicken Stapel Berichte auf den Tisch.

»Irgend etwas Neues?« fragte Coal.

»Möglicherweise. Die französischen Behörden haben sich routinemäßig die Filme angesehen, die von den Sicherheitskameras am Pariser Flughafen aufgenommen werden, und sie glauben, ein Gesicht erkannt zu haben. Sie haben sie mit den Aufnahmen von zwei anderen Kameras in der Halle verglichen, aus unterschiedlichen

Blickwinkeln, und dann Interpol informiert. Das Gesicht ist getarnt, aber Interpol glaubt, daß es der Terrorist Khamel war. Sie haben bestimmt schon von ihm gehört.«

»Habe ich.«

»Sie haben sich das Filmmaterial ganz genau angesehen und sind sich fast sicher, daß er mit einer Maschine gelandet ist, die letzten Dienstag, ungefähr zehn Stunden nach der Entdeckung von Jensen, nonstop von Dulles kam.«

»Die Concorde?«

»Nein. United. Anhand des Zeitpunktes und der Position der Kameras können sie feststellen, mit welcher Maschine und durch welchen Ausgang jemand gekommen ist.«

»Und Interpol hat sich mit der CIA in Verbindung gesetzt?«

»Ja. Sie haben Gminski heute mittag gegen eins angerufen.«

Coals Miene war nichts zu entnehmen. »Wie sicher sind sie?«

»Achtzig Prozent. Er ist ein Meister der Verkleidung, und es wäre ziemlich ungewöhnlich für ihn, auf diese Weise zu reisen. Einige Zweifel sind also angebracht. Wir haben Fotos und eine Zusammenfassung für den Präsidenten. Ich habe mir die Bilder angesehen, und ich kann dazu nichts sagen. Aber Interpol kennt den Mann.«

»Freiwillig hat er sich doch seit Jahren nicht fotografieren lassen, oder?«

»Unseres Wissens nicht. Und es gibt Gerüchte, daß er sich alle zwei oder drei Jahre unters Messer begibt und sich ein neues Gesicht machen läßt.«

Coal dachte eine Sekunde lang darüber nach. »Okay. Was ist, wenn es tatsächlich Khamel war und er mit den Morden zu tun hatte?«

»Es bedeutet, daß wir ihn nie finden werden. Es gibt mindestens neun Länder, Israel eingeschlossen, die versuchen, seiner habhaft zu werden. Es bedeutet, daß ihm jemand eine Menge Geld dafür gezahlt hat, daß er hierzulande tätig wird. Wir haben von Anfang an gesagt, daß der Killer oder die Killer Profis waren, die sich aus dem Staub gemacht haben, noch bevor die Leichen kalt waren.«

»Also bedeutet es sehr wenig.«

»So könnte man es ausdrücken.«

»Gut. Was haben Sie sonst noch?«

Lewis warf einen Blick auf Eric East. »Nun, wir haben den üblichen Tagesbericht.«

»Die letzten Berichte waren ziemlich unergiebig.«

»Ja, das stimmt. Wir haben dreihundertachtzig Agenten, die täglich zwölf Stunden arbeiten. Gestern haben sie hundertsechzig Personen in dreißig Staaten vernommen. Wir haben ...«

Coal hob die Hand. »Sparen Sie sich das. Ich werde den Bericht lesen. Ich kann wohl davon ausgehen, daß es nichts Neues gibt.«

»Vielleicht einen neuen kleinen Tip.« Lewis sah Eric East an, der eine Kopie von Darbys Akte in der Hand hielt.

»Um was handelt es sich?«

East war nicht recht wohl zumute. Das Dossier war den ganzen Tag nach oben weitergereicht worden, bis Voyles es gelesen hatte. Es hatte ihm gefallen. Er hielt es für ziemlich weit hergeholt, etwas, das keinerlei ernster Erwägung bedurfte, aber in dem Dossier wurde der Präsident erwähnt, und ihm gefiel die Idee, Coal und seinen Boß zum Schwitzen zu bringen. Er wies Lewis und East an, Coal das Dossier auszuhändigen und so zu tun, als wäre es eine wichtige Theorie, die das FBI ernstnähme. Zum ersten Mal seit einer Woche hatte Voyles gelächelt, während er darüber sprach, wie die Schwachköpfe im Oval Office dieses kleine Papier lesen und dann versuchen würden, den Kopf einzuziehen. Bauschen Sie es auf, hatte Voyles gesagt. Sagen Sie ihnen, wir hätten vor, der Sache mit zwanzig Agenten nachzugehen.

»Es ist eine Theorie, die in den letzten vierundzwanzig Stunden aufgetaucht ist, und Voyles nimmt sie ziemlich ernst. Er fürchtet, sie könnte dem Präsidenten schaden.«

Coal verzog keine Miene. »Wieso das?«

East legte das Dossier auf den Tisch. »Das steht alles in diesem Bericht.«

Coal warf einen Blick darauf, dann musterte er East. »Gut. Ich lese ihn später. War das alles?«

Lewis stand auf und knöpfte sein Jackett zu. »Ja. Wir können gehen.«

Coal begleitete sie zur Tür.

Es gab keinerlei Aufsehen, als die Air Force One kurz nach zehn in Andrews landete. Die Queen war unterwegs, um Geld aufzutreiben, und weder Freunde noch Familienangehörige begrüßten den Präsidenten, als er aus der Maschine stieg und auf seine Limousine zueilte, in der Coal auf ihn wartete. Der Präsident ließ sich in seinen Sitz sinken. »Ich habe nicht damit gerechnet, daß Sie hier sein würden«, sagte er.

»Tut mir leid. Wir müssen reden.« Die Limousine fuhr in Richtung Weißes Haus.

»Es ist spät, und ich bin müde.«

»Wie war der Hurrikan?«

»Beeindruckend. Er hat eine Million Papp- und Wellblechhütten weggefegt, und jetzt werden wir ein paar Milliarden auf den Tisch legen und neue Häuser und Kraftwerke bauen. Die Leute brauchen so ungefähr alle fünf Jahre einen anständigen Hurrikan.«

»Ich habe die Erklärung zum Katastrophengebiet vorbereitet.«

»Okay. Und was ist nun so wichtig?«

Coal reichte ihm eine Kopie dessen, was inzwischen das »Pelikan-Dossier« genannt wurde.

»Ich will es nicht lesen«, sagte der Präsident. »Erzählen Sie nur, um was es geht.«

»Voyles und sein zusammengewürfelter Haufen sind über einen Verdächtigen gestolpert, auf den bisher niemand gekommen war. Ein obskurer, ziemlich ausgefallener Verdächtiger. Eine Jurastudentin in Tulane hat das verdammte Ding geschrieben, und irgendwie ist es zu Voyles gelangt, der es gelesen hat und zu dem Schluß gekommen ist, es könnte etwas daran sein. Vergessen Sie nicht, sie suchen verzweifelt nach Verdächtigen. Die Theorie ist so weit hergeholt, daß sie völlig absurd ist, und die Sache selbst beunruhigt mich nicht. Aber Voyles beunruhigt mich. Er hat beschlossen, sich dahinterzuklemmen und die Presse verfolgt jeden Schritt, den er tut. Es könnte etwas durchsickern.«

»Wir können seine Untersuchung nicht kontrollieren.«

»Aber wir können sie manipulieren. Gminski wartet im Weißen Haus, und …«

»Gminski!«

»Nicht nervös werden, Chef. Ich habe ihm persönlich vor drei Stunden eine Kopie dieser Akte überreicht und ihn zu strengster Geheimhaltung verpflichtet. Er mag inkompetent sein, aber er kann ein Geheimnis wahren. Ich traue ihm wesentlich mehr als Voyles.«

»Ich traue keinem von beiden.«

Das hörte Coal gern. Er wollte, daß der Präsident niemandem

traute außer ihm. »Ich finde, Sie sollten die CIA sofort mit der Untersuchung dieser Sache beauftragen. Ich würde gern alles wissen, bevor Voyles zu wühlen anfängt. Keiner von beiden wird etwas finden, aber wenn wir mehr wissen als Voyles, können Sie ihn überreden, daß er die Finger davon läßt. Das ist nicht mehr als vernünftig, Chef.«

Der Präsident war unsicher. »Es ist eine Inlandsangelegenheit, in der die CIA nicht herumschnüffeln darf. Das wäre wahrscheinlich illegal.«

»Es ist illegal, technisch gesehen. Aber Gminski wird es für Sie tun, und er kann es schnell tun, insgeheim und wesentlich gründlicher als das FBI.«

»Es ist illegal.«

»Es ist schon oft so gemacht worden, Chef. Viele Male.«

Der Präsident beobachtete den Verkehr. Seine Augen waren rot und geschwollen, aber nicht vor Müdigkeit. Er hatte im Flugzeug drei Stunden geschlafen. Aber er hatte den ganzen Tag damit verbracht, für die Kameras traurig und mitfühlend auszusehen, und es war nicht einfach, plötzlich damit aufzuhören.

Er nahm das Dossier und warf es auf den leeren Sitz neben sich. »Ist es jemand, den wir kennen?«

»Ja.«

14

Weil New Orleans eine Stadt der Nacht ist, wacht sie nur langsam auf. Noch eine ganze Weile nach Tagesanbruch herrscht Stille, dann schüttelt sie die Spinnweben ab und gleitet in den Morgen. Es gibt kein frühes Verkehrsgewimmel außer auf den Zufahrtsstraßen aus den Vororten und in der geschäftigen Innenstadt. So ist es in allen großen Städten; aber im French Quarter, der Seele von New Orleans, hängt der Duft von Whisky und Jambalaya über den leeren Straßen, bis die Sonne aufgegangen ist. Ein oder zwei Stunden später tritt an seine Stelle das Aroma von French-Market-Kaffee und Schmalzgebäck, und um diese Zeit erwachen auch die Gehsteige zögernd zum Leben.

Darby machte es sich in einem Sessel auf dem kleinen Balkon bequem, trank Kaffee und wartete auf die Sonne. Callahan lag ein paar Meter entfernt, jenseits der offenen Terrassentür, noch in Laken eingehüllt und tot für die Welt. Eine leichte Brise wehte, aber noch vor Mittag würde die Schwüle zurückkehren. Sie zog seinen Bademantel am Hals zusammen und atmete den Duft seines Rasierwassers ein. Sie dachte an ihren Vater und seine weiten baumwollenen Oberhemden, die sie tragen durfte, als sie ein Teenager war. Sie hatte die Ärmel immer bis zum Ellenbogen aufgekrempelt und den Saum bis auf die Knie herabhängen lassen, und dann war sie mit ihren Freundinnen herumgeschlendert, sicher in dem Bewußtsein, daß ihr niemand das Wasser reichen konnte. Ihr Vater war ihr Freund. Um die Zeit, als sie mit der High School fertig war, stand ihr der Inhalt seines Kleiderschranks zur freien Verfügung, solange alles gewaschen und gebügelt und ordentlich wieder aufgehängt wurde. Sie konnte noch immer das Grey Flannel riechen, das er täglich benutzt hatte.

Wenn er noch lebte, wäre er vier Jahre älter als Thomas Callahan. Ihre Mutter hatte wieder geheiratet und war nach Boise gezogen. Darby hatte einen Bruder in Deutschland. Die drei hatten nur selten miteinander geredet. Ihr Vater war das Bindeglied in einer widerborstigen Familie gewesen, und sein Tod hatte sie auseinandergerissen.

Zwanzig weitere Menschen waren bei dem Flugzeugabsturz ums Leben gekommen, und noch bevor die Vorbereitungen für die Beisetzung getroffen waren, standen die Anwälte vor der Tür. Es war ihre erste echte Begegnung mit der Welt der Juristen, und sie war nicht erfreulich. Der Familienanwalt war ein Immobilienmann, der nicht wußte, wie man einen Prozeß führt. Ein gerissener Schadenersatzanwalt machte sich an ihren Bruder heran und überredete die Familie, schnell zu klagen. Er hieß Herschel, und zwei Jahre lang litt die Familie, während Herschel sie hinhielt und log und den Fall in die Binsen gehen ließ. Eine Woche vor dem Prozeß einigten sie sich auf eine halbe Million, nach Abzug des Schnitts, den Herschel gemacht hatte, und Darby bekam hunderttausend.

Sie beschloß, Anwältin zu werden. Wenn ein Clown wie Herschel es schaffen und Geld scheffeln konnte, indem er die Gesellschaft kaputtmachte, dann konnte sie es auch, zu edleren Zwecken. Sie mußte oft an Herschel denken. Wenn sie ihr Anwaltsexamen bestanden hatte, würde sie ihre erste Anklage gegen ihn vorbringen, wegen strafbaren Verhaltens im Amt. Sie wollte für eine Umweltkanzlei arbeiten. Einen Job zu finden, das wußte sie, war kein Problem.

Die Hunderttausend waren unangebrochen. Der neue Ehemann ihrer Mutter war Manager in einer Papierfabrik, etwas älter und wesentlich reicher, und kurz nach ihrer Heirat teilte sie ihren Anteil an der Abfindung zwischen Darby und ihrem Bruder auf. Sie sagte, das Geld erinnere sie an ihren toten Mann, und die Geste wäre symbolisch. Obwohl sie Darbys Vater immer noch liebte, hätte sie doch ein neues Leben in einer neuen Stadt mit einem neuen Mann, der sich in fünf Jahren mit einem Haufen Geld ins Privatleben zurückziehen würde. Darby begriff nicht recht, was es mit der symbolischen Geste auf sich hatte, aber sie wußte sie zu würdigen und nahm das Geld.

Die Hunderttausend hatten sich verdoppelt. Sie legte den größten Teil davon in Investmentfonds an, aber nur solchen ohne Anteile von chemischen und Erdölfirmen. Sie fuhr einen Accord und lebte bescheiden. Ihre Garderobe war die übliche Kluft der Jurastudenten, die sie in Discountläden kaufte. Sie und Callahan aßen in den besseren Restaurants der Stadt, aber nie zweimal im selben Lokal. Und immer auf getrennte Rechnung.

Geld war ihm ziemlich gleichgültig, und er drang nie in sie, um Genaueres zu erfahren. Sie hatte mehr als die meisten ihrer Kommilitonen, aber in Tulane gab es auch etliche reiche Studenten.

Sie gingen einen Monat lang zusammen aus, bevor sie miteinander schliefen. Sie legte die Grundregeln fest, und er erklärte sich sofort damit einverstanden. Es würde keine anderen Frauen geben. Sie würden sehr diskret sein. Und er mußte aufhören, so viel zu trinken.

An die ersten beiden hielt er sich, aber das Trinken ging weiter. Sein Vater, sein Großvater und seine Brüder waren starke Trinker, und es wurde gewissermaßen von ihm erwartet. Aber zum ersten Mal in seinem Leben war Thomas Callahan verliebt, bis über beide Ohren verliebt, und er kannte den Punkt, an dem der Scotch und seine Geliebte sich ins Gehege kamen. Er war vorsichtig. Mit Ausnahme der vergangenen Woche, unter dem Trauma des Todes von Rosenberg, trank er nie vor fünf Uhr nachmittags. Wenn sie zusammen waren, verzichtete er auf den Chivas, sobald er nicht mehr ganz nüchtern war, und fürchtete, daß er seine Potenz beeinträchtigen könnte.

Es war amüsant zu beobachten, wie ein Mann von fünfundvierzig sich zum ersten Mal verliebte. Er bemühte sich um einen gewissen Grad von Gelassenheit, aber in ihren privaten kleinen Momenten konnte er albern sein wie ein Schuljunge.

Sie küßte ihn auf die Wange und zog seine Steppdecke über ihn. Ihre Kleider lagen ordentlich auf einem Stuhl. Sie machte die Haustür leise hinter sich zu. Die Sonne war inzwischen aufgegangen, lugte zwischen den Gebäuden auf der anderen Seite der Dauphine hervor. Der Gehsteig war menschenleer.

Sie hatte in drei Stunden eine Vorlesung, dann Callahan und Verfassungsrecht um elf. In einer Woche war ein Schriftsatz in einem fingierten Berufungsverfahren fällig. Ihre Fallnotizen aus den juristischen Zeitschriften setzten Staub an. Mit ihren Seminararbeiten war sie zwei Wochen im Rückstand. Es war an der Zeit, wieder Studentin zu werden. Sie hatte vier Tage damit vergeudet, Detektiv zu spielen, und war deshalb sauer auf sich selbst.

Der Accord stand um die Ecke, einen halben Block entfernt.

Sie beobachteten sie, und es war ein erfreulicher Anblick. Enge Jeans, weiter Pullover, lange Beine, eine Sonnenbrille, die makeuplose Augen verdeckte. Sie beobachteten, wie sie die Tür schloß, schnell die Royal entlangging und dann um die Ecke bog. Das Haar war schulterlang und schien dunkelrot zu sein.

Sie war es.

Er hatte seinen Lunch in einer kleinen braunen Papiertüte bei sich und fand eine leere Parkbank mit dem Rücken zu New Hampshire. Er haßte Dupont Circle mit seinen Stromern, Junkies, Perversen, alternden Hippies und Punkern in schwarzem Leder mit stachligem rotem Haar und bösartiger Zunge. Auf der anderen Seite des Springbrunnens versammelte ein gutgekleideter Mann mit einem Lautsprecher seine Gruppe von Tierschützern für einen Marsch zum Weißen Haus. Die Lederleute verhöhnten und beschimpften sie, aber vier berittene Polizisten waren nahe genug, um Handgreiflichkeiten zu verhindern. Er sah auf die Uhr und schälte eine Banane. Mittag, und er wäre lieber woanders gewesen. Das Treffen würde kurz sein. Er beobachtete das Verhöhnen und Beschimpfen und sah, wie sein Kontaktmann aus der Menge auftauchte. Ihre Augen begegneten sich, ein Nicken, und dann saß er neben ihm auf der Bank. Sein Name war Booker, von der CIA in Langley. Sie trafen sich hier gelegentlich, wenn die üblichen Kommunikationswege gestört waren und ihre Chefs schnelle mündliche Informationen brauchten, ohne daß irgend jemand sonst mithören konnte.

Booker hatte keinen Lunch. Er begann, geröstete Erdnüsse zu schälen und die Schalen unter die kreisrunde Bank zu werfen.

»Was macht Mr. Voyles?«

»Die Niedertracht in Person. Wie üblich.«

Er warf sich Erdnüsse in den Mund. »Gminski war gestern abend bis Mitternacht im Weißen Haus«, sagte Booker.

Darauf war keine Antwort erforderlich. Voyles wußte es.

Booker fuhr fort. »Sie sind in Panik geraten. Dieses kleine Pelikan-Ding hat ihnen einen gewaltigen Schrecken eingejagt. Wie Sie wissen, haben wir es auch gelesen, und wir sind ziemlich sicher, daß ihr nicht viel davon haltet, aber aus irgendeinem Grund hat Coal Angst davor. Er hat den Präsidenten nervös gemacht. Wir glauben, daß ihr euch nur einen kleinen Spaß mit Coal und seinem Boß machen wollt, und weil der Präsident in dem Dossier erwähnt wird und es dieses Foto enthält, glauben wir, daß ihr euren Spaß daran habt. Sie wissen, was ich meine?«

Er biß ein Stück von der Banane ab und sagte nichts.

Die Tierschützer zogen in lockerer Formation ab, und die Lederleute zischten sie aus.

»Aber das ist nicht unser Problem, und es sollte auch nicht euer Problem sein. Die Sache ist nur die, daß der Präsident jetzt wünscht, daß wir insgeheim der Pelikan-Akte nachgehen, bevor ihr es tun könnt. Er ist überzeugt, daß wir nichts finden werden, und er will hören, daß nichts dahintersteckt, damit er Voyles überreden kann, die Finger davonzulassen.«

»Es steckt nichts dahinter.«

Booker beobachtete, wie ein Betrunkener in das Brunnenbecken pißte. Die Polizisten ritten der Sonne entgegen. »Dann will Voyles also nur seinen Spaß haben?«

»Wir gehen allen Hinweisen nach.«

»Aber ihr habt keine echten Verdächtigen?«

»Nein.« Die Banane gehörte der Geschichte an. »Weshalb haben sie solche Angst davor, daß wir diesem kleinen Ding nachgehen?«

Booker zermalmte eine Erdnuß, die noch in ihrer Schale steckte. »Nun, für sie ist das ganz simpel. Sie sind stocksauer, weil bekanntgeworden ist, daß Pryce und MacLawrence auf der Kandidatenliste stehen, und natürlich ist das einzig und allein eure Schuld. Sie mißtrauen Voyles zutiefst. Und sie fürchten, wenn ihr anfangt, dem Pelikan-Dossier auf den Grund zu gehen, könnte die Presse davon erfahren und der Präsident die Hucke voll bekommen. Nächstes Jahr ist seine Wiederwahl fällig, und so weiter.«

»Was hat Gminski dem Präsidenten gesagt?«

»Daß er keine Lust hat, sich in eine FBI-Untersuchung einzumischen, daß wir Besseres zu tun haben und daß es absolut illegal ist. Aber weil der Präsident so inständig darum bat und Coal so viele Drohungen von sich gab, werden wir es trotzdem tun. Und jetzt bin ich hier und erzähle es Ihnen.«

»Voyles wird das zu würdigen wissen.«

»Wir fangen gleich heute an, aber die ganze Sache ist absurd. Wir tun so als ob, kommen euch nicht in die Quere, und in einer Woche berichten wir dem Präsidenten, daß die ganze Theorie nichts ist als ein Schuß ins Blaue.«

Er knickte das obere Ende seiner braunen Tüte um und stand auf. »Gut. Ich werde Voyles Bericht erstatten. Danke.« Er ging in Richtung Connecticut, fort von den Lederpunkern, und verschwand.

Der Monitor stand auf einem mit Papieren übersäten Tisch in der Mitte der Redaktion, und Gray Grantham saß davor, umrauscht vom Summen und Tosen unzähliger Kurzbesprechungen und eiliger Berichte. Es wollte ihm einfach nichts einfallen, und er saß da und starrte auf den Bildschirm. Das Telefon läutete. Er drückte einen Knopf und griff nach dem Hörer, ohne den Blick vom Monitor abzuwenden. »Gray Grantham.«

»Hier ist Garcia.«

Er vergaß den Monitor. »Ja, was gibt es?«

»Ich habe zwei Fragen. Erstens, nehmen Sie diese Anrufe auf, und zweitens, können Sie sie lokalisieren?«

»Nein und ja. Wir nehmen nichts auf, bevor wir um Erlaubnis gebeten haben, und wir können einen Anruf lokalisieren, aber wir tun es nicht. Hatten Sie nicht gesagt, Sie würden mich nicht in der Redaktion anrufen?«

»Wollen Sie, daß ich auflege?«

»Nein, das ist schon in Ordnung. Ich rede lieber um drei Uhr nachmittags in der Redaktion mit Ihnen als um sechs Uhr morgens im Bett.«

»Entschuldigung. Ich habe einfach Angst, das ist alles. Ich werde mit Ihnen reden, solange ich Ihnen vertrauen kann. Aber wenn Sie mich jemals anlügen, Mr. Grantham, dann erfahren Sie kein Wort.«

»Abgemacht. Wann fangen Sie an?«

»Ich kann jetzt nicht reden. Ich bin in einer Telefonzelle, und ich habe es eilig.«

»Sie sagten, Sie hätten eine Kopie von irgend etwas.«

»Nein, ich sagte, es könnte sein, daß ich eine Kopie von irgend etwas habe. Wir werden sehen.«

»Okay. Wann kann ich mit Ihrem nächsten Anruf rechnen?«

»Müssen wir eine Zeit vereinbaren?«

»Nein. Aber ich bin viel unterwegs.«

»Ich rufe morgen in der Mittagspause an.«

»Dann warte ich hier auf Ihren Anruf.«

Garcia hatte aufgelegt. Grantham drückte sieben Tasten nieder, dann sechs, dann vier. Er notierte die Nummer, dann blätterte er im Branchenbuch, bis er Pay Phones Inc. gefunden hatte. Die Nummer gehörte zu einer Zelle an der Pennsylvania Avenue in der Nähe des Justizministeriums.

15

Der Streit begann beim Dessert, einem Teil der Mahlzeit, den Callahan am liebsten in flüssiger Form zu sich nahm. Sie war bemüht, den Ton des Vorwurfs zu vermeiden, als sie die Drinks aufzählte, die er bereits konsumiert hatte: zwei doppelte Scotch, während sie auf ihren Tisch warteten, einen weiteren, bevor sie bestellten, und zum Fisch zwei Flaschen Wein, von denen sie zwei Gläser getrunken hatte. Er trank zu schnell, man merkte es ihm an, und als sie ihre Liste heruntergerattert hatte, war er verärgert. Er bestellte Drambuie als Dessert, weil er ihn mochte und weil es plötzlich eine Sache des Prinzips war. Er kippte ihn hinunter und bestellte noch einen, und sie war wütend.

Darby rührte ihren Kaffee um und ignorierte ihn. Mouton's war bis auf den letzten Platz besetzt, und ihr lag daran, es ohne eine Szene zu verlassen und allein in ihre Wohnung zurückzukehren.

Als sie sich auf dem Gehsteig vom Restaurant entfernten, wurde der Streit unerfreulich. Er holte die Schlüssel zu seinem Porsche aus der Tasche, und sie sagte, er wäre zu betrunken, um fahren zu können. Er sollte ihr die Schlüssel geben. Er umklammerte den Bund und torkelte auf den drei Blocks entfernten Parkplatz zu. Sie sagte, sie würde zu Fuß gehen. Viel Vergnügen, sagte er. Sie folgte ihm mit ein paar Schritten Abstand, redete auf ihn ein. Er hatte mindestens zwei Promille. Er war Juraprofessor, verdammt noch mal. Er würde jemanden umbringen. Er torkelte schneller, kam dem Bordstein gefährlich nahe, entfernte sich dann wieder von ihm. Er schrie sie über die Schulter an, etwas von der Art, daß er betrunken besser fahren könnte als sie nüchtern. Sie blieb zurück. Sie war schon mit ihm gefahren, wenn er in einer derartigen Verfassung war, und sie wußte, was ein Betrunkener in einem Porsche anrichten kann.

Er überquerte die Straße blindlings, die Hände in den Taschen, als unternähme er einen spätabendlichen Spaziergang. Er schätzte die Bordsteinkante falsch ein, traf sie mit den Zehen statt mit der Fußsohle, stürzte fluchend auf den Gehsteig, rappelte sich aber wieder auf, bevor sie ihn erreichen konnte. Laß mich verdammt noch mal in Ruhe, herrschte er sie an. Bitte, gib mir die Schlüssel, sonst gehe ich zu Fuß. Er stieß sie beiseite. Viel Vergnügen, sagte er mit einem Auflachen. Sie hatte ihn noch nie so betrunken erlebt. Er hatte sie noch nie im Zorn angerührt, weder betrunken noch nüchtern.

Gegenüber dem Parkplatz war eine schmierige kleine Kneipe mit Neonreklamen für Bier in den Fenstern. Sie warf einen hilfesuchenden Blick durch die offene Tür und dachte gleichzeitig, wie blöde. Die Kneipe war voll von Betrunkenen.

Sie rief ihm nach, als er sich dem Porsche näherte.

»Thomas! Bitte! Laß mich fahren!« Sie stand auf dem Gehsteig, aber weiter wollte sie nicht gehen.

Er torkelte weiter, bedeutete ihr zu verschwinden, murmelte vor sich hin. Dann schloß er die Tür auf, bückte sich und verschwand zwischen den anderen Wagen. Der Motor sprang an und heulte auf, als er Gas gab.

Darby lehnte sich ein paar Meter von der Parkplatzausfahrt entfernt an die Seite des Gebäudes. Sie schaute die Straße hinunter und hoffte beinahe auf einen Polizisten. Sie würde ihn lieber verhaftet sehen als tot.

Es war zu weit, um zu Fuß zu gehen. Sie würde zusehen, wie er davonfuhr, dann ein Taxi bestellen und ihn danach eine Woche lang ignorieren. Mindestens eine Woche. Viel Vergnügen, wiederholte sie in Gedanken. Er gab wieder Gas und ließ die Reifen quietschen.

Die Explosion schleuderte sie auf den Gehsteig. Sie landete auf allen vieren, mit dem Gesicht nach unten, eine Sekunde lang betäubt, spürte dann aber sofort die Hitze und die winzigen brennenden Trümmer, die auf die Straße fielen. Sie starrte voller Grausen auf den Parkplatz. Der Porsche flog in die Luft, vollführte einen perfekten Salto und landete auf dem Dach. Reifen, Türen und Kotflügel rissen ab. Der Wagen war ein greller Feuerball, eine Masse aus prasselnden Flammen, die ihn sofort verschlangen.

Darby stürzte auf ihn zu, schrie seinen Namen. Trümmer regneten um sie herum herab, und die Hitze ließ sie innehalten. Sie blieb zehn Meter entfernt stehen, schrie mit der Hand vor dem Mund.

Dann schleuderte eine zweite Explosion den Wagen abermals in die Luft und trieb sie zurück. Sie stolperte, und ihr Kopf schlug hart auf die Stoßstange eines anderen Wagens. Das Pflaster fühlte sich heiß an unter ihrem Gesicht, und das war das letzte, woran sie sich einen Augenblick später erinnern konnte.

Die Kneipe leerte sich, und die Betrunkenen waren überall. Sie standen auf dem Gehsteig und starrten. Ein Paar versuchte näher heranzukommen, aber die Hitze rötete ihre Gesichter und hielt sie fern. Dicker schwarzer Rauch stieg aus dem Feuerball auf, und binnen Sekunden brannten zwei weitere Wagen.

»Wem gehört der Wagen?«

»911 anrufen!«

»War jemand drin?«

»911 anrufen!«

Sie zerrten sie an den Ellenbogen zurück auf den Gehsteig, in die Mitte der Menge. Sie wiederholte den Namen Thomas. Von irgendwoher kam ein kaltes Tuch und wurde ihr auf die Stirn gelegt.

Die Menge wurde dichter, auch auf der Straße waren Leute. Sirenen, sie hörte Sirenen, als sie wieder zu sich kam. An ihrem Hinterkopf war eine Beule und auf ihrem Gesicht etwas Kaltes. Ihr Mund war trocken. »Thomas, Thomas«, wiederholte sie.

»Ist schon gut, ist schon gut«, sagte ein schwarzes Gesicht dicht über ihr. Der Mann hielt behutsam ihren Kopf und tätschelte ihren Arm. Andere Gesichter schauten auf sie herab. »Ist schon gut.«

Jetzt kreischten die Sirenen. Sie nahm vorsichtig das Tuch ab, und ihr Blick wurde wieder klar. Auf der Straße blitzten rote und blaue Lichter. Die Sirenen gellten ohrenbetäubend. Sie setzte sich auf. Sie lehnten sie an die Hauswand unterhalb der Neon-Bierreklamen. Sie wichen zurück, beobachteten sie aufmerksam.

»Alles in Ordnung, Miss?« fragte der Schwarze.

Sie konnte nicht antworten. Versuchte es gar nicht erst. »Wo ist Thomas?« fragte sie und starrte auf einen Riß im Gehsteig. Sie schauten sich gegenseitig an. Der erste Feuerwehrwagen kam mit quietschenden Bremsen sechs Meter entfernt zum Stehen, und die Menge wich auseinander. Feuerwehrleute sprangen heraus und rannten in alle Richtungen.

»Wo ist Thomas?« wiederholte sie.

»Miss, wer ist Thomas?« fragte der Schwarze.

»Thomas Callahan«, sagte sie leise, als müßte jeder ihn kennen.

»War er in diesem Wagen?«

Sie nickte, dann schloß sie die Augen. Die Sirenen heulten und verstummten, und zwischendurch hörte sie die Rufe besorgter Männer und das Prasseln des Feuers. Sie roch den stickigen Qualm.

Ein zweites, ein drittes Feuerwehrauto kamen heulend aus verschiedenen Richtungen. Ein Polizist bahnte sich einen Weg durch die Menge. »Polizei. Aus dem Weg. Polizei.« Er schob und drängte, bis er sie gefunden hatte. Er ging auf die Knie und schwenkte eine Marke vor ihrer Nase. »Madam, Sergeant Rupert, New Orleans Police Department.«

Darby hörte es, dachte sich aber nichts dabei. Er war direkt vor ihrem Gesicht, dieser Rupert, mit buschigem Haar, einer Baseballmütze, schwarzer und goldener Saints-Jacke. Sie starrte ihn verständnislos an.

»Ist das Ihr Wagen, Madam? Jemand hat gesagt, es wäre Ihr Wagen.«

Sie schüttelte den Kopf. Nein.

Rupert packte ihre Ellenbogen und zog sie hoch. Er redete auf sie ein, fragte sie, ob ihr etwas passiert wäre, und gleichzeitig zog er sie hoch, und es tat teuflisch weh. Ihr Schädel war gespalten, kaputt, und sie stand unter Schock, aber was kümmerte das diesen Idioten. Sie war auf den Beinen. Ihre Knie wollten nicht funktionieren, und sie war schlaff. Er fragte immer wieder, ob ihr etwas passiert wäre. Der Schwarze starrte Rupert an, als wäre er verrückt.

So, nun funktionierten die Knie, und sie und Rupert gingen durch die Menge, hinter einem Feuerwehrwagen vorbei und um einen anderen herum zu einem ungekennzeichneten Polizeifahrzeug. Sie senkte den Kopf und weigerte sich, zum Parkplatz hinüberzusehen. Rupert redete unaufhörlich. Irgend etwas von einem Krankenwagen. Er öffnete die Wagentür und beförderte sie behutsam auf den Beifahrersitz.

Ein weiterer Polizist hockte sich vor die Tür und fing an, Fragen zu stellen. Er trug Jeans und spitze Cowboystiefel. Darby lehnte sich vor und legte den Kopf in die Hände. »Ich glaube, ich brauche Hilfe«, sagte sie.

»Natürlich, Lady. Hilfe ist unterwegs. Nur ein paar Fragen. Wie heißen Sie?«

»Darby Shaw. Ich glaube, ich stehe unter Schock. Mir ist ganz schwindlig, und ich glaube, ich muß mich übergeben.«

»Der Krankenwagen ist unterwegs. Ist das Ihr Wagen da drüben?«

»Nein.«

Ein weiteres Polizeifahrzeug, eines mit Emblemen und Blinklichtern, kam quietschend vor dem von Rupert zum Stehen. Rupert verschwand blitzschnell. Der Cowboy-Polizist knallte plötzlich die Tür zu, und sie war allein im Wagen. Sie beugte sich vor und übergab sich zwischen ihre Beine. Sie begann zu weinen. Ihr war kalt. Sie legte langsam den Kopf auf den Fahrersitz und rollte sich ganz fest zusammen. Stille. Dann Dunkelheit.

Jemand klopfte ans Fenster über ihr. Sie öffnete die Augen. Der Mann trug eine Uniform und einen Hut mit einem Abzeichen daran. Die Tür war verriegelt.

»Machen Sie die Tür auf, Lady«, rief er.

Sie setzte sich auf und öffnete die Tür. »Sind Sie betrunken, Lady?«

Ihr Kopf hämmerte. »Nein«, sagte sie mühsam.

Er machte die Tür weiter auf. »Ist das Ihr Wagen?«

Sie rieb sich die Augen. Sie mußte überlegen.

»Lady, ist das Ihr Wagen?«

»Nein.« Sie starrte ihn an. »Nein. Er gehört Rupert.«

»Okay. Wer, zum Teufel, ist Rupert?«

Es war nur noch ein Feuerwehrfahrzeug da, und der größte Teil der Zuschauer war verschwunden. Dieser Mann an der Tür war zweifelsohne ein Polizist. »Sergeant Rupert. Ein Kollege von Ihnen«, sagte sie.

Das machte ihn wütend. »Steigen Sie aus, Lady.«

Bereitwillig mühte sich Darby an der Beifahrerseite heraus und trat auf den Gehsteig. In einiger Entfernung hielt ein Feuerwehrmann seinen Schlauch auf den ausgebrannten Rahmen des Porsche. Ein anderer uniformierter Polizist näherte sich und gesellte sich zu ihnen.

Der erste Polizist fragte: »Wie heißen Sie?«

»Darby Shaw.«

»Weshalb sind Sie in dem Wagen ohnmächtig geworden?«

Sie betrachtete den Wagen. »Ich weiß es nicht. Ich wurde verletzt, und Rupert brachte mich in den Wagen. Wo ist Rupert?«

Die Polizisten sahen sich an. »Wer, zum Teufel, ist Rupert?« fragte der erste Polizist.

Das machte sie zornig und vertrieb die Spinnweben.

»Er hat gesagt, er wäre Polizist.«

Der zweite Polizist fragte: »Wie sind Sie verletzt worden?«

Darby funkelte ihn an. Sie deutete auf den Parkplatz auf der anderen Straßenseite. »Eigentlich hätte ich auch in dem Wagen da drüben sitzen sollen. Aber ich habe nicht darin gesessen. Deshalb bin ich hier und beantworte Ihre dämlichen Fragen. Wo ist Rupert?«

Die beiden sahen sich mit ausdrucksloser Miene an. Der erste Polizist sagte: »Bleiben Sie hier«, und dann ging er über die Straße zu einem anderen Polizeifahrzeug, wo sich ein Mann in Zivil mit ein paar Leuten unterhielt. Sie flüsterten, dann kehrte der erste Polizist mit dem Mann in Zivil zurück auf den Gehsteig, wo Darby wartete. Der Mann in Zivil sagte: »Ich bin Lieutenant Olson, New Orleans Police Department. Kannten Sie den Mann in dem Wagen?« Er zeigte auf den Parkplatz.

Ihre Knie wurden weich, und sie biß sich auf die Lippe. Dann nickte sie.

»Wie hieß er?«

»Thomas Callahan.«

Olson sah den ersten Polizisten an. »Das hat auch der Computer gesagt. So, und wer ist nun dieser Rupert?«

»Er hat gesagt, er wäre Polizist!«

Olson schaute mitfühlend drein. »Tut mir leid, aber es gibt bei uns keinen Polizisten, der Rupert heißt.«

Sie schluchzte laut. Olson half ihr zur Kühlerhaube von Ruperts Wagen und hielt ihre Schultern, bis das Weinen nachließ und sie sich bemühte, ihre Beherrschung zurückzugewinnen.

»Überprüfen Sie das Kennzeichen«, wies Olson den zweiten Polizisten an, der sich schnell die Nummer von Ruperts Wagen notierte und sie durchgab.

Olson hielt ihre Schultern sanft mit beiden Händen umfaßt und sah ihr in die Augen. »Waren Sie mit Callahan zusammen?«

Sie nickte, immer noch weinend, aber wesentlich leiser. Olson warf dem ersten Polizisten einen Blick zu.

»Wie sind Sie in diesen Wagen gekommen?« fragte er langsam und sanft.

Sie wischte sich die Tränen aus dem Gesicht und sah Olson an. »Dieser Rupert, der gesagt hat, er wäre Polizist, kam und hat mich von dort drüben hierher gebracht. Er hat mich in den Wagen gesetzt, und dieser andere Polizist mit den Cowboystiefeln hat angefangen, mir Fragen zu stellen. Ein anderes Polizeifahrzeug kam an, und sie verschwanden. Und dann bin ich wohl ohnmächtig geworden. Ich weiß es nicht. Ich möchte zu einem Arzt.«

»Holen Sie meinen Wagen«, sagte Olson zu dem ersten Polizisten. Der zweite Polizist kehrte mit verblüffter Miene zurück. »Die Zulassungsnummer ist nicht im Computer. Müssen gefälschte Kennzeichen sein.«

Olson nahm ihren Arm und führte sie zu seinem Wagen. Er sprach rasch mit den beiden Polizisten. »Ich bringe sie ins Charity. Seht zu, daß ihr hier fertig werdet, und kommt dann nach. Stellt den Wagen sicher. Wir werden ihn später untersuchen.«

Sie saß in Olsons Wagen, hörte dem Quaken des Funkgeräts zu und starrte auf den Parkplatz. Vier Wagen waren ausgebrannt. Der Porsche lag umgedreht mittendrin, nur noch ein verbogener Rahmen. Eine Handvoll Feuerwehrleute und anderes Notfallpersonal wieselte darum herum. Ein Polizist sperrte den Parkplatz mit gelbem Plastikband ab.

Sie betastete die Beule an ihrem Hinterkopf. Kein Blut. Tränen tropften ihr vom Kinn.

Olson schlug seine Tür zu und steuerte den Wagen zwischen den geparkten Fahrzeugen hindurch. Er fuhr in Richtung St. Charles Avenue. Er hatte das Blinklicht eingeschaltet, aber nicht die Sirene.

»Ist Ihnen nach Reden zumute?« fragte er.

»Ich denke schon«, sagte sie. »Er ist tot, nicht wahr?«

»Ja, Darby. Tut mir leid. Soweit ich weiß, saß er allein im Wagen.«

»Ja.«

»Wie wurden Sie verletzt?«

Er gab ihr ein Taschentuch, und sie trocknete die Tränen ab. »Ich bin auf etwas gefallen. Es gab zwei Explosionen, und ich glaube, die zweite hat mich umgeworfen. Ich kann mich nicht an alles erinnern. Bitte, sagen Sie mir, wer Rupert ist.«

»Ich habe keine Ahnung. Ich kenne keinen Polizisten, der Rupert heißt, und es war auch kein Polizist mit Cowboystiefeln da.«

Sie dachte anderthalb Blocks lang darüber nach.

»Womit hat sich Callahan seinen Lebensunterhalt verdient?«

»Er war Juraprofessor in Tulane. Ich studiere dort.«

»Wer hätte ein Interesse daran gehabt, ihn umzubringen?«

Sie starrte auf die Ampel vor ihnen und schüttelte den Kopf.

»Sie sind sicher, daß es Absicht war?«

»Daran gibt es überhaupt keinen Zweifel. Es war ein sehr starker Sprengstoff. Wir haben ein Stück Fuß gefunden, das fünfundzwanzig Meter entfernt in einem Maschendrahtzaun hing. Entschuldigung, okay. Er wurde ermordet.«

»Vielleicht hat jemand den falschen Wagen erwischt.«

»Das ist natürlich möglich. Wir werden alles genau überprüfen. Wenn ich richtig verstanden habe, hätten Sie normalerweise zusammen mit ihm in dem Wagen gesessen.«

Sie versuchte, etwas zu sagen, konnte aber die Tränen nicht zurückhalten. Sie vergrub ihr Gesicht in dem Taschentuch.

Sie hielten zwischen zwei Krankenwagen in der Nähe der Notaufnahme des Charity und ließen das Blinklicht eingeschaltet. Er führte sie rasch in einen schmutzigen Raum, in dem an die fünfzig Leute mit Schmerzen und Beschwerden verschiedenen Ausmaßes saßen. Sie fand einen Platz neben dem Trinkwasserbehälter. Olson sprach mit der Frau hinter dem Schalter, und er hob die Stimme, aber Darby konnte nicht verstehen, was er sagte. Ein kleiner Junge mit einem blutigen Handtuch um den Fuß weinte auf dem Schoß seiner Mutter. Eine junge Schwarze war kurz vor der Niederkunft. Weder ein Arzt noch eine Schwester waren zu sehen.

Olson hockte sich vor ihr nieder. »Es wird ein paar Minuten dauern. Bleiben Sie hier sitzen. Ich stelle nur den Wagen um, bin gleich wieder zurück. Ist Ihnen nach Reden zumute?«

»Ja, natürlich.«

Er war fort. Sie tastete wieder nach Blut und fand keins. Die Doppeltür schwang weit auf, und zwei Schwestern kamen, um die Frau in den Wehen zu holen. Sie schleppten sie gewissermaßen ab, durch die Doppeltür und den Flur entlang.

Darby wartete einen Augenblick, dann folgte sie ihnen. Mit den geröteten Augen und dem Taschentuch sah sie aus wie die Mutter irgendeines Kindes. Der Flur war ein Zoo mit Schwestern und Pflegern und Verletzten, die schrien und es eilig hatten. Sie bog um eine Ecke und sah ein Schild, auf dem EXIT stand. Durch die Tür, einen anderen Flur entlang, der wesentlich ruhiger war, eine weitere Tür, und sie stand auf einer Laderampe. Die Gasse war beleuchtet. Nicht rennen. Stark sein. Es ist okay. Niemand beobachtet dich. Sie war auf der Straße, schritt rasch aus. Die kühle Luft klärte ihre Augen. Sie wollte nicht weinen.

Olson würde einige Zeit brauchen, und wenn er zurückkam, würde er denken, sie wäre aufgerufen worden und wäre jetzt drinnen und würde behandelt. Er würde warten. Und warten.

Sie bog um mehrere Ecken und sah die Rampart Street. Das French Quarter lag direkt vor ihr. Da konnte sie untertauchen. Auf der Royal waren Leute, umherschlendernde Touristen. Sie fühlte sich sicherer. Sie betrat das Holiday Inn, bezahlte mit ihrer Kreditkarte und bekam ein Zimmer im fünften Stock. Nachdem sie die Tür verriegelt und die Kette vorgelegt hatte, rollte sie sich auf dem Bett zusammen, ohne das Licht auszuschalten.

Mrs. Verheek rollte ihren dicken, aber reichen Hintern von der Mitte des Bettes weg und griff nach dem Hörer. »Es ist für dich, Gavin!« rief sie ins Badezimmer. Gavin erschien, das halbe Gesicht voller Rasierschaum, und nahm seiner Frau, die sich tief im Bett vergrub, den Hörer ab. Wie ein Schwein, das sich im Schlamm wälzt, dachte er.

»Hallo«, sagte er ungehalten.

Es war eine Frauenstimme, die er noch nie gehört hatte. »Hier ist Darby Shaw. Sie wissen, wer ich bin?«

Er lächelte sofort und dachte eine Sekunde lang an den knappen Bikini auf St. Thomas. »Natürlich. Ich glaube, wir haben einen gemeinsamen Freund.«

»Haben Sie meine kleine Niederschrift gelesen?«

»Ach ja. Das Pelikan-Dossier, wie wir es nennen.«

»Und wer ist wir?«

Verheek setzte sich auf den Stuhl neben dem Nachttisch. Dies war kein belangloser Anruf. »Weshalb rufen Sie an, Darby?«

»Ich brauche ein paar Antworten, Mr. Verheek. Ich habe fürchterliche Angst.«

»Ich heiße Gavin, okay?«

»Also Gavin. Wo ist das Dossier jetzt?«

»Hier und dort. Was ist passiert?«

»Das kommt gleich. Zuerst sagen Sie mir, was Sie mit dem Dossier gemacht haben.«

»Nun, ich habe es gelesen und dann an eine andere Abteilung geschickt, und ein paar andere Leute vom FBI haben es gesehen und dann Direktor Voyles gezeigt, dem es offenbar gefallen hat.«

»Hat es auch jemand außerhalb des FBI gesehen?«

»Diese Frage kann ich nicht beantworten, Darby.«

»Dann sage ich Ihnen auch nicht, was mit Thomas passiert ist.«

Verheek dachte eine lange Minute darüber nach. Sie wartete geduldig. »Okay. Es wurde auch von Leuten außerhalb des FBI gesehen. Aber ich weiß nicht, von wem und von wie vielen.«

»Er ist tot, Gavin. Er wurde gestern abend gegen zehn ermordet. Jemand hat für uns eine Bombe ins Auto gelegt. Ich habe Glück gehabt, aber jetzt sind sie hinter mir her.«

Verheek hing über dem Telefon, kritzelte Notizen. »Sind Sie verletzt?«

»Körperlich bin ich okay.«

»Wo sind Sie?«

»In New Orleans.«

»Sind Sie ganz sicher, Darby? Ich meine, ich weiß, daß Sie ganz sicher sind, aber, verdammt noch mal, wer sollte ihn umbringen wollen?«

»Ich bin zweien von ihnen begegnet.«

»Wie können Sie ...«

»Es ist eine lange Geschichte. Wer hat das Dossier gesehen, Gavin? Thomas hat es Ihnen am Montagabend gegeben. Es hat die Runde gemacht, und achtundvierzig Stunden später ist er tot. Ich sollte zusammen mit ihm sterben. Es ist in die falschen Hände geraten, meinen Sie nicht auch?«

»Sind Sie in Sicherheit?«

»Woher, zum Teufel, soll ich das wissen?«

»Wo sind Sie jetzt? Wie ist Ihre Telefonnummer?«

»Nicht so schnell, Gavin. Im Augenblick bewege ich mich ganz langsam. Ich spreche von einer Zelle aus, also keine krummen Touren.«

»Sie haben keinen Grund, über mich herzufallen, Darby! Thomas Callahan war mein bester Freund. Sie müssen zu uns kommen.«

»Und wie stellen Sie sich das vor?«

»Geben Sie mir eine Viertelstunde, Darby, und dann sind ein Dutzend Agenten da, die Sie abholen. Ich nehme die nächste Maschine und bin vor Mittag bei Ihnen. Sie können nicht auf der Straße bleiben.«

»Warum, Gavin? Wer ist hinter mir her?«

»Wir reden miteinander, wenn ich dort bin.«

»Ich weiß nicht. Thomas ist tot, weil er mit Ihnen geredet hat. Im Augenblick bin ich ganz und gar nicht scharf darauf, Sie zu sehen.«

»Hören Sie, Darby. Ich weiß nicht, wer es getan hat oder warum, aber ich versichere Ihnen, Sie sind in einer sehr gefährlichen Situation. Wir können Sie beschützen.«

»Vielleicht später.«

Er holte tief Luft und setzte sich auf die Bettkante. »Sie können mir vertrauen, Darby.«

»Okay, ich vertraue Ihnen. Aber was ist mit diesen anderen Leuten? Das ist kein Kinderspiel, Gavin. Mein kleines Dossier hat irgend jemanden fürchterlich aufgeregt, meinen Sie nicht auch?«

»Hat er gelitten?«
Sie zögerte. »Nein, ich glaube nicht.« Die Stimme wurde brüchig.
»Können Sie mich in zwei Stunden wieder anrufen? Im Büro. Ich gebe Ihnen eine Geheimnummer.«
»Geben Sie mir die Nummer, und ich denke darüber nach.«
»Bitte, Darby. Sowie ich im Büro bin, gehe ich zum Direktor. Rufen Sie mich um acht an, Ihre Ortszeit.«
»Geben Sie mir die Nummer.«

Die Bombe war zu spät explodiert, um noch in die Donnerstagmorgen-Ausgabe der *Times-Picayune* zu gelangen. Darby blätterte sie in ihrem Hotelzimmer hastig durch. Nichts. Sie schaltete den Fernseher ein, und da war es. Eine Live-Aufnahme des ausgebrannten Porsche, der immer noch inmitten der Trümmer auf dem Parkplatz lag, säuberlich von gelbem Band umgeben, das überall ausgespannt worden war. Die Polizei ging von Mord aus. Keine Verdächtigen. Kein Kommentar. Dann der Name von Thomas Callahan, fünfundvierzig Jahre alt, namhafter Juraprofessor in Tulane. Dann war plötzlich der Dekan da mit einem Mikrofon vor dem Gesicht und redete über Professor Callahan und den schweren Schock, den all das hinterlassen hatte.

Der Schock, die Erschöpfung, die Angst, der Schmerz, und Darby vergrub ihren Kopf im Kissen. Sie haßte es zu weinen, und es würde für eine Weile das letzte Mal sein. Trauern würde nur dazu führen, daß sie umgebracht wurde.

16

Obwohl es eine wundervolle Krise war, mit Punktgewinnen bei den Meinungsumfragen und Rosenberg tot, mit einem sauberen, aufpolierten Image und einem Amerika, dem wohl zumute war, weil er an der Spitze des Staates stand, mit den Demokraten, die nichts zu melden hatten, und mit der Wiederwahl im nächsten Jahr so gut wie in der Tasche, hatte er diese Krise und die damit verbundenen Zusammenkünfte im Morgengrauen satt. Er hatte F. Denton Voyles satt, seine Selbstgefälligkeit und Arroganz und seine gedrungene kleine Gestalt, Voyles, der in einem zerknitterten Trenchcoat an der anderen Seite seines Schreibtisches saß und aus dem Fenster schaute, während er mit dem Präsidenten der Vereinigten Staaten sprach. Er würde in einer Minute hier sein, wieder eine Zusammenkunft vor dem Frühstück, wieder eine unerfreuliche Begegnung, bei der Voyles nur einen Bruchteil von dem berichten würde, was er wußte.

Er hatte es satt, im dunkeln gelassen und nur mit den Krümeln gefüttert zu werden, die Voyles ihm vor die Füße zu werfen geruhte. Auch Gminski würde ihm ein paar Krümel zuwerfen, und damit sollte er genug haben und zufrieden sein. Verglichen mit ihnen wußte er überhaupt nichts. Immerhin hatte er Coal, der ihre Papiere durchpflügte und seinem Gedächtnis einverleibte und aufpaßte, daß sie nicht logen.

Er hatte auch Coal satt. Seine Perfektion und sein Auskommen ohne Schlaf. Seine Brillanz. Seine Gewohnheit, jeden Tag zu beginnen, wenn die Sonne irgendwo über dem Atlantik stand, und jede verdammte Minute jeder verdammten Stunde zu planen, bis sie über dem Pazifik stand. Und dann griff sich Coal noch einen Karton mit dem ganzen Mist des Tages, nahm ihn mit nach Hause, las ihn, entschlüsselte ihn, speicherte ihn und kam dann ein paar Stunden später wieder an und sprudelte den stinklangweiligen Mischmasch heraus, den er gerade verschlungen hatte. Wenn Coal müde war, schlief er fünf Stunden, aber das Normale waren drei oder vier. Er verließ sein Büro im Westflügel gegen elf Uhr abends, las während der ganzen Heimfahrt auf dem Rücksitz seiner Limousine, und ungefähr um die Zeit, zu der der Motor der Limousine abgekühlt war, wartete Coal bereits darauf, daß sie ihn ins Weiße Haus zurückbrachte. Er hielt es für eine Sünde, später als fünf Uhr morgens an seinem Schreibtisch einzutreffen. Und wenn er hundertzwanzig Stunden pro Woche arbeiten konnte, sollten alle anderen imstande sein, wenigstens achtzig zu leisten. Er verlangte achtzig. Nach drei Jahren konnte sich niemand in der Administration an all die Leute erinnern, die Fletcher Coal gefeuert hatte, weil sie keine achtzig Stunden in der Woche arbeiteten. Das passierte jeden Monat mindestens dreimal.

Coal war am glücklichsten in den Frühstunden, in denen Hochspannung herrschte und eine unerfreuliche Zusammenkunft anstand. In der vergangenen Woche hatte diese Sache mit Voyles bewirkt, daß er ununterbrochen lächelte. Er stand neben dem Schreibtisch und las ein paar Briefe, während der Präsident die *Post* überflog und zwei Sekretärinnen herumwieselten.

Der Präsident warf einen Blick auf ihn. Tadelloser schwarzer Anzug, weißes Hemd, rote Seidenkrawatte, ein bißchen zuviel Pomade im Haar über den Ohren. Er hatte ihn restlos satt, aber er würde darüber hinwegkommen, wenn die Krise vorüber war und er wieder zum Golfspielen zurückkehren und es Coal überlassen konnte, sich um die Details zu kümmern. Er redete sich ein, daß er, als er siebenunddreißig war, ebensoviel Energie und Ausdauer besessen hätte, aber er wußte es besser.

Coal schnippte mit den Fingern, funkelte die Sekretärinnen an, und sie waren froh, das Oval Office verlassen zu dürfen.

»Und er hat gesagt, er würde nicht kommen, wenn ich hier bin. Das ist wirklich ein Witz.« Coal war offensichtlich erfreut.

»Ich glaube, er mag Sie nicht«, sagte der Präsident.

»Er mag nur Leute, die er über den Haufen rennen kann.«

»Ich nehme an, ich muß liebenswürdig zu ihm sein.«

»Tragen Sie dick auf, Chef. Er muß die Finger davon lassen. Diese Theorie ist so schwach, daß sie geradezu lächerlich ist, aber in seinen Händen könnte sie gefährlich werden.«

»Was ist mit der Studentin?«

»Wir überprüfen sie. Sie scheint harmlos zu sein.«

Der Präsident stand auf und streckte sich. Coal hantierte mit Papieren. Eine Sekretärin meldete über die Gegensprechanlage die Ankunft von Voyles.

»Ich verschwinde«, sagte Coal. Er würde hinter der nächsten Ecke zuhören und zusehen. Auf sein Betreiben waren im Oval Office drei Fernsehkameras installiert worden. Die Monitore standen in einem kleinen, verschlossenen Raum im Westflügel, zu dem nur er einen Schlüssel hatte. Sarge wußte von diesem Raum, hatte sich aber nicht die Mühe gemacht, ihn zu betreten. Noch nicht.

Dem Präsidenten war wohler zumute bei dem Gedanken, daß Coal zumindest zusehen würde. Er nahm Voyles an der Tür mit einem warmen Händedruck in Empfang und geleitete ihn zur Couch – ein herzliches, freundschaftliches Geplauder unter vier Augen. Voyles war nicht beeindruckt. Er wußte, daß Coal zuhörte.

Und zusah. Voyles zog seinen Trenchcoat aus und legte ihn ordentlich auf einen Stuhl. Er wollte keinen Kaffee.

Der Präsident schlug die Beine übereinander. Er trug die braune Strickjacke. Der Großvater.

»Denton«, sagte er ernst, »ich möchte mich für Fletcher Coal entschuldigen. Er hat nicht viel Fingerspitzengefühl.«

Voyles nickte flüchtig. Du dämlicher Esel. In diesem Büro gibt es genügend Drähte, um der Hälfte aller Bürokraten in Washington einen tödlichen Stromschlag beizubringen. Coal saß irgendwo im Keller und hörte von seinem Mangel an Fingerspitzengefühl. »Er kann eine Pest sein, nicht wahr?« knurrte Voyles.

»Ja, das kann er. Ich muß auf ihn aufpassen. Er ist sehr intelligent und arbeitet hart, aber gelegentlich neigt er dazu, es zu übertreiben.«

»Er ist ein Mistkerl, und das sage ich ihm ins Gesicht.« Voyles schaute zur Lüftungsklappe des Porträts von Thomas Jefferson empor, wo eine Kamera alles aufzeichnete, was darunter passierte.

»Also gut, ich werde dafür sorgen, daß er Ihnen nicht in die Quere kommt, bis die Sache erledigt ist.«

»Tun Sie das.«

Der Präsident trank langsam einen Schluck Kaffee und überlegte, was er als nächstes sagen sollte. Voyles war nicht für seine Plauderkunst berühmt.

»Sie müssen mir einen Gefallen tun.«

Voyles sah ihn an, ohne mit der Wimper zu zucken. »Ja, Sir?«

»Ich brauche Informationen über dieses Pelikan-Ding. Es ist an den Haaren herbeigezogen, aber schließlich kommt mein Name darin vor. Wie ernst nehmen Sie es?«

Oh, war das ein Spaß. Voyles unterdrückte ein Lächeln. Es funktionierte. Der Präsident und Mr. Coal waren wegen des Pelikan-Dossiers ins Schwitzen geraten. Sie hatten es am Dienstagabend erhalten, sich den ganzen Mittwoch darüber Sorgen gemacht, und jetzt, in den frühen Morgenstunden des Donnerstag, lagen sie auf den Knien und bettelten um etwas, das kaum mehr war als ein Studentenulk.

»Wir gehen der Sache nach, Mr. President.« Das war eine Lüge, aber woher sollte er das wissen? »Wir lassen keinen Hinweis, keinen Verdächtigen außer acht. Ich hätte es Ihnen nicht zukommen lassen, wenn ich es nicht ernst nähme.« Die Falten auf der gebräunten Stirn schoben sich zusammen, und Voyles hätte am liebsten gelacht.

»Was haben Sie herausbekommen?«

»Nicht viel, aber wir haben gerade erst angefangen. Wir haben es vor nicht einmal achtundvierzig Stunden bekommen. Ich habe vierzehn Agenten in New Orleans angewiesen, nachzugraben. Es ist alles Routine.« Die Lügen kamen so gut an, daß er fast hören konnte, wie Coal nach Luft schnappte.

Vierzehn! Es versetzte ihm einen derartigen Schlag in die Magengrube, daß er sich aufsetzte und die Kaffeetasse auf den Tisch stellte. Vierzehn Fibbies, die herumliefen, ihre Marken vorzeigten, Fragen stellten, und es war nur eine Frage der Zeit, bis die Sache herauskam. »Vierzehn, sagen Sie. Hört sich an, als wäre es Ihnen ziemlich ernst.«

Voyles gab keinen Millimeter nach. »Es ist uns sehr ernst, Mr. President. Rosenberg und Jensen sind seit einer Woche tot, und die Spur wird immer kälter. Wir gehen Hinweisen nach, so schnell wir können. Meine Männer arbeiten rund um die Uhr.«

»Das alles leuchtet mir ein, aber wie ernst ist diese Pelikan-Theorie zu nehmen?«

War das ein Spaß! Die Akte mußte erst noch nach New Orleans geschickt werden. Sie hatten sich noch nicht einmal mit New Orleans in Verbindung gesetzt. Er hatte Eric East angewiesen, eine Kopie an das dortige Büro zu schicken, mit der Anweisung, unauffällig ein paar Fragen zu stellen. Es war eine Sackgasse, genau wie hundert andere Spuren, denen sie nachgingen.

»Ich glaube nicht, daß etwas dahintersteckt, Mr. President, aber wir müssen die Sache überprüfen.«

Die Falten entspannten sich, und es erschien der Anflug eines Lächelns. »Ich brauche Ihnen wohl nicht zu sagen, Denton, wieviel Schaden dieser Unsinn anrichten kann, wenn die Presse Wind davon bekommt.«

»Wir ziehen nicht die Presse zu Rate, wenn wir eine Untersuchung anstellen.«

»Ich weiß. Lassen wir das. Mir wäre es nur lieb, wenn Sie sich aus dieser Sache zurückziehen würden. Ich meine, schließlich ist es völlig absurd, und es könnte durchaus sein, daß mir etwas angelastet wird. Sie verstehen, was ich damit sagen will?«

Voyles war brutal. »Verlangen Sie von mir, daß ich einen Verdächtigen ignoriere, Mr. President?«

Coal lehnte sich dem Monitor entgegen. Nein, ich will, daß Sie dieses Pelikan-Dossier vergessen! Er hätte es beinahe laut gesagt. Er hätte es Voyles klipp und klar sagen und dann dem dicken kleinen Tropf eine reinhauen können, wenn er frech wurde. Aber er versteckte sich in einem verschlossenen Raum, weit von den handelnden Personen entfernt. Und er wußte, zum gegenwärtigen Zeitpunkt war das genau der Ort, an den er gehörte.

Der Präsident bewegte sich und schlug die Beine andersherum übereinander. »Sie wissen doch, worauf ich hinauswill, Denton. Es gibt wesentlich größere Fische in diesem Teich. Die Presse verfolgt die Untersuchung, ist ganz wild darauf, herauszubekommen, wer verdächtigt wird. Sie wissen, wie die Leute sind. Und ich brauche Ihnen nicht zu erzählen, daß ich bei der Presse keine Freunde habe. Sogar mein eigener Pressesprecher kann mich nicht leiden. Ha, ha, ha. Vergessen Sie es für eine Weile. Lassen Sie die Finger davon und konzentrieren Sie sich auf die wirklich Verdächtigen. Diese Sache ist ein Scherz, aber sie könnte für mich äußerst peinlich werden.«

Denton musterte ihn scharf. Unerbittlich.

Der Präsident bewegte sich wieder. »Was ist mit dieser Khamel-Angelegenheit? Hört sich doch recht gut an, oder?«

»Könnte sein.«

»Ja. Und da wir gerade von Zahlen sprechen – wie viele Männer haben Sie auf Khamel angesetzt?«

Voyles sagte »Fünfzehn« und hätte fast gelacht. Der Mund des Präsidenten klappte auf. Der heißeste Verdächtige in diesem Spiel bekommt fünfzehn, und dieses verdammte Pelikan-Ding bekommt vierzehn.

Coal lächelte und schüttelte den Kopf. Voyles hatte sich in seinen eigenen Lügen verfangen. Auf Seite vier des Mittwochsberichtes gaben Eric East und K. O. Lewis die Zahl mit dreißig an, nicht fünfzehn. Nicht nervös werden, Chef. Er spielt mit Ihnen. Der Präsident war sehr nervös. »Großer Gott, Denton. Weshalb nur fünfzehn? Ich dachte, das wäre ein überaus wichtiger Durchbruch.«

»Es können auch ein paar mehr sein. Ich bin es, der diese Untersuchung leitet, Mr. President.«

»Ich weiß. Und Sie leisten gute Arbeit. Ich will mich nicht einmischen. Ich möchte nur, daß Sie in Erwägung ziehen, Ihre Zeit anderen Dingen zu widmen. Das ist alles. Als ich diese Pelikan-Akte las, ist mir beinahe schlecht geworden. Wenn sie der Presse in die Hände fällt und sie der Sache nachgeht, werde ich gekreuzigt.«

»Sie wünschen also, daß wir uns aus der Sache zurückziehen?«

Der Präsident beugte sich vor und starrte Voyles wütend an. »Ich wünsche es nicht nur, Denton. Ich *befehle* Ihnen, die Finger davon zu lassen. Ignorieren Sie sie für ein paar Wochen. Beschäftigen Sie sich mit anderen Dingen. Wenn die Sache wieder aufflackern sollte, können Sie meinetwegen wieder einen Blick darauf werfen. Vergessen Sie nicht, noch bin ich hier der Boß.«

Voyles gab nach und brachte ein winziges Lächeln zustande. »Ich schlage Ihnen einen Handel vor. Ihr Messerstecher Coal hat mich bei der Presse reingeritten. Sie hat Kleinholz aus mir gemacht wegen dem Schutz, den wir Rosenberg und Jensen zuteil werden ließen.«

Der Präsident nickte ernst.

»Sie halten mir diesen Bullterrier vom Leibe, und ich vergesse die Pelikan-Theorie.«

»Ich lasse mich auf keinen Handel ein.«

Voyles grinste höhnisch, behielt aber einen klaren Kopf. »Gut. Ich schicke morgen fünfzig Agenten nach New Orleans. Wir werden in der ganzen Stadt unsere Marken schwenken und unser Möglichstes tun, um Aufmerksamkeit zu erregen.«

Der Präsident stand auf und trat ans Fenster. Voyles saß regungslos da und wartete.

»Okay, okay, der Handel gilt. Ich kann Fletcher Coal unter Kontrolle halten.«

Voyles stand auf und ging langsam zum Schreibtisch. »Ich traue ihm nicht, und wenn ich ihn bei dieser Untersuchung nur noch ein einziges Mal rieche, ist der Handel hinfällig und wir gehen dem Pelikan-Dossier mit allen Mitteln nach, die mir zur Verfügung stehen.«

Der Präsident reckte die Hände hoch und lächelte herzlich. »Abgemacht.«

Voyles lächelte, und der Präsident lächelte, und in dem verschlossenen Raum lächelte Fletcher Coal den Bildschirm an. Messerstecher. Bullterrier. Großartig. Das waren die Worte, um die sich Legenden bildeten.

Er schaltete die Monitore aus und schloß die Tür hinter sich ab. Sie würden weitere zehn Minuten damit verbringen, sich über die Kandidaten auf der Liste zu unterhalten, und er würde in seinem Büro zuhören, wo er eine Audio-, aber keine Videoanlage hatte. Um neun hatte er eine Personalversammlung. Um zehn eine Entlassung. Und er hatte etwas zu tippen. Die meisten Memos diktierte er einfach ins Gerät und übergab dann das Band einer Sekretärin. Aber hin und wieder hielt Coal ein Phantom-Memo für erforderlich. Diese Memos waren immer im ganzen Westflügel in Umlauf und wurden gewöhnlich der Presse zugespielt. Weil sie keinen Urheber hatten, lagen sie auf fast jedem Schreibtisch herum. Dann brüllte und tobte Coal. Er hatte schon Leute wegen Phantom-Memos entlassen, die auf seiner eigenen Schreibmaschine entstanden waren.

Es waren vier Absätze mit einfachem Zeilenabstand auf einer Seite, eine Zusammenfassung dessen, was er über Khamel und dessen kürzlichen Abflug aus Washington wußte. Und er gab vage Hinweise auf eine Verbindung zu den Libyern und den Palästinensern. Coal bewunderte sein Memo. Wie lange würde es dauern, bis es in der *Post* oder der *Times* stand? Er schloß kleine Wetten mit sich selbst ab, welche Zeitung es zuerst bringen würde.

Der Direktor war im Weißen Haus, und von dort aus würde er nach New York fliegen und erst morgen zurückkommen. Gavin ließ sich vor dem Büro von K. O. Lewis nieder, bis dieser einen Moment Zeit hatte. Er war drinnen.

Lewis war gereizt, aber immer noch Gentleman. »Sie sehen ziemlich mitgenommen aus.«

»Ich habe gerade meinen besten Freund verloren.«

Lewis wartete auf mehr.

»Sein Name war Thomas Callahan. Er ist der Mann aus Tulane, der mir das Pelikan-Dossier mitgebracht hat; es wurde herumgereicht und dann ins Weiße Haus und wer weiß wohin sonst noch geschickt, und jetzt ist er tot. Gestern abend von einer Autobombe in New Orleans in Stücke zerfetzt. Ermordet, K. O.«

»Das tut mir leid.«

»Es geht nicht darum, ob es Ihnen leid tut oder nicht. Die Bombe war ganz offensichtlich für Callahan bestimmt und für die Studentin, die das Dossier geschrieben hat. Sie heißt Darby Shaw.«

»Ich habe ihren Namen auf dem Dossier gesehen.«

»Richtig. Sie waren zusammen aus und sollten eigentlich beide in dem Wagen sitzen, als er in die Luft ging. Aber sie hat überlebt, und heute morgen um fünf bekam ich einen Anruf von ihr. Zu Tode verängstigt.«

Lewis hörte zu, schob es aber bereits beiseite. »Sie sind nicht sicher, daß es eine Bombe war.«

»Sie hat gesagt, es wäre eine Bombe gewesen. Sie machte WUMM! und fetzte alles in Stücke. Ich bin sicher, daß er tot ist.«

»Und Sie glauben, es besteht ein Zusammenhang zwischen seinem Tod und dem Dossier?«

Gavin war Anwalt, untrainiert in der Kunst des Verhörs, und er wollte auf keinen Fall leichtgläubig erscheinen. »Es wäre durchaus möglich. Ja, das glaube ich. Sie nicht?«

»Das spielt überhaupt keine Rolle, Gavin. Ich habe gerade mit dem Direktor gesprochen. Pelikan steht nicht mehr auf unserer Liste. Ich weiß nicht einmal, ob es je draufgestanden hat, aber wir befassen uns nicht mehr damit.«

»Aber mein Freund wurde mit einer Autobombe ermordet.«

»Tut mir leid. Ich bin sicher, die dortigen Behörden gehen der Sache nach.«

»Hören Sie, K. O. Ich bitte Sie um einen Gefallen.«

»Hören Sie mir zu, Gavin. Ich habe keine Gefallen zu vergeben. Wir jagen ohnehin schon genug Kaninchen hinterher, und wenn der Direktor Schluß sagt, dann machen wir Schluß. Es steht Ihnen frei, mit ihm zu reden. Aber ich würde es Ihnen nicht empfehlen.«

»Vielleicht habe ich die Sache falsch angefaßt. Ich dachte, Sie würden mir zuhören und wenigstens so tun, als wären Sie interessiert.«

Lewis wanderte um seinen Schreibtisch herum. »Gavin, Sie sehen schlecht aus. Nehmen Sie sich den Tag frei.«

»Nein, ich gehe in mein Büro, warte dort eine Stunde, und dann komme ich wieder her und fange von vorn an. Können wir es in einer Stunde noch einmal versuchen?«

»Nein. Voyles hat sich klar und deutlich ausgedrückt.«

»Die Frau auch, K. O. Er wurde ermordet, und sie hat sich irgendwo in New Orleans versteckt, hat Angst vor ihrem eigenen Schatten, bittet uns um Hilfe, und wir sind zu beschäftigt.«

»Tut mir leid.«

»Nein, das tut es nicht. Es ist meine Schuld. Ich hätte das verdammte Ding in den Papierkorb werfen sollen.«

»Es hat einen wichtigen Zweck erfüllt, Gavin.« Lewis legte ihm die Hand auf die Schulter, als wäre seine Zeit um und er hätte genug von diesem Geschwätz. Gavin machte sich frei.

»Ja, es hat euch etwas gegeben, womit ihr herumspielen konntet. Ich hätte es verbrennen sollen.«

»Zum Verbrennen ist es zu gut, Gavin.«

»Ich gebe nicht auf. Ich bin in einer Stunde wieder da, und dann fangen wir wieder von vorn an. Diesmal ist es nicht richtig gelaufen.« Verheek knallte die Tür hinter sich ins Schloß.

Sie betrat Rubinstein Brothers von der Canal Street her und verschwand zwischen den Gestellen mit Männerhemden.

Niemand folgte ihr in das Geschäft. Sie suchte sich schnell einen marineblauen Parka aus, kleinste Männergröße, eine geschlechtslose Fliegersonnenbrille und eine englische Fahrermütze, die gleichfalls für Männer gedacht war, ihr aber paßte. Als der Verkäufer die Kreditkarte durchzog, machte sie die Preisschilder ab und zog den Parka an. Er war unförmig wie die Sachen, die sie zu den Vorlesungen trug. Sie stopfte ihr Haar unter den Kapuzenkragen. Der Verkäufer schaute ihr diskret zu. Sie verließ das Geschäft durch den Ausgang zur Magazine Street und tauchte in der Menge unter.

Wieder auf der Canal Street. Eine Busladung Touristen strömte ins Sheraton, und sie mischte sich unter sie. Sie ging zu der Wand mit den Telefonzellen, suchte die Nummer heraus und rief Mrs. Chen an, die Frau, die in dem Doppelhaus neben ihr wohnte. Hatte sie irgend jemanden gesehen oder gehört? Sehr früh hatte jemand an die Tür geklopft.

Es war noch dunkel gewesen, und sie war davon aufgewacht. Sie hatte niemanden gesehen, nur das Klopfen gehört.

Ihr Wagen stand nach wie vor auf der Straße. War alles in Ordnung? Ja, alles bestens. Vielen Dank.

Sie beobachtete die Touristen und wählte die Nummer, die Gavin Verheek ihr gegeben hatte. Es war eine interne Nummer, was bedeutete, daß nur wenig Umstand gemacht wurde, und nach drei Minuten, in denen sie sich weigerte, ihren Namen zu nennen, und den seinen wiederholte, war er am Apparat.

»Wo sind Sie?« fragte er.

»Eines möchte ich von vornherein klarstellen. Im Augenblick sage ich weder Ihnen noch sonst jemandem, wo ich bin. Also fragen Sie nicht.«

»Okay. Ich nehme an, daß Sie es sind, die die Regeln aufstellt.«

»Danke. Was hat Mr. Voyles gesagt?«

»Mr. Voyles war im Weißen Haus und ist nicht zu erreichen. Ich will versuchen, später mit ihm zu reden.«

»Das ist ziemlich dürftig, Gavin. Sie sind seit fast vier Stunden im Büro, und Sie haben nichts. Ich hatte mehr erwartet.«

»Haben Sie Geduld, Darby.«

»Geduld bedeutet meinen Tod. Sie sind hinter mir her, stimmt's, Gavin?«

»Ich weiß es nicht.«

»Was würden Sie tun, wenn Sie wüßten, daß Sie eigentlich schon tot sein sollten, und daß die Leute, die versuchen, Sie umzubringen, bereits zwei Richter vom Obersten Bundesgericht ermordet und einen simplen Juraprofessor in die Luft gejagt haben und über Milliarden von Dollar verfügen, die sie ganz offensichtlich dazu verwenden, Leute aus dem Weg zu räumen?«

»Mich ans FBI wenden.«

»Thomas hat sich ans FBI gewendet, und er ist tot.«

»Danke, Darby. Das ist nicht fair.«

»Mir geht es nicht um Fairneß oder Gefühle. Mir geht es vielmehr darum, bis Mittag am Leben zu bleiben.«

»Gehen Sie nicht in Ihre Wohnung.«

»Ich bin doch nicht blöd. Sie sind schon dort gewesen. Und ich bin sicher, daß sie auch seine Wohnung beobachten.«

»Wo leben seine Angehörigen?«

»Seine Eltern leben in Naples, Florida. Ich nehme an, die Universität wird sich mit ihnen in Verbindung setzen. Er hat einen Bruder in Mobile, und ich habe daran gedacht, ihn anzurufen und ihm das alles zu erklären.«

Sie sah ein Gesicht. Er ging zwischen den Touristen an der Rezeption herum. Er hatte eine zusammengefaltete Zeitung in der Hand und versuchte, so auszusehen, als wäre er hier zu Hause, nur ein Gast unter anderen, aber sein Gang war ein bißchen zögerlich, und seine Augen suchten.

Das Gesicht war lang und schmal, mit einer runden Brille und glänzender Stirn.

»Hören Sie zu, Gavin. Notieren Sie das. Ich sehe einen Mann, den ich vor kurzem schon einmal gesehen habe. Vor ungefähr einer Stunde. Einsachtzig bis einsfünfundachtzig groß, schlank, dreißig Jahre alt, Brille, zurückweichendes dunkles Haar. Er ist weg. Er ist weg.«

»Wer, zum Teufel, ist es?«

»Er hat sich mir nicht vorgestellt.«

»Hat er Sie gesehen? Wo halten Sie sich auf?«

»In einer Hotelhalle. Ich weiß nicht, ob er mich gesehen hatte. Ich muß Schluß machen.«

»Darby, einen Moment noch. Was immer Sie tun, bleiben Sie mit mir in Verbindung, okay?«

»Ich werde es versuchen.«

Die Toiletten befanden sich gleich um die Ecke. Sie ging in die letzte Kabine, verriegelte die Tür und blieb eine Stunde darin.

17

Der Fotograf hieß Croft. Er hatte sieben Jahre für die *Post* gearbeitet, bis seine dritte Drogen-Verurteilung ihn für neun Monate aus dem Verkehr zog. Auf Bewährung entlassen, mauserte er sich zum freiberuflichen Künstler und inserierte als solcher im Branchenbuch. Das Telefon läutete nur selten. Er machte ein bißchen Arbeit von der Art, bei der man herumschlich und Leute fotografierte, die nicht wußten, daß die Kamera auf sie gerichtet war. Die meisten seiner Kunden waren Scheidungsanwälte, die schmutzige Wäsche für ihre Prozesse brauchten. Nach zwei Jahren freiberuflichen Arbeitens hatte er etliche Tricks gelernt und hielt sich jetzt für einen gerissenen Privatdetektiv. Er berechnete vierzig Dollar pro Stunde, wenn er sie bekommen konnte.

Einer seiner Kunden war Gray Grantham, ein alter Freund aus seiner Zeit bei der Zeitung, der ihn anrief, wenn es Schmutzarbeit zu tun gab. Grantham war ein guter, gewissenhafter Reporter mit einem Hauch von Skrupellosigkeit, und wenn er eine krumme Tour abzog, dann rief er an. Croft mochte Grantham, weil er ehrlich war, was seine Skrupellosigkeit anging. Die anderen waren so scheinheilig.

Er saß in Granthams Volvo, weil der ein Telefon hatte. Es war Mittagszeit. Er rauchte seinen Lunch und überlegte, ob der Geruch haften würde, obwohl alle Fenster geöffnet waren. Er arbeitete am besten, wenn er halb high war. Wenn man seinen Lebensunterhalt damit verdient, Motels zu beobachten, muß man high sein.

Von der Beifahrerseite drang ein frisches Lüftchen herein und wehte den Geruch hinaus auf die Pennsylvania. Er parkte vorschriftswidrig, rauchte Gras und machte sich deshalb keine großen Sorgen. Er hatte weniger als eine Unze bei sich, und sein Bewährungshelfer rauchte es auch, also kein Grund zur Aufregung.

Die Telefonzelle war anderthalb Blocks entfernt, auf dem Gehsteig. Mit seinem Teleobjektiv konnte er fast das Telefonbuch lesen. Kleinigkeit. Eine dicke Frau war darin, füllte die Zelle aus und redete mit den Händen. Croft tat einen Zug und hielt im Spiegel Ausschau nach Polizisten. Dies war eine Zone, in der vorschriftswidrig parkende Wagen abgeschleppt wurden. Auf der Pennsylvania herrschte dichter Verkehr.

Zwanzig nach zwölf zwängte sich die Frau aus der Zelle heraus, und aus dem Nirgendwo erschien ein junger Mann in einem guten Anzug und machte die Tür hinter sich zu. Croft griff nach seiner Nikon und stützte das Objektiv aufs Lenkrad. Es war kühl und sonnig, und auf dem Gehsteig wimmelte es von Leuten, die zum Lunch gingen. Die Schultern und Köpfe bewegten sich rasch vorbei. Eine Lücke. Klick. Eine Lücke. Klick. Das Zielobjekt drückte Nummern und sah sich um. Das war ihr Mann.

Er redete dreißig Sekunden, und das Autotelefon läutete dreimal und verstummte dann. Das war das Signal von Grantham in der Redaktion der *Post*. Das war ihr Mann, und er redete mit ihm. Croft drückte immer wieder auf den Auslöser. Machen Sie so viele, wie Sie nur können, hatte Grantham gesagt. Eine Lücke. Klick. Klick. Köpfe und Schultern. Eine Lücke. Klick. Klick. Seine Augen schossen herum, während er redete, aber er wendete der Straße den Rücken zu. Das ganze Gesicht. Klick. Croft verknipste einen 36er-Film in zwei Minuten, dann griff er nach einer anderen Nikon. Er schraubte das Objektiv auf und wartete darauf, daß eine Gruppe von Leuten vorbeigezogen war.

Er tat den letzten Zug und warf die Kippe auf die Straße. Das war kinderleicht. Natürlich, man brauchte Talent, um im Atelier ein gutes Bild zustandezubringen, aber diese Arbeit auf der Straße machte viel mehr Spaß. Es war etwas Kriminelles am Stehlen eines Gesichts mit einer verborgenen Kamera.

Das Zielobjekt war ein Mann, der nur wenige Worte machte. Er legte den Hörer auf, schaute sich um und kam auf Croft zu. Klick, klick, klick. Volles Gesicht, volle Figur, ging schneller, kam näher, wundervoll, wundervoll. Croft arbeitete fieberhaft und legte erst im allerletzten Moment die Nikon auf den Sitz und sah hinaus auf die Pennsylvania, als der Mann vorbeiging und dann in einer Gruppe von Sekretärinnen verschwand.

So ein Blödmann. Wenn man auf der Flucht ist, sollte man nie dieselbe Telefonzelle zweimal benutzen.

Garcia redete um den heißen Brei herum. Er hätte eine Frau und ein Kind, sagte er, und er hätte Angst. Vor ihm lag eine Karriere mit einer Masse Geld, und wenn er seinen Verpflichtungen nachkam und den Mund hielt, würde er ein reicher Mann werden. Aber er wollte reden. Er ließ sich darüber aus, wie viel ihm am Reden lag, er hatte etwas zu sagen und all das, aber er konnte sich einfach nicht entscheiden. Er traute niemandem.

Grantham drängte nicht. Er ließ ihn so lange reden, daß Croft seine Arbeit tun konnte. Irgendwann würde Garcia auspacken. Es verlangte ihn so sehr danach. Inzwischen hatte er dreimal angerufen und zu seinem neuen Freund Grantham Vertrauen gefaßt, der dieses Spiel schon viele Male gespielt hatte und wußte, wie es lief. Der erste Schritt bestand darin, zu beruhigen und Zutrauen aufzubauen, Wärme und Respekt zu suggerieren, über Recht und Unrecht und moralische Verpflichtungen zu sprechen. Dann redeten sie gewöhnlich.

Die Bilder waren wundervoll. Croft war nicht seine erste Wahl. Er war meistens so high, daß man es seinen Fotos ansah. Aber Croft war skrupellos und diskret, er hatte einige journalistische Erfahrung und war gerade verfügbar gewesen. Er hatte ein Dutzend ausgewählt und sie auf zwölf mal achtzehn vergrößert, und sie waren hervorragend. Rechtes Profil. Linkes Profil. Volles Gesicht zum Telefon. Volles Gesicht direkt in die Kamera. Volle Figur, weniger als sechs Meter entfernt. Kleinigkeit, sagte Croft.

Garcia war unter dreißig, ein sehr gut aussehender, gepflegter Anwalt. Dunkles, kurzes Haar. Vielleicht lateinamerikanischer Abstammung, aber die Haut war nicht dunkel. Die Kleidung war teuer. Marineblauer Anzug, vermutlich Wolle. Kein Muster oder Streifen. Weißes Hemd mit breitem Kragen und Seidenkrawatte. Elegante schwarze oder weinrote Schuhe, auf Hochglanz poliert. Das Fehlen eines Aktenkoffers war verwunderlich. Aber schließlich war es Lunchzeit gewesen, und er war vermutlich nur aus dem Büro geeilt, um anzurufen, und dann wieder zurück ins Büro. Das Justizministerium war nur einen Block weit entfernt.

Grantham betrachtete die Fotos und behielt die Tür im Auge. Sarge verspätete sich nie. Es war dunkel, und das Lokal füllte sich. Granthams Gesicht war das einzige weiße im Umkreis von drei Häuserblocks.

Unter den Zehntausenden von Regierungsanwälten in Washington hatte er einige gesehen, die sich gut zu kleiden wußten, aber nicht viele. Und schon gar nicht unter den Jüngeren. Sie fingen mit vierzigtausend im Jahr an, und Kleidung war nicht wichtig. Aber für Garcia war sie wichtig, und er war zu jung und zu gut angezogen, um ein Regierungsanwalt zu sein. Also war er ein privater, seit etwa drei oder vier Jahren in einer Firma und mit einem Gehalt von schätzungsweise achtzig Riesen. Großartig. Das engte das Feld auf fünfzigtausend Anwälte ein, und vermutlich wurden es jede Minute mehr.

Die Tür ging auf, und ein Polizist kam herein. Durch den Rauch und Dunst hindurch konnte er erkennen, daß es Cleve war. Dies war ein anständiges Lokal, ohne Glücksspiel oder Nutten, deshalb regte sich niemand über das Erscheinen eines Polizisten auf. Er ließ sich Grantham gegenüber in der Nische nieder.

»Haben Sie dieses Lokal ausgesucht?« fragte Grantham.

»Ja. Gefällt es Ihnen?«

»Drücken wir es so aus. Wir versuchen, nicht aufzufallen, stimmt's? Ich bin hier, um von einem Angestellten im Weißen Haus geheime Informationen zu erhalten. Dicke Hunde. Und nun sagen Sie mir, Cleve – bin ich unauffällig, wenn ich mit meiner weißen Haut hier sitze?«

»Ich sage es Ihnen nur ungern, Grantham, aber Sie sind bei weitem nicht so berühmt, wie Sie glauben. Sehen Sie diese Typen dort an der Bar?« Er wies auf die Theke, an der Bauarbeiter saßen. »Ich gebe Ihnen meinen Gehaltsscheck, wenn einer von den Typen dort je die *Washington Post* gelesen oder von Gray Grantham gehört hat oder sich auch nur im mindesten dafür interessiert, was im Weißen Haus passiert.«

»Okay, okay. Wo ist Sarge?«

»Sarge fühlt sich nicht wohl. Er hat mir eine Nachricht für Sie mitgegeben.«

Das ging nicht. Er konnte Sarge als ungenannten Informanten benutzen, aber nicht Sarges Sohn oder sonst jemanden, mit dem Sarge gesprochen hatte. »Was ist mit ihm?«

»Das Alter. Ihm war heute abend nicht danach zumute, mit Ihnen zu reden, aber er hat gesagt, es wäre dringend.«

Grantham hörte zu und wartete.

»Ich habe draußen in meinem Wagen einen Brief, fest zugeklebt und versiegelt. Sarge hat sich unmißverständlich ausgedrückt, als er ihn mir gab, und gesagt, ich dürfte ihn auf keinen Fall aufmachen. Übergib ihn Mr. Grantham. Scheint etwas Wichtiges zu sein.«

»Gehen wir.«

Sie schoben sich durch die Menge zur Tür. Der Streifenwagen parkte am Bordstein. Cleve öffnete die Beifahrertür und holte den Umschlag aus dem Handschuhfach. »Das hat er im Westflügel mitgehen lassen.«

Grantham steckte ihn in die Tasche. Es war nicht Sarges Art, etwas zu stehlen, und seit sie miteinander in Verbindung standen, hatte er noch nie ein Dokument abgeliefert.

»Danke, Cleve.«

»Er wollte mir nicht sagen, was es ist – hat mir erklärt, ich müßte abwarten und es dann in der Zeitung lesen.«

»Sagen Sie Sarge, daß ich ihn liebe.«

»Darüber wird er bestimmt ganz aus dem Häuschen sein.«

Der Streifenwagen fuhr davon, und Grantham eilte zu seinem Volvo, der immer noch nach verbranntem Gras stank. Er verriegelte die Tür, schaltete die Deckenbeleuchtung ein und riß den Umschlag auf. Es war ganz eindeutig ein internes Memo aus dem Weißen Haus, und es ging um einen Killer namens Khamel.

Er raste durch die Stadt. Aus Brightwood heraus, auf die Sechzehnte und südwärts in Richtung Stadtzentrum. Es war fast halb acht, und wenn er es in einer Stunde zusammenbrachte, würde es noch in die Stadt-Spätausgabe kommen, die größte von einem halben Dutzend Ausgaben, die ab halb elf von den Druckmaschinen ausgespien wurden. Er dankte Gott für das kleine Yuppie-Autotelefon, das zu kaufen ihm so widerstrebt hatte. Er rief Smith Keen an, den für die Recherchen zuständigen Ressortchef, der sich noch in der Redaktion im fünften Stock aufhielt. Dann rief er einen Freund in der Auslandsabteilung an und bat ihn, alles über Khamel herauszusuchen.

Das Memo kam ihm verdächtig vor. Die Worte waren zu heikel, um zu Papier gebracht zu werden und dann im Büro herumzuliegen wie die neueste Anweisung über Kaffee oder Mineralwasser oder Urlaub. Irgend jemand, vermutlich Fletcher Coal, wollte die Welt wissen lassen, daß Khamel als Verdächtiger aufgetaucht war, ausgerechnet ein Araber mit engen Beziehungen zu Libyen, dem Irak und dem Iran, Ländern, von hitzigen Idioten regiert, die Amerika haßten. Irgend jemand im Weißen Narrenhaus wollte, daß die Story auf der Titelseite erschien.

Aber es war eine tolle Story, und sie gehörte auf die Titelseite. Um neun waren er und Smith Keen damit fertig. Sie fanden zwei alte Fotos, von denen allgemein angenommen wurde, daß sie Khamel zeigten, obwohl sie so wenig Ähnlichkeit miteinander hatten, daß sie von zwei verschiedenen Personen zu stammen schienen. Keen sagte, bringt beide. Die Akte über Khamel war dünn. Ein Haufen Gerüchte und Legenden, aber wenig Handfestes. Grantham erwähnte den Papst, den britischen Diplomaten, den deutschen Bankier und den Hinterhalt für die israelischen Soldaten. Und jetzt stand Khamel, einer vertraulichen Quelle aus dem Weißen Haus zufolge, einer überaus verläßlichen und glaubhaften Quelle, in dem Verdacht, die Richter Rosenberg und Jensen ermordet zu haben.

Vierundzwanzig Stunden nach ihrem Untertauchen war sie immer noch am Leben. Wenn es bis zum Morgen dabei blieb, konnte sie einen neuen Tag beginnen und von neuem darüber nachdenken, was sie tun und wohin sie gehen sollte. Aber jetzt war sie müde. Sie war in einem Zimmer im fünfzehnten Stock des Marriott, bei verriegelter Tür und eingeschaltetem Licht, und auf dem Bett lag eine große Sprühdose mit Tränengas. Ihr dichtes, dunkelrotes Haar steckte in einer Papiertüte im Schrank. Als sie sich das letzte Mal das Haar abgeschnitten hatte, war sie drei Jahre alt gewesen, und ihre Mutter hatte ihr den Hosenboden versohlt.

Es hatte sie zwei anstrengende Stunden mit einer stumpfen Schere gekostet, um es abzuschneiden und dennoch so etwas wie eine Frisur zustandezubringen. Sie würde es wer weiß wie lange unter einer Mütze oder einem Hut verstecken. Zwei weitere Stunden verbrachte sie damit, es schwarz zu färben. Sie hätte es bleichen können, aber das wäre zu offensichtlich gewesen. Sie ging davon aus, daß sie es mit Profis zu tun hatte, und aus irgendeinem unerklärlichen Grund war sie im Drugstore zu der Überzeugung gelangt, daß sie vielleicht damit rechneten, daß sie genau das tat und zur Blondine wurde. Und wenn schon. Das Zeug wurde in Flaschen verkauft, und wenn sie morgen früh aufwachte und unmöglich aussah, konnte sie es immer noch blond färben. Die Chamäleon-Strategie. Jeden Tag die Farbe ändern und sie wahnsinnig machen. Clairol bot mindestens fünfundachtzig Töne an.

Sie war todmüde, fürchtete sich aber vorm Schlafen. Sie hatte im Laufe des Tages ihren Freund vom Sheraton nicht wiedergesehen, aber je mehr sie umherstreifte, desto mehr Gesichter kamen ihr bekannt vor. Sie wußte, er war irgendwo da draußen. Und er hatte Freunde. Wenn sie Rosenberg und Jensen ermorden und Thomas Callahan in die Luft sprengen konnten, würden sie bei ihr leichtes Spiel haben.

Sie konnte es nicht riskieren, in die Nähe ihres Wagens zu kommen, und sie wollte keinen mieten. Mietfirmen führten Buch. Und sie lagen vermutlich auf der Lauer. Sie konnte fliegen, aber sie überwachten die Flughäfen. Oder einen Bus nehmen; aber sie hatte noch nie eine Fahrkarte gekauft oder das Innere eines Greyhound gesehen.

Und nachdem sie gemerkt hatten, daß sie verschwunden war, würden sie damit rechnen, daß sie sich aus dem Staube machte. Sie war nur ein Amateur, eine kleine Studentin mit gebrochenem Herzen, die hatte mit ansehen müssen, wie ihr Freund in Stücke zerrissen wurde. Sie würde kopflos irgendwohin flüchten, die Stadt verlassen, und dann würden sie sie erwischen.

Im Augenblick fühlte sie sich in der Stadt am besten aufgehoben. Hier gab es eine Million Hotelzimmer, fast ebenso viele Gassen und Kneipen und kleine Lokale, und außerdem herrschte auf Bourbon, Chartres, Dauphine und Royal ständig ein reger Betrieb. Sie kannte sie gut, besonders das French Quarter, wo man alles zu Fuß erreichen konnte. Sie würde ein paar Tage lang von einem Hotel ins andere ziehen, bis wann? Sie wußte nicht, bis wann. Sie wußte nicht, warum. Unter den gegebenen Umständen kam ihr das Herumziehen einfach vernünftig vor. Sie würde sich vormittags von den Straßen fernhalten und versuchen zu schlafen. Sie würde Kleidung, Kopfbedeckungen und Sonnenbrillen wechseln. Sie würde anfangen zu rauchen und eine Zigarette im Gesicht haben. Sie würde herumziehen, bis sie das Herumziehen satt hatte, und dann würde sie die Stadt vielleicht verlassen. Es war völlig in Ordnung, Angst zu haben. Sie durfte nicht den Kopf verlieren. Sie würde überleben.

Sie dachte daran, sich an die Polizei zu wenden, aber jetzt noch nicht. Sie schrieben Namen auf und führten Buch, und sie konnten gefährlich sein. Sie dachte daran, Thomas' Bruder in Mobile anzurufen, aber es gab nicht das mindeste, womit der arme Mann ihr in diesem Moment hätte helfen können. Sie dachte daran, den Dekan anzurufen, aber wie sollte sie das Dossier erklären, Gavin Verheek, das FBI, die Autobombe, Rosenberg und Jensen und sie selber auf der Flucht, und erreichen, daß es glaubhaft klang? Den Dekan konnte sie vergessen. Sie mochte ihn ohnehin nicht.

Sie dachte daran, ein paar Kommilitonen anzurufen, aber Leute reden und Leute hören mit, und sie konnten dort draußen sein und mithören, wie die Leute über Callahan redeten. Sie wollte mit Alice Stark reden, ihrer besten Freundin. Alice machte sich Sorgen, und Alice würde zur Polizei gehen und melden, daß ihre Freundin Darby Shaw verschwunden war. Sie würde Alice morgen anrufen.

Sie wählte die Nummer des Zimmerservice und bestellte einen mexikanischen Salat und eine Flasche Rotwein. Sie würde den ganzen Wein trinken und dann mit dem Tränengas auf einem Stuhl sitzen und die Tür im Auge behalten, bis sie einschlief.

18

Gminskis Limousine machte auf der Canal Street eine plötzliche Kehrtwendung, als gehörte die Straße ihr allein, und hielt dann vor dem Sheraton an. Beide Hintertüren flogen auf. Gminski war zuerst draußen, rasch gefolgt von drei Gehilfen, die mit Reisetaschen und Aktenkoffern hinter ihm hereilten. Es war kurz vor zwei Uhr morgens, und der Direktor hatte es offensichtlich sehr eilig. Er blieb nicht an der Rezeption stehen, sondern steuerte direkt auf die Fahrstühle zu. Die Gehilfen rannten hinter ihm her und hielten ihm die Fahrstuhltür auf, und niemand sprach, als sie sechs Stockwerke hochfuhren. In einem Eckzimmer warteten drei seiner Agenten. Einer von ihnen öffnete die Tür, und Gminski stürmte ohne ein Wort der Begrüßung hindurch. Die Gehilfen warfen das Gepäck auf eines der Betten. Der Direktor entledigte sich seines Jacketts und warf es auf einen Stuhl.

»Wo ist sie?« fuhr er einen Agenten namens Hooten an. Ein anderer, der Swank hieß, zog die Vorhänge auf, und Gminski trat ans Fenster.

Swank deutete auf das Marriott, einen Block entfernt auf der anderen Straßenseite. »Sie ist im fünfzehnten Stock, drittes Zimmer von der Straße aus, Licht noch an.«

Gminski starrte auf das Marriott. »Sind Sie sicher?«

»Ja. Wir sahen sie hineingehen, und sie hat mit einer Kreditkarte bezahlt.«

»Armes Kind«, sagte Gminski, als er sich vom Fenster zurückzog. »Wo war sie vorige Nacht?«

»Im Holiday Inn an der Royal. Hat mit einer Kreditkarte bezahlt.«

»Haben Sie jemanden gesehen, der ihr gefolgt ist?« fragte der Direktor.

»Nein.«

»Ich möchte ein bißchen Wasser«, sagte er zu einem der Gehilfen, der zum Eiskübel sprang und mit Würfeln klirrte.

Gminski setzte sich auf die Bettkante, verschränkte die Finger ineinander und ließ jeden nur möglichen Knöchel knacken. »Was meinen Sie?« fragte er Hooten, den ältesten der drei Agenten.

»Sie sind hinter ihr her. Sie drehen jeden Stein um. Sie benutzt Kreditkarten, und in achtundvierzig Stunden wird sie tot sein.«

»Ganz dumm ist sie nicht«, warf Swank ein. »Sie hat sich das Haar abgeschnitten und es schwarz gefärbt. Sie bleibt nie lange an einem Ort. Offensichtlich hat sie fürs erste nicht die Absicht, die Stadt zu verlassen. Ich gebe ihr zweiundsiebzig Stunden, bis sie sie gefunden haben.«

Gminski trank von seinem Wasser. »Das bedeutet, daß ihr kleines Dossier den Nagel auf den Kopf getroffen hat. Und es bedeutet, daß unser Freund jetzt vor nichts mehr zurückschrecken wird. Wo ist er?«

Hooten antwortete schnell. »Wir haben keine Ahnung.«

»Wir müssen ihn finden.«

»Seit drei Wochen hat ihn niemand mehr gesehen.«

Gminski stellte das Glas auf den Schreibtisch und griff nach einem Zimmerschlüssel. »Also, was meinen Sie?«

»Holen wir sie?«

»Das wird nicht so einfach sein«, sagte Swank. »Sie könnte bewaffnet sein, und jemand könnte verletzt werden.«

»Sie ist total verängstigt«, sagte Gminski. »Außerdem ist sie eine Zivilperson und gehört keiner Organisation an. Wir können nicht herumlaufen und Zivilpersonen von der Straße auflesen.«

»Dann wird sie nicht lange überleben«, sagte Swank.

»Wie würden Sie vorgehen?« fragte Gminski.

»Es gibt verschiedene Möglichkeiten«, antwortete Hooten. »Sie auf der Straße festnehmen. In ihr Zimmer gehen. Wenn ich sofort losginge, könnte ich in weniger als zehn Minuten in ihrem Zimmer sein. Das ist nicht schwierig. Sie ist kein Profi.«

Gminski wanderte langsam im Zimmer herum, und alle beobachteten ihn. Er sah auf die Uhr. »Ich bin nicht dafür, sie festzunehmen. Wir werden vier Stunden schlafen und uns um halb sieben wieder hier treffen. Wenn ihr mich dann überzeugen könnt, daß wir sie festnehmen sollten, sage ich, daß ihr es tun sollt. Okay?«

Sie nickten gehorsam.

Der Wein erfüllte seinen Zweck. Sie nickte auf dem Stuhl ein, dann legte sie sich ins Bett und schlief tief und fest. Das Telefon läutete. Die Decke hing auf den Boden herab, und ihre Füße lagen auf dem Kopfkissen. Das Telefon läutete. Ihre Lider waren verklebt. Ihr Verstand war gelähmt und in Träume versunken, aber irgendwo in den tiefsten Winkeln ihres Gehirns funktionierte etwas und sagte ihr, daß das Telefon läutete.

Die Augen gingen auf, sahen aber nur wenig. Die Sonne war aufgegangen, die Lichter brannten, und sie starrte auf das Telefon. Nein, sie hatte nicht darum gebeten, geweckt zu werden. Sie dachte eine Sekunde darüber nach, dann war sie sicher. Kein Weckanruf. Sie setzte sich auf die Bettkante und hörte dem Läuten zu. Fünfmal, zehn, fünfzehn, zwanzig. Es wollte nicht aufhören. Vielleicht hatte jemand die falsche Nummer gewählt, aber nach dem zwanzigsten Läuten würde er es aufgeben.

Es war keine falsche Nummer. Die Spinnweben lichteten sich, und sie bewegte sich näher an das Telefon heran. Außer dem Mann an der Rezeption und vielleicht seinem Chef und dem Zimmerservice wußte keine lebendige Seele, daß sie sich in diesem Zimmer befand. Sie hatte Essen bestellt, aber sonst niemanden angerufen.

Es hörte auf zu läuten. Gut, falsche Nummer. Sie ging ins Badezimmer, und es läutete abermals. Sie zählte. Nach dem vierzehnten Läuten nahm sie den Hörer ab. »Hallo?«

»Darby, hier ist Gavin Verheek. Sind Sie okay?«

Sie setzte sich aufs Bett. »Woher haben Sie die Nummer?«

»Wir haben Möglichkeiten. Hören Sie, haben ...«

»Einen Moment, Gavin. Eine Minute. Lassen Sie mich nachdenken. Die Kreditkarte, stimmt's?«

»Ja. Die Kreditkarte. Die Papierspur. Es ist das FBI, Darby. Wir haben Möglichkeiten. Das ist nicht sonderlich schwierig.«

»Dann könnten sie es auch schaffen.«

»Vermutlich. Halten Sie sich an die kleinen Hotels und zahlen Sie bar.«

In ihrem Magen war ein dicker Knoten, und sie streckte sich auf dem Bett aus. Einfach so. Nicht schwierig. Die Papierspur. Sie konnte längst tot sein. Auf der Papierspur umgebracht.

»Darby, sind Sie noch da?«

»Ja.« Sie warf einen Blick auf die Tür, um sich zu vergewissern, daß die Kette vorgelegt war. »Ja, ich bin noch da.«

»Sind Sie in Sicherheit?«

»Das hatte ich mir eingebildet.«

»Wir haben einige Informationen für Sie. Morgen nachmittag um drei findet auf dem Campus ein Gedenkgottesdienst statt und hinterher die Beisetzung in der Stadt. Ich habe mit seinem Bruder gesprochen, und die Familie möchte, daß ich den Sarg mit trage. Ich komme heute abend, und ich meine, wir sollten uns treffen.«

»Weshalb sollten wir das?«

»Sie müssen mir vertrauen, Darby. Ihr Leben ist in Gefahr, und Sie müssen sich anhören, was ich Ihnen zu sagen habe.«

»Was führt ihr im Schilde?«

Eine kleine Pause. »Wie meinen Sie das?«

»Was hat Direktor Voyles gesagt?«

»Ich habe nicht mit ihm gesprochen.«

»Ich dachte, Sie wären sein Rechtsberater, sozusagen. Was ist los, Gavin?«

»Im Augenblick unternehmen wir nichts.«

»Und was bedeutet das, Gavin? Reden Sie.«

»Deshalb müssen wir uns ja treffen. Ich kann darüber nicht am Telefon sprechen.«

»Das Telefon funktioniert bestens, und es ist alles, was Sie im Augenblick bekommen. Also reden Sie endlich, Gavin.«

»Weshalb trauen Sie mir nicht?« Er war verletzt.

»Ich lege jetzt auf. Das gefällt mir nicht. Wenn ihr wißt, wo ich bin, dann könnte jemand anders schon auf dem Flur auf mich warten.«

»Unsinn, Darby. Denken Sie doch ein bißchen nach. Ich habe Ihre Zimmernummer seit einer Stunde und nichts getan, als Sie anzurufen. Wir sind auf Ihrer Seite, ich schwöre es.«

Sie dachte darüber nach. Es klang einleuchtend, aber sie hatten sie so mühelos gefunden. »Ich höre zu. Sie haben nicht mit dem Direktor gesprochen, und das FBI unternimmt nichts. Weshalb nicht?«

»Das weiß ich nicht genau. Voyles hat gestern beschlossen, daß uns das Pelikan-Dossier nichts mehr angeht, und Anweisung gegeben, die Finger davon zu lassen. Mehr kann ich Ihnen nicht sagen.«

»Das ist nicht gerade viel. Weiß er von Thomas? Weiß er, daß ich eigentlich schon tot sein sollte, weil ich es geschrieben habe, und daß sie, wer immer sie sein mögen, achtundvierzig Stunden, nachdem Thomas es Ihnen, seinem alten Studienfreund, gegeben hatte, versucht haben, uns beide umzubringen? Weiß er das alles?«

»Ich glaube nicht.«

»Das heißt nein, nicht wahr?«

»Ja. Es heißt nein.«

»Okay, hören Sie zu. Glauben Sie, daß er um des Dossiers willen umgebracht wurde?«

»Vermutlich.«

»Das heißt ja, nicht wahr?«

»Ja.«

»Danke. Wenn Thomas um des Dossiers willen ermordet wurde, dann wissen wir, wer ihn umgebracht hat. Und wenn wir wissen, wer Thomas umgebracht hat, dann wissen wir auch, wer Rosenberg und Jensen umgebracht hat. Richtig?«

Verheek zögerte.

»Sagen Sie endlich ja, verdammt noch mal«, fuhr Darby ihn an.

»Ich würde sagen, vermutlich.«

»Fein. *Vermutlich* heißt bei einem Anwalt ja. Ich weiß, mehr können Sie nicht sagen. Es ist ein sehr starkes *Vermutlich,* und trotzdem erzählen Sie mir, daß das FBI in bezug auf meinen kleinen Verdächtigen nichts unternimmt.«

»Beruhigen Sie sich, Darby. Lassen Sie uns heute abend zusammenkommen und darüber reden. Ich könnte Ihnen das Leben retten.«

Sie legte den Hörer unter ein Kissen, ging ins Badezimmer, putzte sich die Zähne und bürstete das, was von ihrem Haar noch übrig war. Dann warf sie ihre Toilettensachen und eine Garnitur Kleidung in eine neue Segeltuchtasche. Sie zog den Parka über, setzte die Mütze und die Sonnenbrille auf und machte leise die Tür hinter sich zu. Der Flur war leer. Sie ging zwei Stockwerke hinauf bis zum siebzehnten, fuhr dann mit dem Fahrstuhl in den zehnten, dann ging sie zu Fuß die zehn Treppen hinunter ins Foyer. Das Foyer schien leer zu sein. Die Treppenhaustür lag dicht neben den Waschräumen, und sie verschwand schnell in der Damentoilette. Sie betrat eine Kabine, verriegelte die Tür und wartete eine Weile.

Freitagmorgen im French Quarter. Die Luft war kühl und klar, ohne den sonst üblichen Geruch nach Essen und Sünde. Acht Uhr – zu früh, als daß schon Leute unterwegs gewesen wären. Sie ging ein paar Blocks, um ihren Kopf klarzubekommen und den Tag zu planen. Auf der Dumaine fand sie in der Nähe des Jackson Square ein Café, das sie schon früher gesehen hatte. Es war fast leer, und hinten gab es einen Münzfernsprecher. Sie schenkte sich Kaffee ein und setzte sich an einen Tisch in der Nähe des Telefons. Hier konnte sie sprechen.

Verheek war in weniger als einer Minute am Apparat. »Ich höre«, sagte er.

»Wo wollen Sie übernachten?« fragte sie und beobachtete dabei die Eingangstür.

»Im Hilton, unten am Fluß.«

»Ich weiß, wo es liegt. Ich rufe am späten Abend oder morgen früh an. Spüren Sie mir nicht wieder nach. Ich bezahle von jetzt an bar. Kein Plastik mehr.«

»Gute Idee, Darby. Bleiben Sie in Bewegung.«

»Vielleicht bin ich schon tot, bevor Sie ankommen.«

»Nein, bestimmt nicht. Können Sie da unten eine *Washington Post* auftreiben?«

»Vielleicht. Weshalb?«

»Besorgen Sie sich eine. Die Morgenausgabe. Hübsche Story über Rosenberg und Jensen und den, der es vielleicht getan hat.«

»Ich kann's kaum erwarten. Ich rufe später wieder an.«

Der erste Zeitungsstand hatte die *Post* nicht. Sie wanderte im Zickzackkurs zur Canal, verwischte ihre Spur, achtete auf Verfolger, die St. Ann hinunter, an den Antiquitätengeschäften auf der Royal vorbei, zwischen den schäbigen Kneipen auf beiden Seiten der Bienville hindurch und schließlich über Decatur und North Peters zum French Market. Sie war flink, aber gelassen. Sie verhielt sich, als ginge sie irgendwelchen Geschäften nach, und hinter der Sonnenbrille schossen ihre Augen in alle Richtungen. Wenn sie irgendwo dahinten im Schatten waren und sie beobachteten und ihr folgten, dann waren sie gut.

Sie kaufte von einem Straßenhändler eine *Post* und eine *Times-Picayune* und fand einen Tisch in einer leeren Ecke des Café du Monde.

Titelseite. Unter Berufung auf eine vertrauliche Quelle berichtete die Story über die Legende Khamel und seine Verwicklung in die Morde. In jüngeren Jahren, hieß es, hatte er aus Überzeugung gemordet, aber jetzt tat er es nur noch für Geld. Massenhaft Geld, vermutete ein Geheimdienstexperte im Ruhestand, der zwar gestattet hatte, daß man ihn zitierte, aber keinesfalls beim Namen genannt werden wollte. Die Fotos waren verschwommen und undeutlich, aber nebeneinander gestellt äußerst dubios. Sie konnten nicht die gleiche Person darstellen. Aber schließlich, sagte der Experte, war er nicht zu identifizieren und seit mehr als einem Jahrzehnt nicht mehr fotografiert worden.

Endlich kam ein Kellner vorbei, und sie bestellte Kaffee und ein Croissant. Der Experte sagte, viele glaubten, er wäre tot. Interpol glaubte, er hätte noch vor sechs Monaten gemordet. Der Experte bezweifelte, daß er mit einer Linienmaschine fliegen würde. Auf der Liste des FBI stand er an erster Stelle.

Sie schlug langsam die Zeitung aus New Orleans auf. Thomas stand nicht auf der Titelseite, aber auf Seite zwei fand sie sein Bild mit einer langen Story. Die Polizei ging von Mord aus, hatte aber nicht viel in der Hand. Eine weiße Frau war kurz vor der Explosion in der Nähe gesehen worden. Die juristische Fakultät stand unter Schock, sagte der Dekan. Die Polizei ließ wenig verlauten. Der Gedenkgottesdienst fand morgen auf dem Campus statt. Es handelte sich um einen grauenhaften Irrtum, sagte der Dekan. Wenn es Mord war, dann mußte jemand die falsche Person umgebracht haben.

Ihre Augen waren feucht, und plötzlich hatte sie wieder Angst. Vielleicht war es wirklich ein Irrtum gewesen. Es war eine gewalttätige Stadt, in der es viele Verrückte gab, und vielleicht hatte jemand etwas durcheinandergebracht und sich den falschen Wagen ausgesucht. Vielleicht war überhaupt niemand draußen, der ihr folgte.

Sie setzte die Sonnenbrille auf und betrachtete sein Foto. Sie hatten es aus dem Jahrbuch der Fakultät, und auf seinem Gesicht lag das herablassende Grinsen, das er immer aufsetzte, wenn er der Professor war. Er war glattrasiert und sah so gut aus.

Granthams Khamel-Story versetzte Washington am Freitagmorgen in helle Aufregung. In ihr wurden weder das Memo noch das Weiße Haus erwähnt; deshalb war das hitzigste Spiel in der Stadt das Spekulieren über die Quelle, aus der sie stammte.

Besonders hitzig war das Spiel im Hoover Building. Im Büro des Direktors wanderten Eric East und K. O. Lewis nervös hin und her, während Voyles zum dritten Mal in zwei Stunden mit dem Präsidenten sprach. Voyles fluchte, nicht direkt auf den Präsidenten, aber auf alle in seiner Umgebung. Er verfluchte Coal, und als der Präsident zurückzufluchen begann, schlug Voyles vor, den Lügendetektor aufzustellen, jeden einzelnen seiner Mitarbeiter, mit Coal angefangen, daraufzuschnallen und auf diese Weise festzustellen, wer nicht dichtgehalten hatte. Ja, auch er selbst, Voyles, würde sich diesem Test unterwerfen, und überhaupt alle, die im Hoover Building arbeiteten. Und das Wüten ging weiter, hin und zurück. Voyles war rot und schwitzte, und die Tatsache, daß er in den Hörer schrie und daß es der Präsident war, der am anderen Ende der Leitung saß und sich das alles anhören mußte, spielte nicht die geringste Rolle. Er wußte, daß Coal irgendwo mithörte.

Offensichtlich gelang es dem Präsidenten, bei dem Gespräch die Oberhand zu gewinnen, und er gab einen langatmigen Sermon von sich. Voyles wischte sich mit einem Taschentuch die Stirn, ließ sich auf seinem alten Lederdrehstuhl nieder und zwang sich zu kontrolliertem Atmen, um Blutdruck und Puls zu senken. Er hatte einen Herzinfarkt überlebt und mußte mit einem zweiten rechnen, und er hatte K. O. Lewis oft genug erklärt, daß Fletcher Coal und sein Idiot von einem Boß eines Tages seinen Tod bedeuten würden. Aber das hatte er auch schon über die letzten drei Präsidenten gesagt. Er kniff sich in die dicken Falten auf seiner Stirn und ließ sich tiefer in seinen Stuhl sinken. »Das können wir tun, Mr. President.« Er war jetzt fast liebenswürdig. Er war ein Mann, der zu schnellen und radikalen Stimmungsumschwüngen imstande war, und plötzlich war er die Höflichkeit selbst. »Danke, Mr. President. Ich werde morgen da sein.«

Er legte sanft den Hörer auf und sprach mit geschlossenen Augen. »Er will, daß wir diesen Reporter von der *Post* überwachen. Sagt, dergleichen hätten wir schon früher getan, würden wir es also wieder tun? Ich habe ihm gesagt, wir würden.«

»Welche Art von Überwachung?« fragte K. O.

»Wir folgen ihm einfach durch die Stadt. Rund um die Uhr mit zwei Leuten. Stellen fest, wo er abends hingeht, mit wem er schläft. Er ist ledig, stimmt's?«

»Wurde vor sieben Jahren geschieden«, sagte Lewis.

»Paßt genau auf, daß wir nicht erwischt werden. Nehmt Leute in Zivil und wechselt sie alle drei Tage aus.«

»Glaubt er wirklich, daß wir es waren, die nicht dichtgehalten haben?«

»Nein, das wohl nicht. Wenn er meinte, daß das Leck bei uns liegt, weshalb würde er dann verlangen, daß wir den Reporter beschatten? Ich glaube, er weiß, daß es seine eigenen Leute waren. Und er will wissen, wer dahintersteckt.«

»Es ist ein kleiner Gefallen, den wir ihm tun können«, erklärte Lewis hilfsbereit.

»Ja. Aber wir dürfen nicht dabei erwischt werden, okay?«

Das Büro von L. Matthew Barr lag versteckt im dritten Stock eines armseligen, verfallenden Bürohauses an der M Street in Georgetown. An den Türen hingen keine Hinweisschilder. Ein bewaffneter Wachmann mit Jackett und Krawatte hinderte Unbefugte am Verlassen des Fahrstuhls. Der Teppich war abgeschabt, das Mobiliar bunt zusammengewürfelt und verstaubt. Es war offensichtlich, daß die Einheit kein Geld für häusliche Zwecke ausgab.

Barr leitete die Einheit, bei der es sich um eine inoffizielle, geheime Nebenabteilung des Komitees zur Wiederwahl des Präsidenten handelte. Das Komitee verfügte über eine große, elegante Bürosuite jenseits des Flusses in Rosslyn. Dort gab es Fenster, die man öffnen konnte, und Sekretärinnen, die lächelten, und Frauen, die jeden Abend saubermachten. Aber nicht in diesem Loch.

Fletcher Coal trat aus dem Fahrstuhl und nickte dem Wachmann zu, der das Nicken erwiderte, ohne ein Wort zu sagen. Sie waren alte Bekannte. Er durchquerte das kleine Labyrinth schäbiger Büros, hinter denen das von Barr lag. Coal bemühte sich immer, sich selbst gegenüber ehrlich zu sein, und ehrlicherweise sagte er sich, daß er in ganz Washington vor keinem Menschen Angst hatte, Matthew Barr vielleicht ausgenommen. Manchmal hatte er Angst vor ihm, manchmal nicht. Aber bewundern tat er ihn immer.

Barr war ein ehemaliger Marineinfanterist, ein ehemaliger CIA-Agent, ein ehemaliger Spion, der zweimal wegen Sicherheitsaffären verurteilt worden war, bei denen er Millionen beiseite geschafft und das Geld vergraben hatte. Er hatte ein paar Monate in einem der Country Clubs abgesessen, aber nicht sonderlich viele. Coal hatte Barr persönlich als Leiter der Einheit rekrutiert, die offiziell überhaupt nicht existierte. Sie hatte ein Jahresbudget von vier Millionen, alles bar aus verschiedenen Schmiergeldfonds, und Barr leitete eine kleine Gruppe hochqualifizierter Ganoven, die unauffällig die Arbeit der Einheit taten.

Barrs Tür war immer verschlossen. Er öffnete sie, und Coal trat ein. Die Unterredung würde kurz sein, wie gewöhnlich.

»Lassen Sie mich raten«, begann Barr. »Sie möchten die undichte Stelle finden.«

»Ja, in gewisser Weise. Ich möchte, daß Sie diesem Reporter Grantham folgen, rund um die Uhr, und herausfinden, mit wem er redet. Er bekommt manchmal verdammt gutes Material.«

»Ihr ganzes Büro besteht aus undichten Stellen.«

»Wir haben ein paar Probleme, aber die Khamel-Story war eine Falle. Ich habe sie selbst geschrieben.«

Barr lächelte. »Das dachte ich mir. Sie kam mir zu prompt und zu sauber vor.«

»Ist Ihnen Khamel jemals über den Weg gelaufen?«

»Nein. Vor zehn Jahren waren wir sicher, daß er tot war. So etwas gefällt ihm. Er hat kein Ego, also wird er nie erwischt werden. Er kann sechs Monate in einem Wellblechschuppen in São Paulo von Wurzeln und Ratten leben, dann nach Rom fliegen, um einen Diplomaten umzubringen, dann für ein paar Monate in Singapur untertauchen. Er liest nicht, was die Zeitungen über ihn schreiben.«

»Wie alt ist er?«

»Wieso interessiert er Sie?«

»Er gibt mir zu denken. Ich glaube, ich weiß, wer ihn angeheuert hat, Rosenberg und Jensen umzubringen.«

»Ach, wirklich? Können Sie es mir verraten?«

»Nein. Noch nicht.«

»Er ist zwischen vierzig und fünfundvierzig, was nicht sonderlich alt ist, aber er hat schon mit fünfzehn einen libanesischen General umgebracht. Er hat also langjährige Berufserfahrung. Aber das sind alles Legenden. Er kann mit beiden Händen töten, mit beiden Füßen, mit einem Autoschlüssel, einem Bleistift oder was auch immer. Er ist ein hervorragender Schütze mit allen Waffen. Spricht zwölf Sprachen. All das haben Sie schon gehört, nicht wahr?«

»Ja, aber ich höre es gern noch einmal.«

»Okay. Er gilt als der tüchtigste und teuerste Killer der Welt. In seiner Jugend war er nur ein gewöhnlicher Terrorist, aber viel zu talentiert, um bloß Bomben zu werfen. Also wurde er ein Mietkiller. Jetzt ist er ein bißchen älter geworden und tötet nur noch für Geld.«

»Wieviel Geld?«

»Gute Frage. Er ist vermutlich in der Preislage von zehn bis zwanzig Millionen pro Job, und es gibt meines Wissens nur noch einen einzigen in dieser Klasse. Einer Theorie zufolge läßt er einen Teil des Geldes anderen Terroristengruppen zukommen. Aber Genaues weiß niemand. Lassen Sie mich raten – Sie wollen, daß ich Khamel finde und ihn lebendig zurückhole.«

»Lassen Sie Khamel in Ruhe. Irgendwie gefällt mir die Arbeit, die er hier getan hat.«

»Er ist sehr talentiert.«

»Ich möchte, daß Sie Grantham folgen und feststellen, mit wem er redet.«

»Irgendwelche Ideen?«

»Mehrere. Da ist ein Schwarzer namens Milton Hardy, der als Hausmeister im Westflügel arbeitet.« Coal warf einen Umschlag auf den Schreibtisch. »Er ist schon sehr lange dort, halb blind, wie es heißt, aber ich glaube, daß er eine Menge sieht und hört. Lassen Sie ihn ein oder zwei Wochen lang beschatten. Jedermann nennt ihn Sarge. Machen Sie Pläne, ihn zu beseitigen.«

»Das ist großartig, Coal. Wir geben eine Menge Geld dafür aus, halbblinde Neger zu beschatten.«

»Tun Sie, was ich gesagt habe. Besser drei Wochen.« Coal erhob sich und ging zur Tür.

»Sie wissen also, wer den Killer angeheuert hat«, sagte Barr.

»Wir kommen der Sache näher.«

»Die Einheit würde Ihnen mit Freuden behilflich sein.«

19

Mrs. Chen war die Besitzerin des Doppelhauses und vermietete seit fünfzehn Jahren die andere Hälfte an Jurastudentinnen. Sie war wählerisch, aber zurückhaltend; solange Ruhe herrschte, war ihre Devise leben und leben lassen. Das Haus lag sechs Blocks vom Campus entfernt.

Es war dunkel, als sie auf das Läuten hin an die Tür kam. Die Person, die davor stand, war eine hübsche junge Frau mit kurzem, dunklem Haar und einem nervösen Lächeln. Sehr nervös.

Mrs. Chen musterte sie argwöhnisch.

»Ich bin Alice Stark, eine Freundin von Darby. Darf ich hereinkommen?« Sie warf einen Blick über die Schulter. Die Straße war leer und still. Mrs. Chen lebte allein hinter fest verschlossenen Türen und Fenstern, aber Alice war eine hübsche Frau mit einem harmlosen Lächeln, und wenn sie eine Freundin von Darby war, konnte man ihr vertrauen. Sie öffnete die Tür, und Alice war drinnen.

»Irgend etwas stimmt nicht«, sagte Mrs. Chen.

»Darby steckt in einer Klemme, aber wir können nicht darüber reden. Hat sie heute nachmittag angerufen?«

»Ja. Sie sagte, eine junge Frau würde einen Blick in ihre Wohnung werfen.«

Alice holte tief Luft und versuchte, gelassen zu erscheinen. »Es dauert nur eine Minute. Sie hat gesagt, es gäbe eine Tür, die durch irgendeine Wand geht. Mir wäre es lieber, wenn ich nicht die Vorder- oder Hintertür benutzen müßte.« Mrs. Chen runzelte die Stirn und ihre Augen fragten: »Weshalb nicht?« Aber sie sagte nichts.

»Ist in den letzten zwei Tagen irgend jemand in der Wohnung gewesen?« fragte Alice. Sie folgte Mrs. Chen durch einen schmalen Korridor.

»Ich habe niemanden gesehen. Gestern morgen, vor Sonnenaufgang, hat jemand geklopft, aber ich habe nicht nachgesehen, wer es war.« Sie schob einen Tisch vor einer Tür beiseite, steckte einen Schlüssel ins Schloß und öffnete sie.

Alice trat vor sie. »Sie wollte, daß ich allein hineingehe, okay?« Mrs. Chen hätte selbst gern nachgesehen, aber sie nickte und machte die Tür hinter Alice zu. Sie führte auf einen winzigen Flur, in dem es stockfinster war. Links davon lag das Arbeitszimmer; da gab es einen Lichtschalter, den sie nicht benutzen durfte. Alice erstarrte in der Dunkelheit. Die Wohnung war dunkel und heiß und roch stickig nach altem Müll. Sie hatte damit gerechnet, allein zu sein, aber sie war schließlich eine Jurastudentin im zweiten Jahr und kein hartgesottener Privatdetektiv.

Nimm dich zusammen. Sie tastete in ihrer großen Handtasche herum und fand eine bleistiftdünne Stablampe. Sie hatte drei davon. Für alle Fälle. Welche Fälle? Sie wußte es nicht. Darby hatte sich unmißverständlich ausgedrückt. Durch die Fenster durfte kein Licht zu sehen sein. Es konnte sein, daß sie das Haus beobachteten.

Wer, zum Teufel, waren ›sie‹? Das hätte Alice gern gewußt. Darby wußte es auch nicht, sagte, sie würde es ihr später erklären, aber zuerst mußte die Wohnung in Augenschein genommen werden.

Im Laufe des letzten Jahres war Alice Dutzende von Malen in der Wohnung gewesen, aber da durfte sie durch die Vordertür eintreten, und alle Lichter waren eingeschaltet gewesen. Sie kannte alle Zimmer und war zuversichtlich gewesen, daß sie sich auch im Dunkeln zurechtfinden würde. Jetzt war die Zuversicht verschwunden. Verflogen. Und an ihre Stelle war zitternde Angst getreten.

Nimm dich zusammen. Du bist allein. Sie würden sich hier nicht einnisten, nicht mit einer neugierigen Frau nebenan. Wenn sie wirklich hier gewesen waren, dann nur auf einen kurzen Besuch.

Sie drückte auf den Schalterknopf und stellte fest, daß die Stablampe funktionierte. Sie entwickelte die Helligkeit eines verlöschenden Streichholzes. Sie richtete sie auf den Boden und sah einen schwachen Lichtkreis von der Größe einer kleinen Apfelsine. Der Kreis zitterte.

Sie schlich auf Zehenspitzen um eine Ecke ins Arbeitszimmer. Darby hatte gesagt, dort stünde eine kleine Lampe auf dem Bücherregal neben dem Fernseher, die immer eingeschaltet war. Sie benutzte sie als Nachtlicht, und sie hätte eigentlich einen schwachen Lichtschein durch das Arbeitszimmer bis in die Küche werfen müssen. Entweder hatte Darby gelogen, oder die Birne war durchgebrannt. Oder jemand hatte sie herausgedreht. Aber das spielte in diesem Moment keine Rolle; das Arbeitszimmer und die Küche waren stockfinster.

Sie war auf dem Teppich in der Mitte des Arbeitszimmers und näherte sich vorsichtig dem Küchentisch, auf dem ein Computer stehen sollte. Sie stieß gegen die Kante des Couchtisches, und die Stablampe erlosch. Sie schüttelte sie. Nichts. Sie fand Nummer zwei in ihrer Handtasche.

In der Küche war der Geruch stärker. Der Computer stand auf dem Tisch, zusammen mit einer Kollektion leerer Aktenordner und einigen Nachschlagewerken. Sie untersuchte das Gerät mit Hilfe ihres jämmerlichen kleinen Lichtes. Der Schalter befand sich an der Vorderseite. Sie drückte darauf, und der Bildschirm des Monitors erwärmte sich langsam. Er gab ein grünliches Licht von sich, das den Tisch erhellte, aber nicht aus der Küche herausdrang.

Alice setzte sich vor die Tastatur und begann zu tippen. Sie fand das Menü, dann die Textverarbeitung, dann die Dokumente. Das Inhaltsverzeichnis erschien auf dem Bildschirm. Sie las es genau. Es sollten an die vierzig Dokumente vorhanden sein, aber sie sah nicht mehr als zehn. Der größte Teil des gespeicherten Materials war verschwunden. Sie schaltete den Laserdrucker ein, und Sekunden später hatte sie das Inhaltsverzeichnis auf dem Papier. Sie steckte das Blatt in ihre Handtasche.

Mit Hilfe der Taschenlampe inspizierte sie die Dinge, die um den Computer herumlagen. Darby hatte die Zahl ihrer Disketten auf zwanzig geschätzt, aber sie waren alle verschwunden. Keine einzige Diskette. Die Nachschlagewerke betrafen Verfassungsrecht und Ziviles Verfahrensrecht und waren so langweilig und speziell, daß niemand ein Interesse daran haben konnte. Die roten Aktendeckel waren säuberlich aufeinandergestapelt, aber leer.

Es war saubere, geduldige Arbeit. Jemand hatte ein paar Stunden mit Löschen und Einsammeln verbracht und dann die Wohnung mit nicht mehr als einem Aktenkoffer oder einer Tüte voller Material verlassen.

Im Arbeitszimmer schaute Alice durch das Fenster neben dem Fernseher. Der rote Accord stand noch da, kaum einen Meter vom Fenster entfernt. Er sah einwandfrei aus.

Sie drehte die Birne in dem Nachtlicht fest und schaltete die Lampe dann schnell ein und wieder aus. Funktionierte einwandfrei. Sie lockerte sie wieder genauso, wie sie sie vorgefunden hatte.

Ihre Augen hatten sich an die Dunkelheit gewöhnt; jetzt konnte sie die Umrisse von Türen und Möbelstücken erkennen. Sie schaltete den Computer aus und ging vorsichtig durch das Arbeitszimmer in den Flur.

Mrs. Chen wartete genau da, wo sie sie zurückgelassen hatte. »Okay?« fragte sie.

»Alles in bester Ordnung«, sagte Alice. »Aber passen Sie bitte genau auf. Ich rufe morgen oder übermorgen an, um mich zu erkundigen, ob jemand aufgetaucht ist. Und bitte, sagen Sie niemandem, daß ich hier war.«

Mrs. Chen hörte zu, während sie den Tisch wieder vor die Tür schob. »Was ist mit ihrem Wagen?«

»Der bleibt vorerst hier stehen. Behalten Sie ihn bitte im Auge.«

»Geht es ihr gut?«

Sie hatten fast die Haustür erreicht. »Es kommt alles wieder in Ordnung. Ich denke, in ein paar Tagen wird sie wieder hier sein. Vielen Dank, Mrs. Chen.«

Mrs. Chen verschloß und verriegelte die Tür und schaute dann durch das kleine Fenster. Die junge Frau war auf dem Gehsteig, dann verschwand sie in der Dunkelheit.

Alice ging drei Blocks zu ihrem Wagen.

Freitagabend im French Quarter! Morgen sollte Tulane im Dome spielen und am Sonntag die Saints, und die Fans waren zu Tausenden unterwegs, parkten überall, blockierten die Straßen, streiften in lärmenden Horden umher, tranken aus Pappbechern, drängten sich in den Lokalen, machten sich einen vergnügten Abend und genossen das Leben. Um neun war im Inner Quarter kein Durchkommen mehr.

Alice parkte auf der Poydras, weit weg von der Stelle, an der sie eigentlich hatte parken wollen, und erreichte mit einer Stunde Verspätung das überfüllte Austernrestaurant an der St. Peter mitten im Quarter. Es gab keine freien Tische. An der Bar standen sie in Dreierreihen. Sie zog sich in eine Ecke zurück, stellte sich neben den Zigarettenautomaten und ließ den Blick durch das Restaurant schweifen. Die meisten Gäste waren Studenten, die der Spiele wegen in die Stadt gekommen waren.

Ein Kellner kam auf sie zu. »Suchen Sie eine andere Dame?« fragte er.

Sie zögerte. »Nun – ja.«

Er zeigte über die Bar hinweg. »Um die Ecke herum, erste Tür rechts, dort stehen ein paar kleine Tische. Ich glaube, Ihre Freundin ist da drin.«

Darby saß in einer winzigen Nische, über eine Bierflasche gebeugt, mit Sonnenbrille. Alice drückte ihre Hand. »Schön, dich zu sehen.« Sie betrachtete die Frisur und wunderte sich darüber. Darby nahm die Sonnenbrille ab. Ihre Augen waren gerötet und sahen müde aus.

»Ich wußte nicht, wen ich sonst hätte anrufen können.«

Alice hörte mit unbewegtem Gesicht zu, nicht imstande, sich eine Entgegnung einfallen zu lassen, und nicht imstande, den Blick von der Frisur abzuwenden. »Wer hat dir die Haare abgeschnitten?« fragte sie.

»Hübsch, nicht wahr? Die Art von Punk-Look, die sicher bald wieder groß in Mode sein wird. Sie wird bestimmt Eindruck machen, wenn ich losgehe und mich um einen Job bewerbe.«

»Weshalb?«

»Jemand hat versucht, mich umzubringen, Alice. Mein Name steht auf einer Liste, die einige sehr gefährliche Leute in der Hand halten. Ich glaube, sie verfolgen mich.«

»Umbringen? Hast du ›umbringen‹ gesagt, Darby? Wer sollte dich umbringen wollen?«

»Ich weiß es nicht genau. Was ist mit meiner Wohnung?«

Alice hörte auf, die Frisur zu betrachten, und gab Darby den Ausdruck des Inhaltsverzeichnisses. Darby studierte ihn. Es stimmte wirklich. Dies war kein Traum und auch kein Irrtum. Die Bombe hatte den richtigen Wagen gefunden. Rupert und der Cowboy waren ihr auf der Spur. Das Gesicht, das sie gesehen hatte, hielt nach ihr Ausschau. Sie waren in ihrer Wohnung gewesen und hatten gelöscht, was sie löschen wollten. Sie waren irgendwo da draußen.

»Was ist mit den Disketten?«

»Nichts. Keine einzige. Die Aktendeckel auf dem Küchentisch waren fein säuberlich aufeinandergestapelt und fein säuberlich geleert. Alles andere scheint in Ordnung zu sein. Sie haben die Birne in dem Nachtlicht losgeschraubt, es herrschte also totale Finsternis. Ich habe es überprüft. Funktioniert einwandfrei. Es sind sehr gewissenhafte Leute.«

»Was ist mit Mrs. Chen?«

»Sie hat nichts gesehen.«

Darby steckte den Ausdruck in ihre Tasche. »Weißt du, Alice, ich bekomme es plötzlich mit der Angst zu tun. Man sollte dich nicht mit mir zusammen sehen. Vielleicht war das doch keine so gute Idee.«

»Wer sind diese Leute?«

»Ich weiß es nicht. Sie haben Thomas umgebracht, und sie haben versucht, mich umzubringen. Ich habe Glück gehabt, aber jetzt sind sie hinter mir her.«

»Aber weshalb, Darby?«

»Das solltest du nicht wissen, und ich werde es dir nicht sagen. Je mehr du weißt, desto größer ist die Gefahr, in der du dich befindest. Vertrau mir, Alice. Ich kann dir nicht sagen, was ich weiß.«

»Aber ich würde es nicht verraten. Ich schwöre es.«

»Und was ist, wenn sie dich zwingen?«

Alice sah sich um, als wäre alles in bester Ordnung. Sie musterte ihre Freundin. Sie standen sich seit den Einführungskursen für Studienanfänger nahe. Sie hatten stundenlang zusammen gelernt, Notizen verglichen, Examen durchgestanden, gemeinsam fiktive Prozesse ausgearbeitet, über Männer geredet. Alice war vermutlich unter den Studenten die einzige, die über Darby und Callahan Bescheid wußte. »Ich möchte dir helfen, Darby. Ich habe keine Angst.«

Darby hatte das Bier nicht angerührt. Sie drehte langsam die Flasche. »Nun, ich habe entsetzliche Angst. Ich war dabei, als er starb, Alice. Die Erde hat gebebt. Er wurde in Stücke zerfetzt, und normalerweise hätte ich neben ihm gesessen. Die Bombe war für mich bestimmt.«

»Dann geh zur Polizei.«

»Noch nicht. Vielleicht später. Ich traue mich nicht. Thomas hat sich an das FBI gewendet, und zwei Tage später sollten wir beide tot sein.«

»Also ist das FBI hinter dir her?«

»Das glaube ich nicht. Irgend jemand beim FBI hat geredet, und jemand anders hat sehr genau zugehört, und es ist den falschen Leuten zu Ohren gekommen.«

»Worüber geredet? Komm schon, Darby. Ich bin deine beste Freundin. Hör auf, um den heißen Brei herumzureden.«

Darby nahm den ersten winzigen Schluck aus der Flasche. Blickkontakt wurde vermieden. Sie starrte auf den Tisch. »Bitte, Alice. Laß mich abwarten. Es ist sinnlos, dir etwas zu erzählen was dich das Leben kosten könnte.« Eine lange Pause. »Wenn du mir helfen willst, dann geh morgen zum Gedenkgottesdienst. Laß dir nichts entgehen. Laß verlauten, daß ich dich von Denver aus angerufen habe, wo ich bei einer Tante wohne, deren Namen du nicht weißt, und daß ich dieses Semester sausen lasse, aber im Frühjahr zurückkommen werde. Sorge dafür, daß das Gerücht die Runde macht. Ich glaube, einige Leute werden aufmerksam zuhören.«

»Okay. In der Zeitung war von einer weißen Frau in der Nähe des Tatorts die Rede, als wäre sie eine Verdächtige oder so was.«

»Oder so was. Ich war dort, und ich sollte eines der Opfer sein. Ich lese die Zeitungen mit der Lupe. Die Polizei tappt im dunkeln.«

»Okay, Darby. Du bist schlauer als ich. Du bist die schlaueste Person, die mir je begegnet ist. Also – was nun.«

»Zuerst gehst du zur Hintertür hinaus. Am Ende des Flurs, wo die Toiletten sind, findest du eine weiße Tür. Sie führt in einen Lagerraum und dann durch die Küche zum Hintereingang. Bleib nirgendwo stehen. Die Gasse führt auf die Royal. Nimm dir ein Taxi und laß dich zu deinem Wagen bringen. Paß auf, ob du verfolgt wirst.«

»Ist das dein Ernst?«

»Sieh dir meinen Kopf an, Alice? Würde ich mich so verunstalten, wenn das Ganze nur ein Spiel wäre?«

»Okay, okay. Und weiter?«

»Geh morgen zu dem Gottesdienst, bring das Gerücht in Umlauf, und ich rufe dich innerhalb der nächsten zwei Tage wieder an.«

»Wo wohnst du?«

»Hier und da. Ich ziehe oft um.«

Alice stand auf und küßte sie auf die Wange. Dann war sie verschwunden.

Zwei Stunden lang stapfte Verheek herum, nahm Zeitschriften zur Hand, warf sie wieder beiseite, rief den Zimmerservice an, packte aus, stapfte herum. Die nächsten beiden Stunden saß er auf der Bettkante, trank ein warmes Bier und starrte das Telefon an. Er würde bis Mitternacht warten, erklärte er sich selbst, und dann – ja, was dann?

Sie hatte gesagt, sie würde anrufen. Er konnte ihr das Leben retten, wenn sie nur anrufen würde.

Um Mitternacht warf er eine weitere Zeitschrift beiseite und verließ das Zimmer. Ein FBI-Agent in New Orleans hatte ihm ein bißchen geholfen und ihm ein paar von Jurastudenten frequentierte Lokale in der Nähe des Campus genannt. Er würde sie aufsuchen und sich unter die Leute mischen, ein Bier trinken und zuhören. Die Studenten waren zu dem Spiel in die Stadt gekommen. Sie würde nicht da sein, und das machte nichts, weil er sie noch nie gesehen hatte. Aber vielleicht würde er etwas aufschnappen, und er konnte seinen Namen erwähnen, eine Karte hinterlassen, sich mit jemandem anfreunden, der sie kannte oder vielleicht einen ihrer Freunde. Die Chancen waren ziemlich gering, aber das war immer noch sinnvoller, als herumzusitzen und das Telefon anzustarren.

Er fand einen Platz an der Bar in einem Lokal, das Barrister's hieß und nur drei Blocks vom Campus entfernt war. Es war auf sportlich getrimmt, mit Mannschaftsaufstellungen und Fotos von Footballspielern an den Wänden. Die Gäste waren laut und unter dreißig.

Der Barkeeper sah wie ein Student aus. Nach zwei Bier ging ein Teil der Gäste, und die Bar war halb leer. Gleich würde eine weitere Horde hereinkommen.

Verheek bestellte Nummer drei. Es war halb zwei. »Studieren Sie Jura?« fragte er den Barkeeper.

»Leider.«

»Ganz so schlimm ist es doch wohl nicht, oder?«

Er wischte um die Erdnüsse herum. »Es gibt Dinge, die mehr Spaß machen.«

Verheek sehnte sich nach den Barkeepern, die ihm während seiner Studentenzeit das Bier serviert hatten. Die wußten noch, wie man Konversation machte. Behandelten niemanden als Fremden. Redeten über alles mögliche.

»Ich bin Anwalt«, sagte Verheek leicht verzweifelt.

Sieh mal einer an, der Bursche ist Anwalt. Was für ein seltener Vogel. Etwas ganz Besonderes. Der Junge verzog sich.

Kleiner Mistkerl. Ich hoffe, du fällst durch. Verheek nahm seine Flasche und drehte sich zu den Tischen um. Unter den jungen Leuten kam er sich vor wie ein Großvater. Obwohl er das Jurastudium und die Erinnerungen daran haßte, hatte es doch etliche lange Freitagnächte mit seinem Freund Callahan in den Bars von Georgetown gegeben. Das waren erfreuliche Erinnerungen.

»Auf welchem Gebiet?« Der Barkeeper war zurück. Gavin drehte sich zu ihm um und lächelte.

»Beratender Anwalt beim FBI.«

Er wischte immer noch. »Sie leben also in Washington.«

»Ja. Bin für das Spiel am Sonntag hergekommen. Ich bin ein Fan der Redskins.« Er haßte die Redskins und jede andere organisierte Football-Mannschaft. Er mußte verhindern, daß der Junge nur noch von Football redete. »Wo studieren Sie?«

»Hier. Tulane. Im Mai werde ich fertig.«

»Und dann?«

»Wahrscheinlich Cincinnati für ein oder zwei Jahre Praktikum.«

»Sie müssen ein guter Student sein.«

Er tat es mit einem Achselzucken ab. »Wollen Sie noch ein Bier?«

»Nein. Haben Sie von Thomas Callahan gehört?«

»Klar. Kannten Sie ihn?«

»Wir haben zusammen in Georgetown studiert.« Verheek zog eine Visitenkarte aus der Tasche und gab sie dem Jungen. »Ich bin Gavin Verheek.« Der Junge betrachtete sie und legte sie dann anstandshalber neben das Eis. An der Bar herrschte Ruhe, und der Junge hatte das Geschwätz satt.

»Kennen Sie eine Studentin, die Darby Shaw heißt?«

Der Junge warf einen Blick auf die Tische. »Nein, ich kenne sie nicht persönlich, aber ich weiß, wer sie ist. Ich glaube, sie ist im zweiten Jahr.« Eine lange, ziemlich argwöhnische Pause. »Weshalb?«

»Wir müssen mit ihr reden.« Wir, wie FBI. Nicht einfach Ich, wie Gavin Verheek. Das »Wir« hörte sich wesentlich nachdrücklicher an. »Kommt sie öfters hierher?«

»Ich habe sie ein paarmal gesehen. Sie ist ja auffallend genug.«

»Das habe ich gehört.« Gavin schaute zu den Tischen. »Glauben Sie, daß einer von den Leuten dort sie kennt?«

»Das bezweifle ich. Sie sind alle im ersten Jahr. Hören Sie das nicht? Sie sitzen da und diskutieren über Eigentumsrechte und Durchsuchung und Pfändung.«

Ja, genauso war es damals gewesen. Gavin holte ein Dutzend Karten aus seiner Tasche und legte sie auf die Bar. »Ich wohne für ein paar Tage im Hilton. Wenn Sie sie sehen oder irgend etwas hören, geben Sie dem Betreffenden eine davon.«

»Klar. Gestern abend war ein Polizist hier und hat Fragen gestellt. Sie glauben doch nicht, daß sie etwas mit seinem Tod zu tun hat?«

»Nein, ganz bestimmt nicht. Wir müssen nur mit ihr reden.«

»Ich halte die Augen offen.«

Verheek bezahlte sein Bier, dankte dem Jungen noch einmal und war draußen auf der Straße. Er ging drei Blocks bis zum Half Shell. Es war fast zwei Uhr. Er war todmüde, halb betrunken, und im gleichen Augenblick, in dem er durch die Tür ging, legte eine Band los.

Der Laden war dunkel, gedrängt voll, und an die fünfzig Studenten fingen sofort an, mit ihren Mädchen auf den Tischen zu tanzen. Er bahnte sich einen Weg durch das Chaos und konnte sich hinten, in der Nähe der Bar, in Sicherheit bringen. Sie standen in Dreierreihe, Schulter an Schulter, und niemand trat beiseite. Er schob sich irgendwie hindurch, ließ sich ein Bier geben, um cool zu wirken; wieder wurde ihm bewußt, daß er hier bei weitem der Älteste war. Er zog sich in eine dunkle, aber gleichfalls überfüllte Ecke zurück. Es war hoffnungslos. Er konnte nicht einmal seine eigenen Gedanken hören, geschweige denn eine Unterhaltung führen.

Er beobachtete die Barkeeper: alle jung, alle Studenten. Der älteste sah aus, als wäre er Ende Zwanzig. Er tippte einen Bon nach dem anderen ein; offenbar machte er seine Abrechnung. Seine Bewegungen wirkten hastig, als wäre es Zeit, Feierabend zu machen. Gavin ließ ihn nicht aus den Augen.

Er nahm rasch seine Schürze ab, warf sie in eine Ecke, duckte sich unter dem Tresen hindurch und war verschwunden. Gavin bahnte sich mit den Ellenbogen einen Weg durch die Menge und holte ihn ein, als er gerade durch die Küchentür ging. Er hatte eine FBI-Karte in der Hand. »Entschuldigung. Ich bin vom FBI.« Er hielt ihm die Karte vor die Nase. »Wie heißen Sie?«

Der junge Mann erstarrte und musterte Verheek nervös. »Äh, Fountain. Jeff Fountain.«

»Also, Jeff. Kein Grund zur Aufregung. Ich habe nur ein paar Fragen.« Die Küche hatte schon vor Stunden Schluß gemacht, und sie waren allein. »Dauert nur eine Sekunde.«

»Okay. Was wollen Sie wissen?«

»Sie studieren Jura, stimmt's?« Bitte sag ja. Sein Freund hatte gesagt, die meisten Barkeeper wären Jurastudenten.

»Ja. In Loyola.«

Loyola! Pech! »Ja, das habe ich mir beinahe gedacht. Sie haben doch sicher von Professor Callahan von Tulane gehört. Die Beisetzung ist morgen.«

»Natürlich. Es stand in allen Zeitungen.«

»Kennen Sie dort zufällig eine Studentin im zweiten Jahr, die Darby Shaw heißt? Eine überaus gutaussehende Person.«

Fountain lächelte. »Ja, sie war im letzten Jahr mit einem Freund von mir liiert. Sie kommt gelegentlich her.«

»Wann war sie das letzte Mal hier?«

»Vor ein oder zwei Monaten. Weshalb?«

»Wir müssen mit ihr reden.« Er gab Fountain eine Handvoll Karten. »Behalten Sie die. Ich wohne für ein paar Tage im Hilton. Wenn Sie sie sehen oder irgend etwas hören, geben Sie dem Betreffenden eine davon.«

»Was sollte ich hören?«

»Irgend etwas über Callahan. Wir müssen unbedingt mit ihr Verbindung aufnehmen, okay?«

»Klar.« Er steckte die Karten in die Tasche.

Verheek dankte ihm und kehrte in das Chaos zurück. Er bahnte sich seinen Weg durch die Menge, versuchte, die Unterhaltungsversuche mitzuhören. Eine frische Horde drängte herein, und er boxte sich zur Tür durch. Er war zu alt für so etwas.

Sechs Block weiter parkte er vor einem Studentenwohnheim neben dem Campus. Seine letzte Station für diese Nacht würde eine dunkle, kleine Billardkneipe sein, die, jedenfalls im Moment, nicht überfüllt war. Es gab vier Billardtische, an denen kaum jemand spielte. Ein junger Mann mit einem T-Shirt trat an die Bar und bestellte ein Bier. Das Shirt war grün und grau, und auf der Vorderseite standen die Worte TULANE LAW SCHOOL und darunter etwas, was eine Kennziffer des Wohnheims zu sein schien.

Verheek kam sofort zur Sache. »Sie studieren Jura?«

Der junge Mann musterte ihn, während er in den Taschen seiner Jeans nach Geld fingerte. »Leider.«

»Haben Sie Thomas Callahan gekannt?«

»Wer sind Sie?«

»FBI. Callahan war ein Freund von mir.«

Der Student nippte an seinem Bier und war mißtrauisch. »Ich habe bei ihm Verfassungsrecht gehört.«

Bingo! Darby auch. Verheek versuchte, uninteressiert zu wirken. »Kennen Sie Darby Shaw?«

»Warum wollen Sie das wissen?«

»Wir müssen mit ihr reden. Das ist alles.«

»Wer ist wir?« Der Student war jetzt noch mißtrauischer. Er trat einen Schritt näher an Gavin heran, als wollte er ein paar klare und deutliche Antworten hören.

»FBI«, sagte Verheek lässig.

»Haben Sie eine Marke oder so etwas?«

»Natürlich«, sagte er und zog eine Karte aus der Tasche. Der Student betrachtete sie genau, dann gab er sie zurück. »Sie sind Anwalt, kein Agent.«

Das traf den Nagel auf den Kopf, und der Anwalt wußte, daß er seinen Job verlieren würde, wenn sein Boß erfuhr, daß er Fragen stellte und sich so verhielt, als wäre er ein Agent.

»Ja, ich bin Anwalt. Callahan und ich haben zusammen studiert.«

»Was wollen Sie dann von Darby Shaw?«

Der Barkeeper war näher herangekommen und hörte zu.

»Kennen Sie sie?«

»Weiß nicht«, sagte der Student, und es war offensichtlich, daß er sie tatsächlich kannte, aber nicht reden wollte. »Steckt sie in der Klemme?«

»Nein. Sie kennen Sie, nicht wahr?«

»Kann sein.«

»Hören Sie, wie heißen Sie?«

»Zeigen Sie mir eine Marke, dann sage ich Ihnen, wie ich heiße.«

Gavin tat einen langen Zug aus der Flasche und lächelte den Barkeeper an. »Ich muß mit ihr reden, okay? Es ist sehr wichtig. Ich wohne für ein paar Tage im Hilton. Wenn Sie sie sehen, sagen Sie ihr, sie soll mich anrufen.« Er bot dem Studenten die Karte an, der einen Blick darauf warf und dann davonging.

Um drei schloß er die Tür seines Zimmers auf und hörte den Anrufbeantworter ab. Keine Nachrichten. Wo immer Darby sein mochte, sie hatte immer noch nicht angerufen. Vorausgesetzt natürlich, daß sie noch am Leben war.

20

Garcia rief zum letzten Mal an. Grantham nahm den Anruf am Samstag vor Sonnenaufgang entgegen, knapp zwei Stunden, bevor sie sich zum ersten Mal treffen wollten. Er sagte, er würde aussteigen. Es war der falsche Zeitpunkt. Wenn die Story herauskam, dann würden einige sehr mächtige Anwälte und ihre sehr reichen Mandanten hart fallen, und diese Leute wären das Fallen nicht gewohnt und würden andere Leute mitziehen. Und Garcia konnte etwas passieren. Er hatte eine Frau und eine kleine Tochter. Er hatte einen Job, den er ertrug, weil die Bezahlung großartig war. Weshalb ein Risiko eingehen? Er hatte nichts Böses getan. Sein Gewissen war rein.

»Warum rufen Sie mich dann immer wieder an?« fragte Grantham.

»Ich glaube, ich weiß, weshalb sie umgebracht wurden. Ich bin nicht sicher, aber ich kann es mir sehr gut vorstellen. Ich habe etwas gesehen.«

»Über dieses Thema unterhalten wir uns jetzt seit einer Woche, Garcia. Sie haben etwas gesehen, oder Sie haben etwas in der Hand. Aber das hilft mir nicht weiter, solange Sie es mir nicht zeigen.« Grantham schlug eine Akte auf und zog eine der Vergrößerungen des Mannes am Telefon heraus. »Sie werden von einer Art Verantwortungsgefühl getrieben, Garcia. Deshalb möchten Sie gern reden.«

»Ja, aber es ist durchaus möglich, daß sie wissen, daß ich Bescheid weiß. Sie haben sich merkwürdig benommen, als wollten sie fragen, ob ich es gesehen habe. Aber sie können nicht fragen, weil sie nicht sicher sind.«

»Sie meinen die Leute in Ihrer Firma?«

»Ja. Nein. Einen Moment. Woher wissen Sie, daß ich in einer Firma arbeite? Ich habe es Ihnen nicht gesagt.«

»Ganz einfach. Um ein Regierungsanwalt zu sein, gehen Sie zu früh zur Arbeit. Sie stecken in einer dieser großen Firmen mit zweihundert oder mehr Anwälten, in denen man erwartet, daß die angestellten Anwälte und die jüngeren Partner hundert Stunden pro Woche arbeiten. Als Sie mich das erste Mal anriefen, sagten Sie, Sie wären auf dem Weg ins Büro, und da war es ungefähr fünf Uhr morgens.«

»Na schön. Was wissen Sie sonst noch?«

»Nicht viel. Wir reden um den heißen Brei herum, Garcia. Wenn Sie nicht reden wollen, dann legen Sie auf und lassen mich in Ruhe. Sie halten mich nur vom Schlafen ab.«

»Angenehme Träume.« Garcia legte auf. Grantham starrte den Hörer an.

In den vergangenen acht Jahren hatte er dreimal seine Telefonnummer aus dem Verzeichnis streichen lassen. Er lebte vom Telefon, und seine tollsten Storys kamen aus dem Nirgendwo über den Apparat. Aber nach jeder tollen Story hatte es an die tausend belanglose Anrufe gegeben von Leuten, die sich veranlaßt fühlten, ihm mitten in der Nacht ihre heißen kleinen Informationen zukommen zu lassen. Er war bekannt als Reporter, der sich eher vor ein Erschießungskommando stellen lassen würde, als einen Informanten preiszugeben, also riefen immer wieder Leute an, bis er es endgültig satt hatte und sich eine neue, nicht eingetragene Nummer geben ließ. Dann kam eine Flaute, und er ließ sich schleunigst wieder ins Washingtoner Telefonbuch eintragen.

Im Moment stand er drin. Gray S. Grantham. Der einzige Teilnehmer dieses Namens. Sie konnten ihn zwölf Stunden am Tag in der Redaktion erreichen, aber es war wesentlich verschwiegener und intimer, ihn zu Hause anzurufen, insbesondere mitten in der Nacht, wenn er zu schlafen versuchte.

Er ärgerte sich eine halbe Stunde über Garcia, dann schlief er wieder ein. Er war in einen Traum versunken und tot für die Welt, als es abermals läutete. Er fand den Hörer im Dunkeln. »Hallo.«

Es war nicht Garcia. Es war eine Frau. »Spreche ich mit Gray Grantham von der *Washington Post*?«

»Ja. Und wer sind Sie?«

»Arbeiten Sie noch an der Story über Rosenberg und Jensen?«

Er setzte sich in der Dunkelheit auf und warf einen Blick auf die Uhr. Halb sechs. »Es ist eine große Story. Eine Menge Leute arbeiten daran, aber ja, ich recherchiere.«

»Haben Sie von dem Pelikan-Dossier gehört?«

Er atmete tief ein und versuchte nachzudenken. »Dem Pelikan-Dossier? Nein. Was ist das?«

»Eine harmlose kleine Theorie über die Frage, wer sie ermordet hat. Es wurde letzten Sonntag nach Washington gebracht, von einem Mann namens Thomas Callahan, Juraprofessor in Tulane. Er gab es einem Freund beim FBI, und es wurde herumgereicht. Die Dinge kamen ins Rollen, und am Mittwochabend wurde Callahan in New Orleans mit einer Autobombe ermordet.«

Die Lampe war eingeschaltet, und er machte sich Notizen. »Von wo rufen Sie an?«

»Aus New Orleans. Aus einer Telefonzelle, also machen Sie sich keine Mühe.«

»Woher wissen Sie das alles?«

»Ich habe das Dossier geschrieben.«

Er war jetzt hellwach und atmete hastig. »Okay. Wenn Sie es geschrieben haben, erzählen Sie mir davon.«

»Das möchte ich nicht auf diese Art tun, denn selbst wenn Sie ein Exemplar hätten, könnten Sie die Story nicht bringen.«

»Weshalb nicht?«

»Sie könnten es nicht. Vorher wären gründliche Recherchen erforderlich.«

»Okay. Wir haben den Ku-Klux-Klan, den Terroristen Khamel, die Underground Army, die Arier, die ...«

»Nichts da. Keiner von denen war es. Die wären zu naheliegend. In dem Dossier geht es um einen bisher nicht genannten Verdächtigen.«

Er wanderte mit dem Hörer in der Hand am Fußende des Bettes hin und her. »Weshalb können Sie mir nicht sagen, um wen es sich handelt?«

»Vielleicht später. Sie scheinen zu wissen, wie man an Material herankommt. Sehen wir zu, was Sie herausfinden.«

»Die Sache mit Callahan läßt sich leicht überprüfen. Dazu genügt ein Anruf. Geben Sie mir vierundzwanzig Stunden.«

»Ich werde versuchen, Montag früh wieder anzurufen. Wenn wir miteinander ins Geschäft kommen wollen, Mr. Grantham, dann müssen Sie etwas vorzuweisen haben. Wenn ich das nächste Mal anrufe, möchte ich etwas hören, das ich noch nicht weiß.«

Sie rief im Dunkeln von einer Telefonzelle aus an. »Sind Sie in Gefahr?« fragte er.

»Vermutlich. Aber im Augenblick bin ich okay.«

Sie hörte sich jung an, vielleicht Mitte Zwanzig. Sie hatte ein Dossier geschrieben. Sie kannte den Juraprofessor. »Sind Sie Anwältin?«

»Nein, und vergeuden Sie nicht Ihre Zeit damit, mir nachzuspionieren. Sie haben Arbeit vor sich, Mr. Grantham, sonst wende ich mich an jemand anderen.«

»Okay. Sie brauchen einen Namen.«

»Ich habe einen.«

»Ich meine einen Codenamen.«

»Sie meinen, wie Spione und solche Leute? Das wäre ein Spaß.«

»Entweder das, oder Sie nennen mir Ihren richtigen Namen.«

»Nein. Nennen Sie mich einfach Pelikan.«

Seine Eltern waren gute irische Katholiken, aber er war schon vor vielen Jahren gewissermaßen ausgestiegen. Sie waren ein gutaussehendes Paar, würdevoll in ihrer Trauer, sonnengebräunt und gut gekleidet. Hand in Hand betraten sie mit dem Rest der Familie die Rogers Chapel. Sein Bruder aus Mobile war kleiner und sah wesentlich älter aus. Thomas hatte gesagt, er hätte ein Alkoholproblem.

Eine halbe Stunde lang waren Studenten und Professoren in die kleine Kapelle geströmt. Am Abend sollte das Spiel stattfinden, und auf dem Campus hatten sich viele Leute versammelt. Auf der Straße parkte ein Übertragungswagen des Fernsehens. Ein Kameramann wahrte respektvollen Abstand und filmte die Vorderseite der Kapelle. Ein Campus-Polizist beobachtete ihn aufmerksam und sorgte dafür, daß er nicht zu nahe herankam. Es war schon ein merkwürdiger Anblick, diese Jurastudenten in Kleidern und mit hohen Absätzen beziehungsweise in Anzügen und mit Krawatten. Darby saß in einem dunklen Zimmer im dritten Stock von Newcomb Hall am Fenster und beobachtete die Studenten, die unten herumwanderten, sich leise unterhielten und ihre Zigaretten aufrauchten. Unter ihrem Stuhl lagen vier Zeitungen. Sie war schon seit zwei Stunden dort, hatte gelesen, solange die Sonne schien, und auf den Gottesdienst gewartet. Für sie gab es keinen anderen Platz. Sie zweifelte nicht daran, daß die bösen Buben in den Büschen rund um die Kapelle lauerten, aber sie lernte, geduldig zu sein. Sie war früh gekommen, würde später wieder verschwinden und sich im Schatten halten. Wenn sie sie fanden, dann würden sie es vielleicht schnell tun, und dann war alles vorbei.

Sie griff nach einem zerknüllten Papierhandtuch und trocknete ihre Augen. Jetzt war es in Ordnung, daß sie weinte, aber es mußte das letzte Mal sein. Die Leute waren alle drinnen, und der Übertragungswagen fuhr ab. In der Zeitung hatte gestanden, es wäre ein Gedenkgottesdienst, dem später die private Beisetzung folgen sollte. Es war kein Sarg in der Kapelle.

Sie hatte sich diesen Augenblick ausgesucht, um zu verschwinden, einen Wagen zu mieten und nach Baton Rouge zu fahren, dann in die erste Maschine zu steigen, die irgendwohin flog, weg von New Orleans. Sie würde das Land verlassen, vielleicht Montreal oder Calgary. Sie würde dort für ein Jahr untertauchen und hoffen, daß die Verbrechen aufgeklärt und die bösen Buben eingelocht wurden.

Aber es war ein Traum. Der schnellste Weg zur Gerechtigkeit führte schnurstracks über sie. Sie wußte mehr als irgend jemand sonst. Die Fibbies waren nahe daran gewesen, dann hatten sie sich zurückgezogen und jagten jetzt hinter Werweißwem her. Verheek hatte nichts erreicht, dabei stand er dem Direktor nahe. Sie würde das Puzzle selbst zusammensetzen müssen. Ihr kleines Dossier hatte Thomas das Leben gekostet, und jetzt waren sie hinter ihr her. Sie kannte die Identität des Mannes, der hinter den Morden an Rosenberg und Jensen und Callahan steckte, und dieses Wissen isolierte sie.

Plötzlich lehnte sie sich vor. Die Tränen trockneten auf ihren Wangen. Da war er! Der dünne Mann mit dem schmalen Gesicht! Er hatte einen Anzug an und trug eine angemessene Trauermiene zur Schau, während er schnell auf die Kapelle zuging. Er war es! Der Mann, den sie zuletzt im Foyer des Sheraton gesehen hatte. Wann war das gewesen? Donnerstagmorgen. Sie hatte gerade mit Verheek gesprochen, als er dort aufgetaucht war und sich umgesehen hatte.

Er blieb an der Tür stehen, blickte nervös über die Schulter – er war wirklich ein Dämlack, sich so zu verraten. Eine Sekunde lang starrte er drei Wagen an, die harmlos auf der Straße parkten, keine fünfzig Meter entfernt. Er öffnete die Tür und verschwand in der Kapelle. Wundervoll. Die Schweine hatten ihn umgebracht, und nun gesellten sie sich zu seiner Familie und seinen Freunden, um ihm die letzte Ehre zu erweisen.

Ihre Nase berührte die Fensterscheibe. Die Wagen waren zu weit weg, aber sie war sicher, daß auch dort ein Mann war, der nach ihr Ausschau hielt. Bestimmt wußten sie, daß sie nicht so dumm und ihr Herz nicht so gebrochen war, daß sie auftauchen und ihren toten Geliebten betrauern würde. Das wußten sie. Sie war ihnen zweieinhalb Tage entkommen. Die Tränen waren versiegt.

Zehn Minuten später kam der dünne Mann allein wieder heraus, zündete sich eine Zigarette an und schlenderte mit tief in den Taschen vergrabenen Händen auf die drei Wagen zu. Und mit einer Trauermiene. Verdammter Kerl.

Er ging an den Wagen vorbei, blieb aber nicht stehen. Als er außer Sicht war, ging eine Tür auf, und dem mittleren Wagen entstieg ein Mann in einem grünen Tulane-Sweatshirt. Er ging hinter dem Dünnen her die Straße entlang. Er war nicht dünn. Er war klein, untersetzt und kräftig. Ein Stummel.

Er verschwand auf dem Gehsteig hinter dem Dünnen, hinter der Kapelle. Darby lehnte sich so weit vor, daß sie auf der Kante des Klappstuhls saß. Binnen einer Minute kamen sie hinter dem Gebäude wieder zum Vorschein. Jetzt waren sie zusammen und flüsterten etwas, aber nur einen Moment lang; dann trennte sich der Dünne von dem Kräftigen und verschwand die Straße hinunter. Stummel ging schnell zu seinem Wagen und stieg ein. Er saß einfach da, wartete darauf, daß der Gottesdienst zu Ende ging und er noch einen letzten Blick auf die Trauergäste werfen konnte für den unwahrscheinlichen Fall, daß sie wirklich so dämlich gewesen war, daran teilzunehmen.

Der Dünne hatte keine zehn Minuten gebraucht, um sich hineinzuschleichen, die Versammlung von schätzungsweise zweihundert Leuten zu mustern und zu dem Schluß zu gelangen, daß sie nicht da war. Vielleicht hatte er nach dem roten Haar Ausschau gehalten. Oder nach blond gebleichtem. Nein, es war eher zu vermuten, daß sie Leute hatten, die bereits drinnen waren, die andächtig und mit Trauermiene dasaßen und nach ihr suchten oder nach jemandem, der vielleicht so ähnlich aussah wie sie. Sie hätten den Dünnen mit einem Nicken oder Kopfschütteln oder Blinzeln informieren können.

An diesem Ort wimmelte es von ihnen.

Havanna war der ideale Zufluchtsort. Es spielte keine Rolle, ob zehn oder auch hundert Länder eine Prämie auf seinen Kopf ausgesetzt hatten. Fidel war ein Bewunderer und gelegentlicher Klient. Sie tranken zusammen, teilten sich Frauen und rauchten Zigarren. Er hatte alles, was das Herz begehrte: eine hübsche kleine Wohnung an der Calle de Torre in der Altstadt, einen Wagen mit Fahrer, einen Banker, der ein Genie im blitzschnellen Überweisen von Geld in der ganzen Welt war, jedes Boot, das er haben wollte, ein Militärflugzeug, wenn er eines brauchte, und massenhaft junge Frauen. Er sprach die Landessprache, und seine Haut war nicht blaß. Er fühlte sich wohl in der Stadt.

Er hatte sich einmal bereiterklärt, Fidel umzubringen, schaffte es aber nicht. Er war an Ort und Stelle, und es waren nur noch zwei Stunden bis zur Tat, aber er brachte es einfach nicht fertig. Die Bewunderung war zu groß. Das war damals in der alten Zeit, als er noch nicht ausschließlich für Geld mordete. Er spielte ein doppeltes Spiel und informierte Fidel. Sie täuschten einen Hinterhalt vor, und anschließend wurde das Gerücht ausgestreut, der große Khamel wäre auf den Straßen von Havanna niedergeschossen worden.

Nie wieder würde er mit einer Linienmaschine fliegen. Die Fotografen in Paris waren eine Schande für einen Profi wie ihn. Er hatte einen Fehler gemacht, war nach so vielen Jahren Berufserfahrung leichtsinnig gewesen. In Amerika war sein Foto auf den Titelseiten erschienen. Äußerst unerfreulich. Seinem Klienten hatte das nicht gefallen.

Das Boot war ein zwölf Meter langer Schoner mit zwei Mann Besatzung und einer jungen Frau, sämtlich Kubanern. Sie war unten in der Kabine. Ein paar Minuten, bevor sie die Lichter von Biloxi sahen, war er mit ihr fertig geworden. Jetzt war er voll und ganz bei der Arbeit, inspizierte sein Schlauchboot, packte seine Tasche, sprach kein Wort. Die Besatzungsmitglieder hockten auf dem Deck und hielten sich von ihm fern.

Um genau neun Uhr ließen sie das Schlauchboot zu Wasser. Er warf seine Tasche hinein und sprang hinterher. Sie hörten den tuckernden Motor, als er in der Dunkelheit des Sundes verschwand. Sie sollten bis Tagesanbruch vor Anker liegen und dann nach Havanna zurückkehren. Sie hatten einwandfreie Papiere, die auswiesen, daß sie Amerikaner waren – für den Fall, daß sie entdeckt wurden und irgend jemand anfing, Fragen zu stellen.

Er glitt geduldig durch das ruhige Wasser, wich Leuchtbojen aus und machte einen großen Bogen um vereinzelte kleine Wasserfahrzeuge. Auch er hatte einwandfreie Papiere und drei Waffen in seiner Tasche. Es war Jahre her, daß er in einem Monat zweimal zugeschlagen hatte. Nachdem er angeblich in Kuba niedergeschossen worden war, hatte es eine fünfjährige Trockenzeit gegeben. Geduld war seine Stärke. Sein Durchschnitt war ein Auftrag pro Jahr.

Und dieses kleine Opfer würde kein Aufsehen erregen. Niemand würde ihn verdächtigen. Es war eine Kleinigkeit, aber sein Klient bestand darauf, und er war zufällig in der Gegend und die Bezahlung stimmte, und deshalb saß er wieder in einem kleinen Schlauchboot auf dem Weg zur Küste und hoffte, daß sein Kumpel Luke diesmal nicht als Farmer gekleidet war, sondern als Fischer.

Dies würde für lange Zeit das letzte Mal sein, vielleicht für immer. Er hatte mehr Geld, als er ausgeben oder verschenken konnte. Und er hatte angefangen, kleine Fehler zu machen.

In der Ferne sah er die Mole und bewegte sich von ihr fort. Er mußte noch eine halbe Stunde warten. Er fuhr eine Viertelmeile an der Küste entlang, dann hielt er auf sie zu. Zweihundert Meter von ihr entfernt schaltete er den tuckernden Motor aus, hakte ihn los und ließ ihn ins Wasser fallen. Er lag ausgestreckt in dem Boot, arbeitete, wenn es erforderlich war, mit einem Plastikriemen und dirigierte sich unhörbar zu einer dunklen Stelle hinter eine Reihe von billigen, zehn Meter vom Strand entfernten Ziegelsteingebäuden. Er stand in halbmetertiefem Wasser und stach mit einem kleinen Taschenmesser Löcher in das Schlauchboot. Es sank und verschwand. Der Strand war menschenleer.

Luke saß allein am Ende der Mole. Es war genau elf Uhr, und er war mit einer Angelrute an Ort und Stelle. Er trug eine weiße Mütze, und ihr Schirm bewegte sich langsam vor und zurück, während er das Wasser nach dem Schlauchboot absuchte. Er sah auf die Uhr.

Plötzlich stand ein Mann neben ihm, aus dem Nirgendwo aufgetaucht wie ein Engel. »Luke?« sagte der Mann.

Das war nicht der Code. Luke fuhr zusammen. Er hatte eine Waffe in dem Kasten neben seinen Füßen, aber keine Möglichkeit, schnell genug an sie heranzukommen. »Sam?« fragte er. Vielleicht war ihm etwas entgangen. Vielleicht hatte Khamel von dem Schlauchboot aus die Mole nicht finden können.

»Ja, Luke, ich bin's. Tut mir leid, daß ich abgekommen bin. Probleme mit dem Boot.«

Lukes Herz beruhigte sich, und er atmete erleichtert aus.

»Wo ist der Wagen?« fragte Khamel.

Luke warf einen ganz schnellen Blick auf ihn. Ja, es war Khamel, und er starrte hinter einer dunklen Brille aufs Meer hinaus.

Luke deutete mit einem Kopfnicken auf ein Gebäude. »Roter Pontiac neben dem Schnapsladen.«

»Wie weit ist es bis New Orleans?«

»Halbe Stunde«, sagte Luke, während er die Schnur einholte. Khamel trat zurück und versetzte ihm zwei Schläge ins Genick. Mit jeder Hand einen. Die Wirbel brachen und zerrissen das Rückenmark. Luke stürzte hart und stöhnte einmal. Khamel sah zu, wie er starb, dann zog er ihm die Schlüssel aus der Tasche und beförderte die Leiche mit einem Fußtritt ins Wasser.

Edwin Sneller, oder wie immer er heißen mochte, öffnete nicht die Tür, sondern schob lautlos den Schlüssel darunter durch. Khamel hob ihn auf und schloß die Tür zum Nebenzimmer auf. Er trat ein und ging schnell zum Bett, wo er seine Tasche absetzte, dann ans Fenster, dessen Vorhänge offen waren, so daß er den fernen Fluß sehen konnte. Er zog die Vorhänge zu und trat vom Fenster zurück.

Er ging ans Telefon und wählte Snellers Nummer.

»Erzählen Sie mir von ihr«, sagte Khamel leise zum Fußboden.

»Im Aktenkoffer sind zwei Fotos.«

Khamel öffnete ihn und holte die Fotos heraus. »Ich habe sie.«

»Sie sind mit Eins und Zwei numeriert. Das eine haben wir aus einem Jahrbuch der Juristischen Fakultät. Es ist ungefähr ein Jahr alt und das neueste, das wir bekommen konnten. Es ist eine Vergrößerung von einem winzigen Foto, es sind also eine Menge Details verlorengegangen. Das andere ist zwei Jahre alt und stammt aus einem Jahrbuch der Arizona State University.«

Khamel betrachtete beide Fotos. »Eine schöne Frau.«

»Ja. Sehr ansehnlich. Aber dieses hübsche Haar ist verschwunden. Donnerstagabend hat sie für ein Hotelzimmer mit einer Kreditkarte gezahlt. Freitagmorgen hätten wir sie fast erwischt. Wir fanden lange Haarsträhnen auf dem Boden und einen kleinen Rest von etwas, von dem wir inzwischen wissen, daß es schwarze Haarfarbe ist. Sehr schwarz.«

»Was für ein Jammer.«

»Seit Mittwochabend haben wir sie nicht mehr zu Gesicht bekommen. Sie hat es offenbar geschafft, uns zu entwischen: Kreditkarte für ein Zimmer am Mittwoch, Kreditkarte in einem anderen Hotel am Donnerstag, dann nichts seit der letzten Nacht. Am Freitagnachmittag hat sie fünftausend in bar von ihrem Konto abgehoben. Die Spur ist also kalt geworden.«

»Vielleicht hat sie sich abgesetzt.«

»Kann sein, aber ich glaube es nicht. Gestern abend war jemand in ihrer Wohnung. Wir hatten die Bude verdrahtet, kamen aber zwei Minuten zu spät.«

»Ihr seid nicht gerade die Schnellsten, wie?«

»Es ist eine große Stadt. Wir überwachen den Flughafen und die Bahnhöfe. Und das Haus ihrer Mutter in Idaho. Nichts. Ich glaube, sie ist noch hier.«

»Und wo könnte sie sein?«

»Wandert herum, wechselt die Hotels, benutzt Münzfernsprecher, hält sich fern von den üblichen Orten. Die Polizei von New Orleans sucht nach ihr. Sie hat nach der Bombe am Mittwoch mit ihr gesprochen und sie dann aus den Augen verloren. Wir suchen nach ihr, sie suchen nach ihr. Irgendwann wird sie auftauchen.«

»Was ist mit der Bombe passiert?«

»Ganz einfach. Sie ist nicht in den Wagen gestiegen.«

»Wer hat die Bombe gemacht?«

Sneller zögerte. »Kann ich nicht sagen.«

Khamel lächelte ein wenig, als er einige Straßenkarten aus dem Aktenkoffer holte. »Was ist mit den Karten?«

»Oh, nur ein paar Punkte in der Stadt, die von Interesse sein könnten. Ihre Wohnung, seine Wohnung, die Juristische Fakultät, die Hotels, in denen sie übernachtet hat, die Stelle, an der die Bombe explodierte, ein paar kleine Studentenlokale, in denen sie öfters gewesen ist.«

»Bisher ist sie im Quarter geblieben.«

»Sie ist schlau. Da gibt es eine Million Orte, an denen sie sich verstecken kann.«

Khamel nahm das neueste Foto zur Hand und setzte sich auf das andere Bett. Ihm gefiel das Gesicht. Selbst mit kurzem, dunklem Haar würde es ein faszinierendes Gesicht sein. Er konnte es auslöschen, aber es würde nicht angenehm sein.

»Es ist ein Jammer, nicht wahr?« sagte er, fast zu sich selbst. »Ja. Es ist ein Jammer.«

21

Gavin Verheek war ein müder alter Mann gewesen, als er in New Orleans eintraf, und nach zwei in allen möglichen Lokalen verbrachten Nächten war er erschöpft und ausgelaugt. Er hatte das erste Lokal nur kurze Zeit nach der Beisetzung betreten und anschließend sieben Stunden lang mit den Jungen und Rastlosen Bier getrunken und sich mit ihnen über Straftaten, Verträge, Wall-Street-Kanzleien und andere Dinge unterhalten, die ihm zuwider waren. Er wußte, daß er Fremden gegenüber nicht behaupten durfte, er gehörte zum FBI. Er hatte keine Dienstmarke.

Am Samstagabend besuchte er fünf oder sechs Lokale. Tulane hatte abermals verloren, und nach dem Spiel füllten sich die Lokale mit Schlachtenbummlern. An Unterhaltungen war nicht mehr zu denken, und um Mitternacht gab er es auf.

Er schlief tief und fest mit den Schuhen an den Füßen, als das Telefon läutete. Er stürzte sich darauf. »Hallo? Hallo?«

»Gavin?« fragte sie.

»Darby! Sind Sie das?«

»Wer sonst?«

»Weshalb haben Sie nicht schon früher angerufen?«

»Bitte, stellen Sie keine dämlichen Fragen. Ich rufe von einer Telefonzelle aus an, also keine krummen Touren.«

»Sie können mir vertrauen, Darby. Ich schwöre es.«

»Okay, ich vertraue Ihnen. Was nun?«

Er sah auf die Uhr und begann, seine Schnürsenkel zu lösen. »Das müssen Sie mir sagen. Wie geht es weiter? Wie lange wollen Sie sich in New Orleans verstecken?«

»Woher wissen Sie, daß ich in New Orleans bin?«

Er schwieg eine Sekunde.

»Ich bin in New Orleans«, sagte sie. »Und ich nehme an, Sie möchten, daß ich zu Ihnen komme und wir gute Freunde werden und ich mich dann in die Hände des FBI begebe und mich darauf verlasse, daß mich Ihre Leute für alle Zeit beschützen.«

»So ist es. Wenn Sie es nicht tun, ist es nur eine Sache von Tagen, bis Sie tot sind.«

»Sie machen keine Umschweife, stimmt's?«

»Nein. Sie spielen ein gefährliches Spiel.«

»Wer ist hinter mir her, Gavin?«

»Könnten verschiedene Leute sein.«

»Wer ist es?«

»Ich weiß es nicht.«

»Jetzt sind Sie es, der spielt. Wie kann ich Ihnen vertrauen, wenn Sie nicht reden wollen?«

»Okay. Ich denke, ich kann guten Gewissens sagen, daß Ihr kleines Dossier jemandem einen Schlag versetzt hat. Sie haben richtig vermutet – die falschen Leute haben von dem Dossier gehört, und jetzt ist Thomas tot. Und sie werden Sie in dem Augenblick umbringen, in dem sie Sie finden.«

»Wir wissen, wer Rosenberg und Jensen umgebracht hat, stimmt's, Gavin?«

»Ich denke schon.«

»Weshalb unternimmt das FBI dann nichts?«

»Möglich, daß da ein Vertuschungsversuch läuft.«

»Danke, daß Sie das gesagt haben.«

»Es könnte mich den Job kosten.«

»Wem sollte ich davon erzählen, Gavin? Wer vertuscht was?«

»Ich weiß nicht genau. Wir waren an Ihrem Dossier interessiert, bis das Weiße Haus Druck machte; jetzt haben wir es *ad acta* gelegt.«

»Das kann ich verstehen. Weshalb glauben sie, die Sache wäre erledigt, wenn sie mich umbringen?«

»Diese Frage kann ich nicht beantworten. Vielleicht sind sie überzeugt, daß Sie mehr wissen.«

»Soll ich Ihnen was erzählen? Kurz nach der Explosion der Bombe, während Thomas in dem brennenden Wagen war und ich halb bewußtlos, brachte mich ein Polizist mit Namen Rupert zu seinem Wagen und setzte mich hinein. Ein anderer Polizist in Jeans und Cowboystiefeln fing an, mir Fragen zu stellen. Mir war schlecht, und ich stand unter Schock. Sie verschwanden, Rupert und sein Cowboy, und wurden nicht mehr gesehen. Sie waren keine Polizisten, Gavin. Sie beobachteten die Explosion, und da ich nicht in dem Wagen saß, gingen sie zu Plan B über. Ich wußte es nicht, aber vermutlich hätte ich ein oder zwei Minuten später eine Kugel in den Kopf bekommen.«

Verheek hörte mit geschlossenen Augen zu. »Was ist mit den beiden passiert?«

»Ich nehme an, sie bekamen es mit der Angst zu tun, als die echten Polizisten erschienen. Sie verschwanden. Ich saß in ihrem Wagen, Gavin. Sie hatten mich.«

»Sie müssen zum FBI kommen, Darby. Bitte, hören Sie auf mich.«

»Erinnern Sie sich an unser Telefongespräch am Donnerstagmorgen, wo ich plötzlich ein Gesicht sah, das mir bekannt vorkam, und ich es Ihnen beschrieben habe?«

»Natürlich.«

»Dieses Gesicht war gestern bei dem Gedenkgottesdienst, zusammen mit ein paar Freunden.«

»Wo waren Sie?«

»Gut versteckt. Er ging ein paar Minuten nach den anderen hinein, blieb zehn Minuten drinnen, schlich sich dann wieder hinaus und traf sich mit Stummel.«

»Stummel?«

»Ja, das ist auch einer von der Bande. Stummel, Rupert, Cowboy und der dünne Mann. Tolle Typen. Ich bin sicher, daß da noch mehr sind, aber denen bin ich noch nicht begegnet.«

»Die nächste Begegnung wird die letzte sein, Darby. Sie haben noch ungefähr achtundvierzig Stunden zu leben.«

»Wir werden sehen. Wie lange wollen Sie hierbleiben?«

»Ein paar Tage. Ich wollte auf alle Fälle bleiben, bis ich Sie gefunden hatte.«

»Hier bin ich. Vielleicht rufe ich morgen wieder an.«

Verheek holte tief Luft. »Okay, Darby. Wie Sie wollen. Aber seien Sie vorsichtig.«

Sie legte auf. Er warf das Telefon durchs Zimmer und verfluchte es.

Zwei Blocks entfernt und fünfzehn Stockwerke hoch schaute Khamel auf den Fernseher und murmelte rasch vor sich hin. Es war ein Film über Leute in einer Großstadt. Sie sprachen Englisch, seine dritte Sprache, und er wiederholte jedes Wort in seiner besten amerikanischen Aussprache. Das tat er stundenlang. Er hatte sich die Sprache angeeignet, während er sich in Belfast versteckte, und in den letzten zwanzig Jahren hatte er sich Tausende von amerikanischen Filmen angesehen. Sein Lieblingsfilm war *Three Days of the Condor.* Er schaute ihn sich viermal an, bis er begriffen hatte, wer wen umbrachte und weshalb. Er hätte Redford ermorden können.

Er wiederholte jedes Wort laut. Er hatte sich sagen lassen, daß sein Englisch als das eines Amerikaners durchgehen konnte, aber ein Patzer, und sie würde weg sein.

Der Volvo stand auf einem Parkplatz, anderthalb Blocks von der Wohnung seines Besitzers entfernt, der hundert Dollar im Monat für den Platz bezahlte und für etwas, was er für eine sichere Bewachung hielt. Sie schlichen durch das Tor, das eigentlich verschlossen sein sollte.

Es war ein 1986er GL ohne Alarmanlage, und binnen Sekunden war die Fahrertür offen. Einer setzte sich auf den Kofferraum und zündete sich eine Zigarette an. Es war Sonntagmorgen, kurz vor vier Uhr.

Der andere öffnete einen kleinen Werkzeugkasten, den er in der Tasche hatte, und machte sich an dem Yuppie-Autotelefon zu schaffen, das Grantham sich so widerwillig zugelegt hatte. Die Innenbeleuchtung reichte aus, und er arbeitete schnell. Ein Kinderspiel. Sobald die Hörmuschel offen war, setzte er einen winzigen Sender ein und klebte ihn fest. Eine Minute später verließ er den Wagen und hockte sich vor die hintere Stoßstange. Der mit der Zigarette reichte ihm eine kleine schwarze Röhre, die er hinter dem Benzintank an einem Gitterrost befestigte. Es war ein Magnetsender, und er würde sechs Tage lang Signale aussenden, bevor er aufhörte und durch einen neuen ersetzt werden mußte.

Nach weniger als sieben Minuten waren sie wieder verschwunden. Montag, sobald er das Gebäude der *Post* an der Fünfzehnten betreten hatte, würden sie sich Zutritt zu seiner Wohnung verschaffen und auch dort sein Telefon anzapfen.

22

Ihre zweite Nacht in der kleinen Pension war besser als die erste. Sie schlief bis in den Vormittag hinein. Vielleicht hatte sie sich inzwischen daran gewöhnt. Sie starrte auf die Vorhänge an dem winzigen Fenster und kam zu dem Schluß, daß es keine Alpträume gegeben hatte, keine Bewegungen im Dunkeln mit Pistolen und Messern, die zum Vorschein kamen und sie angriffen. Es war ein tiefer, schwerer Schlaf gewesen, und sie betrachtete eine ganze Weile die Vorhänge, während ihr Gehirn aufwachte.

Sie versuchte, methodisch zu denken. Dies war ihr vierter Tag als Pelikan, und um Nummer Fünf zu erleben, würde sie denken müssen wie ein Killer, der nichts außer acht ließ. Es war Tag Nummer Vier ihres restlichen Lebens. Eigentlich sollte sie bereits tot sein.

Aber nachdem sie die Augen geöffnet und begriffen hatte, daß sie tatsächlich am Leben und in Sicherheit war und die Tür nicht quietschte und die Dielen nicht knarrten und kein Revolvermann im Schrank lauerte, galt ihr erster Gedanke wie immer Thomas. Der Schock seines Todes ließ nach, und es fiel ihr jetzt leichter, die Geräusche der Explosion und des prasselnden Feuers zu verdrängen. Sie wußte, daß er in Stücke zerrissen worden und sofort tot gewesen war. Sie wußte, daß er nicht hatte leiden müssen.

Also dachte sie an andere Dinge, zum Beispiel an das Gefühl, wenn er neben ihr lag, und an sein Flüstern und Kichern, wenn sie im Bett waren und den Sex hinter sich hatten und er schmusen wollte. Er war ein Schmuser, und nachdem sie sich geliebt hatten, wollte er spielen und küssen und streicheln. Und kichern. Er liebte sie sehr, es hatte ihn schwer getroffen. Und zum ersten Mal in seinem Leben konnte er mit einer Frau herumalbern. Es war oft vorgekommen, daß sie mitten in einer seiner Vorlesungen an das Gurren und Kichern gedacht hatte und sich auf die Lippe beißen mußte, um nicht zu lächeln.

Sie hatte ihn auch geliebt. Und es tat so weh. Sie wäre am liebsten im Bett geblieben und hätte eine Woche lang geweint. Am Tag nach der Beisetzung ihres Vaters hatte ihr ein Psychiater erklärt, daß die Seele eine kurze, sehr intensive Periode des Trauerns braucht und dann zur nächsten Phase übergeht. Aber der Schmerz muß sein; sie muß rückhaltlos leiden, bevor es weitergehen kann. Sie hatte seinen Rat befolgt und sich zwei Wochen lang mutlos der Trauer hingegeben, dann hatte sie genug und ging zum nächsten Stadium über. Es funktionierte.

Aber bei Thomas funktionierte es nicht. Sie konnte nicht schreien und mit Gegenständen werfen, wie sie es gern getan hätte. Rupert und der dünne Mann und die anderen erlaubten ihr kein gesundes Trauern.

Nach ein paar Minuten mit Thomas dachte sie als nächstes an sie. Wo würden sie heute sein? Wohin konnte sie gehen, ohne gesehen zu werden? Sollte sie sich nach zwei Nächten in diesem Zimmer eine andere Unterkunft suchen? Ja, das würde sie tun. Nach Einbruch der Dunkelheit. Sie würde anrufen und in einer anderen winzigen Pension ein Zimmer buchen. Wo wohnten sie? Patrouillierten sie auf den Straßen, in der Hoffnung, einfach irgendwo auf sie zu stoßen? Wußten sie, wo sie sich in diesem Augenblick aufhielt? Nein. Dann wäre sie schon tot. Wußten sie, daß sie jetzt eine Blondine war? Das Haar brachte sie aus dem Bett. Sie trat vor den Spiegel über dem Waschbecken und betrachtete sich. Es war jetzt noch kürzer und sehr weiß. Gar nicht so schlecht. Sie hatte gestern abend drei Stunden lang daran gearbeitet. Wenn sie zwei weitere Tage am Leben blieb, würde sie noch ein bißchen mehr abschneiden und zu Schwarz zurückkehren. Wenn sie noch eine weitere Woche lebte, würde sie wahrscheinlich kahl sein.

Ihr Magen knurrte, und eine Sekunde lang dachte sie an Essen. Sie hatte in der letzten Zeit kaum etwas zu sich genommen, und das mußte sich ändern. Es war fast zehn Uhr. In dieser Pension gab es sonntags kein Frühstück. Sie mußte sich hinauswagen und etwas essen und sich die Sonntagsausgabe der *Post* besorgen und es einfach darauf ankommen lassen, ob sie sie jetzt, da ihr Haar blond und ganz kurz war, erwischen würden.

Sie duschte rasch, und das Frisieren dauerte weniger als eine Minute. Kein Make-up. Sie zog eine neue Drillichhose an und eine neue Bomberjacke und war zur Schlacht bereit. Die Augen verbarg sie hinter einer Fliegersonnenbrille.

Obwohl sie ein paarmal irgendwo hineingegangen war, hatte sie seit vier Tagen kein Gebäude durch die Vordertür verlassen. Sie schlich durch die dunkle Küche, schloß die Hintertür auf und trat in die Gasse hinter der kleinen Pension. Es war so kühl, daß sie die Bomberjacke tragen konnte, ohne Aufsehen zu erregen. Albern, dachte sie; im French Quarter würde sie selbst dann kein Aufsehen erregen, wenn sie das Fell und den Kopf eines Eisbären trug. Sie ging flott durch die Gasse mit den Händen tief in den Taschen der Drillichhose, während ihre Augen hinter der Sonnenbrille ständig in alle Richtungen Ausschau hielten.

Er sah sie, als sie in der Burgundy Street auf den Gehsteig trat. Das

Haar unter der Mütze war anders, aber sie war immer noch einssiebzig groß, und daran konnte sie nichts ändern. Die Beine waren immer noch lang, und sie ging auf eine bestimmte Weise, und nach vier Tagen konnte er sie aus jeder Menge herauspicken, wie immer ihr Gesicht und ihr Haar auch aussehen mochten. Die Cowboystiefel – Schlangenleder mit spitzen Kappen – traten auf den Gehsteig und machten sich an die Verfolgung.

Sie war tüchtig, bog an jeder Ecke in eine andere Straße ein, ging flott, aber nicht zu schnell. Er vermutete, daß sie zum Jackson Square unterwegs war, wo sonntags immer viel Betrieb herrschte. Dort konnte sie in der Menge untertauchen, mit den Touristen und den Einheimischen umherschlendern, vielleicht einen Bissen essen, die Sonne genießen, eine Zeitung kaufen.

Darby zündete sich eine Zigarette an und paffte im Gehen. Sie inhalierte nicht. Das hatte sie vor drei Tagen versucht, und da war ihr schwindlig geworden. Was für eine schlechte Angewohnheit. Was für eine Ironie würde es sein, wenn sie das alles überlebte, nur um dann an Lungenkrebs zu sterben. Bitte, laß mich an Krebs sterben.

Er saß an einem Tisch in einem belebten Straßencafe an der Ecke von St. Peter und Chartres, und er war keine drei Meter entfernt, als sie ihn sah. Den Bruchteil einer Sekunde später sah er sie, und wahrscheinlich hätte sie es geschafft, wenn sie nicht einen Schritt lang gezögert und heftig geschluckt hätte, als sie ihn sah. Er sah sie, und wahrscheinlich wäre er nur argwöhnisch gewesen, aber das leichte Zögern und der merkwürdige Blick verrieten sie. Sie ging weiter, aber jetzt schneller.

Es war Stummel. Er war auf den Beinen und bahnte sich seinen Weg zwischen den Tischen hindurch, wo sie ihn aus den Augen verlor. Zu ebener Erde war er alles andere als rundlich. Er wirkte muskulös und behende. Auf Chartres konnte sie ihn eine Sekunde lang abhängen, als sie zwischen den Bogen der St.-Louis-Kathedrale in Deckung ging. Die Kirche war offen, und sie dachte einen Moment daran, hineinzugehen, als wäre es eine Freistatt, in der er sie nicht töten würde. Aber er würde sie drinnen töten oder auf der Straße oder in einer Menschenmenge, wo immer er ihrer habhaft werden konnte. Er war hinter ihr her, und Darby wollte wissen, wie rasch er sich näherte. Ging er nur mit schnellen Schritten und versuchte, den Gelassenen zu spielen? Tat er so, als ob er joggte? Oder kam er angerannt, bereit, sich auf sie zu stürzen, sobald er ihrer ansichtig wurde? Sie blieb in Bewegung.

Sie bog nach links in die St. Ann ab, überquerte die Straße und war fast auf der Royal, als sie einen schnellen Blick hinter sich warf. Er kam. Er war auf der anderen Straßenseite, aber immer noch hinter ihr her.

Der nervöse Blick über die Schulter verriet sie, und jetzt joggte er.

Du mußt zusehen, daß du zur Bourbon Street kommst, dachte sie. Bis zum Anpfiff waren es noch vier Stunden, und Fans der Saints waren in Massen unterwegs, um schon vor dem Spiel zu feiern, weil es hinterher nicht viel zu feiern geben würde. Sie bog in die Royal ein und rannte ein paar Schritte, dann verlangsamte sie zu einem schnellen Gehen. Er bog gleichfalls in die Royal ein, und er joggte in einer Haltung, die es ihm erlaubte, jeden Moment loszurennen. Darby bewegte sich in die Mitte der Straße, wo eine Gruppe von Football-Fans herumstand und die Zeit totschlug. Sie bog nach links auf die Dumaine ab und begann zu rennen. Bourbon Street lag vor ihr, und dort wimmelte es von Leuten.

Jetzt konnte sie ihn hören. Sie brauchte sich nicht mehr umzusehen. Er war hinter ihr, rannte und holte auf. Als sie in die Bourbon einbog, war Mr. Stummel fünfzehn Meter hinter ihr, und das Rennen war vorüber. Sie sah ihre Engel, als sie lärmend ein Lokal verließen. Drei massige, übergewichtige junge Männer, angetan mit allen möglichen Bestandteilen der schwarzgoldenen Saints-Ausrüstung, traten genau in dem Augenblick auf die Straße, als Darby auf sie zurannte.

»Hilfe!« schrie sie hektisch und deutete auf Stummel. »Helft mir! Dieser Mann ist hinter mir her! Er versucht, mich zu vergewaltigen!«

Auf den Straßen von New Orleans ist Sex durchaus nichts Ungewöhnliches, aber sie wollten verdammt sein, wenn sie es zuließen, daß diese Frau mißbraucht wurde.

»Bitte helft mir!« rief sie noch einmal. Plötzlich herrschte Stille auf der Straße. Alle erstarrten, auch Stummel, der ein oder zwei Schritte verhielt und dann vorwärtsstürmte. Die drei Saints stellten sich ihm mit verschränkten Armen und funkelnden Augen in den Weg. Es dauerte nur Sekunden. Stummel benutzte beide Hände gleichzeitig: eine Rechte gegen die Kehle des ersten und ein gemeiner Schlag auf den Mund des zweiten. Sie schrien auf und stürzten zu Boden. Aber Nummer drei dachte nicht ans Fortlaufen. Seine beiden Kumpel waren verletzt, und das machte ihn wütend. Er wäre für Stummel eine Kleinigkeit gewesen, aber Nummer eins fiel auf Stummels rechten Fuß, und das lenkte ihn ab. Als er seinen Fuß wegzog, versetzte ihm Mr. Benjamin Chop aus Thibodaux, Louisiana, Nummer drei, einen Tritt zwischen die Beine, und Stummel gehörte der Geschichte an. Während Darby wieder in der Menge untertauchte, hörte sie, wie er vor Schmerzen heulte.

Als er fiel, trat Mr. Chop ihm in die Rippen. Nummer Zwei stürzte sich mit blutüberströmtem Gesicht auf Stummel, und das Massaker konnte losgehen. Er konnte seine Hände nicht benutzen, weil sie seine stark beschädigten Hoden hielten, und sie traten und beschimpften ihn erbarmungslos, bis jemand »Polizei« rief. Das rettete ihm das Leben. Mr. Chop und Nummer zwei halfen Nummer eins auf die Beine, und das letzte, was man von den Saints sah, war, daß sie in einem Lokal verschwanden. Stummel schaffte es, hochzukommen, und dann kroch er davon wie ein Hund, der unter einen Lastwagen gekommen ist, aber noch lebt und entschlossen ist, zu Hause zu sterben.

Sie versteckte sich in einem Lokal an der Decatur in einer dunklen Ecke, trank Kaffee, dann ein Bier, wieder Kaffee und noch ein Bier. Ihre Hände zitterten, und ihr Magen schlug Purzelbäume. Die Pfannkuchen dufteten köstlich, aber sie konnte nichts essen. Nach drei Bier in drei Stunden bestellte sie einen Teller mit gekochten Garnelen und ging zu Mineralwasser über.

Der Alkohol hatte sie beruhigt, und die Garnelen besorgten den Rest. Hier drinnen bin ich sicher, dachte sie, weshalb sehe ich mir nicht das Spiel an und bleibe einfach sitzen, vielleicht bis der Laden zumacht.

Als der Anpfiff erfolgte, war das Lokal gedrängt voll. Sie schauten auf den großen Bildschirm über der Bar und betranken sich. Sie war jetzt ein Fan der Saints. Sie hoffte, daß ihren drei Rettern nichts Ernstliches passiert war und sie das Spiel genossen. Die Menge brüllte und beschimpfte die Redskins.

Darby blieb in ihrer kleinen Ecke, bis das Spiel lange vorbei war, dann glitt sie hinaus in die Dunkelheit.

Irgendwann während des letzten Viertels, als die Saints mit vier Punkten im Rückstand waren, legte Edwin Sneller den Hörer auf und schaltete den Fernseher aus. Er streckte die Beine, dann kehrte er zum Telefon zurück und rief Khamel im Nebenzimmer an.

»Hören Sie sich mein Englisch an«, sagte der Killer. »Sagen Sie mir, ob Sie auch nur eine Spur von einem Akzent hören.«

»Okay. Sie ist hier«, sagte Sneller. »Einer unserer Leute hat sie heute morgen am Jackson Square gesehen. Er ist ihr drei Blocks gefolgt, dann hat er sie verloren.«

»Wie konnte er sie verlieren?«

»Das tut nichts zur Sache. Sie ist entkommen, aber sie ist hier. Ihr Haar ist jetzt ganz kurz und fast weiß.«

»Weiß?«

Sneller haßte es, sich wiederholen zu müssen, insbesondere bei diesem Bastard.

»Er hat gesagt, es wäre nicht blond, sondern weiß, und sie trug eine grüne Drillichhose und eine braune Bomberjacke. Irgendwie hat sie ihn erkannt und ist abgehauen.«

»Wie konnte sie ihn erkennen? Hatte sie ihn schon vorher gesehen?«

Diese idiotischen Fragen. Kaum zu glauben, daß er für eine Art Superman gehalten wurde. »Das kann ich nicht beantworten.«

»Wie ist mein Englisch?«

»Einwandfrei. An Ihrer Tür liegt eine kleine Karte. Die müssen Sie sich ansehen.«

Khamel legte den Hörer auf ein Kissen und ging zur Tür. Eine Sekunde später war er wieder am Apparat. »Wer ist das?«

»Er heißt Verheek. Holländischer Name, aber er ist Amerikaner. Arbeitet in Washington für das FBI. Callahan und er waren befreundet. Sie haben zusammen in Georgetown studiert, und bei der Beisetzung gestern war Verheek einer der Sargträger. Gestern abend hat er sich in einem Lokal in der Nähe des Campus herumgetrieben und Fragen über die Frau gestellt. Vor zwei Stunden war einer unserer Leute in dem Lokal. Er hat sich als FBI-Agent ausgegeben und sich mit dem Barkeeper unterhalten, der, wie sich herausstellte, Jura studiert und die Frau kennt. Sie sahen sich das Spiel an und redeten eine Weile, dann gab ihm der junge Mann diese Karte. Schauen Sie auf die Rückseite. Er wohnt im Hilton. Zimmer 1909.«

»Das ist nur fünf Minuten von hier.« Die Stadtpläne lagen auf dem Bett.

»Ja. Wir haben ein paar Leute in Washington angerufen. Er ist kein Agent, nur ein Anwalt. Er kannte Callahan, und vielleicht kennt er auch die Frau. Er versucht ganz offensichtlich, sie zu finden.«

»Mit ihm würde sie reden, nicht wahr?«

»Vermutlich.«

»Wie ist mein Englisch?«

»Einwandfrei.«

Khamel wartete eine Stunde, dann verließ er das Hotel. Mit Anzug und Krawatte war er ein Mann unter vielen, die in der Abenddämmerung auf dem Weg zum Fluß die Canal Street entlangschlenderten. Er hatte eine große Sporttasche bei sich und rauchte eine Zigarette, und fünf Minuten später betrat er das Foyer des Hilton. Er bahnte sich seinen Weg durch die Menge der Fans, die aus dem Dome zurückgekehrt waren. Der Fahrstuhl hielt im zwanzigsten Stock, und er ging eine Etage hinunter in den neunzehnten. In 1909 meldete sich niemand. Wenn die Tür bei vorgelegter Kette geöffnet worden wäre, hätte er sich entschuldigt und behauptet, sich in der Zimmernummer geirrt zu haben. Wenn die Tür ohne Kette geöffnet worden wäre und mit einem Gesicht im Türspalt, dann hätte er sie aufgetreten und wäre drinnen gewesen. Aber sie wurde nicht geöffnet.

Sein neuer Freund Verheek trieb sich wahrscheinlich in irgendeinem Lokal herum, verteilte seine Karten, versuchte junge Männer dazu zu bringen, daß sie ihm etwas über Darby Shaw erzählten. Was für ein Spinner.

Er klopfte abermals, und während er wartete, schob er ein fünfzehn Zentimeter langes Plastiklineal zwischen Tür und Rahmen und hantierte behutsam damit, bis das Schloß klickte. Schlösser stellten für Khamel kein großes Hindernis dar. Auch ohne Schlüssel konnte er in weniger als dreißig Sekunden einen verschlossenen Wagen knacken und den Motor anlassen.

Drinnen schloß er die Tür hinter sich wieder ab und legte seine Tasche aufs Bett. Wie ein Chirurg holte er die Handschuhe aus einer Tasche und streifte sie über. Er legte eine .22er und einen Schalldämpfer auf den Tisch.

Das Telefon war schnell erledigt. Er stöpselte das Bandgerät in die Dose unter dem Bett, wo es wochenlang bleiben konnte, bevor jemand es bemerkte. Er rief zweimal das Wetteramt an, um das Bandgerät zu testen. Einwandfrei.

Sein neuer Freund Verheek war ein Schludrian. Die meisten der Kleidungsstücke im Zimmer waren schmutzig und einfach in die Richtung des auf einem Tisch stehenden Koffers geworfen worden. Er hatte nicht ausgepackt. Im Schrank hing ein billiger Kleidersack mit einem einzigen Hemd.

Khamel beseitigte alle Spuren seiner Anwesenheit und ließ sich im Kleiderschrank nieder. Er war ein geduldiger Mann, und er konnte stundenlang warten. Er hielt die .22er in der Hand, nur für den Fall, daß dieser Clown zufällig den Schrank öffnete und er ihn erschießen mußte. Wenn nicht, würde er einfach nur zuhören.

23

Am Sonntag gab Verheek die Runde durch die Lokale auf. Es brachte nichts ein. Sie hatte angerufen, und sie besuchte diese Orte nicht, also zum Teufel damit. Er trank zuviel und aß zuviel, und er hatte New Orleans satt. Er hatte bereits für den späten Montagnachmittag seinen Rückflug gebucht, und wenn sie sich nicht wieder meldete, war mit dem Detektivspielen Schluß.

Er konnte sie nicht finden, und das war nicht seine Schuld. Nicht einmal Taxifahrer fanden sich in dieser Stadt zurecht. Bis es Mittag geworden war, würde Voyles herumschreien. Er hatte getan, was in seinen Kräften stand.

Er lag auf dem Bett, nur mit Boxershorts bekleidet, blätterte eine Zeitschrift durch und ignorierte den Fernseher. Es war fast elf Uhr. Er würde bis zwölf warten und dann zu schlafen versuchen.

Es läutete genau um elf. Er drückte auf einen Knopf der Fernbedienung und schaltete den Fernseher aus. »Hallo?«

Sie war es. »Ich bin's, Gavin.«

»Sie leben also noch.«

»Gerade eben.«

Er setzte sich auf die Bettkante. »Was ist passiert?«

»Sie haben mich heute gesehen, und einer von ihnen, mein Freund Stummel, hat mich durchs Quarter verfolgt. Sie sind Stummel noch nicht begegnet, aber er ist einer von denen, die Sie und alle anderen beim Betreten der Kapelle beobachtet haben.«

»Aber Sie sind davongekommen.«

»Ja. Ein kleines Wunder, aber ich bin davongekommen.«

»Was ist mit Stummel passiert?«

»Den hat's schwer erwischt. Vermutlich liegt er jetzt irgendwo in einem Bett mit Eiswürfeln in seinen Shorts. Er war nur wenige Schritte von mir entfernt, als er sich auf einen Streit mit den falschen Leuten einließ. Ich habe Angst, Gavin.«

»Ist er Ihnen von irgendwoher gefolgt?«

»Nein. Wir sind uns gewissermaßen zufällig begegnet.«

Verheek schwieg eine Sekunde. Ihre Stimme bebte, aber sie hatte sie unter Kontrolle. Sie verlor ihre Gelassenheit. »Hören Sie, Darby. Ich habe für morgen nachmittag einen Flug gebucht. Schließlich habe ich diesen kleinen Job, und mein Boß erwartet, daß ich in meinem Büro sitze. Ich kann also nicht den ganzen nächsten Monat in New Orleans verbringen und darauf hoffen, daß man Sie nicht umbringt und daß Sie zur Vernunft kommen und mir vertrauen. Ich fliege morgen ab, und ich meine, Sie sollten mitkommen.«

»Wohin?«

»Nach Washington. In mein Haus. Fort von dem Ort, an dem Sie sich jetzt befinden.«

»Und was passiert dann?«

»Nun, zum einen bleiben Sie am Leben. Ich rede mit dem Direktor, und ich verspreche Ihnen, Sie werden in Sicherheit gebracht. Irgendwas werden wir unternehmen. Alles ist besser als das.«

»Wie kommen Sie auf die Idee, daß wir einfach von hier abfliegen könnten?«

»Weil drei FBI-Agenten da sein werden, die Sie beschützen. Weil ich kein kompletter Idiot bin. Hören Sie, Darby, sagen Sie mir, wo wir uns gleich jetzt treffen können, und binnen einer Viertelstunde hole ich Sie mit drei Agenten ab. Die Burschen sind bewaffnet und haben keine Angst vor Ihrem kleinen Stummel und seinen Freunden. Wir bringen Sie noch heute nacht aus der Stadt, und morgen fliegen wir nach Washington. Ich verspreche Ihnen, daß Sie meinen Boß, den ehrenwerten F. Denton Voyles, persönlich kennenlernen werden, und danach sehen wir weiter.«

»Sagten Sie nicht, das FBI wäre unbeteiligt?«

»Es ist unbeteiligt, aber das kann sich ändern.«

»Woher kommen dann die drei Agenten?«

»Ich habe Freunde.«

Sie dachte einen Moment nach, und ihre Stimme war plötzlich kräftiger. »Hinter Ihrem Hotel liegt etwas, das Riverwalk heißt. Es ist ein Einkaufszentrum mit Restaurants und ...«

»Ich habe heute nachmittag zwei Stunden dort verbracht.«

»Gut. Im zweiten Stock ist ein Bekleidungsgeschäft, das Frenchmen's Bend heißt.«

»Das habe ich gesehen.«

»Ich möchte, daß Sie morgen mittag Punkt zwölf am Eingang stehen und dort fünf Minuten warten.«

»Morgen mittag um zwölf werden Sie nicht mehr am Leben sein. Machen Sie endlich Schluß mit diesem Katz-und-Maus-Spiel, Darby.«

»Tun Sie, was ich Ihnen sage. Wir sind uns bisher nicht begegnet, ich habe also keine Ahnung, wie Sie aussehen. Tragen Sie ein schwarzes Hemd und eine rote Baseballmütze.«

»Und wo soll ich so etwas finden?«

»Das ist Ihr Problem.«

»Okay, okay. Ich werde mir die Sachen besorgen. Vermutlich wollen Sie, daß ich mir mit einer Schaufel oder so etwas in der Nase bohre. Das ist doch albern.«

»Mir ist nicht nach Albernheiten zumute, und wenn Sie nicht mit diesem Blödsinn aufhören, dann lassen wir es eben.«

»Es geht um Ihren Hals.«

»Bitte, Gavin.«

»Entschuldigung. Ich werde tun, was Sie wollen. An dieser Stelle herrscht ein ziemlicher Betrieb.«

»Ja. Ich fühle mich sicherer an Orten, wo viele Menschen sind. Bleiben Sie ungefähr fünf Minuten am Eingang stehen, mit einer zusammengefalteten Zeitung in der Hand. Ich werde aufpassen. Nach fünf Minuten gehen Sie in den Laden hinein, und zwar in die rechte hintere Ecke. Da ist ein Gestell mit Safarijacken. Beschäftigen Sie sich da eine Weile, und ich werde Sie finden.«

»Und was werden Sie anhaben?«

»Meinetwegen brauchen Sie sich nicht den Kopf zu zerbrechen.«

»Also gut. Und wie geht es dann weiter?«

»Sie und ich, und nur Sie und ich verlassen die Stadt. Ich will nicht, daß irgend jemand sonst davon weiß. Können Sie das verstehen?«

»Nein, das kann ich nicht verstehen. Ich kann dafür sorgen, daß Sie beschützt werden.«

»Nein, Gavin. Ich bin der Boß, okay? Vergessen Sie Ihre drei Agentenfreunde. Einverstanden?«

»Einverstanden. Und wie gedenken Sie mit mir die Stadt zu verlassen?«

»Auch dafür habe ich einen Plan.«

»Mir gefallen Ihre Pläne nicht, Darby. Diese Ganoven sitzen Ihnen im Genick, und jetzt ziehen Sie mich mit in diese Sache hinein. Es wäre wesentlich sicherer, wenn wir es auf meine Art tun würden. Sicherer für Sie, und sicherer für mich.«

»Aber Sie werden um zwölf da sein, ja?«

Er stand neben dem Bett und sprach mit geschlossenen Augen. »Ja, ich werde da sein. Ich hoffe nur, daß Sie auch da sein werden.«

»Wie groß sind Sie?«

»Einsfünfundsiebzig.«

»Wieviel wiegen Sie?«

»Vor dieser Frage habe ich mich gefürchtet. Normalerweise lüge ich. Hundert Kilo, aber ich habe vor, abzunehmen. Ich schwöre es.«

»Wir sehen uns morgen, Gavin.«

»Ich hoffe es.«

Sie hatte aufgelegt. Er warf den Hörer auf die Gabel. »Verdammtes Luder!« brüllte er die Wände an. »Verdammtes Luder!« Er wanderte ein paarmal am Fußende des Bettes entlang, dann ging er ins Badezimmer, wo er die Tür hinter sich zumachte und die Dusche aufdrehte.

Er verfluchte sie zehn Minuten lang, während er unter der Dusche stand, dann drehte er den Hahn zu und trocknete sich ab. Es waren eher hundertacht Kilo, und das meiste davon befand sich an den falschen Stellen seiner einsfünfundsiebzig großen Gestalt. Es war ein unerfreulicher Anblick. Hier war er, im Begriff, diese wundervolle Frau zu treffen, die ihm ihr Leben anvertraute, und was war er für ein Fettwanst.

Er öffnete die Tür. Im Zimmer war es dunkel. Dunkel? Er hatte doch das Licht angelassen. Und wenn schon. Er strebte auf den Schalter neben der Kommode zu.

Der erste Schlag zerschmetterte seinen Kehlkopf. Es war ein gekonnter Schlag, der von der Seite kam, von irgendwo nahe der Wand. Er stöhnte schmerzgepeinigt und sank auf ein Knie, was den zweiten Schlag so einfach machte, wie den einer Axt auf einen dicken Baumstamm. Er traf ihn wie ein Stein auf die Schädelbasis, und Gavin war tot.

Khamel schaltete das Licht ein und betrachtete die erbärmliche nackte Gestalt auf dem Boden. Er gehörte nicht zu den Leuten, die ihre Arbeit bewundern. Er wollte keine Brandstellen auf dem Teppich, also lud er sich die fette Leiche auf die Schultern und legte sie quer übers Bett. Schnell arbeitend und ohne jede überflüssige Bewegung schaltete Khamel den Fernseher wieder ein und stellte ihn auf volle Lautstärke, öffnete den Reißverschluß seiner Tasche, holte eine billige .25er Automatik heraus und setzte sie an die rechte Schläfe des verstorbenen Gavin Verheek. Er bedeckte die Waffe und den Kopf mit zwei Kissen und drückte ab. Jetzt das Wichtigste: Er nahm eines der Kissen und legte es unter den Kopf, warf das andere auf den Boden, bog die Finger der rechten Hand sorgfältig um den Griff der Pistole und legte sie dreißig Zentimeter vom Kopf entfernt hin.

Er holte das Bandgerät unter dem Bett vor und stöpselte den Telefondraht wieder in die Wand. Er drückte auf einen Knopf, lauschte, und da war sie. Er schaltete den Fernseher aus.

Jeder Job war anders. Einmal hatte er in Mexico City eines seiner Opfer drei Wochen lang verfolgt und dann mit zwei Prostituierten im Bett erwischt. Das war ein dummer Fehler gewesen. Während seiner langen Karriere hatten ihm zahlreiche dumme Fehler der Gegenseite die Arbeit erleichtert. In diesem Fall war der ganze Kerl ein dummer Fehler, ein dämlicher Anwalt, der umherzog, große Reden schwang und Karten mit seiner Zimmernummer auf der Rückseite verteilte. Er hatte die Nase in die Welt des Oberliga-Killens gesteckt, und das hatte er nun davon.

Mit ein bißchen Glück würden sich die Polizisten das Zimmer ein paar Minuten lang anschauen und zu dem Schluß kommen, daß hier ein schlichter Selbstmord vorlag. Sie würden ihres Amtes walten und sich ein paar Fragen stellen, die sie nicht beantworten konnten, aber ein paar Fragen tauchten immer auf. Und weil er ein bedeutender FBI-Anwalt gewesen war, würde in ein oder zwei Tage eine Autopsie vorgenommen werden, und am Dienstag würde ein Gerichtsmediziner plötzlich feststellen, daß es kein Selbstmord war.

Am Dienstag würde die Frau tot sein und er in Managua.

24

Seine üblichen offiziellen Quellen im Weißen Haus leugneten jede Kenntnis des Pelikan-Dossiers. Sarge hatte nie davon gehört. Auf gut Glück geführte Anrufe beim FBI förderten nichts zutage. Ein Freund im Justizministerium bestritt, je davon gehört zu haben. Er bohrte das ganze Wochenende über, ohne jeden Erfolg. Die Story über Callahan war verifiziert, als er ein Exemplar der Zeitung von New Orleans gefunden hatte. Als sie am Montag in der Redaktion anrief, hatte er nichts Neues zu berichten. Aber wenigstens rief sie an.

Sie sagte, sie wäre in einer Telefonzelle, er könnte sich also die Mühe des Nachforschens sparen.

»Ich bin immer noch auf der Suche«, sagte er. »Wenn überhaupt ein solches Dossier in der Stadt ist, dann wird es streng geheimgehalten.«

»Ich versichere Ihnen, daß es da ist, und mir ist klar, weshalb es geheimgehalten wird.«

»Sie können mir bestimmt mehr erzählen.«

»Viel mehr. Das Dossier hat mich gestern beinahe das Leben gekostet. Es kann also sein, daß ich früher zum Reden bereit sein werde, als ich ursprünglich vorhatte. Ich muß mit der Sprache herausrücken, solange ich noch am Leben bin.«

»Wer versucht, Sie umzubringen?«

»Dieselben Leute, die Rosenberg und Jensen und Thomas Callahan umgebracht haben.«

»Kennen Sie ihre Namen?«

»Nein, aber seit Mittwoch habe ich mindestens vier von ihnen gesehen. Sie sind hier in New Orleans und hoffen, daß ich irgend etwas Dummes tue und sie mich umbringen können.«

»Wie viele Leute wissen von dem Pelikan-Dossier?«

»Gute Frage. Callahan brachte es zum FBI, und ich glaube, von dort aus gelangte es ins Weiße Haus, wo es anscheinend für eine Menge Aufregung gesorgt hat, und von dort – wer weiß? Zwei Tage, nachdem er es dem FBI gegeben hatte, war Callahan tot. Und ich sollte natürlich mit ihm sterben.«

»Waren Sie zusammen?«

»Ich war ganz in der Nähe, aber nicht nahe genug.«

»Also sind Sie die unbekannte Frau am Tatort?«

»So wurde ich in der Zeitung bezeichnet.«

»Dann kennt die Polizei Ihren Namen?«

»Mein Name ist Darby Shaw. Ich bin Jurastudentin im zweiten Jahr in Tulane. Thomas Callahan war mein Professor. Ich schrieb das Dossier, gab es ihm, und den Rest kennen Sie. Haben Sie alles mitbekommen?«

Grantham machte sich hastig Notizen. »Ja. Ich höre.«

»Ich habe das French Quarter ziemlich satt, und ich habe vor, heute die Stadt zu verlassen. Morgen rufe ich Sie von irgendwo anders aus an. Haben Sie Zugang zu den Aufstellungen der Wahlkampfspenden?«

»Das sind öffentliche Unterlagen.«

»Das weiß ich. Aber wie schnell können Sie sich die Information beschaffen?«

»Welche Information?«

»Eine Liste aller Leute, die zum letzten Wahlkampf des Präsidenten große Beträge beigesteuert haben.«

»Das ist nicht schwierig. Die kann ich mir bis heute nachmittag besorgen.«

»Tun Sie das. Ich rufe Sie morgen früh wieder an.«

»Okay. Haben Sie eine Kopie des Dossiers?«

Sie zögerte. »Nein, aber ich kenne es auswendig.«

»Und Sie wissen, wer für die Morde verantwortlich ist?«

»Ja, und sobald ich es Ihnen gesagt habe, steht auch Ihr Name auf der Abschußliste.«

»Sagen Sie es mir jetzt.«

»Lassen wir's langsam angehen. Ich rufe morgen wieder an.«

Grantham ließ sich kein Wort entgehen, dann legte er auf. Er nahm seinen Notizblock und bahnte sich seinen Weg durch das Labyrinth von Schreibtischen und Leuten zum gläsernen Büro seines Ressortchefs Smith Keen. Keen war ein gesunder und munterer Typ mit einer Politik der offenen Tür, die Chaos in seinem Büro gewährleistete. Er beendete gerade ein Telefongespräch, als Grantham hereinstürmte und die Tür hinter sich zumachte.

»Diese Tür bleibt offen«, sagte Keen scharf.

»Wir müssen reden, Smith.«

»Wir reden bei offener Tür. Machen Sie die verdammte Tür auf.«

»Ich mache sie in einer Sekunde auf.« Grantham sprach mit erhobenen Händen; beide Handflächen waren dem Redakteur zugewandt. Ja, es war ernst. »Lassen Sie uns reden.«

»Okay. Worum geht es?«

»Es ist eine große Sache, Smith.«

»Ich weiß, daß sie groß ist. Sie haben die verdammte Tür zugemacht, also weiß ich, daß sie groß ist.«

»Ich habe gerade mein zweites Telefongespräch mit einer jungen Dame namens Darby Shaw beendet, die weiß, wer Rosenberg und Jensen umgebracht hat.«

Keen richtete sich langsam auf und musterte Grantham. »Ja, mein Sohn, das ist eine große Sache. Aber woher wissen Sie das? Woher weiß sie es? Was können Sie beweisen?«

»Ich habe noch keine Story, Smith, aber sie redet mit mir. Lesen Sie das.« Grantham gab ihm eine Kopie des Zeitungsberichts über Callahans Tod. Keen las ihn langsam.

»Okay. Wer ist Callahan?«

»Heute vor einer Woche hat er ein kleines Papier, das jetzt das Pelikan-Dossier genannt wird, dem FBI übergeben. Wie es scheint, wird in diesem Dossier irgendeine obskure Person mit den Morden in Verbindung gebracht. Das Dossier wird herumgereicht, gelangt ins Weiße Haus und von dort aus weiter zu Leuten, die niemand kennt. Zwei Tage später startet Callahan seinen Porsche zum letzten Mal. Darby Shaw behauptet, sie wäre die unidentifizierte Frau, die in dem Artikel erwähnt wird. Sie war mit Callahan zusammen und sollte eigentlich mit ihm sterben.«

»Weshalb sollte sie sterben?«

»Sie hat das Dossier geschrieben. Jedenfalls behauptet sie das.«

Keen versank tiefer in seinem Sessel und legte die Füße auf den Schreibtisch. Er betrachtete das Foto von Callahan. »Wo ist dieses Dossier?«

»Ich weiß es nicht.«

»Was steht drin?«

»Auch das weiß ich nicht.«

»Also wissen wir überhaupt nichts, oder?«

»Bisher nicht. Aber wenn sie mir alles erzählt, was darinsteht?«

»Und wann wird sie das tun?«

Grantham zögerte einen Moment. »Bald, glaube ich. Ziemlich bald.«

Keen schüttelte den Kopf und warf den Zeitungsausschnitt auf den Schreibtisch. »Wenn wir das Dossier hätten, wäre das eine grandiose Story, Gray, aber wir könnten sie nicht bringen. Bevor wir sie bringen können, muß alles gründlich, einwandfrei und bis ins letzte Detail verifiziert sein.«

»Aber ich habe grünes Licht?«

»Ja, aber ich will stündlich informiert werden. Sie schreiben kein Wort, bevor wir miteinander gesprochen haben.«

Grantham lächelte und öffnete die Tür.

Das war keine Arbeit, die ihm vierzig Dollar pro Stunde einbrachte. Nicht einmal dreißig oder zwanzig. Croft wußte, daß er Glück hatte, wenn er aus Gray für diese verdammte Suche nach der Nadel im Heuhaufen fünfzehn herausschinden konnte. Wenn er andere Arbeit gehabt hätte, dann hätte er Grantham gesagt, er solle sich jemand anderen suchen oder, besser noch, sie selbst tun.

Aber die Geschäfte gingen schlecht, und fünfzehn Dollar pro Stunde waren besser als gar nichts. Er rauchte seinen Joint in der hintersten Kabine zu Ende, spülte den Stummel weg und öffnete die Tür. Er setzte sich die dunkle Sonnenbrille auf die Nase und trat hinaus auf den Flur, der zu einer Vorhalle führte, von der aus vier Fahrstühle tausend Anwälte in ihre kleinen Büros hinaufbeförderten, wo sie ihre Tage damit verbrachten, anderen Leuten die Hölle heiß zu machen. Er hatte sich Garcias Aussehen genau eingeprägt. Er träumte sogar von diesem jungen Mann mit dem intelligenten

Gesicht und dem schlanken, mit einem teuren Anzug bekleideten Körper. Er würde ihn wiedererkennen, wenn er ihn sah.

Er stand an einer Säule, hielt eine Zeitung in den Händen und versuchte, alle Leute durch seine dunkle Brille zu mustern. Anwälte überall, eilig auf dem Weg nach oben mit ihren schmucken kleinen Gesichtern und ihren schmucken kleinen Aktenkoffern. Mann, wie er diese Anwälte haßte! Weshalb waren sie alle gleich gekleidet? Dunkle Anzüge. Dunkle Schuhe. Dunkle Gesichter. Hin und wieder ein Nonkonformist mit einer kühnen Fliege. Wo kamen die alle her? Die ersten Anwälte direkt nach seiner Verhaftung wegen Drogenbesitzes waren eine Horde von wütenden, von der *Post* angeheuerten Sprachrohren gewesen. Dann hatte er sich selbst einen Anwalt genommen, einen unverschämt teuren Idioten, der den Gerichtssaal nicht finden konnte. Und der Ankläger war natürlich auch ein Anwalt gewesen. Anwälte, Anwälte.

Zwei Stunden am Morgen, zwei Stunden in der Lunchpause, zwei Stunden am Abend, und dann würde Grantham ein anderes Gebäude haben, das er überwachen sollte. Neunzig Dollar am Tag waren lausig, und er würde Schluß machen, sobald er etwas Besseres hatte. Er hatte Grantham gesagt, daß das Ganze aussichtslos war, nichts als ein Schuß ins Blaue. Grantham hatte es zugegeben, aber gesagt, er sollte trotzdem weitermachen. Es war alles, was sie tun konnten. Er hatte gesagt, Garcia hätte Angst und würde nicht mehr anrufen. Sie mußten ihn finden. In seiner Tasche steckten für alle Fälle zwei der Fotos, und aus dem Branchenverzeichnis hatte er sich eine Liste der in dem Gebäude ansässigen Firmen herausgeschrieben. Es war eine lange Liste. Das Gebäude hatte zwölf Stockwerke, in denen fast ausschließlich Firmen saßen, in denen diese geschniegelten Westentaschengentlemen arbeiteten. Eine Schlangengrube.

Halb zehn war der Hauptansturm vorbei, und einige der Gesichter kamen ihm bekannt vor, als sie in einem der Fahrstühle wieder unten einschwebten, zweifellos auf dem Weg zum Gericht oder zu einer Behörde oder einem Mandanten. Croft schob sich durch die Drehtür und wischte sich die Füße auf dem Gehsteig ab.

Vier Blocks entfernt wanderte Fletcher Coal vor dem Schreibtisch des Präsidenten hin und her und lauschte intensiv in den Telefonhörer an seinem Ohr. Er runzelte die Stirn und schloß die Augen;

dann schaute er den Präsidenten an, als wollte er sagen: »Schlimme Neuigkeiten, Chef. Wirklich schlimme.« Der Präsident hielt einen Brief in der Hand und musterte Coal über seine Lesebrille hinweg. Daß Coal auf diese Weise herumwanderte, als wäre er ›Der Führer‹, irritierte ihn, und er nahm sich vor, das gelegentlich zur Sprache zu bringen.

Coal knallte den Hörer auf die Gabel.

»Knallen Sie nicht mit den verdammten Telefonen herum!« sagte der Präsident.

Coal zuckte mit keiner Wimper. »Entschuldigung. Das war Zikman. Vor einer halben Stunde hat Gray Grantham bei ihm angerufen und ihn gefragt, ob er irgend etwas über die Pelikan-Akte wüßte.«

»Wundervoll. Grandios. Wie ist er an eine Kopie davon gekommen?«

Coal wanderte immer noch hin und her. »Zikman weiß nichts davon, seine Unwissenheit war also echt.«

»Seine Unwissenheit ist immer echt. Er ist der blödeste Kerl in meinem Stab, Fletcher, und ich will, daß er verschwindet.«

»Wie Sie wünschen.« Coal ließ sich in einem Sessel vor dem Schreibtisch nieder und legte die Fingerspitzen unter dem Kinn gegeneinander. Er war tief in Gedanken versunken, und der Präsident versuchte, ihn zu ignorieren. Beide dachten einen Moment lang nach.

»Hat Voyles es durchsickern lassen?« fragte der Präsident schließlich.

»Vielleicht, wenn überhaupt etwas durchgesickert ist. Grantham ist dafür bekannt, daß er gern blufft. Wir können nicht sicher sein, daß er die Akte gesehen hat. Vielleicht hat er nur davon gehört und versucht jetzt, mehr zu erfahren.«

»Vielleicht, vielleicht. Was ist, wenn sie irgendeine verrückte Story über dieses verdammte Ding bringen? Was dann?« Der Präsident stemmte die Hände auf den Schreibtisch und stand auf. »Was dann, Fletcher? Diese Zeitung haßt mich!« Er starrte zum Fenster hinaus.

»Sie können sie nicht bringen ohne eine andere Quelle, und eine andere Quelle kann es nicht geben, weil nichts dahintersteckt. Es ist nichts als eine verrückte Idee, der wesentlich mehr Beachtung geschenkt wird, als sie verdient.«

Der Präsident gab sich eine Weile seiner schlechten Laune hin und starrte durch das Glas. »Wie hat Grantham überhaupt davon erfahren?«

Coal stand auf und wanderte wieder herum, aber jetzt wesentlich langsamer. Er dachte immer noch angestrengt nach. »Keine Ahnung. Außer Ihnen und mir weiß hier niemand darüber Bescheid. Wir bekamen ein Exemplar, und das ist in meinem Büro eingeschlossen. Ich habe eigenhändig eine Kopie gemacht und sie Gminski gegeben. Ich habe ihn zur Geheimhaltung verpflichtet.«

Der Präsident schnaubte das Fenster an.

Coal fuhr fort. »Okay, Sie haben recht. Inzwischen könnten tausend Kopien im Umlauf sein. Aber es ist harmlos, es sei denn, unser Freund hätte diese schmutzigen Dinge tatsächlich getan, dann ...«

»Dann sitze ich ganz tief in der Tinte.«

»Ja. Ich würde sagen, dann sitzen wir beide ganz tief in der Tinte.«

»Wieviel Geld haben wir genommen?«

»Millionen, direkt und indirekt.« Und legal und illegal. Der Präsident hatte kaum eine Ahnung von diesen Transaktionen, und Coal zog es vor, ihn im Ungewissen zu lassen.

Der Präsident ging langsam zur Couch. »Weshalb rufen Sie Grantham nicht an? Versuchen Sie herauszubekommen, was er weiß. Wenn er blufft, ist die Sache klar. Was meinen Sie?«

»Ich weiß nicht recht.«

»Sie haben doch schon öfters mit ihm gesprochen. Jeder kennt Grantham.«

Jetzt wanderte Coal hinter der Couch herum. »Ja. Ich habe schon öfters mit ihm gesprochen. Aber wenn ich jetzt plötzlich aus dem Nirgendwo anrufe, wird das seinen Argwohn erregen.«

»Ja, da könnten Sie recht haben.« Der Präsident stand an einem Ende der Couch, Coal am anderen. »Was ist die Kehrseite der Medaille?« fragte der Präsident schließlich.

»Unser Freund könnte dahinterstecken. Sie haben Voyles aufgefordert, die Finger von unserem Freund zu lassen. Unser Freund könnte von der Presse bloßgestellt werden. Voyles könnte sich aus der Affäre ziehen und erklären, Sie hätten ihn aufgefordert, anderen Verdächtigen nachzujagen und unseren Freund zu ignorieren. Die *Post* könnte sich mit einem weiteren Vertuschungsskandal überschlagen. Und die Wiederwahl könnten wir vergessen.«

»Sonst noch was?«

Coal dachte einen Augenblick nach. »Ja. Das ist alles an den Haaren herbeigezogen. Die Akte ist ein Fantasiegebilde. Grantham wird nichts finden, und ich komme zu spät zu einer Besprechung.« Er ging zur Tür. »In der Lunchpause spiele ich Squash. Um eins bin ich wieder hier.«

Der Präsident sah zu, wie die Tür geschlossen wurde, und atmete leichter. Am Nachmittag hatte er vor, achtzehn Löcher zu spielen. Also vergessen wir dieses Pelikan-Ding.

Wenn Coal sich keine Sorgen machte, brauchte er sich auch keine zu machen.

Er tippte eine Nummer in sein Telefon ein, wartete geduldig und hatte schließlich Bob Gminski am Apparat.

Der Direktor der CIA war ein grauenhafter Golfer, einer der wenigen, die der Präsident demütigen konnte, und er lud ihn ein, am Nachmittag mit ihm zu spielen. Gern, sagte Gminski, ein Mann, der tausend andere Dinge zu tun hatte, aber nun ja, er war der Präsident, es würde ihm also ein Vergnügen sein, mit ihm zu spielen.

»Übrigens, Bob, was ist mit diesem Pelikan-Ding in New Orleans?«

Gminski räusperte sich und versuchte, seine Stimme ganz beiläufig klingen zu lassen. »Also, Chef, ich habe Fletcher Coal am Freitag gesagt, daß es sehr einfallsreich ist und eine hübsche Geschichte. Ich meine, die Verfasserin sollte das Jurastudium aufgeben und statt dessen Romane schreiben. Ha, ha, ha.«

»Großartig, Bob. Es steckt also nichts dahinter?«

»Wir graben weiter.«

»Wir sehen uns um drei.« Der Präsident legte auf und steuerte auf seinen Golfschläger zu.

25

Riverwalk zieht sich vierhundert Meter am Wasser entlang und ist immer belebt. Das Einkaufszentrum besteht aus mindestens zweihundert Geschäften, Cafés und Restaurants auf mehreren Ebenen, von denen sich die meisten unter dem gleichen Dach befinden und einige Türen haben, die auf die Promenade am Flußufer hinausführen. Es liegt am Ende der Poydras Street, nur einen Steinwurf vom Quarter entfernt.

Sie kam um elf, trank im Hintergrund eines winzigen Bistros einen Espresso und versuchte, die Zeitung zu lesen und einen gelassenen Eindruck zu machen. Frenchmen's Bend lag eine Etage tiefer um eine Ecke herum. Sie war nervös, und der Espresso half auch nicht gerade.

In der Tasche hatte sie eine Liste der Dinge, die zu tun waren, bestimmte Schritte in bestimmten Momenten, sogar Wörter und Sätze, die sie sich für den Fall eingeprägt hatte, daß irgend etwas schiefging und Verheek außer Kontrolle geriet. Sie hatte zwei Stunden geschlafen und den Rest der Nacht skizzierend und notierend mit einem Block verbracht. Wenn sie starb, dann nicht wegen mangelhafter Vorbereitung.

Sie konnte Gavin Verheek nicht trauen. Er war bei einer Polizeiorganisation beschäftigt, die gelegentlich nach eigenen Regeln vorging. Er nahm Befehle entgegen von einem Mann, der berüchtigt war für seine schmutzigen Tricks. Sein Boß erstattete einem Präsidenten Bericht, der an der Spitze einer Administration von Schwachköpfen stand. Der Präsident hatte reiche, skrupellose Freunde, die ihm Unmengen von Geld zukommen ließen.

Aber in diesem Moment gab es sonst niemanden, dem sie hätte trauen können. Nach fünf Tagen und zweimaligem Davonkommen um Haaresbreite warf sie jetzt das Handtuch. New Orleans hatte seinen Reiz verloren. Sie brauchte Hilfe, und wenn sie schon Polizisten trauen mußte, dann waren die Fibbies nicht die schlechtesten.

Viertel vor zwölf. Sie zahlte für den Espresso, wartete auf ein dichtes Gedränge und schloß sich einer Gruppe von einkaufenden Leuten an. Als sie den Eingang von Frenchmen's Bend passierte, wo ihr Freund in ungefähr zehn Minuten sein sollte, sah sie, daß sich in dem Geschäft ungefähr ein Dutzend Leute aufhielten. Sie ging zwei Türen weiter in eine Buchhandlung. In der näheren Umgebung gab es mindestens drei Geschäfte, in denen sie sich aufhalten und verstecken und die Eingangstür von Frenchmen's Bend im Auge behalten konnte. Sie entschied sich für die Buchhandlung, weil die Verkäufer nicht aufdringlich und darauf eingestellt waren, daß die Kunden hier ihre Zeit totschlugen. Sie betrachtete zuerst die Zeitschriften, und drei Minuten vor zwölf trat sie zwischen zwei Regale mit Kochbüchern und hielt nach Gavin Ausschau. Thomas hatte gesagt, er wäre nie pünktlich. Eine Stunde Verspätung wäre für ihn zeitig, aber sie hatte vor, ihm eine Viertelstunde zu geben und dann zu verschwinden.

Sie rechnete damit, daß er genau um zwölf auftauchen würde, und da war er. Schwarzes Sweatshirt, rote Baseballmütze, zusammengefaltete Zeitung. Er war ein wenig schlanker, als sie erwartet hatte, aber er konnte gut und gerne ein paar Kilo abnehmen. Ihr Herz hämmerte. Ruhig bleiben, Mädchen. Ganz ruhig bleiben.

Sie hielt sich ein Kochbuch vor die Augen und lugte darüber hinweg. Er hatte graues Haar und eine dunkle Haut. Die Augen waren hinter einer Sonnenbrille versteckt. Er zappelte und wirkte gereizt, so, wie er sich am Telefon angehört hatte. Er ließ die Zeitung von einer Hand in die andere wandern, trat von einem Fuß auf den anderen und schaute sich nervös um.

Er war okay. Ihr gefiel, was sie sah. Er hatte etwas Verletzliches, Nicht-Profihaftes an sich, das darauf hindeutete, daß auch er Angst hatte. Nach fünf Minuten ging er, wie sie es verlangt hatte, durch die Tür und begab sich in die rechte hintere Ecke des Geschäfts.

Khamel war darauf trainiert, den Tod willkommen zu heißen. Er war ihm viele Male sehr nahe gewesen, hatte sich aber nie vor ihm gefürchtet. Und nach dreißig Jahren, in denen er ihn ständig erwartet hatte, gab es nichts, absolut nichts, das ihn nervös machen konnte. Beim Sex geriet er in eine gewisse Erregung, aber das war auch alles. Das Zappeln war eine Schau. Die unruhigen kleinen Bewegungen waren gewollt. Er hatte Konfrontationen mit Männern überlebt, die fast so talentiert gewesen waren wie er, und dieses kleine Rendezvous mit einem verzweifelten Kind würde bestimmt ein Kinderspiel sein. Er schaute sich die Safarijacken an und versuchte, nervös zu wirken.

Er hatte ein Taschentuch bei sich, weil er sich plötzlich so stark erkältet hatte, daß seine Stimme ein bißchen dumpf und rauh klang. Er hatte sich die Aufzeichnung hundertmal angehört, und er war sicher, daß er den Tonfall und den Rhythmus und den leichten Akzent des Mittelwestens hatte. Aber Verheeks Stimme war etwas nasaler, deshalb das Taschentuch für die Erkältung.

Es fiel ihm schwer, zuzulassen, daß jemand sich ihm von hinten näherte, aber er wußte, daß er es tun mußte. Sie war hinter ihm, aber ganz nahe, als sie »Gavin« sagte.

Er fuhr schnell herum. Sie hatte einen weißen Panamahut in der Hand und sprach zu ihm. »Darby«, sagte er und zog das Taschentuch für ein vorgetäuschtes Niesen. Ihr Haar war goldfarben und kürzer als seines. Er nieste und hustete. »Wir sollten von hier verschwinden«, sagte er. »Diese Idee gefällt mir nicht.«

Darby gefiel sie auch nicht. Es war Montag, und ihre Kommilitonen büffelten oder saßen in ihren Vorlesungen, und sie war hier, getarnt bis zum Gehtnichtmehr, und spielte eine Mantel- und Degenkomödie mit einem Mann, der sie das Leben kosten konnte. »Tun Sie einfach, was ich sage, okay. Wo haben Sie sich so erkältet?«

Er nieste in sein Taschentuch und sprach so leise wie möglich. Es hörte sich gequält an. »Gestern abend. Habe die Klimaanlage zu kühl eingestellt. Lassen Sie uns von hier verschwinden.«

»Folgen Sie mir.« Sie verließen das Geschäft. Darby nahm seine Hand, und sie gingen rasch eine Treppe hinunter, die zur Promenade führte.

»Haben Sie sie gesehen?« fragte er.

»Nein. Bisher noch nicht. Aber ich bin sicher, daß sie in der Nähe sind.«

»Wohin, zum Teufel, gehen wir?« Die Stimme war kratzig.

Sie waren auf der Promenade, fast joggend, und redeten, ohne sich anzusehen. »Kommen Sie einfach mit.«

»Sie laufen zu schnell, Darby. Wir fallen auf. Langsamer. Das ist doch verrückt. Lassen Sie mich einen Anruf machen, dann kann uns nichts mehr passieren. In zehn Minuten kann ich drei Agenten hierhaben.« Er hörte sich gut an. Es funktionierte. Sie hielten sich an den Händen und rannten um ihr Leben.

»Nein.« Sie wurde langsamer. Die Promenade wimmelte von Leuten, und am Laufsteg der *Bayou Queen*, einem Raddampfer, hatte sich eine Schlange gebildet. Sie hielten am Ende der Schlange an.

»Was, zum Teufel, soll das?« fragte er.

»Müssen Sie über alles und jedes nörgeln?« flüsterte sie beinahe.

»Ja. Vor allem über Blödsinn, und das hier ist ausgemachter Blödsinn. Wollen wir auf dieses Schiff?«

»Ja.«

»Weshalb?« Er nieste wieder, dann hustete er heftig. Er hätte sie gleich jetzt mit einer Hand erledigen können, aber überall waren Leute. Leute vor ihnen, Leute hinter ihnen. Er legte großen Wert auf saubere Arbeit, und an diesem Ort würde es ein schmutziges Geschäft sein. Geh mit ihr an Bord, spiel noch ein paar Minuten lang mit, sieh zu, was passiert. Er würde dafür sorgen, daß sie mit aufs Oberdeck kam, sie umbringen, in den Fluß werfen und dann losschreien. Schon wieder so ein grauenhafter Unfall. Das konnte funktionieren. Wenn nicht, würde er sich eben gedulden. In einer Stunde würde sie auf alle Fälle tot sein. Gavin war ein Nörgler, also nörgelte er weiter.

»Weil ich einen Wagen auf einem Parkplatz habe, eine Meile flußaufwärts, wo wir in einer halben Stunde anlegen werden«, erklärte sie mit leiser Stimme. »Wir verlassen das Schiff, steigen in den Wagen und verschwinden.«

Jetzt bewegte sich die Schlange. »Ich hasse Schiffe. Ich werde seekrank. Das ist gefährlich, Darby.« Er hustete und sah sich um wie ein Mann, der verfolgt wird.

»Ganz ruhig, Gavin. Es wird klappen.«

Khamel zupfte an seiner Hose. Sie hatte eine Taillenweite von neunzig Zentimetern und verdeckte acht Lagen Unter- und Turnhosen. Das Sweatshirt hatte die Größe XL, und obwohl er fünfundsiebzig Kilo wog, konnte er für fünfundneunzig durchgehen. Oder was auch immer. Es schien zu funktionieren.

Sie waren fast auf der Laufplanke der *Bayou Queen*. »Das gefällt mir nicht«, murmelte er gerade so laut, daß sie es hören konnte.

»Halten Sie endlich die Klappe«, sagte sie.

Der Mann mit der Waffe rannte ans Ende der Schlange und bahnte sich mit den Ellenbogen seinen Weg zwischen den Leuten mit ihren Taschen und Kameras hindurch. Die Touristen standen dicht gedrängt beieinander, als wäre eine Fahrt auf dem Flußdampfer die großartigste Sache von der Welt. Er hatte schon früher getötet, aber noch nie an einem derart öffentlichen Ort. Durch die Menge hindurch war ihr Hinterkopf zu sehen. Er boxte sich verzweifelt durch die Schlange. Ein paar Leute beschimpften ihn, aber das kümmerte ihn nicht. Die Waffe steckte in seiner Tasche, aber als er sich der jungen Frau näherte, zog er sie heraus und hielt sie neben dem rechten

Bein. Sie war fast auf der Laufplanke, fast auf dem Schiff. Er drängelte heftiger und schob Leute aus dem Weg. Sie protestierten wütend, bis sie die Waffe sahen, dann begannen sie zu schreien. Sie hielt den Mann bei der Hand, der ununterbrochen redete. Sie war im Begriff, auf das Deck zu treten, als er die letzte Person aus dem Weg drängte und dem Mann die Waffe blitzschnell unmittelbar unter der roten Baseballmütze aufs Genick setzte. Er drückte ab, und die Leute kreischten und ließen sich zu Boden fallen.

Gavin stürzte schwer auf die Laufplanke. Darby schrie und wich entsetzt zurück. Ihre Ohren dröhnten von dem Schuß, Stimmen kreischten und Leute zeigten mit dem Fingern. Der Mann mit der Waffe rannte auf eine Reihe von Geschäften und eine Menschenmenge zu. Ein schwerer Mann mit einer Kamera brüllte hinter ihm her, und Darby sah ihn noch eine Sekunde, bevor er verschwand. Vielleicht hatte sie ihn schon früher einmal gesehen, aber im Augenblick konnte sie nicht denken. Sie schrie und konnte nicht aufhören.

»Er hat eine Waffe!« schrie eine Frau in der Nähe des Schiffes, und die Menge wich vor Gavin zurück, der jetzt auf allen Vieren kauerte und eine Pistole in der rechten Hand hielt. Er schwankte unsicher hin und her wie ein Kind, das zu krabbeln versucht. Blut strömte von seinem Kinn herab und sammelte sich in einer Pfütze unter seinem Gesicht. Sein Kopf hing fast bis auf die Planke. Seine Augen waren geschlossen. Er bewegte sich ein paar Zentimeter vorwärts; nun waren seine Knie in der dunkelroten Pfütze.

Die Menge wich noch weiter zurück, entsetzt über den Anblick dieses Verletzten, der gegen den Tod ankämpfte. Er schwankte und rutschte wieder vorwärts, ohne Ziel, wollte sich nur bewegen, leben. Er begann zu schreien, laute, schmerzgepeinigte Worte in einer Sprache, die Darby unbekannt war.

Das Blut strömte, sprudelte aus der Nase und vom Kinn. Er heulte in dieser unbekannten Sprache. Zwei Angehörige der Schiffsbesatzung standen auf der Laufplanke, getrauten sich aber nicht, näher heranzukommen. Sie hatten Angst vor der Pistole.

Eine Frau schrie, dann noch eine. Darby wich weiter zurück. »Er ist ein Ägypter«, sagte eine kleine dunkle Frau. Diese Feststellung hatte keine Bedeutung für die Menge, die jetzt gebannt zuschaute.

Er ruckte vorwärts, der Kante der Promenade entgegen. Die Pistole fiel ins Wasser. Er sackte zusammen, landete mit überhängendem Kopf auf dem Bauch, und das Blut tropfte in den Fluß. Rufe kamen aus dem Hintergrund, und zwei Polizisten stürmten auf ihn zu.

Jetzt drängten an die hundert Leute vorwärts, um den Toten zu sehen. Darby schob sich in den Hintergrund und verließ den Ort des Geschehens. Die Polizisten würden Fragen stellen, und da sie keine Antworten hatte, zog sie es vor, nicht zu reden. Im Riverwalk gab es ein Austernlokal. Jetzt, zur Lunchzeit, war es bis auf den letzten Platz besetzt, und sie fand den Waschraum im Hintergrund. Sie verriegelte die Tür und setzte sich auf eine der Toiletten.

Kurz nach Anbruch der Dunkelheit verließ sie das Riverwalk. Das Westin Hotel war zwei Blocks entfernt, und sie hoffte, daß sie es bis dorthin schaffen würde, ohne unterwegs niedergeschossen zu werden. Ihre Kleidung war anders und unter einem neuen schwarzen Trenchcoat verborgen. Auch die Sonnenbrille und der Hut waren neu. Sie hatte es satt, gutes Geld für Wegwerfkleidung zu verschwenden. Sie hatte eine Menge Dinge satt.

Sie schaffte es, das Westin heil und ganz zu erreichen. Es war kein Zimmer frei, und sie saß eine Stunde in der gut beleuchteten Lounge und trank Kaffee. Es war Zeit, sich aus dem Staub zu machen, aber sie durfte nicht unvorsichtig werden. Sie mußte nachdenken.

Vielleicht dachte sie viel zu viel nach. Vielleicht hielten sie sie jetzt für eine Denkerin und planten dementsprechend.

Sie verließ das Westin und ging zur Poydras, wo sie ein Taxi herbeiwinkte. Am Steuer saß ein ältlicher Schwarzer.

»Ich muß nach Baton Rouge«, sagte sie.

»Himmel, Lady, das ist aber eine verdammt lange Fahrt.«

»Wieviel?« fragte sie rasch.

Er dachte eine Sekunde lang nach. »Hundertfünfzig.«

Sie ließ sich auf den Rücksitz fallen und warf zwei Scheine über die Lehne. »Hier sind zweihundert. Bringen Sie mich hin, so schnell Sie können, und schauen Sie in den Rückspiegel. Es kann sein, daß uns jemand folgt.«

Er schaltete den Taxameter aus und steckte das Geld in seine Hemdentasche. Darby legte sich auf den Rücksitz und machte die Augen zu. Das war kein intelligenter Schachzug, aber ständiges Abwägen des Risikos brachte sie nicht weiter. Der alte Mann war ein guter Fahrer, und binnen Minuten waren sie auf der Schnellstraße.

Das Dröhnen in ihren Ohren hatte sich gegeben, aber sie hörte immer noch den Schuß und sah ihn auf allen vieren, wie er vorwärts und rückwärts schwankte und versuchte, einen Augenblick länger am Leben zu bleiben. Thomas hatte einmal von ihm als von Dutch Verheek gesprochen, aber gesagt, sie hätten den Spitznamen nicht mehr benutzt, als sie mit dem Studium fertig waren und ernsthaft an ihre spätere Laufbahn dachten. Dutch Verheek war kein Ägypter.

Sie hatte nur einen ganz flüchtigen Blick auf den Killer werfen können, als er davonrannte. Irgend etwas an ihm war ihr bekannt vorgekommen. Er hatte im Laufen einen schnellen Blick nach rechts geworfen, und irgend etwas hatte geklickt. Aber sie war hysterisch gewesen und hatte geschrien, und es war verschwommen.

Alles verschwamm. Auf halbem Wege nach Baton Rouge sank sie in tiefen Schlaf.

26

Direktor Voyles stand hinter seinem Schreibtischsessel. Er hatte das Jackett ausgezogen, und der größte Teil der Knöpfe seines schmuddligen, zerknitterten Hemds stand offen. Es war neun Uhr abends, und dem Hemd nach zu urteilen hatte er mindestens die letzten fünfzehn Stunden in seinem Büro verbracht. Ohne ans Heimgehen zu denken.

Den Hörer am Ohr, murmelte er ein paar Anweisungen und legte dann auf. K. O. Lewis saß auf der anderen Seite des Schreibtisches. Die Tür stand offen, alle Lichter waren eingeschaltet; niemand war gegangen. Die Stimmung war düster, gelegentlich wurde leise geflüstert.

»Das war Eric East«, sagte Voyles und ließ sich auf seinem Sessel nieder. »Er ist seit ungefähr zwei Stunden dort, und sie sind gerade mit der Autopsie fertig geworden. Er hat zugesehen. Es war seine erste. Ein Schuß in die rechte Schläfe, aber der Tod war schon früher eingetreten, durch einen einzigen Schlag auf C2 und C3. Die Wirbel waren völlig zerschmettert. Keine Pulverspuren an seiner

Hand. Ein weiterer Schlag verletzte seinen Kehlkopf schwer, war aber nicht die Todesursache. Er war nackt. Geschätzte Todeszeit: gestern abend zwischen zehn und elf.«

»Wer hat ihn gefunden?« fragte Lewis.

»Die Mädchen, die heute vormittag gegen elf ins Zimmer kamen. Werden Sie es seiner Frau beibringen?«

»Ja, natürlich«, sagte K. O. »Wann wird er überführt?«

»East sagte, die Leiche wird bald freigegeben und sollte heute nacht gegen zwei Uhr hier sein. Sagen Sie ihr, wir werden tun, was immer sie möchte. Ich schicke morgen hundert Agenten los, die die Stadt durchkämmen sollen. Sagen Sie ihr, wir werden den Mörder finden und so weiter und so weiter.«

»Irgendwelche Spuren?«

»Anscheinend nicht. East sagte, das Hotelzimmer stünde ihnen seit drei Uhr zur Verfügung, und es schiene sich um einen sehr sauberen Job zu handeln. Kein gewaltsames Eindringen. Keine Gegenwehr. Nichts, das uns irgendwie weiterhelfen könnte. Aber wir stehen noch am Anfang.« Voyles rieb sich die geröteten Augen und dachte eine Weile nach.

»Wie ist es möglich, daß er zu einer Beerdigung fuhr und dann ermordet wurde?« fragte Lewis.

»Er hat in dieser Pelikan-Sache rumgeschnüffelt. Einer unserer Agenten, ein Mann namens Carlton, hat East berichtet, daß Gavin versuchte, die Frau zu finden, und daß die Frau ihn angerufen hat. Er hätte gesagt, daß er vielleicht Hilfe brauchen würde, um sie in Sicherheit zu bringen. Carlton hat ein paarmal mit ihm gesprochen und ihm die Namen von ein paar Studentenlokalen in der Stadt genannt. Das war alles, behauptet er jedenfalls. Carlton sagt, daß er, Carlton, sich ein bißchen Sorgen machte, daß Gavin den großen FBI-Mann herauskehren könnte. Das wäre ihm durchaus zuzutrauen.«

»Hat irgend jemand die Frau gesehen?«

»Sie ist vermutlich tot. Ich habe New Orleans angewiesen, sie zu finden, wenn es möglich ist.«

»Wegen ihrem kleinen Dossier haben schon mehrere Leute dran glauben müssen. Wann nehmen wir es ernst?«

Voyles deutete mit einem Kopfnicken auf die Tür, und Lewis stand auf und machte sie zu. Der Direktor war wieder auf den Beinen, ließ seine Knöchel knacken und dachte laut nach. »Wir müssen verdammt vorsichtig sein. Ich meine, wir sollten mindestens zweihundert Agenten auf Pelikan ansetzen, aber höllisch aufpassen, daß nichts durchsickert. Da steckt etwas dahinter, K. O., etwas ganz Übles. Andererseits habe ich dem Präsidenten versprochen, daß wir uns aus der Sache zurückziehen würden. Sie erinnern sich – er selbst hat mir die Anweisung erteilt, wir sollten uns nicht mehr um das Pelikan-Dossier kümmern, und ich habe zugestimmt, zum Teil deshalb, weil wir dachten, es wäre ein Witz.« Voyles brachte ein bitteres Lächeln zustande. »Jedenfalls habe ich unsere kleine Unterhaltung aufgenommen, als er verlangte, daß wir uns zurückziehen. Ich bin ziemlich sicher, daß er und Coal alles im Umkreis von einer halben Meile ums Weiße Haus aufnehmen, weshalb sollte ich es dann nicht auch tun? Ich hatte mein bestes Taschenmikrofon dabei, und ich habe mir das Band angehört. Alles ganz klar und deutlich.«

»Ich verstehe nicht, worauf Sie hinauswollen.«

»Ganz einfach. Wir machen uns an die Arbeit und untersuchen alles und jeden. Wenn das hier die Antwort ist, dann lösen wir den Fall, bringen die Leute vor Gericht, und jedermann ist glücklich. Aber es wird verdammt schwierig sein, das schnell durchzuziehen. Währenddessen haben der Schwachkopf und Coal da drüben keine Ahnung von der Untersuchung. Wenn die Presse davon Wind bekommt, und wenn das Pelikan-Dossier sich als stichhaltig erweist, dann werde ich dafür sorgen, daß das ganze Land erfährt, daß der Präsident uns angewiesen hat, die Finger davon zu lassen, weil es um einen seiner Freunde geht.«

Lewis lächelte. »Das wird ihm den Rest geben.«

»Ja! Coal wird Blut spucken, und der Präsident wird sich nie davon erholen. Nächstes Jahr sind Wahlen, K. O.«

»Das gefällt mir, Denton, aber zuerst einmal müssen wir den Fall lösen.«

Voyles trat langsam hinter seinen Schreibtisch und streifte die Schuhe ab. »Wir werden jeden Stein umdrehen, K. O., aber es wird nicht einfach sein. Wenn es Mattiece ist, dann haben wir einen sehr reichen Mann mit einem ausgeklügelten Plan, bei dem er sich höchst talentierter Killer bedient, um zwei Richter aus dem Weg zu räumen. Solche Leute reden nicht, sie hinterlassen auch keine Spuren. Nehmen Sie nur unseren Freund Gavin. Wir werden zweitausend Stunden damit verbringen, um dieses Hotel herum nachzuforschen, und ich wette, wir werden nicht ein Fetzchen nützliches Beweismaterial finden. Genau wie bei Rosenberg und Jensen.«

»Und Callahan.«

»Und Callahan. Und wahrscheinlich bei der Frau, falls wir jemals ihre Leiche finden.«

»Irgendwie bin ich dafür verantwortlich, Denton. Gavin kam am Donnerstagmorgen zu mir, nachdem er von Callahans Tod erfahren hatte, und ich habe ihm nicht zugehört. Ich wußte, daß er nach New Orleans wollte, aber ich habe ihm nicht zugehört.«

»Es tut mir leid, daß er tot ist. Er war ein guter Anwalt und mir gegenüber immer loyal. Ich weiß das zu würdigen. Ich habe Gavin vertraut. Aber er hat sich seinen Tod selbst zuzuschreiben, weil er seine Befugnisse überschritten hat. Es war nicht seine Sache, den Agenten zu spielen und zu versuchen, die Frau zu finden.«

Lewis stand auf und streckte sich. »Ich mache mich auf den Weg zu Mrs. Verheek. Wieviel soll ich ihr erzählen?«

»Sagen Sie, es sähe aus wie ein Einbruch, die Polizei da unten ist sich noch nicht sicher, die Nachforschungen dauern an, morgen werden wir mehr wissen, und so weiter. Sagen Sie ihr, es hätte mich schwer getroffen, und wir würden tun, was immer sie wünscht.«

Coals Limousine hielt am Bordstein, damit ein Krankenwagen vorbeijagen konnte. Die Limousine kreuzte ziellos durch die Stadt, was nicht ungewöhnlich war, wenn Coal und Matthew Barr über wirklich schmutzige Geschäfte zu reden hatten. Sie saßen im Fond und nippten an ihren Drinks. Coal trank Mineralwasser, Barr hatte sich in einem kleinen Supermarkt eine Dose Budweiser gekauft.

Sie ignorierten den Krankenwagen.

»Ich muß wissen, was Grantham weiß«, sagte Coal. »Heute hat er Zikman angerufen, dann Zikmans Sekretär Trandell und Nelson DeVan, einen meiner früheren Mitarbeiter, der jetzt im Komitee für die Wiederwahl arbeitet. Und das sind nur die, von denen ich weiß. Alles an einem Tag. Er ist ganz wild auf diese Pelikan-Akte.«

»Sie glauben, er hat sie gelesen?« Die Limousine hatte sich wieder in Bewegung gesetzt.

»Nein. Bestimmt nicht. Wenn er wüßte, was darin steht, würde er nicht herumtelefonieren. Aber er weiß offenbar von ihrer Existenz.«

»Er ist gut. Ich beobachte ihn seit Jahren. Er scheint sich im Schatten herumzudrücken und hält Kontakt mit allen möglichen Informanten. Er hat ein paar verrückte Stories geschrieben, aber gewöhnlich hat alles Hand und Fuß.«

»Genau das beunruhigt mich. Er ist hartnäckig, und bei dieser Sache riecht er Blut.«

Barr nahm einen Schluck aus seiner Dose. »Natürlich wäre es Ihnen nicht recht, wenn ich Sie fragen würde, um was es in dieser Akte geht.«

»Fragen Sie nicht. Es ist so verdammt geheim, daß es geradezu beängstigend ist.«

»Wieso weiß Grantham dann davon?«

»Das ist die Frage. Und genau das, was ich wissen möchte. Wie hat er davon erfahren, und wieviel weiß er? Wer sind seine Informanten?«

»Wir haben sein Autotelefon angezapft, aber in seiner Wohnung waren wir noch nicht.«

»Warum nicht?«

»Heute morgen wären wir beinahe von seiner Putzfrau erwischt worden. Wir versuchen es morgen noch einmal.«

»Sie dürfen sich nicht erwischen lassen, Barr. Denken Sie an Watergate.«

»Das waren Idioten, Fletcher. Wir dagegen sind ziemlich begabte Leute.«

»Stimmt. Und nun sagen Sie mir, können Sie und Ihre ziemlich begabten Leute Granthams Telefon in der *Post* anzapfen?«

Barr drehte den Kopf und starrte Coal an. »Haben Sie den Verstand verloren? Unmöglich. Da herrscht Tag und Nacht Betrieb. Sie haben Wachmänner und alles, was sonst noch dazugehört.«

»Es ließe sich machen.«

»Dann machen Sie es, Coal. Wenn Sie so verdammt schlau sind, dann machen Sie es.«

»Denken Sie wenigstens über Möglichkeiten nach, ja? Machen Sie sich ein paar Gedanken darüber.«

»Okay. Ich habe mir Gedanken darüber gemacht. Es ist unmöglich.«

Diese Überzeugung amüsierte Coal, und seine Belustigung ärgerte Barr. Die Limousine fuhr in Richtung Innenstadt.

»Zapfen Sie seine Wohnung an«, befahl Coal. »Ich möchte zweimal täglich über seine sämtlichen Gespräche informiert werden.« Die Limousine hielt, und Barr stieg aus.

27

Frühstück am Dupont Circle. Es war ziemlich kühl, aber die Junkies und die Transvestiten weilten noch bewußtlos in ihren elenden kleinen Welten. Ein paar Säufer lagen herum wie Treibholz. Aber die Sonne war aufgegangen, und er fühlte sich sicher; schließlich war er nach wie vor FBI-Agent mit einem Schulterholster und einer Waffe unter dem Arm. Er hatte die Waffe seit fünfzehn Jahren nicht mehr benutzt und verließ sein Büro nur selten, aber er hätte sie nur zu gern gezogen und abgefeuert.

Sein Name war Trope, und er war ein sehr spezieller Mitarbeiter von Mr. Voyles. So speziell, daß niemand außer ihm und Mr. Voyles von diesen kleinen Unterhaltungen mit Booker von der CIA etwas wußte. Er setzte sich mit dem Rücken nach New Hampshire auf eine runde Bank und packte sein Frühstück aus, eine Banane und ein Stück Kuchen, die er unterwegs gekauft hatte. Er sah auf die Uhr. Booker war immer pünktlich. Trope kam immer als erster, Booker fünf Minuten später, sie redeten jedesmal nur kurz, danach ging zuerst Trope und dann Booker. Sie waren jetzt beide Büromenschen in ziemlich vorgerücktem Alter, aber enge Vertraute ihrer Chefs, die es von Zeit zu Zeit satt hatten, Mutmaßungen darüber anzustellen, was, zum Teufel, der andere tat, oder auch nur irgend etwas schnell erfahren wollten. Er hieß wirklich Trope, und er fragte sich, ob auch Booker ein wirklicher Name war. Vermutlich nicht. Booker gehörte zur CIA, und in Langley war man so paranoid, daß wahrscheinlich sogar die Bleistiftspitzer Decknamen hatten. Er biß ein Stück von seiner Banane ab. Es würde ihn nicht wundern, wenn die Sekretärinnen dort drei oder vier Namen hatten.

Booker näherte sich dem Springbrunnen mit einem großen weißen Becher voll Kaffee. Er sah sich um, dann ließ er sich neben seinem Freund nieder. Voyles hatte dieses Treffen gewünscht, deshalb würde Trope als erster sprechen.

»Wir haben in New Orleans einen Mann verloren«, sagte er.

Booker umfaßte den heißen Becher mit beiden Händen und trank. »Das hatte er sich selbst zuzuschreiben.«

»Ja, aber er ist nun einmal tot. Waren Sie dort?«

»Ja, aber wir wußten nicht, daß er dort war. Wir waren nahe dran, haben aber andere beobachtet. Was hat er dort gemacht?«

Trope wickelte seinen Kuchen aus. »Das wissen wir nicht. Er fuhr zu der Beisetzung, versuchte, die Frau zu finden, fand einen anderen, und nun haben wir die Bescherung.« Er nahm einen großen Bissen, und die Banane war aufgegessen. »Saubere Arbeit, oder?«

Booker zuckte die Achseln. Was wußte das FBI schon über das Töten von Leuten? »Er war okay. Ziemlich schwacher Versuch, einen Selbstmord vorzutäuschen, wie wir gehört haben.« Er trank einen Schluck von seinem heißen Kaffee.

»Wo ist die Frau?« fragte Trope.

»Wir haben sie in O'Hare aus den Augen verloren. Vielleicht ist sie in Manhattan, aber wir sind nicht sicher. Wir halten nach ihr Ausschau.«

»Und die anderen auch.«

»Zweifellos.«

Sie beobachteten einen der Säufer, der von seiner Bank wegtaumelte und stürzte. Sein Kopf prallte zuerst auf, aber vermutlich spürte er nichts. Er rollte sich herum, und seine Stirn blutete.

Booker sah auf die Uhr. Diese Treffen waren überaus kurz. »Was hat Mr. Voyles vor?«

»Sich an die Arbeit zu machen. Er hat gestern fünfzig Leute losgeschickt und heute noch mehr. Er mag es nicht, wenn man seine Leute umbringt, vor allem jemand, den er gut kennt.«

»Was ist mit dem Weißen Haus?«

»Er hat nicht vor, sie zu informieren, und vielleicht finden sie es nicht heraus. Was wissen sie?«

»Sie kennen Mattiece.«

Die Erwähnung dieses Namens entlockte Trope ein leichtes Lächeln. »Wo steckt Mr. Mattiece?«

»Das weiß niemand. In den letzten drei Jahren hat er sich in diesem Land kaum sehen lassen. Er besitzt mindestens ein halbes Dutzend Häuser in ebenso vielen Ländern, und er hat Jets und Schiffe. Er kann überall stecken.«

Trope aß seinen Kuchen auf und steckte das Einwickelpapier in die Tüte. »Das Dossier hat den Nagel auf den Kopf getroffen, nicht wahr?«

»Es ist wundervoll. Wenn er den Dingen ihren Lauf gelassen hätte, dann hätte kaum ein Mensch darauf geachtet. Aber er spielt den wilden Mann, fängt an, Leute umzubringen, und je mehr Leute er umbringt, desto glaubwürdiger wird das Dossier.«

Trope sah auf die Uhr. Schon zu lange, aber das war interessant. »Voyles sagt, wir würden vielleicht Ihre Hilfe brauchen.«

Booker nickte. »Okay. Aber das wird eine ziemlich schwierige Sache. Erstens ist der mutmaßliche Killer tot. Zweitens ist der mutmaßliche Hintermann kaum zu fassen. Es war eine bis ins letzte Detail geplante Verschwörung, aber die Verschwörer sind verschwunden. Wir werden versuchen, Mattiece zu finden.«

»Und die Frau?«

»Die auch. Wir versuchen es.«

»Was denkt sie?«

»Wie sie es schaffen kann, am Leben zu bleiben.«

»Können Sie sie nicht einkassieren?« fragte Trope.

»Nein. Wir wissen nicht, wo sie steckt, und wir können nicht einfach unschuldige Zivilpersonen von der Straße weg verhaften. Im Augenblick traut sie niemandem.«

Trope stand mit seiner Frühstückstüte auf. »Das kann ich ihr nicht verübeln.« Dann war er fort.

Grantham betrachtete ein verschwommenes Fax-Foto, das er aus Phoenix bekommen hatte. Sie war Studentin an der Arizona State University, eine sehr attraktive Zwanzigjährige aus Denver, wo ihr Hauptfach Biologie gewesen war. Er hatte zwanzig Shaws in Denver angerufen, bevor er es aufgab. Das zweite Fax kam von einem Lokalreporter für AP in New Orleans. Es war die Kopie eines Fotos, das zu Beginn ihres Studiums in Tulane aufgenommen worden war. Das Haar war länger. Irgendwo in der Mitte des Jahrbuchs hatte der Lokalreporter ein Foto von Darby Shaw gefunden, auf dem sie bei einem Picknick mit Kommilitonen eine Diät-Cola trank. Sie trug einen weiten Pullover und verblichene Jeans, die genau paßten, und es war offensichtlich, daß es ein großer Bewunderer von Darby gewesen sein mußte, der dieses Foto in das Jahrbuch aufgenommen hatte. Es sah aus wie ein Modefoto aus *Vogue*. Sie lachte über jemanden oder etwas. Die Zähne waren vollkommen, und das Gesicht war sympathisch. Er hatte das Foto an die kleine Korktafel neben seinem Schreibtisch geheftet. Er hatte noch ein viertes Fax, ein Foto von Thomas Callahan. Nur der Vollständigkeit halber.

Er legte die Füße auf den Schreibtisch. Es war fast halb zehn, Dienstag. Die Redaktion summte, es herrschte ein ständiges Kommen und Gehen, ein perfekt organisiertes Chaos. In den letzten vierundzwanzig Stunden hatte er achtzig Telefonanrufe getätigt und nichts in der Hand außer den vier Fotos und einem Stapel von Listen mit Wahlkampfspenden. Er kam einfach nicht weiter, aber deshalb brauchte er sich keine grauen Haare wachsen zu lassen. Sie würde gleich anrufen.

Er überflog die *Post* und las die merkwürdige Story über einen gewissen Gavin Verheek und sein Hinscheiden. Das Telefon läutete. Es war Darby.

»Haben Sie die *Post* gesehen?« fragte sie.

»Sie scheinen zu vergessen, daß ich für die *Post* schreibe.«

Sie war nicht in der Stimmung für Belanglosigkeiten. »Die Story über den FBI-Anwalt, der in New Orleans ermordet wurde, haben Sie die gelesen?«

»Ich lese sie gerade. Hängt sie mit Ihnen zusammen?«

»So könnte man es ausdrücken. Hören Sie genau zu, Grantham. Callahan gab das Dossier an Verheek weiter, der sein bester Freund war. Am Freitag kam Verheek zu seiner Beisetzung nach New Orleans. Ich habe am Wochenende mit ihm telefoniert. Er wollte mir helfen, aber ich hatte Angst. Wir vereinbarten ein Treffen für gestern mittag. Verheek wurde gegen elf am Sonntagabend in seinem Zimmer ermordet. Sind Sie soweit mitgekommen?«

»Ja.«

»Verheek erschien nicht zu dem Treffen, weil er da bereits tot war. Ich bekam es mit der Angst zu tun und verließ die Stadt. Jetzt bin ich in New York.«

»Okay.« Grantham machte sich blitzschnell Notizen. »Wer hat Verheek umgebracht?«

»Das weiß ich nicht. Aber es steckt noch mehr dahinter. Ich habe die *Post* und die *New York Times* von der ersten bis zur letzten Seite gelesen und nichts gefunden über einen weiteren Mord in New Orleans. Es handelt sich um einen Mann, mit dem ich gesprochen habe, und den ich für Verheek hielt. Es ist eine lange Geschichte.«

»Das scheint mir auch so. Wann bekomme ich diese lange Geschichte?«

»Wann können Sie nach New York kommen?«

»Ich kann am Mittag dort sein.«

»Das wäre ein bißchen zu schnell. Verabreden wir uns für morgen. Ich rufe Sie morgen um die gleiche Zeit wieder an, mit Anweisungen. Sie müssen ungeheuer vorsichtig sein, Grantham.«

Er bewunderte die Jeans und das Lächeln auf der Korktafel. »Nennen Sie mich Gray, okay? Nicht Grantham.«

»Von mir aus. Es gibt ein paar sehr mächtige Leute, die Angst vor dem haben, was ich weiß. Wenn ich es Ihnen sage, könnte es Sie das Leben kosten. Ich habe die Leichen gesehen, Gray. Ich habe Bomben und Schüsse gehört. Gestern habe ich das Gehirn eines Mannes gesehen, und ich habe keine Ahnung, wer er war oder warum er getötet wurde. Aber er wußte über das Pelikan-Dossier Bescheid. Ich hielt ihn für meinen Freund. Ich vertraute ihm mein Leben an, und jemand schoß ihm in Gegenwart von fünfzig Leuten eine Kugel in den Kopf. Als ich zusah, wie er starb, kam mir der Gedanke, daß er vielleicht doch nicht mein Freund war. Dann habe ich noch ein wenig länger darüber nachgedacht, und mir ist klar geworden, daß er ganz bestimmt nicht mein Freund war.«

»Wer hat ihn getötet?«

»Darüber reden wir, wenn Sie hier sind.«

»Okay, Darby.«

»Da ist noch eine Kleinigkeit, die wir klarstellen müssen. Ich erzähle Ihnen alles, was ich weiß, aber Sie dürfen nie meinen Namen nennen. Was ich geschrieben habe, reicht aus, daß mindestens drei Leute daran glauben mußten, und ich bin ziemlich sicher, daß ich die nächste sein werde. Aber ich will nicht noch mehr Probleme heraufbeschwören. Sie werden meinen Namen niemals nennen, okay, Gray?«

»Abgemacht.«

»Ich setze eine Menge Vertrauen in Sie, und ich weiß nicht, weshalb ich das tue. Wenn ich je an Ihnen zweifeln sollte, werde ich verschwinden.«

»Sie haben mein Wort, Darby. Ich schwöre es.«

»Sie machen einen Fehler. Das ist keine Ihrer normalen Recherchen. Sie könnten dabei umgebracht werden.«

»Von den gleichen Leuten, die Rosenberg und Jensen umgebracht haben?«

»Ja.«

»Wissen Sie, wer Rosenberg und Jensen umgebracht hat?«

»Ich weiß, wer für die Morde bezahlt hat. Ich kenne seinen Namen. Ich kenne sein Geschäft. Ich kenne seine Politik.«

»Und das alles werden Sie mir morgen erzählen?«

»Wenn ich dann noch lebe.« Es folgte eine Pause, während der beide über etwas Angemessenes nachdachten.

»Vielleicht sollten wir uns jetzt gleich unterhalten«, sagte er.

»Vielleicht. Aber ich rufe Sie morgen früh an.«

Grantham legte den Hörer auf und bewunderte einen Moment das leicht verschwommene Foto dieser ausnehmend schönen Jurastudentin, die überzeugt war, daß sie bald sterben mußte. Eine Sekunde lang erlag er Gedanken an Ritterlichkeit und Edelmut und Rettung. Sie war Anfang Zwanzig, mochte, dem Foto von Callahan nach zu urteilen, ältere Männer, und plötzlich vertraute sie ihm unter Ausschluß aller anderen. Er würde dafür sorgen, daß es funktionierte. Und er würde sie schützen.

Die Wagenkolonne verließ die Innenstadt. In einer Stunde sollte er eine Rede in College Park halten, und jetzt saß er entspannt ohne Jackett in der Limousine und las den Text, den Mabry zu Papier gebracht hatte. Er schüttelte den Kopf und machte sich Randnotizen. An einem normalen Tag wäre dies eine angenehme Fahrt gewesen, mit einer netten kleinen Rede in einem hübschen Campus, aber heute nicht. Coal saß neben ihm in der Limousine.

In der Regel nahm der Stabschef an derartigen Ausflügen nicht teil. Er genoß die Momente, in denen der Präsident nicht im Weißen Haus war und er allein das Sagen hatte. Aber sie mußten miteinander reden.

»Mabrys Reden hängen mir zum Hals heraus«, sagte der Präsident verärgert. »Sie hören sich alle gleich an. Ich bin ganz sicher, daß ich dieselbe Rede schon letzte Woche bei dem Rotarier-Treffen gehalten habe.«

»Er ist der beste, den wir haben, aber ich sehe mich um«, sagte Coal, ohne von seinem Memo aufzuschauen. Er hatte die Rede gelesen; sie war gar nicht so schlecht. Aber Mabry schrieb inzwischen seit sechs Monaten, ihm fiel nicht mehr viel ein, und Coal wollte ihn ohnehin entlassen.

Der Präsident warf einen Blick auf Coals Memo. »Was ist das?«

»Die Kandidatenliste.«

»Wer ist noch übrig?«

»Siler-Spence, Watson und Calderon.«

»Großartig, Fletcher. Eine Frau, ein Schwarzer und ein Kubaner. Was ist mit all den Weißen los? Mir ist, als hätte ich gesagt, ich wollte junge Weiße. Junge, harte, konservative Richter mit blütenweißer Weste und vielen Jahren vor sich. Habe ich das nicht gesagt?«

Coal las weiter. »Sie müssen bestätigt werden, Chef.«

»Wir sorgen dafür, daß sie bestätigt werden. Ich werde Leuten die Arme verdrehen, bis sie brechen, aber sie werden bestätigt werden. Ist Ihnen klar, daß neun von zehn weißen Männern in diesem Land für mich gestimmt haben?«

»Vierundachtzig Prozent.«

»Richtig. Also was ist gegen weiße Männer einzuwenden?«

»Das ist keine Sache von Protektion.«

»Unsinn. Es ist Protektion, sonst nichts. Ich belohne meine Freunde, und ich bestrafe meine Feinde. Nur so kann man in der Politik überleben. Man tanzt mit denen, die einen hochgebracht haben. Ich kann einfach nicht glauben, daß Sie eine Frau und einen Schwarzen wollen. Sie werden weich, Fletcher.«

Coal schlug die nächste Seite auf. Das hatte er schon öfters gehört. »Mir geht es in erster Linie um Ihre Wiederwahl«, sagte er ruhig.

»Meinen Sie etwa, mir nicht? Ich habe so viele Asiaten und Lateinamerikaner und Frauen und Schwarze ernannt, daß man mich fast für einen Demokraten halten könnte. Verdammt noch mal, Fletcher, was ist gegen weiße Männer einzuwenden? Es muß im Lande doch an die hundert gute, qualifizierte, konservative Richter geben. Wieso können Sie dann nicht zwei finden, nur zwei, die so aussehen und denken wie ich?«

»Sie haben neunzig Prozent der Stimmen der Kubaner bekommen.«

Der Präsident warf die Rede auf den Sitz und griff nach der *Post*. »Okay, fangen wir mit Calderon an. Wie alt ist er?«

»Einundfünfzig. Verheiratet, acht Kinder. Katholik, aus ärmlichen Verhältnissen, hat sich nach oben gearbeitet und in Yale studiert. Sehr solide, sehr konservativ. Keine dunklen Punkte, abgesehen davon, daß er vor zwanzig Jahren wegen Alkoholismus behandelt wurde. Seitdem völlig nüchtern. Ein Abstinenzler.«

»Hat er je Gras geraucht?«

»Er bestreitet es.«

»Er gefällt mir.« Der Präsident las das Deckblatt.

»Mir auch. Das Justizministerium und das FBI haben seine Unterwäsche überprüft, und er ist sehr sauber. Wen wollen Sie als zweiten? Siler-Spence oder Watson?«

»Was ist Siler-Spence für ein Name? Ich meine, was stimmt nicht mit diesen Frauen, die einen Bindestrich benutzen? Was wäre, wenn sie Skowinski hieße und mit einem Typ namens Levandowski verheiratet wäre? Würde ihre kleine emanzipierte Seele darauf bestehen, daß sie künftig als F. Gwendolyn Skowinski-Levandowski durchs Leben geht? Kommt nicht in Frage. Ich werde nie eine Frau mit einem Bindestrich ernennen.«

»Sie haben es schon einmal getan.«

»Wen?«

»Kay Jones-Roddy, Botschafterin in Brasilien.«

»Abberufen und entlassen.«

Coal brachte ein kleines Lächeln zustande, legte das Memo auf den Sitz und beobachtete den Verkehr. Über Nummer Zwei würde man später entscheiden. Calderon war im Sack, und er wollte Linda Siler-Spence, also würde er sich für den Schwarzen stark machen und den Präsidenten zu der Frau hindrängen.

»Ich meine, wir sollten noch zwei Wochen abwarten, bevor wir ihre Namen bekanntgeben«, sagte er.

»Von mir aus«, murmelte der Präsident. Er würde es tun, wenn er dazu bereit war, ohne Rücksicht auf Coals Fahrplan. Er war auch noch nicht sicher, ob er beide gleichzeitig ernennen sollte.

»Watson ist ein sehr konservativer schwarzer Richter, der in dem Ruf steht, ausgesprochen hart zu sein. Er wäre ideal.«

»Ich weiß nicht recht«, murmelte der Präsident, während er über Gavin Verheek las.

Coal hatte die Story auf der zweiten Seite gesehen. Verheek war unter eigenartigen Umständen in einem Zimmer des Hilton in New Orleans tot aufgefunden worden. Der Story zufolge tappte das FBI im dunkeln und hatte nichts darüber zu sagen, weshalb Verheek in New Orleans gewesen war. Voyles war tief betrübt. Vorzüglicher, loyaler Mitarbeiter und so weiter.

Der Präsident durchblätterte die Zeitung. »Unser Freund Grantham hat nichts von sich gegeben.«

»Er ist noch auf der Suche. Meines Erachtens hat er von der Akte gehört, aber mehr auch nicht. Er hat alle möglichen Leute angerufen, ohne zu wissen, wonach er fragen sollte. Er tappt im dunkeln.«

»Nun, ich habe gestern mit Gminski Golf gespielt«, sagte der Präsident selbstgefällig. »Und er hat mir versichert, daß alles unter Kontrolle ist. Wir haben uns über achtzehn Löcher hinweg eingehend unterhalten. Er ist ein miserabler Golfer, der es nicht schafft, sich vom Sand und vom Wasser fernzuhalten. Es war ein Mordsspaß.«

Coal hatte noch nie einen Golfschläger in der Hand gehabt und haßte das alberne Gerede über Handicaps und dergleichen. »Glauben Sie, daß Voyles da unten der Sache nachgeht?«

»Nein. Er hat mir sein Wort gegeben, daß er es nicht tun wird. Nicht, daß ich ihm vertraue, aber Gminski hat Voyles nicht erwähnt.«

»Und wie weit vertrauen Sie Gminski?« fragte Coal mit einem schnellen Blick auf den Präsidenten.

»Überhaupt nicht. Aber ich glaube, wenn er etwas über die Pelikan-Akte wüßte, dann würde er es mir sagen ...« Der Präsident verstummte – ihm war klar geworden, wie naiv sich das anhörte.

Coal gab seinem Zweifel mit einem Grunzen Ausdruck.

Sie überquerten den Anacostia River und befanden sich im Prince Georges County. Der Präsident griff wieder nach der Rede und schaute aus dem Fenster. Zwei Wochen waren seit den Morden vergangen, und den Umfragen zufolge hatte er immer noch mehr als fünfzig Prozent. Die Demokraten hatten keinen sichtbaren Kandidaten, der irgendwo dort draußen saß und Lärm schlug. Er war stark und wurde noch stärker. Die Amerikaner hatten Rauschgift und Verbrechen ebenso satt wie die Tatsache, daß lautstarke Minoritäten ständig die Aufmerksamkeit auf sich lenkten und liberale Idioten die Verfassung zugunsten von Kriminellen und Radikalen interpretierten. Das war seine große Chance. Zwei Ernennungen für das Oberste Bundesgericht auf einmal. Es würde sein Vermächtnis sein.

Er lächelte vor sich hin. Was für eine wundervolle Tragödie.

28

Das Taxi hielt an der Ecke von Fifth Avenue und Zweiundvierzigster Straße und Grantham tat genau, was er tun sollte: Er zahlte schnell und sprang mit seiner Tasche heraus. Die Fahrer der Wagen dahinter hupten und zeigten den Vogel, und er dachte, wie schön es doch war, wieder einmal in New York zu sein. Es war kurz vor fünf Uhr nachmittags, auf der Fifth herrschte dichtes Gedränge, und er konnte sich gut vorstellen, daß das genau das war, was sie gewollt hatte. Sie hatte ihm ganz exakte Anweisungen gegeben. Fliegen Sie mit dieser Maschine vom National nach La Guardia. Nehmen Sie ein Taxi zum Vista Hotel im World Trade Center. Gehen Sie an die Bar, bestellen Sie sich einen Drink oder auch zwei, stellen Sie fest, ob Sie verfolgt wurden, und nach einer Stunde nehmen Sie ein Taxi und fahren damit zur Ecke Fifth und Zweiundvierzigste. Bewegen Sie sich schnell, tragen Sie eine Sonnenbrille und halten Sie unablässig Ausschau, denn wenn Sie verfolgt werden, könnte das uns beide das Leben kosten.

Sie verlangte, daß er alles aufschrieb. Es war ein bißchen albern, ein bißchen übertrieben, aber ihre Stimme ließ keine Einwände zu. Sie hatte Glück, daß sie noch am Leben war, sagte sie, und sie würde keinerlei Risiken mehr eingehen. Und wenn er mit ihr reden wollte, dann mußte er genau das tun, was sie wollte.

Er schrieb es auf. Er kämpfte sich durch das Gedränge und ging so schnell wie möglich die Fifth Avenue entlang bis zur Neunundfünfzigsten, zum Plaza, die Stufen hinauf und ins Foyer, dann an der anderen Seite hinaus zum Central Park South. Niemand konnte ihm folgen. Und wenn sie auf die gleiche Weise vorsichtig war, konnte auch ihr niemand folgen.

Auch auf Central Park South herrschte dichtes Gedränge, und als er sich der Sixth Avenue näherte, ging er sogar noch schneller. Er bemühte sich zwar um Gelassenheit, war aber schrecklich aufgeregt bei dem Gedanken, daß er sie bald kennenlernen würde. Am Telefon hatte sie sich ruhig und methodisch angehört, aber mit einer Spur von Angst und Unsicherheit. Sie war nur eine Jurastudentin, die nicht wußte, was sie tat, und wahrscheinlich würde sie in einer Woche tot sein, wenn nicht schon früher, aber jedenfalls war das die Art, auf die das Spiel gespielt werden mußte. Gehen Sie immer davon aus, daß Sie verfolgt werden, hatte sie gesagt. Sie hatte sieben Tage überlebt, an denen Bluthunde hinter ihr her waren, also bitte tun Sie, was ich sage.

Sie hatte gesagt, er sollte an der Ecke der Sixth im St. Moritz verschwinden, und er tat es. Sie hatte für ihn unter dem Namen Warren Clark ein Zimmer reservieren lassen. Er bezahlte für das Zimmer in bar und fuhr mit dem Fahrstuhl in den neunten Stock. Dort sollte er warten. Einfach hinsetzen und warten, hatte sie gesagt.

Er stand eine Stunde lang am Fenster und sah zu, wie der Central Park dunkel wurde. Dann läutete das Telefon.

»Mr. Clark?« fragte eine Frauenstimme.

»Ja.«

»Ich bin's. Sind Sie allein angekommen?«

»Ja. Wo sind Sie?«

»Sechs Stockwerke über Ihnen. Nehmen Sie den Fahrstuhl zum achtzehnten und gehen Sie über die Treppe in den fünfzehnten. Zimmer 1520.«

»Okay. Jetzt gleich?«

»Ja. Ich warte auf Sie.«

Er putzte sich noch einmal die Zähne, bürstete sein Haar, und zehn Minuten später stand er vor Zimmer 1520. Ihm war zumute wie einem Schuljungen bei seiner ersten Verabredung. Seit den Football-Spielen an der High School hatte er kein solches Lampenfieber mehr gehabt.

Aber er war Gray Grantham von der *Washington Post*, und dies war nur eine Story unter anderen, und sie war nur eine Frau unter anderen, also reiß dich am Riemen, Mann.

Er klopfte an und wartete. »Wer ist da?«

»Grantham«, sagte er zu der Tür.

Der Riegel klickte, und sie machte langsam die Tür auf. Das Haar war verschwunden, aber sie lächelte, und sie sah großartig aus. Sie gab ihm die Hand. »Kommen Sie herein.«

Sie machte die Tür hinter ihm zu und verriegelte sie wieder. »Möchten Sie einen Drink?«

»Gern. Was haben Sie?«

»Wasser, mit Eis.«

»Hört sich gut an.«

Sie ging in ein kleines Wohnzimmer, in dem der Fernseher eingeschaltet war, aber ohne Ton. »Hier herein«, sagte sie. Er stellte seine Tasche auf den Tisch und setzte sich auf die Couch. Sie stand an der Bar, und eine Sekunde lang bewunderte er ihre Jeans. Keine Schuhe. Überlanges Sweatshirt, dessen Halsausschnitt an einer Seite tiefer hing, so daß ein Träger ihres Büstenhalters zu sehen war.

Sie gab ihm das Wasser und setzte sich auf einen Stuhl neben der Tür.

»Danke«, sagte er.

»Haben Sie gegessen?« fragte sie.

»Sie haben nicht gesagt, daß ich es tun sollte.«

Sie lachte leise. »Entschuldigung. Ich habe ziemlich viel durchgemacht. Wir können beim Zimmerservice bestellen.«

Er nickte und lächelte sie an. »Okay. Ich bin mit allem einverstanden, was Sie wollen.«

»Ich möchte einen großen Cheeseburger mit Pommes frites und ein kaltes Bier.«

»Hört sich gut an.«

Sie griff zum Telefon und bestellte. Grantham trat ans Fenster und betrachtete die auf der Fifth Avenue entlangschleichenden Lichter.

»Ich bin vierundzwanzig. Wie alt sind Sie?« Sie saß jetzt auf der Couch und trank Eiswasser.

Er ließ sich auf dem Stuhl nieder, der ihr am nächsten stand. »Achtunddreißig. Einmal verheiratet. Vor sieben Jahren und drei Monaten geschieden. Keine Kinder. Ich lebe allein mit einer Katze. Weshalb haben Sie sich für das St. Moritz entschieden?

»Es waren Zimmer frei, und ich konnte sie davon überzeugen, daß es wichtig ist, daß ich bar bezahle und keinen Ausweis vorzeige. Gefällt es Ihnen?«

»Es ist in Ordnung. Scheint seine beste Zeit hinter sich zu haben.«

»Wir sind nicht hier, um Urlaub zu machen.«

»Es ist in Ordnung. Was meinen Sie – wie lange werden wir hier bleiben?«

Sie beobachtete ihn. Vor sechs Jahren hatte er ein Buch über Skandale im Wohnungsbau und bei der Stadtentwicklung geschrieben, und obwohl es sich nicht gut verkauft hatte, war es ihr doch gelungen, es in einer öffentlichen Bibliothek in New Orleans zu finden. Er sah sechs Jahre älter aus als auf dem Schutzumschlag-Foto, aber er alterte gut mit einem Anflug von Grau über den Ohren.

»Wie lange Sie bleiben, weiß ich nicht«, sagte sie. »Meine Pläne können sich von Minute zu Minute ändern. Es kann sein, daß ich auf der Straße ein Gesicht sehe und nach Neuseeland fliege.«

»Wann haben Sie New Orleans verlassen?«

»Montagabend. Ich bin mit einem Taxi nach Baton Rouge gefahren, und das wäre leicht zu verfolgen gewesen. Dann flog ich nach Chicago, wo ich vier Tickets zu vier verschiedenen Städten kaufte, einschließlich Boise, wo meine Mutter lebt. In die Maschine nach La Guardia bin ich erst im allerletzten Moment eingestiegen. Ich glaube nicht, daß mir jemand gefolgt ist.«

»Sie sind in Sicherheit.«

»Vielleicht im Augenblick. Man wird auf uns beide Jagd machen, sobald die Story erschienen ist. Sofern sie überhaupt erscheint.«

Grantham ließ sein Eis klirren und musterte sie. »Das hängt davon ab, was Sie mir erzählen. Und davon, wieviel davon aus anderen Quellen verifiziert werden kann.«

»Die Verifizierung ist Ihre Sache. Ich werde Ihnen erzählen, was ich weiß, und danach müssen Sie selbst sehen, wie Sie zurechtkommen.«

»Okay? Wann fangen wir an?«

»Nach dem Essen. Ich rede lieber mit vollem Magen. Sie sind doch nicht in Eile, oder?«

»Natürlich nicht. Ich habe die ganze Nacht Zeit und morgen den ganzen Tag und den nächsten und den übernächsten. Schließlich wollen Sie mir die tollste Story seit zwanzig Jahren erzählen, also rühre ich mich nicht von der Stelle, solange Sie mit mir reden.«

Darby lächelte und wandte den Blick ab. Vor genau einer Woche hatten sie und Callahan in der Bar im Mouton's auf ihr Essen gewartet. Er trug einen schwarzen Seidenblazer, ein Baumwollhemd, eine rote Paisley-Krawatte und eine Khakihose. Schuhe, aber keine

Socken. Das Hemd war aufgeknöpft und die Krawatte gelockert. Sie hatten sich über die Virgin Islands und Thanksgiving und Gavin Verheek unterhalten, während sie auf ihren Tisch warteten. Er trank rasch, und das war nicht ungewöhnlich. Später war er betrunken gewesen, und das hatte ihr das Leben gerettet.

In den letzten sieben Tagen hatte sie ein Jahr durchlebt, und jetzt unterhielt sie sich mit einem lebendigen Menschen, der nicht ihren Tod wollte. Sie schlug die Füße auf dem Couchtisch übereinander. Es war nicht unerfreulich, ihn bei sich im Zimmer zu haben. Sie entspannte sich. Sein Gesicht sagte: »Vertrau mir.« Und warum nicht? Wem sonst konnte sie vertrauen?

»Woran denken Sie?« fragte er.

»Es war eine lange Woche. Vor sieben Tagen war ich nur eine Jurastudentin, die wie eine Besessene schuftete, um an die Spitze zu kommen. Und sehen Sie mich jetzt an.«

Er sah sie an. Versuchte, gelassen zu wirken, nicht wie ein hingerissener Schuljunge, aber er sah sie an. Das Haar war dunkel und sehr kurz geschnitten; die lange Version auf dem gestrigen Fax hatte ihm besser gefallen.

»Erzählen Sie mir von Thomas Callahan«, sagte er.

»Weshalb?«

»Ich weiß nicht. Er ist ein Teil der Geschichte, oder etwa nicht?«

»Doch. Ich erzähle Ihnen später von ihm.«

»In Ordnung. Ihre Mutter lebt in Boise?«

»Ja, aber sie weiß nichts. Wo ist Ihre Mutter?«

»In Short Hills, New Jersey«, erwiderte er mit einem Lächeln. Er zerkaute einen Eiswürfel und wartete ab. Sie dachte nach.

»Was gefällt Ihnen an New York?« fragte sie.

»Der Flughafen. Es ist der schnellste Weg heraus.«

»Thomas und ich waren im Sommer hier. Es ist heißer als New Orleans.«

Plötzlich war sie, wie Grantham erkannte, nicht einfach eine reizvolle Studentin, sondern eine trauernde Witwe. Das arme Mädchen litt. Sie hatte keinen Gedanken an sein Haar oder seine Kleidung oder seine Augen verschwendet. Sie grämte sich, verdammt noch mal!

»Das mit Thomas tut mir sehr leid«, sagte er. »Ich werde Sie nicht wieder nach ihm fragen.«

Sie lächelte, sagte aber nichts.

Jemand klopfte laut an. Darby riß die Füße vom Tisch und starrte auf die Tür. Dann holte sie tief Luft. Es war das Essen.

»Ich hole es«, sagte Gray. »Kein Grund zur Aufregung.«

29

Jahrhundertelang tobte, ohne daß sich jemand einmischte, ein stiller, aber gewaltiger Naturkampf an der Küste des Landes, das später Louisiana heißen sollte. Es war ein Kampf um Landgewinn. Erst in neuester Zeit waren Menschen an ihm beteiligt. Von Süden her drängte das Meer mit seinen Gezeiten und Stürmen und Überschwemmungen landeinwärts. Von Norden her trug der Mississippi einen unerschöpflichen Vorrat an Süßwasser und Sedimenten herbei und überspülte die Marschen mit der Erde, die sie zum Leben und Gedeihen brauchten. Das Salzwasser aus dem Golf ließ die Küste erodieren und verbrannte die Süßwassermarschen, indem es das Gras abtötete, das sie zusammenhielt. Der Fluß reagierte darauf, indem er den halben Kontinent entwässerte und seine Erde im unteren Louisiana ablud. Er baute aus seinen Sedimenten langsam eine lange Reihe von Deltas auf, von denen jedes schließlich den Weg des Flusses blockierte und ihn zwang, seinen Lauf abermals zu ändern. Die üppigen Feuchtgebiete wurden von den Deltas geschaffen. Es war ein grandioser Kampf des Gebens und Nehmens, ausschließlich von den Kräften der Natur gesteuert. Die von dem mächtigen Fluß ständig wieder aufgefüllten Deltas konnten sich nicht nur gegen den Golf behaupten, sondern dehnten sich sogar aus.

Die Marschen waren ein Wunderwerk natürlicher Evolution. Mit Hilfe der nährstoffreichen Sedimente entwickelten sie sich zu einem grünen Paradies aus Zypressen und Eichen und dicht mit Pontederien und Binsen und Rohrkolben überwachsenen Flächen. Das Wasser wimmelte von Krabben, Garnelen, Austern, Schnapperfischen, Flundern, Makrelen, Brassen, Krebsen und Alligatoren. Die Küstenebene war das unangefochtene Revier der Tiere. Hunderte von Zugvogelarten suchten sie auf, um dort zu brüten.

Die Feuchtgebiete waren riesig und grenzenlos, reich und üppig.

Dann wurde in den dreißiger Jahren dort Öl entdeckt und die Ausbeutung begann. Die Ölgesellschaften baggerten zehntausend Meilen Kanäle aus, um an die Reichtümer zu gelangen. Sie durchzogen das fragile Delta mit einer Unzahl von säuberlichen kleinen Gräben. Sie zerfetzten die Marschen in schmale Bänder.

Sie bohrten, fanden Öl und baggerten wie die Wilden, um daranzukommen. Ihre Kanäle waren ideale Wege für den Golf und sein Salzwasser, das die Marschen wegfraß.

Seit Öl gefunden wurde, sind Zehntausende von Morgen Feuchtgebiet vom Meer verschlungen worden. Alljährlich verschwinden rund hundertfünfzig Quadratkilometer von Louisiana. Jede Viertelstunde geht ein weiterer Morgen verloren.

1979 bohrte eine Ölgesellschaft ein tiefes Loch in Terrebonne Parish und stieß auf Öl. Es war ein Routinetag bei einer Anlage unter vielen, aber es war kein Routinefund. Da war eine Menge Öl. Sie bohrten hundert Meter entfernt ein weiteres Loch und landeten einen weiteren Volltreffer. Sie wichen eine Meile zurück, bohrten und fanden ein noch größeres Vorkommen. Drei Meilen entfernt stießen sie abermals auf Öl. Die Ölgesellschaft deckte die Bohrlöcher ab und überdachte die Situation. Es handelte sich ohne jeden Zweifel um ein bedeutendes neues Feld.

Die Ölgesellschaft gehörte Victor Mattiece, einem Cajun aus Lafayette, der beim Bohren nach Öl im Süden von Louisiana mehrere Vermögen gemacht und wieder verloren hatte. 1979 war er gerade wieder einmal reich und, was noch wichtiger war, er hatte Zugang zum Geld anderer Leute. Er war schnell überzeugt, daß er ein großes Lager entdeckt hatte, und begann, um die stillgelegten Bohrlöcher herum Land aufzukaufen.

Geheimhaltung ist entscheidend, aber auf den Ölfeldern schwer zu wahren. Mattiece wußte, daß, wenn er mit zu viel Geld um sich warf, bald ein hektisches Bohren rings um seine neue Goldmine herum einsetzen würde. Da er ein Mann von unendlicher Geduld war, der alles genau plante, betrachtete er das großartige Bild und sagte nein zum schnellen Geld. Er beschloß, daß er alles haben wollte. Er setzte sich mit seinen Anwälten und anderen Beratern zusammen und entwickelte einen Plan zum methodischen

Ankauf des umliegenden Landes unter einer Unzahl von Firmenbezeichnungen. Sie bildeten neue Gesellschaften, benutzten einige seiner alten, kauften andere, in Schwierigkeiten steckende Firmen ganz oder teilweise auf und machten sich an die Arbeit des Landerwerbs. Die anderen in der Branche kannten Mattiece und wußten, daß er Geld hatte und mehr beschaffen konnte. Mattiece wußte, daß sie es wußten; also setzte er in aller Stille zwei Dutzend gesichtslose Firmen auf die Landbesitzer von Terrebonne Parish an. Es funktionierte ohne größere Probleme.

Der Plan sah vor, das Land zu beschaffen und dann noch einen weiteren Kanal durch die unglückliche, gequälte Marsch zu baggern, damit die Männer und ihre Maschinen zu den Bohrstellen gebracht und das Öl ohne Verzug herausbefördert werden konnte. Der Kanal sollte fünfundfünfzig Kilometer lang werden und doppelt so breit wie die anderen. Auf ihm würde reger Verkehr herrschen.

Weil Mattiece Geld hatte, war er bei den Politikern und Bürokraten beliebt. Er spielte gekonnt ihr Spiel. Er teilte Geld aus, wo immer es erforderlich war. Er liebte die Politik, haßte aber jede Form von Publicity. Er war paranoid und scheute die Öffentlichkeit.

Während der Landerwerb glatt vonstatten ging, mußte Mattiece plötzlich feststellen, daß er knapp bei Kasse war. Anfang der achtziger Jahre ging es mit der Wirtschaft bergab, und seine anderen Anlagen stellten die Förderung ein. Er brauchte Unmengen von Geld, und er wollte Partner, die Erfahrung damit hatten, es aufzubringen und kein Wort darüber zu verlieren. Also hielt er sich von Texas fern. Er ging ins Ausland und fand ein paar Araber, die seine Karten studierten und seiner Schätzung eines Riesenvorkommens an Öl und Erdgas zustimmten. Sie kauften einen Teil des Unternehmens, und Mattiece hatte wieder reichlich Bargeld.

Er machte sich erneut ans Austeilen und erhielt die offizielle Genehmigung, sich seinen Weg durch die empfindlichen Marschen und Zypressensümpfe zu baggern. Die Teile fügten sich großartig zusammen, und Mattiece konnte eine Milliarde Dollar riechen. Vielleicht auch zwei oder drei.

Dann passierte etwas Unvorhergesehenes. Es wurde Anklage erhoben, um dem Baggern und Bohren ein Ende zu machen. Der Kläger war eine obskure Umweltorganisation, die sich Green Fund nannte.

Die Anklage kam völlig unerwartet, weil Louisiana fünfzig Jahre lang zugelassen hatte, daß es von Ölgesellschaften und Leuten wie Victor Mattiece verschlungen und verschmutzt wurde. Es war ein Kuhhandel gewesen. Die Ölgesellschaften beschäftigten viele Leute und zahlten gut. Mit den Steuern auf Öl und Gas, die in Baton Rouge eingingen, wurden die Gehälter der Staatsangestellten bezahlt. Aus den kleinen Dörfern in den Bayous waren schnell hochgeschossene Städte geworden. Die Politiker von den Gouverneuren abwärts nahmen das Ölgeld und spielten mit. Alles war in bester Ordnung; was machte es da schon, wenn ein paar Marschlandschaften litten.

Green Fund reichte die Klage beim US-Bezirksgericht in Lafayette ein. Ein Bundesrichter stoppte das Projekt bis zu einer Verhandlung der ganzen Angelegenheit.

Mattiece rastete vollkommen aus. Er verbrachte Wochen mit seinen Anwälten, planend und Ränke schmiedend. Er würde keine Kosten scheuen, um zu gewinnen. Tut alles Erforderliche, wies er sie an. Verstoßt gegen jede Regel und jeden ethischen Grundsatz, heuert jeden Experten an, gebt jede Untersuchung in Auftrag, schneidet jede Kehle durch, gebt so viel Geld aus, wie ihr wollt. Hauptsache, ihr gewinnt den verdammten Prozeß.

Ohnehin schon kein Mann, den man je zu Gesicht bekam, verschwand er noch tiefer in der Versenkung. Er zog auf die Bahamas und operierte von einer uneinnehmbaren Festung auf Lyford Cay aus. Einmal wöchentlich flog er nach New Orleans, um sich mit seinen Anwälten zu treffen, dann kehrte er auf die Insel zurück.

Obwohl er jetzt unsichtbar war, sorgte er dafür, daß seine Zuwendungen an Politiker größer wurden. Sein Jackpot lag nach wie vor sicher unter Terrebonne Parish, und eines Tages würde er ihn ans Licht bringen. Aber niemand weiß, wann er gezwungen sein wird, Gefälligkeiten einzufordern.

Als die Anwälte von Green Fund, alle beide, knöcheltief in der Sache steckten, hatten sie es mit mehr als dreißig verschiedenen Beklagten zu tun. Einige besaßen Land. Einige erkundeten es. Andere verlegten Rohrleitungen. Wieder andere bohrten. Die Joint Ventures und Kommanditgesellschaften und Firmenverbände waren ein undurchdringliches Labyrinth.

Die Beklagten und ihre Scharen von hochbezahlten Anwälten

reagierten mit schwerem Geschütz. Sie stellten einen Antrag, mit dem der Richter aufgefordert wurde, die Klage wegen Geringfügigkeit fallenzulassen. Abgewiesen. Sie forderten ihn auf, die Fortsetzung der Bohrarbeiten zu gestatten, während sie auf das Verfahren warteten. Abgewiesen. Sie heulten auf und wiesen in einem weiteren dicken Antrag darauf hin, wieviel Geld bereits in Erkundung, Bohren und so weiter investiert worden war. Gleichfalls abgewiesen. Sie stellten ganze Wagenladungen von Anträgen, und als sie alle abgewiesen wurden und offensichtlich war, daß es eines Tages eine Schwurgerichtsverhandlung geben würde, da wurden die Ölanwälte rabiat und griffen zu schmutzigen Tricks.

Zum Glück für die Klage von Green Fund war das Herz des neuen Ölvorkommens ein Ring von Marschen, der seit Jahren Wasservögeln als natürliche Zuflucht diente – Fischadlern, Reihern, Pelikanen, Enten, Kranichen, Gänsen und vielen anderen. Obwohl Louisiana nicht immer gut zu seinem Land war, zeigte es doch etwas mehr Mitgefühl für seine Tiere. Und weil das Urteil eines Tages von einer Jury aus durchschnittlichen und hoffentlich ganz gewöhnlichen Leuten gefällt werden würde, konzentrierten sich die Anwälte von Green Fund auf die Vögel.

Der Pelikan wurde zum Helden. Nach dreißig Jahren hinterhältiger Verseuchung mit DDT und anderen Pestiziden stand der Louisiana-Braunpelikan am Rande des Aussterbens. Fast zu spät wurde er in die Liste der bedrohten Arten aufgenommen und unter stärkeren Schutz gestellt. Green Fund bemächtigte sich des majestätischen Vogels und heuerte ein halbes Dutzend Experten aus dem ganzen Land an, damit sie ein gutes Wort für ihn einlegten.

Da an die hundert Anwälte beteiligt waren, kam das Verfahren nur langsam in Gang. Zeitweise trat es auf der Stelle, was Green Fund nur recht sein konnte. Die Bohranlagen standen still.

Sieben Jahre, nachdem Mattiece zum erstenmal mit seinem Düsenhubschrauber über Terrebonne Bay herumgeschwirrt war und die Route abgeflogen hatte, die sein kostspieliger Kanal nehmen sollte, kam die Pelikan-Klage in Lake Charles zur Verhandlung. Es war ein bitterer Prozeß, der zehn Wochen dauerte. Green Fund forderte eine Entschädigung für die bereits angerichteten Verheerungen und ein dauerndes Verbot künftiger Bohrarbeiten.

Die Ölgesellschaften holten sich zum Einreden auf die Jury einen aalglatten Prozeßanwalt aus Houston. Er trug Stiefel aus Elefantenhaut und einen Stetson und konnte, wenn es erforderlich war, wie ein Cajun reden. Er war starker Tobak, vor allem im Vergleich zu den Green-Fund-Anwälten, die beide einen Bart trugen und mehr Eifer als Beredsamkeit an den Tag legten.

Green Fund verlor den Prozeß, und das kam nicht völlig unerwartet. Die Ölgesellschaften gaben Millionen aus, und es ist schwierig, einen Bären mit einer Rute zu vertreiben. David hatte losgelegt, aber Goliath hat immer die besseren Karten. Die Geschworenen waren nicht beeindruckt von den eindringlichen Warnungen vor Umweltverschmutzung und den Hinweisen auf die empfindliche Ökologie der Feuchtgebiete. Öl bedeutete Geld, und die Leute brauchten Jobs.

Der Richter hob die einstweilige Verfügung aus zwei Gründen nicht auf. Erstens war er der Ansicht, daß Green Fund seine Argumente hinsichtlich des Pelikans, einer durch Bundesgesetz geschützten Art, bewiesen hatte. Und außerdem war allen klar, daß Green Fund in die Berufung gehen würde. Die Angelegenheit war also noch lange nicht erledigt.

Für eine Weile glätteten sich die Wogen, und Mattiece hatte einen kleinen Sieg errungen. Aber er wußte, daß es andere Tage in anderen Gerichtssälen geben würde. Er war ein Mann mit unendlicher Geduld, der alles genau plante.

30

Das Bandgerät stand mitten auf dem kleinen Tisch, umgeben von vier leeren Bierflaschen.

Er machte sich beim Reden Notizen. »Wer hat Ihnen von dem Prozeß erzählt?«

»Ein Mann namens John Del Greco. Er ist Jurastudent in Tulane, ein Jahr weiter als ich. Er hat im vorigen Sommer bei einer großen Kanzlei in Houston gearbeitet, die am Rande an den Feindseligkeiten beteiligt war. Er selbst hatte mit dem Prozeß nichts zu tun, aber es gab massenhaft Gerüchte und Klatsch.«

»Und alle Kanzleien waren in New Orleans und Houston ansässig?«

»Ja, jedenfalls die prozeßführenden Kanzleien. Aber diese Firmen residieren in einem Dutzend verschiedener Städte und brachten natürlich ihre eigenen Rechtsberater mit. Es waren Anwälte aus Dallas, Chicago und mehreren anderen Städten dabei. Der reinste Zirkus.«

»Wie ist der Stand der Dinge im Augenblick?«

»Nach dem Urteil in erster Instanz wird es zu einem Verfahren vor dem Fünften Bezirks-Berufungsgericht kommen. Die Berufung ist noch nicht abgeschlossen; das dürfte aber in ungefähr einem Monat der Fall sein.«

»Wo tagt das Fünfte Bezirksgericht?«

»In New Orleans. Ungefähr vierundzwanzig Monate, nachdem es dort angekommen ist, wird ein Gremium von drei Richtern den Fall anhören und entscheiden. Die unterlegene Partei wird zweifellos eine Anhörung durch das volle Gremium verlangen, und bis dahin werden weitere drei oder vier Monate vergehen. Das Urteil enthält so viele Mängel, daß damit zu rechnen ist, daß es entweder aufgehoben oder zurückverwiesen wird.«

»Was heißt das?«

»Das Berufungsgericht kann eines von drei Dingen tun. Das Urteil bestätigen, das Urteil aufheben oder so viele Mängel daran feststellen, daß es verlangen kann, daß der Fall noch einmal in erster Instanz verhandelt wird. Es kann auch Teile des Urteils bestätigen, Teile aufheben und Teile zurückverweisen, also alles gründlich durcheinanderbringen.«

Gray schüttelte fassungslos den Kopf. »Wie kann jemand auf die Idee kommen, Anwalt werden zu wollen?«

»Das habe ich mich im Laufe der letzten Woche auch ein paarmal gefragt.«

»Haben Sie eine Vorstellung davon, wie das Fünfte Bezirksgericht entscheiden wird?«

»Nicht die geringste. Bisher haben die Richter noch nicht einmal die Akten gesehen. Die Kläger unterstellen den Beklagten eine Vielzahl von Verstößen gegen das Verfahrensrecht, und in Anbetracht der Art der Verschwörung dürfte etliches davon zutreffen. Das Urteil könnte aufgehoben werden.«

»Und was passiert dann?«

»Dann geht der Spaß erst richtig los. Wenn einer der beiden Parteien die Entscheidung des Fünften Bezirksgerichts nicht gefällt, dann können sie beim Obersten Bundesgericht Berufung einlegen.«

»Überraschung, Überraschung.«

»Jedes Jahr gehen beim Obersten Bundesgericht Tausende von Berufungen ein, aber es ist sehr wählerisch in bezug auf das, was es übernimmt. Aber weil es sich um ein brisantes Thema handelt, bei dem viel Geld im Spiel ist und viel Druck gemacht wird, hat dieser Fall eine reelle Chance, verhandelt zu werden.«

»Wie lange würde es, von heute an gerechnet, dauern, bis das Oberste Bundesgericht über den Fall entschieden hat?«

»Drei bis fünf Jahre.«

»Rosenberg wäre bis dahin ohnehin eines natürlichen Todes gestorben.«

»Ja, aber zu dem Zeitpunkt, an dem er eines natürlichen Todes starb, hätte im Weißen Haus ein Demokrat sitzen können. Also schafft ihn beiseite, solange sein Nachfolger sozusagen kalkulierbar ist.«

»Klingt einleuchtend.«

»Oh, es ist wundervoll. Wenn man Victor Mattiece ist und nur an die fünfzig Millionen hat, aber gern Milliardär werden möchte, und wenn es einem nichts ausmacht, zwei Richter des Obersten Bundesgerichts umzubringen, dann ist jetzt genau der richtige Moment.«

»Aber was ist, wenn das Oberste Bundesgericht es ablehnt, den Fall zu übernehmen?«

»Für Mattiece ist alles in bester Ordnung, wenn das Fünfte Bezirksgericht das Urteil aus erster Instanz bestätigt. Aber wenn es das Urteil aufhebt und das Oberste Bundesgericht den Revisionsantrag ablehnt, dann hat er Probleme. Ich vermute, daß er dann wieder ganz von vorne anfängt, irgendeinen neuen Prozeß anstrengt und das Ganze noch einmal versucht. Es geht um zuviel Geld, als daß er nach Hause gehen und seine Wunden lecken könnte. Wenn er Rosenberg und Jensen aus dem Weg räumen ließ, muß man davon ausgehen, daß er seine Sache durchfechten will.«

»Wo war er während der Prozesse?«

»Völlig unsichtbar. Sie dürfen nicht vergessen, in der Öffentlichkeit ist nicht bekannt, daß er die eigentliche Zentralfigur des Prozesses ist. Als die Verhandlung begann, gab es achtunddreißig beklagte Firmen. Es wurden keine Personen genannt, sondern nur Firmen. Von den achtunddreißig werden sieben öffentlich gehandelt, und an jeder ist er mit nicht mehr als zwanzig Prozent beteiligt. Das sind einfach kleine Firmen, die über den Tresen gehandelt werden. Die anderen einunddreißig sind in Privatbesitz, und über sie konnte ich nicht viel erfahren. Aber ich habe herausbekommen, daß viele dieser Privatfirmen sich gegenseitig gehören, und ein paar von ihnen gehören sogar den öffentlichen Firmen.«

»Aber er hat die Kontrolle?«

»Ja. Ich vermute, daß er achtzig Prozent des Projektes besitzt oder kontrolliert. Ich habe vier der Privatfirmen überprüft. Drei von ihnen sind im Ausland eingetragen. Zwei auf den Bahamas und eine auf den Caymans. Auch Del Greco hat gehört, daß Mattiece unter dem Deckmantel ausländischer Banken und Firmen operiert.«

»Erinnern Sie sich noch an die sieben öffentlichen Firmen?«

»An die meisten. Sie waren natürlich in einer Fußnote in dem Dossier aufgeführt, von dem ich keine Kopie mehr habe. Aber ich habe den größten Teil davon aus dem Gedächtnis neu geschrieben.«

»Darf ich es sehen?«

»Sie können es haben. Aber es ist tödlich.«

»Ich werde es später lesen. Erzählen Sie mir von dem Foto.«

»Mattiece stammt aus einem kleinen Ort in der Nähe von Lafayette, und schon in jüngeren Jahren war er für Politiker im Süden von Louisiana ein Mann mit dicker Brieftasche. Er war schon damals ein undurchsichtiger Typ, der sich beim Geldausteilen immer im Hintergrund hielt. Er machte große Geschenke an Demokraten im Lande und Republikaner in Washington, und im Lauf der Jahre machte er sich bei den Großen in der Regierung beliebt. Er hat sich nie um Publicity bemüht, aber seine Art von Geld ist schwer geheimzuhalten, zumal wenn es Politikern ausgehändigt wird. Vor sieben Jahren, als der Präsident noch Vizepräsident war, kam er nach New Orleans, um für die Republikaner Geld zu beschaffen. Alle großen Tiere waren da, einschließlich Mattiece. Es war ein Essen, bei dem das Gedeck zehntausend Dollar kostete; also versuchte die Presse, hineinzukommen. Irgendwie ist es einem Reporter gelungen, ein Foto von Mattiece zu machen, wie er gerade dem Vizepräsidenten die Hand schüttelt. Es erschien am nächsten Tag in der Zeitung von New Orleans. Es ist ein wundervolles Bild. Sie grinsen einander an, als wären sie die allerbesten Freunde.«

»Das dürfte leicht zu beschaffen sein.«

»Ich hatte es an die letzte Seite meines Dossiers geheftet, nur so zum Spaß. Es ist doch ein Spaß nicht wahr?«

»Ein Mordsspaß.«

»Vor ein paar Jahren verschwand Mattiece von der Bildfläche, und man nimmt an, daß er jetzt an verschiedenen Orten lebt. Er ist sehr exzentrisch. Del Greco hat gesagt, er wäre verrückt.«

Das Bandgerät piepte, und Gray legte ein neues Band ein. Darby stand auf und streckte ihre langen Beine. Er beobachtete sie, während er sich mit dem Gerät beschäftigte. Zwei weitere Bänder waren bereits voll und gekennzeichnet.

»Sind Sie müde?« fragte er.

»Ich habe in letzter Zeit nicht gut geschlafen. Wie viele Fragen wollen Sie mir noch stellen?«

»Wieviel wissen Sie noch?«

»Über die wichtigsten Dinge haben wir gesprochen. Da sind noch ein paar Lücken, die wir morgen früh ausfüllen können.«

Gray schaltete das Gerät aus und stand gleichfalls auf. Sie war am Fenster, streckte sich und gähnte. Er entspannte sich auf der Couch.

»Was ist mit Ihrem Haar passiert?« fragte er.

Darby setzte sich in einen Sessel und zog die Beine unter sich. Rote Zehennägel. Ihr Kinn lag auf den Knien. »Ich habe es in einem Hotel in New Orleans gelassen. Woher wissen Sie davon?«

»Ich habe ein Foto gesehen.«

»Von wo?«

»Sogar drei, um genau zu sein. Zwei aus dem Tulane Jahrbuch und eines von der Arizona State.«

»Wer hat sie Ihnen geschickt?«

»Ich habe Verbindungen. Sie wurden gefaxt, waren also nicht besonders gut. Aber da war dieses prachtvolle Haar.«

»Ich wollte, Sie hätten das nicht getan.«

»Weshalb?«

»Jedes Telefongespräch hinterläßt eine Spur.«

»Ich bin kein Anfänger, Darby.«

»Sie haben hinter mir hergeschnüffelt.«

»Nur ein bißchen Hintergrund. Das ist alles.«

»Damit ist jetzt Schluß, okay? Wenn Sie etwas über mich wissen wollen, fragen Sie mich. Wenn ich nein sage, ist der Fall erledigt.«

Grantham zuckte die Achseln und erklärte sich einverstanden. Vergessen wir das Haar. Machen wir mit weniger heiklen Themen weiter. »Also wer hat sich für Rosenberg und Jensen entschieden? Mattiece ist kein Anwalt.«

»Rosenberg ist einfach. Jensen hat nur wenig über Umweltthemen geschrieben, hat aber immer beharrlich gegen alle Arten von Entwicklungsprojekten votiert. Wenn die beiden überhaupt irgendein gemeinsames Anliegen hatten, dann war es der Schutz der Umwelt.«

»Und Sie meinen, darauf wäre Mattiece von ganz allein gekommen?«

»Natürlich nicht. Ein ziemlich bösartiger Juristenverstand hat ihm die beiden Namen präsentiert. Er hat an die tausend Anwälte.«

»Und keinen in Washington?«

»Das habe ich nicht gesagt.«

»Sie haben doch gesagt, die beteiligten Anwaltsfirmen wären in erster Linie in New Orleans und Houston und ein paar anderen Städten ansässig gewesen. Washington haben Sie nicht erwähnt.«

Darby schüttelte den Kopf. »Sie stellen zu viele Vermutungen an. Mir fallen mindestens zwei Washingtoner Firmen ein, auf die ich gestoßen bin. Die eine davon ist White and Blazevich, eine sehr alte, mächtige, reiche republikanische Kanzlei mit an die vierhundert Anwälten.«

Gray rutschte auf die Kante der Couch.

»Was ist?« fragte sie. Er war plötzlich angespannt, stand auf, wanderte zur Tür und dann zurück zur Couch.

»Das könnte passen. Das könnte es sein, Darby.«

»Ich höre.«

»Hören Sie wirklich zu?«

»Ich schwöre es.«

Er war am Fenster. »Okay, vorige Woche erhielt ich drei Anrufe von einem Washingtoner Anwalt, der sich Garcia nannte; aber das ist nicht sein richtiger Name. Er sagte, er wüßte etwas und hätte etwas über Rosenberg und Jensen gesehen, und ihm lag sehr viel daran, mir zu sagen, was er wußte. Aber dann bekam er es mit der Angst zu tun und verschwand.«

»In Washington gibt es eine Million Anwälte.«

»Zwei Millionen. Aber ich weiß, daß er in einer Privatfirma arbeitet. Er hat es halbwegs zugegeben. Er war aufrichtig und sehr verängstigt; er glaubte, daß sie ihn verfolgten. Ich fragte, wer sie wären, aber das wollte er mir natürlich nicht sagen.«

»Was ist aus ihm geworden?«

»Wir hatten für den frühen Samstagmorgen ein Treffen vereinbart, und dann rief er ganz zeitig an und sagte, ich sollte es vergessen. Sagte, er wäre verheiratet und hätte einen guten Job, und weshalb ihn aufs Spiel setzen. Er hat es nie zugegeben, aber ich glaube, er hat eine Kopie von irgend etwas, die er mir eigentlich zeigen wollte.«

»Das könnte die Bestätigung für Ihre Theorie sein.«

»Was ist, wenn er für White and Blazevich arbeitet? Wir hätten das Feld plötzlich auf vierhundert Anwälte eingeengt.«

»Ein Heuhaufen wäre wesentlich kleiner.«

Grantham griff nach seiner Tasche, blätterte einige Papiere durch und förderte ein zwölf mal achtzehn Zentimeter großes Schwarzweißfoto zutage. Er ließ es in ihren Schoß fallen. »Das ist Mr. Garcia.«

Darby betrachtete das Foto. Es war ein Mann auf einem belebten Gehsteig. »Ich vermute, er hat dafür nicht posiert.«

»Genaugenommen nicht.« Grantham wanderte wieder herum.

»Wie haben Sie es dann bekommen?«

»Ich kann meine Quellen nicht preisgeben.«

Sie legte es auf den Couchtisch und rieb sich die Augen. »Sie machen mir angst, Grantham. Das kommt mir ziemlich anrüchig vor. Sagen Sie mir, daß es nicht anrüchig war.«

»Es war ein bißchen anrüchig, zugegeben. Der Mann hat zweimal dieselbe Telefonzelle benutzt, und das ist ein Fehler.«

»Ja, ich weiß. Ein schwerer Fehler.«

»Haben Sie ihn gefragt, ob Sie ihn fotografieren dürfen?«

»Nein.«

»Dann war es verdammt anrüchig.«

»Okay, es war verdammt anrüchig. Aber ich habe es getan, und hier haben wir ihn, und er könnte unser Bindeglied zu Mattiece sein.«

»Unser Bindeglied?«

»Ja, unser Bindeglied. Ich dachte, Sie wollten Mattiece festnageln.«

»Habe ich das gesagt? Ich will, daß er zahlt, aber ich würde lieber die Finger von ihm lassen. Er hat mich überzeugt, Gray. Ich habe so viel Blut gesehen, daß es mir reicht. Diesen Ball nehmen Sie und laufen damit.«

Er hörte ihre Worte nicht. Er ging hinter ihr zum Fenster und wanderte dann zur Bar. »Sie erwähnten zwei Firmen. Welches ist die andere?«

»Brim, Stearns und noch jemand. Ich hatte noch keine Gelegenheit, mich näher mit ihr zu beschäftigen. Es ist irgendwie merkwürdig; im Protokoll war keine der beiden Firmen als Vertreter irgendeines Beklagten aufgeführt, aber bei der Durchsicht der Akten bin ich immer wieder auf beide gestoßen, vor allem auf White and Blazevich.«

»Wie groß ist Brim, Stearns und noch jemand?«

»Das kann ich morgen herausfinden.«

»So groß wie White and Blazevich?«

»Glaube ich nicht.«

»Raten Sie einfach. Wie groß?«

»Zweihundert Anwälte.«

»Okay. Jetzt stehen wir bei sechshundert Anwälten in zwei Firmen. Sie sind die Anwältin, Darby. Wie können wir Garcia finden?«

»Ich bin keine Anwältin und auch kein Privatdetektiv. Sie sind der recherchierende Reporter.« Daß er »wir« sagte, gefiel ihr nicht.

»Ja, aber ich bin noch nie in einer Anwaltskanzlei gewesen, außer bei meiner Scheidung.«

»Dann haben Sie Glück gehabt.«

»Wie können wir ihn finden?«

Sie gähnte wieder. Sie hatten fast drei Stunden geredet, und sie war erschöpft. Sie konnten am Morgen weitermachen. »Ich weiß nicht, wie er gefunden werden kann, und ich habe mir darüber auch noch nicht den Kopf zerbrochen. Ich werde darüber schlafen und es Ihnen morgen früh sagen.«

Grantham war plötzlich die Ruhe selbst. Sie stand auf und trat an die Bar, um sich ein Glas Wasser zu holen.

»Ich hole meine Sachen«, sagte er, während er die Tonbänder an sich nahm.

»Würden Sie mir einen Gefallen tun?« fragte sie.

»Vielleicht.«

Sie schwieg einen Moment und betrachtete die Couch. »Würde es Ihnen etwas ausmachen, heute nacht hier auf der Couch zu schlafen? Ich habe schon seit geraumer Zeit nicht mehr gut geschlafen, und ich brauche eine ruhige Nacht. Es wäre – es wäre ein gutes Gefühl, wenn ich wüßte, daß Sie hier drinnen sind.«

Er schluckte hart und betrachtete gleichfalls die Couch. Sie war bestenfalls anderthalb Meter lang und schien alles andere als bequem zu sein.

»Gern«, sagte er und lächelte sie an. »Das kann ich verstehen.«

»Ich bin ziemlich mit den Nerven herunter.«

»Ich verstehe schon.«

»Es tut gut, jemanden wie Sie in der Nähe zu haben.« Sie lächelte schüchtern, und Gray schmolz dahin.

»Es macht mir nichts aus«, sagte er. »Kein Problem.«

»Danke.«

»Schließen Sie die Tür zu, legen Sie sich ins Bett und schlafen Sie gut. Ich werde hier sein, und alles ist in bester Ordnung.«

»Danke.« Sie nickte und lächelte abermals, dann machte sie die Tür zum Schlafzimmer hinter sich zu. Er lauschte, aber sie schloß sie nicht ab.

Er saß im Dunkeln auf der Couch und behielt ihre Tür im Auge. Irgendwann nach Mitternacht döste er ein und schlief, die Knie nicht weit von seinem Kinn entfernt.

31

Ihr Chef war Jackson Feldman, er war der Chefredakteur; dies war ihr Revier, und sie ließ sich von niemandem etwas bieten außer von Mr. Feldman. Besonders nicht von einem unverschämten Typ wie Gray Grantham, der vor Mr. Feldmans Tür stand und sie bewachte wie ein Dobermann. Sie warf ihm finstere Blicke zu, und er lächelte sie an, und das ging nun schon seit zehn Minuten so, seit sie sich da drinnen zusammengesetzt und die Tür hinter sich zugemacht hatten. Weshalb Grantham draußen wartete, wußte sie nicht. Aber dies war ihr Revier.

Das Telefon läutete, und er schrie sie an: »Keine Anrufe!«

Ihr Gesicht rötete sich sofort, und ihr Unterkiefer sackte herab. Sie griff zum Hörer, hörte eine Sekunde zu, dann sagte sie: »Tut mir leid, aber Mr. Feldman ist in einer Besprechung.« Sie funkelte wieder Grantham an, der nachdrücklich den Kopf schüttelte. »Ja, ich werde ihn bitten, so bald wie möglich zurückzurufen.« Sie legte auf.

»Danke!« sagte Grantham, und das brachte sie aus der Fassung. Sie war im Begriff gewesen, etwas Unfreundliches zu sagen, aber nach dem »Danke!« fiel ihr nichts mehr ein. Er lächelte sie an, das machte sie noch wütender.

Es war halb sechs, Zeit, Feierabend zu machen, aber Mr. Feldman hatte sie gebeten, noch zu bleiben. Und Grantham stand nach wie vor lächelnd an der Tür, keine drei Meter von ihr entfernt. Sie hatte Gray Grantham noch nie gemocht. Aber schließlich gab es in der *Post* kaum jemanden, den sie mochte. Ein Volontär erschien und strebte offensichtlich auf die Tür zu, aber der Dobermann stellte sich ihm in den Weg. »Tut mir leid, im Augenblick können Sie nicht hinein«, sagte Grantham.

»Und weshalb nicht?«

»Sie haben eine Besprechung. Geben Sie es bei ihr ab.« Er zeigte auf die Sekretärin, die es haßte, wenn man mit dem Finger auf sie zeigte und von ihr einfach als von ihr sprach. Sie war inzwischen einundzwanzig Jahre hier.

Der Volontär ließ sich nicht so leicht einschüchtern. »Also gut. Aber Mr. Feldman wollte, daß ich diese Papiere hier genau um halb sechs bei ihm abliefere. Jetzt ist es genau halb sechs, hier bin ich, und hier sind die Papiere.«

»Wir sind stolz auf Sie. Aber Sie können nicht hinein. Geben Sie Ihre Papiere der netten Dame dort drüben, und morgen früh wird die Sonne wieder scheinen.« Grantham stellte sich mitten vor die Tür und schien zum Kampf bereit, falls der Junge beharrlich bleiben sollte.

»Ich nehme sie«, sagte die Sekretärin. Sie nahm sie, und der Volontär verschwand.

»Danke!« sagte Grantham abermals laut.

»Ich finde, Sie sind ziemlich unverschämt«, fauchte sie.

»Ich habe ›Danke!‹ gesagt.« Er versuchte, verletzt dreinzuschauen.

»Sie sind ein Klugscheißer.«

»Danke!«

Die Tür wurde plötzlich geöffnet, und eine Stimme rief heraus: »Grantham.«

Er lächelte sie an und ging hinein. Jackson Feldman stand hinter seinem Schreibtisch. Seine Krawatte war bis zum zweiten Knopf herunter gelockert und die Hemdsärmel bis zu den Ellenbogen aufgekrempelt. Er war einsfünfundneunzig groß, ohne ein Gramm Fett. Mit achtundfünfzig nahm er an zwei Marathons im Jahr teil und arbeitete fünfzehn Stunden am Tag.

Smith Keen stand gleichfalls und hielt das vierseitige Expose einer Story in der Hand, zusammen mit einer Kopie von Darbys handschriftlicher Reproduktion des Pelikan-Dossiers. Feldmans Exemplar lag auf dem Schreibtisch. Sie wirkten leicht benommen.

»Machen Sie die Tür zu«, sagte Feldman zu Grantham.

Gray machte die Tür zu und setzte sich auf die Kante eines Tisches. Niemand sprach.

Feldman rieb sich heftig die Augen, dann sah er Keen an. »Wow«, sagte er schließlich.

Gray lächelte. »Womit Sie sagen wollen, das ist es. Ich liefere Ihnen die tollste Story seit zwanzig Jahren, und Sie sind so hingerissen, daß sie ›Wow‹ sagen.«

»Wo ist Darby Shaw?« fragte Keen.

»Das kann ich Ihnen nicht sagen. Das ist Teil der Abmachung.«

»Welcher Abmachung?«

»Das kann ich Ihnen auch nicht sagen.«

»Wann haben Sie mit ihr gesprochen?«

»Gestern abend, und dann noch einmal heute morgen.«

»Und das war in New York?«

»Was spielt es für eine Rolle, wo wir miteinander gesprochen haben? Wir haben miteinander gesprochen, okay? Sie hat geredet. Ich habe zugehört. Ich bin zurückgeflogen. Ich habe das Expose geschrieben. Also, was meinen Sie?«

Feldman ließ sich langsam auf seinem Sessel nieder. »Wieviel weiß das Weiße Haus?«

»Keine Ahnung. Verheek hat Darby erzählt, daß es an irgendeinem Tag der vergangenen Woche dem Weißen Haus übergeben wurde und daß zu der Zeit das FBI der Ansicht war, man sollte der Sache nachgehen. Und dann, nachdem das Weiße Haus es hatte, zog sich das FBI aus irgendeinem Grund zurück. Das ist alles, was ich weiß.«

»Wieviel hat Mattiece dem Präsidenten vor drei Jahren gegeben?«

»Millionen. Natürlich alles über eine Unzahl von politischen Aktionskomitees, die er kontrolliert. Dieser Kerl ist äußerst gerissen. Er hat einen Haufen Anwälte, und sie denken sich Wege aus, um Geld hierhin und dorthin zu leiten. Vermutlich ist es sogar legal.«

Die Redakteure dachten langsam. Sie waren so betäubt, als hätten sie gerade eine Bombenexplosion überlebt. Grantham war ziemlich stolz und schwenkte die Füße unter dem Tisch wie ein Kind auf einer Mole.

Feldman griff nach den zusammengehefteten Papieren und blätterte sie durch, bis er das Foto von Mattiece und dem Präsidenten gefunden hatte. Er schüttelte den Kopf.

»Das ist Dynamit, Gray«, sagte Keen. »Das können wir unmöglich bringen, solange es nicht hieb- und stichfest bewiesen ist. Das zu verifizieren, dürfte der härteste Job der Welt sein. Das ist starker Tobak, mein Sohn.«

»Wie wollen Sie das bewerkstelligen?« fragte Feldman.

»Ich habe ein paar Ideen.«

»Ich möchte sie hören. Diese Sache könnte Sie das Leben kosten.«

Grantham sprang auf und steckte die Hände in die Taschen. »Zuerst werden wir versuchen, Garcia zu finden.«

»Wir? Wer ist wir?« fragte Keen.

»Ich, okay. Ich werde versuchen, Garcia zu finden.«

»Macht die Frau dabei mit?« fragte Keen.

»Das kann ich nicht beantworten. Auch das ist ein Teil der Abmachung.«

»Beantworten Sie die Frage«, sagte Feldman. »Bedenken Sie, wie wir dastünden, wenn sie umgebracht würde, während sie Ihnen bei Ihrer Story hilft. Es ist viel zu riskant. Also, wo ist sie und was habt ihr vor?«

»Ich verrate nicht, wo sie ist. Sie ist eine Informantin, und ich schütze meine Informanten. Nein, sie hilft mir nicht bei den Recherchen. Sie ist eine Informantin, nichts sonst, okay?«

Sie musterten ihn ungläubig. Dann sahen sie sich an, und schließlich zuckte Keen die Achseln.

»Brauchen Sie Hilfe?« fragte Feldman.

»Nein. Sie besteht darauf, daß ich es allein mache. Sie ist sehr verängstigt, und daraus kann man ihr keinen Vorwurf machen.«

»Ich habe schon beim Lesen dieses verdammten Dossiers Angst bekommen«, sagte Keen.

Feldman lehnte sich in seinem Sessel zurück und schlug die Füße auf dem Schreibtisch übereinander. Schuhgröße fünfundvierzig. Er lächelte zum erstenmal. »Sie müssen mit Garcia anfangen. Wenn er nicht auffindbar ist, können Sie Monate mit Nachforschungen über Mattiece verbringen und trotzdem nicht durchsteigen. Und bevor Sie sich auf die Spur von Mattiece setzen, sollten wir ausführlich miteinander reden. Irgendwie mag ich Sie, Grantham, und diese Sache ist es nicht wert, daß Sie ihretwegen umgebracht werden.«

»Ich sehe jedes Wort, das Sie schreiben, okay?« sagte Keen.

»Und ich möchte täglich einen Bericht, okay?« sagte Feldman.

»Kein Problem.«

Keen trat an die Glaswand und beobachtete das hektische Treiben in der Redaktion. Im Verlauf jedes Tages kam und ging das Chaos ein halbes dutzendmal. Um halb sechs war der Teufel los. Die letzten Neuigkeiten wurden geschrieben, und um halb sieben fand die zweite Redaktionskonferenz statt. Feldman schaute von seinem Schreibtisch aus zu. »Das könnte das Ende der Flaute sein«, sagte er zu Gray, ohne ihn anzusehen. »Wie lange dauert sie jetzt – fünf, sechs Jahre?«

»Eher sieben«, sagte Keen.

»Ich habe eine ganze Menge gute Stories geschrieben«, erklärte Gray.

»Sicher«, sagte Feldman. »Aber Sie haben fast immer in der zweiten oder dritten Linie gespielt. Es ist lange her, seit Sie Ihren letzten Volltreffer gelandet haben.«

»Und es hat auch eine Menge Auszeiten gegeben«, fügte Keen hilfsbereit hinzu.

»Das kann jedem passieren«, sagte Gray. »Aber dieser Volltreffer wird es in sich haben.« Er öffnete die Tür.

Feldman funkelte ihn an. »Passen Sie auf, daß Ihnen nichts passiert, und lassen Sie nicht zu, daß ihr etwas passiert. Verstanden?«

Gray lächelte und verließ das Büro.

Er hatte fast den Thomas Circle erreicht, als er das Blaulicht hinter sich sah. Der Streifenwagen überholte ihn nicht, sondern hängte sich an seine Stoßstange. Er hatte weder auf die Geschwindigkeitsbegrenzung noch auf seinen Tachometer geachtet. Das würde sein drittes Strafmandat in sechzehn Monaten sein. Er fuhr auf einen kleinen Parkplatz neben einem Wohnblock. Es war dunkel, und das Blaulicht blitzte in seinen Spiegeln. Er rieb sich die Schläfen.

»Aussteigen«, verlangte der Polizist von der Stoßstange her.

Gray öffnete die Tür und tat, was von ihm verlangt worden war. Der Polizist war schwarz, und plötzlich lächelte er. Es war Cleve. Er zeigte auf den Streifenwagen. »Steigen Sie ein.«

Sie saßen unter dem Blaulicht im Streifenwagen und betrachteten den Volvo. »Warum tun Sie mir das an?« fragte Gray.

»Wir haben unsere Quoten, Grantham. Wir müssen so und so viele Weiße anhalten und ihnen die Hölle heiß machen. Der Chief ist für Gleichberechtigung. Die weißen Polizisten stürzen sich auf unschuldige, arme Schwarze, also stürzen wir Schwarzen uns auf unschuldige, reiche Weiße.«

»Vermutlich wollen Sie mir Handschellen anlegen und mich zusammenschlagen.«

»Nur, wenn Sie Wert darauf legen. Sarge kann nicht mehr reden.«

»Ich höre.«

»Er hat irgendwas gerochen. Ein paar komische Blicke aufgefangen und dieses oder jenes gehört.«

»Zum Beispiel?«

»Zum Beispiel, daß man über Sie redet, und wie gern man wüßte, was Sie wissen. Er glaubt, es könnte sein, daß Sie abgehört werden.«

»Ist das sein Ernst?«

»Er hat gehört, daß über Sie geredet wird. Daß Sie Fragen stellen über irgendein Pelikan-Ding. Sie haben sie wachgerüttelt.«

»Was hat er über dieses Pelikan-Ding gehört?«

»Nur, daß Sie scharf darauf sind. Und daß es ihnen damit verdammt ernst ist. Das sind gemeine und ausgeschlafene Leute, Gray. Sarge sagt, Sie sollen genau aufpassen, wohin Sie gehen und mit wem Sie reden.«

»Und wir können uns nicht mehr treffen?«

»In der nächsten Zeit nicht. Er will den Kopf einziehen und alles über mich laufen lassen.«

»Gut. Ich brauche seine Hilfe, aber sagen Sie ihm, er soll vorsichtig sein. Das ist eine sehr heikle Sache.«

»Was hat es mit diesem Pelikan-Ding auf sich?«

»Das kann ich Ihnen nicht verraten. Aber sagen Sie Sarge, es könnte ihn das Leben kosten.«

»Nicht Sarge. Der ist klüger als alle anderen Leute dort.«

Gray öffnete die Tür und stieg aus. »Danke, Cleve.«

Er schaltete das Blaulicht aus. »Wir bleiben in Kontakt. In den nächsten sechs Monaten fahre ich Nachtschicht, und ich werde versuchen, Sie im Auge zu behalten.«

»Danke.«

Rupert zahlte für sein Zimtbrötchen und setzte sich auf einen Barhocker, von dem aus er den Gehsteig überblicken konnte. Es war Mitternacht, genau Mitternacht, und Georgetown kam zur Ruhe. Ein paar Wagen fuhren die M Street entlang, die letzten Fußgänger strebten nach Hause. Das Café war gut besucht, aber nicht überfüllt. Er trank schwarzen Kaffee.

Er erkannte das Gesicht auf dem Gehsteig, und kurz darauf saß der Mann auf dem Barhocker neben ihm. Er war eine Art Mittelsmann. Sie hatten sich ein paar Tage zuvor in New Orleans kennengelernt.

»Also, wie stehen die Dinge?« fragte Rupert.

»Wir können sie nicht finden. Und das macht uns Sorgen, weil wir heute schlechte Nachrichten bekommen haben.«

»Und?«

»Nun, wir haben Stimmen gehört, unbestätigt, daß die bösen Buben durchgedreht haben, und daß der böse Bube Nummer eins will, daß alle umgebracht werden. Geld spielt keine Rolle, und diese Stimmen berichten uns, daß er zu zahlen gedenkt, was immer es kosten mag, um diese Sache aus der Welt zu schaffen. Er schickt große Jungs mit großen Kanonen ins Feld. Natürlich, sie sagen, er wäre verrückt, aber er ist hundsgemein, und mit Geld kann man eine Menge Leute umbringen.«

Dieses Reden über Mord ließ Rupert kalt. »Wer steht auf der Liste?«

»Die Frau. Und vermutlich jeder Außenstehende, der zufällig etwas über dieses kleine Dossier erfährt.«

»Also was soll ich tun?«

»Bleiben Sie in der Gegend. Wir treffen uns morgen abend wieder, derselbe Ort, dieselbe Zeit. Wenn wir die Frau finden, sind Sie dran.«

»Wie wollen Sie sie finden?«

»Wir glauben, daß sie in New York ist.«

Rupert riß ein Stück von seinem Brötchen ab und steckte es in den Mund. »Wo würden Sie hingehen?«

Der Mittelsmann dachte an ein Dutzend Orte, an denen er gern wäre, aber das waren Orte wie Paris und Rom und Monte Carlo, Orte, die er kannte, und Orte, die viele Leute besuchten. Nur dieser eine exotische Ort, den er aufsuchen und an dem er sich für den Rest seines Lebens verstecken konnte, fiel ihm nicht ein. »Ich weiß nicht. Wo würden Sie hingehen?«

»New York City. Da kann man Jahre leben, ohne je gesehen zu werden. Man spricht die Sprache und kennt die Regeln. Es ist das ideale Versteck für einen Amerikaner.«

»Ja, da haben Sie vermutlich recht. Sie glauben, sie ist dort?«

»Ich weiß es nicht. Manchmal ist sie sehr schlau. Dann macht sie wieder irgendwelche Fehler.«

Der Mittelsmann war auf den Beinen. »Morgen abend«, sagte er.

Rupert schwenkte die Hand. Was für ein dämlicher kleiner Affe, dachte er. Rennt herum und flüstert anderen Leuten in Cafés und Bierkneipen wichtige Botschaften ins Ohr. Dann rennt er zu seinem Boß zurück und erstattet ihm bis ins kleinste Detail Bericht.

Er warf den Kaffeebecher in den Müll und trat auf die Straße.

32

Bei Brim, Stearns and Kidlow arbeiteten, so stand es in der neuesten Ausgabe des Juristenhandbuchs von Martindale-Hubbell, hundertneunzig Anwälte. Und bei White and Blazevich waren es vierhundertzwölf. Also stand zu hoffen, daß Garcia nur einer von möglicherweise sechshundertzweien war. Doch wenn Mattiece noch mit anderen Washingtoner Firmen in Verbindung stand, war die Zahl größer, und sie hatten keine Chance.

Wie erwartet, arbeitete bei White and Blazevich niemand, der Garcia hieß. Darby suchte nach einem anderen lateinamerikanischen Namen, fand aber keinen. Es war eine dieser blütenweißen, aristokratischen Firmen, in der nur Leute von den Eliteuniversitäten arbeiteten, die lange, mit Zahlen endende Namen hatten. Es waren ein paar Frauen darunter, aber nur zwei waren Partner. Die meisten der Frauen waren nach 1980 eingestellt worden. Wenn sie lange genug am Leben blieb, um ihr Studium beenden zu können, würde Darby bestimmt nicht für eine Fabrik wie White and Blazevich arbeiten.

Grantham hatte ihr nahegelegt, nach lateinamerikanischen Namen zu suchen, weil Garcia als Falschname ein wenig ungewöhnlich war. Vielleicht war der Mann Lateinamerikaner, und da Garcia dort ein häufig vorkommender Name ist, war er ihm vielleicht als erster eingefallen. Es funktionierte nicht. In dieser Firma gab es keine Lateinamerikaner.

Dem Handbuch zufolge waren ihre Mandanten groß und reich. Banken, Unternehmen, die in *Fortune* unter den fünfhundert größten aufgeführt waren, und eine Menge Ölgesellschaften. Vier der in dem Prozeß Beklagten waren als Mandanten aufgeführt, aber nicht Mr. Mattiece. Da waren Chemieunternehmen und Schiffahrtslinien, und White and Blazevich vertrat auch die Regierungen von Nordkorea, Libyen und Syrien. Verrückt, dachte sie. Unsere Feinde heuern unsere Anwälte an, damit sie bei unserer Regierung für sie eintreten. Aber schließlich kann man Anwälte für praktisch alles anheuern.

Brim, Stearns and Kidlow war eine kleinere Version von White and Blazevich, aber hier gab es tatsächlich vier lateinamerikanische Namen. Sie notierte sie. Zwei Männer und zwei Frauen. Vermutlich war diese Firma wegen Geschlechts- und Rassendiskriminierung verklagt worden, denn in den letzten zehn Jahren hatte sie alle möglichen Leute eingestellt. Die Mandantenliste war vorhersagbar: Öl und Gas, Versicherungen, Banken, Regierungskontakte. Ziemlich langweiliger Kram.

Sie saß eine Stunde lang in einer Ecke der juristischen Bibliothek von Fordham. Es war Freitagmorgen, zehn Uhr in New York und neun Uhr in New Orleans, und anstatt sich in einer Bibliothek zu verstecken, in der sie noch nie gewesen war, hätte sie jetzt eigentlich in Verfahrensrecht unter Alleck sitzen sollen, einem Professor, den sie nie gemocht hatte, jetzt aber sehr vermißte. Alice Stark würde neben ihr sitzen. Einer ihrer Kommilitonen, ein Blödmann namens D. Ronald Petrie, würde hinter ihr sitzen, sich mit ihr verabreden wollen und schlüpfrige Bemerkungen machen. Auch ihn vermißte sie. Sie vermißte die stillen Morgenstunden auf Thomas' Balkon, wo sie so oft Kaffee getrunken und darauf gewartet hatte, daß das French Quarter seine Spinnweben abschüttelte und zum Leben erwachte. Sie vermißte den Duft des Rasierwassers an seinem Bademantel.

Sie dankte der Bibliothekarin und verließ das Gebäude. Auf der Zweiundsechzigsten wanderte sie ostwärts auf den Park zu. Es war ein herrlicher Oktobermorgen mit klarem Himmel und kühlem Wind. Eine angenehme Abwechslung nach New Orleans, aber unter den gegebenen Umständen schwer zu würdigen. Sie trug eine neue Sonnenbrille und einen Schal, den sie bis zum Kinn hochgezogen hatte. Das Haar war nach wie vor dunkel, aber sie würde nicht noch mehr abschneiden. Sie war entschlossen, zu gehen, ohne ständig über die Schulter zu schauen. Vermutlich waren sie nicht hinter ihr her, aber sie wußte, daß es Jahre dauern würde, bevor sie wieder ohne jeden Zweifel eine Straße entlanggehen konnte.

Die Bäume im Park boten eine prachtvolle Schau aus Gelb, Orange und Rot. Der Wind ließ die Blätter sanft herabsegeln. Sie bog nach Süden zum Central Park West ab. Morgen würde sie abreisen und ein paar Tage in Washington verbringen. Wenn sie überlebte, würde sie danach das Land verlassen, vielleicht in die Karibik. Sie war bereits zweimal dort gewesen. Da gab es tausend kleine Inseln, auf denen die meisten Leute irgendeine Art von Englisch sprachen.

Jetzt war die Zeit gekommen, das Land zu verlassen. Sie hatten ihre Spur verloren, und sie hatte sich bereits nach den Flügen nach Nassau und Jamaika erkundigt. Wenn es dunkel wurde, konnte sie schon dort sein.

Sie fand einen Münzfernsprecher im Hintergrund eines Cafés an der Sixth Avenue und wählte Grays Nummer in der *Post.* »Ich bin's«, sagte sie.

»Wunderbar. Ich hatte schon befürchtet, Sie hätten das Land bereits verlassen.«

»Ich denke darüber nach.«

»Können Sie damit noch eine Woche warten?«

»Vermutlich. Ich komme morgen. Was wissen Sie inzwischen?«

»Ich sammle Schrott. Ich habe mir Kopien der Jahresbilanzen der sieben öffentlichen Firmen besorgt, die an dem Prozeß beteiligt waren. In keiner von ihnen ist Mattiece Vorstandsmitglied oder Direktor.«

»Was noch?«

»Nur die übliche endlose Telefoniererei. Gestern habe ich drei Stunden damit verbracht, bei den Gerichten herumzulungern und nach Garcia Ausschau zu halten.«

»Vor Gericht werden Sie ihn nicht finden. Zu der Sorte Anwälten gehört er nicht. Er ist in einer Wirtschaftsfirma.«

»Das hört sich an, als hätten Sie eine bessere Idee.«

»Ich habe mehrere Ideen.«

»Also gut. Dann bleibe ich einfach hier sitzen und warte auf Sie.«

»Ich rufe an, sobald ich angekommen bin.«

»Rufen Sie mich nicht zu Hause an.«

Sie schwieg eine Sekunde. »Darf ich fragen, warum nicht?«

»Es ist durchaus möglich, daß jemand mithört und mich vielleicht sogar beschattet. Einer meiner besten Informanten meint, ich hätte genügend Staub aufgewirbelt, daß sie mich nicht mehr aus den Augen lassen werden.«

»Wundervoll. Und da wollen Sie, daß ich komme und mit Ihnen gemeinsame Sache mache?«

»Uns kann nichts passieren, Darby. Wir müssen nur vorsichtig sein.«

Sie umklammerte den Hörer und biß die Zähne zusammen. »Wie können Sie es wagen, mir gegenüber von Vorsicht zu reden! Ich versuche jetzt seit zehn Tagen, Bomben und Schüssen auszuweichen, und Sie sind so von sich eingenommen, daß Sie mir sagen, ich sollte vorsichtig sein. Sie können mir den Buckel runterrutschen, Grantham! Vielleicht sollte ich mich von Ihnen fernhalten.«

Es gab eine Pause, während sie sich in dem kleinen Café umschaute. Zwei Männer an einem Tisch in der Nähe sahen zu ihr herüber. Sie war viel zu laut. Sie wendete sich ab und holte tief Luft.

Grantham sprach langsam. »Tut mir leid. Ich ...«

»Vergessen Sie's. Vergessen Sie's einfach.«

Er wartete einen Moment. »Sind Sie okay?«

»Mir geht es großartig. Habe mich nie besser gefühlt.«

»Kommen Sie nach Washington?«

»Ich weiß es nicht. Hier bin ich sicher, und noch sicherer bin ich, wenn ich in ein Flugzeug steige und das Land verlasse.«

»Gewiß, aber ich dachte, Sie hätten diese wunderbare Idee, wie wir Garcia finden und dann vielleicht Mattiece festnageln können. Ich dachte, Sie wären empört und moralisch entrüstet und dürsteten nach Rache. Was ist mit Ihnen los?«

»Nun, zum einen habe ich dieses brennende Verlangen, meinen fünfundzwanzigsten Geburtstag zu erleben. Ich bin nicht selbstsüchtig, aber vielleicht möchte ich auch den dreißigsten noch erleben. Das wäre schön.«

»Ich verstehe.«

»Ich weiß nicht, ob Sie das verstehen. Ich glaube, Sie sind mehr an Pulitzerpreisen und Ruhm interessiert als an meinem hübschen kleinen Hals.«

»Ich versichere Ihnen, daß das nicht stimmt. Vertrauen Sie mir, Darby. Sie werden sicher sein. Sie haben mir die Geschichte Ihres Lebens erzählt. Sie müssen mir vertrauen.«

»Ich werde darüber nachdenken.«

»Das ist nicht definitiv.«

»Nein, das ist es nicht. Lassen Sie mir ein bißchen Zeit.«

»Okay.«

Sie legte auf und bestellte ein Hörnchen. Ein Dutzend Sprachen ertönten um sie herum; das Café war plötzlich überfüllt. Lauf, Baby, lauf, sagte ihr der gesunde Menschenverstand. Nimm ein Taxi zum Flughafen. Bezahle bar für ein Ticket nach Miami. Steig in die nächste Maschine, die nach Süden fliegt. Laß Grantham wühlen und wünsch ihm alles Gute. Er war sehr gut, und er würde eines Tages eine Möglichkeit finden, die Story zu bringen. Und sie würde sie lesen, während sie an einem sonnenüberfluteten Strand lang, eine Piña colada trank und den Windsurfern zuschaute.

Stummel hinkte auf dem Gehsteig vorbei. Sie erhaschte einen Blick auf ihn, durch das Gedränge der Gäste und durch das Fenster hindurch. Ihr Mund war plötzlich trocken, und ihr war schwindlig. Er schaute nicht herein. Er trottete nur vorbei, es sah aus, als hätte er sich verlaufen. Sie lief zwischen den Tischen hindurch und beobachtete ihn von der Tür aus. Leicht hinkend erreichte er die Ecke von Sixth Avenue und Achtundfünfzigster Straße und wartete dort auf Grün. Er begann, die Sixth zu überqueren, dann überlegte er es sich anders und überquerte die Achtundfünfzigste. Ein Taxi hätte ihn beinahe umgenietet.

Er ging nirgendwo hin, sondern wanderte nur leicht hinkend in der Gegend herum.

Croft sah den jungen Mann, als er aus dem Fahrstuhl trat. Er kam in Begleitung eines anderen jungen Anwalts, und da sie ihre Aktenkoffer nicht bei sich hatten, war offensichtlich, daß sie zu einem späten Lunch unterwegs waren. Nach fünftägigem Beobachten von Anwälten hatte Croft ihre Gewohnheiten kennengelernt.

Das Gebäude lag an der Pennsylvania, und Brim, Stearns and Kidlow residierte in den Stockwerken Drei bis Elf. Garcia verließ mit seinem Kollegen das Haus, und sie lachten auf ihrem ganzen Weg die Straße entlang. Irgend etwas war sehr komisch. Croft folgte so dichtauf wie möglich. Sie gingen und lachten fünf Blocks und betraten dann, genau wie er vermutet hatte, für eine schnelle Mahlzeit ein kleines Yuppie-Restaurant.

Croft rief Grantham dreimal an, bevor er ihn erreichte. Es war fast zwei, die Mittagspause war so ziemlich vorbei, und wenn Grantham den Mann erwischen wollte, dann sollte er gefälligst in der Nähe des Telefons bleiben. Grantham hieb den Hörer auf die Gabel. Sie würden sich in dem Gebäude treffen.

Auf dem Rückweg gingen Garcia und sein Kollege etwas langsamer. Es war ein herrlicher Tag, und sie genossen die kurze Erholung von der Tretmühle des Verklagens von Leuten oder was immer sie für zweihundert Dollar pro Stunde taten. Croft versteckte sich hinter seiner Sonnenbrille und hielt Abstand.

Gray wartete im Foyer in der Nähe der Fahrstühle. Croft war dicht hinter ihnen, als sie durch die Drehtür hereinkamen. Er deutete rasch auf ihren Mann. Gray sah das Signal und drückte auf den Fahrstuhlknopf. Er öffnete sich, und er trat einen Augenblick vor Garcia und seinem Kollegen ein. Croft blieb zurück.

Garcia drückte auf den Knopf Nummer Sechs, und einen Sekundenbruchteil später tat Gray dasselbe. Gray las Zeitung und hörte zu, wie die beiden Anwälte über Football redeten. Der junge Mann war nicht älter als sieben- oder achtundzwanzig. Die Stimme war vielleicht vage vertraut, aber er hatte sie nur am Telefon gehört, und sie hatte keine besonderen Merkmale. Das Gesicht war dicht vor ihm, aber er konnte es nicht eingehend betrachten. Die Chancen, daß er es tatsächlich war, standen nicht schlecht. Er sah dem Mann auf den Fotos sehr ähnlich, er arbeitete für Brim, Stearns and Kidlow, und einer ihrer unzähligen Mandanten war Mr. Mattiece. Er war Reporter. Es war sein Job, vorzupreschen und Fragen zu stellen.

Sie verließen den Fahrstuhl im sechsten Stock, noch immer über die Redskins diskutierend, und Gray schlenderte, in seiner Zeitung lesend, hinter ihnen her. Das Foyer der Firma war elegant und üppig, mit Kronleuchtern und Perserteppichen, und an der Wand stand in dicken goldenen Lettern der Firmenname. Die Anwälte blieben an der Rezeption stehen, um sich über eingegangene Anrufe unterrichten zu lassen. Gray ging zielstrebig auf die Sekretärin zu, die ihn eingehend musterte.

»Kann ich Ihnen helfen, Sir?« fragte sie in dem Ton, der bedeutete: »Was, zum Teufel, wollen Sie?«

Gray war nicht um eine Antwort verlegen. »Ich habe eine Besprechung mit Roger Martin.« Er hatte den Namen im Telefonbuch gefunden, und er hatte eine Minute zuvor vom unteren Foyer aus angerufen, um sich zu vergewissern, daß Anwalt Martin heute im Hause war. Der Tafel war zwar zu entnehmen, daß die Firma in den Stockwerken Drei bis Elf residierte, aber auf ihr waren nicht alle hundertneunzig Anwälte aufgeführt. Mit Hilfe des Branchenbuches hatte er ein Dutzend schnelle Anrufe getätigt, um in jeder Etage einen Anwalt zu finden. Roger Martin war der Mann im sechsten Stock.

Er warf der Sekretärin einen finsteren Blick zu. »Wir haben schon zwei Stunden zusammengesessen.«

Das verblüffte sie, und ihr fiel keine Erwiderung ein. Gray eilte um die Ecke in einen Korridor und erhaschte gerade noch einen Blick auf Garcia, der eben sein vier Türen entferntes Büro betrat.

Der Name neben der Tür war David M. Underwood. Gray klopfte nicht an. Er wollte schnell zuschlagen und vielleicht schnell wieder verschwinden. Mr. Underwood hängte sein Jackett auf einen Bügel.

»Hi. Ich bin Gray Grantham von der *Washington Post.* Ich suche einen Mann namens Garcia.«

Underwood runzelte die Stirn und schien verblüfft. »Wie sind Sie hier hereingekommen?« fragte er.

Die Stimme klang plötzlich vertraut. »Zu Fuß. Sie sind Garcia, nicht wahr?«

Er zeigte auf eine Schreibtischplakette mit seinem Namen in Goldbuchstaben. »David M. Underwood. In diesem Stockwerk gibt es niemanden, der Garcia heißt. Ich kenne keinen Garcia.«

Gray lächelte, als spielte er mit. Underwood war ängstlich. Oder verärgert.

»Wie geht es Ihrer Tochter?« fragte Gray.

Underwood kam um den Schreibtisch herum, jetzt ziemlich verwirrt. »Welcher?«

Das paßte nicht. Garcia war sehr besorgt gewesen um seine Tochter, ein Kleinkind, und wenn er mehr als eine gehabt hätte, dann hätte er es bestimmt erwähnt.

»Der jüngsten. Und Ihrer Frau?«

Underwood war jetzt auf Schlagnähe herangekommen und schob sich noch näher heran. Offensichtlich war er ein Mann, der vor körperlichem Kontakt keine Angst hatte.

»Ich habe keine Frau. Ich bin geschieden.« Er hob die linke Faust, und einen kurzen Moment lang dachte Gray, er wollte zuschlagen. Dann sah er die vier ringlosen Finger. Keine Frau. Kein Ring. Garcia betete seine Frau an, und er würde einen Ring tragen. Es war Zeit zum Gehen.

»Was wollen Sie?« fragte Underwood.

»Ich dachte, Garcia säße in diesem Stockwerk«, sagte er, sich zurückziehend.

»Ist Ihr Freund Garcia Anwalt?«

»Ja.«

Underwood entspannte sich ein wenig. »Nicht in dieser Firma. Wir haben einen Perez und einen Hernandez und vielleicht noch einen weiteren. Aber einen Garcia kenne ich nicht.«

»Nun ja, es ist eine große Firma«, sagte Gray, jetzt an der Tür.

Underwood folgte ihm. »Hören Sie, Mr. Grantham, wir sind es nicht gewohnt, daß Reporter hier auftauchen. Ich werde den Sicherheitsdienst anrufen, vielleicht kann er Ihnen weiterhelfen.«

»Das ist nicht nötig. Vielen Dank.« Grantham war auf dem Korridor und verschwunden. Underwood informierte den Sicherheitsdienst.

Im Fahrstuhl verfluchte Grantham sich selbst. Außer ihm war niemand darin, deshalb fluchte er laut. Dann dachte er an Croft und verfluchte ihn, und als der Fahrstuhl hielt und die Tür aufging, stand Croft im Foyer neben den Münzfernsprechern. Ruhig bleiben, befahl er sich.

Sie verließen das Gebäude gemeinsam. »War nichts«, sagte Gray.

»Haben Sie mit ihm gesprochen.«

»Ja. Der falsche Mann.«

»Verdammt. Ich war ganz sicher, daß er es war. Es war der Mann auf den Fotos, oder etwa nicht?«

»Nein. Er sieht ihm nur ziemlich ähnlich. Versuchen Sie es weiter.«

»Ich habe diese Sache ziemlich satt, Grantham. Ich ...«

»Sie werden dafür bezahlt. Machen Sie noch eine Woche weiter, okay? Ich kann mir schwerere Arbeit vorstellen.«

Croft blieb auf dem Gehsteig stehen, und Gray ging weiter. »Noch eine Woche, dann ist endgültig Schluß«, rief Croft hinter ihm her. Grantham schwenkte die Hand.

Er schloß den vorschriftsmäßig geparkten Volvo auf und fuhr zurück zur *Post.* Das war kein kluger Schachzug gewesen. Es war eine ziemliche Dummheit. Ein solcher Fehler hätte ihm nicht unterlaufen dürfen. Er würde den Vorfall bei seinem täglichen Gespräch mit Jackson Feldman und Smith Keen nicht erwähnen.

Feldman wollte ihn sprechen, sagte ein anderer Reporter, und er eilte in sein Büro. Er lächelte die Sekretärin, die im Begriff war, ihn anzufahren, zuckersüß an. Keen und Howard Krauthammer, der Chef vom Dienst, warteten bei Feldman auf ihn. Keen machte die Tür zu und reichte Gray eine Zeitung. »Haben Sie das gesehen?«

Es war die *Times-Picayune,* die Zeitung von New Orleans, und die Story auf der Titelseite berichtete über den Tod von Verheek und Callahan, mit großen Fotos. Er las sie schnell, während sie ihn beobachteten. Es war von ihrer Freundschaft die Rede und ihrem gewaltsamen Tod in nur sechs Tagen Abstand. Und auch Darby Shaw wurde erwähnt, die verschwunden war. Aber keinerlei Hinweis auf das Dossier.

»Allem Anschein nach ist die Katze aus dem Sack«, sagte Feldman.

»Das sind nur die grundlegenden Tatsachen«, sagte Gray. »Die hätten wir schon vor drei Tagen bringen können.«

»Warum haben wir es nicht getan?« fragte Krauthammer.

»Da steckt nichts dahinter. Es sind zwei Tote, der Name der jungen Frau und tausend Fragen, von denen keine beantwortet wird. Sie haben einen Polizisten gefunden, der bereit war zu reden, aber er weiß nichts außer den blutigen Details.«

»Aber sie recherchieren, Gray«, sagte Keen.

»Wollen Sie, daß ich sie daran hindere?«

»Die *Times* hat die Sache aufgegriffen«, sagte Feldman. »Sie werden mehr bringen, morgen oder Sonntag. Wieviel können sie wissen?«

»Weshalb fragen Sie mich das? Möglich, daß sie eine Kopie des Dossiers haben. Möglich, aber äußerst unwahrscheinlich. Aber sie haben nicht mit der Frau gesprochen. Wir haben die Frau. Sie gehört uns.«

»Das hoffen wir«, sagte Krauthammer.

Feldman rieb sich die Augen und starrte die Decke an. »Nehmen wir an, sie haben eine Kopie des Dossiers und wissen, wer es geschrieben hat, und jetzt ist sie verschwunden. Deshalb können sie es im Moment nicht verifizieren, aber sie scheuen nicht davor zurück, das Dossier zu erwähnen, allerdings ohne Nennung von Mattiece. Sagen wir, sie wissen, daß Callahan ihr Professor war, unter anderem, und daß er das Dossier hierhergebracht und seinem guten Freund Verheek gegeben hat. Und nun sind sie tot, und sie ist auf der Flucht. Das ist eine verdammt gute Story, finden Sie nicht, Gray?«

»Es ist eine tolle Story«, sagte Krauthammer.

»Sie ist nicht der Rede wert im Vergleich zu dem, was noch kommt«, sagte Gray. »Ich will nicht, daß sie erscheint, weil sie nur die Spitze des Eisbergs ist. Außerdem wird sich jede Zeitung im Lande darauf stürzen. Wir können keine tausend Reporter brauchen, die sich gegenseitig auf die Füße treten.«

»Ich bin dafür, daß wir sie bringen«, sagte Krauthammer. »Sonst haut die *Times* sie uns um die Ohren.«

»Wir können die Story nicht bringen«, sagte Gray.

»Und weshalb nicht?«

»Weil ich sie nicht schreiben werde, und wenn jemand anders hier sie schreibt, verlieren wir die Frau. So einfach ist das. Sie überlegt schon jetzt, ob sie nicht ins nächste Flugzeug steigen und das Land verlassen soll. Ein Fehler von uns, und sie ist verschwunden.«

»Aber sie hat doch schon erzählt, was sie weiß«, sagte Keen.

»Ich habe ihr mein Wort darauf gegeben, daß ich die Story erst dann schreiben werde, wenn wir alles beisammen haben und Mattiece beim Namen nennen können. Es ist ganz einfach.«

»Sie benutzen sie, stimmt's?«

»Sie ist eine Informantin. Aber sie ist nicht hier in der Stadt.«

»Wenn die *Times* das Dossier hat, dann wissen sie auch über Mattiece Bescheid«, sagte Feldman. »Und wenn sie über Mattiece Bescheid wissen, dann recherchieren sie wie die Wilden, um die Story zu verifizieren. Was ist, wenn sie uns zuvorkommen?«

Krauthammer grunzte entrüstet. »Wir sitzen hier herum und lassen uns die größte Story seit zwanzig Jahren entgehen. Ich sage, wir sollten bringen, was wir haben. Es ist nur die Oberfläche, aber schon jetzt eine tolle Sache.«

»Nein«, sagte Gray. »Ich schreibe sie nicht, bis ich alles zusammen habe.«

»Und wie lange wird das dauern?« fragte Feldman.

»Vielleicht eine Woche.«

»Wir haben keine Woche«, sagte Krauthammer.

Gray war verzweifelt. »Ich kann herausfinden, wieviel die *Times* weiß. Geben Sie mir achtundvierzig Stunden.«

»Sie werden morgen oder Sonntag etwas bringen«, sagte Feldman noch einmal.

»Sollen sie doch. Ich gehe jede Wette darauf ein, daß es dieselbe Story sein wird mit vermutlich denselben Fotos. Warten wir's ab und lesen wir ihre kleine Story, dann sehen wir weiter.«

Die Redakteure schauten sich gegenseitig an. Krauthammer war enttäuscht. Keen war beunruhigt. Aber der Boß war Feldman, und er sagte: »Okay. Wenn sie morgen früh etwas bringen, treffen wir uns um zwölf und sehen es uns an.«

»Gut«, sagte Gray rasch und griff nach der Tür.

»Sie sollten sich beeilen, Grantham«, sagte Feldman. »Viel länger können wir nicht darauf sitzenbleiben.«

Grantham war schon verschwunden.

33

Die Limousine rollte geduldig durch den Feierabendverkehr auf dem Beltway. Es war bereits dunkel, und Matthew Barr las mit Hilfe einer Leselampe. Coal trank Perrier und beobachtete den Verkehr. Er kannte das Dossier auswendig und hätte Barr einfach erzählen können, was darin stand, aber er wollte sehen, wie er reagierte.

Barr reagierte nicht, bis er zu dem Foto kam, dann schüttelte er langsam den Kopf. Er legte das Dossier auf den Sitz und dachte einen Moment darüber nach. »Sehr unerfreulich«, sagte er.

Coal grunzte.

»Wie zutreffend ist es?« fragte Barr.

»Das wüßte ich auch gern.«

»Wann haben Sie es zum ersten Mal gesehen?«

»Letzten Freitag. Es kam vom FBI, zusammen mit dem täglichen Bericht.«

»Was hat der Präsident gesagt?«

»Er war nicht gerade selig darüber, aber es gab keinen Grund zur Aufregung. Nur einer von diesen Schüssen ins Blaue, dachten wir. Er redete mit Voyles, und Voyles erklärte sich bereit, die Sache eine Zeitlang auf sich beruhen zu lassen. Jetzt bin ich nicht mehr so sicher.«

»Hat der Präsident Voyles angewiesen, die Finger davon zu lassen?« Barr stellte die Frage langsam.

»Ja.«

»Das kommt einer Behinderung der Rechtsorgane verdammt nahe, vorausgesetzt natürlich, es stimmt, was in diesem Dossier steht.«

»Und was ist, wenn es stimmt?«

»Dann hat der Präsident Probleme. Ich bin einmal wegen Behinderung verurteilt worden, ich weiß also, wovon ich rede. Sie ist groß und breit und so leicht zu beweisen wie ein Postbetrug. Stecken Sie mit drin?«

»Was dachten Sie denn?«

»Dann haben Sie auch Probleme.«

Sie fuhren schweigend weiter und beobachteten den Verkehr. Coal hatte über den Behinderungs-Aspekt nachgedacht, aber er wollte Barrs Ansicht hören. Wegen einer Strafanzeige machte er sich keine Sorgen. Der Präsident hatte eine einzige, kurze Unterredung mit Voyles gehabt, ihn aufgefordert, sich eine Zeitlang mit anderen Dingen zu beschäftigen, und das war es auch schon. Das konnte man kaum als verbrecherische Tat bezeichnen. Aber Coal machte sich beträchtliche Sorgen um die Wiederwahl, und ein Skandal, in den ein großer Geldgeber wie Mattiece verwickelt war, würde sich verheerend auswirken. Das war ein Gedanke, bei dem einem schlecht werden konnte – ein Mann, den der Präsident kannte und von dem er Millionen genommen hatte, zahlte für die Beseitigung von zwei Richtern des Obersten Bundesgerichts, damit sein Kumpan, der Präsident, verständnisvollere Männer berufen und er sein Öl an Land ziehen konnte. Die Demokraten würden auf die Straße gehen und ein Freudengeheul anstimmen. Jeder Unterausschuß des Kongresses würde Anhörungen abhalten. Jede Zeitung würde ein Jahr lang täglich darüber berichten. Das Justizministerium würde gezwungen sein, der Sache nachzugehen. Coal würde gezwungen sein, die Schuld auf sich zu nehmen und zurückzutreten. Verdammt, mit Ausnahme des Präsidenten würde jeder im Weißen Haus seinen Hut nehmen müssen.

Es war ein Alptraum von grauenhaften Ausmaßen.

»Wir müssen herausfinden, ob es stimmt, was in dieser Akte steht«, sagte Coal zum Fenster.

»Wenn Leute sterben, dann stimmt es. Nennen Sie mir einen besseren Grund für den Tod von Callahan und Verheek.«

Es gab keinen anderen Grund, und Coal wußte es. »Ich möchte, daß Sie etwas tun.«

»Die Frau finden.«

»Nein. Sie ist entweder tot oder versteckt sich in irgendeiner Höhle. Ich möchte, daß Sie mit Mattiece reden.«

»Er steht bestimmt im Branchenbuch.«

»Sie können ihn finden. Wir müssen eine Verbindung herstellen, von der der Präsident nichts weiß. Wir müssen als erstes klären, wieviel von alledem stimmt.«

»Und Sie glauben, Mattiece würde mich ins Vertrauen ziehen und mir seine Geheimnisse verraten?«

»Ja. Irgendwann wird er es tun. Sie sind schließlich kein Polizist. Nehmen wir an, es stimmt, und er glaubt, daß er nahe daran ist, bloßgestellt zu werden. Er ist verzweifelt, und er bringt Leute um. Wie wäre es, wenn Sie ihm erzählten, die Presse hätte die Story und das Ende stünde nahe bevor, und wenn er die Absicht hätte, von der Bildfläche zu verschwinden, wäre jetzt der richtige Zeitpunkt? Schließlich kommen Sie aus Washington zu ihm. Als Insider. Vom Präsidenten, das wird er jedenfalls glauben. Er wird sich anhören, was Sie zu sagen haben.«

»Okay. Und was ist, wenn er sagt, es stimmt? Was steckt dann für uns drin?«

»Ich habe ein paar Ideen, alle in der Kategorie Schadensbegrenzung. Als erstes werden wir unverzüglich zwei Naturliebhaber für das Gericht nominieren. Richtig irre, radikale Vogelbeobachter. Das würde beweisen, daß wir im Grunde unseres Herzens gute Umweltschützer sind. Und damit wären Mattiece und seine Ölfelder gestorben. Das könnten wir binnen weniger Stunden tun. Praktisch gleichzeitig wird der Präsident mit Voyles und dem Justizminister reden und eine sofortige und gründliche Untersuchung von Mattiece und seinen Machenschaften verlangen. Wir werden jedem Reporter in der Stadt eine Kopie der Akte zuspielen und dann den Kopf einziehen und den Sturm über uns hinwegbrausen lassen.«

Barr lächelte bewundernd.

Coal fuhr fort. »Es wird nicht angenehm sein, aber immer noch besser, als einfach dazusitzen und zu hoffen, diese Akte wäre ein Fantasieprodukt.«

»Wie wollen Sie das Foto erklären?«

»Das können wir nicht. Es wird eine Weile schmerzen, aber das war vor sieben Jahren, und Leute verlieren den Verstand. Wir werden Mattiece so hinstellen, als wäre er damals ein guter Bürger gewesen, aber jetzt ein Irrer.«

»Er ist ein Irrer.«

»Ja, das ist er. Und im Augenblick ist er ein verletzter Hund, der sich in eine Ecke verkrochen hat. Sie müssen ihn überzeugen, daß er das Handtuch werfen und von der Bildfläche verschwinden muß. Ich glaube, er wird Ihnen zuhören. Und ich glaube auch, daß wir von ihm erfahren werden, ob es stimmt.«

»Und wie soll ich ihn finden?«

»Ich habe einen Mann, der daran arbeitet. Ich setze einige Hebel in Bewegung und stelle einen Kontakt her. Richten Sie sich darauf ein, am Sonntag abzureisen.«

Barr lächelte das Fenster an. Er würde Mattiece gern kennenlernen.

Der Verkehr stockte. Coal trank einen Schluck von seinem Wasser. »Irgend etwas Neues über Grantham?«

»Eigentlich nicht. Wir hören mit und beobachten ihn, aber es tut sich nichts. Er telefoniert mit seiner Mutter und ein paar Frauen, aber nichts Berichtenswertes. Er arbeitet ziemlich viel. Am Mittwoch hat er die Stadt verlassen und ist Donnerstag zurückgekommen.«

»Wo war er?«

»In New York. Arbeitet vermutlich an irgendeiner Story.«

Cleve hätte eigentlich um genau zehn Uhr abends an der Ecke von Rhode Island Avenue und Sechster Straße sein sollen, aber er war nicht da. Gray sollte die Rhode Island Avenue entlangrasen, bis Cleve ihn stellte, damit jeder, der ihm vielleicht folgte, glauben würde, er wäre nur ein gewöhnlicher Temposünder. Er raste die Rhode Island Avenue entlang und mit achtzig Stundenkilometern durch die Sechste Straße und hielt nach einem Blaulicht Ausschau. Es war keins zu sehen. Er wendete, und eine Viertelstunde später raste er wieder die Rhode Island entlang. Da! Er sah Blaulicht und fuhr an den Bordstein.

Es war nicht Cleve. Es war ein weißer Polizist, der sehr aufgebracht war. Er riß Gray den Führerschein aus der Hand, studierte ihn und fragte, ob er getrunken hätte. Nein, Sir, sagte er. Der Polizist schrieb den Strafzettel und händigte ihn stolz Gray aus, der hinter dem Lenkrad saß und den Zettel anstarrte, bis er Stimmen hörte, die von seiner hinteren Stoßstange kamen. Ein weiterer Polizist war erschienen, und sie diskutierten. Es war Cleve; er forderte den weißen Polizisten auf, den Strafzettel zu vergessen, aber der weiße Polizist erklärte, daß er ihn bereits ausgeschrieben hätte; außerdem wäre dieser Idiot mit neunzig über die Kreuzung gefahren. Er ist ein Freund von mir, sagte Cleve. Dann bringen Sie ihm bei, wie man fährt, bevor er jemanden umbringt, sagte der weiße Polizist, während er in seinen Streifenwagen stieg und dann davonfuhr.

Cleve kicherte, als er durch das Fenster zu Gray hereinschaute. »Tut mir leid, daß das passiert ist«, sagte er lächelnd.

»Das ist einzig und allein Ihre Schuld.«

»Fahren Sie beim nächsten Mal etwas langsamer.«

Gray warf den Strafzettel auf den Boden. »Lassen Sie uns schnell machen. Sarge hat doch gesagt, die Leute im Westflügel redeten über mich. Richtig?«

»Richtig.«

»Okay. Ich muß von Sarge wissen, ob sie auch über andere Reporter reden, vor allem welche von der *New York Times.* Ich muß wissen, ob sie glauben, daß sonst noch jemand hinter der Story her ist.«

»Ist das alles?«

»Ja. Und ich muß es schnell wissen.«

»Fahren Sie in Zukunft langsamer«, sagte Cleve laut und ging zu seinem Wagen.

Darby bezahlte ihr Zimmer für die nächsten sieben Tage, teils, weil sie einen vertrauten Ort haben wollte, an den sie notfalls zurückkehren konnte, teils aber auch, um einige der neuen Kleidungsstücke zurücklassen zu können, die sie gekauft hatte. Es war sündhaft teuer, dieses Davonlaufen und Zurücklassen aller Sachen. Es war nichts Extravagantes, nur bessere Jurastudentenkluft, aber in New York waren diese Dinge noch teurer, und es wäre schön, sie behalten zu können. Sie würde ihretwegen kein Risiko eingehen, aber sie mochte das Zimmer, und sie mochte die Stadt, und sie wollte die Sachen.

Es war Zeit, wieder davonzulaufen, und sie würde mit leichtem Gepäck reisen. Sie hatte eine kleine Segeltuchtasche bei sich, als sie vor dem St. Moritz in ein wartendes Taxi stieg. Es war fast elf Uhr, Freitagabend, und auf dem Central Park South herrschte dichter Verkehr. Auf der anderen Straßenseite wartete eine Reihe von Pferdekutschen auf Kunden für kurze Fahrten durch den Park.

Das Taxi brauchte zehn Minuten, um bis zur Kreuzung von Zweiundsiebzigster Straße und Broadway zu gelangen. Es war die falsche Richtung, aber die ganze Fahrt sollte schwer zu verfolgen sein. Sie ging zehn Meter zu Fuß und verschwand in einer Station der U-Bahn. Sie hatte eine Karte und eine Broschüre studiert und hoffte, daß es einfach sein würde. Die U-Bahn widerstrebte ihr, weil sie noch nie mit ihr gefahren war und so mancherlei Geschichten über sie gehört hatte. Aber dies war die Broadway-Linie, die meistbefahrene Strecke in Manhattan; den Gerüchten zufolge war sie sicher, jedenfalls zeitweise. Und über der Erde sahen die Dinge auch nicht gerade rosig aus. Die U-Bahn konnte kaum schlimmer sein. Sie wartete an der richtigen Stelle, zusammen mit einer Gruppe von betrunkenen, aber anständig gekleideten Teenagern, und ein paar Minuten später kam der Zug. Er war nicht überfüllt, und sie ließ sich auf einem Sitz in der Nähe der Mitteltüren nieder. Schau auf den Boden und halt deine Tasche fest, befahl sie sich immer wieder. Sie schaute auf den Boden, beobachtete aber durch ihre dunkle Brille die anderen Fahrgäste. Es war ihr Glücksabend. Keine Straßenpunks mit Messern. Keine Bettler. Keine Perversen, jedenfalls keine, denen man es ansah. Aber für einen Neuling war es trotzdem nervenaufreibend.

Die betrunkenen Kids stiegen am Times Square aus, und sie verließ an der nächsten Haltestelle schnell den Zug.

Sie hatte die Penn Station noch nie gesehen, aber jetzt war nicht die Zeit für eine Besichtigung. Vielleicht konnte sie irgendwann wiederkommen und einen Monat hier verbringen und die Stadt bewundern, ohne ständig Ausschau halten zu müssen nach Stummel und dem dünnen Mann und irgendwelchen anderen Leuten, die hinter ihr her waren. Aber nicht jetzt.

Sie hatte fünf Minuten und fand ihren Zug, als gerade zum Einsteigen aufgefordert wurde. Diesmal setzte sie sich in den hinteren Teil des Wagens und beobachtete alle Mitreisenden.

Sie fand keine bekannten Gesichter. Bestimmt, bitte, bestimmt hatten sie sich auf dieser Zickzack-Flucht nicht an sie gehängt. Ihr Fehler war wieder die Kreditkarte gewesen. Sie hatte in O'Hare vier Tickets mit American Express gekauft, und irgendwie wußten sie, daß sie in New York war.

Sie war sicher, daß Stummel sie nicht gesehen hatte, aber er war in der Stadt, und natürlich hatte er Freunde. Es konnten zwanzig von ihnen sein. Aber sicher wußte sie überhaupt nichts.

Der Zug fuhr mit sechs Minuten Verspätung ab. Er war halb leer. Sie holte ein Paperback aus ihrer Tasche und tat, als läse sie.

Eine Viertelstunde später hielt der Zug in Newark, und sie stieg aus. Sie hatte Glück. Vor dem Bahnhof standen Taxis, und zehn Minuten später war sie am Flughafen.

34

Es war Samstagmorgen, die Queen war in Florida und holte Geld von den Reichen, und draußen war es klar und kühl. Er hatte lange schlafen und dann, wenn er aufgewacht war, Golf spielen wollen. Aber es war sieben Uhr, und er saß in Anzug und Krawatte an seinem Schreibtisch und hörte sich Fletcher Coals Vorschläge an, was sie in dieser oder jener Sache unternehmen sollten. Richard Horton, der Justizminister, hatte mit Coal gesprochen, und jetzt war Coal nervös.

Jemand öffnete die Tür, und Horton kam allein herein. Sie gaben sich die Hand, und Horton ließ sich auf der anderen Seite des Schreibtisches nieder. Coal stand dicht neben ihm, und das irritierte den Präsidenten erheblich.

Horton war schwerfällig, aber aufrichtig. Er war weder dumm noch langsam, er überlegte sich nur alles sehr genau, bevor er handelte. Er dachte über jedes Wort nach, bevor er es aussprach. Dem Präsidenten gegenüber war er loyal, und auf sein gesundes Urteilsvermögen konnte man sich verlassen.

»Wir erwägen ernsthaft die formelle Untersuchung der Morde an Rosenberg und Jensen vor einem Schwurgericht«, verkündete er gewichtig. »In Anbetracht dessen, was in New Orleans passiert ist, meinen wir, daß dies unverzüglich geschehen sollte.«

»Das FBI führt eine Untersuchung«, sagte der Präsident. »Sie haben dreihundert Agenten auf den Fall angesetzt. Weshalb sollten wir da auch noch mitmischen?«

»Gehen sie auch dem Pelikan-Dossier nach?« fragte Horton. Er kannte die Antwort. Er wußte, daß Voyles in diesem Moment mit Hunderten von Agenten in New Orleans war. Er wußte, daß sie mit Hunderten von Leuten geredet und Unmengen von nutzlosem Beweismaterial gesammelt hatten. Er wußte, daß der Präsident Voyles aufgefordert hatte, die Finger von der Sache zu lassen, und er wußte, daß Voyles dem Präsidenten nicht alles erzählte. Horton hatte dem Präsidenten gegenüber das Pelikan-Dossier nie erwähnt, und die Tatsache, daß sogar er über dieses verdammte Ding Bescheid wußte, war ausgesprochen ärgerlich. Wieviel Leute wußten noch darüber Bescheid? Vermutlich Tausende.

»Sie gehen allen Hinweisen nach«, sagte Coal. »Sie haben uns vor fast zwei Wochen eine Kopie davon übergeben, also gehen wir davon aus, daß sie es tun.«

Das war genau das, was Horton von Coal erwartet hatte. »Ich bin der Meinung, daß die Administration der Sache unbedingt sofort nachgehen sollte.«

»Weshalb?« fragte der Präsident.

»Was ist, wenn das Dossier in die Schußlinie gerät? Wenn wir nichts unternehmen und die Wahrheit irgendwann ans Licht kommt, ist der Schaden nicht wieder gutzumachen.«

»Glauben Sie wirklich, daß etwas Wahres daran ist?« fragte der Präsident.

»Daran dürfte kaum ein Zweifel bestehen. Die ersten beiden Männer, die es gesehen haben, sind tot, und die Person, die es geschrieben hat, ist untergetaucht. Es ist völlig logisch, wenn jemand nicht davor zurückscheut, Richter des Obersten Bundesgerichts umbringen zu lassen. Es gibt keine anderen zwingend Verdächtigen. Nach allem, was ich höre, kommt das FBI nicht weiter. Ja, wir müssen der Sache nachgehen.«

Bei Hortons Untersuchungen würde mehr heraussickern als aus den Rohren im Keller des Weißen Hauses, und Coal schauderte bei dem Gedanken, daß dieser Clown Geschworene auswählte und Zeugen aufrief. Horton war ein ehrenwerter Mann, aber im Justizministerium wimmelte es von Anwälten, die zuviel redeten.

»Halten Sie das nicht für etwas verfrüht?« fragte Coal.

»Nein, das tue ich nicht.«

»Haben Sie heute morgen die Zeitungen gelesen?«

Horton hatte einen Blick auf die Titelseite der *Post* geworfen und den Sportteil gelesen. Schließlich war heute Samstag. Er wußte, daß Coal vor Tagesanbruch acht Zeitungen las, also gefiel ihm die Frage nicht.

»Ich habe eine oder zwei davon gelesen«, sagte er.

»Ich habe auch ein paar gelesen«, sagte Coal bescheiden. »Und es steht nirgends auch nur ein Wort über die beiden toten Anwälte oder die Frau oder Mattiece – nichts, was mit der Akte zu tun hat. Wenn Sie zu diesem Zeitpunkt eine formelle Untersuchung einleiten, dann liefert das den Zeitungen einen Monat lang Stoff für die Titelseite.«

»Glauben Sie, daß sich die Sache einfach von selbst erledigen wird?« fragte Horton Coal.

»Durchaus möglich. Aus naheliegenden Gründen hoffen wir es.«

»Ich glaube, Sie sind zu optimistisch, Mr. Coal. Es ist nicht unsere Art, still dazusitzen und darauf zu warten, daß die Presse uns die Untersuchungen abnimmt.«

Coal grinste und hätte beinahe laut herausgelacht. Er lächelte den Präsidenten an, der ihm einen schnellen Blick zuwarf, und Hortons Gesicht begann sich zu röten.

»Was spricht dagegen, eine Woche abzuwarten?« fragte der Präsident.

»Nichts«, erwiderte Coal sofort.

So schnell war die Entscheidung getroffen worden, eine Woche abzuwarten, und Horton wußte es. »In einer Woche könnte alles aufgeflogen sein«, sagte er wenig überzeugt.

»Warten Sie eine Woche«, befahl der Präsident. »Wir kommen nächsten Freitag wieder zusammen, und dann sehen wir weiter. Ich sage nicht nein, Richard. Sie sollen nur sieben Tage warten.«

Horton zuckte die Achseln. Das war mehr, als er erwartet hatte. Er hatte sich Rückendeckung verschafft. Er würde schnurstracks in sein Büro zurückkehren und ein ausführliches Memo diktieren, das sämtliche Einzelheiten dieses Gesprächs festhielt, an die er sich erinnern konnte, und sein Hals würde geschützt sein.

Coal trat vor und übergab ihm ein Blatt Papier.

»Was ist das?«

»Neue Namen. Sind sie Ihnen bekannt?«

Es war die Umweltschützer-Liste: vier Richter, die viel zu liberal waren, um bequem zu sein; aber Plan B forderte radikale Umweltschützer im Obersten Bundesgericht.

Horton blinzelte mehrmals und studierte sie eingehend. »Das kann doch nicht Ihr Ernst sein.«

»Überprüfen Sie sie«, sagte der Präsident.

»Das sind doch unmögliche Liberale«, murmelte Horton.

»Ja, aber sie beten die Sonne an und den Mond, die Bäume und die Vögel«, erklärte Coal hilfsbereit.

Horton begriff und lächelte plötzlich. »Ich verstehe. Pelikan-Freunde.«

»Sie sind fast ausgestorben, wie Sie vermutlich wissen«, sagte der Präsident.

Coal ging zur Tür. »Ich wollte, sie wären schon vor zehn Jahren ausgerottet worden.«

Um neun, als Gray in der Redaktion ankam, hatte sie noch nicht angerufen. Er hatte die *Times* gelesen, und es stand nichts darin. Er breitete die Zeitung aus New Orleans über dem Durcheinander auf seinem Schreibtisch aus und überflog sie. Nichts. Sie hatten alles gebracht, was sie wußten. Callahan, Verheek, Darby und tausend unbeantwortete Fragen. Er mußte davon ausgehen, daß die *Times* und vielleicht auch die *Times-Picayune* in New Orleans das Dossier gelesen oder davon gehört hatten und über Mattiece Bescheid wußten. Und er mußte auch davon ausgehen, daß sie sich wie die Katzen in die Sache verkrallt hatten, um sie zu verifizieren. Aber er hatte Darby, und sie würden Garcia finden, und wenn Mattiece überführt werden konnte, dann würden sie es tun.

Im Augenblick gab es keinen Alternativplan. Wenn Garcia verschwunden war oder die Mithilfe verweigerte, würden sie gezwungen sein, die finstere, undurchsichtige Welt von Victor Mattiece zu erkunden. Das würde Darby nicht lange durchhalten, und er konnte ihr keinen Vorwurf daraus machen. Er wußte nicht einmal, wie lange er selbst durchhalten würde.

Smith Keen erschien mit einer Tasse Kaffee und setzte sich auf Grays Schreibtisch. »Wenn die *Times* es hätte, würde sie es bis morgen zurückhalten?«

Gray schüttelte den Kopf. »Nein. Wenn sie mehr hätte als die *Times-Picayune,* dann hätte sie es heute gebracht.«

»Krauthammer will, daß wir bringen, was wir haben. Er meint, wir könnten Mattiece beim Namen nennen.«

»Ich verstehe nicht.«

»Er bekniet Feldman. Seine Ansicht ist, daß wir die Story bringen können, wie Callahan und Verheek wegen diesem Dossier umgebracht wurden, in dem zufällig Mattiece genannt wird, der zufällig ein Freund des Präsidenten ist, ohne Mattiece direkt zu beschuldigen. Er sagt, wir könnten überaus vorsichtig sein und es so einrichten, daß in der Story steht, daß Mattiece zwar in dem Dossier genannt wird, aber nicht von uns. Und da das Dossier all diese Todesfälle herbeigeführt hat, ist es bis zu einem gewissen Grade verifiziert.«

»Er will, daß wir uns hinter dem Dossier verstecken?«

»Genau das.«

»Aber das ist doch alles nur Spekulation, solange es unbestätigt ist. Krauthammer hat wohl nicht alle Tassen im Schrank. Nehmen sie einmal eine Sekunde lang an, daß Mr. Mattiece nicht das geringste mit der Sache zu tun hat. Völlig unschuldig. Wir bringen die Story mit seinem Namen, und was dann? Wir stehen da wie die Blödmänner und werden für die nächsten zehn Jahre verklagt. Ich denke nicht daran, die Story zu schreiben.«

»Er will, daß jemand anders sie schreibt.«

»Wenn diese Zeitung eine Pelikan-Story bringt, die nicht von mir geschrieben ist, dann ist die Frau weg. Ich dachte, das hätte ich gestern klargemacht.«

»Das haben Sie. Und Feldman hat es gehört. Er steht auf Ihrer Seite, Gray, und ich auch. Aber wenn diese Sache stimmt, dann wird sie im Laufe der nächsten Tage publik. Wir alle glauben das. Sie wissen, wie sehr Krauthammer die *Times* haßt, und er hat Angst, daß diese Bastarde die Story bringen.«

»Sie können sie nicht bringen, Smith. Vielleicht haben sie ein paar Fakten mehr als die *Times-Picayune,* aber sie können Mattiece nicht nennen. Wir werden die Geschichte früher verifizieren als irgend jemand sonst. Und wenn alles hieb- und stichfest ist, dann schreibe ich die Story und nenne sämtliche Namen, zusammen mit diesem Foto von Mattiece und seinem Freund im Weißen Haus, und dann ist die Bescherung vollkommen.«

»Wir. Sie haben es wieder gesagt. Sie haben gesagt, ›Wir werden sie verifizieren.«‹

»Meine Informantin und ich, okay.« Gray öffnete eine Schublade und fand das Foto von Darby mit der Diät-Cola. Er gab es Keen, der es bewunderte.

»Wo ist sie?« fragte er.

»Ich weiß es nicht genau. Ich vermute, sie ist auf dem Weg von New York hierher.«

»Passen Sie auf, daß sie nicht umgebracht wird.«

»Wir werden sehr vorsichtig sein.« Gray warf einen Blick über beide Schultern. »Ich glaube sogar, daß ich beschattet werde. Ich möchte, daß Sie das wissen.«

»Wie kommen Sie darauf?«

»Ich habe es von einem Informanten im Weißen Haus. Ich benutze meine Telefone nicht.«

»Das sollte ich Feldman sagen.«

»Von mir aus. Ich glaube nicht, daß es gefährlich ist, jedenfalls noch nicht.«

»Er muß es wissen.« Keen sprang auf und verschwand.

Minuten später rief sie an. »Ich bin hier«, sagte sie. »Ich weiß nicht, wie viele böse Buben ich mitgebracht habe, aber ich bin hier und am Leben, jedenfalls im Moment.«

»Wo sind Sie?«

»Im Tabard Inn an der N Street. Gestern habe ich auf der Sixth Avenue einen alten Freund gesehen. Erinnern Sie sich an Stummel, der auf der Bourbon Street böse verletzt wurde? Habe ich Ihnen die Geschichte erzählt?«

»Ja.«

»Nun, er kann wieder laufen. Ein leichtes Hinken, aber er ist gestern in Manhattan herumgewandert. Ich glaube nicht, daß er mich gesehen hat.«

»Ist das Ihr Ernst? Das ist beängstigend, Darby.«

»Es ist mehr als beängstigend. Ich habe sechs Spuren hinterlassen, als ich gestern abend abreiste, aber wenn ich sehe, wie er hier in dieser Stadt irgendeine Straße entlanghinkt, dann gebe ich auf. Ich gehe auf ihn zu und lasse ihn tun, was er will.«

»Ich weiß nicht, was ich sagen soll.«

»Sagen Sie so wenig wie möglich. Diese Leute haben Radar. Ich werde drei Tage lang den Privatdetektiv spielen, dann verschwinde ich. Wenn ich am Mittwochmorgen noch lebe, dann sitze ich in einem Flugzeug nach Aruba oder Trinidad oder irgendeinem anderen Ort mit einem Strand. Wenn ich sterbe, will ich an einem Strand sein.«

»Wann sehen wir uns?«

»Ich denke darüber nach. Ich möchte, daß Sie zweierlei tun.«

»Ich höre.«

»Wo parken Sie Ihren Wagen?«

»In der Nähe meiner Wohnung.«

»Lassen Sie ihn da und mieten Sie sich einen anderen. Nichts auffälliges, einen schlichten Ford oder so etwas. Verhalten Sie sich so, als ob jemand Sie durch ein Zielfernrohr beobachtet. Fahren Sie ins Marbury Hotel in Georgetown und nehmen Sie sich dort ein Zimmer für drei Nächte. Sie akzeptieren Bargeld – ich habe mich bereits vergewissert. Tun Sie es unter einem anderen Namen.«

Grantham machte sich Notizen und schüttelte den Kopf.

»Können Sie sich nach Anbruch der Dunkelheit aus Ihrer Wohnung schleichen?« fragte sie.

»Ich denke schon.«

»Dann tun Sie es und fahren Sie mit einem Taxi zum Marbury. Veranlassen Sie, daß Ihnen der Mietwagen dorthin gebracht wird. Nehmen Sie zwei Taxis zum Tabard Inn und betreten Sie heute abend genau um neun Uhr das Restaurant.«

»Okay. Sonst noch etwas?«

»Bringen Sie ein paar Sachen mit. Richten Sie sich darauf ein, Ihrer Wohnung mindestens drei Tage fernzubleiben. Und auch der Redaktion.«

»Nun hören Sie mal, Darby. Ich glaube, die Redaktion ist sicher.«

»Ich bin nicht in der rechten Stimmung zum Diskutieren. Wenn Sie Schwierigkeiten machen, Gray, verschwinde ich einfach. Ich bin überzeugt, daß ich um so länger leben werde, je schneller ich aus dem Land herauskomme.«

»Ja, Madam.«

»So ist's brav.«

»Ich nehme an, in Ihrem Kopf steckt ein grandioser Plan.«

»Vielleicht. Wir werden beim Essen darüber sprechen.«

»Ist das eine Art Verabredung?«

»Wir wollen einen Bissen essen und es Geschäft nennen.«

»Ja, Madam.«

»Ich mache jetzt Schluß. Seien Sie vorsichtig, Gray. Sie beobachten uns.« Sie hatte aufgelegt.

Sie saß an Tisch siebenunddreißig, in einer dunklen Ecke des kleinen Restaurants, als er genau um neun Uhr eintrat. Das erste, was ihm auffiel, war das Kleid, und als er auf den Tisch zuging, wußte er, daß die Beine daruntersteckten, aber er konnte sie nicht sehen. Vielleicht später, wenn sie aufstand. Er trug Anzug und Krawatte, und sie waren ein gutaussehendes Paar.

Er setzte sich in der Dunkelheit dicht neben sie, damit sie die anderen Gäste im Auge behalten konnten. Das Lokal wirkte so altertümlich, daß schon Thomas Jefferson hier gesessen haben konnte. Eine lärmende Gruppe von Deutschen lachte und redete auf der Terrasse außerhalb des Restaurants. Die Fenster standen offen, die Luft war kühl, und für einen kurzen Moment war es leicht, zu vergessen, weshalb sie sich versteckten.

»Woher haben Sie das Kleid?«

»Gefällt es Ihnen?«

»Es ist sehr hübsch.«

»Ich war heute nachmittag ein bißchen einkaufen. Wie die meisten meiner Anschaffungen in letzter Zeit ist es entbehrlich. Vermutlich werde ich es in meinem Zimmer zurücklassen, wenn ich das nächste Mal um mein Leben renne.«

Der Kellner erschien mit den Speisekarten. Sie bestellten Drinks. Das Restaurant war ruhig und harmlos.

»Wie sind Sie hergekommen?«

»Rund um die Welt.«

»Ich würde es gern wissen.«

»Ich nahm einen Zug nach Newark, ein Flugzeug nach Boston, ein Flugzeug nach Detroit und ein Flugzeug nach Dulles. Ich war die ganze Nacht unterwegs, und zweimal wußte ich nicht mehr, wo ich war.«

»Wie hätten sie Ihnen da folgen können?«

»Sie konnten es nicht. Ich habe mit Bargeld bezahlt, und das wird allmählich knapp.«

»Wieviel brauchen Sie?«

»Ich würde gern etwas von meiner Bank in New Orleans überweisen lassen.«

»Das können wir am Montag veranlassen. Ich glaube, hier sind Sie sicher, Darby.«

»Das habe ich früher auch schon gedacht. Ich fühlte mich sehr sicher, als ich mit Verheek auf das Schiff ging, nur daß es nicht Verheek war. Und ich fühlte mich auch in New York sehr sicher. Und dann hinkte Stummel auf dem Gehsteig vorbei, und seither habe ich nichts mehr gegessen.«

»Sie sehen dünn aus.«

»Danke, falls das ein Kompliment sein soll. Haben Sie schon einmal hier gegessen?« Sie las ihre Speisekarte.

Er betrachtete seine. »Nein, aber das Essen soll sehr gut sein. Sie haben Ihr Haar wieder verändert.« Es war jetzt hellbraun, und er entdeckte eine Spur von Mascara und Rouge. Und Lippenstift.

Die Drinks wurden gebracht, und sie bestellten.

»Wir rechnen damit, daß die *Times* morgen früh etwas bringt.« Die Zeitung von New Orleans wollte er nicht erwähnen, weil sie Fotos von Callahan und Verheek gebracht hatte.

Das schien sie nicht zu interessieren. »Und was?« fragte sie und sah sich dabei um.

»Das wissen wir nicht. Wir hassen es, wenn die *Times* uns zuvorkommt. Es ist eine alte Rivalität.«

»Das interessiert mich nicht. Ich verstehe nichts vom Journalismus, und ich will auch nichts darüber lernen. Ich bin hier, weil ich eine – und nur eine – Idee habe, wie wir Garcia finden können. Wenn sie nicht funktioniert, und zwar schnell, dann bin ich weg.«

»Verzeihen Sie mir. Worüber würden Sie gern reden?«

»Europa. Welches ist Ihr Lieblingsland in Europa?«

»Ich hasse Europa, und ich hasse die Europäer. Ich reise gelegentlich nach Kanada und Australien und Neuseeland. Weshalb mögen Sie Europa?«

»Mein Großvater ist aus Schottland eingewandert, und ich habe dort noch eine Menge Verwandte. Ich habe sie zweimal besucht.«

Gray drückte die Limone über seinem Gin und Tonic aus. Eine Gruppe von sechs Leuten kam von der Bar herein, und sie musterte sie eingehend. Während sie sprach, ließ sie den Blick schnell durch den Raum schweifen.

»Ich glaube, Sie brauchen ein paar Drinks, damit Sie sich entspannen können«, sagte Gray.

Sie nickte, sagte aber nichts. Die sechs setzten sich an einen Tisch in der Nähe und begannen, sich auf französisch zu unterhalten. Es klang angenehm.

»Haben Sie je Cajun-Französisch gehört?« fragte sie.

»Nein.«

»Es ist ein Dialekt, der rasch verschwindet, genau wie die Feuchtgebiete. Man sagt, Franzosen könnten ihn nicht verstehen.«

»Das ist nicht mehr als recht und billig, denn ich bin sicher, daß die Cajuns die Franzosen nicht verstehen.«

Sie trank einen großen Schluck Weißwein. »Habe ich Ihnen von Chad Brunet erzählt?«

»Ich glaube nicht.«

»Er war ein armer Cajun-Junge aus Eunice. Seine Familie lebte vom Fallenstellen und Fischen in den Marschen. Er war ein überaus intelligenter Junge; er besuchte mit einem Vollstipendium die Louisiana State University und studierte dann an der Juristischen Fakultät von Stanford, wo er mit dem höchsten Notendurchschnitt in der Geschichte der Fakultät abschloß. Als er in Kalifornien bei Gericht zugelassen wurde, war er einundzwanzig. Er hätte für jede Anwaltskanzlei im Lande arbeiten können, aber er nahm eine Stellung bei einer Firma in San Francisco an, die sich auf Umweltschutz spezialisiert hatte. Er war brillant, ein wahres juristisches Genie, das schwer arbeitete und bald große Prozesse gegen Öl- und Chemiekonzerne gewann. Im Alter von achtundzwanzig Jahren war er ein überaus versierter Prozeßanwalt, der von großen Ölfirmen und anderen Umweltverschmutzern gefürchtet wurde.« Sie trank noch einen Schluck Wein. »Er verdiente eine Menge Geld und gründete eine Gruppe zum Schutz der Feuchtgebiete von Louisiana. Er wollte in den Pelikan-Fall einsteigen, wie er genannt wurde, hatte aber zu viele andere Verpflichtungen. Er gab Green Fund eine Menge Geld zum Bestreiten der Prozeßkosten. Kurz vor Beginn der Verhandlung in Lafayette verkündete er, daß er nach Hause kommen würde, um den Green-Fund-Anwälten zur Seite zu stehen. In der Zeitung von New Orleans standen mehrere Artikel über ihn.«

»Was ist mit ihm passiert?«

»Er beging Selbstmord.«

»Was?«

»Eine Woche vor Beginn der Verhandlung fand man ihn in einem Wagen mit laufendem Motor. Ein Gartenschlauch führte vom Auspuff zum Fahrersitz. Ein simpler Selbstmord durch Kohlenmonoxid-Vergiftung.«

»Wo stand der Wagen?«

»In einer bewaldeten Gegend am Bayou Lafourche in der Nähe der Stadt Calliano. Er kannte die Gegend gut. Im Kofferraum lagen Campingsachen und Angelzeug. Kein Abschiedsbrief. Die Polizei stellte eine Untersuchung an, fand aber nichts Verdächtiges. Der Fall wurde abgeschlossen.«

»Das ist doch unglaublich.«

»Er hatte früher einige Probleme mit Alkohol gehabt und war bei einem Psychiater in San Francisco in Behandlung gewesen. Aber der Selbstmord war eine Überraschung.«

»Glauben Sie, daß er ermordet wurde?«

»Das glauben viele Leute. Sein Tod war ein schwerer Schlag für Green Fund. Sein leidenschaftliches Eintreten für die Feuchtgebiete hätte im Gerichtssaal großen Eindruck gemacht.«

Gray leerte sein Glas und ließ die Eiswürfel klirren. Sie rückte näher an ihn heran. Der Kellner erschien mit dem Essen.

35

Um sechs Uhr am Sonntagmorgen war das Foyer des Marbury Hotels leer. Gray fand ein Exemplar der *Times*. Die Zeitung war fünfzehn Zentimeter dick und wog sechs Kilo, und er fragte sich, wieviel dicker sie sie noch machen wollten. Er eilte zurück in sein Zimmer im achten Stock, breitete sie auf dem Bett aus, beugte sich darüber und überflog sie hastig. Auf der Titelseite stand nichts, und das war das Entscheidende. Wenn sie die große Story hätten, dann würde sie natürlich dort stehen. Er befürchtete große Fotos von Rosenberg Jensen, Callahan, Verheek, vielleicht auch Darby und Khamel; und wer weiß, vielleicht hatten sie sogar ein hübsches Foto von Mattiece. Sie alle würden auf der Titelseite aufgereiht sein wie eine Besetzungsliste, und die *Times* wäre ihnen wieder einmal zuvorgekommen. Davon hatte er geträumt, während er schlief.

Aber da war nichts. Und je weniger er fand, desto schneller überflog er die Zeitung bis zum Sportteil und den Anzeigen, dann hörte er auf und griff zum Telefon. Er rief Smith Keen an, der bereits wach war. »Haben Sie es gesehen?« fragte er.

»Ist es nicht wundervoll?« sagte Keen. »Ich frage mich, wie das kommt.«

»Sie haben es nicht, Smith. Sie recherchieren wie die Besessenen, aber noch haben sie es nicht. Mit wem hat Feldman gesprochen?«

»Das verrät er nie. Aber angeblich hatte er es aus verläßlicher Quelle.«

Keen war geschieden und lebte allein in einer Wohnung nicht weit vom Marbury entfernt.

»Sind Sie beschäftigt?« fragte Gray.

»Eigentlich nicht. Es ist Sonntagmorgen kurz vor halb sieben.«

»Wir müssen miteinander reden. Wir treffen uns in einer Viertelstunde vor dem Marbury Hotel.«

»Dem Marbury?«

»Ja. Es ist eine lange Geschichte. Ich werde Ihnen alles erklären.«

»Ah, die Frau. Sie Glückspilz.«

»Wenn es nur so wäre. Sie wohnt in einem anderen Hotel.«

»Hier in Washington?«

»Ja. – In einer Viertelstunde.«

»Ich werde da sein.«

Gray trank nervös Kaffee aus einem Pappbecher und wartete im Foyer. Sie hatte ihn verunsichert, und er rechnete fast damit, daß vor der Tür Gangster mit Maschinenpistolen lauerten. Das ärgerte ihn. Er sah, wie sich Keens Toyota auf der M Street näherte, und ging rasch darauf zu.

»Wohin möchten Sie fahren?« fragte Keen, als er den Wagen vom Bordstein fortlenkte.

»Ich weiß nicht. Es ist ein herrlicher Tag. Wie wäre es mit Virginia?«

»Wie Sie wünschen. Hat man Sie aus Ihrer Wohnung hinausgeworfen?«

»Nicht direkt. Ich befolge die Anweisungen der Frau. Sie denkt wie ein Feldmarschall, und ich bin hier, weil sie es so wollte. Ich muß bis Dienstag hier bleiben oder so lange, bis sie nervös wird und mich woanders hinbeordert. Ich habe Zimmer achthundertachtunddreißig, falls Sie mich brauchen sollten, aber sagen Sie es sonst niemandem.«

»Ich vermute, Sie wollen, daß die *Post* das Zimmer bezahlt«, sagte Keen mit einem Lächeln.

»Im Augenblick denke ich überhaupt nicht an Geld. Die Leute, die in New Orleans versucht haben, sie umzubringen, sind am Freitag in New York aufgetaucht. Das glaubt sie jedenfalls. Sie sind unwahrscheinlich gut im Verfolgen, und sie ergreift alle nur erdenklichen Vorsichtsmaßnahmen.«

»Nun, wenn Sie von jemandem verfolgt werden und sie von jemandem verfolgt wird, dann weiß sie vielleicht, was sie tut.«

»Sie weiß ganz genau, was sie tut, Smith. Sie ist so gut, daß es beinahe beängstigend ist, und Mittwochmorgen reist sie endgültig ab. Wir haben also zwei Tage, um Garcia zu finden.«

»Was ist, wenn Garcia überschätzt wird? Was ist, wenn Sie ihn finden und er nicht reden will oder nichts weiß? Haben Sie darüber schon einmal nachgedacht?«

»Ich habe deswegen Alpträume gehabt. Ich bin überzeugt, daß er irgendeine große Sache weiß. Da ist ein Dokument oder ein Stück Papier, irgend etwas Greifbares, und er hat es. Er hat ein- oder zweimal darauf angespielt, und als ich in ihn drang, wollte er es nicht zugeben. Aber an dem Tag, an dem wir uns eigentlich treffen wollten, hatte er vor, es mir zu zeigen. Davon bin ich überzeugt. Er hat etwas, Smith.«

»Und was ist, wenn er es Ihnen nicht zeigen will?«

»Dann breche ich ihm das Genick.«

Sie überquerten den Potomac und fuhren am Friedhof Arlington entlang. Keen zündete seine Pfeife an und machte ein Fenster einen Spaltbreit auf. »Was ist, wenn Sie Garcia nicht finden können?«

»Plan B. Sie reist ab, und der Handel ist erledigt. Ich habe die Erlaubnis, alles mit dem Dossier zu tun, was ich will, nur ihren Namen darf ich nicht nennen. Die Arme ist überzeugt, daß sie auf jeden Fall sterben wird, ob wir die Story haben oder nicht, aber sie möchte so viel Schutz wie möglich. Ich kann ihren Namen nie nennen, nicht einmal als Verfasserin des Dossiers.«

»Spricht sie viel über das Dossier?«

»Nicht über das eigentliche Schreiben. Es war eine verrückte Idee, sie ging ihr nach und hatte sie schon fast wieder verworfen, als die Bomben anfingen hochzugehen. Sie bedauert, das verdammte Ding geschrieben zu haben. Sie und Callahan haben sich wirklich geliebt, und auf ihr lastet eine Menge Kummer und Schuldgefühl.«

»Und wie sieht Plan B aus?«

»Wir stürzen uns auf die Anwälte. Mattiece ist zu verschlagen und schlüpfrig, als daß wir ohne Vorladungen und Haftbefehle und derartige Dinge, die uns nicht zur Verfügung stehen, an ihn herankommen könnten. Aber wir kennen seine Anwälte. Er wird von zwei großen Firmen hier in der Stadt vertreten, und auf die konzentrieren wir uns. Ein Anwalt oder eine Gruppe von Anwälten haben das Oberste Bundesgericht sorgfältig analysiert und die Namen von Rosenberg und Jensen vorgeschlagen. Mattiece selbst hätte nicht gewußt, wen er umbringen lassen sollte. Also haben seine Anwälte es ihm gesagt. Es muß eine Verschwörung gewesen sein.«

»Aber Sie können sie nicht zum Reden zwingen.«

»Nicht über einen Mandanten. Aber wenn die Anwälte schuldig sind, dann werden wir irgend etwas herausbekommen. Wir brauchen ein Dutzend Reporter, die eine Million Leute anrufen, Anwälte, Anwaltsgehilfen, Sekretärinnen, Bürokräfte. Wir stürzen uns auf diese Bastarde.«

Keen paffte an seiner Pfeife und schien unbeeindruckt. »Welche Firmen sind das?«

»White and Blazevich und Brim, Stearns and Kidlow. Lassen Sie nachsehen, was wir über sie in unserem Archiv haben.«

»Von White and Blazevich habe ich schon gehört. Es ist ein großer, republikanischer Laden.«

Gray nickte und trank den Rest seines Kaffees.

»Was ist, wenn es eine andere Firma war?« fragte Keen. »Was ist, wenn die Firma nicht in Washington sitzt? Was ist, wenn die Verschwörer dichthalten? Was ist, wenn da nur ein juristischer Kopf am Werk war, der einem obskuren Anwaltsgehilfen in Shreveport gehört? Was ist, wenn einer der Hausanwälte von Mattiece den Plan ausgeheckt hat?«

»Manchmal können Sie mich zur Verzweiflung treiben. Wissen Sie das?«

»Das sind stichhaltige Fragen. Also was ist, wenn?«

»Dann gehen wir zu Plan C über.«

»Und wie sieht der aus?«

»Das weiß ich nicht. So weit ist sie noch nicht gekommen.«

Sie hatte ihn angewiesen, sich von den Straßen fernzuhalten und in seinem Zimmer zu essen. Er hatte ein Sandwich und Pommes frites in einer Tüte und ging brav auf sein Zimmer im achten Stock des Marbury. Ein asiatisches Zimmermädchen kam ihm mit einem Servierwagen in der Nähe seines Zimmers entgegen. Er blieb vor seiner Tür stehen und holte den Schlüssel aus der Tasche.

»Sie etwas vergessen haben, Sir?« fragte das Mädchen.

Gray sah sie an. »Wie bitte?«

»Sie etwas vergessen haben?«

»Nein. Wieso?«

Das Mädchen kam einen Schritt näher. »Sie gerade gegangen, Sir, und jetzt schon wieder da.«

»Ich bin vor vier Stunden gegangen.«

Das Mädchen schüttelte den Kopf und kam noch einen Schritt näher, um ihn genauer zu betrachten. »Nein, Sir. Ein Mann kommt aus Ihrem Zimmer vor zehn Minuten.« Sie zögerte und musterte sein Gesicht. »Aber, Sir, jetzt ich glaube, es war ein anderer Mann.«

Gray warf einen Blick auf die Zimmernummer an der Tür. 838. Er starrte das Mädchen an. »Sind Sie ganz sicher, daß ein anderer Mann in diesem Zimmer war?«

»Ja, Sir. Vor ein paar Minuten.«

Er geriet in Panik, eilte auf die Treppe zu und rannte acht Stockwerke hinunter. Was war in dem Zimmer?

Nichts außer Kleidungsstücken. Nichts über Darby. Er blieb stehen und griff in eine Tasche. Der Zettel mit der Adresse des Tabard Inn und ihrer Telefonnummer steckte darin. Er holte tief Luft und betrat das Foyer.

Er mußte sie finden, und zwar schnell.

Darby fand einen freien Tisch im Lesesaal im zweiten Stock der Edward Bennett Williams Law Library in Georgetown. Als reisende Kritikerin juristischer Bibliotheken stellte sie fest, daß Georgetown bisher die angenehmste war. Es war ein separates, fünf Stockwerke hohes Gebäude, durch einen schmalen Hof von McDonough Hall, der Juristischen Fakultät, getrennt. Die Bibliothek war neu, glatt und modern, aber trotzdem noch eine juristische Bibliothek, die sich jetzt rasch mit Sonntagsstudenten füllte, die an ihr Abschlußexamen dachten.

Sie schlug Band fünf des Martindale-Hubbell auf und fand das Kapitel mit den Washingtoner Kanzleien. White and Blazevich ging über achtundzwanzig Seiten. Namen, Geburtsdaten, Universitäten, Berufsorganisationen, Auszeichnungen, Preise, Komitees und Veröffentlichungen von vierhundertzwölf Anwälten, zuerst der Partner, dann der angestellten Anwälte. Sie machte sich Notizen.

Die Firma hatte einundachtzig Partner, die übrigen waren Angestellte. Sie gruppierte sie nach dem Alphabet und schrieb sämtliche Namen auf ihren Block. Sie war nur eine einfache Jurastudentin, die sich bei der erbarmungslosen Jagd nach einem Job über mögliche Arbeitgeber informierte.

Die Arbeit war langweilig, und ihre Gedanken schweiften ab. Vor zwanzig Jahren hatte Thomas hier studiert. Er war ein hervorragender Student gewesen und hatte behauptet, er hätte viele Stunden in der Bibliothek verbracht. Er hatte für das *Law Journal* geschrieben, etwas, das sie unter normalen Verhältnissen gleichfalls getan hätte.

Der Tod war ein Thema, das sie in den letzten zehn Tagen unter verschiedenen Aspekten betrachtet hatte. Von einem friedlichen Tod im Schlaf abgesehen, war sie sich nicht klar, welches die beste Art sein würde. Ein langsames, qualvolles Hinscheiden infolge einer Krankheit war ein Alptraum für das Opfer und seine Angehörigen, aber zumindest hatte man Zeit für Vorbereitungen und Abschiednehmen. Ein gewaltsamer, unvermuteter Tod war in Sekunden vorbei und vermutlich das Beste für den Dahingeschiedenen. Aber für die Überlebenden war der Schock lähmend. Es gab so viele schmerzhafte Fragen. Hat er gelitten? Was war sein letzter Gedanke? Weshalb ist es passiert? Und beim schnellen Tod eines geliebten Menschen zusehen zu müssen, war unbeschreiblich.

Sie liebte ihn um so mehr, weil sie ihn hatte sterben sehen und sie befahl sich, endlich damit aufzuhören, die Explosion zu hören und den Rauch zu riechen und zuzusehen, wie er starb. Wenn sie in drei Tagen noch am Leben war, würde sie an einem Ort sein, wo sie die Tür abschließen und weinen und mit Gegenständen werfen konnte, bis der Kummer vorüber war. Sie war entschlossen, diesen Ort zu erreichen. Sie war entschlossen, sich ihrem Kummer hinzugeben und ihn zu überwinden. Das war das mindeste, das sie verdiente. Sie memorierte Namen, bis sie mehr über White and Blazevich wußte als sonst jemand außerhalb der Firma. Sie trat hinaus in die Dunkelheit und fuhr mit einem Taxi ins Hotel.

Matthew Barr flog nach New Orleans, wo er sich mit einem Anwalt traf, der ihn anwies, sich in ein bestimmtes Hotel in Fort Lauderdale zu begeben. Der Anwalt ließ sich nicht darüber aus, was in diesem Hotel passieren würde, aber als Barr am Sonntagabend dort ankam, stellte er fest, daß ein Zimmer für ihn reserviert war. Eine Nachricht an der Rezeption besagte, daß er in den frühen Morgenstunden einen Anruf erhalten würde.

Um zehn rief er Fletcher Coal zu Hause an und berichtete ihm über den bisherigen Verlauf der Reise.

Coal hatte andere Dinge im Kopf. »Grantham ist verrückt geworden. Er und ein Typ namens Rifkin von der *Times* rufen alle möglichen Leute an. Sie könnten tödlich sein.«

»Haben sie das Dossier gesehen?«

»Ich weiß nicht, ob sie es gesehen haben, aber sie haben davon gehört. Rifkin hat gestern einen meiner Mitarbeiter angerufen und ihn gefragt, was er über das Pelikan-Dossier weiß. Der Mann wußte nichts und hatte den Eindruck, daß Rifkin sogar noch weniger wußte. Ich glaube nicht, daß er es gesehen hat, aber sicher sind wir nicht.«

»Verdammt, Fletcher. Gegen einen Haufen Reporter kommen wir nicht an. Diese Kerle machen hundert Anrufe pro Minute.«

»Es sind nur zwei. Grantham und Rifkin. Grantham haben Sie bereits angezapft. Tun Sie dasselbe mit Rifkin.«

»Grantham ist angezapft, aber er benutzt weder das Telefon in seiner Wohnung noch das in seinem Wagen. Ich habe vom Flugplatz in New Orleans aus Bailey angerufen. Grantham ist seit vierundzwanzig Stunden nicht zu Hause gewesen, aber sein Wagen steht noch da. Entweder liegt er tot in seiner Wohnung, oder er hat sich im Dunkeln hinausgeschlichen.«

»Vielleicht ist er tot.«

»Das glaube ich nicht. Wir sind ihm gefolgt und die Fibbies auch. Ich nehme an, er hat Wind davon bekommen.«

»Sie müssen ihn finden.«

»Er wird schon wieder auftauchen. Er kann sich nicht weit von der Redaktion im fünften Stock entfernen.«

»Ich möchte, daß Rifkin auch angezapft wird. Rufen Sie Bailey noch heute abend an und veranlassen Sie es, okay?«

»Ja, Sir«, sagte Barr.

»Was, meinen Sie, würde Mattiece tun, wenn er glaubte, Grantham hätte die Story und wäre im Begriff, sie auf der Titelseite der *Washington Post* auszubreiten?« fragte Coal.

Barr streckte sich auf dem Hotelbett aus und schloß die Augen. Monate zuvor hatte er den Entschluß gefaßt, sich nie mit Fletcher Coal anzulegen.

»Er scheut nicht davor zurück, Leute umzubringen, stimmt's?« sagte Barr.

»Glauben Sie, daß Sie Mattiece morgen sehen werden?«

»Ich weiß es nicht. Diese Leute sind sehr verschwiegen. Sie flüstern hinter verschlossenen Türen. Sie haben mir kaum etwas gesagt.«

»Weshalb wollten sie Sie in Fort Lauderdale haben?«

»Auch das weiß ich nicht, aber es liegt wesentlich näher bei den Bahamas. Ich nehme an, ich fahre morgen dorthin. Vielleicht kommt er auch hierher. Ich weiß es einfach nicht.«

»Vielleicht sollten Sie den Grantham-Aspekt übertreiben. Mattiece wird der Story den Garaus machen.«

»Ich werde darüber nachdenken.«

»Rufen Sie mich morgen früh wieder an.«

Sie trat auf den Zettel, als sie ihre Tür öffnete. Darauf stand: *Darby, ich bin auf der Terrasse. Es ist wichtig. Gray.* Sie holte tief Luft und steckte den Zettel in die Tasche. Sie verschloß die Tür und ging die langen, gewundenen Flure entlang bis zum Foyer, dann durch den dunklen Salon, an der Bar vorbei, durch das Restaurant und auf die Terrasse. Er saß an einem kleinen Tisch, teilweise von einer Ziegelsteinmauer verdeckt.

»Wieso sind Sie hier?« flüsterte sie, nachdem sie sich dicht neben ihn gesetzt hatte. Er wirkte müde und besorgt.

»Wo waren Sie?« fragte er.

»Das ist unwichtig. Wichtig ist, weshalb Sie hier sind. Sie sollten nicht herkommen, es sei denn, ich hätte sie darum gebeten. Was ist los?«

Er gab ihr eine rasche Zusammenfassung seines Vormittags, von dem Anruf bei Smith Keen bis zu dem Zimmermädchen im Hotel. Den Rest des Tages hatte er damit verbracht, in der Stadt herumzufahren, in einer ganzen Reihe von Taxis, was ihn fast achtzig Dollar gekostet hatte, und er hatte gewartet, bis es dunkel geworden war, bevor er sich ins Tabard Inn geschlichen hatte. Er war sicher, daß ihm niemand gefolgt war.

Sie hörte zu. Sie beobachtete das Restaurant und den Zugang zur Terrasse und ließ sich kein Wort entgehen.

»Ich habe keine Ahnung, wie jemand mein Zimmer finden konnte«, sagte er.

»Haben Sie irgend jemandem Ihre Zimmernummer verraten?«

Er dachte einen Moment nach. »Nur Smith Keen. Aber er würde sie niemandem weitersagen.«

Sie sah ihn nicht an. »Wo waren Sie, als Sie ihm Ihre Zimmernummer nannten?«

»In seinem Wagen.«

Sie schüttelte langsam den Kopf. »Ich habe Ihnen ausdrücklich gesagt, Sie sollten sie niemandem verraten. Habe ich das nicht?«

Er konnte nicht antworten.

»Für Sie ist das alles nur ein toller Spaß, stimmt's, Gray? Nur ein weiterer Tag am Strand. Sie sind ein großer Starreporter, der schon früher Morddrohungen bekommen hat, aber Sie sind furchtlos. Die Kugeln werden abprallen, nicht wahr? Sie und ich können ein paar Tage damit verbringen, in der Stadt unsere Possen zu treiben und Detektiv zu spielen, damit Sie einen Pulitzerpreis bekommen und reich und berühmt werden, und die bösen Buben sind im Grunde gar nicht so böse, weil Sie Gray Grantham von der *Washington Post* sind und deshalb mit Ihnen nicht gut Kirschen essen ist.«

»Also wissen Sie, Darby ...«

»Ich habe versucht, Ihnen klarzumachen, wie gefährlich diese Leute sind. Ich habe gesehen, wozu sie imstande sind. Ich weiß, was sie mit mir machen werden, wenn sie mich finden. Aber für Sie, Gray, ist das alles nur ein Spiel. Räuber und Gendarm. Verstecken.«

»Ich bin überzeugt. Okay?«

»Das sollten Sie auch sein, großer Meister. Wenn Sie noch einmal Mist bauen, sind wir beide tot. Mir geht allmählich das Glück aus. Haben Sie verstanden?«

»Ja! Ich habe verstanden, ich schwöre es.«

»Nehmen Sie sich hier ein Zimmer. Morgen abend, wenn wir dann noch leben, besorge ich Ihnen ein anderes kleines Hotel.«

»Was ist, wenn hier nichts frei ist?«

»Dann können Sie in meinem Badezimmer schlafen, bei verschlossener Tür.«

Es war ihr todernst. Er kam sich vor wie ein ABC-Schütze, der gerade seine erste Tracht Prügel bekommen hatte. Sie schwiegen ungefähr fünf Minuten.

»Also wie konnten sie mich finden?« fragte er schließlich.

»Ich nehme an, das Telefon in Ihrer Wohnung ist angezapft, und das in Ihrem Wagen. Und ich nehme an, daß Smith Keens Wagen gleichfalls angezapft ist. Diese Leute sind keine Anfänger.«

36

Er verbrachte die Nacht in Zimmer 13, schlief aber kaum. Das Restaurant wurde um sechs geöffnet, und er schlich zum Kaffee hinunter, danach schlich er zurück in sein Zimmer. Das Hotel war alt und verwinkelt und durch die Verbindung von drei Häusern entstanden. Überall gab es kleine Türen und schmale Flure, die in alle Richtungen verliefen. Die Atmosphäre war zeitlos.

Es würde ein langer, anstrengender Tag werden, aber er würde ihn mit ihr verbringen, und darauf freute er sich. Er hatte einen Fehler gemacht, einen schlimmen Fehler, aber sie hatte ihm verziehen. Genau halb neun klopfte er an die Tür von Zimmer 1. Sie öffnete sie schnell und schloß sie dann hinter ihm wieder ab.

»Haben Sie gut geschlafen?« fragte sie, aber nur aus Höflichkeit.

»Nein.« Er warf ein Exemplar der *Times* aufs Bett. Er hatte es bereits überflogen, und es stand wieder nichts darin.

Darby griff zum Telefon und wählte die Nummer der Juristischen Fakultät von Georgetown. Sie sah ihn an und lauschte in den Hörer, dann sagte sie: »Vermittlungsbüro bitte.« Es folgte eine lange Pause. »Ja, hier spricht Sandra Jernigan. Ich bin Partnerin bei White and Blazevich hier in der Stadt, und wir haben Probleme mit unseren Computern. Wir versuchen, einige Lohnlisten zu rekonstruieren, und die Buchhaltung hat mich gebeten, Sie nach den Namen der

Studenten zu fragen, die im letzten Sommer als Praktikanten bei uns gearbeitet haben. Soweit ich weiß, waren es vier.« Sie hörte einen Moment zu. »Jernigan. Sandra Jernigan«, wiederholte sie. »Ah ja. Wie lange wird das dauern?« Eine Pause. »Und Ihr Name ist Joan? Vielen Dank, Joan.« Darby deckte die Sprechmuschel ab und holte tief Luft. Gray beobachtete sie genau, aber mit einem bewundernden Lächeln.

»Ja, Joan. Also sieben waren es. Unsere Unterlagen sind ein einziges Chaos. Haben Sie ihre Adressen und Sozialversicherungsnummern? Wir brauchen sie für die Steuer. Natürlich. Wie lange wird das dauern? Gut. Einer unserer Büroangestellten ist gerade in Ihrer Gegend. Sein Name ist Snowden, und er wird in einer Viertelstunde bei Ihnen sein. Vielen Dank, Joan.« Darby legte den Hörer auf und schloß die Augen.

»Sandra Jernigan«, sagte er.

»Ich bin nicht gut im Lügen«, sagte sie.

»Sie waren wundervoll. Und der Büroangestellte bin vermutlich ich.«

»Sie können ohne weiteres als Angestellter einer Anwaltskanzlei durchgehen. Sie haben etwas von einem alternden Ex-Jurastudenten an sich.« Und Sie sind ziemlich schlau, dachte sie.

»Das Flanellhemd gefällt mir.«

Sie trank einen großen Schluck kalten Kaffee. »Dies kann ein langer Tag werden.«

»So weit, so gut. Ich hole die Liste, und wir treffen uns in der Bibliothek. Richtig?«

»Ja. Das Vermittlungsbüro ist im fünften Stock der juristischen Fakultät. Ich werde in Zimmer 336 sein. Das ist ein kleiner Konferenzraum im dritten Stock. Sie nehmen als erster ein Taxi. Wir treffen uns dort in einer Viertelstunde.«

»Jawohl, Madam.« Grantham war zur Tür hinaus. Darby wartete fünf Minuten und verließ dann das Zimmer.

Die Fahrt war kurz, aber das Taxi kam im Morgenverkehr nur langsam voran. Das Leben auf der Flucht war schon schlimm genug, aber Davonlaufen und Detektivspielen gleichzeitig war zuviel. Sie hatte schon fünf Minuten im Taxi gesessen, bevor sie daran dachte, daß ihr vielleicht jemand folgte. Und das war vielleicht nur gut. Vielleicht würde ein harter Tag als recherchierende Reporterin ihre

Gedanken von Stummel und den anderen Quälgeistern ablenken. Sie würde heute und morgen arbeiten, und am späten Mittwochabend würde sie an einem Strand sein.

Sie würden mit Georgetown anfangen. Wenn das eine Sackgasse war, würden sie es mit der Juristischen Fakultät von George Washington versuchen und, wenn dazu noch Zeit war, mit der American University. Drei Versuche, und dann war sie auf und davon.

Das Taxi hielt vor McDonough Hall am Fuße des Capitol Hill. Mit ihrer Tasche und dem Flanellhemd war sie nur eine unter vielen Jurastudentinnen vor einer Vorlesung oder einem Seminar. Sie stieg die Treppe zum dritten Stock hinauf und machte die Tür des Konferenzraums hinter sich zu. Der Raum wurde gelegentlich für Vorlesungen und Einstellungsgespräche benutzt. Sie legte ihre Notizen auf den Tisch und war nur noch eine Jurastudentin, die sich auf ein Seminar vorbereitete.

Nur Minuten später kam Gray zur Tür herein. »Joan ist ein reizendes Mädchen«, sagte er, als er die Liste auf den Tisch legte. »Namen, Adressen und Sozialversicherungsnummern. Ist das nicht nett?«

Darby warf einen Blick auf die Liste und zog ein Telefonbuch aus der Tasche. Darin fand sie fünf der Namen. Sie sah auf die Uhr. »Es ist jetzt fünf nach neun. Ich wette, daß nicht mehr als die Hälfte von diesen Leuten jetzt in einem Seminar sitzt. Einige von ihnen werden später ein Seminar haben. Ich rufe diese fünf an und sehe zu, wer zu Hause ist. Sie nehmen die beiden ohne Telefonnummer und lassen sich in der Registratur ihren Stundenplan geben.«

Gray sah gleichfalls auf die Uhr. »Wir treffen uns hier in einer Viertelstunde wieder.« Zuerst ging er, dann Darby. Sie ging zu den Münzfernsprechern im ersten Stock und wählte die Nummer von James Maylor.

Eine Männerstimme meldete sich. »Hallo.«

»Spreche ich mit Dennis Maylor?« fragte sie.

»Nein. Ich bin James Maylor.«

»Entschuldigung.« Sie legte auf. Er wohnte zehn Minuten entfernt. Er hatte kein Neun-Uhr-Seminar, und wenn er um zehn eines hatte, würde er noch vierzig Minuten zu Hause sein. Vielleicht.

Sie rief die anderen vier an. Zwei meldeten sich, und sie vergewisserte sich; bei den anderen beiden wurde der Hörer nicht abgenommen.

Gray wartete ungeduldig in der Registratur im dritten Stock. Eine als Teilzeitkraft dort arbeitende Studentin versuchte, die Registratorin zu finden, die sich irgendwo in den hinteren Räumen aufhielt. Die Studentin teilte ihm mit, sie wäre nicht sicher, ob sie Angaben über Stundenpläne machen könnten. Gray sagte, er wäre sicher, sie könnten es, wenn sie nur wollten.

Die Registratorin bog argwöhnisch um eine Ecke. »Kann ich Ihnen helfen?«

»Ja. Ich bin Gray Grantham von der *Washington Post*, und ich versuche, zwei Ihrer Studenten zu finden, Laura Kaas und Michael Akers.«

»Gibt es irgendein Problem?« fragte sie nervös.

»Durchaus nicht. Nur ein paar Fragen. Haben sie heute morgen eine Vorlesung oder ein Seminar?« Er lächelte, und es war ein warmes, vertrauenerweckendes Lächeln, mit dem er gewöhnlich ältere Frauen bedachte. Es verfehlte nur selten seinen Zweck.

»Haben Sie irgendeinen Ausweis oder so etwas?«

»Natürlich.« Er schwenkte ihn langsam vor ihrer Nase, ungefähr so wie ein Polizist, der weiß, daß er ein Polizist ist, und der nicht scharf darauf ist, es alle Welt wissen zu lassen.

»Eigentlich sollte ich mit dem Dekan sprechen, aber ...«

»Gut. Wo ist sein Büro?«

»Aber er ist nicht da. Er ist verreist.«

»Ich brauche nur ihren Stundenplan, damit ich sie finden kann. Ich will weder ihre Adressen wissen noch Einzelheiten über ihren Studienstand. Nichts Vertrauliches oder Persönliches.«

Sie warf einen Blick auf die Teilzeitangestellte, die nur die Achseln zuckte, als wollte sie sagen: Was ist schon dabei?

»Einen Augenblick bitte«, sagte sie und verschwand wieder.

Darby wartete in dem kleinen Raum, als er die Computerausdrucke auf den Tisch legte. »Diesen Dingern zufolge müßten Akers und Kaas jetzt hier sein«, sagte er.

Darby warf einen Blick auf die Stundenpläne. »Akers hat Verfahrensrecht, Kaas Verwaltungsrecht, beide von neun bis zehn. Ich werde versuchen, sie zu finden.« Sie zeigte Gray ihre Notizen. »Maylor, Reinhard und Wilson waren zu Hause; Ratliff und Linney konnte ich nicht erreichen.«

»Maylor wohnt am nächsten. Ich kann in ein paar Minuten bei ihm sein.«

»Was ist mit einem Wagen?«

»Ich habe bei Hertz angerufen. Er sollte in einer Viertelstunde auf dem Parkplatz der *Post* stehen.«

Maylors Wohnung lag im dritten Stock eines für Studenten und andere Leute mit sehr schmaler Brieftasche umgebauten Lagerhauses. Schon nach dem ersten Klopfen öffnete er die Tür mit vorgelegter Kette.

»Ich suche James Maylor«, sagte Gray wie ein alter Kumpel.

»Der bin ich.«

»Ich bin Gray Grantham von der *Washington Post,* und ich würde Ihnen gern ein paar ganz kurze Fragen stellen.«

Die Kette wurde gelöst und die Tür geöffnet. Gray betrat die Zwei-Zimmer-Wohnung. In der Mitte war ein Fahrrad geparkt, das den größten Teil des Raumes einnahm.

»Worum geht es?« Er war neugierig und offensichtlich bereit, Fragen zu beantworten.

»Soweit ich weiß, haben Sie im Sommer für White and Blazevich gearbeitet.«

»Das stimmt. Drei Monate.«

Gray machte sich Notizen. »In welcher Abteilung?«

»International. Überwiegend Knochenarbeit. Nichts Grandioses. Eine Menge Recherchen und Rohentwürfe für Abkommen.«

»Wem waren Sie unterstellt?«

»Keiner Einzelperson. Da waren drei angestellte Anwälte, die dafür sorgten, daß ich beschäftigt war. Der für sie zuständige Partner war Stanley Coopman.«

Gray zog ein Foto aus der Tasche. Es war Garcia auf dem Gehsteig. »Erkennen Sie dieses Gesicht wieder?«

Maylor nahm das Foto und betrachtete es eingehend. »Ich glaube nicht. Wer ist das?«

»Ein Anwalt, der vermutlich bei White and Blazevich arbeitet.«

»Es ist eine riesige Firma. Ich habe in der Ecke einer Abteilung gesessen. Dort arbeiten mehr als vierhundert Anwälte.«

»Ja, das habe ich gehört. Sie sind sicher, daß Sie ihn nicht gesehen haben?«

»Ganz sicher. Sie residieren auf zwölf Stockwerken, und in die meisten davon bin ich nie gekommen.«

Gray steckte das Foto wieder ein. »Sind Sie dort noch irgendwelchen anderen Praktikanten begegnet?«

»Oh, sicher. Zwei von Georgetown, die ich schon kannte Laura Kaas und JoAnne Ratliff. Zwei Studenten von George Washington, Patrick Franks und einem Typ, der Vanlandingham hieß; einem Mädchen von Harvard namens Elizabeth Larson; einem Mädchen von Michigan namens Amy MacGregor; und einem Typ von Emory, der Moke hieß, aber ich glaube, den haben sie gefeuert. Im Sommer wimmelt es dort immer von Praktikanten.«

»Wollen Sie für die Firma arbeiten, wenn Sie mit dem Studium fertig sind?«

»Ich weiß es noch nicht. Ich bin nicht sicher, ob eine von diesen großen Firmen das richtige für mich ist.«

Gray lächelte und verstaute den Notizblock in seiner Gesäßtasche. »Sie haben dort gearbeitet. Wie kann ich diesen Mann finden?«

Maylor dachte einen Moment lang darüber nach. »Ich nehme an, Sie können nicht dort aufkreuzen und herumfragen.«

»Die Annahme ist richtig.«

»Und alles, was Sie haben, ist dieses Foto?«

»Ja.«

»Dann tun Sie vermutlich genau das Richtige. Einer der Praktikanten wird ihn erkennen.«

»Danke.«

»Steckt der Mann in Schwierigkeiten?«

»Nein, nein. Es könnte nur sein, daß er etwas beobachtet hat. Und selbst das ist nur eine Vermutung.« Gray öffnete die Tür. »Nochmals vielen Dank.«

Darby studierte den Vorlesungsplan für den Herbst am Schwarzen Brett gegenüber den Münzfernsprechern. Sie wußte noch nicht genau, was sie tun würde, wenn die Neun-Uhr-Seminare vorüber waren, aber sie versuchte angestrengt, sich etwas einfallen zu lassen. Das Schwarze Brett sah genauso aus wie das in Tulane: säuberlich untereinander angeordnet die Hörsaal-Angaben; Bemerkungen zu Aufgaben; Anzeigen wegen Büchern, Fahrrädern, Zimmern, Mitbewohnern und hundert anderen derartigen Bedürfnissen, auf gut

Glück angeheftet; Hinweise auf Partys, universitätsinterne Sportveranstaltungen, Clubtreffen. Eine junge Frau mit einem Rucksack und Wanderstiefeln blieb neben ihr stehen und betrachtete das Schwarze Brett. Sie war zweifellos eine Studentin.

Darby lächelte sie an. »Entschuldigen Sie. Kennen Sie zufällig Laura Kaas?«

»Natürlich.«

»Ich muß ihr etwas ausrichten. Könnten Sie sie mir zeigen?«

»Ist sie jetzt hier?«

»Ja, sie hat Verwaltungsrecht bei Ship, Zimmer 207.«

Plaudernd wanderten sie gemeinsam in Richtung auf Ships Verwaltungsrecht. Auf dem Flur herrschte plötzlich Gedränge, als vier Säle sich gleichzeitig leerten. Darbys Begleiterin deutete auf eine hochgewachsene, kräftige Frau, die auf sie zukam. Darby dankte ihr und folgte Laura Kaas, bis sich die Menge verlief und das Gedränge nachgelassen hatte. »Entschuldigen Sie, Laura. Sie sind doch Laura Kaas?« Die hochgewachsene Frau blieb stehen und musterte sie. »Ja.«

Das war der Teil, den sie gar nicht mochte. »Ich bin Sara Jacobs, und ich arbeite an einer Story für die *Washington Post*. Darf ich Ihnen ein paar Fragen stellen?« Sie hatte sich für Laura Kaas als erste entschieden, weil sie, im Gegensatz zu Michael Akers, um zehn keine Vorlesung hatte. Bei ihm würde sie um elf ihr Glück versuchen.

»Worüber?«

»Es wird nur eine Minute dauern. Können wir hier hineingehen?« Darby winkte sie in einen leeren Hörsaal. Laura folgte ihr langsam.

»Sie haben im Sommer bei White and Blazevich gearbeitet?«

»Ja.« Sie sprach langsam, argwöhnisch.

Sara Jacobs bemühte sich, ihre Nerven unter Kontrolle zu halten. »In welcher Abteilung?«

»Steuern.«

»Mögen Sie Steuerrecht?« Es war ein schwacher Versuch zu plaudern.

»Früher mochte ich es. Jetzt hasse ich es.«

Darby lächelte, als wäre das das Komischste, das sie seit Jahren gehört hatte. Sie zog ein Foto aus der Tasche und zeigte es Laura Kaas.

»Kennen Sie diesen Mann?«

»Nein.«

»Soweit ich weiß, ist er Anwalt bei White and Blazevich.«

»Da gibt es Unmengen von Anwälten.«

»Sind Sie ganz sicher?«

»Ja. Ich bin nie aus dem fünften Stock herausgekommen. Es würde Jahre dauern, bis man alle kennengelernt hat, und sie kommen und gehen so schnell. Sie wissen ja, wie Anwälte sind.«

Laura schaute sich um, und die Unterhaltung war beendet. »Ich bin Ihnen wirklich sehr dankbar«, sagte Darby.

»Keine Ursache«, sagte Laura, bereits auf dem Weg zur Tür.

Genau um halb elf trafen sie sich wieder in Zimmer 336. Gray hatte Ellen Reinhart auf der Auffahrt erwischt, als sie gerade wegfahren wollte. Sie hatte in der Prozeßabteilung unter einem Partner namens Daniel O'Malley gearbeitet und den größten Teil des Sommers bei der Verhandlung einer Gruppenklage in Miami verbracht. Sie war seit zwei Monaten nicht mehr da und hatte daheim nur kurze Zeit im Washingtoner Büro gearbeitet. White and Blazevich unterhielten Büros in vier Städten, darunter Tampa. Sie kannte Garcia nicht, und sie hatte es eilig.

Judith Wilson war nicht in ihrer Wohnung gewesen, aber ihre Mitbewohnerin hatte gesagt, sie käme gegen eins zurück.

Sie strichen Maylor, Kaas und Reinhart von der Liste, berieten sich flüsternd, dann machten sie sich wieder auf den Weg – Gray, um Edward Linney zu finden, der zwei Sommer als Praktikant bei White and Blazevich gearbeitet hatte. Er stand nicht im Telefonbuch, aber er wohnte in Wesley Heights, nördlich vom Hauptcampus von Georgetown.

Viertel vor elf stand Darby wieder vor dem Schwarzen Brett und hoffte auf ein weiteres Wunder. Akers war ein Mann, und es gab verschiedene Möglichkeiten, an ihn heranzutreten. Sie hoffte, daß er da war, wo er eigentlich sein sollte – in Zimmer 201 bei einem Seminar über Verfahrensrecht. Sie ging dorthin und wartete, bis die Tür aufging und rund fünfzig Jurastudenten herausströmten. Aus ihr würde nie eine Reporterin werden. Sie brachte es nicht fertig, sich vor Fremden aufzubauen und ihnen einen Haufen Fragen zu stellen. Es ging ihr gegen den Strich. Dennoch ging sie auf einen schüchtern wirkenden jungen Mann mit traurigen Augen und dicken Brillengläsern zu und sagte: »Entschuldigen Sie, kennen Sie zufällig Michael Akers? Ich glaube, er ist in diesem Kurs.«

Der junge Mann lächelte. Er war glücklich, daß er bemerkt worden war. Er deutete auf eine Gruppe, die auf den Haupteingang zugingen. »Dort ist er, in dem grauen Pullover.«

»Danke.« Sie ließ ihn stehen. Beim Verlassen des Gebäudes löste sich die Gruppe auf, und Akers und ein Freund waren auf dem Gehsteig angelangt.

»Mr. Akers«, rief sie ihm nach.

Sie blieben beide stehen und drehten sich um, dann lächelten sie, als sie nervös auf sie zukam. »Sind Sie Michael Akers?« fragte sie.

»Der bin ich. Und wer sind Sie?«

»Mein Name ist Sara Jacobs. Ich arbeite an einer Story für die *Washington Post*. Könnte ich Sie einen Moment allein sprechen?«

»Klar.« Der Freund kapierte und ging weiter.

»Worum geht es?« fragte Akers.

»Sie haben im Sommer als Praktikant bei White and Blazevich gearbeitet?«

»Ja.« Akers war umgänglich und genoß die Unterhaltung.

»In welcher Abteilung?«

»Immobilien. Stinklangweilig, aber es war ein Job. Weshalb wollen Sie das wissen?«

Sie zeigte ihm das Foto. »Kennen Sie diesen Mann? Er arbeitet bei White and Blazevich.«

Akers hätte ihn gern gekannt. Er wollte ihr helfen und sich lange mit ihr unterhalten, aber das Gesicht sagte ihm nichts.

»Nicht ganz astrein, dieses Foto, stimmt's?«

»Kann sein. Kennen Sie den Mann?«

»Nein. Habe ihn nie gesehen. Es ist eine riesige Firma. Bei ihren Zusammenkünften tragen die Partner Schildchen mit ihren Namen. Können Sie sich das vorstellen? Die Leute, denen der Laden gehört, kennen sich nicht einmal gegenseitig. Es muß an die hundert Partner geben.«

Einundachtzig, um genau zu sein. »Waren Sie jemandem unterstellt?«

»Ja, einem Partner namens Walter Welch. Ein Widerling. Mir hat es dort überhaupt nicht gefallen.«

»Erinnern Sie sich an irgendwelche anderen Praktikanten?«

»Klar. Es wimmelte dort von ihnen.«

»Wenn ich ihre Namen brauchen sollte, darf ich dann auf Sie zurückkommen?«

»Jederzeit. Steckt dieser Mann in Schwierigkeiten?«

»Ich glaube nicht. Er weiß vielleicht etwas.«

»Ich hoffe, sie werden alle aus der Anwaltskammer ausgeschlossen. Sie sind nichts als ein Haufen Ganoven, und das Arbeiten dort war eine Pest. Alles politisch.«

»Danke.« Sie lächelte und wendete sich zum Gehen. Er bewunderte die Rückenansicht und sagte: »Sie können mich jederzeit anrufen.«

»Danke.«

Darby, die recherchierende Reporterin, ging zum Bibliotheksgebäude nebenan und stieg die Treppe zum fünften Stock hinauf, wo in einer Reihe von engen Büros das *Georgetown Law Journal* untergebracht war. Sie hatte in der Bibliothek die neueste Nummer des *Journal* gefunden und festgestellt, daß JoAnne Ratliff Mitherausgeberin war. Sie vermutete, daß sich alle juristischen Zeitschriften mehr oder minder glichen. In den Redaktionen saßen die Topstudenten und arbeiteten an ihren gelehrten Artikeln und Kommentaren. Sie fühlten sich dem Rest der Studentenschaft überlegen und bildeten eine isolierte, sich ihres brillanten Verstandes bewußte Gruppe. Sie hielten sich fast ständig in der Redaktion auf. Sie war ihre zweite Heimat.

Sie trat ein und fragte einen jungen Mann, der ihr begegnete, wo sie JoAnne Ratliff finden könnte. Er deutete um eine Ecke herum. Zweite Tür rechts. Die zweite Tür öffnete sich in ein vollgestopftes Arbeitszimmer mit Reihen von Büchern. Zwei Frauen waren in ihre Arbeit vertieft.

»JoAnne Ratliff?« sagte Darby.

»Das bin ich«, erwiderte eine ältere Frau von ungefähr vierzig.

»Hi. Ich heiße Sara Jacobs, und ich arbeite an einer Story für die *Washington Post*. Darf ich Ihnen ganz kurz ein paar Fragen stellen?«

Die Frau legte langsam ihren Kugelschreiber auf den Tisch und warf der anderen einen finsteren Blick zu. Was immer sie auch tun mochten, es war ungeheuer wichtig, und diese Störung war ausgesprochen lästig. Schließlich waren sie namhafte Jurastudentinnen.

Darby hätte am liebsten gegrinst und eine boshafte Bemerkung gemacht. Schließlich war sie selbst Nummer zwei ihres Jahrgangs, also tut gefälligst nicht so, als wäret ihr etwas ganz Besonderes.

»Worum geht es bei dieser Story?« fragte Ratliff.

»Könnten wir uns allein unterhalten?«

Die beiden Frauen tauschten abermals einen finsteren Blick. »Ich habe sehr viel zu tun«, sagte Ratliff. Ich auch, dachte Darby. Du überprüfst Zitate für irgendeinen unbedeutenden Artikel, und ich versuche, den Mann festzunageln, der zwei Richter des Obersten Bundesgerichts umgebracht hat.

»Das tut mir leid«, sagte Darby. »Ich verspreche Ihnen, es dauert nicht länger als eine Minute.«

Sie gingen zusammen auf den Flur hinaus. »Es tut mir sehr leid, daß ich Sie bei der Arbeit störe, aber es ist sehr wichtig.«

»Und Sie sind Reporterin bei der *Post?*« Es war eher eine Herausforderung als eine Frage, und sie war gezwungen, noch mehr zu lügen. Sie sagte sich, sie könnte zwei Tage lang lügen und betrügen und stehlen, dann ging es ab in die Karibik, und Grantham konnte zusehen, wie er zurechtkam.

»Ja. Haben Sie im Sommer bei White and Blazevich gearbeitet?«

»Ja. Weshalb interessiert Sie das?«

Schnell, das Foto. Ratliff nahm es und analysierte es.

»Kennen Sie den Mann?«

Sie schüttelte langsam den Kopf. »Ich glaube nicht. Wer ist das?«

Diese Person würde eine großartige Anwältin abgeben. So viele Fragen. Wenn sie wüßte, wer er war, würde sie nicht hier auf diesem engen Flur stehen und sich mit dieser hochnäsigen Person abgeben.

»Er ist Anwalt bei White and Blazevich«, sagte Darby so aufrichtig wie möglich. »Ich dachte, Sie kennen ihn vielleicht.«

»Nein.« Sie gab Darby das Foto zurück.

Das reichte. »Trotzdem vielen Dank. Und entschuldigen Sie die Störung.«

»Keine Ursache«, sagte Ratliff und verschwand durch die Tür.

Sie sprang in den neuen Pontiac von Hertz, als er an der Ecke hielt, und sie fädelten sich in den Verkehr ein. Sie hatte genug von der Juristischen Fakultät von Georgetown.

»Ich hatte Pech«, sagt Gray. »Linney war nicht zu Hause.«

»Ich habe mit Akers und Ratliff gesprochen, und beide haben nein gesagt. Das sind fünf von sieben, die Garcia nicht kannten.«

»Ich habe Hunger. Wir wär's mit Lunch?«

»Gute Idee.«

»Ist es möglich, daß fünf Praktikanten drei Monate in einer Firma arbeiten und nicht einer von ihnen einen jungen angestellten Anwalt wiedererkennt?«

»Das ist nicht nur möglich, es ist sogar höchst wahrscheinlich. Vergessen Sie nicht, wir handeln auf gut Glück. Vierhundert Anwälte, das heißt in Wirklichkeit tausend Leute, wenn Sie sämtliche Mitarbeiter und Bürokräfte hinzurechnen. Und die Anwälte neigen dazu, sich ausschließlich auf ihrem eigenen kleinen Territorium aufzuhalten.«

»Sind die einzelnen Abteilungen räumlich voneinander getrennt?«

»Ja. Es ist durchaus möglich, daß ein Bankenanwalt im dritten Stock einen Bekannten in der Prozeßabteilung im zehnten Stock wochenlang nicht zu Gesicht bekommt. Das sind vielbeschäftigte Leute.«

»Kann es sein, daß wir uns die falsche Firma ausgesucht haben?«

»Vielleicht die falsche Firma, vielleicht die falsche Universität.«

»Der erste, Maylor, hat mir die Namen von zwei Studenten von George Washington genannt, die im Sommer dort gearbeitet haben. Vielleicht sollten wir sie nach dem Lunch ausfindig machen.« Er verlangsamte und parkte hinter einer Reihe von kleinen Gebäuden.

»Wo sind wir?« fragte sie.

»Einen Block vom Mount Vernon Square entfernt. Von hier aus sind es sechs Blocks bis zur *Post* und vier bis zu meiner Bank. Und dieses kleine Restaurant liegt gleich um die Ecke.«

Sie gingen in das Restaurant, das sich schnell mit Mittagsgästen füllte. Sie wartete an einem Tisch beim Fenster, während er sich anstellte, um Clubsandwiches zu holen. Der halbe Tag war vorüber, und obwohl ihr diese Art von Arbeit keinen Spaß machte, war es doch gut, etwas zu tun zu haben und die Schatten vergessen zu können. Sie würde nie Reporterin werden, und im Augenblick kam ihr auch eine juristische Laufbahn sehr zweifelhaft vor. Vor gar nicht langer Zeit hatte sie daran gedacht, nach ein paar Jahren Praxis Richterin zu werden. Vergessen wir das. Es war entschieden zu gefährlich.

Gray brachte ein Tablett mit Sandwiches und Eistee, und sie begannen zu essen.

»Ist dies ein typischer Tag für Sie?« fragte sie.

»Damit verdiene ich meinen Lebensunterhalt. Ich schnüffele den ganzen Tag herum, schreibe am späten Nachmittag meine Stories und recherchiere dann weiter bis tief in die Nacht hinein.«

»Wie viele Stories schreiben Sie pro Woche?«

»Manchmal drei oder vier, manchmal überhaupt keine. Ich suche mir meine Themen selbst aus, und mir redet kaum jemand drein. Dies hier ist ein bißchen anders. Ich habe seit zehn Tagen nichts geschrieben.«

»Was ist, wenn Sie nichts über Mattiece herausbekommen? Was werden Sie dann in Ihrer Story schreiben?«

»Das hängt davon ab, wie weit ich komme. Wir hätten diese Story über Verheek und Callahan bringen können, aber welchen Sinn hätte das gehabt? Es war eine große Story, aber es steckte nichts dahinter. Die anderen haben nur die Oberfläche angekratzt und dann aufgehört.«

»Und Sie wollen den großen Schlag landen.«

»Ich hoffe es. Wenn es uns gelingt, Ihr kleines Dossier zu verifizieren, dann haben wir den großen Schlag.«

»Sie sehen schon die Schlagzeilen vor sich, nicht wahr?«

»Ja. Das Adrenalin wird ausgepumpt. Dies wird die größte Story sein seit ...«

»Watergate?«

»Nein. Watergate war eine Folge von Stories, die klein anfingen und sich dann immer mehr aufblähten. Die Leute sind monatelang Hinweisen nachgegangen und haben nicht lockergelassen, bis die Teile sich zusammenfügten. Eine Menge Leute kannte unterschiedliche Teile der Story. Dies, meine Liebe, ist etwas völlig anderes. Es ist eine wesentlich größere Story, und nur sehr wenige Leute kennen die Wahrheit. Watergate war ein stupider Einbruch und ein mißglückter Vertuschungsversuch. Hier geht es um meisterhaft geplante Verbrechen sehr reicher und gerissener Leute.«

»Und die Vertuschung?«

»Die kommt als nächstes. Wenn wir Mattiece mit den Morden in Verbindung gebracht haben, können wir die große Story loslassen. Dann ist die Katze aus dem Sack, und über Nacht wird ein halbes Dutzend Untersuchungen eingeleitet werden. Ganz Washington wird fassungslos sein, zumal wenn herauskommt, daß der Präsident und Mattiece alte Freunde sind. Wenn sich der Staub legt, nehmen wir uns die Administration vor und versuchen herauszufinden, wer wann was gewußt hat.«

»Aber zuerst Garcia.«

»Ja. Ich weiß, daß er irgendwo da draußen ist. Er ist Anwalt in dieser Stadt, und er weiß etwas sehr Wichtiges.«

»Was ist, wenn wir ihn ausfindig machen und er nicht reden will?«

»Wir haben Mittel und Wege.«

»Zum Beispiel?«

»Folter, Entführung, Erpressung, Drohungen aller Art.«

Ein massiger Mann mit wutrotem Gesicht stand plötzlich neben dem Tisch. »Beeilt euch!« brüllte er. »Ihr redet zu viel.«

»Danke, Pete«, sagte Gray, ohne aufzuschauen. Pete verschwand in der Menge, aber sie konnten ihn an einem anderen Tisch brüllen hören. Darby ließ ihr Sandwich fallen.

»Er ist der Besitzer«, erklärte Gray. »Das gehört unabdingbar zum Ambiente.«

»Wie reizend. Kostet es extra?«

»Oh, nein. Das Essen ist billig, also muß die Masse es bringen. Er weigert sich, Kaffee zu servieren, weil er keine langen Unterhaltungen will. Er erwartet, daß wir essen wie auf der Flucht und dann schleunigst wieder verschwinden.«

»Ich bin satt.«

Gray sah auf die Uhr. »Es ist Viertel nach zwölf. Um eins müssen wir in der Wohnung von Judith Wilson sein. Wollen Sie jetzt Ihr Geld anfordern?«

»Wie lange wird es dauern?«

»Wir können jetzt den Auftrag erteilen und das Geld später abholen.«

»Gehen wir.«

»Wieviel wollen Sie haben?«

»Fünfzehntausend.«

Judith Wilson wohnte im zweiten Stock eines baufälligen alten Gebäudes, das in Zwei-Zimmer-Studentenwohnungen unterteilt worden war. Um eins war sie noch nicht zu Hause, und sie fuhren eine Stunde herum. Gray spielte den Stadtführer. Er fuhr langsam am Montrose Theatre vorbei, das immer noch vernagelt und ausgebrannt war. Er zeigte ihr den täglichen Auftrieb am Dupont Circle.

Viertel nach zwei parkten sie auf der Straße, als ein roter Mazda in der schmalen Einfahrt hielt. »Das ist sie«, sagte Gray und stieg aus. Darby blieb im Wagen.

Er erwischte Judith auf der Vordertreppe. Sie war entgegenkommend genug. Sie redeten miteinander, er zeigte ihr das Foto, sie betrachtete es ein paar Sekunden und schüttelte dann den Kopf. Gleich darauf saß er wieder im Wagen.

»Niete Nummer sechs«, sagte er.

»Damit bleibt nur noch Edward Linney, der vermutlich unser heißestes Eisen ist, weil er zwei Sommer dort gearbeitet hat.«

Sie fanden einen Münzfernsprecher in einem kleinen Supermarkt, und Gray wählte Linneys Nummer. Niemand meldete sich. Er knallte den Hörer auf die Gabel und kehrte in den Wagen zurück. »Er war heute morgen um zehn nicht zu Hause, und jetzt ist er es auch nicht.«

»Er könnte in der Universität sein«, sagte Darby. »Wir brauchen seinen Vorlesungsplan. Sie hätten ihn sich zusammen mit dem der anderen geben lassen sollen.«

»Davon haben Sie nichts gesagt.«

»Wer ist denn hier der Detektiv? Wer ist der intelligente Reporter von der *Washington Post?* Ich bin schließlich nur eine kleine Ex-Jurastudentin, die auf dem Vordersitz hingerissen zuschaut, wie Sie operieren.«

Wie wäre es mit den Rücksitzen? hätte er beinahe gesagt. »Und wohin jetzt?«

»Zurück zur Juristischen Fakultät«, sagte sie. »Ich warte im Wagen, während Sie hineingehen und sich Linneys Vorlesungsplan verschaffen.«

»Ja, Madam.«

Jetzt saß ein Student am Schreibtisch im Büro der Registratorin. Gray bat um den Vorlesungsplan von Edward Linney, und der junge Mann machte sich auf die Suche nach der Registratorin. Fünf

Minuten später kam die Registratorin langsam um die Ecke und bedachte ihn mit einem finsteren Blick.

Er produzierte das Lächeln. »Erinnern Sie sich an mich? Gray Grantham von der *Post*. Ich brauche noch einen Vorlesungsplan.«

»Der Dekan hat nein gesagt.«

»Ich denke, der Dekan ist nicht in der Stadt.«

»Ist er auch nicht. Der stellvertretende Dekan hat nein gesagt. Keine weiteren Vorlesungspläne. Sie haben mir schon genug Scherereien eingebracht.«

»Das verstehe ich nicht. Schließlich bitte ich Sie nicht um persönliche Unterlagen.«

»Der stellvertretende Dekan hat nein gesagt.«

»Wo ist der stellvertretende Dekan.«

»Er ist beschäftigt.«

»Ich werde warten. Wo ist sein Büro?«

»Er wird noch sehr lange Zeit beschäftigt sein.«

»Dann warte ich eben sehr lange Zeit.«

Sie baute sich vor ihm auf und verschränkte die Arme. »Er wird die Herausgabe weiterer Vorlesungspläne nicht zulassen. Unsere Studenten haben ein Recht auf ihr Privatleben.«

»Natürlich haben sie das. Was für Scherereien habe ich Ihnen eingebracht?«

»Das werde ich Ihnen sagen.«

»Bitte tun Sie es.«

Der Student verschwand um die Ecke herum.

»Einer der Studenten, mit denen Sie heute morgen gesprochen haben, hat White and Blazevich angerufen, und die haben den stellvertretenden Dekan angerufen, und der stellvertretende Dekan hat mich angerufen und gesagt, daß Reporter keine weiteren Vorlesungspläne erhalten sollen.«

»Weshalb sollte ihnen das etwas ausmachen?«

»Es macht ihnen etwas aus, okay? Wir arbeiten seit langem mit White and Blazevich zusammen. Sie stellen eine Menge von unseren Studenten ein.«

Gray versuchte, erbarmungswürdig und hilflos auszusehen. »Ich versuche ja nur, Edward Linney zu finden. Ich schwöre, er steckt nicht in irgendwelchen Schwierigkeiten. Ich muß ihm nur ein paar Fragen stellen.«

Sie roch einen Sieg. Sie hatte einen Reporter der *Post* in die Schranken verwiesen, und darauf war sie ziemlich stolz. Also bot sie ihm einen Krümel an. »Mr. Linney ist nicht mehr immatrikuliert. Das ist alles, was ich Ihnen sagen kann.«

Er wich zur Tür zurück und murmelte »Danke«.

Er hatte fast seinen Wagen erreicht, als jemand seinen Namen rief. Es war der Student aus der Registratur.

»Mr. Grantham«, sagte er, während er auf ihn zulief. »Ich kenne Edward. Er ist für eine Weile aus dem Studium ausgestiegen. Persönliche Probleme.«

»Wo ist er?«

»Seine Eltern haben ihn in eine Privatklinik gesteckt. Er macht eine Entziehungskur.«

»Wo ist er?«

»In Silver Springs. Im Parklane Hospital.«

»Wie lange ist er schon dort?«

»Ungefähr einen Monat.«

Grantham reichte ihm die Hand. »Danke. Ich werde niemandem verraten, daß Sie es mir gesagt haben.«

»Er steckt doch nicht in Schwierigkeiten, oder?«

»Nein. Mein Ehrenwort.«

Sie hielten bei der Bank an, und Darby verließ sie mit fünfzehntausend Dollar Bargeld. Das viele Geld machte ihr angst. Linney machte ihr angst. Und auch White and Blazevich.

Parklane war eine Entziehungsklinik für die Reichen oder für Leute mit einer teuren Versicherung. Es war ein kleines, von Bäumen umgebenes Gebäude, das ein paar hundert Meter von der Straße entfernt für sich allein stand. Sie kamen zu dem Schluß, daß dies schwierig werden konnte.

Gray betrat als erster das Foyer und fragte die Frau am Empfang nach Edward Linney.

»Er ist einer unserer Patienten«, sagte sie mit amtlicher Stimme.

Er machte von seinem besten Lächeln Gebrauch. »Ja, ich weiß, daß er ein Patient ist. Das hat man mir in der Juristischen Fakultät gesagt. In welchem Zimmer liegt er?«

Darby betrat das Foyer und wanderte zum Wasserbehälter, um dort sehr lange zu trinken.

»Er ist in Zimmer 22, aber Sie dürfen nicht zu ihm.«

»In der Juristischen Fakultät hat man mir gesagt, ich könnte mit ihm reden.«

»Wer sind Sie überhaupt?«

Er war überaus verbindlich. »Gray Grantham von der *Washington Post.* In der Juristischen Fakultät hat man mir gesagt, ich könnte ihm ein paar Fragen stellen.«

»Tut mir leid, daß man Ihnen das gesagt hat. Aber Sie müssen verstehen, Mr. Grantham, für dieses Hospital sind wir verantwortlich.«

Darby griff nach einer Zeitschrift und ließ sich auf einer Couch nieder.

Sein Lächeln verblaßte beträchtlich, aber es war immer noch da. »Das verstehe ich durchaus«, sagte er, noch immer höflich. »Könnte ich mit dem Verwaltungsdirektor sprechen?«

»Weshalb?«

»Weil diese Sache sehr wichtig ist und ich Mr. Linney unbedingt heute noch sprechen muß. Wenn Sie es mir nicht gestatten, dann muß ich mit Ihrem Boß reden. Ich gehe nicht von hier fort, bevor ich mit dem Verwaltungsdirektor gesprochen habe.«

Sie bedachte ihn mit ihrem besten Scheren-Sie-sich-zum-Teufel-Blick. »Einen Moment bitte. Sie können inzwischen Platz nehmen.«

»Danke.«

Sie verschwand, und Gray drehte sich zu Darby um. Er zeigte auf eine Doppeltür, hinter der die einzige Diele zu liegen schien. Sie holte tief Luft, ging schnell hindurch und stand auf einem großen Vorplatz, von dem drei sterile Korridore abzweigten. Ein Messingschild verwies auf Zimmer 18 bis 30. Es war der Mittelflügel des Hospitals, und der Vorplatz war düster und still mit dickem Teppichboden und geblümter Tapete.

Das konnte sie ins Gefängnis bringen. Sie würde von einem großen Wachmann oder einem kräftigen Pfleger überwältigt und in einen verschlossenen Raum gebracht werden, wo die Polizisten nicht gerade sanft mit ihr umgehen würden, wenn sie angekommen waren, und ihr Helfer draußen würde hilflos zusehen, wie man sie in Handschellen abführte. Ihr Name würde in der Zeitung stehen, in der *Post,* und Stummel, sofern er lesen konnte, würde ihn sehen, und dann hatten sie sie.

Als sie an diesen geschlossenen Türen vorbeischlich, schienen die Strände und die Piñas coladas in unerreichbare Ferne gerückt zu sein. Auch die Tür zu Nummer 22 war geschlossen. Auf einem Schild standen die Namen Edward L. Linney und Dr. Wayne McLatchee. Sie klopfte an.

Der Verwaltungsdirektor war noch arroganter als die Frau am Empfang. Aber schließlich bekam er auch mehr Geld. Er erklärte, sie hätten strikte Besuchsregeln. Ihre Patienten wären sehr kranke und labile Leute, und sie müßten sie schützen. Ihre Ärzte, die besten auf ihrem Gebiet, wären, was Besuche bei ihren Patienten anging, sehr streng. Besuche wären nur samstags und sonntags erlaubt, und auch dann nur für sorgfältig ausgewählte Personen, gewöhnlich nur Familienangehörige und enge Freunde, die zu den Patienten durften, und das auch nur für eine halbe Stunde. Sie mußten sehr streng sein.

Dies waren sehr empfindliche Leute, und sie konnten auf gar keinen Fall eine Befragung durch einen Reporter verkraften, ganz gleich, wie schwerwiegend die Umstände auch sein mochten.

Mr. Grantham fragte, wann Mr. Linney entlassen werden würde. Absolut vertraulich, erklärte der Verwaltungsdirektor. Vermutlich dann, wenn die Versicherung abgelaufen war, meinte Mr. Grantham, der redete und hinzögerte und halbwegs damit rechnete, jenseits der Doppeltür laute und wütende Stimmen zu hören.

Die Erwähnung der Versicherung machte den Verwaltungsdirektor ziemlich wütend. Mr. Grantham fragte, ob er, der Verwaltungsdirektor, Mr. Linney fragen könnte, ob er Mr. Grantham zwei Fragen beantworten wollte. Das Ganze würde nicht länger als dreißig Sekunden dauern.

Kommt nicht in Frage, erklärte der Verwaltungsdirektor. Sie hatten sehr strenge Regeln.

Eine Stimme antwortete leise, und sie trat in das Zimmer. Der Teppich war dicker, und die Möbel waren aus Holz. Er saß in Jeans und ohne Hemd auf dem Bett, las in einem dicken Roman und sah sehr gut aus.

»Entschuldigen Sie«, sagte sie herzlich, während sie die Tür hinter sich zumachte.

»Kommen Sie herein«, sagte er mit einem Lächeln. Es war seit zwei Tagen das erste nicht-medizinische Gesicht. Ein wunderschönes Gesicht. Er klappte das Buch zu.

Sie trat ans Fußende des Bettes. »Ich bin Sara Jacobs, und ich arbeite an einer Story für die *Washington Post.*«

»Wie sind Sie hereingekommen?« fragte er.

»Einfach so. Haben Sie im Sommer bei White and Blazevich gearbeitet?«

»Ja, und im vorigen Sommer auch. Sie haben mir einen Job angeboten, wenn ich mit dem Studium fertig bin. Falls ich es abschließe.«

Sie reichte ihm das Foto. »Kennen Sie diesen Mann?«

Er nahm es und lächelte. »Ja. Er heißt – warten Sie einen Moment. Er arbeitet in der Öl- und Gasabteilung im neunten Stock. Wie heißt er doch gleich?«

Darby hielt den Atem an.

Linney schloß die Augen und versuchte nachzudenken. Er betrachtete das Foto, und dann sagte er: »Morgan. Ich glaube, er heißt Morgan. Ja.«

»Sein Zuname ist Morgan?«

»So ist es. Sein Vorname fällt mir im Moment nicht ein. So etwas wie Charles – nein, das ist es nicht. Ich glaube, er fängt mit C an.«

»Und Sie sind sicher, daß er in der Öl- und Gasabteilung arbeitet?« Sie konnte sich zwar nicht an die genaue Zahl erinnern, aber sie war sicher, daß es bei White and Blazevich mehr als nur einen Morgan gab.

»Ja.«

»Im neunten Stock?«

»Ja. Ich habe in der Insolvenzenabteilung im achten Stock gearbeitet, und Öl und Gas nimmt die Hälfte des achten und den ganzen neunten Stock ein.«

Er gab ihr das Foto zurück.

»Wann kommen Sie hier heraus?« fragte sie. Es wäre unhöflich, einfach so aus dem Zimmer zu rennen.

»Nächste Woche, hoffe ich. Was hat dieser Mann getan?«

»Nichts. Wir müssen nur mit ihm reden.« Sie wich vom Bett zurück. »Ich muß weiter. Danke. Und viel Glück.«

»War mir ein Vergnügen.«

Sie machte leise die Tür hinter sich zu und eilte auf das Foyer zu. Die Stimme kam von hinten.

»He, Sie! Was tun Sie hier?«

Darby drehte sich um und stand vor einem hochgewachsenen schwarzen Wachmann mit einer Waffe an der Hüfte. Sie sah sehr schuldbewußt aus.

»Was machen Sie hier?« fragte er abermals, während er sie an die Wand drängte.

»Ich habe meinen Bruder besucht«, sagte sie. »Und schreien Sie mich gefälligst nicht an.«

»Wer ist Ihr Bruder?«

Sie deutete mit einem Kopfnicken auf seine Tür. »Zimmer 22.«

»Jetzt ist keine Besuchszeit. Sie haben hier nichts zu suchen.«

»Es war wichtig. Und ich gehe ja schon, okay?«

Die Tür von Zimmer 22 ging auf, und Linney schaute heraus.

»Ist das Ihre Schwester?« fragte der Wachmann.

Darby flehte mit den Augen.

»Ja, lassen Sie sie in Ruhe. Sie wollte gerade gehen.«

Sie atmete aus und lächelte Linney an. »Mom kommt am Wochenende.«

»Fein«, sagte Linney leise.

Der Wachmann trat zurück, und Darby rannte fast zu der Doppeltür. Grantham hielt dem Verwaltungsdirektor einen Vortrag über die Kosten des Gesundheitswesens. Sie kam durch die Tür, durchquerte das Foyer und hatte schon fast die Eingangstür erreicht, als der Verwaltungsdirektor sie ansprach.

»Miß! Oh, Miß! Darf ich wissen, wie Sie heißen?«

Darby war zur Tür hinaus und eilte zum Wagen. Grantham verabschiedete sich mit einem Achselzucken von dem Verwaltungsdirektor und verließ das Gebäude. Sie stiegen schnell ein.

»Garcias Nachname ist Morgan. Linney hat ihn sofort erkannt, aber es fiel ihm schwer, sich an den Namen zu erinnern. Der Vorname fängt mit C an.« Sie wühlte sich durch ihre Notizen aus dem Martindale-Hubbell. »Er hat gesagt, er arbeitet in der Öl- und Gasabteilung im neunten Stock.«

Grantham fuhr, so schnell er konnte. »Öl und Gas!«

»Das hat er gesagt.« Sie hatte es gefunden. »Curtis D. Morgan, Öl- und Gasabteilung, neunundzwanzig Jahre alt. Es gibt noch einen weiteren Morgan in der Prozeßabteilung, aber der ist Partner und einundfünfzig.«

»Garcia ist Curtis Morgan«, sagte Gray erleichtert. Er sah auf die Uhr. »Es ist Viertel vor vier. Wir müssen uns beeilen.«

»Ich kann es kaum erwarten.«

Rupert entdeckte sie, als sie von der Auffahrt des Parklane abbogen. Er fuhr wie ein Wilder, nur um sie nicht aus den Augen zu verlieren, dann gab er über Funk Bescheid.

37

Matthew Barr hatte noch nie in einem Rennboot gesessen, und nach fünf Stunden knochenzermürbender Fahrt übers Meer war er völlig durchgeweicht und hatte überall Schmerzen. Sein Körper war taub, und als er Land sah, sprach er ein Gebet, das erste seit Jahrzehnten. Dann fuhr er fort, Fletcher Coal alle Übel der Welt an den Hals zu wünschen.

Sie gingen in einem kleinen Jachthafen in der Nähe einer Stadt an Land, von der er glaubte, daß es Freeport war. Als sie Florida verließen, hatte der Kapitän irgend etwas über Freeport zu einem Mann gesagt, der Larry genannt wurde. Sonst war während der ganzen Fahrt kein Wort gesprochen worden. Welche Rolle Larry bei dieser Strapaze spielte, war ihm nicht klar. Er war mindestens einsfünfundneunzig groß und hatte einen gewaltigen Stiernacken, und er tat nichts, als Barr zu beobachten, was ihn anfangs nicht weiter störte, nach fünf Stunden aber ausgesprochen lästig war.

Sie standen steif auf, als das Boot festmachte. Larry stieg als erster aus und bedeutete Barr, ihm zu folgen. Ein weiterer großer und massiger Mann kam auf den Anleger zu, und die beiden eskortierten Barr gemeinsam zu einem wartenden Transporter.

An diesem Punkt hätte Barr seinen neuen Freunden nur zu gern Lebewohl gesagt und wäre einfach in Richtung Freeport verschwunden, um dort in die nächste Maschine nach Washington zu steigen und auf Coal einzuschlagen, sobald er seiner habhaft wurde. Aber er mußte cool bleiben. Sie würden es nicht wagen, ihm etwas anzutun.

Der Transporter hielt nur Augenblicke später auf einem kleinen

Flugplatz, und Barr wurde zu einem schwarzen Lear Jet eskortiert. Er bewunderte die Maschine kurz, bevor er Larry die Treppe hinauf folgte. Er war cool und entspannt; es war nur ein Job wie andere auch. Schließlich war er früher einmal einer der besten CIA-Agenten in Europa gewesen. Er war ein ehemaliger Marineinfanterist. Er konnte selbst auf sich aufpassen.

In der Kabine saß er allein. Die Fenster waren verhängt, und das ärgerte ihn. Aber er verstand es. Mr. Mattiece legte Wert auf Ungestörtheit, und dafür hatte Barr volles Verständnis. Larry und der andere Schwergewichtler hatten sich im vorderen Teil der Kabine niedergelassen, blätterten in Zeitschriften und ignorierten ihn.

Eine halbe Stunde nach dem Start ging der Jet wieder herunter, und Larry trat neben ihn.

»Legen Sie das an«, befahl er und gab ihm ein dickes Tuch zum Verbinden der Augen. An diesem Punkt wäre ein Anfänger in Panik geraten. Ein Amateur hätte angefangen, Fragen zu stellen. Aber Barr waren schon früher die Augen verbunden worden, und obwohl er, was seinen Auftrag anging, schwere Bedenken hatte, nahm er gelassen das Tuch entgegen und verband sich die Augen.

Der Mann, der ihm die Binde abnahm, stellte sich als Emil, Assistent von Mr. Mattiece, vor. Er war ein kleiner, drahtiger Mann mit dunklem Haar und einem kleinen Schnurrbart auf der Oberlippe. Er ließ sich einen Meter entfernt auf einem Stuhl nieder und zündete sich eine Zigarette an.

»Unsere Leute haben uns gesagt, daß Sie legitimiert sind, gewissermaßen«, sagte er mit einem freundlichen Lächeln. Barr sah sich in dem Zimmer um. Es hatte keine Wände, nur aus vielen kleinen Scheiben zusammengesetzte Fenster. Die Sonne war grell und stach ihm in die Augen. Draußen umgab ein üppiger Garten eine Reihe von Springbrunnen und Pools. Sie befanden sich im hinteren Teil eines sehr großen Hauses.

»Ich bin im Auftrag des Präsidenten hier«, sagte Barr.

»Wir glauben Ihnen.« Emil nickte. Er war ganz offensichtlich ein Cajun.

»Darf ich fragen, wer Sie sind?« sagte Barr.

»Ich bin Emil, das reicht. Mr. Mattiece fühlt sich nicht wohl. Vielleicht sollten Sie Ihre Botschaft mir ausrichten.«

»Ich habe Anweisung, mit ihm selbst zu sprechen.«

»Anweisung von Mr. Coal, nehme ich an.« Emil hörte keine Sekunde auf zu lächeln.

»So ist es.«

»Ich verstehe. Mr. Mattiece zieht es vor, Sie nicht zu empfangen. Er möchte, daß Sie mit mir reden.«

Barr schüttelte den Kopf. Falls es hart auf hart gehen sollte, wenn ihm die Dinge aus der Hand glitten, dann würde er mit Emil reden, wenn es unbedingt sein mußte. Aber fürs erste gedachte er, fest zu bleiben.

»Ich bin nicht befugt, mit irgend jemandem außer Mr. Mattiece zu reden«, erklärte Barr.

Das Lächeln verschwand fast völlig. Emil deutete über die Pools und Springbrunnen hinweg auf ein großes, pavillonähnliches Gebäude mit Fenstern vom Boden bis zur Decke, das umgeben war von Reihen säuberlich beschnittener Sträucher und Blumen. »Mr. Mattiece ist in seinem Pavillon. Folgen Sie mir.«

Sie verließen das Sonnenzimmer und gingen langsam um einen flachen Pool herum. Barr hatte einen dicken Knoten im Bauch, aber er folgte seinem kleinen Freund, als wäre dies nichts als ein weiterer Tag im Büro. Von irgendwoher kam das Plätschern fallenden Wassers. Zu dem Pavillon führte ein schmaler Steg. Sie blieben vor der Tür stehen.

»Ziehen Sie bitte die Schuhe aus«, sagte Emil mit einem Lächeln. Emil war barfuß. Barr zog die Schuhe aus.

»Treten Sie nicht auf die Handtücher«, sagte Emil ernst.

Die Handtücher?

Emil öffnete die Tür für Barr, der allein eintrat. Der Raum war kreisrund und hatte einen Durchmesser von ungefähr fünfzehn Metern. Darin standen drei Sessel und eine Couch, alle mit weißen Laken abgedeckt. Dicke Frotteehandtücher lagen auf dem Fußboden und bildeten kleine Pfade durch den Raum. Die Sonne schien grell durch Oberlichter. Eine Tür ging auf, und Mr. Mattiece kam aus einem kleinen Nebenzimmer.

Barr erstarrte und glotzte den Mann an. Er war dürr und hager, mit langem grauem Haar und einem schmutzigen Bart. Er hatte nichts an außer einer weißen Turnhose und wanderte über die Handtücher, ohne Barr anzusehen.

»Setzen Sie sich dorthin«, sagte er und deutete auf einen Sessel. »Treten Sie nicht auf die Handtücher.«

Barr vermied die Handtücher und setzte sich. Mattiece drehte ihm den Rücken zu und schaute aus dem Fenster. Seine Haut war lederig und dunkel bronzefarben. Seine nackten Füße waren von häßlichen Adern durchzogen. Die Zehennägel waren lang und gelb. Er war völlig verrückt.

»Was wollen Sie?« fragte er, zum Fenster gewandt.

»Der Präsident schickt mich.«

»Tut er nicht. Fletcher Coal hat Sie geschickt. Der Präsident weiß überhaupt nicht, daß Sie hier sind.«

Vielleicht war er doch nicht verrückt. Er sprach, ohne einen Muskel in seinem Körper zu bewegen.

»Fletcher Coal ist der Stabschef des Präsidenten. Er hat mich geschickt.«

»Ich weiß Bescheid über Coal. Und ich weiß Bescheid über Sie. Und über Ihre kleine Organisation. Also, was wollen Sie?«

»Information.«

»Halten Sie mich nicht zum Narren. Was wollen Sie?«

»Haben Sie die Pelikan-Akte gelesen?« fragte Barr.

Der dürre Körper bewegte sich nicht. »Haben Sie sie gelesen?«

»Ja«, erwiderte Barr schnell.

»Glauben Sie, daß stimmt, was darin steht?«

»Es könnte sein. Deshalb bin ich hier.«

»Weshalb macht sich Mr. Coal wegen dieser Akte so viele Gedanken?«

»Weil zwei Reporter Wind davon bekommen haben. Und wenn es stimmt, dann müssen wir es sofort wissen.«

»Wer sind diese Reporter?«

»Gray Grantham von der *Washington Post*. Er hat als erster davon erfahren. Er weiß mehr als alle anderen, und er versucht, noch mehr herauszubekommen. Mr. Coal glaubt, daß er im Begriff ist, etwas zu veröffentlichen.«

»Den können wir aus dem Weg räumen«, sagte Mattiece zu den Fenstern. »Wer ist der andere?«

»Rifkin von der *Times*.«

Mattiece hatte sich noch immer nicht bewegt. Barr ließ den Blick über die Laken und die Handtücher schweifen. Ja, er mußte verrückt sein. Der Raum war sterilisiert und roch nach Franzbranntwein. Vielleicht war er krank.

»Glaubt Mr. Coal, daß stimmt, was darin steht?«

»Ich weiß es nicht. Er macht sich große Sorgen. Deshalb bin ich hier, Mr. Mattiece. Wir müssen es wissen.«

»Was ist, wenn es stimmt?«

»Dann haben wir Probleme.«

Endlich bewegte sich Mattiece. Er verlagerte sein Gewicht auf das rechte Bein und verschränkte die Arme vor der schmalen Brust. Aber seine Augen bewegten sich nicht. In der Ferne gab es Sanddünen und Strandhafer, aber nicht das Meer.

»Wissen Sie, was ich glaube?« sagte er leise.

»Was?«

»Ich glaube, Coal ist das Problem. Er hat die Akte zu vielen Leuten gegeben. Er hat sie der CIA gegeben. Er hat zugelassen, daß Sie sie lesen. Das gefällt mir ganz und gar nicht.«

Darauf fiel Barr keine Erwiderung ein. Es war lächerlich, davon auszugehen, daß Coal das Dossier verbreiten wollte. Das Problem sind Sie, Mr. Mattiece. Sie haben die Richter ermordet. Sie sind in Panik geraten und haben Callahan umgebracht. Sie sind der gierige Mistkerl, der nicht bereit war, sich mit lumpigen fünfzig Millionen zufriedenzugeben.

Mattiece drehte sich langsam um und sah Barr an. Die Augen waren dunkel und rot. Er hatte nicht die geringste Ähnlichkeit mit dem Foto, auf dem er mit dem Vizepräsidenten zu sehen war, aber das lag sieben Jahre zurück. In den letzten sieben Jahren war er um zwanzig Jahre gealtert, und vielleicht hatte er irgendwann in dieser Zeit die Grenze des Irrsinns überschritten.

»Das ist die Schuld von euch Clowns in Washington«, sagte er, jetzt etwas lauter.

Barr konnte ihn nicht ansehen. »Stimmt es, Mr. Mattiece? Das ist alles, was ich wissen möchte.«

Hinter Barr wurde lautlos eine Tür geöffnet. Larry, in Socken und den Handtüchern ausweichend, schob sich zwei Schritte vor und blieb dann stehen.

Mattiece ging auf den Handtüchern zu einer Glastür und öffnete sie. Er schaute hinaus und sagte leise: »Natürlich stimmt es.« Er trat durch die Tür und machte sie langsam hinter sich zu. Barr sah zu, wie der Irre auf einem Pfad, der zu den Dünen führte, davonschlurfte.

Was nun? dachte er. Vielleicht würde Emil kommen und ihn abholen. Vielleicht.

Larry näherte sich mit einem Seil, und Barr hörte und spürte nichts, bevor es zu spät war. Mattiece wollte kein Blut in seinem Pavillon, also brach Larry ihm einfach das Genick und preßte seinen Hals zusammen, bis es vorüber war.

38

Der Schlachtplan sah vor, daß sie an diesem Punkt ihrer Suche in diesem Fahrstuhl zu stehen hatte, aber wie sie es sah, waren so viele unerwartete Ereignisse eingetreten, daß eine Änderung des Schlachtplans angezeigt gewesen wäre. Er war nicht dieser Meinung. Es hatte eine eingehende Debatte über diese Fahrt im Fahrstuhl gegeben, und nun stand sie darin. Er hatte recht: Es war der kürzeste Weg zu Curtis Morgan. Und sie hatte auch recht: Es war ein gefährlicher Weg zu Curtis Morgan. Aber die anderen Wege waren nicht weniger gefährlich. Der ganze Schlachtplan war mörderisch. Sie trug ihr einziges Kleid und ihre einzigen Schuhe mit hohen Absätzen. Gray sagte, sie sähe sehr gut aus, aber das war zu erwarten gewesen. Der Fahrstuhl hielt im neunten Stock, und als sie heraustrat, hatte sie Magenkrämpfe und konnte kaum atmen.

Zum Empfang mußte sie ein elegantes Foyer durchqueren. An der Wand prangte in großen, dicken Messingbuchstaben der Name WHITE AND BLAZEVICH. Ihre Knie waren weich, aber sie schaffte es bis zu der Frau am Empfang, die freundlich lächelte. Es war zehn vor fünf.

»Kann ich Ihnen helfen?« fragte sie. Dem Namensschild zufolge hieß sie Peggy Young.

»Ja«, brachte Darby nach einem Räuspern heraus. »Ich bin um fünf Uhr mit Curtis Morgan verabredet. Mein Name ist Dorothy Blythe.«

Die Frau war fassungslos. Ihr Unterkiefer sackte herab, und sie starrte Darby, jetzt Dorothy, an. Sie konnte nicht sprechen.

Darby blieb das Herz stehen. »Fehlt Ihnen etwas?«

»Äh – nein. Entschuldigung. Einen Augenblick bitte.« Peggy Young stand schnell auf und verschwand.

Hau ab! Ihr Herz dröhnte wie eine Trommel. Hau ab! Sie versuchte, ihre Atmung zu kontrollieren, aber sie mußte gegen Hyperventilation ankämpfen. Ihre Beine fühlten sich an, als wären sie aus Gummi. Hau ab!

Sie sah sich um, versuchte, so gelassen zu wirken, als wäre sie nichts als eine Mandantin, die auf ihren Anwalt wartet. Bestimmt würde man sie nicht hier im Foyer einer Anwaltskanzlei niederschießen.

Er kam zuerst, gefolgt von der Empfangsdame. Er war ungefähr fünfzig, mit buschigem grauen Haar und gräßlich finsterer Miene. »Hi«, sagte er, aber nur, weil er es mußte. »Ich bin Jarreld Schwabe, ein Partner hier. Sie sagen, Sie hätten eine Verabredung mit Curtis Morgan?«

Bleib dabei. »Ja. Um fünf. Gibt es ein Problem?«

»Und Ihr Name ist Dorothy Blythe?«

Ja, aber Sie können mich Dot nennen. »Ja, das habe ich bereits gesagt. Was ist los?« Sie hörte sich an, als wäre sie echt verärgert. Er rückte näher an sie heran. »Wann haben Sie die Verabredung getroffen?«

»Ich weiß es nicht mehr so genau. Vor ungefähr zwei Wochen. Ich habe Curtis auf einer Party in Georgetown kennengelernt. Er hat mir erzählt, daß er Öl- und Gas-Anwalt ist, und zufällig brauche ich einen solchen Anwalt. Deshalb rief ich hier an und vereinbarte eine Zusammenkunft. Und nun sagen Sie mir bitte, was hier vorgeht?« Sie war erstaunt, wie gut diese Worte aus ihrem trockenen Mund herauskamen.

»Wozu brauchen Sie einen Öl- und Gas-Anwalt?«

»Ich glaube nicht, daß Sie das etwas angeht«, sagte sie, und es klang ziemlich bissig.

Die Fahrstuhltür ging auf, und ein Mann in einem billigen Anzug kam rasch herbei, um dem Gespräch folgen zu können. Darby warf ihm einen finsteren Blick zu. Ihre Beine konnten jede Sekunde ihren Dienst versagen.

Schwabe war unerbittlich. »In unseren Unterlagen steht nichts von einer solchen Verabredung.«

»Dann feuern Sie die Sekretärin, die den Terminkalender führt. Werden bei Ihnen alle neuen Mandanten auf diese Art empfangen?« Oh, sie war empört, aber Schwabe ließ nicht locker.

»Sie können Curtis Morgan nicht sehen«, sagte er.

»Und weshalb nicht?« wollte sie wissen.

»Er ist tot.«

Ihre Knie waren butterweich und im Begriff nachzugeben. Ein heftiger Schmerz schoß durch ihren Magen. Aber, dachte sie schnell, es war völlig in Ordnung, wenn sie schockiert wirkte. Schließlich hätte er ihr neuer Anwalt sein sollen.

»Das tut mir leid. Weshalb hat mich niemand angerufen?«

Schwabe war noch immer argwöhnisch. »Wie ich schon sagte, haben wir keine Unterlagen über eine Dorothy Blythe.«

»Was ist mit ihm passiert?« fragte sie fassungslos.

»Er wurde vor einer Woche überfallen und niedergeschossen. Vermutlich von einem Straßenräuber.«

Der Mann in dem billigen Anzug kam einen Schritt näher. »Können Sie sich irgendwie ausweisen?«

»Wer, zum Teufel, sind Sie?« fuhr sie ihn laut an.

»Er gehört zum Sicherheitsdienst«, sagte Schwabe.

»Was gibt es hier zu sichern?« fragte sie sogar noch lauter. »Ist das hier eine Anwaltskanzlei oder ein Gefängnis?«

Der Partner sah den Mann in dem billigen Anzug an, und es war offensichtlich, daß keiner von beiden so recht wußte, was er in dieser Situation tun sollte. Sie sah sehr gut aus, sie hatten sie verärgert, und ihre Geschichte klang irgendwie glaubhaft. Sie entspannten sich ein wenig.

»Vielleicht sollten Sie lieber gehen, Ms. Blythe«, sagte Schwabe.

»Mit Vergnügen!«

Der Wachmann wollte ihr helfen. »Hier entlang«, sagte er.

Sie schob ihn beiseite. »Wenn Sie mich anrühren, wird morgen früh meine erste Handlung darin bestehen, daß ich Sie verklage. Gehen Sie mir aus dem Weg!«

Das erschütterte sie ein wenig. Sie war wütend und schlug um sich. Vielleicht waren sie ein bißchen zu hart.

»Ich begleite Sie hinunter«, sagte der Wachmann.

»Ich finde allein hinaus. Mich wundert nur, daß Sie überhaupt noch Mandanten haben.« Sie bewegte sich rückwärts. Ihr Gesicht war gerötet, aber nicht vor Wut. Es war Angst. »Ich habe Anwälte in vier Staaten und bin noch nie so behandelt worden«, schrie sie sie an. Sie war in der Mitte des Foyers. »Voriges Jahr habe ich eine halbe Million Anwaltskosten bezahlt, und dieses Jahr wird es eine ganze Million sein, aber dieser Laden hier wird keinen Cent davon sehen.« Je näher sie dem Fahrstuhl kam, desto lauter schrie sie. Sie sahen ihr nach, bis sich die Fahrstuhltür geschlossen hatte und sie verschwunden war.

Gray wanderte mit dem Telefon in der Hand am Fußende des Bettes herum und wartete auf Smith Keen. Darby hatte sich auf dem Bett ausgestreckt und die Augen geschlossen.

Gray blieb stehen. »Hallo, Smith. Ich möchte, daß Sie ganz schnell etwas überprüfen.«

»Wo sind Sie?« fragte Keen.

»In einem Hotel. Gehen Sie sechs oder sieben Tage zurück. Ich brauche die Todesanzeige von Curtis D. Morgan.«

»Wer ist das?«

»Garcia.«

»Garcia! Was ist mit Garcia passiert?«

»Er ist offensichtlich tot. Von Straßenräubern erschossen.«

»Daran erinnere ich mich. Wir haben vorige Woche einen Bericht über einen jungen Anwalt gebracht, der ausgeraubt und erschossen wurde.«

»Das muß er gewesen sein. Können Sie für mich nachsehen? Ich brauche den Namen und die Adresse seiner Frau, falls wir sie haben.«

»Wie haben Sie ihn gefunden?«

»Das ist eine lange Geschichte. Wir wollen versuchen, noch heute abend mit seiner Witwe zu sprechen.«

»Garcia ist tot. Mann, das ist gespenstisch.«

»Das ist mehr als gespenstisch. Der Mann hat etwas gewußt, und sie haben ihn um die Ecke gebracht.«

»Und Sie – sind Sie in Sicherheit?«

»Wer weiß?«

»Wo ist die Frau?«

»Hier bei mir.«

»Was ist, wenn sie sein Haus beobachten?«

Daran hatte Gray noch nicht gedacht. »Das Risiko müssen wir eingehen. Ich rufe in einer Viertelstunde wieder an.«

Er stellte das Telefon auf den Fußboden und setzte sich in einen alten Schaukelstuhl. Auf dem Tisch stand warmes Bier, und er nahm einen großen Schluck. Er betrachtete sie. Ein Unterarm bedeckte beide Augen. Sie trug jetzt Jeans und ein Sweatshirt. Das Kleid hatte sie in eine Ecke geworfen, die Schuhe mit den hohen Absätzen von sich geschleudert.

»Sind Sie okay?« fragte er leise.

»Mir geht es wunderbar.«

Sie war ungeheuer schlagfertig, und das gefiel ihm. Natürlich, sie war fast Anwältin, und vermutlich wurde ihnen an der Universität Schlagfertigkeit beigebracht. Er trank Bier und bewunderte die Jeans. Er genoß es, sie anstarren zu können, ohne dabei erwischt zu werden.

»Starren Sie mich an?« fragte sie.

»Ja.«

»Sex ist das letzte, was mich im Moment interessiert.«

»Warum erwähnen Sie es dann?«

»Weil ich das Gefühl habe, daß es Sie nach meinen roten Zehennägeln gelüstet.«

»Stimmt.«

»Ich habe Kopfschmerzen. Hundsgemeine Kopfschmerzen.«

»Die haben Sie sich redlich erarbeitet. Kann ich Ihnen irgend etwas bringen?«

»Ja. Ein Ticket nach Jamaika.«

»Sie können noch heute abend abreisen. Ich bringe Sie gleich jetzt zum Flughafen.«

Sie nahm den Unterarm von den Augen und massierte ihre Schläfen. »Tut mir leid, daß ich geweint habe.«

Er leerte die Bierdose. »Sie haben sich das Recht dazu verdient.« Ihr Gesicht war tränenüberströmt gewesen, als sie aus dem Fahrstuhl trat. Er wartete auf sie wie ein werdender Vater, nur daß er eine .38er in der Tasche hatte – eine .38er, von der sie nichts wußte.

»Nun, was halten Sie von der Arbeit eines recherchierenden Reporters?« fragte er.

»Ich würde lieber Schweine schlachten.«

»Nun, ehrlich gesagt, nicht jeder Tag ist so ereignisreich. An manchen Tagen sitze ich nur an meinem Schreibtisch und rufe Hunderte von Bürokraten an, die mir alle nichts sagen.«

»Hört sich großartig an. Lassen Sie uns das morgen tun.«

Er streifte seine Schuhe ab und legte die Füße aufs Bett. Sie schloß die Augen und atmete tief. Minuten vergingen ohne ein weiteres Wort.

»Haben Sie gewußt, daß man Louisiana den Pelikan-Staat nennt?« fragte sie mit geschlossenen Augen.

»Nein, das habe ich nicht gewußt.«

»Im Grunde ist es eine Schande, weil die Braunpelikane Anfang der 60er Jahre praktisch ausgerottet wurden.«

»Was passierte mit ihnen?«

»Pestizide. Sie fressen nur Fische, und die Fische leben in Flußwasser voll von Pestiziden. Der Regen spült die Pestizide vom Land in kleine Bäche, und von dort gelangen sie in größere Flüsse und schließlich in den Mississippi. Wenn dann die Pelikane in Louisiana die Fische fressen, sind sie voll von DDT und anderen Chemikalien, die sich im Fettgewebe der Vögel ablagern. Das führt nur selten sofort zu ihrem Tod. Aber in Streßzeiten, zum Beispiel bei Nahrungsknappheit oder schlechtem Wetter, sind die Pelikane und Adler und Kormorane gezwungen, auf ihre Reserven zurückzugreifen. Dabei werden sie buchstäblich von ihrem eigenen Fett vergiftet. Wenn sie nicht daran sterben, sind sie in der Regel unfähig, sich fortzupflanzen. Die Schalen ihrer Eier sind so dünn und empfindlich, daß sie beim Bebrüten zerbrechen. Haben Sie das gewußt?«

»Woher sollte ich das wissen?«

»Ende der sechziger Jahre hat man in Louisiana damit begonnen, Braunpelikane aus Südflorida anzusiedeln, und im Lauf der Jahre hat sich die Population langsam wieder vergrößert. Aber die Vögel sind nach wie vor stark gefährdet. Vor vierzig Jahren gab es Tausende von ihnen. Die Zypressensümpfe, die Mattiece vernichten möchte, sind die Heimat von nur ein paar Dutzend Pelikanen.«

Gray dachte über diese Dinge nach. Sie schwieg lange Zeit.

»Welchen Tag haben wir heute?« fragte sie schließlich, ohne die Augen zu öffnen.

»Montag.«

»Heute vor einer Woche habe ich New Orleans verlassen. Heute vor zwei Wochen haben Thomas und Verheek zusammen gegessen.

Und das war der schicksalsträchtige Moment, in dem das Pelikan-Dossier weitergegeben wurde.«

»Morgen ist es drei Wochen her, daß Rosenberg und Jensen ermordet wurden.«

»Ich war eine unschuldige kleine Jurastudentin, die sich um ihre eigenen Angelegenheiten kümmerte und ein wundervolles Verhältnis mit ihrem Professor hatte. Aber diese Zeiten sind vermutlich vorbei.«

Mit dem Studium und dem Professor ist sicherlich Schluß, dachte er. »Wie sehen Ihre weiteren Pläne aus?«

»Ich habe keine. Ich versuche nur, aus dieser verdammten Sache herauszukommen und am Leben zu bleiben. Ich werde irgendwohin verschwinden und mich ein paar Monate verstecken, vielleicht auch ein paar Jahre. Ich habe genug Geld, um mich längere Zeit über Wasser zu halten. Wenn ich an dem Punkt angelangt bin, an dem ich nicht mehr über die Schulter sehe, falls das jemals wieder der Fall sein sollte, komme ich vielleicht zurück.«

»An die Universität?«

»Nein. Die Juristerei hat ihren Reiz verloren.«

»Weshalb wollten Sie Anwältin werden?«

»Aus Idealismus und wegen des Geldes. Ich dachte, ich könnte die Welt verändern und dafür bezahlt werden.«

»Aber es gibt doch ohnehin schon so verdammt viele Anwälte. Weshalb strömen all diese intelligenten jungen Leute in die Juristischen Fakultäten?«

»Ganz einfach. Es ist Habgier. Sie wollen BMWs und goldene Kreditkarten. Wenn man an eine gute Universität geht, unter den ersten zehn Prozent abschließt und einen Job bei einer großen Firma bekommt, dann hat man nach ein paar Jahren ein sechsstelliges Gehalt, und von da an geht es ständig aufwärts. Das ist garantiert. Im Alter von fünfunddreißig kann man schon ein Partner sein, der mindestens zweihunderttausend im Jahr einsackt. Manche verdienen noch viel mehr.«

»Und was ist mit den anderen neunzig Prozent?«

»Für die sieht es weniger rosig aus. Sie müssen sich mit dem begnügen, was übrigbleibt.«

»Die meisten Anwälte, die ich kenne, hassen ihren Beruf. Sie würden lieber etwas anderes tun.«

»Aber sie können nicht ausscheiden, wegen dem Geld. Sogar ein lausiger Anwalt in einer kleinen Kanzlei kann nach zehn Jahren Praxis an die hunderttausend im Jahr verdienen. Vielleicht hassen sie ihren Beruf, aber wo sonst könnten sie so viel Geld scheffeln?«

»Ich verabscheue Anwälte.«

»Und vermutlich glauben Sie, daß Reporter angebetet werden.«

Gutes Argument. Gray sah auf die Uhr, dann griff er zum Telefon. Er wählte Keens Nummer. Keen las ihm die Todesanzeige vor und die *Post*-Story über den sinnlosen Straßenmord an dem jungen Anwalt. Gray machte sich Notizen. »Noch ein paar Dinge«, sagte Keen. »Feldman macht sich große Sorgen um Ihre Sicherheit. Er hat damit gerechnet, heute in seinem Büro von Ihnen informiert zu werden, und war stocksauer, weil er nichts von Ihnen gehört hat. Sehen Sie zu, daß Sie ihm morgen vormittag Bericht erstatten. Verstanden?«

»Ich werde es versuchen.«

»Versuchen reicht nicht, Gray. Wir sind alle sehr nervös.«

»Die *Times* ist uns auf den Fersen, stimmt's?«

»Es ist nicht die *Times*, die mir im Augenblick Sorgen macht. Ich mache mir wesentlich mehr Sorgen um Sie und die Frau.«

»Uns geht's gut. Es ist alles in bester Ordnung. Was haben Sie sonst noch?«

»In den letzten beiden Stunden sind drei Anrufe für Sie eingegangen, von einem Mann namens Cleve. Sagt, er wäre Polizist. Kennen Sie ihn?«

»Ja.«

»Nun, er möchte Sie heute abend sprechen. Sagt, es wäre dringend.«

»Ich rufe ihn nachher an.«

»Okay. Aber seien Sie vorsichtig. Wir sind noch bis spät abends hier, also melden Sie sich.«

Gray legte auf und betrachtete seine Notizen. Es war kurz vor sieben. »Ich fahre zu Mrs. Morgan. Und ich möchte, daß Sie hierbleiben.«

Sie setzte sich auf und legte die Arme um die Knie. »Ich möchte mitkommen.«

»Was ist, wenn sie das Haus beobachten?« fragte er.

»Weshalb sollten sie das Haus beobachten? Er ist tot.«

»Vielleicht sind sie jetzt argwöhnisch, weil heute eine mysteriöse Mandantin aufgetaucht ist und nach ihm gefragt hat. Obwohl er tot ist, erregt er Aufmerksamkeit.«

Sie dachte eine Minute darüber nach. »Nein. Ich komme mit.«

»Es ist zu riskant, Darby.«

»Kommen Sie mir nicht mit Risiken. Ich habe zwölf Tage in den Minenfeldern überlebt. Das hier ist ein Kinderspiel.«

Er wartete an der Tür auf sie. »Übrigens, wo soll ich heute übernachten?«

»Im Jefferson Hotel.«

»Haben Sie die Telefonnummer?«

»Was dachten Sie denn?«

»Dumme Frage.«

Der Privatjet mit Edwin Sneller an Bord landete ein paar Minuten nach sieben auf dem National Airport in Washington. Er war froh gewesen, New York verlassen zu können. Er hatte sechs Tage dort verbracht und ausschließlich in seiner Suite im Plaza Hotel herumgesessen. Fast eine Woche lang hatten seine Männer Hotels überprüft, Flughäfen beobachtet und auf den Straßen patrouilliert, und sie wußten verdammt gut, daß sie nur ihre Zeit vergeudeten. Aber Befehl war Befehl. Sie waren angewiesen worden, zu bleiben, bis sich irgend etwas tat und sie woanders weitermachen konnten. Der Versuch, die Frau in Manhattan zu finden, war absurd, aber sie mußten in der Nähe bleiben für den Fall, daß sie einen Fehler machte wie einen Telefonanruf oder eine Kreditkarten-Transaktion, durch die man ihr auf die Spur kommen konnte. Dann wurden sie gebraucht.

Sie hatte keinen Fehler gemacht bis halb drei an diesem Nachmittag, als sie Geld brauchte und zur Bank ging. Sie wußten, daß dies passieren würde, zumal wenn sie vorhatte, das Land zu verlassen, und davor zurückscheute, Plastikgeld zu benutzen. Irgendwann würde sie Geld brauchen, und es mußte überwiesen werden – ihre Bank war in New Orleans und sie nicht. Snellers Auftraggeber gehörten acht Prozent der Bank, nicht gerade viel, aber ein hübscher Zwölf-Millionen-Dollar-Anteil, mit dem sich einiges bewirken ließ. Kurz nach drei hatte er einen Anruf aus Freeport erhalten.

Sie hatten nicht damit gerechnet, daß sie in Washington sein würde. Sie war eine schlaue Person, die vor Schwierigkeiten davonlief, nicht mitten hinein. Und sie hatten schon gar nicht damit gerechnet, daß sie sich mit dem Reporter zusammentun würde. Auf die Idee waren sie nicht gekommen, aber jetzt kam es ihnen logisch vor. Und das war schlimmer als nur bedenklich.

Fünfzehntausend wanderten von ihrem Konto auf seines, und schon war Sneller wieder im Geschäft. Er hatte zwei Männer bei sich. Ein weiterer Privatjet war von Miami aus unterwegs. Er hatte sofort ein Dutzend Männer angefordert. Es würde ein schneller Job sein oder überhaupt keiner. Sie durften keine Sekunde verlieren.

Sneller hatte keine großen Hoffnungen. Mit Khamel im Team war offensichtlich alles möglich gewesen. Er hatte Rosenberg und Jensen sauber umgebracht und war dann verschwunden, ohne eine Spur zu hinterlassen. Jetzt war er tot, in den Kopf geschossen wegen einer kleinen Jurastudentin.

Das Haus der Morgans lag in einem hübschen Vorort in Alexandria. Hier wohnten nur junge, wohlhabende Leute, und vor jedem Haus standen Fahrräder und Dreiräder.

Drei Wagen parkten in der Auffahrt. Einer davon hatte Ohio-Kennzeichen. Gray läutete und beobachtete die Straße. Nichts Verdächtiges.

Ein älterer Mann machte die Tür einen Spaltbreit auf. »Ja?« sagte er leise.

»Ich bin Gray Grantham von der *Washington Post*, und dies ist meine Assistentin Sara Jacobs.« Darby zwang sich zu einem Lächeln. »Wir hätten gern mit Mrs. Morgan gesprochen.«

»Ich glaube nicht, daß sich das machen läßt.«

»Bitte. Es ist sehr wichtig.«

Er musterte sie eingehend. »Warten Sie einen Moment.« Er schloß die Tür und verschwand.

Das Haus hatte eine schmale, überdachte hölzerne Veranda. Sie standen im Schatten und konnten von der Straße aus nicht gesehen werden. Ein Wagen fuhr langsam vorüber.

Er machte die Tür wieder auf. »Ich bin Tom Kupcheck, ihr Vater, und sie möchte mit niemandem reden.«

Gray nickte, als hätte er dafür volles Verständnis. »Es würde keine fünf Minuten dauern, das verspreche ich.«

Er kam auf die Veranda und machte die Tür hinter sich zu. »Sie scheinen schwerhörig zu sein. Ich sagte, sie möchte mit niemandem reden.«

»Ich habe gehört, was Sie sagten, Mr. Kupcheck. Ich weiß, was sie durchgemacht hat, und ich respektiere ihr Privatleben.«

»Seit wann respektiert ihr Reporter irgend jemandes Privatleben?«

Offensichtlich hatte Mr. Kupcheck eine sehr kurze Leitung. Und sie war nahe daran durchzubrennen.

Gray blieb ruhig. Darby wich zurück. Für einen Tag hatte sie genug Wortwechsel gehabt.

»Ihr Mann hat mich vor seinem Tod dreimal angerufen. Ich habe am Telefon mit ihm gesprochen, und ich glaube nicht, daß sein Tod ein Zufall war und daß er von einem Straßenräuber umgebracht wurde.«

»Er ist tot. Meine Tochter ist mit ihren Nerven am Ende. Sie will mit niemandem reden. Und nun verschwinden Sie.«

»Mr. Kupcheck«, sagte Darby eindringlich, »wir haben Grund zu der Annahme, daß Ihr Schwiegersohn Zeuge einer organisierten kriminellen Aktivität war.«

Das machte ihn etwas ruhiger, und er musterte Darby. »Ach, wirklich? Aber ihm können Sie keine Fragen mehr stellen. Und meine Tochter weiß von nichts. Sie hatte einen schlechten Tag und hat Medikamente bekommen. Also gehen Sie bitte.«

»Können wir sie morgen sprechen?« fragte Darby.

»Das bezweifle ich. Rufen Sie vorher an.«

Gray reichte ihm eine Visitenkarte. »Wenn Sie reden möchte, soll sie mich unter der Nummer auf der Rückseite anrufen. Ich wohne zur Zeit in einem Hotel. Ich rufe morgen gegen Mittag wieder an.«

»Tun Sie das. Aber jetzt verschwinden Sie. Sie haben sie schon jetzt aufgeregt.«

»Das tut mir leid«, sagte Gray, während er die Veranda verließ. Mr. Kupcheck öffnete die Tür, beobachtete aber ihr Fortgehen. Gray drehte sich zu ihm um. »War irgendein anderer Reporter bei Ihnen, oder hat jemand angerufen?«

»Einen Tag, nachdem er umgebracht wurde, hat ein ganzer Haufen angerufen. Sie wollten alles mögliche wissen. Unverschämte Bande.«

»Aber keiner in den letzten paar Tagen?«

»Nein. Und jetzt verschwinden Sie endlich.«

»Jemand von der *New York Times*?«

»Nein.« Er trat ins Haus und knallte die Tür zu.

Sie eilten zu dem vier Häuser weiter geparkten Wagen. Auf der Straße herrschte keinerlei Verkehr. Gray fuhr kreuz und quer durch die kurzen Vorortstraßen und bahnte sich im Zickzack seinen Weg aus dem Viertel heraus. Er schaute unablässig in den Rückspiegel, bis er ganz sicher war, daß sie nicht verfolgt wurden.

»Ende der Spur Garcia«, sagte Darby, als sie auf die 395 einbogen und auf die Innenstadt zufuhren.

»Noch nicht. Wir unternehmen morgen noch einen letzten verzweifelten Versuch, und vielleicht können wir dann mit ihr reden.«

»Wenn sie etwas wüßte, hätte sie es ihrem Vater gesagt. Und wenn ihr Vater Bescheid wüßte, wäre er nicht so unkooperativ gewesen. Da ist nichts zu holen, Gray.«

Das leuchtete ein. Sie fuhren ein paar Minuten schweigend weiter. Die Erschöpfung setzte ein.

»Wir können in einer Viertelstunde am Flughafen sein«, sagte er. »Ich setze Sie dort ab, und in einer halben Stunde können Sie abfliegen. Nehmen Sie die nächste Maschine, ganz gleich wohin. Hauptsache, Sie verschwinden.«

»Ich fliege morgen ab. Ich brauche ein bißchen Ruhe, und ich möchte darüber nachdenken, wo ich hin will. Danke.«

»Fühlen Sie sich sicher?«

»Im Augenblick, ja. Aber das kann sich von einer Sekunde auf die andere ändern.«

»Ich könnte heute nacht in Ihrem Zimmer schlafen. Genau wie in New York.«

»In New York haben Sie nicht in meinem Zimmer geschlafen, sondern auf einer Couch im Wohnzimmer.« Sie lächelte, und das war ein gutes Zeichen.

Er lächelte ebenfalls. »Okay. Dann schlafe ich heute nacht eben im Wohnzimmer.«

»Ich habe kein Wohnzimmer.«

»Und wo kann ich dann schlafen?«

Plötzlich lächelte sie nicht mehr. Sie biß sich auf die Lippe, und ihre Augen füllten sich mit Tränen. Er war zu schnell vorgeprescht. Es war wieder Callahan.

»Ich bin einfach noch nicht so weit.«

»Und wann werden Sie so weit sein?«

»Gray, bitte. Lassen wir das.«

Sie beobachtete den Verkehr vor ihnen und schwieg. »Es tut mir leid«, sagte er.

Langsam ließ sie sich auf den Sitz sinken und legte den Kopf in seinen Schoß. Er rieb sanft ihre Schulter, und sie umklammerte seine Hand.

»Ich habe fürchterliche Angst«, sagte sie leise.

39

Er hatte ihr Zimmer gegen zehn verlassen, nach einer Flasche Wein. Er hatte Mason Paypur angerufen, den Nacht-Polizeireporter der *Post*, und ihn gebeten, sich bei seinen Informanten über den Mord an Morgan zu erkundigen. Es war in der Innenstadt passiert, in einer Gegend, die nicht für Morde berüchtigt war und in der nur gelegentlich jemand überfallen und verprügelt wurde.

Er war müde und mutlos. Und unglücklich, weil sie morgen abreisen würde. Die *Post* schuldete ihm sechs Wochen Urlaub, und er war versucht, sie zu begleiten. Mattiece konnte sein Öl haben. Aber er hatte Angst, daß er nie zurückkommen würde. Das bedeutete für ihn zwar nicht das Ende der Welt, aber ihn störte der Gedanke, daß sie Geld hatte und er nicht. Mit seinem Geld konnten sie ungefähr zwei Monate am Strand entlangwandern und die Sonne genießen, dann würde sie an der Reihe sein. Und, was wichtiger war, sie hatte ihn nicht eingeladen, sie zu begleiten. Sie trauerte. Er konnte ihren Schmerz spüren, wann immer sie Thomas Callahan erwähnte.

Jetzt war er im Jefferson Hotel an der Sechzehnten, nach ihren Anweisungen natürlich. Er rief Cleve zu Hause an.

»Wo stecken Sie?« fragte Cleve verärgert.

»In einem Hotel. Das ist eine lange Geschichte. Was liegt an?«

»Sie haben Sarge krankheitshalber für neunzig Tage beurlaubt.«

»Was fehlt ihm?«

»Nichts. Er sagt, sie wollen ihn für eine Weile aus dem Haus haben. Dort geht es zu wie in einem Bunker. Alle Leute wurden angewiesen, den Mund zu halten und mit niemandem zu reden. Sie haben eine Heidenangst. Sarge mußte heute mittag gehen. Er glaubt, daß Sie in großer Gefahr sind. Er hat in der letzten Woche Ihren Namen tausendmal gehört. Sie sind besessen von Ihnen und davon, wieviel Sie wissen.«

»Wer sind sie?«

»Coal natürlich, und sein Stellvertreter Birchfield. Sie regieren das Weiße Haus wie die Gestapo. Manchmal ist es auch dieser – wie heißt er doch gleich –, dieses kleine Frettchen mit der Fliege? Interne Angelegenheiten.«

»Emmitt Waycross.«

»Genau der. Aber in erster Linie sind es Coal und Birchfield, die die Drohungen ausstoßen und die Strategie planen.«

»Was für Drohungen?«

»Niemand im Weißen Haus, der Präsident ausgenommen, darf ohne Coals Zustimmung mit der Presse reden, weder offiziell noch inoffiziell. Das gilt auch für den Pressesprecher. Coal zensiert alles.«

»Das ist ja unglaublich.«

»Sie haben Angst. Und Sarge meint, sie wären gefährlich.«

»Okay. Ich bin untergetaucht.«

»Ich war gestern am späten Abend bei Ihrer Wohnung. Ich wollte, Sie sagten mir Bescheid, bevor Sie verschwinden.«

»Ich melde mich morgen abend wieder.«

»Was fahren Sie?«

»Einen gemieteten viertürigen Pontiac. Sehr sportlich.«

»Ich habe heute nachmittag den Volvo überprüft. Alles in Ordnung.«

»Danke, Cleve.«

»Und Sie sind okay?«

»Ich denke schon. Sagen Sie Sarge, daß es mir gut geht.«

»Rufen Sie mich morgen an. Ich mache mir Sorgen.«

Er schlief vier Stunden und war wach, als das Telefon läutete. Draußen war es dunkel, und das würde es noch mindestens zwei Stunden bleiben. Er betrachtete das Telefon und nahm nach dem fünften Läuten den Hörer ab.

»Hallo?« sagte er argwöhnisch.

»Spreche ich mit Gray Grantham?« Es war eine sehr schüchterne Frauenstimme.

»Ja. Wer sind Sie?«

»Beverly Morgan. Sie waren heute abend hier.«

Gray war auf den Beinen, hellwach, und ließ sich kein Wort entgehen. »Ja. Tut mir leid, daß wir Sie aufgeregt haben.«

»Nein. Mein Vater ist sehr besorgt um mich. Und wütend. Die Reporter waren widerlich, nachdem Curtis umgebracht worden war. Sie riefen von überallher an. Sie wollten alte Fotos von ihm und neue Fotos von mir und dem Kind. Sie riefen zu jeder Tages- und Nachtzeit an. Es war gräßlich, und mein Vater hatte es satt. Er hat zwei von ihnen von der Veranda heruntergestoßen.«

»Da haben wir ja Glück gehabt.«

»Ich hoffe, er ist Ihnen nicht zu nahe getreten.«

»Durchaus nicht.«

»Jetzt schläft er, unten auf der Couch. Deshalb kann ich mit Ihnen reden.«

»Weshalb schlafen Sie nicht?« fragte er.

»Ich nehme Tabletten, damit ich schlafen kann, und jetzt bin ich völlig aus dem Rhythmus. Ich habe tagsüber geschlafen und bin in den Nächten herumgewandert.« Es war offensichtlich, daß sie hellwach war und reden wollte.

Gray setzte sich aufs Bett und versuchte, sich zu entspannen. »Ich kann mir vorstellen, was für ein Schock das für Sie gewesen sein muß.«

»Es dauert mehrere Tage, bis man es begriffen hat. Zuerst ist der Schmerz grauenhaft. Einfach grauenhaft. Ich konnte kein Glied bewegen, ohne daß es weh tat. Ich konnte einfach nicht denken, weil es so ein Schock war und ich es nicht glauben konnte. Irgendwie habe ich die Beisetzung überstanden, und jetzt kommt sie mir vor wie ein böser Traum. Langweilt Sie das?«

»Durchaus nicht.«

»Ich muß von diesen Tabletten loskommen. Ich schlafe so viel, daß ich überhaupt nicht dazu komme, mit erwachsenen Menschen zu reden. Und außerdem hält mein Vater alle Leute von mir fern. Nehmen Sie das auf?«

»Nein. Ich höre Ihnen nur zu.«

»Heute vor einer Woche wurde er umgebracht. Ich dachte, er arbeitete bis in die Nacht hinein, was nicht ungewöhnlich war. Sie haben ihn erschossen und seine Brieftasche mitgenommen, deshalb konnte die Polizei ihn nicht identifizieren. Ich erfuhr aus den Spätnachrichten, daß in der Innenstadt ein junger Anwalt ermordet worden war, und ich wußte, daß es Curtis war. Fragen Sie mich nicht, woher sie wußten, daß er Anwalt war, obwohl sie seinen Namen nicht kannten. Es war merkwürdig, eines dieser unheimlichen kleinen Dinge, die bei einem Mord passieren.«

»Weshalb arbeitete er noch so spät?«

»Er arbeitete achtzig Stunden in der Woche, manchmal noch mehr. White and Blazevich ist eine Tretmühle. Sie versuchen sieben Jahre lang, die angestellten Anwälte umzubringen, und wenn es ihnen dann nicht gelungen ist, machen sie sie zu Partnern. Curtis haßte die Firma. Er hatte es satt, Anwalt zu sein.«

»Wie lange war er dort?«

»Fünf Jahre. Er verdiente neunzigtausend im Jahr, also nahm er die Schufterei in Kauf.«

»Wissen Sie, daß er mich angerufen hat?«

»Nein. Mein Vater teilte mir mit, daß Sie das gesagt hätten, und ich habe den ganzen Abend darüber nachgedacht. Was hat er gesagt?«

»Seinen Namen hat er mir nie genannt. Er gebrauchte den Namen Garcia. Fragen Sie mich nicht, wie ich herausbekommen habe, wer er in Wirklichkeit war – das würde Stunden dauern. Er sagte, er wüßte möglicherweise etwas über die Morde an den Richtern Rosenberg und Jensen, und er wollte mir sagen, was er wußte.«

»Sein bester Freund in der Grundschule hieß Randy Garcia.«

»Ich hatte den Eindruck, als hätte er im Büro irgend etwas gesehen und als wüßte vielleicht irgend jemand im Büro, daß er es gesehen hatte. Er war sehr nervös und rief immer von Telefonzellen aus an. Wir hatten uns für frühmorgens am vorletzten Samstag verabredet, aber kurz vorher rief er mich an und sagte die Verabredung ab. Er hatte Angst und sagte, er müsse an seine Familie denken. Haben Sie irgend etwas davon gewußt?«

»Nein. Ich wußte, daß er unter Streß stand, aber das war in den letzten fünf Jahren ständig der Fall. Er hat zu Hause nie über das Büro geredet. Er haßte den Laden.«

»Warum haßte er ihn?«

»Er arbeitete für einen Haufen Halsabschneider, einen Haufen Ganoven, die seelenruhig zusahen, wie jemand für einen Dollar verblutete. Sie geben tonnenweise Geld aus für die Fassade der Respektabilität, aber sie sind Abschaum. Curtis war ein Spitzenstudent und konnte sich aussuchen, für wen er arbeiten wollte. Sie waren prächtige Kerle, als sie ihn einstellten, und absolute Ungeheuer, wenn man mit ihnen arbeiten mußte. Absolut unmoralisch.«

»Und weshalb ist er dann bei der Firma geblieben?«

»Das Gehalt wurde immer besser. Vor einem Jahr wäre er beinahe gegangen, aber aus dem anderen Job wurde nichts. Er war sehr unglücklich, aber er versuchte, es sich nicht anmerken zu lassen. Ich glaube, er fühlte sich schuldig, weil er einen solchen Fehler gemacht hatte. Wir hatten eine Art Routine. Wenn er heimkam, fragte ich ihn, wie sein Tag verlaufen wäre. Manchmal war das zehn Uhr abends; dann wußte ich, daß es ein schlimmer Tag gewesen war. Aber er sagte immer, der Tag wäre einträglich gewesen, das war das Wort, einträglich. Und dann sprachen wir über unser Kind. Er wollte nicht über das Büro reden, und ich wollte nichts davon hören.«

Nun ja, so viel über Garcia. Er war tot, und er hatte seiner Frau nichts erzählt. »Wer hat seinen Schreibtisch ausgeräumt?«

»Irgend jemand im Büro. Sie haben das Zeug am Freitag gebracht, alles säuberlich in drei zugeklebte Pappkartons verpackt. Sie können die Sachen gern durchsehen.«

»Nein, besten Dank. Ich bin sicher, daß darin nichts zu finden sein wird. Was für eine Lebensversicherung hatte er?«

Sie schwieg einen Moment. »Sie sind ein kluger Mann, Mr. Grantham. Vor zwei Wochen schloß er eine Versicherung über eine Million Dollar ab, mit doppelter Summe im Falle eines tödlichen Unfalls.«

»Das sind zwei Millionen Dollar.«

»Ja, Sir. Vermutlich haben Sie recht. Es sieht so aus, als hätte er so etwas befürchtet.«

»Ich glaube nicht, daß er von Straßenräubern umgebracht wurde, Mrs. Morgan.«

»Das ist doch unmöglich.« Sie keuchte ein wenig, kämpfte aber dagegen an.

»Hat Ihnen die Polizei viele Fragen gestellt?«

»Nein. Es war einer von den vielen Überfällen in Washington, bei denen der Räuber einen Schritt zu weit ging. Keine große Sache. So etwas passiert alle Tage.«

Seine Lebensversicherung war interessant, aber nutzlos. Gray hatte allmählich genug von Mrs. Morgan und ihrer monotonen Weitschweifigkeit. Sie tat ihm leid, aber sie wußte nichts, es war also Zeit, sich von ihr zu verabschieden.

»Was, meinen Sie, könnte er gewußt haben?« fragte sie.

Das konnte Stunden dauern. »Ich weiß es nicht«, erwiderte Gray und warf einen Blick auf die Uhr. »Er sagte, er wüßte etwas über die Morde, aber mehr wollte er mir nicht verraten. Ich war überzeugt, daß wir uns irgendwo treffen und er dann mit der Sprache herausrücken und mir etwas zeigen würde. Ich habe mich geirrt.«

»Woher sollte er etwas über diese toten Richter wissen?«

»Keine Ahnung. Er hat mich einfach aus heiterem Himmel angerufen.«

»Wenn er Ihnen etwas zeigen wollte – was könnte das gewesen sein?« fragte sie.

Er war der Reporter und damit derjenige, der Fragen stellte. »Ich weiß es wirklich nicht. Er hat nicht einmal eine Andeutung gemacht.«

»Wo würde er so etwas verstecken?« Die Frage war ernst gemeint, aber ärgerlich. Dann begriff er. Sie wollte auf irgend etwas hinaus.

»Auch das weiß ich nicht. Wo hat er wichtige Papiere aufbewahrt?«

»Wir haben ein Schließfach für Urkunden und Testamente und solche Dinge. Über dieses Schließfach wußte ich immer Bescheid. Um alle juristischen Angelegenheiten hat er sich gekümmert, Mr. Grantham. Ich habe das Schließfach vorigen Donnerstag zusammen mit meinem Vater durchgesehen, und es war nichts Ungewöhnliches darin.«

»Sie haben nicht damit gerechnet, etwas Ungewöhnliches zu finden, nicht wahr?«

»Nein. Und dann, ganz früh am Samstagmorgen, es war noch dunkel, habe ich die Papiere in seinem Schreibtisch im Schlafzimmer durchgesehen. Wir haben so ein antikes Schreibpult, das er für seine privaten Briefe und Papiere benutzte, und dort habe ich etwas gefunden, was ein bißchen ungewöhnlich ist.«

Gray war auf den Beinen, umklammerte den Hörer und starrte

fassungslos auf den Boden. Sie hatte um vier Uhr morgens angerufen. Sie hatte zwanzig Minuten belangloses Zeug geredet. Und sie hatte gewartet, bis er nahe daran war, den Hörer aufzulegen, bevor sie die Bombe hochgehen ließ.

»Was ist es?« fragte er so gelassen wie möglich.

»Es ist ein Schlüssel.«

Er hatte einen Klumpen in der Kehle. »Ein Schlüssel wozu?«

»Zu einem anderen Schließfach.«

»Bei welcher Bank?«

»First Columbia. Bei der hatten wir nie ein Konto.«

»Ich verstehe. Und von diesem anderen Schließfach haben Sie nichts gewußt?«

»Nein. Nicht vor Samstagmorgen. Ich habe mich gewundert, tue es immer noch, aber in dem alten Schließfach habe ich alle unsere Papiere gefunden, also hatte ich keine Veranlassung, in diesem Fach nachzusehen. Ich dachte, ich sehe einmal hinein, wenn mir danach zumute ist.«

»Wäre es Ihnen recht, wenn ich das für Sie tun würde?«

»Ich dachte mir, daß Sie das sagen würden. Was ist, wenn Sie dort finden, wonach Sie suchen?«

»Ich weiß nicht, wonach ich suche. Aber falls ich etwas finden sollte, das er hinterlassen hat, und es ist etwas, das sich als sehr, sagen wir, berichtenswert erweist?«

»Benutzen Sie es.«

»Keine Bedingungen?«

»Nur eine. Wenn es meinen Mann auf irgendeine Weise verunglimpft, dann dürfen Sie es nicht benutzen.«

»Einverstanden. Sie haben mein Wort darauf.«

»Wann wollen Sie den Schlüssel?«

»Haben Sie ihn in der Hand?«

»Ja.«

»Wenn Sie damit auf die Vorderveranda hinausgehen, bin ich in drei Sekunden bei Ihnen.«

Der Privatjet aus Miami hatte nur fünf Männer gebracht, also standen Edwin Sneller nur sieben zur Verfügung. Sieben Männer, keine Zeit und herzlich wenig Ausrüstung. Montagnacht hatte er nicht geschlafen. Seine Hotelsuite war eine kleine Kommandozentrale, in der sie die ganze Nacht hindurch Karten studierten und versuchten, die nächsten vierundzwanzig Stunden zu planen. Ein paar Dinge standen fest. Grantham hatte eine Wohnung, war aber nicht darin. Er hatte einen Wagen, den er nicht benutzte. Er arbeitete bei der *Post*, und die lag an der Fünfzehnten Straße. White and Blazevich residierten in einem Gebäude an der Zehnten. Morgans Witwe wohnte in Alexandria. Davon abgesehen suchten sie nach zwei Leuten unter drei Millionen.

Die Leute, die er brauchte, waren nicht von der Sorte, die man aus der Schlafbaracke holen und ins Gefecht schicken konnte. Sie mußten gefunden und angeheuert werden, und ihm waren bis zum Ende des Tages so viele wie möglich versprochen worden.

Sneller war kein Anfänger im Mordgeschäft, aber das hier war hoffnungslos. Es war zum Verzweifeln. Der Himmel stürzte ein. Sie würden ihr Bestes tun unter den gegebenen Umständen, aber Edwin Sneller hatte bereits einen Fuß vor der Hintertür.

Sie ging ihm nicht aus dem Kopf. Sie war Khamel begegnet und mit heiler Haut davongekommen. Sie war Kugeln und Bomben ausgewichen und den Besten in der Branche entschlüpft. Er würde sie gern kennenlernen, nicht, um sie umzubringen, sondern um ihr zu gratulieren. Eine Amateurin, die auf der Flucht war, am Leben blieb und davon erzählen konnte.

Sie würden sich auf das *Post*-Gebäude konzentrieren. Es war der einzige Ort, an den er zurückkommen mußte.

40

Der Verkehr in der Innenstadt schob sich Stoßstange an Stoßstange voran, und Darby hatte dagegen nichts einzuwenden. Sie hatte es nicht eilig. Die Bank machte um halb zehn auf, und irgendwann gegen sieben, bei Kaffee und nicht angerührten Croissants in ihrem Zimmer, hatte er sie davon überzeugt, daß sie es sein müßte, die den Tresorraum aufsuchte. Es war ihm nicht gelungen, sie völlig zu überzeugen, aber eine Frau sollte es tun, und es waren nicht viele Frauen verfügbar. Beverly Morgan hatte Gray erzählt, daß ihre Hausbank, die First Hamilton, sofort nach Bekanntwerden von Curtis' Tod ihr Schließfach gesperrt hatte, und daß sie nur den Inhalt durchsehen und eine Bestandsaufnahme machen durfte. Ihr wurde auch erlaubt, das Testament zu kopieren, aber das Original wurde wieder in das Fach gelegt und im Tresor eingeschlossen. Das Fach würde erst freigegeben werden, nachdem die Steuerprüfer ihre Arbeit beendet hatten.

Also war die vordringliche Frage, ob die First Columbia wußte, daß er tot war. Die Morgans hatten dort nie ein Konto gehabt. Beverly hatte keine Ahnung, weshalb er sich für sie entschieden hatte. Es war eine riesige Bank mit einer Million Kunden, und sie kamen zu dem Schluß, daß es ziemlich unwahrscheinlich war.

Darby hatte es satt, sich auf Wahrscheinlichkeiten einzulassen. Am Abend zuvor hatte sie eine wundervolle Gelegenheit, in ein Flugzeug zu steigen, vorbeigehen lassen, und nun war sie hier, im Begriff, als Beverly Morgan die First Columbia zu überlisten, damit sie einem toten Mann etwas stehlen konnte. Und was gedachte ihr treuer Begleiter zu tun? Er gedachte sie zu beschützen. Er hatte seine Waffe, die ihr eine Heidenangst einjagte und auf ihn dieselbe Wirkung hatte, obwohl er es nicht zugab, und er wollte am Eingang den Leibwächter spielen, während sie das Schließfach ausraubte.

»Was ist, wenn sie wissen, daß er tot ist«, fragte sie, »und ich sage, er ist es nicht?«

»Dann versetzen Sie der Person einen Schlag ins Gesicht und rennen davon. Ich warte am Eingang auf Sie. Ich habe eine Waffe, und wir schießen uns unseren Weg frei.«

»Mir ist nicht nach Witzen zumute, Gray. Ich weiß nicht, ob ich das schaffe.«

»Sie schaffen es, okay? Bleiben Sie ganz cool. Seien Sie selbstbewußt. Behandeln Sie sie von oben herab. Das sollte Ihnen eigentlich nicht schwerfallen.«

»Vielen Dank. Und was ist, wenn sie den Sicherheitsdienst rufen? Gegen Sicherheitsdienste habe ich neuerdings eine starke Abneigung.«

»Dann rette ich Sie. Ich komme und stürme durch das Foyer wie ein Einsatzkommando.«

»Wir werden beide dabei umkommen.«

»Ruhig, Darby, ganz ruhig. Es wird funktionieren.«

»Weshalb sind Sie so aufgekratzt?«

»Ich rieche es. Irgend etwas ist in diesem Schließfach, Darby. Und Sie müssen es herausholen. Jetzt hängt alles von Ihnen ab.«

»Danke, daß Sie den Druck mildern.«

Sie waren auf der E Street in der Nähe der Neunten. Gray verlangsamte die Fahrt, dann parkte er in einer Ladezone, zwölf Meter vom Haupteingang der First Columbia entfernt. Er sprang heraus. Darby verließ den Wagen wesentlich langsamer. Zusammen gingen sie schnell auf die Tür zu. Es war fast zehn Uhr. »Ich warte hier«, sagte er und deutete auf eine Marmorsäule. »Und nun auf in den Kampf.«

»Auf in den Kampf«, murmelte sie und verschwand durch die Drehtür. Immer war sie es, die den Löwen zum Fraß vorgeworfen wurde. Das Foyer war so groß wie ein Fußballplatz, mit Säulen und Kronleuchtern und imitierten Perserteppichen.

»Schließfächer?« fragte sie eine junge Frau am Informationsschalter. Die Frau deutete in eine Ecke rechts hinten.

»Danke«, sagte sie und strebte in die angegebene Richtung. Links von ihr standen Leute in Viererreihen vor den Schaltern, und rechts von ihr sprachen hundert schwerbeschäftigte Vizepräsidenten in ihre Telefonapparate. Es war die größte Bank in der Stadt, und niemand nahm von ihr Notiz.

Der Tresorraum lag hinter zwei massiven Bronzetüren, die so poliert waren, daß sie beinahe golden aussahen, zweifellos, um den Eindruck absoluter Sicherheit und Uneinnehmbarkeit zu erwecken. Die Türen wurden spaltbreit geöffnet, um einigen Auserwählten Zutritt und Ausgang zu gewähren. Links saß eine wichtig aussehende, ungefähr sechzigjährige Dame hinter einem Schreibtisch, auf dem SCHLIESSFÄCHER zu lesen war. Ihr Name war Virginia Baskin.

Virginia Baskin musterte Darby, als diese sich ihrem Schreibtisch näherte. Es gab kein Lächeln.

»Ich brauche Zugang zu einem Schließfach«, sagte Darby, ohne zu atmen. Sie hatte in den letzten zweieinhalb Minuten nicht geatmet.

»Die Nummer bitte«, sagte Ms. Baskin. Sie tippte etwas ein und richtete den Blick auf den Monitor.

»F 566.«

Sie gab die Nummer ein und wartete darauf, daß die Worte auf dem Bildschirm erschienen. Sie runzelte die Stirn und brachte das Gesicht dicht an den Monitor heran. Hau ab! dachte Darby. Sie runzelte die Stirn noch stärker und kratzte sich am Kinn. Hau ab, bevor sie zum Hörer greift und den Sicherheitsdienst ruft. Verschwinde, bevor Alarm gegeben wird und mein idiotischer Begleiter durch das Foyer stürmt.

Ms. Baskin zog ihren Kopf vom Monitor zurück. »Das wurde erst vor zwei Wochen gemietet«, sagte sie fast zu sich selbst.

»Richtig«, sagte Darby, als hätte sie es gemietet.

»Ich nehme an, Sie sind Mrs. Morgan«, sagte sie, auf der Tastatur tippend.

Machen Sie weiter mit Ihren Annahmen, Lady. »Ja, Beverly Anne Morgan.«

»Und Ihre Adresse?«

»891 Pembroke, Alexandria.«

Sie nickte zum Bildschirm, als könnte er sie sehen und seine Zustimmung geben. »Telefonnummer?«

»703-664-5980.«

Das gefiel Ms. Baskin. Und dem Computer gefiel es auch. »Wer hat dieses Fach gemietet?«

»Mein Mann, Curtis D. Morgan.«

»Und seine Sozialversicherungsnummer?«

Darby öffnete ganz ruhig ihre neue, ziemlich große lederne Schultertasche und holte ihre Brieftasche heraus. Wie viele Frauen kannten schon die Sozialversicherungsnummer ihrer Männer auswendig? Sie öffnete die Brieftasche. »510-96-8686.«

»In Ordnung«, sagte Ms. Baskin, wendete sich von der Tastatur ab und griff in ihren Schreibtisch. »Wie lange wird es dauern?«

»Nur eine Minute.«

Sie legte eine breite Karte auf einem kleinen Clipboard auf den Schreibtisch und deutete darauf. »Bitte unterschreiben Sie hier, Mrs. Morgan.«

Darby unterschrieb nervös in der zweiten Zeile. Die erste Eintragung hatte Mr. Morgan gemacht, als er das Fach mietete.

Ms. Baskin betrachtete die Unterschrift, während Darby den Atem anhielt.

»Haben Sie Ihren Schlüssel?« fragte sie.

»Natürlich«, sagte Darby mit einem freundlichen Lächeln. Ms.

Baskin holte einen kleinen Kasten aus der Schublade und kam um den Schreibtisch herum. »Kommen Sie mit.« Sie gingen durch die Bronzetüren. Der Tresorraum war so groß wie eine Bankfiliale in einer Vorstadt, gebaut wie ein Mausoleum, ein Labyrinth aus Gängen und kleinen Kammern. Zwei uniformierte Männer gingen an ihnen vorbei. Sie passierten vier identische Räume mit Reihen von Schließfächern an den Wänden. F 566 befand sich offensichtlich im fünften Raum, weil Ms. Baskin in ihn hineinging und ihren kleinen schwarzen Kasten öffnete. Darby schaute sich nervös um.

Virginia war ganz geschäftsmäßig. Sie ging zu F 566, das sich in Schulterhöhe befand, und steckte ihren Schlüssel ein. Sie warf Darby einen Blick zu, als wollte sie sagen: »Sie sind dran, Dummchen.« Darby zog den Schlüssel aus ihrer Tasche und steckte ihn neben dem anderen ein. Dann drehte Virginia beide Schlüssel und zog das Fach fünf Zentimeter weit aus seiner Halterung heraus.

Sie deutete auf eine kleine Kabine mit einer hölzernen Falttür. »Gehen Sie damit dort hinein. Wenn Sie fertig sind, schließen Sie das Fach wieder zu und kommen an meinen Schreibtisch.« Noch während sie sprach, wendete sie sich zum Gehen.

»Danke«, sagte Darby. Sie wartete, bis Virginia außer Sichtweite war, dann zog sie das Fach aus der Wand. Es war nicht schwer. Die Vorderseite war fünfzehn mal dreißig Zentimeter groß, und es war fünfundvierzig Zentimeter lang. Oben war es offen, und es lagen zwei Dinge darin: ein dünner brauner Umschlag und eine unbezeichnete Videokassette.

Sie brauchte die Kabine nicht. Sie stopfte den Umschlag und die Kassette in ihre Schultertasche und schob das Fach wieder an seinen Platz. Sie verließ den Tresorraum.

Virginia hatte gerade die Ecke ihres Schreibtisches umrundet, als Darby hinter ihr herkam. »Ich bin fertig«, sagte sie.

»Das ging aber schnell.«

Verdammt richtig. Alles geht schnell, wenn man vor Nervosität nahezu durchdreht. »Ich habe gefunden, was ich suchte«, sagte sie.

»Wunderbar.« Ms. Baskin war plötzlich eine freundliche Person. »Haben Sie vorige Woche diese grauenvolle Geschichte über diesen Anwalt in der Zeitung gelesen? Sie wissen schon, den, der nicht weit von hier auf der Straße ermordet wurde. Hieß er nicht Curtis Morgan? Mir ist so, als hätte er so geheißen. Grauenvoll.«

Oh, du blöde Person. »Nein, die habe ich nicht gelesen«, sagte Darby. »Ich war im Ausland. Danke.«

Jetzt waren ihre Schritte durch das Foyer ein wenig schneller. In der Bank herrschte reger Betrieb, und es waren keine Wachmänner in Sicht. Ein Kinderspiel.

Der Revolvermann bewachte die Mannorsäule. Die Drehtür wirbelte sie auf den Gehsteig, und sie war schon fast beim Wagen, als er sie einholte. »Steigen Sie ein!« befahl sie.

»Was haben Sie gefunden?« wollte er wissen.

»Lassen Sie uns erst verschwinden.« Sie riß die Tür auf und sprang hinein. Er startete den Motor, und sie fuhren los.

»Nun reden Sie schon«, sagte er.

»Ich habe das Fach ausgeräumt«, sagte sie. »Ist jemand hinter uns her?«

Er schaute in den Rückspiegel. »Woher, zum Teufel, soll ich das wissen? Was war drin?«

Sie machte ihre Handtasche auf und zog den Umschlag heraus. Sie öffnete ihn. Gray stieg auf die Bremse, weil er fast auf den vor ihnen fahrenden Wagen aufgeprallt wäre.

»Passen Sie gefälligst auf!«

»Okay, okay. Was ist in dem Umschlag?«

»Ich weiß es nicht! Ich habe es noch nicht gelesen, und wenn Sie mich umbringen, werde ich es niemals lesen können.«

Der Wagen fuhr wieder. Gray holte tief Luft. »Wir sollten aufhören, uns gegenseitig anzuschreien. Wir sollten ganz cool bleiben.«

»Ja. Sie fahren, und ich bleibe cool.«

»Okay. So, sind wir cool?«

»Ja. Entspannen Sie sich. Und passen Sie auf, wo Sie hinfahren. Wohin fahren wir eigentlich?«

»Ich weiß es nicht. Was ist in dem Umschlag?«

Sie zog eine Art Dokument heraus. Sie warf einen Blick auf ihn, und er starrte auf das Dokument. »Passen Sie auf, wo Sie hinfahren.«

»Lesen Sie endlich das verdammte Ding.«

»Bei Ihrer Fahrerei ist mir schlecht geworden. Dabei kann ich nicht lesen.«

»Verdammt! Verdammt! Verdammt!«

»Sie schreien schon wieder.«

Er riß das Lenkrad nach rechts herum und steuerte den Wagen in ein Halteverbot auf der E Street. Hupen ertönten, als er auf die Bremse stieg. Er funkelte sie an.

»Danke«, sagte sie und fing an, laut zu lesen.

Es war eine vierseitige eidliche Versicherung, säuberlich getippt und vor einem Notar beschworen. Sie war auf Freitag datiert, dem Tag vor Garcias letztem Anruf bei Grantham. Unter Eid erklärte Curtis Morgan, daß er in der Öl- und Gasabteilung von White and Blazevich arbeitete, und zwar seit seinem Eintritt in die Firma fünf Jahre zuvor. Seine Mandanten waren ölsuchende Privatfirmen in vielen Ländern, aber in erster Linie Amerikaner. Seit er in die Firma eingetreten war, hatte er für einen Mandanten gearbeitet, der in einen gewaltigen Prozeß im Süden von Louisiana verstrickt war. Der Mandant war ein Mann namens Victor Mattiece, und Mr. Mattiece, dem er nie begegnet war, den die Seniorpartner von White and Blazevich jedoch gut kannten, wollte den Prozeß unbedingt gewinnen und danach aus den Sumpfgebieten von Terrebonne Parish, Louisiana, Millionen von Barrel Öl herausholen. Außerdem gab es dort Hunderte von Millionen Kubikmetern Erdgas. Der bei White and Blazevich für diesen Fall zuständige Partner war F. Sims Wakefield, der Victor Mattiece sehr nahestand und ihn oft auf den Bahamas besuchte.

Sie saßen im Parkverbot, und die hintere Stoßstange des Pontiac ragte gefährlich weit in die rechte Fahrspur hinein, aber sie achteten nicht auf die Wagen, die um sie herum ausscheren mußten. Sie las langsam, und er hörte mit geschlossenen Augen zu.

Weiter: der Prozeß war sehr wichtig für White and Blazevich. Die Firma war an der Verhandlung und der Berufung nicht direkt beteiligt, aber alles ging über Wakefields Schreibtisch. Er arbeitete an nichts anderem als dem Pelikan-Fall, wie er genannt wurde. Er verbrachte den größten Teil seiner Zeit am Telefon, wobei er entweder mit Mattiece sprach oder mit einem der hundert an diesem Fall beteiligten Anwälte. Morgan arbeitete pro Woche im Durchschnitt zehn Stunden an dem Fall, aber immer an der Peripherie. Seine Stundenabrechnungen mußte er immer Wakefield persönlich aushändigen, und das war ungewöhnlich, weil alle anderen Abrechnungen an die Öl- und Gasbuchhaltung gingen und von dieser den Mandanten angelastet wurden. Im Laufe der Jahre hatte er

Gerüchte gehört und war überzeugt, daß Mattiece White and Blazevich nicht nach dem üblichen Stundensatz bezahlte. Er glaubte, daß die Firma den Fall für einen Anteil am Profit übernommen hatte. Er hatte die Zahl von zehn Prozent des Nettogewinns der Förderung gehört. So etwas hatte es in der Branche noch nie gegeben.

Bremsen quietschten laut, und sie wappneten sich gegen den Zusammenstoß. Er wurde um Haaresbreite vermieden. »Wir werden hier noch totgefahren«, fuhr Darby ihn an.

Gray schaltete auf Drive und zog das rechte Vorderrad über den Bordstein auf den Gehsteig. Jetzt waren sie aus dem Verkehr heraus. Der Wagen stand schräg an einer verbotenen Stelle mit der vorderen Stoßstange auf dem Gehsteig und der hinteren knapp außerhalb des Verkehrsstroms. »Lesen Sie weiter«, fuhr er sie seinerseits an.

Weiter: Am oder um den 28. September herum war Morgan in Wakefields Büro. Er ging hinein mit zwei Akten und einem Stapel von Dokumenten, die nichts mit dem Pelikan-Fall zu tun hatten. Wakefield telefonierte. Wie üblich gingen Sekretärinnen ein und aus. In dem Büro ging es immer sehr hektisch zu.

Er stand da und wartete darauf, daß Wakefield sein Gespräch beendete, aber es zog sich in die Länge. Nachdem er fast zehn Minuten gewartet hatte, nahm Morgan seine Akten und Dokumente, die er auf Wakefields mit Papieren übersäten Schreibtisch gelegt hatte, wieder an sich und ging. Er kehrte in sein Büro am anderen Ende des Gebäudes zurück und machte sich an seinem Schreibtisch an die Arbeit. Es war gegen zwei Uhr nachmittags. Als er nach einer Akte griff, fand er unter dem Stapel Dokumente, die er gerade in sein Büro gebracht hatte, ein handschriftliches Memo. Er hatte es versehentlich von Wakefields Schreibtisch mitgenommen. Er stand sofort auf, um es Wakefield zurückzubringen. Dann las er es. Und las es abermals. Er warf einen Blick aufs Telefon. Wakefields Nummer war immer noch besetzt. Eine Kopie des Memos war der Erklärung beigefügt.

»Lesen Sie das Memo vor«, verlangte Gray ungeduldig.

»Ich bin mit der Erklärung noch nicht fertig«, fuhr sie ihn an. Es hatte keinen Sinn, sich auf eine Diskussion mit ihr einzulassen. Sie war die Juristin, und dies war ein juristisches Dokument, und sie würde es genau so vorlesen, wie sie es für richtig hielt.

Weiter: Er war bestürzt über das Memo. Und es jagte ihm entsetzliche Angst ein. Er verließ sein Büro, ging den Flur entlang zum nächsten Xerox und machte eine Kopie. Er kehrte in sein Büro zurück und legte das Original-Memo an die ursprüngliche Stelle unter den Akten auf seinem Schreibtisch. Er würde schwören, daß er es nie gesehen hatte.

Das Memo bestand aus zwei Absätzen, mit der Hand auf firmeninternem White-and-Blazevich-Papier geschrieben. Es stammte von M. Velmano, Marty Velmano, einem der Seniorpartner. Es war auf den 28. September datiert, an Wakefield gerichtet und lautete:

Sims:
Mandanten informieren, daß Recherchen abgeschlossen sind – das Gericht wird wesentlich zugänglicher sein, nachdem Rosenberg in den Ruhestand getreten ist. Die zweite Pensionierung ist etwas ungewöhnlich. Einstein ist auf Jensen verfallen, ausgerechnet. Aber der hat natürlich seine eigenen Probleme.

Weiterhin mitteilen, daß der Pelikan, andere Faktoren vorausgesetzt, in vier Jahren hier eintreffen sollte.

Das Memo trug keine Unterschrift.

Gray kicherte und runzelte gleichzeitig die Stirn. Sein Mund stand offen. Sie las schneller.

Weiter: Marty Velmano war ein skrupelloser Hai, der achtzehn Stunden am Tag arbeitete und sich unnütz vorkam, wenn nicht jemand in seiner Umgebung blutete. Er war das Herz und die Seele von White and Blazevich. Für die Mächtigen in Washington war er ein zäher Verhandler mit massenhaft Geld. Er dinierte mit Kongreßabgeordneten und spielte Golf mit Kabinettsmitgliedern. Das Halsabschneiden betrieb er hinter der Tür seines Büros.

Einstein war der Spitzname von Nathaniel Jones, einem geisteskranken juristischen Genie, das die Firma in seiner eigenen kleinen Bibliothek im sechsten Stock weggeschlossen hatte. Er las jedes Urteil des Obersten Bundesgerichts, der elf Bundes-Berufungsgerichte und der Obersten Gerichte der fünfzig Staaten. Morgan war Einstein nie begegnet. In der Firma bekam ihn nur ganz selten jemand zu Gesicht.

Nachdem er das Memo kopiert hatte, faltete er seine Kopie zusammen und legte sie in eine Schreibtischschublade. Zehn Minuten später stürmte Wakefield in sein Büro, blaß und sehr aufgeregt. Sie suchten auf Morgans Schreibtisch herum und fanden das Memo. Wakefield war stocksauer, was bei ihm nichts Ungewöhnliches war. Er fragte Morgan, ob er es gelesen hätte. Nein, versicherte er. Offensichtlich hatte er es versehentlich mitgegriffen, als er sein Büro verließ, erklärte er. Was ist denn schon dabei? Wakefield war wütend. Er hielt Morgan einen Vortrag über die Heiligkeit eines Schreibtisches. Er schäumte regelrecht, überschüttete Morgan mit Vorwürfen und tobte in seinem Büro herum, bis er endlich begriff, daß er zu heftig reagierte. Er versuchte, sich zu beruhigen, aber der Eindruck war nicht zu übertünchen. Er ging mit dem Memo.

Morgan versteckte die Kopie in einem Buch in der Bibliothek im neunten Stock. Wakefields Hysterie hatte ihm angst gemacht. Bevor er an diesem Nachmittag ging, ordnete er die Papiere und Gegenstände in seinen Regalen und auf seinem Schreibtisch auf eine bestimmte Art. Am nächsten Morgen überprüfte er sie. Jemand hatte in der Nacht seinen Schreibtisch durchsucht.

Morgan wurde sehr vorsichtig. Zwei Tage später fand er hinter einem Buch in seiner Handbibliothek einen kleinen Schraubenzieher. Dann fand er ein Stückchen schwarzes Isolierband, das jemand zusammengeknüllt und in seinen Papierkorb geworfen hatte. Er vermutete, daß man sein Büro verdrahtet und seine Telefone angezapft hatte. Er registrierte argwöhnische Blicke von Wakefield. Er sah Velmano öfter als üblich in Wakefields Büro.

Dann wurden die Richter Rosenberg und Jensen umgebracht. Für ihn gab es keinerlei Zweifel daran, daß es das Werk von Mattiece und seinen Helfershelfern war. In dem Memo wurde Mattiece nicht erwähnt, aber es war die Rede von einem »Mandanten«. Wakefield hatte keine anderen Mandanten. Und kein Mandant konnte von einem neuen Gericht so viel profitieren wie Mattiece.

Der letzte Absatz der Erklärung war bestürzend. Nach den Morden war Morgan zweimal ganz sicher gewesen, daß er beschattet wurde. Er wurde von dem Pelikan-Fall abgezogen. Ihm wurde mehr Arbeit abverlangt, mehr Stunden, mehr Leistung. Er hatte Angst, umgebracht zu werden. Wenn sie zwei Richter umgebracht hatten, würden sie auch einen bescheidenen Anwalt umbringen.

Er unterschrieb die Erklärung vor Emily Stanford, einer Notarin, und beeidete sie. Ihre Adresse stand unter ihrem Namen.

»Bleiben Sie sitzen. Ich bin gleich wieder da«, sagte Gray, während er die Tür öffnete und hinaussprang. Wagen ausweichend, rannte er über die E Street. Vor einer Bäckerei stand eine Telefonzelle. Er wählte Smith Keens Nummer und schaute dabei zu seinem auf gut Glück geparkten Mietwagen auf der anderen Straßenseite hinüber.

»Smith, hier ist Gray. Hören Sie genau zu und tun Sie, was ich Ihnen sage. Ich habe gerade weiteres Material über das Pelikan-Dossier bekommen. Es ist eine ganz große Sache. Smith, ich brauche Sie und Krauthammer in einer Viertelstunde in Feldmans Büro.«

»Was ist es?«

»Garcia hat eine Abschiedsbotschaft hinterlassen. Wir müssen noch einmal Station machen, dann sind wir da.«

»Wir? Die Frau kommt auch mit?«

»Ja. Sorgen Sie dafür, daß ein Fernseher und ein Videorecorder im Konferenzraum stehen. Ich glaube, Garcia möchte mit uns sprechen.«

»Er hat eine Kassette hinterlassen?«

»Ja. In einer Viertelstunde.«

»Sind Sie in Sicherheit?«

»Ich denke schon. Ich bin nur verdammt nervös.« Er legte auf und rannte zurück zum Wagen.

Ms. Stanford leitete ein Büro für Gerichtsprotokollierungen. Sie staubte gerade Bücherregale ab, als Gray und Darby hereinkamen. Sie hatten es sehr eilig.

»Sind Sie Emily Stanford?« fragte er.

»Ja. Weshalb?«

Er zeigte ihr die letzte Seite der Erklärung. »Haben Sie das hier notariell beglaubigt?«

»Wer sind Sie?«

»Gray Grantham von der *Washington Post*. Ist das Ihre Unterschrift?«

»Ja. Ich habe es beglaubigt.«

Darby reichte ihr das Foto von Garcia, jetzt Morgan, auf dem Gehsteig. »Ist das der Mann, der die eidesstattliche Erklärung unterschrieben hat?«

»Ja, das ist Curtis Morgan.«

»Danke«, sagte Gray.

»Er ist tot, nicht wahr?« fragte Ms. Stanford. »Ich habe es in der Zeitung gelesen.«

»Ja, er ist tot«, sagte Gray. »Haben Sie diese Erklärung gelesen?«

»O nein. Ich habe nur seine Unterschrift bezeugt. Aber ich wußte, daß etwas faul war.«

»Danke, Ms. Stanford.« Sie verschwanden.

Der dünne Mann versteckte seine glänzende Stirn unter einem abgetragenen Filzhut. Seine Hose bestand aus Fetzen, seine Schuhe waren zerlöchert, und er saß in einem uralten Rollstuhl vor dem Gebäude der *Post* und hielt ein Schild hoch, auf dem stand, daß er HUNGRIG UND OBDACHLOS war. Sein Kopf kippte von einer Schulter auf die andere, als versagten die Muskeln in seinem Hals vor Hunger den Dienst. Ein Pappteller mit ein paar Dollar und Münzen stand auf seinem Schoß, aber es war sein eigenes Geld.

Er sah erbarmungswürdig aus, als er so dasaß wie ein Häufchen Elend, mit wegkippendem Kopf und einer grünen Kermit-der-Frosch-Sonnenbrille. Er beobachtete jede Bewegung auf der Straße.

Er sah, wie der Wagen um die Ecke jagte und vor dem Gebäude anhielt. Der Mann und die Frau sprangen heraus und rannten auf ihn zu. Er hatte eine Waffe unter der zerlumpten Decke, aber sie bewegten sich zu schnell. Und es waren zu viele Leute auf dem Gehsteig. Sie betraten das *Post*-Gebäude.

Er wartete eine Minute, dann rollte er sich weg.

41

Smith Keen wanderte erregt vor Feldmans Büro herum, und die Sekretärin schaute zu. Er sah, wie sie sich eilig ihren Weg durch den Gang zwischen den Schreibtischreihen bahnten. Gray hielt ihre Hand. Sie sah wirklich gut aus, aber das würde er später würdigen. Sie waren außer Atem.

»Smith Keen, das ist Darby Shaw«, sagte Gray zwischen zweimaligem Luftholen.

Sie gaben sich die Hand. »Hallo«, sagte sie und schaute sich in der betriebsamen Redaktion um.

»Ich freue mich, Sie kennenzulernen, Darby. Nach allem, was ich gehört habe, sind Sie eine bemerkenswerte Frau.«

»Stimmt«, sagte Grantham. »Aber plaudern können wir später.«

»Kommt mit«, sagte Keen, und sie waren wieder unterwegs. »Feldman will, daß wir den Konferenzraum benutzen.« Sie durchquerten die Redaktion und betraten einen großen Raum mit einem langen Tisch in der Mitte. Er war voll von Männern, die sofort verstummten, als sie eintraten. Feldman machte die Tür zu.

Er griff nach ihrer Hand. »Ich bin Jackson Feldman, der Chefredakteur. Sie müssen Darby sein.«

»Wer sonst?« fragte Gray, immer noch außer Atem.

Feldman ignorierte ihn und ließ den Blick um den Tisch wandern. Er stellte vor. »Das ist Howard Krauthammer, Chef vom Dienst; Ernie DeBasio, stellvertretender Chef vom Dienst/Ausland; Elliot Cohen, stellvertretender Chef vom Dienst/Inland; und Vince Litsky, unser Anwalt.«

Sie nickte höflich und vergaß die Namen sofort wieder. Sie waren alle mindestens fünfzig, alle in Hemdsärmeln, alle überaus interessiert. Sie konnte die Spannung spüren.

»Geben Sie mir die Kassette«, sagte Gray.

Sie holte sie aus ihrer Handtasche und gab sie ihm. Der Fernseher und der Videorecorder standen im hinteren Teil des Raums auf einem Tisch. Er legte die Kassette in den Recorder ein. »Das haben wir vor zwanzig Minuten bekommen und deshalb selbst noch nicht gesehen.«

Darby setzte sich auf einen Stuhl an der Wand. Die Männer rückten näher an den Bildschirm heran und warteten auf ein Bild.

Zuerst erschien das Datum – 12. Oktober. Dann saß Curtis Morgan auf einem Stuhl in einer Küche. Er hielt einen Schalter in der Hand, mit dem er offenbar die Kamera bediente.

»Mein Name ist Curtis Morgan, und wenn Sie dies sehen, bin ich vermutlich tot.« Es war ein schlimmer erster Satz. Die Männer rückten noch näher heran.

»Heute ist der 12. Oktober, und ich tue dies in meinem Haus. Meine Frau ist beim Arzt. Ich sollte eigentlich bei der Arbeit sein, aber ich habe mich krank gemeldet. Meine Frau weiß nichts von alledem. Ich habe es niemandem gesagt. Wenn Sie mich sehen, haben Sie auch das hier gelesen. Dies ist eine eidesstattliche Erklärung, die ich unterschrieben habe, und ich habe vor, sie zusammen mit dieser Kassette aufzubewahren, wahrscheinlich in einem Schließfach bei einer Bank in der Innenstadt. Ich werde die Erklärung vorlesen und noch auf einige andere Dinge zu sprechen kommen.«

»Wir haben die Erklärung«, sagte Gray schnell. Er stand neben Darby an der Wand. Niemand sah ihn an. Alle Augen hingen am Bildschirm. Morgan las langsam die Erklärung vor. Sein Blick wanderte von den Seiten zur Kamera, hin und her, hin und her.

Dazu brauchte er zehn Minuten. Jedesmal, wenn Darby das Wort ›Pelikan‹ hörte, schloß sie die Augen und schüttelte langsam den Kopf. Darauf war alles hinausgelaufen. Es war ein böser Traum. Sie versuchte zuzuhören.

Als Morgan mit der Erklärung fertig war, legte er sie auf den Tisch und wendete sich ein paar Notizen auf einem Block zu. Er war ein gutaussehender Mann, der jünger wirkte als neunundzwanzig. Er war zu Hause, deshalb trug er keine Krawatte, nur ein gestärktes weißes Oberhemd. White and Blazevich war nicht gerade der ideale Ort, um dort zu arbeiten, aber die meisten der vierhundert Anwälte waren anständig und hatten vermutlich keine Ahnung von Mattiece. Er bezweifelte sogar, daß außer Wakefield, Velmano und Einstein noch andere an der Verschwörung beteiligt waren. Es gab einen Partner namens Jarreld Schwabe, dem zuzutrauen war, daß er daran beteiligt war, aber Morgan hatte keinen Beweis dafür. (Darby erinnerte sich gut an ihn.) Da war eine Sekretärin, die die Firma ein paar Tage nach den Morden ganz plötzlich verlassen hatte. Ihr Name war Miriam LaRue, und sie hatte achtzehn Jahre in der Öl- und Gasabteilung gearbeitet. Durchaus möglich, daß sie etwas wußte. Sie wohnte in Fall Church. Eine andere Sekretärin, deren Namen er nicht nennen wollte, hatte ihm erzählt, sie hätte gehört, wie Wakefield und Velmano darüber sprachen, ob man ihm, Morgan, vertrauen könnte. Aber sie hatte nur Bruchstücke gehört. Sie behandelten ihn anders, nachdem das Memo auf seinem Schreibtisch gefunden worden war. Es war, als hätten sie ihn am liebsten an die Wand gestellt und ihm mit dem Tode gedroht, falls er über das Memo sprechen sollte, aber das konnten sie nicht, weil sie nicht sicher waren, ob er es gesehen hatte. Sie scheuten davor zurück, deshalb einen großen Wirbel zu machen. Aber er hatte es gesehen, und sie waren fast sicher, daß er es gesehen hatte. Und wenn sie bei den Morden an Rosenberg und Jensen die Hand im Spiel gehabt hatten – er war schließlich nur ein angestellter Anwalt und in Sekundenschnelle zu ersetzen.

Litsky, der Anwalt, schüttelte ungläubig den Kopf. Die Lähmung ließ nach, und sie bewegten sich ein wenig auf ihren Stühlen.

Morgan fuhr mit dem Wagen zur Arbeit, und zweimal war ihm jemand gefolgt. Einmal, beim Lunch, hatte er einen Mann gesehen, der ihn beobachtete. Er redete eine Weile über seine Familie, dann begann er abzuschweifen. Es war offensichtlich, daß er keine harten Tatsachen mehr zu bieten hatte. Gray gab Feldman die Erklärung und das Memo, der es las und Krauthammer übergab, der es seinerseits weiterreichte.

Morgans letzte Worte waren erschreckend. »Ich weiß nicht, wer diese Kassette sehen wird. Ich werde dann tot sein, also spielt es wohl keine Rolle. Ich hoffe, Sie werden dies dazu benutzen, Mattiece und seine skrupellosen Anwälte festzunageln. Aber wenn die skrupellosen Anwälte dies sehen, dann könnt ihr alle zur Hölle fahren.«

Gray nahm die Kassette aus dem Recorder. Er rieb sich die Hände und lächelte die Anwesenden an. »Nun, meine Herren, haben wir Ihnen genug Beweismaterial gebracht, oder wollen Sie noch mehr?«

»Ich kenne diese Leute«, sagte Litsky fassungslos. »Wakefield und ich haben im vorigen Jahr zusammen Tennis gespielt.«

Feldman war aufgestanden und wanderte herum. »Wie haben Sie Morgan ausfindig gemacht?«

»Das ist eine lange Geschichte«, sagte Gray.

»Geben Sie mir die Kürzestfassung.«

»Wir haben einen Jurastudenten gefunden, der im Sommer als Praktikant bei White and Blazevich gearbeitet hat. Er hat ein Foto von Morgan identifiziert.«

»Wie sind Sie an das Foto gekommen?« fragte Litsky.

»Fragen Sie nicht. Das tut nichts zur Sache.«

»Ich bin dafür, daß wir die Story bringen«, sagte Krauthammer laut.

»Ich auch«, sagte Elliot Cohen.

»Wo waren die Kassette und die Erklärung?«

»In einem Schließfach der First Columbia. Morgans Frau hat mir heute morgen um fünf den Schlüssel gegeben. Ich habe nichts Unrechtes getan. Das Pelikan-Dossier ist von einem Unbeteiligten vollauf verifiziert worden.«

»Wir sollten sie bringen«, sagte Ernie DeBasio. »Mit der größten Schlagzeile seit NIXON ZURÜCKGETRETEN.«

Feldman blieb neben Smith Keen stehen. Die beiden Freunde musterten sich eingehend. »Wir sollten sie bringen«, sagte Keen.

Er wendete sich an den Anwalt. »Vince?«

»In juristischer Hinsicht gibt es keine Einwände. Aber ich würde die Story gern sehen, wenn sie geschrieben ist.«

»Wie lange werden Sie dazu brauchen?« fragte Keen Gray.

»Der Teil über das Dossier ist bereits skizziert. Den kann ich in ungefähr einer Stunde fertig haben. Geben Sie mir zwei Stunden für Morgan. Höchstens drei.«

Feldman hatte nicht gelächelt, seit er Darby die Hand gegeben hatte. Jetzt durchquerte er den Raum und baute sich vor Gray auf. »Was ist, wenn diese Kassette ein Schwindel ist?«

»Ein Schwindel? Wir reden über Leichen, Jackson. Ich habe die Witwe gesehen. Sie ist eine echte, lebendige Witwe. Unsere Zeitung hat über den Mord an Morgan berichtet. Er ist tot. Sogar seine Firma hat gesagt, daß er tot ist. Und das ist er selbst auf der Kassette, der vom Sterben redet. Ich weiß, daß er es ist. Und wir haben mit der Notarin gesprochen, die seine Unterschrift auf der eidesstattlichen Erklärung beglaubigt hat. Sie hat ihn identifiziert.« Gray wurde lauter und ließ den Blick durch den Raum wandern. »Alles, was er gesagt hat, verifiziert das Pelikan-Dossier. Alles. Mattiece, den Prozeß, die Morde. Und dann haben wir Darby, die Verfasserin des Dossiers. Und weitere Leichen, und sie haben sie durchs ganze Land gejagt. Da gibt es keine Löcher, Jackson. Es ist eine Story.«

Endlich lächelte Feldman. »Es ist mehr als eine Story. Sehen Sie zu, daß Sie bis zwei Uhr fertig sind. Jetzt ist es elf. Benutzen Sie diesen Konferenzraum und schließen Sie die Tür zu.« Feldman wanderte wieder herum. »Wir kommen um Punkt zwei hier wieder zusammen und lesen den Entwurf. Zu niemandem ein Wort.«

Die Männer standen auf und verließen den Raum, aber nicht, bevor jeder Darby die Hand gegeben hatte. Sie wußten nicht recht, ob sie herzlichen Glückwunsch oder danke oder was auch immer sagen sollten, deshalb lächelten sie nur und schüttelten ihr die Hand. Sie blieb sitzen.

Nachdem sie allein waren, setzte sich Gray neben sie, und sie hielten sich bei den Händen.

»Wie fühlen Sie sich?« fragte er.

»Ich weiß nicht. Dies ist das Ende der Straße, nehme ich an. Wir haben es geschafft.«

»Das hört sich nicht sonderlich glücklich an.«

»Ich habe schon bessere Monate gehabt. Ich freue mich für Sie.«

Er sah sie an. »Weshalb freuen Sie sich für mich?«

»Sie haben die Teile zusammengefügt und morgen kommt es heraus. Und es steht ganz groß Pulitzerpreis darauf.«

»Daran habe ich überhaupt nicht gedacht.«

»Lügner.«

»Okay, vielleicht einmal. Aber als Sie gestern aus dem Fahrstuhl kamen und mir sagten, daß Garcia tot ist, da habe ich aufgehört, an Pulitzerpreise zu denken.«

»Das ist nicht fair. Ich habe die ganze Arbeit getan. Wir haben meinen Verstand und mein Aussehen und meine Beine benutzt, und Sie heimsen den ganzen Ruhm ein.«

»Ich werde mit Vergnügen Ihren Namen nennen. Ich werde sagen, daß Sie das Dossier geschrieben haben. Wir bringen Ihr Foto auf der Titelseite, neben denen von Rosenberg, Jensen, Mattiece, dem Präsidenten, Verheek und ...«

»Thomas? Wird auch sein Foto gebracht werden?«

»Das hat Feldman zu entscheiden. In diesem Fall hat er das letzte Wort.«

Sie dachte darüber nach und sagte nichts.

»Also, Ms. Shaw. Ich habe drei Stunden, um die größte Story meiner Laufbahn zu schreiben. Eine Story, die die Welt erschüttern wird. Eine Story, die einen Präsidenten zu Fall bringen kann. Eine Story, die die Morde aufklärt. Eine Story, die mich reich und berühmt machen wird.«

»Sie sollten mich sie schreiben lassen.«

»Würden Sie das tun? Ich bin müde.«

»Holen Sie Ihre Notizen. Und Kaffee.«

Sie machten die Tür zu und setzten sich an den Tisch. Ein Volontär rollte einen PC mit einem Drucker herein. Sie baten ihn, eine Kanne Kaffee zu bringen. Und etwas Obst. Sie umrissen die Story abschnittsweise, beginnend mit den Morden, dann der Pelikan-Fall im Süden von Louisiana, dann Mattiece und seine Verbindung zum Präsidenten, dann das Pelikan-Dossier und das ganze Unheil, das es angerichtet hatte, Callahan, Verheek, dann Curtis Morgan und seine Straßenräuber, dann White and Blazevich und Wakefield, Velmano und Einstein. Darby zog es vor, mit der Hand zu schreiben. Sie umriß den Prozeß und das Dossier und das, was von Mattiece bekannt war. Gray übernahm den Rest und tippte rohe Notizen in den Computer. Darby war ein Muster an Organisation, mit ordentlich auf dem Tisch ausgelegten Notizen und sorgfältig auf Papier niedergeschriebenen Worten. Er war ein Wirbelwind von Chaos – er redete mit dem Computer und druckte auf gut Glück Absätze aus, die verworfen wurden, sobald sie auf dem Papier standen. Sie sagte ihm immer wieder, er sollte ruhig sein. Dies ist keine juristische Bibliothek, erklärte er ihr. Hier arbeitete man mit einem Telefon an jedem Ohr und jemandem, der einem etwas zuruft.

Halb eins schickte Smith Keen Essen herein. Darby aß ein kaltes Sandwich und beobachtete den Verkehr unten auf der Straße. Gray wühlte sich durch Berichte über Wahlkampffinanzierungen.

Sie sah ihn. Er lehnte an der Mauer eines Hauses auf der anderen Seite der Fünfzehnten Straße, und er wäre nicht verdächtig gewesen, wenn er nicht eine Stunde zuvor am Madison Hotel gelehnt hätte. Er trank etwas aus einem großen Plastikbecher und beobachtete den Vordereingang der *Post*. Er trug eine schwarze Mütze und Jeansjacke und -hose. Er war unter dreißig. Und er stand einfach da und schaute über die Straße. Sie knabberte an ihrem Sandwich und beobachtete ihn zehn Minuten. Er trank aus seinem Becher und rührte sich nicht von der Stelle.

»Gray, kommen Sie bitte einmal her.«

»Was ist?« Er trat zu ihr. Sie zeigte auf den Mann mit der schwarzen Mütze.

»Sehen Sie ihn sich genau an«, forderte sie ihn auf. »Sagen Sie mir, was er tut.«

»Er trinkt etwas, vermutlich Kaffee. Er lehnt an dem Haus dort drüben, und er beobachtet dieses Gebäude.«

»Was hat er an?«

»Jeans von Kopf bis Fuß und eine schwarze Mütze. Und anscheinend Stiefel. Was ist mit ihm?«

»Vor einer Stunde habe ich ihn dort drüben am Hotel gesehen. Er war halb verdeckt von dem Wagen der Telefongesellschaft, aber ich wußte, daß er es war. Und jetzt steht er hier.«

»Also?«

»Also hat er zumindest während der letzten Stunde hier herumgestanden und nichts getan, als dieses Gebäude zu beobachten.«

Gray nickte. Dies war nicht der Augenblick für eine dumme Bemerkung. Der Mann sah verdächtig aus, und sie war beunruhigt. Sie waren ihr zwei Wochen lang gefolgt, von New Orleans nach New York und jetzt vielleicht nach Washington. Vom Verfolgtwerden verstand sie mehr als er.

»Was meinen Sie, Darby?«

»Nennen Sie mir einen guten Grund, weshalb dieser Mann, der offensichtlich kein Penner ist, so etwas tut.«

Der Mann sah auf die Uhr und ging langsam den Gehsteig entlang, bis er außer Sicht war. Auch Darby sah auf die Uhr.

»Jetzt ist es genau eins«, sagte sie. »Sehen wir jede Viertelstunde nach.«

»Okay. Ich bezweifle, daß etwas dahintersteckt«, sagte er – ein Versuch, sie zu beruhigen. Es funktionierte nicht. Sie setzte sich an den Tisch und betrachtete ihre Notizen.

Er beobachtete sie und kehrte dann langsam zum Computer zurück.

Gray tippte intensiv eine Viertelstunde lang, dann trat er wieder ans Fenster. Darby beobachtete ihn genau. »Ich sehe ihn nicht«, sagte er.

Sie sahen ihn um halb zwei. »Darby«, sagte er und deutete auf die Stelle, an der sie ihn zuerst gesehen hatte. Sie schaute aus dem Fenster und richtete langsam den Blick auf den Mann mit der schwarzen Mütze. Jetzt trug er einen dunkelgrünen Anorak, und er schaute nicht zur *Post* herüber. Er betrachtete seine Stiefel und warf nur von Zeit zu Zeit einen Blick auf den Haupteingang. Das machte ihn noch verdächtiger, aber er stand halb versteckt hinter einem Lieferwagen. Der Plastikbecher war verschwunden. Er zündete sich eine Zigarette an. Er warf einen Blick auf die *Post*, dann beobachtete er den Gehsteig vor dem Gebäude.

»Weshalb habe ich dieses flaue Gefühl im Magen?« sagte Darby.

»Wie konnten sie Ihnen folgen? Es ist unmöglich.«

»Sie haben gewußt, daß ich in New York war. Das kam mir damals auch unmöglich vor.«

»Vielleicht sind sie mir gefolgt. Man hat mir gesagt, daß ich beobachtet würde. Und genau das tut der Kerl. Woher sollte er wissen, daß Sie hier sind? Der Typ hat es auf mich abgesehen.«

»Vielleicht«, sagte sie langsam.

»Haben Sie ihn schon einmal gesehen?«

»Sie stellen sich nicht vor.«

»Wir haben noch eine halbe Stunde, und dann sind sie hier, um unsere Story zurechtzuschnitzen. Wir sollten zusehen, daß wir fertig werden. Danach können wir uns mit dem Typen dort drüben beschäftigen.«

Sie machten sich wieder an die Arbeit. Viertel vor zwei sah er wieder aus dem Fenster, und der Mann war fort. Der Drucker ratterte den ersten Entwurf heraus, und sie machte sich ans Überarbeiten.

Die Redakteure lasen mit ihren Bleistiften. Litsky, der Anwalt, las zu seinem Vergnügen. Ihm schien es mehr Spaß zu machen als den anderen.

Es war eine lange Story, und Feldman strich sie zusammen. Smith Keen machte Randnotizen. Krauthammer gefiel, was er las.

Sie lasen langsam und schweigend. Gray überarbeitete das Ganze noch einmal. Darby stand am Fenster. Der Typ war wieder da, jetzt mit einem marineblauen Blazer zu den Jeans. Es war bewölkt, um die fünfzehn Grad, und er trank aus dem Becher. Er hatte ihn mit beiden Händen umfaßt, um sich warm zu halten. Er trank einen Schluck, schaute zur *Post*, schaute die Straße entlang und wieder auf seinen Becher. Er stand jetzt vor einem anderen Gebäude, und genau um Viertel nach zwei begann er, auf der Fünfzehnten nach Norden hin Ausschau zu halten.

Ein Wagen hielt auf seiner Straßenseite an. Die hintere Tür wurde geöffnet, und da war er. Der Wagen fuhr schnell davon. Leicht hinkend ging Stummel auf den Mann mit der schwarzen Mütze zu. Sie wechselten ein paar Worte, dann ging Stummel südwärts zur Kreuzung von Fünfzehnter und L Street. Der Typ blieb, wo er war.

Sie sah sich im Konferenzraum um. Sie waren in die Story vertieft. Stummel war nicht mehr zu sehen, also konnte sie ihn Gray nicht zeigen, der las und lächelte. Nein, sie beobachteten nicht den Reporter. Sie warteten auf sie.

Und sie mußten zu allem entschlossen sein. Sie standen auf der Straße und hofften darauf, daß irgendein Wunder geschah – daß sie aus dem Gebäude kam und sie sie erledigen konnten. Sie war drinnen, packte aus und schwenkte Kopien dieses verdammten Dossiers. Irgendwie mußten sie ihr Einhalt gebieten. Sie hatten ihre Anweisungen.

Sie war in einem Raum voller Männer, und plötzlich fühlte sie sich nicht mehr sicher.

Feldman wurde als letzter fertig. Er schob sein Exemplar Gray zu. »Kleinigkeiten. Dürfte ungefähr eine Stunde kosten. Reden wir über Telefonanrufe.«

»Nur drei, meine ich«, sagte Gray. »Das Weiße Haus, das FBI und White and Blazevich.«

»Von denen haben Sie nur Wakefield beim Namen genannt. Weshalb?« fragte Krauthammer.

»Ihn hat Morgan am schwersten belastet.«

»Aber das Memo kam von Velmano. Ich finde, sein Name sollte auch genannt werden.«

»Einverstanden«, sagte Smith Keen.

»Gleichfalls«, sagte DeBasio.

»Ich habe seinen Namen hineingeschrieben«, sagte Feldman. »Auf Einstein kommen wir später. Warten Sie bis halb fünf oder fünf, bevor Sie im Weißen Haus und bei White and Blazevich anrufen. Wenn Sie es früher tun, drehen sie vielleicht durch und rennen zum Gericht.«

»Stimmt«, sagte Litsky, der Anwalt. »Sie können es nicht verhindern, aber sie werden es versuchen. Ich würde mit dem Anruf bis fünf warten.«

»Okay«, sagte Gray. »Um halb vier bin ich mit der Überarbeitung fertig. Dann rufe ich das FBI an und höre mir an, was man dort dazu zu sagen hat. Dann das Weiße Haus, dann White and Blazevich.«

Feldman war schon fast zur Tür hinaus. »Wir treffen uns hier um halb vier wieder. Bleibt in der Nähe eurer Telefone.«

Als der Raum wieder leer war, schloß Darby die Tür und zeigte auf das Fenster. »Habe ich Ihnen gegenüber je Stummel erwähnt?«

»Ist er etwa aufgetaucht?«

Sie schauten auf die Straße hinunter.

»Ja. Er hat sich mit unserem kleinen Freund getroffen, dann ist er wieder verschwunden. Ich bin ganz sicher, daß er es war.«

»Damit bin ich wohl aus dem Spiel.«

»Höchstwahrscheinlich. Ich möchte so schnell wie möglich von hier fort.«

»Wir lassen uns etwas einfallen. Ich informiere unseren Sicherheitsdienst. Soll ich es Feldman sagen?«

»Nein. Noch nicht.«

»Ich kenne einige Polizisten.«

»Großartig. Und sie können einfach anmarschiert kommen und die Kerle zusammenschlagen.«

»Diese Polizisten könnten es.«

»Sie können ihnen nichts anhaben. Was tun sie denn schon?«

»Sie planen nur einen Mord.«

»Wie sicher sind wir in diesem Gebäude?«

Gray dachte kurz nach. »Erlauben Sie, daß ich es Feldman sage. Wir werden zwei Wachmänner vor diese Tür postieren.«

»Okay.«

Um halb vier hieß Feldman die zweite Fassung gut, und Gray bekam grünes Licht für seinen Anruf beim FBI. Vier Telefone wurden in den Konferenzraum gebracht, und das Bandgerät wurde eingeschaltet. Feldman, Smith Keen und Krauthammer hörten an den Nebenapparaten mit.

Gray rief Phil Norvell an, einen guten Bekannten und gelegentlichen Informanten, wenn es so etwas innerhalb des FBI überhaupt gab. Norvell meldete sich an seinem eigenen Apparat. »Phil, Gray Grantham von der *Post*.«

»Ich weiß, für wen Sie arbeiten, Gray.«

»Ich habe das Bandgerät eingeschaltet.«

»Dann muß es etwas Ernstes sein. Was liegt an?«

»Wir bringen morgen früh eine Story mit allen Einzelheiten über eine Verschwörung zur Ermordung von Rosenberg und Jensen. Wir benennen Victor Mattiece, einen Ölspekulanten, und zwei seiner Anwälte hier in Washington. Wir erwähnen auch Verheek, natürlich nicht als einen der Verschwörer. Wir glauben, daß das FBI schon frühzeitig über Mattiece Bescheid wußte, es aber auf Drängen des

Weißen Hauses unterließ, der Sache nachzugehen. Wir wollten euch Gelegenheit zu einem Kommentar geben.«

Vom anderen Ende der Leitung kam keine Reaktion. »Phil, sind Sie noch da?«

»Ja, natürlich.«

»Irgendein Kommentar?«

»Ich bin sicher, daß wir einen Kommentar dazu haben, aber ich muß Sie zurückrufen.«

»Wir gehen bald in Druck. Sie sollten sich also beeilen.«

»Also, Gray, das ist wirklich ein Schuß aus dem Hinterhalt. Können Sie es einen Tag zurückhalten?«

»Ausgeschlossen.«

Norvell schwieg einen Moment. »Okay. Ich spreche mit Mr. Voyles, dann rufe ich zurück.«

»Danke.«

»Nein, ich danke Ihnen, Gray. Das ist wundervoll. Mr. Voyles wird hellauf begeistert sein.«

»Wir warten.« Gray drückte auf einen Knopf und machte die Leitung frei. Keen stellte das Bandgerät ab.

Sie warteten acht Minuten, dann war Voyles selbst am Apparat. Er bestand darauf, mit Jackson Feldman zu sprechen. Das Bandgerät war wieder eingeschaltet.

»Mr. Voyles?« sagte Feldman herzlich. Die beiden hatten sich viele Male getroffen, das »Mister« war also unnötig.

»Nennen Sie mich Denton, verdammt noch mal. Hören Sie, Jackson, was hat Ihr Junge schon in der Hand? Ihr springt von einer Klippe hinunter. Wir haben Mattiece nachgespürt, spüren ihm immer noch nach, und es ist zu früh, gegen ihn vorzugehen. Also, was hat Ihr Junge in der Hand?«

»Sagt Ihnen der Name Darby Shaw etwas?« Feldman lächelte, als er die Frage stellte. Sie stand an der Wand.

Voyles reagierte sehr langsam. »Ja«, sagte er nur.

»Mein Junge hat das Pelikan-Dossier, Denton, und ich sitze hier und sehe Darby Shaw an.«

»Ich hatte befürchtet, sie wäre tot.«

»Nein. Sie ist überaus lebendig. Sie und Gray haben die in dem Dossier angeführten Fakten aus anderer Quelle bestätigt. Es ist alles hieb- und stichfest, Denton.«

Voyles stieß einen tiefen Seufzer aus und warf das Handtuch. »Wir stellen Nachforschungen über Mattiece als Verdächtigen an«, sagte er.

»Das Bandgerät ist eingeschaltet, Denton, also seien Sie vorsichtig.«

»Wir müssen miteinander reden. Von Mann zu Mann, meine ich. Vielleicht kann ich Ihnen ein paar Hintergründe liefern.«

»Sie können gern herkommen.«

»Das werde ich tun. Ich bin in zwanzig Minuten bei Ihnen.«

Die Redakteure hatten einen Mordsspaß bei der Vorstellung, wie der große F. Denton Voyles in seine Limousine sprang und zur *Post* raste. Sie hatten ihn seit Jahren beobachtet und wußten, daß er ein Meister darin war, sich mit Niederlagen abzufinden. Er haßte die Presse, und seine Bereitwilligkeit, auf ihrem eigenen Spielfeld zu reden, konnte nur eines bedeuten – er würde auf jemand anderen zeigen. Aller Wahrscheinlichkeit nach aufs Weiße Haus.

Darby hatte kein Verlangen, dem Mann zu begegnen. Ihre Gedanken beschäftigten sich mit dem Entkommen. Sie konnte auf den Mann mit der schwarzen Mütze deuten, aber der war schon seit einer halben Stunde nicht mehr da. Und was konnte das FBI schon tun? Zuerst mußten sie ihn fangen, und was dann? Ihm vorwerfen, daß er herumgelungert und einen Hinterhalt geplant hatte? Ihn foltern und zwingen, alles zu gestehen? Wahrscheinlich würden sie ihr kein Wort glauben.

Sie wollte mit dem FBI nichts zu tun haben. Sie wollte seinen Schutz nicht. Sie war im Begriff, eine Reise zu machen, und niemand würde wissen, wohin. Gray vielleicht ausgenommen. Aber vielleicht auch nicht.

Er wählte die Nummer des Weißen Hauses, und sie griffen nach den Nebenapparaten. Keen schaltete das Bandgerät ein.

»Fletcher Coal, bitte. Ich bin Gray Grantham von der *Washington Post*, und es ist sehr dringend.«

Er wartete. »Weshalb Coal?« fragte Keen.

»Alles muß über ihn laufen«, sagte Gray mit der Hand auf der Sprechmuschel.

»Sagt wer?«

»Sagt ein Informant.«

Die Sekretärin meldete sich mit der Nachricht, Mr. Coal wäre unterwegs. Bitte warten Sie. Gray lächelte. Das Adrenalin durchflutete seinen Körper.

Endlich: »Fletcher Coal.«

»Ja, Mr. Coal. Gray Grantham von der *Post*. Ich nehme dieses Gespräch auf. Haben Sie verstanden?«

»Ja.«

»Stimmt es, daß Sie sämtlichen Personen im Weißen Haus mit Ausnahme des Präsidenten eine Direktive haben zukommen lassen, derzufolge alle Mitteilungen an die Presse zuvor von Ihnen gutgeheißen werden müssen?«

»Völliger Unsinn. Um diese Dinge kümmert sich der Pressesprecher.«

»Ich verstehe. Wir bringen morgen früh eine Story, die, kurz gesagt, die in dem Pelikan-Dossier aufgezeigten Fakten bestätigt. Sie kennen das Pelikan-Dossier?«

Langsam: »Ich kenne die Akte.«

»Wir wissen, daß Mr. Victor Mattiece den Wahlkampf des Präsidenten vor drei Jahren mit mehr als vier Millionen Dollar unterstützt hat.«

»Vier Millionen und zweihunderttausend, alles auf legalen Wegen.«

»Wir glauben außerdem, daß das Weiße Haus interveniert und versucht hat, die Nachforschungen des FBI in bezug auf Mr. Mattiece zu behindern, und wir hätten dazu gern Ihren Kommentar.«

»Ist das etwas, was Sie glauben, oder etwas, was Sie zu drucken vorhaben?«

»Wir versuchen, dafür eine Bestätigung zu bekommen.«

»Und wer, glauben Sie, wird Ihnen das bestätigen?«

»Wir haben unsere Informanten, Mr. Coal.«

»Ach, haben Sie die? Das Weiße Haus bestreitet nachdrücklich jede Einmischung in diese Untersuchung. Nach dem tragischen Tod von Rosenberg und Jensen hat der Präsident darum gebeten, über den Stand der gesamten Untersuchung auf dem laufenden gehalten zu werden, aber es hat weder eine direkte noch eine indirekte Einmischung des Weißen Hauses in irgendeinen Aspekt der Untersuchung gegeben. Da sind Sie falsch informiert worden.«

»Hält der Präsident Victor Mattiece für einen Freund?«

»Nein. Sie sind sich einmal begegnet, und Mr. Mattiece hat, wie bereits erwähnt, einen beachtlichen Beitrag zum Wahlkampf geleistet, aber er ist kein Freund des Präsidenten.«

»Aber sein Beitrag war der größte, nicht wahr?«

»Das kann ich nicht bestätigen.«

»Haben Sie sonst noch irgendeinen Kommentar?«

»Nein. Ich bin sicher, daß der Pressesprecher morgen früh darauf eingehen wird.«

Sie legten auf, und Keen schaltete das Bandgerät aus. Feldman war auf den Beinen und rieb sich die Hände. »Ich würde ein Jahresgehalt dafür geben, wenn ich jetzt im Weißen Haus sein könnte«, sagte er.

»Er ist eiskalt, nicht wahr?« sagte Gray bewundernd.

»Ja, aber sein eiskalter Hintern steckt jetzt ganz tief in kochendem Wasser.«

42

Für einen Mann, der es gewohnt war, seine Macht zu demonstrieren und zuzusehen, wie andere vor ihm krochen, war es schwierig, mit dem Hut in der Hand aufzutreten und um gut Wetter zu bitten. Er durchquerte mit K. O. Lewis und zwei Agenten im Schlepp die Redaktion so bescheiden, wie er nur konnte. Er trug seinen üblichen verknautschten Trenchcoat mit dem um die Mitte seiner kleinen, massigen Gestalt eng zusammengeschnallten Gürtel. Er machte nicht viel her, aber sein Gebaren und sein Gang ließen keinen Zweifel daran, daß er es gewohnt war, seinen Kopf durchzusetzen. Alle mit dunklen Mänteln angetan, erweckten sie den Eindruck eines Mafiabosses mit seinen Leibwächtern. In der geschäftigen Redaktion trat für einen Moment Stille ein, als sie sie schnell durchquerten. F. Denton Voyles war, bescheiden oder nicht, eine nicht zu übersehende Persönlichkeit.

Eine kleine, angespannte Gruppe von Redakteuren wartete auf dem kurzen Flur vor Feldmans Büro. Howard Krauthammer kannte Voyles und ging ihm entgegen. Sie gaben sich die Hand und flüsterten. Feldman war am Telefon und sprach mit Mr. Ludwig, dem Verleger, der in China war. Smith Keen gesellte sich zu ihnen und gab Voyles und Lewis die Hand. Die beiden Agenten hielten Abstand.

Feldman öffnete seine Tür und sah Denton Voyles. Er bedeutete ihm, hereinzukommen. K. O. Lewis folgte ihm. Sie tauschten Routinehöflichkeiten aus, bis Smith Keen die Tür schloß und alle sich niedergelassen hatten.

»Ich nehme an, Sie haben eine eindeutige Bestätigung des Pelikan-Dossiers«, sagte Voyles.

»Die haben wir«, erwiderte Feldman. »Wollen Sie und Mr. Lewis nicht das Manuskript der Story lesen? Ich meine, das würde die Sache vereinfachen. Wir gehen in ungefähr einer Stunde in Satz, und der Reporter, Mr. Grantham, möchte Ihnen Gelegenheit zu einem Kommentar geben.«

»Das weiß ich zu würdigen.«

Feldman ergriff ein Exemplar des Manuskripts und reichte es Voyles, der es leicht widerstrebend nahm. K. O. Lewis beugte sich vor, und sie begannen sofort mit der Lektüre. »Wir gehen nach draußen«, sagte Feldman. »Lassen Sie sich Zeit.« Er und Keen verließen das Büro und machten die Tür hinter sich zu. Die beiden Agenten rückten enger zusammen.

Feldman und Keen durchquerten die Redaktion und steuerten auf die Tür des Konferenzraums zu. Davor standen zwei massige Wachmänner. Als sie eintraten, fanden sie Gray und Darby allein darin vor.

»Sie müssen White and Blazevich anrufen«, sagte Feldman.

»Ich habe nur auf Sie gewartet.«

Sie nahmen die Hörer der Nebenapparate ab. Krauthammer war anderswo beschäftigt, und Keen gab Darby seinen Hörer. Gray wählte die Nummer.

»Marty Velmano, bitte«, sagte Gray. »Ich bin Gray Grantham von der *Washington Post*, und ich muß mit ihm sprechen. Es ist dringend.«

»Einen Moment, bitte«, sagte die Sekretärin.

Der Moment verging, und eine andere Sekretärin war am Apparat. »Mr. Velmanos Büro.«

Gray identifizierte sich abermals und verlangte nach ihrem Boß.

»Er ist in einer Sitzung«, sagte sie.

»Ich auch«, sagte Gray. »Gehen Sie hinein, sagen Sie ihm, wer ich bin, und sagen Sie ihm weiterhin, daß heute um Mitternacht sein Foto auf der Titelseite der *Post* erscheinen wird.«

»Nun – ja, Sir.«

Sekunden später sagte Velmano: »Ja, was gibt es?«

Gray nannte seinen Namen zum dritten Mal und wies auf das Bandgerät hin.

»Ich habe verstanden«, fuhr Velmano ihn an.

»Wir bringen in der Morgenausgabe eine Story über Ihren Mandanten Victor Mattiece und seine Verwicklung in die Morde an den Richtern Rosenberg und Jensen.«

»Großartig! Dafür werden wir Sie die nächsten zwanzig Jahre vor Gericht schleifen. Sie müssen den Verstand verloren haben, Mann. Wir werden die *Post* aufkaufen.«

»Ja, Sir. Denken Sie daran, wir nehmen das auf.«

»Nehmen Sie auf, was Sie wollen. Wir werden Sie verklagen. Das wird großartig werden! Victor Mattiece wird die *Washington Post* kaufen! Das ist fantastisch!«

Gray schüttelte fassungslos den Kopf. Die Redakteure lächelten den Fußboden an. Das war im Begriff, überaus spaßig zu werden.

»Ja, Sir. Haben Sie von dem Pelikan-Dossier gehört? Wir haben eine Kopie.«

Totenstille. Dann ein fernes Grunzen, wie das letzte Keuchen eines sterbenden Hundes. Dann abermals Stille.

»Mr. Velmano? Sind Sie noch da?«

»Ja.«

»Wir haben außerdem eine Kopie des Memos, das Sie am 28. September an Sims Wakefield geschickt haben und in dem Sie darauf hinweisen, daß die Aussichten Ihres Mandanten wesentlich besser wären, wenn Rosenberg und Jensen aus dem Gericht entfernt würden. Wir wissen aus sicherer Quelle, daß diese Idee von jemandem recherchiert wurde, der Einstein genannt wird und unseres Wissens in einer Bibliothek im sechsten Stock Ihrer Firma sitzt.«

Stille.

Gray fuhr fort: »Wir haben die Story so weit fertig, daß sie in Satz gehen kann, aber wir wollten Ihnen Gelegenheit zu einem Kommentar geben. Möchten Sie einen Kommentar abgeben, Mr. Velmano?«

»Ich habe Kopfschmerzen.«

»Okay. Sonst noch etwas?«

»Haben Sie vor, das Memo Wort für Wort zu bringen?«

»Ja.«

»Wollen Sie mein Foto bringen?«

»Ja. Es ist ein altes, von einer Anhörung vor dem Senat.«

»Sie Mistkerl.«

»Vielen Dank. Sonst noch etwas?«

»Ich stelle fest, daß Sie bis fünf Uhr gewartet haben. Eine Stunde früher, und wir hätten zum Gericht laufen und diese verdammte Sache stoppen können.«

»Ja, Sir. Das haben wir absichtlich getan.«

»Sie Mistkerl.«

»Okay.«

»Ihnen macht es wohl nichts aus, Leute zu ruinieren, ja?« Die Stimme versagte, und er hörte sich fast bemitleidenswert an. Was für ein wundervolles Zitat. Gray hatte auf das Bandgerät hingewiesen, aber Velmano war zu schockiert, um daran zu denken.

»Nein, Sir. Sonst noch etwas?«

»Sagen Sie Jackson Feldman, daß die Klage morgen früh um neun, sowie das Gericht öffnet, erhoben wird.«

»Das werde ich tun. Bestreiten Sie, das Memo geschrieben zu haben?«

»Natürlich.«

»Bestreiten Sie die Existenz des Memos?«

»Es ist pure Erfindung.«

»Es wird kein Verfahren geben, Mr. Velmano, und ich glaube, Sie wissen es.«

Stille, dann: »Sie Mistkerl.«

In den Hörern klickte es, und sie hörten nur noch das Freizeichen. Sie lächelten einander ungläubig an. »Möchten Sie nicht Journalistin werden, Darby?« fragte Keen.

»Oh, das macht schon Spaß«, sagte sie. »Aber gestern wäre beinahe zweimal jemand über mich hergefallen. Nein, danke.«

Feldman stand auf und deutete auf das Bandgerät. »Ich bin dafür, daß wir nichts davon benutzen.«

»Aber mir hat der Satz über das Ruinieren von Leuten gefallen. Und was ist mit den Prozeßdrohungen?«

»Wir brauchen sie nicht, Gray. Die Story nimmt schon jetzt die gesamte Titelseite ein. Vielleicht später.«

Jemand klopfte an die Tür. Es war Krauthammer. »Voyles möchte Sie sehen«, sagte er zu Feldman.

»Bringen Sie ihn her.«

Gray erhob sich, und Darby ging zum Fenster. Die Sonne wurde schwächer, Schatten breiteten sich aus. Der Verkehr kroch die Straße entlang. Von Stummel und seinen Genossen war nichts zu sehen, aber sie waren da, warteten zweifellos darauf, daß es dunkel wurde, planten zweifellos einen letzten Versuch, sie umzubringen, entweder vorbeugend oder aus Rache. Gray sagte, er hätte einen Plan, wie sie nach Redaktionsschluß das Gebäude verlassen könnten, ohne daß es zu einer Schießerei käme, aber er ließ sich nicht näher darüber aus.

Voyles kam mit K. O. Lewis herein. Feldman machte sie mit Gray Grantham und Darby Shaw bekannt. Voyles ging zu ihr und schaute lächelnd zu ihr auf. »Also Sie sind es, die all das ins Rollen gebracht hat«, sagte er und versuchte, es bewundernd klingen zu lassen. Es funktionierte nicht.

Er war ihr sofort unsympathisch. »Das war wohl eher Mr. Mattiece«, sagte sie kalt. Er wendete sich ab und zog den Trenchcoat aus.

»Können wir uns setzen?« fragte er in den Raum hinein.

Sie ließen sich um den Tisch herum nieder – Voyles, Lewis, Feldman, Keen, Grantham und Krauthammer. Darby blieb am Fenster stehen.

»Ich habe einen offiziellen Kommentar abzugeben«, verkündete Voyles und ließ sich von Lewis ein Blatt Papier reichen. Gray bereitete sich darauf vor, Notizen zu machen.

»Heute vor zwei Wochen haben wir ein Exemplar des Pelikan-Dossiers bekommen und es noch am gleichen Tag dem Weißen Haus übergeben. Es wurde vom stellvertretenden Direktor, K. O. Lewis, Mr. Fletcher Coal persönlich ausgehändigt, der es zusammen mit unserem Tagesbericht für das Weiße Haus erhielt. Bei dieser Zusammenkunft war Special Agent Eric East zugegen. Wir waren der Ansicht, daß es genügend Fragen aufwarf, um der Sache nachzugehen. Aber das ist sechs Tage lang unterblieben, bis Mr. Gavin Verheek, beratender Anwalt des Direktors, in New Orleans ermordet aufgefunden worden war. Daraufhin hat das FBI sofort mit umfassenden Nachforschungen über Victor Mattiece begonnen. Mehr als vierhundert Agenten von siebenundzwanzig Büros waren an der Untersuchung beteiligt, haben mehr als elftausend Stunden erbracht, mehr als sechshundert Leute verhört und Reisen in fünf andere Länder unternommen. Zur Zeit läuft die Untersuchung auf vollen Touren. Wir halten Victor Mattiece für den Hauptverdächtigen bei den Morden an den Richtern Rosenberg und Jensen, und gegenwärtig versuchen wir, ihn ausfindig zu machen.«

Voyles faltete das Blatt zusammen und gab es Lewis zurück.

»Was werden Sie tun, wenn Sie Mattiece finden?« fragte Grantham.

»Ihn verhaften.«

»Haben Sie einen Haftbefehl?«

»Den werden wir bald haben.«

»Haben Sie eine Ahnung, wo er steckt?«

»Offengestanden, nein. Wir versuchen seit einer Woche, ihn ausfindig zu machen, bisher ohne Erfolg.«

»Hat sich das Weiße Haus in Ihre Nachforschungen bezüglich Mattiece eingemischt?«

»Dazu werde ich mich inoffiziell äußern. Einverstanden?«

Gray warf einen Blick auf den Chefredakteur. »Einverstanden«, sagte Feldman.

Voyles musterte Feldman, dann Keen, dann Krauthammer, dann Grantham. »Was jetzt kommt, ist inoffiziell, okay? Sie dürfen es unter keinen Umständen verwenden. Sind wir uns darüber einig?«

Sie nickten und beobachteten ihn aufmerksam. Auch Darby beobachtete ihn.

Voyles warf Lewis einen mißtrauischen Blick zu. »Vor zwölf Tagen hat der Präsident der Vereinigten Staaten mich im Oval Office aufgefordert, Victor Mattiece als Verdächtigen zu ignorieren. Er hat verlangt, daß wir uns aus der Sache zurückziehen.«

»Hat er einen Grund dafür angegeben?« fragte Grantham.

»Den offenkundigen. Er hat gesagt, es wäre sehr peinlich für ihn und könnte seinen Bemühungen um eine Wiederwahl schweren Schaden zufügen. Er wäre der Ansicht, daß hinter dem Pelikan-Dossier nicht viel stecke, und wenn wir ihm nachgingen, würde die Presse Wind davon bekommen und er politischen Schaden erleiden.«

Krauthammer hörte mit offenem Mund zu. Keen starrte auf den Tisch. Feldman ließ sich kein Wort entgehen.

»Sind Sie ganz sicher?« fragte Gray.

»Ich habe das Gespräch aufgenommen. Ich habe ein Band, das niemand zu hören bekommt, es sei denn, daß der Präsident diese Unterredung abstreitet.«

Es folgte ein langes Schweigen, während dessen sie diesen niederträchtigen kleinen Bastard und sein Bandgerät bewunderten. Ein Tonband!

Feldman räusperte sich. »Sie haben die Story gelesen. Es gibt eine leere Zeitspanne zwischen dem Tag, an dem das FBI das Dossier bekam, und dem Beginn der Untersuchung. Die muß in der Story erklärt werden.«

»Sie haben meine Stellungnahme. Mehr bekommen Sie nicht.«

»Wer hat Gavin Verheek umgebracht?« fragte Gray.

»Ich kann mich über Details der Untersuchung nicht äußern.«

»Aber Sie wissen es?«

»Wir haben eine Vermutung. Aber mehr sage ich nicht.«

Gray ließ den Blick um den Tisch wandern. Es war offensichtlich, daß Voyles im Moment nicht mehr zu sagen hatte. Die Redakteure genossen den Augenblick.

Voyles lockerte seine Krawatte und lächelte beinahe. »Das ist natürlich inoffiziell, aber wie ist es Ihnen gelungen, Morgan, den toten Anwalt, ausfindig zu machen?«

»Ich kann mich über Details der Untersuchung nicht äußern«, sagte Gray mit einem boshaften Grinsen. Alle lachten.

»Wie geht es jetzt weiter?« fragte Krauthammer Voyles.

»Morgen mittag wird ein Geschworenengericht zusammentreten. Schnelle Anklageerhebung. Wir werden versuchen, Mattiece zu finden, aber das wird schwierig sein. Wir haben keine Ahnung, wo er sich aufhält. Er hat den größten Teil der letzten fünf Jahre auf den Bahamas verbracht, aber er besitzt Häuser in Mexiko, Panama und Paraguay.« Voyles warf zum zweiten Mal einen Blick auf Darby. Sie lehnte neben dem Fenster an der Wand und hörte zu.

»Wann kommt die erste Ausgabe heraus?« fragte Voyles.

»Wir drucken die ganze Nacht hindurch, ab halb elf«, sagte Keen.

»In welcher Ausgabe wird die Story erscheinen?«

»In der Stadt-Spätausgabe, ein paar Minuten vor Mitternacht. Sie hat die höchste Auflage.«

»Werden Sie Coals Foto auf der Titelseite bringen?«

Keen sah Krauthammer an, der Feldman ansah. »Sollten wir wohl. Wir werden Sie dahingehend zitieren, daß das Dossier Fletcher Coal persönlich ausgehändigt wurde, und ihn werden wir dahingehend zitieren, daß Mattiece dem Präsidenten vier Komma zwei Millionen Dollar hat zukommen lassen. Ja, ich finde, das Gesicht von Mr. Coal sollte auf der Titelseite erscheinen, zusammen mit denen aller anderen.«

»Das finde ich auch«, sagte Voyles. »Wenn ich um Mitternacht einen Mann herschicke, kann ich dann ein paar Exemplare bekommen?«

»Natürlich«, sagte Feldman. »Warum?«

»Weil ich sie Coal persönlich bringen möchte. Ich möchte um Mitternacht an seine Tür klopfen, ihn im Pyjama sehen und die Zeitung vor seiner Nase schwenken. Dann möchte ich ihm sagen, daß ich mit einer Vorladung vors Geschworenengericht wiederkommen werde, und kurz darauf werde ich eine Anklageschrift haben. Und danach erscheine ich mit den Handschellen.«

Er sagte das mit solcher Genugtuung, daß es beängstigend war.

»Nur gut, daß Sie keinen Groll gegen ihn hegen«, sagte Gray. Nur Smith Keen fand das spaßig.

»Glauben Sie, daß er vor Gericht gestellt wird?« fragte Krauthammer sofort.

Voyles warf wieder einen Blick auf Darby. »Er wird sich für den Präsidenten opfern. Er wird sich freiwillig vor das Erschießungskommando begeben, um seinen Boß zu retten.«

Feldman schaute auf die Uhr.

»Darf ich Sie um einen Gefallen bitten?« fragte Voyles.

»Natürlich. Welchen?«

»Ich würde gern ein paar Minuten allein mit Ms. Shaw reden. Wenn sie nichts dagegen hat.«

Alle sahen Darby an, die mit einem Achselzucken ihr Einverständnis erklärte. Die Redakteure und K. O. Lewis standen auf und verließen den Raum. Darby ergriff Grays Hand und bat ihn zu bleiben. Sie setzten sich Voyles gegenüber an den Tisch.

»Ich wollte mit Ihnen allein sprechen«, sagte Voyles.

»Er bleibt«, sagte sie. »Es ist inoffiziell.«

»Also gut.«

Sie kam ihm zuvor. »Wenn Sie mich verhören wollen – ich äußere mich nur in Gegenwart eines Anwalts.«

Er schüttelte den Kopf. »Nichts dergleichen. Ich habe mich nur gefragt, was Sie nun vorhaben.«

»Weshalb sollte ich Ihnen das sagen?«

»Weil wir Ihnen helfen können.«

»Wer hat Gavin Verheek umgebracht?«

Voyles zögerte. »Inoffiziell.«

»Inoffiziell«, sagte Gray.

»Ich werde Ihnen sagen, wer ihn unserer Ansicht nach umgebracht hat. Aber zuerst möchte ich wissen, wie oft Sie mit ihm gesprochen haben, bevor er umgebracht wurde.«

»Wir haben im Laufe des Wochenendes ein paarmal miteinander telefoniert. Wir wollten uns vorigen Montag treffen und New Orleans verlassen.«

»Wann fand das letzte Gespräch statt?«

»Sonntagabend.«

»Und wo war er da?«

»In seinem Zimmer im Hilton.«

Voyles holte tief Luft und schaute dann zur Decke. »Und Sie vereinbarten mit ihm das Treffen am Montag?«

»Ja.«

»Kannten Sie ihn persönlich?«

»Nein.«

»Der Mann, der ihn umgebracht hat, war derselbe, den Sie an der Hand hielten, als ihm das Gehirn weggepustet wurde.«

Sie scheute vor der Frage zurück. Gray stellte sie für sie. »Wer war es?«

»Ein gewisser Khamel.«

Sie rang nach Luft und versuchte, etwas zu sagen. Aber sie schaffte es nicht.

»Das ist ziemlich verwirrend«, sagte Gray, um Sachlichkeit bemüht.

»So könnte man es ausdrücken. Der Mann, der Khamel tötete, ist ein freiberuflich arbeitender Agent, den die CIA angeheuert hat. Er war vor Ort, als Callahan umgebracht wurde, und ich glaube, Darby hat ihn kennengelernt.«

»Rupert«, sagte sie leise.

»Das ist natürlich nicht sein wirklicher Name, aber Rupert tut es auch. Er hat vermutlich zwanzig Namen. Wenn er der ist, von dem ich glaube, daß er es ist, dann ist er Engländer und überaus zuverlässig.«

»Haben Sie eine Ahnung, wie verwirrend das alles ist?« fragte sie.

»Ich kann es mir vorstellen.«

»Weshalb war Rupert in New Orleans? Weshalb ist er ihr gefolgt?« fragte Gray.

»Das ist eine sehr lange Geschichte, und ich kenne nur einen Teil davon. Ich versuche, Abstand von der CIA zu halten, das können Sie mir glauben. Ich habe selbst genug um die Ohren. Es geht auf Mattiece zurück. Vor ein paar Jahren brauchte er mehr Geld, um sein großes Vorhaben in die Tat umzusetzen. Deshalb verkaufte er einen Anteil davon an die Regierung von Libyen. Ich bin nicht sicher, ob das legal war, aber daraufhin schaltete sich die CIA ein. Allem Anschein nach überwachte sie Mattiece und die Libyer sehr eingehend, und als es zu dem Prozeß kam, verfolgte ihn die CIA. Ich glaube nicht, daß sie Mattiece bei den Richtermorden verdächtigte, aber nur wenige Stunden, nachdem wir dem Weißen Haus ein Exemplar ausgehändigt hatten, erhielt auch Bob Gminski eine Kopie Ihres kleinen Dossiers. Fletcher Coal gab sie ihm. Ich habe keine Ahnung, wem Gminski etwas von dem Dossier erzählt hat, aber die falschen Worte gelangten in die falschen Ohren, und vierundzwanzig Stunden später war Mr. Callahan tot. Und Sie, meine Liebe, haben sehr viel Glück gehabt.«

»Weshalb fühle ich mich dann nicht glücklich?« sagte sie.

»Das erklärt Rupert nicht«, sagte Gray.

»Ich weiß es nicht mit Sicherheit, aber ich vermute, daß Gminski sofort Rupert losschickte mit dem Auftrag, Darby im Auge zu behalten. Ich glaube, das Dossier beunruhigte Gminski anfänglich mehr als uns alle. Wahrscheinlich schickte er Rupert los, damit er sich an Darby hängte, teils, um sie zu beobachten, teils, um sie zu beschützen. Dann fliegt der Wagen in die Luft, und damit hatte Mr. Mattiece das Dossier bestätigt. Welchen anderen Grund könnte es geben, Callahan und Darby umzubringen? Ich habe Grund zu der

Annahme, daß sich nur ein paar Stunden, nachdem der Wagen explodierte, Dutzende von CIA-Leuten in New Orleans aufhielten.«

»Aber warum?«

»Das Dossier hatte sich als stimmig erwiesen, und Mattiece brachte Leute um. Der größte Teil seiner Firmen sitzt in New Orleans. Und ich glaube, die CIA war sehr besorgt wegen Darby. Zu ihrem Glück. Sie war zur Stelle, als es darauf ankam.«

»Wenn die CIA so schnell handelte, weshalb haben Sie es dann nicht getan?« fragte sie.

»Gute Frage. Wir hielten nicht soviel von dem Dossier, und wir wußten nicht einmal halb soviel wie die CIA. Es kam uns ziemlich unwahrscheinlich vor, und wir hatten ein Dutzend andere Verdächtige. Wir haben es ganz einfach unterschätzt. Außerdem hatte der Präsident uns angewiesen, die Finger davon zu lassen, und das fiel uns nicht schwer, weil ich noch nie von Mattiece gehört hatte. Ich hatte keinen Grund, seiner Anweisung zuwiderzuhandeln. Aber dann wurde mein Freund Gavin umgebracht, und daraufhin setzte ich die Truppen in Marsch.«

»Weshalb hat Coal Gminski das Dossier gegeben?« fragte Gray.

»Es hat ihm angst gemacht. Und, um die Wahrheit zu sagen, das ist einer der Gründe, weshalb wir es ihm zukommen ließen. Gminski ist – nun ja, Gminski ist eben Gminski, und manchmal tut er Dinge auf seine Art, ohne Rücksicht auf kleine Hindernisse wie Gesetze und dergleichen. Coal wollte das Dossier überprüft haben, und er glaubte, Gminski würde das schnell und unauffällig tun.«

»Also war Gminski Coal gegenüber nicht aufrichtig.«

»Er haßt Coal, wofür ich vollstes Verständnis habe. Gminski ist nur dem Präsidenten Rechenschaft schuldig und, nein, er war Coal gegenüber nicht aufrichtig. Es ging alles so schnell. Vergessen Sie nicht, es ist gerade erst zwei Wochen her, daß Gminski, Coal, der Präsident und ich das Dossier zum ersten Mal sahen. Wahrscheinlich hatte Gminski vor, dem Präsidenten einen Teil der Geschichte zu erzählen, hatte aber einfach keine Gelegenheit dazu.«

Darby schob ihren Stuhl zurück und trat wieder ans Fenster. Draußen war es inzwischen dunkel, und der Verkehr war dicht und stockend. Es war gut und schön, diese Geheimnisse erklärt zu bekommen, aber sie warfen nur weitere Fragen auf. Sie wollte einfach verschwinden. Sie hatte es satt, auf der Flucht zu sein und gejagt zu werden; hatte es satt, mit Gray Reporter zu spielen; hatte es satt, sich den Kopf darüber zu zerbrechen, wer was getan hatte und warum; hatte das Schuldgefühl satt, das sie seit der Niederschrift dieses verdammten Dossiers nicht verlassen hatte; hatte es satt, sich alle drei Tage eine neue Zahnbürste kaufen zu müssen. Sie sehnte sich nach einem kleinen Haus an einem abgelegenen Stück Strand ohne Telefone und ohne Leute, die sich hinter Fahrzeugen und Torpfosten versteckten. Sie wollte drei Tage lang schlafen, ohne Alpträume zu haben und ohne Schatten zu sehen. Es war Zeit, zu verschwinden.

Gray beobachtete sie genau. »Man ist ihr nach New York und dann hierher gefolgt«, sagte er zu Voyles. »Wer ist es?«

»Sind Sie sicher?« fragte Voyles.

»Sie haben den ganzen Tag auf der Straße gestanden und das Gebäude beobachtet«, sagte Darby und deutete mit einem Kopfnicken auf das Fenster.

»Wir haben aufgepaßt«, sagte Gray. »Sie sind irgendwo da draußen.«

Voyles schien skeptisch. »Haben Sie sie früher schon einmal gesehen?« fragte er Darby.

»Einen von ihnen. Er hat mich bei dem Gedenkgottesdienst für Thomas in New Orleans beobachtet. Er hat mich durchs French Quarter gejagt. Er hätte mich beinahe in Manhattan gefunden, und vor ungefähr fünf Stunden habe ich gesehen, wie er mit einem anderen Mann redete. Ich bin ganz sicher, daß er es war.«

»Wer ist es?« fragte Gray Voyles noch einmal.

»Ich glaube nicht, daß die CIA Sie jagen würde.«

»Oh, der hat mich gejagt.«

»Sehen Sie sie jetzt?«

»Nein. Sie sind vor zwei Stunden verschwunden. Aber sie sind irgendwo da draußen.«

Voyles stand auf und streckte seine dicken Arme. Er wanderte langsam um den Tisch herum und wickelte eine Zigarre aus. »Stört es Sie, wenn ich rauche?«

»Ja, es stört mich«, sagte sie. Er legte die Zigarre auf den Tisch.

»Wir können helfen«, sagte er.

»Ich will Ihre Hilfe nicht«, sagte sie zum Fenster.

»Was wollen Sie dann?«

»Ich will das Land verlassen, aber wenn ich es tue, will ich absolut sicher sein, daß mir niemand folgt. Nicht das FBI, nicht sie, nicht Rupert oder einer von seinen Kumpanen.«

»Sie werden zurückkommen und vor dem Geschworenengericht aussagen müssen.«

»Nur, wenn man mich finden kann. Ich gehe an einen Ort, an dem man sich um Vorladungen nicht zu kümmern braucht.«

»Was ist mit der Verhandlung? Bei der Verhandlung werden Sie gebraucht.«

»Die findet frühestens in einem Jahr statt. Darüber denke ich nach, wenn es soweit ist.«

Voyles steckte die Zigarre in den Mund, zündete sie aber nicht an. »Ich schlage Ihnen einen Handel vor.«

»Ich bin nicht in der richtigen Stimmung für einen Handel.«

Sie lehnte jetzt an der Wand und sah abwechselnd ihn und Gray an.

»Es ist ein guter Handel. Ich habe Flugzeuge und Hubschrauber und massenhaft Leute, die bewaffnet sind und kein bißchen Angst haben vor diesen Kerlen, die da draußen Verstecken spielen. Erstens bringen wir Sie aus diesem Gebäude heraus, ohne daß jemand es merkt. Zweitens setzen wir Sie in mein Flugzeug und fliegen Sie an jeden von Ihnen gewünschten Ort. Drittens, von dort aus können Sie verschwinden. Sie haben mein Wort, daß wir Ihnen nicht folgen werden. Und viertens, Sie gestatten mir, über Mr. Grantham hier mit Ihnen in Verbindung zu treten, falls es dringend erforderlich werden sollte, aber nur dann.«

Sie sah Gray an, während Voyles sein Angebot machte, und es war offensichtlich, daß ihm der Handel gefiel. Sie verzog keine Miene, aber verdammt noch mal, es hörte sich gut an. Wenn sie Gavin nach seinem ersten Anruf vertraut hätte, dann wäre er noch am Leben, und sie hätte Khamel nie bei der Hand gehalten. Wenn sie New Orleans mit Gavin verlassen hätte, als er es vorschlug, wäre er nicht ermordet worden. Darüber hatte sie in den letzten sieben Tagen alle fünf Minuten nachgedacht.

Diese Sache war größer, als daß sie sie hätte verkraften können. Es kommt ein Punkt, an dem man aufgibt und anfängt, Leuten zu vertrauen. Sie mochte diesen Mann nicht, aber in den letzten zehn Minuten war er ihr gegenüber bemerkenswert ehrlich gewesen.

»Ist es Ihr Flugzeug? Und Ihre Piloten?«

»Ja.«

»Wo steht es?«

»In Andrews.«

»Machen wir es so. Ich steige in das Flugzeug, und es fliegt nach Denver. Und niemand ist an Bord außer mir, Gray und Ihren Piloten. Und eine halbe Stunde nach dem Start weise ich den Piloten an, nach – sagen wir – Chicago zu fliegen. Kann er das tun?«

»Er muß den Flugplan vorlegen, bevor er startet.«

»Ich weiß. Aber Sie sind der Direktor des FBI und können einiges bewirken.«

»Okay. Was passiert, wenn Sie in Chicago angekommen sind?«

»Ich verlasse allein die Maschine, und sie fliegt mit Gray nach Andrews zurück.«

»Und was tun Sie in Chicago?«

»Ich tauche in einem von Menschen wimmelnden Flughafen unter und fliege mit der nächsten Maschine weiter.«

»Das dürfte funktionieren. Und Sie haben mein Wort, daß wir Ihnen nicht folgen werden.«

»Ich weiß. Entschuldigen Sie, daß ich so vorsichtig bin.«

»Der Handel gilt. Wann möchten Sie von hier fort?«

Sie sah Gray an. »Wann?«

»Ich brauche eine Stunde, um den Text noch einmal zu überarbeiten und Mr. Voyles' Kommentar einzufügen.«

»In einer Stunde«, sagte sie zu Voyles.

»Ich warte auf Sie.«

»Können wir allein reden?« sagte sie zu Voyles und deutete mit einem Kopfnicken auf Gray.

»Natürlich.« Er ergriff seinen Trenchcoat. An der Tür blieb er noch einmal stehen und lächelte sie an. »Sie sind eine tolle Frau, Ms. Shaw. Mit Ihrem Verstand und Ihrem Mut haben Sie einen der widerwärtigsten Männer in diesem Land zur Strecke gebracht. Ich bewundere Sie. Und ich verspreche Ihnen, daß ich Ihnen gegenüber immer aufrichtig sein werde.«

Er steckte die Zigarre in die Mitte seines freundlichen Lächelns und verließ den Raum.

Sie schauten zu, wie die Tür geschlossen wurde. »Glauben Sie, daß ich in Sicherheit sein werde?« fragte sie.

»Ja. Ich glaube, er meint es ehrlich. Außerdem hat er Männer, die Sie hier herausbringen können. Es ist okay, Darby.«

»Sie können mich doch begleiten, nicht wahr?«

»Natürlich.«

Sie ging zu ihm und legte ihm die Arme um die Taille. Er hielt sie fest umschlungen und machte die Augen zu.

Um sieben versammelten sich die Redakteure an diesem Dienstagabend zum letzten Mal um den Tisch herum. Sie lasen schnell den Abschnitt mit Voyles' Kommentar, den Gray noch eingefügt hatte. Feldman kam etwas später herein, mit einem gewaltigen Lächeln.

»Ihr werdet es nicht glauben«, sagte er. »Ich hatte zwei Anrufe. Ludwig hat aus China angerufen. Der Präsident hat ihn dort ausfindig gemacht und ihn angefleht, die Story vierundzwanzig Stunden zurückzuhalten. Ludwig, immer der Gentleman, hörte respektvoll zu und sagte höflich nein. Der zweite Anruf kam von Richter Roland, einem alten Freund von mir. Allem Anschein nach haben ihn die Jungs von White and Blazevich vom Eßtisch weggeholt und darum gebeten, noch heute abend eine Verhandlung anzusetzen und eine einstweilige Verfügung zu erlassen. Richter Roland hörte ziemlich respektlos zu und sagte unhöflich nein.«

»Also bringen wir das Ding!« rief Krauthammer.

43

Der Start ging glatt vonstatten, und der Jet flog westwärts, angeblich nach Denver. Er war angemessen, aber keinesfalls luxuriös ausgestattet; schließlich gehörte er den Steuerzahlern und stand einem Mann zur Verfügung, der sich nicht viel aus den feineren Dingen des Lebens machte. Kein guter Whisky, stellte Gray fest, als er in den Schränken nachsah. Voyles war Abstinenzler, und das ärgerte Gray in diesem Moment – er war Gast an Bord und hatte großen Appetit auf einen Drink. Er fand zwei halbgekühlte Sprite im Kühlschrank und gab eine davon Darby.

Der Jet schien seine Flughöhe erreicht zu haben. Der Kopilot erschien an der Kabinentür. Er war höflich und stellte sich vor.

»Uns wurde gesagt, daß Sie uns kurz nach dem Start ein neues Ziel nennen würden.«

»Stimmt«, sagte Darby.

»Gut. In zehn Minuten müssen wir es wissen.«

»Okay.«

»Gibt es in diesem Ding irgendwo etwas Alkoholisches?« fragte Gray.

»Nein. Tut mir leid.« Der Kopilot lächelte und kehrte ins Cockpit zurück.

Darby und ihre langen Beine nahmen den größten Teil der kleinen Couch ein, aber er war entschlossen, neben ihr Platz zu finden. Er hob ihre Füße an und setzte sich ans Ende. Sie lagen auf seinem Schoß. Rote Zehennägel. Er streichelte ihre Knöchel und dachte an nichts anderes als an dieses große Ereignis – daß er ihre Füße hielt. Für ihn war das etwas sehr Intimes, aber ihr schien es nichts auszumachen. Sie lächelte jetzt sogar ein wenig, entspannte sich.

»Haben Sie Angst gehabt?« fragte er.

»Ja. Und Sie?«

»Ja, aber ich fühlte mich gleichzeitig sicher. Ich meine, es ist schwierig, sich gefährdet vorzukommen, wenn man von sechs bewaffneten Männern umgeben ist. Und es ist schwierig, in einem fensterlosen Transporter das Gefühl zu haben, daß man beobachtet wird.«

»Voyles hat es Spaß gemacht, meinen Sie nicht auch?«

»Er war wie Napoleon, machte Pläne und befehligte seine Truppen. Für ihn war es ein großer Augenblick. Morgen früh wird er unter Beschuß geraten, aber es wird von ihm abprallen. Der einzige Mensch, der ihn entlassen kann, ist der Präsident, und ich würde sagen, er kann Voyles im Moment nichts anhaben.«

»Und die Morde sind aufgeklärt. Ihm muß sehr wohl sein in seiner Haut.«

»Ich glaube, wir haben seine Amtszeit um zehn Jahre verlängert. Ausgerechnet wir!«

»Ich glaube, er ist tüchtig«, sagte Darby. »Anfangs mochte ich ihn nicht, aber irgendwie nimmt er einen für sich ein. Als er von Verheek sprach, sah ich eine Spur von Feuchtigkeit in seinen Augen.«

»Ein reizender Mensch. Ich bin sicher, Fletcher Coal wird entzückt sein, wenn dieser nette kleine Mann in ein paar Stunden bei ihm aufkreuzt.«

Ihre Füße waren lang und schlank. Einfach perfekt. Er streichelte den Spann und kam sich vor wie ein Schuljunge, der bei der zweiten Verabredung vom Knie aus höher vordringt. Sie waren blaß und brauchten Sonne, und er wußte, sie würden in wenigen Tagen braun sein, und zwischen den Zehen würde sich Sand festgesetzt haben. Sie hatte ihn nicht eingeladen, sie später zu besuchen, und das beunruhigte ihn. Er hatte keine Ahnung, wohin sie wollte, und das war Absicht. Vielleicht wußte sie selbst noch nicht, wo sie landen würde.

Das Spiel mit den Füßen erinnerte sie an Thomas. Jetzt, in dem leise dröhnenden und leicht vibrierenden Jet, war er plötzlich viele Meilen von ihr entfernt. Er war erst seit zwei Wochen tot, aber es kam ihr viel länger vor. So vieles hatte sich verändert. Es war besser so. Wenn sie noch in Tulane wäre, an seinem Büro vorbeigehen, seinen Hörsaal sehen, mit anderen Professoren reden, von der Straße aus zu seiner Wohnung hinaufschauen würde, dann wäre das fürchterlich aufwühlend. Auf lange Sicht sind die kleinen Erinnerungen angenehm, aber in der Zeit des Trauerns stehen sie im Wege. Sie war jetzt ein anderer Mensch, mit einem anderen Leben an einem anderen Ort.

Und ein anderer Mann streichelte ihre Füße. Anfangs war er eine Pest gewesen, arrogant und aufdringlich, ein typischer Reporter. Aber er war sehr schnell aufgetaut, und unter der zynischen Schale war ein warmherziger Mann zum Vorschein gekommen, der sie offensichtlich sehr gern hatte.

»Morgen ist ein großer Tag für Sie«, sagte sie.

Er trank einen Schluck Sprite. Er hätte ein kleines Vermögen bezahlt für ein eiskaltes Importbier in einer grünen Flasche. »Großer Tag«, sagte er, die Zehen bewundernd. Es würde mehr sein als nur ein großer Tag, aber er hatte das Gefühl, es herunterspielen zu müssen. In diesem Augenblick galten seine Gedanken ihr, nicht dem Chaos des morgigen Tages.

»Was wird passieren?« fragte sie.

»Ich werde wohl in die Redaktion zurückkehren und darauf warten, daß die Bombe einschlägt. Smith Keen hat gesagt, er würde die ganze Nacht dort sein. Eine Menge Leute werden sehr früh kommen. Wir versammeln uns im Konferenzraum, und weitere Fernseher werden hereingebracht. Wir verbringen den Vormittag damit, zuzusehen, was sich tut. Es wird ein Mordsspaß sein, die offizielle Stellungnahme des Weißen Hauses zu hören. White and Blazevich werden etwas von sich geben. Bei Mattiece bin ich da nicht so sicher. Von Runyan wird ein Kommentar kommen. Voyles wird eine große Rolle spielen. Die Anwälte werden Geschworenengerichte einberufen. Und bei den Politikern wird das ganz große Flattern anfangen. Sie werden den ganzen Tag über auf dem Capitol Hill Pressekonferenzen abhalten. Es wird ein Tag werden, an dem eine wichtige Nachricht auf die andere folgt. Schade, daß Sie das verpassen werden.«

Sie gab ein sarkastisches kleines Schnauben von sich. »Was wird Ihre nächste Story sein?«

»Wahrscheinlich Voyles und sein Tonband. Es ist damit zu rechnen, daß das Weiße Haus jede Einmischung bestreitet, und wenn für Voyles die Tinte zu heiß wird, schlägt er zurück. Ich möchte dieses Band haben.«

»Und danach?«

»Das hängt davon ab, wie sich die Dinge entwickeln. Nach sechs Uhr morgen früh haben wir die Konkurrenz auf dem Hals. Es wird eine Million Gerüchte und tausend Stories geben, und jede Zeitung im Lande wird mitmischen wollen.«

»Aber Sie werden der Star sein«, sagte sie bewundernd, aber nicht sarkastisch.

»Ja, ich werde meine Viertelstunde haben.«

Der Kopilot klopfte und öffnete die Tür. Er sah Darby an. »Atlanta«, sagte sie, und er machte die Tür wieder zu.

»Warum Atlanta?« fragte Gray.

»Sind Sie schon einmal in Atlanta umgestiegen?«

»Natürlich.«

»Haben Sie sich beim Umsteigen in Atlanta schon einmal verlaufen?«

»Ich glaube, ja.«

»Plädoyer beendet. Der Flughafen ist riesig und herrlich überfüllt.«

Er leerte die Dose und stellte sie auf den Boden. »Und wohin von dort aus?« Er wußte, daß er nicht fragen sollte, weil sie es ihm nicht von sich aus gesagt hatte. Aber er wollte es wissen.

»Ich fliege so schnell wie möglich irgendwohin. Auf die übliche Tour mit Tickets zu vier verschiedenen Flughäfen. Es ist wahrscheinlich unnötig, aber ich fühle mich dabei sicherer. Zum Schluß werde ich irgendwo in der Karibik landen.«

Irgendwo in der Karibik. Das engte es auf an die tausend Inseln ein. Weshalb war sie so vage? Vertraute sie ihm nicht? Er saß da und spielte mit ihren Füßen, und sie wollte ihm nicht verraten, wohin sie reiste.

»Was soll ich Voyles sagen?«

»Ich rufe Sie an, wenn ich angekommen bin. Vielleicht schreibe ich auch ein paar Zeilen.«

Großartig! Sie würden Brieffreunde sein. Er konnte ihr seine Stories schicken, und sie schickte ihm Ansichtskarten vom Strand.

»Wollen Sie sich vor mir verstecken?« fragte er und sah sie dabei an.

»Ich weiß noch nicht, wo ich landen werde, Gray. Das ergibt sich erst, wenn ich dort bin.«

»Aber Sie werden anrufen?«

»Ja, irgendwann. Ich verspreche es.«

Um elf Uhr abends waren nur noch fünf Anwälte von White and Blazevich im Hause, und sie saßen im Büro von Marty Velmano im zehnten Stock. Velmano, Sims Wakefield, Jarreld Schwabe, Nathaniel (Einstein) Jones und ein bereits im Ruhestand befindlicher Partner namens Frank Cortz. Auf Velmanos Schreibtisch standen zwei Flaschen Scotch. Die eine war ganz leer, die andere fast. Einstein hockte allein in einer Ecke und murmelte vor sich hin. Er hatte wirres, struppiges graues Haar und eine spitze Nase und sah in der Tat verrückt aus. Besonders jetzt. Sims Wakefield und Jarreld Schwabe saßen vor dem Schreibtisch, ohne Krawatte und mit aufgekrempelten Hemdsärmeln.

Cortz beendete ein Telefongespräch mit einem Mitarbeiter von Victor Mattiece. Er übergab Velmano das Telefon, der es auf den Schreibtisch stellte.

»Das war Strider«, berichtete Cortz. »Sie sind in Kairo in der Penthouse-Suite irgendeines Hotels. Mattiece will nicht mit uns reden. Strider sagt, er ist übergeschnappt und benimmt sich höchst merkwürdig. Er hat sich in seinem Zimmer eingeschlossen und denkt natürlich nicht daran, auf diese Seite des Ozeans zurückzukehren. Strider hat gesagt, sie hätten die Jungs mit den Kanonen angewiesen, sofort aus der Stadt zu verschwinden. Die Jagd ist abgeblasen. Die Katze ist aus dem Sack.«

»Und was tun wir jetzt?« fragte Wakefield.

»Wir sind auf uns allein gestellt«, sagte Cortz. »Mattiece will von uns nichts mehr wissen.«

Sie redeten ruhig und bedächtig. Das Anschreien hatte Stunden zuvor aufgehört. Wakefield hatte Velmano wegen des Memos Vorwürfe gemacht. Velmano gab Cortz die Schuld, weil er der Firma einen derart anrüchigen Mandanten zugeführt hatte. Das war vor zwölf Jahren, krächzte Cortz zurück, und seither haben wir seine dicken Honorare gern eingesteckt. Schwabe gab Velmano und Wakefield die Schuld, weil sie mit dem Memo so unvorsichtig umgegangen waren. Sie zogen Morgan wieder und wieder durch den Dreck. Nur er konnte es gewesen sein. Einstein saß in der Ecke und beobachtete sie. Aber das alles lag jetzt hinter ihnen.

»Grantham hat nur mich und Sims erwähnt«, sagte Velmano. »Ihr anderen dürftet in Sicherheit sein.«

»Weshalb verschwinden Sie und Sims nicht einfach aus dem Land?« fragte Schwabe.

»Ich bin morgen früh um sechs in New York«, sagte Velmano. »Dann nach Europa für einen Monat von Ort zu Ort.«

»Ich kann nicht verschwinden«, sagte Wakefield.

Sie hatten sich jetzt fünf Stunden sein Gejammer wegen seiner sechs Kinder anhören müssen. Als ob sie keine Familien hätten. Velmano war geschieden, und seine beiden Kinder waren erwachsen. Sie konnten damit fertig werden. Und er konnte damit fertig werden. Es war ohnehin Zeit, in den Ruhestand zu treten. Er hatte massenhaft Geld beiseite geschafft, und er liebte Europa, vor allem Spanien, deshalb hieß es für ihn adios. Irgendwie tat Wakefield ihm leid, der erst zweiundvierzig war und nicht sonderlich viel Geld besaß. Er verdiente gut, aber seine Frau war eine Verschwenderin, die versessen war auf Kinder. Wakefield war ziemlich verstört.

»Ich weiß nicht, was ich tun soll«, sagte Wakefield zum dreißigsten Mal. »Ich weiß es einfach nicht.«

Schwabe versuchte, ihm ein bißchen zu helfen. »Ich finde, Sie sollten es Ihrer Frau sagen. Ich habe keine, aber wenn ich eine hätte, würde ich versuchen, sie darauf vorzubereiten.«

»Das kann ich nicht«, sagte Wakefield kläglich.

»Natürlich können Sie das. Sie können es ihr entweder jetzt sagen oder sechs Stunden warten, bis sie Ihr Foto auf der Titelseite der *Post* sieht. Sie müssen es ihr sagen, Sims.«

»Das kann ich nicht.« Er weinte beinahe.

Schwabe sah Velmano und Cortz an.

»Und was wird aus meinen Kindern?« fragte Wakefield. »Mein ältester Sohn ist dreizehn.« Er rieb sich die Augen.

»Nicht nervös werden, Sims. Nehmen Sie sich zusammen«, sagte Cortz.

Einstein stand auf und ging zur Tür. »Ich fahre in mein Haus in Florida. Rufen Sie nicht an, wenn es nicht unbedingt sein muß.« Er ging hinaus und knallte die Tür hinter sich zu.

Wakefield erhob sich matt und steuerte auf die Tür zu. »Wo wollen Sie hin, Sims?« fragte Schwabe.

»In mein Büro.«

»Weshalb?«

»Ich muß mich eine Weile hinlegen. Sonst ist alles okay.«

»Ich kann Sie heimfahren«, sagte Schwabe. Sie musterten ihn eingehend. Er öffnete die Tür.

»Das ist nicht nötig«, sagte er, und er hörte sich kräftiger an. Er ging und machte die Tür hinter sich zu.

»Glauben Sie, daß mit ihm alles in Ordnung ist?« fragte Schwabe Velmano.

»Nein, das glaube ich nicht«, sagte Velmano. »Wir haben alle schon bessere Tage gehabt. Vielleicht sollten Sie in ein paar Minuten nachsehen, wie es ihm geht.«

»Das werde ich tun«, sagte Schwabe.

Wakefield steuerte zielstrebig auf die Treppe zu und ging eine Etage tiefer in den neunten Stock. Als er sich seinem Büro näherte, beschleunigte er seine Schritte. Er weinte, als er die Tür hinter sich abschloß.

Tu es schnell! Vergiß den Abschiedsbrief. Wenn du ihn schreibst, redest du dich nur selbst aus der Sache heraus. In der Lebensversicherung steckt eine Million. Er öffnete eine Schreibtischschublade.

Denk nicht an die Kinder. Es würde dasselbe sein, wie wenn er bei einem Flugzeugabsturz ums Leben gekommen wäre. Er zog die .38er unter einer Akte hervor. Tue es schnell! Schau nicht zu ihren Fotos an der Wand.

Vielleicht würden sie es eines Tages verstehen. Er steckte sie tief in den Mund und zog den Abzug durch.

Die Limousine kam vor dem zweigeschossigen Haus in Dumbarton Oaks, einem Teil von Georgetown, zum Stehen. Sie blockierte die Straße, aber das machte nichts, denn es war zwanzig Minuten nach Mitternacht, und es gab keinen Verkehr. Voyles und zwei Agenten stiegen aus dem Fond des Wagens und gingen rasch auf die Haustür zu. Voyles hatte eine Zeitung in der Hand. Er hämmerte mit der Faust gegen die Tür.

Coal schlief nicht. Er saß im Dunkeln in seinem Arbeitszimmer, in Pyjama und Bademantel, was Voyles sehr freute, als er an die Tür kam.

»Hübscher Pyjama«, sagte Voyles, seine Hose bewundernd.

Coal trat auf die winzige Betonveranda heraus. Die beiden Agenten schauten von dem schmalen Gehsteig aus zu. »Was, zum Teufel, wollen Sie?« fragte er langsam.

»Ich wollte Ihnen nur das hier bringen«, sagte Voyles und hielt ihm die Zeitung vors Gesicht. »Da ist ein hübsches Bild von Ihnen, direkt neben dem Präsidenten, wie er Mattiece umarmt. Ich weiß, wie sehr Sie Zeitungen lieben, deshalb dachte ich, ich sollte Ihnen eine bringen.«

»Morgen wird Ihr Gesicht darin sein«, sagte Coal, als hätte er die Story bereits geschrieben.

Voyles warf ihm die Zeitung vor die Füße und wendete sich zum Gehen. »Ich habe ein paar Tonbänder, Coal. Wenn Sie anfangen zu lügen, ziehe ich Ihnen in aller Öffentlichkeit die Hose runter.«

Coal starrte ihn an, sagte aber nichts.

Voyles hatte die Straße fast erreicht. »In zwei Tagen komme ich mit einer Vorladung wieder«, brüllte er. »Ich komme gegen zwei Uhr nachts und übergebe sie Ihnen selbst.« Er war beim Wagen angekommen. »Als nächstes bringe ich dann die Anklage. Natürlich wird Ihr Arsch bis dahin Geschichte sein, und der Präsident wird einen anderen Haufen Idioten haben, die ihm sagen, was er tun soll.« Er verschwand in der Limousine, und sie brauste davon.

Coal hob die Zeitung auf und ging ins Haus.

44

Gray und Smith Keen saßen allein im Konferenzraum und lasen den gedruckten Text. Die Zeit der Begeisterung darüber, eine seiner Stories auf der Titelseite zu sehen, lag viele Jahre zurück, aber diese ließ ihn nicht kalt. Es hatte noch nie eine größere gegeben. Darüber waren säuberlich die Gesichter aufgereiht: Mattiece, wie er den Präsidenten umarmt, Coal telefonierend auf einem offiziellen Foto des Weißen Hauses, Velmano während der Anhörung vor einem Unterausschuß, Wakefield, aus einem Gruppenbild von einem Anwaltstreffen herausgeschnitten, Verheek, der auf einer FBI-Veröffentlichung in die Kamera lächelt, Callahan aus dem Jahrbuch und Morgan auf einem aus dem Video herausgeholten Foto. Mrs. Morgan hatte ihre Einwilligung gegeben. Eine Stunde zuvor hatte Paypur, der Polizeireporter der Nachtschicht, ihnen von Wakefield erzählt. Er tat Gray leid, aber er wollte sich deshalb keine Vorwürfe machen.

Abgesehen von Wakefields Tod gab es vorerst keine Neuigkeiten. Die Fernsehstationen schalteten zwischen dem Weißen Haus, dem Obersten Bundesgericht und den Schreibtischen der Redakteure hin und her. Sie warteten vorm Hoover Building, in dem zur Zeit völlige Stille herrschte. Sie brachten die Fotos aus den Zeitungen. Sie konnten Velmano nicht finden. Sie spekulierten über Mattiece. CNN zeigte Live-Aufnahmen vom Haus der Morgans in Alexandria, aber Morgans Schwiegervater hielt die Kameras vom Grundstück fern. NBC hatte einen Reporter vor dem Gebäude stehen, in dem White and Blazevich ihre Büros hatten, aber er konnte nichts Neues berichten. Und obwohl ihr Name in der Story nicht genannt wurde, war die Identität der Verfasserin des Dossiers kein Geheimnis. Es gab massenhaft Spekulationen über Darby Shaw.

Um sieben war der Raum gedrängt voll, und es herrschte Stille. Die vier Bildschirme zeigten alle das gleiche Bild – Zikman steuerte im Presseraum des Weißen Hauses nervös aufs Podium zu. Er war müde und sah mitgenommen aus. Er verlas eine kurze Erklärung, in der das Weiße Haus zugab, über verschiedene von Victor Mattiece kontrollierte Kanäle Wahlkampfzuwendungen erhalten zu haben, aber er bestritt energisch, daß irgend etwas von dem Geld schmutzig gewesen war. Der Präsident war nur einmal mit Mr. Mattiece zusammengetroffen, und damals war er noch Vizepräsident gewesen. Seit er zum Präsidenten gewählt worden war, hatte er nicht mehr mit dem Mann gesprochen, und er betrachtete ihn ganz gewiß nicht als Freund, ungeachtet des Geldes. Für den Wahlkampf waren mehr als fünfzig Millionen gespendet worden, und der Präsident hatte nichts davon in die Hand bekommen. Dafür hatte er ein Komitee. Niemand im Weißen Haus hatte versucht, sich in die Ermittlungen gegen Mattiece als Verdächtigen einzumischen, und alle gegenteiligen Behauptungen waren eindeutig falsch. Ihren bescheidenen Kenntnissen zufolge lebte Mr. Mattiece nicht mehr in diesem Land. Der Präsident begrüßte eine eingehende Untersuchung der in der *Post*-Story erhobenen Anschuldigungen, und falls Mr. Mattiece diese grauenhaften Verbrechen begangen haben sollte, würde er vor Gericht gestellt werden. Dies war lediglich eine erste Stellungnahme. Eine reguläre Pressekonferenz würde folgen. Zikman verließ das Podium ein wenig zu eilig.

Es war eine schwächliche Vorstellung von einem beunruhigten Pressesprecher, und Gray war erleichtert. Er fühlte sich plötzlich eingekesselt und brauchte frische Luft. Er fand Smith Keen vor der Tür.

»Lassen Sie uns frühstücken gehen«, flüsterte er.

»Gern.«

»Außerdem muß ich bei meiner Wohnung vorbeifahren, wenn es Ihnen recht ist. Ich bin seit vier Tagen nicht mehr dort gewesen.«

An der Fünfzehnten winkten sie ein Taxi heran und genossen die frische Herbstluft, die durch die offenen Fenster hereinwehte.

»Wo ist die Frau?« fragte Keen.

»Ich habe keine Ahnung. Ich habe sie vor ungefähr neun Stunden in Atlanta zuletzt gesehen. Sie hat gesagt, sie wollte in die Karibik.«

Keen grinste. »Ich nehme an, Sie möchten bald einen langen Urlaub haben.«

»Wie haben Sie das erraten?«

»Wir haben eine Menge Arbeit vor uns, Gray. Im Augenblick stecken wir mitten in der Explosion, und bald werden die Trümmer herunterregnen. Sie sind der Mann der Stunde, aber Sie müssen am Ball bleiben. Sie müssen die Trümmer einsammeln.«

»Ich kenne meinen Job, Keen.«

»Ja, aber Sie haben so einen verträumten Ausdruck in den Augen. Der macht mir Sorgen.«

»Sie werden dafür bezahlt, daß Sie sich Sorgen machen.«

Sie hielten an der Kreuzung Pennsylvania Avenue. Das Weiße Haus stand majestätisch vor ihnen. Es war beinahe November, und der Wind fegte Blätter über den Rasen.

45

Nach acht Tagen in der Sonne war die Haut braun genug, und das Haar nahm wieder seine natürliche Farbe an. Vielleicht hatte sie es doch nicht ruiniert. Sie wanderte meilenweit an den Stränden entlang und aß nur gegrillten Fisch und einheimische Früchte. An den ersten paar Tagen schlief sie sehr viel, dann hatte sie genug davon.

Die erste Nacht hatte sie in San Juan verbracht, wo sie eine Reiseveranstalterin fand, die behauptete, eine Expertin für die Virgin Islands zu sein. Die Dame besorgte ihr ein kleines Zimmer in einer Pension in der Innenstadt von Charlotte Amalie auf der Insel St. Thomas. Darby wollte Gedränge und dichten Verkehr in engen Straßen, zumindest für ein paar Tage. In dieser Beziehung war Charlotte Amalie ideal. Die Pension lag auf einer Anhöhe, vier Blocks vom Hafen entfernt, und ihr Zimmer lag im dritten Stock. An dem gesprungenen Fenster gab es weder Vorhänge noch Läden, und am ersten Morgen wurde sie von der Sonne geweckt, ein sinnlicher Weckruf, der sie ans Fenster lockte und vor ihr die Majestät des Hafens ausbreitete. Es war atemberaubend. Ein Dutzend Kreuzfahrtschiffe verschiedener Größe lag unbewegt auf dem schimmernden Wasser und erstreckte sich in einer zufälligen Formation fast bis zum Horizont. Im Vordergrund, nahe der Mole, war der Hafen mit zahllosen Segelbooten übersät, die die massigen Touristenschiffe in Schach zu halten schienen. Das Wasser unter den Segelbooten war klar, blaßblau und glatt wie Glas. Es wogte sanft um Hassel Island und wurde dunkler, bis es indigofarben war und dann violett, wo es den Horizont berührte. Eine makellose Reihe von Kumuluswolken markierte die Linie, an der Wasser und Himmel zusammentrafen.

Ihre Uhr steckte in einem Koffer, und sie gedachte, sie mindestens die nächsten sechs Monate nicht zu tragen. Trotzdem warf sie einen Blick auf ihr Handgelenk. Das Fenster ließ sich mit einiger Mühe öffnen, und die Geräusche des Einkaufsviertels hallten durch die Straßen. Die Wärme drang herein wie in einer Sauna.

An diesem ersten Morgen auf der Insel stand sie eine Stunde lang an dem kleinen Fenster und sah zu, wie der Hafen zum Leben erwachte. Niemand hatte es eilig. Er erwachte gemächlich; die großen Schiffe schoben sich langsam übers Wasser, und von den Decks der Segelboote kamen leise Stimmen.

Daran konnte sie sich gewöhnen. Ihr Zimmer war klein, aber sauber. Es hatte keine Klimaanlage, aber der Ventilator funktionierte gut. Das Wasser lief fast immer. Sie beschloß ein paar Tage, vielleicht eine Woche, hierzubleiben. Das Gebäude war eines von Dutzenden, die dicht aneinandergedrängt an zum Hafen hinabführenden Straßen standen. Im Augenblick gefiel ihr die Sicherheit, die Menschenmenge und Straßen ihr boten. Sie konnte herumwandern und sich besorgen, was immer sie brauchte. St. Thomas war berühmt für seine Geschäfte, und die Idee, Kleider kaufen zu können, die sie behalten konnte, stimmte sie froh.

Es gab elegantere Zimmer, aber dieses würde es fürs erste tun. Als sie San Juan verließ, hatte sie sich geschworen, nie wieder ängstlich nach hinten über die Schulter zu sehen. Sie hatte in Miami eine Zeitung gelesen und an einem Fernseher am Flughafen den ganzen Wirbel mitbekommen, und sie wußte, daß Mattiece verschwunden war. Wenn sie ihr jetzt noch folgten, dann war es pure Rache. Und wenn sie sie trotz des Zickzackkurses, auf dem sie geflogen war, hier fanden, dann waren sie Übermenschen, und sie würde sie nie loswerden.

Sie waren nicht da draußen, davon war sie überzeugt. Zwei Tage lang blieb sie immer in der Nähe des kleinen Zimmers und wagte sich nicht weit von ihm fort. Das Einkaufsviertel lag dicht vor ihrer Haustür. Nur vier Blocks lang und zwei Blocks tief, war es ein Labyrinth von Hunderten kleiner Geschäfte, in denen alles Erdenkliche verkauft wurde. Auf den Gehsteigen und in den engen Gassen wimmelte es von Amerikanern von den großen Schiffen. Sie war nur eine weitere Touristin mit einem breitkrempigen Strohhut und farbenfrohen Shorts.

Sie kaufte ihren ersten Roman seit anderthalb Jahren und las ihn innerhalb von zwei Tagen, unter dem leisen Schwirren des Ventilators auf dem schmalen Bett liegend. Sie schwor sich, nichts Juristisches mehr zu lesen, bevor sie fünfzig war. Jede Stunde trat sie mindestens einmal ans Fenster und schaute auf den Hafen hinaus. Einmal zählte sie zwanzig Kreuzfahrtschiffe, die darauf warteten, anlegen zu können.

Das Zimmer erfüllte seinen Zweck. Sie verbrachte einige Zeit mit Thomas und weinte und war entschlossen, daß es das letzte Mal sein sollte. Sie wollte das Schuldgefühl und den Kummer in dieser winzigen Ecke von Charlotte Amalie zurücklassen und mit schönen Erinnerungen und einem guten Gewissen fortgehen. Es war nicht so schwierig, wie sie es zu machen versuchte, und am dritten Tag kamen keine Tränen mehr. Sie hatte das Taschenbuch nur einmal an die Wand geworfen.

Am vierten Morgen packte sie ihre neuen Koffer und bestieg eine Fähre nach Cruz Bay, zwanzig Minuten entfernt auf der Insel St. John. Von einem Taxi ließ sie sich zur North Shore Road fahren. Die Fenster waren offen, und der Wind wehte über die Hintersitze. Die Musik war eine rhythmische Mischung aus Blues und Reggae. Der Taxifahrer trommelte aufs Lenkrad und sang mit. Sie trommelte mit dem Fuß und schloß die Augen vor der Brise. Es war berauschend.

Das Taxi verließ die Straße bei Maho Bay und fuhr langsam aufs Wasser zu. Sie hatte sich unter Hunderten von Inseln für diesen Ort entschieden, weil er noch so unentwickelt war. An dieser Bucht waren nur eine Handvoll Strandhäuser und Cottages zugelassen. Der Fahrer hielt auf einer schmalen, von Bäumen gesäumten Straße, und sie bezahlte ihn.

Das Haus lag fast an der Stelle, an der der Berg mit dem Meer zusammentraf. Die Architektur war rein karibisch – weißes Fachwerk unter einem roten Ziegeldach –, und es war der Aussicht wegen ein Stückchen den Hang hinauf gebaut worden. Sie bog von der Straße auf einen kurzen Pfad ein und stieg die Stufen zum Haus hinauf. Es war eingeschossig mit zwei Schlafzimmern und einer Terrasse zum

Wasser hin. Es kostete zweitausend pro Woche, und sie hatte es für einen Monat gemietet.

Sie stellte ihr Gepäck im Wohnzimmer ab und trat auf die Terrasse. Zehn Meter unterhalb davon begann der Strand. Die Wellen rollten fast lautlos ans Ufer. Zwei Segelboote lagen unbewegt in der Bucht, die an drei Seiten von Bergen umschlossen war. Zwischen den Booten bewegte sich ziellos ein Schlauchboot voll planschender Kinder.

Das nächste Wohnhaus war so weit entfernt, daß sie gerade noch sein Dach über den Baumkronen sehen konnte. Sie zog schnell einen winzigen Bikini an und ging hinunter ans Wasser.

Es war schon fast dunkel, als das Taxi endlich an dem Pfad hielt. Er stieg aus, bezahlte den Fahrer und sah den Rücklichtern nach, als das Taxi an ihm vorbeifuhr und dann verschwand. Er hatte einen Koffer bei sich, und er ging den Pfad zum Haus hinauf. Die Lichter brannten. Er fand sie auf der Terrasse mit einem eisgekühlten Getränk in der Hand. Sie war braungebrannt und sah aus wie eine Einheimische.

Sie wartete auf ihn, und das war ungeheuer wichtig. Er wollte nicht behandelt werden wie ein Hausgast. Ihr Gesicht blühte auf, sobald sie seiner ansichtig wurde, und sie stellte ihren Drink auf den Tisch.

Sie küßten sich eine lange Minute auf der Terrasse.

»Du bist spät dran«, sagte sie, während sie sich in den Armen lagen.

»Es war nicht ganz einfach, diesen Ort zu finden«, sagte Gray. Er streichelte ihren Rücken, der nackt war bis zur Taille, wo ein langer Rock begann und den größten Teil der Beine verdeckte. Er würde sie später sehen.

»Ist das nicht schön?« sagte sie und schaute auf die Bucht hinaus.

»Es ist großartig«, sagte er. Er stand hinter ihr, und sie beobachteten, wie ein Segelboot aufs Meer hinausglitt. Er hielt ihre Schultern. »Du bist fantastisch.«

»Laß uns einen Spaziergang machen.«

Er wechselte seinen Anzug schnell gegen Shorts aus und fand sie am Wasser wartend. Sie hielten sich bei den Händen und gingen langsam.

»Deine Beine brauchen Sonne«, sagte sie.

»Ziemlich bleich, nicht wahr?« sagte er.

Ja, dachte sie, sie waren bleich, aber sie waren nicht schlecht. Ganz und gar nicht schlecht. Der Bauch war flach. Eine Woche mit ihr am Strand, und er würde aussehen wie ein Rettungsschwimmer. Sie spritzten mit den Füßen Wasser auf.

»Du bist früh abgereist«, sagte sie.

»Ich hatte es satt. Seit der großen habe ich jeden Tag eine Story geschrieben, und trotzdem wollten sie noch mehr. Keen wollte dies und Feldman wollte jenes, und ich habe täglich achtzehn Stunden gearbeitet. Gestern habe ich Adieu gesagt.«

»Ich habe seit einer Woche keine Zeitung mehr gesehen«, sagte sie.

»Coal ist draußen. Sie haben ihm die ganze Schuld zugeschoben, aber eine Anklage ist fraglich. Ich glaube nicht, daß der Präsident viel damit zu tun hatte. Er ist einfach dämlich, und dafür kann er nichts. Du hast von Wakefield gehört?«

»Ja.«

»Velmano, Schwabe und Einstein wurden angeklagt, aber Velmano ist unauffindbar. Natürlich wurde auch Mattiece angeklagt, zusammen mit vier seiner Leute. Später werden noch mehr Anklagen erhoben werden. Vor ein paar Tagen ist mir klar geworden, daß es im Weißen Haus keinen großen Vertuschungsversuch gegeben hat, und danach war die Luft raus. Ich glaube, es wird ihn die Wiederwahl kosten, aber er ist kein Verbrecher. Washington ist ein Zirkus.«

Es wurde dunkler, und sie gingen schweigend weiter. Sie hatte genug von alledem gehört, und er hatte es gleichfalls satt. Am Himmel stand ein Halbmond, der sich in dem stillen Wasser spiegelte. Sie legte ihm den Arm um die Taille, und er zog sie näher an sich heran. Sie waren im Sand, ein Stück vom Wasser entfernt. Das Haus lag ein paar hundert Meter hinter ihnen.

»Du hast mir gefehlt«, sagte sie leise.

Er holte tief Luft, sagte aber nichts.

»Wie lange wirst du bleiben?« fragte sie.

»Ich weiß es nicht. Ein paar Wochen. Vielleicht ein Jahr. Das liegt bei dir.«

»Wie wäre es mit einem Monat?«

»Einen Monat kann ich brauchen.«

Sie lächelte ihn an, und seine Knie wurden weich. Sie schaute hinaus auf die Bucht, auf das Spiegelbild des Mondes, an dem das Segelboot vorbeiglitt. »Nehmen wir uns jeweils einen Monat, einverstanden, Gray?«

»Einverstanden.«

John Grisham – Meister des Gerichtsthrillers

Der amerikanische Schriftsteller John Grisham hat sich mit nur wenigen Romanen in die absolute Spitzengruppe der internationalen Bestsellerautoren hineingeschrieben. Grisham, der einige der spannendsten Gerichtsthriller der vergangenen Jahre verfaßt hat, weiß um die Problematik und Spannungen, die Prozesse in sich tragen können. 1955 in Jonesboro, Arkansas, geboren, wuchs er in Mississippi auf und studierte an der Mississippi State University Jura. Nach dem Studium praktizierte er als Anwalt mit dem Schwerpunkt Strafverteidigung. 1983 wurde er als Mitglied der demokratischen Partei ins Parlament seines Heimatstaates gewählt und hatte seinen Sitz bis 1990 inne. Inzwischen nimmt die Schriftstellerei den wichtigsten Platz in seinem Leben ein; der erfolgreiche Autor, der eigentlich »nur als Hobby und zum eigenen Spaß« zu schreiben begonnen hatte, hat seinen Anwaltsberuf an den Nagel gehängt.

Die große Autorenkarriere schien Grisham nicht vom ersten Roman an vorbestimmt zu sein; 28 Verlage lehnten sein Erstlingswerk ab, bevor doch einer zugriff. Und der Verleger dürfte es nicht bereut haben, denn Grisham gelingen mit seinen Büchern geradezu unglaubliche Erfolge: Einmal war er mit vier Titeln gleichzeitig in den Bestseller-Listen der New York Times Book Review vertreten und führte sowohl die Hardcover- als auch die Taschenbuch-Liste an. Daß seine Bücher allesamt Millionenseller sind und in alle wichtigen Sprachen der Welt übersetzt werden, braucht bei solchen Erfolgen kaum erwähnt zu werden. Auch Hollywood klopfte bald beim Erfolgsautor Grisham an und hat nach den meisten seiner Romane spannende Filme mit einer Besetzung absoluter Spitzenstars produziert.

Grisham lebt mit seiner Familie – seiner Frau René, Sohn Ty und Tochter Shea – noch immer in Oxford, Mississippi, jener kleinen Stadt, aus der auch der bedeutende Autor William Faulkner stammte. Er will sich nicht ins Getümmel Hollywoods oder New Yorks stürzen, sondern liebt die Ruhe seiner Heimat in den Südstaaten. Über seine Zukunft als Schriftsteller macht er sich keine Sorgen: »Ich habe vor, in zehn Jahren hier zu sitzen und über mein Land zu sehen. Ich hoffe, daß ich noch Bücher schreiben werde, falls nicht, werde ich mit meinen Kindern am Teich angeln. Ich habe das Gefühl, der glücklichste Mensch zu sein, den ich kenne.«